Des mêmes auteurs, aux éditions Bragelonne,
en grand format :

Les Elfes – L'Intégrale

Chez Milady, en grand format :

Les Elfes :
1. *La Chasse des elfes*
2. *Étoiles d'Albes*
3. *Pierres d'Albes*

www.bragelonne.fr

Bernhard Hennen & James Sullivan

Les Elfes

L'Intégrale

Traduit de l'allemand par Nelly Lemaire

Bragelonne

Collection dirigée par Stéphane Marsan et Alain Névant

Le présent ouvrage est la réédition en un seul volume
de la trilogie *Les Elfes* parue chez Milady de 2008 à 2009.

Titre original : *Die Elfen*

Cet ouvrage a été proposé à l'éditeur français par l'agence Editio Dialog,
Michael Wenzel, Lille.

Cartes :
Cédric Liano d'après la carte originale de Dirk Schulz

ISBN : 978-2-35294-714-1

Bragelonne
60-62, rue d'Hauteville – 75010 Paris

E-mail : info@bragelonne.fr
Site Internet : www.bragelonne.fr

Aelburin
Iolides
Yaldemée
Àlaen
Aïkhwitan
Vieille
Forêt
Château
d'Emerelle
Chêne-faune
Lac de Noroelle
Shalyn
Falah
Àttá
Aïkhjarto
Hancock

La Chasse des elfes

Les Elfes – tome 1

Remerciements

Comme nombre de romans de Fantasy, l'histoire de ce livre a commencé par une nuit d'automne orageuse et l'invitation à une quête. À la veille de son examen final portant sur la littérature épique médiévale, un coup de fil de ma part a failli causer une dépression nerveuse à mon ami James Sullivan. Je lui ai demandé s'il n'aurait pas le temps et l'envie de se lancer dans l'aventure d'un livre avec moi. Une question que l'on n'a pas forcément envie d'entendre entre la lecture du *Parzival* de Wolfram et du *Lancelot en prose*. Une heure plus tard, nous reprîmes la discussion à zéro et James déclara qu'un vrai chevalier ne pouvait refuser la main tendue par dame Aventure. Ainsi commença notre quête des elfes…

Peu de créatures de la littérature de Fantasy ont autant inspiré les auteurs que les elfes. Ils sont les gracieuses silhouettes lumineuses du *Seigneur des Anneaux* de J.R.R Tolkien, les êtres sans âme de *The Broken Sword* de Poul Anderson ou les silhouettes de contes de *La Fille du roi des elfes* de Lord Dunsany… et bien d'autres encore. Nous avons donc, tout à fait consciemment, créé notre propre image d'elfe qui – comme dans les classiques de la Fantasy – mêle des traits bien connus à d'autres plus nouveaux.

Une quête ne peut réussir sans compagnons. Merci donc à Martina Vogl, Angela Kuepper, Natalja Schmidt, Bernd Kronsbein ainsi qu'à Menekse Deprem, Heike Knopp, Elke Kasper, Stefan Knopp et Sven Wichert, qui nous ont aidés à mener l'aventure de ce roman à bon terme.

Bernhard Hennen
Juillet 2004

Par la forêt, au clair de lune,
J'ai vu les elfes chevaucher ;
J'ai entendu leurs cors sonner
Et leurs petits grelots tinter.

Leurs blancs petits coursiers portaient
Des bois en or ; cygnes sauvages,
Ils défilaient puis s'en allaient,
Fendant les airs, à tire d'aile.

En s'en allant, dans un sourire,
La reine pencha sa tête vers moi.
Promesse d'un nouvel amour
Ou annonce de mort prochaine.

Heinrich Heine

L'homme-sanglier

Au centre de la clairière, un élan mort gisait dans la neige, ses chairs déchirées encore fumantes. Mandred et ses trois compagnons comprirent qu'ils venaient d'effrayer le chasseur. L'animal avait le corps couvert de traces sanglantes, son crâne était brisé. Mandred ne connaissait aucune bête chassant dans la seule intention de manger la cervelle de sa proie. Un bruit sourd le fit se retourner : au bord de la clairière, la neige tombait en paquets d'un grand pin. L'air était empli de fins cristaux de glace. Méfiant, Mandred scruta le sous-bois. La forêt avait retrouvé son calme. Au-dessus des cimes, la lueur verte des fées dansait dans le ciel. Ce n'était pas une nuit pour entrer dans la forêt !

—Juste une branche qui a cédé, dit le blond Gudlef tout en époussetant sa cape alourdie par la neige. Allez, ne fais pas ces yeux de chien fou ! Tu verras, si ça se trouve, nous ne suivons qu'une meute de loups.

L'inquiétude les avait gagnés tous les quatre. Chacun d'eux pensait au vieil homme qui les avait avertis de la présence d'une bête féroce descendue des montagnes. N'étaient-ce que divagations proférées dans un accès de fièvre ? Mandred était le jarl de Firnstayn, une petite localité au bord du fjord, derrière la forêt. Il avait pour devoir d'écarter tout danger menaçant son village. Le vieillard avait tant insisté, qu'il s'était senti obligé de le croire. Cependant…

Lors des hivers précoces et froids comme celui-ci, où le ciel vibrait de la lueur verte des fées, les enfants d'albes s'introduisaient dans le Monde des Humains. Mandred le savait, tout comme ses compagnons.

Asmund avait encoché une flèche sur son arc et il clignait nerveusement des yeux. Ce grand rouquin était plutôt taciturne. Il était arrivé à Firnstayn deux ans auparavant. Le bruit courait qu'il avait été, dans le Sud, un voleur de bétail notoire et que le roi Horsa avait mis sa tête à prix. Mandred n'en avait cure : Asmund était un bon chasseur qui rapportait beaucoup de viande au village. Ceci comptait plus que n'importe quels racontars.

Mandred connaissait Gudlef et Ragnar depuis l'enfance. Ils étaient pêcheurs, tous les deux. Gudlef était un solide gaillard, fort comme un ours. Toujours de bonne humeur, il ne manquait pas d'amis, même s'il passait pour être un peu simplet. Ragnar était petit ; sa taille et ses cheveux noirs le distinguaient des grands habitants, le plus souvent blonds, du Pays des Fjords. Parfois on le raillait pour cela et, dans son dos, on le disait fils de kobold. Une pure absurdité. Ragnar était un homme qui avait le cœur à la bonne place. Quelqu'un sur qui l'on pouvait toujours compter !

Nostalgique, Mandred pensait à Freya, sa femme. Il se l'imaginait en ce moment, assise près du feu, prêtant l'oreille aux bruits de la nuit. Il avait emporté sa corne. Un coup pour signaler un danger, deux coups pour annoncer au village que rien ne menaçait au dehors et que les chasseurs prenaient le chemin du retour.

Asmund avait abaissé son arc ; il posa un doigt sur ses lèvres et leva la tête en reniflant, comme un chien de chasse. Mandred l'imita. Une odeur étrange flottait dans la clairière. Une pestilence d'œufs pourris.

— C'est peut-être un troll, chuchota Gudlef. On dit qu'ils quittent les montagnes, par les hivers froids. Un troll pourrait bien abattre un élan d'un coup de poing.

Asmund lui jeta un regard sombre et lui fit signe de se taire. Les arbres craquaient doucement dans le froid. Mandred se sentait observé. Quelque chose était là, tout près.

Soudain, les noisetiers s'écartèrent ; deux ombres blanches filèrent dans la clairière, à grands coups d'ailes. D'instinct, Mandred avait brandi sa lance, il soupira de soulagement. Ce n'étaient que deux perdrix des neiges !

Pourtant, quelque chose avait dû les effaroucher. Ragnar pointa son arc sur les noisetiers ; le jarl abaissa son arme, l'estomac noué.

Le monstre était-il tapi là, à les épier ? Ils attendirent en silence.

Une éternité ou presque… mais rien ne bougea. Ils s'étaient déployés tous les quatre, en demi-cercle autour du bosquet. La tension devenait insupportable. Mandred sentait la sueur lui glacer le dos. Le chemin était long pour rentrer au village. Si ses vêtements trempés de sueur ne le protégeaient plus du froid, il leur faudrait dresser un campement et allumer un feu.

Le gros Gudlef s'agenouilla et planta sa lance dans le sol. Il gratta ensuite la neige fraîche, en fit une boule, puis chercha l'approbation de Mandred. Le jarl hocha la tête. La boule de neige s'envola vers le buisson. Mais rien ne bougea. Leur peur avait prêté vie aux ombres de la nuit.

Mandred sourit de soulagement.

— Il n'y a rien ici. La charogne qui a déchiré cet élan est déjà loin.

— Vous parlez d'une troupe de chasseurs ! ironisa Ragnar. D'ici peu, un pet de lapin nous fera détaler.

Gudlef se leva et prit sa lance.

— Allez, moi, j'embroche les ombres !

En riant, il donna des coups de pique dans le buisson.

Brusquement, il fut happé vers l'avant. Une grande main armée de griffes avait empoigné son épieu. Gudlef poussa un cri perçant qui s'acheva dans un gargouillis. Le solide guerrier recula en vacillant, les deux mains pressées sur sa gorge. Le sang giclait entre ses doigts et coulait sur son pourpoint en peau de loup.

Une énorme silhouette, mi-homme, mi-sanglier, émergea du taillis. Sa tête de sanglier était si lourde que la créature se tenait penchée en avant, ce qui ne l'empêchait pas de se dresser à plus de six pieds de haut. La bête avait un corps de géant ; ses épaules et ses bras étaient bardés de muscles noueux. Ses mains se terminaient par de sombres griffes. Ses jambes anormalement minces étaient couvertes de soies noires. Des sabots fendus lui tenaient lieu de pieds.

L'homme-sanglier poussa un sourd grognement. Ses défenses, longues comme des dagues, sortaient de sa gueule. Il dévorait Mandred des yeux.

Asmund brandit son arc et décocha une flèche. Elle atteignit le monstre à la tête et fit une profonde entaille rouge. Mandred serra plus fort sa lance.

Gudlef plia les genoux et chancela avant de s'effondrer. Ses mains crispées se détendirent. Le sang coulait toujours de sa gorge, et ses jambes robustes tressautèrent une dernière fois.

Pris d'une rage aveugle, Mandred se rua en avant et planta sa lance dans le poitrail de l'homme-sanglier. Il eut alors l'impression de heurter un rocher. La pointe ripa sur la créature sans la blesser. Une main griffue s'empara de la lance et la mit en pièces.

Ragnar attaqua le monstre par le flanc pour créer une diversion. Mais sa lance se montra tout aussi inefficace.

Mandred se laissa tomber dans la neige et tira une hache de sa ceinture. C'était une bonne arme, à la lame étroite et bien acérée. Le jarl frappa de toutes ses forces dans les jarrets de l'homme-sanglier. Le monstre gronda, baissa sa hure massive et fonça sur le guerrier. Une défense atteignit Mandred à la cuisse, lui déchira les muscles et fit voler en éclats la corne de chasse cerclée d'argent qu'il portait à la ceinture. L'homme-sanglier rejeta la tête en arrière et propulsa Mandred dans les noisetiers.

À moitié assommé de douleur, celui-ci pressa sa blessure d'une main, tout en déchirant de l'autre une bande d'étoffe de son manteau. Il la bourra vite dans la plaie béante et retira ensuite sa ceinture pour garrotter sa jambe du mieux possible.

La clairière résonnait de cris perçants. Mandred cassa une branche et l'introduisit dans sa ceinture. Puis il serra la lanière de cuir autour de sa cuisse et la tendit comme un cercle de tonneau. Il manqua de défaillir de douleur.

Le silence était revenu dans la clairière. Prudemment, Mandred écarta les branches du fourré. Ses camarades gisaient sans vie dans la neige. L'homme-sanglier, penché sur Ragnar, lui labourait la poitrine de ses défenses. La hache de Mandred se trouvait tout près de la bête. Tout en lui le poussait à attaquer hardiment ce monstre, armé ou non. Quel déshonneur de fuir un combat ! Mais il aurait été stupide de se lancer dans une lutte sans espoir. En tant que jarl, il avait la responsabilité de son village. Il devait alerter ceux qui étaient encore en vie.

Pourtant, il ne serait pas si simple de retourner à Firnstayn. Sa trace conduirait le monstre directement au village. Il devait trouver un autre moyen de les avertir.

Pouce après pouce, à reculons, Mandred quitta le buisson en rampant. À chaque craquement de branche, son cœur s'arrêtait presque. Mais la bête ne se souciait pas de lui. Accroupie dans la clairière, elle s'adonnait à son terrifiant repas.

Une fois sorti du taillis, Mandred osa se redresser à moitié. Une douleur fulgurante parcourut sa jambe. Il tâta les lambeaux d'étoffe. Des croûtes s'y formaient. Combien de temps tiendrait-il encore dans le froid ?

Le jarl boita jusqu'à la lisière du bois. Arrivé là, il regarda la falaise et son sommet sombre qui dominait le fjord. Là-haut, il y avait un cercle de pierres très ancien. Et, tout à côté, un tas de bois prêt pour le feu de signal. S'il pouvait l'allumer, le village serait averti. Mais il lui faudrait parcourir plus d'une lieue pour l'atteindre.

Mandred longea l'orée du bois ; la neige fraîche ralentissait sa marche. D'un regard angoissé, il balaya le vaste champ de neige qui s'élevait en pente douce. Là-bas, impossible de se mettre à couvert, et le large sillon qu'il laisserait dans la neige ne passerait pas inaperçu.

Épuisé, il s'adossa au tronc d'un vieux tilleul pour rassembler ses forces. Si seulement il avait prêté foi aux paroles du vieil homme ! Ils l'avaient trouvé un jour devant la palissade qui protégeait le village. Le pauvre bougre, transi de froid, était sur le point de passer de vie à trépas. Dans son délire, il avait parlé d'un sanglier venu des lointaines montagnes du Nord pour semer ruine et désolation dans le Pays des Fjords. Un mangeur d'hommes ! Le vieillard aurait-il parlé de trolls surgis des profondeurs de la montagne, de féroces kobolds teintant leurs bonnets de laine en le trempant dans le sang des guerriers tombés au combat, ou de la Chasse des elfes et de ses loups blancs, Mandred l'aurait cru. Mais un sanglier qui se tenait debout et dévorait les hommes… Jamais encore, il n'avait entendu parler d'une telle créature ! Ils avaient eu vite fait de mettre les dires du vieillard sur le compte du délire causé par la fièvre.

Ensuite, la nuit de mi-hiver était arrivée. L'étranger avait fait venir Mandred à son chevet. Il n'avait pu mourir en paix tant que le jarl ne lui avait pas juré de partir sur la trace du monstre et d'alerter les autres villages au bord du fjord. Mandred n'avait toujours pas été convaincu, mais son honneur lui imposait de ne pas prendre un serment à la légère. Alors, il s'était mis en route...

Si seulement ils s'étaient montrés plus prudents !

Mandred inspira profondément, puis il s'engagea sur le champ de neige, en traînant la jambe. Il ne la sentait plus. Au moins, le froid avait-il quelque chose de bon : sa plaie ne le faisait plus souffrir. Mais ce poids mort lui compliquait la marche. Il n'arrêtait pas de trébucher. Moitié rampant, moitié marchant, il se battait pour avancer. Il n'entendait toujours pas l'homme-sanglier. Avait-il terminé son effroyable repas ?

Il finit par atteindre un vaste champ d'éboulis. Une carrière s'était effondrée là, l'automne précédent. Le sous-sol perfide se trouvait maintenant caché sous un épais manteau de neige. Mandred respirait par à-coups. Son souffle s'élevait en volutes qui givraient instantanément sa barbe. Maudit froid !

Le jarl pensa à l'été précédent. Il était parfois venu ici avec Freya. Allongés dans l'herbe, ils avaient contemplé le ciel étoilé. Il s'était vanté devant elle de ses aventures de chasse et lui avait raconté comment il avait accompagné le roi Horsa Louréku dans son expédition guerrière aux côtes de Fargon. Freya l'avait écouté patiemment et s'était quelquefois gentiment moquée de lui en l'entendant un peu trop enjoliver ses exploits. Elle pouvait avoir la langue aussi acérée qu'un couteau ! Mais ses baisers... Non, ne pas y penser ! Il ravala difficilement sa salive. Bientôt, il serait père. Mais il ne verrait jamais son enfant. Serait-ce un garçon ?

Pour reprendre son souffle, Mandred prit appui contre une grosse roche. Il avait déjà parcouru la moitié du chemin. Il regarda la forêt derrière lui. La verte lueur des fées ne parvenait pas à en percer l'obscurité, mais ici, sur ce versant de la falaise, il faisait aussi clair que par une nuit de pleine lune.

Alors que la plupart des hommes des Pays du Nord en avaient peur, il avait toujours aimé ce genre de nuit, où il croyait voir dans le ciel des voiles tissés en clair d'étoiles.

Certains prétendaient que les elfes se cachaient dans cette lumière quand, par les nuits d'hiver, ils partaient à la chasse en chevauchant le ciel cristallin. Mandred sourit. Freya aurait trouvé plaisir à cette image. Les soirs d'hiver, assise auprès du feu, elle aimait écouter les conteurs évoquer les trolls des montagnes lointaines et les elfes au cœur froid comme les étoiles hivernales.

Un mouvement en lisière de la forêt tira Mandred de ses pensées. L'homme-sanglier ! La bête avait donc suivi sa trace. Tant mieux : chaque pas vers le haut l'éloignait du village. Il fallait juste tenir... Libre à ce monstre, ensuite, de lui déchirer la poitrine et de dévorer son cœur, si le guerrier parvenait à allumer le feu de signal !

Mandred se détacha de la roche et trébucha. Ses pieds ! Ils... ils étaient encore là, mais il ne les sentait plus. Il n'aurait pas dû s'arrêter !

Quelle stupidité ! N'importe quel enfant savait qu'une halte, par ce froid, pouvait entraîner la mort.

Mandred regarda désespérément ses pieds. Gelés et totalement insensibles, ils ne l'avertiraient plus des éboulis dangereux. Les traîtres ! Ils étaient passés à l'ennemi qui voulait l'empêcher d'allumer le feu.

Le jarl éclata de rire. D'un rire sans joie. Ses pieds l'avaient trahi. Quelle idiotie ! Voilà qu'il perdait la raison. Ses pieds n'étaient que de la chair morte, tout comme le bonhomme tout entier ne serait bientôt plus que de la chair morte. Furieux, il donna un coup de pied dans le rocher. Rien ! Comme si ses pieds n'existaient pas. Mais il pouvait marcher ! C'était juste une question de volonté. Toutefois, il lui fallait faire très attention aux endroits où il marchait.

Inquiet, il jeta un coup d'œil derrière lui. L'homme-sanglier traversait maintenant le champ de neige. Il n'avait pas l'air de se hâter. Savait-il que ce chemin était le seul qui menait à la falaise ? Mandred ne pourrait plus lui échapper désormais. Mais il n'en avait même pas l'intention. S'il parvenait à donner l'alarme, tout le reste lui serait égal !

Un bruit le fit sursauter : la bête poussait un long grognement. Mandred eut l'impression que l'homme-sanglier le regardait droit dans les yeux. Naturellement, c'était impossible à cette distance, et pourtant… Il sentit comme un souffle d'air froid glacer son cœur.

Le jarl pressa le pas. Surtout conserver son avance ! Il lui faudrait un peu de temps pour allumer le feu. Il haletait comme un soufflet de forge. L'air qu'il expirait produisait un cliquetis, comme celui des glaçons s'entre-choquant dans les cimes des sapins, mais en plus léger. Le baiser de la fée des glaces ! Un conte pour enfants lui revint en mémoire. Il disait que la fée des glaces était invisible et qu'elle se promenait dans le Pays des Fjords par les nuits d'un froid tel qu'il en gelait même la lumière des étoiles. Quand elle s'approchait, elle faisait disparaître la vapeur de la respiration et un léger cliquetis résonnait dans l'air. Si elle venait à toucher de ses lèvres le visage d'un promeneur, il succombait à ce baiser. Était-ce pour cette raison que l'homme-sanglier hésitait tant à s'approcher ?

Mandred regarda encore par-dessus son épaule. La bête semblait avancer facilement dans la neige profonde. En fait, elle aurait dû le rattraper bien plus vite. Pourquoi jouait-elle avec lui comme le chat avec la souris ?

Mandred dérapa ; sa tête heurta violemment un rocher, mais il ne ressentit aucune douleur. Il passa ses moufles en cuir sur son front. Des gouttes de sang foncé en dégoulinèrent. Il fut pris de vertige. Il ne manquait plus que ça ! Acculé, il se retourna. L'homme-sanglier s'était arrêté : la hure rejetée en arrière, il levait les yeux vers lui.

Mandred n'arrivait plus à se redresser. Quel imbécile ! Quelle idée de regarder derrière soi, tout en continuant à marcher ! De toutes ses forces, il tenta de se relever. Mais ses jambes à demi gelées lui refusaient tout service.

Il lui aurait fallu l'aide d'un gros rocher pour prendre appui. À présent, il devait ramper. Quelle humiliation ! Lui, Mandred Torgridson, le guerrier le plus vaillant du fjord, fuyait à plat ventre devant son ennemi ! Il avait vaincu rien moins que sept hommes en duel lors de l'expédition du roi Horsa. Pour chaque ennemi vaincu, il s'était fièrement tressé une natte. Et maintenant, il se sauvait à plat ventre !

C'est un tout autre combat, essayait-il de se persuader. Les armes ne pouvaient rien contre ce monstre. Il avait nettement vu la flèche d'Asmund ricocher sur lui et sa hache ne lui causer aucune blessure. Non, ce combat suivait d'autres règles. Il vaincrait, s'il parvenait à allumer le feu.

Désespéré, Mandred progressa sur ses coudes. Ses bras aussi allaient bientôt l'abandonner. Mais le sommet n'était plus très loin. Le guerrier jeta un coup d'œil vers les pierres dressées ; la neige qui les couronnait tranchait sur la lueur verte du ciel. Les bûches étaient empilées juste derrière leur cercle.

Les yeux plissés, il continua à ramper ; avec sa femme, pour seule pensée. Il fallait la sauver ! Surtout ne pas faiblir ! Plus loin, toujours plus loin !

Il cligna les yeux. Il n'y avait plus de neige. Il se trouvait à même la roche. Devant lui se dressait un des piliers du cercle de pierres. Tout chancelant, il s'en aida pour se redresser. Ses jambes ne le porteraient plus longtemps.

Le sommet était lisse et plat. En temps normal, il aurait largement contourné le cercle. Personne ne franchissait les pierres levées ! Ce n'était pas une question de courage. En été, il avait observé le sommet tout un après-midi : les oiseaux eux-mêmes ne survolaient pas ces pierres sinistres.

Un étroit sentier sur la falaise permettait de les éviter. Mais il ne pouvait plus compter sur ses jambes insensibles pour s'y risquer. Il n'avait pas d'autre possibilité que de traverser le cercle.

Comme s'il s'attendait à recevoir un coup, Mandred rentra la tête dans les épaules en y pénétrant. Dix pas à faire pour en sortir. Une distance ridicule…

Angoissé, il regarda autour de lui. Pas le moindre flocon de neige sur le sol rocheux. L'hiver semblait ne pas vouloir entrer à l'intérieur du cercle. D'étranges motifs, des lignes sinueuses, étaient gravés dans la pierre.

La falaise était très abrupte. Vue d'en bas, depuis le village, on aurait dit qu'une couronne de pierres était posée à son sommet. Les blocs de granit disposés en cercle dominaient de plus de vingt pieds le plateau rocheux. On disait qu'ils se trouvaient déjà là bien avant l'arrivée des hommes au Pays des Fjords. Ils étaient, eux aussi, ornés de motifs de lignes entrelacées. Des entrelacs d'une telle finesse qu'aucun homme ne pouvait les imiter. Et, quand on les regardait longtemps, on s'en retrouvait enivré, comme si l'on avait bu du lourd hydromel d'hiver, épicé.

Bien des années auparavant, un scalde itinérant, arrivé à Firnstayn, avait prétendu que les pierres levées étaient d'anciens guerriers elfes ayant subi la malédiction de leurs ancêtres, les albes. Ils avaient été condamnés à monter la garde jusqu'à ce que le pays lui-même les appelle au secours et rompe ainsi le sort. Mandred s'était autrefois moqué du scalde. N'importe quel enfant savait que les elfes étaient de frêle stature et pas plus grands que les humains. Ces pierres étaient trop imposantes pour être des elfes.

Après avoir franchi le cercle, Mandred sentit un vent glacé. À présent, il avait pratiquement réussi. Rien ne pourrait… Le tas de bois ! Il aurait dû le voir d'ici ! Il était empilé sur une corniche à l'abri du vent, juste sous le bord de la falaise. Mandred s'agenouilla et s'avança en rampant. Mais il ne vit rien ! La falaise plongeait à pic dans le fjord deux cents pas plus bas. Des pierres s'étaient-elles détachées ? La corniche s'était-elle éboulée ? Mandred eut l'impression que ses dieux le bafouaient. Il avait donné toutes ses forces pour arriver jusqu'ici, et maintenant…

Désespéré, il parcourut le fjord du regard. Là-bas, de l'autre côté du bras de mer gelé, son village était tapi dans la neige : Firnstayn. Il se composait de quatre maisons longues et d'une poignée de petites cabanes, entourées par une palissade ridiculement fragile. Constituée de troncs de pin, elle devait servir à éloigner les loups et à dissuader les pilleurs. Elle n'arrêterait jamais l'homme-sanglier.

Prudemment, le jarl se rapprocha du ravin et regarda le fjord en contrebas. La lumière féerique du ciel projetait des ombres vertes sur le paysage enfoui sous la neige. Firnstayn s'était mis en hibernation. Les humains et les animaux avaient déserté ses chemins. Les conduits sous les toits laissaient échapper une fumée blanche que les bourrasques de vent dispersaient et chassaient vers le fjord. Freya était certainement assise près du feu ; elle tendait l'oreille pour entendre les deux coups de corne annonçant le retour de la chasse.

Si seulement la corne ne s'était pas brisée ! Depuis ce sommet, son signal aurait retenti jusque dans le village. À quel jeu cruel les dieux s'amusaient-ils ? Se contentaient-ils de le regarder en cet instant en se riant de lui ?

Mandred perçut un léger bruit de sabots. Épuisé, il se retourna. L'homme-sanglier se trouvait de l'autre côté du cercle de pierres. Et il le longeait lentement. Craignait-il, lui aussi, de le franchir ?

Le jarl quitta le bord de la falaise en rampant. C'en était fini de sa vie, il le savait. Mais, s'il avait le choix, il préférait encore mourir de froid plutôt que de servir de repas à ce monstre.

Le son mat des sabots se rapprochait. Vite, un dernier effort ! Mandred avait réussi : il se trouvait dans le cercle magique.

Une fatigue de plomb s'empara de lui. À chaque inspiration, l'air glacial lui sciait la gorge. Exténué, il s'adossa à l'une des pierres. Le vent qui passait en rafales tirait sur ses vêtements raidis par le gel. Autour de sa cuisse, le garrot s'était relâché. Les lambeaux d'étoffe étaient trempés de sang.

En silence, Mandred s'adressa à ses dieux. À Firn, le Seigneur de l'Hiver ; à Norgrimm, le Seigneur des Batailles ; à Naïda, la Cavalière des Nuages, qui commandait à plus de vingt-trois vents ; et à Luth, le Maître-Tisseur, qui assemblait les fils de la destinée en de précieuses tapisseries ornant les murs de la halle d'or, où les dieux festoyaient avec les plus vaillants des guerriers morts.

Mandred sentit ses yeux se fermer. Il allait dormir… d'un long sommeil… Il avait perdu sa place dans la halle des héros. Il aurait dû périr avec ses compagnons. Il était un lâche ! Gudlef, Ragnar et Asmund, aucun d'eux ne s'était enfui. Si le tas de bois était tombé de la falaise, c'était la punition des dieux.

— *Tu as raison, Mandred Torgridson. Les dieux ne protègent plus celui qui s'est montré lâche*, disait une voix dans sa tête.

Est-ce la mort ? se demanda Mandred. *Rien qu'une voix ?*

— *Bien plus qu'une voix ! Regarde-moi !*

Le jarl put à peine ouvrir les yeux. Un souffle chaud passa sur son visage. Il vit de grands yeux, bleus comme un ciel d'été tardif où la lune et le soleil se trouvent ensemble au firmament. L'homme-sanglier ! La bête était près de lui, accroupie, juste à l'extérieur du cercle de pierres. La bave coulait de sa gueule pleine de sang séché. Des lambeaux de chair pendaient encore à ses défenses.

— *Les dieux ne protègent plus celui qui s'est montré lâche*, reprit la voix inconnue dans la tête de Mandred. *Maintenant, les autres peuvent venir te chercher.*

L'homme-sanglier se dressa de toute sa taille. Les babines tremblantes. Presque souriant. Puis il se détourna. Il contourna le cercle de pierres et fut bientôt hors de vue.

Mandred rejeta la tête en arrière. La lumière spectrale des fées dansait encore dans le ciel. *Les autres ?* Déjà, l'obscurité l'entourait. Ses paupières s'étaient-elles fermées sans qu'il s'en soit aperçu ? Dormir… rien qu'un moment. L'obscurité était attirante. Prometteuse de paix.

Jeu d'amour courtois

Assise à l'ombre de deux tilleuls, Noroelle se laissait charmer par la flûte de Farodin et le chant de Nuramon. Les douces mélodies de ses deux soupirants éveillaient presque de nouveaux sens chez elle. Rêveuse, elle contempla le jeu d'ombre et de lumière dans la voûte de feuillage loin au-dessus d'elle, puis elle baissa les yeux sur la source toute proche qui scintillait au soleil. Elle se pencha, y plongea doucement la main et sentit les picotements de sa magie.

Elle suivit du regard le ruisseau qui se déversait dans le petit lac. Le soleil dardait ses rayons jusqu'au fond du cours d'eau en faisant miroiter les gemmes colorées qu'elle y avait soigneusement disposées autrefois. Elles absorbaient la magie de la source. Celle restée libre était entraînée plus loin, au fil de l'eau, jusque dans les prairies qui s'en nourrissaient. La nuit, les petites fées quittaient leurs fleurs et se grisaient ensemble à la lumière des étoiles tout en chantant la beauté d'Albemark, la Terre des albes.

Les prairies avaient passé leur robe printanière. Une légère brise apportait à Noroelle un parfum d'herbes et de fleurs diverses, qui se mêlait sous les arbres à la fragrance délicate des fleurs de tilleul. Le frémissement de l'air, le chant des oiseaux et le murmure de la source accompagnaient les modulations de Farodin et de Nuramon.

Sur la trame de tous ces sons qui vibraient alentour, Farodin, de sa flûte, tissait un subtil tapis sonore. Nuramon élevait sa voix au-dessus et ses mots comparaient Noroelle à une albe. Tendrement, elle regarda Nuramon, assis sur une pierre plate au bord de l'eau, puis de nouveau Farodin, adossé au tronc du plus grand tilleul.

Farodin avait le visage d'un prince elfe, dont les chants anciens vantaient la noble beauté comme étant l'éclat particulier des albes. Ses yeux vert tilleul en étaient les joyaux, et ses cheveux d'un blond presque blanc, l'écrin. Il portait la tenue des ménestrels ; ses vêtements pourpres – chemise, pantalon, manteau et écharpe – étaient en soie de fée la plus fine. Seules, ses chaussures étaient en cuir souple de gelgerok. Noroelle regardait ses doigts danser sur la flûte. Elle aurait pu les regarder ainsi toute la journée...

Si Farodin avait tout de l'elfe idéal, ce n'était pas le cas de Nuramon. En public, les dames de la cour se moquaient ouvertement de son apparence, mais en privé, elles ne pouvaient s'empêcher d'admirer sa beauté singulière. Nuramon avait les yeux noisette et des cheveux châtains un peu sauvages qui ondulaient sur ses épaules. Dans ses habits couleur de sable, il ne correspondait pas vraiment à l'image d'un ménestrel, mais il n'était cependant pas si désagréable à voir. À la place de soie de fée, il avait choisi un drap de laine, bien moins précieux, mais si solide et si souple que Noroelle, en regardant sa chemise et son manteau couleur de forêt, se sentait l'envie de venir à lui et de poser la tête sur sa poitrine. Même ses bottes mi-hautes, couleur de terre, en cuir de gelgerok particulièrement souple, éveillaient en elle le désir de les toucher. Le visage de Nuramon était aussi expressif que sa voix qui maîtrisait toutes les formes mélodiques et donnait à chaque émotion un timbre particulier. Mais ses yeux bruns parlaient de nostalgie et de mélancolie.

Farodin et Nuramon étaient différents, mais aussi impressionnants l'un que l'autre. Chacun à sa manière était aussi parfait et séduisant que la lumière du jour et l'obscurité de la nuit, l'été et l'hiver, le printemps et l'automne. Noroelle ne voulait rien manquer de cela, et comparer leur apparence ne l'aidait pas à se décider pour l'un ou pour l'autre.

À la cour, on lui avait conseillé plus d'une fois, pour le choix d'un compagnon, de prendre en considération la maison dont il était issu. Mais était-ce le mérite de Farodin, si son arrière-grand-mère avait été une albe en chair et en os ? Et était-ce la faute de Nuramon s'il venait d'une famille séparée des albes depuis plusieurs générations ? Noroelle ne voulait pas décider en fonction de la qualité de leur lignée, mais en fonction de leur propre valeur.

Farodin savait comment courtiser une dame de haute naissance. Il connaissait toutes les règles et agissait toujours conformément aux usages, et si honorablement qu'on l'en admirait partout. Noroelle avait l'impression qu'il connaissait son être intime ; il savait l'émouvoir en trouvant toujours les mots justes, comme s'il percevait à chaque instant ses pensées et ses sentiments, et cela la ravissait. Mais c'était là aussi que résidait son défaut. Farodin connaissait en effet toutes les chansons et toutes les vieilles histoires. Il savait toujours quel doux mot prononcer, parce qu'il les avait déjà tous entendus auparavant. Mais quels étaient ses mots à lui et ceux des anciens poètes ? Cette mélodie était-elle de lui ou l'avait-il déjà entendue un jour ? Noroelle ne put s'empêcher de sourire : cet apparent travers n'était pas le fait de Farodin, mais bien d'elle-même. Cet endroit charmant n'était-il pas en tout point semblable à celui décrit par les anciens aèdes ? Le soleil, les tilleuls, l'ombre, la source, la magie ? Et les anciens aèdes ne produisaient-ils pas les chants appropriés à cet endroit ravissant ? Pouvait-elle alors reprocher à Farodin de ne rien faire d'autre que ce qui convenait à la situation ? Non, elle n'en avait pas le droit. Farodin était parfait à tous égards et toute femme, dans les terres des elfes, s'estimerait heureuse d'être l'objet de sa cour.

Pourtant, elle se demandait qui était vraiment Farodin. Il lui échappait comme la source de Lyn échappait aux regards des elfes dans la lumière rayonnante. Elle souhaitait le voir diminuer l'intensité de son éclat afin de pouvoir jeter un regard à sa source. Souvent, elle avait tenté de l'y amener, mais il n'avait pas compris ses intentions. Ainsi, jusqu'alors, elle n'était pas parvenue à percer son intimité. Et parfois, elle craignait qu'il puisse se tapir là quelque chose de sombre, quelque chose que Farodin cherchait à tout prix à cacher. De temps à autre, son bien-aimé entreprenait de longs voyages, sans jamais dire où il allait ni pour quelle raison il partait. Et à son retour, malgré la joie des retrouvailles, il lui semblait encore plus renfermé qu'avant.

En revanche, Noroelle savait exactement qui était Nuramon. On lui avait souvent dit qu'il n'était pas un bon parti pour elle, qu'il n'était pas digne d'elle. Car il ne venait pas seulement d'un clan prolifique, mais aussi d'une lignée marquée par une souillure. Nuramon portait en lui l'âme d'un elfe qui, durant toutes ses vies antérieures, n'avait pas trouvé le sens de son existence et n'avait donc pas pu rejoindre la Lumière de la Lune. Celui à qui ce chemin restait fermé renaissait dans son clan jusqu'à l'accomplissement de son destin. Mais il n'était alors pas en mesure de se souvenir de ses vies précédentes.

Personne n'avait dû renaître autant que Nuramon ; depuis des millénaires, il était soumis au cycle de l'alternance de la vie, de la mort et de la renaissance. Avec son âme, Nuramon avait aussi hérité de son patronyme. La reine avait reconnu en lui l'âme de son grand-père et lui avait donné son nom. Cette quête apparemment incessante de son destin avait même valu à Nuramon les sarcasmes de sa propre famille. Du moins, pour l'instant personne n'avait à se faire de souci au sujet de son nouveau-né ; mais dès que Nuramon mourrait, son âme planerait comme une ombre au-dessus de son clan. Personne ne saurait alors chez qui Nuramon renaîtrait.

En somme, il ne pouvait vraiment pas se targuer de ses origines dans l'espoir d'être admiré. Au contraire, tout le monde s'accordait à dire que Nuramon reprendrait le chemin habituel : il chercherait son destin, mourrait sans l'avoir trouvé, et renaîtrait encore. Noroelle répugnait à cette vision des choses. Assis devant elle, elle voyait un être charmant et, quand Nuramon entonna une autre chanson qui célébrait sa beauté, Noroelle sentit que chacune de ses paroles était issue de son amour profond pour elle. Ce que le berceau lui avait refusé, il l'avait acquis par lui-même. Il n'y avait qu'une seule chose qu'il n'osait pas faire : l'approcher. Jamais encore il ne l'avait touchée, jamais il n'avait osé prendre sa main ni surtout la baiser comme Farodin l'avait fait. Et chaque fois qu'elle tentait de lui témoigner une innocente tendresse, il la repoussait avec de doux mots enivrants.

De quelque côté qu'elle regarde ses deux prétendants, elle n'arrivait pas à se décider. Si Farodin lui dévoilait son être intime, elle le choisirait.

Si Nuramon tendait vers elle ses mains pour saisir la sienne, elle lui accorderait sa préférence. La décision ne dépendait pas d'elle. Leur cour n'avait commencé qu'une vingtaine d'années auparavant. Ils attendraient bien encore une vingtaine d'années sa décision. Et si elle n'arrivait pas à se prononcer, celui qui montrerait la plus grande constance l'emporterait. Mais si là encore, on ne pouvait les départager, leur cour durerait pour toujours – à cette idée, Noroelle eut un sourire amusé.

Farodin se mit à jouer un nouvel air, en y mettant tant de ferveur, que Noroelle ferma les yeux. Elle connaissait cette chanson, elle l'avait autrefois entendue à la cour. Mais chaque son produit par Farodin dépassait tout ce qu'elle avait ouï jadis.

En revanche, la voix de Nuramon resta un peu en retrait jusqu'à ce que Farodin entonne une nouvelle mélodie. Nuramon se mit alors à chanter :

Ô douce enfant d'albes, vois !

Noroelle ouvrit les yeux, surprise par le changement soudain de la voix de son soupirant.

Ce visage sur l'eau, là-bas.

Il regardait l'eau, mais sa bien-aimée ne suivit pas son regard, tant elle était fascinée par sa voix.

Vite, quitte l'ombre, Noroelle
Viens vite où la lumière t'appelle.

Noroelle suivit ses mots : elle se leva, s'éloigna de quelques pas de la source et s'agenouilla au bord du lac pour regarder l'eau. Mais elle n'y vit rien. Nuramon continua à chanter :

Là ! Ces yeux comme un grand lac bleu.

Noroelle vit des yeux bleus, les siens, que Nuramon se plaisait à comparer à un lac.

Au vent du printemps volent tes cheveux.

Elle vit ses cheveux caresser doucement son cou et ne put réprimer un sourire.

Telle une fée, tu souris là
Ô douce enfant d'albes, vois !

Elle se regarda tout à loisir en écoutant Nuramon chanter sa beauté dans les diverses langues des enfants des albes. Dans les langues féïques, c'était tout simplement beau, mais il savait même parler la langue des kobolds et la flatter ainsi.

Tandis qu'elle l'écoutait, ce n'était plus elle qu'elle avait devant les yeux, mais une autre femme, bien plus belle qu'elle ne s'était jamais sentie – aussi noble que la reine et pourvue de la grâce qu'on prêtait aux albes. Même si elle ne se voyait pas elle-même sous ce jour, elle savait que les mots de Nuramon venaient droit de son cœur.

Mais soudain, ses bien-aimés se turent. Décontenancée, elle détourna son regard de l'eau et leva les yeux vers eux.

— Pourquoi vous arrêter ainsi ?

Farodin regarda la voûte de feuillage.

— Les oiseaux sont nerveux. Ils ont apparemment perdu l'envie de chanter.

Noroelle se tourna vers Nuramon.

— Est-ce vraiment mon visage que j'ai vu dans l'eau ou était-ce ta magie ?

Nuramon sourit.

— Je n'ai pas fait de magie, je n'ai fait que chanter. Mais je suis flatté que tu n'aies pas su faire la différence.

Farodin se leva brusquement et Nuramon l'imita avant de porter son regard au loin, par-delà le lac et les prairies.

Noroelle se leva à son tour.

— La reine ?! Qu'a-t-il bien pu se passer ? demanda-t-elle.

Farodin fut près d'elle en quelques pas et posa la main sur son épaule.

— Ne te fais pas de souci, Noroelle.

Nuramon s'était approché, lui aussi, et il lui chuchota à l'oreille :

— Ce n'est certainement rien qui ne puisse être réglé par une troupe d'elfes.

Noroelle soupira.

— C'était sans doute trop beau pour durer toute la journée.

Elle vit les oiseaux s'envoler et prendre aussitôt la direction du château royal qui se dressait sur une colline derrière les prés et les forêts.

— La dernière fois, la reine t'a appelé pour la Chasse des elfes. Je me fais du souci pour toi, Farodin.

— Ne suis-je pas revenu chaque fois ? Et Nuramon n'a-t-il pas toujours adouci ton attente ?

Noroelle s'écarta de Farodin et se tourna vers les deux elfes.

— Et si vous deviez maintenant partir tous les deux ?

— On ne me confiera pas une telle mission, objecta Nuramon. Il en a été et il en sera toujours ainsi.

Farodin se tut. Mais Noroelle dit :

— La reconnaissance qu'on te refuse, je te la donnerai, Nuramon. Mais maintenant, partez ! Allez chercher vos chevaux et partez devant ! Je vous suivrai et vous verrai ce soir à la cour.

Farodin prit la main de Noroelle, la baisa et prit congé. Nuramon la quitta sur un tendre sourire. Puis il partit chercher Felbion, son cheval blanc. Farodin avait déjà pris place sur son destrier brun. Noroelle leur fit un dernier signe.

L'elfe observa ses deux bien-aimés traverser la prairie en évitant les fleurs des fées et galoper vers la forêt et le château au-delà. Elle but un peu d'eau de la source et se mit ensuite en chemin. Les pieds nus, elle parcourut les prairies. Elle voulait se rendre au chêne-faune. C'était sous ses branches et nulle part ailleurs qu'elle pouvait avoir les idées les plus claires. De son côté, le chêne dialoguait avec elle et lui avait largement enseigné la magie, dans ses jeunes années.

En chemin, elle songea à Farodin et Nuramon.

Réveil

Quelle chaleur étrange! pensa Mandred en se réveillant. Tout près de lui, il entendait gazouiller des oiseaux. Il ne pouvait se trouver dans la halle des héros ! Il n'y avait pas d'oiseaux là-bas… D'ailleurs, il ne sentait pas le parfum de miel du lourd hydromel d'hiver ni l'odeur de résine du bois brûlant dans le feu !

Il lui suffirait d'ouvrir les yeux pour savoir où il était. Mais Mandred repoussait ce moment. Il était allongé sur quelque chose de mou. Plus aucune douleur. Ses mains et ses pieds le picotaient un peu, mais ce n'était pas désagréable. Peu lui importait de savoir où il se trouvait. Il voulait juste profiter de ce moment où il se sentait si bien. C'était donc ainsi quand on était mort.

—Je sais que tu es réveillé.

La voix semblait avoir du mal à former ses mots.

Mandred ouvrit les yeux. Il se trouvait sous la large voûte d'un chêne. Agenouillé près de lui, un étranger tâtait son corps de ses mains puissantes. Les branches lui couvraient presque la tête. Son visage demeurait caché dans leur jeu d'ombre et de lumière.

Mandred cligna les yeux pour y voir mieux. Quelle chose étrange ! Les ombres semblaient tournoyer autour du visage inconnu, comme si elles cherchaient à le dissimuler.

—Où suis-je ?

—En sécurité, répondit l'étranger.

En voulant se redresser, Mandred s'aperçut que ses mains et ses jambes étaient liées au sol. Il ne put que soulever la tête.

—Que me veux-tu ? Pourquoi suis-je ainsi attaché ?

Deux yeux apparurent : deux éclairs au sein des ombres. Ils avaient la couleur de l'ambre clair qu'on trouve parfois, après de fortes tempêtes, sur les rives du fjord, plus à l'ouest.

—Quand Atta Aïkhjarto t'aura guéri, tu pourras partir. Je ne tiens pas à ta compagnie au point de t'attacher. C'est lui qui a tenu à soigner tes blessures, articula difficilement l'étranger. Ta langue me donne du fil à retordre. Elle est sans aucune... beauté.

Mandred regarda autour de lui. À part cet étranger plongé dans un inquiétant clair-obscur, il n'y avait personne. Comme par un calme jour d'automne, des feuilles se détachaient et tombaient doucement sur le sol, en se balançant.

Le guerrier leva les yeux. Au-dessus de lui, le feuillage luisait d'un vigoureux vert printanier. Mandred sentit une odeur de bonne terre noire, mais aussi de pourriture et de chair en décomposition.

Un rayon de lumière dorée traversa la frondaison et éclaira sa main gauche. Il vit alors ce qui le retenait captif: les racines du chêne! Grosses et noueuses, elles s'étaient enroulées autour de son poignet et ses doigts étaient recouverts de radicelles blanches toutes fines. L'odeur pestilentielle venait de là.

Le guerrier se cabra dans ses liens, mais toute résistance était vaine. Des bandes de fer ne l'auraient pas retenu plus fermement que ces racines.

—Que va-t-il m'arriver?

—Atta Aïkhjarto s'est proposé de te guérir. Tu étais marqué par la mort quand tu as franchi les Portes. Il m'a ordonné de t'amener ici. (L'étranger montra les branches largement déployées.) Il paie un grand prix pour extirper de ton corps le poison du gel et rendre à ta peau le teint des pétales de rose.

—Par Luth, où suis-je donc?

L'étranger poussa une sorte d'éclat de rire bêlant.

—Tu es là où tes dieux n'ont plus aucun pouvoir. Il faut que tu les aies fâchés, car, en fait, ils vous protègent, vous, les enfants des hommes, en vous empêchant de franchir ces Portes.

—Ces portes?

—Le cercle de pierres. Nous t'avons entendu prier tes dieux. (De nouveau, l'étranger émit ce drôle de rire.) Tu es maintenant en Albemark, Mandred, chez les enfants d'albes. Bien loin de tes dieux.

Le guerrier prit peur. Celui qui passait les Portes de l'Autre Monde était maudit! Il avait suffisamment entendu parler d'hommes et de femmes qu'on était parti rechercher dans le royaume des enfants d'albes. Aucune ne finissait bien. Et pourtant... Quand on avait la témérité d'y entrer, on pouvait parfois les amener à vous rendre un service. Connaissaient-ils l'existence de l'homme-sanglier?

—Pourquoi aurais-je l'aide d'Atta Aïk... Atta Ajek... du chêne?

L'étranger garda le silence un moment. Mandred aurait aimé voir son visage. Assurément, c'était une magie qui le dissimulait obstinément à sa vue.

—Il faut croire qu'Atta Aïkhjarto t'accorde de l'importance, guerrier. Il paraît que certains très vieux arbres ont des racines si profondes qu'elles prennent naissance dans votre monde, homme. Ce qu'Atta Aïkhjarto sait de toi, doit avoir tant de valeur pour lui, qu'il sacrifie une grande partie de sa force pour toi. Il absorbe ton poison et te donne en échange de sa sève de vie. (L'étranger montra les feuilles en train de tomber.) Il souffre à ta place, homme. Et tu possèdes désormais la force d'un chêne dans ton sang. Jamais plus, tu ne seras pareil à ceux de ta race et tu…

—Assez! interrompit une voix tranchante.

Les branches de l'arbre s'écartèrent et une silhouette, mi-homme, mi-cheval, s'approcha de la couche de Mandred.

Le guerrier, stupéfait, regarda la créature. Jamais encore, il n'avait entendu parler d'un tel être. Cet homme-cheval avait un torse d'homme prolongé par un corps de cheval! Une barbe bouclée noire encadrait son visage. Ses cheveux étaient rasés de près et un bandeau en or ceignait son front. Il portait en bandoulière un carquois et des flèches, et tenait dans sa main gauche un court arc de chasse. S'il n'avait eu ce corps de cheval d'un brun roux, il aurait pu faire un guerrier imposant.

L'homme-cheval s'inclina brièvement devant Mandred.

—On m'appelle Aïgilaos. La souveraine d'Albemark souhaite te voir et j'ai l'insigne honneur de te conduire à sa cour.

Il parlait d'une voix profonde et mélodieuse, tout en accentuant curieusement les mots.

Mandred sentit les racines desserrer leur étreinte et le libérer. Pourtant, il n'avait d'yeux que pour l'homme-cheval. Cette étrange créature lui rappelait l'homme-sanglier. Lui aussi était mi-homme, mi-animal. À quoi pouvait bien ressembler la souveraine de celui-là?

Mandred tâta sa cuisse. La plaie profonde s'était refermée sans laisser la moindre cicatrice. Il essaya d'étirer ses jambes. Pas de picotements désagréables, plus de douleur! Elles paraissaient tout à fait saines, comme si le gel ne les avait jamais atteintes.

Il se leva prudemment, ne se fiant pas encore à la force de ses jambes. Sous la semelle de ses bottes, il sentit le sol mou de la forêt. C'était de la magie! Une puissante magie, comme aucune sorcière du Pays des Fjords n'aurait pu en exercer. Ses jambes et ses pieds étaient morts… Et voilà qu'ils avaient retrouvé leur sensibilité.

Le guerrier s'approcha du puissant tronc du chêne. Cinq hommes se tenant par la main n'auraient pas suffi à l'entourer. L'arbre devait être vieux de plusieurs siècles. Respectueusement, Mandred s'agenouilla devant lui et toucha du front son écorce crevassée.

—Je te remercie, arbre. Je te dois la vie.

Il se racla la gorge, gêné. Comment remercier un arbre? Un chêne qui possédait des forces magiques et que l'homme sans visage traitait avec le respect dû à un roi?

—Je… Je reviendrai et donnerai une fête en ton honneur. Une fête, telle que nous les célébrons dans les contrées des fjords. Je…

Il écarta les bras. C'était pitoyable de ne remercier son sauveur qu'avec une simple promesse. Il fallait quelque chose de plus concret… Mandred déchira une bande d'étoffe de son pantalon et la noua autour d'une branche basse.

— Si je peux faire quelque chose pour toi, envoie-moi un messager qui m'apportera ce bout d'étoffe. Par le sang qui trempe ce tissu, je jure que tes ennemis trouveront désormais ma hache devant eux.

Un bruissement lui fit lever les yeux. Un gland brun tomba de l'arbre, effleura son épaule et atterrit dans les feuilles mortes.

— Prends-le, dit doucement l'étranger. Atta Aïkhjarto fait rarement des cadeaux. Il a accepté ta promesse. Garde bien ce gland. Il doit s'agir d'un grand trésor.

— Un trésor qui a chaque année des milliers de frères dans les branches d'Atta Aïkhjarto, se moqua l'homme-cheval. Des trésors dont des armées d'écureuils et de souris se remplissent la panse. Vraiment, fils d'hommes, te voici richement comblé. Viens maintenant, tu ne voudrais tout de même pas faire attendre notre souveraine ?

Mandred observa l'homme-cheval avec méfiance et se pencha sur le gland. Cet Aïgilaos ne lui disait rien qui vaille.

— J'ai bien peur de ne pouvoir suivre ton allure.

Des dents blanches apparurent dans la barbe épaisse : Aïgilaos souriait de bon cœur.

— Mais tu n'auras pas besoin de le faire, fils d'hommes. Monte sur mon dos et accroche-toi bien à la lanière de mon carquois. J'ai autant de force qu'un cheval de guerre de ton monde, et je parie ma queue que je battrais à la course tout cheval que tu as déjà croisé. Pourtant, mon trot est si léger que mes sabots ne font qu'effleurer les brins d'herbe. Je suis Aïgilaos, le plus rapide de tous les centaures, et l'on me prête…

— … une langue encore plus rapide, se moqua l'étranger. On dit des centaures que leur langue s'emballe. Elle est si prompte qu'elle dépasse parfois la réalité.

— Et de toi, Xern, on dit que tu es si grincheux que seuls les arbres te supportent, répondit Aïgilaos en riant. Sans doute, parce qu'ils ne peuvent pas te fuir.

Les feuilles du grand chêne frémirent et tombèrent dru comme des flocons de neige au printemps. Mandred s'en étonna : il ne sentait aucun souffle de vent.

Le centaure leva les yeux vers les branches puissantes. Il ne souriait plus.

— Je ne veux pas me quereller avec toi, Atta Aïkhjarto. (Au loin, retentit le son d'une corne. L'homme-cheval eut l'air soulagé.) Les cornes d'Albemark nous appellent. Je dois te conduire à la cour de la reine, fils d'hommes.

Xern fit un signe de tête à Mandred. La magie qui dissimulait son visage disparut l'espace d'un instant. Il avait un joli visage fin, si l'on voulait bien ne pas prêter attention à la puissante ramure de cerf qui dépassait de ses cheveux épais. Le guerrier en eut le souffle coupé. Effrayé, il fit un pas en arrière. N'y avait-il ici que des hommes-animaux ?

Soudain, Mandred comprit. L'homme-sanglier était venu d'ici ! Il l'avait épargné lors de la chasse ! Ce n'était pas un hasard s'il avait été le seul à ne pas succomber sous les défenses mortelles de la bête. La poursuite… Cela faisait-il partie d'un plan sournois ? Devait-il être acculé dans le cercle de pierres ? Peut-être n'avait-il été que le gibier de cette bête et avait-il fait exactement ce qu'elle attendait de lui ? Il avait pénétré dans le cercle de pierres…

L'homme-cheval grattait nerveusement la terre avec ses sabots.

—Allez, viens, Mandred !

Mandred saisit la lanière du carquois et se hissa sur le dos du centaure. Il affronterait l'adversité ! Il n'était pas un lâche. Cette mystérieuse souveraine pourrait bien faire sonner mille coups de corne, il ne plierait pas le genou devant elle. Non, il irait à elle bien droit et empli de fierté, et il lui demanderait le « wergild », le prix du sang, en réparation du malheur que son homme-sanglier avait apporté dans le Pays des Fjords.

De ses bras musclés, Aïgilaos écarta le rideau de branches protecteur, puis il s'engagea dans une prairie pierreuse. Mandred jeta un regard étonné autour de lui. Ici, le printemps régnait, et le ciel lui parut bien plus vaste que dans le Pays des Fjords ! Mais alors, comment un gland mûr pouvait-il tomber d'un arbre ?

L'homme-cheval se lança au galop. Mandred s'agrippa des deux mains au cuir du carquois. Aïgilaos n'avait pas menti. Il filait comme le vent dans la prairie et passa près d'une imposante tour en ruine. Une colline s'élevait derrière, couronnée par un cercle de pierres.

Mandred n'avait jamais été un bon cavalier. Ses jambes furent prises de crampes tant il serrait les flancs de l'homme-cheval. Aïgilaos riait. Il jouait avec lui ! Mais Mandred ne lui demanderait pas de ralentir, ça non, il se le jura.

Ils traversèrent un clair bocage de bouleaux. L'air était empli de pollen doré. Tous les arbres avaient poussé droit. Leurs troncs luisaient comme de l'ivoire. Nulle part l'écorce ne partait en lambeaux, comme c'était le cas pour les arbres qu'il connaissait au Pays des Fjords. Des églantiers enlaçaient des blocs erratiques de roche grise. On aurait presque dit qu'un ordre étrange et sauvage régnait ici. Mais qui perdrait son temps à soigner ainsi un bout de forêt improductive ? Certainement pas un être comme Aïgilaos !

Le chemin grimpait toujours et ne fut bientôt plus qu'un étroit sentier de gibier. Les bouleaux firent place à des hêtres au feuillage si dense que la lumière pénétrait à peine sous leur frondaison. Leurs troncs élancés ressemblaient à des colonnes grises. Il régnait un calme inquiétant. On n'entendait que le bruit des sabots, assourdi par l'épais tapis de feuilles. De temps à autre,

Mandred remarquait, à la cime des arbres, des nids étranges qui ressemblaient à de grands sacs de lin blanc. Des lumières brillaient souvent à l'intérieur. Le guerrier se sentait épié. Il y avait là-haut quelque chose qui les observait avec curiosité.

Aïgilaos filait toujours à toute allure. Ils parcoururent ainsi la forêt silencieuse pendant une heure ou plus, jusqu'à déboucher sur un large chemin. L'homme-cheval n'était même pas en sueur.

La forêt s'éclaircissait. De larges bandes de roche grise moussue striaient le sol noir. Aïgilaos ralentit. Il scruta attentivement les environs.

Mandred aperçut un autre cercle de pierres, caché parmi les arbres. Les pierres levées étaient enserrées par du lierre. Un arbre énorme était tombé à terre en travers du cercle. L'endroit semblait abandonné depuis longtemps.

Le guerrier sentit les poils de sa nuque se hérisser. Ici, l'air était un peu plus froid. Il avait le sentiment oppressant que, quelque part, quelque chose les épiait, quelque chose qui effrayait même l'homme-cheval. Pourquoi avait-on abandonné ce cercle de pierres ? Qu'avait-il bien pu se passer ici ?

Le chemin les mena sur une falaise qui offrait une vue prodigieuse sur le paysage environnant. Juste devant eux s'ouvrait une profonde gorge. On eût dit que Naïda, la Cavalière des Nuages, avait autrefois fendu le sol rocheux d'un énorme coup de foudre. Un étroit sentier, taillé dans la pierre, descendait jusqu'à un pont dont l'arc enjambait hardiment le ravin.

De l'autre côté, s'élevaient de douces collines qui se transformaient à l'horizon en montagnes grises. Depuis le bord de la falaise en face, une multitude de petites cascades se précipitaient dans l'abîme en écumant.

— Shalyn Falah, le pont Blanc, dit respectueusement Aïgilaos. On raconte qu'il aurait été taillé dans une phalange de la géante Dalagira. Celui qui le franchit pénètre dans le Pays du Milieu d'Albemark. Il y a bien longtemps qu'un fils d'hommes n'a vu cet endroit.

L'homme-cheval entama la descente dans la gorge. Le sol de roche lisse était mouillé par les embruns. Prudemment, il descendit à tâtons tout en proférant des jurons dans une langue inconnue de Mandred.

Quand ils eurent atteint une large corniche rocheuse, Aïgilaos pria Mandred de descendre. Le pont se trouvait devant eux. Il n'était large que de trois pieds et légèrement bombé, de sorte que les gouttelettes en suspension n'y formaient pas de flaques en retombant, mais s'écoulaient aussitôt. Il n'y avait pas de parapet.

— Voici, ma foi, un magnifique ouvrage, grommela Aïgilaos, de fort méchante humeur. Sauf que ses constructeurs n'ont pas pensé qu'il pouvait exister des créatures aux sabots ferrés. Il vaut mieux pour toi passer ce pont sur tes propres pieds, Mandred. Tu es attendu de l'autre côté. Moi, je vais prendre un détour et je n'arriverai sans doute au château qu'à la nuit. Mais, toi, la souveraine t'attend dès la tombée de la nuit. (Il eut un sourire en coin.) J'espère que tu n'es pas sujet au vertige, guerrier.

Mandred se sentit mal en regardant le pont lisse et luisant. Mais pas question de montrer sa peur à l'homme-cheval !

— Bien sûr que non, je n'ai pas le vertige. Je suis un guerrier du Pays des Fjords. J'ai le pied montagnard, comme une chèvre !

— Tu es au moins aussi poilu qu'elle ! (Aïgilaos sourit insolemment.) Nous nous verrons à la cour de la reine.

Le centaure se détourna et s'empressa de grimper le sentier abrupt vers le bord de la gorge.

Mandred observa le pont. Dans les contes du Pays des Fées, les héros mortels devaient le plus souvent réussir une épreuve. Était-ce là la sienne ? L'homme-cheval lui avait-il donné le change ?

À quoi bon se mettre martel en tête ? Résolument, Mandred s'engagea sur le pont. Surpris, il constata que les semelles de ses bottes y adhéraient bien. Il posa prudemment un pied devant l'autre. De fines gouttelettes fouettaient son visage. Le vent tiraillait sa barbe avec des doigts invisibles. Bientôt, Mandred se trouva juste au-dessus de l'abîme. Dans les nuages de plus en plus denses formés par les embruns qui balayaient le pont, entre ciel et terre, il se sentit comme un oiseau dans les airs.

Mandred examina le sol pierreux avec curiosité : il était lisse comme de l'ivoire poli. Il n'y avait aucune jointure. Comme si le pont avait été taillé dans une seule pierre. Ou bien avait-il été réellement fait avec la phalange d'une géante, comme Aïgilaos l'avait prétendu ? Mandred repoussa cette idée. Une géante d'une telle taille aurait écrasé sous son poids le Pays des Fjords tout entier, si elle était tombée. Il ne pouvait s'agir là que d'un conte.

En avançant, Mandred s'enhardissait de plus en plus. Finalement, il se mit tout au bord du pont pour contempler le gouffre. La profondeur avait quelque chose d'attirant. Elle éveillait en lui le désir de s'y précipiter. De s'adonner à la liberté de la chute. Plus il regardait vers le bas, plus il ressentait l'envie de céder à cet appel.

— Mandred ?

Une silhouette élancée émergea des voiles de brume. Toute de blanc vêtue. Sa main gauche était posée sur le pommeau de l'épée qui pendait à sa ceinture.

De sa main droite, Mandred chercha par réflexe l'endroit où il croyait trouver sa hache. Au même instant, il se rappela qu'il n'avait plus d'arme.

Ce geste n'avait pas échappé à son vis-à-vis.

— Je ne suis pas ton ennemi, fils d'hommes. (D'un geste indolent, il écarta une mèche de cheveux de son visage.) Mon nom est Ollowain. Je suis le gardien du Shalyn Falah. Ma reine m'a chargé de t'accompagner à son château.

Mandred examina l'homme attentivement. Il avait l'agilité d'un chat. Il ne paraissait pas particulièrement fort. Et pourtant, il rayonnait d'assurance comme s'il avait été le héros de nombreuses batailles. Il avait un fin visage pâle. Des oreilles pointues dépassaient de ses cheveux blonds plaqués en mèches par les gouttelettes d'eau. Les yeux d'Ollowain ne trahissaient pas ses pensées. En fait, son visage ressemblait à un masque.

Mandred pensa aux histoires qu'on se racontait pendant les longues nuits d'hiver. Il n'y avait pas l'ombre d'un doute : il ne pouvait s'agir que d'un elfe ! Et, lui aussi, il connaissait le nom de Mandred…

— Comment se fait-il que tout le monde me connaisse dans ce pays ? demanda ce dernier, méfiant.

— Les nouvelles circulent vite en Albemark, fils d'hommes. Notre reine est au courant de tout ce qui se passe dans son pays. Elle envoie à ses enfants des messagers qui voyagent sur les ailes du vent. Mais viens, maintenant ! Nous avons devant nous une longue chevauchée et il est hors de question que tu fasses attendre ma souveraine. Suis-moi !

L'elfe tourna les talons et s'engagea dans l'étroit passage qui s'ouvrait devant eux.

Mandred, éberlué, le regarda partir. *Non mais ! En voilà une façon de traiter un hôte !* pensa-t-il, furieux. Mais il fut encore plus fâché de constater qu'Ollowain ne doutait pas un instant de le voir obtempérer. De mauvais gré, il suivit l'elfe dans le défilé. La beauté des parois rocheuses rouges, veinées de bleu-gris et de noir, le laissa indifférent. Il n'arrêtait pas de penser qu'il suivait l'elfe comme un chien suit son maître.

Si un habitant du Pays des Fjords l'avait traité ainsi, il l'aurait abattu sans hésiter. Mais, dans son pays, personne n'aurait osé lui témoigner aussi peu de respect. S'y prenait-il mal ? Peut-être était-ce sa faute ? L'elfe était certainement sensible aux compliments. Tout guerrier parlait volontiers de ses armes.

— Tu portes là une superbe épée, Ollowain. (L'elfe ne répondit pas.) Moi, je préfère le combat à la hache.

Silence. Mandred serra les poings, puis les rouvrit. Quel prétentieux ! Il était le gardien du pont et l'envoyé de sa reine. Et alors ? Pour faire un vrai guerrier, cet elfe était vraiment de constitution trop fragile.

— Chez nous, seuls les plus faibles portent des épées. La reine des combats, c'est la hache. Elle exige courage, force et adresse. Rares sont les guerriers à posséder également ces trois vertus.

L'elfe ne faisait toujours preuve d'aucune réaction. Que fallait-il dire pour déconcerter ce laquais ?

Les parois rocheuses abruptes finirent par disparaître et ils se trouvèrent face à un haut mur blanc. Il formait un demi-cercle, comme pour s'écarter du ravin. Mandred en connaissait la raison cachée : ainsi, il était plus long et plus d'archers y trouveraient place, si jamais un adversaire se montrait assez fou pour attaquer Albemark par ce passage étroit et encaissé.

Au centre de la muraille se dressait une tour. Un grand portail garni de bronze s'ouvrit à leur approche.

— Si cette tour se trouvait au bout du pont ou, mieux encore, là-haut, sur le raidillon de l'autre côté de la gorge, le Pays du Milieu serait plus facile à défendre. Une poignée d'hommes pourrait y arrêter une armée tout entière, déclara Mandred sans ambages.

— Aucun sang ne doit être versé sur le Shalyn Falah, enfant d'hommes. Te crois-tu donc plus intelligent que les architectes de mon peuple ?

Ollowain n'avait même pas pris la peine de se retourner pour parler.

— En fait, j'ai du mal à respecter des architectes qui oublient un parapet dans la construction de leur pont, répliqua vertement Mandred.

L'elfe s'arrêta.

— Es-tu stupide à ce point ou comptes-tu simplement sur la protection de la reine, fils d'hommes ? Ta nourrice ne t'a donc pas raconté ce que les elfes font des humains qui leur manquent à ce point de respect ?

Mandred se mordilla nerveusement les lèvres. Était-il devenu complètement fou ? Il aurait mieux fait de se taire ! Pourtant, s'il ne répondait pas maintenant, il perdrait la face, à moins que... Il sourit. Il y avait peut-être encore un moyen.

— Vraiment, elfe, tu montres là un grand courage à te moquer d'un homme désarmé.

Ollowain se retourna en faisant voler sa cape. Son épée se présenta, poignée en avant, juste devant la poitrine de Mandred.

— Tu crois représenter pour moi un danger, avec une arme à la main, enfant d'hommes ? Eh bien, vas-y, essaie !

Mandred eut un sourire insolent.

— Je ne combats pas contre quelqu'un qui n'a pas d'arme.

— On dit qu'on reconnaît le lâche à sa langue bien pendue, répliqua Ollowain. J'espère que tu ne vas pas mouiller tes chausses.

La main de Mandred partit en avant. Il saisit l'épée d'Ollowain et recula d'un bond. C'en était assez ! Il n'avait nulle intention de faire du mal à cet arrogant, mais un petit coup du plat de l'épée lui montrerait qu'il se trompait d'adversaire ! D'un bref regard vers les créneaux du mur, il s'assura que personne ne regardait. C'était mieux ainsi. Ollowain n'irait certainement pas non plus se vanter de s'être fait rosser.

Mandred toisa son adversaire. Il était certes magnifiquement vêtu, mais il n'était assurément ni un héros ni un magicien. On ne posterait pas un homme parfaitement sensé pour garder un pont que personne n'irait jamais franchir. Non, c'était un paltoquet ! Un rien du tout ! Il allait lui apprendre le respect à ce bouffi d'orgueil. Quand bien même il s'agissait d'un elfe.

Il fit tournoyer son épée pour échauffer ses muscles. L'arme était étonnamment légère, tout à fait différente d'une épée d'homme. Elle était à double tranchant. Il faudrait faire attention à ne pas blesser Ollowain par inadvertance.

— Alors, tu m'attaques ou il te faut deux épées ? demanda l'elfe, contrarié.

Mandred se rua en avant, en brandissant l'épée comme pour fendre le crâne d'Ollowain. Au dernier moment, il feinta pour lui porter un coup de taille à l'épaule droite. Mais l'épée trouva le vide.

Ollowain s'était si bien esquivé que Mandred ne le rata que de quelques pouces. Le guerrier vêtu de blanc afficha un sourire arrogant.

Mandred se mit à distance. L'elfe avait la taille d'un jeune garçon, mais il savait combattre. Mandred tenterait sa meilleure botte. Une feinte qui avait déjà coûté la vie à trois de ses ennemis.

De sa main gauche, il fit semblant de vouloir gifler furieusement Ollowain. En même temps, il porta de son poignet droit un coup d'épée visant les genoux de son adversaire. Le plus souvent, ses ennemis n'avaient remarqué cette feinte que lorsque la lame les avait déjà atteints.

Mandred sentit un violent coup de poing écarter sa main. Un coup de pied dévia la pointe de son épée. Puis l'elfe lui expédia son genou entre les jambes.

Le jarl vit des étoiles danser devant ses yeux, la douleur lui coupa le souffle. Un coup à la poitrine le déséquilibra, un autre le fit tituber. Il cligna des yeux pour y voir plus clair. L'elfe était si rapide que ses mouvements se fondaient dans un flou fantomatique.

Désemparé, Mandred frappa autour de lui pour éloigner son adversaire. Un coup l'atteignit à la main droite. La douleur fut si vive qu'il ne sentit plus ses doigts.

Pourtant, poussé par son instinct de guerrier, il continua à manier sa lame. Il était en plein désarroi en voyant Ollowain attaquer partout à la fois.

Mandred décrivit un moulinet avec son épée. Puis la lame lui fut brutalement arrachée de la main. Le guerrier sentit un souffle d'air passer sur sa joue droite. Et le combat fut terminé.

Ollowain avait reculé de quelques pas. Il avait rengainé son épée comme si de rien n'était. Peu à peu, Mandred recouvra ses esprits. Il y avait bien longtemps qu'il n'avait reçu pareille correction. L'elfe, sournois, avait évité de le frapper au visage. À la cour, personne ne s'apercevrait de rien.

— Tu as dû avoir une sacrée peur, haleta Mandred, pour avoir utilisé ta magie afin de me vaincre.

— Est-ce de la magie si ton œil est trop lent pour suivre ma main ?

— Aucun homme ne peut se mouvoir aussi vite sans magie, insista Mandred.

Ollowain ébaucha un sourire.

— Tu as tout à fait raison, Mandred. Aucun homme. (Il montra la porte de la tour qui était à présent grande ouverte. Deux chevaux les attendaient là-bas.) Me feras-tu l'honneur de me suivre ?

Mandred sentait tout son corps meurtri. Les jambes raides, il se dirigea vers la porte. L'elfe se tenait à son côté.

— Je n'ai pas besoin de soutien, grommela Mandred.

— S'il en était autrement, tu ferais piètre figure à la cour, répondit Ollowain avec un regard amical pour calmer le jeu.

Sous l'arc de la porte, les chevaux attendaient patiemment. Les palefreniers qui les avaient conduits ici n'étaient visibles nulle part. Un chemin de porte voûté s'étirait tel un tunnel dans les murs de la tour imposante. Il semblait désert. Personne non plus derrière les créneaux. Et pourtant, Mandred se sentit brusquement observé. Les elfes voulaient-ils tenir secrète la force de la garnison qui gardait la Porte de leur pays ? Voyait-on en lui un ennemi ? Un éclaireur, peut-être ? Mais alors, pourquoi le chêne l'aurait-il guéri ?

Un cheval blanc et un gris les attendaient. Ollowain s'approcha de l'étalon blanc et lui tapota gaiement les naseaux. Mandred eut l'impression que le cheval gris le regardait avec espoir. Il ne s'y entendait pas vraiment en chevaux. Ceux-ci étaient de constitution légère ; ils avaient de fines attaches et paraissaient fragiles. Mais il s'était aussi laissé abuser par l'apparence d'Ollowain. Sans doute, étaient-ils plus résistants et plus forts que les chevaux qu'il avait montés jusqu'alors. Exception faite d'Aïgilaos. Mandred sourit au souvenir de ce fanfaron de centaure.

En gémissant, il se hissa en selle. Quand il eut à peu près trouvé son assiette, le guerrier elfe lui fit signe de le suivre. Les murs de la porte se renvoyèrent le bruit sourd des sabots non ferrés.

Ollowain s'engagea sur un chemin parmi de douces collines vertes. Il leur faudrait chevaucher longtemps avant d'atteindre le château. Ils longèrent des forêts sombres et franchirent d'innombrables petits ponts. De temps à autre, ils voyaient au loin des maisons aux dômes hardiment élancés. Elles étaient si soigneusement nichées dans le paysage, que Mandred croyait voir des pierres précieuses richement serties.

C'était un pays de printemps qu'il traversait avec Ollowain. De nouveau, Mandred se demanda combien de temps il avait pu dormir sous le chêne. Les contes évoquaient un printemps éternel dans le monde des elfes. Il ne s'était certainement pas écoulé plus de deux ou trois jours depuis qu'il avait franchi le cercle de pierres. Peut-être même seulement un !

Mandred s'obligea à ordonner ses pensées afin de ne pas passer pour fou devant la reine. Entre-temps, il avait acquis la conviction que l'homme-sanglier était venu de là, du monde des elfes. Il pensa à Xern et à Aïgilaos. Dans ce pays, il semblait ne rien y avoir d'extraordinaire à ce que les hommes et les animaux se mêlent – comme l'homme-sanglier.

Lorsque les princes du Pays des Fjords se rencontraient, c'était à Mandred de représenter Firnstayn. Il savait comment régler un conflit au plus vite. Dans le cas d'un crime de sang entre deux clans et de mort d'homme, la famille du meurtrier devait verser en compensation une somme d'argent, un *wergild*, à la famille de la victime. Une fois cela fait, il n'était plus question de vengeance par le sang. L'homme-sanglier venait d'ici. La reine des elfes en était garante. Mandred avait perdu par sa faute trois de ses compagnons. Firnstayn était si petit que la perte de trois hommes forts pouvait mettre en danger son existence. Il exigerait une grosse somme d'argent ! Seul Luth savait combien d'hommes des autres villages avaient été tués par cette créature. Les enfants d'albes avaient causé ce dommage, c'était donc à eux d'en subir le coût. Ce n'était que justice !

Certes, les elfes ne redoutaient aucune querelle de sang avec son village. Pourtant, il devait à ses amis morts d'élever la voix à la cour de la reine pour réclamer justice. La souveraine d'Albemark s'en doutait-elle ? Savait-elle de quelle faute elle était responsable ? Était-ce pour cette raison qu'elle le mandait aussi vite à sa cour ?

En fin d'après-midi, le château fut enfin en vue. Il se trouvait encore assez loin, au sommet d'une colline abrupte, au-delà d'un vaste espace de forêts et de prairies. Mandred en eut le souffle coupé. Le château semblait émerger d'un rocher et vouloir se vriller dans le ciel avec ses plus hautes tours. Ses murs étaient d'un blanc rayonnant et ses toits avaient la couleur gris-bleu du vieux bronze. Aucun prince des Pays du Nord ne possédait de résidence pouvant se mesurer à la plus petite des tours de ce château. Même la halle d'or du roi Horsa semblait modeste face à cette magnificence. Quelle puissance devait posséder la souveraine de ce pays ! Et quelles richesses aussi… Des richesses telles, que cela ne représenterait pour elle qu'une misère de faire recouvrir de bardeaux d'or les toits des quatre maisons longues de Firnstayn. Il s'agirait d'y penser au moment de fixer la hauteur du *wergild* pour ses compagnons morts.

Mandred s'étonnait en silence du temps qu'ils mettaient à approcher du château. Les chevaux avaient beau filer comme le vent, celui-ci ne grossissait pas pour autant à l'horizon. Ils passèrent près d'un arbre qui paraissait avoir l'âge des montagnes. Son tronc était aussi puissant qu'une tour et, dans sa ramure largement étendue, on pouvait voir d'étranges choses. On aurait dit que le bois vivant avait créé des huttes rondes en entrelaçant ses branches. Des ponts de corde tendus dans la cime les reliaient. Mandred aperçut des formes à moitié dissimulées dans la frondaison. Était-ce des elfes comme Ollowain ? Ou quelque autre peuple étrange ?

Soudain, comme sur un ordre inaudible, une nuée d'oiseaux s'envola de l'arbre. Leur plumage brillait de toutes les couleurs de l'arc-en-ciel. Ils passèrent juste au-dessus de Mandred, décrivirent une large courbe puis des cercles au-dessus des deux cavaliers. Ils devaient être des milliers. L'air résonnait de leurs battements d'ailes. Le jeu des couleurs sur leurs plumes était si merveilleux que Mandred ne put les quitter des yeux jusqu'à ce qu'ils disparaissent.

Ollowain n'avait pas dit un mot pendant tout le voyage. Perdu dans ses pensées, il semblait indifférent aux merveilles du Pays du Milieu. Mandred, lui, s'en repaissait les yeux.

Ils longèrent un lac peu profond, au fond duquel scintillaient des gemmes. Quels pouvaient être ces êtres qui jetaient tranquillement de tels trésors à l'eau ! Certes, lui aussi, il avait déjà présenté des offrandes aux dieux. La hache du premier homme qu'il avait vaincu, il l'avait offerte, par une calme nuit de pleine lune, à Norgrimm, le dieu des Batailles, près de la Source Sacrée, au plus profond des montagnes. Au village, Freya et les autres femmes vénéraient Luth en nouant aux branches du tilleul des bandes d'étoffe artistiquement tissées. Au vu de leur richesse apparente, les elfes pouvaient bien offrir des pierres précieuses à leurs dieux. Pourtant… leur richesse irritait Mandred. Certes, il ne savait pas comment il était arrivé ici, mais ce royaume ne pouvait se trouver si éloigné du Pays des Fjords. Le luxe régnait là, tandis que les siens souffraient de la misère en hiver. Une toute petite partie de ces trésors pourrait chasser la famine à tout jamais. Quel que soit le montant du *wergild* qu'il demanderait pour ses compagnons morts, cela ne représenterait à coup sûr pas grand-chose pour les elfes.

Mais il n'était pas question d'or ni de pierres précieuses. Ce qu'il voulait, c'était la vengeance. Cette bête, l'homme-sanglier, il voulait la voir morte à ses pieds.

Mandred observa Ollowain. Un guerrier de sa trempe n'aurait certainement aucune difficulté à vaincre le monstre. Il soupira. Tout ici semblait plus facile !

Ils étaient arrivés dans une lumineuse forêt de hêtres. L'air résonnait de sons de flûtes. Quelque part, à la cime des arbres, s'élevait un chant d'une pureté émouvante. Mandred n'en comprit pas un mot, pourtant sa colère s'évanouit. Ne lui restait plus que le deuil de ses amis perdus.

— Qui chante là ? demanda-t-il à Ollowain.

Le guerrier vêtu de blanc leva les yeux vers les frondaisons.

— Une jouvencelle du peuple de la forêt. Un peuple étrange. Ils passent leur vie dans les arbres. Quand ils ne veulent pas être vus, personne ne peut les trouver – sauf peut-être leurs congénères. Ils sont réputés pour leur chant et leur maniement de l'arc. Ils se déplacent comme des ombres dans les arbres. Garde-toi de pénétrer dans une de leurs forêts si tu es en conflit avec eux, fils d'hommes.

Inquiet, Mandred scruta la cime des arbres. À plusieurs reprises, il crut y apercevoir des ombres, et il se sentit soulagé en quittant de nouveau la forêt. Longtemps encore, les sonorités chaudes de la flûte les accompagnèrent.

Le soleil touchait presque les montagnes à l'horizon lorsqu'ils atteignirent la large vallée dominée par le château de la reine. Un camp de toile était installé le long d'un petit cours d'eau. Des bannières en soie flottaient au vent et les tentes semblaient rivaliser de luxe. Sur les collines s'échelonnaient des maisons entourées de colonnades ; certaines étaient reliées par de longs treillis de feuillage recouverts de roses et de lierre. Les constructions étaient si diverses d'un versant à l'autre qu'on ne se lassait pas de les admirer.

Mandred fut surtout impressionné de constater qu'aucune muraille n'entourait la résidence des elfes et qu'aucune tour ne gardait les collines alentour. Ils semblaient être absolument certains d'être à l'abri de tout assaut. Même le château, aussi impressionnantes que soient ses tours qui s'élevaient jusqu'au ciel, n'avait rien d'un solide ouvrage de défense. Il devait plutôt réjouir l'œil d'un observateur pacifique que dissuader des conquérants rapaces.

Mandred et Ollowain grimpèrent un large chemin ombragé pour arriver à la porte. Les lampes à huile qui brûlaient des deux côtés diffusaient une lumière dorée.

Le passage de la porte était plus court que celui de la forteresse du Shalyn Falah. Des guerriers elfes portant un long haubert s'appuyaient ici sur leur écu. Ils suivirent Mandred du regard, mais sans insistance. Dans la cour, un groupe de dignitaires richement vêtus l'examinèrent sans vergogne. Mandred se sentit sale et insignifiant. Ils portaient tous des habits brodés sur lesquels jouait la lumière des lampes. Leurs vêtements étaient couverts de perles et de pierres dont Mandred ne connaissait même pas le nom. Avec son pantalon maculé de sang et sa casaque en peau usée, il devait leur faire l'effet d'un mendiant déguenillé. Mais il leva le menton. Il se vêtirait de fierté !

Ollowain descendit de cheval. Mandred remarqua alors une fine coupure dans la cape du guerrier. L'avait-il touché lors de leur duel ? Ollowain n'aurait certainement pas enfilé un vêtement déchiré.

Mandred mit aussi pied à terre. Un gaillard aux pattes de bouc accourut pour prendre les rênes de sa monture. Stupéfait, le jarl regarda cet étrange palefrenier. Il puait le vieux bouc. Encore un de ces hommes-animaux ! Ils avaient même accès à ce magnifique château !

Un elfe de haute stature se détacha du groupe des courtisans. Il portait une longue robe noire bordée d'un entrelacs de feuilles et de fleurs brodées en fil d'argent. Des cheveux d'un blanc argenté tombaient sur ses épaules et une couronne de fines feuilles d'argent ceignait son front. Il avait le teint pâle, presque incolore, ses lèvres ne formaient que deux minces traits et ses yeux brillaient d'un bleu d'acier. Ollowain s'inclina brièvement devant lui. La différence entre eux deux n'aurait pu être plus grande. *Comme l'ombre et la lumière*, pensa Mandred.

— Je te salue, maître Alvias. Sur le désir de notre souveraine Emerelle, j'ai escorté le fils d'hommes et veillé sur lui jusqu'ici.

À l'intonation de sa voix, il ne faisait aucun doute que les désirs de sa maîtresse étaient pour Ollowain des ordres.

Les deux elfes se toisèrent, et Mandred eut l'impression qu'ils dialoguaient en silence. Finalement, maître Alvias lui fit signe de le suivre.

En montant derrière lui un large escalier qui menait à un péristyle, le guerrier se sentit comme dans un cauchemar. Tout autour de lui était d'une beauté stupéfiante et baigné d'une magie étrangère. Cet endroit était d'une perfection angoissante.

Ils traversèrent deux immenses salles. Chacune d'elles aurait pu contenir son village tout entier. De larges bannières ornées d'aigles et de dragons stylisés, mais aussi d'animaux que Mandred n'avait encore jamais vus, pendaient du haut des galeries. Le guerrier ne sentait aucun souffle d'air et pourtant les bannières ondulaient comme sous une légère brise. Les murs étaient encore plus impressionnants. En s'en approchant, on s'apercevait qu'ils étaient en pierre blanche, tout comme le pont de Shalyn Falah et la forteresse à la sortie du défilé. Mais une magie devait habiter cette roche : elle émettait une pâle lumière. En s'éloignant de seulement quelques pas, on perdait l'impression d'être entouré de pierre. On avait plutôt le sentiment d'évoluer dans une salle de lumière.

Chaque fois qu'ils s'approchaient d'une porte, les deux battants s'ouvraient, comme par magie. Une fontaine occupait le centre de la deuxième salle : l'eau jaillissait de la gueule d'un monstre de pierre et se déversait dans un petit bassin circulaire. La bête était entourée par des guerriers pétrifiés. Angoissé, Mandred sentit son cœur battre la chamade. S'il avait eu besoin d'une dernière preuve de la puissance magique de la reine des elfes, il la voyait là. Celui qui provoquait son déplaisir, elle le transformait en ornement de pierre pour son château !

Une autre porte haute s'ouvrit largement devant eux ; ils entrèrent dans une salle aux murs dissimulés derrière des rideaux d'eau argentée. Il n'y avait pas de plafond ; à la place, la voûte du ciel rougeoyait au soleil couchant. L'air vibrait d'une douce musique. Mandred n'aurait su dire quels instruments produisaient ces sons charmants. La musique chassait la peur qui avait grandi dans son cœur depuis son entrée dans la cour du château. Et pourtant, cet endroit n'était pas destiné aux humains. Il ne s'y sentait pas à sa place.

Une trentaine d'elfes attendaient dans la salle ; ils braquèrent tous leurs regards sur Mandred. Pour la première fois, le guerrier découvrit des elfes femmes. Elles étaient grandes et minces et leurs hanches n'avaient pas la rondeur de celles des femmes humaines. Leurs seins étaient petits et fermes. Dans le Monde des Humains, Mandred n'aurait trouvé aucun plaisir à voir ce genre de femmes-enfants. Mais les elfes étaient tout à fait à part. Leurs visages étaient d'une telle beauté qu'on en oubliait tout le reste. Mandred n'aurait su dire si cela tenait à la courbe de leurs lèvres, à leurs traits sans âge ou à leurs yeux séduisants au regard profond, prometteur de joies inconnues. Certaines d'entre elles portaient des vêtements vaporeux faits d'une étoffe si fine qu'elle semblait tissée en clair de lune. Ils soulignaient les formes séduisantes de leur corps svelte plus qu'ils ne les cachaient. Le regard de Mandred s'arrêta sur l'une des femmes. Elle était vêtue de façon plus provocante que les autres. À travers l'étoffe, les bourgeons de ses seins luisaient, comme des boutons de rose, et une ombre tentante se devinait entre ses cuisses. Aucune femme humaine n'aurait osé s'habiller ainsi.

En face de la porte, sept marches conduisaient au trône de la reine. C'était une simple chaise de bois foncé avec une marqueterie de pierres noires et blanches dessinant deux serpents enlacés. Près du trône, une colonne basse supportait une coupe d'argent. Une jeune elfe se tenait debout à côté. Elle était un peu plus petite que les autres femmes présentes. Ses cheveux châtains ondulaient sur ses épaules nues d'un blanc laiteux. Ses lèvres avaient la couleur des baies de la forêt et ses yeux étaient du même brun clair que la robe d'un faon. Elle portait une robe bleue brochée d'argent. Ce fut devant cette femme que maître Alvias s'inclina.

— Emerelle, ma reine, voici le fils d'hommes Mandred, qui a pénétré dans ton royaume sans y être appelé.

La reine examina Mandred de la tête aux pieds. Le visage impassible, comme taillé dans la pierre. Une éternité sembla s'écouler. La musique s'était tue, on n'entendait plus rien, hormis l'eau qui bruissait.

— Quelle est ta requête, Mandred fils d'hommes ? demanda finalement la reine d'une voix claire.

Mandred avait la bouche sèche. Pendant la chevauchée, il s'était longtemps demandé ce qu'il dirait quand il serait devant la reine des elfes. Mais désormais, il avait la tête vide. Il ne lui restait plus que le souci qu'il se faisait pour les siens et la colère provoquée par la mort de ses compagnons.

— Je demande un *wergild* pour les meurtres commis par un de tes sujets, reine. Telle est la loi dans le Pays des Fjords, déclara-t-il.

Le bruissement de l'eau s'intensifia. Mandred perçut derrière lui des murmures outrés.

— Lequel de mes sujets aurait commis ces actions sanglantes ? demanda posément Emerelle.

— Je ne connais pas son nom. C'est un monstre, mi-homme, mi-sanglier. J'ai vu beaucoup de ces créatures sur le chemin qui menait à ton château.

Une ride creusa le front de la reine.

— Je ne connais pas d'êtres tels que tu les nommes, Mandred fils d'hommes.

Mandred sentit le sang lui monter au visage. Quel mensonge impudent !

— Un homme-cheval était ton messager et, dans la cour du château, c'est un homme-bouc qui a emmené les chevaux. D'où pourrait venir un homme-sanglier, sinon de ton royaume, reine ! J'exige…

L'eau vrombissait maintenant sur les murs.

— Tu oses accuser notre reine de mentir ! s'emporta Alvias.

Mandred se trouva entouré par une troupe d'elfes. Il serra les poings.

— Je sais ce que j'ai vu !

— Respectez les lois de l'hospitalité ! (La reine avait à peine élevé la voix et pourtant ils l'entendirent tous.) J'ai convié le fils d'hommes dans cette salle. Quiconque le touche porte atteinte à mon honneur ! Et toi, Mandred, maîtrise ta langue. Je te le dis : une créature telle que tu me l'as décrite n'existe pas en Albemark. Raconte-nous ce que cet homme-sanglier t'a fait. Je sais très bien que vous, les humains, vous évitez les pierres levées. Pourquoi t'y es-tu réfugié ?

Mandred raconta la chasse vaine et la force de l'homme-sanglier. Quand il en eut fini, la reine parut encore plus soucieuse.

— Je déplore la mort de tes compagnons, Mandred. Puissent tes dieux leur réserver un séjour agréable en leur demeure.

Le guerrier regarda la souveraine avec étonnement. Il attendit la suite. Une proposition. Elle ne pouvait s'arrêter là ! Le silence s'installa. Mandred pensa à Freya. Si l'homme-sanglier n'avait pas déjà attaqué Firnstayn, chaque heure perdue ici la mettait en plus grand danger.

Embarrassé, il baissa les yeux. Que valait sa fierté s'il l'achetait avec le sang des siens !

— Reine Emerelle, je... je te demande de m'aider à chasser ce monstre. Je... Je te demande pardon si je t'ai offensée. Je ne suis qu'un homme simple. Je ne sais pas me battre avec les mots. Mon cœur parle pour moi.

— Tu viens dans mon château, Mandred, tu m'offenses devant ma cour et tu me demandes maintenant de risquer la vie de mes chasseurs au service de ta cause ? Vraiment, ton cœur parle pour toi, fils d'hommes.

Emerelle décrivit de la main un cercle au-dessus de la coupe en argent et jeta un bref regard à l'eau.

— Que m'offriras-tu en échange de mon aide ? Le sang n'est-il pas vengé par le sang, dans ton peuple ?

Cette question de la reine déconcerta Mandred. Les princes du Pays des Fjords auraient formulé leur demande franchement ; ils n'auraient pas marchandé ainsi. Il s'agenouilla.

— Délivre mon pays de l'homme-sanglier et tu pourras disposer de moi. Je t'appartiens.

Emerelle eut un léger sourire.

— Mandred, tu n'es vraiment pas quelqu'un que j'aimerais avoir près de moi tous les jours.

Elle se tut et consulta de nouveau la coupe en argent.

— Je demande ce que ta femme Freya porte sous son cœur. Le premier enfant qui te sera né, Mandred fils d'hommes. On ne gagne pas l'amitié du peuple des elfes avec de belles paroles. Je viendrai chercher l'enfant dans un an, jour pour jour.

Mandred fut comme frappé par la foudre.

— Mon enfant ?

Il chercha du regard une aide parmi les elfes. Mais sur aucun des visages il ne lut de compassion. Que disaient donc les contes ? Que le cœur des elfes était aussi froid que les étoiles hivernales...

— Prends une dague et plante-la-moi dans le cœur, reine. Achève ici et sur-le-champ ma vie. Ce prix, je le paie sans hésiter si tu aides les miens en échange.

— De bien grands mots, Mandred, répliqua froidement la reine. Mais à quoi servirait de verser ton sang au pied de mon trône ?

— À quoi te servira un enfant ? se révolta désespérément Mandred.

— Cet enfant servira de lien entre les elfes et les humains, répondit-elle tranquillement. Il grandira parmi mon peuple et je lui donnerai les meilleurs maîtres. Quand ton enfant sera en âge de décider, il pourra choisir s'il veut rester définitivement avec nous ou s'il préfère rejoindre ses frères humains. S'il veut partir, nous le comblerons de riches présents et je suis certaine qu'il gagnerait alors une place de premier rang dans ton peuple. Mais le plus grand cadeau qu'il emporterait avec lui dans le Monde des Humains serait l'amitié du peuple des elfes.

Mandred eut l'impression que cette frêle femme serrait son cœur d'une main de fer. Comment pouvait-il promettre aux elfes son enfant à naître ? Et cependant… s'il refusait, son enfant ne naîtrait peut-être jamais. Combien de temps l'homme-sanglier mettrait-il avant de pénétrer dans le petit village au bord du fjord ? S'il n'y était pas déjà allé…

— Ma femme Freya est donc encore en vie ? demanda-t-il, abattu.

La main de la reine caressa doucement la coupe d'argent.

— Quelque chose cache la créature que tu appelles « homme-sanglier ». Mais elle semble se trouver toujours à proximité du cercle de pierres. Elle n'a pas attaqué ton village. (Elle leva la tête et le regarda droit dans les yeux.) Quelle est ta décision, Mandred fils d'hommes ?

J'engendrerai d'autres enfants avec Freya, se persuada-t-il. *Peut-être est-ce une fille qu'elle porte en son sein, et la perte ne sera pas si grande.* Il était le jarl du village. Il en était responsable. Que pesait une vie face à tant d'autres ?

— Tu auras ce que tu demandes, reine. (La voix de Mandred n'était guère plus audible qu'un chuchotement. Ses lèvres se refusaient aux mots, pourtant il se força à parler :) Si tes chasseurs tuent l'homme-sanglier, mon enfant t'appartiendra.

Emerelle fit un signe de tête en direction d'un elfe vêtu de gris et lui signifia d'un geste de s'avancer.

— Farodin du clan d'Askalel, tu as souvent fait tes preuves. Ta sagesse et ton expérience aideront au succès de la Chasse. Je t'appelle solennellement pour la Chasse des elfes.

Mandred sentit un frisson lui parcourir le dos. La Chasse des elfes ! Combien d'histoires n'avait-il pas entendues à propos de cette mystérieuse compagnie !

On disait qu'aucune proie ne pouvait échapper à ces chasseurs inquiétants. Dès le départ, elle était vouée à la mort. En guise de chiens, ils avaient des loups, grands comme des chevaux, et du feu liquide coulait dans les veines de leurs destriers. Ils chevauchaient dans le ciel nocturne et se cachaient dans la lumière des fées pour fondre ensuite sur leur proie, comme des aigles. Seuls les plus nobles et les plus téméraires pouvaient prendre part à la Chasse. Ils étaient tout à la fois cavaliers et magiciens. Si puissants que même les dragons les craignaient et que les trolls se cachaient dans leurs châteaux quand la Chasse partait en expédition. Et voici qu'il les avait lâchés sur l'homme-sanglier, pensa-t-il, réjoui. Ils déchireraient la bête et vengeraient par le sang ses amis morts !

La reine appela encore d'autres noms, mais les élus ne semblaient pas être présents. Pour finir, elle désigna une autre silhouette, habillée de brun, qui parut s'effrayer dans un premier temps.

— Nuramon du clan de Weldaron, voici venu ton temps.

Un murmure parcourut les elfes rassemblés.

Une femme sortit du groupe ; elle semblait particulièrement troublée.

— Ma reine, tu ne veux tout de même pas l'exposer à un tel danger ? Tu connais sa destinée.

— C'est précisément pourquoi je l'ai choisi. (Mandred glissa un regard vers l'elfe aux cheveux bruns. Il avait l'air vraiment mal à l'aise. Ce n'était sûrement pas un chasseur aguerri !) La Chasse des elfes partira demain, dès l'aube, pour abattre ce monstre dont on nous parlé. Et c'est toi, Mandred fils d'hommes, qui la conduiras, car tu connais la bête et le pays où elle sévit.

Dans la salle, les murmures cessèrent aussitôt. Mandred sentit de nouveau tous les regards braqués sur lui. Il n'arrivait pas à croire ce que la reine venait de dire. Lui, le plus vil aux yeux de toute l'assistance, on l'avait choisi pour mener la Chasse des elfes ! Ah, si Freya avait été là, à ses côtés, en cet instant !

Une soirée à la cour

Nuramon occupait une chambre aux murs et au plafond richement décorés de fresques. La reine avait appelé sept chasseurs, et il y avait là sept chambres. Jadis, on avait aménagé ces appartements pour permettre aux elfes de s'équiper et de se reposer. C'était l'endroit où leurs familles pouvaient leur rendre hommage. Mais Nuramon s'y trouvait complètement seul.

Au plafond et aux murs, des pierres de béryl couleur de miel dispensaient une chaude lumière. Dans une niche du mur à droite, Nuramon pouvait voir quelques armes et pièces d'équipement, mais aussi toutes sortes de bijoux et de joyaux dont il sentait la force magique. Ses prédécesseurs les avaient autrefois portés lors de la Chasse des elfes. Celui qui en revenait avait pour coutume de laisser quelque chose dans la chambre.

En tant qu'appelé, Nuramon aurait pu s'approprier quelques-unes de ces pièces ; c'était du moins ce que lui avait raconté Farodin. Mais il n'en revendiquait aucune, il ne voulait pas en ternir l'éclat. Ne lui restait donc pour tout équipement que ce qu'il possédait déjà, c'est-à-dire pas grand-chose. Selon l'usage, les membres de sa famille devaient le rencontrer ici pour lui apporter leur soutien et l'équiper. Mais Nuramon ne pouvait y compter. Sur le banc de pierre en face de la niche ne se trouvait ni parent ni présent qu'on aurait déposé là.

La reine ne l'avait-elle pas grandement honoré en l'appelant pour la Chasse ? N'avait-il pas mérité que son clan, selon l'habitude, vienne lui témoigner sa joie ? Au lieu de cela, ils s'étaient tous montrés surpris. Ils ne se donnaient même plus la peine de chuchoter pour se moquer de lui. Ils l'avaient exclu – la reine elle-même n'y pourrait rien changer.

Qui donc, à part Noroelle, pouvait encore le retenir en ce monde ? Ses parents avaient depuis longtemps rejoint la Lumière de la Lune. Il n'avait ni frère, ni sœur, ni ami. Uniquement Noroelle. Elle seule semblait ne pas se soucier de la malédiction qui pesait sur lui. Et si elle avait entendu la décision de la reine, elle aurait partagé sa joie. Elle n'aurait pas manqué de lui rendre visite dans cette chambre.

Nuramon avait entendu parler de la dernière Chasse des elfes. Les compagnons étaient partis protéger un prince troll du Mur des kelpes. Les familles avaient présenté aux chasseurs des armes et toutes sortes d'objets précieux parmi lesquels ils avaient pu choisir. Et celles dont les présents avaient été retenus par les chasseurs en avaient tiré une grande fierté.

Tandis qu'il se morfondait seul, ses compagnons recevaient certainement leur équipement, dans les autres chambres. Le fils d'hommes aussi était probablement entouré. Nuramon se demanda s'il s'était déjà produit qu'un elfe jalouse un humain.

Des bruits de pas devant sa porte le tirèrent de ses pensées. Il se retourna, dans l'espoir que ce serait quelqu'un de sa famille. Il entendit une voix de femme prononcer son nom. Puis la porte s'ouvrit. Une femme entra, vêtue de la robe grise d'une magicienne.

— Emerelle ! s'exclama-t-il.

Sa souveraine était totalement transformée. Elle ressemblait, à présent, moins à une reine qu'à une magicienne très puissante. Ses yeux brun clair scintillaient à la lumière des béryls et un sourire éclairait son visage.

— Tu viens me voir, toi ? s'étonna-t-il.

Elle ferma la porte.

— J'ai bien l'impression d'être la seule.

Elle s'avança vers lui avec une telle élégance et une telle assurance que Nuramon pensa se trouver devant une elfe des temps légendaires. La reine avait vécu ces moments grandioses. Elle n'avait pas été engendrée par des elfes ; elle descendait directement des albes et les avait connus avant qu'ils quittent le monde. En son château, Emerelle cachait quelque part sa Pierre d'albes, le joyau que les albes lui avaient laissé et qu'elle utiliserait un jour pour les suivre. Mais pourquoi venait-elle à lui en magicienne ?

Comme si elle avait lu dans ses pensées, elle répondit :

— Il est de tradition que la reine rende visite à tous les participants de la Chasse. Et comme j'entendais partout des voix, sauf ici, j'ai décidé de commencer par toi.

Elle s'arrêta devant lui et le regarda, semblant attendre quelque chose.

Un souffle de fleurs printanières chatouilla le nez de Nuramon. Le parfum de la reine l'apaisa.

— Pardonne-moi, murmura-t-il, je ne suis pas au courant de toutes ces traditions.

Il baissa les yeux.

— N'as-tu jamais rêvé de participer à la Chasse des elfes ? Tous les enfants en rêvent ; ils en connaissent les usages, et aussi chaque pas du chemin au cours de cette nuit.

Nuramon soupira et releva les yeux.

— Un enfant non reconnu rêve de choses plus modestes.

Il pensa au temps qui avait suivi l'entrée de ses parents dans la Lumière de la Lune. Il était alors encore très jeune, mais personne n'était venu le recueillir. Sa famille l'avait rejeté et il était retourné dans l'arbre de ses parents. Dès lors, il y avait vécu en solitaire. Seuls les enfants d'albes, qui n'accordaient aucune importance à la malédiction que les elfes voyaient en lui, l'avaient toléré auprès d'eux. Mais il les avait comptés sur les doigts de la main.

— Je sais combien c'est difficile, dit la reine en arrachant Nuramon à ses souvenirs. Toutefois, ma décision sera un signe pour les autres. Ils en sont encore surpris, mais ils te verront bientôt avec d'autres yeux.

— J'aimerais te croire, répondit-il en évitant son regard.

— Regarde-moi, Nuramon ! ordonna-t-elle. N'oublie pas que je suis aussi ta reine. Je ne peux amener les autres à t'aimer. Mais je vais te traiter exactement comme je les traite. Tu te sens seul et exclu. Mais bientôt, les autres découvriront ton être véritable. Tu as surmonté la souffrance de tes jeunes années. Il semble que Noroelle ait éveillé en toi des forces insoupçonnées. Voici venu le moment de t'offrir la reconnaissance due à tes qualités.

— Je saurai m'en montrer digne, Emerelle.

La reine jeta un regard vers la porte.

— Puisque personne ne vient et que depuis toujours on a armé les chasseurs, c'est moi qui me chargerai de ton équipement. Je te le ferai porter plus tard dans ta chambre.

— Mais...

— Non, ne dis pas que cela ne t'est pas dû ! Regarde là-haut ! (Elle montra le portrait d'une elfe combattant un dragon.) Gaomée ! Elle a terrassé le dragon Duanoc qui s'était introduit dans nos contrées par la Porte de Halgaris.

Gaomée ! Duanoc ! Halgaris ! Des noms légendaires, évocateurs de grands exploits et de temps héroïques. Autrefois, de nombreux dragons étaient venus en Albemark, mais seuls quelques-uns avaient trouvé leur place en ce monde et conclu une alliance avec les elfes. Duanoc avait été à cent lieues d'accepter un tel pacte. À ce qu'on racontait, du moins. Et la jeune Gaomée l'avait terrassé. Un frisson parcourut le dos de Nuramon.

La reine continuait à parler :

— Gaomée n'avait plus de famille. En la choisissant, j'ai créé autrefois aussi une grande surprise. Je retrouvais en elle quelque chose que j'avais jadis perçu en moi.

Emerelle ferma les yeux et Nuramon fut complètement sous le charme. Jamais auparavant, il n'avait vu la reine avec les paupières fermées. C'était ce visage qu'elle devait avoir en dormant, quand elle rêvait de choses que seule une elfe dotée d'un grand pouvoir pouvait comprendre.

— Je vois si nettement Gaomée dans mes souvenirs... Elle se tenait ici, devant moi, son visage baigné de larmes. Elle ne possédait pas d'équipement convenable pour se lancer avec les autres à l'assaut du dragon. Alors, je l'ai pourvue de tout le nécessaire. Il est hors de question qu'un chasseur soit mal équipé, surtout quand il s'agit de pénétrer dans les royaumes humains.

— S'il en est ainsi, je vais accepter.

Nuramon leva les yeux sur la fresque de Gaomée et se perdit dans la contemplation. La reine lui avait ouvert une voie dont il n'aurait jamais pensé qu'elle lui serait accessible. Depuis longtemps, il s'était habitué à se trouver à l'écart des autres.

— Je sais que tout cela est nouveau pour toi, dit la reine doucement en le tirant encore une fois de ses pensées. Pourtant, il s'agit là d'un tournant pour ton âme. Jamais encore personne portant le nom de Nuramon n'a participé à la Chasse des elfes. Tu es le premier. Et parce que la réputation des elfes est aussi liée à la Chasse, beaucoup devront décider, à ton retour, s'ils veulent t'accueillir avec moquerie ou avec reconnaissance. (Nuramon ne put s'empêcher de sourire.) Pourquoi souris-tu ? Fais-moi part de tes pensées.

— Je pense à la peur, que j'ai lue sur le visage des miens, lorsque tu m'as appelé. Maintenant, plus qu'une honte, ils voient en moi un danger. Ils craignent sans doute que, si je meurs, leur naisse un enfant qui portera mon âme. En fait, ils devraient être ici pour me fournir le meilleur équipement, dans l'espoir de me voir survivre. Mais leur aversion envers moi semble l'emporter sur la peur de ma mort…

Emerelle le regarda avec bienveillance.

— Ne les juge pas aussi sévèrement. Laisse-les d'abord s'habituer à la situation nouvelle. Seules les rares personnes qui traversent les siècles s'habituent facilement à la nouveauté. Personne ne pouvait pressentir que j'allais t'appeler. Toi-même, tu ne t'y attendais pas.

— C'est vrai.

— Et maintenant, sais-tu ce qui va suivre ?

Nuramon ne comprit pas où elle voulait en venir. Faisait-elle allusion à sa vie ou à cette conversation ?

Mais Emerelle ne lui laissa pas le temps de répondre et elle poursuivit :

— Les compagnons de la Chasse courent un grand danger. C'est pourquoi la reine leur donne à chacun un conseil pour le chemin.

Nuramon se sentit honteux de son ignorance.

— Je le suivrai, quel qu'il soit.

— Je suis ravie que tu me fasses tant confiance. (Elle posa sa main sur son épaule.) Tu es différent des autres, Nuramon. Le regard que tu portes sur le monde diffère de celui d'un elfe ordinaire. Tu vois la beauté dans ce que les autres abhorrent. Tu vois le sublime là où ils passent leur chemin avec mépris. Et tu parles d'harmonie là où tout leur paraît insupportable. Et parce que tu es ainsi, je vais te donner un conseil que j'ai entendu autrefois prononcer par l'oracle de Telmareen : « Choisis toi-même tes parents ! Ne te soucie pas de ta réputation ! Tout ce que tu es est en toi. »

Nuramon resta comme fasciné. Lui, voici qu'il entendait les mots de l'oracle de Telmareen par la bouche même de la reine ! Il apprécia un moment le sentiment qu'elle lui procurait. Puis, d'un seul coup, une question monta à ses lèvres. Il hésita avant de la poser :

— Tu as dit que tu avais entendu ce conseil. À qui s'adressait l'oracle ?

Emerelle sourit.

— Suis le conseil de la reine ! dit-elle en lui baisant ensuite le front. C'est à moi que l'oracle a parlé.

Sur ces mots, elle se retourna et se dirigea vers la porte.

Nuramon la regarda, sidéré. Au moment de sortir, elle ajouta :

— J'ai vu Noroelle dans le verger.

Quand elle fut partie, Nuramon se laissa tomber sur le banc de pierre pour réfléchir. C'était donc à la reine que l'oracle avait autrefois donné ce conseil ? L'avait-elle appelé parce qu'elle se reconnaissait en lui ? Nuramon s'aperçut soudain combien il s'était trompé sur elle. Il l'avait toujours considérée comme inaccessible, comme une elfe dont on ne pouvait qu'admirer l'éclat comme on admire une étoile lointaine. Mais jamais, au grand jamais, il n'aurait pensé qu'il pouvait exister entre elle et lui une quelconque affinité.

Pour tous les elfes et autres enfants d'albes qui se trouvaient sous sa protection, Emerelle servait à la fois de modèle et d'idéal. Comment avait-il pu l'ignorer ? Elle ne lui avait pas seulement révélé un chemin pris par elle autrefois, mais elle l'avait aussi renvoyé à Gaomée. Lors de la Chasse des elfes, il suivrait son exemple. Mais c'était surtout le conseil de la reine qu'il garderait en lui.

Il se remémora encore une fois ses paroles et pensa en même temps à Noroelle. En quittant sa chambre, il vit, à l'autre bout du couloir, Mandred entouré de quelques elfes. Le fils d'hommes les remerciait haut et fort. Nuramon ne put s'empêcher de sourire. Maintenant, pour aucun trésor de ce château, il n'aurait voulu échanger son destin avec Mandred ni avec aucun autre chasseur.

En traversant le couloir, il remarqua qu'aucune elfe ne se trouvait près de Mandred. Ce qui ne l'étonna guère. On s'était sans doute déjà répété à la cour l'indécence avec laquelle il regardait les femmes. Il se réjouissait que Noroelle ait échappé à ses regards dans la salle du trône. Comment pouvait-on manquer de tact à ce point !

À cet instant, Mandred s'écria :

— Eh bien, mes amis ! Prononcez donc une formule magique pour que cette armure s'adapte à ma taille et je l'accepterai avec joie… Attendez ! Épargnez-moi les épées et autres jouets d'enfants. Moi, je m'appelle Mandred ! Vous n'avez pas de hache ?

Nuramon secoua la tête. Une voix rauque, une âme rauque ! Et pourtant, une façon d'être indéniablement séduisante.

En se dirigeant vers le verger, Nuramon se demanda comment Noroelle recevrait la nouvelle de sa participation à la Chasse. Sa crainte pour lui l'emporterait-elle sur sa joie ? La reine avait parlé d'elle en termes élogieux. Elle avait dit la vérité : sa bien-aimée l'avait transformé. Elle lui avait donné confiance en lui et il avait grandi grâce à son affection.

Quelques instants plus tard, Nuramon atteignit le verger. Il se trouvait sur une avancée rocheuse qu'on pouvait rejoindre depuis le château. Il faisait nuit. Il leva les yeux vers la lune. C'était là le but de la vie. Partir enfin dans la Lumière de la Lune ! Pendant toutes ces années, elle avait été sa confidente. Ses ancêtres – ceux qui avaient autrefois porté son âme et son nom – avaient sans doute aussi ressenti ce lien. Sa faible lueur l'effleurait comme un souffle frais au cœur de ce chaud printemps. Nuramon s'engagea sous les arbres.

Il s'arrêta sous un bouleau et regarda autour de lui. Il y avait longtemps qu'il n'était pas venu dans ce jardin. On disait que tous les arbres ici possédaient une âme et un esprit et que celui qui savait tendre l'oreille pouvait les entendre chuchoter. Nuramon eut beau écouter, il n'entendit rien. Ses sens étaient-ils toujours aussi peu aiguisés ?

Mais à présent, il s'agissait de trouver Noroelle. Elle serait sous un arbre fruitier. Il chercha les fruits que les arbres portaient ici toute l'année : pommes et poires, cerises et mirabelles, abricots et pêches, citrons et oranges, prunes et… mûres. Noroelle aimait les mûres !

Tout au bout du jardin poussaient deux mûriers, mais Noroelle ne s'y trouvait pas. Nuramon s'adossa au mur et regarda le paysage. Dans la nuit, les tentes installées dans la vallée ressemblaient à des lanternes colorées.

— Où es-tu, Noroelle ? demanda-t-il doucement.

Il entendit alors les cimes chuchoter :

— Elle n'est pas ici, elle ne fut pas ici !

Étonné, il se retourna… et ne vit rien d'autre que les deux mûriers.

— C'est nous, entendit-il dans les branches du plus grand. Va voir le sapin-fée. C'est un sage, (ajouta le plus petit.) Mais avant de partir, prends donc de nos fruits !

— Les mûriers pourvus d'une âme ne sont-ils pas connus pour le souci qu'ils ont de leurs fruits ? demanda Nuramon, surpris.

Les feuilles du plus grand arbre frémirent.

— C'est vrai. Nous ne sommes pas comme nos frères et sœurs inanimés. Mais, toi, tu es en chemin vers Noroelle.

Le plus petit arbre s'ébroua.

— Ce serait un honneur pour nous qu'elle veuille bien goûter de nos fruits.

Deux baies tombèrent dans les mains de Nuramon : l'une rouge foncé, l'autre blanche.

— Soyez remerciés tous les deux, dit Nuramon d'une voix émue.

Et il se mit en chemin. Il pensait avoir vu un sapin tout près du bouleau.

En arrivant devant le sapin-fée, il se souvint de lui. Enfant, il avait joué ici en hiver avec les fées des prés. Ni haut, ni large, on aurait pu le qualifier d'ordinaire. Mais une aura en émanait qui ne tolérait pas le froid. C'était lié à une magie que Nuramon possédait lui aussi. Le sapin disposait de forces guérisseuses. Il le sentait nettement.

Ses branches s'agitèrent au vent.

— Qui es-tu pour venir ainsi me troubler ? murmura la cime.

Des bruissements partirent tout autour. Là, où venait de régner le silence, on n'entendit plus que susurrements.

— Qui est-ce ? semblaient demander les arbres.

— Un elfillon, répondait les autres.

Le sapin des fées ordonna :

— Silence ! Laissez-le répondre !

— Je ne suis qu'un elfe ordinaire, dit Nuramon. Et je cherche ma bien-aimée.

— Quel est ton nom, elfillon ?

— Nuramon.

— Nuramon, répétèrent les branches.

Les autres arbres aussi chuchotèrent son nom.

— J'ai entendu parler de toi, affirma le sapin.

— De moi ?

— Tu habites une cabane dans un arbre, dans un chêne nommé Alaen Aïkhwitan. Ta maison est faite du bois qui abritait autrefois l'âme de la puissante Céren. Connais-tu Alaen Aïkhwitan ? Et as-tu entendu parler de Céren ?

— Céren ne m'est pas connue, mais je connais Alaen Aïkhwitan. Je sens sa présence quand je suis chez moi. Sa magie garde la cabane fraîche en été et chaude en hiver. C'est de lui que ma mère a appris l'art de guérir et, moi, je le tiens d'elle. Mais il ne s'est jamais révélé à moi.

— Il faut d'abord qu'il s'habitue à toi. Tu es encore jeune. Ses messagers m'ont parlé de toi… de ta solitude. (Les questions se pressaient sur la langue de Nuramon, mais le sapin demanda :) Qui est donc ta bien-aimée ?

— Son nom est Noroelle.

Des chuchotements amusés passèrent dans les cimes tout autour, et le nom de « Noroelle » fut prononcé plus d'une fois. Cependant, les voix des arbres se mêlaient tant aux bruissements de leurs feuilles qu'il ne put entendre ce qu'elles disaient de Noroelle.

Mais il pouvait comprendre le sapin-fée.

— Elle n'est pas ici, elle ne fut pas ici cette nuit.

— Pourtant, la reine m'a dit qu'elle était dans ce jardin.

— La reine dit ce qui doit être dit. Noroelle n'est pas ici, mais près d'ici. Va vers la terrasse, là où le tilleul et l'olivier poussent côte à côte !

Nuramon eût encore aimé poser des questions sur Céren, mais pour l'instant, il était plus important de trouver Noroelle. Aussi, il remercia l'arbre et prit le chemin qu'il lui avait indiqué.

Bientôt, il vit le tilleul et l'olivier devant la paroi rocheuse qui s'élevait jusqu'à la terrasse. En s'approchant, il trouva un escalier étroit qui y menait.

Noroelle se tenait près de la balustrade en pierre de la terrasse. Dans sa robe blanche, elle ressemblait à un esprit descendu de la Lumière de la Lune. Elle ne l'avait pas encore aperçu. Il se plaça sous le tilleul. Le sapin-fée avait raison : la reine avait dit ce qui devait être dit. Elle l'avait habilement conduit ici : Noroelle là-haut, lui en bas ! Cette situation appelait tout simplement un poème à déclamer depuis l'ombre d'un tilleul vers la Lumière de la Lune.

Noroelle prononça alors quelques mots. S'adressait-elle à la lune ? Parlait-elle à la nuit ? Il l'écouta, gêné de se trouver là. Elle se tourna de côté. Ce n'était pas à la lune, ni à la nuit qu'elle parlait, mais à un elfe. Une seconde plus tard, Nuramon vit celui vers qui elle était tournée : Farodin.

Nuramon ne pensa plus qu'à partir et, en titubant, il passa de l'ombre du tilleul à celle de l'olivier. Appuyé au tronc, il écouta sans enthousiasme les mots prononcés là-haut. Farodin avait trouvé un ton qui semblait plaire à Noroelle. Pour la première fois, il exprimait son amour du plus profond de son cœur.

Alors, c'était fini…

Entre les branches, au clair de lune, Nuramon regarda Noroelle qui succombait au charme de Farodin. Jamais il ne l'avait vue si heureuse. Farodin l'embrassa avant de la quitter. Noroelle resta là, sans bouger, souriant à la nuit. Et comme Nuramon l'aimait, il ne put faire autrement que sourire, lui aussi. Peu importait que Farodin ait, à l'évidence, remporté la victoire. Sa bien-aimée souriait, et cela l'émouvait.

Nuramon contempla Noroelle un long moment, il vit son sourire s'évanouir peu à peu et son visage s'attrister. Il en perdit, lui aussi, l'envie de sourire et quand elle prononça doucement son nom dans la nuit, il retint son souffle. Farodin la faisait sourire, mais penser à Nuramon lui causait de la peine. Quand il vit une larme couler sur sa joue, il ne put résister plus longtemps. Il prit une légère inspiration et chuchota :

— Douce enfant d'albes, entends la voix (Noroelle sursauta) de l'arbre chanter pour toi ! (Elle regarda en bas, leurs regards se croisèrent, et elle retrouva son sourire.) Je te vois là, au vent du soir. Comme dans mes rêves, une fée d'espoir.

Noroelle essuya une larme, elle prit une grande inspiration puis dit doucement :

— Mais comment une elfe ressemblerait-elle à une fée ?

— Eh bien…, fit-il en enchaînant aussitôt : Ta robe pareille au blanc bouleau, d'amour m'aveugle et luit là-haut. (Il quitta l'ombre de l'olivier pour retrouver celle du tilleul.) Crois le tilleul, une seule fois. Douce enfant d'albes, entends ma voix !

— Je t'entends, esprit de l'arbre. Mais c'est la première fois que j'entends un arbre parler en rimant.

Il chuchota en réponse :

— Il ne m'a pas été facile non plus de parler avec la voix d'un elfe afin de plaire à ma fée.

— Je croyais avoir entendu un olivier parler.

— Nos racines sont liées. Nous ne formons qu'un esprit à l'intérieur de deux écorces. En nous s'unissent l'amour et la vie, répliqua-t-il.

— N'y a-t-il pas assez de bouleaux en bas ? Pourquoi languis-tu de moi ?

— Tu le vois, je suis au bord du jardin, le regard levé vers toi. La souveraine de cet endroit m'a demandé d'assister les amants qui envoient leurs mots à leur bien-aimée là-haut.

— Je connais ce jardin et je sais qu'il ne t'est permis que d'écouter et non pas de parler. Est-ce pour moi que tu as rompu ton silence ?

— Il faut bien rompre le silence. L'éternité n'en finit pas.

— Alors, tu m'aimes ?

— Mais oui.

Il la vit toucher une branche.

— Tu es un arbre merveilleux. Et tes feuilles sont tendres. (Elle tira la branche vers elle et déposa un baiser sur une feuille.) Est-ce bon, mon arbre ?

— Comme un enchantement. Et je voudrais t'offrir un présent en échange.

— Un présent ? Une olive, peut-être ?

— Mais non. Tous ceux qui sont là-haut peuvent cueillir une olive sans que j'en prenne ombrage. Je ne voudrais pas t'offrir ce que chacun peut prendre de moi. Pour ma bien-aimée, il faut quelque chose de particulier, pour elle rien n'est trop beau. Tu sais combien les mûriers animés gardent jalousement leurs fruits ?

— Oui. C'est pourquoi il vaut mieux chercher ceux qui ne sont pas habités par une âme. Sinon, on perd beaucoup de temps à convaincre les autres de se séparer d'un seul de leurs fruits.

— Eh bien, c'est précisément ce que j'ai fait. Je… J'ai senti un vent passer qui m'a entraîné jusqu'aux deux mûriers qui prennent racine à l'autre bout du jardin. Je les ai alors priés de me laisser chacun un fruit. D'abord, ils ont refusé au prétexte que je n'étais qu'un arbre, après tout. Que pouvais-je bien faire de leurs baies ? Mais quand ils ont appris que leurs fruits t'étaient destinés, ils se sont d'un seul coup montrés généreux.

— Mais comment t'ont-ils fait parvenir leurs fruits ? Tu te trouves ici, et les autres sont bien loin de toi, comme tu dis.

— Ah, ils ont été passés d'arbre en arbre puis déposés sur la prairie où j'ai étiré mes racines et me suis efforcé toute la journée d'atteindre ce présent pour ma bien-aimée.

— Ainsi, tu as donc les baies, maintenant ?

— Oui, et je voudrais te les donner.

— Mais comment ? Dois-je venir vers toi ? Ou les mettras-tu dans une feuille que tu me tendras ensuite au bout d'une branche ?

— Nous, les arbres, nous possédons une grande force magique. Regarde ! (Nuramon lança la baie rouge pour la faire atterrir sur le parapet de la terrasse, exactement devant Noroelle. Ensuite, il lança la baie blanche que Noroelle attrapa adroitement.) Sont-elles bien arrivées, toutes les deux ? demanda-t-il.

— J'en ai une dans la main et l'autre est devant moi. Elles sont si belles et si fraîches !

Nuramon la regarda manger les baies, fasciné par ses lèvres.

Quand elle les eut dégustées, elle dit :

— Jamais je n'en avais mangé d'aussi douces. Mais que va-t-il advenir de nous à présent, esprit de l'arbre ?

— Ne veux-tu pas descendre jusqu'à moi et prendre racine ici ?

— Tu pourrais tout autant détacher tes racines et grimper l'escalier jusqu'à moi…

— Écoute, bien-aimée ! Entends ma proposition ! Il y a ici un jeune homme qui dort dans mon ombre en rêvant. Peut-être te serait-il agréable ?

— Oui, lie-toi à lui et viens vers moi. L'esprit derrière ta voix dans ce corps, c'est ce que je désire cette nuit. Viens à moi, Nuramon.

L'elfe hésita. Mais ce jour n'était-il pas celui des miracles ? On l'avait appelé pour la Chasse des elfes. La reine lui avait révélé son oracle. Les arbres lui avaient parlé.

Rassemblant son courage, il quitta l'ombre du tilleul et grimpa les marches jusqu'à la terrasse où Noroelle l'attendait. D'abord, il voulut garder ses distances, comme il le faisait toujours. Il ne voulait en aucun cas la toucher. Mais elle se tenait là, plus séduisante que jamais. Sa robe et ses longs cheveux ondulaient au vent de la nuit. Elle sourit doucement, puis elle pencha la tête de côté.

— On m'a rapporté la décision de la reine. Tu ne t'imagines pas mon bonheur. Je t'ai toujours dit qu'on saurait un jour reconnaître ton être véritable. Je le savais. Ô Nuramon !

Elle tourna vers lui les paumes de ses mains et voulut les lui tendre, mais elle s'arrêta.

Nuramon surmonta sa timidité et les saisit.

Noroelle baissa les yeux afin de s'assurer que ses mains la touchaient vraiment. Elle retint son souffle.

Il l'embrassa tendrement sur la joue et elle poussa un soupir. Quand il approcha lentement ses lèvres des siennes, elle se mit à trembler. Et lorsque leurs lèvres se touchèrent, Nuramon sentit Noroelle se relâcher et répondre à son baiser. Puis elle le serra très fort dans ses bras et lui chuchota à l'oreille :

— Au bon moment, Nuramon. Et pourtant de façon si surprenante.

Ils se regardèrent longuement et Nuramon eut l'impression qu'il n'en avait jamais été autrement entre eux.

Au bout d'un moment, Noroelle demanda :

— Raconte-moi ce qui s'est passé ce soir.

Nuramon lui conta ce qui était arrivé, sans oublier le compliment que la reine lui avait adressé. Le lien avec Gaomée et les paroles de l'oracle semblèrent toucher particulièrement Noroelle. Nuramon termina en disant :

— Je me sens transformé. La reine a allumé en moi un feu qui ne demande plus qu'à brûler. Je suis toujours le même, mais je peux enfin agir.

— C'est pourquoi tu peux me toucher maintenant ?

— Auparavant, j'avais peur. Et quand j'ai peur, je suis stupide. Je craignais que tu me repousses, je redoutais que tu me choisisses. Un vrai déchirement.

— Toi et Farodin, vous êtes singuliers. Aujourd'hui, près du lac, on aurait pensé que jamais tu ne m'approcherais et que Farodin ne me révélerait jamais ne serait-ce qu'un souffle de son intimité. Mais cette nuit, vous vous êtes tous les deux transformés.

— Seulement, Farodin a été plus rapide que moi.

— Ce ne serait pas juste, Nuramon… Pour la seule raison qu'il fut le premier à me trouver ici ? Dois-je te punir de ce que la reine était avec toi ? Non ! Une nuit n'est pour moi qu'un instant, et comme vous êtes venus à moi tous les deux cette nuit, vous êtes arrivés au même moment. Tu considères le temps comme un bien trop restreint, Nuramon.

— Est-ce si étonnant ? Si je prends le chemin de mes ancêtres, chaque instant qui me reste est précieux.

— Jamais tu ne suivras ce chemin. Tu vivras longtemps et tu rejoindras la Lumière de la Lune.

Nuramon leva les yeux vers l'astre de la nuit.

— C'est vraiment étrange que quelque chose que j'aime autant que la lune se refuse depuis si longtemps à mon âme. (Il se tut en pensant à toutes les histoires qu'il avait entendues à propos de cet astre.) Savais-tu qu'elle change de forme dans le monde de Mandred ?

— Non, je ne l'ai encore jamais entendu dire.

— Elle est beaucoup plus petite que la nôtre. Et elle décroît au fil des jours ; nuit après nuit, elle prend la forme d'une faucille jusqu'à disparaître totalement. Et puis, elle croît de nouveau lentement pour retrouver sa pleine rondeur.

— On dirait un charme. Je ne sais pas grand-chose de l'Autre Monde. Mes parents m'en ont enseigné quelques langues. Mais je n'en sais pas plus. Quelle peut bien être la magie qui y opère ? Les elfes peuvent-ils aussi rejoindre la Lumière de la Lune à partir des royaumes humains. Que se passe-t-il quand ils meurent là-bas ?

— Voilà des questions auxquelles seuls les sages peuvent répondre.

— Mais toi, Nuramon, que crois-tu ?

— Je crois que la magie qui opère là-bas est apparentée à la nôtre. Je crois qu'un elfe peut aller dans la Lumière de la Lune des humains. Seulement, là-bas, la lune est plus lointaine. C'est un plus long voyage. Et quand un elfe meurt dans les royaumes humains, il n'en va pas autrement que s'il perdait la vie ici. Car la mort ne fait pas de distinction entre les contrées. (Il la regarda attentivement et vit se dessiner un soupçon d'inquiétude sur ses traits.) Crains-tu pour notre vie ?

— Il est rare que la Chasse des elfes parte dans les royaumes humains. Te souviens-tu qu'un elfe y soit jamais mort et qu'il ait pu ensuite renaître ici ?

— On dit que l'un de mes ancêtres aurait perdu la vie hors de notre monde. Et vois ! Je suis ici !

Elle rit, lui caressa la joue et le regarda ensuite, comme fascinée.

— Ton visage est unique.

— Et le tien est...

Elle lui passa les doigts sur ses lèvres.

— Non, pendant des années, tu m'as adressé ces mots-là. Maintenant, je te dis : doux enfant d'albes, tais-toi ! (Elle retira ses doigts de ses lèvres, et il se tut. Doucement, elle lui caressa les cheveux.) Tu as toujours pensé que les femmes, ici, ne feraient que se moquer de toi. Et elles le font de bon cœur, c'est vrai. De ton nom, de ton destin... Elles le font, parce qu'on a toujours ri de toi. Mais ton apparence particulière ne leur a pas non plus échappé. Tu ne croirais pas tout ce qui se dit en cachette, tous ces désirs chuchotés que j'ai entendus. (Nuramon voulut intervenir, mais Noroelle posa de nouveau le bout de ses doigts sur ses lèvres.) Non. Maintenant, tu dois te taire comme les deux arbres en bas. (Elle retira sa main.) Tu es bien plus que ce que ces femmes voient secrètement en toi. L'oracle a raison. Tout ce que tu es est en toi ! Et moi, j'aime tout ce qui est en toi, Nuramon.

Elle l'embrassa.

Quand elle détacha ses lèvres des siennes et qu'elle le regarda, il entreprit prudemment de parler :

— Tout a changé. Je peux à peine y croire : être ici avec toi, échanger ces tendresses et ces paroles. Que s'est-il passé ?

Il jeta un regard autour de lui, comme s'il pensait trouver la réponse ici, sur la terrasse, ou dans la profondeur de la nuit.

— C'est quelque chose que ni toi, ni moi, ni Farodin n'aurions pu obtenir, mais seulement la reine. Le monde s'ouvre maintenant à toi.

— Ce n'est pas du monde dont je languis.

Elle hocha la tête.

— À votre retour, je me déciderai. Vous avez fait tout votre possible. Maintenant, c'est mon tour... J'avoue avoir espéré que vous me feriez encore la cour pendant de nombreuses années, mais c'était sans doute un rêve.

Je dois choisir l'un de vous deux. Quelle perte, quel que soit celui qu'il me faudra éconduire ! Mais quelle aubaine pour une autre elfe !

Ils se regardèrent un moment en silence. Nuramon savait combien un refus lui serait douloureux. Pour lui, il n'y en avait pas d'autre, aucune pour laquelle il pourrait éprouver un tel amour. Il baisa encore une fois les mains de Noroelle et lui caressa la joue avant de lui dire :

— Laissons cela maintenant. Nous y penserons à notre retour, à Farodin et à moi.

Elle acquiesça.

— Seras-tu présente demain ou est-ce là notre dernier adieu ?

— Je serai là, dit-elle doucement.

— Alors, je me réjouis déjà d'être à demain. De quelle couleur sera ta robe ?

— Verte. C'est Obilée qui l'a faite.

D'un air songeur, elle écarta une mèche de son visage. Nuramon aimait ce geste machinal ; elle prenait ses cheveux entre l'annulaire et le petit doigt pour les repousser en arrière.

— Alors, ta robe sera certainement merveilleuse.

— J'ai hâte de voir ce que la reine va t'apporter. Quoi que ce soit, ce sera plus précieux que tout ce qu'on a pu t'offrir jusqu'alors.

— M'offrir ? Je l'accepterai pour la Chasse des elfes. Mais, à notre retour, je le lui rendrai.

Noroelle éclata de rire.

— Non, Nuramon. La reine est généreuse. Elle ne le reprendra pas.

Il l'embrassa sur le front.

— Maintenant, je vais partir, Noroelle.

— Peut-être qu'un de tes parents va finir par se faire violence et venir dans ta chambre.

— Non, je ne le crois pas. (Il prit ses mains et dit :) Mais qui sait ? (Il leva la tête vers les étoiles.) Cette nuit, tout paraît possible. (Il lâcha ses mains.) Bonne nuit, Noroelle.

Elle l'embrassa avant qu'il parte.

Nuramon quitta la terrasse et, lorsqu'il fut arrivé à la porte de la grande salle, il se retourna une dernière fois vers Noroelle. Elle était tout simplement parfaite. Jamais ni nulle part auparavant, il ne s'en était aperçu aussi clairement qu'en cet instant.

Quand il eut atteint le couloir qui menait aux chambres, il constata que toutes les portes étaient désormais fermées. Les visiteurs attendus avaient rendu leurs devoirs ; personne ne semblait en espérer d'autres. Un brouhaha de voix témoignait que, parmi les chasseurs, beaucoup s'étaient retrouvés.

Devant sa porte, il s'arrêta et tendit l'oreille. Tout était calme. Il espérait tellement qu'un de ses parents au moins aurait pris sur lui et l'attendrait dans sa chambre. Nuramon ouvrit la porte et risqua un œil à l'intérieur. Et de fait, près du lit se trouvait une forme immobile qui lui tournait le dos. Sa joie fut de courte durée. Pendant son absence, on avait amené un porte-armure et, dans le faible éclairage du béryl, il l'avait pris pour un elfe, tant il avait souhaité la venue d'un visiteur.

Déçu, il referma la porte derrière lui. Il s'approcha du porte-armure et contempla les présents de la reine : un manteau, une cuirasse et une épée courte.

Nuramon prit le manteau lie-de-vin et le soupesa. Il était lourd, fait de laine et de lin, et si adroitement tissé de fils magiques qu'aucun souffle de vent ni aucune goutte d'eau n'y trouverait son chemin. Il le protégerait aussi bien de la chaleur que du froid.

Noroelle possédait un tel manteau. Elle l'avait apporté d'Alvemer. La reine ne l'avait certainement pas placé là par hasard. Il représentait un peu du pays de Noroelle. Il lui tiendrait chaud, s'il devait chevaucher dans le Monde des Humains par temps d'hiver.

Il plia le manteau et le posa sur le banc en pierre. Puis il s'intéressa à l'armure. C'était celle d'un tueur de dragons. Ces cuirasses étaient réputées pour être à la fois résistantes et souples. Leur confection demandait une grande habileté. Celle-ci était en peau de dragon et servait à protéger le torse et les bras. Celui qui l'avait faite maîtrisait son art. Il avait divisé chaque fragment de peau en de nombreuses couches fines, qu'il avait ensuite travaillées puis assemblées à son idée. Entre les différentes couches, il avait placé quelque chose en forme de goutte. Probablement s'agissait-il d'écailles de dragon retaillées. Mais ceci restait le secret de l'artisan. Le cuir sentait bon. Le traitement de la peau avait fait disparaître sa puanteur et fait place à une légère odeur de sous-bois.

Il n'y avait plus qu'à Olvedes qu'on fabriquait encore des armures en peau de dragon : c'était le seul endroit où sévissaient encore les monstres cracheurs de feu. Les fabricants d'Olvedes étaient réputés, ils avaient coutume de laisser leur marque sur leurs œuvres. Nuramon défit le baudrier et prit la cuirasse. Il chercha à l'intérieur la marque de celui qui avait réalisé cette merveille. Il la trouva, dissimulée sur le gorgerin. Un soleil y était représenté. Et en dessous, écrit en toutes petites lettres : « Xeldaric ».

Nuramon fut touché. Xeldaric passait pour être le meilleur armurier de tous les temps. Il avait rejoint la Lumière de la Lune après avoir créé son chef-d'œuvre pour la reine : une armure d'albe intégrale. Nuramon était encore tout enfant quand il en avait entendu parler. Xeldaric était parti directement de la salle du trône vers la Lumière de la Lune, dès que la reine avait reçu de lui son armure.

C'était un grand honneur de porter une de ses cuirasses. Et même sans se donner la peine d'y chercher la marque du maître d'œuvre, on s'apercevait que ce harnois représentait un présent princier. Même si, à première vue, il ne possédait pas l'uniformité d'une armure à plaques, chaque pièce s'y trouvait bien en place et parlait de la chasse aux dragons. La peau verte des dragons d'Olvedes s'y trouvait aussi bien travaillée que le cuir brun des dragons peuplant les forêts de Galvelum et le cuir rouge des dragons du soleil d'Ischemon. Rassemblés, ces fragments formaient une mosaïque aux couleurs de la forêt se fondant doucement l'une dans l'autre.

Nuramon remit l'armure en place. Il prit alors le baudrier qu'il avait posé sur le lit et y trouva une épée dans un sobre fourreau de cuir. Le pommeau et la garde étaient en or et richement ornés, la poignée présentait des bandes alternées de nacre et de cuivre. Nuramon tira l'arme du fourreau et en eut le souffle coupé. La lame était forgée en éclat d'étoile, un métal que l'on ne trouvait qu'au sommet des plus hautes montagnes. Cette arme était un aussi grand chef-d'œuvre que l'armure. Au centre de la large garde se trouvaient des runes entrelacées. En y regardant de plus près, Nuramon put déchiffrer le nom qu'elles dessinaient : « Gaomée ». Il tenait l'épée de Gaomée ! Avec cette arme, elle avait terrassé Duanoc. Désormais, c'était à lui de la manier…

L'appel de la reine

Farodin avait congédié ses invités assez tôt. Il voulait rester seul pour mettre un peu d'ordre dans ses pensées. Mais il n'en eut guère le loisir, car la chambre voisine retentissait d'échos de beuverie. Le fils d'hommes avait perdu la tête ! Il fallait être fou pour se saouler la veille de la Chasse des elfes. Et Farodin comprit, en entendant un rire hennissant, qu'Aïgilaos partageait sa folie.

Il s'allongea sur la couche dure qu'il avait déjà connue en de pareilles nuits. En repensant aux événements de la soirée, il se sentit empli d'une joie sereine. Enfin, il avait osé se révéler à Noroelle. Il avait pu lui avouer son amour avec ses mots maladroits. Quelques phrases venues droit du cœur avaient fini par lui offrir ce que mille chants n'avaient pas obtenu. Il était certain d'avoir conquis Noroelle ce soir-là.

Quelques légers coups frappés à sa porte le tirèrent de ses pensées. Un kobold entra, une grande lanterne à la main.

— Pardonne-moi de troubler ta tranquillité la veille de la grande Chasse, Vénérable, mais la reine désire te parler. Si tu veux bien me suivre.

Surpris, l'elfe enfila son habit. Qu'avait-il bien pu se passer ?

Le kobold inspecta prudemment le couloir. Ses narines se dilatèrent : on aurait dit un limier en train de flairer.

— L'air est pur, Vénérable, chuchota-t-il sur un ton de conspirateur.

À grandes enjambées, il traversa le couloir, puis il ouvrit une porte dissimulée derrière une tapisserie représentant une chasse au cerf. Il fit grimper à Farodin un étroit escalier dont seuls les kobolds et les gnomes avaient habituellement l'usage. Sous un palier, il ouvrit une deuxième porte secrète, derrière laquelle se cachait un corridor carrelé. De temps à autre, le kobold se tournait en souriant vers Farodin. À l'évidence, il appréciait le rôle que lui avait attribué Emerelle.

Ils arrivèrent devant un escalier en spirale dissimulé dans une grande colonne. Farodin perçut une légère musique à travers le mur. Angoissé, il se remémora la dernière fois où Emerelle lui avait confié une mission secrète. Elle l'avait de nouveau chargé de tuer pour elle. Pendant les guerres des Trolls, sept cents ans auparavant, quelque chose en lui s'était brisé. Seule la reine en connaissait la raison. Et elle avait su l'utiliser à son profit. Il cachait ce sombre aspect de son âme. À la cour, on ne connaissait que le ménestrel lisse, un peu superficiel. La première fois où il avait rencontré Noroelle, il avait nourri l'espoir de redevenir celui qu'il était autrefois. Elle seule pouvait accomplir ce miracle.

En haut de l'escalier, le kobold s'arrêta devant une porte de bois gris.

—Je ne suis pas autorisé à t'accompagner plus loin, Vénérable. (Il passa la lanterne à Farodin.) Tu connais le chemin. J'attendrai ici.

En franchissant la porte, Farodin sentit un léger souffle d'air sur son visage. La mélodie d'un chant connu résonnait dans l'air. Sa mère le lui avait souvent chanté quand il était encore enfant. Il parlait du départ des albes.

Le couloir mena Farodin derrière la sculpture d'une dryade. Il se faufila difficilement dans une étroite fente entre la statue et le mur et se retrouva sur le petit balcon qui surplombait la salle aux eaux tombantes. En jetant un coup d'œil vers le haut, il vit le toit d'une tour enroulé sur lui-même comme la coquille d'un escargot.

—Je suis heureuse que tu aies répondu aussi vite à mon appel, Farodin, dit une voix familière.

Le guerrier elfe se retourna. Derrière lui, Emerelle était apparue sur le balcon. Vêtue d'une simple chemise de nuit blanche, elle avait passé un léger châle sur ses épaules.

—Je suis très inquiète, Farodin, poursuivit la reine. Une aura de malheur entoure le fils d'hommes. Il a en lui quelque chose qui se dérobe à ma magie et je me demande avec angoisse comment il est arrivé ici. C'est le premier fils d'hommes que nous n'avons pas appelé. Aucun d'eux n'a jamais encore franchi par ses propres moyens les Portes d'Albemark.

—Peut-être était-ce simplement le fait du hasard, objecta Farodin. Un caprice de la magie.

Emerelle hocha la tête, l'air pensif.

—C'est possible. Mais il se pourrait bien… Il y a quelque chose, au-delà du cercle de pierres, qui se soustrait à mon regard. Et Mandred y est lié. Je t'en prie, Farodin, sois particulièrement vigilant quand tu chevaucheras dans l'Autre Monde. L'histoire de Mandred ne peut être vraie ! Je m'en suis longuement entretenue avec les Anciens. Aucun d'eux n'a encore jamais entendu parler d'un homme-sanglier. (Emerelle s'arrêta et, quand elle reprit, ses mots étaient froids et autoritaires.) Si le fils d'hommes nous a trompés, Farodin, tue-le, comme tu as tué pour moi le prince d'Arcadie et tous les autres ennemis d'Albemark.

La nuit au château des elfes

Mandred s'appuya contre le flanc du centaure. Ce breuvage rouge, apporté par l'homme-cheval, était véritablement prodigieux. Du vin ! Mandred en avait déjà entendu parler, mais à Firnstayn on ne buvait que de l'hydromel et de la bière.

En titubant, il leva la lourde coupe en or.

— À notre amitié, Aïgil... Aïgilaos ! Tu as vraiment un nom imprononçable.

— Tu devrais entendre ceux des cyclopes du château de la falaise, balbutia le centaure. Les trolls de Daïlos, ils déraillent complètement. Ils sont fous à lier, ils se crèvent un œil en hommage à leur héros le plus illustre.

Mandred fut impressionné ! Quelle dévotion ! Ce genre de choses ne risquerait pas d'arriver chez les elfes ! Ils étaient tous si... Le guerrier n'arrivait pas à trouver le mot convenable. Froids, lisses, arrogants ?... En tout cas, pas question de compter sur eux pour faire la fête ! Pourtant, ils lui avaient apporté des coupes et proposé cette petite salle pour festoyer pendant la nuit. Mais, quand il s'était vraiment trouvé d'humeur joyeuse avec Aïgilaos, les elfes s'étaient éclipsés les uns après les autres. Des mauviettes !

— Un homme qui ne sait pas boire n'est pas un homme !

— Pour sûr ! approuva le centaure d'une voix rauque.

Mandred recula un peu en chancelant pour trinquer encore avec lui. Toutefois, ces coupes en or ne s'y prêtaient guère. Ce que les elfes fabriquaient était certes joli, mais pas franchement robuste. Maintenant, sa coupe était toute cabossée. Ça ne risquait pas d'arriver avec des cornes à hydromel. Un moment, Mandred se demanda si cela allait lui causer des problèmes. Mais les elfes l'avaient comblé de présents. S'ils venaient à se montrer mécontents, il n'aurait qu'à leur rendre un de leurs cadeaux.

Le guerrier contempla les présents alignés sur le banc de pierre près de la porte : une cotte de mailles comme aucun prince du Pays des Fjords n'en possédait ; un casque segmenté, niellé d'or, avec un camail ;

un carquois en cuir richement brodé, garni de fines flèches ; une dague, au fer luisant d'un ton bleuâtre ; une magnifique selle incrustée d'argent. Et la reine lui avait promis pour le lendemain un cheval de sa propre écurie. « Un animal qui acceptera de porter un fils d'hommes », avait-elle dit. Mandred renifla de colère. Comme si un cheval allait lui poser problème ! Si la bête se comportait de travers, il lui flanquerait des coups de poing sur la tête, ça avait toujours marché jusque-là. Personne n'aimait ça, pas même les chevaux rétifs.

— Quelque chose te préoccupe, mon ami. (Aïgilaos passa son bras autour des épaules de Mandred.) Tu verras, ce monstre, nous en viendrons à bout. Demain soir, sa tête sera fichée sur un pieu au centre de ton village.

— Il ne faut pas vendre la peau du dragon avant de l'avoir tué, dit une voix connue. (Mandred se retourna. Ollowain se tenait à la porte, tout de blanc vêtu. L'elfe enjamba le tas de crottin qui souillait la splendide mosaïque colorée du sol.) Vous avez réussi à donner à cette salle le charme d'une écurie, dit-il avec un léger sourire. La Chasse des elfes existe depuis des siècles et personne encore n'y était parvenu.

Mandred se planta, jambes écartées, en travers de son chemin.

— Si j'ai bien compris, jamais encore la Chasse ne fut conduite par un humain.

Ollowain hocha la tête d'un air songeur.

— Les puissants eux-mêmes commettent des erreurs. (Il saisit son baudrier et le détacha de ses hanches. Puis il enroula soigneusement le ceinturon orné d'argent autour du fourreau, avant de tendre l'épée à Mandred.) Je n'aurais pas dû te frapper.

Mandred, étonné, regarda l'arme effilée, sans la prendre.

— Pourquoi ?

Il ne se serait pas comporté autrement qu'Ollowain. Qu'y avait-il de déshonorant à frapper un homme assez stupide pour défier quelqu'un qui lui était supérieur ?

— Ce n'est pas convenable. Tu es l'hôte de la reine. (L'elfe montra la déchirure de son manteau.) Tu m'as manqué de peu. Toi… un humain ! Cela m'a mis en rage. Quoi qu'il en soit, je n'aurais pas dû te frapper. Tu n'a pas été pas mauvais… pour un humain.

Mandred saisit l'épée. C'était l'arme avec laquelle il s'était battu contre Ollowain. Une épée digne d'un roi.

— En fait, je ne suis pas particulièrement bon à l'épée, répondit-il en souriant. Tu aurais plutôt dû me donner une hache.

Les sourcils d'Ollowain tressaillirent légèrement, mais le reste de son visage resta impassible. Il chercha sous son manteau et sortit une tresse rousse de l'épaisseur d'un doigt.

— Ceci t'appartient, fils d'hommes.

Ses yeux étincelaient.

Mandred mit un moment à comprendre ce qu'Ollowain lui tendait là. Effrayé, il porta la main à ses cheveux. Juste au-dessus de sa tempe, il trouva le peu qui lui restait d'une tresse. La rage l'étouffa.

— Tu... tu m'as mutilé, sale bâtard sournois ! Espèce de... monstre ! Vile engeance d'elfes !

Mandred voulut dégainer son épée, mais le ceinturon, enroulé autour de la garde et du fourreau, l'empêcha de tirer la lame de plus d'un pouce. Furieux, il jeta l'épée et montra les poings.

— Je vais écrabouiller ton joli petit nez !

L'elfe esquiva le coup d'un pas dansant.

— On va lui flanquer une bonne raclée ! brailla Aïgilaos en se cabrant.

Ollowain plongea sous les sabots des pattes avant du centaure qui fouettaient l'air en tous sens. Puis il se rétablit agilement et frappa le centaure au flanc.

Aïgilaos hurla de rage. Ses sabots dérapèrent sur la mosaïque. Il glissa sur une flaque de vin.

Mandred voulut éviter le centaure dans sa chute, mais son ami écarta les bras dans une tentative désespérée de s'accrocher à lui. Ils roulèrent tous les deux au sol. Mandred en eut le souffle coupé. À demi écrasé par le centaure, il ne pouvait pratiquement plus bouger.

Ollowain l'attrapa par le bras et l'extirpa de sous Aïgilaos, tandis que ce dernier tentait vainement de se remettre sur ses pattes.

— Inspire à fond ! lui commanda l'elfe. (Mandred haletait comme un chien. Il sentait la tête lui tourner. Enfin, il parvint à reprendre son souffle.) Quelle impudence de se saouler ainsi la veille d'une Chasse périlleuse ! (Ollowain secoua la tête.) Tu as le don de me faire sortir de mes gonds à chacune de nos rencontres, Mandred fils d'hommes. Libre à toi de ne pas penser à toi, mais tu pourrais au moins songer aux hommes et aux femmes qui vont t'accompagner. Tu vas diriger l'expédition demain, c'est toi qui en seras responsable ! Je vais t'envoyer quelques kobolds ; ils vont nettoyer cette écurie, vous retirer le vin et vous laisser quelques baquets d'eau à la place. J'espère que d'ici demain matin, vous aurez recouvré vos esprits.

— Poule mouillée, balbutia Aïgilaos. Jamais un type comme toi ne pourra comprendre ce qu'est un homme, un vrai !

L'elfe sourit

— En fait, je n'ai encore jamais tenté de me représenter ce que peut bien penser un cheval.

Mandred se tut. Il aurait aimé corriger Ollowain, mais il avait compris qu'il ne faisait pas le poids face à lui. Et plus grave encore : au fond de son cœur, il savait que l'elfe avait raison. Quelle stupidité de se saouler ! Il s'était laissé séduire par la douceur de ce vin qui se laissait boire. Il avait voulu faire taire son angoisse : sa peur de savoir que Freya n'était plus en vie et celle de devoir de nouveau affronter l'homme-sanglier.

Les adieux

Rarement la salle du trône avait été aussi animée qu'en ce matin-là. Noroelle se trouvait près de l'un des murs d'eau ruisselante. À ses côtés se tenait Obilée, sa confidente ; âgée de quinze ans, elle était d'apparence frêle. Ses gestes trahissaient la timidité ; ses mimiques, sa curiosité. Elle venait d'Alvemer, comme Noroelle, et représentait pour elle la petite sœur qu'elle avait toujours désiré avoir. Avec ses cheveux blonds et ses yeux verts, Obilée n'avait certes pas grand-chose en commun avec elle, cependant elles étaient aussi intimement liées que des sœurs. Comme Noroelle, elle avait quitté très tôt son pays. Mais Noroelle était arrivée là avec ses parents, tandis que la petite avait été confiée par sa grand-mère aux bons soins de Noroelle.

— Vois, Noroelle, chuchota Obilée. Ils te regardent tous. Ils sont curieux de savoir ce que tu vas donner à emporter à tes bien-aimés. Sois prudente ! Ils vont surveiller chacun de tes gestes et chacun de tes mots ! (Elle s'approcha de l'oreille de Noroelle.) C'est l'heure où naissent de nouvelles coutumes.

Noroelle jeta un rapide coup d'œil autour d'elle. Elle se sentit mal à l'aise de voir autant de regards braqués sur sa personne. Bien qu'elle soit depuis longtemps à la cour, elle ne s'y était pas encore habituée. Elle répondit doucement :

— Tu te trompes. C'est ma robe qu'ils regardent. Cette fois-ci, tu t'es surpassée. Tu as de vrais doigts de fée.

— Peut-être est-ce un peu des deux, dit Obilée en souriant.

Noroelle vit alors maître Alvias s'approcher et lui faire un signe de tête amical.

— Noroelle, la reine souhaite te voir à son trône.

En sentant les nombreux regards curieux qu'on lui adressait, Noroelle fit en sorte de dissimuler son manque d'assurance.

— Je te suis, Alvias. (Puis elle se tourna vers Obilée.) Viens aussi !

— Mais elle veut seulement…

— Viens avec moi, Obilée! (Noroelle prit la jeune elfe par la main.) Écoute bien! Nous allons maintenant nous présenter devant la reine et elle va me demander qui tu es.

— Mais la reine me connaît, non? Elle connaît chacun de ceux qui sont ici.

— Seulement, tu ne lui as pas encore été présentée officiellement. Une fois que j'aurai prononcé ton nom, tu feras partie des courtisans.

— Mais que faut-il que je lui dise?

— Rien. À moins que la reine t'interroge.

Alvias garda le silence; son visage ne montrait ni sourire ni défiance. Noroelle et Obilée suivirent le maître jusqu'au trône. Tous ceux près desquels ils passèrent témoignèrent à Noroelle du respect par leurs paroles et par leurs gestes. Quand ils furent arrivés devant la reine, maître Alvias fit un pas de côté, tandis que Noroelle et Obilée baissaient la tête.

— Je te salue, Noroelle. (Emerelle regarda Obilée et demanda:) Qui m'amènes-tu là?

Noroelle se tourna à demi et désigna la jeune elfe d'un geste gracieux.

— Voici Obilée. La fille de Halvaric et d'Orone d'Alvemer.

Emerelle sourit à la jeune elfe.

— Ainsi, tu es issue du clan de la grande Danaée. Tu es son arrière-petite-fille. Nous tous ici, nous allons observer ton chemin. Avec Noroelle, tu es en de bonnes mains. Noroelle, il m'est venu aux oreilles qu'un lien t'unit à la Chasse des elfes.

— En effet.

— Tu es la dame d'honneur de Farodin et de Nuramon.

— C'est vrai.

— Une Chasse des elfes qui verrait la dame d'honneur et la reine en désaccord est vouée à l'échec. Alors, réponds-moi: en tant que dame d'honneur, autoriseras-tu tes bien-aimés à prendre part à la Chasse?

Noroelle ne put s'empêcher de repenser à la crainte qui avait troublé ses rêves de la nuit, où elle avait vu souffrir Farodin et Nuramon. Malgré la fierté qu'elle ressentait pour eux, elle aurait préféré ne pas les voir participer à la Chasse. Mais la reine n'avait posé cette question que pour la forme. Il n'appartenait pas à Noroelle de contrarier son désir. Si la reine demandait l'aide de ses bien-aimés, elle ne pouvait la lui refuser. Elle soupira doucement et remarqua le calme qui s'était établi dans la salle. Seul le bruissement de l'eau se faisait entendre.

— Je te les laisserai pour la Chasse, dit finalement Noroelle. Ce que tu leur demanderas de faire, ils le feront pour moi.

Emerelle se leva et s'approcha de Noroelle. Elle dit:

— Ainsi sont unies reine et dame d'honneur.

Ensuite, elle prit Noroelle et Obilée par la main, leur fit gravir les marches pour les placer à ses côtés, et s'assit de nouveau.

Noroelle s'était souvent trouvée ici, mais cette fois encore elle ne se sentit pas à sa place. Elle lut de l'admiration dans beaucoup de regards, mais aussi une légère moquerie chez certains. Rien de cela ne lui plut.

D'un geste bref, la reine lui fit signe de se pencher vers elle.

— Garde confiance, Noroelle, lui glissa-t-elle à l'oreille. J'en ai envoyé bien d'autres à la Chasse. Farodin et Nuramon reviendront.

— Je te remercie, Emerelle. Et je me fie à toi.

Maître Alvias s'avança alors.

— Emerelle, ils attendent à la porte.

La reine lui fit un signe de tête. Alvias se tourna, écarta les bras et annonça d'une voix solennelle :

— La Chasse des elfes se tient devant la porte. (Il montra du doigt le fond de la salle) Une fois lancée, elle poursuivra son but jusqu'à l'accomplissement de sa mission ou son échec. Dès l'ouverture de cette porte, il n'y aura plus de retraite possible. (Il gagna l'allée qui s'était formée au centre de la salle.) Il est de votre devoir de conseiller la reine. (Il regarda fixement quelques personnes au hasard puis il poursuivit :) Représentez-vous la situation ! Nous avons affaire à une bête puissante ! Dans les contrées des humains ! Près de nos frontières ! La reine doit-elle garder notre porte fermée et accepter ainsi que rôde au-dehors quelque chose qui pourrait un jour nous mettre en péril, nous aussi ? Ou bien doit-elle ouvrir la porte afin de délivrer de cette bête les humains du Pays des Fjords ?

» Ces deux voies peuvent également nous apporter le bonheur ou la ruine. Si la porte reste fermée, il est probable que la bête trouvera un jour son chemin vers nous. Si nous ouvrons la porte, il est possible que du sang d'elfe soit versé pour servir les humains. Vous avez le choix. (Alvias désigna Emerelle d'un geste large.) Conseillez à la reine quel doit être son choix !

Sur ces mots, il retourna près d'Emerelle et s'inclina devant elle.

Les regards de l'assemblée firent des allers et retours de la porte à la reine. Très vite, les premières voix se firent entendre pour lui conseiller d'ouvrir la porte. Mais d'autres se prononcèrent contre. Noroelle remarqua que les parents de Nuramon en faisaient partie. Ce qui ne l'étonna pas du tout. La peur se lisait sur leurs visages ; non pas leur crainte pour Nuramon, mais celle qu'ils avaient de sa mort et de ses conséquences.

La reine demanda aux uns et aux autres les raisons de leur choix et écouta patiemment leurs explications Cette fois-ci, elle entendit plus de conseils que d'ordinaire. Quand elle demanda à Elemon, un oncle de Nuramon, pourquoi il voulait garder la porte fermée, celui-ci déclara :

— Parce que, comme l'a dit maître Alvias, ceci pourrait nous apporter des déboires.

— Des déboires ? (La reine l'observa attentivement.) Tu as raison. C'est possible.

Alors, Pelveric d'Olvedes s'avança. Sa parole comptait beaucoup pour les guerriers.

—Emerelle, pense au sang d'elfe qui pourrait être versé. Pourquoi devrions-nous aider les humains ? Que nous importent leurs problèmes ? Quand nous ont-ils aidés pour la dernière fois ?

—Il y a bien longtemps, répondit la reine d'un air songeur. (Pour finir, elle se tourna vers Noroelle et chuchota :) Et toi ? Que me conseilles-tu ?

Noroelle hésita. Elle pourrait conseiller à la reine de garder la porte fermée. Et, comme tant d'autres, elle pourrait aussi parler du sang des elfes et de l'ingratitude des humains. Cependant, elle savait qu'elle n'exprimerait ainsi rien d'autre que sa peur pour ses bien-aimés. Mais ici, ils n'étaient pas seuls en cause. Alors, elle dit doucement :

—Mon cœur craint pour mes bien-aimés. Pourtant, il est juste d'ouvrir la porte.

La reine se leva avec dignité. Le bruissement de l'eau s'amplifia peu à peu. Les sources en amenaient de plus en plus ; elle s'écoulait le long des murs et se déversait dans les bassins en bouillonnant. Emerelle gardait le regard rivé sur la porte. Elle ne semblait pas remarquer les gouttes d'eau brillantes qui se vaporisaient vers le plafond ouvert en faisant apparaître au soleil un majestueux arc-en-ciel. Soudain, les murs rougeoyèrent derrière toute cette eau. On entendit comme un sifflement et un souffle d'air traversa la salle. Les battants de la porte s'ouvrirent sur la compagnie des chasseurs. L'eau se calma, mais la vapeur et l'arc-en-ciel demeurèrent.

Avant de faire leur entrée, les compagnons s'arrêtèrent un instant sous l'arc de la porte. En tête, Mandred, le fils d'hommes, contempla l'arc-en-ciel avec un grand étonnement avant de tourner son regard vers la reine. Un peu en retrait, Farodin et Nuramon l'encadraient, suivis par Brandan le pisteur, Vanna la magicienne, Aïgilaos l'archer et Lijema la mère des loups. C'était inhabituel de voir un humain faire partie de la Chasse des elfes, et pourtant, de par sa nature, il ressemblait plus aux elfes qu'Aïgilaos le centaure. Toutefois, au cours de ces nombreuses années, on s'était habitué à ce que les centaures prennent part à la Chasse. Mais un humain ? Voir Mandred à la tête de celle-ci rendait la chose encore plus étonnante. Jusqu'alors, c'était toujours un elfe qui l'avait conduite.

Nuramon et Farodin ressemblaient aux héros de légende. Comme à son habitude, Farodin offrait un aspect admirable ; Nuramon, quant à lui, correspondait pour la première fois à cet idéal, au regard des autres. Noroelle en eut la nette impression en dévisageant les personnes présentes. Elle s'en réjouit pour lui. Même si l'estime qu'on lui témoignait en ce jour ne serait que de courte durée, ce moment, il l'avait gagné pour toujours.

Les chasseurs s'avancèrent vers la reine. Arrivés au pied du trône, les elfes mirent un genou à terre devant Emerelle, et le centaure s'efforça de se prosterner aussi bas que possible. Seul Mandred resta droit, apparemment surpris par la déférence témoignée par ses compagnons. Il s'apprêtait à les imiter, quand la reine s'adressa à lui dans sa langue :

— Non, Mandred. Dans l'Autre Monde, tu es le jarl de ta communauté, un prince humain. Tu n'as pas à ployer le genou devant la reine des elfes. (Mandred prit un air étonné et se tut.) Vous autres, relevez-vous !

Ces mots aussi, Emerelle les prononça dans la langue des Fjords. Quelques personnes présentes, qui ne possédaient manifestement pas cette langue, affichèrent un air contrarié.

La langue des Fjords ! Les parents de Noroelle lui avaient appris beaucoup de langues humaines et pourtant, Noroelle n'avait jamais quitté Albemark. Jusqu'à présent, elle n'avait pu que s'imaginer ce pays barbare des humains.

La reine s'adressa de nouveau à Mandred :

— Tu as reçu de moi une double dignité. Tu es le premier humain qui participe à la Chasse des elfes. Et je t'ai, d'autre part, demandé de la conduire. Je ne m'attends pas que tu te comportes comme un elfe. Mon choix a mécontenté beaucoup d'enfants d'albes. Mais la force d'Atta Aïkhjarto vit en toi. Je me fie à ton flair. Aucun de nous ne connaît ton pays aussi bien que toi. Tu seras un bon meneur pour tes compagnons. Mais, dans tout ce que tu feras, n'oublie pas ce que tu m'as promis.

— Je tiendrai ma promesse, ô reine.

Noroelle avait eu connaissance du pacte que le fils d'hommes avait signé avec la reine. Elle observa Mandred et fut surprise par son apparence. Elle n'avait pas encore eu l'occasion de le voir, car elle était rentrée très tard à la cour, la veille au soir. Et elle n'avait pas osé se risquer dans les ailes du palais où se trouvaient les appartements des chasseurs. Néanmoins, elle avait entendu les bruits les plus divers courir sur lui, même s'ils ne lui rendaient pas tous justice. Certes, il était fort comme un ours et, à première vue, il impressionnait avec ses cheveux rouges comme le soleil couchant, qui lui tombaient librement sur les épaules. Il y avait mêlé quelques fines tresses et portait une barbe comme beaucoup de centaures. Ses traits étaient grossiers, mais son regard était franc. Il lui parut inhabituellement pâle et avait des cernes noirs sous les yeux. Peut-être toute cette excitation l'avait-elle empêché de dormir ? Il devait certainement être très fier de l'honneur que lui faisait la reine. Désormais, il portait une lourde responsabilité sur ses épaules. Noroelle frissonna en pensant au prix qu'il devrait payer pour cette aide. Elle n'accepterait jamais de donner son enfant s'il lui arrivait d'en avoir un. Songeuse, elle observa ses deux bien-aimés. La question ne se posait pas de savoir si elle aurait un enfant, mais avec qui elle en aurait un.

Comme s'il avait lu dans ses pensées, Mandred la regarda furtivement avant de sourire. Obilée, tremblante, prit la main de Noroelle. Celle-ci demeura calme, le regard rivé sur les yeux bleus du fils d'hommes. Il n'avait pas ce regard lubrique qu'on lui prêtait à la cour. Son aspect pouvait paraître grossier, mais ses yeux exprimaient beaucoup de compréhension. Sa présence était rassurante, elle pouvait lui confier ses deux bien-aimés. Elle regarda Nuramon et Farodin. Depuis vingt ans qu'ils s'étaient découvert un amour pour elle, elle avait toujours eu l'un d'eux présent à ses côtés. Maintenant, elle resterait seule. Pour combien de temps ?

— Maintenant, vous savez ce qui vous reste à faire, dit la reine. Vous voici équipés et dispos. Êtes-vous prêts à partir ?

Chacun à son tour, les elfes répondirent :

— Je suis prêt.

— Farodin et Nuramon, avancez ! (Ils lui obéirent tous les deux.) Je suis votre reine et vous êtes sous ma protection. Mais vous servez aussi une dame d'honneur. Et je ne puis parler pour elle. C'est elle qui a décidé. (Elle alla vers Noroelle et lui fit descendre les marches jusqu'à Farodin et Nuramon. Obilée les suivit.) La voici.

Noroelle prit les deux elfes par la main et dit :

— En me servant, vous servez la reine.

— Alors, nous servirons toujours la reine, déclara Farodin en réponse.

— Puissent nos actions vous réjouir toutes deux, ajouta Nuramon.

Ils lui baisèrent les mains.

Noroelle savait que le départ approchait. Mais elle ne voulait pas leur dire adieu devant tous les courtisans.

— Votre dame d'honneur a encore un souhait. Elle désirerait vous accompagner jusqu'à la Porte d'Aïkhjarto.

Farodin échangea un regard avec Nuramon.

— Nous ferons ce que demande notre dame.

La reine eut un sourire et prit Noroelle et Obilée par la main

— Vois, Mandred, je les place toutes les deux sous ta protection jusqu'à la Porte. Prends soin d'elles.

— Je le ferai.

La reine leva les yeux comme si, dans la faible lumière du soleil, elle pouvait voir quelque chose caché aux yeux des autres.

— Le jour est encore neuf, Mandred ! Va et sauve ton village !

Alors, Mandred se mit en tête de la Chasse des elfes, tandis que Noroelle et Obilée prenaient place en son centre. Sur leur passage, les enfants d'albes souhaitèrent bonne chance aux compagnons. Noroelle se retourna pour un dernier regard à la reine. Elle la vit, debout devant son trône qui regardait s'éloigner la compagnie, la mine soucieuse. Craignait-elle qu'il leur arrive malheur ? S'il en était ainsi, elle avait bien caché ses craintes jusqu'alors.

Obilée tira brusquement Noroelle de ses pensées.

— Moi aussi, j'aimerais participer à la Chasse.

— Pour le moment, c'est comme si tu en faisais partie.

— Tu sais ce que je veux dire, répondit Obilée.

— Bien sûr. Mais n'as-tu pas entendu la reine ? Et ne t'ai-je pas souvent fait remarquer ta ressemblance avec Danaée ? Un jour viendra où tu obtiendras les mêmes honneurs en tant que magicienne sachant aussi magnifiquement manier l'épée.

La compagnie traversa les salles d'un pas décidé et sortit. La cour du château était pleine d'enfants d'albes. Même les kobolds et les gnomes étaient venus assister au départ des chasseurs. Une Chasse menée par un homme était particulière. On parlerait encore de ce jour dans bien des années.

Les chevaux étaient prêts, l'équipement déjà chargé. Seul le centaure Aïgilaos attachait encore quelques petits sacs sur son dos en pestant doucement contre sa nuque raide. Apparemment, la nuit précédente n'avait pas été des plus confortables.

Tandis que maître Alvias allait chercher deux autres chevaux, Noroelle regarda Farodin et Nuramon. Ils semblaient soudain manquer d'assurance. Bientôt, ils seraient tous les deux séparés d'elle. Quels mots trouveraient-ils pour la quitter ? Comment consoleraient-ils leur bien-aimée.

— La Chasse des elfes est-elle prête ? demanda Mandred, comme l'exigeait le cérémonial. (Les compagnons firent signe que oui et le fils d'hommes s'écria :) Alors, en avant !

La Chasse s'ébranla. À sa tête chevauchait le fils d'hommes, suivi par Noroelle avec Nuramon et Farodin à ses côtés. Derrière elle avançait Obilée, entourée par Brandan, Vanna et Aïgilaos. Lijema fermait la marche. Des cris d'adieux les accompagnèrent jusqu'au mur d'enceinte ; c'étaient les kobolds qui criaient le plus fort.

À peine la compagnie eut-elle laissé la porte derrière elle que Noroelle n'en crut pas ses yeux. Dans la vaste prairie, les enfants d'albes s'étaient rassemblés en nombre impressionnant. Elle n'en avait jamais vu autant. Ils voulaient tous assister au départ de la Chasse. Au-dessus de la prairie, les ailes des fées brillaient au soleil ; elles étaient curieuses, c'était bien connu. Sur le chemin qu'ils prirent, se tenaient des elfes du Pays du Milieu et des Marches les plus éloignées du royaume. Beaucoup sans doute n'étaient pas parvenus la veille à gagner la cour, mais ils ne voulaient pas rater la sortie de la Chasse. De tous les côtés, des saluts parvenaient aux compagnons. Même sur les collines qui jouxtaient la forêt, des elfes se tenaient devant les maisons des émissaires et leur faisaient des signes.

Soudain, Noroelle vit une petite fée voleter à côté de la tête de Mandred. L'homme la chassa comme un insecte importun, mais il la manqua. La fée cria et vola jusqu'à Noroelle. Mandred jeta un regard autour de lui. Il avait entendu le cri, mais il ne pouvait manifestement pas voir la fée.

Peu à peu, il accéléra l'allure. Il semblait trouver du plaisir à monter un cheval elfe. Pourvu qu'il ne chute point ! On racontait qu'il ne s'était pas montré particulièrement adroit sur le dos d'Aïgilaos.

Lorsqu'ils eurent laissé derrière eux les enfants d'albes et leurs saluts et qu'ils découvrirent devant eux les vastes prairies, Lijema les dépassa par la droite et vint se placer à côté de Mandred. Celui-ci en fut surpris. Elle tira de sa ceinture une flûte en bois et en joua. Ses joues se gonflèrent visiblement, mais aucun son ne sortit.

Peu de temps après, Obilée s'écria :

— Regardez ! Là-bas !

Elle pointa son doigt vers la droite. Quelque chose de blanc sortit de l'ombre de la forêt et se rapprocha rapidement.

— Ce sont eux ! cria Aïgilaos.

— Ils sont sept, déclara Nuramon.

— Sept ? s'étonna Farodin. Incroyable !

Mandred se tourna sur sa selle.

— Sept quoi ?

Noroelle connaissait la réponse, comme tout enfant d'albes. Il s'agissait des sept loups blancs de la Chasse des elfes. Personne ne pouvait dire à l'avance combien suivraient la Chasse. Plus ils étaient nombreux, plus l'affaire était sérieuse et plus grand le danger. Du moins à ce qu'on disait.

— Ce sont nos loups ! cria Lijema à l'adresse de Mandred.

— Des loups ? Voilà, ma foi, de bien grands loups !

Noroelle ne put s'empêcher de sourire. Avec leur épais pelage blanc, les loups étaient aussi grands que des poneys.

— Sont-ils dangereux ? (entendit-elle demander Mandred. Dans le bruit des chevaux, Lijema ne l'entendit pas.) Sont-ils dangereux ? reprit-il plus fort.

Lijema sourit.

— Assurément.

Quand les loups les eurent rejoints, quatre d'entre eux se placèrent en tête de la Chasse. Un autre courut à gauche et un autre à droite afin d'encadrer la compagnie. Le septième resta à côté de Lijema.

Les Chasseurs atteignirent bientôt la lisière de la forêt et s'arrêtèrent pour jeter un dernier regard au château. Même Mandred semblait ému.

Farodin et Nuramon, eux aussi, avaient du mal à détacher leurs regards de cette vue. Le visage de Nuramon trahissait son inquiétude, tandis que Farodin essayait de dissimuler ses sentiments. Mais Noroelle les lisait derrière ses traits impassibles.

Les loups, dans leur impatience, entouraient le cheval de Mandred. Le fils d'hommes ne semblait pas vraiment savoir comment les aborder. Il ne les quittait pas des yeux. Noroelle pensa qu'il avait dû faire de mauvaises expériences. Peut-être les loups représentaient-ils dans son monde un danger pour le corps et la vie, comme les loups de Galvelum en représentaient pour les enfants d'albes. Quand Mandred croisa le regard de Noroelle, il se pencha sur sa selle. Comme pour prouver son courage, il caressa la nuque du plus grand. L'animal apprécia !

— Pouvons-nous repartir ? lui demanda le fils d'hommes.

Le loup grogna et regarda Mandred. Lijema éclata de rire.

— Il ne parle pas la langue des Fjords. Mais tu lui plais bien.

En langue elfique, Lijema expliqua aux loups pourquoi Mandred ne pouvait les comprendre et elle leur traduisit ensuite sa question. Le loup pencha la tête de côté, puis il devint subitement nerveux. Les autres l'imitèrent bientôt et coururent tout autour du groupe, parfois vers l'avant, puis de nouveau vers Mandred. Ils voulaient tous continuer.

— Ils comprennent ce que tu leur dis ?

— Chaque mot. Ils sont plus intelligents que certains elfes. Tu peux me croire.

— Et eux ? Comment parlent-ils ? voulut savoir Mandred.

Lijema caressa le pelage du plus grand des loups blancs.

— Ils ont leur propre langue. Et je la connais.

Noroelle ne put s'empêcher de sourire. Cet humain était si expressif qu'on devinait aisément ses pensées. À sa manière de regarder le grand loup, à la façon dont il levait un sourcil en se mordant en même temps la lèvre, il ne pouvait penser rien d'autre que : *un loup pareil ferait un parfait compagnon de chasse.*

— Ce sont sans doute les meilleurs compagnons de chasse, dit Mandred.

Noroelle réprima à grand-peine un rire.

— C'est sûr, répondit Lijema.

— Sont-ils aussi fidèles que les chiens ?

Lijema rit de bon cœur.

— Non, ils n'ont rien à voir avec les chiens. Ils sont beaucoup plus intelligents. Répète ce que tu viens de leur demander.

— En langue des Fjords ?

— Oui.

— Pouvons-nous repartir ? (De nouveau, les animaux exprimèrent leur impatience de se remettre enfin en route.) Bon, alors allons-y ! cria Mandred.

Et la compagnie poursuivit son chemin.

Le silence s'installa entre Noroelle et ses bien-aimés. Les sept loups augmentaient l'inquiétude de l'elfe. Les animaux savaient flairer la gravité du danger qui attendait les chasseurs. Ils décidaient eux-mêmes de l'importance de la meute qui se joindrait à la Chasse. Lorsque Gaomée était partie combattre le dragon Duanoc, huit loups l'avaient accompagnée. Quelle pouvait bien être cette créature qui les épiait de l'autre côté du cercle de pierres ? Certes, Noroelle faisait confiance aux capacités de ses bien-aimés, mais même de grands héros étaient déjà tombés au combat. Et si le pire arrivait ? Et si Nuramon se trompait et qu'une âme d'elfe mort dans les royaumes humains ne renaissait pas en Albemark ?

Ils passèrent près du chêne-faune et du lac de Noroelle. La veille encore, elle s'était trouvée là avec Farodin et Nuramon. Elle se demanda si pareil jour reviendrait jamais.

Lorsque la tour du fort du Shalyn Falah fut en vue, ils firent une courte halte pour se séparer d'Aïgilaos ; avec ses sabots ferrés il ne pouvait pas traverser le pont blanc. Le centaure maugréa plusieurs fois contre ce vieil ouvrage.

— Je vous reverrai à la Porte, dit-il ensuite avant de partir au trot.

Noroelle le regarda s'en aller en pensant à toutes les histoires qui circulaient sur son compte. Évidemment, il enviait les chevaux elfes de pouvoir franchir aisément le pont, avec leurs sabots non ferrés et leur agilité elfique.

— Pourquoi s'est-il fait ferrer les sabots si cela l'empêche de passer le pont ? demanda Mandred.

— Il paraît que les kobolds lui auraient dit un jour à la cour qu'il pourrait courir plus vite avec des sabots ferrés, répondit Lijema. Maintenant, il pense être plus rapide ainsi et doit pourtant accepter de faire un détour.

Mandred partit d'un rire franc.

— Sacré Aïgilaos !

Ils poursuivirent leur chemin. À la tour du Shalyn Falah, Ollowain attendait la compagnie. Mandred lui battit froid, ce qui amusa le gardien. Ils franchirent vite la Porte. Noroelle se demanda ce qui avait bien pu se passer entre eux.

Ils traversèrent le Shalyn Falah et suivirent de l'autre côté le large chemin qui passait devant les restes de Welruun. Les trolls avaient autrefois détruit le cercle de pierres. Noroelle ne l'avait pas vécu, mais les arbres s'en souvenaient tout autant que les esprits de la forêt. Autrefois, la Porte de Welruun avait ouvert la route vers l'une des principautés des trolls. Noroelle ressentit nettement la puissance des sept Sentiers d'albes qui se croisaient ici en une grande Étoile. Les trolls avaient trouvé le moyen de fermer la Porte. Et aucun elfe ne savait quelle magie ils avaient utilisée.

La forêt se densifiait. Noroelle se souvenait de l'ancien temps : elle venait alors souvent ici, elle aimait cet endroit.

Les compagnons descendirent le chemin entre les bouleaux et atteignirent enfin la grande clairière où se trouvait la colline avec le cercle de pierres. Près de la tour en ruine, Landowyn avait autrefois remporté la dernière bataille contre les trolls. Attristée, Noroelle pensa aux nombreux elfes qui avaient trouvé la mort en ce lieu.

La compagnie s'arrêta au pied de la colline en attendant Aïgilaos. Mandred mit pied à terre et quitta en silence ses compagnons. Il voulait aller voir Atta Aïkhjarto.

Noroelle avait entendu dire que le chêne lui avait sauvé la vie. Elle se demanda ce qu'il avait bien pu voir en Mandred. Le chêne-faune lui avait un jour raconté que le vieil Atta Aïkhjarto pouvait lire l'avenir. Que pouvait donc savoir le vieux chêne pour sacrifier une partie de ses forces afin de sauver un fils d'hommes ?

Noroelle se laissa aider par Farodin pour descendre de cheval. Nuramon arriva légèrement trop tard et se contenta d'aider Obilée. La jeune elfe rougit, tant elle fut touchée par son geste. Il la mena à Noroelle.

Ensemble, ils s'assirent sur l'herbe et restèrent sans parler. Bientôt leurs compagnons se turent aussi. Les loups eux-mêmes devinrent étrangement calmes.

Ce n'est qu'à l'arrivée d'Aïgilaos que les langues se délièrent de nouveau.

— Ai-je été trop long ? demanda-t-il, hors d'haleine, les flancs luisant de sueur.

— Non, Aïgilaos. Ne te fais pas de souci, le rassura Noroelle.

Le centaure épuisé avait besoin de repos. Le silence s'établit de nouveau.

Il ne manquait plus maintenant que Mandred pour que la Chasse des elfes puisse enfin repartir. Il revint au bout de une heure. Noroelle aurait donné beaucoup pour savoir ce que le fils d'hommes avait appris d'Atta Aïkhjarto. Mais celui-ci demanda simplement :

— Êtes-vous prêts ?

Les compagnons acquiescèrent. Noroelle se sentait un peu coupable. Elle savait qu'elle était la cause du silence de la compagnie. Elle voulut se racheter.

— Allez, je vous accompagnerai encore là-haut, jusqu'au cercle de pierres.

En chemin, Noroelle sentit la puissance de l'Étoile d'albes lui souffler au visage, comme une brise légère. Cet endroit n'avait rien perdu de sa magie. Xern, appuyé contre une pierre, surveillait l'intérieur du cercle, où flottait un brouillard. Sans se retourner, il demanda :

— Qui va là ?

En formulant sa question dans la langue des Fjords, il savait pertinemment qu'il s'agissait de Mandred.

Le fils d'hommes s'avança et répondit :

— La Chasse des elfes !

Xern se tourna vers le groupe.

— Alors, cette Porte vous est ouverte. Mandred, tu es venu dans ce monde avec une faible étincelle de vie. Et tu le quittes avec la force d'Atta Aïkhjarto. Puisse sa puissance vous protéger, toi et ta compagnie.

Il désigna le mur de brouillard.

Farodin et Nuramon regardèrent Noroelle, suspendus à ses lèvres. Enfin, elle rompit le long silence :

— Pensez que ce que vous faites, vous le faites pour moi. Pensez que je vous aime beaucoup tous les deux. Veillez l'un sur l'autre. Je vous en prie.

— Je donnerai ma vie pour Farodin, dit Nuramon.

Et Farodin déclara :

— La douleur de Nuramon sera mienne. Ce qui lui arrivera m'arrivera aussi.

— Par tous les albes ! Je vous en supplie, ne vous oubliez pas pour protéger l'autre. Ne veillez pas seulement l'un sur l'autre, mais aussi sur vous-même. Je ne voudrais pas que le destin me prive d'une décision de manière douloureuse. Revenez tous les deux !

— Je mettrai tout en œuvre pour que nous revenions tous les deux, affirma Farodin.

— Et moi, je te promets que nous reviendrons, dit Nuramon.

Farodin eut l'air surpris d'entendre son compagnon promettre une telle chose. Qui pouvait savoir ce qui se passerait là-bas ? Et pourtant, c'était bien cette promesse que Noroelle voulait entendre.

Elle fit un signe à Obilée et se tourna de nouveau vers ses bien-aimés.

— Je voudrais vous offrir quelque chose qui vous fasse vous souvenir de moi en chemin. (Obilée alla chercher deux petits sachets. Noroelle les prit et en donna un à chacun.) Ouvrez-les ! demanda-t-elle.

Ils lui obéirent et regardèrent ce qu'ils contenaient. Nuramon se contenta de sourire, mais Farodin s'écria :

— Des mûres !

— Elles portent un charme en elles, expliqua-t-elle. Elles vous donneront de la force et vous rempliront le ventre plus que vous le supposez. Pensez à moi en les mangeant !

Ses bien-aimés échangèrent un bref regard, puis Nuramon dit :

— Nous le ferons. Et pas seulement en les mangeant.

Noroelle prit d'abord Farodin dans ses bras et l'embrassa. Il voulut dire quelque chose, mais elle lui posa deux doigts sur les lèvres.

— Non. Pas de mots d'adieu. Pas de doux serments d'amour. Je sais ce que tu ressens. Ne mets pas sur ta langue ce que je lis sur ton visage. Un seul mot, et je fondrais en larmes ! Alors que je souris encore.

Il se tut et lui caressa les cheveux.

Noroelle se détacha de Farodin et prit Nuramon dans ses bras. Lui aussi, elle l'embrassa. Il prit son visage dans ses mains et la regarda longuement comme s'il voulait imprimer son image en lui. Ensuite, il lui offrit un dernier sourire et se sépara d'elle.

Les compagnons se mirent en selle. Seul Aïgilaos, qui n'en avait pas besoin, jetait déjà un regard vers le mur de brouillard. Alors, Mandred cria :

— Suivez-moi, compagnons !

Et la Chasse des elfes entra dans le cercle de pierres.

Farodin et Nuramon chevauchaient derrière les loups pour fermer la colonne. Une dernière fois, ils se retournèrent pour voir Noroelle. Puis ils disparurent à leur tour dans le brouillard.

Xern se détourna du cercle de pierres et s'en alla lentement. Obilée saisit la main de Noroelle. En voyant le brouillard se dissiper, Noroelle sentit son angoisse grandir. Il lui semblait avoir vu Farodin et Nuramon pour la dernière fois.

Le Monde des Humains

Une fois le brouillard dissipé, les compagnons reçurent de plein fouet le souffle glacial du Monde des Humains. Nuramon prononça quelques formules d'un sortilège réchauffant pour chasser au moins le froid de ses vêtements. Il sonda les alentours avec curiosité. Ils se trouvaient à l'intérieur d'un cercle de pierres, au sommet d'une falaise. Loin en bas se nichait un village.

Mandred avait dirigé son cheval jusqu'au bord du gouffre. Comme s'il voulait l'y précipiter. Le village sur l'autre rive semblait exercer sur lui une forte attirance. Il devait s'agir de celui dont il avait parlé à la cour.

— J'ai repéré ses empreintes ! cria Brandan. Elles sont toutes fraîches, on dirait qu'il vient juste de partir d'ici.

L'endroit était exposé au vent et n'offrait aucune nourriture. Dans ces conditions, pourquoi l'homme-sanglier y était-il resté aussi longtemps ? Les avait-il attendus ? Nuramon se prit à sourire. C'était bien sûr stupide.

— Mandred ! cria Farodin d'une voix sévère.

Le fils d'hommes sursauta. Puis il tira sur ses rênes pour détourner sa jument du bord de la falaise.

— Pardon... Je voulais juste savoir ce qu'il est advenu des miens. L'homme-sanglier ne semble pas avoir encore attaqué Firnstayn.

Il se mit à la tête de la troupe et entama la descente. Les loups, déployés en éventail, s'étaient aussi lancés sur les traces de la bête et couraient devant les cavaliers.

Les traces s'écartaient visiblement du village ; pourtant Nuramon s'aperçut que le fils d'hommes était de plus en plus nerveux.

— Quelque chose ne va pas, Mandred ? lui demanda-t-il.

— Les chevaux, murmura le guerrier, anxieux. Ils sont ensorcelés, n'est-ce pas ? Nuramon ne comprit pas ce qu'il voulait dire.

— Pourquoi ensorceler des chevaux ?

— Mais... ils ne s'enfoncent pas dans la neige. C'est impossible. Dans cette neige... On en a au moins jusqu'aux genoux.

Nuramon remarqua que Farodin et Brandan échangeaient un sourire. Que savaient-ils ?

— Pourquoi les chevaux devraient-ils s'enfoncer dans la neige ?

— Parce que c'est comme ça ! (Mandred maîtrisa sa jument.) Si les chevaux ne sont pas ensorcelés, c'est donc la neige qui est envoûtée.

Il sauta de cheval et disparut aussitôt dans la neige… jusqu'aux genoux !

Brandan éclata de rire.

— Je ne trouve pas ça drôle, intervint Aïgilaos. (Il se précipita aux côtés de Mandred, en laissant derrière lui une trace profonde.) Ces longues-oreilles se paient notre tête. Je n'ai jamais compris comment ils font pour marcher sur la neige. En tout cas, il ne s'agit pas de magie. Et ça ne tient pas non plus au fait qu'ils ferrent ou non leurs chevaux.

Nuramon s'attendait à voir le fils d'hommes vexé, mais il vit au contraire ses yeux briller.

— Croyez-vous que la reine m'offrira ce cheval à notre retour ?

— Si tu t'en montres digne, peut-être, fils d'hommes, répondit Farodin.

— Croyez-vous qu'un de mes étalons pourrait couvrir cette jument ?

Aïgilaos poussa un rire hennissant.

Nuramon trouva cette idée bizarre. Qu'est-ce que le fils d'hommes pouvait bien avoir en tête ?

— Nous ne devrions pas perdre notre temps avec des balivernes, les avertit Vanna. Il va bientôt neiger. Il faut continuer, sinon nous allons perdre la trace.

Mandred se remit en selle. En silence, la troupe s'ébranla et suivit la piste.

Nuramon balaya la région du regard. Il s'était représenté différemment le Monde des Humains. Ici, la neige était ferme et croûteuse et les alignements de collines si irréguliers qu'il avait du mal à mémoriser l'environnement. Rien ne semblait aller ensemble. Comment trouveraient-ils l'homme-sanglier dans un pareil chaos ? Des milliers de choses, différentes de ce qu'il voyait en Albemark, attiraient son regard.

Toutes ces impressions nouvelles le fatiguaient. Il se frotta les yeux. Ce monde lui semblait déroutant. En voyant un arbre, il parvenait difficilement à le regarder comme un tout, tant il était troublé par tous ses détails. Il peinait aussi à estimer les distances. Les choses lui paraissaient plus proches qu'elles l'étaient en réalité. De sorte que ce monde avait l'air étroit. À présent, Nuramon comprenait pourquoi la reine avait nommé Mandred à la tête de la Chasse : tout ici lui était familier.

La compagnie passa toute la journée à traquer l'homme-sanglier. Ils avançaient vite en terrain découvert et se montraient prudents dans les forêts ou sur les terrains rocheux. La bête pouvait surgir à tout moment. C'était du moins ce que ressentait Nuramon.

Dans les dernières heures, Brandan avait fait remarquer à plusieurs reprises que la piste du sanglier lui semblait étrange. Il la trouvait trop fraîche. Comme si la neige refusait de la recouvrir. Nuramon s'en inquiéta ainsi que Lijema. Quant aux autres, s'ils donnaient l'impression de prendre au sérieux l'avertissement de Brandan, aucun d'eux ne semblait pourtant douter de mener la mission à bien. La Chasse des elfes était lancée et, en voyant les loups foncer joyeusement en avant, Nuramon eut le sentiment que rien ni personne ne pouvait les arrêter, pas même dans ce monde étrange.

L'après-midi, la neige cessa de tomber. Les traces les menèrent dans une forêt dense. En ce lieu, l'homme-sanglier pouvait être partout aux aguets. Finalement, Mandred ordonna assez tôt de chercher un emplacement pour le campement. Brandan repéra encore des empreintes, puis tous suivirent Mandred. Farodin affichait une expression inhabituellement maussade, que Nuramon ne parvenait pas à s'expliquer.

Ils s'installèrent à l'orée de la forêt. Aïgilaos avait faim et voulut absolument chasser. Il avait vu des traces, Brandan l'accompagna.

Nuramon et Farodin dessellèrent les chevaux. La magicienne Vanna alluma un petit feu au centre du camp. Elle semblait ailleurs, perdue dans ses pensées. Quelque chose la préoccupait. Lijema et Mandred s'occupèrent des loups. La mère des loups expliqua au fils d'hommes ce qu'il voulait savoir. Les animaux étaient calmes, ce qui parut de bon augure à Nuramon.

Farodin déposa une selle par terre, puis il s'arrêta.

—Est-ce ainsi que tu t'étais imaginé la Chasse des elfes ?

—À parler franc, non.

—Vu de l'extérieur, on s'imagine toujours les choses avec plus de panache. On se voit découvrir sa proie, l'abattre et retourner en Albemark... Un jeu d'enfant, en somme. Tu étais déjà venu ici, dans le Monde des Humains, n'est-ce pas ?

—Oui, assez souvent. Je me rappelle encore la dernière fois. Nous devions débusquer un traître et le conduire à la reine. Comme maintenant. À peine avions-nous franchi la Porte, que nous avions déjà repéré sa trace. Quelques heures plus tard, nous prenions déjà le chemin du retour. Mais il ne s'était pas agi d'une vraie Chasse.

—Alors ? L'Autre Monde te paraît-il aussi étrange qu'à moi ?

—Tu fais allusion à son étroitesse ?

—Oui, c'est cela.

—C'est dû à l'air. La reine me l'a expliqué, un jour. Ici, l'air est différent. Pas aussi clair que chez nous. (Nuramon resta songeur.) Ici, tout est différent, poursuivit Farodin. Tu y chercheras en vain la beauté et la clarté d'Albemark. Les choses ne vont pas ensemble. (Il montra un chêne.) Cet arbre-là ne va pas avec celui-ci. (Il frappa sur le chêne près de lui.) Chez nous, toutes les choses sont différentes, mais tout s'agence en harmonie. Rien d'étonnant, si les humains trouvent nos contrées si belles.

Nuramon garda le silence. Il trouvait cependant de l'attrait à l'Autre Monde. Il y avait tant de choses à découvrir ici. Et si l'on parvenait à en connaître le secret, on pouvait peut-être le trouver harmonieux.

— Pour Mandred, il semble que tout soit en accord, dit-il doucement en jetant un bref regard vers le fils d'hommes.

— Il ne dispose pas de la subtilité de nos sens.

Nuramon hocha la tête, Farodin avait raison. Mais pourtant… Peut-être existait-il un ordre derrière tout ceci et fallait-il alors, pour l'appréhender, posséder des sens encore plus affinés que ceux des elfes.

Quand toutes les corvées furent accomplies, Nuramon s'assit en bordure de la forêt et laissa glisser son regard sur le paysage. Farodin, venu le rejoindre, lui tendit son sachet de mûres.

Nuramon fut surpris.

— Puis-je vraiment ?

Son compagnon lui fit signe que oui. Nuramon accepta l'offre de Farodin. Ils mangèrent quelques mûres en silence.

En voyant le soir arriver, Lijema demanda où étaient passés Aïgilaos et Brandan.

Nuramon se leva.

— Je vais les chercher.

— Veux-tu que je t'accompagne ? demanda Farodin.

— Non. (Il regarda la magicienne.) Demande plutôt à Vanna si tout va bien, chuchota-t-il. Elle n'a pas encore dit un mot depuis tout ce temps, elle rumine quelque chose.

Farodin sourit et se leva pour rejoindre la magicienne. Nuramon quitta le camp à la recherche d'Aïgilaos et de Brandan.

Il n'eut pas de mal à suivre leurs traces. Certes, les empreintes laissées par les bottes de Brandan étaient difficiles à reconnaître, mais Aïgilaos avait tracé dans la neige un profond sillon. Plusieurs fois, Nuramon regarda ses pieds ; il pensait à Mandred et à la façon dont il s'était enfoncé. Peut-être était-ce tout de même une magie qui le faisait marcher sur la neige ? Il tenta de laisser des traces nettes, avec quelque succès. Mais cela lui demanda beaucoup de concentration : il devait s'efforcer de poser le pied le plus maladroitement possible. Sinon, ses pieds refusaient de s'enfoncer dans la neige.

Au bout d'un moment, les traces se transformèrent. Nuramon vit que ses deux compagnons avaient pisté un chevreuil. Ils s'étaient séparés peu de temps après ; Aïgilaos avait pris par la gauche, Brandan par la droite. La piste du chevreuil menait droit devant. Nuramon s'engagea sur la trace la plus facile à reconnaître, celle d'Aïgilaos.

Soudain, il entendit un bruit. Il s'arrêta pour tendre l'oreille. D'abord, il ne perçut que le vent qui passait dans la forêt. Mais ensuite, ce fut un léger chuintement. Il ne devait s'agir que d'un peu de neige durcie chassée d'un arbre tout proche par la bise. Pourtant, ce bruit reprenait sans cesse.

Parfois un peu plus longtemps, parfois un peu plus brièvement. Peut-être était-il émis par un animal de la forêt ? Mais il pouvait tout aussi bien s'agir de l'homme-sanglier.

Prudemment, Nuramon glissa la main vers son épée. Il se demanda s'il devait appeler Aïgilaos ou Brandan, mais décida de n'en rien faire. Si jamais il venait à déloger le gibier par un cri inconsidéré, le centaure, dans sa mauvaise humeur, dirigerait ses flèches contre lui.

La source du bruit semblait être toute proche. Mais Nuramon ne voulait pas trop se fier à ses sens. Ce monde le troublait ! Dans la journée, ses yeux l'avaient assez souvent trompé. Ses oreilles pouvaient le faire tout aussi bien.

Doucement, il quitta la piste d'Aïgilaos pour suivre ce sifflement. Il aperçut bientôt une clairière. C'est de là que semblait provenir ce bruit.

Arrivé au bord de la clairière, Nuramon tenta de voir quelque chose. Trois chênes se dressaient à peu près en son centre. Des effluves désagréables, apportés par le vent, le firent s'arrêter un moment. Cette odeur avait quelque chose de dérangeant. Mais tout ce qui appartenait à ce monde n'était-il pas troublant pour les sens d'un elfe ?

Avec précaution, il entra dans la clairière en guettant autour de lui. Il n'y avait personne. Mais, à chacun de ses pas, le sifflement s'amplifiait. Quoi que ce soit, cela provenait de derrière les trois arbres. Nuramon serra plus fort le pommeau froid de son épée.

Lorsqu'il eut presque atteint les arbres, il aperçut sur sa gauche une large piste venant de la forêt. Les traces d'Aïgilaos !

Il se hâta vers les trois chênes. À présent, le sifflement était terriblement sonore et sinistre. Dans la neige, il vit un bandeau brisé. Il contourna vite le groupe des trois arbres… et n'en crut pas ses yeux.

Devant lui, il vit Aïgilaos ! La tête rejetée en arrière, la bouche ouverte, c'était lui qui produisait ce bruit. Sa barbe bouclée était collée par le sang. Nuramon vit quatre estafilades sur son cou. Sans elles, on aurait certainement entendu les cris du centaure dans toute la forêt. On lui avait pour de bon coupé la voix. Son cri n'était plus qu'un long souffle d'air s'échappant de sa gorge.

Le visage d'Aïgilaos exprimait plus de souffrance que Nuramon n'en avait jamais vu. Il avait les yeux écarquillés. Il se raidissait sans cesse, voulait crier, mais ne parvenait à produire qu'un sifflement pitoyable.

Les quatre pattes du centaure étaient cassées, un os dépassait même de l'une d'elles. Son long ventre était ouvert. Une partie de ses entrailles s'en écoulait, et une flaque de sang gelée colorait la neige. L'un de ses bras se trouvait écrasé sous son corps, l'autre était déboîté et cassé. Sa peau était zébrée de plaies sanglantes, comme si un prédateur l'avait attaqué.

Nuramon ne parvenait pas à s'imaginer la douleur ressentie par Aïgilaos. Jamais, il n'avait vu une créature massacrée de la sorte.

— Farodin ! Mandred ! cria-t-il, ne sachant s'il devait aller chercher de l'aide ou tenter d'intervenir.

En jetant un regard sur ses mains, il s'aperçut qu'elles tremblaient. Il fallait absolument qu'il agisse ! Ses compagnons l'avaient certainement entendu au campement.

— Je vais t'aider, Aïgilaos !

Le centaure cessa d'émettre ses cris sans voix et regarda Nuramon, le visage tremblant.

C'était sans espoir. Sa plaie au ventre suffirait à le tuer. Ses blessures au cou lui avaient déjà causé beaucoup de dommages. Devait-il lui mentir ?

— Je vais d'abord soulager tes douleurs. (Nuramon posa ses mains sur le front d'Aïgilaos et le regarda dans ses yeux larmoyants. C'était pur miracle qu'il soit encore conscient.) Attends encore un peu ! implora Nuramon en se concentrant sur la magie.

Il commença par sentir des picotements au bout des doigts. Puis un frisson froid lui parcourut les bras jusqu'aux mains. Sous ses doigts, le front d'Aïgilaos se réchauffa. Nuramon sentit le pouls accéléré du centaure, et son propre cœur en épousa le rythme. Puis les battements ralentirent et Aïgilaos se calma. C'était déjà cela, même s'il ne pouvait plus être sauvé.

Nuramon retira ses mains du front du centaure et vit ses traits se détendre peu à peu. Ce dernier avait perdu tellement de sang que l'elfe s'étonna de le voir encore conscient. Il lui fallait encore lutter contre la mort de son compagnon, même si l'entreprise semblait désespérée. Il n'avait aucune expérience des centaures. Peut-être pouvaient-ils survivre à de telles blessures ? Alors, il posa doucement sa main sur la gorge ouverte du blessé.

Aïgilaos ne ressentait plus aucune douleur. Il regarda intensément Nuramon, secoua la tête et tourna les yeux vers l'épée de l'elfe.

Nuramon fut saisi d'effroi. Aïgilaos savait que c'était la fin. Et voilà qu'il lui demandait de dégainer l'épée de Gaomée pour lui assurer une mort rapide. La lame avec laquelle Gaomée avait autrefois terrassé le dragon à l'issue d'un combat héroïque devait à présent se trouver souillée par le sang d'un compagnon.

Nuramon hésita. Mais comment se soustraire à la supplique muette du centaure ? Il fallait qu'il le fasse. Par compassion ! Alors, il tira l'épée.

Aïgilaos hocha la tête.

— Nous nous reverrons dans une prochaine vie, Aïgilaos ! (Il brandit l'arme et l'abaissa. Mais la pointe s'arrêta juste devant la poitrine du centaure. Incrédule, Aïgilaos leva les yeux.) Je ne peux pas, dit désespérément Nuramon en secouant la tête.

Ses mots d'adieu au centaure résonnaient dans sa tête. *« Nous nous reverrons dans une prochaine vie ! »* Comment pouvait-il le prétendre ? Il n'était pas certain que l'âme d'Aïgilaos trouverait le chemin du retour en Albemark.

Celui qui lui prendrait la vie ici lui retirerait pour toujours la possibilité de renaître.

Nuramon jeta son épée. Il avait failli la souiller du sang de son compagnon. Il ne lui restait plus qu'une chose à faire : mettre en œuvre sa magie et tenter de le sauver.

Nuramon examina encore les blessures au cou du centaure. Mandred avait décrit le sanglier comme une bête grossière. Mais les entailles étaient si précises qu'elles semblaient avoir été faites par un couteau. Se pouvait-il que l'homme-sanglier porte des armes ? Ou bien était-ce une autre bête qui avait abîmé Aïgilaos de la sorte ? Nuramon s'étonna de ne pas trouver d'autres traces que celles du sang de son compagnon ; même la piste du chevreuil chassé par Aïgilaos se perdait ici. Aucune trace non plus de Brandan. Peut-être gisait-il quelque part dans la forêt, pareillement mutilé.

Nuramon réprima son envie d'appeler ses autres compagnons. Il ne ferait qu'attirer la bête. Avec précaution, il posa ses mains sur les fines coupures. À peine eut-il pensé à la magie, qu'il sentit de nouveau des picotements dans ses doigts. Cette fois-ci cependant, il ne ressentit pas de frisson dans ses bras. Mais les picotements se transformèrent en une vive douleur qui l'irradia jusqu'aux épaules. Douleur contre guérison ! Tel était l'échange inhérent à sa magie. Lorsque la douleur finit par s'atténuer, Nuramon écarta ses mains d'Aïgilaos et regarda le cou du centaure. Les blessures s'étaient refermées.

Pourtant, en voyant la plaie béante au ventre, il comprit que ses forces ne pourraient rien y faire. Il aurait fallu pour cela une magie capable d'animer le corps en entier. Nuramon se pencha sur le torse d'Aïgilaos.

— Peux-tu de nouveau parler ? demanda-t-il au centaure.

— Ne fais pas cela, Nuramon ! pria Aïgilaos d'une voix rauque. Prends ton épée et termines-en ici !

Nuramon posa les mains sur ses tempes.

— Il ne s'agit que de douleur.

Il savait trop bien que de plus grandes blessures entraîneraient pour lui de plus grandes souffrances. Cependant, il se concentra et essaya de respirer calmement.

— Je te souhaite la chance des albes, mon ami, dit le centaure.

Nuramon ne répondit rien à cela, mais il fit couler la force magique de ses mains dans le corps d'Aïgilaos. Il pensa à tous ceux qu'il avait guéris : arbres, animaux ; de temps à autre, un elfe.

Soudain, une douleur fulgurante parcourut ses mains et tétanisa ses bras. C'était le prix à payer pour la guérison, il fallait résister ! La souffrance devint insupportable. Nuramon ferma les yeux et s'arc-bouta. Pourtant, il ne put la combattre. Il sentit comme un éclair lui traverser la tête. Il savait qu'il n'aurait qu'à lâcher pour que la souffrance disparaisse. Mais Aïgilaos serait alors perdu.

Il ne s'agissait pas seulement des nombreuses blessures, ni du grand dommage causé par cette plaie au ventre, il y avait là encore autre chose que Nuramon n'arrivait pas à comprendre. Était-ce un poison ? Ou peut-être un sort ? Nuramon tenta de se détendre, mais la douleur était trop forte. Il sentit ses mains se crisper et tout son corps se mit à trembler.

— Nuramon ! Nuramon ! cria une voix rauque. Par tous les dieux !

— Chut ! Il le soigne ! répondit la voix d'un elfe. Ô Nuramon !

Nuramon serra les dents. La douleur semblait ne pas vouloir prendre fin. Elle s'intensifia. Il sentait ses sens l'abandonner.

Un moment, il ne put s'empêcher de penser à Noroelle. Et la douleur cessa d'un coup.

Quel calme !

En ouvrant lentement les yeux, il vit le visage de Farodin penché sur lui.

— Dis quelque chose, Nuramon !

— Aïgilaos ? fut le seul mot qui passa ses lèvres.

Farodin regarda sur le côté puis de nouveau vers son compagnon et secoua la tête.

Près de lui, il entendit Mandred crier :

— Non. Réveille-toi ! Allez, réveille-toi ! Ne pars pas ainsi ! Dis-moi encore quelque chose !

Mais le centaure garda le silence.

Nuramon essaya de se relever. Il sentait ses forces lui revenir. Farodin l'aida.

— Un peu plus et tu étais mort, chuchota-t-il.

Aïgilaos gisait à terre. Mandred était penché sur lui et pleurait. Les traits du centaure mort paraissaient détendus, mais son corps offrait un spectacle terrifiant.

— As-tu oublié ta promesse à Noroelle ?

— Non, bien sûr, chuchota Nuramon. C'est pour cela qu'Aïgilaos est mort.

Nuramon se détourna pour s'éloigner, mais Farodin le retint.

— Tu n'aurais pas pu le sauver.

— Mais s'il avait pu l'être ?

Farodin garda le silence.

Mandred se leva et se tourna vers eux.

— A-t-il dit quelque chose ?

Le fils d'hommes regarda Nuramon, plein d'attente.

— Il m'a souhaité bonne chance.

— Tu as tout tenté. Je le sais.

Les paroles de Mandred ne consolèrent pas Nuramon.

Il ramassa son épée et la contempla en pensant au désir d'Aïgilaos. Il ne pouvait pas le dire à Mandred.

— Que s'est-il passé ? Et où est Brandan ? demanda Farodin.

— Je n'en ai aucune idée, répondit lentement Nuramon.

Mandred secoua la tête.

— Ce serait une chance inouïe qu'il vive encore. (Il jeta un regard vers Aïgilaos et poussa un grand soupir.) Par tous les dieux ! Personne ne devrait mourir ainsi. (Puis, il regarda autour de lui.) Bon sang ! Il fait trop sombre maintenant.

— Alors il faut vite trouver Brandan, dit Farodin.

Ils jetèrent un dernier regard à Aïgilaos et décidèrent de revenir le chercher plus tard, si cela s'avérait possible.

Nuramon ramena Farodin et Mandred sur la trace de Brandan. Entre-temps, la nuit était tombée.

— Si seulement je n'avais pas laissé les pierres de béryl au campement ! dit Farodin.

La trace n'était déjà pas facile à suivre, mais l'obscurité rendait la tâche impossible. Ils n'étaient pas de si bons pisteurs.

Soudain, un hurlement monstrueux retentit derrière eux. Ils se retournèrent tous les trois. Puis Mandred cria :

— Le camp ! Vite !

Ils y retournèrent à toute vitesse. Nuramon s'aperçut alors que Mandred avait de grandes difficultés à se mouvoir dans l'obscurité. Il se heurtait sans cesse à des branches basses et finit par laisser Farodin le dépasser, pour le suivre. Le fils d'hommes pestait contre la neige dans laquelle il s'enfonçait jusqu'aux mollets, tandis que les elfes y avançaient d'un pas léger.

Enfin, ils atteignirent le campement. Il était abandonné.

Le feu brûlait ; les chevaux se tenaient tranquilles. Mais Vanna, Lijema et les loups avaient disparu. Farodin s'agenouilla près de ses sacoches de selle, tandis que Nuramon faisait le tour du camp en quête de traces. Mandred resta là, comme paralysé. Sans doute pensait-il que tout était perdu.

La forêt était calme.

Nuramon découvrit les empreintes des loups et des elfes, elles conduisaient à la lisière du bois. Aucune trace de combat. Dès qu'il en eut informé ses compagnons, Farodin lui lança, ainsi qu'à Mandred, une pierre de béryl brillant d'une lumière blanche.

Quand ils entendirent de grands hurlements dans les profondeurs du bois, ils se mirent en route. Sans cesser d'appeler Vanna et Lijema, mais ils n'obtinrent pas de réponse.

Ils aperçurent ensuite une trace de sang et la suivirent. Les loups, et apparemment aussi Vanna et Lijema l'avaient déjà pistée. Ils tombèrent bientôt sur la dépouille d'un loup : il avait la gorge déchiquetée. Emplis d'inquiétude, ils remontèrent les traces et découvrirent, tous les quelques pas, d'autres gouttes de sang.

Les hurlements se faisaient toujours entendre. Tout à coup, ils virent les loups blancs bondir dans tous les sens. Ils s'en prenaient à une ombre.

Une forme géante ! Qui se débattait sauvagement. Le hurlement d'un loup se termina par un jappement de douleur. Puis le cri d'une femme retentit.

Nuramon, Farodin et Mandred atteignirent une clairière. La lueur de leurs pierres de béryl chassait l'obscurité. Ils virent les loups poursuivre une grande silhouette courbée et disparaître dans la forêt.

La lumière de Nuramon trouva Vanna la magicienne au milieu de la clairière.

— Revenez ! Ce n'est pas l'heure de la vengeance ! criait-elle aux loups. Revenez !

Mais ils ne l'écoutaient pas. La magicienne tomba à genoux et se pencha sur quelque chose.

Mandred et Farodin furent aussitôt près d'elle. Nuramon approcha lentement, tout en regardant autour de lui. Trois loups morts gisaient dans la clairière et, parmi eux, le loup de tête. Nuramon sentit une odeur âcre flotter dans l'air. Cette puanteur qu'il avait déjà remarquée auprès d'Aïgilaos : sans doute l'odeur de la bête.

En rejoignant ses compagnons, Nuramon vit, à la lueur des pierres de béryl, que Vanna se penchait sur Lijema. Lorsque la magicienne se redressa, Nuramon s'aperçut que la mère des loups avait la poitrine lacérée. Quelque chose avait transpercé son corps et déchiré ses poumons et son cœur. Ses yeux brillaient encore, mais son visage s'était figé en un masque étonné.

Vanna pressa tendrement son visage sur celui de la morte.

— Que s'est-il passé ? demanda Farodin.

Vanna garda le silence.

Farodin agrippa la magicienne par les épaules et la secoua doucement.

— Vanna !

Son regard sembla traverser Farodin.

— Là-bas… derrière l'arbre…, dit-elle en tournant la tête de côté. Brandan… par terre… Le sanglier l'a…

Elle s'interrompit.

Nuramon se précipita. Il voulait être le plus vite possible auprès de Brandan. Angoissé, il ne pouvait s'empêcher de penser à Aïgilaos.

Pendant ce temps, une querelle avait éclaté entre Mandred et Farodin. Le fils d'hommes voulait poursuivre la bête, mais Farodin voulait l'en empêcher. Comment pouvaient-ils se quereller maintenant à ce sujet ? Alors que Brandan était peut-être encore en vie !

Nuramon atteignit la lisière du bois et trouva Brandan. Le pisteur gisait sur le dos, avec une légère blessure à la tempe et une autre à la jambe. Il était inconscient, mais son cœur battait encore et il respirait doucement. Nuramon posa ses mains guérisseuses sur ses blessures. Il sentit venir les picotements et la douleur les suivre. Finalement, les blessures se transformèrent en croûtes sous ses doigts. Pour le moment, c'était suffisant. Plus tard, il le guérirait complètement.

À grand-peine, Nuramon prit Brandan dans ses bras et retourna d'un pas lourd vers les autres. Sous la charge, ses pieds s'enfonçaient dans la neige.

Il entendit Farodin tenter patiemment de persuader Mandred.

— La bête joue avec nous. Pas question de nous laisser entraîner maintenant à l'aveuglette. Nous la chasserons demain !

— Comme tu veux, répliqua Mandred, à contrecœur.

En apercevant Nuramon, la peur les saisit. Ils coururent à sa rencontre.

— Est-il… ? commença Mandred.

— Non, il vit. Mais nous devrions l'emmener au camp.

Sans un mot, Farodin, Vanna et Mandred quittèrent la clairière.

Le chemin du retour fut pénible. Mandred portait Brandan, tandis que Farodin et Nuramon portaient le corps de Lijema. Ils laissèrent sur place les dépouilles des loups. En chemin, Mandred essaya de réveiller Brandan. Mais le pisteur avait sombré dans un profond coma.

À l'arrivée au campement, Farodin s'occupa de Lijema ; il enveloppa son corps dans un manteau. Mandred et Vanna, assis auprès du feu, tendaient l'oreille vers la forêt. Nuramon les observa pendant que la tête de Brandan reposait dans ses mains et recevait sa magie. L'attitude du fils d'hommes et de la magicienne en disait plus long que tous les mots possibles. Deux membres de la Chasse avaient perdu la vie, et leurs loups étaient morts ou avaient disparu.

Nuramon contempla la lune. Sa grand-mère avait dit vrai. Ici, la lune n'était qu'à demi visible et beaucoup plus petite que celle d'Albemark. Il repensa à sa conversation avec Noroelle. Qu'advenait-il quand on mourait dans les contrées des hommes ? Il ne pouvait qu'espérer que Lijema renaîtrait. Il ne savait pas ce qu'il en était des centaures. On disait qu'en mourant certains enfants d'albes partaient directement dans la Lumière de la Lune. Il espérait que les âmes de ses compagnons morts ne se perdraient pas.

En sentant la douleur du corps de Brandan passer dans ses mains, Nuramon ferma les yeux et pensa à Aïgilaos. Farodin avait dit vrai : le centaure ne pouvait plus être sauvé. Et pourtant, Nuramon se demanda si, en voulant tenir sa promesse à Noroelle, il n'était pas finalement responsable de sa mort. En se donnant plus de peine, il aurait peut-être pu le sauver.

Soudain, la douleur disparut ; Nuramon rouvrit les yeux. Farodin, Mandred et Vanna se trouvaient près de lui, le visage soucieux. Il lâcha Brandan.

— N'ayez crainte. Tout va bien.

Quand Brandan se réveilla peu de temps après, ils furent tous soulagés. Il se sentait fatigué, mais il put raconter ce qui s'était passé.

— Le sanglier a surgi brusquement. J'ai senti cette puanteur, et ça m'a comme paralysé. Je n'ai rien pu faire. Rien !

Le sanglier l'avait frappé jusqu'à lui faire perdre connaissance, afin qu'il lui serve d'appât. La dernière chose dont il se souvenait avait été un râle atroce.

Nuramon rapporta à Brandan et Vanna ce qui était arrivé à Aïgilaos. Il leur décrivit le sort du centaure dans les moindres détails, sans dire qu'il lui avait demandé de le tuer. Les autres furent frappés d'horreur.

Farodin secoua la tête.

— Cet homme-sanglier a quelque chose qui m'intrigue. Il est plus qu'une bête grossière.

Mandred répliqua :

— Quoi qu'il soit, nous pourrons en venir à bout si nous restons ensemble. Nous allons maintenant monter la garde chacun à notre tour pour éviter d'être surpris par cette bête immonde.

Avant qu'ils établissent le premier tour de garde, deux loups revinrent au campement, silencieux, la queue pendante, mais indemnes. Mandred fut content de les voir et il en caressa un des deux sur la tête. Vanna fit de même pour l'autre. Les bêtes, à bout de forces, puaient l'homme-sanglier.

— Et ça ? Qu'est-ce que c'est ? demanda Farodin en montrant la gueule du loup qui se trouvait près de Mandred.

Nuramon y vit du sang.

Le fils d'hommes vérifia.

— C'est du sang gelé. Regardez comme il est clair !

Nuramon y aperçut un éclat argenté, mais peut-être était-ce dû tout simplement au gel ? Ils examinèrent attentivement le sang. Puis Mandred déclara :

— Ce sanglier est vulnérable. Demain, nous le débusquerons et nous lui ferons payer cher ce carnage !

Farodin approuva d'un air décidé. Nuramon et Brandan l'imitèrent.

Seule Vanna ne répondit pas. Elle regardait la gueule de son loup, qui semblait tout aussi sanglante.

— Quelque chose ne va pas ? demanda Farodin.

La magicienne se leva, laissa repartir le loup et s'assit entre Nuramon et Farodin. Le visage soucieux, elle inspira profondément.

— Écoutez-moi bien. Ceci n'a rien d'une Chasse habituelle. Et je ne le dis pas uniquement parce que nous avons lamentablement échoué et que deux de nos compagnons sont morts.

— Où veux-tu en venir ? demanda Mandred. Dis-nous ce que tu sais.

— Au début, ce n'était qu'un pressentiment. Mais si aberrant que je n'en ai rien laissé paraître et que je l'ai vite refoulé. Je sentais une présence différente de tout ce qui m'est familier. Quand nous nous sommes trouvés sur la piste de l'homme-sanglier, j'ai senti son odeur. Et ce pressentiment m'est aussitôt revenu, mais la puanteur n'était pas une preuve suffisante. Lorsque je me suis trouvée finalement en face de lui, que je l'ai regardé dans ses yeux bleus et qu'il a mis en œuvre sa magie pour causer cette blessure à Lijema, alors j'ai su à quoi nous avions affaire. Mais, je ne voulais toujours pas y croire. Maintenant que je vois ce sang, il n'y a plus de doute…

Elle se tut.

— Où veux-tu en venir ? insista Mandred.

— À toi, Mandred, cela ne dira peut-être pas grand-chose, mais cette créature que tu appelles « l'homme-sanglier » n'est rien d'autre qu'un devianthar, un démon des temps anciens.

Nuramon fut abasourdi. C'était impossible ! L'effroi qu'il ressentait, il le lut aussi sur les visages de Farodin et de Brandan. Certes, Nuramon ne savait que peu de chose sur les devianthars, mais ils passaient pour des êtres de l'ombre, engagés du côté du chaos et de la destruction. Jadis, les albes les avaient combattus et tous anéantis. C'était ce que racontaient les légendes, et elles ne consacraient que peu de mots aux démons. On disait qu'ils pouvaient changer de forme et qu'ils étaient de puissants magiciens. La reine était probablement la seule à savoir ce qu'il en était vraiment. Nuramon ne pouvait s'imaginer qu'Emerelle l'ait envoyé sciemment combattre une telle créature de l'ombre. Ce que disait Vanna ne pouvait être vrai !

Farodin regarda fixement la magicienne. Il exprima ce que Nuramon pensait :

— C'est impossible ! Tu le sais.

— Oui, c'est exactement ce que je me suis dit. Même quand j'ai vu clairement cet être devant moi, je n'ai pas voulu y croire et j'ai tout fait pour me persuader que je me trompais. Pourtant, ce sang avec son étrange éclat argenté m'a ouvert les yeux. Cette créature est un devianthar.

— Bon, c'est toi la magicienne, tu connais la science des Anciens, dit Farodin, sans paraître convaincu pour autant.

— Qu'allons-nous faire ? demanda Brandan doucement.

Vanna détourna les yeux.

— Nous sommes la Chasse des elfes, nous devons la mener à sa fin. Il va donc falloir combattre une créature qui fut un adversaire de taille pour un albe.

Mandred eut l'air horrifié. Il semblait enfin comprendre ce que disait Vanna. Chez les hommes aussi, on connaissait apparemment les albes et leur puissance. Il était bien possible que Mandred les considère comme des dieux.

— Jamais encore un elfe n'a tué un devianthar, objecta Farodin.

En échangeant un regard avec Farodin, Nuramon ne put s'empêcher de repenser à sa promesse à Noroelle.

— Alors nous serons les premiers ! dit-il résolument.

Le chuchoteur de l'ombre

Farodin s'était retiré à l'ombre, en bordure de forêt. Bientôt, sa garde serait terminée. Ils avaient décidé de lever le camp au petit jour pour pister le déviantha r. Ils resteraient ensemble. Il ne fallait pas une fois de plus permettre à cette créature de jouer avec eux, d'utiliser l'un d'eux comme appât.

Le feu n'était plus qu'un tas de braises. L'elfe évitait de trop le regarder pour ne pas altérer sa vision nocturne. Il entendait un léger ronflement : Mandred s'était endormi. Depuis qu'il avait constaté la veille, du haut de la falaise, que son village n'était pas détruit, le fils d'hommes avait retrouvé son calme. Il semblait toujours persuadé que la Chasse des elfes abattrait le monstre. Pourtant Vanna leur avait révélé le genre de créature qu'ils pourchassaient. Cette confiance naïve du fils d'hommes avait quelque chose de touchant.

Du coin de l'œil, Farodin perçut un mouvement. À une vingtaine de pas, une ombre se profilait sous les arbres. Il leva son arc, mais le laissa aussitôt retomber. Les troncs et le sous-bois touffu empêchaient de bien viser. La créature voulait l'attirer, mais il ne s'y laisserait pas prendre.

L'elfe sortit quelques flèches de son carquois et les planta dans la neige. En cas de besoin, il pourrait ainsi tirer plus vite. Si le déviantha r tentait d'attaquer le camp depuis l'orée du bois, il serait au moins accueilli par trois flèches. Ce démon n'était certainement pas invincible ! Il était temps pour lui de payer pour ses forfaits.

Farodin cligna les yeux. Était-ce bien cette créature qu'il voyait là-bas ? Ou l'obscurité lui jouait-elle un tour ? À trop regarder une forêt sombre, on finissait par tout y voir.

Reprends-toi ! se tança silencieusement le guerrier elfe. Un léger coup de vent balaya le paysage enneigé. Dans les profondeurs de la forêt, une grosse branche céda sous le poids de la neige. L'un des loups leva la tête vers la lisière du bois, là où Farodin avait aperçu une ombre. Il poussa un gémissement et aplatit ensuite son museau dans la neige.

Une puanteur âcre emplit l'air un instant. Puis on ne sentit plus que le froid.

— *Je vous attends dans la montagne, Farodin aux mains sanglantes.*

L'elfe sursauta. Ces mots… Il les avait entendus… en lui.

— Montre-toi !

Sa voix n'était qu'un chuchotement. Il ne voulait pas réveiller les autres en sursaut.

— *Et de nouveau, j'en rencontre un tout seul,* se moqua la voix dans sa tête. *Je te trouve bien outrecuidant, Farodin. Ne serait-il pas plus judicieux de réveiller tes compagnons ?*

— Pourquoi devrais-je répondre à ton attente ? À trop prévoir, on court à la défaite. Pourquoi devrions-nous nous trouver à l'endroit choisi par toi ?

— *Il est important de faire les choses au bon endroit et au bon moment. Toi aussi, tu prévois très soigneusement le lieu et le temps quand tu voyages au service de la reine.*

— C'est pourquoi je sais que je ne dois pas t'écouter, rétorqua l'elfe.

— *Je peux tuer chacun de vous d'une simple pensée. Vous n'êtes guère plus qu'un faible reflet des albes. J'avais escompté plus en envoyant le fils d'hommes en Albemark.*

Farodin jeta un coup d'œil vers le campement. Il entendait toujours le léger ronflement de Mandred. Devait-il se fier aux paroles d'un devianthar ? Le soupçon de la reine était-il justifié ?

— *Crois-tu que le fils d'hommes aurait pu franchir le cercle de pierres par ses propres moyens ?*

— Mais tu as pourtant failli le tuer. Pourquoi l'aurais-tu aidé ?

— *Afin de le rendre plus convaincant. Il ne se savait pas à mon service. Ainsi, votre reine ne pouvait découvrir nulle trace de mensonge dans ses paroles.*

— Si c'est notre mort que tu veux, alors faisons en sorte que tout se passe ici, sur place, dans notre camp. Je vais réveiller les autres !

— *Non ! Demande à Mandred de vous mener à la grotte de Luth. Je vous attends là-bas, à midi, dans trois jours.*

Farodin réfléchit : fallait-il encore le retenir un peu et réveiller les autres ensuite ? Les loups avaient peut-être blessé le devianthar. Pourquoi ne se montrait-il pas, s'il se sentait invincible ? C'était ici et maintenant qu'ils devaient le tuer ! Il n'accepterait aucun marché !

— *Une seule de mes pensées a la force de tuer, Farodin. Ne la provoque pas !*

— Mais alors, pourquoi sommes-nous encore en vie ? demanda l'elfe avec assurance.

— *En cet instant précis, le cœur de Brandan a cessé de battre, Farodin aux mains sanglantes. Ton doute l'a tué. Si dans trois jours, vous ne vous trouvez pas dans la montagne, vous subirez tous le même sort. Je te considérais comme un guerrier. Réfléchis bien si tu veux mourir l'épée à la main, sous les yeux de ton ennemi, ou comme Brandan, dans son sommeil. Tu te crois particulièrement adroit. Peut-être est-ce toi qui me tueras ? Je vous attends.*

À tout juste trois pas de distance, une forme massive apparut entre les arbres. Farodin porta la main à son épée. Comment le devianthar avait-il pu s'approcher autant sans qu'il l'ait remarqué ? Aucun bruit, aucune ombre entre les arbres. Même cette odeur putride exhalée par le démon ne s'était pas accentuée.

L'homme-sanglier hocha la tête comme pour un salut moqueur. Puis il se confondit de nouveau avec les ombres.

Farodin se rua en avant. La neige durcie crissa sous ses bottes. En l'espace de deux secondes, il atteignit l'endroit où le démon s'était trouvé. Mais le devianthar avait déjà disparu. Pas une trace dans la neige. Rien n'indiquait que la bête avait été là. La silhouette à forme d'ombre n'avait-elle été qu'une image trompeuse ? Le démon avait-il voulu l'attirer ? Farodin jeta un coup d'œil vers le campement. Ses compagnons dormaient encore près du feu, bien enroulés dans leurs couvertures. Tout était calme.

Les anciennes histoires racontaient qu'un devianthar pouvait mentir deux fois rien qu'en prononçant un seul mot. Farodin aurait aimé savoir ce qui se cachait derrière l'invitation à venir dans la grotte.

Il faisait plus froid. Il essaya de réveiller ses doigts gourds en se tapant les mains sur les cuisses. Puis il retourna à l'arbre contre lequel il avait posé son arc.

Il retira les flèches de la neige et les examina avec soin. Pour l'homme-sanglier, il avait choisi des traits de guerre. Ils avaient une pointe plate avec des crochets tournés vers l'intérieur. Les pointes n'étaient pas solidaires de la hampe. Quand on tentait de retirer d'une plaie ce type de projectile, la hampe se détachait et la pointe avec ses barbillons restait profondément accrochée dans les chairs. Farodin aurait aimé pouvoir au moins décocher une seule de ces flèches sur l'homme-sanglier.

Il regarda de nouveau le campement. Il avait besoin de certitude !

— Ils peuvent mentir deux fois rien qu'en prononçant un seul mot, chuchota-t-il.

S'il retournait maintenant au camp, il ferait exactement ce que le démon attendait de lui. C'était ainsi depuis qu'ils avaient passé la Porte d'Aïkhjarto.

Farodin prit son arc et son carquois et se dirigea vers le feu. De fins cristaux de glace dansaient dans l'air. Jamais il n'avait vécu pareil hiver glacial. Comment les hommes parvenaient-ils à s'établir dans ces contrées inhospitalières ? Il posa les armes sur sa couverture. Ensuite, il s'agenouilla auprès de Brandan. Le pisteur s'était tourné sur le côté. Ses lèvres dessinaient un sourire. À quoi pouvait-il rêver ?

Il ne dérangerait pas Brandan dans ses rêves ! Il s'apprêtait déjà à se retourner quand il remarqua un minuscule cristal de glace au coin des lèvres de son compagnon. Effrayé, il se pencha sur lui et le secoua par l'épaule.

Brandan ne bougea pas. Dans son sommeil, son sourire s'était figé en un masque de mort.

Vieilles blessures

— Que le feu vous guide dans les ténèbres !

Farodin approcha le brandon du bûcher. Les flammes gagnèrent lentement les branches de pin. Une épaisse fumée blanche monta vers le ciel. Elle portait encore en elle l'odeur de la forêt, le parfum d'aiguilles de pin et de résine.

Farodin se détourna. Ils avaient travaillé pendant des heures pour ériger ce bûcher. Comme il leur avait été impossible de déplacer la dépouille du centaure, ils avaient finalement porté Brandan et Lijema dans la clairière.

Mandred s'agenouilla près du feu. Ses lèvres remuaient en silence. Cet humain surprenait Farodin. Il semblait avoir pris Aïgilaos dans son cœur, comme un frère. Et cela en si peu de temps !

Le vent tourna. La fumée se rabattit vers eux en un épais rideau. Les premières odeurs de chair brûlée commençaient à flotter dans l'air.

Farodin réprima un début de nausée.

— Il faut partir. Le temps presse.

Nuramon le regarda d'un air réprobateur, comme s'il le pensait sans cœur. Ou bien pressentait-il quelque chose ? Vanna n'était pas parvenue à déterminer la cause de la mort de Brandan. Farodin avait passé sous silence cette partie de son dialogue avec le devianthar. *Inutile de décourager les autres*, se disait-il. *Inutile qu'ils sachent que le devianthar est capable de tuer d'un seul mot !* Peut-être aussi n'était-ce que tromperie. Brandan était peut-être mort d'autre chose. Il valait mieux qu'il soit le seul à se torturer avec cette question.

— Allons-y ! (Mandred se leva et tapota son pantalon pour en retirer la neige.) Sus à ce monstre ! Abattons-le !

Farodin ressentit la langue du Pays des Fjords comme une menace. Mais la reine devait s'être trompée. Cet homme ne les trahirait pas. Il n'était qu'une victime du devianthar, comme eux tous !

L'elfe se mit en selle. Il se sentait rompu. En même temps que sa confiance en lui, une bonne partie de ses forces l'avaient abandonné. Ou bien était-ce dû à son sentiment de culpabilité ? Brandan vivrait-il encore, si lui, Farodin, n'avait pas hésité ? Il regarda les loups. Ils n'étaient plus que deux à les accompagner. La queue peureusement serrée entre leurs pattes, ils se collèrent aux cavaliers au moment de quitter la clairière.

Farodin dirigea son cheval vers le fils d'hommes.

— Quel genre d'endroit est-ce… cette grotte de Luth ?

D'un geste nerveux de la main, Mandred traça un signe en l'air.

— Un lieu de puissance, dit-il à voix basse On raconte que Luth, le Tisseur des fils du destin, y aurait passé un long hiver. Il y faisait si froid que les parois de la grotte blanchissaient sous son souffle. C'est un lieu sacré. Et c'est là que nous abattrons l'homme-sanglier, car les dieux nous assisterons si…

Le regard de l'homme s'attarda sur la lance posée en travers de la selle.

— Si quoi ? demanda Farodin.

— S'ils nous permettent d'arriver là-bas. (Mandred indiqua le nord.) La grotte se trouve très haut dans les montagnes. Les cols vont être très enneigés. Personne ne peut les passer en hiver.

— Mais tu es déjà allé là-bas ? s'inquiéta l'elfe.

Mandred secoua la tête.

— Non, mais les Barbes de Fer nous montreront le chemin.

— Les Barbes de Fer ? De quoi s'agit-il ?

Mandred ébaucha un sourire.

— Ce ne sont pas des ennemis. Il ne faut pas les craindre. En tout cas, pas nous. Ce sont les trolls qui les évitent. Les prêtres les ont apportés. Ils sont taillés dans le tronc des chênes sacrés. Des effigies des dieux. Tous ceux qui se rendent à la grotte de Luth leur font une offrande. Pour s'attirer leur bienveillance… Du moins le plus souvent. Ces statues de bois ont de longues barbes. On y glisse dedans quelques objets en fer : des clous, un vieux couteau, la lame cassée d'une hache. Ainsi, avec le temps, les barbes de bois se transforment en Barbes de Fer.

— Tu offres des clous à tes dieux ? demanda Farodin, incrédule.

Mandred lui décocha un regard désapprobateur.

— Ici, au Pays des Fjords, nous ne vivons pas dans l'opulence. Le fer est précieux. Dans mon pays, seuls les princes et les rois possèdent une cotte de mailles comme celle que porte chacun des gardes du château de ta reine. Nos dieux le savent !

Et les trolls redoutent le fer, pensa Farodin en se gardant d'exprimer ses pensées à haute voix. Leurs armes étaient toujours en bois ou en pierre. L'elfe pensa à la bataille de Welruun, lorsque les trolls avaient détruit le cercle de pierres qui menait à la vallée de leurs grottes royales. Ils n'avaient besoin ni de fer ni d'acier. Leur force suffisait à enfoncer un casque d'un seul coup de poing, toutefois le contact du fer leur était désagréable. De sorte que les armures offraient tout de même une certaine protection contre ces monstres. Écœuré, Farodin se souvenait des combats menés contre ces géants monstrueux. Chaque fois qu'il pensait à eux, il sentait de nouveau leur odeur rance.

— Vous devrez faire des offrandes aux Barbes de Fer, dit la voix de l'homme en le tirant de ses pensées. Même si vous ne croyez pas en eux.

— Bien sûr.

Farodin accompagna sa réponse d'un léger signe de tête. Il n'aurait pas dû évoquer ce souvenir. Aileen ! Les trolls l'avaient tuée, juste à cinq pas de lui. Il se souvint de son regard au moment où la puissante hache de pierre avait fendu sa cotte de mailles comme s'il s'était agi de soie fine. Sept cents ans s'étaient écoulés avant qu'il puisse aimer de nouveau. Durant tous ces siècles, il n'avait cessé d'espérer. Pendant les guerres contre les trolls, toute la famille d'Aileen avait perdu la vie, et il s'était passé beaucoup de temps avant qu'elle renaisse. Personne n'avait pu savoir dans quelle famille elle avait repris vie. Farodin avait passé des siècles à apprendre une magie de quête, et il l'avait découverte en Alvemer. Elle était revenue sous la forme de Noroelle, mais il ne lui avait jamais rien avoué de son passé. Il voulait qu'elle s'éprenne une nouvelle fois de lui, que ce soit de l'amour pur et non une inclination, née du sentiment d'une ancienne obligation. Sept cents ans…

— Tu crains les trolls, n'est-ce pas ? (Mandred se redressa sur sa selle. Sa main, caressa le fût de son épieu.) Ne t'en fais pas ! Voici quelque chose qui va leur faire peur. Et ils redoutent aussi mon clan. Ils n'ont jamais réussi à tuer aucun de mes ancêtres.

— Alors, tes ancêtres et moi, nous avons quelque chose en commun, répliqua Farodin d'un air rageur.

— Que veux-tu dire ? Toi aussi, tu aurais croisé un troll un jour ? demanda le fils d'hommes, plein de respect.

— Sept d'entre eux n'ont pas survécu à leur rencontre avec moi.

Farodin n'aimait pas se vanter de ses actes. Tout ce sang de troll n'avait pu réussir à éteindre la haine ardente qu'il éprouvait à leur égard.

Mandred rit.

— Sept trolls ! Personne ne tue sept trolls !

— Libre à toi de ne pas le croire, lui déclara Farodin.

Il tira sur les rênes de son étalon et s'écarta pour laisser passer Nuramon et Vanna. Il voulait rester seul avec ses pensées.

Le chemin dans la glace

Mandred poussa les quatre anneaux de maille sur un clou rouillé dans la barbe de la statue de Firn. *Quelle bande d'arrogants, ces elfes!* pensait-il. Naturellement, en passant devant un Homme de Fer, aucun d'eux n'avait fait d'offrande au Seigneur de l'Hiver. Et maintenant, ils voyaient le résultat : la neige tombait de plus en plus dru et ils n'avaient toujours pas trouvé la grotte !

— Tu viens, Mandred ?

Le guerrier décocha un regard furibond à Farodin. Celui-là, c'était le pire de tous. Il avait quelque chose d'inquiétant. Parfois, il était trop calme, pensa Mandred. Comme ceux qui cherchent à cacher quelque chose. Mais bon, il ferait tout de même aussi une offrande en son nom.

— Pardonne-leur, Firn, chuchota Mandred en faisant le signe de l'œil protecteur. Ils viennent d'un endroit où le printemps règne en plein hiver. Ce n'est pas leur faute.

Le guerrier se leva et s'appuya sur la hampe de son épieu. Il avait besoin de reprendre haleine. Jamais encore, il ne s'était trouvé à si haute altitude. Ils avaient depuis longtemps franchi la limite des arbres. Ici ne restaient plus que les rochers et la neige. Comme le ciel était clair, ils voyaient le Barbefourche et la Tête-de-Troll tout proches, deux sommets où, même par l'été le plus chaud, la neige ne fondait jamais. Ils se trouvaient si près des dieux que le moindre petit effort leur coupait le souffle. Cet endroit n'était pas fait pour les hommes !

Mandred saisit les rênes de sa jument. Elle ne semblait pas souffrir du froid ni éprouver de difficulté à se frayer un passage dans la neige profonde. Quelle que soit la résistance de la couche glacée, elle ne s'y enfonçait jamais, tout comme les deux loups et les elfes. Ceux-ci faisaient passer Mandred en tête pour donner la cadence. Sans lui, ils auraient certainement progressé deux fois plus vite.

Obstinément, Mandred s'arc-boutait contre le vent glacial. La neige lui piquait le visage, comme des aiguilles en os. Il clignait les yeux et cherchait à les protéger de sa main. En espérant que ce sale temps n'allait pas encore empirer !

Ils grimpèrent le long d'un glacier, bordé à leur gauche par des parois rocheuses en à-pic. Le vent hivernal faisait rage et se brisait en hurlant sur les créneaux rocheux. *Pourvu qu'il ne s'agisse que d'une tempête !* s'angoissa Mandred. En hiver, il devait y avoir des trolls par ici.

Le guerrier jeta un regard en arrière vers les elfes. Ils ne semblaient pas se soucier du froid. Ils avaient certainement mis en œuvre quelque magie pour se protéger. Mais il ne se plaindrait pas et ne leur demanderait rien !

La nuit tombait vite. Bientôt, ils devraient faire halte. Dans cette obscurité, le risque était trop grand de chuter dans une crevasse. Maudit temps ! Mandred s'essuya nerveusement le front. Ses sourcils étaient gelés. Il fallait faire comprendre aux autres qu'il était insensé de continuer les recherches. Même s'ils ne tombaient pas, il se pourrait bien que, avec cette neige abondante, ils passent à côté de la grotte sans même l'apercevoir.

Soudain, le guerrier s'arrêta. Il sentait comme une odeur de pourriture ! Semblable à celle de la bête. Il cilla dans la neige qui tombait. Rien ! Était-ce simplement le fruit de son imagination ?

L'un des loups poussa un long hurlement.

La bête était ici ! Tout près ! Mandred lâcha les rênes et empoigna à deux mains son épieu. Un peu plus avant, dans la neige, une ombre se dressait.

— Pour Aïgilaos ! cria le guerrier.

Au tout dernier moment, il comprit ce qui s'élevait là. Un autre Homme de Fer ! Celui-ci n'avait pas les yeux levés vers le haut du glacier, mais dirigés droit sur la paroi rocheuse. Une étroite sente y grimpait. Bien trop étroite pour des chevaux.

— C'est bien ça. (Vanna s'était placée à la hauteur de Mandred et elle désignait la sente dans le rocher.) Beaucoup de Sentiers se croisent là-haut, quelque part, pour former une Étoile d'albes.

— Une Étoile d'albes ? C'est-à-dire ?

— Un endroit de puissance, un lieu où se croisent plusieurs Sentiers d'albes.

Mandred ne comprit pas vraiment de quoi il s'agissait. Sans doute était-ce des chemins que les albes avaient autrefois souvent empruntés. Mais qu'étaient-ils allés chercher dans la grotte de Luth ? Étaient-ils venus honorer ce dieu ?

— Je sens déjà ces Sentiers depuis plusieurs heures, poursuivit Vanna. Si sept Sentiers se croisent à cet endroit, on y trouvera une Porte.

Le guerrier regarda l'elfe d'un air stupéfait.

— Une porte ? Mais là-bas, il n'y a aucune maison, ni aucune tour. Rien qu'une grotte.

Vanna sourit.

— Si c'est toi qui le dis !

Farodin fourragea dans la couverture sanglée derrière sa selle. Il en sortit une deuxième épée et en passa le ceinturon autour de sa taille. L'arme de Brandan ! Puis il roula la couverture et la jeta sur son étalon.

— Les chevaux vont se chercher un endroit à l'abri du vent et nous attendre aussi longtemps qu'ils arriveront à supporter le froid, expliqua Vanna. (Elle grattouilla le plus petit des deux loups entre les oreilles, tout en lui parlant doucement pour le calmer.) Que dirais-tu de rester ici pour protéger les chevaux contre les trolls ? dit-elle avec un clin d'œil à Mandred.

Les compagnons imitèrent Farodin et protégèrent leurs montures avec des couvertures.

Probablement qu'ils ne ressentent pas autant le froid que moi, s'énerva Mandred. Il tapota sa jument sur les naseaux. Elle le regarda de ses yeux sombres d'une manière qui lui déplut. Savait-elle quelque chose de son destin ? Les chevaux ne pouvaient pas vous regarder avec une telle tristesse !

— Nous allons pourfendre ce monstre et partir ensuite au plus vite. Il fait trop froid ici pour nous y attarder, dit Mandred pour s'encourager.

La jument pressa ses naseaux dans sa main et renifla doucement.

— Tu es prêt ? chuchota Vanna à Mandred.

En guise de réponse, Mandred se dirigea vers la paroi rocheuse. Des marches usées par le temps étaient taillées dans la roche. Le guerrier s'avança prudemment. La glace crissait sous ses pas. Il posa la main gauche sur le rocher pour s'offrir une prise supplémentaire. Les marches devinrent de plus en plus étroites, si bien qu'à la fin le pied n'y trouvait plus qu'à peine sa place.

Hors d'haleine, Mandred atteignit enfin le bout du sentier. Devant lui s'ouvrait une gorge. Ses parois étaient si rapprochées que deux hommes ne pouvaient y marcher de front.

Mandred pesta en sourdine. L'homme-sanglier avait délibérément choisi cet endroit. Ici, seul l'un d'entre eux pourrait l'affronter à la fois. Tout en haut du défilé, une lumière rougeâtre et vacillante donnait aux amas de neige une apparence de sang gelé. Mandred fit le signe de l'œil protecteur. Puis il avança lentement. L'air était empli de fumée. Quelque part là-haut brûlait un feu de bois résineux ! Cette odeur couvrirait celle de l'homme-sanglier.

— Saleté de monstre ! laissa-t-il échapper.

L'homme-sanglier les avait chaque fois surpris. Il semblait presque pouvoir se rendre invisible. Seule son odeur trahissait sa présence. Mandred avança prudemment. Au-dessus de lui, un énorme bloc rocheux, coincé entre les parois, surplombait le chemin comme un linteau. Était-ce cet endroit qu'avait évoqué Vanna quand elle avait parlé d'une porte ?

Un éboulis de pierraille dévala avec fracas une des parois. Effrayé, Mandred brandit son épieu. Au-dessus de lui, il vit quelque chose grimper dans le défilé, mais l'obscurité l'empêcha d'en voir plus.

Le guerrier hâta le pas. La gorge étroite s'évasa peu à peu en un petit cirque. À quelque cent pas, une gueule sombre et béante s'ouvrait dans le rocher. La grotte de Luth! Le sol était jonché de gros blocs de roche. Un feu brûlait tout près.

—Sors de là et montre-toi! dit Mandred en brandissant sa lance. Nous sommes là!

Les rochers répercutèrent sa voix.

—Il ne sortira que quand il nous aura amenés exactement à l'endroit qu'il désire! grogna Farodin.

L'elfe dégrafa sa cape et la laissa glisser à terre.

L'espace d'une seconde, Mandred se demanda s'il devait aussi abandonner son lourd manteau de peau. Il pourrait peut-être le gêner dans le combat. Mais il faisait vraiment trop froid. En cas de nécessité, il lui suffirait d'un geste pour s'en défaire.

Farodin passa devant. Il se faufila dans les rochers avec l'agilité d'un chat.

—Restons groupés! ordonna Mandred. C'est ainsi que nous pourrons le mieux nous défendre.

Vanna ne pouvait cacher sa peur. Elle avait les yeux écarquillés et la lance dans ses mains tremblait légèrement.

Nuramon fermait la marche dans cette vallée encaissée. Le dernier loup avançait tout à côté de lui. Les oreilles basses, il paraissait anxieux.

—Sais-tu encore autre chose sur les dévianthars, magicienne? demanda Mandred.

—Personne ne sait grand-chose, répondit-elle. Les anciennes histoires les décrivent toutes différemment. Parfois on les compare à des dragons, parfois à des esprits des ombres ou à des serpents géants. On dit qu'ils peuvent changer de forme. Toutefois, je n'ai encore jamais entendu parler d'un homme-sanglier.

—Ça ne nous aide guère, murmura Mandred, déçu, puis il entama la descente dans le vallon.

Farodin les attendait près du feu. Il y avait là un gros tas de bois, des troncs éclatés et de vertes branches de pin.

L'elfe poussa de côté l'une des branches. Dessous, il trouva un tronc de bois foncé. Ce n'est qu'en y regardant de plus près qu'il reconnut de quoi il s'agissait.

—Le dévianthar ne semble pas avoir un grand respect pour tes dieux.

Mandred sortit la lourde idole de sous les branches. C'était l'un de ces Hommes de Fer, cette fois-ci une représentation de Luth. Dans la chute, de nombreuses offrandes avaient percé le bois, en y laissant de profondes entailles. Incrédule, Mandred tâta la statue outragée.

—Il le paiera de sa vie, murmura-t-il. De sa vie! Nul ne peut se moquer impunément des dieux. Tu l'as vu? rugit-il à l'adresse de Farodin.

L'elfe pointa l'épée de Brandan vers la grotte.

—Je suppose qu'il nous attend là, à l'intérieur.

Mandred écarta les bras et leva les yeux vers le ciel étoilé.

— Seigneurs du ciel et de la terre ! Armez notre bras vengeur ! Norgrimm, Ordonnateur des Batailles ! Aide-moi à anéantir notre ennemi ! (Il se tourna vers la grotte.) Et toi, homme-sanglier, redoute ma colère ! Je jetterai ton foie aux corbeaux et aux chiens !

D'un pas décidé, Mandred se dirigea vers la grotte en faisant une nouvelle fois le signe de l'œil protecteur. Derrière l'entrée, un tunnel faisait un coude à gauche et s'élargissait au bout de quelques pas en une grotte, plus vaste que la halle d'apparat d'un roi et d'une beauté troublante.

En son centre se trouvait un gros bloc rocheux. Et, devant, le sol était noirci de suie. *Luth a dû se tenir assis ici auprès du feu*, pensa pieusement Mandred.

Les parois étaient couvertes de glace luisante. Des lumières semblaient y être enfermées. Elles ressemblaient à de petites flammes et montaient jusqu'au plafond pour s'y refléter dans des centaines de glaçons. La grotte était presque aussi claire qu'une prairie par un jour d'été.

Du haut de la voûte, des colonnes de pierre, parmi les glaçons, descendaient à la rencontre de puissantes épines rocheuses jaillissant du sol. Mandred n'avait encore jamais vu pareille chose. On aurait dit que le rocher ici grandissait comme les glaçons sur les toits des maisons longues de Firnstayn. Cet endroit était vraiment destiné aux dieux !

Les trois elfes aussi étaient entrés. Ils jetaient des regards étonnés autour d'eux.

— Je n'en sens que cinq, dit Vanna.

Mandred suivit son regard. À part eux, il n'y avait personne !

— Cinq quoi ?

— À cet endroit se croisent cinq Sentiers d'albes. Pour les initiés s'ouvre ici un chemin entre les mondes. Celui qui commence son voyage à partir d'un tel endroit ne se perdra pas. Mais cette Porte est condamnée. Je ne crois pas que nous pourrons l'ouvrir.

Mandred, stupéfait, regarda l'elfe. Il ne comprenait pas un mot de ce qu'elle disait. Des fadaises d'elfe !

— Et vous n'ouvrirez pas non plus cette Porte, car votre voyage se termine ici, résonna une voix dans ses pensées.

Effrayé, le jarl se retourna. À l'entrée de la grotte se dressait la bête. L'homme-sanglier lui apparut alors encore plus grand que dans la nuit où ils s'étaient rencontrés pour la première fois. Et pourtant, sa forme massive était encore penchée.

La tête du devianthar était celle d'un sanglier aux soies noires et épaisses. Seuls ses yeux bleus ne ressemblaient pas à ceux d'un animal. Ils brillaient d'un air moqueur. Des défenses, longues comme des dagues, dépassaient de sa gueule.

Il avait le torse d'un homme robuste, mais ses bras, beaucoup trop longs, pendaient presque jusqu'à ses genoux. Ses jambes, mélange de membres humains et de pattes arrière de sanglier, se terminaient par de grands sabots fendus.

Le monstre écarta les doigts et d'énormes griffes en sortirent. Mandred se sentit mal à cette vue. L'homme-sanglier s'était transformé. Il n'avait pas montré de telles griffes lorsqu'il les avait attaqués, lui et ses trois compagnons, dans la clairière près de Firnstayn.

Le loup poussa un sourd grognement. Les oreilles basses, la queue coincée entre les pattes, les babines retroussées, il arborait des griffes menaçantes.

L'homme-sanglier renversa la tête en arrière et poussa un hurlement à glacer les sangs : un sombre beuglement terminé par un cri perçant.

Vanna se boucha les oreilles des deux mains et tomba à genoux. S'agissait-il de magie ? Mandred se rua en avant. Un glaçon se brisa à ses pieds. Effrayé, le guerrier leva les yeux vers la voûte. Au même instant, des centaines de glaçons se détachèrent et tombèrent comme autant de dagues en cristal.

Mandred leva les bras pour se protéger la tête. Toute la grotte résonnait du vacarme produit par la glace qui se fracassait. Juste devant lui, un glaçon de la longueur d'un bras s'écrasa sur le sol et se brisa en mille morceaux. Puis son dos fut martelé. Quelque chose, comme un coup de massue, l'atteignit à la tête.

Vanna gisait, recroquevillée sur le sol. La cuisse transpercée par un glaçon. Son pantalon en cuir de cerf trempé de sang. Apparemment, Nuramon avait reçu un coup sur la tête. Appuyé contre une colonne de pierre, il se frottait le front, comme hébété. Seul Farodin paraissait totalement indemne.

—Fini de jouer ! (L'elfe tira ses deux épées et en brandit une.) Reconnais-tu cette arme ? Son propriétaire est mort et pourtant tu vas la sentir. C'est avec elle que je vais mettre un terme à ta vie.

En guise de réponse, l'homme-sanglier se précipita dans la grotte. Vanna rampa comme elle put pour lui échapper, mais la créature ne mit qu'une seconde à fondre sur elle. D'un léger revers de la main, le monstre l'assomma avant de lui expédier un coup de sabot. Le crâne de la magicienne vola en éclats comme une cruche d'argile tombant sur des dalles de pierre.

Nuramon se jeta sur le monstre avec un cri strident. Mais le devianthar réagit avec une vitesse surprenante. Il esquiva le coup en se tournant sur le côté. Une main griffue s'abattit sur l'elfe et déchira son manteau.

Mandred bondit en avant et tenta de lui enfoncer sa pique entre les côtes. Un coup de griffe atteignit la lame. Le guerrier faillit en perdre son arme et dérapa sur le sol jonché de morceaux de glace.

Le loup avait planté ses griffes dans une des pattes de l'homme-sanglier pendant que Farodin gratifiait la créature d'une volée de coups. Cependant, loin d'éviter son épée, le monstre fonça sur lui. Une main griffue s'abattit sur Farodin. Il se jeta en arrière, mais les griffes lui laissèrent quatre entailles profondes à la joue gauche. Le loup tirait toujours sur la jambe de l'homme-sanglier. Mandred regretta d'avoir laissé l'autre auprès des chevaux. Il leur aurait été plus utile ici !

La bête se retourna et assena un coup terriblement violent sur l'échine du loup. Mandred entendit un craquement sec. L'animal se mit à glapir. Ses pattes arrière tressaillirent et il s'affala sur le côté. Ses griffes toujours plantées dans la jambe du monstre. Du sang clair ruisselait entre les soies noires. Un coup de sabot fracassa la mâchoire et les griffes du loup.

L'homme-sanglier tournait sauvagement en rond. Nuramon avait essayé de l'attaquer par-derrière. Un coup de patte arracha l'épée courte de la main de l'elfe, un autre lacéra sa cuirasse en peau de dragon.

— Gardez-vous de penser ! cria Farodin. Il peut lire chacune de vos pensées. Ne réfléchissez pas à ce que vous allez faire. Contentez-vous d'attaquer !

L'épieu de Mandred entailla profondément le thorax de la bête. La créature se retourna, écumant de rage.

Le guerrier brandit son arme pour écarter le coup de patte visant sa tête. La hampe de sa pique se brisa sous la violence du coup. Mandred se trouva projeté en arrière. Mais avant que la bête revienne à l'assaut, Farodin avait bondi sur elle. En donnant de fougueux coups d'épée, il repoussa l'homme-sanglier, et Mandred en profita pour se redresser.

Le jarl regarda son arme brisée. Le fer de sa lance avait la longueur d'une épée courte. Le guerrier jeta la hampe désormais inutile. Du sang coulait sur son bras. Il ne s'était même pas aperçu que la créature l'avait touché.

Farodin et l'homme-sanglier se tournèrent autour dans une ronde mortelle. En une danse si rapide que Mandred n'osa pas se ruer à l'assaut, de peur de gêner Farodin.

L'elfe avait du mal à respirer. L'air lui manquait ! Mandred vit Farodin ralentir ses mouvements. Un coup de patte fit tinter la cotte de mailles en la déchirant sur l'épaule droite. Au même instant, Farodin brandit son épée. Du sang gicla et une patte de l'homme-sanglier tourbillonna en l'air. La lame avait tranché l'articulation.

L'homme-sanglier grogna en reculant de quelques pas. Était-ce la peur qui se lisait dans ses yeux bleus ?

Farodin fonça en avant. La bête se jeta sur lui, tête baissée. Ses défenses se plantèrent dans la poitrine de l'elfe. Ils roulèrent tous les deux à terre.

— Mandred…

L'épée de Brandan avait traversé la créature de part en part et la pointe ressortait de son dos. Pourtant, la bête était encore en vie. Horrifié, Mandred la vit se redresser en titubant.

— Nuramon… (Du sang s'échappait de la bouche de Farodin.) Dis à Noroelle…

Son regard se voila.

— Farodin !

D'un seul coup, Nuramon se rua sur l'homme-sanglier. Il leva son épée à deux mains et l'abattit sur la tête du monstre. La lame glissa dans un grincement en laissant une profonde entaille sanglante. Nuramon recula en chancelant sous la violence du coup qu'il venait de porter. Le visage glacé d'horreur.

Encore pliée en deux, la bête fit volte-face pour attaquer l'elfe. Cependant, elle s'arrêta brusquement.

C'est le bon moment ! se dit Mandred.

Le guerrier attaqua l'homme-sanglier par-derrière. De sa main gauche, il empoigna résolument les défenses et coucha de toutes ses forces la hure puissante. De sa main droite, il planta violemment sa pique dans l'œil du monstre. L'acier s'enfonça dans le crâne du dévianthar.

Une dernière fois, le corps de la bête se cabra. Mandred fut propulsé contre la pierre sur laquelle Luth s'était autrefois assis. Une douleur sourde cogna dans sa poitrine.

— Ton foie sera jeté aux chiens, dit Mandred en toussant.

Un rêve

Ce fut un rêve clair qui surprit Noroelle dans son sommeil. D'abord, son regard glissa sur les alentours printaniers de la maison, puis il s'en alla plus loin vers les falaises d'Alvemer. Mais, tout à coup, elle vit un inquiétant paysage hivernal : des montagnes abruptes et des forêts profondes résonnant de voix et de cris. Au pied d'un chêne gisait un centaure mort, lamentablement massacré, comme jamais encore elle ne l'avait vu pour aucune créature. C'était Aïgilaos. Soudain, elle eut sous les yeux Lijema : elle gisait dans la neige, inerte, une énorme blessure au ventre. Puis Lijema fit place à Brandan : il reposait, raide mort, à côté d'un feu de camp, tandis que la forêt retentissait de hurlements de loups blessés.

Ensuite, elle vit une grotte de glace remplie de bruits de lutte. Mais elle ne put discerner les combattants. Elle aperçut seulement ceux qui gisaient à terre et parmi eux Vanna la magicienne et un loup. Soudain, le silence se fit et Noroelle découvrit Farodin au sol. Une plaie béante à la poitrine et les yeux sans vie.

Noroelle cria à perdre haleine…

Soudain, elle se retrouva à côté du trône vide dans la salle de la reine. Elle jeta un regard autour d'elle, mais elle était seule. L'eau se taisait, les murs étaient secs. Le plafond laissait passer la lumière du jour pour éclairer l'endroit. Noroelle se regarda de la tête aux pieds : elle portait sa chemise de nuit blanche.

La porte s'ouvrit lentement. Des elfes, vêtues de blanc, le visage voilé, entrèrent en portant deux brancards côte à côte. Noroelle comprit qui elles lui amenaient. En proie au désespoir, elle se détourna. Elle ne supporterait pas cette vue.

Les elfes s'approchèrent de plus en plus. Finalement, elles s'arrêtèrent au pied des marches conduisant au trône. Du coin de l'œil, Noroelle regarda les porteuses, muettes et figées, comme des statues. En aucun cas, elle ne voulait voir les corps de ses bien-aimés. Cependant, son regard ne lui obéit pas et fut attiré vers eux. Ils semblaient indemnes, mais toute vie les avait désertés.

Tremblante, Noroelle regarda autour d'elle, en quête de quelqu'un pour l'assister. Mais elle ne trouva personne. Alors, elle vit du sang ruisseler sur les murs. Elle leva les yeux : les sources crachaient du sang.

Noroelle s'enfuit. Elle quitta la salle par la porte réservée à la reine. Elle courut le plus vite possible sans prêter attention à l'endroit où ses pieds la portaient.

Soudain, elle se retrouva au bord de son lac. Elle se dirigea vers la source et fut soulagée d'y trouver de l'eau et non du sang. Épuisée, elle s'adossa au tronc de l'un des deux tilleuls et se mit à pleurer. Elle savait qu'il ne s'agissait que d'un rêve. Mais elle savait aussi qu'elle avait souvent vu la vérité en rêve. Elle craignait de se réveiller.

Au bout d'un moment, elle s'agenouilla au bord du lac et contempla son visage à la surface de l'eau. Il n'avait plus rien de ce que Farodin et Nuramon avaient vu en elle. Ses larmes, en tombant, brouillèrent son reflet.

— Noroelle ! entendit-elle appeler une voix familière.

Elle se leva et se retourna. C'était Nuramon.

— Est-ce vraiment toi ?

Il portait un pantalon et une simple tunique de lin. Ses pieds étaient nus.

— Oui, dit-il en souriant. (Noroelle s'assit sur la pierre au bord de l'eau et lui fit signe de venir la rejoindre. Il prit place auprès d'elle et saisit sa main.) Tu as pleuré ?

— J'ai fait un mauvais rêve. Mais maintenant, c'est terminé. Tu es là. (Elle regarda autour d'elle.) C'est étrange. Tout est si net. Comme s'il ne s'agissait pas d'un rêve.

— Tu as du pouvoir sur ce monde des rêves. Je le sens. Ce que tu veux, arrivera. C'est la douleur qui t'a donné ce pouvoir. Elle a éveillé des désirs en toi.

— Ce n'est pas la première fois que je te vois dans mes rêves, Nuramon. Te souviens-tu de la dernière fois où nous nous sommes rencontrés ici dans mon sommeil ?

— Non. Car je ne suis pas le Nuramon de tes rêves. Je ne suis pas une image que tu te fais de moi. Je suis venu de l'extérieur pour entrer dans ton rêve.

— Mais pourquoi ?

— Pour m'excuser. J'ai failli à ma promesse. Nous ne rentrerons pas.

Il le dit avec une telle douceur qu'elle ne s'effraya point.

— Alors, c'était la vérité que je viens de voir ?

Il acquiesça.

— La Chasse des elfes a échoué. Nous sommes tous morts.

— Mais pourtant, tu es là.

— Oui, mais je ne peux rester longtemps. Je ne suis qu'un esprit. La mort va bientôt m'emporter pour que je puisse un jour renaître. À présent, tu sais ce qui est arrivé. Et tu ne l'as pas appris de la bouche d'un autre. (Il se leva.) Je suis vraiment désolé, Noroelle.

Nuramon la regarda avec nostalgie.

Elle se leva.

— Tu as dit que j'avais du pouvoir sur ce rêve. Alors, prends ma main, Nuramon, et ferme les yeux !

Nuramon se prêta à son désir.

Noroelle pensa à sa chambre. Souvent, elle s'était imaginé le jour où elle conduirait Farodin et Nuramon dans ses appartements. Et comme cela ne se produirait jamais dans le monde éveillé, elle décida que cela se ferait ici, en rêve. Elle lui fit faire quelques pas dans la prairie en souhaitant que ce soit sa chambre. Soudain, des murs se dressèrent autour d'elle. Les plantes se transformèrent en lierre, s'accrochèrent aux murs et envahirent bientôt le plafond tout entier. Le lac disparut, tout comme les tilleuls. À leur place, le sol se transforma en pierre et des meubles tressés en bois vivant s'y posèrent. Elle avait rarement ressenti une telle force dans ses rêves.

— Ouvre les yeux, mon bien-aimé ! murmura-t-elle.

Nuramon le fit et jeta un regard souriant autour de lui.

— Je ne l'imaginais pas ainsi.

— C'est simplement le rêve qui fait paraître tout plus grand. Et tu ne devrais pas t'étonner de voir des plantes pousser partout ici.

Il posa ses mains sur ses épaules.

— J'aurais tant voulu tenir ma promesse.

— Et moi, j'aurais tant voulu que le destin ne me retire pas ma décision. Ce rêve est tout ce qui nous reste.

Elle attendit qu'il dise ou fasse quelque chose, mais Nuramon hésita. Elle serait venue à lui depuis longtemps s'il n'avait pas évité de la toucher pendant toutes ces années. C'était à lui de décider, elle ne le ferait pas à sa place.

Quand il dénoua sur ses épaules les rubans de sa chemise de nuit, Noroelle soupira, soulagée. Enfin, il avait osé faire ce pas ! Il la regarda droit dans les yeux. La terreur ressentie dans le Monde des Humains avait transformé Nuramon, son visage était plus grave.

La chemise de nuit de Noroelle glissa lentement à terre.

Nuramon baissa les yeux sur son corps.

Elle en fut surprise. Certes, il devait être curieux de voir enfin ce corps qu'il avait si souvent chanté, mais son regard ne s'était-il pas trop vite posé sur elle ? Alors, elle pensa à ce qu'il avait dit. Il fallait qu'il parte bientôt. Ils disposaient de très peu de temps. Et rien ne serait pire que de se trouver séparés au mauvais moment.

Il la prit dans ses bras et lui chuchota à l'oreille :

— Pardonne-moi. Je ne suis plus celui que tu as connu. Il m'est difficile d'être ainsi. Je ne suis que l'ombre de celui que je fus autrefois.

Noroelle resta silencieuse ; elle ne voulait rien répondre à cela. Elle n'osait pas non plus imaginer quel pouvait être le prix payé par Nuramon pour arracher à la mort ces quelques instants avec elle. Elle recula de quelques pas et attendit.

Nuramon se dévêtit. Quelque chose la troublait... Elle l'observa. Ce n'était pas dû à son corps, celui-ci était parfait. Elle se rappela ce que disaient les femmes de la cour. Certaines avaient désiré passer une nuit d'amour avec lui. Maintenant qu'il se dénudait devant elle, Noroelle comprenait mieux que jamais pourquoi ces femmes oubliaient tout ce qu'on racontait sur la malédiction qui le frappait. Jamais elle n'aurait pensé que Nuramon ressemblait à l'un de ces légendaires ménestrels dont les aventures amoureuses faisaient tant rêver les femmes. Comment avait-il pu cacher ce corps ?

En dévisageant de nouveau Nuramon, Noroelle s'aperçut que quelque chose n'allait pas chez son bien-aimé. Une profonde douleur marquait ses traits. Il avait dû grandement souffrir.

Timidement, Nuramon s'approcha. Il tendit la main vers elle et la toucha, comme pour s'assurer que c'était vraiment elle. Doucement, il lui caressa les épaules.

Noroelle glissa ses mains dans les cheveux ébouriffés de Nuramon, puis le long de son cou et sur sa poitrine. Il avait la peau douce. Elle le prit dans ses bras et l'embrassa. En fermant les yeux, elle sentit ses doigts chauds descendre dans son dos en la faisant frissonner de froid.

Ensemble, ils se laissèrent tomber sur le lit. C'était tout autrement que dans le monde éveillé. Le treillis de bois était plus fin, le feuillage moelleux plus épais. Nuramon passa sa main sur les feuilles. N'avait-il encore jamais vu un tel lit ? Ou bien s'étonnait-il seulement qu'il soit aussi douillet ?

Sans plus bouger, ils se contemplèrent longuement. C'était donc là la fin de leur long cheminement. Elle avait si souvent rêvé de cet instant. Et bien que cela ne soit qu'un rêve, elle sentait tout plus intensément que jamais.

Nuramon toucha ses cheveux, il les fit glisser doucement entre ses doigts, puis les baisa. Du plat de la main, il lui caressa les joues et trouva ensuite le chemin de son cou et la naissance de ses seins. Là, il s'arrêta. Noroelle le regarda langoureusement. Il fallait qu'il lise dans ses yeux qu'il pouvait tout oser.

Soudain, elle sentit sa main glisser entre ses seins et effleurer son ventre jusqu'au nombril. Un frisson la parcourut, sans doute dû aussi à la magie. Elle n'aurait su dire s'il était l'œuvre des mains guérisseuses de Nuramon ou de ses propres sens magiques. Peut-être tout cela se confondait-il.

Il fit glisser ses mains sur ses hanches et son dos. Puis il s'écarta de son corps, tout en restant assez près d'elle pour lui laisser sentir la chaleur de ses doigts. En fermant les yeux, elle se laissa tomber en arrière.

Elle le sentit venir doucement sur elle et frémit quand il lui caressa les seins et le visage. Elle n'arrivait pas à comprendre que son corps soit aussi chaud. Ce devait être de la magie qui produisait cette chaleur.

Quand elle sentit son membre caresser ses cuisses, elle serra ses jambes autour de Nuramon. Une onde de frissons parcourut son corps.

Il la pénétra ; elle cessa de respirer. Elle avait souvent rêvé de nuits d'amour avec Farodin ou Nuramon, elle avait ressenti du désir et s'était trouvée comblée, mais jamais aucun rêve n'avait été aussi riche en joie des sens que celui-ci. Cette fois-ci, tous ses sens magiques s'étaient éveillés. Il devait en être ainsi aussi dans le monde éveillé. Il en aurait été ainsi, si...

Nuramon s'arrêta. Elle se demanda ce qu'il attendait. Elle ouvrit les yeux et vit son visage au-dessus d'elle. Il la regardait presque timidement. L'avait-elle effrayé en ne respirant plus ? Noroelle caressa ses cheveux puis ses lèvres. Son sourire devait tout dire à son bien-aimé.

Avec douceur, il commença à se mouvoir en elle.

Et tout se troubla. Elle n'aurait su dire si c'était dû au rêve, ou si c'était sa magie à elle ou sa magie à lui qui avivait ses sensations et enivrait ses sens.

À chaque mouvement de Nuramon, un nouveau monde semblait s'ouvrir. Empli de lumières et de couleurs. Puis il y avait son visage. Il allait et venait, et lui parut plus beau que jamais. Et son odeur grisante ! Elle avait l'impression de percevoir tous les parfums qui la liaient à Nuramon : celui des fleurs de tilleul, celui des mûres et celui du vieux chêne dans lequel Nuramon avait sa maison. Comme si un charme allait chercher toutes les fragrances de ses souvenirs pour les introduire dans son rêve.

Tout aussi séduisante était la peau douce de Nuramon. Elle semblait l'envelopper comme une couverture moelleuse et avait depuis longtemps réchauffé son corps froid. Noroelle sentait la respiration régulière de Nuramon. Un long souffle qu'elle inspirait et dégustait.

Soudain, elle s'entendit elle-même. Elle chuchotait le nom de Nuramon. Sa voix se fit de plus en plus sonore au point que l'elfe se surprit elle-même. Et puis un cri jaillit ! Toutes ses impressions sensitives se confondirent dans l'ivresse.

Noroelle se réveilla brusquement. Tout ce qu'elle venait juste de ressentir perdit de son intensité et quitta son corps avec des picotements. Elle n'osa pas ouvrir les yeux pour voir ce qu'elle avait deviné depuis longtemps : Nuramon était parti. Elle voulut le chercher à tâtons, mais en vain. Elle voulut dire son nom, mais ses lèvres restèrent immobiles. Et quand elle se décida tout de même à ouvrir les yeux, ce fut pour constater que ses paupières ne lui obéissaient pas. Prisonnière de son corps, elle se demanda si elle s'était vraiment réveillée ou si elle rêvait encore.

Tout à coup, elle sentit une présence dans sa chambre. Était-ce vraiment Nuramon ? Était-il aussi revenu à elle dans le monde éveillé ?

En tout cas, quelqu'un s'approchait de son lit. Elle l'entendait très nettement s'avancer à pas feutrés. Il resta près d'elle et demeura là jusqu'à ce qu'elle ne soit plus en mesure de dire s'il s'y trouvait encore. Pour finir, elle fut certaine d'être seule.

Soudain, des pas résonnèrent devant sa chambre. Puis la porte s'ouvrit et elle entendit Obilée l'appeler. Sa confidente s'approcha, s'assit près d'elle et la toucha.

— Noroelle !

Noroelle tenta désespérément de reprendre le contrôle de son corps.

Obilée se leva pour fermer les volets. Puis elle revint vers elle et la borda.

Subitement, Noroelle cessa de respirer ; elle s'agita, mais dès l'instant suivant elle retrouva la maîtrise de son corps. Elle ouvrit les yeux et se redressa en sursaut.

Obilée s'affola.

— Nuramon ! (La jeune elfe ne put s'empêcher de sourire.) J'ai rêvé, Obilée. (Noroelle vit sa chemise de nuit étendue près d'elle. Et elle savait que la fenêtre avait été ouverte…) C'était plus qu'un rêve. Il était ici… Il était réellement ici ! (Elle s'arrêta.) Mais s'il était ici, alors…

Alors, la Chasse des elfes avait échoué. Et tout était comme Nuramon le lui avait dit en rêve. C'était fini. Ses bien-aimés avaient perdu la vie.

La magie guérisseuse

Nuramon se tenait comme hébété devant la dépouille du devianthar. Le démon avait tenté quelque chose avant que Mandred l'abatte. Un souffle de magie l'avait enveloppé comme une ombre. Mais à présent, la bête gisait là, inerte, la lance de Mandred fichée dans son œil. Le fils d'hommes s'agenouilla, le souffle court.

Nuramon se reprit enfin et recouvra ses esprits. En se retournant, il vit les dépouilles de Vanna et du loup. Farodin gisait à plat dos, la poitrine déchirée par une profonde entaille.

Nuramon fut aussitôt près de lui.

— Farodin ! cria-t-il.

Mais son compagnon avait perdu connaissance. Il ne respirait plus que faiblement et son pouls n'était presque plus perceptible. Malgré ses balafres sanglantes à la joue, son visage ressemblait à celui d'un enfant endormi.

L'elfe avait promis à Noroelle qu'ils lui reviendraient tous les deux. Et voici qu'à présent la vie de Farodin s'en allait. La pâle vapeur de sa respiration faisait aussi pâlir tout espoir. On ne pouvait guérir un mort.

Nuramon saisit la main de son compagnon. Elle n'était pas encore complètement froide. Un peu de chaleur l'habitait encore. Sa mère lui avait dit un jour qu'il existait un seuil au-delà duquel il fallait accepter de voir mourir un enfant d'albes. En observant la blessure béante, il comprit qu'il ne pouvait plus rien pour Farodin.

Mais son compagnon avait tenté l'impossible pour les sauver. Nuramon se devait de tout mettre en œuvre pour lui, comme il le devait aussi à Noroelle. C'était maintenant à lui de risquer l'impossible. Si cela était la fin et s'il n'y avait plus rien à faire, il mourrait néanmoins en tentant de sauver Farodin.

Il ferma les yeux en pensant encore une fois à Noroelle. Il vit devant lui son visage… et commença à laisser sa magie opérer.

La douleur survint aussitôt et lui vrilla la tête. Il sentit toutes les veines de son corps se transformer en filaments incandescents.

Nuramon s'entendit crier. Quelque chose lui serra la gorge. Il eut l'impression d'étouffer. Allait-il perdre son souffle pour que Farodin retrouve le sien ? Puis il sentit quelque chose empoigner son cœur et le presser impitoyablement. La douleur le terrassa. Un moment, il voulut lâcher Farodin, mais ne sentit pas ce qu'il fit. Comme si son corps n'existait plus. Il pensa à Noroelle. Alors, il voulut retenir son compagnon à tout prix et endurer ce supplice. Il ne savait pas s'il était encore lui-même en vie, pas plus qu'il ne savait où en était Farodin. Combien de temps s'était-il écoulé ? Il l'ignorait aussi. Il n'y avait plus de place que pour la douleur. Et plus qu'une seule pensée en tête : *surtout ne pas lâcher !*

Soudain, Nuramon sursauta. La douleur refluait dans ses mains. La tête lui tournait, ses sens étaient troublés. Il entendit une voix appeler son nom. En levant les yeux, il vit une ombre lui parler.

Il mit du temps avant de reconnaître la voix de Mandred :

— Bon sang ! Dis quelque chose !

— Noroelle !

Sa voix avait un timbre étrange, comme s'il revenait du plus lointain des lointains.

— Allez, ne me fais pas ça ! Ne t'endors pas !

Nuramon se vit accroupi près de Farodin. Il lui touchait encore la poitrine et tenait sa main prisonnière. Bientôt, il sentit battre le cœur de son ami. Farodin respirait de nouveau. Dans l'air glacé, ses lèvres exhalaient une pâle vapeur.

Nuramon avait froid. Ses veines semblaient s'être glacées. Allait-il mourir ou la vie revenait-elle en lui ? Il n'aurait su le dire.

Enfin, il vit le visage de Mandred. Le fils d'hommes le regardait avec respect.

— Tu es un grand magicien ! Tu l'as sauvé !

Mandred lui posa la main sur l'épaule.

Nuramon lâcha Farodin et se laissa retomber. Épuisé, il garda ses yeux rivés sur le plafond et sur le scintillement magique de la glace. Il ne reprit que lentement ses esprits.

Brusquement, Mandred tendit l'oreille.

— Tu entends ça ?

Nuramon écouta. Il perçut comme un bourdonnement.

— Qu'est-ce que c'est ?

— Je ne sais pas. (Le fils d'hommes arracha l'épieu de l'œil du devianthar. Le fût brisé de l'arme ne mesurait plus qu'une longueur de bras.) Je vais aller voir.

Nuramon savait que tout n'était pas encore terminé. Il devait encore s'assurer que Farodin était réellement guéri. Fatigué, il se redressa pour l'examiner. Son compagnon dormait tranquillement. Sa plaie au ventre s'était complètement refermée. Nuramon sentait que Farodin retrouvait un peu plus ses forces à chaque respiration. Il avait réussi ! Il avait tenu sa promesse !

Un long cri strident retentit à l'entrée de la grotte. Alarmé, Nuramon saisit son épée. En voyant revenir Mandred, il abaissa son arme.

Le fils d'hommes paraissait inquiet.

— Il y a quelque chose de louche ici !

Nuramon se leva, encore tout étourdi.

— C'est-à-dire ?

— Viens voir ça par toi-même !

Il lui emboîta le pas, mais regarda Farodin par-dessus son épaule. Il n'avait guère envie de le laisser à proximité du devianthar. Mais Mandred semblait bouleversé. Alors, finalement, il se hâta de le suivre.

À la sortie de la grotte, Nuramon n'en crut pas ses yeux. Une épaisse paroi de glace bloquait le passage et voilait la vue sur l'extérieur. Derrière elle, une lumière apparut lentement avant de disparaître de nouveau.

— Qu'est-ce que c'est que ça, Nuramon ? demanda Mandred.

— Pas la moindre idée.

— J'ai fichu de grands coups de pique là-dedans. Mais rien à faire. (Le fils d'hommes brandit sa lance et en assena des coups dans la glace, mais la pointe ne fit que déraper dans un crissement sinistre. Mandred passa sa main sur la paroi glacée.) Même pas une éraflure ! (Il regarda Nuramon plein d'espoir.) Peut-être que tu pourrais utiliser tes mains et…

— Je suis guérisseur, Mandred. Rien de plus

— Je sais ce que j'ai vu. Tu as repris Farodin à la mort. Essaie !

Nuramon finit par acquiescer.

— D'accord, mais pas maintenant. J'ai besoin de repos. (L'elfe sentait nettement la magie en œuvre dans la paroi de glace. La vengeance du devianthar ?) Pour le moment, retournons là-bas !

Mandred obéit de mauvais gré. Nuramon le suivit en repensant au combat contre le devianthar. Ils s'étaient bien battus : le fils d'hommes avait fait honneur à son peuple ; les elfes et les loups, aux enfants d'albes. Pourtant, ils n'auraient pas dû en sortir victorieux aussi vite. À moins que, dans leur fureur, ils se soient surpassés au point d'avoir la même force que les albes ?

Une fois revenu sur les lieux du combat, Nuramon observa attentivement la dépouille du devianthar. Mandred s'en aperçut.

— Nous avons vaincu cette bête. Nous viendrons bien à bout aussi de cette glace !

Le fils d'hommes se trompait. Mais comment l'aurait-il su? Le devianthar avait été un ennemi des albes. Pour apprécier vraiment leur victoire, il fallait se mesurer à eux et se demander comment un albe aurait estimé cette situation. Et c'était justement ce qui préoccupait Nuramon. Un albe ne pouvait accepter qu'une chose…

— Nous allons mourir de froid ! dit Mandred en arrachant Nuramon à ses pensées. (Le fils d'hommes était assis, avec son épieu, auprès de Farodin.) Tu ne trouveras pas de repos ici, Nuramon. Il faut réussir à traverser cette paroi de glace tant qu'il te reste des forces.

— Calme-toi, Mandred ! Je vais me reposer ici, tout comme Farodin. Et pourtant, nous ne mourrons pas de froid.

L'expression du fils d'hommes se fit soucieuse.

— C'est valable aussi pour les humains. (Nuramon s'assit près du guerrier, détacha le sachet de Noroelle de sa ceinture et l'ouvrit.) Tiens, prends-en une !

Il tendit les mûres à Mandred.

Le jarl hésita.

— Tu veux partager avec moi ce que t'a donné ta bien-aimée ?

Nuramon fit signe que oui. Les mûres possédaient un pouvoir magique. Si elles rassasiaient un elfe et lui procuraient un sentiment de bien-être, elles étaient certainement capables d'opérer de vraies merveilles chez un humain.

— Nous avons combattu côte à côte. Considère cette baie comme un premier cadeau de Noroelle. Quand tu rentreras avec nous, elle te comblera de richesses. Elle est très généreuse.

Ils prirent une mûre chacun. Mandred regarda avec tristesse Vanna et le loup mort.

— Pouvons-nous vraiment considérer ceci comme une victoire glorieuse ?

Nuramon baissa les yeux.

— Nous avons survécu au combat contre un dévianthar. Qui peut prétendre la même chose ?

Le fils d'hommes devint grave.

— Moi ! Car je l'ai déjà combattu. Et je lui ai déjà échappé une fois. Non pas que je me sois montré si grand, mais parce qu'il l'a voulu ainsi. Et quand je vois maintenant sa dépouille, j'ai du mal à comprendre que nous ayons réussi ce qui n'était réservé qu'aux albes.

Nuramon jeta un œil vers le dévianthar.

— Je sais ce que tu veux dire.

— Les albes ! Pour vous, ce sont les pères et les mères de votre peuple, mais, pour nous, ils sont comme des dieux. Non pas nos dieux, mais de puissance égale. Nous les nommons dans le même souffle : dieux et albes !

— Je comprends.

— Alors, dis-moi comment nous avons pu vaincre ce monstre !

Nuramon baissa les yeux.

— Peut-être ne l'avons-nous pas fait. Peut-être a-t-il agi avec nous comme il l'a déjà fait avec toi.

— Mais il gît là. Nous l'avons terrassé !

— Et pourtant, il se peut qu'il ait obtenu exactement ce qu'il voulait. Que se passera-t-il, si ma force ne suffit pas à briser cette paroi ? Nous mourrons ici.

— Mais il aurait pu nous abattre plus tôt.

— Tu as raison, Mandred. Mais il ne s'agit pas de toi, car il aurait pu te tuer facilement. Il s'agit de Vanna, de Farodin et de moi. L'un de nous doit être retenu prisonnier ici.

— Mais tu disais que les âmes des enfants d'albes repartent dans leurs contrées. Si vous mourez ici, vous renaîtrez.

Nuramon lui montra la voûte.

— Regarde ces lumières. C'est un lieu de pouvoir et ce n'est pas un hasard si le devianthar l'a choisi comme terrain de combat. Il se peut que nos âmes ne trouvent jamais la sortie. Il se peut qu'elles restent pour toujours prisonnières ici.

— Mais Vanna n'a-t-elle pas parlé d'une porte ?

— Oui, elle pensait que ce lieu était semblable au cercle de pierres près de ton village. Mais ici, la Porte est fermée. Vanna a dit que nous ne pourrons pas l'ouvrir. L'homme-sanglier l'a peut-être condamnée à tout jamais, pour nous retenir ici.

Mandred hocha la tête.

— Alors, c'est moi qui vous ai mis dans cette situation. Si je n'étais pas venu dans votre monde…

— Non, Mandred. Nous ne pouvons pas échapper à notre destin.

— Ô Luth, pourquoi cela devait-il arriver dans ta grotte ? Pourquoi tisses-tu tes fils pour en faire notre linceul ?

— Ne dis pas cela ! Même à des êtres que je ne connais pas ! (Il regarda Farodin.) Ce n'est pas la première fois aujourd'hui que, tous les deux, nous avons accompli des exploits impossibles. Qui sait, peut-être viendrons-nous tout de même à bout de cette paroi là-bas ?

Mandred lui tendit la main.

— Amis ?

Nuramon fut surpris. De sa vie, jamais encore personne ne lui avait demandé son amitié. Il prit la main de Mandred et aussi celle de Farodin endormi. Elles étaient froides toutes les deux, il leur offrirait de la chaleur.

— Et toi, prends son autre main, demanda-t-il à Mandred.

Le fils d'hommes s'étonna.

— Une magie ?

— Oui.

Ils restèrent assis là. Nuramon échangea sa chaleur contre leur froideur, et le froid quitta les corps de Mandred et de Farodin.

Au bout d'un moment, le jarl rompit le silence :

— Dis, Nuramon, à ton avis ? Lequel d'entre vous le devianthar visait-il ?

— Je ne sais pas. Peut-être voyait-il des choses qui arriveraient un jour ? Vanna serait peut-être devenue une très grande magicienne. Et Farodin est l'un de ces héros dont les exploits ont inspiré les poètes. Qui sait ce qu'il adviendra de lui ?

— A-t-il vraiment abattu sept trolls ?

Nuramon haussa les épaules.

— Même plus, aux dires de certains.

— Plus de sept ! s'étonna Mandred en regardant Farodin endormi.

— Il n'est pas du genre à se vanter. C'est aussi pour sa modestie que la reine en a souvent fait son émissaire.

Nuramon l'avait souvent envié, sans rien dire, et il n'avait jamais compris pourquoi Noroelle semblait ne faire aucun cas de cet honneur.

— Et toi, pour quelle raison cette bête aurait-elle voulu te tuer ? voulut encore savoir Mandred.

— Qui peut savoir quel était son but ? Mais maintenant, taisons-nous et respirons tranquillement. Nous allons finir par mourir de froid.

— Bien. Mais promets-moi encore une chose.

— Oui ?

— Ne raconte jamais à personne que je vous ai tenu la main ici.

Nuramon faillit éclater de rire. Les humains étaient vraiment étranges.

— Promis.

— Et moi, je te promets que tu pourras toujours compter sur Mandred, déclara le fils d'hommes avec solennité.

Son attitude émut Nuramon.

— Merci, Mandred.

D'autres elfes se seraient fort peu souciés de l'amitié d'un homme, mais pour Nuramon, elle représentait beaucoup. Après un petit temps de réflexion, il finit par ajouter :

— À compter d'aujourd'hui, te voici l'ami d'un elfe, Mandred Aïkhjarto.

L'enfant

Noroelle fermait les yeux. Une année s'était passée depuis la nuit où elle avait rêvé ce jeu amoureux avec Nuramon. Et cela avait été plus qu'un rêve. Dans les dernières quatre saisons, un enfant avait grandi en elle. Le jour de la naissance était arrivé. Elle le sentait aussi nettement que l'eau dans laquelle elle flottait ou le frôlement des nixes qui se trouvaient près d'elle.

Elle ouvrit les yeux. Il faisait nuit, le ciel clair était piqueté d'étoiles. Les elfes naissaient au clair de lune et c'était dans la Lumière de la Lune qu'ils retourneraient un jour. Elle sentit une eau froide tâter son corps. La magie de la source la pénétra et toucha aussi l'enfant en elle. Il bougea.

L'une des trois nixes soutint sa tête. Noroelle sentait sa poitrine se soulever et s'abaisser régulièrement au rythme de sa respiration paisible. La deuxième nixe entonna un chant de son lointain pays : la mer. Mais la troisième se tenait tranquille aux côtés de Noroelle, prête à lire dans ses yeux chacun de ses souhaits. Elles étaient venues toutes les trois d'Alvemer pour l'aider à la naissance. Elles étaient des intimes de la magicienne venue de la mer dont aucun elfe ne connaissait le nom. Sa peau nue scintillait comme si elle était recouverte de minuscules diamants. Le regard de Noroelle glissait vers la rive et les prairies où les ailes d'innombrables fées luisaient au clair de lune.

Obilée, la reine et quelques autres dames de la cour attendaient sur le rivage. La jeune Obilée souriait de bonheur. Mais Emerelle restait impassible. Leurs deux visages étaient comme le reflet de l'année écoulée.

Obilée avait conté à son amie les anciennes légendes où des elfes morts, transformés en esprits, rendaient visite à leur bien-aimée pour engendrer un enfant avec elle. La reine avait émis des doutes et adopté une attitude de rejet.

Noroelle sentait l'enfant bouger en elle. Sa querelle avec la reine la préoccupait moins que la question de savoir si elle pourrait être une bonne mère pour son enfant. Elle connaissait ces histoires qu'Obilée lui avait souvent racontées au cours de longues nuits. Mais elle connaissait aussi la partie que sa confidente avait toujours omise : l'enfant engendré portait l'âme du bien-aimé. Cette pensée effrayait Noroelle, car cela signifiait que Nuramon se serait engendré lui-même. Il serait alors son propre père, et elle serait la mère de son bien-aimé.

Le cœur battant, elle s'était demandé si elle pourrait être une mère pour Nuramon. Mais maintenant qu'elle se trouvait là, elle connaissait la réponse. Oui, elle le pouvait ! Elle garderait le père en souvenir, tel qu'il avait été. Et cet enfant, elle le...

Le moment était arrivé ! Sa mère lui avait autrefois raconté tant de choses sur sa naissance. Cependant, rien ne l'avait préparée à ce qu'elle ressentait en cet instant. L'enfant bougea, comme sous l'effet d'un puissant charme. Noroelle sentit nettement son corps se transformer : il se tendait et se rétractait pour épouser les désirs de l'enfant. C'était une perpétuelle transformation et Noroelle, dans cette alternance, sentait son corps accueillir en elle la magie de l'eau de la source pour préparer le chemin à l'enfant. Elle sentait nettement sa poussée, il voulait enfin naître à ce monde.

Le temps lui-même semblait maintenant s'étirer. Le clair de lune sur l'eau, le chant de la nixe, l'enfant et jusqu'au détail le plus insignifiant... Noroelle garderait à jamais tout ceci en mémoire. Elle respira calmement, ferma les yeux et laissa la nature faire les choses.

Soudain, elle sentit quelque chose quitter son corps en lui apportant une onde de sensations nouvelles. Son corps entier vibra et se transforma une dernière fois. Ensuite, elle entendit le cri du nouveau-né. Fascinée, elle ouvrit les yeux.

La nixe chanteuse souleva l'enfant afin de lui maintenir la tête hors de l'eau. Il était si petit ! si fragile ! Et il criait de toutes ses forces.

La nixe toucha le cordon ombilical et fut visiblement surprise de le voir tomber tout seul. Noroelle savait que, pour les autres enfants d'albes, il fallait un couteau acéré pour trancher définitivement le lien avec la mère.

— Un garçon ! dit doucement la nixe. Un magnifique garçon !

Les deux autres ondines tirèrent Noroelle jusqu'à la rive et la sortirent doucement de l'eau. Elle s'assit sur la pierre plate et regarda le petit être que la chanteuse tenait toujours dans l'eau.

Une main se posa bientôt sur son épaule. Elle leva les yeux et vit Obilée près d'elle. Elle prit la main de sa confidente. Puis elle se leva et se regarda des pieds à la tête. Un corps intact. Que n'avait-elle pas entendu sur la naissance d'autres enfants d'albes ! Que cela avait duré des heures, voire des jours entiers de souffrance. Et que des douleurs effrayantes ternissaient cet événement merveilleux. À voir Noroelle, on n'aurait jamais cru qu'elle venait de mettre un enfant au monde. Mais, intérieurement, elle se sentait lasse et vide. L'enfant manquait à son corps.

Les dames de la cour arrivèrent, elles séchèrent Noroelle en la frottant avec des serviettes d'une douceur de fleurs et l'aidèrent à passer ses habits blancs. Obilée lui tendit une serviette pour envelopper l'enfant.

Impatiente, Noroelle regarda la nixe avec le nouveau-né. L'ondine arriva enfin à la nage et lui tendit le garçon. La peau de l'enfant était toute lisse et des perles d'eau y glissaient.

Noroelle prit son enfant dans ses bras et l'enveloppa délicatement dans la serviette. Elle l'observa avec curiosité. Il avait ses yeux bleus et il ne criait plus maintenant qu'il se trouvait près de sa mère. Ses quelques cheveux, qu'elle sécha doucement avec la serviette, étaient bruns comme ceux de Nuramon. Toutefois, sa mère lui avait dit qu'à sa naissance elle avait, elle aussi, les cheveux bruns, et qu'ils avaient foncé au fil des ans. Cet enfant lui ressemblait vraiment. Seules ses oreilles étaient tout à fait différentes. Certes, un peu longues, mais nullement pointues. Toutefois, cela aussi pourrait encore changer.

La reine s'approcha de Noroelle.

— Montre-moi l'enfant afin que nous apprenions s'il porte l'âme d'un elfe connu.

Noroelle lui tendit l'enfant.

— Voici mon fils.

Emerelle s'apprêta à toucher l'enfant au front. Mais elle recula soudain, le visage plein d'effroi.

— Ce n'est pas l'enfant de Nuramon. Tu t'es trompée, Noroelle. Ce n'est même pas l'enfant d'un elfe.

Le nouveau-né se remit à crier.

Effrayée, Noroelle se recula en serrant son fils contre sa poitrine. Elle tenta de le calmer.

— Regarde ses oreilles ! dit Emerelle.

Certes, elles étaient trop arrondies pour un elfe ordinaire. Mais peut-être prendraient-elles plus tard la forme habituelle. Ce qui l'inquiétait plus, c'était de savoir qu'Emerelle ne reconnaissait pas Nuramon en l'enfant.

— Es-tu sûre que ce n'est pas l'âme de Nuramon qui habite mon fils ?

— Cet enfant te ressemble beaucoup, mais ce n'est pas le fils d'un elfe.

Noroelle secoua énergiquement la tête. La reine se trompait !

— Non ! Cela ne peut être ! C'est impossible. Cette nuit-là, c'était bien Nuramon qui m'a rendu visite.

— Je sais ce que je dis. Écoute-moi bien ! (Emerelle pointa un doigt vers elle. Jamais encore personne ne l'avait menacée de la sorte.) Dans trois jours, j'exige que tu amènes cet enfant devant mon trône ! Là, je déciderai de lui, et de toi aussi.

Sur ces mots, la reine tourna les talons et partit avec sa suite.

Noroelle chercha du regard les nixes. Mais elles avaient disparu. Elle scruta la prairie au-delà du lac. Les petites fées, elles aussi, s'en étaient allées. Seule Obilée était restée près d'elle.

Sa confidente lui passa un manteau sur les épaules.

— Ne te soucie pas de ce que les autres disent de toi. Tu as un fils et c'est tout ce qui compte.

Noroelle pensa aux paroles de la reine.

— Tu ne devrais pas me…

Elle fut prise de vertige.

Obilée la soutint.

— Viens, laisse-moi te conduire.

Elles partirent ensemble.

Ç'aurait pu être le plus beau jour de sa vie. Et maintenant, tout était détruit. La reine lui faisait peur. Qu'avait-elle voulu dire en déclarant qu'elle déciderait d'elle et de l'enfant ? Ces paroles sonnaient comme une condamnation. Emerelle pouvait-elle la juger sans savoir ce qui s'était passé cette nuit-là, un an auparavant ? Qui aurait engendré cet enfant, sinon Nuramon ? Un autre enfant d'albes l'avait-il visitée et neutralisée pour abuser d'elle dans son sommeil ? En regardant son enfant, Noroelle rejeta cette pensée. Même avec ses oreilles mal formées, c'était un très beau garçon. La reine s'était trompée.

Pour la première fois de sa vie, Noroelle douta de sa souveraine. Emerelle lui cachait quelque chose. Elle l'avait lu sur son visage. L'espace d'un instant, elle y avait aperçu de l'effroi.

— Emerelle va-t-elle te retirer l'enfant ? demanda subitement Obilée.

Effrayée, Noroelle se figea.

— Quoi ?!

— Elle m'a fait peur. Crois-tu qu'elle dise vrai ?

Noroelle caressa la joue de son fils.

— Regarde-le ! Vois-tu quelque chose de mauvais dans les yeux de cet enfant ?

Obilée partit d'un rire franc.

— Non. Il est merveilleux et il te ressemble beaucoup.

— Je ferai tout ce que la reine me dira. À une exception : je ne tolérerai pas qu'on fasse du mal à ce petit.

Obilée approuva.

— Mais quel nom va-t-il porter ?

— Il n'y a qu'un seul nom que je puisse lui donner (Elle embrassa tendrement l'enfant.) Nuramon ! dit-elle dans un chuchotement.

La vallée abandonnée

Noroelle courait dans la forêt avec son enfant dans les bras. Il faisait nuit, les arbres s'agitaient légèrement au vent. Son fils s'accrochait à son petit doigt. Il se taisait, comme s'il sentait la présence toute proche des guerriers lancés à leur recherche.

Là-bas ! Un jeune guerrier elfe aux cheveux roux arrivait droit sur elle. Il portait une longue cotte de mailles. Le vent s'engouffrait dans son manteau gris à capuche. Le guerrier regardait nettement dans sa direction. Il avait de beaux yeux verts. Troublé, il fronçait les sourcils. Peut-être sentait-il quelque chose, mais Noroelle était certaine qu'il ne devinerait pas son sortilège aveuglant. Finalement, il passa près d'elle et fit brusquement demi-tour, quelques pas plus loin. Il se trouvait maintenant assez près pour pouvoir la toucher de son bras tendu. Mais il ne la voyait pas. Il secoua la tête en marmottant. Puis il passa son chemin.

Noroelle n'eut aucune difficulté à éviter les hommes d'armes. Elle traversa leurs rangs sans être vue. Ils étaient sans doute de bons guerriers et d'aussi bons pisteurs, mais certainement pas des magiciens. Il était donc facile de les tromper.

En croisant leur chef, elle s'arrêta pour l'examiner. Comme les autres, il portait une cape grise avec une capuche qui lui cachait le visage, mais laissait voir son armure étincelante.

— Es-tu certain d'avoir bien compris la reine ? demanda le rouquin. Pour ma part, je n'arrive pas à y croire.

Le chef ne se départit pas de son calme.

— Si tu avais vu sa colère, tu ne poserais pas cette question.

Noroelle crut reconnaître cette voix.

— Mais pourquoi nous a-t-elle envoyés ? Noroelle est une magicienne hors pair. Et je ne connais parmi nous personne qui soit capable de déceler sa présence. Pourquoi la reine ne nous a-t-elle pas envoyé un magicien ?

— Elle ne s'attendait sans doute pas que Noroelle s'oppose à sa volonté. Sans même savoir le but de notre mission.

— Cette mission, je ne suis pas sûr de pouvoir l'accomplir.

— Tu aurais dû y réfléchir avant de prêter serment à la reine.

— Mais tuer un enfant !!!

Noroelle s'écarta des guerriers. Qu'avait-elle entendu ? Elle ne pouvait y croire. S'était-elle, pendant toutes ces années, trompée sur Emerelle ? Jamais, elle n'aurait pensé que la reine pourrait envoyer ses guerriers tuer un enfant innocent. Noroelle s'était attendue tout au plus à une arrestation. Qu'était-il arrivé pour qu'Emerelle donne de pareils ordres ? Ou alors, avait-elle toujours été ainsi, sans que Noroelle l'ait remarqué ?

Non seulement, la reine les avait chargés de cette incroyable mission meurtrière, mais elle lui avait aussi retiré sa confiance. Elle aurait pu attendre que Noroelle se présente à elle, dans la salle du trône, avec son enfant. C'était son exigence. Et Noroelle y aurait obéi, si la reine n'avait pas envoyé ses guerriers chez elle.

Mais il y avait une chose que Noroelle ne comprenait pas : pourquoi lui avait-elle dépêché des porteurs d'épée ? La réponse du chef n'était pas suffisante. Car, si Emerelle ne parvenait pas à s'imaginer que Noroelle contrevienne à son ordre, pourquoi alors avait-elle envoyé ses guerriers ? Il y avait là autre chose. Quoi que ce soit, Noroelle savait désormais à quoi s'en tenir.

Jamais elle n'abandonnerait son fils à la reine et à ses sbires. Elle mettrait l'enfant en sécurité. Il n'y avait qu'un seul endroit où Emerelle ne pourrait pas le retrouver : le Monde des Humains.

Noroelle quitta la forêt et traversa lentement les vastes prairies. Ses pensées allaient à Farodin et Nuramon. Depuis qu'ils étaient partis tous les deux, un an auparavant, pour chasser une bête dans le Monde des Humains, sa vie avait changé. Un loup de la compagnie était revenu blessé à la cour, messager muet d'un atroce destin. Peu de temps après, elle avait aussi vu rentrer les chevaux de ses bien-aimés.

Elle n'avait pu alors s'empêcher de repenser à son rêve. Les corps de ses bien-aimés n'avaient jamais été retrouvés. Ceux qui étaient partis les chercher avaient rapporté que le village de Mandred n'avait pas été touché. Si elle n'avait pas fait ce rêve de Nuramon ni donné naissance à son fils, elle n'aurait pas cru à la mort de ses bien-aimés.

Toute la nuit, Noroelle parcourut le pays sans être vue. Quand le soleil se leva derrière les montagnes, elle aperçut une vallée isolée. Elle serrait son fils étroitement contre elle dans une bande de tissu nouée à la taille. Pendant tout ce temps, il était resté calme et avait même un peu dormi.

— Tu es un bon petit, dit-elle doucement en lui caressant la tête.

Ensuite, elle s'assit dans l'herbe et lui donna le sein. Lorsqu'il fut repu, elle le déposa à côté d'elle et le contempla. La séparation serait douloureuse. Mais c'était le seul moyen de le sauver.

Noroelle se leva. L'Autre Monde ! Elle allait franchir la frontière. Certes, elle savait beaucoup de choses sur les Sentiers d'Albes qui passaient par les trois mondes et les reliaient, mais elle n'avait jamais mis à profit ses connaissances. Les Portes matérielles, comme celle par laquelle elle avait vu ses bien-aimés partir, ne pouvaient être un chemin pour elle. Emerelle devait y avoir placé des gardes depuis longtemps et ce serait de toute façon un jeu d'enfant de la suivre, au cas où elle choisirait de s'enfuir par une telle Porte. Dans les lieux de grand pouvoir, comme près du cercle de pierres d'Atta Aïkhjarto, il pouvait y avoir jusqu'à sept de ces chemins invisibles qui se croisaient et reliaient tous les mondes en un lacis de liaisons magiques. En franchissant l'une de ces Portes, on parvenait toujours au même endroit. Mais moins il y avait de Sentiers d'Albes, plus la Porte ouvrant à l'Autre Monde était aléatoire. Quand on risquait le passage par de si petites Étoiles, on ne pouvait savoir à quel endroit l'on atterrirait dans le Monde des Humains. Et ceux qui ne disposaient pas d'un grand pouvoir magique pouvaient même devenir victimes du temps. Noroelle savait qu'elle devait se garder de subir ce sort. Il suffisait d'une seule erreur en franchissant la Porte pour qu'en un seul pas cent années se soient écoulées.

De plus, elle devait veiller à prendre un Sentier menant chez les humains. Sa destination n'était pas le Monde Brisé, car celui-ci n'était rien d'autre que les ruines d'un monde, restes du champ de bataille où les albes avaient autrefois combattu leurs ennemis. Cet endroit sinistre, entre Albemark et l'Autre Monde, ne comportait plus que des îles désertes entourées de vide. Ces îles servaient aujourd'hui de lieux d'exil ou de refuge pour les ermites et les individus épris d'indépendance. Elle ne conduirait pas son fils dans une telle prison. Voilà pourquoi elle était venue dans cette vallée.

Noroelle sentit une Étoile d'albes à la croisée de deux Sentiers. Elle ferma les yeux et se concentra sur la force. Quand bien même la reine réussirait à suivre sa piste jusqu'ici, il lui serait impossible de la découvrir dans l'Autre Monde. Elle pourrait bien passer cent fois par cette Étoile, elle se retrouverait cent fois ailleurs dans le Monde des Humains, car ici, le lien entre les mondes était très ténu. Le chêne-faune lui avait expliqué que ce lien se rompait à chaque seconde pour se renouer ensuite avec un autre lieu. D'après lui, c'était la preuve que l'agencement entre le Monde des Humains et celui d'Albemark avait été, dans un lointain passé, ébranlé à tel point que les deux mondes s'étaient retrouvés pratiquement séparés.

Noroelle leva les yeux vers le soleil. Il lui donnerait la force. Ce ne serait pas la magie de l'eau, la magie du lac, mais celle de la lumière qui l'aiderait à ouvrir la Porte. Elle pensa à la lumière qui pénétrait jusqu'au fond de son lac. Et aussi à la magie… et le changement prit son cours. Sans retour possible.

La lumière du soleil n'arrêtait pas de décroître. Noroelle jeta un regard autour d'elle. Et tout se transforma. Les couleurs se ternirent, tout se grisa et devint flou. Les arbres pâlissants furent remplacés par des silhouettes. Le printemps devint hiver, une prairie d'automne se mua en champ de neige.

Les montagnes firent place à de douces collines. Bientôt, elle ne reconnut plus rien.

Voilà donc à quoi ressemblait l'Autre Monde !

L'endroit était étrange. Noroelle se demanda comment Nuramon avait perçu ces contrées en foulant le sol pour la première fois. Son étonnement avait certainement été aussi grand que le sien en ce moment.

Certes, c'était l'hiver, mais la magie de Noroelle lui procurait de la chaleur. Elle pouvait marcher pieds nus sur la neige sans redouter le froid. Mais son fils, privé de sa chaleur, aurait vite fait de mourir. Alors, elle se mit en quête des humains.

En chemin, elle ne vit pas un seul animal. Ici, l'hiver semblait bannir toute vie. Elle erra longtemps dans ce désert enneigé jusqu'à trouver des traces de lièvre. Cette vue la rassura et elle poursuivit sa route : là où il y avait de la vie, il y avait de l'espoir pour son fils.

Elle chercha longtemps les humains et aperçut finalement une fine colonne de fumée derrière la crête d'une colline. En se dirigeant vers elle, elle trouva une maison des plus modestes. Du moins à ce qu'il lui sembla. Elle n'avait en fait aucune connaissance des maisons d'humains. C'était une petite cabane en bois, aux poutres incurvées et au toit de guingois.

Noroelle s'en approcha prudemment. Elle craignait à chaque pas de voir la porte s'ouvrir et de se trouver tout à coup face à un humain. Elle ne savait pas si la magie qui la rendait encore invisible avait le pouvoir de tromper les hommes. Ici, elle devait s'attendre à tout.

Arrivée à la porte, elle tendit l'oreille et entendit qu'on déplaçait des meubles sur un plancher de bois. Une voix claire chantait un air joyeux. Un chant qui lui parut étrange, mais plaisant.

Noroelle embrassa son fils et lui chuchota :

— Nuramon… J'espère bien faire ainsi. C'est la seule possibilité. Adieu, mon fils.

Elle rendit l'enfant visible et le déposa sur le pas de la porte. Le petit ne broncha pas et la regarda de ses grands yeux paisibles.

Mais dès que Noroelle se détourna et fit les premiers pas pour s'éloigner de lui, il se mit à crier. Elle en eut les larmes aux yeux. Mais il fallait qu'elle parte ! C'était pour son bien.

Noroelle se cacha derrière un arbre proche. L'enfant criait à lui fendre le cœur, elle pensa un moment aller le reprendre et rester pour toujours avec lui en ce monde. Mais la reine la retrouverait. Noroelle savait qu'elle devrait faire usage de magie pour rester dans le Monde des Humains. Cependant, toute magie faisait vibrer les Sentiers d'Albes. Ainsi, elle ne manquerait pas d'attirer sur elle l'attention des sbires d'Emerelle. En revanche, son fils était encore trop petit pour utiliser le pouvoir que Noroelle avait senti en lui. Et comme il ne trouverait pas de maître mage dans le Monde des Humains, son don ne s'éveillerait probablement jamais. Ainsi, il resterait à l'abri de la fureur de la reine.

Depuis sa cachette, Noroelle vit s'ouvrir la porte de la maison et quelqu'un en sortir. Une humaine ! Curieuse et angoissée à la fois, l'elfe observa cette femme qui allait peut-être devenir une nouvelle mère pour le petit Nuramon. Elle portait certes des vêtements épais, mais elle paraissait large de hanches et d'épaules. Noroelle ne put s'empêcher de penser à Mandred. Apparemment, les humains avaient la particularité d'être de constitution solide.

La fille d'homme eut l'air surprise et jeta un regard méfiant autour d'elle. Elle se demandait certainement qui avait déposé cet enfant devant sa porte pour disparaître ensuite sans laisser de traces. En hésitant, elle se pencha sur le fils de Noroelle. Elle avait un visage sévère, un nez épaté et de petits yeux. Mais, en se penchant sur l'enfant, elle sourit et son visage refléta la chaleur de son cœur. Elle consola le petit en une langue inconnue de Noroelle. Ses mots semblaient contenir tant d'amour qu'ils réussirent à le calmer. La femme scruta encore les alentours, puis elle emmena l'enfant chez elle.

Dès qu'elle eut refermé la porte, Noroelle se glissa plus près de la maison et tendit l'oreille. Elle voulait s'assurer qu'elle ne s'était pas trompée sur cette femme, tout en sachant qu'elle ne pourrait rester suffisamment longtemps pour en acquérir vraiment la certitude.

Noroelle entendit la femme parler d'une voix claire et joyeuse.

Il y avait aussi un homme. Apparemment moins réjoui. Sa voix trahissait sa réticence. Mais au bout d'un moment, il sembla changer d'avis. Même si sa façon de parler lui parut rugueuse, elle comprit que son fils serait ici en sécurité. Maintenant, il ne lui restait plus qu'à empêcher Emerelle de le trouver.

Elle se retira à l'abri des arbres. En fait, elle avait d'abord pensé retourner à l'endroit par où elle était entrée dans l'Autre Monde. Mais elle en décida autrement. Il fallait tout faire pour compliquer les recherches de la reine. Elle prendrait un jour et une nuit pour s'éloigner le plus possible de cette cabane et elle ne reviendrait en Albemark qu'à l'aide de sa magie solaire. Une fois sur les Sentiers d'albes, elle prendrait le plus court chemin pour rentrer et se présenterait à la reine.

La sentence de la reine

Les guerriers découvrirent Noroelle près du chêne-faune. Elle se rendit à eux sans condition, mais sans toutefois leur avouer où se trouvait l'enfant.

Les porteurs d'épée la conduisirent au château. En tête marchait leur chef: Dijelon, un guerrier loyal au point de se sacrifier à tout moment. Pour un elfe, il était inhabituellement large d'épaules, et sa cape bleue, pas plus longue que ses longs cheveux noirs, ne parvenait pas à les dissimuler. Lorsque s'ouvrit devant eux la porte de la salle du trône, Dijelon s'arrêta. Maître Alvias se tenait devant lui. Le vieil elfe n'accorda pas un seul regard à Noroelle.

— Suis-moi, dit-il à Dijelon. Vous autres, attendez-moi ici, je vous prie.

Noroelle ne fut aucunement surprise par son attitude. Il était clair qu'on la traitait en ennemie. Ainsi, elle demeura sous l'arc de la porte et jeta un regard dans la salle. Presque toute la cour s'y trouvait rassemblée. Tous voulaient assister à l'arrivée de la magicienne déchue. Jusqu'à la naissance de son enfant, sa renommée n'avait cessé de croître, mais tout s'était arrêté d'un coup. Seuls les arbres ne s'étaient pas laissé impressionner par la fureur de la reine. Le chêne-faune lui avait donné son sentiment que tout cela s'était passé trop vite pour pouvoir être estimé à sa juste valeur.

Noroelle regarda les murs. L'eau y tombait en cascades écumantes. Emerelle voulait clairement lui montrer la puissance qui l'attendait dans la salle du trône. Mais elle aurait pu s'en dispenser. Noroelle savait pertinemment que personne, en Albemark, ne pouvait se mesurer à la reine.

— Nous l'avons trouvée près du chêne-faune, entendit-elle dire le guerrier. Elle n'a pas voulu nous révéler où elle a caché l'enfant.

L'eau cessa de couler sur les murs et un terrible silence s'établit dans la salle.

— Noroelle la magicienne est de retour, dit la reine d'une voix claironnante. Elle ne pressent pas combien est grand le mal qu'elle a attiré sur nous.

Nomme-moi une seule raison pour laquelle je devrais encore t'accepter dans la salle du trône, Noroelle!

—Pour pouvoir avec ta sentence m'en bannir de nouveau.

—Ainsi, tu reconnais que tu as fait quelque chose d'abominable.

—Oui, j'ai refusé de t'obéir. Et nul ne devrait le faire qui se trouve sous ta protection. Mais si je suis ici, ce n'est pas seulement pour entendre une sentence, mais aussi pour porter une accusation.

Des murmures passèrent dans la salle. Personne en Albemark n'avait jamais provoqué la reine aussi ouvertement à sa cour. Cependant, Noroelle n'était pas disposée à taire ce qu'Emerelle avait voulu faire à l'enfant. Elle s'étonnait que la reine ait organisé cette rencontre en public. De cette manière, tout serait divulgué.

—Alors, avance devant le trône d'Albemark, si tu l'oses.

Après un court instant d'hésitation, Noroelle passa la porte et se dirigea vers Emerelle. Sans attacher, cette fois-ci, la moindre importance aux regards de l'assistance.

Arrivée devant la reine, elle s'inclina et jeta un regard en coin vers Obilée, qui se trouvait à côté de maître Alvias. Le désespoir se lisait sur le visage de son amie ; elle semblait proche des larmes.

—Avant d'arrêter ma décision, je vais écouter ce que tu as à dire, déclara la reine froidement. Tu prétendais vouloir accuser quelqu'un. De qui s'agit-il ?

D'Emerelle, bien sûr ! Mais Noroelle ne voulait pas prendre le risque d'attaquer directement la reine devant toute la cour réunie.

—J'accuse Dijelon, dit-elle à la place. Il est venu chez moi, il y a trois jours, pour tuer mon fils.

Noroelle vit le guerrier se figer. Elle savait qu'il avait agi sur ordre de la reine et elle se demanda jusqu'où irait sa loyauté.

La reine jeta un coup d'œil à Dijelon, comme si elle voulait simplement s'assurer de sa présence, puis elle s'adressa de nouveau à Noroelle :

—Et alors, a-t-il réussi ?

—Non.

—D'après toi, que dois-je faire, Noroelle ? Conseille-moi sur ce cas.

—Je ne demande pas réparation et je ne veux pas non plus voir Dijelon puni. Je voudrais seulement savoir pourquoi il devait attenter à la vie de mon fils.

—Eh bien, Noroelle, la loyauté de Dijelon lui interdit de parler, c'est donc moi qui vais répondre à sa place : il a agi sur mon ordre. (Des chuchotements parcoururent l'assistance.) Mais je suppose que cette réponse ne va pas te suffire, n'est-ce pas ? Tu te demandes comment, moi, votre reine à tous, j'ai pu ordonner le meurtre d'un enfant d'albes.

—C'est exact.

—Et s'il ne s'agissait pas d'un enfant d'albes, mais…

Noroelle interrompit la reine.

— Il s'agit de mon fils, de l'enfant d'une elfe ! Il descend ainsi directement des albes.

Dans la salle, l'indignation fit rage. Le guerrier Pelveric s'écria :

— Comment oses-tu !

Il reçut l'approbation générale.

Emerelle ne se départit pas de son calme. Elle leva la main, et le silence revint.

— Noroelle, si tu es l'eau, le père de ton enfant est le feu.

Noroelle comprit l'allusion. Elle fut soudain gagnée par la peur.

— Je t'en prie, dis-moi qui est le père de cet enfant. Un humain ?

Elle pensait aux oreilles arrondies de son fils.

— Non, nous avons déjà connu des unions entre les humains et les elfes. Non, Noroelle. (Elle se leva.) Écoutez tous ce que j'ai à vous dire ! Rien n'est plus comme avant. La nuit durant laquelle fut engendré l'enfant de Noroelle, quelque chose a commencé, et nous devons, avec toute notre puissance, y mettre un terme. Nous avons vécu de nombreuses années en sécurité, même si nous avons dû combattre les trolls ou les dragons. Je me souviens des jours où le monde, qui se trouve entre le nôtre et celui des humains, était encore prospère. Je vis la plus mortelle de toutes les menaces. Jamais je n'oublierai ce que les albes en partance m'ont laissé voir : j'ai été témoin de l'anéantissement du Monde Brisé. J'ai vu la dernière bataille contre les ennemis de nos ancêtres : les dévianthars !

Noroelle resta pétrifiée. Jamais encore le nom de ces anciens ennemis n'avait été prononcé à voix haute dans cette salle.

— La créature que tes bien-aimés devaient chasser était un dévianthar, dit Emerelle. Quand le loup est revenu de la Chasse, j'ai compris, sans aucun doute possible, que cette créature martyrisée portait encore sur elle l'odeur de ce mal qui aurait dû être vaincu depuis longtemps !

— Alors, c'est donc un dévianthar qui a tué Farodin et Nuramon ?

— J'aimerais le savoir. Mais une chose est sûre : c'est lui qui a gagné, car il est venu à toi cette nuit-là et a engendré ton enfant.

Noroelle fut comme assommée par les paroles de la reine. C'était impossible ! Elle avait rêvé de Nuramon… Cette image de rêve n'aurait donc été que la figure grimaçante d'un démon ? En jetant un regard autour d'elle, elle remarqua l'effroi et le dégoût de l'assistance. Derrière elle, les guerriers reculèrent. Même Obilée blêmit.

La reine poursuivit :

— En voyant l'enfant, j'ai eu un sombre pressentiment de qui était son père. (Elle montra sa coupe magique.) Dans mon doute, j'ai consulté l'eau, et la tromperie du dévianthar s'est révélée à moi : il s'était introduit près d'ici sans se faire remarquer.

L'agitation gagna la salle. Un oncle de Nuramon s'écria :

— Mais que va-t-on faire si ce démon continue à hanter nos terres ?

La reine fit un geste apaisant de la main.

—Ta question est justifiée, Elemon. Mais je t'assure qu'il n'est venu ici que cette nuit-là et qu'il s'est enfui ensuite dans l'Autre Monde.

—Mais il pourrait revenir, répliqua Elemon.

—Il savait que je le reconnaîtrais s'il séjournait trop longtemps ici. Maintenant que je suis informée, je le verrai dès qu'il tentera de pénétrer dans notre monde. Non, chers enfants d'albes, le démon a planté sa semence. Son œuvre est accomplie.

—D'où sort-il ? demanda maître Alvias qui ne se manifestait que rarement d'habitude. Ne dit-on pas que tous les devianthars auraient été anéantis par les albes ?

—Celui-ci a dû survivre à toutes les batailles.

—Qu'est-ce que tu as fait là ? aboya Pelveric à l'adresse de Noroelle. Comment as-tu pu te laisser séduire par ce démon ?

La reine exprima ce que Noroelle pensait :

—Son amour l'a emporté sur la raison.

—Que puis-je faire ? demanda alors Noroelle d'une toute petite voix. Si tu me le demandes, je me mettrai en quête du devianthar et le combattrai.

—Non, Noroelle, ce n'est pas à toi de le faire. Dis-moi simplement où se trouve l'enfant.

Noroelle regarda par terre. Elle ne voulait pas trahir cet enfant. Elle n'avait rien remarqué de démoniaque en son nouveau-né. D'ailleurs, elle ne saurait même plus retrouver le chemin vers son fils.

—Je ne sais plus où il est. Je l'ai emmené dans l'Autre Monde. Et à bien réfléchir, je préférerais ne pas en dire plus.

—Mais c'est un enfant de démon, l'enfant d'un devianthar ! De cet être qui pourrait bien avoir tué tes bien-aimés.

—Il est possible que je me sois trompée en rêve, mais l'innocence de cet enfant, je l'ai vue très nettement. Je ne tolérerai pas que quelque chose lui arrive !

—Par quelle Porte as-tu accédé à l'Autre Monde ?

—À la croisée de deux Sentiers d'albes.

Noroelle savait que de tels endroits étaient innombrables en Albemark.

—Dis-moi où se trouve cette Étoile d'albes !

—Je ne le ferai que si tu jures sur tous les albes qu'aucun malheur ne menace mon fils.

La reine garda le silence et observa Noroelle.

—Je ne puis prêter ce serment. Il nous faut tuer cet enfant. Sinon, un grand malheur peut s'abattre sur nous. Ce garçon apprendra un jour la magie. Il est bien trop dangereux pour le laisser en vie. Tu es sa mère, tu te dois de l'aimer, même si c'est l'enfant d'un démon. Mais pense au prix qu'Albemark devra payer pour ton amour, si tu te tais.

Noroelle hésita.

— Si mon enfant perd la vie, son âme renaîtra-t-elle ?

— Comment répondre à cette question ? Cet enfant n'est ni un devianthar, ni un elfe. Pense au feu et à l'eau ! Il se peut que son âme se perde entre les deux. Mais il se peut aussi que dans la mort, l'âme de ton fils se partage en deux et que le devianthar et le fils d'albes se trouvent séparés. À cette seule condition, l'enfant d'albes renaîtra.

Noroelle fut désespérée. Un devianthar ! Elle aurait dû éprouver de la répulsion, mais elle ne le pouvait pas. Elle n'arrivait pas à voir en son fils l'enfant d'un démon. Elle l'avait conçu dans un acte d'amour. Pouvait-il alors être mauvais ? Non, une mère connaissait l'âme de son enfant. Et elle n'avait vu aucun mal en son fils. Cependant, elle n'avait que sa parole pour unique preuve ; tout le reste parlait contre elle. Elle savait que la sentence de la reine pouvait lui coûter la vie. Toutefois, elle était certaine de renaître. Alors, elle dit :

— Parce que mon enfant ne pourrait avoir que cette vie, je n'ai pas le droit de le conduire à la mort.

— Parfois, il faut envoyer à sa perte ce qu'on aime.

— Je peux offrir ma vie ou mon âme. Mais je n'ai pas le droit de disposer de celles d'un autre.

— Tu l'as déjà peut-être fait une fois. Te souviens-tu de ces mots que tu as prononcés : « Ce que tu leur demandes, ils le feront pour moi » ? N'étais-tu pas la dame de Farodin et de Nuramon ? Il est possible que le devianthar ait tué leurs âmes. Ainsi, tu as peut-être déjà détruit ce que tu aimais.

La rage s'empara de Noroelle.

— Tu es Emerelle, la reine ! Et je te remercie d'avoir démasqué mon visiteur de cette nuit-là. Ainsi renaît en moi l'espoir que Nuramon et Farodin soient toujours en vie. Il n'existe aucune certitude sur le sort de mes bien-aimés. Mais même si je les ai envoyés à leur perte, ce ne peut être que parce que je ne connaissais pas le vrai danger. Et comment l'aurais-je pu quand la reine elle-même n'en avait pas connaissance ? Mais si je trahissais mon fils maintenant, je me rendrais sciemment coupable.

Ce discours ne sembla pas émouvoir Emerelle.

— Est-ce là ton dernier mot ? se contenta-t-elle de demander.

— C'était mon dernier mot.

— As-tu emporté l'enfant seule ? Ou quelqu'un t'a-t-il aidé ?

Elle regarda Obilée qui tremblait de peur.

— Non, Obilée savait simplement que je pensais mettre l'enfant à l'abri d'un malheur.

La reine se tourna vers Dijelon.

— Obilée t'a-t-elle en quelque manière empêché d'agir ou menti ?

— Non, elle avait bien trop peur pour ça, répondit le guerrier en regardant ensuite froidement Noroelle de ses petits yeux gris.

La reine s'adressa à Noroelle :

— Alors, écoute ma sentence. (Elle leva les bras et aussitôt l'eau se remit à couler des sources.) Noroelle, tu t'es chargée d'une lourde faute. Toi, la puissante magicienne, tu n'as pas su faire la différence entre ton bien-aimé et un devianthar. Lorsque l'enfant du démon a grandi en toi, tu n'as pas su reconnaître sa vraie nature. Ton amour pour ton fils est si grand que tu irais jusqu'à lui sacrifier les peuples d'albes. Et même face à cette vérité, tu places la vie d'un enfant au-dessus de la vie de tous.

» Si la femme en moi comprend ta décision, je ne puis l'accepter, en tant que reine. Tu as trahi Albemark et tu m'obliges à te châtier. Je ne te condamne pas à la mort avec la perspective de renaître, mais au bannissement. Toutefois, tu ne seras pas envoyée dans les Marches les plus lointaines ni dans l'Autre Monde. Je te condamne au bannissement éternel sur une île du Monde Brisé. La Porte de cet endroit ne se trouvera pas en Albemark et personne jamais ne trouvera le chemin vers toi.

Noroelle sentit son cœur se glacer d'effroi. Il s'agissait de la pire peine que pouvait encourir un enfant d'albes. Elle se tourna vers les courtisans, mais sur tous les visages elle ne lut que rejet et colère. Alors, elle pensa à son fils et le souvenir de son sourire lui donna la force d'aller jusqu'au bout du chemin que le sort lui avait réservé.

— Tu vivras à tout jamais là-bas. En cherchant la mort, tu ne pourras espérer renaître, annonça Emerelle d'une voix sourde, car ton âme ne pourra pas non plus quitter cet exil.

Noroelle savait ce que cela signifiait. Jamais elle ne rejoindrait la Lumière de la Lune. Un enfant d'albes ne pouvait trouver son destin en un pareil endroit.

— Accepteras-tu cette sentence ? demanda Emerelle.

— Oui, je l'accepterai.

— Il te reste le droit de faire un dernier souhait, dit la reine.

Noroelle avait beaucoup de souhaits, mais elle ne pourrait en exprimer aucun. Elle souhaitait que rien de tout cela ne soit arrivé. Elle aurait voulu la présence ici de ses bien-aimés. Pour qu'ils la sauvent et partent avec elle quelque part, à un endroit où jamais personne ne les trouverait. Mais ce n'étaient là que des rêves.

Noroelle regarda Obilée. Elle était encore si jeune. Le fait d'avoir été sa confidente allait sans doute lui nuire beaucoup.

— Je ne désire de toi qu'une seule chose, dit-elle finalement. Ne vois pas ma honte en Obilée. Elle est innocente et elle a un grand avenir devant elle. Prends-la avec toi. Laisse-la parler ici pour Alvemer. Avec la certitude que ce souhait se réalisera, je m'en vais tranquille dans l'infinitude.

Emerelle changea d'expression, ses yeux brillèrent. Elle abandonna sa froideur distante.

— Ton vœu sera exaucé. Mets à profit ce jour pour faire tes adieux. Je viendrai cette nuit à ton lac. Nous partirons ensuite.

— Merci, ma reine.

— Va, maintenant !

— Sans les guerriers ?

— Oui, Noroelle. Emmène Obilée et passe cette dernière journée à ta guise.

Obilée vint vers Noroelle et la prit dans ses bras. Puis elles passèrent côte à côte entre les courtisans. Noroelle savait qu'elle ne reviendrait plus jamais dans cette salle. À chacun de ses pas, elle prenait congé. Son regard se noya dans une mer de visages connus et inconnus. À présent, la pitié s'y lisait, même chez ceux qui avaient salué son entrée avec mépris.

Adieu à Albemark

Noroelle prit trois pierres magiques qui avaient reposé au fond du lac pendant toutes ces années, puis elle retourna vers Obilée. La jeune elfe, assise sur la rive, laissait l'eau jouer avec ses pieds nus. Noroelle posa les trois gemmes sur la roche plate à côté d'elle. Elle se sécha ensuite et enfila sa robe verte. Celle qu'elle portait au départ de ses bien-aimés.

Obilée sembla heureuse de la lui voir porter. Elle contempla le scintillement des pierres magiques.

— Elles sont magnifiques.

Noroelle avait choisi un diamant, un rubis et une émeraude.

— Le diamant est pour toi.

— Pour moi ? Mais tu as pourtant dit que je dois…

— Oui, mais il y en a trois. Celle-ci t'appartient. Prends-la !

Noroelle n'avait guère eu le temps d'apprendre à Obilée les secrets de la magie. Cette pierre rendrait de grands services à son élève. Elle était comme faite pour elle.

Obilée leva le cristal dans la faible lumière du jour finissant.

— J'en ferai un pendentif. Ou bien perdra-t-il alors sa magie ?

— Non, ne t'inquiète pas.

— Ô Noroelle, je ne sais si je vais réussir à me débrouiller sans toi.

— Tu réussiras. Le chêne-faune t'aidera. Il t'enseignera ce qu'il m'a enseigné autrefois. Ollowain t'instruira dans l'art de combattre à l'épée, car tu descends de Danaée.

Noroelle avait pris toutes les dispositions nécessaires. Tout se passerait bien pour sa confidente.

Elle avait aussi pensé à tout le reste. Pour elle-même, elle avait rassemblé quelques petites choses dans un sac. Elle n'aurait pas besoin de plus. Pour sa famille en Alvemer, elle avait trouvé des mots qu'Obilée irait personnellement rapporter.

— Tu as bien noté tout ce que je t'ai dit ? demanda Noroelle à la jeune elfe.

— Oui. Tes mots me resteront toujours en mémoire. J'ai même noté tes gestes et l'intonation de ta voix. Ce sera comme si c'était toi qui parlais.

— C'est bien, Obilée. (Noroelle regarda le soleil bas.) Maintenant, la reine va arriver. Elle portera sa Pierre d'albes sur elle.

— Vraiment ?

— Oui. Elle a besoin de sa puissance pour créer une barrière. Sinon, je n'aurais aucune peine à quitter l'endroit où elle m'emmène.

Obilée baissa la tête.

— Je veux t'accompagner où que tu ailles.

— Sois raisonnable, Obilée ! Je suis bannie à tout jamais. Pourquoi devrais-tu me sacrifier ta vie ?

— Au moins, tu ne serais pas seule.

— C'est vrai. Mais alors, je ne pleurerais pas sur ma solitude, mais à cause de toi. (Noroelle recula d'un pas, émue par le désespoir d'Obilée.) Jamais la reine ne permettra que quelqu'un m'accompagne dans mon exil.

— Je pourrais l'en prier.

— Comprends donc... Savoir que tu es ici me consolera. Quand tu penseras à moi, tu seras sans doute plus d'une fois désespérée, mais imagine-toi alors que je prends part à tout ce que tu fais.

— Même si je reste, la tristesse pèsera sur ma vie comme une ombre étouffante !

— Alors, tu n'auras qu'à venir ici. C'est ici que j'ai passé mes heures les plus précieuses. J'ai éveillé la magie de la source et disposé les pierres au fond du lac. C'est ici que je fus heureuse avec Farodin et Nuramon. C'est ici aussi que tu me fus présentée.

— Et c'est ici que tu as donné naissance à ton enfant, dit Obilée en regardant l'eau avec mélancolie.

— C'est vrai. Mais ce souvenir ne me laisse ni tristesse ni colère. J'aime mon fils, même s'il est ce que la reine voit en lui. Et je dois payer pour cela. Mais toi... que mes fautes te servent de leçon !

Noroelle entendit alors des bruits de pas dans l'herbe. Elle se retourna et se leva en reconnaissant la frêle silhouette dans la pénombre du soir.

Emerelle portait une ample robe bleue brochée d'or et d'argent. Noroelle ne l'avait encore jamais vue sur elle. D'anciens signes runiques étaient tissés dans la soie. Dans sa main gauche, la reine tenait un sablier, mais elle gardait son poing droit fermé.

À présent, Noroelle savait quel sort la reine allait jeter pour rendre impossible toute intrusion dans sa prison. Après l'avoir transférée en ce lieu étranger, Emerelle casserait le sablier sur un Sentier d'Albes afin de disperser les grains de sable à tout vent. Personne ne pourrait jamais les réunir et remplacer le sablier. La barrière existerait pour toujours.

Emerelle lui montra ce qu'elle tenait dans la main droite : une pierre rugueuse creusée de cinq sillons. Une lueur rouge y apparut. La Pierre d'albes de la reine ! Noroelle avait souvent souhaité pouvoir un jour y jeter un coup œil. Mais jamais elle n'aurait pensé que cela arriverait dans de telles circonstances.

Noroelle sentit le pouvoir de la Pierre. Celle-ci, toutefois, dissimulait sa force réelle. Celui qui ne connaissait pas son secret l'aurait certainement tenue pour une gemme magique comme celles du lac de Noroelle. Mais en réalité, cette Pierre possédait un pouvoir dont la magicienne n'osait même pas rêver. On disait que tout Albemark en tirait sa force. Avec elle, la reine pouvait ouvrir des Portes ou en fermer, créer des Sentiers d'Albes ou en détruire. Elle s'en servirait pour créer une barrière infranchissable à l'endroit du passage vers le lieu d'exil de Noroelle. La Pierre d'albes serait le mur de sa prison, et le sable éparpillé tiendrait lieu de serrure.

Noroelle se tourna vers Obilée et la prit dans ses bras.

— Tu es comme une sœur pour moi. (Elle entendit sa confidente pleurer. Elle-même luttait contre les larmes. Pour la quitter, elle embrassa Obilée sur le front.) Adieu !

— Adieu et pense souvent à moi.

— Je le ferai.

Elle ne put retenir plus longtemps ses larmes. Les mains tremblantes, elle prit son sac et s'avança vers la reine.

Emerelle la regarda longuement comme si elle voulait lire dans ses yeux qu'elle avait prononcé la juste sentence. En la voyant alors si digne, Noroelle sentit s'envoler tous ses doutes envers elle. Puis Emerelle se détourna et passa devant.

Noroelle jeta un dernier regard vers Obilée. La jeune elfe n'aurait certainement pas la vie facile. Mais elle trouverait sa destinée, Noroelle en était certaine. Elle pensa à Farodin et à Nuramon. Elle avait dit à Obilée tout ce qu'elle devait savoir au cas improbable où ses bien-aimés reviendraient. Le sentiment qu'elle avait ressenti au départ de la Chasse des elfes ne l'avait pas trompée : elle ne reverrait jamais ses bien-aimés.

Elle suivit la reine, sans aversion à son égard. Emerelle était sa souveraine ; il en serait toujours ainsi. Dans la journée, elle s'était demandé quelle aurait été sa réaction s'il ne s'était pas agi de son fils. Elle avait alors dû s'avouer qu'elle aurait soutenu la décision de la reine. Mais, comme elle était la mère de cet enfant, elle préférait accepter l'infinitude, plutôt que nuire à sa chair et à son sang. En conséquence, elle devait maintenant quitter ce monde. Une elfe ne pouvait changer son destin, même s'il ne la conduirait jamais à la Lumière de la Lune. Noroelle jeta un regard en arrière. Tant que son lac existerait, les enfants d'albes se souviendraient de Noroelle la magicienne.

La saga de Mandred Torgridson

De Svanlaib et de ce qu'il trouva dans la vallée de Luth

Svanlaib était le nom d'un humain, fils de Hrafin de Tarbor. Fort comme un ours, il ne comptait que vingt hivers. Il construisait les meilleurs bateaux du fjord et sculptait pour ses voisins des statues du Tisseur de Destin. Le vieux Hvaldred, fils de Heldred, arriva un jour et lui conta l'histoire des Barbes de Fer de Luth, qui se dressaient au-delà de Firnstayn, très haut dans les montagnes, et qui jalonnaient le chemin de la grotte du Tisseur de Destin. Et Hvaldred lui conta également que les Barbes de Fer avaient subi un outrage. Les Sages disaient que la grotte était profanée. Plus personne ne pouvait y faire d'offrandes au Tisseur.

Alors, Svanlaib fut pris de colère et il parla ainsi :

— J'irai à Firnstayn, je gravirai la montagne et, là-bas, je serai le premier à exiger expiation pour ce méfait.

Ainsi, il façonna dans un tronc de chêne une nouvelle statue du Tisseur de Destin. Et tous, à Tarbor, firent une offrande à Luth de sorte qu'une barbe de fer poussa au Tisseur en bois.

Svanlaib prit ses affaires et se rendit à Firnstayn, par la neige et la glace, en portant sur son dos la statue de Luth. Il vit alors les Barbes de Fer et leur fit des offrandes selon la coutume. Il suivit leur chemin et arriva à la grotte de Luth. Il la trouva fermée par le souffle glacé de Firn. Alors, il prit un visage de colère et brandit au-dessus de sa tête la Barbe de Fer qu'il avait faite. Et Luth brisa le mur de l'hiver là où les forces des héros n'avaient rien pu faire.

Svanlaib attendit ; il n'osait pénétrer dans la grotte. Alors, il entendit des voix et des pas qui approchaient. Le fils de Torgrid apparut. Il était de silhouette jeune, et roux étaient ses cheveux. À ses côtés se trouvaient deux enfants d'albes, des elfes d'Albemark.

Alors, Svanlaib demanda qui était celui qui sortait de la grotte. Il ne connaissait pas le fils de Torgrid. Mais celui-ci parla ainsi :

— Je suis Mandred Aïkhjarto, fils de Torgrid et de Ragnild !

Là, Svanlaib s'étonna, car on racontait beaucoup de choses sur Mandred Torgridson, sur l'homme-sanglier qu'il avait traqué, et sur la disparition du chasseur et de la proie. On disait que Mandred s'était emparé du sanglier et précipité avec lui dans la crevasse d'un glacier, afin de sauver son village.

Alors, Svanlaib demanda au puissant Mandred ce qui s'était passé. Et Mandred lui fit part de la mort de l'homme qui était un sanglier. Et il le remercia d'avoir rompu la glace du sanglier par la force de Luth. Des elfes, il dit qu'ils l'avaient aidé. Leurs noms étaient Faredred et Nuredred. Ils étaient frères et princes elfes au service de Mandred.

Le fils de Torgrid prit alors la Barbe de Fer, que Svanlaib avait portée et jetée, et il la posa à la place où s'étaient trouvés les restes calcinés de l'Homme de Fer outragé. En honneur à Luth, Mandred déposa la hure du sanglier au pied de la statue.

Ce qui s'était passé dans la grotte resta caché à Svanlaib et ne fut que plus tard révélé. Là, Mandred avait parlé avec Luth, et les elfes avaient été ses témoins. Le Tisseur de Destin avait révélé sa destinée au fils de Torgrid. Et depuis ce jour, le temps n'avait plus eu de prise sur lui. Toutefois, Luth ne lui avait pas dit le prix à payer en échange. Ainsi, Mandred retourna à Firnstayn avec Svanlaib et les frères elfes.

D'après le récit du scalde hrolaug,
Tome II de la Bibliothèque du Temple de Firnstayn, p. 16 à 18

Le prix de la parole

Le ciel printanier était d'un bleu si clair que Mandred, en levant la tête, en eut les larmes aux yeux. Enfin libre ! Dans l'incapacité de différencier le jour de la nuit, il n'aurait su dire combien de temps ils avaient séjourné dans cette grotte. Possible qu'ils n'y soient restés que quelques jours. En tout cas, il devait y avoir là quelque magie, car comment expliquer sinon qu'ils y soient entrés en hiver et qu'ils en ressortent au printemps ?

Mandred suivit un aigle du regard : les ailes majestueusement déployées, il traçait de larges cercles au-dessus du glacier.

Dans les montagnes, l'hiver ne s'en allait jamais. Cependant, le soleil chauffait leurs visages tandis qu'ils descendaient vers le fjord, dans la neige durcie.

Ses compagnons gardaient le silence. Le matin, ils avaient enterré Vanna et le loup dans une petite grotte à l'écart de la vallée de Luth. Les elfes étaient perdus dans leurs pensées. Et Svanlaib... Le constructeur de bateaux avait quelque chose d'étrange. Certes, pour une bonne part, son comportement pouvait s'expliquer par le respect qu'il éprouvait sans doute pour les elfes. Quel mortel pouvait se voir accorder de voir, en chair et en os, les héros des sagas des scaldes ? Mais il y avait encore autre chose dans l'attitude de Svanlaib. Quelque chose aux aguets. Mandred sentait physiquement les yeux de l'homme dans son dos. Svanlaib lui avait posé quelques questions singulières. Comme s'il le connaissait.

Mandred ébaucha un sourire de contentement. Il n'y avait là rien d'étonnant ! Car enfin, il avait tué en duel sept hommes au nom du roi et entraîné dans les montagnes l'homme-sanglier invincible, pour finalement le transpercer de son épieu. Il regarda la hampe brisée de l'arme qu'il tenait à la main droite. Un lourd sac sanglant pendait sous la longue pointe. Taillé dans un bout de peau de la bête. Avec à l'intérieur, le foie du devianthar. *Je tiendrai parole*, pensa Mandred, mauvais.

Ils mirent trois jours pour atteindre le fjord. Le printemps se rapprochait à chacun de leurs pas. Les branches des chênes se paraient d'un feuillage vert clair. Le parfum des forêts était presque enivrant, mais les nuits étaient encore très froides. Svanlaib avait posé aux deux elfes d'innombrables questions sur Albemark. Mandred s'estimait heureux d'être épargné par son bavardage. Cependant, le constructeur de bateaux ne le quittait pas des yeux. Chaque fois qu'il croyait être à l'abri de son regard, il l'examinait attentivement. *Si ce type ne nous avait pas sortis de la grotte, il y a belle lurette qu'il aurait fait la connaissance de mes poings*, se dit Mandred plus d'une fois.

Lorsqu'ils quittèrent enfin les forêts et qu'ils ne furent plus séparés de Firnstayn que par une vaste prairie d'altitude, Mandred se mit à courir. Son cœur battait à tout rompre en atteignant la crête, quand il put embrasser du regard le fjord et son village. Au-dessus de lui se dressait la falaise avec le cercle de pierres. Il irait là-bas, pour sacrifier aux dieux ! Mais d'abord, il voulait serrer Freya dans ses bras…

Et son fils ! Il avait rêvé de lui dans la grotte de Luth. Il l'avait vu, jeune homme en longue cotte de mailles. Un combattant à l'épée dont le nom était connu partout dans le fjord. Mandred sourit. Cette histoire d'épée était certainement une erreur. Un vrai guerrier se battait à la hache ! Il saurait bien l'apprendre à son fils.

Il s'étonnait de voir combien on avait travaillé au village. Il y avait trois maisons longues de plus et le ponton d'amarrage s'était allongé à l'intérieur du fjord. Il y avait aussi une dizaine de petites cabanes supplémentaires. La palissade avait été abattue et remplacée par un mur de terre de plus large envergure.

D'autres familles avaient dû venir s'installer ici pendant l'hiver. Peut-être chassées de chez elles par la famine. Mandred serra plus fort son épieu. Il faudrait probablement se battre. On n'était pas jarl par la voie du sang, mais par le mérite. Et il devait sans doute se trouver de jeunes hommes au village pour lui disputer ce titre. Mandred regarda ses compagnons qui avaient entre-temps traversé la prairie. S'il se présentait au village accompagné de deux elfes, plus d'un réfléchirait à deux fois avant de le provoquer. Il fallait que Nuramon et Farodin entrent avec lui dans sa demeure, du moins pour cette nuit. Le plus de monde possible devait voir les deux elfes. Et d'ici l'été, l'histoire de la chasse à l'homme-sanglier se propagerait, jusqu'aux vallées les plus reculées du Pays des Fjords.

Nuramon regardait avec nostalgie le cercle de pierres. Mais Mandred déclara :

— Soyez pour une nuit mes hôtes, camarades, et buvons près de mon feu en souvenir de nos amis morts. (Il hésita un instant avant d'ajouter :) Vous me rendriez un fier service. Je voudrais que tous les hommes et toutes les femmes du village vous voient.

Les deux elfes échangèrent un regard. Puis Farodin acquiesça. Ensemble, ils entamèrent la descente vers le fjord.

Depuis qu'il avait revu son village, Mandred s'était senti gagné par une inquiétude qui ne voulait plus le quitter. Emerelle était-elle déjà passée ? Non, cela ne pouvait être ! « Dans un an », avait-elle dit. Il lui restait encore du temps. Il trouverait un moyen de sauver son premier-né.

Et puis, Firnstayn... Quelque chose le dérangeait. Son village s'était agrandi trop vite. Certes, ils avaient engrangé beaucoup de réserves pour l'hiver, mais elles n'auraient cependant pas suffi à nourrir autant de personnes. Et les toits des nouvelles maisons... Leur bois était noirci et de longues traces de déjections de mouette s'étiraient depuis leur faîte. Les bardeaux donnaient l'impression d'avoir vu passer plus d'un hiver.

Mandred pensa aux rêves qu'il avait eus dans la grotte de Luth. De sombres visions, emplies de cliquetis d'armes. Il y avait rencontré des trolls et de puissants guerriers et s'était vu en dernier, chevauchant sous une superbe bannière blanche qui arborait un chêne vert en guise d'armoiries. Les hommes qui le suivaient étaient armés d'étrange manière. Ils portaient des armures faites entièrement de plaques de fer. Mandred les avait vus comme une muraille d'acier. Même leurs chevaux étaient caparaçonnés d'acier. Et Mandred, lui aussi, avait porté une telle armure. Le guerrier sourit pour chasser son inquiétude. Cette histoire d'armure était un bon présage ! Pour se permettre autant d'acier, il serait très riche un jour. L'avenir était donc prometteur. Et bientôt, il serrerait Freya dans ses bras !

En atteignant la rive du fjord, Mandred agita les bras et cria joyeusement d'une voix retentissante, pour attirer l'attention :

— Ohé, passeur ! Viens ici chercher trois braves et un pèlerin aux gorges assoiffées.

À cet endroit, le fjord était encore large de plus de cent pas. Sur le ponton, quelqu'un les remarqua et répondit à leurs signes. Puis on prépara l'une des embarcations de cuir utilisées par les pêcheurs pour quitter le fjord. Deux hommes entreprirent la traversée à la rame, mais ils s'arrêtèrent à bonne distance de la rive. Mandred ne les avait jamais vus ni l'un ni l'autre.

— Qui êtes-vous et que venez-vous chercher à Firnstayn ? cria le plus jeune des deux, méfiant.

Mandred avait escompté que la présence des deux elfes les intimiderait. Leur haute stature et leur bel armement les différenciaient des voyageurs habituels. Mais, à première vue, personne ne s'apercevrait qu'ils n'étaient pas des humains.

— Ici se tient Mandred Torgridson, et voici mes compagnons : Nuramon, Farodin et Svanlaib Hrafinson.

— Tu portes le nom d'un mort, Mandred ! apporta l'eau en écho. S'il s'agit d'une plaisanterie, dis-toi bien que Firnstayn n'est pas le meilleur endroit pour la faire !

Mandred partit d'un rire sonore.

— Ce n'est pas la bête qui a tué Mandred, mais moi qui ai abattu l'homme-sanglier. (Il brandit l'épieu au-dessus de sa tête, de façon à bien faire voir le sac qui y pendait.) Et ici, j'apporte mon trophée. Vous devez tous les deux être étrangers à l'endroit ! Allez me chercher Hrolf Dent-Noire ou le vieil Olaf. Ils me connaissent bien. Ou amenez-moi Freya, ma femme. Elle vous défoncera le crâne d'un coup de sa grande louche si vous me laissez attendre plus longtemps.

Les deux hommes se concertèrent brièvement, puis ils menèrent l'embarcation à la rive. Ils le dévisagèrent tous les deux bizarrement.

— Tu es vraiment Mandred Torgridson, dit le plus vieux des deux avec déférence. Je te reconnais, même si tu ne sembles pas avoir vieilli d'un jour depuis la dernière fois où je t'ai vu.

Mandred examina l'homme ; il ne l'avait encore jamais vu.

— Qui es-tu ?

— Erik Ragnarson.

Mandred fronça les sourcils. Il connaissait un enfant de ce nom. Un gamin roux, insolent. Le fils de son ami Ragnar que l'homme-sanglier avait déchiré.

— Passe-nous de l'autre côté, intervint alors Svanlaib. Et nous continuerons à discuter autour d'un bon pichet d'hydromel. J'ai le gosier comme une rivière tarie et ce n'est pas ici l'endroit idéal pour accueillir des voyageurs fatigués. Vous vous souvenez de moi, au moins ? Il y a juste quelques jours, j'étais dans votre village.

L'aîné des pêcheurs hocha la tête. Puis il fit signe aux voyageurs de monter dans son bateau. Quand Nuramon et Farodin y prirent place, Mandred vit Erik faire discrètement le signe de l'œil protecteur. Avait-il deviné qui ils étaient ?

La traversée du fjord se passa en silence. Erik n'arrêtait pas de regarder par-dessus son épaule. Il sembla une fois vouloir dire quelque chose, mais il secoua ensuite la tête et se détourna.

Le jour se levait quand ils amarrèrent la barque au ponton. De la fumée sortait de sous les toits des bâtisses. Une odeur de viande rôtie et de pain frais flottait dans l'air. Mandred en eut l'eau à la bouche. Enfin, pouvoir de nouveau manger pour de bon ! Du rôti et de l'hydromel ! Fini les mûres et l'eau de source !

D'un pas assuré, Mandred marcha sur le ponton. Il sentait dans son ventre comme une grande mouette battre farouchement des ailes. Pourvu qu'il puisse retenir ses larmes à l'arrivée de Freya !

Au bout du ponton, un gros chien lui barra le chemin. Il grognait, menaçant. D'autres chiens arrivèrent du village. Suivis par des hommes portant des javelots.

Mandred dénoua de sa lance le sac en peau et jeta aux chiens un morceau de chair sanguinolente.

— Tenez, mes tout beaux. Je vous ai apporté quelque chose.

Ensuite, il leva les yeux. Il ne connaissait aucun des hommes présents.

— Mandred Torgridson est de retour, annonça le vieux pêcheur d'une voix solennelle. Ce fut une longue chasse. (D'un geste autoritaire, il écarta les villageois en armes.) Faites place au jarl Mandred.

— En voici un bon, pensa Mandred. Il ne le connaissait certes pas, mais il pouvait commencer à compter avec lui.

De plus en plus de badauds affluaient pour voir ces étrangers. Mandred jeta aux chiens, qui couraient follement dans ses jambes, des morceaux de foie et pour finir le bout de peau qui lui avait servi de sac.

Il s'étonna un peu de ne pas voir Freya arriver tout de suite. Mais elle devait certainement s'occuper d'une affaire urgente. Quand elle était occupée à cuire le pain ou à cuisiner, rien ne pouvait lui faire quitter son feu.

Sa maison longue avait bien supporté l'hiver. Mais on avait échangé les deux têtes de cheval en bois sculpté du pignon contre deux hures de sanglier.

Mandred ouvrit la lourde porte en bois de chêne, tira la tenture de laine sur le côté et fit signe d'entrer à ses compagnons. La salle borgne de la maison longue était plongée dans une pénombre trouble. La braise rougeoyait dans le grand trou creusé dans le sol en son centre. Une jeune femme tournait une broche sur laquelle était enfilée une oie. Surprise, elle leva la tête.

— Mandred Torgridson est de retour, annonça Erik en se faufilant dans la porte devant Nuramon et Farodin.

— Tu devrais avoir honte, Erik, de t'être déjà saoulé avant le lever du soleil, cria la femme. Et fiche-moi le camp avec tes copains de beuverie. Il n'y a pas de place pour eux dans cette demeure.

Mandred jeta un regard étonné autour de lui. Nulle part, il ne voyait Freya.

— Où est ma femme ?

Le pêcheur baissa la tête.

— Apporte-nous de l'hydromel, Gunhild, dit-il sur un ton qui ne tolérait pas de contradiction. Et puis, convoque les Anciens. Ramène ici Béorn l'Indolent, Gudrun, et Snorri aussi. Et apporte-nous de l'hydromel, corne de bouc ! Voici un jour dont parleront encore nos arrière-petits-fils.

Mandred longea vite le mur où se trouvaient les alcôves et il tira la dernière tenture. Freya ne se trouvait pas là non plus. À côté de sa couche pendait au plafond le petit berceau qu'il avait taillé dans le bois au début de l'hiver. Il était vide.

— Viens t'asseoir, jarl.

Le pêcheur le prit doucement par le bras et le conduisit près du feu.

Mandred s'assit à califourchon sur un banc. Que se passait-il ici ? Il se sentit pris de vertige.

— Te souviens-tu d'avoir offert un jour un vieux couteau au petit Erik Ragnarson et d'avoir ensuite passé tout un après-midi à lui montrer comment vider un lapin ?

La voix du pêcheur était hésitante. Ses yeux brillaient d'humidité.

Gunhild posa une cruche d'hydromel entre eux sur le banc, avec une miche de pain délicieusement parfumée. Mandred arracha un morceau de pain et se l'enfourna dans la bouche. Il était encore chaud. Ensuite, il prit une bonne gorgée d'hydromel.

— Tu t'en souviens ? insista le vieux pêcheur.

Mandred hocha la tête.

— Oui, pourquoi ?

— Ce petit… c'était moi, jarl.

Mandred reposa la cruche.

— Nous tous, nous t'avons cru mort, lâchait maintenant Erik. Nous les avons trouvés… mon père et les autres. Mais pas toi… ni le monstre. Beaucoup d'histoires circulent sur ce qui s'est passé cet hiver-là… Certains croient que tu aurais attiré l'homme-sanglier sur la glace et que tu te serais abîmé avec lui dans les profondeurs glacées du fjord. D'autres ont pensé que tu étais parti dans la montagne. Et il s'est dit que, dans son deuil de toi, Luth avait érigé un mur de glace devant sa grotte. Freya n'a jamais voulu croire à ta mort. Tout le printemps suivant, elle n'a cessé d'envoyer des hommes à ta recherche. Elle les a même accompagnés jusqu'à la naissance de l'enfant. Un garçon robuste. Il lui a donné la paix. Il s'appelait Oleif.

Mandred poussa un grand soupir. Le temps s'était écoulé, il le savait. Et c'était le printemps alors que l'hiver aurait encore dû être là. Dans la grotte, il avait toujours fait clair. Mais il avait toujours vu, derrière la glace, la lumière vacillante rougeoyer et disparaître. Il se força à rester calme.

— Où sont ma femme et mon fils ?

Le guerrier leva les yeux. Les porteurs de javelot étaient entrés et le regardaient. Et il en arrivait toujours d'autres par la porte de chêne basse. Seuls Nuramon et Farodin évitaient son regard. Svanlaib aussi. Que savaient-ils qui lui était resté caché ?

Erik lui posa une main sur l'épaule.

— Mandred, je suis ce garçon à qui tu as offert le couteau. Tu as disparu pendant presque trente hivers. Te souviens-tu… Quand j'étais encore très jeune, un des chiens de Torklaif m'a attaqué. (Erik retroussa la manche gauche de sa chemise en étoffe grossière. Son avant-bras était lacéré de profondes cicatrices.) Je suis ce garçon. Et maintenant, Mandred, dis-moi comment il se fait que tu ne sois pas un vieillard. Tu avais plus de deux fois mon âge. Et pourtant je ne vois pas d'argent dans ta barbe ni de fatigue dans tes yeux. (Il montra la porte de la maison longue.) Tu es toujours l'homme qui a quitté cette maison, il y a presque trente hivers, pour partir combattre l'homme-sanglier. Est-ce là le cadeau pour lequel tu as payé avec ton fils ?

Mandred se sentit pris d'une rage froide.

— Que dis-tu là ? Que s'est-il passé avec mon fils ?

Il se leva d'un bond en repoussant la cruche d'hydromel qui se trouvait sur le banc. Les curieux s'écartèrent. Farodin avait posé sa main droite sur le pommeau de son épée. Il observa attentivement les porteurs de javelots.

— Qu'est-il arrivé à Freya et à mon fils ? s'égosilla Mandred. Que se passe-t-il ici ? Le village tout entier est-il ensorcelé ? Pourquoi êtes-vous tous différents ?

— C'est toi qui es différent, cria une vieille femme. Ne me regarde pas comme ça ! Avant de choisir Freya, tu m'as volontiers tenue sur tes genoux. C'est moi… Gudrun.

Mandred regarda ce visage ravagé.

— Gudrun ?

Autrefois, elle avait été belle comme un jour d'été. Était-ce possible ? Ces yeux… Oui, c'était elle.

— L'hiver qui a suivi l'irruption de ce monstre a été encore plus dur. Le fjord était pris par les glaces et, une nuit, ils sont arrivés. D'abord nous n'avons entendu que leurs cornes au loin et puis nous avons vu la chaîne de lumières. Des cavaliers. Des centaines ! Ils venaient de la falaise de l'autre côté du fjord. Du cercle de pierres. Et ils ont traversé la glace.

» Aucun de ceux qui les ont vus ne pourra jamais oublier cette nuit. On aurait dit des esprits et pourtant ils étaient bien vivants. La lumière des fées sillonnait le ciel et plongeait le village dans une lueur verte. Les sabots de leurs chevaux remuaient à peine la neige. Et pourtant, ils étaient de chair et de sang, la froide reine des elfes Emergrid et sa suite. Ils étaient beaux à voir et en même temps effrayants, car la froideur de leurs cœurs se reflétait dans leurs yeux.

» Le cheval le plus magnifique était monté par une femme frêle, vêtue d'une robe semblable à des ailes de papillon. Elle ne semblait pas souffrir du froid malgré le gel sévère. À ses côtés, un homme chevauchait, tout de noir vêtu, ainsi qu'un guerrier dans un manteau blanc. Des fauconniers les accompagnaient et des joueurs de luth, ainsi que des guerriers à l'armure brillante et des femmes, parées comme pour une fête d'été. Et des loups aussi, grands comme des chevaux de montagne.

» Ils se sont arrêtés devant ta maison longue, Mandred. Devant cette demeure ! (Une bûche éclata dans le feu et des étincelles montèrent jusqu'au plafond noirci de suie tandis que Gudrun poursuivait :)

» Ta femme a ouvert à la reine Emergrid. Freya l'a reçue avec du pain et de l'hydromel, selon les lois de l'hospitalité. Cependant, la reine des elfes ne voulut rien accepter. Elle exigea seulement le gage que tu lui avais promis, Mandred : ton fils ! Le prix que tu avais payé pour que ce village vive et que la bête nous soit enlevée.

Mandred se prit le visage dans les mains. Elle était venue ! Comment avait-il pu lui faire cette promesse !

— Et… Freya ? balbutia-t-il dans son désarroi. Est-elle…

— Avec ton fils, les elfes lui ont pris la volonté de vivre. Elle a supplié et mendié la grâce de son enfant. Elle a offert sa vie en gage, mais la reine Emergrid ne s'est pas laissé attendrir. Les pieds nus dans la neige, Freya a suivi les elfes jusque sur la falaise. C'est là, au centre du cercle de pierres, que nous l'avons trouvée le lendemain matin. Elle avait déchiré ses vêtements et pleurait toutes les larmes de son corps…

» Nous l'avons ramenée au village, mais Freya ne voulait plus vivre sous notre toit. Elle est allée sur le tertre où repose ton grand-père pour demander vengeance aux dieux et aux sombres ombres de la nuit. Son esprit s'est de plus en plus troublé. On la voyait toujours tenir, comme un enfant, un paquet de guenilles dans ses bras.

» Nous lui avons porté à manger, jarl. Nous avons tout tenté… Au premier matin de printemps qui a suivi l'égalité du jour et de la nuit, nous l'avons trouvée morte sur le tertre de ton grand-père. Un sourire aux lèvres. Et nous l'avons enterrée le jour même. Une pierre blanche est posée sur sa tombe.

Mandred eut l'impression que son cœur allait cesser de battre. Sa rage était passée. Il laissa les larmes inonder son visage, sans en éprouver de honte. Il se dirigea vers la porte. Personne ne le suivit.

Le tumulus de son grand-père se trouvait un peu au-delà du nouveau mur de terre qui protégeait Firnstayn, tout près du grand rocher blanc sur la rive du fjord. C'était ici que son grand-père avait accosté et mis pied à terre. Il avait fondé le village et lui avait donné le nom de la pierre, blanche comme la neige de mi-hiver : « Firnstayn ».

Mandred trouva la pierre tombale blanche à côté du petit tertre. Il y resta agenouillé longtemps. Ses mains caressèrent tendrement la pierre rugueuse.

À l'heure la plus sombre de la nuit, il crut apercevoir, en haut de la colline, une ombre aux vêtements déchirés.

— Je le ramènerai, Freya, dussé-je y laisser ma vie, chuchota-t-il alors. Je le ramènerai. Je le jure sur le chêne qui m'a donné la vie. Que mon serment soit aussi fort que le tronc d'un chêne ! (Mandred chercha le cadeau d'Atta Aïkhjarto et, quand il le trouva, il enfonça le gland dans la terre noire de la tombe.) Je te le ramènerai !

La lune apparut entre les nuages. En haut de la colline, l'ombre avait disparu.

Retour en Albemark

C'était l'hiver en Albemark et, malgré toute la beauté du paysage enneigé, le froid glacial ne lui causait pas moins de problèmes que dans son monde. Ici aussi, le guerrier devait se frayer difficilement un chemin dans la neige profonde alors que ses camarades elfes avançaient près de lui d'un pas léger. Et cette fois-ci, les forces lui manquaient. Sur la tombe de Freya, il aurait encore pu défier tout Albemark, mais aujourd'hui il était abattu et ne sentait en lui que vide et désespoir.

Même à la pensée de son fils qui serait pour lui un étranger, il ne parvenait pas à se consoler. Il voulait le voir, bien sûr… Mais il gardait peu d'espoir. Oleif devait depuis longtemps être un homme et il aimerait avoir quelqu'un d'autre pour père. L'hiver qui régnait maintenant en Albemark avait achevé de le décourager. C'était le pays des elfes et des fées ; il devait connaître un printemps éternel ! À en croire les contes, du moins. C'était certainement un mauvais présage de trouver ce monde en hiver, même si Farodin et Nuramon lui avaient assuré mille fois que les saisons y alternaient tout autant que dans le Monde des Humains.

Atta Aïkhjarto n'avait pas parlé à Mandred quand celui-ci était venu lui rendre visite à la Porte. Les arbres entraient-ils en hibernation après avoir perdu leurs feuilles ? Ou bien y avait-il une autre raison ? Personne ne les avait accueillis à la Porte, et pourtant la reine était censée savoir ce qui se passait dans son royaume.

Le premier jour, ils avaient déjà atteint la Porte de Welruun et personne n'avait croisé leur chemin. Mandred croyait savoir pourquoi. La fatalité les avait suivis ici, en Albemark ! Dès le départ, la Chasse des elfes s'était trouvée sous une étoile funeste. Et celle-ci ne s'était pas éteinte. Ils avaient vécu une histoire semblable à celles des héros des anciennes sagas. Et ces récits se terminaient toujours tragiquement !

Au matin du deuxième jour, Mandred se força à quitter sa couche froide, pour que personne ne puisse dire plus tard qu'il n'était pas allé jusqu'au bout de son chemin. Il ramènerait la Chasse des elfes – en tout cas, ce qu'il en restait. Et il voulait savoir quel sort avait définitivement scellé leur destin.

Aucun garde ne leur barra le passage de la Porte de Shalyn Falah. Personne ne les attendait même au château d'Emerelle – il semblait désert. Leurs pas résonnèrent étrangement quand ils passèrent la porte massive. Mandred se sentait observé, mais où qu'il porte son regard, il ne rencontrait que créneaux abandonnés et fenêtres vides.

Pendant le voyage, Farodin et Nuramon n'avaient pratiquement pas desserré les dents. Ils semblaient inquiets, eux aussi.

Pourquoi nous évite-t-on ? se demandait Mandred, irrité. Certes, ils étaient restés longtemps partis et avaient acquitté un lourd prix de sang... mais ils revenaient victorieux. Ils auraient mérité un accueil plus digne ! Mais qui était-il, lui, pour comprendre les elfes ? Ce qui se passait ici avait sans doute quelque chose à voir avec la fatalité... Avec ce coup du sort concluant toute saga.

Nuramon et Farodin accélérèrent l'allure. Le bruit de leurs pas fut répercuté en sourdine par les murs translucides.

Tout au bout de la grande halle, une silhouette vêtue de noir les attendait : maître Alvias. Il inclina légèrement la tête devant Mandred, sans accorder un regard à Farodin ni à Nuramon.

— Sois salué, Mandred fils d'hommes, jarl de Firnstayn. La reine a prédit ton arrivée à cette heure. Elle souhaite vous voir, toi et tes compagnons. Suis-moi !

Comme mue par une main invisible, la porte s'ouvrit sur la salle du trône où les enfants d'albes s'étaient rassemblés. Silencieux, elfes, centaures, fées, kobolds et gnomes s'y pressaient côte à côte. Mandred sentit sa gorge se nouer. Le silence de cette impressionnante assemblée était encore plus inquiétant que les salles et les cours immensément vides. Ni toux ni raclements de gorge, rien.

Mandred promena son regard sur le plafond. Un vaste dôme de glace avait remplacé l'arc-en-ciel du printemps. Il pensa soudain à la grotte de Luth.

Parmi la foule, une double haie s'était formée pour ménager un passage vers le trône. Le temps avait passé pour la reine sans lui causer d'outrages. Emerelle paraissait toujours aussi jeune.

Maître Alvias rejoignit un groupe de jeunes guerriers qui se trouvaient à gauche des marches menant au trône, tandis que Farodin et Nuramon mirent un genou à terre devant la reine.

Les lèvres d'Emerelle esquissèrent un sourire.

— Eh bien, Mandred fils d'hommes, tu n'inclines toujours pas la tête devant la souveraine d'Albemark.

Moins que jamais, pensa Mandred.

Emerelle montra la coupe près de son trône.

— J'ai souvent interrogé l'eau, mais je n'ai jamais pu vous voir, toi et tes compagnons. Que s'est-il passé, Mandred, conducteur de la Chasse des elfes ? Avez-vous trouvé votre proie ?

Mandred s'éclaircit la voix. Il avait la bouche sèche comme s'il avait avalé tout un tonneau de farine.

— La bête est morte. Terrassée. Sa tête se trouve aux pieds de Luth et son foie a été jeté aux chiens. Notre colère l'a anéantie !

Le guerrier vit Alvias faire une moue méprisante. Ce corbeau noir pouvait bien penser de lui ce qu'il voulait ! Mais il allait voir... Mandred eut un sourire mauvais. Alvias et les autres perdraient bientôt leur arrogance en apprenant quel genre de gibier ils avaient poursuivi.

— Nous sommes partis chasser une créature mi-homme, mi-sanglier. (Mandred ménagea une courte pause, comme le faisaient souvent les scaldes pour tenir le public en haleine.) Mais nous avons trouvé un être qui ne devrait plus exister depuis le temps des albes. Une créature autrefois connue des peuples d'Albemark : un devianthar !

Du coin de l'œil, Mandred observa la foule. Il s'attendait au moins à voir quelques fées tomber en pâmoison. Ou à des murmures de surprise. Mais, à la place, il ne récolta que le silence, comme s'il n'avait rien appris de nouveau aux enfants d'albes.

Ce silence le troubla. Légèrement balbutiant, il relata la chasse, ses terreurs et ses morts. Il décrivit l'ascension du glacier, s'emporta au souvenir des Barbes de Fer profanées et vanta l'héroïsme de Farodin et la médecine de Nuramon. Sa voix s'étouffa presque d'amertume quand il parla du piège du devianthar et du grand nombre d'années que ce démon lui avait volées. En commençant à évoquer son retour à Firnstayn, il jeta un bref regard vers ses compagnons toujours agenouillés près de lui.

— Avec mes deux derniers frères chasseurs, je suis allé...

Farodin secoua presque imperceptiblement la tête.

— Que voulais-tu nous dire, Mandred ? demanda la reine.

— Je... (Mandred se demanda s'il devait ou non taire ce qui s'était passé. Il eut un instant d'hésitation.) Je voulais dire que nous sommes revenus à Firnstayn pour passer une nuit chez les miens.

Il prononça ces derniers mots d'un ton glacial.

La reine ne laissa rien paraître.

— Je te remercie pour ce rapport, Mandred fils d'hommes, répondit-elle formellement. Tous les trois, vous avez accompli une grande chose. Cependant, selon toi, quelle était l'intention cachée du devianthar ?

Le guerrier désigna ses compagnons.

— Après de longues discussions, nous pensons qu'il voulait faire de la grotte de Luth une prison pour les âmes des elfes. Mais nous ne savons pas à qui il la destinait. En tout cas, nous avons fait échouer ses projets. Nous l'avons vaincu et nous avons recouvré la liberté.

La reine les dévisagea en silence. Attendait-elle autre chose ? Avait-il omis quelque verbiage d'elfe qu'on se devait d'ajouter pour ponctuer son discours ? L'espace d'une seconde, il lui sembla que le regard de la reine s'arrêtait sur Nuramon.

— Je vous remercie, toi et tes compagnons. La Chasse des elfes a atteint son but. Tu as bien rempli ta mission. (Elle s'arrêta un court instant pour reporter toute son attention sur lui.) Puisque tu es allé dans ton village, tu sais que j'y suis venue réclamer mon dû. Maintenant, laisse-moi te présenter Alfadas… ton fils.

La reine désigna de la main l'un des guerriers debout à côté d'Alvias.

Mandred sentit son cœur s'arrêter. L'homme ressemblait à un elfe ! Ses cheveux blonds à hauteur d'épaules dissimulaient ses oreilles, mais en y regardant bien, Mandred remarqua leur légère différence. Cet Alfadas, comme Emerelle, dans sa superbe, appelait son fils Oleif, portait un large manteau sur un haubert de mailles lui descendant jusqu'aux chevilles. Il le dépassait presque d'une tête. Sa haute stature faisait oublier qu'il était un peu plus large d'épaules et plus fort que les autres elfes. Cependant, même s'il lui faisait tout à fait l'effet d'un étranger, la chaleur de ses yeux bruns dissipait tous les doutes. Il avait les yeux de Freya… et le sourire de Freya, quand il le salua. Mais pourquoi, par tous les dieux, ce gaillard ne portait-il pas la barbe ? Son visage était glabre comme celui d'une femme… ou d'un elfe.

Alfadas descendit de l'estrade.

— Père, je n'ai jamais perdu espoir…

D'un geste solennel, il posa la main sur son cœur en inclinant la tête.

— Tu n'as pas à t'incliner devant ton père ! dit durement Mandred avant de le prendre dans ses bras. Mon fils ! (Par les dieux, ce garçon sentait la fleur !) Mon fils, répéta-t-il plus doucement en desserrant ses bras. Alfadas ? (Ce nom passa difficilement ses lèvres. Mandred examina le jeune homme de la tête aux pieds. Oleif avait l'allure d'un héros de légende.) Comme tu es… grand, fut tout ce qu'il trouva à dire pour maîtriser son émotion.

Son fils… L'enfant, dont il avait encore pensé, cinq jours auparavant, qu'il venait juste de naître… Son fils était un homme.

Que lui avaient fait là le devianthar et Emerelle ! Ils lui avaient volé son fils, d'une manière inimaginable ! Quelques jours auparavant, il s'était réjoui de tenir un nouveau-né dans ses bras, et voici que se trouvait devant lui un homme dans la fleur de l'âge. Oleif aurait pu être son frère ! C'était là le résultat de leur duperie ! Ils lui avaient volé toutes ces heures où il lui aurait appris ce qui fait un homme d'honneur. Des soirées d'été tranquilles où ils seraient allés ensemble pêcher dans le fjord. La première expédition guerrière qui transforme un jouvenceau en homme, de longues chasses en hiver…

Toutefois, il pouvait s'estimer heureux. Qu'aurait-il ressenti s'il s'était trouvé en face d'un homme plus âgé que lui et qu'il eût dû appeler son fils ?

Il examina encore Oleif. Il avait vraiment fière apparence.

— Je suis heureux d'être plus vieux que toi, mon garçon ! dit-il avec un sourire malicieux. Je pourrai peut-être t'apprendre encore une ou deux choses. J'ai bien peur que ces elfes n'aient aucune idée de l'art de combattre à la hache et…

Son fils eut le rire cristallin… d'un elfe.

— À présent, ton fils va te suivre, expliqua solennellement Emerelle. Je lui ai enseigné tout ce qu'il y avait à apprendre ici. Maintenant, c'est à toi de le conduire dans les royaumes humains et de l'y instruire à ta guise.

Mandred crut percevoir une nuance d'ironie dans les mots d'Emerelle.

— Il en sera fait ainsi, dit-il d'une voix si ferme que chacun pût l'entendre dans la vaste salle.

La cotte de mailles de Farodin cliqueta légèrement quand il se releva vivement.

— Reine, permets-moi une question.

Emerelle, d'un signe de tête, lui enjoignit de parler.

— Où est donc notre dame ? Nous avons fait selon ses désirs.

Mandred sentit comme un froid passer dans la salle.

— Avez-vous souvenance de la terrasse surplombant le verger ? demanda cérémonieusement Emerelle.

— Oui, ma reine !

À présent, Farodin ne se donnait plus la peine de cacher sa nostalgie. Nuramon s'était lui aussi relevé sans y être invité.

— C'est là qu'il vous faut aller !

— Pouvons-nous disposer, ma reine ?

Elle acquiesça d'un bref signe de tête.

Mandred regarda ses compagnons se diriger d'un pas léger vers le haut portail de la salle du trône. Il était heureux de les voir, au moins eux, rejoindre leur bien-aimée, même s'il n'avait jamais compris comment deux hommes pouvaient aimer la même femme sans se fracasser mutuellement le crâne.

Quand Farodin et Nuramon eurent passé la porte, la reine déclara solennellement :

— Mandred, je déclare terminée la chasse à l'homme-sanglier. Elle a causé beaucoup d'amertume, mais finalement la chair qui s'était révoltée a été vaincue. Toi et tes compagnons, vous allez encore passer une nuit dans les chambres des chasseurs. Vous devez vous purifier le corps et l'âme, vous souvenir de ceux qui ne sont pas rentrés et prendre congé les uns des autres.

Emerelle se leva, s'approcha d'Oleif et prit ses mains dans les siennes.

— Tu fus pour moi comme un fils, Alfadas Mandredson. Ne l'oublie jamais !

Les paroles de la reine furent pour Mandred comme des étincelles incandescentes enflammant de l'amadou. Oleif avait eu une mère ! Elle vivrait certainement encore si Emerelle n'avait pas exigé son fils comme prix de la Chasse des elfes ! Il se ressaisit à grand-peine en voyant la réelle douleur qu'éprouvait Emerelle en se séparant de son fils. Ainsi, la froide souveraine des enfants d'albes n'était pas totalement dépourvue de sentiments. Mandred comprit combien il était vain d'en faire l'unique coupable. Certes, c'était elle qui avait exigé l'enfant comme prix de la Chasse, mais il avait donné son assentiment. Il avait vendu sa chair et son sang. Sans même demander son avis à Freya, qui portait alors encore l'enfant en son sein. L'homme-sanglier était terrassé... Mais sa décision avait causé la mort de Freya qu'il voulait plus que tout sauver. Qu'avait-elle éprouvé en se trouvant devant les elfes, magnifiques et froids à la fois, quand ils lui avaient demandé ce qui lui restait encore de cher dans sa vie ? Avait-elle accepté le marché ou s'était-elle révoltée ? Que s'était-il passé cette nuit-là ? Il fallait qu'il le sache !

— Reine... Que t'a dit ma femme quand tu as envoyé chercher cet enfant ?

Une ride se creusa sur le front d'Emerelle

— Je n'ai pas envoyé chercher Alfadas. Je suis allée en personne à Firnstayn avec toute ma suite. Ce ne fut pas un rapt dans la nuit et la neige. J'ai rencontré ton village comme une cour royale pour vous honorer, toi et ton fils. Mais je me suis présentée seule devant ta femme. (Elle regarda Alfadas.) Ta mère avait grand-peur. Elle te serrait contre elle pour te protéger... Je lui ai parlé de la Chasse. Et jamais, je n'oublierai ses mots, Mandred. Elle a dit : « Deux vies pour tout un village, c'est la décision du jarl et je la respecte... »

Emerelle s'écarta d'Oleif et regarda Mandred dans les yeux. Cette petite femme ne se trouvait plus qu'à une main de lui.

— C'est tout ? demanda Mandred.

Il connaissait la pugnacité de Freya. C'était aussi pour cela qu'il l'avait aimée.

— En savoir trop peut-être cause de douleur, fils d'hommes. Tu as fait ce qui devait être fait. Sois en paix, Mandred, et ne pose plus de questions.

— Quelles ont été ses paroles ? insista Mandred.

— Tu veux vraiment le savoir ? Eh bien... : « ... mais je maudis mon époux d'avoir arraché ce jeune plant à sa famille, avant qu'il ait pu prendre racine. Puisse-t-il ne jamais retrouver de toit où demeurer. Qu'il voyage sans trêve ni repos, comme mon âme à laquelle il a ravi tout ce qui pouvait la réchauffer. » (Mandred sentit sa gorge se nouer. Il avait l'impression d'étouffer.) J'ai tenté de consoler ta femme, poursuivit Emerelle. Je voulais évoquer l'avenir de ton fils, mais elle n'a rien voulu entendre. Elle m'a mise à la porte. Et elle a laissé libre cours à ses pleurs dès que la porte fut refermée. Mais sache, Mandred, que je ne suis pas allée là-bas pour me montrer cruelle envers les humains. Ton fils était destiné à vivre en Albemark. Un jour viendra où les elfes auront besoin de l'aide des humains. Et c'est la descendance de ton fils, née de sa semence, qui restera fidèle à Albemark dans un monde en flammes. Maintenant, c'est ton tour, Mandred. Ramène ton fils au Pays des Fjords. Donne-lui tout ce qu'un fils peut recevoir de son père. Aide-le à trouver sa place parmi les humains.

— Son destin sera-t-il aussi amer que le mien, reine ?

— Je vois certaines choses clairement, d'autres sont plus troubles et il y en a beaucoup qui me restent invisibles. Je vous ai déjà révélé trop de choses sur votre avenir ! (Emerelle fit un large geste englobant aussi sa cour.) Nul ne devrait connaître trop précisément son destin. Car aucune vie ne peut grandir dans l'ombre de l'avenir.

Les mots de Noroelle

Farodin et Nuramon se rendirent sans un mot à la terrasse. Chacun plongé dans ses pensées. Après toutes les fatigues des derniers jours, ils languissaient de revoir leur bien-aimée et d'entendre sa décision. Farodin se rappelait toutes ces années passées à courtiser Noroelle, tandis que Nuramon se réjouissait à l'avance de l'instant où il pourrait lui dire qu'il avait tenu sa promesse.

Mais en passant la porte dans la nuit, ils furent déconcertés. Noroelle ne se trouvait pas sur la terrasse. À sa place, une elfe blonde en robe grise leur tournait le dos. La tête levée, elle regardait la lune.

Ils s'approchèrent en hésitant. L'elfe tourna à demi la tête, comme pour prêter l'oreille. Puis elle soupira et se retourna.

Nuramon la reconnut aussitôt.

— Obilée !

Farodin fut étonné et effrayé à la fois. Certes, il savait qu'une trentaine d'années s'étaient écoulées en Albemark, comme dans le Monde des Humains. Mais à la vue d'Obilée, il comprit vraiment ce que cela signifiait.

— Obilée ! répéta Nuramon en dévisageant l'elfe dont le sourire n'arrivait pas à cacher la mélancolie qui habitait ses yeux. Te voici devenue merveilleusement belle. Exactement comme Noroelle l'avait prédit.

Farodin vit devant lui le portrait de la grande Danaée. Autrefois, il s'était agi d'une vague ressemblance, mais à présent, on ne pouvait presque plus différencier Obilée de son arrière-grand-mère. La première fois qu'il avait vu Danaée, c'était à la cour. Il était alors très jeune, mais il se souvenait encore très bien de la crainte respectueuse qu'il avait éprouvée quand son regard l'avait effleuré.

— Maintenant, je le vois aussi, comme Noroelle : tu as quelque chose de l'aura de Danaée.

Obilée approuva.

— Noroelle avait raison.

Farodin jeta un coup d'œil vers le verger.

— Est-elle là, en bas ?

La jeune elfe évita son regard.

— Non, elle n'est pas au verger. (Quand elle le regarda de nouveau, des larmes perlaient au coin de ses yeux.) Elle n'est plus ici.

Farodin et Nuramon échangèrent un regard inquiet. Farodin pensa aux trente années qui s'étaient écoulées. Noroelle avait sans doute dû se résoudre à leur mort… Avait-elle quitté la cour pour cette raison et s'était-elle retirée dans la solitude ?

Nuramon se rappela le silence dans la salle du trône. Toutes les personnes présentes savaient quelque chose. Qu'avait-il bien pu se passer pour qu'Obilée soit aussi triste ? Pas la mort, puisqu'elle ne faisait que précéder une renaissance. Ce devait être quelque chose de plus douloureux. À cette idée, Nuramon se sentit angoissé.

— Noroelle le savait, dit Obilée. Elle savait que vous reviendriez.

Farodin et Nuramon ne dirent rien.

— Des années ont passé et pourtant vous portez toujours sur vous les habits avec lesquels vous étiez partis…

— Obilée ? Qu'est-il arrivé ? interrogea Farodin sans détour.

— Le pire, Farodin. Le pire de tout.

Nuramon commença à trembler. Il repensa aux épreuves passées. Il avait pourtant tout fait pour tenir sa promesse !

Comme Obilée n'osait pas poursuivre, Farodin demanda :

— Noroelle s'est-elle détournée de nous ? Est-elle rentrée en Alvemer ? Est-elle déçue ?

Obilée recula d'un pas et inspira profondément.

— Non… Écoutez ce que je vais vous dire ! Voici les mots que prononça Noroelle, la nuit où elle partit. (Obilée leva la tête.)

» « Je savais que vous reviendriez et, maintenant, vous vous trouvez ici pour apprendre ce qui m'est arrivé. » (Elle récita ces mots exactement comme si c'était Noroelle qui les prononçait. La mélodie de sa voix reflétait les sentiments qu'elle éprouvait.)

» « Ne pensez pas mal de moi quand vous apprendrez ce que j'ai fait et où m'a conduite ma destinée. Après votre départ, j'ai fait un rêve. Toi, Nuramon, tu m'as visitée et nous nous sommes aimés. Un an plus tard, j'ai donné naissance à un fils. Je pensais que c'était le tien, Nuramon, mais je me trompais. Ce n'était pas toi qui te trouvais près de moi cette nuit-là, mais le devianthar que vous êtes allés chasser dans l'Autre Monde. »

Farodin et Nuramon en eurent le souffle coupé. La seule pensée de savoir que le devianthar avait pu se trouver à proximité de Noroelle leur était insupportable.

Farodin repensa au combat dans la grotte. Le démon leur avait trop facilité la tâche. Maintenant, il savait pourquoi : il n'avait jamais cherché qu'un chemin vers Noroelle.

Nuramon, désemparé, secoua la tête. Le déviantar avait pris sa forme pour séduire Noroelle. Il avait abusé de son amour. Elle avait rêvé de lui tandis que le déviantar s'approchait d'elle et la…

Obilée saisit la main de Nuramon, l'arrachant ainsi à ses pensées douloureuses.

— « Nuramon, tu n'as rien à te reprocher. Le démon avait pris ta forme, je me suis laissé séduire par ton visage et ton corps. Mais ne pense pas que j'en éprouve du mépris ou du dégoût. Je t'aime encore plus qu'avant. Ce n'est pas toi que tu dois mépriser, mais le déviantar ! Il a retourné contre nous les sentiments que nous éprouvions l'un pour l'autre. Restons fidèles à ce que nous sommes et à ce que nous ressentons, si nous voulons nous montrer plus forts que lui. Tu ne dois pas te sentir coupable. »

Obilée le regarda, semblant attendre une réaction de sa part. Ses yeux l'imploraient tant qu'il ne put s'y soustraire. Il prit une grande inspiration, puis il hocha la tête.

Obilée prit alors la main de Farodin.

— « Quant à toi, Farodin, ne crois pas que j'avais déjà arrêté mon choix. Je ne m'étais pas décidée secrètement en faveur de Nuramon. Ce n'est pas pour cela que le démon est venu à moi. »

— Mais où es-tu, Noroelle ? demanda Farodin.

Il était troublé. Pendant un moment, il crut que sa bien-aimée pouvait l'entendre.

Obilée sourit, en penchant la tête de côté comme Noroelle l'avait si souvent fait. Pourtant, ses yeux ne pouvaient dissimuler sa peine.

— « Je savais que tu poserais cette question, Farodin. Cette étincelle que tu m'as accordée, cette nuit-là, ce regard que tu m'as offert sur ton être intime, m'a suffi à te connaître ainsi que je l'avais toujours souhaité. Je peux lire en toi comme sur le visage de Nuramon. Tu me demandes où je suis. Eh bien, vous allez souffrir en l'apprenant.

— « Je me trouve quelque part où l'on ne m'atteindra jamais. La reine m'a bannie d'Albemark pour toujours. Nous sommes séparés par des barrières que vous ne pourrez franchir. Il ne me reste plus que le souvenir de cette nuit avant votre départ, où vous m'avez tant donné, tous les deux. Toi, Farodin, tu m'as montré tout l'éclat de ton être. Et toi, Nuramon, tu m'as touchée pour la première fois. »

Obilée s'arrêta, elle sembla hésiter. Mais elle finit par dire :

— « Il faut que vous appreniez aussi la raison de mon bannissement. L'enfant que j'ai mis au monde avait les oreilles arrondies, et la reine l'a reconnu comme étant celui du déviantar. Elle m'a enjoint de me présenter avec mon fils trois nuits après sa naissance, mais, dans la même nuit, elle a envoyé Dijelon et ses guerriers tuer l'enfant.

» Je l'ai emmené dans l'Autre Monde, à un endroit où la reine le trouverait difficilement. Et quand je me suis trouvée devant Emerelle, j'ai refusé de révéler sa cachette. Pardonnez-moi, si vous le pouvez, car je n'ai rien pu voir de mauvais dans les yeux de cet enfant. À présent, vous connaissez ma faute. Mais elle ne doit pas être la vôtre. Pardonnez-moi d'avoir agi aussi follement. »

Obilée fondit en larmes, car, à ce moment-là, Noroelle aussi n'avait pas pu s'empêcher de pleurer.

— « Je vous en prie, souvenez-vous de ces belles années que nous avons passées ensemble. Elles n'avaient rien de mauvais en elles. Rien n'est arrivé que nous devions regretter. Quoi qu'il puisse encore arriver, ne m'oubliez pas, je vous en prie... Ne m'oubliez pas, je vous en prie... »

Obilée fut incapable de maîtriser plus longtemps son émotion.

— C'étaient les mots de Noroelle ! dit-elle, la voix étouffée par les pleurs.

Elle enfouit son visage sur l'épaule de Nuramon. Celui-ci regarda Farodin et s'aperçut de son air glacial. Il ne lui vit aucune larme, pas la moindre émotion, ni même le plus petit signe de tristesse. Nuramon avait lui-même du mal à comprendre ce qu'il venait d'entendre. C'était trop en une seule fois...

Mais Farodin lut sur les traits de Nuramon tout ce qu'il ressentait lui-même sans pouvoir l'exprimer, tout le chagrin et toute la douleur. Il lui sembla que ses sentiments étaient séparés de son corps. Il se tenait là sans savoir pourquoi il ne parvenait pas à pleurer.

Au bout d'un long moment, Obilée se ressaisit.

— Pardonnez-moi ! Je n'avais pas imaginé que ce serait si douloureux. Pendant toutes ces années, j'ai porté ces mots en moi, des mots que Noroelle a confiés à une enfant et que vous avez maintenant entendus prononcés par une femme. (Obilée se détourna d'eux et s'approcha du bord de la terrasse. Elle prit quelque chose sur le parapet et revint vers eux.) J'ai un dernier cadeau de Noroelle pour vous. (Elle ouvrit les mains et leur montra un rubis et une émeraude.) Ce sont des pierres de son lac. En souvenir d'elle.

Farodin prit l'émeraude en pensant au lac. Noroelle lui avait appris un jour que la magie de la source y faisait grandir les gemmes.

Nuramon tâta le rubis. Il hésita à le prendre et en caressa du bout des doigts la surface lisse. Il sentit de la magie. Celle de Noroelle.

— Moi aussi, je la perçois, dit Obilée. Elle m'a fait le même cadeau.

L'elfe portait une chaîne avec un diamant en pendentif.

Nuramon prit le rubis et en sentit la douce magie. C'était tout ce qui lui restait de Noroelle : la chaleur et le souffle magique de ce cadeau.

Obilée recula.

— Il faut que je parte, maintenant, dit-elle. Pardonnez-moi ! J'ai besoin de rester seule.

Farodin et Nuramon la suivirent des yeux quand elle quitta la terrasse.

— Elle a porté cette douleur en elle pendant trente années, dit Nuramon. Si, pour nous, ces quelques jours ont paru une éternité, elle a dû vivre des milliers d'éternités.

— C'est donc la fin, dit Farodin.

Il ne pouvait y croire. Toute sa vie avait été tournée vers Noroelle. Il s'était imaginé beaucoup de choses : qu'il allait mourir, que Noroelle choisirait Nuramon, mais jamais, au grand jamais, il ne se serait attendu à cela…

— La fin ?

Nuramon ne semblait pas prêt à l'admettre. Non, ce n'était pas la fin. C'était le commencement, le début d'un chemin difficile. Même si l'on disait qu'il ne fallait pas trop braver le destin, il mettrait tout en œuvre pour trouver Noroelle et la délivrer :

— Je vais parler à la reine.

— Elle ne t'écoutera pas.

— C'est ce que nous verrons, répliqua Nuramon en s'apprêtant à partir.

— Attends !

— Pourquoi ? Je n'ai plus rien à perdre. Et toi, tu devrais te demander jusqu'où tu es prêt à t'engager pour elle !

Sur ces mots, Nuramon disparut dans le château.

— Jusqu'au bout de tous les mondes, chuchota Farodin en pensant à Aileen.

Trois visages différents

La porte de la salle du trône était ouverte. Nuramon vit tout au fond la reine près de sa coupe en argent. Il voulut entrer, mais maître Alvias lui barra le passage.

— Que viens-tu faire ici, Nuramon ?

— Je voudrais parler de Noroelle à la reine et lui demander sa clémence.

— Tu ne devrais pas pénétrer en ce lieu avec la colère au cœur !

— Crains-tu de me voir porter la main sur Emerelle ?

Maître Alvias l'examina de la tête aux pieds.

— Non.

— Alors, laisse-moi passer !

Alvias regarda la reine ; celle-ci hocha brièvement la tête.

— Elle va te recevoir, dit-il à contrecœur. Cependant, maîtrise tes sentiments !

Sur ces mots, il lui céda le passage.

En se hâtant vers Emerelle, Nuramon entendit la porte se refermer derrière lui. La reine descendit les marches du trône. Son visage exprimait le calme et la bienveillance. Jamais encore il ne l'avait vue tant représenter la mère de tous les enfants d'albes.

Nuramon sentit sa colère s'apaiser. La reine se tenait là, silencieuse, et le regardait comme cette nuit où elle lui avait rendu visite dans sa chambre pour l'encourager. Il pensa à l'oracle qu'elle lui avait fait partager et qui signifiait tant pour lui.

— Je sais ce que tu penses, Nuramon. Tu n'as pas encore appris à dissimuler tes sentiments, c'est ce que j'apprécie en toi.

— Et moi, jusqu'à présent, j'ai apprécié ton sens de la justice. Tu sais que Noroelle ne pourrait jamais faire quelque chose d'abject.

— Obilée t'a-t-elle fait part de ce qui s'est passé ?

— Oui.

— Oublie que Noroelle fut ta bien-aimée et dis-moi maintenant qu'elle ne s'est rendue coupable d'aucune faute !

— Elle est pour moi ce que j'ai de plus cher. Comment pourrais-je l'oublier ?

— Donc tu ne comprendras pas pourquoi j'ai dû agir ainsi.

— Je ne suis pas ici pour comprendre. Je suis venu implorer ta grâce.

— Jamais encore la reine n'est revenue sur un jugement.

— Alors, bannis-moi aussi à l'endroit où se trouve Noroelle. Accorde-moi au moins cette grâce.

— Non, Nuramon. Je ne le ferai pas. Je ne peux bannir un enfant d'albes innocent.

— Et Noroelle ? N'était-elle pas plutôt victime que coupable ? Elle avait été abusée et devait expier pour cela. Emerelle ne devrait-elle pas mettre tout en œuvre pour punir le véritable fautif ?

— Où est le devianthar ?

— Il s'est enfui dans le Monde des Humains. Personne ne sait quelle forme il a prise. Mais une chose est sûre : il est le dernier de sa race. Et il vise notre ruine, car son être est vengeance.

— La faute de Noroelle se trouverait-elle atténuée si nous abattions ce démon ?

— Il a joué son jeu. À présent, il en attend le résultat.

Nuramon était désespéré.

— Mais que pouvons-nous faire ? Il faut tout de même bien faire quelque chose !

— Certes… Mais il faudrait savoir si tu serais prêt pour cela.

— Demande et je te promets de tout faire pour libérer Noroelle.

— Voici une promesse téméraire, Nuramon. (La reine hésita.) Mais je te prends au mot. Choisis des compagnons et trouvez l'enfant de Noroelle. Pense qu'il est à présent un homme. Beaucoup l'ont cherché en vain. Tu n'es donc pas le premier à mener cette quête. Mais tu rencontreras peut-être plus de succès, car tu possèdes l'énergie nécessaire pour trouver l'enfant de ce démon.

— Noroelle craignait pour la vie de son enfant. Le devons-nous aussi ?

Emerelle regarda longuement Nuramon en silence.

— Noroelle avait le choix. Elle a choisi l'exil pour protéger l'enfant d'un devianthar.

— Comment aurais-je le cœur de faire ce qu'elle n'a pas pu faire ?

— Tes promesses sont-elles toujours d'aussi courte durée ? ironisa Emerelle. Si tu veux que je libère Noroelle, vous devrez tuer l'enfant, toi et tes compagnons,

— Comment peux-tu m'imposer un tel supplice ? répondit Nuramon à voix basse.

— Pense à ta faute et à celle de tes compagnons. C'est en raison de votre échec que le devianthar a pu s'approcher de Noroelle. En prenant ta forme, il l'a trompée et a engendré cet enfant. Et si Noroelle ne voulait pas l'abandonner, c'est parce qu'elle pensait que tu en étais le père et qu'il portait ton âme. Elle lui a même donné ton nom. Tu ne le feras pas seulement pour Noroelle, mais aussi pour toi et pour tes compagnons.

Nuramon hésita. Il ne pouvait mettre en doute ses paroles. Il se savait incapable de tuer un enfant, mais le fils de Noroelle était depuis longtemps un homme. Son être véritable s'était certainement déjà révélé.

— Je trouverai le fils de Noroelle et je le tuerai.

— Je te choisirai les meilleurs compagnons parmi les guerriers. Que dirais-tu de Farodin ? Il voudra sans doute t'accompagner.

— Non. J'accepterai l'aide de tes guerriers, mais je ne prierai pas Farodin de me suivre. Quand Noroelle reviendra, elle pourra me haïr d'avoir tué son enfant. Mais Farodin n'aura pas de sang sur les mains. Elle trouvera dans ses bras l'amour qu'elle mérite.

— Bien, c'est toi qui décides. Mais tu n'auras sans doute rien contre les chevaux de mon écurie. Choisis ceux qui vous conviendront, à toi et à tes compagnons.

— Je le ferai, reine.

Emerelle s'approcha de lui et le regarda avec compassion. Elle était entourée d'un parfum apaisant.

— Nous tous, nous devons suivre le destin là où il nous mène. Cependant, c'est à nous de décider du chemin que nous prenons. Garde foi dans les conseils que je t'ai donnés cette nuit-là. Ils sont toujours valables. Quoi qu'on puisse dire de toi plus tard, personne ne pourra affirmer que tu as trahi ton amour. Maintenant, tu peux rejoindre ta chambre. La Chasse est de retour, il faut vous reposer dans vos appartements. À toi de décider le moment de ton départ. Cette fois-ci, il ne s'agira plus de la Chasse des elfes, mais seulement d'une mission pour la reine.

Nuramon pensa à l'équipement que lui avait donné Emerelle.

— Je voudrais te rendre l'armure, le manteau et l'épée.

— Je vois que la tunique de dragon et le manteau t'ont rendu de bons services. Laisse-les dans ta chambre, comme c'est la coutume. Mais garde l'épée en cadeau. (Emerelle se mit sur la pointe des pieds et l'embrassa sur le front.) Maintenant, va, aie confiance en ta reine.

Nuramon lui obéit. Il la regarda une dernière fois avant de quitter la salle. Elle lui fit un sourire amical. Quand il se trouva dehors devant les autres, il n'arriva pas à comprendre la tournure qu'avait prise la discussion. Emerelle l'avait accueilli avec la bienveillance d'une mère, jugé avec la froideur d'une reine et congédié avec son amitié.

Trois grains de sable

Farodin appuya sa tête contre le mur. Une fine bande de lumière filtrait par l'étroit passage secret débouchant sur le balcon des appartements de la reine. Il n'aurait pas dû se trouver là…

Tout de gris vêtu, il portait un discret pourpoint, des chausses bien ajustées et un large manteau à capuche, ainsi que de fins gants de cuir, une large ceinture et des brassards garnis de dagues. Il espérait ne pas devoir faire usage de ces armes. En dessous de lui, dans le dédale des escaliers et des couloirs dérobés, il entendait le rire des kobolds. Toute une génération avait grandi depuis le jour où Noroelle avait été condamnée.

De rage, Farodin serrait les poings. La douleur était trop récente. Il avait si souvent servi d'exécuteur discret pour la reine, sans jamais douter un seul instant de sa haute compréhension de la justice. Jamais il ne s'était demandé si ses arrêts de mort prononcés en secret n'avaient pas été arbitraires. Mais, à présent, son jugement avait anéanti sa vie.

Personne ne connaissait Noroelle comme lui. Personne ne savait qu'elle avait été autrefois Aileen et qu'elle avait perdu la vie à ses côtés en combattant les trolls. Il l'avait cherchée pendant des siècles et maintenant qu'il l'avait trouvée, elle lui était de nouveau arrachée. Cette fois-ci, il ne pouvait plus espérer sa renaissance. Si elle mourait en exil, elle ne pourrait pas revenir. Son âme resterait à jamais prisonnière là-bas.

Des larmes de rage coulaient sur les joues de Farodin. Noroelle avait été abusée par un dévianthar, une créature connue comme maître de la duperie ! Et ce démon s'était servi de son amour…

Pourquoi avait-il pris la forme de Nuramon ? Farodin s'efforçait d'étouffer tout germe de soupçon. Le dévianthar savait-il quelque chose ? Noroelle aurait-elle choisi Nuramon au retour de la Chasse des elfes ? Ses mots à Obilée n'avaient-ils été qu'une consolation pour lui, prononcée aisément dans la certitude de ne plus jamais le revoir ?

En tout cas, elle s'était donnée bien vite à ce faux Nuramon. Ils avaient brigué son amour pendant tant d'années sans qu'elle ait jamais pu prendre de décision... Et voilà qu'une nuit lui avait suffi. Farodin tentait de se persuader que cela était dû à la magie du devianthar.

Noroelle était innocente ! Elle avait le cœur pur... *Elle a le cœur pur ! Elle vit ! Et c'est pourquoi je la trouverai*, se jura Farodin. Peu importait le temps que lui prendrait sa quête ! La reine n'avait nullement le droit de lui infliger la plus dure des peines. Il n'accepterait pas ce jugement. Farodin regardait cette étroite bande de lumière au bout de l'escalier. Il n'aurait vraiment pas dû se trouver là... Mais il passerait outre. Emerelle l'avait employé à exécuter sa justice là où le droit prononcé ne suffisait pas. Maintenant, il exercerait sa propre justice !

Résolument, Farodin se faufila dans l'étroite fente. Il se glissa vers la balustrade du balcon et regarda en bas. Un dôme de glace lui cachait la salle du trône, mais il savait que la reine y tenait sa cour.

Il s'avança devant la large porte qui menait chez la reine et la trouva ouverte. Était-ce le fait de son arrogance ? Était-elle persuadée qu'un tabou la protégeait bien mieux que n'importe quelle serrure ? Au cours de tous ces siècles où il avait fait office de bourreau pour Emerelle, il n'était jamais entré dans ses appartements. Il fut surpris de les voir aussi modestement aménagés. Les quelques meubles étaient d'une sobre élégance. La braise dans la cheminée plongeait la chambre dans une pénombre rouge. Il faisait agréablement chaud.

Troublé, Farodin, jeta un regard circulaire. Il savait qu'il devait exister ici une garde-robe, une pièce où la reine conservait ses merveilleux atours ; Noroelle en avait parlé, un jour. C'était ici qu'il devait commencer sa quête ! Il fallait trouver la robe que portait Emerelle le jour où elle avait mené Noroelle en exil. Mais où pouvait se cacher l'accès à la garde-robe ? Il ne voyait là que deux portes : celle du balcon et celle qui menait à l'escalier. Il n'y en avait pas d'autre. Il tâta les murs, jeta un coup d'œil derrière les tapisseries, et s'arrêta finalement devant un grand miroir. Il était encadré par du bois d'ébène incrusté de motifs de nacre. Farodin fit glisser ses doigts sur les fleurs et les feuilles stylisées. Un joint apparent entourait une rose. L'elfe pressa doucement sur le motif de nacre. Un léger déclic s'entendit, puis le miroir glissa sur le côté. Surpris, Farodin recula d'un pas. Derrière le miroir, il vit une pièce pleine de silhouettes brillantes. Des formes sans tête... Il poussa un soupir de soulagement et rit sous cape en comprenant qu'il ne s'agissait que de robes. On les avait passées sur des mannequins d'osier pour leur garder leur forme. Des bougies parfumées, placées dessous, les faisaient ressembler à de gros lampions.

Si la chambre de la reine était plutôt modeste, cette pièce était somptueuse. Farodin fut subjugué par la variété des fragrances. Les notes dominantes en étaient la pêche, le musc et la menthe. Emerelle ne se vêtait pas seulement de robes, mais aussi de parfums.

La pièce épousait la courbe du mur de la tour de sorte que, depuis la porte, on ne pouvait pas la voir dans son ensemble. Farodin passa le seuil ; la porte à miroir se referma derrière lui en grinçant légèrement. L'elfe demeura sous l'emprise d'impressions diverses. Aux murs, les bijoux de la reine paradaient sur des coussins de velours douillettement posés sur de petites corniches. Des perles et des gemmes de toutes les couleurs de l'arc-en-ciel brillaient d'une lumière chaude. Rêver parmi ces robes et ces joyaux devait être une pure félicité.

Farodin s'étonna de ne voir aucune fenêtre.

— Noroelle, chuchota l'elfe en pensant à sa bien-aimée.

Elle aurait aimé se trouver ici parmi ces nombreuses robes, ces costumes de chasse en velours et en cuir, ces robes du soir en dentelle la plus rare et ces robes de soie d'une finesse extrême et si transparentes qu'Emerelle ne les porterait certainement jamais en présence de la cour ; il y avait là du brocart magnifique, tendu par des fanons de baleine et du fil de fer ; et des bustiers prévus pour les solennités guindées au cérémonial inchangé au cours des siècles.

Des étagères interminables croulaient sous les chaussures tendues sur des embauchoirs : chaussons de danse, sandales en étoffe et bottes à lourds revers en cuir. Des gants occupaient toute une corniche.

Farodin s'agenouilla et sortit un anneau de sa bourse en cuir ; trois petits grenats rouges y étaient sertis. C'était l'anneau d'Aileen. Dans la quête qu'il avait menée pour la retrouver, il lui avait été d'une grande utilité. C'était une ancre, fermement accrochée dans les abîmes du passé ; elle l'aidait à se concentrer sur sa bien-aimée. L'émeraude, le cadeau d'adieu de Noroelle en serait une deuxième. Lentement, il murmura les paroles qui lui étaient familières pour invoquer la puissance et tisser la magie de quête. C'était la seule qu'il possédait – il l'avait expérimentée pendant des siècles dans sa quête d'Aileen.

Parmi toutes ces robes devait se trouver celle qu'Emerelle avait portée quand elle avait conduit Noroelle en exil. S'il la trouvait, ce pourrait être le premier pas vers sa bien-aimée. Farodin avait échafaudé un plan si désespéré qu'il n'en parlerait à personne.

La force de la magie le pénétra. Il saisit la pierre précieuse, puis se releva lentement. Les yeux fermés, il avança à tâtons dans la garde-robe, simplement conduit par un sentiment vague. La nostalgie et le souvenir s'intensifièrent. L'espace d'une seconde, il crut voir par les yeux de Noroelle. Il aperçut le visage de la reine et lut sur ses traits la résolution et la tristesse maîtrisée. L'image se brouilla. Farodin ouvrit les yeux. Il se trouvait devant un mannequin sur lequel était tendue une robe de soie bleue. Elle était brodée de fils d'or et d'argent formant des motifs runiques entrelacés. À la lumière des bougies, les baguettes d'osier se profilaient comme des os sous la robe.

Farodin sentit un frisson lui parcourir le dos. C'était donc là ce que la reine avait porté lorsqu'elle avait banni sa bien-aimée. Ses doigts caressèrent l'étoffe fine. Les yeux remplis de larmes, il mit du temps à se ressaisir.

Les runes sur la robe étaient empreintes d'une force magique. En les caressant, il sentit des picotements sur sa peau et plus encore... Il revécut les sentiments de Noroelle au moment de l'adieu. Un peu d'eux était resté emprisonné dans les runes. Il n'y trouva aucune peur. Elle s'était résignée à son destin et s'en était allée en paix avec elle-même et avec la reine.

Farodin ferma les yeux. Il tremblait maintenant de tout son corps. La force des runes l'avait pénétré, lui aussi. Il vit un sablier se briser sur une pierre et sentit l'équilibre magique bouleversé. Le Sentier vers Noroelle était fermé. Elle était perdue. Introuvable...

L'elfe tomba à genoux. Dans un défi désespéré, il tissa encore une fois la magie de quête. Il savait ce qui s'était passé. Mais le savoir simplement ou le vivre vraiment, par le pouvoir des runes, étaient deux choses différentes.

— Venez, chuchota-t-il. Venez à moi !

Il garda la main tendue en pensant au sablier. Le vent le tira et voulut l'entraîner. Il se trouva pris dans un tourbillon de sable, comme prisonnier dans le maelström du sablier.

Effrayé, il ouvrit les yeux. Ce n'était qu'une vision, une illusion, née de sa nostalgie et pourtant... Il semblait faire plus sombre dans la garde-robe, comme s'il y avait là quelque chose d'étranger. Quelque chose qui éteignait lentement la flamme des bougies.

Trois minuscules points d'un rouge ardent se détachèrent de la froide soie bleue et vinrent se poser dans sa main. Trois grains de sable du sablier brisé par Emerelle. Ils avaient dû se prendre dans les plis de sa robe.

La magie et le tumulte de ses sentiments avaient épuisé Farodin. Cependant, ces trois points lumineux pâlissants firent naître en son cœur le germe d'un nouvel espoir. Dût-il encore une fois la chercher sept cents ans, il retrouverait Noroelle. Il glissa l'émeraude tout au fond de sa poche. Mais il préféra garder les grains de sable dans sa main serrée. Ils étaient la clé. S'il parvenait à retrouver tous les grains du sablier brisé, il pourrait détruire le sortilège de la reine. C'était la seule voie possible pour rejoindre sa bien-aimée !

Départ dans la nuit

Le château dormait, plongé dans le silence. Au dehors bruissait un vent léger. Par la fenêtre ouverte, Nuramon contemplait la nuit claire. Il ne neigeait plus. La lumière de la lune se reflétait sur la neige et tout avait pris un aspect argenté. Le matin serait bientôt là, qui transformerait l'argent en or. Nuramon ne pouvait imaginer meilleur moment pour son départ.

Il avait fait ses bagages, tout était prêt. Il partirait dès cette nuit. Son regard se posa sur l'armure et le manteau qui se trouvaient de nouveau sur le porte-armure. Ils lui avaient rendu de bons services dans le Monde des Humains. Mais maintenant, Nuramon portait les habits que Noroelle avait vus sur lui la dernière fois. De simples vêtements de cuir souple. Ils ne le protégeraient pas lors d'un combat, mais il doutait d'en avoir besoin. Finalement, il ne s'agissait pas d'affronter une bête, mais de tuer un homme probablement désarmé. Cette mission n'avait rien de glorieux. Il en conseverait à jamais la honte

Il examina son épée. La reine lui avait réellement offert l'épée de Gaomée. À l'évidence, elle voulait qu'il accomplisse sa besogne avec cette lame. Depuis qu'il l'avait prise en main, une malédiction semblait y être attachée. Mais il ne la donnerait pas pour autant. Qui voudrait encore porter cette arme touchée par ses doigts malchanceux ?

On frappa à la porte.

— Entre, dit Nuramon.

Il espérait voir arriver un elfe envoyé par la reine, peut-être un compagnon qu'elle avait choisi pour lui et qu'il pourrait engager à se taire. Mais son espoir fut déçu.

Mandred et Farodin entrèrent. Le visage soucieux.

— C'est fort bien que tu ne sois pas encore couché, dit Farodin.

Il paraissait bouleversé.

Nuramon s'efforça de ne rien laisser paraître. Devant ses deux camarades, il s'agissait de cacher à tout prix la mission honteuse qu'il venait d'accepter.

— Je n'arrive pas à dormir.

C'était la vérité. Il n'avait pas réussi à fermer l'œil de la nuit.

Farodin fit un geste vers le fils d'hommes.

— Mandred m'a dit que tu as parlé seul à la reine. Elle t'a donc reçu.

— C'est exact.

— Moi aussi, j'ai essayé de la voir, mais depuis qu'elle t'a parlé, elle ne veut plus recevoir personne. D'étranges bruits circulent.

— Quel genre de bruits ? demanda Nuramon en s'efforçant de dissimuler sa nervosité.

— Certains disent que la reine t'aurait amadoué et que tu aurais accepté son jugement. D'autres prétendent qu'elle t'aurait permis de te lancer à la recherche de Noroelle.

— Emerelle ne m'a rien permis, mais j'ai accepté son jugement.

Farodin prit un air incrédule.

— Je ne m'attendais pas à ça de ta part.

Enfin ! Voilà que Farodin affichait une émotion ! S'attirer sa haine était peut-être la meilleure chose à faire. Ainsi, Farodin pourrait finalement rencontrer Noroelle avec la conscience tranquille.

Mandred se montra méfiant. Le fils d'hommes semblait avoir remarqué que Farodin avait mal interprété les mots de Nuramon.

— Comment peux-tu douter ainsi de Noroelle ? poursuivit Farodin, déçu. L'as-tu jamais aimée ?

Même injustifiées, ces paroles blessèrent Nuramon.

— Je l'aime plus que jamais. C'est pourquoi il m'est si douloureux de savoir que nous ne pouvons plus rien faire. Nous ne pouvons pas obliger la reine à libérer Noroelle.

Nuramon eut du mal à ne pas en dire plus.

À présent, Farodin aussi paraissait gagné par la méfiance. Il regarda son compagnon comme s'il pouvait voir au plus profond de lui.

— Ce garçon nous ment, constata sèchement Mandred.

— Et il ne sait pas bien mentir, ajouta Farodin.

Mandred avisa les sacs posés sur le banc de pierre.

— Je le soupçonne presque de vouloir retrouver sa bien-aimée sans nous.

— Que t'a dit la reine ? insista Farodin. Lui as-tu demandé l'exil ? As-tu obtenu le droit de rejoindre Noroelle ?

Nuramon s'assit à côté des sacs.

— Non, j'ai tout essayé. Mais la reine n'a rien voulu savoir. Elle n'a pas voulu me bannir là-bas. Même si nous terrassions définitivement le devianthar, cela ne changerait rien.

— Donc, tu as décidé de partir seul à la recherche de Noroelle.

Nuramon regarda longuement Farodin. Il se sentit incapable de lui cacher plus longtemps son plan.

— J'aimerais que ce soit aussi simple. J'aimerais prendre mes affaires, partir et trouver le moyen d'aider Noroelle. (Il s'arrêta.) Si je te demandais de me laisser partir sans problème et sans me poser de questions, le ferais-tu ?

— J'ai encore une dette envers toi. Tu m'as arraché à la mort… Je te laisserais partir, mais je pense que nous sommes liés par le destin. Et je crois que Noroelle n'a pas encore arrêté son choix. Nous sommes donc destinés à la chercher ensemble.

— Il y a encore quelques heures, j'aurais dit la même chose.

Son entrevue avec Emerelle avait tout changé.

— Que t'a dit la reine ? demanda de nouveau Farodin. Peu importe à quoi tu as consenti, je ne t'en mépriserai pas pour autant. Mais parle !

— Bon, fit Nuramon en se levant. Elle m'a dit qu'il y avait encore une possibilité de sauver Noroelle. Et je lui ai promis de faire tout ce qu'elle me demandait.

— Quelle erreur ! lâcha Farodin avec un sourire de pitié. Tu ne changeras donc jamais ?

— Tu me connais, Farodin. Tu sais combien il est facile de m'amener à faire des choses irréfléchies. Emerelle aussi le sait.

Mandred intervint de nouveau.

— Et qu'est-ce qu'elle exige de toi ?

Nuramon évita le regard du fils d'hommes. De tous, c'était lui qui avait payé le prix le plus fort.

— Alors, insista Farodin, que te demande-t-elle ?

Nuramon hésita à répondre ; dès que son compagnon apprendrait la vérité, lui non plus ne connaîtrait plus de bonheur dans la vie.

— Alors, Nuramon ?

— Es-tu certain de vouloir l'entendre, Farodin ? Parfois, il vaut mieux ne pas connaître la vérité. Si je parle, plus rien ne sera pour toi comme avant. Mon silence te permettrait d'être heureux… Je t'en prie ! Laisse-moi partir sans rien me demander de plus et sans me suivre ! S'il te plaît !

— Non, Nuramon. Quelle que soit la charge à porter, nous devons la porter ensemble.

Nuramon soupira.

— Tu l'auras voulu.

Mille pensées lui passèrent par la tête. N'avait-il pas la force d'accomplir seul ce crime de sang ? Avait-il secrètement désiré partager cette faute avec Farodin et allait-il céder pour cela ? Ou bien était-ce présomptueux de vouloir décider seul ? Farodin avait-il le droit de connaître l'exigence de la reine ?

— Je pars rechercher le fils de Noroelle et le tuer, dit Nuramon à voix basse.

Farodin et Mandred le regardèrent fixement, comme s'ils voulaient en entendre plus.

— Laissez-moi partir seul ! Tu entends, Farodin ! Attends ici le retour de Noroelle !

Il savait ce qui allait arriver. Il n'y avait plus de retour possible.

Farodin, comme assommé, secoua la tête.

— Non, je ne peux pas le faire. Tu attends de moi que je reste assis là à attendre Noroelle ? Que lui dirai-je quand elle reviendra ? Que je t'ai laissé partir tout en sachant que tu tuerais son fils ? À présent que je le sais, il ne me reste plus que deux possibilités : soit je t'empêche de partir, soit je pars avec toi… Te retenir ici n'aidera pas Noroelle. Pour la sauver, je dois donc partager ton destin.

Mandred secoua la tête, abasourdi.

— Ô Luth, quelle toile as-tu tissée à ces elfes !

— On dirait que tes dieux ne nous veulent pas de bien, confirma Nuramon. Mais, dans le fond, nous en sommes responsables. La reine m'a rappelé notre échec dans la grotte.

Il fit part à ses compagnons du reproche d'Emerelle.

— Est-ce notre faute si nous ne sommes pas des albes ? s'emporta Mandred.

— S'il en est ainsi, alors nous sommes nés avec cette faute. Et toute notre existence est placée sous cette souillure. (Farodin fit une longue pause.) Il semble que nous ne trouverons plus devant nous que de sombres sentiers. Partons !

Nuramon se tourna vers le fils d'hommes.

— C'est ici que nos chemins se séparent, Mandred. Tu as trouvé ton fils. Donne-toi du temps pour lui et sois maintenant au moins le père que le destin lui a volé. Tu n'es pas maudit comme nous. Va ton chemin et laisse-nous suivre notre funeste destin.

Le fils d'hommes prit un air affligé.

— Foutues fadaises d'elfes ! Si la reine dit que nous aurions dû vaincre le démon, c'est donc que j'ai failli, moi aussi. Dès lors, nos chemins sont liés.

— Mais ton fils ! objecta Farodin.

— Il nous accompagnera. Il faut bien que je voie s'il vaut quelque chose. Ne le prenez pas mal… mais je n'arrive pas à penser que ce soit bon pour un garçon de vivre à la cour des elfes. Ici, les parfums vous collent les poumons. Et puis ces lits douillets, ces mets raffinés… Probablement qu'il n'a jamais appris à étriper un cerf et à laisser reposer la viande quelques jours afin de l'attendrir. Alors, n'essayez pas de m'empêcher de le prendre avec nous. Dorénavant, je ne connais plus qu'une devise : « Où vous allez, Mandred ira aussi ! »

Nuramon échangea un regard avec Farodin. Ils connaissaient maintenant suffisamment bien cette tête de mule pour savoir qu'ils avaient peu de chance de le faire changer d'avis. Farodin acquiesça d'un léger signe de tête.

— Mandred Aïkhjarto ! commença Nuramon… Tu as la persévérance du vieil Atta. Si c'est là ton désir… Ce sera pour nous un honneur de t'avoir à nos côtés.

— Alors, quand est-ce qu'on part ? s'empressa de demander Mandred.

Farodin ne laissa pas à Nuramon le temps de répondre.

— Tout de suite. Avant que l'on nous aperçoive.

Mandred eut un rire satisfait.

— Alors, ouste ! Allons-y ! Juste le temps de préparer mes affaires.

Sur ces mots, il quitta la pièce.

— Le fils d'hommes fait tellement de bruit que nous aurons du mal à passer inaperçus, constata Farodin.

— Quel âge peut-il avoir ? Ça vit combien de temps un humain ?

— Je ne sais pas exactement. Peut-être une centaine d'années ?

— Il est prêt à sacrifier un temps précieux de sa courte existence pour nous aider. Crois-tu qu'il se doute du temps que nous allons mettre pour trouver l'enfant ?

— Je ne saurais le dire. Mais je ne suis pas sûr que cela le préoccupe. N'oublie pas le pouvoir d'Atta Aïkhjarto. Le vieux chêne l'a changé quand il l'a sauvé. Il n'est plus comme les autres humains.

Nuramon hocha la tête.

— Je me demande si on peut encore connaître pire ? lâcha brusquement Farodin.

— En exécutant les ordres de la reine, nous délivrerons Noroelle, mais il nous faudra pour toujours vivre avec son mépris. Que pourrait-il y avoir de pire ?

— Je vais chercher mes affaires, fut tout ce que Farodin trouva à répondre.

Il quitta doucement la chambre.

Nuramon se plaça devant la fenêtre et leva les yeux vers la lune. *Le mépris de Noroelle*, pensa-t-il tristement. Il pouvait y avoir encore pire. Il était possible qu'elle se désespère que ses bien-aimés aient tué son fils. Le destin, ou Luth – comme Mandred l'appelait – l'avait menée sur un sentier douloureux. Mais il fallait bien que le bonheur se lève un jour.

Farodin ne mit pas longtemps à revenir. Ils attendirent en silence le fils d'hommes. Soudain, des voix retentirent dans le couloir.

— C'est la vengeance par le sang, disait Mandred.

— La vengeance ne peut plus rien changer. Ma mère est morte. Et que vient faire le fils de Noroelle là-dedans ?

— Il est aussi le fils du devianthar. La faute de son père s'est reportée sur lui.

— Mais c'est complètement stupide ! rétorquait Alfadas.

— Alors, c'est ça que les elfes t'ont appris ! Dans mon monde, un fils obéit à son père ! Et c'est ce que tu vas faire maintenant !

— Sinon, qu'est-ce qui va se passer ?

Nuramon et Farodin se regardèrent. Tout à coup, un silence de mort se fit devant la porte.

— Que font-ils ? demanda Nuramon à voix basse.

Farodin haussa les épaules.

La porte s'ouvrit brusquement. Mandred avait la tête écarlate.

— J'ai amené mon fils. Il se trouve honoré de nous accompagner.

Farodin et Nuramon empoignèrent leurs sacs.

— Partons ! dit Nuramon.

Alfadas attendait devant la porte. Il évita le regard de Nuramon, comme s'il avait honte de son père.

Ils descendirent sans bruit vers les écuries. La lumière y brillait encore malgré l'heure tardive. Un palefrenier à pattes de bouc leur ouvrit le portail. Il n'était pas seul. Quatre elfes à la longue cape grise se trouvaient près des chevaux. Tous équipés comme pour partir en guerre. Ils portaient de fines cottes de mailles et étaient bien armés. Leur chef se retourna et adressa un léger sourire à Mandred.

— Ollowain ! gémit le fil d'homme.

— Bienvenue, Mandred ! répliqua le guerrier avant de se tourner vers Nuramon. À ce que je vois, tu t'es choisi des compagnons d'armes. Cela va augmenter notre force au combat.

Alfadas fut surpris.

— Maître !

Mandred grimaça comme s'il avait reçu un coup de sabot dans les parties.

Nuramon savait ce que Mandred pensait d'Ollowain. Le destin lui avait joué un mauvais tour en faisant précisément de ce guerrier elfe un maître pour son fils.

Il s'avança.

— La reine vous a-t-elle appelés ? demanda-t-il à Ollowain.

— Oui. Elle nous a demandé de nous tenir prêts ici. Elle savait que tu ne perdrais pas de temps.

— Vous a-t-elle dit aussi en quoi consistait cette mission ?

Ollowain perdit son sourire.

— Oui. Nous devons tuer l'enfant du démon. Je ne puis ressentir ce qui se passe en vous, mais je m'imagine combien ce chemin doit vous être amer. Ne voyons pas le fils de Noroelle dans cet enfant, mais celui du devianthar ! C'est l'unique façon d'accomplir notre mission !

— Nous nous y efforcerons, répondit Farodin.

Ollowain leur présenta ses compagnons.

— Voici ma garde, les meilleurs guerriers du Shalyn Falah. Yilvina est un vrai feu follet dans le combat à deux épées courtes.

Il désigna l'elfe gracile à sa gauche. Elle avait de courts cheveux blonds et répondit au regard de Nuramon avec un sourire espiègle.

Ensuite, Ollowain présenta Nomja, une guerrière de haute stature. Elle devait être très jeune, ses traits fins avaient encore quelque chose d'enfantin. Elle s'appuyait sur son arc comme un champion aguerri, mais on voyait bien qu'elle prenait la pose.

— Et voici Gelvuun.

Le guerrier portait une épée longue dans le dos ; la poignée dépassait de son manteau. Il resta indifférent au regard de Nuramon. L'elfe ne s'en étonna pas, il avait déjà entendu parler de Gelvuun. Ce guerrier passait pour être un rude batailleur. Certains prétendaient même qu'il existait des trolls plus aimables que lui. Mais personne ne se moquait de lui en sa présence.

Ollowain se dirigea vers son cheval et saisit une hache à long manche qui pendait à sa selle d'armes. Il se retourna prestement et la lança vers Mandred.

Nuramon sentit son cœur s'arrêter de battre, mais il fut soulagé de voir Mandred attraper la hache au vol. Le fils d'hommes caressa presque tendrement les deux tranchants de l'arme et admira les deux nœuds d'elfes entrecroisés qui l'ornaient.

— Bel ouvrage. (Mandred se tourna vers son fils.) Voici l'arme d'un homme.

Il voulut la rendre à Ollowain, mais celui-ci secoua la tête.

— Garde-la en cadeau, Mandred. Dans le Monde des Humains, il faut toujours s'attendre à avoir des problèmes. J'ai hâte de voir si tu combats mieux à la hache qu'à l'épée.

Mandred s'amusa à fouetter l'air de sa hache.

— Une arme bien équilibrée. (Soudain, il s'arrêta et colla une oreille contre la lame.) Vous entendez ? chuchota-t-il. Elle appelle le sang.

Nuramon sentit son estomac se nouer. Ollowain avait-il offert à Mandred une arme maudite ? Il avait entendu de sombres histoires au sujet d'épées qui versaient le sang dès qu'on les dégainait. C'étaient des armes de colère, forgées dans les pires jours de la Première Guerre des Trolls.

Un silence inquiétant s'était établi sur le groupe. Mandred était sans doute le seul à entendre l'appel de la hache, mais cela ne voulait rien dire.

Finalement, Alfadas se dirigea vers un des boxes au fond de l'écurie et sella son cheval, rompant ainsi la chape de silence.

Nuramon se tourna vers le palefrenier.

— La reine a-t-elle préparé des chevaux pour nous ?

L'homme à pattes de bouc désigna du menton la droite.

— Ils sont là.

Nuramon n'en crut pas ses yeux. Il y avait là son destrier blanc.

— Felbion ! s'écria-t-il en allant vers lui.

Farodin fut aussi surpris de revoir son coursier brun. Et même Mandred s'exclama :

— Par tous les dieux, mais c'est ma jument !

Ils conduisirent leurs montures vers Ollowain.

— Comment est-ce possible ? s'étonna Nuramon. Nous avons été contraints de les abandonner dans l'Autre Monde.

— Nous les avons trouvés près du cercle de pierres au bord du fjord. Ils vous y attendaient, expliqua Ollowain. (Il jeta un regard au palefrenier.) Ejedin s'est bien occupé d'eux. C'est la vérité, non ?

— Pour sûr, répondit le faune. Même que la reine est venue plusieurs fois les voir.

Nuramon ressentit ce signe du destin comme étant de bon augure. Farodin sembla lui aussi retrouver une meilleure humeur. Nuramon avait remarqué que son compagnon se montrait très distant envers Ollowain. Il ne s'agissait pas d'une aversion comme celle de Mandred. Peut-être Farodin n'accordait-il plus autant de confiance à la reine qu'auparavant, et comme Ollowain servait la reine, il devait certainement s'en méfier.

Le matin s'approchait de ses ailes d'argent quand la compagnie sortit les chevaux dans la cour. Le calme régnait encore au château. Seuls les gardes les verraient partir. Le contraste avec leur précédent départ ne pouvait être plus grand. Ils étaient alors partis en pleine lumière, tels des héros. À présent, ils se sauvaient en cachette, comme des assassins.

La saga d'Alfadas Mandredson

Le Premier voyage

Dès cet hiver-là, Mandred et Alfadas quittèrent côte à côte le royaume des enfants d'albes. Le père voulait s'assurer que son fils était son digne successeur. Ils partirent donc avec les princes elfes Faredred et Nuredred en quête d'aventures. Ils ne se dérobèrent à aucun combat et celui qui se mettait en travers de leur chemin le regrettait avant que le premier coup soit porté. Alfadas suivit son père en des endroits qu'aucun homme des Fjords n'avait jamais vus. Cependant, le fils de Torgrid se souciait trop de son rejeton. Il lui enseignait le maniement de la hache, mais ne lui permettait que rarement d'éprouver ses connaissances. Et chaque fois que le péril était grand, le fils de Mandred devait surveiller les chevaux ou le camp.

Une année passa. Alors, Alfadas dit à Mandred :

— Père, comment vais-je apprendre à être comme toi, si tu me gardes de tout danger ? Si tu redoutes toujours qu'il m'arrive quelque chose, jamais je ne serai le jarl de Firnstayn.

Là, Mandred reconnut qu'il avait jusqu'alors privé de toute gloire sa chair et son sang. Il demanda conseil aux princes elfes. Ceux-ci lui dirent d'éprouver son fils. Alors, Mandred se glissa dans la nuit pour gravir une montagne périlleuse. Au sommet, il planta sa hache dans le sol et retourna dans la vallée sans elle.

Le lendemain matin, il dit à Alfadas :

— Grimpe sur cette montagne et va chercher ce que j'y ai caché tout en haut.

Alors, Alfadas suivit le chemin indiqué par Mandred. À peine son fils fut-il parti, que Mandred fut en grand souci, car la montée était fort hasardeuse. Toutefois, Alfadas s'efforça d'escalader la montagne et trouva finalement une grotte juste avant le sommet. Là, une épée était prise dans la glace. Il s'en empara et grimpa jusqu'au sommet pour jouir de la vue. Il y trouva la hache de son père. Alfadas l'y laissa et redescendit dans la vallée retrouver les autres. Ils s'étonnèrent en voyant la lame étrangère. Seul Mandred se courrouça :

— Fils ! Ce n'est pas ici l'arme que j'ai cachée là-haut.

Alors, Alfadas dit :

— Père, la seule arme que j'ai trouvée cachée là-haut était cette épée. Ta hache dépasse de la glace. Si j'avais le regard d'un aigle, je pourrais certainement la voir d'ici, tant elle est peu cachée. Tu m'as nommé le mauvais but, mais tu m'as montré le bon chemin.

Ainsi, Mandred dut une nouvelle fois gravir la montagne pour aller reprendre sa hache. Il revint en jurant. Faredred et Nuredred déclarèrent au fils de Torgrid qu'ils avaient reconnu une noble lame d'Albemark dans l'épée d'Alfadas. Mandred oublia aussitôt sa colère et se sentit fier de son fils. Cette épée était digne d'un roi. Alfadas décida d'en faire son arme à l'avenir, car Luth la lui avait offerte. À son père, il dit :

— La hache est l'arme du père, l'épée est l'arme du fils. Ainsi, père et fils jamais ne devront se mesurer l'un à l'autre.

Ils poursuivirent leur voyage ; cependant Mandred doutait toujours de son fils. Bientôt, ils traversèrent une montagne. On racontait qu'un troll y vivait dans une grotte. Dans la nuit, ils entendirent un martèlement et crurent que le troll voulait les effrayer. Alors, Faredred et Nuredred décidèrent d'aller abattre ce monstre, mais Mandred les retint. À son fils, il dit :

— À toi d'aller trouver ce troll ! Je te mesurerai à ton acte.

Alfadas se risqua à descendre dans la grotte du troll. Il le trouva debout à son enclume. En l'apercevant, le troll brandit son marteau. Alors, Alfadas le menaça de son épée et déclara :

— Une partie de moi voit un ennemi et dit : « Abats-le ! » Une autre voit le forgeron. À toi de décider ce que tu veux être !

Le troll choisit d'être son ennemi et se rua sur lui. Mais Alfadas esquiva ses lourds coups de marteau et lui fit sentir son épée. Alors, le troll abandonna et dit :

— Mon nom est Glekrel et si tu me laisses la vie sauve, je te ferai un cadeau royal.

Alfadas ne se fia pas au troll. Mais, quand il vit celui-ci sortir une armure d'elfe et la lui présenter en cadeau, Alfadas, tout à sa joie, retira son armure pour essayer l'autre. Mais avant qu'il ait pu se harnacher complètement, le troll fonça sur lui. Alors, le jeune preux fut pris d'une telle fureur qu'il lui trancha une jambe. Il s'empara de l'armure d'elfe et suivit son chemin. Aujourd'hui encore, cette armure est en la possession du roi et rappelle ces jours anciens. Les trolls eux-mêmes en connaissent l'histoire, car Glekrel survécut et raconta ce que le fils de Mandred lui avait fait.

Le lendemain matin, Alfadas partit retrouver ses compagnons. Et lorsque Mandred avisa son fils, il se sentit de nouveau empli de fierté d'être son père. Car Alfadas, à présent, avait véritablement l'apparence d'un roi.

Ensuite, les compagnons sillonnèrent les contrées du Sud et découvrirent une vaste mer et de puissants royaumes. Ils accomplirent de grandes actions, de sorte que leurs noms sont encore aujourd'hui sur toutes les lèvres. Un jour, ils mirent en déroute plus de cent guerriers d'Angnos pour sauver un village qui leur rappelait Firnstayn. Ils délivrèrent aussi les fêtes de Rileis de leurs esprits. Au cours de nombreux duels, Alfadas se montra un adroit combattant à l'épée pouvant rivaliser avec Faredred et Nuredred. Ainsi, deux autres années s'étaient écoulées, quand Mandred et Alfadas suivirent par amitié les princes elfes dans la ville d'Aniscans. La, les princes voulaient se mettre en quête d'un enfant hybride…

D'après le récit du scalde Ketil,
Tome II de la Bibliothèque du Temple de Firnstayn, p. 42

Le guérisseur d'Aniscans

Trois années s'étaient écoulées depuis qu'ils avaient quitté Albemark et pourtant Nuramon découvrait chaque jour autre chose dans le Monde des Humains. Il s'était particulièrement intéressé aux langues humaines et s'en était approprié beaucoup. Tout en s'étonnant de voir la difficulté qu'avait Mandred à les apprendre. Alfadas, que Mandred appelait toujours « Oleif », sans que son fils parvînt à s'habituer à ce nom humain, connaissait aussi les mêmes difficultés. Le fait d'avoir grandi chez les elfes ne semblait pas lui être d'une grande utilité ici. Les humains étaient étranges !

Jusqu'à présent, leur quête du fils de Noroelle s'était montrée vaine. Ils avaient traversé les vastes forêts de Drusna, parcouru le royaume d'Angnos dévasté par la guerre, mené pendant des lunes leurs recherches sur les îles aegiléennes largement dispersées et finalement atteint le royaume de Fargon. C'était un pays vert et fertile, qui ne demandait qu'à être conquis par les humains, comme Mandred se plaisait à le dire. Beaucoup de réfugiés d'Angnos étaient venus s'y installer en y apportant leurs croyances. Parmi les rares humains vivant ici depuis des générations, certains croisaient ces étrangers avec curiosité, d'autres les ressentaient comme une menace.

Les compagnons avaient suivi beaucoup de pistes. Leur seul espoir était que le fils d'une elfe et d'un devianthar possédât à coup sûr des pouvoirs magiques. S'il venait à en faire usage, il se ferait remarquer. On parlerait de lui. Ainsi, ils recherchaient parmi les humains toute histoire parlant de magie ou de miracles. Jusqu'alors, leurs attentes avaient été déçues.

Tandis que les elfes et Alfadas persévéraient dans leur quête, Mandred, l'âge venant, manquait de plus en plus de patience. Il se saoulait souvent comme s'il voulait oublier qu'une vie d'humain ne suffirait pas à rechercher le fils du démon.

Nuramon s'étonnait de voir Alfadas, contrairement à son père, garder son calme d'elfe. Il supportait même l'enseignement de Mandred avec une patience proche du sacrifice. Alfadas ne paraissait pas avoir hérité grand-chose de son père, sauf peut-être sa tête de mule, car trois ans après, il refusait toujours de reconnaître la hache comme reine de toutes les armes, ce qui visiblement procurait un grand plaisir à Ollowain.

Un nouveau printemps s'était annoncé et ils descendirent des montagnes pour suivre une piste dans la ville d'Aniscans. Nomja, Yilvina et Alfadas s'étaient depuis longtemps liés d'amitié et ils en oubliaient parfois le sérieux nécessaire à leur quête. Gelvuun préférait rester seul et ne desserrait pas souvent les dents. Farodin avait un jour prétendu que les trolls les lui avaient autrefois toutes cassées, ce qui expliquait pourquoi il n'ouvrait plus la bouche. Nuramon se demandait encore s'il ne s'agissait que d'une plaisanterie.

Parmi eux, Ollowain était le seul à ne jamais perdre de vue la tâche à accomplir. Il les poussait toujours à ne pas séjourner trop longtemps à un endroit et à partir tout de suite voir ailleurs, chaque fois qu'une piste se révélait infructueuse.

Farodin, en revanche, quittait le groupe quand il le pouvait. C'était toujours lui qui se proposait pour repérer le chemin. Nuramon avait parfois l'impression qu'il ne recherchait pas l'enfant, mais qu'il suivait en secret une autre piste. Peut-être essayait-il aussi de retarder le voyage pour ne pas avoir à commettre un crime de sang sur le fils de Noroelle.

Mandred chevauchait en tête à côté de Nuramon ; ensemble ils faisaient descendre leur petite troupe entre les collines. Le fils d'hommes, dont Nuramon avait accepté l'amitié dans la grotte de glace, distrayait souvent les elfes. Nuramon se réjouissait de son don d'amuseur qui leur faisait oublier un moment la raison qui les avait mis en chemin.

— Tu te rappelles ces bandits que nous avons rencontrés ? demanda Mandred avec un sourire.

Le fils d'hommes n'avait pas la même notion du temps qu'un elfe. Une seule année passée lui suffisait à se griser de souvenirs. Le plus étrange, c'était que cette impression d'avoir vécu une foule de choses et d'avoir vu ainsi s'écouler beaucoup de temps commençait à gagner Nuramon.

— Des bandits ? Quels bandits ?

Ils en avaient rencontré plus d'un. La plupart n'avaient pas demandé leur reste pour filer.

— Les premiers que nous avons rencontrés. Ceux qui se sont vraiment défendus.

— Je m'en souviens.

Comment oublier les pilleurs d'Angnos ! Lui et les autres elfes portaient leurs manteaux à capuche et, à première vue, rien ne laissait deviner en eux des enfants d'albes. Les voleurs s'en étaient ensuite aperçus brutalement. Ils avaient été assez stupides pour ne pas vouloir abandonner, parce que, vu leur nombre, ils se croyaient nettement supérieurs. Ils avaient alors appris à leurs dépens que le nombre ne fait pas la force.

— Ça c'était de la bataille ! (Mandred jeta un regard circulaire.) Ça ne me déplairait pas de trouver ici quelques pendards aux aguets.

Nuramon ne répondit pas. Ce désir de Mandred ne pouvait signifier qu'une chose : ce soir, Alfadas devrait encore une fois se tenir prêt pour un exercice. Mandred n'arrêtait pas de vouloir enthousiasmer son fils pour les combats à la hache. Pourtant, Alfadas lui avait prouvé à plusieurs reprises qu'il pouvait le vaincre avec son épée. Chaque fois que Mandred avait dû s'incliner, Nuramon n'avait pas bien compris ce que le guerrier avait ressenti. S'était-il trouvé fier ou vexé ? Parfois, Nuramon le soupçonnait de s'être secrètement retenu à l'entraînement, par crainte de blesser son fils.

Ils atteignirent la crête d'une colline qui offrait une large vue sur l'immensité de la plaine en contrebas. Nuramon désigna la ville sur la rive ouest.

— Aniscans ! Nous allons enfin quitter les régions désertes.

— Eh bien, ce n'est pas trop tôt ! On va pouvoir enfin trouver une taverne et se jeter quelque chose de potable dans le gosier ! C'est pas pour dire, mais ça fait un bon moment que mon estomac se demande si on ne m'aurait pas coupé la tête. (Mandred fit claquer sa langue.) Dites-moi, vous croyez qu'ils ont de l'hydromel en bas ?

Mandred semblait presque en avoir oublié son chagrin pour Freya. Mais Nuramon, derrière cette apparence, devinait un homme qui voulait cacher et faire taire sa douleur.

Ils descendirent la pente au pas. Au pied de la colline, une route menait droit à la ville. Un pont à sept arches, au tablier plat, enjambait le large lit d'un fleuve. Ses eaux gonflées par la fonte des neiges charriaient du bois arraché aux montagnes. Sur le pont, des hommes munis de longues perches empêchaient les troncs à la dérive de se mettre en travers des piles et de faire barrage à l'eau.

La plupart des maisons d'Aniscans étaient en moellons d'un brun clair. De construction massive, elles se serraient étroitement. Avec pour seule décoration, leurs toits de bardeaux rouges. Des vignes étaient plantées tout autour de la ville. *Mandred aura de quoi se saouler ici*, pensa amèrement Nuramon.

— Quel pays de fous ! s'exclama soudain le fils d'hommes. Non mais, regardez-moi ça ! Une ville aussi riche, et même pas de mur d'enceinte ! Firnstayn est encore mieux protégé.

— On ne s'attendait pas à ta visite, père, dit Alfadas en riant.

Les autres compagnons rirent aussi de bon cœur. Même Gelvuun se fendit d'un sourire.

Mandred rougit.

— La légèreté est la mère de tous les malheurs, dit-il ensuite gravement.

Ollowain éclata de rire.

— Le soleil printanier aurait-il fait fondre la carapace glacée de notre chef barbare pour laisser, ô miracle, apparaître un philosophe ?

—Je ne sais pas ce que « filosoff » peut signifier comme injure, mais je peux t'assurer que le chef barbare ne va pas tarder à t'enfoncer sa hache dans la gorge !

Ollowain croisa les bras et fit mine de trembler.

—Oh, voici l'hiver revenu brutalement geler les plus belles fleurs du printemps.

—Tu viens de me comparer à des fleurs, là ? grogna Mandred.

—Rien qu'une allégorie, mon ami.

Le fils d'hommes fronça les sourcils. Puis il hocha la tête.

—J'accepte tes excuses, Ollowain.

Nuramon se mordit les lèvres pour ne pas éclater de rire. Il fut heureux d'entendre Alfadas entonner un chant afin de mettre un terme à cette malheureuse dispute. Ce garçon avait une très belle voix... pour un humain.

En longeant le fleuve, ils rencontrèrent des étables et de petites fermes. Le long du chemin, le bétail paissait dans les prés. Ici, le paysage semblait étrangement en désordre. Pendant tout ce temps passé dans les royaumes humains, Nuramon n'avait pas réussi à s'habituer à ce monde différent. Mais il avait appris à voir la beauté dans l'étrangeté.

Les maisons de la ville se pressaient autour d'une colline sur laquelle s'élevait un temple. Ses murs étaient entourés d'échafaudages et l'on pouvait entendre les coups de marteau des tailleurs de pierre bien au-delà du fleuve. C'était une sobre construction aux murs épais comme ceux d'une tour de forteresse et pourtant un charme particulier se dégageait de sa simplicité grossière. Elle semblait vouloir dire à l'observateur étranger qu'il n'y avait rien ici qui pût distraire le croyant, car aucune œuvre d'art ne pouvait se mesurer à la beauté de la vraie foi.

Nuramon pensa à ce vieux prédicateur itinérant qu'ils avaient rencontré dans les montagnes, quelques jours auparavant. Les yeux brillants, l'homme leur avait parlé d'Aniscans et du prêtre dont le nom était apparemment sur toutes les lèvres : Guillaume. L'homme avait rapporté que celui-ci prononçait avec une telle ferveur le nom du dieu Tjured que la force de ses mots gagnait ses auditeurs. On disait que des paralytiques se remettaient à marcher quand ils l'entendaient et qu'il touchait leurs jambes. Son pouvoir magique paraissait chasser toute souffrance et vaincre tout poison.

Ces trois dernières années, combien de fois n'avaient-ils pas suivi ce genre de bruits ! Ils s'en étaient trouvés déçus chaque fois. Ils cherchaient un homme d'une trentaine d'années opérant des miracles. Cette mince description correspondait à Guillaume tout comme elle avait correspondu à plus d'une dizaine d'autres dont aucun ne possédait de forces magiques. Les humains étaient bien trop simplets ! Ils étaient prêts à croire n'importe quel charlatan capable de les persuader de ses pouvoirs magiques.

Le prêtre itinérant avait raconté que, dans son enfance, là où s'élevait aujourd'hui la ville, il n'y avait rien d'autre qu'un cercle de pierres où les hommes se rencontraient aux jours de solstice pour sacrifier à leurs dieux.

Nuramon leva les yeux. Le cercle de pierres avait sans doute couronné autrefois la petite colline où l'on travaillait actuellement au temple.

Les sabots de leurs montures tambourinèrent sur les pavés du pont. Quelques travailleurs se retournèrent. Ils portaient de simples sarraus et des chapeaux à large bord en paille tressée. Ils inclinèrent la tête avec humilité. Les guerriers jouissaient sans doute d'un grand prestige dans ce royaume.

Nuramon balaya les maisons du regard. Leurs murs massifs de pierre brute les faisaient paraître solides. Comparées à ce que les humains produisaient d'ordinaire, elles n'étaient pas mal faites. La plupart des murs étaient droits et seuls quelques toits s'incurvaient sous le poids des bardeaux.

Avant de quitter le pont, Mandred et Alfadas se placèrent en tête de la petite troupe de cavaliers. Il fallait faire comprendre à qui les voyait que des princes du Grand Nord étaient arrivés avec leur mystérieuse escorte. Les habitants les regardèrent avec grand étonnement, mais vaquèrent bientôt de nouveau à leurs occupations. Apparemment, on était habitué ici à voir des étrangers.

La ville connaissait une agitation qui n'avait rien à voir avec eux. Plus les compagnons s'approchèrent du temple, plus ils le remarquèrent. Quelque chose se passait à Aniscans. Toute la ville semblait être sur pied. Les gens se pressaient dans les ruelles étroites grimpant à flanc de colline. Bientôt, les chevaux ne purent plus avancer. Les compagnons mirent pied à terre et menèrent leurs montures dans la cour d'une taverne où Nomja, l'archère, resta avec eux. Ensuite, ils se glissèrent de nouveau parmi la foule qui se dirigeait sans doute vers le temple. Il régnait une ambiance qui rappela à Nuramon une noce de kobolds. Tout le monde courait dans tous les sens, tout le monde était de bonne humeur.

Nuramon saisit au hasard des bribes de conversation. Il était question du guérisseur miraculeux et de ses pouvoirs légendaires. On racontait qu'il avait guéri la veille un enfant qui avait failli s'étouffer et il se disait aussi que de plus en plus d'étrangers affluaient pour le voir. Un vieil homme expliquait fièrement que le roi avait invité Guillaume à résider à sa cour, mais que le prêtre avait apparemment refusé de quitter la ville.

La petite troupe finit par atteindre la place du temple. La foule était si dense qu'il était difficile d'estimer le nombre de personnes rassemblées ; il devait y en avoir des centaines. Coincé parmi tous ces gens qui se poussaient, Nuramon se sentit de plus en plus mal en respirant leurs odeurs de sueur, d'habits sales, de graisse rance et d'oignon. Du coin de l'œil, il vit Farodin porter un linge parfumé à son nez. Il aurait aimé pouvoir l'imiter. Les hommes et la propreté ne faisaient pas bon ménage… comme il le savait depuis longtemps, grâce à Mandred. Ces trois dernières années, Nuramon était devenu un peu moins sensible aux odeurs diverses qui caractérisaient principalement les villes. Mais ici, dans cette foule, la puanteur était véritablement insupportable.

Soudain, une voix s'éleva loin devant. Nuramon tendit le cou, mais dans la cohue, il ne parvint pas à voir l'orateur. Il semblait se trouver près du grand chêne au centre de la place.

La voix était harmonieuse, et le prédicateur bien versé dans l'art de la rhétorique. Il accentuait soigneusement chaque syllabe comme le faisaient les philosophes de Lyn qui disputaient pendant des siècles pour mener à la perfection leurs possibilités vocales. En fait, l'art consistait moins à argumenter pour convaincre qu'à émettre des paroles d'une manière telle que l'esprit succombe à la voix. Ce que cet homme réalisait là s'apparentait à de la magie.

Les gens tout autour ne prêtèrent plus attention à Nuramon ni à ses compagnons, tant ils étaient suspendus aux lèvres de l'orateur.

Farodin se faufila à côté de Nuramon.

— Tu entends cette voix ?

— Envoûtante, n'est-ce pas ?

— C'est bien ce qui m'inquiète. Peut-être touchons-nous au but.

Nuramon se tut. Il redoutait ce qu'il leur faudrait faire si c'était vraiment le fils de Noroelle qui parlait là-bas.

— Ollowain, dit Farodin, Tu vas emmener Yilvina et Gelvuun. Vous allez prendre par la gauche. Mandred et Alfadas, vous prendrez par le centre. Nuramon et moi, nous prendrons par la droite. Nous allons d'abord nous contenter de l'observer. Ici, au milieu de cette foule, nous ne pouvons rien faire d'autre.

Les compagnons se séparèrent et Nuramon passa devant Farodin. Ils se frayèrent prudemment un passage parmi tous ces gens pris sous le charme de l'orateur. La voix du prêtre couvrait nettement les murmures de la foule.

— Accepte la force de Tjured, disait-il avec une grande douceur. C'est un cadeau que je t'offre de sa part.

Peu de temps après, quelqu'un s'écria :

— Regardez ! Il est guéri ! La plaie s'est refermée !

Des cris de joie s'élevèrent sur la place.

Une vieille femme sauta au cou de Nuramon et l'embrassa sur la joue.

— Un miracle ! exulta-t-elle. Il a encore fait un miracle ! Il est la bénédiction de cette ville !

Nuramon regarda la vieille femme sans comprendre. Il devait véritablement s'agir d'un miracle pour la faire ainsi embrasser un étranger.

Alors, ils virent devant eux le prédicateur se détacher de la foule. Il aidait un homme visiblement soulagé à se relever.

— Voici la puissance de Tjured, notre dieu !

Nuramon se figea à la vue du guérisseur. Près de lui, il sentit Farodin s'arrêter aussi en plein mouvement.

Le prêtre grimpa sur le muret de la fontaine proche du chêne pour s'adresser à la foule. Nuramon ne prêta guère attention à ses paroles. Il était captivé par l'attitude et les gestes de cet homme. Guillaume avait des cheveux noirs qui lui tombaient sur les épaules. Comme tous les prêtres de Tjured, il portait une robe bleu nuit. Il avait le visage ovale, un nez étroit, un menton doux et une bouche bien dessinée. Si Noroelle avait eu un frère jumeau, il aurait sans doute ressemblé à ce prêtre.

Cet homme était son fils !

Nuramon vit Guillaume se tourner vers un vieil homme aux cheveux gris, dont la main paraissait raide. Il le vit saisir la main de cet homme et prononcer une prière.

Au même instant, Nuramon sursauta. Il avait senti quelque chose s'emparer de lui... à l'intérieur. Comme si une main puissante avait touché son âme. Cette sensation étrange ne dura que l'espace d'une seconde. Mais l'elfe recula en chancelant et heurta une jeune femme.

— Tu ne te sens pas bien ? s'inquiéta cette dernière. Tu es tout pâle.

Il secoua la tête et se fraya un passage dans la foule qui encerclait étroitement la fontaine.

L'homme qui avait vu Guillaume venir à lui leva sa main. Il serra le poing et étendit de nouveau les doigts.

— Il m'a guéri ! cria-t-il en s'éraillant la voix. Guéri !

Puis il se jeta aux pieds du prêtre pour embrasser l'ourlet de sa robe.

Guillaume parut gêné. Il prit le vieil homme par les épaules et le releva.

Il pratique la magie comme sa mère, pensa Nuramon. La reine s'était trompée. Le fils de Noroelle n'était pas l'enfant d'un démon. Bien au contraire. C'était un guérisseur.

Soudain, un cri jaillit dans la foule :

— Guillaume ! Guillaume ! Un homme à terre !

— Il est mort ! cria la voix stridente d'une femme.

— Amenez-le-moi, commanda calmement le guérisseur.

Deux hommes solides portant un tablier en cuir amenèrent une frêle silhouette à la fontaine. Un homme en manteau gris ! Guillaume rejeta en arrière la large capuche : Gelvuun gisait devant le guérisseur.

Troublé, Nuramon regarda Farodin. Celui-ci lui fit comprendre par un geste qu'il s'agissait d'attendre. Ensuite, il chuchota :

— J'espère que Mandred ne va pas faire des siennes !

Des murmures parcoururent les premiers rangs. Guillaume avait rejeté en arrière les cheveux de Gelvuun. Celui-ci, d'ordinaire si grincheux, semblait à présent paisible comme un enfant endormi.

Guillaume se pencha sur lui. Le prêtre paraissait bouleversé. Était-ce simplement dû à la vue de l'elfe ou à autre chose ? Nuramon n'aurait su le dire. Alors, Guillaume se retourna, et Nuramon sentit le regard du fils de Noroelle passer sur lui. Un frisson glacé lui parcourut le dos. Les yeux du guérisseur étaient d'un bleu radieux.

Le prédicateur se leva et dit :

— Cet homme n'est pas sous la protection de Tjured. C'est un enfant d'albes, pas un humain. Plus personne ne peut l'aider. Il est venu trop tard ici. Et je ne vois pas quelle était sa maladie. Il semble que son cœur ait simplement cessé de battre. Mais on dit que les enfants d'albes ont aussi la destinée d'une existence au-delà de la vie. Alors, priez pour son âme. J'enterrerai son corps avec tous les honneurs, même s'il n'a jamais prié Tjured. La grâce de notre Seigneur est infinie. Il prendra aussi cet enfant d'albes en pitié.

Une nouvelle fois, Nuramon sentit passer sur lui le regard de Guillaume. Ces merveilleux yeux bleus avaient quelque chose de paralysant.

— Viens, Nuramon, chuchota Farodin. Il faut partir.

Il attrapa son compagnon et le tira derrière lui dans la foule compacte. Nuramon n'arrivait plus à chasser de sa tête le visage et les yeux de Guillaume. C'étaient le visage et les yeux de Noroelle !

Il se sentit brusquement secoué.

— Réveille-toi, dit sans ménagement Farodin.

Nuramon, étonné, regarda autour de lui. Ils avaient quitté la place et se trouvaient de nouveau dans une étroite ruelle. Il n'avait pas remarqué le parcours qu'ils avaient suivi.

— C'était le visage de Noroelle ! s'exclama-t-il.

— Je sais. Allez, viens !

Ils retrouvèrent Nomja et les chevaux. Mandred et Alfadas les rejoignirent dans la cour quelques instants après. Ils soutenaient Yilvina, entre eux. La jeune elfe, toute pâle, ne semblait plus pouvoir tenir sur ses jambes.

Mandred était hors de lui.

— Vous avez vu ça ? Bon sang ! Que s'est-il passé ?

Farodin jeta un regard autour de lui.

— Où est Ollowain ?

Alfadas montra l'entrée de la cour.

— Le voici !

La peur se lisait sur le visage du maître des Épées.

— Venez ! Nous ne sommes plus en sécurité ici. (Il jeta de nouveau un coup d'œil vers la rue.) Tenons-nous à distance de cet enfant de démon. Allez ! En selle et fichons le camp d'ici !

— Qu'est-il arrivé à Gelvuun ? demanda Nomja.

Nuramon ne répondit pas. Il pensait à la puissance étrangère qui s'était emparée de son être intime, aux yeux bleus et à Guillaume dont chaque geste lui rappelait Noroelle. À présent, Gelvuun était mort, et Yilvina avait un air si pitoyable qu'on l'eût dite échappée de peu à la mort.

— Que s'est-il passé ? demanda à son tour Ollowain en se tournant vers l'elfe blême.

Yilvina avait du mal à respirer.

— Il a continué à s'approcher… Presque jusqu'au premier rang de la foule. À l'instant où le prêtre a saisi la main du vieil homme… (Elle leva les yeux vers le ciel : des yeux pleins de larmes.) Je ne sais comment le décrire… C'était comme si des griffes pénétraient dans ma poitrine pour m'arracher le cœur. (Elle éclata en sanglots) C'était… J'ai cru sentir la mort… La mort éternelle, sans espoir de renaissance ou de rejoindre la Lumière de la Lune. Si je n'étais pas restée quelques pas en arrière…

Elle fut incapable de poursuivre.

— Il vous a repérés et attaqués tout de suite ? demanda Nomja.

Ollowain hésita.

— Je ne sais pas très bien… Je ne crois pas qu'il s'agissait d'une attaque. C'est arrivé au moment où il guérissait le vieil homme. J'ai senti sa puissance… Yilvina a raison. Moi aussi, j'ai soudain senti la mort.

Mandred se tourna vers Nuramon.

— Comment s'y est-il pris ?

Le fils d'hommes surestimait les capacités de Nuramon. Pour la simple raison qu'il s'était une fois dépassé en guérissant Farodin, Mandred l'interrogeait pour tout ce qui, d'après lui, avait plus ou moins rapport avec la magie.

— Je n'en sais rien, Mandred.

— Mais, moi, je peux te le dire ! intervint Ollowain. La magie du fils du démon est totalement mauvaise ! Elle peut tous nous tuer sur-le-champ. Un simple charme guérissant un humain peut nous anéantir. Maintenant, je comprends le danger que la reine voit dans le fils de Noroelle. Nous devons le tuer.

— Non, nous ne le ferons pas ! protesta Nuramon d'un ton décidé. Nous le conduirons à la reine !

— Ce faux guérisseur peut tous nous détruire par un seul de ses charmes ! s'écria Ollowain. Tu comprends ?

— Oui.

— Comment veux-tu le contraindre à quitter la ville ?

— Je ne le contraindrai pas. Il nous suivra de son plein gré. Il ne connaissait pas l'effet de ses mains guérisseuses sur nos compagnons. Il n'est pas l'enfant de démon auquel s'attendait la reine.

— Tu veux te dresser contre elle ? Elle nous a envoyés le tuer !

— Non, Ollowain. C'est moi que la reine a envoyé le tuer. Moi seul aurai à me justifier devant elle.

— Je ne sais pas si je peux laisser faire ça, dit lentement Ollowain. Pourquoi, Nuramon ? Pourquoi as-tu changé d'avis ?

— Parce que j'ai le sentiment que ce serait une erreur fatale de tuer Guillaume. Rien de bon ne peut en résulter. Nous devons le conduire à la reine. Lorsqu'elle sera en face de lui, elle pourra juger en connaissance de cause. Laissez-moi lui parler. Si je ne suis pas de retour demain à midi, vous pourrez l'abattre.

Ollowain secoua la tête.

— Tu veux amener à la cour d'Emerelle un enfant de démon dont la magie nous tue, nous les elfes ? Allez ! Va lui parler ! Nous ne te reverrons pas vivant ! Je te laisse jusqu'à demain soir, à la tombée du jour. Après quoi, j'irai le chercher à ma manière. D'ici là, nous camperons à l'extérieur de la ville.

Nuramon chercha un soutien sur le visage des autres. Mais aucun, pas même Mandred, ne contredit Ollowain. Sur un signe du maître des Épées, ils se mirent en selle. Alfadas prit le cheval de Gelvuun et celui de Nuramon par les rênes.

Farodin fut le dernier de la petite troupe cavalière à quitter la cour. Il se pencha vers Nuramon.

— Es-tu sûr de vouloir courir ce risque ? Et si tu allais connaître le même sort que Gelvuun ?

Nuramon sourit.

— Alors, nous nous reverrons dans la prochaine vie.

Chez Guillaume

Nuramon avait observé Guillaume tout l'après-midi. Il avait écouté sa prédication et l'avait ensuite vu inhumer le corps de Gelvuun. Ensuite, il avait suivi le fils de Noroelle dans la ville. Avec le sentiment oppressant d'être lui-même suivi. Pourtant, chaque fois qu'il s'était retourné, il n'avait vu personne se comporter de manière suspecte. Il n'y avait là que les habitants d'Aniscans vaquant à leurs occupations. Il avait donc reporté toute son attention sur Guillaume et l'avait suivi sur la colline du temple jusqu'à le voir disparaître dans une petite maison. Avec ses murs en moellons, elle s'intégrait parfaitement à la ville. S'il s'agissait de la demeure de Guillaume, il semblait attacher beaucoup d'importance à la modestie.

Nuramon s'arrêta et observa la maison depuis la ruelle d'en face. Il attendit que Guillaume ouvrît les volets pour laisser entrer les derniers rayons du jour finissant. Mais les volets restèrent clos. Quand la nuit descendit sur Aniscans, Nuramon vit à travers leurs fentes une chaude lumière de bougies.

Il prit son courage à deux mains et se présenta à la porte du guérisseur. Il ne lui restait plus qu'à frapper. Mais il n'osait pas. Il avait peur – non pas de subir le même sort que Gelvuun, mais de faire une grossière erreur. Il ne connaissait pas Guillaume et ne savait pas comment celui-ci allait accueillir la vérité. Mais ensuite, il pensa à Noroelle. C'était ici le dernier espoir de préserver Guillaume de la mort et de sauver en même temps Noroelle… à condition, bien sûr, que la reine se rende à l'évidence de l'erreur qui consisterait à supprimer le prédicateur.

Il frappa.

À l'intérieur de la maison, rien ne bougea ; Nuramon se demanda s'il devait frapper une nouvelle fois. Il s'apprêtait à lever le bras, lorsqu'il entendit enfin des pas. Son cœur battit à tout rompre. La porte allait bientôt s'ouvrir et il verrait le visage de Noroelle. Il rejeta en arrière la capuche de son manteau afin que Guillaume voie tout de suite à qui il avait affaire.

Un verrou fut tiré, puis la porte s'ouvrit. Nuramon ne s'était pas trompé. C'était bien Guillaume. Le jeune prêtre ne parut pas le moins du monde surpris de se trouver face à un étranger. Incapable de prononcer un seul mot, Nuramon dévisagea le fils de Noroelle. Quelle expression prendrait Guillaume quand il apprendrait tout sur ses origines ?

— Entre, enfant d'albes, dit le prêtre de sa voix calme et souriante.

Apparemment, il s'était attendu à sa visite.

La maison de Guillaume était sobrement meublée. La pièce, dans laquelle Nuramon entra, occupait tout le rez-de-chaussée. Ici se trouvait tout le nécessaire, depuis le foyer maçonné jusqu'à l'autel de prière. Seul le lit manquait. La chambre devait sans doute être située à l'étage qu'on pouvait atteindre par un escalier en face de la porte d'entrée.

— Tu es venu à cause de ton compagnon, dit Guillaume en s'asseyant à la petite table au centre de la pièce.

Une lampe à huile brûlait là, devant une écuelle en bois où se trouvaient des restes de viande. D'un geste, Guillaume invita Nuramon à s'asseoir à l'autre bout de la table.

Nuramon le fit sans un mot.

Le prêtre poussa l'assiette sur le côté.

— Ton compagnon a déjà été mis en terre au cimetière. J'espère que cela ne nuira pas à sa renaissance.

— Chez nous, on dit que l'âme se détache du corps de l'enfant d'albes à l'instant de la mort, expliqua Nuramon. S'il existe un chemin pour les âmes entre ton monde et Albemark, Gelvuun l'a déjà pris et attend là-bas sa renaissance.

— Alors, son âme était déjà partie lorsque j'ai enterré son corps.

— Oui. Mais je ne suis pas venu pour ça. C'est pour toi que je suis venu.

Ces mots ne semblèrent pas étonner Guillaume.

— Parce que je l'ai tué…

Nuramon fut interloqué.

— Comment le sais-tu ?

Le guérisseur baissa les yeux.

— Je l'ai compris en l'examinant. Il semblait avoir au cou des traces de strangulation qui ne pouvaient correspondre qu'à mes doigts. (Il s'arrêta et dévisagea Nuramon.) Ce n'est guère facile de lire sur le visage des elfes. Je ne vois aucune colère dans tes traits. Et pourtant, tu es certainement venu me demander réparation.

— Non, ce n'est pas non plus pour cela que je suis ici. (Guillaume le questionna du regard.) Je voudrais juste savoir ce que tu vois dans ton avenir.

— Je suis un homme en recherche, au service de Tjured. Je crois que ce monde est plein de bienfaits cachés, mais que rares sont ceux qui les trouvent. Ainsi, je sais que la puissance des dieux se rassemble à certains endroits. Je peux sentir ces lieux et suivre les flux invisibles qui les relient.

(De toute évidence il parlait des Sentiers d'Albes et les prenait pour les chemins de son dieu.) J'utilise ce savoir pour guérir les gens et prêcher la paix. Je voudrais que la haine disparaisse. Toutefois, après ce qui s'est passé aujourd'hui, il semble que le prix soit trop élevé. Quel est donc ce don qui guérit les hommes et tue les enfants d'albes ?

— Je peux te donner la réponse. Mais demande-toi d'abord si tu veux l'entendre.

— Tu sais quelque chose sur ce don d'où je tire mes miracles ?

— J'en connais l'origine.

— Alors, tu en sais plus que tous les sages et tous les prêtres que j'ai rencontrés jusqu'à maintenant. Je t'en prie, raconte…

— Tu veux vraiment que je le fasse ? Pense que si tu m'écoutes, tu sauras aussi pour quelle raison mes compagnons et moi nous sommes venus dans cette ville et pourquoi je prends ici le risque de t'approcher.

— Tu connais mes parents ? Mes vrais parents ?

— Oui, je les connais tous les deux.

— Alors, parle !

— Tu es le fils d'une elfe du nom de Noroelle. Pour protéger ta vie, elle a pris sur elle la plus terrible des punitions.

C'est avec ces mots que Nuramon commença son histoire. Il parla de Noroelle, de son amour et de l'amour de Farodin pour elle, de l'homme-sanglier et de la Chasse des elfes, de la façon dont elle avait sauvé son fils et de son exil. Il s'aperçut que le visage de Guillaume devenait de plus en plus grave et vit, ride après ride, sa ressemblance avec Noroelle disparaître. Il termina en disant :

— Maintenant, tu sais qui sont tes parents et pourquoi tu possèdes un pouvoir qui guérit les humains, mais qui tue les elfes.

Guillaume garda les yeux fixés sur la table, puis ses larmes se mirent soudain à couler. Cette vue causa de la douleur à Nuramon, non seulement parce que le guérisseur ressemblait de nouveau à Noroelle, mais aussi parce qu'il se mettait à sa place. Il fit un effort sur lui-même pour ne pas céder, lui aussi, aux larmes.

Après un long silence, le guérisseur finit par dire :

— Quel fou j'étais de penser que mon don était un bienfait de Tjured !

— Peu importe d'où tu tiens ce don, tu as fait du bien aux hommes comme ta mère avait l'habitude d'en faire aux enfants d'albes. Jusqu'à cette nuit, où…

Il ne voulait plus en parler.

— Dis-m'en plus sur ma mère, demanda Guillaume à voix basse.

Nuramon prit son temps et raconta au guérisseur, jusque tard dans la nuit, les vingt années qu'il avait passées près de Noroelle. Ses paroles lui rappelèrent tout ce qu'il avait vécu avec sa bien-aimée. Mais, quand il arriva vers la fin, son humeur changea, car à présent que tout était dit, il comprenait que tout cela était perdu et que Noroelle ne reviendrait sans doute jamais. Guillaume aussi paraissait profondément bouleversé, maintenant qu'il connaissait le sacrifice de sa mère.

— Tu as déchiré le voile qui entourait ma naissance, dit le guérisseur. Et tu m'as expliqué d'où me venaient mes pouvoirs. Mais tu ne m'as pas dit ce qui t'amène ici.

Nuramon prit une grande inspiration. Ainsi, le moment était arrivé.

— J'ai demandé à ma reine ce que je devais faire pour sauver Noroelle. Elle m'a dit de me mettre en route pour te tuer.

Guillaume accueillit cette nouvelle avec le plus grand calme.

— Tu aurais pu le faire depuis longtemps. Pourquoi me laisses-tu la vie sauve ?

— Pour la même raison que celle qui a amené ta mère à te conduire en ce monde. Parce que je ne sens rien du dévianthar en toi.

— Mais si mes pouvoirs guérisseurs ont tué ton compagnon, ce doit être là l'héritage de mon père. Qui sait ce qui sommeille encore en moi !

— Aurais-tu accepté la mort de Gelvuun pour guérir la main de cet homme ?

— Jamais.

— Alors, c'est que ton esprit au moins est libre de la force obscure du dévianthar, même si son être transparaît dans ta magie.

— C'est bien la fatalité. Innocent, je suis coupable. À cause de moi, ma mère a été bannie. À cause de moi, ton compagnon est mort. Et pourtant, je n'y peux rien. Il semble que ma faute consiste à vivre.

— C'est justement pourquoi il n'est pas juste de te tuer. Et pourquoi je voudrais donner à ma mission une autre fin que celle prévue par la reine. Même si pour cela je dois m'attirer sa colère.

— Tu me laisserais fuir ?

— Oui, je le ferais. Toutefois, mes compagnons retrouveraient vite ta piste. (Nuramon pensa à Ollowain.) Il faut que tu comprennes pourquoi je suis ici. Si je ne l'étais pas, tu serais déjà mort. Je suis venu te faire une proposition qui pourra peut-être te sauver la vie et libérer Noroelle. Mais ce n'est pourtant rien de plus qu'un vague espoir.

— Parle !

— Je pourrais t'amener à la reine en t'évitant tout danger sur le chemin d'Albemark. En parlant à Emerelle, tu pourras peut-être réussir à la convaincre de ton être véritable comme tu as réussi à convaincre Noroelle et à me convaincre aussi. C'est la seule chose que je puisse te proposer.

— J'accepte ton offre, répondit Guillaume sans hésiter. Pour l'amour de ma mère.

Nuramon admira secrètement le guérisseur. Il se demandait s'il aurait été prêt lui-même à accepter d'aussi bonne grâce, car il n'y avait aucune certitude que la reine se montre clémente. Il était fort possible qu'Emerelle s'en tienne à sa décision. Cependant, Nuramon avait malgré tout une telle confiance en la reine qu'il doutait de la voir se fermer à son objection.

—Quand partirons-nous ?

—Nous devrions quitter la ville au plus tard à midi. Nous ne sommes pas pressés.

—Alors, parle-moi d'Albemark.

Nuramon décrivit à Guillaume son pays, il lui parla aussi d'Alvemer, le pays natal de Noroelle. Il termina au chant du coq et proposa alors de partir plutôt dès le lever du jour afin de ne pas se faire remarquer.

Guillaume en fut d'accord et prépara ses affaires. Puis il remercia Nuramon de lui avoir dit la vérité.

—Je ne l'oublierai jamais.

Nuramon en fut satisfait. Son but était atteint, même si pour cela il avait détourné la mission de la reine. Ollowain grognerait certainement, mais ils conduiraient le fils de Noroelle à Emerelle. C'était un compromis dont devrait se satisfaire le maître des Épées. Il se montrerait tout de même prudent et ne quitterait pas le guerrier elfe des yeux.

Guillaume se prépara une bouillie de gruau, de noisettes et de raisins secs. Il demanda à Nuramon s'il voulait aussi manger quelque chose, mais celui-ci le remercia poliment. Le guérisseur prenait son petit déjeuner lorsque des bruits montèrent de la ville. Nuramon tendit l'oreille, il crut entendre des cris. Quand il perçut des martèlements de sabots, il se leva d'un bond et sa main chercha son épée.

—Que se passe-t-il ? s'étonna Guillaume.

—Prends tes affaires ! dit Nuramon.

Les ruelles résonnaient maintenant de bruits de combat et de cris de douleur. La ville était attaquée !

Le fracas des combats s'approchait. Soudain quelque chose cogna contre la porte dans un bruit de tonnerre et Nuramon, horrifié, la vit s'ouvrir. Une silhouette se rua vers eux. Nuramon dégaina son épée pour abattre l'intrus. Il s'effraya en le reconnaissant. Ce n'était personne d'autre que…

La fatalité

Farodin ferma vite la porte et poussa le verrou de bois.

— Range ton épée, sinon tu vas occire le seul ami que tu as dans cette ville. (Il regarda autour de lui.) Y a-t-il une autre issue ?

Guillaume le dévisagea comme s'il voyait un fantôme.

— Mais que se passe-t-il ici ?

— Des hommes en armes. Ils ont occupé toutes les rues qui mènent hors de la ville et ils ont pris d'assaut le temple. Ils ne semblent pas faire grand cas des prêtres comme toi. (Farodin se dirigea vers la fenêtre donnant sur la place du temple et il écarta légèrement les volets.) Regarde !

Les guerriers étaient remarquablement bien armés. Ils portaient presque tous des cottes de mailles et des casques à crinière noir. Ils étaient pour la moitié armés de haches ou d'épées. Leurs ronds boucliers rouges portaient en armoiries une tête de taureau blanche. L'autre moitié était équipée d'arbalètes. Même s'ils faisaient sortir sans ménagement les prêtres du temple à demi construit, il était évident qu'il ne s'agissait pas de simples pillards. Ils procédaient avec discipline. Les arbalétriers assuraient la place, tandis que les combattants à la hache poussaient les prêtres vers le grand chêne.

Sur ordre d'un gigantesque guerrier blond, l'un des prêtres, un homme corpulent et déjà assez âgé, fut séparé de ses compagnons d'infortune. On lui lia les pieds avec une corde dont on lança l'autre bout sur la grosse fourche d'une branche, et on le hissa par les pieds. Le prêtre s'efforça désespérément de maintenir sa robe sur ses parties.

— Le père Ribauld ! s'effraya Guillaume. Que font-ils là ?

— J'ai entendu des hommes en armes prononcer ton nom, Guillaume. (Farodin examina le jeune prêtre de la tête aux pieds : il était loin d'être un guerrier.) Il semble que tu te sois fait en même temps des ennemis dans deux mondes différents. Qu'as-tu fait pour que ces hommes te recherchent ?

Le prêtre écarta pensivement une mèche de cheveux de son visage. Un geste anodin que Farodin ressentit cependant douloureusement. Aileen et

Noroelle avaient eu aussi ce geste. Le prêtre avait des doigts étonnamment fins. Dans son visage, Farodin voyait Noroelle comme dans un lointain miroir. Elle vivait en lui.

Farodin avait suivi Nuramon, craignant que son compagnon puisse aider le prêtre à s'enfuir. Ces trois dernières années, Farodin avait vécu en paix avec lui-même. Il avait accepté l'ordre de la reine. Hier, sur la place du temple, il eût été prêt à tuer Guillaume. Mais maintenant… Il dut détourner son regard tant Guillaume lui rappelait Noroelle. S'il levait la main sur lui, il aurait l'impression de s'en prendre à elle.

Ollowain l'avait averti quand il avait quitté le camp pour suivre en secret Nuramon. Les paroles du maître des Épées résonnaient encore nettement dans sa tête :

« N'oublie pas : il est aussi l'enfant d'un dévianthar, d'un maître de la tromperie. Il prend les traits de Noroelle comme un masque derrière lequel se cache le mal. Un dévianthar est la haine incarnée envers les albes et nous, leurs enfants. Ce qui peut avoir habité en lui de bon est sans doute depuis longtemps empoisonné par l'héritage de son père. Tu as vu ce qui est arrivé à Gelvuun.

Nous ne pouvons pas en faire un prisonnier. En vérité, c'est nous qui serions ses captifs. Même si nous l'enchaînions, un seul mot de sa puissance pourrait nous tuer. Et pire encore : imagine-toi ce qu'une pareille créature pourrait provoquer en Albemark ! Comment la combattre ? Nous devons exécuter les ordres d'Emerelle ! Ce midi, sur la place du temple, j'ai compris la sagesse de la reine ! »

— C'est pour quelque chose que je n'ai pas fait qu'ils viennent, répondit Guillaume à la question de Farodin.

— Quoi ? dit celui-ci en sursautant.

Pendant ce temps, les guerriers sur la place frappaient Ribauld à coups de longues perches. Impuissant, l'homme se balançait au bout de la corde. Ses cris perçants devaient s'entendre jusqu'à l'autre bout de la ville. Cependant, aucun des habitants n'accourait à son aide.

— Vois-tu les têtes de taureau sur les boucliers ? demanda Guillaume. Ce sont les hommes du roi Cabezan. Sa garde personnelle. Cabezan les a envoyés me chercher. On dit que ses membres pourrissent et qu'il se meurt lentement dans d'atroces souffrances. Il m'a ordonné de le guérir. Mais je ne peux le faire. Si je sauve cette vie, une centaine d'autres seront perdues, car Cabezan est un tyran cruel. Il a assassiné ses propres enfants par crainte de les voir convoiter son trône. Il est possédé par la folie… Devant lui, il faut de montrer nu, parce qu'il craint qu'on puisse cacher des armes dans ses vêtements. Celui qui veut faire partie de sa garde doit tuer un nouveau-né à poings nus, sous ses yeux. Il ne tolère autour de lui que des hommes sans conscience. Avec Cabezan, c'est le Mal qui règne à Fargon. Voilà pourquoi, je ne le guérirai pas… Je n'en ai pas le droit. Quand il sera enfin mort, le pays sera délivré d'une malédiction. (La place retentissait toujours des cris du prêtre.) Je ne peux pas… (Guillaume avait les larmes aux yeux.) Ribauld est comme un père pour moi. J'ai grandi dans une famille de pauvres paysans. Quand mes parents…, mes parents adoptifs, sont morts, c'est lui qui m'a recueilli. Il est…

L'un des jeunes prêtres que les soldats avaient fait sortir de force du temple désigna de son bras tendu la maison de Guillaume.

— Y a-t-il une autre issue ici ? redemanda Farodin.

Deux guerriers traversaient déjà la place dans leur direction.

Le prêtre secoua la tête. Il prit un long couteau à pain sur la table et le glissa dans la manche de sa robe.

— Je m'en vais, ainsi ils ne vous tueront pas, vous aussi. Mais le roi Cabezan ne me reverra pas vivant.

Nuramon lui barra le passage.

— Ne fais pas ça. Viens avec nous !

— Tu penses donc que ce serait plus avisé de te suivre chez une reine qui t'a envoyé me tuer ? objecta Guillaume sans aucun défi, mais avec grande tristesse. Je sais que tu ne me veux aucun mal. Mais si je sors maintenant, je vous sauverai peut-être la vie ainsi qu'à mes frères d'ordre. Et si tu peux annoncer ma mort à la reine, elle graciera peut-être ma mère.

Il tira le verrou et s'engagea sur la place.

Farodin ne parvint pas à comprendre que Nuramon ne tente rien pour retenir le prêtre. Il se précipita vers la porte, mais c'était trop tard. Les guerriers s'étaient déjà emparés de Guillaume.

— Chevaliers du roi ! cria ce dernier d'une voix tonnante. Laissez mes frères. Vous m'avez trouvé.

Le chef blond fit signe à ses hommes d'abaisser leurs arbalètes. Il s'approcha de Ribauld, attrapa le vieil homme par les cheveux et lui renversa la tête en arrière.

— Ainsi, tu prétends être le guérisseur ! s'écria le chevalier à l'adresse de Guillaume. (Il tira un couteau de sa ceinture et l'enfonça dans la gorge de Ribauld.) Alors, montre-nous ce que tu sais faire.

Farodin retint son souffle. Guillaume était encore trop près de la maison. S'il mettait ses forces guérisseuses en œuvre, c'en serait fait de lui et de Nuramon.

Le vieux prêtre se balançait au bout de la corde. Il pendait à l'arbre comme un morceau de viande au crochet d'un boucher. Ses mains serrant sa gorge.

Farodin ouvrit les volets, ils claquèrent contre la façade. De ses deux mains, il prit appui sur le rebord de la fenêtre, se lança par-dessus et se jeta au dehors. Il atterrit en souplesse devant la maison.

— Ne t'en prends pas à ma prise, fils d'hommes !

Sa voix était de glace.

Le guerrier blond porta la main à son épée.

— Tu as réussi ton entrée. Maintenant, fiche le camp !

— Tu portes la main à ton arme ? Tu cherches un duel ? (Farodin sourit.) Je suis le champion de la reine d'Albemark. Réfléchis à deux fois si tu veux te battre contre moi. Je suis venu ici chercher le prêtre Guillaume. Comme tu vois, j'étais dans sa maison. Je l'ai trouvé avant toi. Et je ne me laisserai pas dérober ma prise. Hier après-midi, il a tué un elfe. Il devra en répondre.

— « Le champion d'Albemark », le singea le guerrier blond. Et moi, je suis Umgrid, roi de Chez-les-Trolls.

Les hommes qui l'entouraient s'esclaffèrent.

Farodin écarta ses cheveux de sorte à laisser apparaître ses oreilles.

— Ainsi, tu es Umgrid ? (L'elfe pencha la tête de côté.) Tu es suffisamment laid pour faire un troll. (Il fit un demi-tour et leva les yeux vers les toits des maisons autour de la place.) Tout ce qui n'est pas un troll ici ferait mieux de vider les lieux. Les elfes cernent la place. Nous ne nous laisserons pas prendre Guillaume.

Apeurés, quelques guerriers levèrent leur bouclier.

— Des mots ! Rien que des mots !

La voix du chef semblait avoir perdu de son assurance.

— Tu devrais nous demander la permission avant de laisser filer une seule de tes crapules, tonna la voix de Nuramon.

Sur le seuil de la maison de Guillaume, l'elfe avait dégainé son épée.

— Abattez-les !

Le capitaine arracha l'arbalète de la main d'un guerrier et la pointa sur Farodin.

L'elfe plongea en avant. Il prit appui des deux mains sur les pavés et, d'une roulade, il atteignit presque la fontaine. Un carreau lui effleura la joue en lui laissant une estafilade.

Farodin fit quelques roulés-boulés pour ne pas offrir aux guerriers une cible statique. Il atterrit aux pieds d'un combattant à la hache. L'homme lui assena un tel coup de rondache qu'il en perdit l'équilibre. En titubant, l'elfe heurta le bord de la fontaine. Il eut juste le réflexe d'éviter un coup de hache le visant à la tête.

D'un coup de pied, il repoussa alors le bouclier de l'homme, puis il dégaina son épée. Un coup de revers fendit le ventre du guerrier. Puis l'elfe arracha la hache de la main du mourant. Des guerriers affluèrent de partout. Nuramon, à l'entrée de la maison, se défendait déjà contre deux hommes. La situation était désespérée. Ils luttaient à un contre dix.

Farodin bondit de la fontaine en jetant la hache sur un arbalétrier en train de le viser. L'arme trouva sa cible dans un horrible craquement.

L'elfe esquiva un autre coup de hache, para un coup d'épée et embrocha l'épaule d'un attaquant. Les guerriers l'avaient maintenant encerclé.

— Alors ? Qui se propose pour mourir en premier ? les défia Farodin.

L'énorme capitaine avait entre-temps enfilé son casque et bouclé sa rondache à son bras.

— Emparons-nous de lui !

Il leva une francisque et se rua à l'assaut.

Assailli de toutes parts, Farodin s'accroupit pour esquiver les coups violents et faucha l'air de son épée. Tel un couteau chaud dans la cire, sa lame trancha les jambes de tous ceux qui l'approchaient un peu trop.

Quelque chose effleura son bras gauche. Du sang chaud mouilla sa tunique. D'un calme souverain, il détourna une hache visant sa poitrine. Son épée mit le manche en pièces. Les humains se déplaçaient gauchement. Farodin l'avait déjà souvent observé chez Mandred. Ils étaient courageux et forts, mais, comparés à un elfe exercé depuis des siècles au duel à l'épée, ils se battaient comme des enfants. Pourtant, l'issue du combat ne faisait aucun doute. Ils étaient beaucoup trop nombreux.

Comme un danseur, Farodin s'activait dans les rangs ennemis, il plongeait pour esquiver les coups ou les parait de sa lame, pour aussitôt réagir par une contre-attaque.

Brusquement, il se trouva face au chef blond.

— Tes oreilles, je vais m'en faire un pendentif, dit l'homme entre ses dents.

Il feignit un violent coup de hache visant le bras armé de Farodin, mais changea brusquement la direction de l'attaque.

D'un pas dansant, Farodin esquiva le coup puis il frappa violemment le bouclier du géant. La rondache renforcée de fer se brisa dans un craquement sinistre juste sous le menton de son assaillant. Le colosse se mordit profondément la lèvre inférieure et cracha du sang.

Farodin accomplit une volte et décocha un coup de pied dans le bouclier qui ripa. Du plat de l'épée, il frappa le capitaine en plein visage.

Le géant trébucha. Farodin le rattrapa, lui arracha son casque et lui mit sa lame sur la gorge.

— Cessez le combat ou votre chef est mort ! s'écria l'elfe d'une voix retentissante.

Les guerriers reculèrent. Un silence de mort s'abattit sur la place, seulement interrompu par les gémissements des blessés.

Nuramon quitta la maison du prêtre. Le cuir de sa casaque était souillé de sang.

— Replions-nous dans le temple ! lui cria Farodin.

— Vous ne sortirez pas vivants d'Aniscans, menaça le capitaine des humains d'une voix suffisamment forte pour être entendue de ses hommes. Nous occupons le pont. Toutes les routes sont barrées. Nous nous attendions que le guérisseur nous cause des difficultés. Abandonne et je te promets une mort rapide.

— Nous sommes des elfes, rétorqua froidement Farodin. Tu crois vraiment pouvoir nous arrêter ?

Sur un signe de lui, Nuramon se replia avec deux prêtres vers la porte du temple.

Guillaume était pâle comme un linge. Pendant les combats, il n'avait rien pu faire d'autre que regarder. Manifestement, il était incapable de faire du mal à une mouche.

— Tu saignes, elfe, dit le guerrier blond à Farodin. Tu es de chair et de sang, comme moi. Et tu peux mourir, comme moi. Avant le coucher du soleil, je boirai du vin dans ton crâne.

— Pour un homme qui a une épée sur la gorge, tu as remarquablement confiance en l'avenir.

Farodin recula lentement en direction du temple.

Les arbalétriers tout autour rechargèrent leurs armes.

Farodin pensa à Mandred et à ses autres compagnons qu'il avait laissés dans un vignoble. Allaient-ils arriver ? Ils avaient dû voir l'attaque du temple.

Vite, il renversa son prisonnier et fila vers le portail. Des carreaux d'arbalète lui sifflèrent aux oreilles. Nuramon ferma derrière lui la lourde porte de chêne et la barra avec la poutre de renfort. Farodin regarda d'un air soucieux la tunique maculée de sang de son compagnon.

— C'est grave ?

L'elfe baissa les yeux sur sa casaque.

— Ce n'est pas mon sang, je pense, c'est plutôt du sang d'homme.

Il faisait sombre et frais dans le temple. Des colonnes de bois massives s'élevaient jusqu'au plafond qui reposait sur de solides madriers. Le temple se composait d'une unique nef haute. Il n'y avait pas de meubles, ni d'estrade pour un prêcheur. Son seul ornement était un menhir, une pierre de presque trois pas de haut, où se trouvaient gravés des signes d'une écriture sinueuse. Deux galeries couraient le long des murs chaulés de blanc. Elles étaient surmontées par des fenêtres hautes qui laissaient passer la pâle lueur du matin. Accrochées aux murs, de petites lampes à huile brûlaient dans des niches, et autour du menhir on avait placé des brûle-encens d'où montait une fumée blanche.

Farodin se sentait plus dans la tour d'une forteresse que dans un temple. Quelle sorte de dieu pouvait bien être Tjured ? En tout cas, ce n'était pas un guerrier, à en juger par la maladresse de ses servants. Les deux prêtres étaient agenouillés devant le menhir au centre du temple circulaire. Ils priaient servilement leur dieu et le remerciaient de les avoir sauvés.

— Guillaume ? dit Nuramon qui se trouvait encore à la porte. Où es-tu ?

Le guérisseur sortit de derrière une colonne. Il paraissait étrangement calme, presque ailleurs.

— Tu aurais dû m'abandonner à eux. Après ce bain de sang sur la place, ils n'auront de cesse de nous voir tous morts.

— Tiens-tu tellement à mourir ? s'énerva Farodin.

— Ne vous a-t-on pas envoyés aussi pour me tuer ? Faut-il donc se battre pour savoir qui aura le droit d'être mon bourreau ?

Farodin repoussa son objection d'un geste de la main.

— Qui songe à la mort en combattant verra la vie le quitter. Conduis-nous à la porte de derrière. Peut-être pourrons-nous sortir par là sans nous faire remarquer.

De désarroi, Guillaume écarta les mains.

— Ici, c'est un temple, pas une forteresse. Il n'y a pas de porte de derrière, pas de tunnel secret ni de portes dérobées.

Farodin jeta un regard incrédule autour de lui. À côté du portail, un escalier à vis desservait les deux galeries. Sous la charpente du toit, les murs étaient percés de hautes fenêtres ogivales en verre coloré. Elles représentaient des prêtres portant la robe bleu nuit du culte de Tjured. Troublé, l'elfe regarda ces fenêtres. L'une des images de verre montrait un prêtre précipité dans un chaudron posé sur un feu. Sur une autre, on hachait menu les bras et les jambes d'un prêtre, une troisième représentait un homme en robe bleu nuit brûlé sur un bûcher par des sauvages vêtus de peaux de bêtes. Presque toutes les fenêtres offraient les mêmes scènes de torture. Farodin comprit alors pourquoi Guillaume gardait une telle sérénité. Apparemment, le plus grand accomplissement d'un prêtre de Tjured consistait à connaître une fin des plus horribles.

Un coup de tonnerre arracha l'elfe à ses pensées. Une poussière fine sortit par les fentes du portail. Un autre coup de tonnerre suivit. Les lourds battants de la porte firent grincer leurs gonds. Farodin pesta à voix basse. Manifestement, les gardes du roi avaient trouvé quelque chose pour leur servir de bélier.

— Cessez vos prières et rendez-vous utiles, ordonna l'elfe aux deux prêtres agenouillés devant le menhir. Allez chercher toutes les lampes à huile qui se trouvent ici. Nuramon, regarde si tu peux dénicher une torche. Et ensuite, dépêchez-vous de rejoindre la galerie supérieure. Je vais vous sortir de ce traquenard.

Une lourde planche céda dans un craquement. Le portail ne tiendrait plus longtemps.

Impitoyablement, Farodin poussa les prêtres à se hâter. En grimpant l'escalier en colimaçon, ils durent, comme des femmes, remonter leur robe pour ne pas trébucher. Depuis la deuxième galerie, on pouvait atteindre les fenêtres. En raison de l'épaisseur des murs, elles se trouvaient dans de profondes ouvertures. En tendant les bras, Farodin arriva tout juste à atteindre le bord inférieur de l'une d'elles. D'un bond, il se hissa plus haut et se trouva devant l'image en verre d'un prêtre dont les membres disloqués étaient entrelacés aux rayons d'une roue. Les visages des bourreaux ressemblaient à des masques. L'artiste n'avait pas réfléchi à la façon dont les couleurs du verre s'harmoniseraient avec la lumière extérieure. C'était une œuvre d'art mineure, à peine plus ambitieuse que celle que pouvait produire un artisan peu doué en une ou deux années de travail. Cet ouvrage ne pouvait nullement rivaliser avec les fenêtres du château d'Emerelle, composées de milliers de morceaux de verre. Les artistes les plus doués d'Albemark avaient consacré des décennies de travail pour réaliser une symbiose parfaite entre la lumière et le verre à toute heure de la journée.

Farodin dégaina son épée et frappa le vitrail. Le visage du prêtre déformé par la douleur vola en éclats. L'elfe donna encore quelques coups pour écarter le sertissage de plomb afin de pouvoir passer de l'autre côté et observer les assaillants sur la place.

Du haut de la galerie, Farodin entendit les prêtres se lamenter. Il perçut nettement la voix de Guillaume :

— Par Tjured, il a détruit une représentation de saint Romuald. Nous sommes perdus !

Farodin recula un peu pour ne pas être vu depuis la place. La tour du temple était entourée par un échafaudage en bois. Un plancher étroit, réservé aux tailleurs de pierre travaillant sur la façade, se trouvait juste sous la fenêtre. À partir de là, il était possible d'atteindre les autres niveaux de l'échafaudage. Farodin examina avec méfiance l'ossature en bois. L'assemblage lui paraissait inachevé.

À côté de la tour du temple se trouvait une auberge de pèlerins. Des statues de saints occupaient les niches de sa façade. Elle était plus richement ornée que la tour dans laquelle les humains priaient leur dieu, Tjured. Avec un peu d'audace, on pouvait sauter de l'échafaudage sur le toit. Et de là, il ne restait plus qu'à passer de toit en toit pour échapper aux sbires du roi.

Farodin repassa la fenêtre. Les prêtres l'attendaient, le visage fermé. Désemparé, Nuramon haussa les épaules.

— Je ne les comprends pas.

— Qu'y a-t-il de si difficile à comprendre ? demanda un jeune prêtre rouquin. Vous avez détruit une représentation de saint Romuald. C'était un homme colérique qui n'a trouvé que tardivement son chemin vers Tjured. Les païens l'ont assassiné dans les forêts de Drusna. Il a maudit tous ceux qui ont levé la main sur lui. La même année, ses meurtriers étaient tous morts. Les païens en furent si impressionnés qu'ils adoptèrent par milliers la croyance en Tjured. On dit que sa malédiction vaut encore aujourd'hui. Celui qui profane son image doit s'attendre au pire. Même saint, Romuald est resté colérique.

Farodin n'en crut pas ses oreilles. Comment pouvait-on croire de telles absurdités ?

— Vous n'avez rien fait. La malédiction de Romuald n'atteindra que moi. Vous n'avez pas de souci à vous faire, nous…

Dans un grand craquement, le portail du temple céda.

— Nuramon, passe devant ! Guide les prêtres ! On va escalader l'échafaudage les uns après les autres et passer ensuite sur la maison voisine. Ainsi, nous nous ferons moins remarquer. Et cela évitera la surcharge.

En bas, la nef retentit des cris des guerriers.

— Pourquoi moi ? demanda Nuramon. Tu connais le chemin…

— Oui, mais je suis aussi le meilleur à l'épée.

Nuramon le regarda, l'air vexé.

— Allez, va ! Je vais les retenir.

L'escalier en spirale résonna de pas lourds. Farodin attrapa les lampes et les lança sur les marches. Puis il arracha une manche de sa chemise et l'imbiba d'huile. Il fit prendre feu à l'étoffe en l'approchant de la mèche d'une lampe. L'huile n'était pas de la meilleure qualité. Elle mit du temps à s'enflammer et une épaisse fumée noire s'éleva. L'elfe lança le bout de tissu dans l'escalier et observa les flammes lécher l'huile renversée. Le feu consuma vite l'étoffe… et s'éteignit.

Hébété, Farodin regarda fixement les marches. L'huile était de trop mauvaise qualité ! Le premier guerrier apparut dans le virage de l'escalier. À la vue de l'elfe, il hésita et se cacha derrière son bouclier. Mais les combattants derrière lui le poussèrent en avant.

Farodin s'étira et décontracta ses muscles, bien décidé à se battre contre les hommes.

Du coin de l'œil, il aperçut dans la nef en bas un groupe d'arbalétriers mettant en joue. Leurs tirs étaient mal ajustés. Des carreaux allèrent se ficher dans le bois de la galerie, un grand vitrail se brisa bruyamment.

Excité par les braillements de des camarades, le guerrier au bouclier fit un grand bond en avant et glissa sur l'huile. Il dégringola lourdement l'escalier en entraînant quelques-uns de ses camarades dans sa chute.

— Viens ! (Guillaume se trouvait dans l'ouverture du mur et faisait signe à Farodin.) Les autres sont déjà sur le toit.

L'elfe remit son épée au fourreau. Guillaume lui saisit le bras et le hissa par l'ouverture. Malgré sa frêle apparence, le prêtre était étonnamment fort. D'une seule main, il aida Farodin à grimper. Tenait-il cette force de son père ?

Un carreau d'arbalète se planta en vibrant dans la voûte de la fenêtre. Sur la place du temple, le chef des guerriers donna de la voix. Ils étaient découverts.

— Vas-y d'abord ! dit Farodin.

Le prêtre hésita.

— Qu'est-ce que tu attends ?

— Je… J'ai le vertige. Quand je regarde en bas, je suis paralysé. Je… Je ne peux pas. Laisse-moi revenir en arrière !

Farodin l'empoigna par le bras.

— On y va ensemble !

Il le tira au bord du mur et sauta avec lui sur le plancher qui se trouvait juste sous la fenêtre. L'échafaudage trembla sous le choc. Le cœur battant, Farodin se plaqua contre le mur.

Un coup sourd retentit et la charpente tangua de nouveau. En dessous d'eux, un boulin se détacha et chuta dans un grand vacarme.

Lorsque l'échafaudage se remit à branler, Farodin se pencha et vit avec horreur ce qui se passait. En bas, devant le portail, un groupe de guerriers armés d'une lourde poutre s'acharnaient à coups de boutoir contre les montants. Ces fous ne semblaient pas penser qu'ils pourraient eux-mêmes disparaître sous les décombres, si cet assemblage de bois haut de plus de huit toises venait à s'effondrer !

En dessous d'eux, quelque chose se brisa. Il y eut une secousse, l'un des planchers se détacha et tomba dans le vide en fracassant au passage quelques portants.

Farodin sentit son estomac se nouer. Plus que quelques secondes et tout allait s'écrouler.

— Attention ! cria le prêtre.

L'elfe se retourna d'un bond. Au même instant, le guerrier qui avait précédemment glissé dans l'escalier, atterrit près d'eux. Un bruit de casse accompagna son arrivée. Sa hache partit en avant dans un éclair d'argent.

Farodin se laissa tomber pour esquiver le coup. Il s'apprêtait à faire un croche-pied à son assaillant lorsque le plancher céda. Par réflexe, l'elfe se cramponna à un montant, tandis que son adversaire chutait dans le vide en battant des bras. Pour le moment, l'édifice avait retrouvé un semblant d'équilibre. Mais il penchait fort vers l'avant.

Le cœur de Farodin battait la chamade. Il fallait quitter cet échafaudage. Comme pour confirmer sa pensée, un carreau d'arbalète vint se ficher dans le bois près de sa tête.

Le prêtre s'était réfugié sur une planche étroite d'où partait une échelle qui permettait d'atteindre l'étage inférieur. Les bras autour des genoux, Guillaume s'était plaqué contre le mur. Nuramon et les deux prêtres de Tjured s'étaient allongés sur le toit de l'auberge pour éviter les tirs d'arbalète décochés depuis la place. Farodin vit le capitaine des gardes disposer ses hommes par petits groupes pour encercler la maison. Leur tentative d'évasion avait échoué !

En bas, le bélier heurtait bruyamment les montants de bois. Des crissements et des grincements parcoururent la fragile construction. Le plancher à côté de Farodin s'inclina. Le cœur serré, l'elfe regarda en bas. En se détachant, les planches risquaient de cisailler quelques boulins, telle la lame d'une énorme hache.

Se suspendant à une traverse, Farodin progressa vers la planche sur laquelle Guillaume était accroupi. Les yeux fermés, le prêtre priait à voix basse.

— Partons d'ici ! cria Farodin. Tout peut s'effondrer d'un moment à l'autre !

— Je ne peux pas, gémit Guillaume. Je n'arrive pas à bouger d'un pouce. Je… (Il sanglotait.) J'ai peur, c'est plus fort que moi.

— Tu as peur de tomber ? Si tu ne bouges pas, nous allons y rester tous les deux !

Comme pour souligner les mots de Farodin, une nouvelle secousse ébranla l'échafaudage qui se mit à osciller. Farodin attrapa le prêtre et le poussa en avant. Soudain, il y eut un grand craquement. Le dernier étai venait de céder sous le poids et le plancher fut précipité dans le vide Tel un couperet géant, les planches sectionnèrent les rondins et les boulins. Tout un pan de l'échafaudage se détacha du corps principal et s'inclina lentement vers le chêne de la place.

La panique avait doté Farodin d'une force insoupçonnée. Il souleva le prêtre et le porta dans ses bras comme un grand enfant. Angoissé, Guillaume se cramponnait à lui. L'elfe avait du mal à voir où il posait les pieds.

À présent, l'échafaudage entier semblait se balancer. La planche sur laquelle il marchait tremblait de plus en plus. Effrayé, Farodin vit des chevrons se desceller des murs. Ils n'arriveraient pas à descendre l'échelle jusqu'au palier d'où un simple saut leur permettrait d'atteindre le toit de l'auberge. Il fallait se risquer à sauter de plus haut !

Farodin courut comme il l'avait rarement fait dans sa vie. Des boulins et des morceaux de bois dégringolaient sur eux. L'échafaudage tanguait comme un ivrogne. L'elfe savait qu'avec Guillaume il était trop lourd pour tenter le grand saut. Tel un noyé entraînant avec lui son sauveteur dans le fond, le prêtre s'agrippait à l'elfe.

Sans prévenir, la planche céda sous les pieds de ce dernier. Deux pas de plus, et ils auraient atteint l'endroit d'où sauter… Dans sa chute, Farodin attrapa un cordage enroulé autour d'une poutre d'étai qui penchait déjà vers le vide.

Quelque chose comme le coup de poing d'un troll atteignit Farodin dans le dos. Il sentit plusieurs de ses côtes se briser. La corde les entraîna vers l'auberge.

À moitié conscient, Farodin finit par lâcher prise. Dans leur chute, Guillaume poussa un cri strident. Ils atterrirent brutalement sur le toit. Des bardeaux volèrent en éclats. Farodin roula sur la pente, sans pouvoir s'arrêter. Ses mains cherchèrent en vain à s'accrocher aux bardeaux lisses ; il glissa par-dessus le bord du toit. Sa main gauche réussit à attraper au vol une poutre saillante. Son corps se balança et rebondit durement contre le mur de la maison.

— En voici un ! cria quelqu'un en bas.

Cramponné des deux mains à la poutre, Farodin n'avait plus la force de se hisser. Des carreaux d'arbalète s'abattirent près de lui.

L'échafaudage s'effondra dans un vacarme assourdissant. La place fut envahie par la poussière.

Un trait atteignit Farodin à la cuisse droite. L'elfe hurla de douleur. Le carreau avait traversé sa jambe et s'était fiché, maculé de sang, dans la façade de la maison.

Lentement, les doigts de Farodin glissèrent de la poutre. Sa volonté était brisée. Il ne pouvait plus se battre.

— Prends ma main !

Farodin vit des yeux bleus, agrandis par la peur. Guillaume avait rampé jusqu'au bord du toit et lui tendait la main.

— Je ne peux plus…

— Tjured, retire-moi ma peur, murmura le prêtre.

La sueur lui perlant au visage, il s'avança un peu plus et saisit Farodin par le poignet. D'une secousse qui lui déboîta presque le bras, l'elfe fut hissé sur le toit.

Farodin haletait. Il avait froid. Sa blessure à la cuisse saignait abondamment.

Guillaume, qui s'était arrimé en se coinçant un pied dans les chevrons, se releva à moitié. Il jeta un regard inquiet à la blessure.

— Je vais te bander la jambe. Sinon, tu vas…

Une dernière étincelle de vie s'alluma en Farodin. Effrayé, il s'écarta du prêtre en rampant.

— Ne me touche pas… N'essaie pas de me…

Guillaume eut un sourire fatigué.

— … de te bander la jambe. Je n'ai pas parlé de te guérir. Je voudrais juste…

Il toussa. Du sang coula de sa bouche. Le prêtre tâta ses lèvres et regarda, hébété, ses doigts souillés de sang. Une tache sombre se répandit vite sur sa robe. Un carreau lui avait traversé le corps.

Brusquement, Guillaume bascula, comme un arbre abattu. Farodin tenta de le retenir, mais tout alla trop vite. Le prêtre tomba dans le vide. Farodin entendit le fils de Noroelle s'écraser sur les pavés de la place du temple.

Les fenêtres murées

Le vacarme de l'échafaudage en train de s'effondrer s'était fait entendre jusque dans la colline plantée de vignes. Mandred plissa les yeux dans la lumière claire du matin. Là-bas, devant la place du temple, les guerriers étrangers pendaient quelque chose au chêne. Mais à cette distance, on ne pouvait pas voir exactement de quoi il s'agissait.

— Il faut aller en ville ! insista Mandred.

— Non ! répéta Ollowain pour la troisième fois. Nous ne savons pas ce qui se passe là-bas. Nuramon et Farodin se sont probablement cachés en attendant que ces incendiaires disparaissent.

— « Probablement » ne me suffit pas ! (Mandred sauta en selle.) Apparemment, le mot « ami » a une autre signification dans la langue des elfes que chez les humains. En tout cas, moi, je ne vais pas rester ici les bras croisés. Et vous ?

Il regarda Oleif et les deux combattantes. Il n'escomptait pas grand-chose de la part des deux femmes elfes. Elles étaient tout acquises à Ollowain. Mais son fils… Voici déjà trois ans qu'ils chevauchaient ensemble. N'avait-il pu pendant tout ce temps lui inculquer au moins le sens de l'honneur ? Naturellement, Mandred savait qu'il ne pourrait rien faire tout seul : même à cinq, ils résisteraient difficilement au surnombre. Cependant, se contenter d'attendre ici en espérant que ses amis s'en sortiraient une nouvelle fois, ce n'était pas la manière dont devait se comporter un homme.

Oleif jeta un regard interrogateur à Ollowain. Son fils paraissait surpris de l'attitude du maître des Épées.

— Vous avez tous bien vu qu'une centaine d'hommes ont traversé le pont à l'aube, dit Ollowain.

Mandred caressa le manche de la hache pendue au pommeau de sa selle.

— Ça promet un combat passionnant. À ce que je vois, les forces sont pour ainsi dire équilibrées.

Il tira sur ses rênes et fit prendre à sa jument l'étroit sentier vers la vallée.

Une fois arrivé sur la route menant à la ville, il entendit derrière lui un bruit de sabots de cheval. Il ne se retourna pas, mais son cœur s'emplit de fierté. Cette fois-ci, Oleif n'avait pas agi comme un elfe.

Sans un mot, ils chevauchèrent côte à côte. Leur silence en disait plus que des mots n'auraient pu le faire.

Cinq guerriers montaient la garde au pont. Mandred vit l'un des hommes tendre son arbalète. Un costaud au crâne rasé leur barra le passage. Il pointa sa lance sur la poitrine de Mandred.

—Au nom du roi, faites demi-tour. Ce pont est barré.

Mandred s'inclina avec un sourire amène. Sa main droite glissa vers la sangle de cuir qui retenait sa hache.

—Des affaires pressantes m'amènent à Aniscans. Dégage-moi le chemin, mon ami.

—Disparais d'ici, si tu ne veux pas te retrouver pendu par les tripes à un arbre.

Le garde leva sa lance vers Mandred et la pointa sur sa gorge.

Mandred brandit sa hache et fit voler en éclats le fût de la lance. D'un coup de revers, il fracassa le crâne du garde.

Pour compliquer le tir de l'arbalétrier, le jarl se coucha sur le cou de son cheval. Oleif avait sauté de selle et semait la panique parmi les gardes surpris. Il esquivait leurs lances et faisait décrire à son épée des cercles mortels. Ni les boucliers ni les cottes de mailles ne résistèrent à l'acier elfique. En quelques instants, les cinq guerriers furent étendus raides morts.

Le pont était dégagé. Apparemment, personne ne les avait observés depuis l'autre rive. Mandred descendit de cheval et s'agenouilla auprès de l'arbalétrier. L'homme avait perdu connaissance. Un coup de pied de cheval avait transformé son visage en un amas de chair sanglante. Mandred tira un couteau de sa ceinture et lui trancha la gorge. Puis il entreprit de fouiller le mort. Il trouva sur lui une mince bourse en cuir avec quelques pièces de cuivre et un anneau d'argent noirci.

—Père, ce n'est pas vrai !

Mandred décocha un coup d'œil rapide à son fils et partit ensuite vers le chauve qui l'avait menacé de le pendre par les tripes.

—Qu'est-ce qui te chagrine ? s'étonna Mandred en tâtant les vêtements de l'homme corpulent, à la recherche de pièces cachées.

—Tu voles les morts ! C'est… écœurant. Amoral !

Mandred tourna le chef des gardes sur le côté. Il avait de grandes oreilles charnues et portait une unique boucle d'oreille avec une jolie perle. Le jarl la lui arracha d'un coup sec.

—Amoral ? (Il présenta la perle à la lumière. Elle avait la grosseur d'un petit pois et luisait d'un ton rose.) Ce serait peut-être amoral de voler des vivants. Mais ceux-ci ne pâtiront pas si je leur dérobe leur argent. Si je ne le faisais pas, ses camarades ne se gêneraient pas pour le faire.

— Ne parle pas de « camarades » ! En ce moment, on dirait que tu te moques bien de savoir si tes soi-disant « amis » sont en train de lutter pour leur vie. Ollowain avait bien raison !

Mandred se dirigea vers le mort suivant.

— Fils, pourrais-tu surveiller l'autre rive tout en continuant ton prêchi-prêcha ? Ma parole, tu t'entendrais à merveille avec Guillaume. Alors, en quoi Ollowain avait-il raison ?

— Il disait que tu étais comme un animal qui n'obéit qu'à ses instincts. Ni bon ni mauvais… Simplement primitif !

L'un des lanciers occis portait à son doigt un anneau d'argent avec une grosse turquoise. Mandred tira sur l'anneau, sans succès.

— Garde les yeux sur l'autre rive ! se contenta-t-il de dire.

Il cracha dans la main du mort et étala consciencieusement la salive pour que l'anneau puisse mieux glisser du doigt, mais ce fut encore en vain. Énervé, il tira son poignard.

— Ne fais pas ça, père.

Mandred plaça la pointe du poignard sur la troisième phalange et, du plat de la main, il donna un coup sec sur le manche de l'arme. L'osselet se brisa dans un craquement. Le jarl prit le doigt, retira l'anneau et le mit avec le reste de son butin dans un petit sac en cuir.

— Tu es pire qu'une bête !

Le guerrier se redressa.

— Ce que tu penses de moi et des animaux m'est égal. Mais ne t'avise plus jamais de prétendre que je me moque de mes amis.

— Ah bon, je comprends ! Évidemment, c'est par pur égard pour eux que nous restons ici en les laissant combattre. Tu ne veux pas leur gâter le plaisir.

Mandred se remit en selle.

— Tu ne comprends vraiment rien à ce que nous faisons ici, n'est-ce pas ?

— Si, si. Ça me paraît évident. Tu te remplis les poches… Comme ça, tu vas pouvoir te saouler et courir la gueuse dans la prochaine ville. Freya t'a peut-être aussi maudit pour ça ?

Mandred expédia à Oleif une gifle retentissante.

— N'associe jamais plus dans la même phrase le nom de ta mère et les putains ! (Le jeune guerrier se mit en selle, encore sonné par la soudaineté et la violence de cette gifle. Des marques rouges apparurent sur sa joue.) Et maintenant, écoute-moi au lieu de bavasser, je vais t'apprendre quelque chose.

Mandred s'efforça de parler doucement, en pesant bien ses mots. Surtout ne pas se laisser aller ! Il avait grande envie de rosser son fils pour lui faire passer l'envie de donner des leçons. Voilà ce que les elfes avaient fait de son garçon !

— La plupart des guerriers humains redoutent le combat. Ils parlent haut et fort, mais le moment venu, la peur les prend aux tripes.

» Moi aussi, je crains les arbalétriers, ils sont peut-être aux aguets dans les maisons sur l'autre rive, prêts à nous abattre si nous passons le pont. S'ils sont postés là-bas, ils attendent que nous nous trouvions à bonne distance pour ne pas nous rater. Je suis descendu de cheval et j'ai rempli ma bourse pour les laisser un peu mariner dans leur jus. Car, vois-tu, ils nous redoutent, eux aussi. Ils craignent de rater leurs tirs et de nous voir débouler dans leur repaire avant d'avoir eu le temps de recharger. Plus ils nous voient et nous attendent, plus il est probable que l'un d'eux va finir par craquer et décocher son tir. Alors, au moins, nous saurons à quoi nous en tenir.

Pendant quelques secondes, la tension régna entre le père et le fils. On n'entendit plus que le craquement des bois flottants qui heurtaient les piles de pont massives.

Oleif regarda les maisons sur l'autre rive.

— Tu as raison. Si nous nous jetons tête baissée dans une embuscade, nous ne serons d'aucune aide pour Farodin et Nuramon. Rien ne bouge là-bas. Tu crois que nous pouvons franchir le pont en sécurité ?

Mandred secoua la tête.

— La guerre et la sécurité ne font pas bon ménage. À vrai dire, je ne crois pas que ce soit des guerriers ordinaires qui nous attendent là-bas. Sinon, il y en aurait bien un qui aurait craqué depuis longtemps. Mais, si au lieu de jeunes blancs-becs, il y a là quelques fils de pute vicelards, de vieux briscards avec déjà pas mal de batailles derrière eux, alors ils connaissent ce petit jeu et ils attendent en toute quiétude. (Mandred se coucha sur le cou de sa jument et il piqua des deux.) À tout à l'heure, sur l'autre rive !

Ils traversèrent le pont à bride abattue.

Mandred scruta avec méfiance les maisons, mais aucune pluie de flèches ne s'abattit sur eux à leur sortie du pont. Ces cinq guerriers semblaient avoir été les seuls gardes postés de ce côté-ci de la ville.

Mandred et Oleif tinrent leurs chevaux en bride. Devant eux, une large route partait vers le marché et sinuait plus loin vers le temple dressé sur la colline. Aniscans était comme mort. Personne ne se risquait dans les rues. Ils s'avancèrent au pas, épiés par des regards apeurés derrière les volets fermés. Du bas de la colline, on entendait des cris. Et le tintement clair des épées.

— Si c'était moi qui commandais ici, je nous laisserais entrer en ville et je barrerais toutes les ruelles, déclara Oleif.

Mandred approuva.

— On dirait que les elfes t'ont tout de même appris autre chose que palabrer doctement ou pousser la chansonnette. Descendons de cheval ! Nous serons plus mobiles à pied.

Ils quittèrent la rue principale et s'enfoncèrent dans le dédale des ruelles étroites. Ils tiraient derrière eux leurs chevaux par la bride. Le cœur serré,

Mandred sondait les alentours. La ville entière n'était qu'un immense piège. Il ne leur restait plus qu'à espérer que personne n'avait observé le massacre près du pont.

Ils traversèrent tous les deux une petite place en terre battue. Une grande maison aux fenêtres murées en occupait tout un côté. Avec son haut portail ouvrant sur une arrière-cour, elle ressemblait presque à un château fort.

— Nous allons laisser les chevaux ici, déclara Mandred en faisant passer la porte à sa jument.

De nombreuses fenêtres donnaient sur la cour. Mandred jeta un regard méfiant autour de lui. Ce bâtiment lui semblait étrange. Il eut juste le temps d'apercevoir à l'une des fenêtres une jeune femme au corselet à moitié délacé. Mais elle avait vite disparu. Personne ne se présenta à l'unique porte d'entrée de la maison, ni ne leur adressa la parole depuis les fenêtres. Mandred en fut satisfait.

En face du portail, il y avait un appentis avec un long établi. Des sabots s'empilaient sur la table avec toutes sortes d'outils soigneusement alignés à côté : des rabots, des ciseaux et de drôles de couteaux à lame courbée. Ici non plus, pas âme qui vive.

Mandred passa les rênes à l'un des anneaux de fer scellés dans le mur de la maison. Ensuite, il inspecta longuement les fenêtres donnant sur la cour.

— Je sais que vous nous observez. Si jamais je ne retrouve plus les chevaux ici à mon retour, je monterai vous trancher la gorge. (Il prit la bourse en cuir de sa ceinture et en tira une pièce qu'il leva bien haut.) Mais si je les retrouve abreuvés et nourris, cette pièce d'argent sera pour vous.

Sans attendre de réponse, Mandred épaula sa hache et sortit par le portail.

— Tu as un plan ? demanda Oleif.

— Bien sûr. Ne t'en fais pas. Je sais exactement quoi faire. On va se diriger vers les bruits du combat.

Oleif fronça les sourcils.

— Rien d'autre ?

Mandred rejeta sa question d'un geste agacé.

— Trop de plans ne servent qu'à te filer la migraine et à rester les bras croisés. Un bon chef ne discutaille pas, il agit.

Mandred se mit au petit trot. Il longea les murs pour gêner les tirs d'éventuels archers. À présent, les cliquetis d'épées étaient tout proches.

Soudain, un guerrier sortit d'une maison en titubant. Sanglé à son bras, il avait un grand bouclier rond portant une tête de taureau blanc en armoiries. Nuramon apparut à la porte. L'elfe se pressait la hanche gauche de sa main. Du sang sombre coulait entre ses doigts.

Un coup de poing de Mandred expédia au sol le guerrier surpris avant qu'il ait le temps de lever son bouclier pour se protéger.

— Content de vous voir, fils d'hommes, fit Nuramon d'une voix rauque. (Il laissa tomber son épée et s'appuya, épuisé, au chambranle de la porte.) Venez !

Mandred et Oleif lui emboîtèrent le pas dans la pénombre de la maison. Ils traversèrent une cuisine dévastée et enjambèrent deux cadavres qui bloquaient la porte de la salle à manger. Ici aussi, tous les volets étaient fermés et seuls quelques minces filets de lumière s'infiltraient dans la pièce. Farodin était allongé sur la longue table qui occupait presque tout l'espace. Un jeune prêtre aux cheveux d'un roux flamboyant était penché sur lui.

— Il ne faut pas bouger, noble seigneur, disait-il, tentant de persuader l'elfe d'un ton implorant. La blessure va se rouvrir. Et tu as perdu beaucoup de sang.

Farodin poussa le prêtre de Tjured sur le côté.

— Je resterai couché quand nous serons sortis de la ville et en sécurité.

— Mais tu vas…, reprit le prêtre, qui commençait à s'énerver.

Nuramon le rassura.

— Je m'occuperai plus tard de sa blessure.

Farodin se redressa et se tourna vers le fils d'hommes.

— Vous en avez mis du temps. Où est Ollowain ?

Mandred évita le regard de l'elfe.

Farodin lâcha un grognement de mépris.

— C'est bien ce que je pensais.

En quelques mots, il relata l'attaque du temple et leur fuite.

— Et Guillaume ? demanda Oleif quand Farodin eut terminé.

L'elfe montra les volets fermés.

— Là-bas, sur la place du temple.

Mandred et son fils traversèrent la salle et glissèrent prudemment un œil à une fente. Il y avait des guerriers du roi dans tous les coins. Tout autour du chêne sacré, ils avaient empilé le bois de l'échafaudage effondré. À l'une des branches de l'arbre, deux cadavres nus, suppliciés, pendaient la tête en bas. Un homme âgé corpulent et… Guillaume. On avait lacéré leurs corps à coups de bâton. Des carreaux d'arbalète et des hampes de lance brisés sortaient de leur poitrine.

Pris de nausée, Mandred se détourna.

— Pourquoi ont-ils fait ça ? Tu as pourtant dit qu'ils devaient l'amener à leur roi.

— Après être tombé du toit, Guillaume n'était plus présentable, répondit froidement Farodin.

Puis il serra les lèvres jusqu'à ce qu'elles ne forment plus qu'un fin trait pâle.

— Le carreau qui l'a atteint était destiné à Farodin, dit Nuramon d'une voix blanche. Je…

— Guillaume a cherché la mort, l'interrompit Farodin, irrité. Tu le sais. Il voulait sortir pour aller à la rencontre de ces meurtriers !

— Pour nous sauver, répliqua Nuramon calmement. Je ne te fais pas de reproches. Mais, entre Emerelle et Cabezan, Guillaume n'avait plus de place pour vivre. Il ne lui restait plus qu'à choisir la façon dont il voulait mourir. Quand les guerriers ont ramassé son corps, ils sont devenus fous furieux. Ils ont souillé son cadavre et l'ont pendu.

— Et maintenant, ils vont venir nous chercher, dit Oleif qui se trouvait toujours à la fenêtre.

Mandred regarda au dehors et jura comme un charretier. L'homme qu'il avait assommé devant la porte, avait repris connaissance. Il le vit courir vers la place et crier en montrant la maison où ils se cachaient.

— Je t'en ficherai de la morale ! Autrefois, je lui aurais tout simplement tranché la gorge.

Farodin saisit l'épée qui se trouvait à côté de lui sur la table.

— De toute façon, ils seraient venus nous chercher. (Il se tourna vers le prêtre qui avait soigné ses blessures.) Je te remercie, fils d'hommes. À présent, va chercher ton frère d'ordre et cache-toi. Nous n'allons plus pouvoir vous protéger.

Il essaya de se lever, mais sa jambe blessée ne pouvait plus le porter.

Mandred le prit sous les épaules pour le soutenir.

— Je n'ai pas besoin d'aide, grommela Farodin.

Mandred le lâcha. L'elfe chancela, mais réussit à se tenir debout.

— Inutile de combattre ici. Essayons de rejoindre nos chevaux. Si le pont n'est pas de nouveau occupé, nous pourrons peut-être réussir à nous enfuir. (Il fit signe à Oleif de venir vers lui.) Aide Nuramon, il est moins récalcitrant.

— Ne sortez pas par la porte, dit soudain le prêtre roux. Je… Je voulais aussi vous remercier. Mon frère d'ordre Segestus… Je n'ai plus besoin de le chercher, il a déjà filé. Il y a encore un autre chemin. Suivez-moi !

Mandred regarda Farodin.

— Nous n'avons plus rien à perdre, décida l'elfe. Verrouillez les portes ! Cela les retiendra un moment. Montre-nous donc le chemin qu'a pris ton frère.

Le jeune prêtre alluma une lanterne et les conduisit par la cuisine dans un cellier. La pièce était pleine d'amphores de toutes tailles et formes imaginables. Des jambons et des saucisses fumées pendaient du plafond.

Le prêtre marchait en tête. Mandred s'attarda un moment pour glisser deux grosses saucisses fumées sous son pourpoint. Ils entamaient une fuite éperdue, et seul Luth pouvait savoir quand ils trouveraient de nouveau quelque chose de correct à se mettre sous la dent. Il aurait bien aimé aussi emporter une amphore de vin. Il fallait vraiment que le dieu Tjured soit très important pour que ses prêtres entretiennent une cave pareillement garnie. Bizarre, pensa Mandred, il n'avait entendu parler de

Tjured pour la première fois que deux semaines auparavant. Mais c'était sans doute dû à son ignorance…

Le jeune prêtre les mena à une porte basse dissimulant un escalier. Arrivés en bas, ils se trouvèrent dans un espace où étaient entreposés d'énormes foudres. Mandred n'en crut pas ses yeux. Jamais il n'aurait pensé devoir lever les yeux sur des tonneaux. Ils étaient alignés contre le mur, des deux côtés. Plus loin, la cave se perdait dans l'obscurité. Ces barriques renfermaient un lac entier de vin !

— Par les tétons de Naïda, prêtre, que faites-vous de tout ce vin ? Vous vous baignez dedans ? ne put s'empêcher de dire Mandred.

— Aniscans est une ville de vignerons. Le temple reçoit souvent du vin en cadeau. Nous en faisons commerce.

Il s'arrêta, jeta un regard en arrière et compta sur ses doigts les tonneaux près desquels ils étaient passés. Puis il leur fit signe d'avancer un peu plus et les fit finalement passer entre deux foudres. Dissimulé dans l'obscurité, un passage s'ouvrait vers un tunnel bas.

— D'aucuns prétendent qu'il y existerait une deuxième ville cachée sous Aniscans. Il s'agit des grandes caves voûtées des entrepôts des vignerons. Elles sont souvent reliées les unes aux autres par des tunnels comme celui-ci. Quand on connaît l'endroit, on peut par temps de pluie rejoindre l'autre bout de la ville à pied sec. Mais on peut aussi s'y perdre à jamais…

— Eh bien, au moins, on ne mourra pas de soif ici.

Le prêtre regarda Mandred d'un air affligé. Puis il se courba et disparut dans le tunnel.

Mandred rentra la tête dans les épaules. Ce qui ne l'empêcha pas, dans l'obscurité, de se cogner sans arrêt au plafond. La faible lueur de la lanterne était presque effacée par ceux qui progressaient devant lui. De sorte qu'il avançait à tâtons. À cet endroit, on respirait mal, une odeur aigrelette flottait dans l'air. Mandred eut bientôt l'impression de se trouver là depuis une éternité. Pour se distraire, il compta ses pas. À trente-trois, ils atteignirent un deuxième entrepôt rempli de tonneaux.

Le prêtre les conduisit vers un escalier et ils quittèrent la cave par une porte battante qui ouvrait sur une cour ensoleillée.

— Et maintenant, où voulez-vous aller ?

Mandred cligna les yeux au soleil et inspira profondément.

— Nos chevaux se trouvent dans une arrière-cour. C'est une assez grande maison sur une petite place. Les fenêtres donnant sur la place sont murées, expliqua Oleif. Peux-tu nous dire comment y arriver ?

Le prêtre rougit.

— Une maison aux fenêtres murées ?

Il se racla la gorge d'un air gêné.

— Il y a un problème ? demanda Mandred. Je me demandais aussi pourquoi ils avaient transformé cette maison en forteresse.

Le prêtre se racla de nouveau la gorge.

— C'est… à cause de la taverne en face. L'aubergiste avait installé une salle spéciale au deuxième étage. Celui qui voulait y boire devait payer sa cruche de vin une pièce en cuivre de plus.

— Et alors ?

Le prêtre se dandina, gêné.

— Depuis cette salle, on pouvait bien voir les fenêtres d'en face.

Mandred commença à perdre patience.

— Et alors, qu'est-ce qu'on pouvait voir ?

— C'est… une maison où vont des hommes seuls. Depuis la salle de l'auberge, on pouvait observer ce qui se passait dans les chambres. C'est pourquoi le propriétaire a fait murer les fenêtres.

Nuramon éclata de rire et pressa aussitôt sa main sur sa plaie à la hanche.

— Un bordel ! Tu as laissé tes chevaux dans un bordel, Mandred ?

— Dans la cour d'un bordel, rectifia Oleif, rouge comme un coquelicot, lui aussi. Dans la cour !

— Je parie que c'est le seul bordel de la ville, ajouta Farodin. Et tu l'as trouvé du premier coup.

Mandred ne voyait pas ce qu'il y avait là de si drôle.

— Je ne sais rien de tout ça. Dans cette cour, il y a l'atelier d'un honnête artisan. C'est tout ce que j'ai vu.

— Bien sûr, dit Farodin en riant. Bien sûr !

Mandred regarda les deux elfes avec étonnement. Les combats et l'horrible mort de Guillaume, tout cela avait dû représenter trop pour eux. Il ne pouvait s'expliquer autrement cet accès d'hilarité absurde.

— Prêtre, tu connais l'endroit. Mène-nous le plus vite possible à ce… bazar !

Le jeune homme les fit passer par des ruelles étroites et des arrière-cours. De temps en temps, ils entendaient tout près d'eux les appels des soldats du roi, mais ils ne se firent pas remarquer. Mandred avait l'impression qu'ils auraient dû être depuis longtemps arrivés, quand le prêtre s'arrêta subitement et leur fit signe de ne pas bouger.

— Que se passe-t-il, rat de temple ? demanda le jarl entre ses dents, en se jetant en avant.

Il scruta prudemment la place. Ils avaient atteint leur but, mais sept guerriers se trouvaient devant la taverne en face du bordel. Une servante maigre leur apportait des pots de bière et des plateaux garnis de fromage et de pain.

— Luth se plaît à tisser des motifs compliqués avec les fils du destin, soupira Mandred. (Il se tourna vers ses compagnons.) Je vais distraire l'attention des soldats. Faites en sorte d'arriver aux chevaux. Et toi, prêtre ? Veux-tu fuir avec nous ?

Le jeune homme réfléchit rapidement, puis il secoua la tête.

— J'ai des amis en ville. Ils me cacheront jusqu'à ce que cette racaille ait disparu.

— Alors, il vaudrait mieux ne pas te faire voir avec nous. Je te remercie de ton aide. Mais maintenant, tu ferais mieux de déguerpir.

— Quelle est ton intention, père ? Tu ne veux tout de même pas te battre seul contre sept ?

Mandred caressa la lame de sa hache ornée de runes.

— Avec elle, nous sommes deux. Dépêche-toi de retrouver les chevaux avec Nuramon et Farodin. Une fois que vous serez arrivés aux abords de la ville, Ollowain vous aidera peut-être en cas de difficultés.

— Et toi ? demanda Nuramon. Nous n'allons tout de même pas te laisser seul ici.

Mandred fit un geste dédaigneux.

— Ne t'en fais pas pour moi. Je trouverai bien un moyen de m'en sortir. Tu sais bien que même l'homme-sanglier n'a pas réussi à me tuer.

— Tu ne devrais pas…

Mandred n'écouta pas plus longtemps les objections de ses amis. À tout instant, un homme lancé à leur recherche pouvait surgir derrière eux dans la ruelle. Le temps des paroles était passé. Il serra plus fermement sa hache et se dirigea lentement vers la place.

— Eh, les gars ! Content de voir qu'il y a ici autre chose à boire que du jus de raisin.

Surpris, les soldats levèrent les yeux.

— Qu'est-ce que tu fabriques ici ? demanda un guerrier aux cheveux poisseux et avec une barbe de plusieurs jours.

— Je suis un pèlerin en chemin vers le temple de Tjured, expliqua Mandred. On dit qu'il y a là un guérisseur qui fait de vrais miracles. (Il s'étira.) Mes doigts se déforment de plus en plus à cause de la goutte.

— Le prêtre Guillaume est mort ce matin en tentant de se guérir lui-même, répondit le soldat avec un mauvais sourire. Tu nous surprends en plein repas d'enterrement.

Mandred les avait presque rejoints.

— Eh bien, je vais boire aussi à sa santé. Cet homme…

— Il a du sang sur sa hache, cria soudain l'un des guerriers.

Mandred fonça en avant et abattit de sa hache le premier des hommes ; il expédia en même temps un violent coup d'épaule dans la poitrine d'un autre et le fit tomber. La lame d'une épée ripa sur sa cotte de mailles sans la transpercer. Mandred fit volte-face, il bloqua une attaque à la hache et expédia son poing dans le visage d'un autre guerrier. Une hache de jet manqua de peu sa tête. Le jarl se baissa et se rua en avant. Aucune armure ne put résister aux deux tranchants mortels de sa hache. Tel un moissonneur dans le blé, il fauchait les guerriers, quand un cri d'alarme le fit se retourner.

Venus d'une ruelle adjacente, des combattants portant des boucliers à tête de taureau se ruaient sur la place. Oleif s'était mis en travers de leur chemin, pour permettre à Farodin et Nuramon de courir en boitant vers la cour du bordel.

Mandred se débarrassa des guerriers restants et se hâta de porter secours à son fils. Oleif se déplaçait avec la grâce d'un danseur. Son style de combat avait quelque chose de féminin, pensa Mandred et pourtant aucun des guerriers ne parvenait à déjouer les virevoltes de son épée longue.

Combattant côte à côte, le père et le fils furent lentement repoussés vers l'entrée de la cour. Quand ils furent sous la voûte de la porte, à l'abri des coups portés de côté ou par-derrière, ils virent les guerriers du roi se replier.

Mandred et Oleif fermèrent le lourd portail et le bloquèrent avec une poutre. Haletant, le jarl se laissa tomber par terre. De sa main gauche, il tortilla l'une de ses tresses.

— J'ai oublié de les compter, grommela-t-il avec lassitude.

Son fils lui fit un sourire en biais.

— Je dirais qu'il y en avait au moins trois. Avec les deux sur le pont, ça fait cinq. Si tu veux continuer à te souvenir de chaque mort avec une tresse, il te faudra bientôt t'acheter de nouveaux cheveux.

Mandred secoua la tête d'un air contrarié.

— Des tresses plus fines. C'est la solution.

Le souffle court, il se releva avec difficulté.

Nuramon et Farodin se trouvaient près des chevaux. Les elfes ne seraient d'aucune aide s'il fallait se battre pour traverser la ville.

Un homme chauve au visage couturé de cicatrices apparut à la porte qui donnait sur la cour. Mandred avait rarement rencontré quelqu'un d'aussi laid. À voir son visage, on eût dit qu'un troupeau de bœufs était passé dessus.

— Les chevaux sont abreuvés et nourris, guerrier. Maintenant, je te serais reconnaissant de bien vouloir quitter ma maison.

— Y a-t-il une autre issue ?

— Certainement, mais aucune que je puisse te montrer. Tu vas repasser la porte par laquelle tu es entré. Je ne protège pas ceux qui sont poursuivis par les gardes du roi.

Oleif s'avança vers la porte d'un pas menaçant, mais Mandred lui prit le bras et le tira en arrière.

— Il a raison. Je ferais exactement pareil à sa place.

Le jarl leva les yeux vers les fenêtres. Deux jeunes femmes observaient avec curiosité ce qui se passait dans la cour.

— Est-ce vraiment un bordel ici ? demanda Mandred.

— Oui, répondit le chauve. Mais je ne pense pas qu'il te reste assez de temps pour batifoler avec une de mes filles, guerrier.

Mandred détacha sa bourse en cuir de sa ceinture et la soupesa. Puis il la jeta à l'homme aux cicatrices.

—Il se pourrait bien que d'ici une heure ta maison subisse quelques dommages. Mais peut-être que tu peux encore l'en préserver... Voudrais-tu bien m'ouvrir le portail, si je t'en priais ?

—Tu peux compter sur mon aide, s'il s'agit de vous voir disparaître.

—Alors, tiens-toi prêt au portail ! (Mandred sourit à son fils.) Tu avais raison. Je laisse vraiment tout mon argent dans les bordels...

—Je regrette...

—Oublie ça. Aide-moi plutôt !

Ils se dirigèrent vers l'appentis. Mandred balaya du bras les sabots qui se trouvaient sur l'établi. La table était constituée d'une planche de chêne épaisse de dix pouces. Mandred passa sa main sur le bois taché.

—Les règles d'un siège sont fort simples, mon garçon. Il y a ceux derrière les murs : ils passent leur temps à attendre ce qui va se passer et ils se défendent de toutes leurs forces. Et il y a ceux qui ont l'avantage : ceux-ci ont toujours l'avantage, car ce sont eux qui décident du moment de l'attaque. Je suis d'avis que nous devrions renverser un peu ces règles.

Oleif le regarda sans comprendre.

Mandred glissa quelques couteaux tranchants dans sa ceinture.

—Je crois que je ne t'ai pas encore dit que tu es devenu quelqu'un de bien malgré l'éducation que tu as reçue de cet Ollowain.

—Tu penses que nous allons mourir ici ?

—Un vrai guerrier ne devrait pas mourir dans son lit. (Il hésita. Il aurait eu encore tant de choses à dire à son fils. Mais le temps les pressait. Il se sentit soudain la bouche sèche.) Je... je voudrais ne pas être entré dans cette ville. J'aurais voulu passer avec toi un été à Firnstayn. Ce n'est qu'un village modeste... Mais à sa manière, il est plus beau que tout ce que j'ai vu en Albemark. (Il ravala sa salive.) Je parie que chez les elfes personne ne t'a appris à pêcher à la mouche. À la fin de l'été, le fjord est rempli de saumons...

» Mais assez bavassé ! Ne laissons pas à ceux de dehors encore plus de temps pour se rassembler. Il nous reste peut-être encore une petite chance de leur échapper. Ils se sont dispersés aux quatre coins de la ville pour nous rechercher. (Il essaya de soulever l'établi.) Sacrément lourd ! (Il jeta un bref regard aux deux elfes.) Ils ne nous seront plus d'aucune aide au combat. Avec deux cavaliers sur le dos, les chevaux n'avancent pas. (Il hésita.)

» Je vais rester ici... Je donnerai à ma jument un coup sur la croupe dès que nous serons dehors. Si elle arrive à passer, Nuramon aura du mal à se maintenir en selle et il ne pourra pas jouer les héros stupides. Ainsi, il pourra peut-être arriver à sortir de la ville...

Oleif prit une profonde inspiration, puis il hocha la tête.

—Je reste avec toi. Puissent les dieux les assister tous les deux dans leur quête de Noroelle. Leur vie a un but... Mais moi, je ne sais même pas à quel monde j'appartiens.

Mandred serra son fils dans ses bras.

—Je suis fier d'avoir chevauché à tes côtés… Alfadas, dit-il d'une voix à demi étouffée.

Pour la première fois, il l'appelait par son nom d'elfe. Ils s'abandonnèrent quelques secondes à leur émotion, puis ils se dirigèrent vers les chevaux.

Nuramon les regarda, l'air abattu.

—Vous avez une idée de la façon dont nous allons sortir d'ici ?

—Évidemment ! (Mandred fit de son mieux pour sourire.) Nous allons les prendre par surprise, leur défoncer le crâne et puis filer tranquillement. Cela dit, je crains que ce ne soit pas très confortable de se partager une selle à deux.

Farodin rit doucement.

—Rien de plus simple. Du Mandred tout craché.

—N'est-ce pas ? (Le jarl se dirigea vers Nuramon et l'aida à se mettre en selle.) Restez bien sur les chevaux, sinon vous allez nous gêner.

Lorsque les deux elfes furent en selle, Mandred et Alfadas retournèrent à l'appentis pour soulever l'établi et le porter devant eux comme un bouclier géant.

—J'aurais une dernière chose à te demander, mon fils.

Le visage d'Alfadas était déformé par l'effort.

—Oui ?

—Si nous sortons vivants d'ici, n'utilise plus jamais cette eau parfumée. Ce truc, c'est pour les femmes et les elfes. Et il éloigne de toi Norgrimm. Tu ferais mieux de ne pas renoncer à la faveur du dieu des batailles. (Mandred tendit le menton en avant.) Ouvre le portail, balafré !

Le propriétaire du bordel fit tomber l'épar et ouvrit les deux battants du portail.

—Pour Freya ! hurla Mandred en s'élançant.

Des carreaux d'arbalète s'abattirent comme de la grêle sur le plateau de l'établi. Plaqués contre le bois, les deux hommes sortirent sur la place, à l'aveuglette, et finirent par se heurter à un groupe de guerriers. La lourde planche envoya cinq hommes à terre.

En regardant autour de lui, Mandred sentit son sang se glacer. Toutes les fenêtres alentour étaient occupées par des arbalétriers qui se hâtaient de recharger leurs armes. Les ruelles qui partaient de la place étaient barricadées et gardées par des soldats. Les quelques guerriers qu'ils avaient heurtés, se retirèrent rapidement pour s'écarter de la ligne de tir.

Soudain, on entendit des bruits de chevaux. Un étalon blanc sauta une barricade. Une cavalière, les cheveux flottant au vent, fit pivoter son cheval et banda son arc. Elle décocha la flèche avec fluidité et en saisit aussitôt une deuxième dans son carquois. Un arbalétrier chuta en criant de l'une des fenêtres de la taverne en face.

À présent, une autre ruelle retentissait aussi de bruits de chevaux. Ollowain franchit une barricade en abattant au passage un lancier. Il menait le cheval de Nuramon par la bride.

— Vite, en selle, fils d'hommes ! Tu peux bien m'avoir donné une leçon d'honneur, ce n'est pas pour autant que je vais attendre quelqu'un comme toi.

Mandred attrapa le pommeau de la selle et se hissa à cheval. Il vit qu'Yilvina avait mis pied à terre ; telle une guerrière berserk, elle frappait les soldats de ses épées courtes.

Soudain, l'air vibra de carreaux d'arbalète. Les chevaux poussèrent des hennissements stridents. Mandred, atteint dans le dos, s'effondra en avant.

Nomja tirait encore quand un carreau se ficha dans la tête de son étalon. Une fontaine de sang jaillit sur la robe blanche. Comme touché par la foudre, le grand animal s'écroula. D'un bond, Nomja avait quitté sa selle, et elle essayait d'échapper aux sabots des autres chevaux lancés au galop.

Déterminée, l'elfe brandit son arc et décocha des flèches à son tour.

— Vers Yilvina ! cria Ollowain. Elle nous a frayé le passage.

Mandred dirigea son cheval vers Nomja et lui tendit la main.

— Monte !

— Une dernière encore !

Une flèche s'envolait déjà de la corde. Nomja se retourna en chancelant. Mandred l'agrippa alors qu'elle menaçait de s'affaler et il la hissa sur son cheval. Malgré sa grande taille, elle ne lui sembla pas peser plus lourd qu'un enfant.

Mandred fit pivoter son cheval et piqua des deux. D'un grand bond, ils sautèrent la barricade et enfilèrent la ruelle au triple galop. Bientôt, ils atteignirent le pont. À aucun moment, on ne leur barra le chemin ; les soldats semblaient s'être tous rassemblés aux abords de la place, près du bordel.

Une fois sur le pont, Mandred se risqua enfin à jeter un regard en arrière. Son fils, Farodin, Nuramon, Ollowain et Yilvina, tous, ils avaient réussi ! Leur troupe avait essuyé toutes sortes de tirs, personne ne s'en sortait indemne, mais ils avaient réussi à s'échapper !

Un sentiment de bonheur indicible s'empara de Mandred. Il s'était senti si près de mourir. Triomphant, il leva sa hache et la brandit au-dessus de sa tête.

— Victoire ! Par Norgrimm ! Nous leur avons échappé… Victoire !

Il attrapa Nomja, qui était toujours en travers de la selle, pour l'aider à s'asseoir. Sa tête tomba contre son épaule.

— Nomja ?

Les yeux verts de l'elfe, grands ouverts, fixaient le ciel d'un regard vide. Alors seulement, Mandred vit à sa tempe un trou de la grosseur d'une noisette.

Les écrits sacrés de Tjured

Livre 7
De la fin du Prophète

Le même jour, il advint qu'un ange apparut en rêve au roi Cabezan. Il avait des ailes d'argent et portait une épée d'argent. Mais ce qui brillait le plus en lui, c'était le bleu clair de ses yeux. Et l'ange parla ainsi à Cabezan : « Envoie tes guerriers, car la misère fait rage à Aniscans. Le prophète Guillaume craint pour sa vie, car les enfants d'albes veulent y attenter. Et cela uniquement parce qu'un des leurs est arrivé trop tard sous ses mains guérisseuses. » Alors, Cabezan fit mettre en selle ses guerriers et il les dépêcha à Aniscans sous le commandement du capitaine Elgiot.

En ce temps-là, aucune muraille ne protégeait Aniscans. Ainsi, les enfants d'albes entrèrent dans la ville sans être vus. Il y avait six elfes et un troll qui cherchèrent Guillaume dans le temple. Mais il n'y était pas, il n'y avait là que les autres prêtres de Tjured. Or, voici que les enfants d'albes menèrent ceux-ci au grand chêne devant le temple et les tuèrent.

Alors seulement, le prophète entendit ce qui se passait en ville. Il quitta sa demeure. Et voyez : il se livra aux enfants d'albes ! Il alla vers eux, s'inclina devant eux et dit : « Disposez de moi à votre gré. Tjured vous mesurera à vos actes. » Là, les elfes l'abattirent et le troll le pendit au grand chêne. Mais le prophète vivait encore et priait Tjured. Alors une elfe prit son arc et décocha une volée de flèches sur Guillaume.

Quand ceci se produisit, Elgiot et les guerriers du roi arrivèrent, et ils combattirent pour la vie du prophète. Alors la femme elfe décocha ses flèches enflammées contre le chêne qui prit totalement feu. Les guerriers de Cabezan le lui rendirent par la mort. Cependant, pour l'amour de Guillaume, ils laissèrent s'enfuir les autres elfes et le troll. Car ils espéraient que le prophète serait encore en vie s'ils le délivraient du chêne et du feu. Le chêne était complètement noir quand ils arrosèrent d'eau les flammes et qu'ils éteignirent le feu. Ils détachèrent le prophète de l'arbre. Lui aussi était complètement noir et sans vie. Or, voyez ! L'eau qui gouttait de l'arbre tomba sur son visage et lava la suie. Le clair visage de Guillaume apparut alors.

Là, les guerriers lavèrent le corps du prophète et virent que seul le fer des flèches était fiché dans son corps, mais que les flammes l'avaient épargné. Et il ouvrit les yeux, prit la main du capitaine Elgiot et dit : « Ils ont choisi leur sentier. Puisse Tjured leur accorder la grâce qu'ils méritent. » Ainsi mourut le prophète sous l'arbre noir. Mais, par cette action, les enfants d'albes s'étaient chargés d'une malédiction. Ainsi est dit.

Cité d'après l'édition Schoffenburg,
tome V, fol. 43 r.

Le jarl de Firnstayn

Les compagnons se retirèrent dans les montagnes au nord d'Aniscans. Ils enterrèrent Nomja sous un sapin argenté au bord d'un lac glaciaire et pendirent les armes de l'elfe aux branches de l'arbre.

Les elfes et les humains étaient d'humeur sombre. Malgré les pouvoirs guérisseurs de Nuramon, il leur fallut près de deux semaines pour se remettre de leurs blessures. Toutefois, celles de leurs âmes n'étaient pas près de guérir. Aucun n'aurait cru que le taciturne, le grincheux Gelvuun laisserait un tel vide. Sans parler de Nomja qu'ils avaient tous appréciée.

Quand ils n'eurent plus aucune raison de retarder plus longtemps leur départ, ils convinrent de partir pour Firnstayn. L'Étoile d'albes, dans le cercle de pierres dominant le fjord, leur ouvrirait le chemin d'Albemark.

Leur voyage dura presque trois lunes. Ils évitèrent les villages et les villes du mieux qu'ils purent pour ne pas attirer l'attention. À deux reprises, ils aperçurent au loin les troupes de cavalerie sous la bannière du roi Cabezan. Des marchands, dont ils accompagnèrent le convoi pendant toute une journée, leur apprirent les « terribles événements d'Aniscans ». La ville, dirent-ils, avait été attaquée par des enfants de démons qui avaient assassiné le bon guérisseur Guillaume et profané le temple de Tjured.

Aucun d'eux ne chercha à rétablir la vérité, même pas plus tard lorsque, à bord d'un lourd bateau chargé de blé, ils traversèrent le lac Néri vers Gonthabu, la ville royale du Pays des Fjords. Pendant la semaine qu'ils passèrent en mer, ils entendirent d'autres versions de l'histoire toujours plus enjolivées.

C'était le plein été quand ils atteignirent enfin Firnstayn. Alfadas fut surpris par la petitesse du village au bord du fjord. D'après les récits de son père, il se l'était représenté bien plus important. Neuf maisons longues et trois dizaines de cabanes étaient entourées par une palissade en bois sur une levée de terre.

À la porte du village se dressait une massive tour de guet en bois. À peine eurent-ils atteint le sommet de la colline dominant Firnstayn, qu'un coup de corne retentit. Et, quand ils approchèrent de la porte, une troupe d'archers prit position sur la palissade.

—Oh là, on ne connaît donc plus les lois de l'hospitalité à Firnstayn ? s'écria Mandred, irrité. Devant votre porte se tient le jarl Mandred Torgridson et il demande qu'on le laisse passer.

—Toi qui prétends t'appeler Mandred, répondit un jeune guerrier solide, le clan dont tu as pris le nom s'est éteint. Je suis le jarl élu de Firnstayn et je te dis que, toi et ta suite, vous n'êtes pas les bienvenus ici.

Alfadas regarda son père, s'attendant à le voir piquer un de ses accès de colère redoutés. Pourtant, Mandred resta étonnamment calme.

—Bien parlé, jarl ! À ta place, je n'aurais pas agi autrement. (Mandred retira un bracelet d'argent qu'il avait gagné en trichant aux dés contre un marchand.) Je t'offre ceci contre un tonneau d'hydromel et je t'invite à venir boire avec moi et mon fils.

Le jeune jarl examina Alfadas. Puis il secoua la tête.

—Tu exagères, bonimenteur ! Comment un homme peut-il avoir un fils qui est presque de son âge ?

—Si tu veux entendre l'histoire, viens boire à mes frais, s'écria Mandred en riant.

—Allez, ouvre donc la porte, Kalf! (Un vieil homme se présenta à la rambarde de la palissade et fit signe aux voyageurs.) Tu me crois, là ? Regarde, il a aussi ramené les elfes. (Le vieil homme dessina vite en l'air un signe protecteur.) Ne fais pas l'imbécile, Kalf, et ne refuse pas l'entrée du village aux elfes. Tu connais pourtant les anciennes histoires.

—Je te salue, Erek Ragnarson, cria Mandred. Content de voir que, toi et ton bateau qui prend l'eau, vous n'êtes pas encore au fond du fjord. Vas-tu sortir en mer avec moi ? Je veux apprendre à mon fils à pêcher avant de poursuivre mon chemin.

—Allez, ouvrez la porte ! commanda résolument Erek.

Personne ne protesta.

Mandred et les elfes restèrent trois semaines. Quelques jours pendant lesquels Alfadas découvrit le Monde des Humains avec des yeux neufs. Il apprécia le respect bourru avec lesquels on le traitait et la façon dont les jeunes filles le regardaient. La vie était simple. Il fallait surtout veiller à ne pas se faire renverser par les porcs grincheux sur les chemins boueux du village. Il n'y avait pas le moindre luxe ici. La grossière laine tissée par les femmes grattait la peau. Les maisons étaient pleines de courants d'air et la fumée vous brûlait les yeux quand on était assis dans les maisons longues à boire et à parler jusque tard dans la nuit. Incrédule, Alfadas écouta Kalf rapporter que l'hiver précédent on avait observé des trolls dans les forêts sur l'autre rive du fjord. C'était pourquoi on avait renforcé la palissade. Même les elfes prirent cette information au sérieux.

Après une vingtaine de jours passés à Firnstayn, Ollowain et Farodin insistèrent pour partir enfin vers l'Étoile d'albes.

Kalf fut le seul à se sentir soulagé quand, au matin du vingt et unième jour, la petite troupe fut passée de l'autre côté du fjord par Erek Ragnarson. Mais Alfadas avait le cœur gros, car sur la rive il laissait Asla, la petite-fille d'Erek. Sa douce nature l'avait proprement enchanté. Chacune des dames elfes de la cour d'Emerelle l'aurait surpassée en beauté, mais il brûlait en elle une passion que les elfes comptant des centaines d'années de vie ne connaissaient guère. Elle n'était pas habituée à dissimuler ses sentiments derrière de belles paroles. De sorte qu'elle avait les yeux pleins de larmes en voyant Alfadas traverser le fjord.

Le guerrier jetait sans arrêt des regards en arrière tandis que ses compagnons et lui chevauchaient vers le cercle de pierres. Alors qu'ils avaient déjà presque disparu de sa vue, la jeune fille en robe bleue se tenait encore sur la rive, les cheveux flottant au vent.

— Tu devrais reconnaître Kalf en tant que jarl, dit soudain Mandred. Cet homme est juste.

Alfadas fut surpris par les mots de son père.

— C'est toi le jarl de Firnstayn, protesta-t-il, courroucé.

Mandred le regarda avec insistance

— C'était il y a plus de trente ans. Je n'appartiens plus à ce monde. Ce ne serait pas juste envers Kalf et tous les autres, qui sont nés après moi, si je revenais à Firnstayn. Ni envers toi, mon fils. Ton temps est venu.

Alfadas ne sut pas très bien quoi répondre. Ils s'étaient fait un peu distancer par les elfes, de sorte que les autres ne pouvaient pas entendre leur conversation.

— Tous les ans à la fête de mi-hiver, le village élit son jarl pour l'année à venir. Je ne crois pas qu'on te fasse jarl cet hiver. Tu dois d'abord faire tes preuves… au combat, mais aussi dans la vie quotidienne. Je vois en toi toutes les qualités d'un bon chef, mon fils. Je sais que tu feras ton chemin, si tu restes ici. (Mandred tint sa jument en bride et regarda le village en bas. D'une voix voilée, il continua :) Elle te suit toujours du regard. Regarde… Ne réfléchis pas longtemps, tu ne trouveras pas de femme comme elle en Albemark. Elle est fière et ne se laissera pas faire. Je suis sûr qu'elle te rendra parfois la vie difficile. Mais elle t'aime et vieillira avec toi. Aucune elfe ne peut t'offrir cela. Une elfe à la vie longue ne resterait avec toi que par pitié ou par habitude.

— Si je restais, ce serait surtout à cause de cette histoire de trolls, répondit gravement Alfadas.

Son père réprima un sourire.

— Naturellement. Et je dois dire que je serais rassuré de savoir qu'il y a un homme, au village, à qui Ollowain a enseigné le combat à l'épée et auquel j'ai appris, dans ces dernières années, toutes sortes de sales ruses… Mais, au cas où tu ne te plairais tout de même pas ici, monte au cercle de pierres par une nuit de pleine lune et appelle Xern. Je suis sûr qu'on t'entendra.

— Je ne resterai d'abord qu'un hiver, décida Alfadas.

Il fut surpris de se sentir soulagé d'un seul coup.

— Oui… à cause des trolls, confirma Mandred en jetant comme par hasard un regard en bas vers l'autre rive. Elle est vraiment têtue. Elle t'attend encore.

— Tu ne veux pas rester aussi ? Firnstayn pourrait avoir besoin de ta hache.

— Moi, personne ne m'attend plus. Je ne pourrais pas supporter de vivre à l'ombre du chêne de la tombe de Freya. Le dévianthar m'a arraché ma bien-aimée. J'aiderai Farodin et Nuramon à retrouver celle qu'ils aiment. Et je mènerai à terme ma vengeance de sang avec le dévianthar. Mon passé est réduit en cendres, mon avenir sera dans le sang. Je suis soulagé de ne pas t'avoir à mes côtés. (Il s'arrêta.) Quand le dévianthar sera mort, je pourrai peut-être vivre en paix à Firnstayn. (Il sourit.) À condition, bien sûr que le jarl Alfadas Mandredson ne s'oppose pas à laisser entrer dans son village un vieux cabochard.

Mandred leva la main en signe d'adieu furtif, puis il fit pivoter son cheval et rejoignit les elfes qui l'attendaient en haut, près du cercle de pierres.

Alfadas le regarda partir et le vit soudain disparaître dans une lumière jaillissant entre les pierres. Mandred ne se retourna pas. C'était peut-être puéril, mais jusqu'au dernier moment le jeune guerrier avait espéré un dernier regard de son père. Il lui avait promis de lui apprendre à pêcher à la mouche… Il n'en avait pas trouvé le temps.

Le jeune guerrier ravala sa salive et respira profondément. Sa place était ici. Il protégerait Firnstayn des trolls, s'ils revenaient. Il savait combattre à l'épée comme sans doute aucun autre dans le Pays des Fjords. Il était resté si longtemps à la cour d'Emerelle qu'il se sentait elfe et fils d'hommes à la fois. Il trouverait son chemin !

Asla l'attendait toujours en bas, sur la rive. Il ne put s'empêcher de sourire. Elle avait vraiment la tête dure !

Entre les pierres dressées, la lumière avait disparu et ses compagnons avec elle. Alfadas fit pivoter son cheval et descendit vers le fjord. Venu du nord, un orage d'été s'annonçait.

L'ombre d'un nuage passa sur le versant. Les oiseaux et les grillons se turent. Soudain, Alfadas eut le sentiment qu'il ne reverrait plus jamais son père.

Étoiles d'Albes

Les Elfes – tome 2

Nuit d'argent

Mandred sentait comme un poids sur sa poitrine. Il aurait pu rester à Firnstayn. Depuis trop longtemps déjà, il empruntait des sentiers qui n'étaient pas faits pour les humains.

Le cœur serré, il contemplait le néant, le vide entourant l'étroite bande de lumière dorée qu'il suivait avec ses compagnons elfes. Il ne pouvait s'imaginer que vaguement ce qui les attendait au-delà de ce Sentier d'Albes. Il se sentait observé. Il y avait là quelque chose... d'invisible. Quelque chose qui guettait le moindre de ses faux pas.

Le jarl s'arrêta pour jeter un regard en arrière. La Porte du Pays des Fjords avait disparu et avec elle Alfadas.

— Puissent les dieux t'être favorables, mon fils, murmura-t-il tristement.

Un arc de lumière se tendit devant eux. Les elfes le franchirent. Il s'empressa de les suivre, heureux d'échapper ainsi aux ténèbres environnantes.

Ils avaient atteint une clairière. Mandred ne connaissait pas cet endroit. Les arbres étaient anciens. Leurs racines enchevêtrées décrivaient un large cercle irrégulier comme si une puissance invisible protégeait la clairière de la forêt.

— Les ifs sont en colère, dit doucement Nuramon.

Mandred le regarda, stupéfait. Puis il pensa à Atta Aïkhjarto. Les ifs étaient-ils eux aussi animés ?

Les elfes se mirent en selle et suivirent une étroite sente entre les arbres. Mandred grimpa aussi sur sa monture. Il se sentait étranger comme jamais auparavant.

Ils traversèrent en silence la forêt plongée dans la nuit. Un doux vent d'automne cueillait les dernières feuilles au passage. Jamais encore Mandred n'avait autant ressenti la magie d'Albemark. La lune, encore à l'horizon, était beaucoup plus grande que celle du Monde des Humains. Elle rougeoyait. « Il y a du sang sur la lune », avaient chuchoté les elfes, et ils avaient ajouté qu'il s'agissait d'un mauvais présage.

Pourtant, le plus inquiétant dans cette nuit était la lumière. Elle ressemblait un peu à celle des fées, qu'il avait parfois vue à Firnstayn par les claires nuits d'hiver. Mais cette lueur était argentée et ne passait pas tout en haut du ciel. Elle s'étirait entre les arbres alentour, comme les voiles d'une étoffe tissée en clair de lune. De temps à autre, des étincelles vives dansaient entre les branches. Comme des étoiles descendues du ciel.

Cette fois-ci, leur chemin ne les mena pas au château d'Emerelle. Nuramon avait expliqué à Mandred que, le dernier soir d'automne, les elfes célébraient la fête de la Nuit d'Argent. Ils se rencontraient dans une clairière de la Vieille Forêt, à l'endroit d'où les albes avaient autrefois quitté le monde. Cette nuit-là, Emerelle pouvait tisser un charme qui lui faisait entendre les voix des ancêtres, ces elfes qui avaient rejoint la Lumière de la Lune.

Les compagnons chevauchaient depuis des heures, et Mandred se disait que minuit ne devait pas être loin, lorsqu'ils perçurent une douce musique. D'abord, ce ne fut qu'une impression, un changement à peine perceptible des sons de la forêt. Le cri des chouettes et le bruissement des souris dans les feuilles sèches s'estompèrent peu à peu tandis qu'au loin s'élevait le chant d'une flûte. Dans l'ombre des arbres, Mandred crut apercevoir une forme aux jambes de bouc, qui dansait en s'accompagnant du pipeau.

D'autres sons se mêlèrent ensuite à la mélodie de la flûte. Des intonations que le fils d'homme ne parvint à attribuer à aucun instrument.

Les elfes étaient presque aussi nerveux que les enfants du Pays des Fjords attendant leurs friandises le jour de la fête des Pommes.

Une lueur rouge luisait maintenant entre les formes vagues des arbres. Une énorme lanterne… Non, une tente où brûlait la lumière. La forêt s'ouvrit, et Mandred fut fasciné par la vue qui s'offrait à lui. Ils avaient atteint une vaste clairière. En son centre s'élevait une colline d'où pointait une aiguille rocheuse. Vue d'en bas, elle semblait atteindre le disque lunaire. Cinquante hommes écartant les bras n'en auraient pas fait le tour. Des milliers de lumières dansaient sur la musique autour de cet éperon rocheux.

Des dizaines de menhirs – petits frères de l'aiguille rocheuse – encerclaient la colline. Partout entre eux, des elfes s'ébattaient et dansaient une ronde entraînante. La clairière n'était qu'un immense campement. Dans la nuit, les tentes luisaient comme d'énormes lanternes colorées. Il y en avait tant qu'Emerelle ne pouvait être la seule à être venue avec sa cour assister à cette fête.

Soudain, la musique changea de rythme et Mandred vit une silhouette isolée se détacher de la ronde. Nimbée d'une lumière éblouissante, elle s'éleva et plana vers la pointe du rocher où elle écarta largement les bras pour saluer la lune.

Comme pour répondre à son salut, une lumière liquide s'écoula de l'aiguille ; elle inonda bientôt toute la colline avant de se répandre dans la clairière. Elle se dirigeait aussi vers les compagnons. Effrayé, Mandred retint son souffle. De sa vie, il n'avait vu qu'une seule fois une telle lumière : par un après-midi d'été où il avait plongé dans les eaux claires du fjord. Il se rappelait encore très bien avoir regardé le soleil depuis le fond et vu l'eau déformer ses rayons.

Il n'osait toujours pas respirer. Pris de vertige, il se sentit comme traversé et emporté par ce flux de lumière.

Ensuite, il entendit des voix.

— Non, il va bien.

Le fils d'homme cligna les yeux pour regarder autour de lui : il était étendu dans l'herbe haute.

— Que m'est-il arrivé ?

— Tu es brusquement tombé de cheval, répondit Nuramon. Mais apparemment, tu n'es pas blessé.

— Où est passée la lumière ?

Mandred tenta de se relever. Il était allongé près d'une tente rouge. La lumière merveilleuse qui s'était écoulée du rocher avait disparu.

Nuramon l'aida à se relever.

— Tu es le premier fils d'homme qui assiste à la fête de la Nuit d'Argent, dit gravement Ollowain. J'espère que tu sauras apprécier cette faveur.

— Maître des Épées ? (Deux elfes en armure rutilante s'avancèrent.) La reine désire te voir en particulier.

Farodin et Nuramon se regardèrent avec étonnement.

— Sommes-nous tombés en disgrâce ? s'enquit sèchement Mandred.

— Il ne nous appartient pas d'interpréter les ordres de la reine.

Sur ces mots, les guerriers elfes emmenèrent Ollowain.

— Est-il invité ou va-t-on le conduire en prison ? s'étonna Yilvina.

— Tu penses qu'Emerelle est au courant du temps qu'il a mis à nous venir en aide à Aniscans ? demanda Mandred.

— Je crois qu'elle veut l'entendre parler avant nous, répondit Farodin.

Cette fois, ce fut un regard inquiet qu'il échangea avec Nuramon.

Au retour des gardes, la lune avait rejoint l'horizon. On les avait laissés plus de une heure, seuls avec leurs doutes, tandis que les autres enfants d'albes festoyaient gaiement dans le camp. Ils suivirent les deux guerriers vers la tente safran de la reine. *Elle est plus grande qu'une de nos maisons longues*, pensa Mandred, envieux.

Quand il voulut entrer après ses compagnons, les gardes croisèrent leurs lances devant lui.

— Pardonne-nous, fils d'homme, dit l'un d'eux. Cette nuit, il ne t'est pas permis de voir la reine. Le seul fait d'assister à cette fête est plus d'honneur que jamais en eut aucun humain.

Mandred s'apprêtait à lui faire une réponse acerbe, quand il entendit la voix de la reine sous la tente. Sa silhouette se profilait sur la toile. Elle lui apparut plus imposante que dans la salle du trône, mais c'était sans doute dû à la lumière.

—Je me réjouis de vous revoir sains et saufs.

—Ma reine, ton désir est exaucé. Le fils de Noroelle est mort.

—Tu sais très bien quel était mon désir et qu'il n'a pas été satisfait. Guillaume n'est pas mort de tes mains ni de celles de tes compagnons. Alors ne me dis pas que mon désir est exaucé ! (La voix de la reine était aussi froide que la lumière de la lune. Jamais auparavant Mandred ne l'avait entendue parler ainsi.) Vous ne pouvez mesurer ma déception ni le dommage qui va résulter de vos actes. Il ne s'agissait pas seulement que Guillaume meure, mais aussi de la *façon* dont il mourrait. Ne t'avise pas alors de me demander des nouvelles de Noroelle ! Votre succès aurait pu effacer sa faute, mais ainsi rien n'a changé.

Mandred n'en crut pas ses oreilles. Que voulait donc Emerelle ? Guillaume était mort ! Farodin et Nuramon n'avaient pas mérité d'être traités ainsi. Il se retint d'assommer les deux gardes pour entrer sous la tente et inculquer à la reine quelques notions de justice en bonne et due forme.

—Ma reine ! répliqua crânement Nuramon. La seule chose que je regrette, c'est de n'avoir pu empêcher la mort de Guillaume. Le fils de Noroelle n'était pas celui que tu voyais en lui. Sa seule faute était d'être né.

—Tu as vu ce que sa magie pouvait faire et tu voulais l'amener ici ! Quoi que tu en dises, il reste le fils d'un devianthar. Et jusque dans la mort, il est son instrument. Tu avais toute une nuit pour obéir à mes ordres sans te faire remarquer. Cette nuit-là, tu as changé le destin d'Albemark. Là-bas, dans l'Autre Monde, il se passe quelque chose… Je ne parviens pas à le voir dans mon miroir d'eau, mais je le sens. Le devianthar… Il utilise à ses propres fins la façon dont le fils de Noroelle est mort. Il n'a pas renoncé à se venger de nous. Dorénavant, nous devons nous tenir sur nos gardes. Personne ne quittera plus Albemark. Et personne ne reviendra ici. J'ai nommé Ollowain comme gardien des Portes, car il s'est révélé mon plus fidèle chevalier. Et maintenant, vous pouvez disposer.

Mandred n'en revenait pas. Que craignait donc la reine ? Aucun souverain humain ne possédait sa puissance et pourtant elle faisait fermer les Portes, comme si Albemark était un château fort en attente d'un siège.

Alaen Aïkhwitan

Mandred s'engagea dans une vaste forêt aux côtés de Nuramon. La maison de l'elfe devait s'y trouver quelque part. Farodin était parti chez les siens. Il viendrait ce soir-là discuter avec eux de ce qui restait à faire à présent que la reine faisait surveiller toutes les Portes des mondes. Nuramon semblait abattu. Mandred le comprenait : la reine lui avait ôté tout espoir de revoir un jour Noroelle.

Le fils d'homme trouvait cette forêt dérangeante. Comme si les arbres troublaient ses sens. Plus ils s'y enfonçaient, plus il avait du mal à s'orienter. Peut-être était-ce dû au chemin choisi par Nuramon. En observant son compagnon, il eut l'impression que l'elfe se laissait guider par son étalon. Celui-ci se dirigeait avec tant d'assurance que son cavalier avait à peine besoin de rectifier la trajectoire. À l'évidence, le cheval savait comment rejoindre la maison de Nuramon.

Aucun obstacle à surmonter, le sentier était plat. Voilà sans doute ce qui perturbait Mandred. De loin, il lui avait semblé voir se dresser une éminence boisée au centre de la forêt. Ils auraient dû en avoir atteint les contreforts depuis longtemps. Mais dans les alentours, il ne voyait rien qui s'élevait plus haut qu'une fourmilière. Et il trouvait tout aussi dérangeante la vie diverse qui l'entourait ici : tous ces oiseaux… et ce gibier aussi qui ne craignait pas de les observer de loin, comme s'il voulait voir Nuramon rentrer chez lui.

Plus ils s'enfonçaient dans la forêt, plus les arbres prenaient de la hauteur et paraissaient vieux. La diversité des forêts elfiques ne cessait de surprendre Mandred. Ici, les chênes et les peupliers, les bouleaux et les pins, les hêtres et les saules poussaient côte à côte. Et tout s'harmonisait. Comme si tous les arbres avaient décidé d'un commun accord de s'arranger avec leurs voisins. Il ne pouvait s'empêcher de penser à Aïkhjarto.

—Y a-t-il beaucoup d'arbres aussi vieux que le vieil Aïkhjarto ? demanda-t-il à l'elfe. (Nuramon le regarda comme s'il s'était attendu à tout sauf à cette question.) Les arbres sont-ils aussi des enfants d'albes ? enchaîna-t-il aussitôt en surprenant de nouveau son compagnon.

— Oui ! répondit l'elfe. Mais seulement ceux qui sont animés, bien sûr ! Toutefois, il n'y en a plus beaucoup dans cette forêt. Il est fini le temps où le grand Alaen Aïkhwitan tenait conseil.

— Alaen Aïkhwitan ? Un frère d'Atta Aïkhjarto ?

— On peut dire ça. Les chênes sont les arbres les plus anciens. Certains prétendent qu'ils seraient les premiers enfants d'albes. Tu verras bientôt Alaen Aïkhwitan.

Nuramon sourit. Mandred ne put deviner si c'était par malice ou par amitié. Il avait toujours des difficultés à interpréter les expressions des elfes.

En voyant au passage des arbres de plus en plus grands, le jarl se demanda quelle pouvait bien être la puissance d'Alaen Aïkhwitan. Jusqu'où s'étendait son pouvoir ?

— Est-ce que tous ces arbres étaient autrefois pourvus d'une âme ?

— Oui. Ils faisaient partie d'un grand Conseil. Mais c'était il y a bien longtemps. Alaen Aïkhwitan est le seul à être resté. Les autres arbres animés sont beaucoup plus jeunes.

Mandred jeta un regard respectueux autour de lui. Si les arbres avaient autrefois formé un Conseil, la forêt était désormais une halle vide où ne se trouvait plus que le chef. Quel sentiment de solitude devait éprouver Aïkhwitan !

Au-dessus de leurs têtes, les ramures étaient presque aussi étroitement entrelacées que les fils d'une fine étoffe. Le soleil restait caché derrière cette voûte de bois ; seul un rayon la transperçait de temps en temps, comme une lance de lumière. Les troncs ressemblaient à des colonnes érigées par des géants. Cette ambiance imposante paraissait chasser l'humeur sombre de Nuramon. Il avait l'air plus détendu. Ils contournèrent un énorme tronc d'arbre. Mandred se retourna pour jeter un coup d'œil en arrière. Un pin ! Dans son monde, les chênes eux-mêmes n'avaient pas cette envergure.

— Un problème ? demanda Nuramon en riant.

— Plutôt grands, vos…

Mandred s'interrompit. Ils avaient atteint l'orée d'une clairière. Un chêne immense se dressait en son centre. Il portait encore des feuilles, comme si ce géant ne connaissait que le printemps et l'été. Il était si imposant que l'ombre de son tronc couvrait toute la clairière.

Le fils d'homme retint son souffle. Ce chêne avait la puissance d'un énorme récif. Il ne ressemblait pas à un arbre mais à quelque chose sur quoi poussaient des arbres. Un escalier de bois s'enroulait autour de son tronc. Et juste sous la cime, il aperçut une unique fenêtre. Il s'arrêta, surpris. Cette ouverture devait être fort grande, même si elle paraissait petite en comparaison du tronc.

— Ne me dis pas que tu habites là ! s'étonna Mandred.

—Mais si. C'est là, sur Alaen Aïkhwitan, que j'habite! répondit tranquillement Nuramon.

—Sur cet arbre géant?

—Oui.

—Mais tu as dit qu'il possédait une âme.

Mandred trouvait étrange l'idée d'habiter sur un arbre doué de pensée. On devait s'y sentir comme une puce dans les poils d'un chien!

—Il est très accueillant, je t'assure. Ma famille vit là depuis plusieurs générations.

Soudain, Nuramon baissa les yeux. Sans doute pensait-il à la honte qui accablait les siens. Mandred ne parvenait pas à comprendre sa gêne. Renaître! Les hommes en rêvaient, mais pour Nuramon, il s'agissait, semblait-il, d'une malédiction. Certains enfants d'albes attendaient certainement leur délivrance pendant des millénaires. Des millénaires... Facile à dire, toutefois Mandred s'aperçut qu'il n'arrivait pas à donner un contenu à ce mot. Un humain ne pouvait se représenter une telle durée de vie. Mais c'était elle qui permettait aux elfes d'accomplir à la perfection tout ce qu'ils entreprenaient. Se souvenaient-ils de leurs vies précédentes en renaissant? Mandred pensa à la fête qui avait eu lieu deux nuits auparavant. Était-ce ainsi qu'un elfe partait dans la Lumière de la Lune? Il avait trouvé cela très beau et oppressant à la fois. Étrange. Ce qui s'était passé là-bas sur la colline n'était pas destiné aux regards des humains!

Ils mirent pied à terre et conduisirent les chevaux vers le chêne. En s'en approchant, le jarl le trouva de plus en plus menaçant.

—Lequel des deux est le plus puissant, Aïkhjarto ou Aïkhwitan? finit-il par demander.

Nuramon secoua la tête.

—Comme vous accordez de l'importance à la puissance, vous les humains! Mais je pense que tu aimerais savoir où se situe ton Aïkhjarto dans la structure de ce monde. Eh bien, je ne peux que te dire une chose: son pouvoir réside dans la Porte des mondes, dans sa sagesse et sa générosité. (Il montra l'arbre devant lui.) Celui d'Aïkhwitan, dans sa grandeur, sa science et son hospitalité.

Cette réponse laissa Mandred sur sa faim. Ces elfes avaient la sale manie de vouloir toujours couper les cheveux en quatre. Nuramon voulait-il dire qu'on ne pouvait les comparer? Ou bien qu'ils étaient d'égale valeur? Fichu bavardage d'elfe! N'y avait-il donc jamais moyen qu'ils répondent simplement?

L'elfe poursuivit:

—Ne te fais pas de souci, Mandred. Regarde les feuilles s'agiter doucement au vent, regarde-les jouer si subtilement avec la lumière! Regarde cette écorce! Les sillons sont si larges et si profonds que je pouvais, étant enfant, y glisser mes mains et que mes pieds y trouvaient même prise.

D'ici, je grimpais là-haut dans la maison. Certes, le vieil Aïkhwitan peut impressionner par sa stature, mais il a une bonne âme.

Mandred observa l'arbre de plus près ; il vit les feuilles, dont avait parlé Nuramon, et la lumière tamisée. Là-haut, tout paraissait vraiment paisible.

Arrivés devant l'escalier de bois clair, ils mirent pied à terre. Mandred se demanda où se trouvait l'écurie. La reine, elle-même, en avait une dans son château. Nuramon ne faisait pas mine de vouloir mener les chevaux quelque part. Il les débarrassa de leurs brides et déposa celles-ci près des selles, contre le tronc de l'arbre.

— Ils ne partiront pas, affirma-t-il ensuite. Allez, montons !

L'étalon de Nuramon lui était fidèle, mais la jument de Mandred ne lui avait certainement pas encore pardonné les grossièretés de ces dernières lunes. Il serait vraiment dommage de la perdre ! Il suivit l'elfe à contrecœur.

Après avoir fait pour la première fois le tour du puissant tronc par l'escalier, Mandred regarda vers le haut. Il leur restait encore un bon bout de chemin. Que faisait Nuramon quand il rentrait chez lui après avoir bu un coup de trop ? Dormait-il alors en bas, près des racines ? En fait, il n'avait encore jamais vu son ami s'enivrer. Contrairement à Aïgilaos, les elfes ne comprenaient rien à la fête et aux beuveries. Le fils d'homme se demanda à quoi leur servait de festoyer.

Pour s'assurer de sa solidité, il secoua la rampe de l'escalier. Du bon travail de charpentier ! Au moins, on pouvait toujours s'y raccrocher quand on avait mal au crâne.

Nuramon montait les marches d'un pas élastique.

— Viens voir ça !

Mandred suivit l'elfe. Il était essoufflé. Quelle folie d'habiter sur un arbre pareil ! Les gens sensés n'avaient qu'un pas à faire pour se trouver devant leur porte. Maudite grimpette !

Entre-temps, ils étaient déjà arrivés assez haut pour pouvoir regarder par-dessus la cime des arbres. Nuramon désigna d'un geste les sommets enneigés à l'horizon.

— Les Iolides. C'est là-bas que vivaient autrefois les albes noirs.

La sonorité de ce nom déplut à Mandred. Les albes noirs ! Et leurs enfants ! Il devait s'agir de ces elfes noirs légendaires à propos desquels de terribles histoires circulaient dans son monde. On disait qu'ils attiraient les humains dans les fentes de rochers pour y dévorer leurs chairs. La nuit, on ne pouvait les voir, parce que leur peau était aussi noire que les ténèbres. Mandred ne voulait pas avoir affaire à ce genre de créatures et il s'étonnait de voir Nuramon parler d'elles si calmement. L'elfe était plus courageux qu'il voulait le laisser paraître.

En silence, ils accomplirent le reste de l'ascension et s'arrêtèrent à l'entrée de la maison. De là, on pouvait voir jusqu'au château de la reine et tout le pays alentour. Quelque part au-delà du château devait se trouver le

Shalyn Falah et, derrière, la Porte des mondes. Tout le reste était étranger à Mandred. Aucun humain n'avait exploré le pays qui s'étendait devant eux. Depuis qu'ils avaient quitté Firnstayn, Mandred s'était demandé quelles actions il allait mener après s'être échoué dans le royaume des elfes. Que lui restait-il à faire ici qu'un elfe ne puisse infiniment mieux réussir ?

Il ne put s'empêcher de penser à Aïgilaos. Si seulement il vivait encore ! Sillonner les forêts avec lui, chasser et boire, se raconter mutuellement des faits héroïques imaginaires et effaroucher les délicates elfes de la cour avec des compliments déplacés… C'eût été la belle vie ! Mandred sourit sous cape. Ce centaure lui manquait. Il eût été son meilleur compagnon ! Le jarl voulait absolument mener à bien sa vengeance de sang envers le devianthar. Il ne savait par où commencer sa quête. Pas plus qu'il savait comment quitter Albemark maintenant qu'Emerelle faisait garder les Portes. Mais il trouverait un chemin ! Il le devait à Aïgilaos… et à Freya !

Nuramon poussa la lourde porte qui n'était ni fermée ni verrouillée. On ne semblait pas craindre les voleurs ici. L'elfe hésita à entrer.

— L'Autre Monde m'a fait perdre le sens du temps, dit-il. J'ai l'impression que ce ne sont pas des années, mais des siècles qui se sont écoulés.

— Ce n'est pas le temps, mais le destin.

Nuramon resta interdit.

— Qu'est-ce que tu as dit ?

— Ce ne sont pas mes propres mots, répondit Mandred, gêné. Un prêtre de Luth les a prononcés autrefois. Il a dit : « Le temps peut sembler long quand le destin se montre multiple. »

— Ce sont là les mots d'un homme avisé et c'est un signe de sagesse de les avoir gardés en mémoire.

Mandred se réjouissait. Enfin, on admettait qu'il était doué pour autre chose que le combat.

— Viens, sois mon hôte.

L'elfe l'invita d'un large geste à pénétrer à l'intérieur de l'arbre.

Mandred entra. Il remarqua aussitôt l'odeur particulière de la demeure de Nuramon : un parfum de noix fraîches et de feuilles. Les murs et la porte étaient du même bois que celui de l'escalier. La lumière qui passait par les fenêtres, tamisée par les feuilles, se répartissait si bien qu'il y avait certes un peu d'ombre à certains endroits, mais que l'obscurité ne régnait nulle part. Dans les murs, Mandred aperçut des pierres de béryl d'un rouge brun. Elles lui rappelèrent les chambres du château de la reine et la façon dont elles rougeoyaient dans la nuit. Quel trésor représenterait une seule de ces gemmes dans le Monde des Humains !

Quelques feuilles de chêne se trouvaient sur le sol. Elles n'étaient pas sèches, elles vivaient, comme si elles faisaient toujours partie de l'arbre. Mandred regarda autour de lui, étonné : pas un courant d'air ici, malgré les nombreuses ouvertures.

Le mobilier, plutôt modeste, s'intégrait bien dans la pièce. Il n'y avait rien de superflu et c'était justement ce qui rendait tout si beau. Rien ne paraissait fragile, tout était de la même robustesse que le chêne.

Un escalier de bois s'enroulait vers les étages. Mandred ne l'avait pas vu de l'extérieur à cause de l'épaisseur du feuillage. Le niveau supérieur avait été construit dans le tronc du chêne évidé en partie. Le fils d'homme se demanda comment Alaen Aïkhwidan avait pu donner son approbation. Quelles actions héroïques les ancêtres de Nuramon avaient-ils pu accomplir pour mériter cet honneur ? Les plafonds arrondis rejoignaient si harmonieusement les murs qu'on croyait voir le bois foncé d'Aïkhwitan se mêler au leur.

— De quel arbre provient ce bois clair ? demanda Mandred.

Nuramon posa ses bagages sur un banc.

— C'est le bois de Céren.

— Est-ce une espèce d'arbre ?

— Ma mère disait qu'elle avait été un bouleau. Dans la nuit qui a précédé la Chasse des elfes, j'ai appris que son nom était Céren. Elle doit avoir été légendaire parmi les arbres.

— Hmm. Aïkhwitan va-t-il me tolérer ici ? Un humain n'a encore certainement jamais mis les pieds dans ta maison.

Nuramon sourit.

— Tu as pourtant réussi à arriver jusqu'ici. Et maintenant, tu ne te sens pas bien ?

Mandred ne pouvait l'affirmer. Il se sentait en sécurité et bien protégé. Il jeta encore une fois un coup d'œil circulaire.

— Et personne n'habite ici, sinon ? À voir ta maison, on a du mal à croire que personne n'y soit plus entré depuis trente ans.

Nuramon n'eut pas l'air de comprendre.

— Qu'est-ce que tu veux dire ?

— Je ne vois ni poussière, ni saleté. Rien que ces feuilles par terre. Mais on dirait qu'elles font partie du décor.

— Tout est exactement dans l'état où je l'ai laissé.

Ces elfes avaient une vie simple. L'arbre veillait probablement à ce que tout reste propre et Nuramon ne s'était même jamais posé la question.

Tandis que Nuramon montait à l'étage avec ses affaires, Mandred jeta un coup d'œil dans les pièces voisines. Il ne s'était jamais trouvé là et pourtant la maison lui semblait familière. Peut-être était-ce dû au fait qu'il connaissait Nuramon et que cette demeure lui correspondait bien.

Au centre de la maison se trouvait une grande pièce avec une longue table. *Quelle aberration !* pensa Mandred. La table était bien trop grande pour un seul habitant. Puis, il se souvint que Nuramon avait parlé de sa famille. Tout son clan avait peut-être vécu ici autrefois. Une dizaine de personnes pouvaient facilement prendre place autour de cette table. Ce devait être accablant de vivre seul avec ses souvenirs dans une telle maison. Mandred comprit que c'était la raison pour laquelle il n'avait plus voulu rester à Firnstayn. Il n'aurait pu supporter d'être seul là-bas avec ses souvenirs de Freya. Malgré tout son amour pour Alfadas, il ne pourrait plus être heureux là-bas.

Épuisé, le jarl s'assit dans une pièce voisine, près d'une fenêtre, sur un bon coussin. Le lieu idéal pour contempler les montagnes. Elles semblaient maintenant moins menaçantes que lorsque Nuramon lui avait évoqué les albes noirs et leurs enfants. N'avait-il pas dit qu'ils avaient vécu là-bas autrefois ? Qu'avaient donc pu devenir leurs enfants ? Tout en y réfléchissant, Mandred sombra dans un sommeil paisible…

Il rêva d'une voix d'homme qui lui chuchotait dans le vent : *Il est temps de rompre mon silence. Raconte-moi ce qui t'est arrivé.*

Mandred raconta à cette voix de rêve l'homme-sanglier et son échec dans la glace, la façon dont Aïkhjarto l'avait sauvé, la Chasse des elfes, son fils et la quête du fils de Noroelle.

Lorsqu'il en eut terminé, il attendit un autre chuchotement du vent. Mais la voix se tut et le vent s'en alla.

Il se réveilla en sursaut et regarda dehors. Il faisait noir. Les branches et les feuilles s'agitaient doucement au vent.

Mandred s'étira en bâillant. Il avait l'impression d'avoir juste un peu sommeillé. Mais en réalité, il avait dû dormir quelques heures, car il faisait nuit. Les pierres de béryl diffusaient une chaude lumière. Puis il sentit une bonne odeur. De la viande ! Il se leva d'un bond et se dirigea vers la table. Il y avait là des légumes qui venaient visiblement d'être cueillis. Par la porte ouverte de la cuisine, il vit Nuramon debout devant le four de pierre en train d'y glisser quelque chose. Mandred s'étonna. Non seulement Alaen Aïkhwitan tolérait la présence de Nuramon en lui, mais il le laissait même faire du feu ici ! Le chêne ne semblait pas s'en émouvoir.

L'elfe se tourna et vint vers Mandred.

— Tu es enfin réveillé ? Je ne m'étais pas rendu compte que tu étais si fatigué. Entre-temps, je suis parti chasser dans la forêt.

L'elfe retira les légumes de la table.

Mandred se sentit honteux. Il avait raté la chasse et dormi comme un fainéant.

— Cette place à la fenêtre est trop confortable pour que l'on puisse y rester éveillé.

Nuramon rit.

— Ma mère y est souvent restée assise ; elle parlait avec Alaen Aïkhwitan.

Angoissé, le jarl regarda autour de lui. À l'idée qu'un esprit ait pu l'habiter pendant son sommeil, il fut pris de frayeur.

— Il m'a semblé entendre une voix me parler.

Il raconta à l'elfe ce qui s'était passé.

Nuramon laissa tomber le couteau avec lequel il avait épluché les légumes. Il avait l'air surpris et même un peu vexé.

— J'ai passé toute ma vie ici sans que Aïkhwitan m'adresse un seul mot. Et il suffit qu'un humain arrive au détour du chemin pour qu'il lui parle. (Il secoua la tête.) Pardon ! C'est normal qu'il te parle. Après tout, Aïkhjarto t'a sauvé la vie. Il a dû le sentir.

Mandred était gêné. Il n'avait pas demandé la faveur d'un arbre ni voulu vexer Nuramon. Ces arbres ! Qui aurait pu penser qu'ils seraient si bizarres ! Heureusement qu'ils ne parlaient pas dans son monde ! Il agrippa le bras de Nuramon.

— Viens ! Peut-être qu'il va te parler aussi.

Ils se dirigèrent vers la fenêtre et prêtèrent l'oreille. Mais dans le bruissement des feuilles, ils n'entendirent rien. Pas un chuchotement. Pour finir, Mandred se demanda s'il avait vraiment ouï cette voix ou si ce n'avait été qu'un rêve.

— Je le sens partout ici, mais rien de plus ! dit Nuramon. (L'elfe s'efforçait en vain de dissimuler sa déception.) Allons préparer le repas !

Une fois dans la cuisine, Mandred comprit d'où provenait cette bonne odeur. Quelques morceaux de viande rôtissaient devant lui. Il s'étonna de la rapidité avec laquelle Nuramon les avait préparés. Nulle part dans la pièce il ne voyait de restes d'entrailles, de sang ou de peau. Impossible de deviner quel était l'animal dont la chair grésillait ici. Elle était blanche comme celle de la volaille. Rien qu'à la voir, Mandred en saliva.

— Qu'est-ce que c'est ? finit-il par demander à Nuramon.

— Du gelgerok, répondit l'elfe.

Mandred voulut en savoir plus. Lors de leur quête du fils de Noroelle, les elfes avaient souvent parlé de gelgeroks et les avaient décrits en détail, mais il n'arrivait toujours pas à voir à quoi cet animal ressemblait.

— Sa dépouille se trouve-t-elle quelque part ici ? Puis-je la voir ?

— Désolé, Mandred. Je l'ai abattu et j'ai laissé à Gilomern ce que je ne voulais pas garder.

— Gilomern ? Qui est-ce ?

— Il vit ici dans les bois. C'est un chasseur, mais il aime bien venir prendre aussi ce que les autres laissent sur place.

— C'est aussi un elfe ?

— Oui.

— Un ami ?

— Non. Gilomern n'a rien à faire de l'amitié. Mais la coutume veut que nous lui laissions sa part. Je suis sûr qu'il a déjà récupéré le gelgerok. Ne t'en fais pas. Tôt ou tard, tu finiras bien par en voir un. (Nuramon s'employa à couper les légumes.) Mandred, ça te dirait de préparer la sauce pour la viande ? J'ai déjà coupé les herbes, et les épices sont là-bas. Le mieux serait que tu prennes le jus du rôti dans la poêle et que tu mélanges tout ça à ton goût.

Mandred fut surpris de la confiance que lui témoignait l'elfe. Voilà qu'il se trouvait ici, lui, Mandred Torgridson, jarl de Firnstayn et vainqueur de l'homme-sanglier ! Et on lui faisait faire la cuisine ! Si les habitants du Pays des Fjords savaient ça ! On ne parlerait bientôt plus du jarl Mandred, mais on chanterait le cuisinier Mandred. Qu'avait donc dit si souvent Nuramon lors de la quête de Guillaume ? *« Tu vas finir par faire de moi un humain. »* Si Mandred n'y prenait garde, Nuramon et Farodin réussiraient à faire de lui un elfe, et pour finir, il trouverait même plaisir à cuisiner.

En hésitant, il fit ce que Nuramon lui avait demandé et fut bientôt surpris du bon goût de sa sauce. Il avait en même temps veillé à ce que la viande ne brûle pas et même retiré le pain du four. Quand Nuramon goûta la sauce et la trouva délicieuse, Mandred ne put dissimuler sa fierté. Évidemment qu'elle était délicieuse !

Tandis que Mandred mettait la table avec Nuramon, Farodin fit son entrée. Il portait des bagages et les posa sur l'une des nombreuses chaises libres.

— À ce que je vois, j'arrive au bon moment.

Il paraissait de bonne humeur et affamé.

— Enfin de nouveau quelque chose de correct à manger, dit Mandred.

Ce qu'ils posèrent sur la table n'avait rien à voir avec les petites portions qu'on lui avait servies au château. Nuramon avait trouvé des légumes et de la viande en quantité. Mandred avait hâte de passer à table.

Pendant le repas, il garda un œil rivé sur Farodin. Qu'allait dire l'elfe de sa sauce ? Jusqu'alors, ils n'en avaient pas parlé, il fallait y remédier. Il se tourna vers Nuramon.

— Cette viande est délicieuse, n'est-ce pas ? Et les légumes aussi sont très bons. (Il regarda Farodin.) Pas vrai ?

Farodin hocha poliment la tête et dit à Nuramon :

— Noroelle a toujours fait grand cas de ta cuisine. Moi aussi, j'ai appris à l'apprécier en voyage. Ce repas est excellent, et particulièrement cette sauce.

Mandred échangea un regard complice avec Nuramon, puis il s'adossa à sa chaise et demanda :

— Tu sais garder un secret ?

— Naturellement, répondit Farodin en enfournant un morceau de viande dans sa bouche.

— La sauce, c'est moi qui l'ai faite.

Farodin hésita, mais continua à mâcher lentement. Quand il eut avalé, il sourit d'un air conspirateur :

— Vous me faites marcher.

— Pas du tout, répliqua Nuramon.

— Eh bien, Mandred, mes compliments, dit Farodin respectueusement.

Mandred se rengorgea. Quand on les surprenait, on pouvait découvrir ce que les elfes pensaient vraiment.

— Mais promets-moi de ne raconter à personne que tu as vu Mandred Torgridson aux fourneaux !

— Je te le promets, si tu me promets de ne dire à personne que je suis incapable de distinguer la cuisine d'un elfe de celle d'un humain.

C'était un marché raisonnable. Mandred pouvait l'accepter.

Ils eurent bientôt terminé leur repas et Mandred fut honoré qu'ils lui aient laissé le plus grand nombre de morceaux de viande. Ça, c'était de l'hospitalité !

Ils passèrent dans une grande pièce au sol recouvert de petites dalles. Au centre était insérée une mosaïque de pierres précieuses : elle représentait un elfe se défendant contre un troll. C'était sans doute l'endroit où la famille de Nuramon avait autrefois tenu ses conseils de guerre.

Farodin approcha de la large fenêtre d'où l'on pouvait voir le pays et, au loin, les lumières du château d'Emerelle. Nuramon s'appuya au mur près de la porte et garda les yeux fixés sur la mosaïque, tandis que Mandred se campa devant elle. Il se sentait subitement nerveux. Il avait envie de faire les cent pas.

L'ambiance sereine du repas s'était envolée. Farodin leur tournait le dos. Nul besoin d'être prêtre de Luth pour connaître les pensées des elfes. Ils n'avaient plus le droit de quitter Albemark, mais ils cherchaient désespérément une possibilité de sauver leur bien-aimée. Leur long silence témoignait de la difficulté de leur situation.

Soudain, Nuramon le regarda.

— Cela fait déjà des jours que je voudrais te demander quelque chose, Mandred. Pardonne-moi d'être si direct. Mais pourquoi n'es-tu pas resté à Firnstayn ?

— Parce que, là-bas, la place est à mon fils, répondit-il sans hésiter. Parfois, les pères doivent céder tôt leur héritage. Si je n'avais pas été retenu prisonnier dans la grotte de glace, je serais maintenant un vieil homme. Mon temps à Firnstayn est passé. C'était justice que je m'en aille et que je donne ainsi la possibilité à Alfadas de devenir le nouveau jarl, s'il en est jugé digne par la communauté.

— Tu es un guerrier, Mandred. Te suffit-il d'être le père d'un jarl ? Est-ce là tout ce que tu veux obtenir ?

Mandred regarda les deux elfes avec étonnement. Nuramon cherchait-il à le vexer ? Naturellement qu'il avait d'autres ambitions !

— Je vais partir sur les traces de l'homme-sanglier… du devianthar, je veux dire. Il m'a volé la vie que j'aurais dû avoir. Il m'en répondra de la sienne. À cause de lui, j'ai perdu ma femme. (Il se mordit les lèvres en sentant l'émotion l'envahir.) Je voudrais aussi vous aider… Rien ni personne ne me ramènera Freya. Mais vous deux, vous pouvez encore retrouver votre bien-aimée.

— Quelle confiance de la part d'un homme ! s'écria cyniquement Farodin. La reine fait surveiller les frontières. Même toi, tu ne peux revenir dans ton monde.

L'elfe ne se tourna même pas vers eux en parlant.

—Farodin a raison, dit Nuramon. Il est possible que la reine tienne les Portes fermées pendant des siècles ! Tu ne reverras peut-être plus jamais ton pays.

—J'ai rompu avec lui. Ne vous tracassez donc pas pour moi. Pensez plutôt à sauver Noroelle.

Nuramon baissa les yeux.

—En tout cas, nous ne pouvons pas compter sur l'aide de la reine. Tout espoir de la faire changer d'avis est vain.

—Que s'est-il exactement passé entre la reine et Noroelle ? demanda Mandred. Je n'ai jamais compris ce qui lui est arrivé. Expliquez-moi, si vous voulez que je puisse éventuellement mieux vous aider.

Farodin souffla avec mépris. Mais Nuramon resta aimable.

—La reine l'a emmenée dans l'Autre Monde pour la bannir ensuite dans le Monde Brisé.

—Et c'est quoi, ce Monde Brisé ? (Lors de leur quête de Guillaume, Mandred avait quelquefois entendu les elfes en parler, mais sans arriver à s'en faire une image précise.) Je veux dire… un monde n'est pas une cruche d'argile.

—Le Monde Brisé est un ancien champ de bataille, dit Farodin. C'est l'endroit où les albes ont combattu contre les devianthars et où ils les ont anéantis. Au cours de cette guerre, le monde a été disloqué. Seules quelques rares Portes y mènent encore à partir d'ici ou du Monde des Humains. Ce monde se trouve entre le nôtre et le tien. Imagine-le comme quelques îles isolées dans une mer de néant. Il est maintenant insignifiant, si bien que nous nommons ton monde l'« Autre Monde », comme si le Monde Brisé n'existait plus. Le chemin vers Noroelle nous conduira d'abord dans ton monde, Mandred. Là, il nous faudra chercher la Porte d'où nous pourrons atteindre cette île au milieu de rien, où Noroelle se trouve captive. Quand nous l'aurons découverte, nous devrons rompre le sortilège de la reine. Finalement, Emerelle était notre seul espoir. J'ai bien peur que, contre sa volonté, nous n'arrivions jamais à délivrer Noroelle. C'est perdu d'avance.

Nuramon fit quelques pas vers Farodin. Ce qu'il venait d'entendre semblait l'irriter.

—Rien n'est jamais perdu ! Ce n'est pas parce que nous ne voyons pas de chemin qu'il n'y en a pas. La question est de savoir jusqu'où nous sommes prêts à aller pour atteindre notre but.

Farodin se tourna pour regarder Nuramon. Son visage était de glace.

—Tu sais jusqu'où je serais prêt à aller.

—Le ferais-tu aussi si tu ne pouvais plus jamais retourner chez les tiens, parce que tu te serais chargé d'une honte infinie ; si toi aussi tu étais banni au cas où la reine te reverrait encore ; et si Noroelle se détournait de toi, à cause de tes actes ? Serais-tu prêt à accepter tout cela pour la sauver ?

Un étrange sourire, indéchiffrable, passa sur le visage de Farodin, sans que Mandred comprenne ce qui, dans le discours de Nuramon, avait bien pu le provoquer.

— Je le ferais sans l'ombre d'une hésitation.

— Alors, ne nous rappelle pas les interdits de la reine, mais réfléchissons plutôt à ce qu'il faut faire.

— Je vous accompagnerai quel que soit le chemin, déclara Mandred. J'ai encore une dette à régler. Au moins une.

S'il n'était jamais venu dans le monde des elfes, Noroelle serait encore près de ses bien-aimés. L'homme-sanglier l'avait utilisé comme appât pour attirer la Chasse des elfes dans le Monde des Humains. Mandred n'avait pas compris en quoi cela avait de l'importance pour le devianthar. Voulait-il simplement tuer quelques elfes et montrer à Emerelle qu'un devianthar avait survécu à la guerre contre les albes ? Ou bien poursuivait-il un autre plan beaucoup plus tortueux ? Et pourquoi avait-il engendré Guillaume ? Contrairement à Emerelle, Mandred n'arrivait pas à voir le danger que représentait encore ce fils de démon mort. Quelles que soient les visées du devianthar, une chose était sûre : Mandred avait fait entrer le Mal dans le monde des elfes et il devait contribuer à réparer ce dommage. Mais plus lourde encore était sa deuxième faute. Avec sa promesse envers Emerelle, il avait tué Freya. Sa femme avait eu raison de le maudire !

— Quel que soit le chemin que vous prendrez, Mandred Torgridson sera à vos côtés.

— Mais comment arriverons-nous dans l'Autre Monde ? demanda Farodin.

Le jarl serra le poing. C'était pourtant évident de savoir vers qui se tourner !

— Si vous êtes disposés à vous opposer à la reine, nous allons devoir nous battre pour nous frayer un chemin vers l'Autre Monde.

Farodin fit un geste dissuasif de la main.

— Non, Mandred. Ce que la reine fait garder est bien gardé. Les Portes ne s'ouvriront pas pour nous.

— Si la Porte est fermée, nous n'avons qu'à foncer la tête dans le mur !

Farodin eut un sourire amusé.

— Contre ces murs-là, même ton crâne ne pourra rien faire, fils d'homme.

— Attendez ! (Les yeux de Nuramon brillaient.) Foncer la tête dans le mur ! Quelle bonne idée ! Vraiment génial !

Mandred ne comprit pas ce qui mettait l'elfe dans cet état. Farodin avait raison. Ces Portes ne correspondaient pas à ce qu'un homme entendait généralement par le mot « porte ». Et de murs, il n'y en avait pas non plus.

Mais Nuramon se mit à rire.

— Nous sommes aveugles ! Il faut que ce soit un homme qui nous ouvre les yeux sur notre propre monde !

— Que veux-tu dire ? demanda Farodin.

— C'est pourtant évident ! Nous prendrons le chemin choisi par Noroelle pour aller dans l'Autre Monde. Nous ne nous occuperons pas des Portes gardées, mais nous nous créerons nous-mêmes une Porte.

— Nuramon, tu te surestimes ! s'énerva Farodin. C'est de loin la chose la plus sotte que j'aie jamais entendue venant de toi. Nous ne possédons pas les compétences magiques de Noroelle.

Mandred n'était pas de son avis.

— Bien sûr que Nuramon est un grand magicien, protesta-t-il énergiquement. Et toi, tu devrais le savoir. Tu n'étais plus qu'un morceau de chair crue, dans la grotte de glace... Nuramon t'a sauvé d'une mort certaine. S'il n'a pas ainsi fait la preuve de son pouvoir, alors je ne sais pas ce que l'on appelle « magie ».

— Ce n'est pas parce qu'un cheval porte des fers aux sabots qu'il est un forgeron pour autant !

— Que viennent faire ici les chevaux ? tonna Mandred.

— Je l'explique volontiers aux humains... Alfadas est un excellent guerrier, c'est hors de question. Ollowain en a fait un maître du combat à l'épée. Mais est-il aussi bon à la hache, Mandred ?

Le jarl comprit.

— Disons moyen, répondit-il, contrit.

— C'est pareil pour Nuramon. Ma dette est grande envers lui parce qu'il m'a guéri non seulement dans la grotte de glace, mais aussi quand nous avons quitté Aniscans. Je n'ai nullement l'intention de mettre ses capacités en doute, mais ouvrir une Porte est une autre paire de manches ! Traverser la frontière entre deux mondes... c'est de la grande magie.

— J'ai vu Nuramon lutter entre la vie et la mort pour toi et te ramener à la vie. Quelle frontière pourrait être plus insurmontable ?

Les deux elfes se regardèrent, sidérés. À l'évidence, ils n'avaient jamais envisagé les choses sous cet angle.

Nuramon eut l'air un peu gêné. Finalement, il prit la parole.

— Te souviens-tu de ce que tes parents t'ont raconté sur les Sentiers des Albes, quand tu étais petit ? demanda-t-il à Farodin.

L'elfe hésita avant de répondre.

— Ils m'ont dit qu'ils traversent notre monde et le relient à d'autres mondes.

— Tout comme les Étoiles d'Albes ! intervint Mandred en causant de nouveau l'étonnement des elfes.

— D'où tiens-tu ça ? demanda Farodin.

— Vanna m'en a parlé quand nous étions en route vers la grotte de Luth. Je ne l'ai pas oublié. Mais qu'est-ce que c'est au juste que ces histoires de Sentiers ?

— On dit que les albes auraient voyagé le long de ces Sentiers. Sept de ces chemins se croisent aux Portes que nous appelons aussi les « grandes Étoiles d'Albes ».

— Et maintenant, réfléchis à ce que Mandred nous a dit dans sa géniale simplicité, intervint de nouveau Nuramon.

Mandred se demanda s'il devait se sentir flatté ou vexé de cette déclaration de l'elfe.

Farodin le regarda.

— Si les grandes Étoiles d'Albes sont les Portes, que sont alors les murs ? Voilà la question.

Mandred ne voyait pas où il voulait en venir. Il avait l'impression que Farodin attendait une réponse de sa part. Nuramon aussi le regardait d'un air interrogateur.

— Les Sentiers qui mènent aux Portes ?

— Pas vraiment, répondit Farodin.

Nuramon donna la réponse :

— Ce sont les plus petites Étoiles d'Albes qui ne donnent pas de Porte sûre. On peut y créer des Portes magiques et pénétrer dans l'Autre Monde.

Farodin parut visiblement troublé.

— Tu m'as demandé ce que mes parents m'avaient raconté sur les Sentiers d'Albes. Eh bien, maintenant je vais te dire aussi ce qu'ils m'ont expliqué sur les Étoiles. Ils m'ont dit que celui qui se risquait à passer, par force ou par ignorance, pouvait devenir victime du temps et de l'espace et se perdre à tout jamais. Noroelle est une grande magicienne. Elle savait ce qu'elle faisait. Comparés à elle, nous ne sommes que des enfants. Tu es sans doute un guérisseur extraordinairement doué, mais cette forme de magie t'est aussi étrangère qu'à moi.

— Donc, tu vas renoncer, rétorqua Nuramon.

— Non. Je ne le pourrais pas. Cette quête est ma vie, plus que vous le pensez. Regardez ! (Farodin sortit une petite fiole d'argent et un bout d'étoffe. Il étala le tissu sur la table, puis il ouvrit prudemment le flacon et en renversa le contenu dessus.) Là, vous voyez combien notre espoir est mince.

Dans le tissu de soie se trouvait un minuscule tas de sable.

— Est-ce que c'est… ? commença Nuramon sans pouvoir terminer sa question.

Farodin hocha la tête.

— Lorsque nous avons appris le destin de Noroelle, je me suis glissé dans la garde-robe de la reine et j'y ai trouvé trois grains de sable. Il paraît que si l'on peut retrouver tous les grains, le sortilège du sablier peut être rompu. Dans notre quête de Guillaume, j'ai pu en retrouver cinquante-trois autres.

— C'est pourquoi tu t'isolais si souvent, dit Nuramon sur un ton de reproche.

— Oui. Et maintenant, j'ai rassemblé cinquante-six grains. Il n'y en a probablement plus à Albemark. Les autres se trouvent certainement dans l'Autre Monde. Un coup de vent les a dispersés dans toutes les directions. Je crois que la dissémination des grains de sable faisait partie du sortilège.

Mandred n'arrivait pas à comprendre de quoi parlait l'elfe. Il avait ramassé des grains de sable ? Et alors ? Qu'est-ce qu'il voulait faire de ses cinquante-six grains ? Non vraiment... Chercher des grains de sable ! Quelle ânerie ! Comment les distinguer des grains de sable ordinaires ?

Nuramon ne quittait pas des yeux le petit tas de sable.

— C'est vraiment un bien mince espoir. Mais il peut y avoir d'autres moyens.

— C'est le seul que je connaisse.

— Alors, commençons par là, dit Mandred.

Les deux elfes approuvèrent.

Toutefois, le problème des Portes fermées demeurait. Farodin était d'avis qu'il devait exister un chemin plus sûr pour entrer dans l'Autre Monde plutôt que de rater les Portes – vu leurs compétences modestes – et de risquer le passage à travers une des plus petites Étoiles d'Albes.

Pourtant, Nuramon insista ; il était certain qu'ils pouvaient y arriver.

— Nous n'avons pas besoin de risquer le passage à cet endroit, où seuls deux Sentiers se croisent. Ce serait certainement une grande folie. Mais ne serait-ce pas possible en un lieu où se rencontrent trois ou quatre de ces chemins ?

— Mais comment saurons-nous...

Farodin s'interrompit, surpris.

Nuramon parcourait la pièce du regard, comme s'il avait vu quelqu'un.

Mandred ne voyait personne. Méfiant, il jeta un coup d'œil autour de lui. Qu'est-ce qui effrayait tant les elfes ? Comme s'il avait exprimé ses pensées, une voix douce répondit dans la langue des Fjords :

— Écoutez-moi ! (Celui qui parlait se trouvait avec eux dans la pièce. C'était certain, même si Mandred ne parvenait pas à le voir.) Écoutez le savoir du vieux chêne, poursuivit la voix.

Un léger souffle de vent traversa la pièce.

Effrayé, Farodin se pencha sur la table et recouvrit les grains de sable avec le tissu de soie.

— Alaen Aïkhwitan ! s'écria Nuramon.

Mandred pensa à son rêve.

— Oui, c'est moi. (L'arbre ne parlait plus en chuchotant, mais avec une voix de basse, plus grave que celle des humains.) Tu es Nuramon. Je connais ton âme depuis longtemps déjà. Et toi, Mandred, tu portes la marque de mon frère. Quant à toi Farodin, je ne te connais que par ouï-dire. Tu serais étonné de savoir ce que les arbres disent de toi.

Mandred garda le silence, le cœur battant. La voix du chêne l'emplissait. Farodin non plus n'osait rien dire, même si c'était pour une autre raison. Seul Nuramon parvint à briser le charme.

— Te révèles-tu à nous pour nous aider ? Vas-tu nous apprendre la magie dont nous avons besoin ?

Alaen Aïkhwitan grommela comme s'il voulait gronder Nuramon.

— Depuis toujours, les enfants d'albes recherchent ma proximité et mon conseil. À vous aussi, je vais donner mon conseil. Mais je ne veux pas vous enseigner quoi que ce soit. Car toi, Nuramon, je t'ai appris, par ta mère, tout ce qui te revient de ma part. Et à vous autres, je ne dois rien. (La voix se fit moins forte.) Ce que vous cherchez à faire, seul un autre arbre peut vous l'apprendre. Allez ! Allez là-bas où l'elfe du lac fut instruite. Ne perdez pas de temps ! Allez…

La voix s'estompa.

— Le chêne-faune ! s'écria Nuramon.

Le chêne-faune

La neige s'était mise à tomber quand ils arrivèrent près du lac où ils s'étaient si souvent trouvés avec Noroelle. Farodin resserra son manteau autour de ses épaules, mais aucun vêtement ne pouvait le prémunir du froid qu'il ressentait dans son cœur. Il n'avait pas grand espoir d'acquérir un jour la puissance nécessaire pour ouvrir une Porte sur l'Autre Monde. Peut-être Mandred avait-il raison ? Peut-être devaient-ils se risquer à attaquer les gardes à l'une des Portes et à se frayer un chemin par la violence dans le Monde des Humains.

Au loin, au-delà de la forêt, s'élevait le château d'Emerelle. Savait-elle qu'ils se trouvaient ici ? On prétendait qu'elle était informée de tout ce qui se passait à Albemark. Mais peut-être était-elle, elle-même, à l'origine de cette rumeur ? En tout cas, elle n'avait rien su de l'entrée du dévianthar. Ou bien ? L'avait-elle laissé faire pour détourner de son peuple un destin autrement plus cruel ? Farodin inspira profondément. Son haleine projetait un petit nuage blanc devant ses lèvres. Il n'y avait pas un souffle de vent sur la vaste prairie. La neige tombait de plus en plus dru et le château disparut au loin.

Qui pouvait connaître les pensées d'Emerelle ? Farodin avait tué pour elle. Il n'aurait su dire combien de fois… Mais à aucun moment il n'avait douté que tout ce qu'il faisait sur ses ordres servait uniquement à épargner des choses plus graves à son peuple. S'était-il trompé ? La reine avait le pouvoir de pressentir l'avenir, même s'il s'agissait aussi d'une malédiction. Mais ce qui devait arriver pouvait changer. Et donc, il n'existait jamais aucune certitude.

Une seule fois, Emerelle lui avait parlé à ce sujet. Elle avait comparé l'avenir à un arbre. Cela commençait par le tronc qui se séparait en deux et produisait ensuite des branches qui continuaient de se ramifier. Farodin était ensuite allé dans le jardin, il s'était placé sous un arbre et avait essayé d'observer d'en bas le développement d'une branche avec toutes ses ramifications. C'était impossible. Il aurait fallu abattre l'arbre pour pouvoir en rendre compte avec certitude. Et c'était la même chose pour l'avenir.

— Quel temps de chien ! grogna Mandred qui chevauchait près de lui. Chez nous, les humains, on raconte que le printemps règne toujours chez les elfes. Tu parles d'un printemps !

— Voilà ce qu'il en est quand de beaux parleurs décrivent des endroits qu'ils n'ont jamais vus, plaisanta Nuramon. (Il tira sur les rênes de Felbion et montra un peu plus loin en avant.) Le voici !

Sombre et totalement dénudé, un grand arbre se dressait devant eux ; pas aussi grand qu'Alaen Aïkhwitan, mais tout de même imposant. Ils descendirent de cheval et continuèrent à pied.

Farodin vit une grande fente dans le tronc du chêne. L'écorce s'était écaillée et le bois en dessous avait pourri. Le sol autour de l'arbre était jonché de branches mortes : le tribut du chêne-faune aux tempêtes automnales. Le chêne avait l'air en mauvais état, on l'eût dit sur le point de mourir.

Farodin était horrifié. Jamais encore il n'avait vu d'arbre vivant pourrir. Cela n'arrivait jamais, voilà tout !

Nuramon aussi avait l'air troublé.

Indécis, ils se tenaient devant le tronc puissant, les yeux levés vers la cime. Aucune voix ne se faisait entendre. Farodin observa ses compagnons du coin de l'œil. Il ne décela rien qui aurait pu trahir une conversation silencieuse avec le chêne-faune.

— Je me gèle les pieds, dit Mandred en rompant encore une fois le silence.

— Il faut lui parler, hésita Nuramon. Mais comment ?

— Dis-moi… C'est bien avant-hier qu'Alaen Aïkhwitan t'a parlé pour la première fois ? N'est-ce pas ? demanda Mandred qui tapait ses pieds par terre pour chasser le froid.

— Oui, répondit Nuramon. Et alors ?

— Tu as vécu de nombreuses années sur ton chêne. Je viens de penser soudain qu'il nous faudra sans doute attendre un bon moment avant que le chêne-faune nous adresse la parole. Tu crois que nous pouvons faire un feu ?

— Un feu ? (La voix résonna en lui de manière si soudaine que Farodin, effrayé, fit un pas en arrière.) Il faut être un humain pour avoir l'idée de se présenter à un arbre avec l'intention d'allumer un feu près de lui !

— Il faut que je m'excuse pour mon ami, s'empressa de dire Nuramon. Il va parfois un peu trop vite.

— Empêchez-le d'allumer un feu. Je sens qu'il y pense toujours. Et en plus, il voulait prendre mes branches mortes pour le faire ! Quel manque de tact !

L'arbre avait une voix haut perchée.

Mandred se mit un peu à l'écart. Il se frotta les bras sans un mot, comme pour montrer qu'il avait toujours froid.

Farodin se prit à douter d'avoir bien fait d'amener le fils d'homme.

— C'est pour Noroelle que nous sommes ici, dit doucement Nuramon.

— Noroelle (la voix du chêne-faune se fit plus douce, presque mélancolique). Oui, Noroelle... Il ne lui serait jamais venu à l'idée d'allumer un feu ici. Il me semble que cela fait une éternité que je l'aie vue.

— Nous voulons la chercher.

— Une bonne idée, approuva le chêne.

Il avait l'air endormi. Ses branches craquèrent doucement.

— Mais pour cela, nous avons besoin de ton aide, intervint Farodin.

— Comment pourrais-je vous aider ? (La voix de l'arbre était devenue traînante.) Je peux difficilement partir d'ici et vous...

— Votre chêne s'endort, se moqua Mandred. Si je n'avais pas parlé de feu, il ne se serait jamais réveillé.

— Du feu ! (Le vieil arbre soupira.) Débarrassez-moi de cet insolent ! Sinon, je lui fais prendre racine. Ainsi, il comprendra pourquoi les arbres ne plaisantent pas avec le feu.

Mandred se le tint pour dit. Il revint vers les chevaux.

— Maintenant, il pense à une hache, gronda la voix de l'arbre. Je devrais vraiment le...

— Épargne-le, dit Farodin. Il ne se comporte peut-être pas bien, mais il donnerait sa vie pour sauver Noroelle.

— Je sais... (De nouveau, la voix de l'arbre se fit traînante.) Je sens qu'Atta Aïkhjarto l'estime. Il ne se trompe jamais... je crois...

— S'il te plaît, ne t'endors pas, dit Farodin. Tu es notre seul espoir.

— C'est l'hiver, les enfants. Ma sève ne coule plus. Il est temps de se reposer. Revenez au printemps. Les enfants d'elfes ont tout leur temps, n'est-ce pas... Comme les arbres...

— Chêne-faune ? demanda Nuramon. Peux-tu nous apprendre un des charmes que tu as enseignés à Noroelle ? Montre-nous la manière d'ouvrir une Porte sur une petite Étoile d'Albes.

Il n'obtint pas de réponse.

— Il dort, dit Farodin, résigné. Nous allons devoir attendre le printemps, j'en ai bien peur... Si jamais il veut nous aider.

Ils demeurèrent là encore un moment, mais le chêne ne répondit plus à leurs questions. Finalement, ils revinrent près des chevaux. Farodin s'apprêtait à se mettre en selle quand il perçut un mouvement furtif dans le sous-bois derrière le chêne. L'elfe grimpa sur sa monture.

— Faites comme si de rien n'était, dit-il doucement. On nous écoute.

— Un espion de la reine ? demanda Nuramon.

— Je ne sais pas. Je vais partir dans la forêt et le chasser d'ici.

— Et s'il nous veut du bien ? demanda Nuramon.

— Pourquoi se cacherait-il alors ? objecta Mandred.

— C'est bien ce que je pense aussi !

Farodin prit les rênes et, couché sur la crinière, il fila vers le sous-bois. Mandred le suivit sans hésiter.

Ils n'avaient pas encore atteint la lisière du bois quand ils virent les fourrés s'écarter et une silhouette à pattes de bouc en sortir. Elle leva les mains comme pour montrer qu'elle ne portait pas d'armes.

— Ejedin ?

Farodin avait reconnu le palefrenier de la reine.

— Qu'est-ce que tu viens faire près du chêne ? tonna Mandred.

Il avait du mal à maîtriser sa jument et finit par lui assener un coup de poing sur la tête.

— Ce que je viens faire ici ? (Des dents blanches étincelèrent dans l'épaisse barbe noire du faune.) Mon arrière-grand-père a planté ici un gland qu'il avait rapporté de Daïlos. Depuis, les faunes et les silènes servant à la cour soignent le chêne-faune. Il transmet nos salutations dans notre lointaine patrie et il nous a déjà rendu quelques autres services. La question n'est donc pas de savoir ce que je fais ici, ce serait plutôt à vous de me dire la raison de votre présence.

— Ne sois pas insolent, laquais ! dit Mandred entre ses dents.

— Sinon, cavalier de mes deux ? Tu vas me frapper comme tu as frappé ta jument ? (Il leva les poings.) Allez, descends et viens te battre !

Mandred s'apprêtait à mettre pied à terre quand Farodin dirigea son destrier vers lui et le retint.

— Tu crois que la reine va te récompenser richement ? demanda l'elfe d'un ton égal.

Le faune passa sa grande langue sur ses lèvres.

— Je crois que je ne pourrais rien apprendre à la reine qu'elle ne sache déjà. Mais peut-être que nous allons pouvoir faire affaire ?

Farodin dévisagea le faune avec méfiance. Son peuple avait la réputation d'être retors, mais il était aussi connu pour entretenir de bonnes relations avec les arbres animés.

— Quel genre d'affaires ?

Entre-temps, Nuramon était arrivé lui aussi. Il écouta sans rien dire.

— Je crois que je pourrais amener le chêne-faune à vous parler chaque jour pendant une heure ou deux.

— Et quel est ton prix ?

— Ramenez Noroelle !

Farodin n'en crut pas ses oreilles. Il devait s'agir d'une ruse de faune !

— En quoi cela peut-il t'intéresser, Ejedin ? Surtout, ne va pas nous raconter que nos amours malheureuses auraient touché ton petit cœur sensible !

Le palefrenier éclata d'un rire sonore.

— Est-ce que j'ai l'air émouvant d'une petite fée des prés ? Non, c'est à cause du chêne-faune ! Le départ de Noroelle l'a complètement perturbé. Il passe même tout le printemps et l'été à dormir. (II désigna la profonde entaille dans le tronc.) Regardez comme il est malade. Des vers taraudeurs se sont nichés au printemps dernier sous son écorce.

— Comment est-ce possible ? s'étonna Nuramon. Ils ne se nourrissent que de bois mort.

— Et de celui des arbres qui sont près de mourir.

— Je pourrais peut-être redonner de la force au bois en décomposition, hasarda prudemment Nuramon. Je n'ai encore jamais essayé de guérir un arbre. Mais c'est peut-être possible.

— Ne me donne pas de faux espoirs ! le rabroua le faune. Revenez ici demain, à la même heure. Je réveillerai le chêne-faune. Et ne me ramenez pas encore cet humain ! Il l'énerve. Ça fait du tort au chêne-faune.

La première leçon

Nuramon écarta ses mains de la plaie du chêne-faune. Il n'avait pas pu faire grand-chose. Certes, le bois sous l'écorce s'était un peu raffermi, mais la véritable souffrance du chêne était le deuil de Noroelle. Nuramon crut comprendre que sa bien-aimée avait été comme une fille pour le chêne-faune.

Le faune s'approcha de l'arbre et posa sa joue sur l'écorce.

— Écoute-moi, chêne-faune ! chuchota-t-il.

Il parla ensuite si doucement que Nuramon ne put le comprendre. Bientôt, Ejedin s'écarta du tronc et, plein d'attente, il alla se placer derrière Nuramon et Farodin.

— Il t'a entendu ? demanda ce dernier.

Ejedin garda le silence sans quitter le chêne des yeux. Quand il hocha la tête, il fut clair que l'arbre lui parlait. Finalement, il annonça :

— Il est prêt à vous écouter.

Nuramon échangea un regard avec Farodin. Celui-ci lui fit signe de parler, alors il dit :

— Écoute-moi, chêne-faune. (L'arbre ne répondit pas.) Nous t'en supplions ! Enseigne-nous ! N'attends pas le printemps ! Chaque jour est précieux. Et même si tes cours devaient durer longtemps, il pourrait être finalement décisif de les commencer dès maintenant.

— Voilà de bien grandes paroles, répondit le chêne. (Sa voix pénétra directement l'esprit de Nuramon.) Es-tu donc un sage pour dire de telles choses ?

— Non, j'en suis loin, répondit Nuramon. C'est Alaen Aïkhwitan qui nous a envoyés vers toi. Il nous a dit aussi de ne pas perdre de temps. Comme si la hâte s'imposait.

— Le conseil d'Alaen Aïkhwitan valait déjà bien avant mon temps. Et par tes mains, Nuramon, j'ai senti sa présence… Quand vous étiez ici hier soir, j'avais envie de dormir. Le moment était mal choisi. Mais Ejedin et tes mains guérisseuses m'ont réveillé. Je ne sais quand la fatigue va de nouveau m'abattre. Alors, écoutez ce que je peux faire pour vous. (La voix du chêne prit de la vigueur.) Je peux vous apprendre le charme qui vous fera emprunter les Sentiers à la manière des albes. Toi, Nuramon, je te reconnais comme étant le protégé d'Alaen Aïkhwitan et le favori de Céren. Ma magie ne te sera pas étrangère. Mais toi, Farodin, tu dois faire de nouvelles racines et te dépasser. Car ta magie ne vient pas d'un arbre. Tu dois vouloir être plus que ce que tu étais autrefois et que ce que tu es maintenant. À nous tous, il est demandé quelque chose d'inhabituel. Il nous faut semer sur un sol gelé pour pouvoir récolter au printemps.

— Pourrons-nous apprendre d'ici au printemps ce que tu veux nous enseigner ? s'inquiéta Farodin.

Le chêne-faune mit un certain temps avant de lui répondre.

— Ce que vous n'aurez pas appris d'ici là ne vous servira jamais plus. Soyez attentifs et gardez l'esprit clair !

Le faune s'avança.

— Banniras-tu les vers taraudeurs ?

— Je leur tiens chaud. Ils sont tranquilles et ne se doutent de rien. Ce serait cruel de les renvoyer dans ce froid. Je déciderai d'eux au printemps.

Nuramon pressentit ce que cela signifiait. Le chêne déciderait au printemps si les compétences de Farodin et les siennes suffiraient pour sauver Noroelle… et lui-même par la même occasion.

— Eh bien, mes deux élèves elfes. Je vois votre esprit empli de questions. Ce que je vais maintenant vous exposer, je l'ai autrefois confié aussi à Noroelle. (Le chêne prit son temps avant de poursuivre, comme s'il voulait éprouver la patience de Farodin et de Nuramon :) Il y a cinq mondes qui nous sont connus. Leurs racines, nous les appelons « Sentiers d'Albes ». Ils parcourent les différents mondes en les reliant. La force qui coule en eux rend possibles la magie et le charme naturel de nos prairies. (Désormais, le chêne parlait plus vite, sa voix montrait qu'il était bien réveillé.) Les albes ont autrefois suivi ces Sentiers pour se déplacer d'un endroit à un autre et voyager aussi entre les mondes. Les Étoiles d'Albes se trouvent à la croisée des chemins. C'est là que les Sentiers se rejoignent et se séparent de nouveau. La magie est forte à ces endroits-là. Plus il y a de chemins qui se croisent, et plus grande est sa force. (Le chêne marqua une pause.) C'est aussi ce que j'ai dit autrefois à Noroelle, ajouta-t-il.

Nuramon riva son regard sur le chêne-faune. Il imagina sa bien-aimée, jeune elfe, assise autrefois contre son tronc au printemps, en train d'écouter des paroles qui confirmaient ce qu'elle ne connaissait jusqu'alors que par les vieilles légendes.

Le chêne-faune poursuivit :

— Je peux vous apprendre la magie dont vous aurez besoin pour vous ouvrir une Porte vers l'Autre Monde. Cependant, écoutez bien ! Elle ne crée pas seulement des Portes entre les mondes. Quand vous chercherez Noroelle dans l'Autre Monde, gardez bien en mémoire les Sentiers et les Étoiles. Peut-être pourrez-vous un jour voyager sur les Sentiers entre les Étoiles d'un même monde, comme l'ont fait en leur temps les albes. Je vais vous en expliquer les dangers et vous offrir un sens qui vous permettra de posséder cette magie. Vous ne la posséderez jamais aussi parfaitement que Noroelle. Sa puissance est telle qu'elle n'est pas obligée de franchir une Porte pour voir le monde se transformer autour d'elle. Ce chemin ne vous est pas ouvert.

» Vous pourrez ouvrir une petite Porte et la refermer. Toutefois, gardez-vous des Portes fermées et des barrières magiques. Si vous vouliez les forcer, vous pourriez devenir victimes du temps. Vous ne serez victimes de l'espace que si vous franchissez des Étoiles mineures ou si vous échouez lamentablement dans votre magie. Êtes-vous prêts à marcher sur les traces de Noroelle pour arriver jusqu'à elle par les Sentiers d'Albes ?

Nuramon n'eut pas besoin de réfléchir longtemps. Mais ce fut pourtant Farodin qui répondit en premier :

— Nous sommes prêts.

— Enseigne-nous ! Au nom de Noroelle, pria Nuramon.

Le chêne-faune émit un son qui ressemblait presque au rire cristallin d'une fée des prés.

— Alors, soyez mes élèves !

Ainsi commença la quête de Noroelle. Nuramon formait l'espoir que la reine ne se montre pas méfiante. D'ici au printemps, ils rechercheraient souvent la proximité du chêne-faune, et Emerelle pouvait voir ce qui se passait dans son royaume. Mais était-ce si surprenant de les voir se rapprocher de cet arbre qui portait si intensément le deuil de Noroelle ? Certes, Nuramon craignait le regard de la reine, mais il se réjouissait aussi de l'enseignement prodigué par le chêne. Celui-ci avait raison : ils se trouvaient désormais sur les traces de Noroelle. Le printemps montrerait l'étendue de leurs progrès.

L'ivresse du chêne

Le printemps avait fait son arrivée et le chêne-faune s'était vêtu de vert frais.

— Je vous ai enseigné tout ce que vous pouviez apprendre de moi.

Farodin entendit sa voix dans ses pensées. Malgré toutes ses heures d'entraînement, il avait encore du mal à s'habituer au fait de sentir en lui quelque chose d'étranger.

Le sens caché de ces paroles ne lui avait pas échappé. Pendant des siècles, il avait perfectionné sa magie de quête, mais il ne possédait que fort modestement les autres. Il avait certes appris comment ouvrir une Porte sur une Étoile d'Albes et aussi comment emprunter des Sentiers secrets, mais Nuramon le surpassait de loin par ses capacités.

Désormais, le moment était venu de prendre congé du chêne. Il avait à ses côtés Nuramon et aussi Ejedin qui les avait accompagnés – chaque fois qu'il avait pu le faire – pour rendre visite au chêne-faune.

— Soyez prudents et souvenez-vous de ce que je vous ai dit ! les conjura l'arbre. N'ouvrez de Porte que si nécessaire, n'enfoncez les Portes fermées et les barrières que si vous êtes certains de trouver quelque chose derrière. Si vous commettez une faute en pratiquant la magie, vous sortirez de la structure du temps dès que vous franchirez une Porte. Moins il y a de chemins qui se croisent dans une Étoile d'Albes, et plus il est difficile de mettre en œuvre la magie. Quant au fils d'homme, réfléchissez bien avant de lui faire affronter ce danger. Même moi, je suis incapable de dire quel effet la magie des Étoiles produira sur lui. Pour vous, il s'agit de Noroelle. Mais est-il vraiment prêt à courir le même risque ? Il vaut parfois mieux laisser un ami en arrière afin de le protéger.

— Non, tout mais pas ça ! gémit Ejedin. S'il reste plus longtemps à la cour, moi, je retourne à Daïlos.

— Qu'est-ce qu'il a fait ? s'étonna Farodin.

Comme le chêne-faune ne supportait pas sa présence, Mandred s'était retiré tout l'hiver. Il en avait profité pour se déplacer un peu partout de sorte que Farodin et Nuramon n'avaient pas souvent eu l'occasion de s'occuper de lui.

— Demandez plutôt ce qu'il n'a pas fait. Depuis qu'il a rencontré ces deux centaures, c'est à désespérer. Rien qu'avant-hier, ses amis ont fait irruption en pleine nuit dans les écuries, saouls comme des cochons, et ils ont essayé de faire des choses innommables avec les juments. Mandred y assistait en les encourageant.

Choqués, Farodin et Nuramon se regardèrent.

— Et ensuite ?

— Il y a eu une bagarre terrible avec les gardes du palais. Mandred a passé une nuit au cachot et les deux centaures ont été chassés du Pays du Milieu. Hier matin, je l'ai vu atteler sa jument à une charrette pleine d'amphores de vin. Une jument des écuries royales pour tirer une charrette ! Vous vous rendez compte !

— Sais-tu où il s'en allait ?

— Je crois qu'il avait l'intention de quitter le Pays du Milieu. (Le faune eut un reniflement de mépris.) Mais probablement qu'il reviendra quand le vin commencera de lui manquer.

Le chêne-faune reprit la parole :

— Les humains sont un peuple singulier. Mais venons-en à vous. Avant votre départ, je voudrais voir les gemmes que Noroelle vous a laissées. Je sens leur présence depuis le jour où je vous ai pris comme élèves.

Farodin sortit l'émeraude de la bourse de cuir à sa ceinture. Il vit Nuramon détacher de son cou une chaîne à laquelle pendait un rubis. Ils tendirent tous les deux leur pierre précieuse au chêne.

— Gardez bien ces trésors. Ils pourront vous être utiles un jour. Je ne peux vous enseigner ce qui pourrait vous aider à déchiffrer leur magie, mais souvenez-vous toujours que la magie de Noroelle les habite. Il se peut que vous vous serviez un jour de leur force… Et maintenant, partez ! Le printemps est là et j'ai ma décision à prendre. Les vers taraudeurs doivent quitter mon écorce. Dès cette nuit, quand les faunes et les silènes danseront autour de moi, et que les fées des prés chanteront peut-être aussi, je les renverrai. Mais vous, ne cherchez plus à être près de moi…

Sur ces mots, le chêne-faune s'enveloppa de silence.

Farodin et Nuramon prirent congé d'Ejedin et se mirent à la recherche de Mandred. D'après ce que leur avait dit le faune, ils avaient une petite idée de l'endroit où le trouver.

Ils traversèrent le Shalyn Falah et, en début de soirée, ils atteignirent le cercle de pierres près duquel se trouvait Atta Aïkhjarto. Déjà de loin, ils avaient aperçu la charrette. La jument de Mandred broutait paisiblement près de la tour de guet détruite. Un groupe de jeunes guerriers campant tout à côté retint l'attention des deux elfes.

Ils mirent tous les deux pied à terre et se dirigèrent vers Atta Aïkhjarto. La prairie sentait le vin et l'argile humide. Farodin ne cessait de se retourner. Il croyait sentir les regards des gardes.

— Tu vois ça devant ? demanda Nuramon.

Les racines du chêne sinuaient dans l'herbe comme des serpents de bois. Une flaque d'un rouge sombre s'était formée dans un creux du sol argileux.

Farodin s'agenouilla, y plongea le doigt et le renifla.

— Du vin ! Il doit être complètement saoul pour faire une chose pareille !

Nuramon fit un large sourire.

— Il n'y a qu'un homme pour avoir l'idée d'arroser un arbre avec du vin. Je me demande ce qu'en pense Atta Aïkhjarto.

Farodin se doutait que le chêne ne parlerait pas pour l'instant. Des ronflements sonores troublaient la paix de cette soirée printanière. Après toutes ces années passées aux côtés de Mandred, l'elfe savait trop bien ce que cela signifiait.

Les elfes enjambèrent les tessons d'amphores et les flaques de vin sur le sol glissant. Les branches du chêne, anormalement basses, formaient une large tonnelle autour de l'arbre. Farodin les écarta et s'arrêta en plein mouvement. Sur les feuilles d'un vert clair, les nervures ressortaient en sombre.

Nuramon, qui l'avait vu s'étonner, tira une branche vers lui et regarda les feuilles à la lumière du soleil couchant.

— Le vin… On dirait qu'il est passé jusque dans les nervures des feuilles.

Mandred avait-il atteint son but ? Il avait si souvent dit qu'il voulait se saouler avec Atta Aïkhjarto pour le remercier de lui avoir sauvé la vie et fêter cela comme il se devait. Pouvait-on enivrer un chêne ? Dubitatif, Farodin regarda les feuilles.

— Tu entends ? (Nuramon, étonné, jeta un coup d'œil autour de lui. Farodin entendit les feuilles chuchoter comme si une légère brise passait dans les ramures. Mais à part cela, rien d'autre.) L'arbre. Atta Aïkhjarto est en train de chanter. C'est en moi. (Nuramon s'arrêta et pressa la main sur son cœur.) C'est… extraordinaire ! Je n'ai encore jamais ouï pareille chose !

Farodin écarta les branches. À part les ronflements de Mandred, il n'entendit rien d'autre. Le fils d'homme était allongé, adossé au tronc. Sa barbe souillée de vomissures. Autour de lui, le sol était jonché de tessons. Il paraissait avoir brisé chaque amphore après l'avoir vidée. Quelle destruction absurde !

Nuramon s'agenouilla auprès de Mandred et le secoua doucement par l'épaule. Leur compagnon gargouilla dans son sommeil, balbutia quelque chose, mais ne se laissa pas réveiller.

— Il vaudrait peut-être mieux le laisser ici, dit Farodin. Pour lui et pour nous.

— Tu n'y penses pas sérieusement ! réagit sèchement Nuramon. Tu es aveugle ? Il fait cela par désespoir. Il n'arrive pas à trouver de repères dans ce monde. Il faut l'emmener avec nous. Albemark n'est pas faite pour lui.

— Ouais, je viens…, balbutia Mandred. (Le fils d'homme tenta de se redresser, mais il s'effondra de nouveau aussitôt.) Je viens. (Il rota.) Amenez-moi un cheval !

— Vous viendrez tous ! retentit une voix de femme.

Les branches s'écartèrent et une guerrière en longue cotte de mailles fit son entrée sous la tonnelle. Elle avait sanglé deux épées courtes à ses hanches. Yilvina !

— N'essayez pas de fuir ! dit la jeune elfe d'un ton décidé, en posant sa main droite sur la poignée de l'une de ses épées. Vous êtes cernés. C'est moi qui commande la garde à cette Porte. Je viens de recevoir l'ordre de vous conduire à la reine. Elle est partie chasser dans la Vieille Forêt et souhaite votre compagnie.

Farodin se raidit.

— Tu tirerais contre moi ton épée, alors que nous avons chevauché ensemble pendant trois ans ?

Yilvina soutint son regard.

— Ne m'y oblige pas. L'ordre de la reine est clair. Elle m'a avertie que vous tenteriez de vous enfuir par la Porte.

Farodin saisit son baudrier.

— Il faut donc que je dépose mon épée.

— Non, ne t'énerve pas ! Je ne dois pas vous mener au cachot, mais simplement vous escorter jusqu'à la reine. Crois-tu que cela me plaise ?

Nuramon posa doucement la main sur le bras de Farodin.

— C'est bon. Nous acceptons.

L’Étoile d’Albes

Au grand galop, ils traversèrent le ruisseau dans de grandes gerbes d’eau. Felbion s’élança sur l’autre rive. Nuramon se courba sous une branche basse et jeta un regard en arrière. Mandred avait toutes les peines du monde à se tenir en selle. Pâle comme un linge, le fils d’homme s’agrippait à la crinière de sa jument. Au cours de leurs années de quête de Guillaume, sa monte s’était certes améliorée, mais il ne pouvait toujours pas suivre l’allure de ses amis elfes.

Nuramon brida son cheval et le ramena au petit trot. Yilvina n’avait eu aucun mal à rester à leur hauteur. Elle posa son épieu de chasse devant elle, en travers de la selle. Farodin chevauchait juste derrière elle ; il fit signe à Nuramon. C’était le bon moment ! Depuis cinq jours qu’ils suivaient la compagnie de chasse de la reine, on ne les avait pas quittés des yeux une seule seconde. Quelques heures auparavant, ils avaient débusqué un grand cerf et l’avaient sauvagement forcé dans les taillis. Ils avaient ainsi laissé derrière eux le reste des chasseurs préférant pister un gibier plus noble. Au petit matin, le centaure Phillimachos, le pisteur de la reine, avait découvert la trace d’un grand gelgerok. Par conséquent, seuls quelques-uns des chasseurs s’étaient lancés avec eux sur la piste du cerf et, quand il avait été de plus en plus difficile de le suivre dans le sous-bois touffu, ils étaient tous restés en arrière. Sauf Yilvina dont ils comprirent facilement qu’elle restait avec eux pour les surveiller. Comment se débarrasser d’elle ? S’ils essayaient de la distancer en fonçant à bride abattue, ils perdraient plutôt Mandred.

Ils atteignirent une clairière où poussaient des ronciers et de jeunes bouleaux. Du côté nord se dressait un promontoire moussu au pied duquel l’eau jaillissait d’une source. Le cerf n’était pas en vue.

Yilvina regarda Nuramon en cherchant son approbation.

— Un bon endroit pour une halte, n’est-ce pas ? (Elle planta son épieu dans le sol sablonneux et sauta de selle.) Ne laissez pas le fils d’homme le faire, dit-elle.

Puis elle partit vers la source sans attendre de réponse.

— Qu'est-ce que je ne dois pas faire ? dit Mandred, surpris. (Ensuite, il eut un sourire équivoque.) Je me demande vraiment ce que je pourrais faire d'une femme si maigre.

Elle le savait. Depuis le début.

Nuramon suivit Yilvina du regard. Sans un mot et sans un geste de connivence, elle leur avait fait comprendre qu'elle était de leur côté. Il n'en demeurait pas moins qu'elle avait juré fidélité à la reine.

— C'est moi qui vais le faire, dit Farodin en mettant pied à terre.

Il retira la lance du sol et suivit Yilvina vers la source.

Mandred en resta bouche bée.

— Par tous les dieux ! qu'est-ce que vous mijotez ? Vous n'allez pas…

Nuramon attrapa ses rênes pour l'empêcher de filer.

— Laisse-le ! Farodin sait ce qu'il a à faire. Et Yilvina le sait aussi.

— Elle nous a sauvé la vie à Aniscans ! Il ne peut tout de même pas…

Farodin s'accroupit près de l'elfe. Ils semblèrent tous les deux se parler.

Ensuite, Farodin se redressa et brandit la lance. Yilvina, à genoux près de la source, leva fièrement la tête. Nuramon tressauta quand l'épieu s'abattit. Farodin avait brandi l'arme comme un gourdin et en avait assené un grand coup sur la tempe de Yilvina. L'elfe tomba en avant et resta sans bouger.

Mandred secoua la tête.

— Vous êtes fous, les elfes ! Comment pouvez-vous abattre ainsi notre compagne ?

Nuramon s'étonna de voir la difficulté qu'avait le fils d'homme à saisir l'évidence.

— À sa manière, elle nous a fait comprendre qu'elle accepterait notre fuite, expliqua-t-il. En plantant sa lance dans le sol, elle nous a montré qu'elle ne lèverait pas son arme contre nous. Toutefois, son honneur et son serment de fidélité à la reine lui interdisent de nous laisser partir sans réagir.

— Elle n'aurait pas pu dire tout simplement qu'elle nous avait perdus ?

Nuramon soupira.

— Elle était chargée de nous surveiller. Nous perdre eût été pour elle une honte.

— Mais les autres cavaliers… ceux qui nous ont d'abord suivis sur les traces du cerf, ils sont bien restés en arrière, eux !

— Ils n'avaient pas pour mission de nous garder. La chasse était tout simplement trop difficile pour eux.

Farodin les avait rejoints et avait repris position sur son étalon.

— Partons ! (Il regarda vers le bord de la clairière.) Espérons que personne ne nous suive en secret !

Angoissé, Nuramon scruta la forêt. C'était un jeu d'enfant de se cacher dans l'ombre profonde des arbres. Il suivit Farodin avec un mauvais pressentiment. Mandred se tenait à côté de lui.

— Pourquoi je n'avais pas le droit de l'abattre ? demanda le fils d'homme. Est-ce que ça n'aurait pas été mieux ? Dans moins de cinquante ans, je serai bouffé par les vers. Mais vous, vous devrez probablement porter ce forfait encore pendant des siècles.

— Je suppose que Yilvina avait peur que tu lui fendes le crâne en deux dans un excès de zèle.

— Je suis aussi capable de porter des coups avec toutes les précautions voulues.

— Oui, mais je crains que tu sois précédé d'une mauvaise réputation.

L'elfe en avait assez de ce sujet de conversation. Mais apparemment, il n'y avait pas l'ombre d'un espoir de pouvoir amener le fils d'homme à se taire.

— Qu'est-ce qui va se passer si la reine nous fait poursuivre jusque dans mon pays ? demanda Mandred. Ce Phillimachos me paraît être un bon pisteur.

— Pour échapper à nos poursuivants, nous allons prendre une Étoile d'Albes où se croisent seulement trois Sentiers. Là, celui qui ouvrira une Porte après nous atterrira dans ton monde à un autre endroit.

Mandred fronça les sourcils.

— Je regrette… Mais comme le chêne-faune ne tolérait pas ma présence, je n'ai pas compris grand-chose à votre magie.

Nuramon s'amusa du soupçon d'ironie contenu dans les paroles de Mandred. Puis il expliqua au fils d'homme ce qu'il en était de ces Sentiers d'Albes mineurs. Leur mise en relation des mondes était si instable que l'on n'arrivait jamais deux fois au même endroit quand on se servait d'eux pour passer d'un monde à l'autre. Comme ils étaient d'une nature plutôt éphémère, ils n'offraient pas de Portes fixes comme pour les grandes Étoiles d'Albes. Pour finir, il parla aussi à Mandred des dangers demeurant pour eux.

Le fils d'homme écouta attentivement et réfléchit ensuite longuement. Nuramon ne lui en voudrait pas de ne pas les accompagner. Pour ne pas l'influencer dans sa décision, il poussa son cheval en avant vers Farodin.

— J'aurais une question, Farodin.

— Vas-y.

— Ces grains de sable, comment les as-tu trouvés ?

— Eh bien, j'ai utilisé un sort que j'avais prononcé pour la dernière fois il y a cinquante ans. Il me permet de trouver tout ce que je recherche.

— Tu pourrais t'en servir pour Noroelle ?

— Non, il est inopérant dans le Monde Brisé. Mais peut-être pourrais-je découvrir la Porte qui mène vers elle. (Il hésita.) Toutefois, pour cela il me faut d'abord savoir ce que je recherche. En tout cas, je sens les grains de sable quand je m'en approche assez.

Nuramon avait du mal à se faire à l'idée de partir à la recherche de grains de sable.

— Il doit bien exister un autre moyen de délivrer Noroelle.

— Tant que nous n'aurons pas trouvé ce moyen, c'est la seule chose qui nous reste à faire. Voyons d'abord si nous pouvons ouvrir la Porte d'un monde. J'en doute encore.

— Nous y réussirons. J'en suis sûr.

— À moins que la reine ait envoyé quelqu'un sur nos traces, dit Farodin. (Nuramon regarda derrière lui, mais il ne vit personne.) Tout à l'heure, dans la clairière, il y avait quelqu'un tapi dans les fourrés.

— Pourquoi n'as-tu rien dit ? s'indigna Nuramon.

— Cela n'aurait rien changé.

Nuramon n'appréciait pas cette façon qu'avait Farodin de garder pour lui ce qu'il savait et de décider pour eux tous.

— Qui crois-tu que c'était ?

L'elfe haussa les épaules.

— Quelqu'un qui craint un affrontement direct. J'espère pouvoir surprendre notre poursuivant en ouvrant la Porte. Si nous y parvenons... Il vaudrait peut-être mieux aussi se dispenser de regarder sans cesse en arrière. Pour qu'il se sente en sécurité.

Quand ils finirent par atteindre l'orée de la forêt et qu'ils virent devant eux s'étendre de vertes prairies, ils lâchèrent la bride à leurs destriers. Ils galopèrent vers les collines de Yaldemée. Les chevaux se réjouissaient de pouvoir foncer ainsi. L'étalon de Farodin prit la tête, tandis que Felbion et la jument de Mandred avançaient côte à côte.

Mandred s'était presque couché sur le cou de sa monture. Il la poussait en avant à grands cris. Il semblait trouver du plaisir à la course et Nuramon se laissa un peu distancer pour lui laisser au moins savourer le triomphe de ne pas être le dernier.

Ils atteignirent le pays des collines sans avoir vu de poursuivant. Peut-être avaient-ils réussi à s'en débarrasser. Par mesure de sécurité, ils prirent un détour et chevauchèrent un moment dans une rivière peu profonde afin de ne pas laisser de traces. Toutefois, Farodin leur confia qu'il doutait de pouvoir tromper ainsi Phillimachos.

En fin d'après-midi, ils arrivèrent à la petite vallée dont leur avait parlé le chêne-faune.

Ils descendirent de cheval. À peine Nuramon eut-il mis pied à terre qu'il sentit la puissance d'un Sentier d'Albes.

Ils firent avancer lentement leurs montures en les menant par la bride. Dans cette vallée, il n'y avait qu'un frêne et quelques buissons. Les collines herbeuses tout autour étaient en pente raide. À chacun de ses pas, Nuramon sentait le flux du Sentier d'Albes. C'était comme un chemin de glace sur une rivière ; une pellicule si fine qu'on pouvait sentir l'eau couler sous ses pieds.

Au bout de la vallée, Nuramon s'arrêta. Tout près du sol, il sentit un tourbillon. La force des Sentiers d'Albes affluait par trois côtés, se mélangeait et s'écoulait plus loin sur trois autres Sentiers. Ils avaient atteint leur but.

Nuramon jeta un coup d'œil alentour. Rien ne trahissait qu'il s'agissait ici d'une Étoile. Aucune pierre ne marquait l'endroit, ni même une clairière.

Méfiant, Farodin chercha les traces d'autres enfants d'albes. Mais rien n'indiquait une présence récente en ce lieu. Le chêne-faune leur avait donné un bon conseil. Là, ils pouvaient ouvrir une Porte vers l'Autre Monde sans être dérangés.

Ces derniers jours, Nuramon avait sans cesse encouragé ses compagnons et surtout tenté de chasser les hésitations de Farodin. Mais désormais, de sérieux doutes commençaient à l'assaillir, lui aussi. L'hiver précédent, il avait acquis beaucoup de savoir et le chêne-faune lui avait reconnu un grand talent. Pourtant, rien ne pouvait lui faire oublier qu'il n'avait encore jamais ouvert de Porte auparavant.

— Nous avons atteint notre but. Je sens l'Étoile, expliqua Nuramon à ses compagnons, en s'adressant plutôt à Mandred qu'à Farodin.

— Nos chevaux oseront-ils franchir la Porte ? demanda Mandred en scrutant l'herbe avec méfiance comme s'il devait y trouver un quelconque signe de la présence d'une Étoile. Maintenant, j'ai pris l'habitude de ne plus me blesser les pieds à marcher.

— Nous n'avons qu'à essayer, répliqua Farodin.

— Regardez encore autour de vous, respirez cet air, dit Nuramon avec mélancolie. Nous voyons peut-être Albemark pour la dernière fois.

Quand on contrevenait, comme eux, si ouvertement aux ordres de la reine, il ne fallait plus compter remettre les pieds dans ce pays.

— Je suis certain que c'est la dernière fois, déclara Mandred.

Farodin se tut. Mais Nuramon sentit en lui qu'il reverrait Albemark même si tout espoir semblait vain.

Finalement, Nuramon tissa le charme. Il se concentra d'abord sur le flux des Sentiers dont les forces se mêlaient dans l'Étoile. Puis il leva la tête vers le soleil. C'était un charme de lumière et de chaleur et les deux mélangées l'atteignaient maintenant au visage. Elles s'étaient déjà mêlées souvent dans ses guérisons, elles ne lui étaient pas étrangères. Ainsi, il s'ouvrit à la force du soleil et la laissa s'écouler en lui puis descendre jusqu'à l'Étoile. Sa magie causa une vraie blessure dans le tourbillon des forces et, pendant un moment, Nuramon eut l'impression de se trouver entraîné dans l'Étoile. Il résista de toute son énergie, mais la puissance était trop grande. Quelque chose le saisit brusquement par les épaules, et il ouvrit les yeux. Il pouvait à peine voir. Il lui semblait que la force du soleil qu'il avait accueillie en lui rayonnait par ses yeux. À côté de lui, il perçut deux ombres. Farodin et Mandred, sans doute.

Nuramon ferma les yeux en s'efforçant de maintenir le charme qui menaçait de lui échapper. Il s'agenouilla, posa les mains sur le sol chaud et laissa la force du soleil couler dans ses bras, comme si l'Étoile d'Albes était un blessé dont il fallait refermer la plaie avec sa magie. Pourtant, il ne s'agissait pas d'un charme de guérison, et la blessure ne se refermerait pas encore. Ce qu'il avait pris pour une plaie de l'Étoile devait être une partie de la magie. Peut-être était-ce finalement la Porte elle-même. Nuramon sentit la force s'écouler du bout de ses doigts et il attendit la douleur qui avait été jusqu'alors liée à chacun de ses charmes. Ne la sentant pas arriver, il resta sur ses gardes. Il ne voulait pas s'en trouver submergé sans y être préparé.

Il sentit l'un des trois Sentiers impulser une force tout à fait différente des deux autres. Ce devait être celui-ci qui conduisait dans l'Autre Monde. Subitement, la douleur apparut. Une chaleur brûlante lui parcourut les mains et irradia son corps. Il tenta désespérément d'y résister, mais elle empira jusqu'à devenir insupportable. Nuramon s'éloigna de l'Étoile et ouvrit les yeux. La lumière aveuglante avait disparu et il vit ses compagnons à ses côtés. Une large colonne lumineuse s'élevait près d'eux, comme une déchirure du monde.

— Tu as réussi ! s'écria Farodin.

Nuramon s'approcha avec précaution. Il avait causé une blessure à l'Étoile d'Albes et y avait introduit la magie du soleil.

Tandis que Mandred contemplait la lumière comme s'il avait pris racine, Farodin fit le tour de la colonne. Nuramon la sentait alimentée par la force du tourbillon. Il éprouvait une angoisse terrible : s'il avait commis la moindre petite erreur, ils perdraient probablement tous la vie.

— Vous croyez que c'est vraiment la Porte que nous voulions créer ? demanda-t-il.

— Je ne suis pas en lien avec le réseau de ta magie, mais vu de l'extérieur tout est exactement comme nous l'a décrit le chêne-faune, déclara Farodin. Quel autre choix avons-nous ? Pour ma part, je suis décidé à courir le risque.

Mandred prit les rênes de sa jument.

— Je vais passer en premier.

— Hors de question ! répondit Farodin. C'est trop dangereux. C'est pour nous que tu viens ici, alors je vais passer devant toi. Si je meurs brûlé, je te charge de dire à Nuramon ce que je pense de lui.

Il se força à sourire.

— C'est dans mon monde que nous allons et je ne laisserai personne d'autre que Mandred Torgridson y mettre le pied en premier !

À ces mots, le jarl s'élança et disparut subitement dans la lumière.

Farodin secoua la tête.

— Quelle tête de mule ! (Il alla chercher son cheval.) Et maintenant, à qui le tour ? demanda-t-il ensuite.

— C'est moi qui ai ouvert la porte, je voudrais aussi la refermer, répondit Nuramon.

Farodin baissa les yeux.

— Vu notre rivalité au sujet de Noroelle, je voudrais... (Il s'interrompit.) Oublions cela et tenons-nous-en à ce que Noroelle a dit avant la Chasse des elfes.

Sans plus rien dire, il suivit Mandred dans la lumière.

— Viens, Felbion, appela Nuramon, et le cheval se rangea à son côté. Passe d'abord. Je te suis.

Sans renâcler, l'animal s'engagea dans la lumière et disparut.

La magie qui fermerait la Porte peu de temps après était pour Nuramon comme un geste de la main en esprit, qu'il accomplirait de par sa seule volonté. Ce n'était rien d'autre qu'un charme de guérison pour la blessure de l'Étoile d'Albes. Et il s'y entendait en magie de guérison. Il lui suffirait d'y penser pour qu'il n'y ait plus de retour en arrière possible.

Nuramon s'apprêtait à entrer dans la lumière lorsqu'il avisa une silhouette debout sur une colline à l'entrée de la vallée. Une femme. Elle leva la main et lui fit un signe discret.

Obilée ! Son visage était soucieux, il pouvait le voir même à cette distance. Peut-être même pleurait-elle. Il lui fit signe en retour. Il n'avait pas le temps d'en faire plus : la colonne de lumière commençait de diminuer. Il se demanda pourquoi Obilée ne s'était pas manifestée plus tôt. Puis il entra dans la lumière froide…

Aussitôt, une chaleur torride s'abattit sur lui. Serait-ce la dernière chose qu'il sentirait ? La magie avait-elle échoué ? Il fit un pas, et la lumière de la Porte disparut. Au-dessus de lui brûlait un soleil impitoyable.

Ses compagnons étaient déjà là. Il en fut soulagé. Mais ce soulagement fut de courte durée. En regardant autour de lui, il vit du sable partout, aussi loin que portait son regard. C'était l'Autre Monde. Jamais il n'aurait pu confondre ce ciel avec celui d'Albemark, car là l'air lui semblait trouble même par temps clair.

Un désert ! Parmi tous les endroits de l'Autre Monde, ils avaient atterri dans un désert ! Le destin leur avait encore joué un mauvais tour. Le dieu Luth de Mandred avait tissé un autre de ses filets. Rien n'aurait pu signifier plus clairement à quel point l'espoir de retrouver Noroelle était mince.

Mandred assis, en sueur, à l'ombre de son cheval, avait le souffle court. Farodin, décontenancé, s'agenouilla. Il prit du sable dans sa main et le laissa lentement glisser entre ses doigts.

Au pays du feu

Mandred se promit de ne rien laisser paraître. Un pas après l'autre, voilà tout. Deux jours déjà qu'ils traversaient ce pays désolé. Nuramon prétendait suivre l'un des trois chemins, mais il n'en voyait aucun signe. Du moins, ils avaient laissé les dunes derrière eux. Devant eux s'étendait une plaine infinie. Des roches blanches émergeaient du sable, comme des os de monstres géants.

Il ne pouvait plus supporter les regards soucieux de ses compagnons.

— Ça va, grogna-t-il à l'adresse de Farodin.

Maudite engeance d'elfes ! La chaleur torride ne semblait presque pas les atteindre. Ils n'étaient même pas en sueur !

Mandred passa sa langue sur ses lèvres. Elles lui firent l'effet d'une corde de chanvre rugueuse. Il avait la bouche sèche, ses lèvres gercées étaient couvertes de croûtes. Son visage lui faisait mal, brûlé par le soleil impitoyable.

Il regarda son ombre. Elle était encore beaucoup trop grande ! Encore quelques heures jusqu'à midi ! Et la chaleur était déjà insupportable.

Mandred se ressaisit. Surtout ne pas montrer de faiblesse ! Comment les elfes pouvaient-ils endurer tout cela si facilement ? Nuramon avait l'air légèrement fatigué, il était loin d'être si solide que Farodin. N'empêche qu'il résistait bien. Mandred repensa aux jours de la chasse à l'homme-sanglier. Nuramon avait utilisé un charme qui avait insufflé de l'air chaud sous ses vêtements. Au beau milieu de l'hiver le plus glacial, l'elfe n'avait pas eu froid. Peut-être pouvaient-ils aussi refroidir l'air sous leurs habits ? Était-ce là leur secret ? Ce devait être quelque chose de ce genre.

Lui non plus, il n'était plus en nage maintenant, pensa Mandred, fatigué. Non pas qu'il se soit habitué à la chaleur. Mais il était aussi desséché qu'un vieux fromage de chèvre. Il passa encore une fois sa langue sur ses lèvres sèches. Elle était enflée.

Mandred agrippa le pommeau de selle de sa jument. Cette bête non plus ne semblait pas trop souffrir de la chaleur. Ce matin-là, il avait partagé avec elle le reste de son eau. Elle l'avait regardé de ses grands yeux sombres, comme si elle avait eu pitié de lui. Des chevaux qui prenaient les hommes en pitié ! Cette chaleur devait le rendre fou !

Un calme inquiétant régnait dans le désert. On pouvait entendre le vent frotter doucement les grains de sable les uns contre les autres.

Un pas, puis un autre encore. Toujours de l'avant. Sa jument le tirait. S'appuyer sur elle lui faisait du bien. Les deux elfes menaient leurs chevaux par la bride. Et lui, il se laissait tirer par sa jument ! Il n'avait même plus la force de se révolter.

Le vent fraîchit. Mandred émit un bruit de gorge rauque. Autrefois, c'eût été un rire. Du vent frais ? Non, du vent. Aussi chaud que le souffle qui vous sautait au visage quand un boulanger ouvrait son four. Quelle fin de merde pour un guerrier ! C'était à pleurer ! Mais de larmes, il n'en avait plus. Il était ratatiné comme une vieille pomme. Quelle mort misérable !

Il leva la tête. Le soleil lui brûla le visage, ses rayons lui faisaient l'effet de dagues. Mandred se détourna légèrement. Son regard glissa vers l'horizon. Aucune fin du désert en vue. Rien que des blocs de roche blanche et du sable jaune.

Et ça recommençait ! L'air fondait. Il s'épaississait de plus en plus et se troublait, tremblait et se liquéfiait. Comme de la gélatine. Finirait-il, lui aussi, par se liquéfier ? Ou bien allait-il se trouver si desséché qu'il prendrait subitement feu ? Probablement qu'il s'écroulerait simplement et cesserait de vivre...

Mandred prit la gourde à sa ceinture, l'ouvrit et porta l'embout en corne à ses lèvres. Il savait qu'il l'avait vidée depuis longtemps. Mais une seule goutte lui suffirait ! Rien qu'un souvenir de l'eau. Désespéré, il tordit le cuir. De l'air chaud s'en échappa en chuintant. En toussant, il laissa tomber la gourde.

Soupçonneux, il observa Farodin qui marchait devant lui. Sa gourde était plus grande. Il avait certainement encore de l'eau et ne voulait pas la partager.

Il ne mendierait pas, ça non. Ce que les elfes supportaient, il le supporterait aussi. Il était bien plus grand et bien plus costaud que ces deux salopards. Impossible qu'ils puissent mieux supporter que lui ces tortures. Ils avaient de plus grandes gourdes, c'était sûr. Ou peut-être des gourdes magiques qui ne se vidaient jamais. Ou... Tiens, mais bien sûr ! De la magie, non, tu parles ! Ils avaient volé son eau, la nuit quand il dormait ! Comment expliquer sinon qu'ils puissent encore continuer à avancer, pas après pas, dans ce sable maudit ? Mais lui, Mandred Torgridson, ils ne le tromperaient pas. Ses doigts cherchèrent la hache à sa ceinture. Il les garderait à l'œil. Et quand ils ne s'y attendraient pas, il les abattrait. Lui voler son eau ! Vile engeance ! Après tout ce qu'ils avaient vécu ensemble !

Sa main droite glissa de la selle. Il fit encore quelques pas chancelants, puis il tomba à genoux. Nuramon accourut aussitôt. Sa peau avait rougi.

De sombres cernes se dessinaient sous ses yeux… Mais ses lèvres n'étaient pas gercées. Il avait suffisamment à boire ! Son eau ! La main gauche de Mandred se crispa sur le manche de la hache. Il ne parvenait pas à tirer cette arme de sa ceinture. Nuramon se pencha encore plus sur lui. Ses mains étaient agréablement fraîches. Elles caressèrent le visage de Mandred, et la brûlure disparut d'un coup.

Tout près de lui, Mandred vit la gorge de l'elfe… pleine d'un précieux sang liquide. Il n'avait qu'à la mordre. Il aurait certainement encore assez de force pour la lui déchirer avec ses dents. À l'idée de sentir le sang inonder son visage tuméfié, Mandred poussa un soupir jouissif.

— Nuramon ? (Pour la première fois, Mandred perçut de la peur dans la voix de Farodin.) Regarde là-bas !

Le guerrier elfe s'était arrêté et montrait le sud. Une étroite bande brune progressait entre le ciel et le désert. Elle grandissait à chaque instant.

Mandred eut l'impression que l'air s'était transformé en une masse épaisse et étouffante. Sa gorge brûlait comme du feu.

— Une tempête ? dit Nuramon, incertain. Ce ne serait pas une tempête ?

Un coup de vent envoya du sable au visage de Mandred. Il en avait plein les yeux et chercha à s'en débarrasser. Nuramon et Farodin l'attrapèrent par les bras et le tirèrent derrière une arête rocheuse à hauteur de genou. L'étalon de Nuramon hennit de peur. Les oreilles rabattues, il regardait la tornade brune qui continuait à grandir.

Les deux elfes firent s'agenouiller les chevaux derrière le rocher. Mandred gémit bruyamment en voyant Farodin verser le reste de son eau sur un linge pour en envelopper les naseaux de son étalon. La jument de Mandred, affolée, poussait des grognements singuliers. Soudain, le ciel disparut complètement. Des rideaux de sable tourbillonnant avaient rétréci le monde à quelques pas.

Nuramon appliqua un linge humide sur le nez et la bouche de Mandred. Le fils d'homme en aspira avidement l'humidité. Ses yeux ne formaient plus que de toutes petites fentes, et pourtant le sable réussissait à s'infiltrer entre ses cils.

Farodin avait bien choisi leur abri. Le rocher plat les protégeait du vent, et ils voyaient à droite et à gauche le sable fin passer dans l'air comme un voile sans fin. La terre et le ciel semblaient ne plus faire qu'un. Le sable et la poussière ruisselaient d'en haut. Mais le vent en chassait la plus grande partie.

Malgré le bout d'étoffe devant sa bouche, Mandred sentait du sable entre ses dents et dans son nez. Il en avait sous ses vêtements et sa peau en était écorchée. Le linge qui le protégeait fut bientôt complètement collé, et Mandred eut de nouveau l'impression d'étouffer. Respirer lui était une torture, même si, la tempête aidant, la chaleur du soleil avait un peu diminué d'intensité.

Il plissait ses yeux brûlants. Il avait perdu toute notion du temps. La tempête les enterrait vivants. Ses jambes avaient déjà à moitié disparu dans le sable, il n'avait plus la force de lutter pour se dégager.

Complètement desséché, Mandred crut sentir son sang épaissi couler de plus en plus lentement dans ses veines. C'était donc la fin…

Sentiers d'Albes

— Regarde ça !

Farodin fit signe à son compagnon d'approcher. Nuramon hésita. Il menait Felbion par la bride, et ils avaient attaché Mandred sur sa selle. Le fils d'homme avait sombré dans un profond coma. Son cœur ne battait plus que faiblement et son corps était brûlant. « Tout au plus, un jour encore », avait dit Nuramon, le matin. Huit heures s'étaient écoulées depuis. Il leur fallait trouver de l'eau ou Mandred mourrait. Eux non plus, ils ne supporteraient plus longtemps cette fournaise. Les joues de Nuramon s'étaient affaissées, et de fines rides se dessinaient autour de ses yeux enflammés. Il était évident que son combat pour la vie de Mandred lui coûtait ses dernières forces.

— Allez, viens, cria Farodin. C'est beau et effrayant à la fois. Comme un regard dans le miroir d'eau d'Emerelle.

Nuramon le rejoignit. Maintenant qu'il se trouvait à côté de Farodin, celui-ci sentit presque physiquement son épuisement.

— Tu dois te reposer !

Nuramon secoua la tête d'un air las.

— Il a besoin de moi. C'est uniquement mon pouvoir guérisseur qui retarde sa mort. Nous devons trouver de l'eau. Je… Je crains de ne plus pouvoir tenir longtemps. Sommes-nous toujours sur le Sentier d'Albes ?

— Oui.

Il incombait à Farodin de les mener sur le Sentier invisible. Ils avaient tiré au sort lequel des trois chemins ils suivraient. Et depuis que Nuramon devait mettre toute sa force en œuvre pour maintenir Mandred en vie, c'était à Farodin de se concentrer afin de ne pas s'écarter du chemin. Il devait bien mener quelque part. Ne serait-ce que vers une autre Étoile d'Albes.

— Que voulais-tu me montrer ?

Farodin tendit le bras vers un rocher plat un peu plus en avant. Il était presque entièrement enfoui sous le sable.

— Là-bas, dans l'ombre. Suis la direction de mes traces. Tu les vois ?

Nuramon cligna des yeux dans la lumière vive. Puis il sourit.

— Un chat. Il dort.

Il se dirigea joyeusement vers lui.

Farodin le suivit lentement.

Faisant corps avec le rocher, un chat se trouvait là, la tête entre les pattes. Son poil ocre était collé par le sable, tout comme les tresses de Mandred. Il avait un air famélique avec son corps décharné et son poil complètement pelé. Il semblait dormir.

— Vois-tu là, où sa tête dépasse juste au-dessus du rocher ? demanda Farodin.

Nuramon resta comme cloué sur place.

Il fallait s'approcher très près du chat pour apercevoir l'arrière de sa tête. Le sable fin en avait abrasé le poil et la chair, et si bien poli le crâne qu'il luisait d'un blanc éclatant.

— Comme il a l'air paisible, dit doucement Nuramon. Il s'est couché à l'ombre du rocher, s'est endormi d'épuisement et est mort de soif dans son sommeil.

Farodin approuva.

— Ç'a dû se passer comme ça. La chaleur sèche a conservé son corps et le rocher l'a protégé du sable volant. Impossible de dire s'il est mort depuis des semaines ou depuis des années.

— Et tu penses que c'est le regard dans le miroir ? Notre avenir ?

— Si nous ne trouvons pas très bientôt de l'eau. Ce que j'ose à peine encore espérer. Depuis que nous avons franchi l'Étoile d'Albes, nous n'avons pas vu d'animaux, pas une seule trace ! Aucun être vivant ne viendrait se perdre dans ce désert.

— Ce chat vivait, répliqua Nuramon avec une surprenante véhémence.

— Certes. Mais venir ici fut une erreur fatale, comme on s'en rend compte. Crois-tu que Mandred verra encore le prochain lever de soleil ?

— Si nous trouvons de l'eau…

— Peut-être devrions-nous abattre un cheval pour lui donner le sang à boire ?

— Je pense qu'il vaudrait mieux que l'un de nous deux prenne les deux chevaux les plus solides et les monte en alternance. Il avancerait plus vite et pourrait chercher de l'eau.

— Et qui ferait ça ?

Nuramon leva les yeux.

— Est-ce si difficile à deviner ? Je rafraîchis Mandred avec ma force guérisseuse et je le maintiens en vie. Tu ne pourrais pas le faire. Donc, c'est moi qui vais rester. Les chevaux résisteront encore au moins jusqu'à ce soir. Si tu trouves un point d'eau, abreuve-les, remplis les outres et reviens dans la fraîcheur de la nuit.

— Et si je n'en trouve pas avant le coucher du soleil ?

Nuramon le regarda avec un visage inexpressif.

— Alors, il te restera encore un jour pour sauver au moins ta vie. (Son compagnon l'observa.) Un jour à cheval épargnera tes forces. Je suis sûr que tu pourras encore tenir un jour de plus. Seulement, ce serait stupide de vouloir nous rejoindre.

— C'est un bon plan ! (Farodin hocha la tête d'un air approbateur.) Pensé de sang-froid ! Seulement, il nécessite un homme plus courageux que moi.

— Un homme plus courageux ?

— Crois-tu que je pourrais me présenter à Noroelle et lui dire que, pour la trouver, j'ai abandonné deux de mes compagnons dans le désert ?

— Tu crois donc encore pouvoir trouver Noroelle à ta manière ?

— Pourquoi pas ? demanda Farodin d'un ton dur.

— Combien de grains de sable as-tu sentis depuis que nous sommes revenus dans le Monde des Humains ?

Farodin leva le menton d'un air de défi.

— Aucun. Je n'ai pas cherché non plus. J'étais… La chaleur. J'ai utilisé mes pouvoirs magiques pour me procurer un peu de fraîcheur.

— Ce n'est pas ce qui t'aura coûté toutes tes forces. (Nuramon fit un grand geste balayant l'horizon.) Voici ce qui t'a pris ta vigueur et ton courage. Cette vue. Je ne crois pas que nous soyons ici par hasard. Le destin a voulu nous faire comprendre la vanité de notre quête. Il doit encore exister un autre chemin !

— Et lequel ? J'en ai assez de t'entendre discourir à propos d'un autre chemin. À quoi devrait-il ressembler ?

— Comment veux-tu retrouver tous les grains de sable perdus ?

— Ma magie me les apportera. Il faut simplement que je m'approche assez près d'eux.

— Près comment ? À cent pas ? une lieue ? dix lieues ? Combien de temps mettras-tu pour ratisser l'Autre Monde en entier ? Comment pourras-tu être sûr d'avoir rassemblé tous les grains ?

— Plus j'en trouverai, plus ma magie de quête sera forte.

Nuramon désigna le désert.

— Regarde ça ! Je ne connais même pas de chiffre pour exprimer le nombre de grains de sable qui se trouvent ici… C'est perdu d'avance. Et comme tu as apparemment la force de tenter l'impossible, tu es tout désigné pour aller chercher de l'eau. Si quelqu'un doit y parvenir, c'est toi ! Utilise ta magie de quête pour trouver le prochain trou d'eau !

— Tu me prends pour un idiot ? C'est une chose de trouver dans le désert quelque chose d'aussi minuscule qu'un grain de sable particulier. Découvrir un trou d'eau est infiniment plus simple. Tu crois que je n'aurais pas encore utilisé mes forces pour chercher de l'eau ? Pourquoi t'ai-je montré ce chat mort ? C'est notre avenir. Il n'y a pas d'eau dans un rayon d'au moins un jour à cheval. À part celle que nous avons en nous. Notre sang… La vérité est aussi simple que ça. Juste avant de voir ce chat, je venais d'essayer. Il n'y a rien… (Nuramon avait porté son regard vers l'est. Il ne semblait même pas l'écouter !) C'est le soleil qui a brûlé ce qui te restait de politesse ? Dis quelque chose ! Tu m'écoutes, là ?

Nuramon désigna le vide immense du désert.

— Là-bas, il y a quelque chose.

Une bourrasque poussa vers eux un fin voile de sable. Il s'approcha comme une déferlante et se brisa sur les quelques roches émergeant du sable. Suivi presque aussitôt par une deuxième vague de sable pâle.

— Là ! Ça vient encore de se passer ! s'exclama Nuramon, excité.

— Quoi ?

— Ici, nous sommes sur le Sentier d'Albes. Il traverse le désert en ligne droite. Regarde droit devant. Je dirais… à environ deux lieues. Regarde comme les rideaux de sable passent au-dessus de lui. Il y a quelque chose là-bas.

Farodin regarda dans la direction indiquée. Mais il ne vit rien d'autre que du sable. Il jeta un regard dubitatif à Nuramon. Devenait-il fou ? Le désespoir lui faisait-il perdre la raison ?

— Là, encore ! Mais bon sang ! regarde donc !

— Nous devrions peut-être nous chercher un peu d'ombre, dit Farodin pour le calmer.

— Encore un voile de sable. Je t'en prie, regarde !

— Tu…

Farodin n'en crut pas ses yeux. Le rideau de sable se déchirait. Et tout de suite après, le trou se refermait. On eût dit que le sable volant glissait sur un rocher qui écartait brièvement le rideau. Sauf qu'il n'y avait pas de rocher là-bas.

La main droite de Farodin partit vers son épée.

— Qu'est-ce que c'est ?

— Aucune idée.

— Une créature invisible, peut-être ?

Qui voudrait se rendre invisible ? Un chasseur ! Quelqu'un qui guettait une proie ! Les avait-il observés en secret et les attendait-il maintenant sur le chemin qu'ils pensaient suivre ? Farodin tira son épée. L'arme lui parut inhabituellement lourde. Le soleil lui avait liquéfié les bras.

Quel que soit ce qui se trouvait là, ils devaient l'affronter. Plus ils hésiteraient, plus leurs forces déclineraient encore.

— Je vais aller voir ça. Toi, observe ce qui se passe.

— Ne vaudrait-il pas mieux…

— Non !

Sans plus de discours, Farodin sauta en selle, l'épée à la main.

Il ne lui fallut que quelques instants pour arriver sur place. Le désert l'avait de nouveau trompé, il s'était attendu à une distance plus longue. Dans le sable clair, des pierres basaltiques noires étaient disposées en anneau. Elles ressemblaient à de gros pavés. Pas un grain de sable sur ces pierres plates. Était-ce un cercle magique ? Farodin n'avait encore jamais rien vu de tel.

Il fit faire le tour des pierres à son cheval. En atteignant ce cercle, les rideaux de sable se séparaient comme s'ils se heurtaient à une paroi de verre. Il avisa une petite pyramide grossièrement faite de moellons empilés, qui se trouvait légèrement à l'écart du cercle, à moitié ensablée. Un crâne humain la couronnait. Farodin scruta les environs et remarqua encore d'autres petits monticules du même genre. L'un d'eux supportait même plusieurs crânes. Quel était cet endroit ? Il jeta un regard inquiet autour de lui. À part l'anneau de pierres et les cairns, il n'y avait là nul autre indice d'une ancienne présence humaine ou elfique.

Farodin finit par mettre pied à terre. Le sol était imbibé de magie. Venus de toutes les directions, des Sentiers d'Albes se rejoignaient dans le cercle. L'elfe tendit prudemment la main vers la barrière invisible. Il sentit de légers picotements sur sa peau. En hésitant, il pénétra dans le cercle. Rien ne lui fit barrage. Apparemment, le charme magique du cercle n'écartait que le sable volant. Mais pourquoi ces crânes ? Les tas de pierres s'accordaient mal à la sobre élégance de l'anneau. Les avait-on érigés plus tard ? Servaient-ils de signal ?

Le cercle formé par l'anneau de basalte avait un diamètre d'une vingtaine de pas ; l'anneau lui-même ne devait pas faire plus d'un pas de large. À l'intérieur, le sol était sableux et ne se différenciait en rien du désert environnant.

Farodin ferma les yeux en essayant de concentrer ses pensées sur la magie des Sentiers. Six chemins se croisaient à l'intérieur du cercle. Il serait facile d'ouvrir une Porte ici. Peu importe où elle les enverrait, ce serait toujours mieux que ce désert.

Il fit signe à Nuramon. Celui-ci arriva avec les deux chevaux et Mandred.

— Une Étoile d'Albes ! s'écria-t-il, soulagé. Nous sommes sauvés. Ouvre la Porte !

— Tu sais le faire mieux que moi.

Nuramon secoua la tête, irrité.

— Je suis trop épuisé. Ne sais-tu pas les forces que ça me coûte de ne pas laisser s'éteindre l'étincelle de vie de Mandred ? Toi aussi, tu l'as appris ! Alors, fais-le !

Farodin se racla la gorge. Il avait envie de protester, mais il se tut. Il eût presque préféré trouver là un monstre invisible aux aguets. Le chemin de l'épée, c'était son chemin à lui ! Les sentiers de la magie lui étaient restés étrangers, malgré les leçons du chêne-faune.

Il posa son épée dans le sable et s'assit en tailleur. Puis il essaya d'oublier ses pensées et ses craintes. Il devait faire le vide dans son esprit et ne faire plus qu'un avec la magie. Devant son œil intérieur se dessina très lentement une image de sentiers de lumière se croisant dans les ténèbres. Au point de croisement, ils se déformaient. Les lignes se tordaient pour former un tourbillon. Chaque Étoile se distinguait des autres par le motif de ses lignes entrelacées en son cœur. Cela servait de repère à des magiciens avertis.

Farodin s'imagina plongeant les mains au cœur de ces sentiers de lumière. Comme un jardinier liant des plantes grimpantes, il les écarta jusqu'à dégager un trou grandissant et finalement une Porte. Une sombre force d'attraction en émanait. Ce chemin ne conduisait pas à Albemark.

Déconcerté, il ouvrit les yeux. Il regarda le crâne luisant sur le tas de pierres. Quel danger était-il censé signaler?

—Tu as réussi.

Le doute perceptible dans la voix de Nuramon démentait ses paroles.

Farodin se retourna. Derrière lui, une Porte était apparue, tout à fait différente de celle que Nuramon avait créée. Des bandes de lumière irisées entouraient une ouverture sombre qui semblait mener dans le néant. Un trait de lumière blanche, droit comme une flèche, partait dans les ténèbres, sans toutefois réussir à éclairer l'obscurité qui l'entourait.

—Je passe devant, dit Farodin. Je...

—Cette Porte mène dans le Monde Brisé, je crois. (Nuramon la regardait avec un malaise évident.) C'est pour ça qu'elle est différente. Elle est exactement telle que le chêne-faune l'a décrite.

Farodin se passa nerveusement la langue sur les lèvres. Il prit son épée et la remit au fourreau. Du plat de la main, il tapota les plis de son pantalon pour en faire partir le sable et, au même instant, il se rendit compte qu'il ne faisait tout cela que pour retarder sa décision. Il se leva d'un bond.

—La Porte est assez large. Nous pourrons la traverser de front en menant nos chevaux par la bride.

Arrivés tous les deux sur le seuil, Nuramon s'arrêta.

—Excuse-moi, dit-il doucement. Le moment n'était pas bien choisi pour me quereller avec toi au sujet de grains de sable.

—Nous reprendrons cette dispute plus tard.

Nuramon ne répondit rien. Il tira son cheval par les rênes et avança.

Farodin eut l'impression d'être aspiré par la Porte. D'un seul coup, il se retrouva en pleine obscurité. Il entendit un cheval hennir, sans le voir. Le sentier de lumière avait disparu. Il lui sembla chuter sans fin. Puis il sentit un sol mou sous ses pieds. L'obscurité se dissipa. En clignant des yeux, Farodin jeta un regard autour de lui. Son cœur fut saisi d'un effroi glacial. La magie avait échoué! Ils se trouvaient encore au centre de l'anneau de basalte noir et, tout autour d'eux, le désert s'étendait jusqu'à l'horizon.

—Peut-être que je devrais encore...

— Nos ombres ! s'écria Nuramon. Regarde ! Nos ombres ont disparu ! (Il leva les yeux vers le ciel.) Le soleil est parti. Je ne sais pas où nous sommes, mais ce n'est plus le Monde des Humains.

Un cri perçant retentit dans le ciel. Au-dessus d'eux, un faucon décrivait des cercles. Il semblait les observer. Finalement, il se détourna et partit à tire-d'aile.

Farodin rejeta la tête en arrière. Le ciel d'un bleu radieux pâlissait à l'horizon. Il n'y avait ni nuages ni soleil. L'elfe ferma les yeux en imaginant de l'eau. L'intensité de cette pensée lui donna l'impression d'avoir la bouche encore plus sèche. Mais ensuite, il sentit l'eau comme s'il s'était subitement plongé dans une source de montagne.

— Là-bas ! (Il montra une grande dune à l'horizon.) Là-bas, avant le coucher du soleil, nous… (Il s'arrêta et regarda le ciel vide.) Avant la nuit, nous trouverons de l'eau là-bas.

Nuramon ne dit rien et se contenta de le suivre. Chaque pas leur coûtait un peu plus de force. Ils étaient tellement harassés qu'ils ne parvenaient plus à effleurer le sable ; comme les humains, ils s'y enfonçaient jusqu'aux chevilles, à chaque pas.

La dune qu'ils voulaient atteindre ne semblait presque pas se rapprocher. Ou bien Farodin se faisait-il des idées ? Le temps s'étirait-il à l'infini quand il n'y avait pas de soleil pour mesurer les heures qui passaient ? S'était-il écoulé une demi-heure ou une demi-journée lorsque le ciel finit par s'assombrir peu à peu ?

En atteignant enfin la dune, ils étaient près de s'effondrer.

— Comment va Mandred ?

— Mal. (Nuramon continua à mettre un pied devant l'autre, sans lever les yeux. Le silence de Farodin se fit plus pressant qu'une question.) Il va mourir avant la fin de la nuit, ajouta Nuramon en gardant toujours les yeux baissés. Même si nous trouvons de l'eau, je ne suis pas certain de pouvoir encore le sauver.

De l'eau, pensa Farodin. *De l'eau !* Il la sentait. Elle n'était plus loin. Il avançait, recru de fatigue. La dune était encore pire que la plaine. À chaque pas, ils s'enfonçaient non seulement dans le sable, mais ils glissaient aussi en arrière, comme si la dune voulait les empêcher d'atteindre sa crête. Un léger vent leur soufflait du sable au visage et leur brûlait les yeux.

Finalement arrivés au sommet, ils furent trop épuisés pour se réjouir de la vue. Devant eux s'étendait un lac d'un bleu profond, bordé par des milliers de palmiers. D'étranges bâtiments longeaient la rive.

Seules deux petites dunes les séparaient encore de la palmeraie. Ils descendirent en se laissant à moitié glisser le long de la pente. Les chevaux hennissaient follement. C'étaient eux désormais qui tiraient les elfes par les rênes. Les bêtes avaient flairé l'eau.

Soudain, quelque chose tomba sur le sable, à côté de Farodin. Il s'écarta instinctivement. Une flèche à plumes noires l'avait raté de peu.

Pourtant aucun archer n'était en vue ! Seul le faucon était revenu décrire d'autres cercles au-dessus d'eux.

Puis l'air s'emplit d'un bourdonnement. Un nuage de flèches vola au-dessus de la crête de la dune. À quelques pas d'eux, les traits se fichèrent dans le sable. Ils formèrent presque une ligne droite, comme pour indiquer une frontière à ne pas franchir.

En levant les yeux, Farodin vit des cavaliers se profiler sur la crête. Il y en avait au moins trois dizaines. Sur des montures que l'elfe n'avait encore jamais vues. Avec leurs longues pattes et leur tête bizarrement formée, perchée sur un long cou sinueux, elles affichaient une telle recherche dans la laideur qu'il en eut le souffle coupé. Elles avaient toutes le poil blanc et deux énormes bosses leur poussaient sur le dos.

Les cavaliers portaient de longs manteaux blancs. Leurs visages étaient voilés. Quelques-uns avaient dégainé des sabres, d'autres étaient armés de longs javelots à la pointe desquels pendaient des glands à freluche colorés. Mais plus remarquables encore étaient leurs boucliers de cuir. Ils avaient la forme d'une paire d'énormes ailes de papillon largement déployées et aussi merveilleusement colorées. Silencieux, les cavaliers regardaient les étrangers en contrebas.

Finalement, l'un d'eux se détacha du groupe. Il dirigea adroitement sa monture dans la pente et s'arrêta derrière la ligne de flèches.

— Les messagers envoyés par Emerelle ne sont pas les bienvenus ici, dit la voix douce d'une femme.

Elle parlait l'elfique !

Les compagnons se regardèrent, sidérés.

— Qui ça peut bien être ? demanda Nuramon à voix basse.

La cavalière avait manifestement entendu les mots chuchotés.

— Nous nous nommons les Elfes Libres de Valemas, car la parole d'Emerelle n'a aucun pouvoir dans cette partie du Monde Brisé. Nous vous autorisons à demeurer une nuit ici, à l'extérieur de l'oasis. Demain, nous vous reconduirons à la Porte.

— Je suis Farodin d'Albemark, du clan d'Askalel, s'écria Farodin, furieux. L'un de mes compagnons est plus mort que vif. Je ne sais quelle rancœur vous anime envers Emerelle. Tout ce que je sais, c'est que si vous ne nous aidez pas, vous aurez sacrifié la vie de mon ami à votre colère. Et je vous promets que, s'il meurt à cause de vous, j'en tirerai vengeance par le sang, en son nom.

La cavalière voilée leva les yeux vers les guerriers restés sur la crête. Farodin ne parvint pas à voir où se trouvait leur chef. Ils étaient presque tous vêtus de la même manière et leurs armes non plus ne trahissaient rien de leur rang. Finalement, l'un d'eux leva le bras et poussa un sifflement strident. Le cavalier portait un gant de fauconnier en cuir rembourré. Dans le ciel au-dessus d'eux, le faucon répondit par un cri. Puis il replia ses ailes et plongea en piqué pour aller se poser sur le poing tendu.

Comme s'il s'était agi d'un signe de paix, la cavalière hocha la tête à leur adresse.

— Venez ! Mais n'oubliez pas : vous n'êtes pas les bienvenus. Je suis Giliath des Elfes Libres et si tu souhaites te battre, Farodin, j'accepte ton défi.

Le peuple des Elfes Libres

Les guerriers vêtus de blanc leur donnèrent de l'eau. Ensuite, ils les entourèrent tous les trois et les conduisirent à l'oasis. À l'ombre des palmiers, il y avait des cultures de légumes et d'une sorte de céréale que Farodin ne connaissait pas. Un réseau dense d'étroits canaux parcourait la palmeraie et, à l'approche du lac, l'elfe découvrit des norias en bois.

Parmi les arbres se dressaient de petites maisons d'argile, aux murs ornés de motifs géométriques raffinés. À les voir, on comprenait avec quel amour on les avait construites et soignées. Poutres et volets, tout était orné de sculptures. Pourtant cela n'était rien en comparaison de la splendeur que la ville de Valemas, même abandonnée, possédait encore à Albemark. Ses habitants étaient partis, des siècles auparavant, sans que personne sache où. Ceux-là devaient être leurs descendants. Farodin observa autour de lui d'un air attentif. Il était allé une fois dans l'ancienne Valemas. Chaque maison y était un palais et les rues elles-mêmes étaient recouvertes de mosaïques. On disait que les fiers habitants de Valemas s'étaient autrefois rebellés contre la reine. Ils ne toléraient personne qui soit au-dessus d'eux. Et après d'innombrables disputes, ils avaient fini par quitter Albemark.

Apparemment, leurs descendants n'avaient toujours pas perdu leur haine envers la reine ni leur fierté. Mais ils ne vivaient plus dans des palais. Le long du lac se trouvaient sept halles voûtées comme Farodin n'en avait jamais vu. On avait courbé des troncs de palmier jusqu'à leur donner la forme de couples de bateaux et on en avait ensuite ancré les deux bouts dans la terre. Entre eux, on avait tendu des nattes de joncs artistiquement tressées ; elles formaient les murs et les plafonds des halles.

Quand ils arrivèrent sur la place entre les halles de joncs, Giliath leur fit signe de mettre pied à terre. De tous les côtés, les curieux accoururent : des femmes en robes drapées colorées et des hommes portant aussi des robes ! Tous gardaient le silence et considéraient les nouveaux arrivants avec hostilité. Les enfants eux-mêmes ne souriaient pas.

Quelques jeunes hommes soulevèrent Mandred du cheval et l'emportèrent. Farodin voulut leur emboîter le pas, mais Giliath lui barra le passage.

— Tu peux nous faire confiance. Nous savons ce que fait le désert au voyageur imprudent. S'il n'est pas encore trop tard, nous le sauverons.

— Pourquoi nous traitez-vous de si haut ? demanda Nuramon.

— Parce que nous n'aimons pas les courtisans d'Emerelle, répliqua l'elfe d'un ton sec. Tout le monde s'aplatit devant elle à Albemark. Elle étouffe toutes les différences. Qui vit là-bas vit dans son ombre. Elle n'est qu'un tyran qui s'arroge le droit de décider seul ce qui est juste ou non. Nous savons très bien comment vous courbez l'échine devant elle. Vous n'êtes rien d'autre que de la poussière sous ses pieds, vous...

— Ça suffit, Giliath, tonna une voix d'homme. (Un guerrier de haute taille se détacha de son escorte. Il portait au poing le faucon dont il avait caché la tête sous un capuchon coloré. Il inclina brièvement la tête dans un salut.) On m'appelle Valiskar. Je suis le chef des guerriers de notre communauté et responsable de vous tant que vous serez nos hôtes. (Il dévisagea Farodin.) Je me souviens de ton clan. Les descendants d'Askalel ont toujours été très proches de la cour d'Emerelle, n'est-ce pas ?

— Je ne suis pas...

Valiskar l'interrompit.

— Si tu as quelque chose à déclarer, tu pourras le faire devant le Conseil, car sache qu'ici, à Valemas, personne ne décide jamais seul ! Et maintenant, suivez-moi !

Valiskar les conduisit dans la plus grande des sept halles. Là, une centaine d'elfes se trouvaient rassemblés. Certains formaient de petits groupes animés. Mais la plupart s'étaient installés sur des tapis le long des murs latéraux.

Au fond de la halle, un elfe aux cheveux gris argenté était assis devant l'étendard bleu de Valemas. Les mains jointes sur le ventre, il semblait plongé dans ses pensées. Tandis que Farodin et Nuramon traversaient la halle, le silence se fit et les autres elfes reculèrent vers les murs. En s'approchant de l'homme aux cheveux argentés, Farodin sentit de plus en plus nettement l'aura de puissance qui l'entourait.

Quand ils se trouvèrent juste devant lui, il leva la tête. L'iris de ses yeux luisait comme de l'ambre.

— Bienvenue à Valemas. (Il les invita d'un geste à prendre place sur un tapis devant lui. À peine s'y furent-ils installés que deux jeunes elfes s'empressèrent de leur apporter une cruche d'eau, des gobelets d'argile et une coupe de dattes sèches.) Je suis Malawayn, le doyen des habitants de cette oasis. Pardonnez la frugalité de ce repas, mais les jours d'opulence sont très loin derrière nous. Et maintenant, dites-nous pourquoi vous avez entrepris ce long voyage jusqu'à nous.

Chacun à son tour, les deux compagnons narrèrent leurs voyages et leurs aventures. Au fil du discours, Farodin sentit de plus en plus nettement l'hostilité disparaître. À l'évidence, quiconque se dressait contre Emerelle pouvait espérer une hospitalité sans limites à Valemas. Quand ils eurent terminé leur récit, Malawayn hocha la tête.

— La reine décide sans se justifier. Il en a toujours été ainsi. À mes yeux, elle vous a fait, à vous deux et à Noroelle, une grande injustice. (Il jeta un regard à la ronde.) Je crois que je parle au nom de tous en vous proposant notre aide dans votre quête.

Le silence régnait à présent dans la grande halle. Aucun murmure d'approbation, juste quelques hochements de tête ou autres gestes discrets pour confirmer les mots de Malawayn. Et pourtant, le contraste avec leur arrivée ne pouvait être plus évident. Certes, Farodin ressentait encore de l'amertume, de la mélancolie et de la colère, mais il avait maintenant le sentiment d'avoir gagné les cœurs de cette assemblée. Lui aussi, comme tous les gens d'ici, il était victime d'Emerelle.

— Comment pouvez-vous rester là paisiblement assis avec ces étrangers ?

Tout au fond de la halle, une jeune femme s'était levée. Farodin la reconnut à sa voix. C'était Giliath, la guerrière voilée qui leur avait parlé au pied de la dune. Elle était visiblement arrivée plus tard à la réunion, car elle avait échangé son armure et ses vêtements blancs contre une jupe drapée et un court chemisier de soie. On pouvait voir aussi ses longs cheveux brun foncé noués en une tresse. Son corps musculeux laissait à peine deviner ses seins. Elle n'était pas jolie. Son menton était trop anguleux, son nez trop grand, mais elle avait des lèvres pleines et sensuelles, et ses yeux verts étincelaient de passion tandis qu'elle désignait Farodin.

— Il y a tout juste une heure, celui-ci a menacé de se venger de notre peuple par le sang, si nous ne nous conformions pas à sa volonté ! Si nous nous sommes retirés ici, c'était pour fuir Emerelle. Nous voulions rester libres. Et maintenant, vous tolérez un elfe de sa suite qui fait preuve envers nous de la même morgue que sa souveraine. Je fais valoir mon droit de laisser ma lame lui apprendre à mieux se comporter.

— As-tu vraiment menacé notre peuple d'une vengeance par le sang ? demanda froidement Malawayn.

— Ça ne s'est pas tout à fait passé comme elle l'a dit…, commença Farodin, mais le vieillard lui coupa la parole d'un geste.

— Je t'ai posé une question simple. Ne cherche pas d'échappatoire. Réponds-moi clairement !

— Oui, c'est vrai, mais tu devrais…

— Et maintenant, tu voudrais me dire ce que je dois faire ?

— Ça ne s'est pas passé exactement de cette façon, dit Nuramon pour tenter de le calmer. Nous avons…

— Et tu crois que c'est à toi de m'expliquer comment comprendre ce que j'entends dire ? (Malawayn semblait plus déçu que furieux.) J'aurais dû m'en douter. Celui qui vient de la cour d'Emerelle porte l'arrogance en lui. D'après nos lois, Giliath a tous les droits de te provoquer, Farodin.

Farodin en resta abasourdi. Comment pouvait-on être si buté ? L'ambiance amicale avait disparu. Personne ici ne voulait plus entendre ce qu'ils avaient à dire.

— Je retire mes paroles et je ne voudrais me battre avec personne.

— Ta suffisance te fait-elle croire que tu es invincible ou bien est-ce la peur qui te fait parler ainsi ? demanda Giliath.

Elle se campa devant lui, jambes écartées et les mains sur les hanches.

— Si l'offense est trop grande, seul le sang peut expier les paroles prononcées, déclara froidement Malawayn. Vous allez danser sur le chant de l'épée. Votre duel prendra fin au premier sang. Si tu es blessé, ton sang effacera tes mots. Mais si Giliath doit être vaincue, tu auras gagné ta place parmi nous, et nous accepterons tes propos, car nous sommes un peuple libre.

Farodin tira sa dague. Sans laisser à personne le temps de retenir son bras, il s'entailla le dos de la main gauche.

— Femmes et hommes de Valemas ! (Il leva sa main de façon que chacun puisse voir le sang couler sur son bras.) J'ai versé mon sang pour expier mes paroles. Ainsi, la querelle est réglée.

Un silence de mort tomba sur l'assistance.

— Il faudrait que tu cesses de vouloir nous imposer ta volonté, Farodin. Même si ton chemin dans le désert t'a épuisé, tu dois te soumettre à nos coutumes et te battre ! (Malawayn se leva et frappa dans ses mains.) Apportez les tambours. Lors de la Danse des Épées, chaque coup est porté au rythme du tambour. Nous commencerons d'abord lentement afin que tu t'y habitues. Le combat et la cadence vont s'accélérer mutuellement. Habituellement, chaque danseur manie deux lames. Te faut-il encore une arme ?

Farodin fit signe que non. L'épée et la dague lui suffisaient. Il se leva et pratiqua quelques étirements pour décontracter ses muscles endoloris.

Nuramon vint à ses côtés.

— Je ne sais pas ce qui leur prend. C'est complètement fou !

— Je commence à comprendre pourquoi Emerelle ne leur a jamais demandé de revenir à Albemark, répondit-il à voix basse. Mais maintenant, tais-toi. N'allons pas encore leur fournir le prétexte à une autre Danse des Épées.

Nuramon prit sa main. Une chaleur agréable parcourut Farodin. Quand il retira sa main, l'entaille s'était refermée.

— Ne la tue pas ! dit Nuramon en se forçant à sourire.

Farodin regarda son adversaire. Valiskar l'avait sans doute jugée capable d'affronter deux guerriers à elle seule quand il lui avait fait descendre la dune vers eux. Il faudrait qu'il se tienne sur ses gardes.

— Espérons qu'elle ne va pas me couper en morceaux. J'ai comme l'impression qu'elle préférerait me planter sa lame dans le cœur plutôt que de terminer le duel sur une petite coupure. « Au premier sang ». Cela peut vouloir dire beaucoup.

Farodin défit son baudrier pour être plus à l'aise pendant le combat. Ensuite, il sortit un petit anneau de la bourse en cuir où il conservait la fiole d'argent et la pierre de Noroelle. Cet anneau était la seule chose qui lui soit restée d'Aileen, à part les souvenirs. Il était serti de trois petits grenats rouge foncé ; la lumière des lampes à huile de la halle se réfractait sur leurs facettes. Il passa son pouce sur les gemmes. Elles abîmeraient n'importe quelle doublure de gant. Il n'avait plus porté cet anneau depuis bien longtemps.

— Es-tu prêt ? cria Giliath.

Elle avait choisi deux épées courtes et l'attendait au centre de la halle.

Entre-temps, on avait apporté deux tambours à l'entrée. Ils étaient aussi gros que les énormes foudres de vin qu'ils avaient vus en s'enfuyant dans les caves voûtées d'Aniscans. On les avait posés à la verticale. Un motif de nœuds entrelacés était peint en rouge et noir sur la peau claire. Deux femmes, les bras repliés, tenaient les baguettes devant leur poitrine en attendant le signe de départ de la Danse des Épées.

Les personnes présentes avaient reculé jusqu'aux murs afin de dégager une lice d'une vingtaine de pas de long et de cinq pas de large.

Farodin se mit en position.

— Chaque coup de tambour doit entraîner un pas ou un coup, expliqua Giliath. Le parfait combattant à l'épée se déplace avec l'agilité d'un danseur. Même si tu perds, tu sauveras la face si tu as combattu avec grâce.

Farodin approuva, bien qu'il soit d'un tout autre avis. Il n'avait encore jamais combattu pour impressionner par son talent. Il se battait pour vaincre !

Giliath fit un signe aux joueuses de tambour.

— Commencez !

Le premier coup de tambour retentit. Giliath fit un pas de côté en levant ses armes. Farodin épousa son mouvement en faisant une volte.

Au coup de tambour suivant, elle arma un grand coup visant à la tête. Farodin le bloqua de sa dague. N'importe quel enfant aurait réussi à parer cette attaque, pensa Farodin, agacé. Cette Danse des Épées était vraiment stupide !

Le son grave des tambours résonnait dans le ventre. Ils étaient frappés alternativement de sorte que chacun d'eux avait une longue résonance.

La cadence s'accéléra peu à peu. Giliath se déplaçait avec des gestes curieusement outrés, mais elle avait à l'évidence une grande expérience du combat. Farodin se prêta bien à son rythme, sans toutefois vouloir copier son style qui cherchait à se gagner l'approbation des spectateurs. Il para avec des gestes sobres et resta sur la défensive pour étudier les mouvements de son adversaire.

Plus les coups de tambour s'accéléraient et plus les attaques de la guerrière gagnaient en fluidité. Les coups succédaient aux coups. Elle le poussait devant elle, reculait ensuite d'un bond, dansait comme par jeu autour de lui et se fendait soudain de nouveau. Les coups de tambour et les cliquetis de l'acier se mêlaient en une mélodie qui finit par captiver aussi Farodin. Sans réfléchir, il se déplaçait en rythme et commençait à prendre du plaisir à ce combat.

Soudain, Giliath s'accroupit et esquiva de façon surprenante un coup au lieu de le parer. Sa lame partit aussi vite qu'une attaque de vipère. Farodin essaya d'esquiver, mais l'acier traversa son pantalon de cavalier. Les tambours se turent.

La guerrière se releva en souriant.

— Pour un lèche-bottes de la reine, tu ne t'es pas mal débrouillé.

Farodin tâta sa jambe. Il ne ressentait aucune douleur. Mais cela ne voulait rien dire quand on combattait avec des lames très acérées. Il écarta doucement le tissu. Sa cuisse n'était pas atteinte. Il s'en était fallu d'un cheveu.

Giliath fronça les sourcils.

— Un coup de chance ! cria-t-elle à la ronde.

Farodin sourit d'un air supérieur.

— Si tu le dis.

Il vit son arrogance disparaître. Désormais, elle allait tenter de porter rapidement une nouvelle touche. Et peut-être que dans sa fougue, elle négligerait de se couvrir.

— Eh bien, continuons.

Giliath leva ses lames et se mit en garde de façon singulière. Sa main gauche tenait l'épée en position d'attaque. Mais de la droite, elle avait brandi l'autre au-dessus de sa tête et l'avait rabattue vers l'avant, la pointe visant le cœur de Farodin. Celui-ci eut l'impression de voir un scorpion le menacer de son dard.

Les coups de tambour s'accélérèrent encore. Giliath se fendit avec fougue et le pressa durement. Toutefois, elle ne lui porta aucun coup de la main droite. Elle garda tout le temps sa deuxième épée levée, prête à frapper dès que l'occasion se présenterait.

Farodin fut ébahi par la cadence de ses attaques et stupéfait aussi de se trouver de nouveau sur la défensive. Giliath portait ses coups avec une telle vitesse qu'il avait à peine le temps de riposter. Il lui fallait mettre un terme à ce jeu, s'il ne voulait pas qu'elle le fasse !

La main gauche de Giliath partit en avant dans un coup visant la hanche. Il réussit juste à temps à parer l'attaque et fit semblant de trébucher légèrement. Ce faisant, il découvrit largement sa poitrine.

Giliath n'attendait que cela. Sa deuxième épée s'abattit comme un dard. Farodin répondit par une parade circulaire. Il leva rapidement sa dague. L'acier cliqueta contre l'acier. Ils se trouvaient maintenant si près l'un de l'autre qu'il pouvait sentir le souffle de Giliath sur sa joue. Leurs lames croisées à hauteur de tête, ils ne gardèrent cette position que l'espace d'une seconde. Puis Giliath recula. Farodin lui caressa légèrement la joue de sa main, avant de reculer à son tour.

— Le combat est terminé ! annonça-t-il d'une voix forte.

Chacun put voir alors qu'il avait gagné. Un léger filet de sang ruisselait sur la joue de Giliath et descendait dans son cou.

Elle déposa une épée et se tâta le visage, incrédule. Désemparée, elle regarda le sang sur ses doigts. Mais au lieu de se révolter, elle s'inclina brièvement.

— Je courbe la tête humblement devant mon vainqueur. Qu'il veuille bien excuser mes paroles, dit-elle d'une voix blanche, visiblement bouleversée par l'issue imprévue du combat.

Tout autour, des voix courroucées s'élevèrent. Beaucoup n'étaient pas prêts à admettre sa défaite. On pesta à haute voix contre les sournoiseries du courtisan.

Nuramon courut vers Farodin pour le féliciter et le prendre dans ses bras.

— Comment as-tu fait ça ? lui chuchota-t-il.

— L'anneau, répondit Farodin.

En se dégageant de son étreinte, il leva la main pour le lui montrer. Le rouge profond des gemmes taillées leur donnait l'apparence de gouttes de sang prises dans de l'or.

— Je te défie à la Danse des Épées ! (Un jeune guerrier se planta devant Farodin.) Tu as gagné ce combat d'une manière déshonorante qui m'offense, ainsi que mon peuple tout entier.

Farodin poussa un profond soupir. Il s'apprêtait à riposter quand la voix de Malawayn domina le tumulte :

— Mes frères, le combat est terminé. « Au premier sang », avions-nous dit. Et il n'est nulle part écrit que le sang versé doit l'être par une arme. Reconnaissons l'issue du combat, même si cette victoire a été acquise par la ruse.

Malgré l'intervention de Malawayn, l'agitation ne se calma que lentement. Beaucoup d'elfes, les plus jeunes, quittèrent la salle, en colère.

Mais l'elfe aux tempes argentées invita Farodin et Nuramon à prendre place à ses côtés. Il leur versa de son vin et leur tendit les fruits qui se trouvaient dans la large coupe d'argent sur le tapis devant lui. Le calme se rétablit progressivement dans la halle.

Quand ils eurent mangé ensemble, Malawayn les pria de leur parler d'Albemark. Ce fut Nuramon qui prit la parole en s'efforçant de faire oublier ce qui venait de se passer. Farodin l'envia de pouvoir raconter d'une façon si vivante que l'on croyait voir Albemark devant soi.

En contrepartie, les compagnons entendirent beaucoup de choses sur la vie dans le désert. Les elfes de Valemas y avait créé une oasis florissante à partir d'un point d'eau boueux. Ils avaient longuement recherché cet endroit, parce que – comme leurs aïeux – ils aimaient les régions désertiques. Ils se plurent également à dire que c'était la chaleur du désert qui leur avait tant échauffé le sang.

Ils racontèrent aussi qu'ils chevauchaient souvent dans le Monde des Humains. Les mortels de là-bas les appelaient « Girats », ce qui dans leur langue signifiait quelque chose comme « esprits », et ils traitaient les elfes de Valemas avec grand respect.

— À chacune de nos rencontres, ils insistent pour nous offrir des présents. (Malawayn sourit.) Je crois qu'ils nous prennent pour des brigands.

— Et vous allez les laisser continuer à le croire ?

À peine eut-il prononcé ces mots que Farodin les regretta.

— Nous n'avons pas le choix. Nous manquons de tellement de choses ici que nous acceptons tout présent avec gratitude. Nous ne prenons rien par la force même s'il nous serait facile de le faire. (Il baissa la tête et observa les motifs entrelacés du tapis.) Ce qui me manque le plus, c'est le ciel étoilé au-dessus d'Albemark.

— Et si vous faisiez la paix avec la reine ? proposa Nuramon.

Malawayn le regarda, surpris.

— Nous, les elfes de Valemas, nous avons peut-être beaucoup perdu, mais pas notre fierté. Nous ne reviendrons à Albemark que si la reine nous en prie et si elle nous accorde aussi la liberté là-bas.

Alors, jamais vous ne retournerez là-bas, pensa Nuramon.

Au bord de l'oasis

Enfant, Nuramon avait souvent pensé au désert et à la ville légendaire de Valemas. Il s'était imaginé à quoi elle pouvait ressembler, mais il n'était jamais allé dans l'ancienne Valemas. Cette oasis était très différente de la ville de légende qu'il s'était représentée. Il n'y avait pas ici le soleil d'Albemark ni celui du Monde des Humains. Toutefois, les mages de cette communauté avaient tissé un voile de lumière, qu'ils avaient tendu comme le toit d'une tente au-dessus de la cité et du désert environnant. Ils avaient même pensé au jour et à la nuit ; la lumière déclinait dans un crépuscule inhabituellement long et réapparaissait des heures plus tard en une aube plus courte.

Malgré toute l'eau présente ici, on voyait et on sentait nettement le lien avec le désert. Le vent léger en avait aussi le goût.

Nuramon suivait un sentier qui devait le conduire au bord de la cité. Valiskar lui avait indiqué ce chemin. La frontière de cette contrée devait se trouver là-bas. Les lieux résiduels du Monde Brisé passaient communément pour être des oasis dans une mer de néant. Nuramon voulait voir cette mer. Il avait laissé ses compagnons près des chevaux au bord de la source ; ils se reposaient là-bas dans l'une des maisons d'argile. Mandred ne recouvrait ses forces que lentement, malgré l'aide des guérisseurs de Valemas. Dans ses rêves fébriles, il ne cessait d'appeler Atta Aïkhjarto. Farodin était resté auprès de lui. Malgré l'hospitalité qui leur avait été finalement accordée, il se méfiait des habitants de l'oasis.

Mais Nuramon était bien trop curieux pour rester là-bas. Il allongea même encore le pas pour atteindre le plus vite possible le bout de l'oasis.

Le sentier se termina soudain devant une statue en grès de Yulivée, la fondatrice de l'oasis. Ici, à Valemas, on la trouvait représentée en de nombreux endroits. Les elfes du désert la vénéraient presque autant que Mandred honorait ses dieux. Elle avait été belle. On lui avait dessiné sur les lèvres un sourire confiant et incrusté deux malachites dans les orbites. À la cour de la reine, Nuramon avait vu un sculpteur faire ce genre de travail. On insérait d'abord les gemmes, puis on prenait les paupières de pierre, on les posait et on laissait une magie les rattacher à la statue. Elles recouvraient ainsi les malachites comme si elles étaient réelles et pouvaient cligner à tout moment. La statue invitait à s'asseoir sur une pierre à côté d'elle.

Nuramon suivit son geste et s'assit. La vue qui s'offrait à lui le surprit. Certes, il était ici au bout de l'oasis, toutefois ce n'était pas la mer de néant qui s'étendait devant lui, comme il s'y était secrètement attendu, mais le désert. Peut-être fallait-il s'engager encore plus loin pour atteindre la fin de cette contrée. Pourtant, il s'aperçut soudain qu'il y avait là quelque chose de bizarre. Le vent lui soufflait dans la nuque, mais il voyait en même temps du sable fin tourbillonner vers lui. Ce sable ne l'atteignait pas ; il disparaissait brusquement, comme s'il n'avait pas existé. Était-il possible que le désert qui s'ouvrait devant lui soit seulement une illusion ? juste un reflet de celui qui commençait de l'autre côté de l'oasis et menait jusqu'à l'anneau de pierres ? Il devait s'agir d'une puissante magie…

Nuramon se leva et fit un pas en direction du désert. D'un seul coup, il sentit la puissance de la magie. Une barrière, semblable à une paroi de verre extrêmement fin, séparait l'endroit de ce mirage, là-bas, au-dehors. Prudemment, Nuramon tâtonna à la recherche du mur invisible.

Soudain, quelque chose crissa sous ses doigts. Il se hâta de retirer sa main. Le désert se troubla à ses yeux et l'horizon s'assombrit. L'obscurité avalait le paysage avec une rapidité inquiétante. Elle venait vers lui en absorbant les dunes, le sable et les pierres de la plaine. Mais juste devant lui, elle se teinta de gris, à la lueur de Valemas. Ses rayons de lumière portaient au loin. Devant les pieds de Nuramon s'ouvrit un précipice. Un brouillard gris bleu y flottait, presque immobile. Ce devait être la mer où voguaient les îles du Monde Brisé. Et les ténèbres au-dessus étaient le ciel de ce monde désolé.

Quelque part là-bas, dehors, se trouvait Noroelle. Peut-être, comme lui, était-elle en train de contempler cette immensité. Comme les mages de cette cité, elle avait certainement formé tout à son idée. Nuramon espérait simplement que le lieu où elle se trouvait n'était pas d'une infinie tristesse. S'il existait un moyen de surmonter ce brouillard, il l'utiliserait et partirait aussi loin qu'il le fallait. Peut-être existait-il un chemin direct vers Noroelle, une route qui contournait la barrière de la reine.

Nuramon s'assit de nouveau sur la pierre. En voyant l'image du désert réapparaître, il pensa à l'idée qui venait de surgir en lui. Et s'il existait une sorte de bateau pouvant naviguer sur le brouillard comme d'autres sur l'eau ?

Une voix l'arracha à ses pensées.

— Tu as vu ?

Nuramon porta instinctivement la main à son épée et fit volte-face. À côté de la statue de Yulivée se trouvait un homme portant d'amples vêtements vert clair et blanc.

— Eh là ! calme-toi, étranger ! s'écria-t-il. (Nuramon remarqua alors que l'homme n'avait pas de pieds, seuls ses vêtements flottaient dans l'air. Mais ils bougeaient beaucoup trop vite par rapport au vent léger qui soufflait ici. Des cheveux verts, comme ébouriffés par des mains invisibles, s'agitaient aussi autour de sa tête.) Tu n'as encore jamais vu d'esprits, hein ?

Nuramon resta fasciné par cette apparition.

— Des esprits, j'en ai vu, mais aucun comme toi.

Son vis-à-vis avait presque l'allure d'un elfe. Ses oreilles pointues dépassaient légèrement de sa chevelure, mais elles paraissaient plus charnues que celles des elfes. Ses mains étaient remarquablement grandes et informes ; il aurait certainement pu enfermer tout le visage de Nuramon dans une seule main. En revanche, il avait une tête allongée et un menton pointu. Et son large sourire n'y pouvait rien changer.

— Je m'appelle Nuramon. Quel est ton nom ?

— Un nom, bah ! dit l'esprit en rejetant la question d'un geste de la main. La vie serait bien plus simple sans noms. Les noms sont contraignants. Il suffit que quelqu'un connaisse le tien pour qu'il l'utilise aussitôt pour te dire : « Fais-moi ci, fais-moi ça. » (Il haussa les sourcils et ses yeux vert pâle scintillèrent.) Je suis seul de mon espèce ici. Il n'y a qu'un seul djinn à Valemas. Et c'est moi. Même si je vais par-ci, par-là… (Il montra un endroit près de Nuramon et disparut dans un courant d'air froid pour y réapparaître aussitôt.)… je suis toujours le même. (L'esprit se pencha sur lui.) Dis-moi, quelle est ta couleur préférée ?

Nuramon hésita.

— Le bleu, finit-il par répondre en pensant aux yeux de Noroelle.

L'esprit décrivit un cercle tourbillonnant et quand il s'arrêta en souriant devant Nuramon, il avait les cheveux bleus, les yeux bleus et portait des vêtements bleu et blanc.

— En bleu aussi, je suis toujours le même et le seul ici. Alors, à quoi bon un nom ? Appelle-moi simplement Djinn !

Nuramon n'en revenait pas. Il avait devant lui un djinn en chair et en os ! Il en avait entendu parler, on disait qu'ils avaient disparu et que quelques-uns se cachaient dans les rares déserts d'Albemark. D'aucuns prétendaient même que les djinns n'avaient jamais existé.

— Eh bien, Djinn… Tu pourrais peut-être m'aider.

L'esprit eut l'air sérieux tout à coup.

— Enfin ! Voilà quelqu'un qui sait apprécier ma sagesse infinie.

Nuramon ne put réprimer un sourire.

— Quelle modestie !

Le djinn s'inclina.

— N'est-ce pas ? Je ne dirais jamais rien de moi qui ne soit vrai. (Il s'approcha de Nuramon et chuchota :) Il faut que tu saches qu'il fut un temps où je… (Il regarda autour de lui.) Autrefois, je vivais ailleurs. C'était une oasis de science dans le désert de l'ignorance omniprésente.

— Hmm. Et quelles connaissances y gardait-on ?

Le djinn fit une moue d'incompréhension.

— Eh bien, tout, naturellement ! La science qui fut, celle qui est, et celle à venir !

Cet esprit joyeux devait le prendre pour un idiot. Même Emerelle ne pouvait voir l'avenir que d'une façon floue. Cependant… si ce djinn n'était pas seulement une image trompeuse de ses sens surexcités et si ses paroles recelaient une étincelle de vérité, il pourrait peut-être l'aider dans sa quête de Noroelle.

— Où se trouve cet endroit ? demanda-t-il à l'esprit.

— Représente-toi ça comme une immense bibliothèque. Et celle-ci se trouve dans l'opale de feu de la couronne du maharadjah d'Ambernischi.

— Une bibliothèque ? Dans une gemme ?

— Certainement.

— J'ai du mal à le croire.

— Croirais-tu plutôt que l'opale de feu est une Étoile d'Albes mobile ? (Nuramon garda le silence. Le djinn avait raison : une Étoile d'Albes qui ne serait pas attachée à un lieu lui semblait encore plus improbable qu'une pierre où les esprits concentraient tous les savoirs. Le djinn poursuivit :) Cette opale de feu, nous l'avons offerte au maharadjah Galssif. Nous lui étions grandement redevables. Ainsi, nous la lui avons confiée et il a fait de nous ses conseillers. Et nous fûmes de bon conseil. (Il disparut de nouveau et resurgit à gauche de Nuramon.) Galssif était intelligent, il a gardé notre savoir avec une grande sagesse. Et dans cette sagesse, il a tu notre présence à son fils. Celui-ci était un tyran et un fou, indigne de notre science. Nous, les esprits, nous entrions dans l'opale et en ressortions sans que personne nous aperçoive. Il ne peut y avoir d'endroit plus sûr que la couronne d'un puissant souverain.

Nuramon réfléchit. Tout cela était impressionnant.

— Et dans cette « bibliothèque », je pourrais trouver comment voyager d'île en île en ce monde ?

— Tu le pourrais, si elle était encore là. Mais elle a disparu il y a fort longtemps. Bien des générations de souverains après Galssif, le maharadjah Elebal soumit les royaumes voisins et poussa ensuite vers l'est. Il mena son dernier combat dans les forêts de Drusna où il disparut avec son armée. Sans lui, le royaume s'est dissous, et la couronne qui s'était perdue à Drusna est encore aujourd'hui introuvable. Autrefois, quel que soit l'endroit du Monde des Humains où je me trouvais, je pouvais sentir l'opale et aller jusqu'à elle. Mais maintenant, je ne la perçois plus quand j'y traverse les airs. Peut-être que la couronne et l'opale sont détruites. Mais elles sont peut-être aussi entourées de magie et protégées par elle. Il est possible qu'elles réapparaissent un jour, mais d'ici là tu devras renoncer au savoir de la bibliothèque.

» Pourtant, je peux répondre à ta question, car mon savoir est immense. Toutefois, ma réponse ne te plaira pas. (Le djinn plana jusqu'au bord de l'oasis et, d'une seconde à l'autre, les ténèbres réapparurent.) Tu viens de le voir. Regarde! Qui d'autre, à part les albes, pourrait cheminer dans ce brouillard gris? Il serait fatal de sortir là-bas. Ce qui est au-delà, dehors, n'appartient pas à ce monde en fait. C'est bien plus l'arrière-plan du Monde Brisé, ce qui subsiste quand un monde disparaît. On ne peut imaginer l'énorme distance qui sépare les îles les unes des autres.

» Bien sûr, il y a ici, dans l'oasis, des Sentiers et des Étoiles d'Albes. Mais nous ne pouvons utiliser que le chemin qui mène au Monde des Humains. Tous les autres conduisent aux ténèbres et finissent quelque part entre les îles. Si tu empruntais l'un de ces chemins, tu serais perdu à jamais. La solution n'est pas non plus de se déplacer en dehors des Sentiers d'Albes. Je peux voler. Je suis même allé une fois là-bas et j'en suis vite revenu avant de perdre des yeux la lumière de Valemas. Même si tu pouvais voler, tu n'irais pas bien loin sans manger ni boire. Crois-moi, Nuramon : même moi, je périrais là-bas. Car tout être se nourrit de quelque chose, mais là-bas, il n'y a rien! Aucun chemin ne mène d'île en île dans le vide.

Ainsi fut réduite à néant l'idée de Nuramon. S'il n'était même pas possible à un esprit de voyager dans le Monde Brisé, ils ne pourraient pas contourner la barrière de la reine par ce moyen. Ils devraient l'affronter dans le Monde des Humains.

— Je vois que cela te chagrine. Mais la vie est trop longue pour l'emplir de tristesse. Regarde-moi! J'ai trouvé ici une nouvelle demeure et je vis heureux parmi les elfes.

— Pardonne-moi, Djinn. Mais pour moi, ce n'est pas une solution. Pour atteindre un endroit du Monde Brisé, il me faut rompre une barrière autour d'une Étoile d'Albes. Et je ne sais même pas où cette Étoile se trouve dans l'Autre Monde.

— Mais tu la trouveras tout de même, n'est-ce pas?

— Je la chercherai à la façon des elfes et je la trouverai un jour. Et ensuite? Comment venir à bout de la barrière magique qui protégera l'Étoile d'Albes?

— Je connais ton tourment. C'est la reine d'Albemark qui a dressé cette barrière.

— Comment le sais-tu? s'étonna Nuramon.

— Parce qu'on ne peut égaler sa puissance. C'est pourquoi tout vous semble perdu, à toi et à tes compagnons. (Le djinn flotta autour de Nuramon.) Tonnerre! Un elfe qui veut briser le sortilège de sa reine. C'est la première fois que j'entends ça. On dit que vous êtes tous si sages et si gentils à Albemark.

— Je te prie instamment de ne parler à personne de mes plans.

— Je tiendrai cela caché comme mon propre nom. Et comme j'admire les elfes qui ont du cran, je vais t'aider. Sache qu'il est déjà plus d'une fois arrivé de réussir à rompre une barrière autour d'une Étoile d'Albes. Même si l'opale de feu a disparu et si je ne possède hélas qu'un savoir modeste dans le domaine de la magie de bannissement, je peux te conseiller un autre lieu où, depuis des millénaires, le savoir des mondes se trouve rassemblé. La Porte qui y mène se trouve à Iskandrie. Naturellement, cette bibliothèque n'est pas comparable à celle des djinns, mais à quoi bon tenir entre ses mains tout le savoir de ce monde, quand on n'en a besoin que d'une bribe !

Iskandrie ! Ce nom résonna agréablement aux oreilles de Nuramon.

— Où se trouve cette Iskandrie ? demanda-t-il à l'esprit.

— Suis le Sentier d'Albes qui mène du cercle de pierres vers le nord. Va jusqu'à la mer. (Le djinn tourbillonna sur lui-même et indiqua ensuite une direction.) Ensuite, tourne-toi vers l'ouest et longe la côte. Tu ne pourras pas manquer Iskandrie.

L'esprit croisa les bras sur sa poitrine.

— Je te remercie, Djinn.

— Oh ! un « merci » représente beaucoup pour nous. J'ai passé de nombreuses années dans le Monde des Humains. J'ai exaucé pas mal de leurs souhaits et j'ai rarement entendu un « merci » !

— Puis-je faire quelque chose pour toi ?

— Tu pourrais t'asseoir avec moi sur cette pierre et me raconter ce qui t'est arrivé. Crois-moi, ici, dans cette oasis, tes secrets sont en lieu sûr. Personne n'ira courir à Albemark et parler de toi à la reine.

Nuramon approuva d'un hochement de tête et s'installa sur la pierre à côté du djinn. Puis il commença à raconter. Chaque fois qu'il épanchait son cœur, son histoire se faisait plus longue.

Le djinn écouta patiemment avec un visage qui ne correspondait pas à sa nature joyeuse. Quand Nuramon eut terminé, il se mit à pleurer.

— Elfe, c'est sans doute l'histoire la plus triste que j'aie jamais entendue. (Le djinn se leva d'un bond, s'essuya les joues et lui fit tout à coup un si large sourire que ses dents étincelèrent.) Mais ce n'est pas encore terminé. Tu peux pleurer ou bien rire aussi. (Le djinn changea de visage, une moitié se montra gaie et l'autre soucieuse. Et il semblait que les deux parties se livraient un combat.) Il faut te décider. Tu dois te demander s'il reste de l'espoir ou non. (Il se frappa la joue joyeuse du plat de la main ; le sourire et les rides de joie gagnèrent l'autre partie du visage.) Tu devrais garder confiance, elfe. Va à Iskandrie ! Tu trouveras sûrement un chemin. Tu auras encore le temps de désespérer quand il n'y aura plus d'espoir.

Nuramon acquiesça. Le djinn avait évidemment raison, même si sa jovialité lui était étrangère. Il ne savait pas s'il devait lui en vouloir d'avoir si légèrement escamoté son histoire triste. Mais un sourire de cette étrange silhouette suffit à le faire sourire, lui aussi.

Quand Nuramon se leva, le djinn planait de nouveau près de la statue.

— Va en confiance à Iskandrie. Yulivée s'y est souvent trouvée. Et elle était très sage. Elle a créé la Porte par laquelle les elfes de l'ancienne Valemas ont quitté Albemark. Elle a créé l'anneau de pierres là-bas, au-dehors, et les elfes d'ici lui doivent les magies de la lumière, la barrière là-bas et l'image du désert qui se trouve derrière. Yulivée a toujours dit que les voyages étaient les meilleurs maîtres. Elle fut une bonne élève. Ce qu'elle a appris là-bas, dans le Monde des Humains et aussi dans le Monde Brisé, peut t'être révélé un jour à toi aussi.

Sur ces mots, le djinn s'évapora. Le vent chuchota encore :

— Adieu, Nuramon !

Nuramon s'avança vers la statue de Yulivée et contempla ses yeux luisants. Il ne savait toujours pas s'il fallait prendre au sérieux le djinn et si, là-bas, au-dehors, dans le Monde des Humains, il existait vraiment une ville du nom d'Iskandrie. Pourtant, un simple regard au visage de Yulivée lui suffit pour savoir qu'il parlerait de cette ville à ses compagnons et qu'il les persuaderait d'y aller.

Les récits de la Téaragie

Les compagnons de Valiskar

Nos ancêtres connaissaient déjà le grand marcheur du désert Valiskar. Nous ne l'avons rencontré que quelques fois et nous ne savons pas comment il peut survivre dans les profondeurs du désert. Mais on dit qu'il ne fait qu'un avec lui. Un jour, nous fîmes la connaissance de ses compagnons. Dans la nuit précédente, nous avions entendu le hurlement des goules dans les dunes, et nous redoutions le jour. Vers l'heure de midi, alors que nous traversions la plaine implacable de Felech, nous aperçûmes un cavalier au loin. Nous crûmes que les goules avaient envoyé un démon nous chercher. Mais ensuite, nous reconnûmes le manteau rouge ardent de Valiskar.

Nous dressâmes notre camp sur place afin de pouvoir accueillir dignement ce grand seigneur du désert. Or voyez ! de l'ombre de Valiskar se détachèrent trois silhouettes avec leurs chevaux. Il y avait là deux Girats pâles, armés comme des guerriers. Mais le troisième était un Girat du feu. Ses longs cheveux flambaient au vent et son visage était d'un rouge de braise. Tous les trois montaient de nobles destriers infatigables.

Nous reçûmes Valiskar conformément à notre coutume. Comme toujours, il fut un bon hôte. Il but et mangea en paix avec nous et se réjouit de nos présents. Valiskar nous présenta ses compagnons. Les deux Girats pâles s'appelaient Faraschid et Neremesch, et le Girat du feu : Mendere.

Faraschid avait des cheveux clairs comme le soleil et des yeux de jade. Mais les cheveux de Neremesch étaient de la couleur des Montagnes du Vent et ses yeux étaient aussi bruns que le désert du Sud. Mendere, quant à lui, était un géant avec une sauvage barbe en feu. Ses yeux bleus ressemblaient à deux oasis du désert. Le Girat de feu n'avait pas les manières de son maître. Il ne cessait de dévorer et, à notre grande stupéfaction, il buvait sans arrêt de l'eau. Neremesch nous signifia que Mendere devait éteindre les flammes qui brûlaient dans son estomac. Alors, nous comprîmes que Mendere n'agissait que pour notre bien. Il ne voulait pas enflammer nos tentes.

Après le repas, Valiskar nous demanda de conduire ses compagnons à la mer. Certes, nous redoutions le Girat du feu, mais par respect envers Valiskar, nous les prîmes tous les trois avec nous. Les Girats ne parlaient pas notre langue et nous ne connaissions aucune de celles qu'ils maîtrisaient.

De sorte que nous échangeâmes peu de mots. Nous admirions avec quel esprit de sacrifice Mendere buvait de l'eau pour nous. Il eut aussi recours au vin pour contenir les flammes. Mais lorsqu'il nous demanda du raki, nous craignîmes qu'il ne fasse ainsi que ranimer ses flammes. Cependant, comment s'opposer à la parole d'un ami de Valiskar ? Ainsi, le Girat but du raki. D'abord, rien ne se passa. Mais dans la nuit, nous entendîmes de tels soupirs et de tels gémissements que nous nous enfuîmes d'abord du camp en pensant que les goules s'y trouvaient. Quand nous nous risquâmes à revenir, nous découvrîmes Mendere qui se tordait par terre en luttant contre les flammes que le raki avait attisées en lui.

Plus nous nous approchâmes de la mer, plus la peau de Mendere s'enflamma. Seules les mains de Neremesch parvinrent à chasser le feu de son visage et de ses bras. Depuis ce jour, on dit chez nous : « Ne fais jamais boire de raki à un Girat du feu ! »

Finalement, nous atteignîmes la mer et les trois Girats prirent congé avec les quelques mots qu'ils avaient appris dans notre langue. Ils partirent en direction d'Iskandrie et nous laissèrent intrigués. Qu'allaient-ils faire là-bas ? Ils étaient certainement envoyés en mission par leur seigneur. Car les peuples du désert savaient depuis longtemps que les habitants d'Iskandrie étaient assez fous pour refuser à Valiskar son tribut. Mais à présent, le désastre chevauchait vers eux en la personne de ses compagnons.

Extrait de : Les Récits des peuples du désert,
recueillis par Golish Reesa,
Volume III : La Téaragie, p. 143 f.

À Iskandrie

La traversée du désert avait représenté un véritable supplice pour Farodin. Il s'était parfois demandé si les dunes ne se moquaient pas de lui. Leurs innombrables grains de sable témoignaient de la vanité de sa mission. Il lui restait à espérer que sa magie se renforcerait avec le temps. Farodin voulait rester fidèle au chemin qu'il avait emprunté… À force d'obstination, il avait retrouvé Noroelle au bout de sept cents années, il parviendrait bien encore cette fois-ci jusqu'à elle. Quand bien même cela lui prendrait des siècles, il était fermement résolu à rassembler suffisamment de grains de sable pour en remplir le sablier brisé et rendre ainsi réversible le sortilège d'Emerelle.

Farodin leva les yeux sur les hautes murailles d'Iskandrie qui se dessinaient à l'horizon. Était-il avisé de venir ici ? Il leur faudrait de nouveau passer par une Étoile d'Albes. Il était périlleux d'utiliser cette magie. S'ils allaient maintenant faire un saut dans le temps ? Ils ne le remarqueraient probablement même pas. Mais pour Noroelle, cela signifierait de nombreuses années supplémentaires passées dans la solitude. S'ils découvraient véritablement dans cette bibliothèque une possibilité de rompre le sortilège de bannissement de la reine et de trouver cette Étoile d'Albes par laquelle Noroelle était entrée dans le Monde Brisé, leur quête prendrait vite fin. Mais Farodin restait sceptique. Était-il possible qu'Emerelle ignore l'existence de cette bibliothèque ? C'était peu probable. Elle devait donc considérer que tout le savoir qu'elle recelait était vain ? Pouvait-elle se tromper ? Durant toute la durée du voyage, il y avait réfléchi. Mais à quoi bon perdre son temps ainsi ? La réponse, il ne la trouverait que dans la bibliothèque.

L'air était empli d'une légère odeur de putréfaction. Farodin leva les yeux. Ils avaient presque atteint la ville. La route qui y menait était maintenant bordée de tombeaux, de caveaux et de mausolées prétentieux. *Une faute de goût comme seuls les humains peuvent en commettre*, pensa l'elfe. Comment pouvait-on accueillir les visiteurs avec des monuments funéraires !

Plus loin dans le désert, les tombes se faisaient plus sobres jusqu'à ne plus consister qu'en une pierre marquant l'endroit où l'on s'était hâté d'enterrer un mort dans le sable.

Dans les splendides mausolées de marbre et d'albâtre, on avait cependant manifestement renoncé à abandonner les corps à la terre. Farodin espérait que l'on s'était donné autant de peine pour fabriquer des sarcophages hermétiques que pour orner les mausolées de statues. Le plus souvent, elles représentaient des hommes et des femmes d'allure jeune. Pas étonnant que l'on ne fasse pas de vieux os dans une ville qui vous accueillait avec l'odeur pestilentielle des cadavres ! À en juger par les statues, il y avait deux catégories de riches dans cette ville : ceux qui paraissaient avoir la tête pleine d'idées importantes et se prendre terriblement au sérieux, et les autres qui considéraient visiblement la vie comme une fête. Leurs statues montraient ceux-ci nonchalamment allongés sur une banquette, levant leur coupe de vin à la santé des voyageurs.

Les tombes et les statues plus récentes étaient de couleurs criardes. Farodin peinait à comprendre comment des humains pouvaient s'imaginer avoir belle apparence en soulignant leurs yeux de noir et en s'affublant d'une robe orange à cape pourpre. Le sable du désert avait depuis longtemps fait disparaître la couleur des statues et des monuments funéraires les plus anciens. Ainsi, ils outrageaient moins l'œil de l'observateur.

L'impression morbide que faisait Iskandrie sur le voyageur était quelque peu atténuée par les femmes qui se trouvaient au bord de la route. Elles recevaient les hôtes de la ville avec un sourire accueillant et des gestes amicaux. À la différence des habitants du désert, elles ne se protégeaient pas du soleil par des vêtements amples et un voile. Elles montraient le plus de peau possible, si l'on ne tenait pas compte des épaisses couches de poudre et de maquillage dont elles avaient badigeonné leur visage et leurs bras. Certaines avaient même renoncé totalement à s'habiller et s'étaient peint la peau de motifs troublants, tout en spirales et lignes serpentines.

Mandred, manifestement familier de ce genre d'accueil, faisait des signes aux femmes. Il était de la meilleure humeur. Tout sourires, il tournait la tête pour n'en perdre aucune du regard.

La route dallée de pierre menait en ligne droite vers les murs d'Iskandrie. Juste devant eux, une caravane avançait. Elle comprenait ces animaux fort laids que les humains appelaient des « chameaux » et un petit groupe de marchands jacassant à l'envi. Soudain, l'un d'eux quitta la file pour aborder une femme aux cheveux teints en rouge. Les jambes écartées, elle était assise sur le socle du tombeau d'un buveur marmoréen. Après un court marchandage, il lui glissa quelque chose dans la main, et ils disparurent tous les deux derrière un mausolée à moitié effondré.

— Je me paierais bien aussi une petite cavalcade, murmura Mandred en regardant les deux elfes. Je me demande combien ça peut coûter ici.

— Tu veux encore faire un tour à cheval ? Tu n'en as pas… (Nuramon s'arrêta.) Tu ne veux tout de même pas dire… Ce seraient des… Comment disais-tu ? Des « catins » ? Je croyais qu'on les trouvait dans les grandes maisons, comme à Aniscans.

Mandred rit de bon cœur.

— Non, à Aniscans aussi on en trouve pas mal dans les rues. Seulement, toi, tu n'as pas l'œil pour ça. Ou alors, c'est dû à l'amour. Noroelle est tout le contraire d'une catin. (Il sourit.) Bien que quelques-unes soient franchement jolies. Mais quand l'amour vous tient chaud, on ne va pas chercher ailleurs le plaisir des sens.

Farodin fut fâché d'entendre son compagnon nommer à la suite Noroelle et ces femmes peinturlurées. C'était… Non, il ne trouvait pas d'image pour dénoncer l'absurdité de cette comparaison. Des dizaines de métaphores vantant la beauté de Noroelle lui vinrent à l'esprit : les strophes de ces chants qu'il lui avait dédiés autrefois. Aucune de ces images n'eût convenu à ces femmes humaines. Et voilà qu'il faisait la même chose ! Il mêlait Noroelle et ces femmes en pensée ! Il adressa un coup d'œil amer à Mandred. À force d'avoir chevauché en sa compagnie, ce barbare avait fini par déteindre sur lui.

Mandred avait visiblement mal interprété son regard. Il caressa la bourse d'argent à sa ceinture.

— Ces chameliers auraient tout de même pu se montrer plus généreux. Vingt pièces d'argent ! Combien de temps peut-on tenir avec ça ? Quand je pense à tout ce qu'ils ont donné à Valiskar ! Ils se débrouillent bien, vos frères oasiens.

— Ce ne sont pas nos frères, intervint Nuramon. Ce sont…

Mandred balaya son objection d'un geste de la main.

— Oui, je sais. Ils m'ont vraiment impressionné. Ce sont de vrais esprits sensuels !

— Tu veux dire « sensibles » ? demanda Farodin.

— Fadaises d'elfes ! Tu sais bien ce que je veux dire. C'est tout de même… Ces têtes enturbannées avec leurs chameaux n'ont qu'à les voir pour vouloir à tout prix leur faire des présents. Pas de crânes défoncés, pas de menaces, aucune parole blessante. Ils n'ont qu'à arriver et à attendre leurs cadeaux. Qui plus est, les chameliers s'en trouvent heureux. Ces elfes de Valemas me paraissent être de fameux gaillards !

Farodin pensa à Giliath. Il aurait aimé pouvoir encore lui parler pour essayer de savoir si elle comptait vraiment le tuer. Elle avait été à deux doigts de le faire. Après le combat, elle avait disparu. Ils avaient encore passé cinq jours dans l'oasis, mais il ne l'avait plus revue.

— Bonjour, fillette ! (Mandred tapa sur la cuisse d'une femme à la peau sombre.) Tu me comprends, même si tu ne connais pas ma langue.

Elle lui répondit par un sourire enjôleur.

— Je viendrai te chercher dès que nous aurons trouvé à nous loger en ville.

Elle montra la bourse à sa ceinture et lui fit un regard équivoque en direction d'un caveau fracturé.

— Je lui plais ! annonça fièrement Mandred.

— Du moins la partie qui pend à ta ceinture.

Mandred rit.

— Non, elle aimera sans doute aussi ce qui pend en dessous ! Par tous les dieux ! ça fait si longtemps que je n'ai pas eu de petite câline dans mes bras !

Farodin ressentit comme un pincement au cœur. Cet homme était d'une simplicité déconcertante. Sans doute parce que sa vie était très courte.

Au bout de la rue se dressait une immense double porte, flanquée de deux puissantes tours semi-circulaires. Les murs devaient bien faire plus de quinze pas de haut ; les tours, presque le double. Chez les humains, Farodin n'avait encore jamais vu de ville possédant de telles murailles. On prêtait à Iskandrie de nombreux siècles d'existence. C'était une cité portuaire traversée par deux grandes routes commerciales et un fleuve puissant.

Des gardes veillaient à la porte. Ils portaient des cuirasses de lin raidi et des casques en bronze ornés d'une queue de cheval noire. Les voyageurs quittant la ville passaient par la porte de gauche. On ne les importunait pratiquement pas. Mais celui qui voulait entrer à Iskandrie devait acquitter un droit de péage.

— Non mais, vous avez vu ça ? s'énerva Mandred. Ces tire-laine vous soutirent une pièce d'argent alors que vous leur faites l'honneur de visiter leur ville !

— Je vais payer pour toi, dit Farodin à voix basse. Mais tiens-toi tranquille ! Je ne veux pas d'embrouilles !

Méfiant, il ne quitta pas Mandred du regard.

Le garde se présenta à eux ; Farodin lui mit trois pièces dans la main. Ce gaillard, au visage grêlé et à l'haleine puante, lui posa une question qu'il ne comprit pas. Déconcerté, l'elfe haussa les épaules.

L'homme de garde semblait nerveux. Il répéta sa question en désignant Mandred. Farodin lui glissa une autre pièce dans la main. Alors, l'homme sourit et leur fit signe de passer.

— Vide-goussets, siffla Mandred entre ses dents.

Une rue animée les attendait derrière la porte. Elle menait en ligne droite à la ville. La caravane qu'ils avaient suivie sur la route côtière disparut par une arche dans une cour entourée de murs. Farodin y vit plus de cent chameaux. À l'évidence, cet endroit était un point de rencontre pour les marchands étrangers. Pas question d'aller là-bas. On ne manquerait pas de les remarquer et c'était justement ce qu'il fallait éviter. Ainsi, ils continuèrent sur la route.

Ici, la plupart des maisons étaient construites en briques d'argile brune. Elles faisaient rarement plus de deux étages. Ouvertes sur la rue, elles abritaient au rez-de-chaussée des échoppes d'artisans, des rôtisseries ou des tavernes.

Devant l'une de ces auberges, des enfants assis dans la rue plumaient des rouges-gorges. Les oiseaux vivaient encore ! Sans les vider, on les jetait dans une graisse bouillante. Farodin faillit en avoir la nausée. Si grandes que soient leurs villes, les humains demeuraient des barbares !

Les trois compagnons étaient les moins vifs dans cette rue principale. Ici, chacun semblait savoir où il allait et chacun se pressait : maçons en sueur poussant des charrettes pleines de briques, porteurs d'eau avec d'énormes amphores attachées sur leur dos, messagers avec d'imposants sacs en cuir, paysannes portant leurs paniers de légumes sur les marchés. Parmi tous ces gens, Farodin se sentait mal à l'aise. Pour éviter d'être remarqué, il avait caché ses oreilles sous un turban. Toutefois, cela ne changeait rien pour lui. Jamais encore il ne s'était senti si étranger dans le Monde des Humains.

Il observa une vieille femme en robe drapée verte, que deux serviteurs suivaient avec des paniers. La vieille marchandait avec un garçon portant une bonne vingtaine de cages à oiseaux sur une longue perche. Finalement, l'un des serviteurs glissa quelques pièces de cuivre au vendeur. Le jeune garçon ouvrit alors une cage et en sortit une colombe blanche qu'il tendit délicatement à la vieille femme. En riant, celle-ci libéra l'oiseau. Apparemment troublée par sa liberté toute nouvelle, la colombe décrivit un cercle, puis elle s'envola en direction des lacs salés.

La noblesse de ce geste impressionna d'abord Farodin. Mais ensuite, il se demanda si le garçon n'avait pas uniquement capturé les oiseaux afin de procurer à de riches dames le plaisir de les laisser s'envoler ensuite.

Plus ils avançaient dans la rue, plus les maisons s'élevaient. La plupart des constructions étaient maintenant en brique chaulée. Les motifs peints de certaines façades représentaient des bateaux ou des cigognes pataugeant dans des oseraies.

Farodin fut pris de vertige en sentant toutes ces odeurs l'assaillir. Un parfum d'herbes et d'épices se mêlait à la puanteur de la ville. Il y avait partout des effluves de gens sales, d'ânes, de chameaux et d'excréments. Et, de surcroît, un bruit indescriptible. Dans leurs échoppes bordant la rue, les marchands s'égosillaient pour vanter leurs marchandises ; les porteurs d'eau et les jeunes filles proposant des galettes de pain plat débitaient inlassablement leurs litanies.

Farodin en regrettait presque la solitude du désert. Il avait un furieux mal de crâne. La chaleur, le bruit et la puanteur étaient plus qu'il pouvait en supporter. Et pour combler le tout, il sentait disparaître peu à peu le Sentier d'Albes qui les avait conduits jusqu'à la ville, parallèlement à la route côtière. Farodin était certain de ne pas l'avoir quitté. Mais à chaque pas, il le sentait qui s'éloignait un peu plus sous les pavés de la rue.

Nuramon paraissait tout aussi inquiet. Ils échangèrent un bref regard.

— Nous avons déjà passé deux Étoiles d'Albes mineures, chuchota-t-il avec nervosité. On dirait que cette ville est une toile d'araignée, tant il y a de Sentiers qui s'y rencontrent. Mais ils se trouvent sous terre. C'est inhabituel. Je ne sais pas si je pourrai capter leur force pour ouvrir une Porte.

— Peut-être y a-t-il un tunnel, supposa Farodin. De toute manière, on doit bien pouvoir y arriver. Chacune des grandes Étoiles est protégée par une force magique qui l'empêche de s'engloutir dans la neige ou le sable.

— Et si l'on avait renoncé ici à cette protection ? objecta Nuramon. Peut-être pour mieux dissimuler la Porte aux humains ? Regarde cette foule ! Quelle autre possibilité existe-t-il ici que d'enfouir profondément une Porte sous terre ?

— Est-ce que ton djinn t'a dit quand il s'était rendu dans cette bibliothèque ?

— Non.

— Des siècles se sont peut-être écoulés depuis. Il se pourrait que la Porte qui y menait à partir d'ici n'existe plus.

Nuramon ne répondit pas. Qu'aurait-il pu dire ? Il avait placé tous ses espoirs en cette bibliothèque. Maintenant qu'ils étaient ici, ils se mettraient en quête d'une Porte aussi longtemps qu'il le faudrait !

Mandred ne semblait rien percevoir de l'humeur morose des deux elfes. Apparemment fasciné par toutes ces impressions nouvelles, il jetait aussi des regards lubriques à chaque femme plus ou moins belle. Parfois, Farodin se prenait à l'envier. Sa vie était courte, et il la prenait étonnamment à la légère. Rien ne semblait altérer son humeur de façon durable. Il trouvait toujours à s'enthousiasmer, fût-ce pour les plaisirs éphémères d'une beuverie ou d'une nuit d'amour. Peut-être était-ce là la meilleure façon de vivre ?

Ils avaient dû parcourir deux ou trois lieues quand la rue qu'ils avaient jusqu'alors empruntée en croisa une autre infiniment plus somptueuse et bordée de colonnes. Ne sachant quelle direction prendre, ils s'engagèrent finalement dans cette avenue magnifique. Ici, la cohue était encore plus dense. À gauche et à droite des colonnades se trouvaient des échoppes en enfilade. Leurs larges portes s'ouvraient sur la rue, et elles débordaient de précieux articles. On trouvait ainsi des étoffes de tous les pays des humains, des boîtes et des vases joliment peints. Sous les regards des passants curieux, des orfèvres fabriquaient des parures en fils d'or d'une extrême finesse.

Une colonne sur trois, à environ cinq pas de hauteur, portait une console en saillie où se trouvait exposée une statue plus grande que nature. Vêtues de robes peintes de couleurs criardes, elles regardaient dignement les passants à leurs pieds. Quelques-unes portaient des joyaux en or. Représentaient-elles des dieux ou peut-être des marchands particulièrement heureux en affaires ?

Un peu plus loin, des gémissements déchirants se firent entendre. Les compagnons atteignirent bientôt une place sur laquelle on avait dressé des stands en toile colorée. Chacun d'eux exposait des dizaines d'amphores.

— Un marché aux vins ! jubila Mandred. Rien que des amphores de vin !

Un marchand maigrichon au nez rouge lui fit un signe amical, tout en levant vers lui un gobelet d'argile.

— Il m'invite à une petite dégustation !

Nuramon fit alors remarquer un piquet qui dépassait des stands. Une jeune femme y était empalée. On lui avait arraché ses vêtements. Son corps était entièrement couvert de traces sanglantes. Elle gémissait doucement. Au moment où Farodin leva les yeux, elle trembla et il la vit, sous le poids de son corps, s'enfoncer encore un peu plus sur la pointe du pieu.

— Tu veux vraiment boire ici ? demanda Nuramon.

Mandred se détourna, écœuré.

— Pourquoi font-ils ça ? Qu'est-ce que cette femme a bien pu faire ? Une si belle ville… et puis ça. Peut-être est-ce une infanticide ?

— Ah ! bien sûr, cela justifierait de la torturer à mort d'une manière si bestiale. Comment ai-je pu ne pas y penser ! répliqua Farodin plus durement qu'il l'aurait fallu. Mandred ne pouvait pas remédier à la cruauté des hommes qui gouvernaient Iskandrie.

En silence, ils avancèrent dans la cohue jusqu'à ce que la foule soit subitement prise d'agitation. Non loin de là, ils entendirent des roulements de tambour et le son clair de cymbales. Les humains tout autour reculèrent jusqu'aux colonnes. Les cris des marchands et les conversations des passants faiblirent. La rue se vida d'un coup. Ils furent bientôt seuls.

— Hé ! hommes du Nord ! (Un homme blond, trapu, se détacha de la haie formée par la foule.) Dégagez ! (Il parlait la langue de Fargon.) Place à la reine du jour !

D'une large rue adjacente, une procession déboucha dans l'avenue des colonnes. Des jeunes filles en robe d'un blanc éclatant précédaient le cortège en jetant des pétales de rose sur les pavés.

Les trois compagnons s'empressèrent d'évacuer la rue. L'homme blond se poussa à côté d'eux. Il avait une barbe de plusieurs jours et des yeux bleu clair.

— Vous êtes étrangers, n'est-ce pas ? Je parie que vous venez juste d'arriver en ville. Il vous faut un guide. Du moins pour les premiers jours, jusqu'à ce que vous soyez capables de vous débrouiller et que vous ayez appris à connaître les lois d'Iskandrie.

Une troupe de soldats arborant des cuirasses de bronze et des casques où se balançaient des queues de cheval noires suivaient les jeunes filles aux roses. Ils portaient de grands boucliers ronds ornés du visage menaçant d'un barbu. Ils tenaient curieusement leurs lances à l'envers, pointes tournées vers le sol. De lourdes capes noires à large bord brodé d'or pendaient à leurs épaules. Farodin n'avait encore jamais vu, dans le Monde des Humains, de guerriers équipés de manière si splendide. Silencieux et solennels, ils avançaient en foulant les pétales de rose.

— Les gardes du temple, commenta celui qui s'était fait leur guide. Beaux à voir, mais guère recommandables. Mieux vaut ne pas se trouver sur leur route. Celui qui s'en prend au temple se retrouve vite sur le marché aux chevaux.

— En quoi est-il si terrible, votre marché aux chevaux ? s'informa Mandred.

— Ils t'enferment dans une cage en fer, te hissent en haut d'un mât et t'y laissent mourir de soif. Et tu peux encore t'estimer chanceux. Si tu as offensé Balbar, le dieu de la ville, tu te retrouves avec les bras et les jambes fracassés par des barres en fer, et on t'attache au pilori sur la place du marché. Ils te laissent là en attendant que tes plaies s'infectent et que tu pourrisses peu à peu. Et la nuit, les chiens errants viennent te boulotter.

Farodin, écœuré, se tourna vers la procession, tandis que Mandred écoutait avidement les histoires de l'étranger. Le groupe suivant se composait d'hommes à la peau sombre portant des tuniques rouges et de grands tambours à la taille. Ils jouaient une marche lente et donnaient la cadence au cortège.

Une énorme chaise ouverte, portée par une quarantaine d'esclaves, passa dans la rue. Deux prêtres au crâne rasé y flanquaient un trône doré. Une petite fille s'y trouvait assise, repliée sur elle-même, le visage outrageusement maquillé. Indifférente, elle regardait la foule en bas.

— N'est-elle pas jolie ? demanda l'homme blond avec une nuance de cynisme. Dans une heure, elle va se trouver en face de Balbar. (Il baissa la voix dans un chuchotement.) Ils ont donné du vin à cette petite, du vin et de l'opium. Juste ce qu'il faut pour qu'elle ne s'endorme pas pendant la procession et qu'elle soit consciente en allant à Balbar. Vous devriez voir ça pour vous faire une meilleure idée d'Iskandrie.

Derrière la chaise à porteurs suivait un groupe de femmes vêtues de noir. Elles portaient toutes un masque affichant d'horribles grimaces. Des visages figés dans un cri de douleur, de souffrance et de deuil.

— Elle va vraiment rencontrer un dieu et on pourra les voir ? s'enquit Mandred, plein de curiosité.

— Tu peux en parier ton cul, homme du Nord ! Du reste, je m'appelle Simon de Malvena, je ne voudrais pas m'imposer, mais croyez-moi, vous feriez bien de vous prendre un guide.

Nuramon lui glissa une pièce d'argent.

— Raconte-nous tout ce qu'il faut savoir de cette ville.

La procession passée, des murmures s'élevèrent.

— Allons à la place de la Maison-Céleste. (Simon leur fit signe de le suivre dans la rue, et ils suivirent la procession.) Qu'est-ce qui vous amène à

Iskandrie, mes seigneurs ? Cherchez-vous quelqu'un qui ait besoin du service de vos épées ? Dans les caravansérails, il est facile de trouver des enrôleurs. Je peux vous y conduire bien volontiers.

— Non, répondit Mandred d'un ton affable. Nous voulons aller à la bibliothèque.

Farodin sursauta secrètement. Dans ce genre de moment, il aurait pu tuer Mandred. Ce type douteux n'avait pas à savoir ce qu'ils venaient faire ici !

— La bibliothèque ? (Simon dévisagea Mandred avec étonnement.) Tu m'épates, homme du Nord ! Elle se trouve près du port. Il paraît qu'elle rassemble tous les savoirs du monde. Elle a plus de trois cents ans et possède plus de mille rouleaux d'écriture. Tu y trouveras toutes les réponses à tes questions.

Farodin et Nuramon échangèrent un regard qui en disait long. Une bibliothèque des humains où l'on trouvait réponse à toutes les questions ! C'était aussi peu probable qu'un cheval pondant des œufs ! Et pourtant, c'était remarquable d'en trouver une précisément à Iskandrie. Pouvait-elle être un miroir lointain de ce qui se cachait ici, au-delà des Étoiles d'Albes, dans le Monde Brisé ?

Ils atteignirent une vaste place au centre de laquelle se dressait une statue de plus de dix pas de haut. Elle représentait un homme assis sur un trône. Il portait une longue barbe taillée au carré et ses bras reposaient sur ses genoux en formant un angle bizarre. Ses mains étaient ouvertes comme s'il attendait des offrandes. Sa bouche était ouverte comme dans un cri. Une fumée claire en sortait.

Derrière cette statue divine, un temple s'élevait. Ses colonnes montant jusqu'au ciel étaient peintes en pourpre et couronnées de chapiteaux recouverts d'or. Un haut-relief peint de couleurs criardes ornait le fronton. On y voyait Balbar marcher dans la mer. Ses énormes poings fracassaient des galères.

Les prêtres s'étaient rassemblés sur les marches du temple. Ils psalmodiaient un cantique d'une solennité sinistre. Farodin n'en comprenait pas un mot, pourtant un frisson d'effroi lui glaça le dos.

La chaise avait été posée au pied de la statue. Les tambours accélérèrent leur cadence.

Sur la place tout autour se trouvaient des milliers d'humains. Ils joignaient leurs voix au chant monocorde des prêtres. Du coin de l'œil, Farodin vit que Nuramon avait blêmi. Mandred lui-même ne bougeait pas, il avait perdu son sourire.

Les deux prêtres au crâne rasé qui s'étaient trouvés sur la chaise à porteurs firent grimper la rampe de bois à la fillette. Elle avança en somnambule.

Ils s'approchèrent tous les trois des mains ouvertes de la statue divine. Les prêtres forcèrent la fillette à s'agenouiller. Ils lui passèrent des chaînes autour des épaules et les accrochèrent dans des œillets en fer au creux des mains du dieu. La couronne de fleurs qui devait orner la tête de la petite tomba par terre. Apathique, elle était agenouillée là, abrutie par la drogue, dans une soumission muette. Une prêtresse aux cheveux longs apporta une aiguière d'or. Elle oignit le front de la petite fille. Ensuite, elle versa le contenu de l'aiguière sur ses vêtements.

Quand, avec les deux prêtres, elle quitta les paumes de main de l'idole et recula sur la rampe, les roulements de tambour s'accélérèrent encore. Les cymbales émirent de douloureux sons aigus. Le chant monocorde s'amplifia.

Brusquement, les bras de la statue se levèrent. Le silence se fit parmi les spectateurs. Les mains de la divinité vinrent se placer devant sa bouche béante dans laquelle la petite fille disparut. D'un coup, les chants et les tambours s'arrêtèrent. On entendit un cri étouffé. Puis les bras s'abaissèrent de nouveau. Retenue par les lourdes chaînes, la petite fille était recroquevillée dans les paumes ouvertes du dieu. Ses cheveux et sa robe étaient en flammes. Elle hurlait et se débattait dans ses fers.

Les yeux écarquillés, Mandred regarda la fillette brûler, tandis que Nuramon se détourna pour quitter la place. Mais celui qui leur faisait office de guide se tint devant lui.

— Ne fais pas ça, dit-il entre ses dents.

Déjà, quelques fidèles leur jetaient des regards courroucés.

— En t'en allant, tu offenses Balbar. Je vous ai pourtant raconté ce que les prêtres font des profanateurs. Baisse les yeux, si tu ne peux supporter ce spectacle, mais ne fiche pas le camp maintenant. Prie Tjured, Arkassa ou celui en qui tu crois.

Les cris de la fillette perdirent en intensité. Finalement, mourante, elle s'affala. Les prêtres reprirent leur chant lugubre. La foule se dispersa lentement.

Farodin se sentait mal. Quel était donc ce dieu que l'on honorait avec une telle atrocité ?

— Maintenant, nous pouvons y aller, dit sobrement Simon. Personne n'est obligé de prendre part à ces cérémonies sacrificielles. On peut facilement éviter cette barbarie. Ça fait déjà deux ans que je vis ici et je ne comprends toujours pas les deux visages d'Iskandrie. C'est une ville d'art et de culture. Je suis sculpteur. Nulle part ailleurs on ne sait apprécier comme ici mon travail. Les riches veulent absolument se faire statufier. On donne des fêtes merveilleuses. À la bibliothèque, les savants du monde entier disputent de questions de philosophie. Mais ici, sur la place du temple, on brûle chaque jour un enfant. On n'arrive pas à croire qu'il puisse s'agir des mêmes personnes.

— Chaque jour ? réagit Mandred. Pourquoi font-ils ça ? C'est tout de même… (De désarroi, il leva les mains.) C'est…

— Il y a soixante-dix ans, la ville fut assiégée par le roi Dandale des îles aegiléennes. Sa flotte amena une armée gigantesque devant les murs de la ville. Il fit construire des catapultes et des tours mobiles. Il avait même amené avec lui des mineurs pour creuser des tunnels sous les murs. Le siège dura deux lunes. Alors, Potheïnos, le roi de la ville, comprit qu'Iskandrie était vouée à la ruine. Il promit à Balbar de lui sacrifier son fils, s'il mettait un terme à ce siège.

» Là-dessus, les soldats de Dandale furent frappés par une épidémie. Dandale dut abandonner le siège pour un temps et se replier vers son camp de base. Potheïnos sacrifia son fils. Et il promit à Balbar de lui offrir chaque jour un enfant en offrande, s'il anéantissait son ennemi. Deux jours plus tard, la flotte de l'Aegiléen sombra dans une tempête effroyable.

» Notre côte est un désert. Sans eau ni nourriture, Dandale dut lever le siège. Et privé de vaisseaux, il fut contraint de suivre le rivage de la mer vers l'ouest. Sur sa centaine d'hommes, un seul retourna aux îles aegiléennes. Aucune source ne nous dit ce qu'il advint du roi. Les prêtres de Balbar affirment que leur dieu serait allé chercher lui-même Dandale et l'aurait englouti.

» Depuis ce jour, personne n'a plus jamais cherché à conquérir Iskandrie. Mais la ville doit saigner pour cela, car Balbar dévore ses enfants. La maison royale s'est éteinte. Aujourd'hui, ce sont les prêtres de Balbar et les marchands qui règnent. Iskandrie est une ville très généreuse qui a accueilli dans ses murs des quantités d'étrangers. Toutefois, gardez-vous d'offenser une seule de ses lois. Ici, on ne connaît qu'un seul châtiment : la mutilation à mort !

Farodin avait grandement envie de quitter tout de suite cette ville d'infanticides. Il se surprit même à vouloir précipiter les prêtres dans la gueule ardente de la statue.

— Nous allons suivre ton conseil, dit Nuramon avec gravité. Peux-tu nous indiquer une bonne auberge ?

Simon sourit.

— Le beau-frère d'un de mes amis en tient une sur le port. Il y a même une écurie pour y abriter vos chevaux. Je me ferai un plaisir de vous y conduire.

La bibliothèque secrète

— De l'eau, râlait l'homme dans la cage en fer.

Il était le dernier à vivre. Sept grandes cages pendaient sur le coté est du marché aux chevaux. L'un des nombreux châtiments mortels consistait ici à enfermer des condamnés dans ces cages et à les laisser ensuite mourir de soif sur une place publique.

Mandred chercha sa gourde.

— Tu n'y penses pas ! siffla Farodin entre ses dents en montrant les gardes du temple postés dans l'ombre des colonnades. (Il faisait trop sombre pour estimer leur nombre.) Peut-être l'a-t-on pendu là à juste titre, ajouta-t-il.

Le condamné, un bras tendu hors de la cage, leur faisait des signes désespérés. Mandred se félicitait de l'obscurité qui l'empêchait de voir nettement cet homme. Il pensait à leur traversée du désert. Il avait failli mourir de soif. Sans plus réfléchir, il détacha sa gourde et la lança au prisonnier.

Un appel retentit à l'autre bout de la place. Mandred n'en comprit aucun mot. Pendant ces deux semaines en ville, il n'avait appris que le strict nécessaire. Des mots dont on avait besoin pour survivre ici : « eau », « pain », « oui », « non », « faisons l'amour ».

Deux gardes sortirent des colonnades.

Farodin et Nuramon prirent leurs jambes à leur cou. Mandred jeta vite un dernier coup d'œil au condamné. L'homme buvait avidement, à grandes lampées. C'était une chose de couper la tête à un coupable, mais l'exposer à des tortures de plusieurs jours sous le soleil d'Iskandrie, c'était une infamie ! Personne ne méritait une telle mort !

Mandred se hâta de suivre les deux elfes. Ils se déplaçaient en silence et avaient disparu un peu plus loin dans une ruelle sombre. Le jarl se sentait bien. Ce qu'il avait fait était juste !

Derrière lui, il entendit le son d'une corne. Tout près de lui, une autre répondit. Puis une troisième provenant de l'endroit vers lequel ils se dirigeaient en courant. Mandred pesta. Les gardes les encerclaient. Derrière lui, quelqu'un aboya un ordre.

Avant de suivre les elfes dans la ruelle, Mandred entendit juste à côté de lui les sandales cloutées des soldats claquer sur les pavés.

— Par ici !

Farodin surgit de l'ombre d'une porte et le tira dans le couloir étroit d'une maison. Il y avait là une odeur de poisson et de lessive humide. Quelque part au-dessus d'eux, un couple se querellait bruyamment. Un enfant se mit à pleurer.

Le couloir faisait un coude brusque vers la gauche et débouchait sur une cour. Nuramon se trouvait là à côté d'un puits. Il leur fit signe.

— C'est ici !

Mandred ne parvenait pas à s'orienter à Iskandrie. La nuit précédente, après une quête vaine, ils étaient ressortis par un puits. Cela faisait déjà deux semaines que, nuit après nuit, ils tâtonnaient sous la ville, dans les catacombes, à la recherche d'une Étoile d'Albes leur permettant un passage sûr dans la bibliothèque évoquée par le djinn.

Mandred soupçonnait ses deux compagnons de ne pas bien maîtriser la magie des Portes. Ils avaient tenté de lui expliquer le problème. Apparemment, pour ouvrir une Porte, il fallait se trouver au centre d'une Étoile. Mais ici, les Étoiles étaient enfouies sous les décombres de plusieurs siècles. Comme les enfants d'albes continuaient apparemment à utiliser cette bibliothèque légendaire, il devait bien exister quelque part un passage secret vers une Étoile dans ce dédale de tunnels, de chambres funéraires et d'égouts. Voilà ce qu'ils cherchaient nuit après nuit.

Iskandrie avait été construite à un endroit inhabituel. Ici se croisaient des voies de terre et d'eau, mais le territoire de la ville était aussi traversé par une trentaine de Sentiers. Toutefois, ceux-ci ne suivaient pas les ruelles tortueuses mais passaient dans les murs et la roche.

Après avoir accroché au rebord de la fontaine une corde avec un grappin, Nuramon descendit dans le puits. Farodin le suivit. Les elfes étaient doués pour ce genre d'exercice. Mandred, quant à lui, détestait être suspendu à une corde, tout comme il détestait s'enfoncer dans la terre comme un rat.

Un cri retentit à l'entrée de la cour. Des guerriers ! Mandred empoigna la corde et se laissa glisser dans l'obscurité. La corde rugueuse lui brûla les mains. Alors que ses pieds tâtonnaient à la recherche d'une brèche dans la paroi du puits, des visages apparurent en haut, par-dessus la margelle.

Furieux, Mandred leva les yeux, prêt à lancer une malédiction ou une injure à leurs poursuivants, ces massacreurs du temple. S'enfuir ainsi, sans demander son reste, lui répugnait. Mais les mots lui manquaient. À moins que… Il se fendit d'un grand sourire et s'appuya contre le mur afin qu'ils puissent le voir. « Faisons l'amour ! » cria-t-il, d'une voix qui résonna dans le puits. Puis il montra le poing aux gardes tout en ricanant. L'un d'eux expédia son javelot dans le puits. Mandred l'esquiva prestement et se retira. Entre-temps, les deux elfes avaient allumé trois lanternes.

— C'était quoi, cette idiotie ? demanda sévèrement Farodin.

— Oh ! un simple adage…

— Je veux parler de ce qui s'est passé sur la place du marché aux chevaux ! Tu as tellement envie de mourir ? Nous nous étions pourtant mis d'accord ! Tu ne devais pas nous faire remarquer. Tu t'en souviens ?

— Vous ne pouvez pas comprendre…

— C'est ça, rétorqua froidement Farodin. Je ne peux pas comprendre ! Ce que tu as fait était complètement absurde ! Tu crois que tu as sauvé la vie de ce type en cage ? Non ! Tu n'as servi qu'à prolonger encore son supplice d'un jour ou deux. Je ne te comprends pas !

Mandred ne répondit rien. Que dire aussi ? Ces deux-là ne pouvaient pas le comprendre. Comment le pourraient-ils d'ailleurs ? Son intervention était absurde. Il le savait lui-même. Elle ne servait à rien. Et pourtant, il le referait.

Penaud, il suivit les elfes. Ils escaladèrent des tas de gravats, pataugèrent dans des tunnels à moitié inondés et avancèrent à tâtons dans des salles souterraines à colonnes et aux murs ornés de peintures figurant d'effroyables démons. Balbar y était le plus représenté, avec sa gueule crachant des flammes.

Le plus souvent, Nuramon avançait en tête ; il était soi-disant le plus talentueux pour repérer les Sentiers cachés. Pour sa part, Mandred trouvait angoissant ces Sentiers invisibles. Il devait certainement y avoir ici d'autres marques discrètes pour indiquer le chemin. Mais, en suivant les Sentiers d'Albes, on se retrouvait toujours désemparé devant des murs ou des tunnels effondrés. Comme maintenant… Ils étaient arrivés dans un espace étroit aux parois de grès rouge. Dans le mur en face d'eux, une pierre de porte ronde ressemblait à une roue de moulin. Deux lignes qui ondulaient étaient gravées en son centre.

— C'est par là ! affirma Nuramon en montrant la pierre.

Les deux elfes se tournèrent vers Mandred.

Évidemment, quand il s'agissait de résoudre un problème par la force, on ne pensait plus à le regarder de haut, pensa Mandred, aigri. Il posa sa lanterne et se dirigea vers la pierre. Pour l'empêcher de basculer, on l'avait encastrée dans des renfoncements au sol et sous le plafond.

Mandred poussa de toutes ses forces et fut surpris de voir la pierre bouger si facilement. Une odeur pénétrante de poussière, d'épices et d'encens leur monta au nez.

Mandred expira profondément. Il connaissait cette odeur. Les catacombes sous la ville sentaient ainsi. Là où une quelconque magie empêchait les cadavres de se putréfier en les desséchant purement et simplement.

Ces tombes effrayaient Mandred. Si les morts ne pourrissaient pas, comme ils l'auraient dû, ils devaient sans doute faire aussi d'autres choses auxquelles on ne s'attendait pas de leur part.

Sans hésiter, les deux elfes pénétrèrent dans la cave. Ils levèrent leurs lanternes pour bien éclairer l'espace. Il faisait environ trois pas sur cinq. Les murs étaient creusés de niches où les morts reposaient comme sur des lits de pierre.

En jetant un coup d'œil circulaire, Mandred sentit son estomac se nouer. Le visage des cadavres était brun et décharné, leurs lèvres figées dans un sourire grimaçant. Mandred regarda la pierre ronde. Il s'attendait à la voir brusquement rouler d'elle-même pour bloquer l'entrée. Dès qu'ils seraient enfermés ici, les morts se lèveraient. Du coin de l'œil, il inspecta les cadavres. Aucun doute ! Ils lui souriaient d'un air mauvais ! Et, vu la situation, ils avaient toutes les raisons d'être d'une humeur détestable. Quelqu'un était déjà passé par là. Les vêtements des morts étaient déchirés. L'un d'eux avait même eu la main arrachée. Des pilleurs de tombes !

Tout cela ne semblait pas du tout émouvoir les deux elfes. Ils éclairaient les niches en cherchant des portes secrètes. Ils se trouvaient de nouveau probablement dans un cul-de-sac.

Mandred pria Luth en silence. L'un des morts avait bougé la tête. Le jarl ne l'avait pas vu faire, mais il était certain que ce type venait juste encore de regarder vers la porte et non pas dans sa direction.

Par mesure de prudence, il préféra s'écarter. Le mur en face de la porte lui semblait plus sûr. Il était dépourvu de niches tombales. Les pierres paraissaient érodées par le temps. Dans l'une d'elles, on avait gravé un cercle avec deux lignes onduleuses.

— On s'en va ? demanda Mandred.

— Tout de suite, répondit Nuramon en se penchant sur le mort qui regardait le jarl.

Son compagnon ne remarquait-il donc rien ?

— Attention ! dit Mandred en le tirant en arrière.

Agacé, Nuramon se libéra de sa prise.

— Les morts ne font rien à personne. Domine ta peur ! dit-il à Mandred comme s'il parlait à un enfant. (Ensuite, il se pencha de nouveau sur la niche et saisit même le cadavre pour le tirer un peu de côté.) Il y a quelque chose ici !

Mandred eut l'impression que son cœur allait le lâcher. Mais qu'est-ce qu'ils faisaient ces deux-là ? On ne manipulait pas les morts comme ça !

— Il y a moins de poussière ici et je vois aussi un levier caché…

Un léger crissement se fit entendre à la porte de la chambre funéraire. Mandred bondit, mais il arriva trop tard. La pierre avait roulé et bloquait la porte. Pris de panique, il en laissa tomber sa lanterne ; le verre se brisa sur le sol de pierre. Le guerrier avait tiré sa hache. D'un moment à l'autre, les morts allaient se lever. Il recula lentement en restant sur ses gardes. Les elfes ne bougeaient pas. Dans leur superbe, ils devaient sans doute le prendre pour un fou. Ils évitaient visiblement la proximité de sa hache. Ne comprenaient-ils pas qu'ils étaient en grand danger ?

Mandred continua à reculer. Une fois qu'il sentirait dans son dos le mur lisse, il serait un peu plus à l'abri de mauvaises surprises!

Nuramon leva doucement la main.

—Mandred...

Le jarl fit encore un pas en arrière. Autour de lui, tout se mit à disparaître comme un reflet dans l'eau où l'on jette un caillou. La lumière de leurs lanternes était tamisée. Quelque chose se brisa sous les pieds de Mandred. L'espace lui sembla s'être agrandi. Pourquoi son dos n'avait-il pas encore atteint le mur? Les deux elfes écarquillaient les yeux, comme des veaux.

Mandred jeta un coup d'œil par terre. Des os. Et de l'or! Des bracelets, des bagues, et de fines feuilles d'or comme on en cousait sur les habits de fête. Ces os et cet or ne se trouvaient pas là l'instant d'avant! Qu'est-ce qui se passait ici?

Soudain, le sol trembla. Quelque chose se dirigea vers lui. Mandred se retourna et vit Balbar, le dieu de la ville. Il était gigantesque, au moins quatre pas de haut! Avec sa barbe taillée au carré, son visage grimaçant de fureur, aucun doute possible, il s'agissait vraiment de lui! Et il était en pierre.

Mandred brandit sa hache. Il ne reconnaissait plus rien autour de lui. Il se trouvait dans un haut tunnel éclairé faiblement par des pierres de béryl.

La main droite de Balbar partit en avant. Mandred fut soulevé de terre. Il se débattit comme il put, avec l'impuissance d'un enfant. La main gauche de Balbar se referma sur sa nuque, sa main droite lui serra les pieds. Le dieu de la ville le plia comme une baguette d'osier. Le jarl hurla! Il avait l'impression que ses muscles s'arrachaient de ses os. De toutes ses forces, il s'arc-bouta contre cette prise de pierre. Balbar voulait lui briser la colonne vertébrale. Le casser en deux, comme une branche. Le colosse de pierre eut facilement raison de sa résistance.

—Liuvar!

Le dieu se figea.

Farodin cria encore autre chose que Mandred ne comprit pas. Aussitôt, le dieu de pierre le reposa Mandred par terre. Il rampa en gémissant vers le mur le plus proche. Des os brisés jonchaient le sol alentour. Les précédents intrus avaient eu moins de chance que lui.

—Un Galabaal. Rares sont les enfants d'albes à en avoir vu. Un gardien de pierre. Il faut une grande magie pour créer une telle créature.

Mandred frotta son dos douloureux. Il eût préféré ne jamais rencontrer ce monstre.

—Par les seins de Naïda! comment as-tu fait pour l'arrêter?

—Ce n'est pas si compliqué. Il suffit de prononcer le mot « paix » en langue elfique. Comment te sens-tu?

Tu parles d'une question! pensa Mandred. Il se redressa avec un grand soupir. Il avait l'impression d'avoir été piétiné par une horde de chevaux.

— Je me porte à merveille. (Il jeta un regard sceptique au géant de pierre.) Et il va se tenir tranquille, celui-là, maintenant ?

— Il ne se réveillera qu'à l'entrée d'un étranger.

Mandred cracha sur les pieds de la statue.

— Stupide masse rocheuse. Tu peux dire que tu as eu de la chance de m'avoir pris par surprise. (Le jarl frappa du plat de sa hache la main restée ouverte.) Je t'aurais transformé en pavés.

D'un sursaut, le géant se ranima.

— Liuvar ! prononça de nouveau Farodin. Liuvar !

Nuramon était entré.

— Quelle magie incroyable ! Une illusion parfaite ! Il faut toucher la paroi arrière de la tombe pour s'en apercevoir, tellement elle a l'air authentique. C'est la même magie que celle utilisée par les elfes de Valemas afin de dissimuler le passage dans le néant. On a vraiment… (Nuramon s'arrêta et toisa le géant de pierre.) Un Galabaal ! J'ai toujours cru que les gardiens de pierre n'étaient que des créatures de contes. (Sans lui accorder plus d'attention, il indiqua le bas du couloir.) Là, en bas, il doit y avoir une grande Étoile d'Albes. Je sens sa puissance.

Ils passèrent par un haut tunnel au bout duquel luisait une faible lueur rouge. Manifestement, ces espaces n'avaient pas été créés par des humains. Les murs étaient faits d'une pièce, sans aucune jointure. Leur seule décoration était un motif floral dont les couleurs brillaient encore comme si les artistes venaient de le terminer.

Finalement, ils entrèrent dans une vaste salle circulaire surmontée d'un dôme. Des pierres de béryl, insérées dans les murs, y dispensaient une lumière tamisée. Au sol, une mosaïque montrait, sur fond blanc, un cercle noir avec deux lignes serpentines dorées en son centre. Mandred sourit secrètement. Il renonça à crier son triomphe. Il y avait donc bien eu des signes pour indiquer le chemin jusqu'ici ! Il ne s'était pas trompé. Et il savait qu'au même instant les deux elfes aussi prenaient conscience qu'il avait mieux compris qu'eux la nature du labyrinthe.

— Ici, il y a six Sentiers qui se croisent, finit par déclarer Nuramon. C'est presque une grande Étoile. Je suis certain que ce chemin mène à la bibliothèque.

L'elfe alla se placer au centre du cercle, entre les lignes sinueuses. Il s'agenouilla et posa la main sur le sol. Puis il ferma les yeux, se concentra et attendit.

Mandred eut l'impression qu'une éternité se passait avant de voir l'elfe lever de nouveau les yeux. La sueur perlait à son front.

— Il y a deux lignes de force particulières. Je ne sais laquelle saisir pour ouvrir la Porte. Je ne comprends pas. Cette Porte est… différente. La sixième ligne… Il me semble qu'elle est plus récente. Comme si quelqu'un venait de la tracer.

— Celle qui te servira à ouvrir la Porte doit être la plus ancienne, remarqua tranquillement Farodin. Qu'y a-t-il là de si difficile ?

— C'est… (Nuramon se passa la langue sur les lèvres.) Il y a là quelque chose dont le chêne-faune ne nous a pas parlé. Cette nouvelle ligne paraît influencer la structure de l'Étoile. Les motifs sont perturbés… ou, pour mieux dire, ils résonnent sur une autre harmonie.

Mandred ne comprit pas ce qu'ils racontaient tous les deux. Ils allaient agir, oui ou non ?

Les deux elfes s'accroupirent dans le cercle et tendirent leurs mains vers le sol. Comme s'ils tâtaient le pouls d'une chose invisible. Le pouls du monde ? Mandred secoua la tête. Quelle idée stupide ! Comme si la terre et la pierre pouvaient avoir un pouls ! Voilà qu'il commençait à penser comme ces elfes complètement dérangés ! Alors qu'il suffisait peut-être de creuser à la hache un trou dans le sol pour descendre dans le Monde Brisé.

Rayonnante comme de l'or poli, une Porte s'ouvrit, comme un disque plat de lumière. Elle partait du centre du cercle pour s'élever presque jusqu'au dôme. Mandred fit quelques pas de côté. Vu de là, le disque avait la finesse d'un cheveu.

— Allons-y, dit Farodin.

Il avait l'air tendu. Mais Mandred n'eut pas le temps de lui demander ce qui le rendait soucieux : l'elfe avait déjà disparu dans la lumière d'or.

— Un problème ? demanda Mandred en se tournant vers Nuramon.

— C'est cette nouvelle ligne de force. Elle soutient la magie de la Porte, mais elle la modifie aussi, sans que nous puissions savoir si elle n'a fait que la renforcer ou si elle la manipule. Tu ferais mieux de rester ici. Pour être franc, nous ne sommes pas certains que cette Porte mène vraiment à la bibliothèque.

Mandred pensa aux gardes du temple et aux châtiments qu'Iskandrie infligeait aux rebelles. Il préférait mille fois disparaître dans un monde étranger d'où il n'y avait peut-être plus de retour possible, plutôt qu'être enchaîné, bras et jambes brisés, sur la place du marché pour servir de pâture aux chiens errants.

— Je n'ai pas l'habitude de laisser tomber mes amis, dit-il d'un ton pathétique.

Il valait mieux dire ça que parler des chiens.

Nuramon sembla gêné.

— Parfois, j'ai le sentiment que nous ne méritons pas de faire route avec toi, dit-il doucement.

Ensuite, il tendit la main à Mandred, comme autrefois dans la grotte de glace.

Le jarl se sentit mal à l'aise de devoir tenir une main masculine. Mais il savait que Nuramon y attachait de l'importance. Ils passèrent la Porte côte à côte.

Mandred sentit un courant d'air glacial. La Porte s'ouvrait sur un précipice. Il eut un mouvement de recul et serra plus fort la main de Nuramon. À côté d'eux, Farodin flottait dans le vide.

— Du verre, dit l'elfe calmement. Nous sommes sur un épais plateau de verre.

Mandred lâcha Nuramon. Irrité, il se mordit nerveusement les lèvres. Naturellement ! Il sentait bien quelque chose sous ses pieds. Mais quoi ? Il ne voyait rien. Comment pouvait-on fabriquer du verre avec assez d'art pour qu'il reste invisible et supporte le poids d'un homme et de deux elfes ?

Ils se trouvaient au-dessus d'un large puits circulaire qui se perdait vers le fond dans une pâle lumière. Mandred estima qu'il devait bien faire cent pas de profondeur. Regarder ce gouffre sans fin avait quelque chose d'effrayant. Mandred put à peine le supporter. Pour un peu, il se serait presque raccroché à Nuramon. Qui avait pu imaginer quelque chose de si fou ? Se tenir debout au-dessus d'un abîme, comme si l'on planait !

Tout cela le faisait penser à l'intérieur d'une énorme tour ronde. Seulement, le maître d'œuvre avait oublié d'y mettre des étages intermédiaires. Sur la paroi interne de la tour, une rampe en pente douce descendait en colimaçon vers le fond. En bas, les murs semblaient se rapprocher. Mandred s'en voulut d'être sujet au vertige des profondeurs. Les jambes raidies par la peur, il s'avança sur le plateau de verre, en gardant les yeux rivés droit devant lui. *Surtout ne pas regarder le fond*, s'exhorta-t-il en espérant que ses compagnons ne s'apercevraient de rien. Il poussa un soupir de soulagement quand il atteignit le haut de la rampe et que le sol sous ses pieds ne fut plus transparent. Il s'appuya contre le mur et leva les yeux vers la coupole. Elle arborait un cercle noir avec deux lignes serpentines dorées. Mais cette fois-ci, Mandred ne ressentit aucun sentiment de triomphe.

Sans un mot, il descendit la rampe avec les deux elfes. Le chemin était d'une étroitesse angoissante. Mandred restait tout près de la paroi. Il n'y avait même pas de main courante ici ! Était-il possible qu'aucun des enfants d'albes ne soit sujet au vertige des profondeurs ? Ce désir troublant de se laisser tomber dans l'abîme, comme si une voix d'une séduction presque irrésistible vous attirait en bas !

Pour ne pas penser au gouffre, Mandred s'intéressa aux peintures qui ornaient le mur à sa gauche. Des silhouettes nimbées d'une lumière éclatante y traversaient les forêts et naviguaient sur des mers démontées, à bord de frêles esquifs. Ces dessins racontaient une histoire sans paroles. Mandred, en les voyant, sentit s'apaiser le tumulte de ses pensées. Mais ensuite, l'harmonie des tableaux disparut. D'autres créatures surgirent, qui ressemblaient à des humains : mais elles avaient des têtes d'animaux.

Soudain, les deux elfes se figèrent. Les artistes inconnus avaient peint l'homme-sanglier ! La silhouette lumineuse qui l'avait terrassé lui posait un pied sur la nuque. Cette créature effroyable était peinte avec un grand réalisme, comme si l'artiste l'avait eue sous les yeux. Même la nuance de ses yeux bleus était parfaite. Mais la silhouette de lumière n'avait plus de visage. Un morceau d'enduit s'était détaché. Jusqu'alors, Mandred n'avait aperçu aucune dégradation sur cette frise murale. Le temps ne paraissait pas avoir laissé de traces sur cette œuvre d'art.

Le jarl sentit les poils de sa nuque se hérisser. Il y avait quelque chose de louche ici ! Pourquoi ne rencontraient-ils personne ? S'il s'agissait de la bibliothèque, pourquoi n'y avait-il pas de livres ? Et pourquoi le seul dommage causé à l'ensemble de la frise murale n'avait-il effacé que le visage de ce guerrier qui avait autrefois vaincu l'homme-sanglier ? Était-ce vraiment un hasard ?

Farodin avait posé sa main droite sur le pommeau de son épée. Il observait la descente en colimaçon.

— Il y a une porte en bas, dit l'elfe à voix basse. Il faudrait faire le moins de bruit possible. (Il regarda Mandred.) Qui sait ce qui nous attend ici ?

— Sommes-nous dans la bibliothèque que vous cherchiez ?

Farodin haussa les épaules et passa devant.

— En tout cas, nous ne sommes plus dans ton monde, fils d'homme.

Mandred suivit les deux elfes le plus lentement possible. Ils mirent un certain temps pour atteindre la porte. Les fresques représentaient désormais des combats sanglants entre les silhouettes de lumière et les hommes et femmes à têtes d'animaux. Il n'y avait pas d'autre représentation de l'homme-sanglier. Quel que soit le sort qu'il avait connu au cours des batailles suivantes, il n'avait apparemment plus joué aucun rôle.

La porte où aboutissait le chemin en spirale faisait plus de quatre pas de haut. De l'autre côté se trouvait un long couloir étroit aux murs revêtus de granit poli. Le plafond devait se trouver à plus de vingt pas de hauteur. Il y avait là de curieux barreaux, comme si l'on devait y avancer en s'y suspendant. Entre ces échelons en fer, de grandes pierres de béryl luisaient à intervalles réguliers. Quant aux murs, ils étaient recouverts de petits signes d'écriture alignés en colonnes. Qui pouvait lire de telles choses ? Mandred rejeta la tête en arrière. Et comment lire ce qui se trouvait tout en haut ?

Un peu plus en avant, un siège en cuir fixé à quatre chaînes descendit du plafond. En le voyant, Mandred pensa à cette balançoire d'enfant qu'il avait fabriquée, il y avait si longtemps. Il y avait fixé quatre cordes solides et l'avait suspendue dans sa maison longue à la poutre centrale du plafond. Le jarl sentit sa gorge se nouer. C'était fini ! et stupide d'y penser !

Ils avaient fait une vingtaine de pas quand un autre couloir, aux murs couverts d'écriture, s'embrancha à leur gauche. Le corridor principal se perdait dans le lointain. À intervalles réguliers, d'autres sièges pendaient du plafond.

Les elfes décidèrent de prendre tout droit. Pour Mandred, tout chemin était bon, pourvu qu'il ne passe pas encore au-dessus d'un abîme.

Ils avaient croisé trois autres couloirs quand Farodin leva la main pour les avertir d'un danger. L'elfe dégaina son épée et se plaqua contre le mur. À quelques pas devant, il y avait un autre embranchement. Mandred brandit sa hache. Quelque chose résonna. Des bruits de sabots ! Aussitôt, il pensa à l'homme-sanglier !

Mandred sentit ses doigts devenir moites. À chaque instant, il s'attendait à entendre dans sa tête la voix ricanante du dévianthar. Mais à la place, il perçut des cliquetis de chaînes. Les bruits de sabots avaient disparu. Quelque chose couina légèrement. Puis quelqu'un grommela et poussa un grand soupir.

Incapable de supporter plus longtemps cette tension, Mandred poussa un farouche cri de guerre, se rua en avant, tourna le coin du mur… et se heurta à un centaure. Celui-ci hurla de frayeur et donna de furieux coups de sabots. L'un d'eux atteignit Mandred à la poitrine et le fit décoller du sol. Entre-temps, ses compagnons étaient accourus et regardaient la scène avec stupéfaction. Puis Nuramon éclata de rire et Farodin ne put retenir un sourire.

Devant eux, dans un harnais retenu par des chaînes, un centaure blanc pendait du plafond. Un palan actionné par une manivelle lui permettait de monter ou de descendre.

— Votre attitude ne témoigne pas d'une bonne éducation, mes seigneurs ! (Le centaure parlait le daïlique. Mandred n'eut aucune difficulté à le comprendre, même si sa façon de parler lui parut plutôt tarabiscotée.) Dans les cercles dont je suis issu, il est d'usage de présenter des excuses quand, dans son impétuosité, on a failli rentrer tête la première dans les… (le centaure toussa, mal à l'aise)… dans les parties les plus charnues. Mais comme visiblement vous ne connaissez pas les règles élémentaires de savoir-vivre, je vais, malgré votre déplorable entrée en scène, donner l'exemple et me présenter. Je m'appelle Chiron d'Alkardie, en son temps précepteur du roi de Tanthalie.

Entre-temps, les deux elfes avaient repris contenance et se présentèrent à leur tour.

Le centaure actionna la manivelle grinçante du palan et se fit descendre. Il se défit adroitement des larges sangles du harnais. Mandred n'avait encore jamais vu d'homme-cheval comme lui. Un fin bandeau de soie rouge retenait ses longs cheveux blancs. Il avait un visage marqué de rides profondes, et une imposante barbe blanche lui couvrait la poitrine. Sa peau était remarquablement claire. Mais plus inhabituels encore étaient ses yeux. Ils avaient la couleur du sang fraîchement versé.

— Je regrette, lança finalement Mandred.

Sur l'épaule, le centaure portait un carquois avec des rouleaux d'écriture. À son ceinturon, il avait trois stylets et un encrier. Il n'était pas armé et semblait donc inoffensif. D'un autre côté, il avait ces yeux rouges ! Il ne fallait jamais faire trop confiance à ce genre de créatures ! pensa Mandred.

— Mandred Torgridson, jarl de Firnstayn, se présenta-t-il.

Le centaure pencha la tête sur le côté et les dévisagea l'un après l'autre.

— Vous êtes nouveaux ici, n'est-ce pas ? Et je suppose que vous n'êtes pas arrivés avec l'aide de Sem-la.

Mandred regarda ses compagnons. Apparemment, ils comprenaient tout aussi peu que lui ce que l'homme-cheval racontait.

Chiron poussa un soupir à peu près semblable à un ébrouement.

— Bien. Alors, je vais d'abord vous conduire tous les trois chez maître Gengalos. C'est le Gardien du Savoir responsable de cette partie de la bibliothèque. Si vous voulez bien me suivre… (Il toussota.) Est-ce que l'un de ces honorables elfes pourrait se charger d'expliquer à cet humain qu'il est incorrect de garder les yeux rivés sur le postérieur d'un centaure ?

Tu parles d'un crâneur ! pensa Mandred.

Il s'apprêtait à lui décocher une réponse bien sentie quand un regard de Farodin le rappela à l'ordre. Mandred se reprit et suivit les autres à quelque distance. Encore une seule parole sentencieuse de ce centaure, et il lui enfoncerait le manche de sa hache dans son cul de bourrin !

Chiron les fit sortir du labyrinthe aux murs de granit et les mena dans une vaste salle. Des rayonnages en bois, étroitement serrés, y croulaient sous des milliers de tablettes d'argile rondes. Mandred y jeta quelques coups d'œil en secouant la tête. On eût dit que des poules y avaient laissé leurs empreintes. Qui pouvait bien lire ça ? Rien que de regarder ces trucs-là en passant donnait un de ces mal de crâne !

— Dites à votre humain de remettre tout de suite ces tablettes à leur place ! aboya le centaure. (Par défi, Mandred en prit encore une autre.) Reprenez ces tablettes à ce crétin ! pesta Chiron. Ce sont des disques des rêves de la Tildanas engloutie. Ils enregistrent pour l'éternité les souvenirs de tous ceux qui les prennent en main pour les regarder. Chaque souvenir gravé sur une tablette est effacé à jamais de leur mémoire. Vous n'avez qu'à laisser cet imbécile heureux regarder ces disques d'argile un moment, et il ne saura même plus comment il s'appelle.

— C'est bientôt fini, l'heure du conte ? Possible que tu effraies des enfants avec ce genre d'histoires, Z'yeux-Rouges, mais à moi, on ne la fait pas !

La queue du centaure remua d'indignation.

— Si l'humain sait mieux les choses…

Sans se retourner encore une fois vers Mandred, il poursuivit son chemin.

— Tu ferais mieux de reposer ces tablettes, conseilla Nuramon. Et s'il disait vrai, hein ? Imagine un peu ! D'un seul coup, tu aurais tout oublié d'Alfadas et de Freya !

— Ce canasson ne me fait pas peur, répliqua Mandred. (En reposant les tablettes sur l'étagère, il eut l'impression d'y voir encore plus de signes de cette écriture tremblée. Et si cet enfoiré de cheval avait dit la vérité ? Mais il n'en laisserait rien paraître !) Pourquoi je continuerais à regarder ces trucs-là, alors que je ne sais même pas lire ? répondit-il d'une voix moins sereine qu'il l'eût souhaité. Ne le prends pas mal, Nuramon. Mais je ne crois pas un mot de ce bidet aux yeux rouges.

— Naturellement, dit Nuramon en retenant son sourire.

Ils se hâtèrent tous les deux de rejoindre Chiron et Farodin. Le centaure leur parla avec enthousiasme de la bibliothèque. Elle rassemblait tout le savoir des enfants d'albes.

— Nous avons même deux copistes dans la bibliothèque du port d'Iskandrie. Le plus souvent, ce que les humains écrivent ne vaut pas le parchemin, mais nous conservons aussi ces écrits, par souci d'intégralité. Cela dit, ils ne représentent qu'une infime partie de notre fonds.

Mandred détestait les grands airs de ce prétentieux.

— Vous avez aussi *Les Dix-Sept Chants de Luth* ? lança-t-il.

— S'ils sont d'une quelconque importance, quelqu'un se sera certainement donné la peine de les copier. Maître Gengalos doit le savoir. Je m'intéresse aux formes achevées du genre épique et n'éprouve aucun intérêt pour les vers bredouillés par des bardes dans des halles nauséabondes.

Chiron les avait conduits vers une deuxième rampe qui descendait en colimaçon dans les profondeurs. Mandred s'imagina en train de pousser ce centaure prétentieux dans le vide. Il pouvait bien raconter ce qu'il voulait. Si on ne pouvait même pas lire ici *Les Dix-Sept Chants de Luth*, tout le reste n'était que de la crotte. N'importe quel enfant du Pays des Fjords connaissait ces chants !

Chiron continuait à leur parler de la bibliothèque. Il raconta qu'elle avait plus d'une centaine d'usagers. Mais en réalité, jusqu'ici, Mandred n'en avait pas encore vu un seul, mis à part le centaure.

L'homme-cheval leur fit encore traverser des couloirs et des salles et peu à peu Mandred, lui aussi, se sentit intimidé par la somme de savoir conservée ici. Il n'arrivait pas à comprendre ce que l'on pouvait écrire sur tous ces rouleaux, ces livres, ces tablettes d'argile et ces murs. Est-ce que, pour finir, ce n'était pas toujours la même chose, mais avec des mots différents ? En était-il des livres comme des femmes qui se rencontraient au bord du ruisseau pour laver le linge et se racontaient toujours les mêmes niaiseries sans jamais s'en lasser ? Si tout ce que l'on trouvait dans cette bibliothèque était vraiment si important et valait la peine d'être connu, en tant qu'humain on ne pouvait que désespérer. Même dix vies humaines ne suffiraient pas à lire tout ce qui était écrit ici. Peut-être même pas cent. Donc, les humains ne pourraient jamais comprendre le monde parce que, dans sa complexité, il ne se laissait pas interpréter. Cette pensée avait quelque chose de libérateur. Vu de cette manière, peu importait que l'on ait lu un seul livre, ou cent ou mille… ou même aucun, comme Mandred. On n'en comprendrait pas plus le monde pour autant.

Ils finirent par arriver dans des endroits de la bibliothèque où se trouvaient aussi des visiteurs : des kobolds, quelques elfes, un faune. Mandred remarqua une étrange créature qui avait un corps de taureau et le torse d'un homme ; des ailes lui poussaient aussi sur les flancs. Ensuite, il aperçut une elfe en conversation animée avec une licorne, et puis un gnome qui grimpait sur une étagère avec une corbeille pleine de livres sur le dos. Les autres visiteurs ne prêtèrent aucune attention à leur passage. Ici, rencontrer deux elfes, un humain et un centaure semblait ne rien avoir d'extraordinaire.

Finalement, Chiron les fit entrer dans une salle à voûtes croisées, ornées de peintures, où se trouvaient quelques pupitres de lecture. Ils ne trouvèrent là qu'un seul lecteur, une silhouette élancée, qui portait un froc couleur de sable. La capuche rabattue sur le visage, il lisait un livre dont les pages de teinte pourpre étaient écrites à l'encre d'or. Quelques paniers pleins de feuilles mortes se trouvaient bizarrement à côté du pupitre. L'air était empli d'une étrange odeur, à la fois oppressante et familière. Une odeur de poussière et de parchemin. Mandred distinguait même la senteur des feuilles. Mais il y avait là quelque chose d'autre… un pressentiment plus qu'une réalité.

Chiron s'éclaircit doucement la voix.

— Maître Gengalos ? Pardonnez le dérangement, mais trois visiteurs sont arrivés dans la bibliothèque par la porte au-dessus de la galerie des albes. Ils s'étaient perdus dans les couloirs de granit. Et celui-là, là-bas, a tenté de me tuer avec sa hache. (Le centaure gratifia Mandred d'un regard mauvais.) J'ai jugé préférable de vous les amener, maître, avant qu'ils commettent de véritables dommages.

La silhouette en froc leva la tête, mais son visage resta caché sous la capuche. Mandred fut tenté un moment de la tirer adroitement en arrière. Il était habitué à voir celui auquel il parlait.

— Tu as bien fait, Chiron et je te remercie. (Gengalos avait une voix chaleureuse et amicale, en total désaccord avec l'impression d'inaccessibilité dégagée par sa personne.) Je vais te libérer maintenant et me charger de ces nouveaux venus.

Chiron inclina brièvement la tête, puis il se retira.

— Nous voudrions…, commença Farodin, mais Gengalos l'arrêta d'un geste bref.

— Ici, pas de « nous voudrions » ! Celui qui vient dans cette bibliothèque doit d'abord la servir avant de recevoir un peu de son savoir.

— Pardon. (Nuramon avait adopté un ton diplomatique. Lui aussi, il s'inclina devant le Gardien du Savoir.) Nous sommes…

— Cela ne m'intéresse pas, l'interrompit Gengalos. Celui qui vient ici se soumet aux lois de la bibliothèque. Soit vous vous y pliez soit vous partez ! (Il marqua une courte pause, comme pour souligner sa réponse rugueuse.) Si vous voulez rester, vous devrez d'abord vous montrer utiles.

(Il désigna les paniers près de son pupitre.) Vous avez ici des poèmes des fées des fleurs, écrits sur des feuilles de chêne et de l'écorce de bouleau. Comme, au cours des siècles, nous n'avons toujours pas trouvé le moyen de conserver ces feuilles, il faut recopier les poèmes. Sans perdre de vue que l'écriture et les nervures des feuilles forment une harmonie, qui doit être rendue, si l'on veut conserver tous les niveaux de lecture des poèmes.

Mandred pensa aux petites fées arrogantes qu'il avait vues lors de ses visites à Albemark. Il imaginait sans peine ce que ces jacasses pouvaient rimer de mémorable.

Gengalos tourna la tête vers lui.

— Les apparences sont trompeuses, Mandred Torgridson. Elles savent à la perfection traduire en mots des sentiments subtils.

Le jarl déglutit.

— Tu... Tu vois dans ma tête ?

— Je dois savoir ce qui amène les visiteurs ici. Le savoir est précieux, Mandred Torgridson. On ne peut le confier à n'importe qui.

— En quoi consiste notre tâche ? demanda Farodin.

— Toi et Nuramon, vous allez prendre un panier et recopier les poèmes sur du parchemin. Si votre travail me donne satisfaction, je vous aiderai dans votre quête. Cette bibliothèque renferme toutes les réponses à presque toutes les questions imaginables. Il suffit de savoir les chercher au bon endroit.

— Et en ce qui me concerne ? demanda timidement Mandred. Comment vais-je me gagner le droit d'être ici ?

— Tu raconteras ta vie à un scribe. En long et en large. J'ai l'impression que cette histoire mérite qu'on l'écrive.

Gêné, le jarl regarda par terre.

— C'est... Vous voulez faire écrire ma vie ?

Il se sentait mal à l'aise, comme si on voulait lui arracher quelque chose.

— Tu n'as pas envie de t'emparer d'une parcelle d'immortalité, Mandred Torgridson ? On lira encore ton histoire alors que tu seras depuis longtemps devenu poussière. Tu ne devrais pas mettre ta lampe sous le boisseau. Quand a-t-on jamais entendu dire que deux elfes comme Farodin et Nuramon se sont choisi un humain comme toi pour compagnon ?

Mandred hocha la tête, sceptique. Il avait le sentiment de céder quelque chose de précieux s'il racontait sa vie. Mais peut-être n'était-ce qu'une crainte superstitieuse ? Il ne devait pas barrer la route à ses compagnons. Ils avaient tant risqué pour arriver jusqu'ici.

— J'accepte le marché.

— Parfait, fils d'homme ! Je te remercie pour le cadeau que tu fais à la bibliothèque. (Les paroles de Gengalos procurèrent à Mandred un sentiment bienfaisant. Comme de l'eau-de-vie qui réchauffe de l'intérieur par une nuit d'hiver.) À présent, je vais vous montrer vos quartiers. La bibliothèque est aussi grande qu'une petite ville. Une ville de savoir, construite en livres ! Il y a trois cuisines, ouvertes jour et nuit, et deux grandes salles à manger. Nous avons même des thermes dans une aile éloignée. (Il se retourna vers Mandred.) Et nous avons une cave à vin bien fournie. Certains Gardiens du Savoir, dont je fais aussi partie, ne sont pas très enclins à l'ascèse. Comment l'esprit serait-il libre si nous entravons notre corps ? Ainsi, chacun de nos étudiants est pourvu pour le mieux.

Sur les traces de Yulivée

Nuramon n'en revenait toujours pas que le djinn de Valemas lui ait dit la vérité. Même si sa nostalgie de Noroelle l'avait poussé à suivre cet indice, il avait en secret douté de la foi à accorder aux dires de cet esprit. Mais il comprenait désormais qu'il avait bien fait de parler d'Iskandrie à ses compagnons.

Cela faisait déjà neuf jours qu'ils étaient là. Farodin et lui en avaient passé cinq à recopier les poésies des fées des fleurs. Et depuis, ils cherchaient des notes sur les barrières magiques. C'était passionnant de fouiner dans l'immense savoir de ces salles. Même Mandred ne trouvait pas le temps de s'ennuyer. Il explorait la bibliothèque et appréciait les repas plantureux qu'on leur servait dans leurs quartiers. La cave à vin était vite devenue son lieu de prédilection. Parmi tout le savoir rassemblé, il s'intéressait surtout aux légendes aegiléennes et angnosiennes. Au grand étonnement de Nuramon, il se faisait lire les récits d'un centaure en daïlique. Certes, comparée à l'elfique, cette langue était facile à apprendre, mais Mandred l'avait apprise en un seul hiver, à l'aide des deux centaures à la cour de la reine... Une vraie performance pour un humain ! Le jarl avait trouvé tant de plaisir aux légendes d'Eras le Pandride et Nessos le Télaïde que Nuramon, pour plaisanter, l'appelait Mandred le Torgride et prédisait à la lignée des Mandrides un avenir formidable.

Farodin s'était retiré dans une salle d'étude. Les Gardiens du Savoir lui avaient adjoint un assistant, un jeune elfe du nom d'Elalem, qu'ils appelaient tous plus simplement Elm. Farodin envoyait ce pauvre malheureux partout dans la bibliothèque lui chercher des écrits. Comme ce garçon connaissait toutes les langues nécessaires ici, il lui servait aussi souvent de traducteur. Farodin voulait d'abord développer ses connaissances sur la magie des Portes. Mais il cherchait aussi des récits sur les barrières et voulait en savoir plus au sujet des grains de sable.

Nuramon continuait à penser que ceux-ci ne pouvaient être la solution. Certes, Farodin en avait rassemblé quelques dizaines, mais il devait exister d'autres possibilités. Au lieu de chercher des sentiers battus en ce lieu de savoir, Nuramon avait exploré de nouvelles voies. Il venait juste de quitter les chevaux, qu'il était allé reprendre à l'écurie de l'auberge et qu'il avait maintenant confiés à une elfe vivant incognito parmi les humains. On disait en ville qu'elle était la veuve d'un marchand fortuné et l'une des plus riches femmes d'Iskandrie. Pour ne pas être démasquée, elle dissimulait ses oreilles sous un voile et ne les faisait voir qu'aux enfants d'albes. Elle s'appelait Sem-la. Nuramon se demandait comment elle allait pouvoir cacher à long terme le fait qu'elle ne vieillissait pas. Le voile pouvait l'y aider le temps d'une vie humaine. Mais ensuite? Quand une nièce d'une ville lointaine viendrait pour hériter de ses biens?

Depuis la propriété de Sem-la, un large couloir souterrain menait à une porte qui ouvrait sur le quartier d'habitation de la bibliothèque. Nuramon n'avait jamais entendu parler d'une telle proximité entre les enfants d'albes et les humains. Sem-la lui avait raconté qu'elle avait des relations dans le monde entier. Elle commerçait aussi bien avec les humains qu'avec d'autres enfants d'albes et leurs colonies. En entendant cela, il avait soudain compris que le Monde des Humains et le Monde Brisé n'étaient pas un exil où les enfants d'albes se rendaient pour ne plus dépendre d'Emerelle. Il y faisait bon vivre, même si les aliments livrés par Sem-la, des aliments d'humains, ne pouvaient rivaliser avec ceux d'Albemark. Mais ceux qui venaient ici étaient habitués au Monde des Humains.

Après avoir gravi un large escalier, Nuramon atteignit enfin l'endroit où Gengalos l'avait adressé: une salle étroite toute en hauteur. À sa gauche comme à sa droite se dressaient des rayonnages contenant de gros volumes. Nuramon s'en étonna un peu, car à Albemark on confiait rarement le savoir à des livres. Les parents vous apprenaient ce qu'il fallait savoir et les Sages expliquaient les choses importantes. Quand on avait une question, on se tournait vers quelqu'un qui pouvait y répondre. Nuramon se demanda combien de milliers d'animaux avaient dû laisser leur peau pour tout le parchemin de ces volumes.

Un vieux gnome sortit d'une niche.

—Tu n'es pas sujet au vertige? demanda-t-il.

—Non, pas du tout.

—Bien. Comme ça, je n'aurai pas besoin de grimper là-haut. Je ne suis plus de première jeunesse. (Le vieux gnome se tenait le dos.) Toute une vie dans cette salle! Bien sûr, ça vous donne des douleurs, mais regarde toutes ces merveilles!

Dans les rayonnages, d'étroites passerelles de bois servaient de passages. Tout en haut, Nuramon avisa une silhouette. Avec sa large cape, elle semblait planer. Entre les rayonnages, quelques grandes niches s'ouvraient dans le mur; apparemment, on pouvait s'y retirer pour lire. Des pierres de béryl adroitement disposées plongeaient toute la salle dans une lueur rouge.

— Qu'est-ce qui t'amène ici ? demanda le vieux.

— C'est Gengalos qui m'envoie. Je voudrais trouver un livre sur l'elfe Yulivée.

— Ah ! maître Gengalos ! Il t'a envoyé au bon endroit. Ici, tu trouveras beaucoup de choses sur Yulivée, mais aussi un recueil de ses écrits. Il ne s'agissait en fait que d'histoires isolées, mais nous les avons finalement reliées en un livre. Ça va peut-être t'intéresser ?

Nuramon était au comble du bonheur.

— Bien sûr ! Où puis-je le trouver ?

— Tu vas aller jusqu'au vingt-troisième rayonnage à partir d'ici et tu grimperas ensuite jusqu'au cent cinquante-quatrième niveau. Là, tu tomberas sur les récits de Yulivée. (Le gnome se dirigea vers les rayonnages.) Emprunte les échelles pour grimper. Sur la passerelle, tu pourras te déplacer facilement et tu trouveras là-bas des planches qu'il te suffira de tirer pour t'y asseoir.

Nuramon acquiesça d'un signe de tête. L'étagère qu'il cherchait devait bien se trouver à cinquante pas au-dessus de lui. Cette hauteur ne lui faisait pas peur. Il jeta encore un coup d'œil à la silhouette qu'il avait vue là-haut.

— C'est maître Reilif, expliqua le gnome.

— Un Gardien du Savoir ? s'enquit Nuramon à voix basse.

— Oui, il vient souvent ici et il veut toujours grimper lui-même. Il faut que tu saches que je suis tenu d'aller chercher tout livre qu'on me demande.

Nuramon lui sourit.

— Mais comme je te l'ai déjà dit : moi, je n'ai pas le vertige, et tu n'as pas besoin de te donner cette peine.

— Je te remercie, elfe. Je suis heureux que ce soit toi que l'on ait envoyé me voir. Il paraît qu'un humain se trouve dans la bibliothèque, on dit qu'il a défoncé la barrière. Un type grossier qui ne pense qu'à picoler et à bâfrer et qui fait des saletés partout.

— Il s'appelle Mandred et c'est l'un de mes compagnons. (Le vieux rougit.) Quel est ton nom ? demanda Nuramon.

Il retira son baudrier sous le regard inquiet du gnome. De toute évidence, le petit homme craignait de voir l'elfe dégainer son épée.

— Builax, répondit le vieux d'une voix tremblante.

— Tu n'as aucun souci à te faire. Je connais très bien mes compagnons. Et pour l'instant, ton jugement n'est pas si faux. Je m'appelle Nuramon et je voudrais te confier mon épée.

Il tendit son arme à Builax. Le gnome afficha aussitôt une expression plus sereine. Il posa l'épée dans un renfoncement, à côté de son matériel d'écriture, puis il longea l'enfilade de rayonnages avec Nuramon. Ils s'arrêtèrent devant le vingt-troisième.

— Le livre que tu cherches est le huitième de la rangée.

Nuramon commença de grimper des échelons et des échelles. Une fois atteint le cent cinquante-quatrième niveau du rayonnage, il se sentit nerveux.

Il y avait ici le livre contenant les écrits de Yulivée… la clé pour trouver Noroelle. Il s'engagea prudemment sur la passerelle. Elle lui sembla suffisamment stable et large pour s'y risquer. Au passage, il fit glisser ses mains sur le dos des livres de l'étagère recherchée. Il sortit le huitième ouvrage. Relié sobrement de cuir brun clair, celui-ci se différenciait à peine de ceux qui l'entouraient. Il n'y avait rien d'écrit et aucun ornement ni sur la couverture ni au dos du livre. En ouvrant le volume, il constata qu'il était également dépourvu d'enluminures. Le titre n'était même pas mis en valeur : il remplissait à lui seul quatre lignes, suivies immédiatement par le texte. Nuramon ébaucha un sourire. Manifestement, on n'accordait pas grande valeur à ce livre. On avait renoncé à lui donner un quelconque éclat particulier. Mais pour Nuramon, il était inestimable. Il en lut pieusement le titre : *Récits de Yulivée qui quitta Albemark, traversa le Monde des Humains et fonda dans le Monde Brisé la ville de Valemas, narrés par elle-même en présence des Gardiens du Savoir et consignés par Fjeel l'Agile.*

C'était le récit d'une elfe ayant quitté de son plein gré Albemark avec les siens. Comme Nuramon, elle s'était mise en quête et il lui avait fallu aussi déchiffrer la magie des Étoiles d'Albes, avant d'atteindre son but. Avec ce livre de Yulivée, Nuramon espérait ardemment s'être ouvert un chemin lui offrant plus d'espoir que celui sablonneux de Farodin.

Les récits de Yulivée

Les questions des Gardiens du Savoir

Vous m'avez demandé où j'avais acquis ma magie et je vais vous répondre. Sachez que je la possédais déjà à Albemark. Je maîtrisais celles de la lumière, de la vie et de l'apparence. Elles me furent toutes utiles dans la nouvelle oasis de Valemas. Dans le Monde Brisé, nous avons trouvé une région désertique comme il en existe dans notre pays. J'ai créé là-bas un drap de ciel, un lac, une illusion et beaucoup d'autres choses.

Quand j'ai quitté Albemark, j'ai fait passer mes compagnons par une Porte fixe. À l'époque, je ne connaissais pas grand-chose des Sentiers et des Étoiles d'Albes. Le voyage est le meilleur maître et je fus une élève attentive. Si étrange que soit le Monde des Humains, beaucoup d'enfants d'albes y vivent en des endroits cachés... Des ermites qui gardent le savoir ancien. Nous avons aussi rencontré d'autres communautés qui avaient quitté Albemark. Nous avons échangé ensemble. Nous leur avons enseigné ce que nous savions et elles nous ont appris ce qu'elles connaissaient.

Pourtant, je n'en ai jamais autant appris qu'auprès de l'oracle Dareen... le seul oracle à avoir jamais quitté Albemark pour aller dans le Monde des Humains. Elle ne vit pas dans le Monde Brisé. Celui qui passe par ses Portes dans le Monde des Humains ne le quitte pas, mais se retrouve dans un endroit lointain. Là, il lui est permis d'entendre Dareen lui délivrer ses sagesses. Elle m'a indiqué le chemin et m'a montré ma voie. J'ai vu dans le désert l'Étoile d'Albes qui allait devenir la Porte de la nouvelle Valemas. J'avais ma destination sous les yeux. Dès lors, j'ai cherché à m'en rapprocher. Dareen a changé ma vie en quelques mots et quelques images. Un monde s'est ouvert à moi, dont je n'aurais jamais soupçonné l'existence.

Vous me demandez où se cache Dareen ? Eh bien, je ne peux vous révéler plus que ce que j'ai déjà dit. Car un serment me lie.

Extrait de : volume 23/154/8, feuille 424. a de la salle étroite de la bibliothèque secrète d'Iskandrie.

Sentiers divers

Voilà, c'était ce que Nuramon cherchait ! Il avait lu avec plaisir les récits de Yulivée, mais dans ce passage répondant aux questions des Gardiens du Savoir, il était tombé sur une information révélatrice. Grâce à l'oracle Dareen, Yulivée avait pu voir l'endroit qu'elle recherchait. S'ils trouvaient le moyen de rejoindre Dareen, lui et ses compagnons, il leur arriverait exactement la même chose. Si l'oracle voulait les recevoir, ils seraient tout près d'aboutir dans leur quête de Noroelle !

Nuramon poussa un petit cri de joie. Il entendit alors des pas, puis des craquements sur l'échelle près de l'endroit où il s'était retiré pour lire.

C'était maître Reilif, le Gardien du Savoir, qui venait le voir. Une capuche cachait à demi son visage, et seuls le bout de ses doigts dépassait de sa cape noire. À en juger par la minceur de sa silhouette, il devait s'agir d'un elfe. Il quitta l'échelle et se rapprocha à petits pas.

— Pardonne-moi cette explosion de joie, maître Reilif, dit Nuramon. Je n'avais pas du tout l'intention de troubler le calme de cette bibliothèque.

— Pour cet acte, il ne peut y avoir qu'une seule punition, répliqua le Gardien du Savoir d'une voix neutre. (Il s'assit en face de Nuramon, repoussa légèrement sa capuche en arrière et découvrit ainsi des yeux gris qui semblaient voir à travers Nuramon.) Il faut que tu me racontes la raison de cet enthousiasme.

— Volontiers. Et tu pourras peut-être m'aider. (De bonne grâce, Nuramon relata au Gardien du Savoir tout ce qu'il avait lu de Yulivée. Il termina son rapport en disant :) Mais si je me suis réjoui ainsi, c'était d'avoir trouvé ce que je cherchais.

— C'est-à-dire ? demanda patiemment Reilif.

— J'ai appris que Yulivée était allée voir l'oracle Dareen. Et maintenant, je voudrais la trouver aussi. Car j'ai beaucoup de questions… Des questions pour lesquelles je n'obtiendrai sans doute pas de réponses ici.

— Tu as donc découvert que ces salles hébergent un savoir mort qui ne se ranime qu'en s'ouvrant à quelqu'un. Ici, tu as appris l'existence de Dareen. À présent, tu dois chercher le chemin qui te mènera vers elle.

— Yulivée n'a pas mentionné l'endroit où la trouver.

— Moi, je peux te le dire. Je suis un Gardien du Savoir. J'ai lu beaucoup de livres de cette salle. Celui de Yulivée aussi. (Nuramon se demanda pourquoi Reilif l'avait écouté si patiemment, s'il connaissait déjà l'histoire de Yulivée.) À l'époque, nous étions tous curieux et nous voulions savoir où se cachait l'oracle. Toutefois, Yulivée ne voulait pas nous le révéler. Elle fit quelques allusions qui nous amenèrent à supposer que ce devait être à Angnos. Cependant, nous ne pouvions l'affirmer avec certitude. Ceux que nous dépêchâmes pour la trouver rentrèrent tous bredouilles.

— Angnos ! dit Nuramon à mi-voix. (Il s'était déjà trouvé dans ce royaume avec ses compagnons ; leur quête de Guillaume les y avait menés. C'était un pays rude et aventureux.) Je te remercie, maître Reilif.

Le Gardien du Savoir se leva.

— Tu trouveras l'oracle. J'en suis certain. Note bien les paroles que je vais prononcer, je les ai entendues autrefois de la bouche de Yulivée : « Tu es venu à nous. Ta voix est venue. Tu nous as montré les étoiles. Elles scintillaient. Nous avons vu. » Voilà ce qu'elle a dit quand nous lui avons demandé si elle ne voulait tout de même pas nous dévoiler quelque chose sur Dareen. Déchiffre ses paroles, si tu le peux.

Sur ces mots, Reilif rejoignit son étage. Nuramon se demanda quel âge il pouvait avoir. D'après ce qu'il avait dit, l'elfe pouvait conclure qu'il avait rencontré Yulivée. Or, il était écrit dans les livres que celle-ci était venue dans cette bibliothèque mille huit cent trente-deux années auparavant.

Songeur, Nuramon caressa la reliure en cuir et remit finalement le recueil en place. Il jeta un dernier coup d'œil à Reilif, mais le maître se trouvait de nouveau devant son étagère, plongé dans la lecture. Nuramon descendit l'échelle, remercia le gnome et reprit son épée. Une dernière fois, il contempla la salle étroite, sa préférée dans cette bibliothèque. Peut-être y reviendrait-il un jour ? Cet endroit plairait certainement à Noroelle.

Nuramon rejoignit Farodin. Il le trouva dans sa salle d'étude. Le petit Elm lui lisait quelque chose en daïlique. Mandred, assis dans un coin sur quelques coussins, écoutait l'histoire. Elle parlait des îles aegiléennes et des elfes qui partaient en mer, là-bas. Nuramon s'appuya contre le mur et écouta le garçon : « La fin du siège n'était pas en vue. Ils n'arrivaient pas à briser le mur invisible. Mais lorsque les douze magiciens cernèrent l'île sur douze bateaux, les habitants de Zeolas prirent peur. Ils savaient que douze puissants magiciens pouvaient briser la puissance de leur mur magique, même si les éclats du miroir ne pouvaient être rassemblés. Alors, les magiciens levèrent les mains, récitèrent leurs formules, et, dans un formidable fracas de tonnerre, le mur ennemi vola en éclats. Ainsi tomba Zeolas. » Elm marqua une pause.

— Voilà tout ce qui est écrit ici.

— Grand merci, Elm, dit Farodin. Nous lirons les autres écrits plus tard. (Il se tourna vers Nuramon.) Nous avons trouvé une foule de choses. De nombreuses indications m'ont permis de comprendre que nous n'aurons pas besoin de tous les grains de sable pour rompre le sort d'Emerelle.

— Le destin nous est favorable, dit Mandred sans faire mine de vouloir abandonner le confort apparent de son coin douillet.

Nuramon attendit que le garçon ait quitté la pièce. Puis il s'écarta du mur et se dirigea vers Farodin.

— Moi aussi, j'ai de bonnes nouvelles qui pourraient nous faire progresser.

— Raconte ! dit Mandred en se levant.

Nuramon rapporta ce qu'il avait découvert dans le livre de Yulivée. En répétant les paroles de maître Reilif, il remarqua que Farodin ne semblait pas s'enthousiasmer outre mesure. Il échangeait plutôt des regards entendus avec Mandred qui marchait nerveusement de long en large. Même l'oracle ne parut pas les enthousiasmer.

Lorsque Nuramon eut terminé, le silence s'installa jusqu'à ce que Farodin finisse par déclarer :

— Mandred et moi, nous avons découvert beaucoup de choses. Nous avons espoir de ne pas être obligés de rassembler tous les grains de sable pour rompre le sort d'Emerelle. Dès que nous en aurons suffisamment rassemblé, ils nous mèneront à l'endroit où se trouve la Porte de Noroelle. J'ai aussi trouvé des écrits qui m'aideront à perfectionner ma magie de quête. Pourquoi perdre son temps avec Yulivée ? Elle et Valemas se trouvent loin derrière nous. Nous avons déjà fait un bon bout de route. Et toi, tu viens nous dire de rebrousser chemin pour tenter une autre voie.

Cette appréciation de Farodin n'étonna pas vraiment Nuramon. En voyant les expressions gênées de ses compagnons, il avait compris ce qui allait arriver. Farodin, habitué à commander, supportait difficilement la contradiction.

— Autrement dit, le chemin que j'ai trouvé ne vous convient pas.

— Je ne vois pas de chemin.

— Jusqu'ici, mon sentier vous suffisait.

— Comment ça : « ton » sentier ? Jusqu'à présent, j'ai toujours fait ce qui me semblait juste. Et il en sera toujours ainsi.

— Mon chemin pourrait être un raccourci. Je te le dis franchement : tes grains de sable ne sont pas la clé du problème. Nous devons fouler d'autres sentiers pour sauver Noroelle. As-tu oublié le désert ? C'est un monde de sable. Es-tu déjà allé à la mer et as-tu un jour plongé ta tête dans l'eau ? As-tu vu ce qui en formait le fond ? Je préfère faire une dizaine de voyages pour atteindre l'oracle plutôt que d'errer par le monde dans l'espoir de ramasser un grain de sable ici et là.

— Je sais, répliqua Farodin. Suivre un chemin jusqu'au bout n'a encore jamais été ton fort.

Nuramon en resta muet. Il avait parfaitement compris l'allusion au destin de ses ancêtres, mais que pouvait-il y faire ? Il n'avait pas demandé à porter leur âme. Il ne savait pas grand-chose d'eux, mais une chose était sûre : ils étaient tous morts jeunes et n'avaient jamais vu la Lumière de la Lune. Jamais, au grand jamais, il ne se serait attendu que Farodin fasse tout pour le blesser au lieu de le convaincre par ses arguments.

— C'est ce que tu penses de moi depuis toujours et tu l'as jusqu'alors gardé pour toi ?

— Je te considère comme quelqu'un qui prend un très long chemin pour entrer dans la Lumière de la Lune.

— Que vient faire la Lumière de la Lune dans notre quête ? intervint Mandred pour apaiser la querelle en germe.

Farodin leva les mains en signe de conciliation.

— Tu as raison, fils d'homme. Cela est hors sujet pour l'instant. Mais en ce qui concerne l'oracle, je ne suis pas prêt à céder une certitude contre un « peut-être ». T'es-tu déjà demandé si cette oracle n'avait pas rejoint depuis longtemps la Lumière de la Lune ? Il y a combien de temps que Yulivée se trouvait là-bas ? (Nuramon ne répondit pas.) Ton silence est éloquent. Tu avoues ne pas avoir de réponse à mes questions. Moi, je dis : restons sur le chemin sur lequel nous nous sommes déjà engagés. C'est ainsi que nous atteindrons notre but, tôt ou tard.

— Moi, je préfère un vague « auparavant » à un certain « plus tard » ! L'oracle dispose d'un savoir qui nous aidera plus loin.

— À supposer que tu trouves Dareen et qu'elle réponde à tes questions : que peut-elle nous proposer d'autre que nous ne puissions trouver dans ces salles ?

— Regarde autour de toi, Farodin ! Même si j'estime cet endroit, je vois pourtant clairement qu'il conserve le savoir du passé, le savoir de ceux qui ne peuvent plus nous le communiquer par leur voix. Mais ce dont nous avons besoin, c'est du savoir du temps présent et de celui du futur. Nous devrions prendre exemple sur Yulivée.

Farodin croisa les bras sur sa poitrine.

— Se pourrait-il que tu ne sois plus intéressé par Noroelle et que tu préfères vagabonder sur les traces de Yulivée ?

Nuramon serra les poings.

— Comment peux-tu être si aveugle ! Tu devrais savoir mieux que personne combien ton reproche est inepte ! Bien que… En y réfléchissant bien, cet aveuglement fait partie de ta nature. Tu ne vois que ce que tu veux voir. Est-ce que tu as déjà pensé que j'aurais pu mettre un terme à notre cour à Noroelle il y a bien des années ?

— « Aurais »… voilà un mot que les ratés ont toujours sur les lèvres, répliqua froidement Farodin.

— Tu ne crois pas que tu as échoué dans ton amour pour Noroelle ? Tu te donnais l'apparence d'un parfait ménestrel. Tu n'as jamais compris ses véritables attentes. Elle voulait que tu lui parles de ton amour avec tes propres mots et non avec des chants écrits pour d'autres. De moi, elle attendait que je la touche non seulement par mes chansons, mais aussi avec mes mains. Pourquoi m'a-t-il fallu autant de temps, crois-tu ? (Les lèvres de Farodin tremblèrent.) Je t'ai observé, Farodin. Et je me suis demandé quel était ton problème. Ce que tu cachais au plus profond de toi. Et que tu ne voulais même pas révéler à la femme que tu croyais aimer. Si finalement, derrière tous ces mots empruntés, tu ne cachais pas un cœur vide. Quel était donc cet amour que l'on ne pouvait nommer ?

Farodin porta la main à son épée.

— Tu te trouves sur un seuil que nous ne franchirons pas tous les deux.

— Farodin, c'est ici que nos chemins se séparent. Crois-tu vraiment que je vais suivre un homme incapable d'aimer ?

Mandred attrapa Farodin par les épaules et le tira en arrière. Visiblement, le fils d'homme était persuadé que le sang allait bientôt couler.

— Ça suffit, Nuramon ! dit-il sèchement.

— Il me semble que cela signifie la fin de nos affinités, dit Farodin, le visage pétrifié.

— Ce n'est pas une nouveauté, dit Nuramon. Mais jusqu'à présent, nous nous sommes toujours refusés à le reconnaître. (Nuramon se tourna vers Mandred.) Et toi, Mandred, quel sera ton chemin ?

Le jarl hésita.

Nuramon ne put s'empêcher de penser à la grotte de Luth, où Mandred lui avait offert son amitié. Beaucoup de choses l'avaient alors lié au fils d'homme.

— Je regrette, Nuramon. Je sais combien je te suis redevable. Et pourtant… Je ne suis pas très doué pour bien tourner mes pensées et mes sentiments. Mais Farodin a raison. Je crois qu'il vaut mieux suivre la piste du sable. Ce chemin peut être long, mais il mène certainement au but. Je suis vraiment désolé… Je…

Sa voix le trahit.

Nuramon était donc de nouveau seul…

— Je n'ai pas besoin de votre pitié. C'est vous qui me faites pitié. Allez donc chercher vos grains de sable ! Moi, j'irai mon chemin.

— Ne fais pas l'idiot, Nuramon ! dit Mandred avec un geste d'apaisement. Nous sommes comme dans un bateau. J'en suis la coque, Farodin le gouvernail et tu es la voile qui prend le vent.

— Tu n'as pas compris, fils d'homme ? Je n'ai plus besoin de personne qui décide de mon chemin. La tempête vous a arraché la voile. À vous de voir jusqu'où vous pourrez pagayer avec vos mains !

Sur ces mots, Nuramon quitta la pièce.

Le livre de bord de la galère *Vent-Pourpre*

34e jour de voyage : À l'abri des îles devant Iskandrie, nous avons attendu les bateaux de charge de Sem-la. Les rameurs ont eu le temps de se reposer. Comme convenu, nous avons embarqué une caisse de verre du désert, une statue de marbre et dix balles de fine étoffe d'Iskandrie. Toutefois, personne ne nous avait dit que nous devions aussi prendre des passagers à bord : un elfe d'Albemark du nom de Farodin et un humain, apparemment un homme du Nord, du nom de Mandred. Sem-la s'est chargée des frais de passage. Apparemment, aucun des deux ne possède d'or, mais sinon ils sont bien équipés. Rien que leurs destriers d'Albemark représentent une petite fortune.

35e jour de voyage : Allure lente nord-nord-ouest. Calme plat et soleil ardent. Les rameurs se fatiguent vite. L'humain que nous avons pris à bord est étonnamment cultivé. Il sait beaucoup de choses sur la mer et il rame comme trois hommes, car ses bras sont très puissants. Il serait profitable au *Vent-Pourpre*, d'autant plus qu'il parle le daïlique et qu'il pourrait être utile pour commercer avec les centaures de Gygnox. Peut-être devrions-nous cette fois nous risquer à y accoster. Le fils d'homme parle tout le temps de vieilles légendes, qu'il a entendues à Iskandrie, et du Pays des Fjords dans le Grand Nord. S'il savait sur quelles mers nous avons déjà navigué !

36e à 38e jour de voyage : Mer calme. Équipage satisfait. Curiosité envers le fils d'homme.

39e jour de voyage : L'équipage est de bonne humeur. Vent du sud, temps doux. Nous faisons bonne route. Les rameurs peuvent s'économiser, car nous avons progressé plus vite que prévu. Cet après-midi : spectacle devant nous sur la mer. Nous croisions la route d'un bateau humain : une galère aegiléenne. Tout à coup, un énorme serpent de mer a surgi. Les humains ont réagi comme tous les blancs-becs : ils ont pris la fuite ! Évidemment, le serpent de mer les a poursuivis et a broyé leur bateau comme s'il s'était agi d'une simple barque de pêche. Nous avons recueilli les rares survivants à bord.

Une heure après, le serpent est réapparu. Il a surgi à moins de vingt pas à tribord. Les rescapés ont été pris de panique, beaucoup d'entre eux ont sauté par-dessus bord. Ces idiots ne savent pas qu'il faut foncer droit sur ces bêtes pour les intimider. Elles ne chassent que ceux qui les craignent. Ainsi, nous avons mis le cap sur le serpent. Mandred était le seul parmi les humains à ne pas avoir peur. Il a attrapé un harpon et s'est hâté vers la proue. Il nous a réellement incités à attaquer le serpent. Quand la bête a finalement replongé et s'en est allée sans demander son reste, le fils d'homme a eu l'air déçu. Il l'a injuriée. Nous avons tous ri de l'entendre proférer ses jurons en daïlique. On aurait presque dit un centaure…

45e jour de voyage : Arrivons en eaux moins profondes, manœuvrons prudemment parmi les bancs de sable devant la ville humaine de Jilgas. Débarquons sur la côte les rescapés de l'attaque du serpent. Avant le coucher du soleil, jetons l'ancre devant Gygnox. Arriverons peut-être à persuader le fils d'homme…

51e jour de voyage : Grâce à Mandred : bonnes affaires avec les centaures de Gygnox. Ce qui manque au fils d'homme est un corps de cheval. Il a bu avec les centaures et a chanté des chansons paillardes. Ensuite, ils se sont montrés prêts à commercer avec nous. Noté : alors que, près de Gygnox, il se trouve une Porte vers Albemark, Mandred et Farodin ne veulent pas la franchir. Seraient-ils des bannis ?

53e jour de voyage : Départ. Mer calme, rameurs ivres. Fils d'homme au tambour ! L'elfe d'Albemark ne semble pas se sentir à l'aise. Sans doute lui semblons-nous un peu trop rudes pour des elfes. Le temps passé dans le Monde des Humains, ça vous transforme un elfe ! Le soir : Farodin s'étonne que je tienne un livre de bord. Celui qui est l'allié d'Iskandrie apprend à apprécier l'écriture ! L'elfe d'Albemark me demande de changer de cap. Il parle de quelque chose qu'il veut aller chercher au fond de la mer. Comme il ne s'agit pas d'un grand détour et que j'ai l'esprit curieux, j'accède à sa demande.

55e jour de voyage : Atteignons endroit recherché après avoir dû ramer durement. Équipage fatigué et mécontent. Ne comprend pas le changement de cap. L'eau est trop profonde pour Farodin. Il fait certes preuve d'un grand courage, mais il n'arrive pas à atteindre le fond. Donc, je me propose, car je possède une magie de l'eau et de l'air. Mais Farodin dit que je ne pourrai pas trouver ce qu'il cherche. Ainsi, nous plongeons ensemble et je lui donne de temps en temps de l'air. Au fond de la mer, quelque chose de singulier : il prend du sable et me fait signe de remonter avec lui. En haut, il ouvre sa main pleine de sable. Il y cherche quelque chose : un unique grain ! Certes, il semblait posséder quelque chose de magique…

57e jour de voyage : Tempête imprévue ! Devons lutter. À la fin : pas de blessés, rien que de petites réparations, chargement intact. Une bonne tempête…

67e jour de voyage : Sur la côte est d'Angnos, devant la ville humaine de Tilgis. Il faut prendre congé. Le fils d'homme et l'elfe d'Albemark auraient été un bon renfort pour nous. J'ai encore une fois tenté de les convaincre, mais en vain. Quelle perte ! J'aurais particulièrement bien aimé présenter Farodin à mon prince. Ma seule consolation a été cette bonne affaire réalisée avec lui : il a échangé quatre pierres de béryl contre 400 denars angnosiens…

78e jour de voyage : Nous atteignons l'isthme de Quilas et passons la Porte. Le soir : arrivée à Reilimée. Marchandises déchargées. Fin du voyage. Soixante-dix-huit jours. Une bonne durée.

Consigné par l'elfe Aranaée, commandante du Vent-Pourpre, *en l'an 1287 suivant la fondation de reilimée.*

Patrie perdue

Mandred était aussi excité qu'un jouvenceau en chemin vers la fête de mi-été qui pense à faire danser sa bien-aimée et plus encore… Il talonna sa jument pour lui faire grimper la pente douce. Trois années avaient dû se passer depuis qu'il s'était trouvé à Firnstayn pour la dernière fois. Les nombreux voyages avaient perturbé sa notion du temps, de sorte qu'il ne pouvait pas estimer exactement depuis combien d'années il avait quitté Alfadas. Son fils avait-il été choisi comme jarl ?

C'était un automne doré, comme le jour où Mandred avait quitté Firnstayn. La meilleure époque pour pêcher à la mouche.

La jument atteignit la crête de la colline et s'ébroua. D'ici, on jouissait d'une vue étendue sur le fjord. Encore plus de deux lieues jusqu'à Firnstayn. Mandred mit sa main en visière et cligna des yeux face au soleil bas. En contrebas, il vit une petite ville. Elle était entourée par une solide muraille de pierres flanquée de tours trapues. Des pontons de débarcadère s'étiraient dans la profondeur du fjord. Une vingtaine de longs bateaux y étaient amarrés. Des entrepôts bordaient la rive, et sur la colline où s'était autrefois trouvée la maison longue d'Erek s'élevait une halle en pierre qui aurait honoré un prince. Se pouvait-il qu'il se soit trompé de chemin dans les montagnes ?

Troublé, Mandred jeta un coup d'œil vers la falaise couronnée par le cercle de pierres. C'était la falaise Durok et là, en bas, devait se trouver son village. Il fallait voir la vérité en face.

Mandred sentit sa gorge se nouer. Il déglutit avec difficulté. Farodin venait lui aussi d'atteindre la crête de la colline. L'elfe tint son cheval en bride et regarda sans un mot le fjord en contrebas.

— Nous… Nous avons dû être partis fort longtemps, réussit péniblement à articuler Mandred.

Il ferma les yeux et repensa à ces quelques années passées avec Alfadas, son fils. Comme si cela s'était passé la veille, il se souvint de ce jour où sur la barque d'Erek ils avaient fait une sortie dans le fjord et comment Alfadas, tout à sa joie, l'avait poussé à l'eau. Il se rappela ce saumon d'une vingtaine de livres, qu'il avait attrapé et qui était plus grand que tous ceux que son fils avait tenus au bout de sa ligne. Ils s'étaient saoulés ensemble, s'étaient assis sur la rive, avaient fait griller le saumon au-dessus d'un feu et l'avaient mangé avec du pain rassis.

Quel âge pouvait avoir Alfadas à présent ? Combien fallait-il de temps pour transformer un petit village en une ville ? Vingt ans ? Quarante ans ?

Venus de l'ouest, ils avaient traversé les montagnes, sans jamais rencontrer âme qui vive. Personne avec qui s'asseoir auprès d'un feu pour entendre raconter les dernières nouvelles ou de vieilles histoires. Ainsi, il eût été préparé, peut-être... Mandred se mordit les lèvres en tentant désespérément de dominer les émotions qui menaçaient de le submerger. Les elfes l'avaient averti du risque de voyager en franchissant les Portes. Après ce qui s'était passé dans la grotte de glace, il aurait dû le savoir...

Mais ils avaient été alors transportés dans le temps par un sortilège du devianthar ! Farodin et Nuramon avaient pourtant appris depuis l'art de maîtriser les Portes. Comment cela avait-il pu arriver ?

Rongé d'inquiétude, il fit descendre la colline à sa jument. Il voulait absolument voir Alfadas ! À quoi son fils pouvait-il ressembler maintenant ? Avait-il des enfants ? Peut-être même des petits-enfants ?

Sans être arrêtés par les gardes, ils passèrent la porte de la ville lourdement fortifiée. Ce devait être jour de marché. Les rues étaient encombrées. Partout, on avait dressé des étals contre les maisons. Une délicieuse odeur de pommes flottait dans l'air. Mandred avait mis pied à terre et menait son cheval par la bride. Il dévisageait fixement tous ceux qu'il rencontrait, cherchant à reconnaître des traits familiers.

Pendant le temps de son absence, tout avait changé et jusqu'aux vêtements ! Ils portaient presque tous du bon drap. Il régnait ici une ambiance de fête. Firnstayn s'était enrichi. Aucune des maisons qu'il connaissait ne se trouvait encore en place.

Finalement, Mandred ne supporta plus cette incertitude. Il arrêta un homme aux cheveux gris. Le vieil homme portait une chemise blanche avec des broderies colorées aux épaules. Son lourd torque, aux extrémités ornées d'une tête de cheval en argent, le désignait comme étant un personnage important.

— Où pourrais-je trouver le jarl Alfadas ? demanda Mandred, nerveux. Que s'est-il donc passé ici ?

Le vieillard fronça les sourcils. Il plissa un peu ses yeux bleus en essayant visiblement de jauger le plaisantin auquel il avait affaire.

— Le jarl Alfadas ? Je ne connais pas de jarl portant ce nom.

— Qui gouverne donc cette ville ?

— Tu dois venir de loin, guerrier. Tu n'as jamais entendu parler du roi Nauldred Briselame ?

— Un roi ? (Mandred faillit avaler de travers.) C'est un roi qui règne à Firnstayn ?

— Tu te moques de moi ! s'énerva le vieux.

Il s'apprêtait à partir, mais Mandred le retint par la manche.

— Regarde-moi ! Tu m'as déjà vu ? (Mandred agita la tête, ses fines nattes le fouettèrent au visage.) Je suis Mandred Torgridson et je suis venu voir mon fils Alfadas.

Tout autour, des badauds s'étaient arrêtés. Quelques hommes avaient porté la main à leur épée, prêts à intervenir, si l'étranger continuait à importuner le vieil homme. Entre-temps, celui-ci était devenu pâle comme un linge. Comme s'il avait vu un fantôme.

— Mandred Torgridson, répéta-t-il d'une voix blanche.

Ce nom se répandit comme un feu courant et fut bientôt sur toutes les lèvres.

— Tu es certainement venu chercher l'elfe blessée, finit par articuler le vieux. Tu la trouveras dans la maison longue du roi. Il a fait venir de loin des guérisseurs et des sorcières…

— Je suis ici à cause d'Alfadas, mon…

Farodin lui posa une main apaisante sur l'épaule.

— Quelle est cette elfe dont vous parlez ?

— Des chasseurs l'ont trouvée au col de Larn. Plus morte que vive. On l'a amenée ici dans la ville royale, parce que personne ne pouvait l'aider. (Le vieux plissa les yeux. Soudain, il tendit la main et caressa la joue de Farodin.) Tu es… Je veux dire, vous êtes… Vous êtes aussi un…

— Où trouverons-nous la halle du roi ? demanda Mandred poliment, mais d'une voix assurée.

Le vieillard voulut absolument les accompagner en ville. Une voix dans la foule cria : « Le jarl Mandred est de retour ! » Et la foule se pressa encore plus tout autour d'eux. Certains se contentèrent de les regarder, lui et Farodin, en écarquillant les yeux. D'autres essayèrent de toucher Mandred comme pour se persuader qu'il ne s'agissait pas d'un esprit.

Finalement, ils atteignirent la colline où se trouvait la halle du roi. Un large escalier, flanqué de statues de lions, conduisait au trône du monarque. Lorsqu'ils montèrent tous les deux les marches, la foule resta en arrière.

Mandred se sentit partagé entre des sentiments contraires. Il était irrité que le vieil homme ne lui ait pas révélé ce qu'il en était d'Alfadas. Mais d'un autre côté, il se sentait fier. Il était célèbre ! Tout le monde en ville semblait connaître son nom. Il devait certainement exister un chant épique célébrant son combat contre l'homme-sanglier !

Ils avaient presque atteint la grande halle, quand Mandred se retourna pour jeter un regard sur la place. Tout le monde en bas paraissait avoir les yeux braqués sur lui. Tout commerce avait cessé.

Le jarl tira sa hache et tendit les bras vers le ciel.

— Je salue le peuple de Firnstayn ! Ici se tient Mandred Torgridson qui est de retour pour rendre visite à son héritier !

Des cris d'allégresse montèrent vers lui. Ces cris et cet enthousiasme lui allèrent droit au cœur. Quand il finit par se détourner, une silhouette massive l'attendait en haut de l'escalier : un guerrier à la barbe rousse en désordre où se nichaient de larges mèches blanches. Il était encadré par une escorte de jeunes hommes bien armés.

— Ainsi, tu prétends être Mandred, dit le vieux guerrier d'une voix de défi. Pourquoi devrais-je te croire ?

Le jarl posa la main sur sa hache. L'envie le chatouillait d'inculquer un peu de respect à ce type. Mais ensuite il fut forcé de sourire. Cette tête de mule qu'avait ce vieux… Ça devait tenir à la famille ! Toutefois…

— Vous n'aurez pas de mal à reconnaître Mandred Torgridson en voyant qu'il voyage en compagnie d'un elfe, intervint Farodin. Il dégagea ses longs cheveux blonds pour laisser mieux voir ses oreilles pointues.

Le roi fronça les sourcils. Il prit tout à coup un air fort grave et même soucieux, comme s'il venait d'apprendre une mauvaise nouvelle.

Mandred se tenait là, comme pétrifié. Si ce vieil homme là-haut était son petit-fils, cela voulait dire qu'Alfadas était mort depuis longtemps.

— Es-tu Faredred ou Nuredred ? s'enquit poliment le roi.

— Farodin, répondit l'elfe.

Mandred sentit ses genoux trembler. Il se raidit, essaya de se tenir tranquille, mais il ne se contrôlait plus.

— Alfadas, dit-il doucement. Alfadas…

Le roi descendit les marches et prit Mandred dans ses bras. Les cris d'allégresse reprirent sur la place.

— Tu ne te sens pas bien ? demanda Nauldred à voix basse.

Mandred secoua la tête.

— Qu'en est-il d'Alfadas ?

Le roi glissa un bras sous ses aisselles pour le soutenir. Pour tous les autres, cela devait signifier un geste d'amitié.

— Nous parlerons dans ma halle, pas ici.

Ils gravirent lentement les dernières marches. Les portes de la halle royale étaient grandes ouvertes. À l'intérieur, la lumière claire des torchères se reflétait sur des colonnes ferrées d'or. Des bannières conquises pendaient du haut du plafond. À l'autre bout de la halle, un siège en bois sombre trônait sur un piédestal.

Mandred s'étonna de cette splendeur. C'était encore plus impressionnant que la halle d'or de Horsa Louréku. L'un des murs était orné de boucliers grands comme des portes et de haches de pierre, qui semblaient bien trop lourdes pour des mains d'homme.

Une jeune femme aux cheveux roux sortit de derrière une colonne. Elle portait une longue robe en cuir de cerf, entièrement garnie d'osselets, de plumes et d'amulettes en pierre.

— Seigneur, elle ne verra pas le lever du soleil. Nous sommes impuissants.

—Alors, apportez un brancard. Nous la porterons au cercle de pierres. Mandred et son compagnon Faredred sont venus la chercher.

—Même pour cela, elle est beaucoup trop faible. Même sur une civière et enveloppée dans de chaudes couvertures, elle ne résistera pas à la montée de la falaise. C'est pur miracle qu'elle ait survécu jusqu'ici.

—Mène-moi à elle, demanda Farodin. Tout de suite !

Le roi fit un signe de tête à la femme en robe de cuir. Elle prit Farodin par la main et l'emmena.

Mandred s'appuya contre une colonne. La vue de cette halle lui avait pour un temps fait oublier sa faiblesse.

—Alfadas ? demanda-t-il sur un ton implorant en regardant les mèches blanches dans la barbe du roi.

Nauldred frappa dans ses mains et fit un large geste englobant son escorte.

—Apportez de l'hydromel et deux cornes à boire. Et puis laissez-moi seul avec mon ancêtre !

Ancêtre ! Mandred sentit quelque chose se révulser en lui.

Les jeunes guerriers se retirèrent. Une servante apporta les cornes à boire et leur laissa un grand pichet d'argile rempli d'hydromel. Les cornes étaient ornées de larges bandes d'or.

—Depuis combien de temps Alfadas est-il mort ? demanda Mandred d'une voix sans timbre.

—Bois ! lui intima Nauldred. Bois, et je répondrai à toutes tes questions.

Mandred porta la corne à ses lèvres. L'hydromel était doux et épicé à la fois. Délicieux. Quand il s'en remplit une deuxième corne, Nauldred lui expliqua sans détours qu'il était le onzième roi du clan d'Alfadas. Il posa une main consolatrice sur son épaule et commença de raconter :

—Peu de temps après ton départ de Firnstayn, Alfadas fut élu jarl et, en quelques années seulement, il obtint le titre de prince. Le roi en fit son conseiller et son chef d'armée en temps de guerre. Quelques années se passèrent ainsi lorsque, peu après une fête de mi-été, un elfe arriva à Firnstayn pour solliciter l'aide d'Alfadas. Une armée de trolls avait envahi Albemark et les elfes se trouvaient en très mauvaise posture.

» Alfadas tint conseil avec le roi et les princes du Pays des Fjords et il mit finalement sur pied la plus grande armée que le Nord avait jamais vue. Ils passèrent une Porte que les elfes leur ouvrirent et combattirent côte à côte avec des centaures, des kobolds et des elfes. La guerre dura quatre années, et lorsqu'on finit par chasser les trolls d'Albemark, ceux-ci commencèrent à attaquer les villes et les villages du Pays des Fjords. Ils s'emparèrent de Gonthabu et massacrèrent le roi et toute sa famille.

» Peu de temps après, Alfadas arrêta ces pillards au fjord de Gondir et leur infligea une sévère défaite. Sur le champ de bataille, les autres princes firent d'Alfadas leur nouveau roi. Avec les elfes alliés, il repoussa les trolls dans le Nord lointain. Alfadas fit de Firnstayn sa capitale, parce qu'elle se trouve près d'une Porte ouvrant sur Albemark et assez loin au nord pour être proche de la frontière des trolls. Depuis lors, il existe une alliance entre les elfes d'Albemark et les humains du Pays des Fjords.

— Et qu'est-il arrivé à mon fils ? voulut savoir Mandred.

— Il est mort en héros. Il s'est fait prendre dans une embuscade ; des trolls l'ont assassiné et ont emporté son cadavre. Mais son ami elfe Ollwyn est allé rechercher son corps et il a vengé son meurtre dans le sang. Alfadas a été enterré à Firnstayn. Il a trouvé son dernier repos près de sa mère, sous le chêne de Mandred.

Mandred sentit à la fois l'amertume et la fierté le gagner. Il eût tant aimé passer encore quelques semaines insouciantes avec Alfadas, comme autrefois à leur arrivée à Firnstayn ! Il leva sa corne à boire.

— Puisses-tu pour toujours trouver ta place à côté de Luth à la table des dieux ! dit-il d'une voix brisée.

Ensuite, il versa un peu d'hydromel en sacrifice aux dieux et vida sa corne.

— Il siégera certainement à la table d'honneur, assura le roi. (Nauldred s'était levé et il lui montra l'une des colonnes ferrées d'or. De larges bandes de métal martelé représentaient des guerriers montés. Nauldred désigna un cavalier qui avait fiché sa lance dans le corps d'un géant.) Tu vois ? C'est ton fils en train de tuer le prince troll Gornbor. (Le roi montra d'un large geste toute la halle.) Sur presque toutes ces colonnes, tu trouveras l'effigie d'Alfadas. Ses actes héroïques sont innombrables. Il est souvent parti avec l'elfe Ollwyn pour chasser les éclaireurs des trolls. Il est notre fierté et en même temps notre malheur, car plus personne depuis n'a pu égaler son héroïsme.

— Vous combattez toujours les trolls ?

— Non. La paix s'est installée depuis longtemps. Parfois, lorsque la tempête entraîne un bateau très haut dans le Grand Nord, les pêcheurs aperçoivent dans le brouillard l'un de leurs grands navires. Il arrive aussi que les chasseurs trouvent, de temps à autre, leurs empreintes dans la neige. Mais les combats sont terminés. (Le roi regarda Mandred avec gravité.) Pourquoi es-tu venu, Mandred Torgridson ?

— Je voulais encore une fois serrer Alfadas, mon fils, dans mes bras.

Le visage du roi s'assombrit.

— Tu dois bien savoir pourtant qu'aucun humain ne vit plusieurs siècles. Dis-moi la véritable raison de ta venue ici.

Mandred fut surpris par son intonation. Elle lui parut presque hostile.

— Lorsqu'on voyage avec des elfes, le temps s'écoule différemment. Plus vite. Je croyais que seules trois ou quatre années étaient passées depuis ma dernière rencontre avec mon fils. Regarde-moi. Je suis toujours un jeune homme, Nauldred, et pourtant, je suis le père d'Alfadas.

Le souverain se caressa la barbe d'un air songeur.

—Je vois que la mort d'Alfadas te cause une douleur sincère, je vais donc te prêter foi. Cela dit, ton arrivée à Firnstayn me cause un grand trouble.

Mandred fut étonné et légèrement vexé.

—Je ne convoite pas ton trône, Nauldred.

—Je te le céderais si tu le voulais, répliqua le roi, irrité. Il s'agit de ta saga. Et c'est bien ce qu'Alfadas nous a toujours dit.

—Quoi ?

—On dit que tu reviens toujours à ton peuple aux heures de grande détresse. Nous ne sommes pas en détresse, Mandred. Alors, je me demande ce que tu nous amènes. D'abord, nous découvrons une elfe grièvement blessée, après plus de trente années pendant lesquelles personne n'a plus jamais vu d'elfe dans ce royaume. Et voici que tu arrives avec ton compagnon, un elfe si beau et si inapprochable qu'on dirait un émissaire de la mort. Je suis en grand souci, Mandred. Va-t-il y avoir une nouvelle guerre des Trolls ?

Le jarl secoua la tête.

—Je ne le crois pas. Je n'ai aucune querelle avec eux. Je n'en ai encore jamais vu un seul.

Nauldred montra la représentation d'Alfadas et de Gornbor.

—Ils sont terrifiants. On dit que chacun d'eux possède la force de dix hommes. Sois heureux de n'en avoir jamais rencontré. Un homme seul ne fait pas le poids contre un troll. Seul Alfadas le pouvait.

—Et cette elfe ? D'où vient-elle ?

Le roi haussa les épaules.

—Personne ne le sait. Elle est grièvement blessée. Comme si un ours l'avait attaquée. Elle était presque morte de froid quand nous l'avons trouvée. Elle a une forte fièvre et délire dans son sommeil, mais nous ne comprenons pas ce qu'elle dit. J'espère que ton compagnon est un puissant magicien. Seule une grande magie peut encore la sauver. Ma fille Ragna est experte en guérison. Elle a soulagé ses douleurs et a fait baisser la fièvre. Mais, depuis des semaines, les blessures se refusent à guérir. Elle s'est de plus en plus affaiblie. Ragna craint qu'elle meure dès cette nuit. Mais maintenant, ton compagnon est là.

Mandred eût préféré que Nuramon soit au chevet de l'elfe. Lui, il serait même allé la rechercher dans les demeures d'or des dieux. Mais Farodin… L'elfe blond était un guerrier, pas un guérisseur.

—Peux-tu me conduire à cette elfe ?

—Certainement. (Le roi écarquilla les yeux.) Tu es un guérisseur, toi aussi ?

—Non.

Mandred sourit. Sans doute le roi pensait-il que celui qui traverse les siècles possède tous les savoirs.

Ils quittèrent la halle et pénétrèrent dans une aile de la demeure royale. Mandred admira les tapisseries qui ornaient les murs de pierre. Nauldred lui fit monter un étroit escalier vers un vestibule sur lequel s'ouvraient plusieurs portes. Une vasque à feu plate chassait le froid incrusté dans les murs de pierre. Devant la dernière porte se trouvaient un guerrier et la jeune femme en robe de cuir que Mandred avait déjà vue dans la halle du roi.

Ragna écarta les bras en signe de désarroi.

—Il ne laisse entrer personne. Au début, on pouvait entendre des voix. Mais depuis un bon moment, on n'entend plus rien dans la chambre.

—Et puis, il y avait cette lumière, dit le guerrier impressionné. Pourquoi tu ne leur en parles pas, Ragna ? Une lumière argentée est passée sous la porte. Avec une drôle d'odeur. Comme un parfum de fleurs.

—Et depuis, vous n'avez plus entendu aucun bruit dans la chambre ? demanda le roi.

—Plus rien, assura le soldat de garde.

Mandred se dirigea vers la porte.

—À ta place, je ne ferais pas ça, dit Ragna. Il a fait clairement savoir qu'il ne désirait la présence de personne dans la chambre. Dans les sagas des scaldes, les elfes sont plus polis.

Le jarl saisit la poignée de la porte.

—Il tolérera ma présence. (Il n'en était pas si sûr.) Mais il vaudrait mieux que personne ne me suive.

Mandred entra et referma aussitôt la porte derrière lui. Il se trouvait dans une petite mansarde. Une grande partie de la pièce était occupée par le lit. Une belle tapisserie, tendue sur les poutres du plafond en soupente, représentait une scène de chasse aux sangliers. Un parfum de rose embaumait l'air.

Une épaisse couverture de laine et plusieurs peaux de chèvres couvraient le lit. Un léger creux se dessinait dans le matelas. Farodin était agenouillé au pied du lit, le visage enfoui dans ses mains. Mais Mandred ne vit aucune elfe. Et dans cette petite chambre, il n'y avait aucun endroit où elle eût pu se cacher.

—Farodin ?

L'elfe leva lentement la tête.

—Elle est partie dans la Lumière de la Lune. C'était sa destinée de transmettre le message.

—Tu veux dire qu'elle est morte ?

—Non, ce n'est pas pareil. (Farodin se releva, le visage impassible.) Elle est maintenant là où tous les enfants d'albes iront un jour. Elle m'a chargé de sa mission. (Il tira son épée et passa son pouce sur la lame. Mandred n'avait encore jamais vu son compagnon dans une telle disposition. Il n'osa pas lui parler. Une goutte de sang coula sur la lame de l'épée.) Les trolls ! finit par dire Farodin après un long silence. Les trolls. Il y a eu une guerre contre eux, mais elle est finie depuis bien des années. Tout à la fin de la guerre, ils ont abordé un grand voilier. Il y avait presque trois cents elfes à bord. Ils les ont emmenés en captivité. Certains d'entre eux vivent encore. Yilvina en fait partie.

—Yilvina ? Notre Yilvina ?

Mandred se rappela la jeune elfe blonde. Avec ses deux épées courtes, elle lui avait toujours paru invincible au combat. Comment avait-elle pu se retrouver captive ?

—Yilvina et encore quelques autres. Oui. Ils sont toujours en vie après plus de deux siècles passés en captivité. Orgrim, le chef de l'armée des trolls, les a gardés prisonniers, bien que la paix soit depuis longtemps conclue. (Farodin montra le lit vide.) Shalawyn leur a échappé. Ils l'ont traquée comme un gibier. Elle voulait revenir à Albemark pour tout raconter à Emerelle.

—Devons-nous alors apporter son message à Albemark ?

Mandred ne se sentait pas à l'aise à la pensée de devoir encore se présenter à la reine. Farodin essuya le sang de son épée avec la couverture, puis il la remit au fourreau.

—Ce serait insensé. Emerelle enverrait un émissaire à la cour du roi des trolls et demanderait des nouvelles des prisonniers. Le roi sommerait ensuite le duc Orgrim de parler, et le commandant en chef nierait farouchement tenir encore des elfes captifs. Maintenant, il n'y a plus de témoin vivant. Si Emerelle refusait de croire Orgrim, cela suffirait pour déclencher une nouvelle guerre contre les trolls. La reine ne va pas prendre ce risque. Par conséquent, ça ne changerait rien.

—Donc, Shalawyn s'est enfuie en vain.

—Non, fils d'homme. Ce que les trolls font subir aux prisonniers ne doit pas rester impuni. Elle m'a tout raconté.

Mandred recula d'un pas. Quelque chose dans le regard de Farodin l'incitait à la prudence.

—Qu'est-ce… Qu'est-ce qu'ils leur font ?

—Ne pose pas de questions ! Il y a une seule chose que tu dois savoir. Le duc Orgrim en répondra par le sang ! Je trouverai le chemin vers lui et il regrettera ses méfaits.

Devant la Porte de l'oracle

Nuramon précédait d'un pas tranquille son étalon Felbion. Il sentait une Étoile attirer la puissance du Sentier sur lequel ils avançaient. Il espérait pouvoir enfin atteindre l'oracle Dareen. À plusieurs reprises, il avait suivi de fausses pistes. Les humains d'Angnos ne savaient pas faire la distinction entre magie et illusion, et ce qu'ils appelaient « oracle » n'était rien d'autre qu'une charlatanerie. Il n'avait rien appris d'autre là-bas que ce qu'il eût pu se dire lui-même. Suite à ces expériences décevantes, il s'était mis en quête d'un ancien oracle resté depuis longtemps muet ou refusant totalement son accès.

Le chemin d'Iskandrie à Angnos et la traversée du royaume avaient été pénibles. Il avait contourné des villes et des villages et ne s'était montré qu'à des voyageurs isolés ou à des ermites. Personne ne devinait un elfe en lui. Il portait une capuche qui cachait ses oreilles et en partie son visage. Sa voix ne pouvait le trahir, car rares étaient les humains à avoir déjà entendu parler un elfe. Ils le prenaient certainement pour un voyageur mystérieux venu d'un pays lointain, ce qui, d'une certaine manière, correspondait à la vérité.

Au cours de ses voyages, il avait repéré le tracé des Sentiers d'Albes et il en connaissait maintenant assez à Angnos pour prendre le risque de sauter d'une Étoile à l'autre sans changer de monde. Il était étonné de voir à quel point cela lui était facile. La magie était la même, il fallait simplement choisir un Sentier qui ne quittait pas ce monde. Pourtant, ses recherches restaient infructueuses.

Depuis peu, il traversait un territoire dont les Sentiers étaient nouveaux pour lui. Cela faisait des jours qu'il n'avait plus vu aucun humain, mais il avait pourtant trouvé des signes d'enfants d'albes : des modifications que seules des mains d'elfe auraient pu laisser. La croissance des plantes à certains endroits lui rappelait Albemark, et l'inhabituelle fertilité de cette contrée lui faisait supposer l'existence d'une source magique semblable à celle de Noroelle. Tous ces signes se mêlaient à la nature désertique et raboteuse qui, sur son sol pierreux, produisait d'ordinaire peu de verdure.

En pensant au désert, il se demandait s'il ne se montrait pas injuste envers ce monde. Cette mer de sable lui avait montré que le Monde des Humains possédait lui aussi des paysages d'une grande beauté.

Le Sentier d'Albes dont il sentait maintenant la puissance sous ses pieds grimpait en pente douce vers une montagne. Pourtant, il ne se prolongeait pas jusqu'au sommet ; il était donc possible qu'il traverse directement la roche.

Lorsque Nuramon atteignit enfin la paroi rocheuse où disparaissait le Sentier, il se demanda si l'oracle qu'il cherchait ne se trouvait pas là, au sein de la montagne. Il entreprit alors de la contourner à côté de Felbion, tout en regardant s'il ne voyait pas une grotte ou un couloir secret menant à l'intérieur. Il croisa deux autres Sentiers qui disparaissaient aussi dans la roche. Puis un quatrième dont il sentit le flux de puissance habituel. Il fut alors certain qu'ils se croisaient tous en une Étoile, quelque part dans le rocher.

À mi-chemin de son tour de montagne, Nuramon rencontra un Sentier s'éloignant de la roche. Il devait s'agir de celui qui l'avait conduit jusqu'ici et qui reprenait maintenant son cours à travers le monde après avoir traversé l'Étoile d'Albes. Il repartit vers la montagne sur ses traces, mais fut déçu de ne découvrir qu'une paroi rocheuse massive là où il pensait trouver l'entrée d'une grotte.

Nuramon examina minutieusement la roche. Là ! Quelque chose scintillait au soleil ! Il se dirigea vers cette lumière. Au bout de quelques pas, il vit ce que c'était : on avait incrusté des gemmes dans la paroi ! Il n'aurait su dire ce qui l'impressionnait le plus : le fait que ces pierres précieuses aient la taille d'une pomme ou qu'elles n'aient pas encore été volées ?

À gauche, il y avait un diamant, inséré profondément dans la paroi ; un rubis se trouvait à sa droite, brisé, mais toujours serti dans le rocher, avec à côté un cristal auquel de sombres veinures donnaient une teinte noire : une sorte de cristal de roche avec des inclusions de minéraux sombres. Un saphir se trouvait aussi sous le rubis.

Le rubis représentait le centre de cette composition. Un sillon d'un doigt de profondeur, creusé dans la roche, le reliait aux autres gemmes. Comme il était brisé, Nuramon supposa d'abord qu'on avait cherché en vain à le détacher du rocher. Mais ensuite, il abandonna cette supposition en sentant sept Sentiers se croiser directement devant lui. La pierre était brisée à sept endroits. Ce rubis était donc l'Étoile d'Albes ! Et chaque endroit brisé marquait un Sentier.

À gauche du diamant et à droite du cristal de roche, des signes étaient gravés dans la paroi. Il put lire ceux qui se trouvaient près du diamant. Il était écrit en elfique : « Chante le chant de Dareen, enfant du soleil ! Chante sa sagesse, avec ta main dans la lumière ! Chante les mots que tu prononças autrefois, et entrez côte à côte ! »

L'oracle ! Il avait foulé tant de Sentiers, cherché si longuement. Et maintenant… Nuramon se demanda ce que pouvait être le chant de Dareen. Alors lui revinrent en mémoire les paroles que maître Reilif, le Gardien du Savoir vêtu de noir, avait prononcées à Iskandrie. C'étaient celles de Yulivée.

Il posa sa main sur le diamant et chanta : *Tu es venu à nous. Ta voix est venue. Tu nous as montré les étoiles. Elles scintillaient. Nous avons vu.*

D'un seul coup, le diamant s'éclaira ; une lumière d'une blancheur aveuglante parcourut le sillon en direction du rubis, le pénétra et le fit chatoyer. Puis un flamboiement rouge partit du rubis vers le saphir. Atteint par ce feu, celui-ci jeta des étincelles. Mais la lumière rouge ne parvint pas à le pénétrer.

Quand Nuramon détacha sa main du diamant, le flux des lumières blanche et rouge s'effaça peu à peu entre le diamant, le rubis et le saphir.

La moitié gauche de l'énigme était résolue.

Nuramon regarda les signes à côté du cristal de roche. Sans pouvoir les déchiffrer. Il lui semblait pourtant en connaître la langue et il tenait même pour possible que ce soit l'une de celles d'Albemark, mais cette écriture ne comprenait que quelques signes vraiment très compliqués et donc difficiles à mémoriser. C'était là la véritable énigme.

Il posa sa main sur la gemme et chanta de nouveau les mots de Yulivée. Mais rien ne se produisit. Il repartit alors vers l'écriture elfique. Il l'avait bien comprise, mais il devait entrer « côte à côte » avec quelqu'un. Dans le chant, il était aussi question de « nous ». Quel que soit cet autre, il savait lire cette écriture étrangère, devait toucher la pierre noire et chanter lui aussi. Peut-être son chant était-il si court parce qu'il n'était qu'une partie d'un autre plus long. Lui, il était tenu d'en chanter une partie, et son compagnon devait en chanter l'autre. Mais de qui pouvait-il bien s'agir ? D'un humain ?

Nuramon regarda dans son ensemble ce qu'il avait devant lui. Le rubis était l'Étoile d'Albes, le saphir passait pour être la pierre de l'eau et des sources. Ici, il figurait sans doute une source de savoir, donc certainement Dareen, l'oracle. Le diamant le représentait, lui, ou quelqu'un comme lui. C'était la pierre de la lumière. « *Toi, l'enfant du soleil* », lisait-il devant lui sur la paroi. Mais s'il était un enfant du soleil, c'était donc que l'autre écriture se rapportait à un enfant de la nuit. Certes, le cristal de roche n'était pas connu comme pierre de la nuit, cependant ses veinures noires pouvaient s'y référer.

Soudain, Nuramon eut une idée. Il était un enfant d'albes et désigné ici comme « enfant du soleil ». Dans les temps anciens, on avait aussi appelé les enfants d'albes « enfants des albes de lumière ». Depuis sa maison dans le chêne, il pouvait voir les montagnes où les enfants des albes noirs avaient autrefois vécu. Un enfant des albes noirs ! Voilà celui qu'il devait trouver pour l'amener à ouvrir avec lui cette Porte.

Cela faisait bien longtemps que les enfants des albes noirs avaient quitté Albemark pour l'Autre Monde. Il existait quelques histoires à leur propos, mais elles sombraient peu à peu dans l'oubli. Les Sages prétendaient que la distinction entre les albes de lumière et les albes noirs n'avait aucun sens et qu'on devait les oublier tout autant que le peuple qui se réclamait des albes noirs. Cependant, on ne pouvait totalement effacer leur souvenir ni les rumeurs qui les entouraient. D'aucuns prétendaient qu'ils étaient mauvais et qu'il y avait eu autrefois de nombreux conflits avec eux. On racontait qu'ils n'avaient pas supporté l'éclat d'Albemark et que c'était la raison pour laquelle ils étaient partis dans ce monde trouble. D'autres les disaient inoffensifs, à condition de ne pas les provoquer, et ils affirmaient qu'ils étaient partis dans l'Autre Monde afin d'y créer quelque chose de neuf. Les plus vieux se taisaient, alors qu'ils étaient les seuls à connaître la vérité. Si bien que les enfants des albes noirs demeuraient un mystère.

Où fallait-il chercher ce peuple mystérieux ? Comme la Porte ouvrant vers Noroelle, ils pouvaient se trouver partout dans ce monde. Nuramon soupira. Il n'était pas plus avancé qu'avant. Il ne pouvait poursuivre sa quête que d'une seule manière : celle des elfes. Il chercherait le peuple perdu et Noroelle. Il finirait bien par trouver l'un ou l'autre. Et peut-être rencontrerait-il une nouvelle piste à laquelle il n'avait pas encore pensé. En tout cas, il n'irait pas retrouver Farodin pour le suivre sur son sentier sablonneux !

La colère de Farodin

Mandred n'était pas du genre anxieux, mais la façon dont Farodin avait changé lui donnait des craintes. Que cachait cet elfe au tréfonds de son âme ? Après toutes ces années, il pensait connaître son compagnon. Erreur ! Le rapport de Shalawyn avait fait naître en lui quelque chose de sombre. Mais non, à bien réfléchir, cet obscur trait de caractère avait toujours été là. Farodin s'était seulement entendu à le cacher. Mais à présent, quelque chose s'était produit qui lui faisait même oublier sa quête des grains de sable.

L'elfe l'avait prié de demander au roi Nauldred Briselame l'autorisation d'utiliser l'un des hangars à bateaux. Il sollicita aussi l'aide de quelques charpentiers d'expérience. Celle-ci lui fut généreusement accordée.

Les semaines suivantes, Farodin les passa exclusivement dans le hangar. Il construisit un bateau comme Firnstayn n'en avait encore jamais vu. Il traita presque les charpentiers en esclaves, tant il les fit durement travailler. Ils maudissaient sa nature, mais parlaient aussi avec une grande admiration de son savoir. Jamais Farodin n'avait raconté qu'il s'y entendait en construction de bateaux. Mais quelle quantité de connaissances pouvait-on engranger en une vie qui durait des siècles ?

Il ne fallut pas plus de dix semaines pour construire une embarcation étroite. Sa quille était taillée d'une pièce dans un tronc de chêne que Farodin était allé lui-même choisir dans les forêts au nord de la ville, tout comme les membrures formant le squelette de la coque. La voile était en toile du lin le plus pur. On l'avait renforcée avec des cordes en chanvre nouées en filet. La barque mesurait sept pas de long, mais guère plus d'un pas en sa partie la plus large.

À la mise à l'eau du bateau, tous les habitants de Firnstayn se rassemblèrent pour l'admirer. Il était effilé et de belle forme. Ses bordages se chevauchaient, ce que Mandred n'avait encore jamais vu.

Mais quand l'elfe expliqua devant le roi et sa suite qu'il prendrait la mer dès le jour suivant, ils n'en crurent pas leurs oreilles. Quitter le fjord en plein hiver pour remonter la côte vers le nord, c'était pure folie. Le bateau pouvait être le meilleur possible, rien ni personne ne pouvait résister aux tempêtes et à la glace.

Ce projet était tellement insensé que personne ne s'attendait à voir Mandred suivre l'elfe. Refuser d'accomplir ce voyage ne signifiait pas pour autant manquer de fidélité à un frère d'armes. Et pourtant, Mandred se sentait enchaîné à Farodin. Lui, Mandred Torgridson, il n'était pas ce guerrier invincible chanté par les scaldes. Il n'avait pas non plus accompli ces actes d'éclat qu'ils lui prêtaient tous. Mais en suivant Farodin, il pourrait peut-être confondre dans sa vie la vérité et la fiction de sa saga.

Le roi Nauldred pourvut le bateau des meilleures provisions : de la viande d'ours qui redonnait rapidement des forces après les combats ; des vêtements en fines peaux de vipères sur lesquelles perlait l'eau glacée ; et un tonneau d'huile de cachalot qui protégeait des engelures quand on s'en enduisait la peau. Mandred savait que son compagnon ne redoutait pas le froid. Mais il se réjouissait pour son compte de savoir ce tonneau à bord.

Nauldred les invita dans sa halle royale et donna une fête en leur honneur. Mandred eut l'impression d'être invité à son repas d'enterrement. Les scaldes avaient beau s'employer à chanter, l'ambiance n'y était pas. Farodin quitta les festivités assez tôt. Tellement plongé dans ses pensées qu'il sortit dans la nuit sans un adieu.

Mandred ne tarda pas non plus à se retirer. Il n'avait pas envie de supporter plus longtemps le regard triste de Ragna, la fille de Nauldred, et puis il n'osait pas se saouler la veille de leur départ dans une aventure téméraire.

À sa sortie, une bise froide s'engouffra sous son manteau. Son attention fut attirée par un bruit de grattement. C'était une nuit sans lune. Les étoiles se cachaient derrière les nuages. De nouveau ce grattement. Il provenait des lions de pierre qui flanquaient l'escalier de la halle royale. Comme s'ils aiguisaient nerveusement leurs griffes sur les marches.

Une ombre se détacha sur la marche du bas. Mandred appela la silhouette, mais il n'obtint aucune réponse. Elle s'évapora dans la nuit, comme la fumée s'échappant de sous les pignons des maisons longues.

Le guerrier posa sa main sur la lourde hache à sa ceinture. Il descendit lentement les marches. Hormis le vent qui s'engouffrait en hurlant sous les toits, il n'entendit aucun bruit.

Ce n'est rien, se dit-il pour se tranquilliser. Il se dirigea vers la maison que l'un des fils d'Alfadas lui avait fait bâtir. Quand il poussa la porte, un feu brûlait sous la pierre du foyer. La fumée et une chaleur agréable emplissaient la pièce. Farodin n'était pas là. Peut-être était-il descendu au hangar à bateaux. Malgré le froid, il avait passé la plupart des nuits là-bas.

Mandred se défaisait de son manteau quand un bruit le fit s'arrêter : un froissement de paille dans l'alcôve. Il y avait quelqu'un ici ! Une main blanche tira le rideau de laine grossière. Ragna, la fille du roi ! Elle avait les joues rouges. Elle n'arrivait pas à regarder Mandred en face.

— Ce n'est pas ce que tu crois, balbutia-t-elle. Je… Je pensais voir arriver l'elfe. Alors, je me suis cachée. J'ai allumé le feu pour que tu aies chaud dans cette rude nuit.

Elle jeta un coup d'œil vers la porte.

— Je te remercie, Ragna, répondit Mandred avec une certaine raideur.

C'était une jolie fille, à la peau blanche comme du lait. Des taches de rousseur égayaient son visage. Elle avait tressé ses cheveux roux en lourdes nattes. Ragna était de la lignée d'Alfadas, pourtant Mandred ne reconnut aucun trait de son fils sur son visage.

— Faut-il vraiment que tu partes en mer avec lui ? demanda-t-elle timidement.

— C'est une question d'honneur !

— Fi de l'honneur ! (Sa timidité avait subitement disparu. Ses yeux brillaient de colère.) Tu ne reviendras jamais de là-bas. Personne ne revient de Malmort !

Mandred soutint son regard. Ses yeux avaient le vert des jeunes pousses de sapin. Un peu de printemps y était retenu prisonnier.

— Je me suis déjà trouvé en plus d'un endroit d'où on ne revient jamais, dit-il avec suffisance.

— Comment deux guerriers pourraient-ils venir à bout d'une centaine de trolls ? Va donc te jeter tout de suite à la mer depuis la falaise, si tu tiens tant à mourir ! Tu… (Effrayée, elle mit sa main devant la bouche.) Je ne voulais pas dire ça. Je…

— Pourquoi ma vie t'importe-t-elle tant ?

Et pourquoi m'importe-t-elle si peu ? ajouta-t-il en pensée. *Parce que je n'appartiens plus au temps ? Et que je vis, alors que mes ossements devraient pourrir depuis longtemps dans la tombe ?*

— Tu es l'homme le plus imposant que j'aie jamais rencontré. Tout à fait différent des jeunes beaux parleurs qui fréquentent la halle de mon père. Tout en toi parle d'héroïsme.

Mandred sourit.

— Autrefois, c'étaient les hommes qui faisaient des propositions aux jeunes filles.

Ragna devint écarlate.

— Je ne pensais pas à ça. Je… C'est… (Désemparée, elle leva les mains.) Simplement, je ne vois pas d'un bon œil que tu coures à ta perte demain.

— Et tu ferais tout pour que je reste ?

Elle releva le menton d'un air provocant.

— À toi de deviner. Les temps n'ont tout de même pas changé à ce point.

Les enfants des albes noirs

Nuramon peinait à reprendre son souffle. Le raidillon qui menait au col l'avait épuisé. Felbion l'avait suivi à quelque distance et marchait maintenant à côté de lui.

Ils se trouvaient à la limite des arbres et de la neige. Avec devant eux une descente abrupte vers la large vallée. Les montagnes environnantes donnaient à Nuramon une impression familière. Elles lui rappelaient celles de son pays, même s'il n'y reconnaissait pas de similitude évidente. Peut-être sa sensibilité était-elle plus affinée que son œil.

Dans sa quête des descendants des albes noirs, il s'était risqué dans les villes des humains et avait recherché leur compagnie afin d'écouter leurs histoires. Il avait toujours bien caché ses oreilles de sorte que tout le monde l'avait pris pour un guerrier venu du lointain Occident. Les humains avaient d'autres noms pour désigner les albes noirs et ils racontaient que ceux-ci cherchaient leurs victimes parmi les habitants des montagnes pour les entraîner dans de sombres vallées où ils dévoraient leurs chairs dans des grottes.

Nuramon avait suivi les Sentiers d'Albes dans la montagne. Là, les alentours n'avaient rien de sombre et, à cette altitude, l'air était presque aussi clair que celui d'Albemark.

En descendant vers la vallée, Nuramon pensait à Noroelle. Au cours de son voyage, il était passé près de deux Étoiles d'Albes dont les Sentiers étaient condamnés. Il avait essayé sur eux ses forces magiques, mais il n'avait pas réussi à rompre les barrières. Peut-être était-il passé juste à côté de la Porte de Noroelle ! Il se demandait comment reconnaître cette Porte qui le conduirait à sa bien-aimée. Sans trouver de réponse. Ne lui restait que l'espoir de découvrir l'oracle !

Bientôt, le sentier s'élargit et la pente se fit moins raide, ce qui permit à l'elfe de remonter Felbion. En traversant les forêts au petit trot, il pensa à ses moments passés avec Noroelle. Le souvenir en était si puissant qu'il effaça tous ses doutes. Il la trouverait un jour et la libérerait, avec ou sans Farodin.

Felbion s'arrêta brusquement.

Nuramon scruta les environs. Il entendit alors un bruissement dans les fourrés à sa gauche ; et à sa droite, quelque chose bougea dans l'ombre des arbres.

— Qui es-tu ? s'écria une voix grave dans sa langue, avec cependant un accent rocailleux inhabituel.

Nuramon ne tourna même pas la tête, il se contenta de poser la main sur son épée.

— Je vous le dirai volontiers, à toi et à tes compagnons, si vous m'accostez comme d'honnêtes enfants d'albes et non comme de vulgaires détrousseurs de grand chemin.

— De bien grands mots, ma foi, pour quelqu'un qui vient troubler le calme de cette vallée, répondit la voix. Tu es un elfe.

— Comme vous vous obstinez à rester dans l'ombre des arbres et que vous craignez sans doute les rayons du soleil, je suppose que vous descendez des albes noirs.

Nuramon savait pertinemment que c'était une supposition osée. Cependant, ou bien il avait raison ou bien la mention de ce nom intimiderait au moins les enfants d'albes hostiles.

Il n'obtint aucune réponse. Il y eut un long moment de silence. Puis le bruissement reprit tout à coup. Nuramon serra plus fort son épée. Mais en voyant les silhouettes émerger du taillis et de l'ombre des arbres, il fut tellement étonné qu'il relâcha sa prise.

Il s'agissait de huit petits hommes portant de longues barbes. Ils lui arrivaient sans doute à la poitrine, mais paraissaient de constitution robuste. Cinq d'entre eux tenaient une hache en main ; deux, une épée large ; et un, une arbalète. Étaient-ce là les enfants des albes noirs ?

Chacun de ces solides petits hommes portait une armure de métal et une ceinture où pendaient d'autres armes : poignards, épées courtes et longs coutelas. Cette compagnie se préparait sans aucun doute à combattre.

L'un des hommes s'avança. Apparemment, le plus jeune.

— D'où connais-tu les albes noirs ? Et qui t'a parlé de leurs enfants ? demanda-t-il.

Nuramon reconnut la voix qui s'était adressée à lui depuis la forêt.

— J'ai entendu parler d'eux à la vue des Iolides.

Les petites silhouettes échangèrent des regards étonnés.

— Tu as vu les Iolides ? demanda leur chef.

— De mes propres yeux.

L'elfe repensa à toutes ces heures passées chez lui, assis à la fenêtre, à contempler la ligne gris-bleu des montagnes.

— Il ne faut pas le croire, dit l'arbalétrier. Il ment ! Il cherche à gagner du temps pour nous ensorceler. (Nuramon remarqua que l'homme le visait à la tête ; il s'efforça de dissimuler son inquiétude.) Allez, laisse-moi l'abattre !

— Silence ! cria le chef en levant la main. (Puis il se retourna vers Nuramon.) Sois le bienvenu à Aelburin. Je m'appelle Alwerich et voici mes compagnons.

Il les présenta chacun à leur tour.

— Mon nom est Nuramon.

— Qu'est-ce qui t'amène dans notre vallée ?

— Je cherche les enfants des albes noirs... et tout ce que l'on peut me dire sur l'oracle Dareen.

— Les albes noirs, tu les as trouvés. En ce qui concerne l'oracle Dareen, tu obtiendras certainement dans notre royaume toutes les réponses que nous pourrons t'offrir.

— Voilà qui me semble très accueillant.

— Certes. Nous sommes connus pour notre hospitalité.

Nuramon avait une réplique sur le bout de la langue, mais il préféra la garder pour lui.

— Eh bien, maintenant, suis-nous, l'invita Alwerich.

— Encore une question, s'il te plaît.

— Vas-y, elfe !

— Si vous êtes les enfants des albes noirs, dites-moi alors comment il se fait que vous voyagiez à la lumière du soleil. Ne dit-on pas que vous vivez dans les ténèbres ?

Alwerich eut un sourire narquois.

— Et vous, les elfes, vous vivez à la lumière du jour, et pourtant je t'ai vu aussi te promener dans la nuit.

Nuramon se sentit doublement honteux. Il n'avait pas remarqué Alwerich dans la nuit. De plus, il aurait dû s'attendre à sa réponse. Il s'était fait prendre en défaut.

— D'ailleurs, nous te saurions gré de nous appeler « nains » ! ajouta Alwerich.

Des nains ! Les contes anciens parlaient de ces créatures ! Ils étaient des mineurs incomparables et vivaient autrefois à Albemark sous terre ou dans les rochers. Nuramon n'aurait jamais imaginé que les nains étaient les enfants des albes noirs.

L'arbalétrier finit par abaisser son arme et partit en avant avec ses compagnons. Nuramon les suivit au pas, sur Felbion. Au bout d'un moment, il remarqua que les nains ne cessaient de jeter des regards méfiants en arrière. Mais ce n'était pas à cause de lui qu'ils gardaient leurs distances, ils se méfiaient plutôt de Felbion. Les nains craignaient-ils donc les chevaux ?

Le château de Malmort

Et de nouveau, ce raclement métallique. Mandred n'eut pas besoin de se retourner pour en connaître l'origine. Farodin se trouvait à la poupe. La barre coincée sous l'aisselle droite, il avait tiré un poignard et en aiguisait la lame. Depuis leur départ de Firnstayn, il avait dû répéter ce geste une bonne vingtaine de fois. Ce grincement plaintif agaçait les nerfs de Mandred. C'était un bruit annonciateur de mort.

Ragna avait dit vrai. Le pays du Grand Nord n'était pas fait pour les humains. Les elfes, les trolls et les esprits y étaient à leur place, pas lui !

Les cordages de leur petit bateau étaient gainés de glace. La voile raidie par le gel craquait quand le vent s'y engouffrait. Sept jours durant, ils avaient longé la côte vers le nord. Mandred repensait avec nostalgie aux jours passés sur le *Vent-Pourpre* sur la mer aegiléenne. À la chaleur aussi. Il se revoyait s'allonger à midi, à l'abri du soleil, sous la bâche de bôme, pour faire une petite sieste.

À la proue, dans le demi-jour de cette nuit d'hiver, il scrutait l'horizon à la recherche d'icebergs. Dans un silence menaçant, les géants blancs dérivaient vers le nord. Farodin l'avait surtout mis en garde contre les petits blocs de glace affleurants, capables d'endommager la coque. Mandred laissait vagabonder ses pensées. Il était las et songeait à Firnstayn. Là-bas, les femmes avaient certainement commencé les préparatifs de la fête de mi-hiver. On gavait les oies, pour qu'elles engraissent encore un peu pendant les derniers jours. On préparait de l'hydromel dans de grandes cuves et le parfum des petits gâteaux au miel embaumait sans doute déjà toute la ville.

Le jarl retira une moufle et plongea sa main dans le tonneau d'huile de cachalot. Elle s'était figée. Il en prit un peu dans sa main et l'y garda un moment pour qu'elle fonde. Puis, il s'en enduisit le visage et essuya ses doigts sur sa lourde veste en peau de phoque. Maudit froid !

Farodin faisait impitoyablement avancer le bateau. Ils ne mouillaient que rarement, sous le vent de récifs ou d'une baie abritée, afin de s'accorder quelques heures de sommeil. L'elfe paraissait ne plus faire qu'un avec la glace alentour. Il se tenait à la barre, le regard rivé sur l'horizon, comme figé. Il avait sans doute remis son poignard dans le baluchon qui se trouvait derrière lui. Parfois Mandred se demandait si c'était bien toujours la même arme que Farodin aiguisait. L'elfe n'avait pas pour habitude de refaire sans arrêt, stupidement, la même chose. Mais peut-être cela trahissait-il l'inquiétude qu'il savait par ailleurs si bien dissimuler.

Mandred leva les yeux et regarda le ciel pour oublier ses ruminations stériles. Ils étaient si loin au nord que le soleil ne se montrait plus. À la place, la lumière verte des fées se déployait d'un horizon à l'autre. Elle flottait au-dessus de leurs têtes en formant comme des bandes d'étoffe plissée. Mandred n'avait pas grand-chose à faire. Farodin aurait pu diriger tout seul le bateau.

Souvent, le jarl passait des heures à la proue à regarder la lumière dans le ciel. Elle le réconfortait dans ce désert immense de mer démontée et de sombres récifs. Le vent lui gelait les os tandis qu'il restait assis là à rêver.

Des glaciers hauts comme des tours surplombaient la côte. Mandred vit une fois, au loin, des blocs de glace dévaler en avalanche dans la mer et soulever les eaux. Une autre fois, il crut apercevoir un serpent de mer.

Au neuvième jour de leur voyage, Farodin devint nerveux. Ils étaient entrés dans un fjord. Des traînées de brouillard gris rampaient vers eux au-dessus des eaux. Mandred se tenait à la proue, chargé de repérer des écueils cachés. Les eaux étaient calmes. Le brouillard eut vite fait de les avaler. Tout près, le léger bruit de ressac se faisait entendre.

Farodin avait l'air d'être déjà venu là autrefois. Il devinait les hauts-fonds avant même que Mandred l'avertisse.

Dans la brume, une ombre gigantesque émergea devant eux. D'abord, Mandred pensa qu'il s'agissait d'un récif, mais il aperçut ensuite une lumière mate. Une odeur rance flottait dans l'air. Désormais, le brouillard était chaud. Il se condensait sur la barbe de Mandred.

Soudain, une voix rauque déchira le silence. Elle avait le timbre grave du grognement d'un ours en furie. Farodin fit signe de ne pas bouger en posant un doigt sur ses lèvres. Ensuite, il répondit sur le même ton dans une langue gutturale que Mandred n'avait encore jamais ouïe.

Un bref salut parvint en réponse. Puis l'ombre disparut. Farodin, tendu, garda le silence. Il sembla se passer une éternité. Le brouillard avait fait perdre à Mandred toute notion du temps. Finalement, l'elfe lui fit un signe de tête entendu.

— Nous serons bientôt à Malmort. Il y a des sources chaudes ici, dans le fjord. Elles le mettent tout l'hiver à l'abri du gel. Elles sont aussi la cause de ce brouillard qui cache le château des trolls. Tu sais comment te comporter ?

Mandred fit signe que oui. Ce qui allait se passer à Malmort était à peu près le seul sujet de conversation que Farodin avait toléré pendant le voyage. Ce qui ne signifiait pas pour autant qu'ils avaient discuté des plans de l'elfe. Pourtant, il faisait confiance à son compagnon. Farodin savait ce qu'il faisait !

Inconsciemment, le jarl avait porté sa main sur la hache à sa ceinture. Il pensait aux conseils de Farodin concernant la façon de combattre les trolls et aux histoires entendues dans son enfance. On les chassait en groupe, comme les ours des cavernes. Un homme seul ne pouvait rien contre eux. Mais ensuite, il pensa à son fils. Durant la Troisième Guerre des Trolls, Alfadas avait accouru à l'aide des elfes. Il avait vaincu ces monstres au cours de nombreuses batailles sanglantes. Mais pour finir, il avait été tué par eux. *Raison de plus pour venir ici !* s'encouragea Mandred en caressant sa hache.

Le brouillard s'écarta. Des récifs déchiquetés se dressèrent devant eux. Farodin désigna un rocher ressemblant vaguement à la tête d'un loup.

— Là-bas, il y a une grotte invisible depuis le fjord. C'est là que j'ai caché mon bateau, la dernière fois.

— Tu es donc déjà venu ici.

L'elfe hocha la tête.

— Je me suis déjà trouvé à Malmort, il y a plus de quatre cents ans. J'y ai tué alors le duc des trolls, leur chef de guerre, celui qui conduisait leurs armées lors des campagnes d'Albemark.

C'était du Farodin tout craché ! Dire ce qu'il savait au tout dernier moment !

— Tu aurais pu me raconter ça plus tôt, grommela Mandred.

— Pourquoi ? Est-ce que ça aurait changé quelque chose à ta décision ?

— Non, mais je…

— Alors, ça ne servait à rien que tu le saches. D'ailleurs, il y a un changement dans notre plan. Tu vas aller tout seul à Malmort.

Mandred en resta bouche bée.

— Hein ?!

— Ils ne me laisseraient jamais pénétrer dans leur forteresse. Sais-tu comment ils m'appellent ? « Porteur de mort dans la nuit ». Ils me tueront dès qu'ils me verront. Tu vois donc qu'il te faut inévitablement y aller seul. Je trouverai bien un autre chemin pour entrer. Mais toi, en tant que présumé émissaire, tu bénéficieras du droit d'hospitalité. Ils ne pourront rien te faire tant que tu n'enfreindras pas ce droit. Toutefois, ils tenteront de t'y amener. Il faudra absolument résister, quoi qu'ils fassent !

— Et pourquoi devraient-ils me recevoir en tant qu'émissaire ? Moi, un humain ! Alors qu'ils bouffent mes semblables !

Farodin s'agenouilla et défit le baluchon qu'il avait gardé à la poupe. Il montra à Mandred un rameau de chêne, enveloppé dans un fin tissu de lin.

— Voici pourquoi ils te recevront. Il s'agit du rameau d'un arbre animé. Seuls les messagers de la reine sont porteurs de ce signe. Ils sont intouchables.

Surpris, Mandred prit le rameau et l'enroula de nouveau dans le bout d'étoffe.

— C'est un vrai, ou bien ? Comment l'as-tu eu ?

— Manifestement, cette question gêna Farodin.

— Il a poussé à partir d'un gland d'Atta Aïkhjarto. J'espère que tu me pardonneras. Nous en avons besoin.

— Tu l'as coupé sur le chêne de la tombe de Freya ?

— Oui, j'en ai eu la permission, pour la mission à accomplir.

Mandred se demanda qui le lui avait permis : le chêne ou l'esprit de Freya ? Ses mains se mirent à trembler. Il les coinça sous ses aisselles. Farodin avait dû le remarquer.

— Saleté de froid ! grogna le jarl.

Il ne voulait pas avoir l'air d'un lâche.

— Oui, dit Farodin. Même moi, j'ai froid. Pense à Yilvina. Elle et les autres, ils méritent les risques que nous prenons.

Le bateau contourna un rocher dressé comme une tour dans le fjord. Ils mirent alors le cap sur la rive escarpée. L'elfe manœuvra adroitement parmi les écueils. Ensuite, ils abaissèrent le mât. Mandred attrapa les rames et s'arc-bouta contre la force du courant. Devant eux, tout près, cachée parmi les rochers, s'ouvrait l'entrée d'une grotte.

— On ne peut trouver cette entrée qu'à marée basse ! cria Farodin dans le sifflement des embruns. À marée mi-haute, elle disparaît déjà sous l'eau.

À l'idée de devoir entrer dans une grotte qui se trouvait sous l'eau à marée haute, Mandred sentit son estomac se nouer. *Farodin doit bien savoir ce qu'il fait*, pensa-t-il pour tenter une fois encore de se persuader. Mais cette fois-ci, il ne réussit pas à vaincre son appréhension.

Ils durent baisser la tête, tant l'entrée était basse. Un courant entraîna le bateau et le tira en avant. Ils se retrouvèrent brusquement en pleine obscurité. La coque racla des roches invisibles. Mandred poussa un cri.

Enfin, ils arrivèrent en eaux plus calmes. Farodin alluma un fanal et le leva au-dessus de sa tête. Ils glissèrent ainsi, entourés d'un halo de lumière. Mandred appuya sur les rames en jetant de temps à autre un coup d'œil pardessus son épaule. Un peu plus en avant, une large bande de gravier apparut. Le bateau s'y échoua en grinçant.

Ils sautèrent à terre et tirèrent leur frêle voilier sur la rive, bien au-delà de la marque de marée haute. Mandred regarda autour de lui d'un air surpris. La grotte était beaucoup plus grande qu'il l'avait d'abord supposé.

Farodin vint près de lui et lui posa la main sur l'épaule. Il sentit une douce chaleur l'envahir.

— Je te remercie de m'avoir accompagné, fils d'homme. Cette fois-ci, je ne m'en sortirais pas tout seul.

Mandred douta de pouvoir lui être d'une grande aide. Il avait du mal à dominer sa peur. Farodin avait dû s'en apercevoir.

L'elfe le fit passer par une corniche rocheuse au bord de l'eau vers une sortie dissimulée. Ils jouèrent les équilibristes sur des rochers glacés et glissants avant d'atteindre finalement une plage. Désormais, il était temps de se séparer. Ils restèrent un moment sans un mot, face à face. Ensuite, Farodin prit le poignet de Mandred dans un salut guerrier. C'était la première fois que son compagnon le quittait de cette manière. Ce geste en disait plus que tous les mots.

D'un pas souple, Farodin traversa la plage et disparut dans le brouillard. Il ne laissa que de légères traces sur la neige, vite effacées par le vent. Mandred partit de son côté, en longeant le bord de l'eau. Les galets gelés crissaient sous ses pas. Les cailloux roulés par le ressac ne retenaient pas la neige. Lui non plus ne laisserait pas ici de traces compromettantes.

Il marcha sans doute ainsi une bonne heure le long de la grève avant de voir le brouillard disparaître soudainement. À présent, n'importe quel garde pouvait le surprendre. Il se sentait observé, mais personne ne se montra. Mandred recula d'un pas et se retourna. Avec l'impression d'avoir franchi une frontière invisible. Derrière lui, de longues traînées de brouillard venant de la mer flottaient au-dessus du gravier. Mais devant lui, la nuit était claire.

La lumière des fées était basse dans le ciel, ce qui était inhabituel. Devant Mandred s'élevaient des créneaux rocheux escarpés d'où émergeait une tour gigantesque. Le château de Malmort ne ressemblait pas du tout à l'image qu'il s'était faite d'une construction de trolls. Il ressemblait presque à une variante sombre et un peu plus grossière du château d'Emerelle. Flanquée de piliers et d'arcs-boutants, la tour s'élevait vers le ciel jusqu'à toucher la lumière des fées. L'ouvrage devait posséder des centaines de fenêtres. À quelques endroits, des piliers sortaient des murs, comme d'énormes épines. Malmort était sans aucun doute une œuvre magistrale, mais son architecte s'était ingénié à lui conférer un aspect sombre et menaçant.

Mandred sortit le rameau de chêne et le porta, comme un bouclier, devant sa poitrine. Il pensa à Luth, le dieu du Destin, et songea aussi qu'il n'y aurait personne pour chanter ses exploits s'il venait à mourir cette nuit-là. Aurait-il mieux fait d'écouter Ragna ? La nuit passée avec elle avait été tout autre chose que ses nombreuses aventures de bordels. Elle l'aimait vraiment. Lui, son ancêtre ! Non, cet amour ne pourrait jamais rien donner. Malgré le nombre impressionnant de générations qui les séparaient, il se sentait mal à l'aise en pensant à cette nuit. Il avait bien fait de suivre Farodin.

— Que fait un fils d'homme dans l'ombre de Malmort ? s'enquit brusquement une voix de basse.

Sous un escarpement rocheux, à quelque vingt pas de distance, une sorte de géant apparut. Il faisait près de deux fois la taille d'un homme et avait des reins imposant le respect. Même les avant-bras du troll, qui malgré le froid ne portait qu'une peau autour de la taille, étaient plus puissants que les cuisses de Mandred. Dans la froide lumière des fées, Mandred ne put discerner nettement le visage de son vis-à-vis. En fait, toute sa silhouette avait quelque chose de flou et de fluctuant.

— Que viens-tu faire ici ? demanda le garde dans la langue des fjords, avec un accent prononcé.

— Je suis envoyé par Emerelle, la reine des elfes. (Le jarl leva le rameau de chêne.) Et je réclame l'hospitalité à Orgrim, le duc de Malmort.

On entendit comme un gloussement.

— Tu réclames ? (Le troll se pencha en avant et prit le rameau. Il resta immobile un instant et renifla.) Tu sens réellement l'elfe, petit homme. (Ses mains noueuses effleurèrent le rameau. Il tourna son regard vers la mer sombre.) Comment es-tu arrivé jusqu'ici ?

Mandred leva les yeux. Il ne pouvait toujours pas distinguer le visage de son interlocuteur. Le jarl eût aimé en savoir plus sur les trolls. Les histoires qu'il avait entendues dans son enfance ne leur prêtaient pas une grande intelligence. Celui-ci goberait-il un mensonge ?

— Tu as déjà entendu parler des Sentiers d'Albes ?

Le troll fit signe que oui.

— Je les ai empruntés. Un elfe m'a ouvert une Porte mineure, tout près d'ici, sur la plage. Voilà comment je suis entré au cœur du royaume des trolls.

Mandred était satisfait de son mensonge. Il expliquait pourquoi les éclaireurs ne l'avaient pas repéré plus tôt.

— Ah bon ! dit le troll. (Puis il se tourna aussitôt.) Suis-moi !

Il emmena Mandred vers un port encadré de rochers, au pied du château de Malmort. De gigantesques vaisseaux sombres y étaient amarrés. Ils ressemblaient à des forteresses flottantes. Depuis la jetée du port, un chemin gravissait la falaise. Il aboutissait à un large tunnel faiblement éclairé par des pierres de béryl.

Des gardes jalonnaient le chemin… Sombres silhouettes, appuyées sur de lourdes massues et des haches de pierre de la taille d'un homme. Aucun ne leur posa de question. Mandred comprit que celui qui l'accompagnait jouissait d'une grande considération. Désormais, à la lumière des pierres de béryl, il le voyait mieux. Sa peau était d'un gris sombre parsemé de grains clairs, ce qui lui donnait vaguement l'apparence du granit. Il avait un front fuyant et une mâchoire proéminente. Ses yeux étaient étranges. Ils brillaient d'une couleur d'ambre, comme ceux de Xern, le premier enfant d'albes qu'il avait rencontré. Les bras du troll étaient disproportionnés par rapport à son corps, Mandred les perçut comme trop longs. Des paquets de muscles noueux témoignaient de leur force. Au combat, un troll devait être un redoutable adversaire.

Ils finirent par atteindre une vaste salle où se trouvaient réunis une bonne centaine de trolls. Certains buvaient ou jouaient avec des dés en os, d'autres dormaient, allongés près des feux. Il flottait dans l'air une odeur bestiale de graisse rance, de vomissure et de bière renversée. L'endroit ressemblait plus à un antre qu'à une salle de banquet, pensa Mandred. Des tables et des bancs, grossièrement taillés, longeaient les murs, mais la plupart des trolls semblaient préférer s'asseoir à même le sol. Ils étaient tous grands à faire peur. Comparé à eux, celui qui l'avait conduit ici n'avait rien d'un géant. Mandred estima que les plus grands devaient mesurer au moins quatre pas de haut. En regardant mieux, il remarqua que tous étaient chauves. Beaucoup avaient orné leur visage taillé à coups de serpe et leur crâne avec des scarifications entrelacées.

L'agitation gagna ces colosses quand ils s'aperçurent de la présence de Mandred. Des cris s'élevèrent. Son garde brandit le rameau et se mit à rugir, sa voix couvrit toutes les autres. Le calme se rétablit à peu près. Pourtant, dans leurs yeux d'ambre, Mandred put lire une haine farouche.

Au loin retentit l'appel d'une corne. Le jarl pensa aussitôt à Farodin. Les trolls l'avaient-ils repéré ?

Son guide se laissa tomber jambes écartées sur un banc avant de lui sourire d'un air insolent.

— Allez, raconte-nous tout, petit homme.

— Excusez-moi, mais je ne parlerai qu'au duc Orgrim en personne, s'entêta le jarl.

Il regarda partout s'il ne voyait pas quelque part un troll avec des bracelets d'or et de lourdes chaînes en argent. C'était à cela que les héros légendaires reconnaissaient toujours les princes du grand peuple. Mais ici, personne ne portait ce genre de joyaux.

Son guide cria quelque chose à la cantonade. Des grognements sonores s'élevèrent en réponse. Mandred mit quelques minutes à comprendre qu'il devait s'agir de rires.

— Qu'y a-t-il de si drôle ? s'étonna-t-il.

Celui qui l'avait amené ici se mordilla la lippe en le regardant avec insistance.

— Tu ne le sais vraiment pas, hein ?

— Quoi ?

— Orgrim, le duc de Malmort, c'est moi !

Mandred le gratifia d'un regard sceptique. Ce type se moquait-il de lui ? Il ne se distinguait en rien des autres trolls tout autour. Pourtant, s'il s'agissait vraiment du duc et qu'il ne lui réponde pas, il le vexerait. En revanche, si ce type feignait d'être le chef des trolls, on ne pourrait pas reprocher à Mandred de s'être montré indélicat envers son hôte en lui dévoilant le faux message.

— La reine Emerelle souhaite savoir si des elfes se trouvent encore en captivité.

Orgrim s'adressa encore à l'assemblée. Mandred eut l'impression de voir quelques trolls afficher un sourire haineux. Ensuite, le duc frappa dans ses mains et donna un ordre.

— On va nous apporter à boire et à manger, dit-il solennellement. Je ne voudrais pas que l'on dise que je n'ai pas servi à un hôte le meilleur de ce que les caves de Malmort ont à offrir.

Deux cornes de la longueur d'un bras furent apportées. Orgrim en porta une à sa bouche lippue et la vida d'un seul trait. Ensuite, il regarda attentivement Mandred.

Le jarl peina d'abord à lever sa corne. Il ne devait en aucun cas se saouler ! Pas cette nuit ! Toutefois, s'il ne buvait pas du tout, il vexerait son hôte. Alors, il prit une petite gorgée et laissa une bonne partie de l'hydromel sirupeux glisser dans sa barbe.

Orgrim éclata de rire.

— Chez nous, même les enfants boivent plus que toi, petit homme.

Mandred déposa sa corne.

— À en juger par ce que je vois ici, j'ai bien l'impression que chez vous les enfants viennent au monde avec ma stature.

En le tapant sur l'épaule, le duc faillit faire tomber Mandred du banc.

— Bien parlé, petit homme. C'est vrai que nos nouveau-nés ne ressemblent pas à ces tendres vermisseaux roses que sont les vôtres.

— Pour en revenir à la question de la reine des elfes…

— Il n'y a pas d'elfes en captivité ici. (De nouveau, le duc se mordilla la lippe.) Qui le prétend ?

— Une elfe, qui fut autrefois retenue captive ici, répondit Mandred sans vouloir en dire plus.

Le prince troll appuya son menton sur ses mains et le regarda d'un air songeur.

— Il faut que cette créature soit bien troublée. La guerre est finie depuis longtemps. Tous les prisonniers ont été échangés. (S'il n'y avait eu cette puissante mâchoire d'où sortaient des défenses, Orgrim aurait presque réussi un sourire engageant. Mais il n'obtint qu'une grimace effrayante.) J'ose espérer qu'Emerelle n'aura pas pris ce discours au sérieux.

Mandred fut profondément décontenancé. Si un autre que Farodin lui avait raconté la captivité de Shalawyn, il aurait volontiers cru Orgrim. Le duc était tout à fait différent de la représentation qu'il s'était faite d'un troll. Les histoires les montraient comme des mangeurs d'hommes stupides et balourds, qui se laissaient mener par le bout du nez. Rien de tout cela ne convenait à Orgrim. Au contraire ! Mandred avait l'impression que le duc se jouait de lui.

Une vieille femme troll s'assit à l'autre bout de la table. Elle avait apporté une écuelle en bois remplie de soupe et une grande cuiller recourbée. Sa robe grossière était rapiécée de partout avec toutes sortes de bouts de tissu disparates. Elle avait une pellicule laiteuse sur les yeux et cillait tant qu'elle pouvait en levant la tête de son écuelle. Autour de son cou ridé, elle portait quelques lanières de cuir avec des amulettes : de petites figurines en os, des anneaux de pierre, des plumes, la tête desséchée d'un oiseau et quelque chose qui ressemblait à une moitié d'aile de corbeau.

— Qui est-ce ? chuchota Mandred à l'oreille de son hôte.

— Elle s'appelle Skanga, elle a l'âge de notre peuple. (Le ton d'Orgrim dénotait le respect, mais une légère crainte aussi. Il parlait à voix basse.) C'est une chamane puissante qui parle aux esprits, elle sait calmer les tempêtes ou les provoquer.

Mandred lui jeta un regard furtif. Et si elle pouvait lire dans ses pensées ? Il valait mieux n'avoir en tête que des choses anodines !

— Après cette longue traversée, je suis à moitié mort de faim. J'aurais presque envie de faucher son écuelle à cette vieille femme !

Le duc se fit bavard pour s'excuser du retard apporté au repas. Il fallait d'abord procéder à l'abattage afin de pouvoir servir de la viande toute fraîche. Orgrim raconta que le porc avait un goût beaucoup plus délicat quand on le tapotait un peu avant de l'abattre. Le secret, prétendument, était de l'abattre avant qu'il pressente qu'on allait le tuer. Orgrim affirma que la peur provoquait des humeurs viciées qui gâtaient la viande. Mandred n'avait jamais ouï pareilles choses, pourtant le duc lui parut tout à fait convaincant.

Orgrim trompa l'attente avec des histoires de chasse au cachalot. Il flatta aussi Mandred en vantant la bravoure des humains qui avaient combattu aux côtés des elfes, lors de la dernière guerre. Il souligna particulièrement les actions héroïques du roi Alfadas.

Mandred sourit en lui-même. Que dirait Orgrim s'il savait qu'il se trouvait assis à côté du père d'Alfadas ? Bon ! il n'irait pas le lui révéler. Il ressentit une fierté nostalgique en écoutant les récits des batailles menées par son fils.

Finalement, ils furent servis tous les deux. Un troll bouffi, aux joues boursouflées, apporta deux grands plateaux de bois. Un rôti odorant y trônait avec une garniture de rondelles d'oignons frits. La plus grande des deux pièces de viande aurait suffi à nourrir trois hommes affamés. La plus petite devait peser dans les deux livres, d'après l'estimation de Mandred.

— À toi de choisir, tu es mon invité, dit Orgrim en lui montrant les plateaux de bois. Lequel de ces deux rôtis t'agréerait ?

Le jarl pensa aux avertissements de Farodin. S'il prenait le plus gros rôti pour n'en manger qu'une petite part, les trolls pourraient en être offensés.

— Vu ma stature, il serait fort présomptueux de porter mon choix sur le plus gros, dit Mandred avec affectation. (Le parfum du rôti lui mettait l'eau à la bouche.) Mon choix se portera donc sur le plus petit.

— Qu'il en soit ainsi.

Le prince troll fit un signe de tête à son cuisinier grassouillet, et celui-ci posa devant eux les lourds plateaux de bois.

Orgrim mangea avec les mains. Avec facilité, il décortiqua la viande et enfourna de gros morceaux dans son gosier. On leur apporta ensuite du pain frais qu'ils trempèrent dans la sauce.

Mandred tira le coutelas de sa ceinture et partagea le rôti en six tranches épaisses. En découpant la viande, il vit du sang sombre couler dans l'épaisse sauce aux oignons. Le rôti était délicieux. Mandred mangea avidement. Tout au long de ces journées passées sur le bateau, il n'avait plus rien mangé de chaud. Le jus de viande lui coulait des coins de la bouche, tandis qu'il mâchait. Il se délectait à éponger la sauce et les oignons avec son pain frais. Tout en buvant l'hydromel épais. Orgrim s'entendait véritablement à gâter ses hôtes.

Quant aux autres trolls, ils se comportaient de manière étrange. Au cours du festin, ils se firent de plus en plus silencieux. Pour leur part, quelques-uns firent griller de la viande sur de longues piques en bois. Pourtant, la plupart se contentèrent d'observer Mandred. Enviaient-ils son repas délicieux ? Leurs regards insistants finirent par le mettre mal à l'aise.

Mandred termina son repas par un rot imposant. Il n'avait pas réussi à manger toute sa viande. Il était assis, penché en avant, sur son banc de bois, gémissant légèrement.

— Puis-je encore t'offrir autre chose ? s'enquit poliment Orgrim. Des morceaux de pomme marinés dans du miel, peut-être ? Délicieux, tu peux me croire. Vraiment délicieux ! Scandrag, mon cuisinier, est un véritable artiste.

Mandred se frotta le ventre.

— Excuse-moi, je t'en prie. Comment disais-tu déjà ? Je ne suis qu'un petit homme. Je n'en peux plus.

Orgrim frappa dans ses mains. Peu de temps après, le troll qui les avait servis se représenta avec un autre grand plateau. Cette fois-ci, deux paniers renversés s'y trouvaient. Le sang qui s'en écoulait avait noirci la planche.

— Chez nous, la coutume veut que l'on regarde en face ce que l'on a mangé. Une tradition de chasseurs, si tu veux.

Orgrim claqua des doigts, et le troll posa le plateau sur une table voisine. Ensuite, il souleva le plus grand panier. Une hure de sanglier apparut, la gueule béante. Avec des défenses longues comme des dagues, comme chez l'homme-sanglier. Il avait dû s'agir d'un animal d'une taille extraordinaire.

Le duc félicita son cuisinier pour ce repas excellent. Le troll souleva l'autre panier. La tête d'une femme apparut. Elle avait le front ouvert, son sourcil gauche n'était plus qu'une plaie. Des oreilles pointues dépassaient de ses courts cheveux blonds. Sa peau était d'une blancheur que Mandred n'avait encore jamais vue chez une elfe. On eût presque dit de la neige fraîchement tombée.

Incrédule, Mandred gardait les yeux rivés sur ce visage. Visiblement, les blessures avaient été causées par un coup de massue. Le jarl connaissait cette elfe aussi bien que son fils. Ils avaient chevauché ensemble pendant trois années. Yilvina ! Son estomac se révulsa et fut pris de spasmes.

Le royaume des nains

Quand ils quittèrent enfin la forêt au bout d'un jour et une nuit, Nuramon n'en crut pas ses yeux. Devant eux s'élevait une gigantesque paroi rocheuse… les murs du royaume des nains. Une énorme porte de fer en gardait l'entrée. Des fenêtres, des fentes et des meurtrières étaient creusées dans la paroi. Mais Nuramon fut surtout impressionné par toutes les tours qui poussaient comme des champignons dans la pierre en se dressant vers le ciel. Celui qui avait construit cela était un maître dans son domaine.

Nuramon descendit de Felbion sans pouvoir détacher son regard de la forteresse.

— Impressionnant, n'est-ce pas ? dit Alwerich. Vous autres, les elfes, vous ne savez certainement pas construire ce genre de chose.

Nuramon regarda les bannières qui flottaient sur les tours. D'énormes banderoles arboraient un dragon d'argent sur fond rouge, si grand que l'on pouvait apercevoir ce blason à plusieurs lieues de distance. À qui étaient destinées ces oriflammes ? Les nains vivaient de façon si retirée qu'il était peu probable qu'un étranger puisse trouver son chemin par ici. Apparemment, ce n'était pas l'aspect utilitaire qui les intéressait, mais bien plutôt l'aspect esthétique. À cet égard, les nains ressemblaient aux elfes, même si cette construction magistrale exprimait tout autre chose qu'une modestie décente.

Nuramon suivit les nains vers la porte. À l'approche de ce monstre à double battant, il se sentit de plus en plus petit. Cette porte était disproportionnée par rapport aux nains. Toutefois, il devait peut-être exister quelque chose dans ce royaume qui nécessite une telle hauteur. Il leva les yeux vers la bannière et observa l'animal héraldique. Cette porte devait être assez vaste pour permettre l'entrée à un dragon.

La porte n'était pas gardée, mais Nuramon ne manqua pas de remarquer les nombreuses meurtrières ainsi que le long balcon qui les surplombait. Cette entrée pouvait se dispenser de gardes. Sans une parole prononcée, il y eut comme un déclic près de la porte et les deux battants s'ouvrirent dans un grincement qui tenait du gémissement. Comment les nains étaient-ils parvenus à forger une si grande porte en fer ? Comment l'avaient-ils déplacée, comment l'avaient-ils dressée ? Nuramon ne pouvait penser qu'à la magie.

Sur la porte, des scènes de chasse, des silhouettes de combattants héroïques et des paysages étaient représentés dans de grossiers cadres décoratifs. À cause de la hauteur de la porte, on ne pouvait que vaguement distinguer la scène représentée au sommet. Il s'agissait de montagnes, et Nuramon fut certain d'y reconnaître les Iolides. Des signes étaient gravés sur la porte. Au premier regard, Nuramon s'aperçut qu'il s'agissait de la même écriture que celle de la Porte de l'oracle Dareen.

Il ne s'était pas trompé, il était arrivé au bon endroit. Dans une forteresse si puissante, il devait bien y avoir un nain prêt à l'accompagner chez l'oracle !

Entre les battants de la porte qui s'ouvrait, Nuramon put jeter un premier coup d'œil à l'intérieur du royaume des nains. Au-delà du seuil s'ouvrait une halle gigantesque soutenue par des colonnes semblables à des arbres. La lumière du soleil passait par d'étroits puits de lumière creusés dans la roche et atteignait le sol à plusieurs endroits. Des pierres de béryl de couleurs diverses, insérées dans les colonnes, dispensaient de la lumière là où les rayons du soleil ne parvenaient pas. L'agitation la plus vive régnait dans la halle. Même si de nombreux nains adressèrent aux nouveaux arrivants des regards curieux, la plupart semblaient vaquer à leurs occupations habituelles.

— Tu verrais un inconvénient à ce que ton cheval reste dehors ? demanda Alwerich.

Nuramon accepta et chuchota quelque chose à Felbion. L'étalon partit au trot brouter à proximité de la porte, visiblement satisfait de pouvoir rester dans cette prairie savoureuse.

Les nains conduisirent Nuramon à l'intérieur. Pour la première fois, il vit un garde. Il se trouvait à sa droite et demanda à Alwerich qui était cet elfe et où le nain pensait le conduire. Alwerich dit un nom et expliqua que Nuramon venait d'Albemark.

— Je vais le conduire au roi, ajouta-t-il.

On les laissa passer. Nuramon remarqua plusieurs dizaines de nains attelés à une roue immense qu'ils faisaient tourner péniblement. La porte se referma lentement.

— Par ici, dit Alwerich en montrant devant lui.

Les nains qu'ils rencontrèrent en traversant cette imposante forteresse portaient tous du métal sur le corps, alors qu'ils étaient certainement à l'abri de tout danger. Apparemment, le métal leur servait plus d'habit que d'armure. Certains, dans leur lourde cotte de mailles, donnaient l'impression de pouvoir sans problème faire front à toute attaque. D'autres portaient, sur une étoffe fine, une cotte à grosses mailles garnie de petites plaques métalliques. Manifestement, aucun vêtement ne pouvait se passer de métal.

Tous les nains qui les croisèrent observèrent Nuramon comme s'ils n'avaient encore jamais vu d'elfe. Ce qui était sans doute fort possible. Certains chuchotaient, d'autres le saluaient avec défiance. Il se montrait amical en espérant que ses gestes seraient bien interprétés.

Pour la première fois, l'elfe découvrit aussi des naines. Leurs vêtements témoignaient de la grande habileté de ce peuple de la montagne. Leurs robes étaient ornées de fils de métal et de joyaux. Même celles qui ne pouvaient sans doute s'offrir ni or ni argent portaient des parures joliment ouvragées en métal moins noble. Nuramon remarqua surtout une femme à la robe couverte de petites plaques de cuivre en forme de feuilles. Elle était plutôt trapue, mais elle lui rappela une fée des arbres qu'il avait vue autrefois chez Alaen Aïkhwitan.

Les naines avaient un visage doux et aimable. Elles portaient leurs cheveux longs, le plus souvent tressés en nattes. La femme à la robe de cuivre avait noué ses cheveux blonds en quatre grosses tresses qui lui tombaient sur les épaules. Le regard insistant de Nuramon eut l'air de la gêner. Elle lui sourit, mais détourna aussitôt ses yeux sombres et regarda par terre.

Lorsque Alwerich et les siens lui firent quitter le chemin principal pour prendre à droite, entre les colonnes, Nuramon se demanda pourquoi ce monde de pierre lui plaisait tant, à lui, un elfe, alors qu'il n'y avait pas encore vu une seule plante. Pouvait-il trouver belles ces contrées ? Ou bien était-ce encore une fois dû à son regard particulier qui lui avait toujours attiré les railleries de son clan, chez lui, à Albemark ? Il ne savait le dire. Pourtant, il ne pouvait faire autrement que trouver beau ce qui l'environnait, quand bien même il s'y sentait étranger, géant longiligne parmi ces nains trapus.

Nuramon suivit Alwerich dans une halle tout aussi impressionnante que l'entrée du royaume. Sur de larges socles, les colonnes s'y groupaient en piliers supportant des arcs monumentaux. De larges escaliers formaient de petites places et les reliaient entre elles. On se déplaçait de l'une à l'autre en utilisant leurs marches respectives et on passait ainsi d'un niveau à un autre. Beaucoup de ces placettes étaient fréquentées par les nains. Il y avait là des tables et des bancs, où les marchandises les plus diverses se trouvaient exposées à la vente. Il s'agissait d'un marché où les bavardages allaient bon train. Un bruit d'eau leur servait de fond sonore. Une cascade devait se trouver à proximité.

Au bord de la halle, ils atteignirent un escalier raide, qui était divisé par de puissantes colonnes. Une fontaine impressionnante se trouvait devant. Deux naines de pierre géantes tenaient des récipients d'où l'eau s'écoulait pour se déverser ensuite dans le grand bassin en dessous d'elles. Le bruit de l'eau couvrirait toutes les conversations à proximité. Au-dessus de la fontaine, l'air brillait dans la colonne de lumière qui entrait par une large ouverture au plafond. Une lumière bleutée, qui ne ressemblait pas à celle du soleil. En passant près de la fontaine, ils furent aspergés par des gouttelettes. L'eau était fraîche et légèrement salée.

Quand ils eurent laissé derrière eux l'escalier et l'ensemble de colonnes, ils traversèrent une autre halle et arrivèrent devant un large escalier en colimaçon qui s'enfonçait dans la roche. Ils le gravirent. Une ouverture sur la gauche leur offrit une vue d'ensemble sur la halle aux escaliers. Au loin, Nuramon aperçut les colonnes de la grande halle à l'entrée.

Alwerich lui fit signe de continuer et ils s'arrêtèrent finalement devant un large vestibule gardé par deux guerriers. Ceux-ci refusèrent le passage à Nuramon. Alors, Alwerich décida de partir en avant et de présenter sa requête à la cour. Nuramon dut attendre entre-temps.

L'elfe observa son environnement immédiat. Là aussi, la lumière semblait flotter sous le plafond. Il aurait donné cher pour en connaître le secret. Bien qu'il soit étranger en ce lieu, il se sentait comme à Albemark. Comme Yulivée à Valemas, les nains avaient créé une nouvelle patrie. Manifestement ils avaient aussi cultivé des cristaux. À gauche, du hyechilit couvrait le mur du fond qui scintillait, comme l'herbe sous la rosée matinale. À droite, des cristaux de roche, éclairés de l'intérieur et semblant contenir des paysages de forêt, s'élevaient jusqu'au plafond.

Nuramon observa les nains qui se déplaçaient sur les routes pavées et les ponts de bois haut perchés. À leurs yeux, cette splendeur devait être aussi banale que l'était pour lui la vue du château d'Emerelle. Et pourtant, certains nains devaient ressentir la même chose que lui et s'étonner de la magnificence de ces halles.

Alwerich revint au bout d'un moment et il renvoya ses compagnons. Son visage exprimait la méfiance.

— Suis-moi, s'il te plaît! Maître Thorwis veut te parler.

Nuramon n'avait encore jamais entendu ce nom. Il suivit le nain sans rien dire. Ils passèrent les deux gardes et enfilèrent un corridor tranquille où ils rencontrèrent d'autres gardes isolés et des hommes et des femmes, richement vêtus, qui le regardèrent comme s'il avait été un esprit lumineux. Il essaya de conserver le sens de l'orientation, mais il eut du mal sans le ciel ni au moins la voûte d'un arbre au-dessus de lui.

Nuramon pouvait aisément s'expliquer la surprise qu'il lisait sur les visages qu'il croisait. Il devait être le premier elfe à venir ici. Il ne lui restait qu'à espérer que les nains ne le considèrent pas comme un émissaire d'Emerelle. Dans le fond, il ne savait pas exactement si ceux-ci étaient bien disposés envers elle. Et s'ils étaient partis d'Albemark en pleine querelle?... Il courait peut-être à sa perte.

— Voilà, nous y sommes, dit Alwerich juste avant d'entrer dans une halle où se trouvaient une bonne vingtaine de portes hautes, dont certaines étaient gardées.

Alwerich se dirigea sans hésiter vers un vieux nain aux cheveux blancs, qui attendait devant l'une d'elles.

— Voici l'étranger, maître, dit-il en s'inclinant.

Le vieillard observa Nuramon en gardant un visage impassible.

— Tu as bien accompli ta tâche, jeune guerrier. Maintenant, va !

Alwerich jeta un dernier coup d'œil à Nuramon et reprit le chemin qu'ils avaient emprunté.

— Regarde-moi, dit le vieil homme à l'adresse de Nuramon.

L'elfe obtempéra et regarda le nain droit dans ses yeux gris-vert. Thorwis lui donna l'impression d'examiner en détail son visage. Ce vieux nain était doué de magie, Nuramon le sentit. Sa simple robe grise ne le désignait pas comme un guerrier. Il était ici le seul à ne pas porter de métal. Même son anneau était en jade.

— Suis-moi ! finit par dire le vieux nain.

Il ouvrit la porte et passa le seuil. De l'autre côté s'étendait un couloir étroit. Lorsque Nuramon s'y fut lui aussi engagé, Thorwis referma la porte et poussa un verrou.

Nuramon suivit le vieillard dans une enfilade de corridors qui n'avaient absolument rien à voir avec l'éclat des autres pièces. Ici, les murs étaient totalement nus. Seules les portes étaient artistiquement décorées et elles étaient toutes différentes. Apparemment, chacune correspondait aux particularités de la pièce sur laquelle elle ouvrait.

— Rares sont ceux qui ont pu voir ces couloirs, déclara Thorwis. Aucun elfe n'a posé le… (Il s'interrompit brusquement et regarda l'épée de Nuramon. Puis il sourit d'un air amusé.) Excuse-moi ! En fait, je voulais dire : tu peux t'estimer heureux d'être ici.

— Je le suis, s'étonna Nuramon.

Le comportement du mage le déroutait. Était-il inhabituel de porter ici une épée ?

Ils atteignirent bientôt des corridors plus larges où se trouvaient d'autres nains. Ceux-ci portaient des vêtements précieux et eurent l'air tout aussi étonnés que ceux que Nuramon avait aperçus auparavant. Certains même s'effrayèrent au moment où il tourna le coin avec Thorwis.

— Dans un si grand royaume, ceux qui sont investis du pouvoir doivent se déplacer vite et discrètement d'un lieu à l'autre, expliqua le vieillard.

Nuramon sentit que les couloirs n'avaient pas été construits de manière arbitraire. Un grand nombre d'entre eux suivaient un Sentier d'Albes. Celui qui voulait se déplacer au plus vite d'un endroit du royaume à un autre devait peut-être se servir d'une Étoile.

Thorwis s'arrêta au bout d'un long couloir, il ouvrit une porte à sa droite et entra. Nuramon le suivit et se retrouva dans une salle vide qui était très petite, comparée aux autres salles énormes et aux longs corridors. Le mur à gauche manquait, de sorte que l'on pouvait voir la vallée. La lumière du jour éclairait jusqu'à la mosaïque du mur opposé qui représentait la vallée dans une composition de pierres précieuses.

— Excuse-moi ! dit Thorwis avant de disparaître par une porte qui s'y trouvait encastrée.

Nuramon se demanda ce que les nains pouvaient penser de lui. Ils semblaient croire qu'il attendait d'eux quelque chose justifiant qu'on le reçoive dans cette partie somptueuse du royaume. Il se serait contenté de trouver en bas, dans la halle principale, quelqu'un qui ose l'accompagner dans son voyage vers l'oracle.

Il se dirigea vers le mur ouvert et jeta un coup d'œil sur la vallée en contrebas. Les nuages passaient bas dans le ciel bleu ; Nuramon crut y apercevoir des visages qui le regardaient en riant. Il ne sentait qu'un léger souffle du vent qui poussait les nuages. Il tendit sa main à l'air libre et la sentit traverser quelque chose d'invisible. Dehors, le vent caressa ses doigts. Une magie similaire était à l'œuvre dans sa maison à Albemark. Alaen Aïkhwitan veillait à ce qu'aucun courant d'air ne traverse l'habitation, et dans le château de la reine cette magie opérait dans le plafond de la salle du trône. Encore une fois, il avait trouvé une similitude entre les nains et les elfes.

Soudain, la porte dans le mur de la mosaïque s'ouvrit et un nain apparut. Il était vêtu d'une riche cotte de mailles et d'un manteau vert. Il portait une couronne étroite. Thorwis et quelques autres nains distingués, des guerriers pour la plupart, le suivaient.

Le roi n'avait pas encore vu Nuramon, il parlait à ses guerriers.

—Je voudrais qu'on cesse de creuser là-bas ! Et dis-leur que…

Le roi s'interrompit et regarda Nuramon.

Thorwis vint à ses côtés.

—Voici l'hôte dont je t'ai parlé.

Le roi se tourna à moitié vers les guerriers, sans quitter Nuramon des yeux.

—Allez et faites comme je vous l'ai dit ! ordonna-t-il. (Ensuite, il se tourna vers Thorwis.) Tu ne m'avais pas dit qu'il s'agissait d'un elfe.

—Je voulais t'en faire la surprise. Regarde !

Le roi des nains marcha avec noblesse vers Nuramon. Il avait des cheveux gris et portait dans sa barbe des tresses joliment nouées. Il s'arrêta juste devant lui et le dévisagea, les yeux écarquillés.

Nuramon s'inclina devant le roi des nains, tout en trouvant étrange de devoir encore baisser les yeux sur lui.

—Je m'appelle Nuramon. Je viens d'Albemark et je suis en voyage dans ce monde.

Le roi se tourna vers Thorwis.

—Tu as entendu ?

Il ne semblait pas comprendre qu'il avait un elfe devant lui.

—Oui, mon roi. (Le vieillard se tourna vers Nuramon.) Voici Wengalf, roi des nains et souverain d'Aelburin.

—Je savais que tu viendrais. Mais je ne savais pas quand, déclara le roi Wengalf.

Nuramon n'en fut pas trop surpris. De la même façon qu'Emerelle savait souvent ce qui s'était passé, ce qui était en train de se passer ailleurs et ce qui avait pu se passer autrefois quelque part, le roi des nains avait peut-être lui aussi une vision des temps lointains et de ce qui allait arriver.

— Qu'est-ce qui t'amène chez nous ?

— Je suis en quête d'une elfe et j'espérais obtenir l'aide de l'oracle Dareen. Cependant, le chemin qui mène à elle m'est fermé. La Porte ne pourra s'ouvrir qu'avec l'aide d'un nain.

Nuramon décrivit en détail la Porte de Dareen et raconta ce qui lui était arrivé là-bas.

Wengalf échangea un regard avec Thorwis, avant d'adresser la parole à Nuramon.

— Nous connaissons l'oracle Dareen. À l'époque où nous avons quitté Albemark, d'autres enfants d'albes aussi sont partis pour trouver leur place en ce monde. Des nains et des elfes se sont alors rencontrés et ils ont découvert Dareen au-delà d'une Porte menant à un endroit éloigné. C'est elle qui nous a dit comment fermer la Porte. Dans les temps anciens, nous l'avons souvent utilisée. Mais les elfes se sont retirés. Certains se sont cachés au fond de forêts enchantées, d'autres ont créé leur royaume dans le Monde Brisé. Mais la plupart ont repris le chemin d'Albemark. Seuls, nous ne pouvions ouvrir la Porte. Et nous n'avons jamais vraiment ressenti le besoin ou la curiosité de nous intéresser à l'oracle.

Nuramon pensa à Yulivée. Elle s'était certainement trouvée parmi les elfes qui avaient autrefois rencontré les nains.

— Un nain serait-il prêt à m'accompagner ? demanda-t-il, le cœur empli d'espoir.

— Un nain se trouvera aux côtés d'un elfe tout comme autrefois un elfe s'est trouvé aux côtés d'un nain, déclara solennellement Wengalf.

Nuramon ne comprit pas ce que Wengalf voulait dire. Peut-être faisait-il allusion à l'époque où les nains vivaient encore à Albemark et avaient conclu des alliances avec les elfes.

— Tu ne te souviens pas ? dit le roi.

— Non. Je suis trop jeune. Je n'ai pas vécu le temps où les nains et les elfes vivaient côte à côte à Albemark.

— Mais tu as à peine changé. Je te reconnais toujours. Thorwis aussi t'a reconnu aussitôt. Combien d'années se sont écoulées ? Certainement plus de trois mille.

— Exactement trois mille deux cent soixante-seize, précisa Thorwis.

D'un coup, tout fut clair pour Nuramon.

— Tu dois me confondre avec l'un de mes ancêtres !

— Non, c'est bien de toi que nous parlons, dit Thorwis. Je t'ai reconnu. Tu es Nuramon. Ça ne fait pas l'ombre d'un doute. Nous étions amis autrefois, ajouta le roi.

Nuramon n'en revenait pas. Voici qu'il était arrivé dans un endroit où l'on se souvenait de l'un de ses ancêtres et où l'on se montrait prêt à lui en parler. Et le roi des nains avait même autrefois considéré son ancêtre comme un ami !

— Nous nous sommes liés d'amitié du temps où j'attendais encore d'être élevé à la dignité de roi. Tu as quitté Albemark à nos côtés. Avec toi, notre peuple a mené une grande quête jusqu'à trouver cet endroit. Nous avons chassé ensemble, combattu côte à côte et festoyé. Et nous avons tous deux trouvé la mort de la même manière.

— Je suis mort ici ? s'étonna Nuramon.

Wengalf fit un geste vers la vallée.

— Là-bas, une centaine de nains ont livré combat au dragon Balon. Mais nous sommes tous deux les seuls à l'avoir vaincu et nous l'avons payé de notre vie. Toi, tu es mort sur le coup là-bas et moi quelques jours plus tard. C'est sur mon lit de mort qu'on m'a couronné roi.

Nuramon avait du mal à croire ce qu'il entendait. Wengalf le prenait réellement pour le même elfe qu'avant. Pourtant, il avait plutôt l'impression d'entendre une légende, car il n'avait aucun souvenir de tout cela.

— Je sais aussi comment tu es mort. Tous les deux, nous gisions dans le sang brûlant du dragon. Tu as dit : « Ce n'est pas la fin. Je reviendrai. » Ce furent là tes dernières paroles. J'ai attendu si longtemps ton retour ! Et je dois avouer que le temps fut si long que je n'y pensais plus que rarement, mais toujours au jour anniversaire. Je m'imaginais que ton âme avait repris forme quelque part, mais que tu ne te souvenais plus de tes actions passées. Tant de temps s'était écoulé que j'ai fini par penser que tu avais rejoint depuis longtemps la Lumière d'Argent. Mais je me suis trompé.

Nuramon mit un genou à terre afin d'être à la même hauteur que Wengalf.

— J'aurais voulu aussi, en même temps que mon âme, recouvrer le souvenir de mes ancêtres. Mais ce n'est pas le cas. Tu me racontes là l'histoire d'un autre. Je ne peux considérer qu'il s'agit de la mienne.

Thorwis intervint :

— Pourquoi donc ? Quand tu te couches pour dormir et que tu te réveilles, n'es-tu pas toujours le même ? Et si tu es le même, comment le sais-tu ?

— Je le sais parce que je me souviens de ce qui s'est passé avant, répliqua Nuramon.

Thorwis lui posa la main sur l'épaule.

— Alors, considère ce que tu apprends de tes ancêtres comme les souvenirs de ton âme, comme quelque chose que tu as simplement oublié. Et qui sait ? un jour, le souvenir de ton âme pourrait bien devenir aussi celui de ton esprit.

— Tu veux dire qu'un jour, peut-être, je pourrai me souvenir de ce combat contre le dragon et de mon amitié envers Wengalf ?

— Je ne puis ni te le promettre ni te donner de fausses espérances. Je peux simplement dire que ce genre de choses s'est déjà produit. Certains enfants d'albes se souviennent de leurs âmes antérieures. Il s'agit, pour la plupart, de nains. Peut-être trouveras-tu aussi un jour le chemin vers tes vies précédentes. La magie ne t'est pas étrangère et tes sens sont très éveillés. Le premier pas à faire consiste à reconnaître que le Nuramon qui s'est autrefois sacrifié et le Nuramon qui se trouve devant nous sont bien un seul et même enfant d'albes.

— Sois remercié pour ce conseil, Thorwis. Et à toi, Wengalf, merci aussi pour ce que tu m'as raconté. Me permettras-tu une question ?

— Je t'en prie, l'invita le roi.

— Connaissez-vous une elfe du nom de Yulivée ?

Wengalf et Thorwis échangèrent un regard surpris.

— Bien sûr, répondit le roi. Mais ça date. Nous avons inséré ensemble un cristal de roche et un diamant dans la Porte qui mène à Dareen, afin que les elfes et les nains ne puissent trouver qu'ensemble le chemin vers elle.

— L'ai-je rencontrée dans ma vie antérieure ?

— Non, en ce temps-là tu allais tes propres chemins et ce n'est que plus tard que tu nous as retrouvés.

— Je te remercie, Wengalf. Et toi aussi, Thorwis. Vous ne pouvez pas savoir à quel point vos paroles me touchent. Je vais accepter votre conseil et considérer les récits de ma vie passée comme mes propres souvenirs.

Wengalf sourit en donnant une grande tape sur l'épaule de Nuramon toujours agenouillé.

— Alors, il faudrait que je te raconte d'urgence toutes ces fêtes, où nous avons mangé et bu ensemble. À l'époque, tu supportais pas mal. Viens ! Allons festoyer comme aux anciens jours !

Le roi des nains le prit dans ses bras.

Le dernier chemin

Farodin extirpa le couteau de l'œil du troll. Il essuya la lame sur le grossier manteau de laine du mort et la remit dans la gaine sanglée à son avant-bras gauche. Puis il attrapa le troll par les épaules. Ses muscles se tendirent à craquer lorsqu'il le tira lentement, pouce après pouce, jusqu'au bord de la jetée et qu'il le fit glisser dans les eaux sombres.

— Puisses-tu attendre longtemps avant de renaître ! siffla-t-il entre ses dents.

Ensuite, il remonta une partie du débarcadère. Il essaya de se rappeler à quoi tout cela avait ressemblé autrefois. La jetée avait été recouverte d'un nouveau pavage et rallongée. *Pourvu qu'il n'y ait pas eu d'autres changements !*

Il jeta un regard plein de mépris aux énormes vaisseaux noirs. Comme ils manquaient d'élégance ! Ils étaient massifs et rien d'autre. À voir leurs proues et leurs poupes, on eût dit qu'on avait voulu en faire des tours de siège et non pas des bateaux. Ils s'élevaient, menaçants, au-dessus de l'eau. Quel ennemi les trolls voulaient-ils donc combattre avec ces navires ?

Haut au-dessus de lui, dans le château de Malmort, il entendait des centaines de rires. Mandred avait-il tenu bon ? Ou était-il déjà mort depuis longtemps ?

Son plan n'avait pas été bien pensé. Croire que pendant tous ces siècles rien n'avait changé ici ! Farodin s'était déjà heurté à trois portes cachées menant au dédale de couloirs secrets qui parcouraient le rocher et la tour : elles étaient toutes les trois murées. Et c'était de la vieille maçonnerie. Même les trolls avaient compris d'où il était venu quand il avait autrefois tué leur chef d'armée. Et maintenant, la jetée aussi avait été rénovée !

Sans grand espoir, il descendit un escalier vers l'eau. Il retira sa cape, la roula et la noua en écharpe autour de sa taille. Elle la gênerait moins ainsi. Soucieux de ne pas faire de bruit, pour éviter de se trahir, il se laissa lentement glisser dans les eaux glacées. Il devait se concentrer le plus possible pour éviter que ses vêtements se gorgent d'eau et l'entraînent vers le fond.

Il lui restait peu de temps pour accomplir sa quête. Le froid aurait vite fait de le paralyser malgré toute sa magie, pensa-t-il, désespéré. Il tâtonna un peu le long du mur, puis il plongea. Quelques brasses sous l'eau lui suffirent pour trouver ce qu'il cherchait : une sombre ouverture dans la jetée. Apparemment, les trolls l'avaient oubliée. Peut-être même en avaient-ils toujours ignoré l'existence ?

Un tunnel inondé reliait le port à une grotte située à une grande profondeur sous la tour. Plusieurs chemins partaient de là vers le labyrinthe secret creusé dans les murs. On disait que Malmort avait été construit autrefois par des kobolds que les trolls avaient emmenés en esclavage. Comme dans le château d'Emerelle, ils y avaient aussi percé des centaines de couloirs secrets qui leur permettaient de se déplacer à l'insu de leurs maîtres. Ces tunnels étaient assez hauts pour que Farodin puisse y passer en se courbant, mais un troll ne pourrait jamais s'y glisser. C'était la cachette idéale !

L'elfe était complètement frigorifié en atteignant la « grotte blanche ». Il ne savait pas comment les kobolds avaient pu nommer cet endroit. Il l'avait autrefois baptisé ainsi pendant les longues heures d'attente. Le plafond et les parois de la grotte étaient recouverts de dépôts de calcaire. De longues stalactites pendaient du plafond. À quelques endroits, des pierres de béryl avaient été insérées dans la roche et, des siècles après la mort de ces constructeurs secrets, elles continuaient de diffuser une chaude lumière jaune.

Farodin retira ses vêtements et les sécha à l'aide de la magie qui lui servait habituellement pour se protéger du froid. Sa large ceinture et les brassières de cuir où se trouvaient ses couteaux de jet étaient bien graissées. L'eau n'avait pu les endommager.

Des siècles d'expérience avaient enseigné à Farodin que de lourds couteaux de jet étaient pour lui la meilleure arme pour combattre les trolls. Leur corps était si massif que c'était tout un art de leur porter des blessures mortelles. Farodin avait déjà vu des trolls criblés de flèches continuer à combattre. Leur expédier un couteau de jet dans l'œil était son moyen préféré pour les tuer vite et sans bruit.

S'il avait appris quelque chose au cours de tous les siècles de sa querelle personnelle, c'était de ne jamais combattre un troll au corps à corps. Un seul coup d'une de leurs lourdes massues ou de leurs haches pouvait suffire à fracasser un elfe, alors qu'un coup d'épée contre ces monstres ne produisait le plus souvent que peu d'effet. Il était aussi impossible de parer leurs assauts. Leur puissance cassait le bras de tout opposant. On ne pouvait que les éviter et il valait encore mieux ne pas s'en approcher.

Pour réussir à les abattre, il fallait les atteindre à la gorge. Mais, ne serait-ce qu'en raison de leur taille, il était difficile de leur porter de tels coups. Le seul choix possible consistait à leur planter le couteau entre les côtes pour atteindre le cœur. Ce qui pouvait réussir quand on avait percé leur défense. Pourtant il valait mieux ne jamais approcher un troll de si près, si l'on tenait à la vie.

Farodin s'accroupit sur le sol froid et écarta légèrement les bras. Il fit le vide dans sa tête et essaya de se concentrer de son mieux sur les passages secrets des kobolds. On pouvait grâce à eux atteindre presque chaque pièce de Malmort. Où se trouverait Mandred ? Et ces passages existaient-ils encore ? Ou bien les trolls les avaient-ils découverts et en avaient-ils muré les portes secrètes comme ils l'avaient fait dehors au pied de la falaise ?

De la viande

Mandred se réveilla dans une cage. Il n'y voyait guère. Autour de lui, tout était plongé dans une obscurité presque totale. Quand il bougea, la cage commença à se balancer doucement. Elle avait l'air d'être suspendue à une corde.

Le jarl essaya de s'étirer, mais il avait les bras liés dans le dos et la cage était si petite qu'il devait y rester accroupi. Il paniqua en pensant aux prisonniers sur la place du marché aux chevaux d'Iskandrie. On les avait mis en cage afin qu'ils y meurent de soif. De nouveau, il se cabra dans ses entraves. Mais il ne réussit qu'à faire entrer plus douloureusement les fines lanières de cuir dans ses poignets.

Mandred tenta de se souvenir de la façon dont il était arrivé ici. Il avait vomi au beau milieu de la salle. Les trolls avaient ri et l'avaient bousculé. Écœuré, il avait traité le duc de sale menteur. Ce qui n'avait pas particulièrement impressionné Orgrim. Au contraire. Le duc lui avait demandé d'un air cynique s'il dirait de ses chèvres et de ses oies qu'elles étaient prisonnières. Une ironie insupportable ! Finalement, Mandred avait tiré sa hache. Une erreur d'une stupidité monumentale ! Et pourtant, cela avait été plus fort que lui. Il s'était rué avec un grand cri sur Orgrim pour lui fendre le crâne. Mais avant qu'il ait pu l'atteindre, un troll lui avait lancé un gourdin entre les jambes, ce qui l'avait fait tomber. Orgrim l'avait désarmé d'un coup de pied et l'avait ensuite confié à Scandrag, le cuisinier. Celui-ci l'avait attrapé par le cou, comme un chiot, et lui avait lié les mains dans le dos. Toute résistance avait été vaine. Contre un troll, il était aussi impuissant qu'un enfant.

Les derniers mots prononcés par Orgrim avaient été pour annoncer qu'ils se reverraient au repas de la nuit de mi-hiver. Quand il avait crié au roi son souhait de le voir s'étouffer lors de ce repas, Scandrag l'avait assommé.

Un chuchotement arracha Mandred à ses pensées. Quelqu'un se trouvait au-dessus de lui. Il parlait d'une voix douce et gutturale. Un court silence. Puis le chuchotement reprit. Cette fois-ci, l'intonation et la mélodie de la phrase avaient changé. Finalement, la voix parla aussi l'elfique, mais Mandred n'en comprit que quelques mots. Il était question d'une tentative, de langues et d'humains, probablement de lui.

— Tu comprends le daïlique ? demanda Mandred dans la langue des centaures.

— Qui es-tu ? répondit quelqu'un en daïlique.

Mandred hésita. S'agissait-il d'une ruse des trolls pour lui soutirer ce qu'il n'avait pas dit lors du banquet ?

— Je suis Torgrid de Firnstayn, répondit-il finalement.

— Comment t'ont-ils capturé ? demanda la voix au-dessus de lui.

— J'étais à la chasse.

Ses yeux commençaient à s'habituer à l'obscurité. Il y avait d'autres cages suspendues tout autour.

— Comment se fait-il qu'un chasseur humain parle la langue des centaures ? Qui te l'a enseignée ? Depuis les temps d'Alfadas, les enfants d'albes ne fréquentent que rarement les humains.

Mandred jura en sourdine. Les mensonges ont la vie courte !

— C'est un ami qui me l'a enseignée.

— Le fils d'homme nous ment, constata alors une voix fatiguée, tout en haut dans l'obscurité. Mes oreilles ne supportent ni ses mensonges ni la manière dont il estropie la langue daïlique. Laissez-le ! Scandrag viendra le chercher en premier ! La fête de mi-hiver sera bientôt là, je le sens. D'ici là, je vous demande de vous taire, frères et sœurs. De toute façon, nous ne sommes plus que de la viande. Et la viande ne parle pas.

Taisez-vous donc, bâtards, pensa Mandred. *C'est ça, allez-y ! D'ici à deux ou trois heures, Farodin sera là. Et vous m'embrasserez les pieds pour me remercier d'être venu ici.*

Un regard dans le miroir

Nuramon suivit le roi des nains, certain qu'une nouvelle surprise l'attendait au bout du chemin. De toute sa vie on ne lui avait encore jamais témoigné autant de reconnaissance. Le roi avait donné une fête en son honneur et Nuramon avait festoyé avec un entrain qu'il ne se connaissait pas. Il avait suffi d'un peu d'obligeance et de cordialité envers lui pour qu'il sente qu'il faisait partie de cette communauté. Certes, les nains prétendaient qu'il avait levé sa coupe avec des manières un peu trop raffinées, mais il s'était pourtant efforcé de faire des concessions à leurs rudes mœurs de table et avait accepté de manger et de boire ce que jamais, au grand jamais, il n'aurait ingurgité auparavant.

Beaucoup de nains lui avaient demandé s'il se rappelait encore les avoir rencontrés. Mais, à son grand regret, il ne reconnaissait personne de sa vie antérieure. Il avait bien espéré que l'environnement familier lui permettrait d'en recouvrer la mémoire, mais ce n'était manifestement pas si facile. À en croire Thorwis cependant, il reconnaîtrait un jour tous ses amis nains et pourrait recouvrer toutes ses impressions, toutes ses pensées et tous ses sentiments d'autrefois.

Nuramon commençait à comprendre pourquoi il s'était autrefois senti si proche des nains alors qu'à première vue ils avaient si peu de choses en commun avec lui. Thorwis lui avait dit que les nains connaissaient certes la Lumière de la Lune et qu'ils l'appelaient « Lumière d'Argent », mais que jusqu'à présent seuls quelques-uns d'entre eux l'avaient rejointe. La plupart des nains dressaient la liste des expériences d'une vie et mouraient à un moment ou à un autre pour recueillir leur propre héritage dans une vie nouvelle. Pour les enfants des albes noirs, renaître avait toujours été la règle. Et chacun ne considérait sa mort que comme une interruption de la vie – identique au sommeil – qui troublait le souvenir. Avec le temps, on pouvait recouvrer ce souvenir… La mort n'était rien d'autre qu'un rêve bref.

Certains nains se souvenaient de toutes leurs vies antérieures. Thorwis et Wengalf en faisaient partie. Mais la plupart se trouvaient encore en chemin vers leur destination. Jusqu'à ce qu'ils l'atteignent, ils chercheraient dans les écrits qu'ils se laissaient à eux-mêmes les faits les plus marquants concernant leur passé.

Nuramon était encore loin de se souvenir. Il ne savait que peu de chose sur lui et ne s'était pas non plus laissé d'écrits le concernant. Wengalf et Thorwis lui avaient bien révélé qu'il avait connu les nains à Albemark, qu'il était parti avec eux et avait accompli ici quelques actions héroïques. Mais ce qu'ils racontaient de lui n'était pas conforme à l'image qu'il s'était faite de lui-même. Ils parlaient d'un héros semblable à ceux que célébraient les chants anciens. Mais qu'avait-il fait dans cette vie qui méritait une telle reconnaissance ? Rien !

Wengalf tira Nuramon de ses pensées.

— Nous y sommes presque. Il faut passer par là.

Le nain tourna dans un large couloir. Il y faisait un froid surprenant qui contrastait avec la lumière chaude diffusée par les pierres de béryl incrustées dans les murs. À quelque distance, Nuramon aperçut une lumière plus vive qui rayonnait jusque dans les couloirs.

— Quel est cet endroit ?

— Ce sont les halles des visages, répondit le roi des nains de façon énigmatique.

En s'approchant, il sembla bientôt à Nuramon que des murs recouverts de neige et de glace émettaient cette clarté. Mais il s'aperçut bientôt qu'il s'agissait de cristaux. Des minéraux blancs poussaient leurs fines aiguilles de cristal hors des murs. On eût dit de claires touffes d'herbe. De l'autre côté de ce bout de chemin, le couloir s'ouvrait sur une rotonde surmontée d'un dôme proportionnellement bas. En son centre, une ouverture ronde au plafond laissait la lumière tomber sur un cristal de roche de la taille d'un elfe. On y voyait une silhouette. Elle y était enfermée et se tenait droite.

— Tu ne m'as pas demandé ce que nous avons fait de ton corps après ta mort, dit doucement Wengalf quand ils se dirigèrent vers le cristal.

Nuramon sursauta. Dans le cristal devant lui se trouvait un elfe en armure de métal. Il avait les yeux fermés, comme s'il dormait. Nuramon eut l'impression de se voir dans un miroir. Certes, ce guerrier-là avait des cheveux noirs et non pas bruns, et il les portait beaucoup plus longs que lui. Il avait un visage un peu plus large et le nez plus court. Mais malgré ces différences, il se reconnaissait dans cet elfe. Les nains avaient apporté son corps dans cette salle et l'avaient inclus dans le cristal de roche grâce à leur habileté magique. Le résultat faisait l'effet de la statue d'un héros. Nuramon tourna autour du cristal en examinant attentivement le corps de sa vie antérieure. En comparaison de ce guerrier aux épaules larges et à la noble prestance, il devait avoir l'air d'un enfant. Pourtant aucun doute n'était permis : c'était bien de lui qu'il s'agissait.

— Pourquoi faites-vous cela ? demanda-t-il à Wengalf. Pourquoi exposez-vous les corps ? Comment puis-je croire à *une* grande vie, quand je vois ici devant moi le corps d'un autre ?

Wengalf leva les yeux sur lui. Il le regarda d'un air grave.

— Thorwis pensait que le moment était venu de te montrer ça. Et je suis d'accord avec lui. Il faut que tu apprennes que tu es beaucoup plus que ton corps. (Il montra le cristal.) Celui-ci, tu l'as déposé dans la mort comme une armure qui a fini ses jours. Et quels jours ! (Le roi des nains promena son regard dans le vide.) La mort est douloureuse et son souvenir rarement agréable. Pourtant, quand je viens dans ces salles afin de voir mes anciens corps, j'en suis réconforté. Je contemple mon ancien visage et je reconnais ce que je fus. Ma mémoire s'éclaircit. À la vue de mes précédentes enveloppes charnelles, je me sens replongé dans les temps anciens.

Wengalf avait raison. Pourquoi laisser le corps partir en poussière, si sa vue pouvait servir de pont vers le passé ? Nuramon s'approcha du cristal. Il s'aperçut seulement alors que quelque chose s'y trouvait appuyé. Il ne l'avait pas encore remarqué, tant il avait été fasciné par cette silhouette. Il s'agissait d'une épée et d'un fourreau avec, à côté, un arc bandé et un carquois plein de flèches.

— Pourquoi ces armes ne sont-elles pas incluses avec lui ? demanda-t-il au roi des nains.

— Voilà une excellente question. Même un nain la poserait. (Le roi vint vers lui et regarda l'ancien corps de Nuramon.) Toi et moi, nous avons souvent parlé de la mort. Thorwis nous a dit que ton âme retournerait à Albemark, quand tu mourrais. Et là-bas, il n'y avait personne pour te raconter ton histoire. Tu dois savoir que tu as dû autrefois endurer là-bas quelques railleries à cause de ta renaissance.

Nuramon pensa à ceux de son clan. Ils vivaient sans doute toujours dans la crainte qu'il lui arrive quelque chose et qu'ils soient obligés d'accueillir chez eux le nouveau Nuramon.

Le roi poursuivit :

— Mais tu étais sûr que ton chemin te ramènerait ici si tu devais perdre la vie. Tu disais : « Quand je mourrai, conservez mes armes. Je reviendrai les chercher dans une prochaine vie. » Autrefois, nous en avons ri ensemble. Jamais nous n'aurions pensé que la mort allait venir nous cueillir si vite. Là-bas, ce sont tes armes. Tu fus un remarquable archer et un maître à l'épée.

— Moi, un bon archer ? J'ai du mal à le croire.

Nuramon savait certes manier correctement un arc, mais il était loin de pouvoir se mesurer aux meilleurs archers de son pays.

— Il faudra bien t'habituer à avoir été autrefois différent de ce que tu es aujourd'hui. Un jour, tu rompras la barrière qui te sépare de ton souvenir. Et tes capacités grandiront.

— Comme les tiennes ont grandi autrefois ?

— Tout à fait. Quand nous combattions ensemble le dragon, je ne connaissais mes vies passées que par les écrits que j'avais laissés, ainsi que par le livre du roi et les récits de ma famille. Sur mon lit de mort, j'ai encore raconté à Thorwis mon combat contre le dragon afin d'en avoir connaissance dans ma vie future. Ensuite, ils m'ont couronné, car je n'avais jamais quitté une vie sans porter la couronne. Et puis, je suis mort. Toutefois, je n'ai pas été tenu d'acquérir péniblement le souvenir de cette vie. Je l'ai obtenu dès ma vie suivante.

— Si tu t'en souviens, alors tu sais aussi quelle impression cela fait… de mourir.

Wengalf rit.

— La mort n'est rien d'autre qu'un sommeil. Tu t'endors et tu finis par te réveiller. Mais certains d'entre nous font des rêves. Ils voient les albes, la Lumière d'Argent, le passé ou l'avenir. Ce que ces rêves signifient, seuls les plus sages peuvent le dire.

— Tu penses à Thorwis.

— J'ai souvent tenté de l'amener à me révéler quelque chose sur les rêves de mort. Mais il dit qu'il n'a encore jamais rêvé pendant la mort et qu'il ne peut pas parler de choses auxquelles il n'entend rien.

— Et toi, tu as rêvé ?

— Oui. Toutefois, je dois garder pour moi jusqu'à la fin tout ce que j'ai pu voir.

Nuramon ne posa plus d'autre question. Il regarda les armes à ses pieds et ramassa l'arc. Il lui rendrait peut-être la mémoire. Il voulait savoir comment il avait vécu autrefois à Albemark. Et peut-être contrairement à Thorwis avait-il autrefois rêvé dans sa mort.

L'arc était en bois clair et la corde, faite dans un matériau inconnu de Nuramon. Elle scintillait à la lumière. Il devait s'agir d'un de ces arcs magiques qu'il connaissait dans les contes de son enfance.

Il passa sa main sur le bois lisse de l'arc resté intact. Une bonne odeur attira son attention. Il renifla ses doigts, puis directement le bois. Il connaissait ce bois mieux que quiconque à Albemark. Il venait de Céren, l'arbre dont sa maison était faite. Il pensa avec nostalgie à son foyer. Il était parti avec trop d'insouciance et n'avait pas fait d'adieux, même pas à Alaen Aïkhwitan, comme quelqu'un qui ne devait jamais revenir. Avec cet arc long, il porterait toujours sur lui quelque chose qui lui rappellerait son chez-lui. Mais d'où venait cette corde ? Elle ressemblait à un fil d'argent. Il l'effleura de son doigt, puis la pinça. Elle rendit un son clair, presque comme un luth.

— Autrefois, tu as souvent froncé le nez en voyant nos arbalètes, tu prétendais qu'un arc leur était supérieur.

— Et ? Avais-je raison ?

— Une arme est toujours aussi bonne que celui qui la manie. En conséquence, l'arc était supérieur à l'arbalète. Prends-le ! Peut-être atteindras-tu avec lui le niveau d'excellence où tu t'es déjà trouvé. (Il souleva le carquois.) Ces flèches, nous les avons faites pour toi. Un cadeau particulier, car l'arc n'est pas notre fort. Mais regarde ces pointes. (Il sortit une flèche. Le fer de sa pointe brillait.) Elles sont restées ici, intactes, depuis le jour de ta mort, il y a plus de trois mille ans. C'est là la magie du métal des nains.

Chaque fois que les nains évoquaient le moment de sa mort ici, il se demandait combien de vies il avait pu vivre entre celle-ci et celle d'aujourd'hui. Même pour un elfe, trois mille ans représentaient beaucoup.

Wengalf lui tendit le carquois avec la ceinture. Nuramon appuya l'arc contre sa jambe, puis il prit le carquois. Le nain sourit.

— Tu n'as pas tout oublié. Cette façon d'appuyer l'arc sur toi… Exactement comme autrefois !

Nuramon s'étonna. Il avait fait ce geste sans y penser.

Le roi des nains lui tendit alors l'épée.

— Voici ton épée, une lame effilée de ces jours anciens où les nains et les elfes forgeaient côte à côte.

Nuramon prit l'arme. Il la trouva légère pour une épée longue. Le pommeau était en forme de disque et la garde étroite n'offrait guère de protection. La poignée pourtant courte se prêtait bien à sa main, comme si elle était faite pour lui. Nuramon dégaina l'épée et examina la lame. Elle était plus longue que celle de l'épée de Gaomée. Il s'étonna de sa légèreté alors qu'elle ne présentait pas de gouttières. C'était sans doute dû en partie à l'étroitesse de la lame. Mais cela ne suffisait pas à en expliquer la légèreté. Le métal ressemblait à de l'acier normal. Une magie devait être à l'œuvre. Pourtant, il ne la sentait pas. Alors que depuis sa quête de Guillaume il avait été fortement sensibilisé à la magie.

— Une épée sobre et néanmoins enchantée ! déclara Wengalf. Tu m'as confié autrefois que cette épée était un ancien trésor de famille.

Son épée ! Qui pouvait savoir dans combien de vies il l'avait portée ! Désormais, il possédait deux lames qui avaient servi à combattre des dragons. L'une était liée à cette vie, l'autre, à ses vies précédentes. Nuramon regarda son ancien corps. Il porterait l'épée de Gaomée jusqu'au jour où il se souviendrait de ses anciennes vies et où les hauts faits de ce guerrier mort qu'il voyait devant lui deviendraient son propre passé.

Nuramon quitta à regret son ancien corps et cette salle, avec l'impression de laisser en ce lieu une part de lui-même.

De mauvaise grâce, il suivit Wengalf dans les halles royales où des gardes les attendaient. Même s'il commençait à se repérer, il aurait pu passer ici des siècles sans percer à jour tous les secrets de ce royaume dans la montagne. Si un elfe venait à apprendre à Albemark combien ce monde lui plaisait, il s'attirerait encore plus de moqueries que celles auxquelles il avait déjà eu droit. Les elfes ne voulaient rien avoir en commun avec les nains. Mais comment les membres de ce peuple avaient-ils pu tomber ainsi dans l'oubli au point qu'on ne se souvenait même plus qu'ils étaient les enfants des albes noirs ? Le roi Wengalf faisait remonter cela à la querelle qui avait abouti à la séparation entre les elfes et les nains. Les nains n'avaient pas toléré la présence d'une reine elfe aux côtés de Wengalf et ils avaient même mené une guerre pour cette raison, avant de tourner le dos à Albemark. Par la suite, ils étaient devenus des figures de contes et les enfants des albes noirs s'étaient transformés en mythe.

Nuramon aurait voulu rester là pour apprendre d'autres choses au sujet des nains et retourner un jour à Albemark en ayant acquis le souvenir de ses anciennes vies. Pourtant, la pensée de Noroelle, la nostalgie et l'inquiétude l'entraînaient plus loin. Que penserait sa bien-aimée de cet endroit ? Il ne savait le dire.

Ils marchèrent jusqu'à la porte où Thorwis les attendait. Le vieux magicien était vêtu d'une robe d'un blanc éclatant et il portait un bâton de bois pétrifié.

— Écoute-moi, Nuramon, ami des nains ! (Ces derniers jours, on l'avait souvent appelé ainsi. Cette fois-ci encore, il sentit un frisson lui parcourir le dos.) Les actions accomplies aux côtés de notre roi ne seront jamais oubliées. Moi et mes pairs, nous avons eu beaucoup de peine à persuader le roi Wengalf que sa place était ici et qu'un autre devait t'accompagner dans ta quête de Dareen. Il m'a chargé de choisir ton compagnon.

— As-tu arrêté ton choix ? demanda Wengalf.

— Oui, mon roi. Ce ne fut pas facile. J'ai été pressé de toutes parts, on m'a prié de choisir Untel ou Untel. J'ai eu du mal, je ne voulais pas donner ma préférence à l'un plutôt qu'à l'autre. Mais ensuite, j'ai remarqué que le destin avait déjà pris sa décision. (Il désigna un rang de guerriers bien armés.) Voici ton compagnon.

Les guerriers firent place à Alwerich qui sortit du rang, habillé d'une fine cotte de mailles, d'un lourd manteau, et portant un grand bagage.

— Voici celui dont les yeux t'ont aperçu en premier dans cette vie ! dit Thorwis en faisant signe au jeune nain de venir.

Alwerich s'inclina devant le roi et baissa ensuite la tête devant Thorwis et Nuramon.

Wengalf posa sa main sur l'épaule du jeune nain.

— Alwerich, c'est la première fois depuis longtemps qu'un nain va partir en voyage et quitter la montagne en empruntant un Sentier. J'ai été le dernier à avoir réussi une quête en compagnie d'un elfe. Fais honneur à notre peuple et jure d'être pour Nuramon un compagnon tel que je le fus autrefois.

— Je le jure ! déclara solennellement Alwerich.

Thorwis se tint à côté du roi.

— Tu sais quelle est la question que tu devras poser à l'oracle ?

— Je le sais, maître. Et je reviendrai avec sa réponse.

Alwerich se retourna et se dirigea vers une femme naine, vêtue noblement, afin de l'embrasser. Puis il revint.

— Voici ma hache, frère d'armes !

Il tira sa hache d'armes et la tendit devant Nuramon. Elle avait un manche court et une grande lame face à une petite pointe d'estoc en forme de bec.

— Tu dois croiser ton arme avec lui, chuchota Wengalf.

Nuramon dégaina l'épée de Gaomée. Les murmures, le cliquetis de métal et l'excitation des nains, qui venaient d'emplir la halle, cessèrent aussitôt. On n'entendit plus que le vent et le lointain bruissement de l'eau. Wengalf tout comme Alwerich ouvrirent de grands yeux, comme s'ils avaient vu un esprit. Thorwis fut le seul à ne pas paraître surpris, il regarda l'arme en souriant.

— De l'éclat d'étoile ! dit Wengalf à mi-voix.

Ces mots coururent sur toutes les lèvres.

Nuramon posa lentement sa lame sur le manche de la hache d'armes d'Alwerich et il dit :

— Frères d'armes !

Sans cesser de regarder l'épée de Gaomée, le jeune nain retira sa hache.

Nuramon se sentit déconcerté. Ils regardaient tous son épée avec une telle stupeur qu'il la remit au fourreau avec hésitation.

— Tu comprends la valeur de cette lame ? demanda Wengalf.

— Je l'avais apparemment sous-estimée, répondit-il au roi. N'y a-t-il pas ici d'éclat d'étoile ?

— Non, on n'en trouve qu'à Albemark. Et à l'époque, nous n'en avons emporté que très peu. À lui seul, l'éclat d'étoile fait déjà d'une épée quelque chose d'impressionnant. Mais celle-ci vient en plus des temps anciens. Elle est plus récente que ton ancienne épée, mais elle est l'œuvre d'un nain. Il fut l'un des rares à rejoindre la Lumière d'Argent. Il a forgé beaucoup d'armes comme celle-ci. Pourrais-je encore la voir ?

Nuramon tira de nouveau l'épée et la tendit au roi. Wengalf la prit et passa ses doigts sur la lame.

— C'est le grand Teludem qui a forgé cette arme pour un elfe. (Le roi montra le nom de Gaomée qui se trouvait écrit là en écriture entrelacée.) Ce symbole ici a été rajouté plus tard par une main elfique. (Il rendit l'épée à Nuramon.) Il n'existe que quatre de ces lames d'elfe forgées par les nains. On raconte qu'elles auraient toutes été détruites lors des guerres des Trolls et du combat mené contre les dragons. Je ne peux me représenter meilleur porteur de cette épée que toi, Nuramon. Elle te rendra de fiers services.

Nuramon plia le genou devant le roi pour se trouver à sa hauteur. Puis il dit :

— Je te remercie, Thorwis, et tous les autres aussi. Je suis venu avec cette vie dans cette salle et je la quitte avec toutes mes vies précédentes.

Je te remercie pour tout ce que tu m'as donné et dont je ne peux encore me souvenir. Nous nous reverrons, Wengalf. Dans cette vie ou dans une autre.

— Si tous les elfes avaient été comme toi, Nuramon, nous n'aurions jamais tourné le dos à Albemark, répondit le roi. Et maintenant, partez tous les deux, avant que j'agisse contre toute raison en vous accompagnant malgré tout.

Nuramon hocha la tête. Puis il se leva.

— Qu'il en soit ainsi ! Nous nous reverrons.

Il jeta un coup d'œil à Alwerich. Le nain vint près de lui. Nuramon contempla une dernière fois la halle gigantesque, puis les deux compagnons sortirent dans la lumière du soleil.

Mauvais chemins

Farodin sursauta et se cogna la tête. Il était plongé dans l'obscurité la plus complète. Étourdi, il tâtonna dans la nuit. Ses mains lui faisaient mal. Il sentait une roche rugueuse et des pierres d'éboulis.

Les souvenirs lui revinrent lentement en mémoire. Il s'était endormi d'épuisement. Les trolls avaient obstrué une partie des couloirs secrets avec des gravats. À certains endroits, ils avaient même posé des pièges : des fosses à pieux et des blocs rocheux instables prêts à broyer les imprudents.

Ils avaient dû envoyer ici des esclaves kobolds ou humains. Plus rien ne correspondait au souvenir qu'en avait Farodin. De longs tunnels avaient disparu ; des portes secrètes avaient été murées ; des escaliers, cassés.

L'elfe s'était frayé un passage à mains nues dans les éboulis. Parfois, il n'avait pu progresser qu'en rampant. À deux reprises, il s'était engagé dans un tunnel à moitié obstrué, pour se heurter finalement à un lourd bloc rocheux barrant définitivement le passage.

Combien de temps avait-il dormi ? La faim le torturait. Sa bouche était sèche et ses lèvres gercées. Avait-il déjà passé plusieurs jours ici ? L'obscurité lui avait fait perdre toute notion du temps. Seules la faim et la soif pouvaient lui servir d'unité de mesure des heures écoulées. Une centaine d'heures avaient dû se passer depuis leur séparation. Comme une taupe, Farodin retirait sous lui les pierres et les poussait de côté pour avancer. Pouce après pouce. Comment les choses avaient-elles évolué pour Mandred ? Il n'aurait dû jouer l'émissaire que pour quelques heures. Quatre jours, c'était beaucoup trop long !

Les éboulis roulèrent dans un bruit de tonnerre. Ils ouvraient une brèche ! Farodin trébucha encore un moment sur des pierres aux arêtes acérées, puis il atteignit un couloir dans lequel il pouvait marcher en se courbant. Il avança prudemment à tâtons. Dix pas. Vingt pas. Le couloir montait en pente douce.

Soudain, il se trouva face à un mur. Des moellons reliés par du mortier. Paniqué, Farodin écarta les bras. À sa droite et à sa gauche, il y avait de solides parois rocheuses. Il était emmuré sur trois côtés. C'était à pleurer de rage ! Encore une fois, il se trouvait dans un cul-de-sac !

Frères d'armes

Nuramon et Alwerich avaient quitté la montagne et traversaient maintenant la plaine. Felbion les suivait. Le nain scrutait les alentours. Devant cette vaste étendue découverte, qui lui paraissait sans limites, il avait du mal à cacher son manque d'assurance. De plus, il refusait de monter en croupe sur Felbion. Il avait marché toute la journée à côté du cheval jusqu'à s'en blesser les pieds. Et s'il n'avait pas refusé de toutes ses forces la proposition de Nuramon de franchir les Portes que l'elfe savait créer sur les Étoiles d'Albes, ils seraient depuis longtemps déjà arrivés à destination. Mais ce nain avait une tête de mule, pareille à celle de Mandred.

Alwerich baissa les yeux sur ses pieds.

—Tes mains guérisseuses ont de grands pouvoirs.

—Elles n'avaient encore jamais touché les pieds d'un nain, dit Nuramon en souriant. Du moins, pas dans cette vie.

—Tes amis elfes d'Albemark fronceraient certainement le nez s'ils apprenaient ça.

—Tu aurais pu au moins te les laver de temps en temps, dit Nuramon.

Il s'était fait une grande violence pour toucher les pieds du nain.

—Je vais m'améliorer.

—Ne te tracasse pas trop pour ça. Les elfes ne se salissent pas les mains. La poussière tombe de ma peau, l'eau y perle, et il me suffit de me secouer un peu pour chasser de moi toutes les éclaboussures.

—Alors, tu n'as même pas besoin de te laver ?

—Je le fais tout de même.

—Quand ? Je ne t'ai jamais vu le faire.

—Ce que tu ne vois pas, Alwerich, peut cependant se produire. Il faudrait seulement t'inquiéter lorsque tu vois des choses qui ne devraient pas être arrivées. Mais dis-moi, Alwerich… Avant de partir, tu es allé vers une femme et tu l'as prise dans tes bras. Était-ce ton épouse ?

—Oui. C'était Solstane.

—L'amour d'un nain dure-t-il éternellement ? Vous reverrez-vous dans votre prochaine vie ?

—Nous nous reverrons, sans pour autant nous aimer obligatoirement. Regarde Wengalf. Dans cette vie, il ne s'est encore choisi aucune femme. La reine de sa vie précédente était déjà âgée lorsqu'il est revenu au monde dans sa vie actuelle. Quand il fut en âge de se marier, il l'a reprise pour femme. Mais ils ne se supportaient plus. La mort l'a séparée de lui. Il finira bien par se trouver une autre femme et par engendrer des descendants.

—Alors, l'amour éternel n'existe pas pour vous ?

—Oh si ! Certains se promettent de se donner la mort si l'objet de leur amour venait à trépasser. Ils se suivent alors dans la mort. Ainsi, ils peuvent de nouveau grandir ensemble et s'aimer. C'est ce que j'ai fait avec ma bien-aimée. Dans les écrits de ma vie, on peut lire que Solstane et moi nous formions déjà un couple à Albemark. Nous nous sommes aimés, nous avons longtemps vieilli ensemble et nous avons eu beaucoup d'enfants.

Nuramon admira Alwerich. Lui qui osait à peine rêver d'un amour éternel ! Il ne savait même pas s'il était possible de sauver Noroelle. Il l'espérait, il y croyait, mais seule Emerelle pouvait sans doute le savoir. Même s'il parvenait à la libérer avec Farodin et si les années passées dans le Monde Brisé ne l'avaient pas changée, elle devrait se décider pour l'un d'eux. Peut-être alors son amour pour Noroelle deviendrait-il éternel…

D'un coup, il fut assailli de doutes. Et si en recouvrant le souvenir de ses vies précédentes, il allait constater qu'il s'était pris d'un amour éternel pour une autre femme ? Et si celle-ci aussi avait retrouvé une nouvelle vie ?

Plongés dans leurs pensées, ils poursuivirent leur route vers l'oracle Dareen.

Le festin

— Mainger, hômmm !

À contrecœur, Mandred mordit dans la cuisse dégoulinante de graisse. À chaque apparition de Scandrag, il ne pouvait s'empêcher de repenser à son repas avec le duc. D'abord, Mandred avait refusé de manger de la viande. Mais ensuite, la faim avait pris le dessus. D'autre part, il lui fallait recouvrer des forces pour le retour de Farodin…

Qu'était-il arrivé à son compagnon ? S'il vivait encore, il aurait déjà dû être là depuis longtemps ! *Du calme*, se disait Mandred. *Farodin va venir !* Quelque chose avait dû le retarder en route, mais rien ne pourrait le détourner de ce qu'il s'était mis en tête. Et puis, il ne se laisserait pas si facilement tuer.

Mandred observa du coin de l'œil Scandrag, le cuisinier. Le troll venait juste de couper un énorme tas d'oignons. Il traitait bien les hôtes de la cave à provisions du duc – en tout cas d'après les normes d'un troll. Toutes les deux ou trois heures, il descendait la cage de Mandred et s'efforçait de le faire manger : du pain en quantité, des légumes, des œufs frais et du poisson. Aujourd'hui, Scandrag était particulièrement bien attentionné. Il avait déjà fait frire pour Mandred des œufs au lard dans une énorme poêle. Le jarl aimait que les jaunes ne soient pas trop cuits. Il y trempait alors du pain frais et s'en enfournait de gros morceaux dans la bouche…

Mandred se retournait juste pour prendre un autre bout de pain sur le poêle quand il vit Scandrag se dépêcher de cacher quelque chose dans son large dos.

— Pas peur, péttite hômmm. Fais fiande tandre ! Toi fite kaputt !

Le troll prononça ces mots comme s'il s'adressait à un enfant récalcitrant.

Mandred saisit la grande poêle. Elle était en cuivre sombre. Dans toute la cuisine, rien qui soit en fer.

Le cuisinier fronça les sourcils et frotta son gros nez. Il gardait sa main droite cachée dans son dos.

— S'il te plaît. Je touchours bon pour toi, péttite hômmm. Pas faire pêtiss maintenant !

Brusquement, il se rua en avant. Pour sa taille, ce troll se déplaçait avec une agilité surprenante. Il brandit une énorme massue et prit son élan pour en assener un coup sur la tête de Mandred.

Le fils d'homme lui expédia la poêle brûlante, mais Scandrag la détourna d'un geste nonchalant.

— Faire fini maintenant !

Mandred attrapa un couteau en pierre et plia les genoux. Les longues journées passées dans la cage lui avaient raidi les muscles. Scandrag ne le manqua que de peu avec sa massue.

Mandred lui sauta dessus et lui transperça le pied avec le couteau. L'énorme troll poussa un hurlement de rage. Il balaya Mandred de son pied valide et le projeta contre le grand poêle maçonné. Le guerrier crut tous ses os brisés. À demi conscient, il vit encore Scandrag se planter devant lui, la massue à la main.

— Séra bonne dans croûte miel !

Chemins séparés

La porte s'ouvrit dans un léger grincement. Farodin s'arrêta, soulagé. Il avait presque renoncé à y croire. Enfin, il s'était sorti de ce labyrinthe ! Il poussa légèrement la porte dérobée, se glissa dans l'ouverture et se retrouva dans un étroit couloir plongé dans la pénombre. Il referma prudemment la porte en veillant bien à ce qu'elle se replace parfaitement dans la boiserie du mur. Puis il tira un de ses couteaux et fit une petite entaille dans le bois. Elle lui servirait de repère. Ensuite, il entreprit de descendre. Il savait où trouver Mandred au cas où celui-ci vivait encore. Shalawyn lui avait décrit ce que les trolls faisaient de leurs prisonniers.

Farodin remit le poignard dans son fourreau de bras. Les trolls allaient se souvenir longtemps de cette nuit.

Bientôt, l'elfe trouva un escalier en colimaçon qui descendait dans les entrepôts. Ici, dans la tour, rien n'avait changé. Il y avait moins de meubles et elle était plus sale, mais sinon tout était exactement comme il l'avait gardé en mémoire. Cette forteresse gigantesque était si vaste que l'on n'avait pratiquement pas à craindre de rencontrer quelqu'un en empruntant des couloirs et des escaliers un peu à l'écart. Farodin se cacha une fois sous un palier d'escalier, une autre fois il se fondit dans l'ombre d'un profond renfoncement pour éviter des trolls. Ils étaient inattentifs. D'ailleurs pourquoi auraient-ils dû se montrer prudents ? Il s'était passé des siècles depuis que quelqu'un avait osé pour la dernière fois les attaquer dans leur tour.

Farodin touchait presque au but quand il tomba sur un corridor où plusieurs trolls se trouvaient allongés. Leurs ronflements gloussants l'en avaient averti. Ils étaient cinq, en travers du couloir, adossés aux murs. Un tonneau vide laissait espérer qu'ils ne se réveilleraient pas de sitôt.

Un moment, l'elfe fut tenté de leur trancher la gorge. Mais il serait stupide de laisser de telles traces. Il valait mieux pour lui que les trolls remarquent le plus tard possible la présence d'un ennemi dans la tour.

Sur la pointe des pieds, il se glissa entre les dormeurs. Il avait presque réussi à passer quand l'un d'eux s'étira et roula sur le côté. Il s'était trouvé dans une flaque de vomissures sanglantes. De grands vers blancs y nageaient. En fait, non… pas des vers. Mais de minces doigts, blancs comme de la neige fraîche. L'elfe fut secoué par un frisson de dégoût. La taille et la forme des doigts laissaient deviner à qui ils avaient appartenu. Il crut entendre de nouveau le chuchotement plaintif de Shalawyn en train de mourir : « Ils nous tiennent en cage comme de la volaille, nous engraissent et nous abattent pour leurs fêtes. »

Farodin tira un poignard et se dirigea vers le troll qui se retournait dans son vomi.

Sa main partit vite en avant. La lame s'arrêta à quelques pouces de l'œil gauche du troll. Il serait facile d'y enfoncer profondément l'acier jusqu'au crâne. Le troll ne se verrait même pas mourir. Farodin serrait tellement le manche de l'arme qu'il en faisait crisser la gaine en cuir. Mais il ne devait pas céder à la haine ! Il ne fallait pas se faire découvrir trop tôt ! Il tuerait plus de trolls, s'ils n'étaient pas tout de suite informés de sa présence. Et surtout, il tuerait celui qu'il fallait abattre, si celui-ci n'était pas averti !

Garde ton sang-froid, se dit-il à lui-même. *Du calme ! Il faut d'abord sauver tous les prisonniers encore en vie. Ensuite, tu pourras commencer le carnage !*

Il traversa vite le couloir. Une odeur de rôti flottait dans l'air. Farodin en eut la nausée. Il accéléra le pas et arriva dans une pièce au plafond voûté. Il ne se souvenait pas d'avoir vu cet endroit. Il y avait là six issues. L'elfe hésita. Cette écœurante odeur de rôti était partout. Ainsi qu'un léger parfum de miel.

Un bruyant cliquetis se fit entendre. Il venait du couloir opposé. Sans réfléchir plus longtemps, Farodin se précipita en avant, tenant toujours en main son lourd poignard.

Il arriva dans une vaste cuisine. Plusieurs feux ouverts y brûlaient. L'air était à couper au couteau. Il y avait là une odeur de fumée, de graisse rance, de pain frais et de viande rôtie. Un troll géant se trouvait à côté du poêle maçonné. Le mangeur d'elfes était en train de prendre son élan pour assener sa massue sur quelqu'un que Farodin ne pouvait pas voir.

— Séra bonne dans croûte miel !

Le bras de Farodin partit vite en avant. Le poignard atteignit le troll au bas de la nuque. L'elfe entendit le bruit de l'acier transperçant les os. Le troll laissa tomber sa lourde massue de bois, puis il s'écroula sans proférer un seul son.

En allant vers le poêle reprendre son couteau, Farodin vit Mandred. Le jarl gisait à terre, passablement abîmé. Son front saignait, et il avait à peine la force de se relever.

— Tu es en retard, grogna-t-il en crachant du sang. Ça fait bigrement plaisir de te voir. (Il tendit la main.) Viens, aide-moi à me mettre debout. J'ai comme l'impression d'avoir été piétiné par une horde de chevaux sauvages.

Farodin sourit.

— Je trouve que cette fois-ci tu en fais un peu trop pour te trouver à la meilleure place lors du prochain banquet.

Mandred soupira.

— À en croire ton humour, tu dois être un parent de Luth. Il y a des jours où je me demande si le dieu du Destin me hait ou si c'est là sa manière particulière de montrer son inclination à ses favoris.

— Y a-t-il d'autres prisonniers encore en vie ?

Le jarl montra une porte à moitié dissimulée derrière des sacs de farine.

— Là-bas. (Mandred s'appuya sur le poêle pour se relever.) Puis-je y entrer d'abord ? J'ai encore quelque chose à régler.

Farodin dut le soutenir, car il n'avait plus la force de se tenir sur ses jambes. Son pantalon était collé de sang.

En boitant, il réussit à aller jusqu'à la porte et l'ouvrit.

— Vous êtes libres, c'est votre menteur qui le dit ! Et que celui qui ne me croit pas pourrisse dans sa cage.

Mandred avait parlé en daïlique, avec un tel accent qu'on le comprenait à peine. Sidéré, Farodin regarda son camarade.

— Voilà, c'est fait. (Le jarl sourit d'un air satisfait.) Ceux qui sont là-dedans me comprendront. (Il montra quelques longues perches aux crochets menaçants.) Tu peux descendre les cages avec ça.

Mandred se détacha de Farodin et ses genoux se dérobèrent presque aussitôt. En jurant, il s'affala contre les sacs de farine et se tint la jambe gauche à deux mains. La pointe sanglante d'un os dépassait de son pantalon déchiré.

— Sale bâtard de troll, pesta le jarl.

La sueur lui perlait au front.

Farodin examina la blessure. Le tibia et le péroné cassés avaient traversé le tissu musculaire. Son ami devait éprouver d'atroces douleurs. Pourtant, il résistait étonnamment bien. Mais il ne pourrait pas faire un pas sans y être aidé, et leur fuite par les couloirs secrets représenterait pour lui un terrible supplice.

— Je vais me faire des attelles avec le bois des perches, dit Mandred d'une voix étranglée. Comme ça, ça ira.

— Bien sûr, dit Farodin en hochant la tête.

Il prit l'un des crochets et pénétra dans la pièce sombre. Une odeur de pourriture lui sauta à la gorge. Il mit quelques secondes pour s'habituer à l'obscurité. La pièce était plus grande qu'il l'aurait cru. Elle faisait au moins vingt pas de diamètre. Des cages en forme de gouttes pendaient du plafond. Il devait y en avoir une bonne centaine. Vides pour la plupart.

Farodin put libérer sept elfes. Les derniers survivants. Ils étaient marqués par leur longue captivité. Leur peau, qui n'avait plus vu la lumière du soleil depuis deux siècles, était devenue blanche comme neige. Leurs yeux rouges, enflammés, ne supportaient plus la lumière. Mais ils avaient surtout souffert de l'étroitesse des cages. Leurs os atrophiés leur rendaient la station debout pénible. Ils ne témoignèrent aucune joie lorsque Farodin les délivra. Ils restèrent prostrés par terre, sans un mot. Mais l'un d'eux, aux longs cheveux blancs, leur servit de porte-parole : Elodrin. Il avait été autrefois un prince de la mer dans la lointaine Alvemer. Farodin se rappela l'avoir vu parfois à la cour d'Emerelle.

— Ce n'est pas la reine qui t'a envoyé, n'est-ce pas ? dit le vieillard d'une voix lasse. Je connais les histoires qui parlent de toi, Farodin. Tu es ici pour mener ta propre querelle.

— Cela ne m'empêchera pas de te ramener chez toi.

Elodrin eut un petit reniflement de mépris.

— Regarde-nous ! Regarde ce qu'ils ont fait de nous ! (Il désigna une elfe qui sanglotait doucement, recroquevillée par terre.) Nardinelle était autrefois si belle qu'aucun mot ne pouvait la décrire. À présent, la voici toute voûtée, l'âme torturée, incapable de supporter la vue du soleil. Nous tous ici, nous avons longtemps appelé de nos vœux la mort. Elle ne nous fait pas peur. Au contraire, elle signifie pour nous la liberté de pouvoir renaître.

— Ça t'est vraiment égal de finir en rôti sur la table du roi des trolls ? As-tu vraiment renoncé à ce point ? répliqua sèchement Farodin.

Elodrin le regarda longtemps sans rien dire. Puis il fit un signe de tête presque imperceptible.

— Excuse-moi de ne pouvoir te remercier. Essaie de nous comprendre. En vérité, tu n'as sauvé que notre chair. Orgrim nous a déjà pris la vie depuis longtemps.

Les elfes durent se mettre un bandeau sur les yeux pour traverser la cuisine et ses feux clairs. Mandred n'avait pas séjourné suffisamment longtemps dans le noir pour être aussi sensible qu'eux à la lumière. *Il faudra que le fils d'homme les conduise*, pensa Farodin, étant donné qu'il ne reviendrait pas lui-même au bateau.

Scandrag avait gardé dans des coffres les trésors de ses victimes : des joyaux et des armes. Ils y trouvèrent la hache de Mandred. Les elfes ne voulaient rien savoir, mais Mandred insista pour leur faire prendre à chacun au moins une arme. Ne serait-ce que pour pouvoir se donner la mort avant de se faire de nouveau capturer par les trolls.

Ils étaient sur le point de quitter la cuisine, quand Elodrin leur cria d'y mettre le feu.

— Il n'y a que des pierres dans cette tour, ironisa Mandred qui ne pouvait visiblement pas supporter le vieil elfe. Les pierres ne brûlent pas. Vouloir mettre le feu n'a aucun sens.

— Il ne s'agit pas de cela, fils d'homme. La tour est comme une énorme cheminée. La fumée va monter. Elle fera diversion et réussira peut-être à étouffer quelques dizaines de trolls. Scandrag entrepose ici beaucoup de tonneaux d'huile de baleine. Une fois qu'ils auront pris feu, il n'y aura plus moyen de les éteindre.

Ils ne tardèrent pas à trouver les tonneaux. Ils défoncèrent alors quelques douves afin de laisser l'huile s'écouler à flots visqueux sur le sol. Farodin utilisa plusieurs torches pour l'enflammer. En plus de la cuisine de Scandrag, une grande partie des provisions de Malmort serait aussi détruite, et cela en plein hiver. D'ici peu de temps, ces maudits mangeurs d'elfes connaîtraient la faim, pensa Farodin avec satisfaction. C'était un bon plan de mettre le feu! Si les trolls avaient su ce que cela représentait d'avoir comme ennemi un elfe de la trempe d'Elodrin, ils l'auraient abattu depuis longtemps.

Farodin fit prendre aux fugitifs un détour en passant près des trolls endormis. La faible lumière des pierres de béryl du couloir était encore trop claire pour les prisonniers habitués à l'obscurité totale. Les yeux bandés, ils marchaient en file. Chacun la main droite posée sur l'épaule de celui qui le précédait. L'elfe Nardinelle soutenait Mandred. Le jarl essayait de n'en rien faire paraître, mais ses souffrances le rendaient presque aussi livide que les elfes.

Si Luth, dont le fils d'homme prononçait le nom à chaque occasion, existait vraiment, ce dieu leur fut favorable dans leur évasion. Aucun troll ne croisa leur chemin et Farodin put sans problème les conduire jusqu'à la porte secrète. Il expliqua aux elfes comment descendre par le labyrinthe des kobolds jusqu'à la grotte blanche. Dans l'obscurité des couloirs, ils réussiraient certainement à trouver leur chemin. Il espérait aussi que la nuit de mi-hiver serait suffisamment noire pour leur permettre d'échapper à la vue des trolls quand ils courraient sur la plage vers la grotte.

Farodin prit Elodrin à part.

— Tu comprends bien que le fils d'homme ne survivrait pas à une traversée de la baie à la nage. Il ne peut se protéger de l'eau froide. (Farodin eût aimé qu'Elodrin retire enfin son bandeau, afin de pouvoir lui parler en le regardant dans les yeux.) Mandred est venu ici sans vous connaître et il a risqué sa vie pour vous.

— Je ne lui ai rien demandé, répliqua froidement le vieillard.

— L'eau froide le tuerait, Elodrin. Vous allez devoir traverser la jetée et courir ensuite sur la plage jusqu'à la grotte.

— Si nous prenons ce chemin, autant nous rendre tout de suite aux trolls. Si la lune brille au ciel, on ne manquera pas de nous repérer.

— C'est le seul chemin possible pour Mandred!

— Alors, il a eu tort de venir ici.

Farodin eut l'impression absurde que ce vieil elfe le voyait à travers son bandeau et qu'il étudiait chacun de ses gestes et chaque inflexion de sa voix.

— Tu as passé trop de temps dans le Monde des Humains, Farodin. Maintenant, il t'en reste encore quelque chose. Je le sens nettement. Si tu te soucies tant de la vie de Mandred, tu n'as qu'à venir avec nous.

Farodin, indécis, remonta du regard le couloir étroit. Il était sûr d'arriver jusqu'au duc des trolls. Mandred et le reste des elfes avaient depuis longtemps disparu par la porte secrète dans le labyrinthe des kobolds.

— Vous devrez avoir quitté la grotte avant la marée haute. Si vous ne me voyez pas arriver d'ici là, ne m'attendez plus. Si je ne revenais plus, pars à ma place pour Firnstayn. Laisse un message à Nuramon pour lui dire qu'il sera désormais seul dans la quête de Noroelle. (Farodin tira de sa ceinture la petite fiole d'argent contenant les grains de sable. Entre-temps, il en avait trouvé trois cent quarante-sept.) Fais en sorte que Nuramon reçoive ceci. (Il lui mit le flacon dans la main.) Il saura quoi en faire.

— Je veillerai à ce que ce soit Mandred qui remette ton message et ce flacon, assura le vieil elfe. (Il saisit le poignet de Farodin dans un salut guerrier.) Fais mourir Orgrim à petit feu, si tu le peux.

Sur ces mots, il passa la porte secrète.

Farodin remit la boiserie en place. Enfin seul ! Il lissa son manteau déchiré et se couvrit la tête avec la capuche. Puis il se fondit dans l'ombre de Malmort.

Il n'y avait toujours pas eu d'alerte au feu, mais cela ne tarderait sans doute plus. Farodin se hâta dans les escaliers et les couloirs, grimpa vers le haut de la tour, enjamba des trolls endormis et évita par deux fois des gardes en patrouille. La deuxième fois, il dut se cacher dans des latrines sur le mur extérieur de la tour. Des vents ascendants glacés s'engouffrèrent dans ses vêtements. Entre ses pieds, il put apercevoir le port. En dessous de lui, au moins cent pas de vide.

Il atteignit enfin l'entrée de l'« escalier noir ». C'était le nom qu'il avait donné autrefois à cet escalier d'obsidienne dissimulé dans un mur porteur de la tour. La porte de pierre secrète bougea légèrement sur ses gonds. Elle se trouvait derrière la statue d'un ours blanc dressé sur ses pattes arrière, prêt à l'attaque.

Dans son impétuosité, quelqu'un avait fracassé les griffes des pattes antérieures. Cependant, à l'évidence, jamais encore aucun troll ne s'était donné la peine de regarder d'un peu plus près la niche derrière la statue.

Des pierres de béryl éclairaient d'une faible lumière les marches brillantes de l'escalier. Farodin repensa à son dernier jour avec Aileen. Le duc des trolls l'avait tuée lors des combats du Shalyn Falah. Avant sa mort, Farodin lui avait juré qu'il n'y aurait jamais d'autre femme dans sa vie. Et il avait juré de poursuivre Dolgrim, le duc des trolls, de renaissance en renaissance. C'était le plus furieux de tous les serments qu'un enfant d'albes puisse prêter.

Farodin avait trouvé Dolgrim et il l'avait tué avant même la cérémonie d'inhumation d'Aileen. Il avait encore abattu à trois reprises le duc qui avait repris corps. Il l'empêchait ainsi d'accomplir sa destinée de troll et de rejoindre la Lumière de la Lune. D'ailleurs, les trolls lui facilitaient la tâche. Ils choisissaient toujours leurs chefs parmi les âmes qui avaient repris corps. À la mort du duc, sa fonction ne pouvait plus être occupée, jusqu'à ce qu'un chaman important soit tout à fait certain d'avoir découvert le duc dans une nouvelle enveloppe charnelle. Chaque fois qu'il tuait le duc de Malmort, il pouvait être assuré d'éteindre de nouveau la vie de Dolgrim.

Le cœur battant, Farodin s'arrêta en haut de l'escalier. Il avait perçu un bruit lointain, comme un coup de gong. Avait-on découvert le feu ? L'hésitation n'était plus permise. Il saisit le levier de pierre dans le mur à côté de lui. Le plafond glissa silencieusement au-dessus de sa tête. Farodin admira le génie artisanal des kobolds. Ils avaient posé cette porte secrète des siècles auparavant, mais le temps n'avait pas réussi à l'endommager.

L'elfe se glissa prudemment dans l'ouverture. Derrière lui, la trappe se referma. Rien ne laissait plus deviner son existence.

Farodin n'avait aucune idée de la façon dont on ouvrait la porte secrète à partir de cette pièce. Peut-être n'avait-elle jamais été découverte *parce qu'on ne pouvait pas* l'ouvrir à partir d'ici. Comme autrefois, il devrait trouver un autre chemin pour s'enfuir.

La chambre du duc avait changé. Elle lui parut plus petite. Était-ce dû au lit imposant ? Était-il tout simplement plus grand et prenait-il plus de place ?

L'elfe entendit la respiration du duc endormi. Il se glissa sur la pointe des pieds vers son lit. Il resta là quelques secondes à le regarder dormir. Il pensa reconnaître certains traits de Dolgrim sur le visage d'Orgrim, les rides profondes au coin des lèvres et autour des yeux. Même endormi, ce visage avait quelque chose de cruel.

D'un geste souple, Farodin tira un couteau et le planta dans la gorge du troll.

Orgrim se dressa en sursaut, il ouvrit la bouche, mais aucun son n'en sortit. À part un léger glougloutement produit par le sang qui s'écoulait dans sa trachée-artère et allait bientôt l'étouffer. Le coup avait tranché les cordes vocales.

Le troll porta les mains à sa gorge et se contorsionna de manière grotesque. Ses bras se déformèrent et mincirent. En même temps, sa tête se transforma.

Effrayé, Farodin recula. Jamais encore il n'avait vu pareille chose. La créature avait maintenant la tête d'un grand chien noir.

Une lumière éclatante emplit la pièce.

— Bon chien, dit une voix chaude et grave en elfique. Il va mourir pour son maître.

Farodin se retourna. Derrière lui, le mur avait disparu, ou plutôt… l'illusion du mur. À présent, la chambre du duc avait retrouvé le format dont il se souvenait. Orgrim était assis sur un siège de chêne sombre. À côté de lui, une vieille femme troll était accroupie sur un tabouret. Par terre devant elle se trouvaient de petits os qu'elle assemblait en un motif d'entrelacs, avec ses doigts déformés par la goutte. Quatre trolls lourdement armés flanquaient le trône du duc.

— À ce qu'il semble, cette nuit va mettre un terme à la malédiction de l'âme qui pèse sur moi. Tu es audacieux, Farodin. Audacieux, mais fou, si tu pensais pouvoir, une fois de plus, réussir à entrer dans ma chambre sans te faire remarquer. Je mangerai ton cœur, par respect pour ton courage, mais certainement pas ton cerveau, elfe. Ça fait trois nuits que nous t'attendons ici.

L'unique porte donnant sur la chambre de la tour s'ouvrit. Là aussi, des trolls armés jusqu'aux dents l'attendaient.

Farodin tira un couteau et le lança vers le duc. Celui-ci se baissa pour l'esquiver. La lame rata son cou de peu et alla se planter dans le trône. L'elfe poussa un juron. Pour un troll, Orgrim se déplaçait extraordinairement vite !

Les gardes se précipitèrent aussitôt. Farodin se laissa tomber, roula par terre et sortit un autre couteau. Il enchaîna une autre roulade et trancha à un troll les tendons du talon. Le géant s'affala.

Un coup de hache manqua l'elfe de peu. D'un bond, il se rétablit sur ses pieds et enfonça son poignard dans le corps d'un troll. Il se trouvait maintenant au beau milieu des hommes de garde, si bien que ceux-ci se gênaient mutuellement avec leurs armes à longue hampe et leurs grands boucliers.

Farodin esquiva un coup d'écu, se ramassa et planta son poignard dans le jarret de son agresseur. Le colosse poussa un cri strident et se plaça hors de portée, d'un bond maladroit.

L'elfe sauta sur ses pieds, tout en sortant un autre poignard, puis il agrippa le bord du bouclier du guerrier devant lui. De toutes ses forces, il s'en aida pour se relever et, tel un acrobate de foire, il sauta par-dessus en exécutant une culbute. Encore en l'air, il expédia le couteau dans l'œil du porteur d'écu.

Les bras levés et en équilibre parfait, Farodin atterrit derrière le troll. Il ne ferait pas le poids face au nombre, mais il pourrait peut-être entraîner Orgrim avec lui dans la mort ! Il sortit alors deux couteaux. D'autres gardes se ruaient à la porte de la chambre, mais, à cet instant précis, il n'y avait plus qu'un seul troll entre lui et le duc.

Orgrim avait sauté du lit et levé en l'air son trône massif. L'elfe évita la massue du dernier garde et lui transperça le poignet d'un coup de poignard. Le guerrier en laissa tomber son arme lourde.

Dans un grand rugissement, Orgrim projeta le trône vers Farodin. L'elfe se laissa tomber de côté, son épaule heurta durement le sol. Le trône le rata de peu et alla s'écraser sur le mur opposé.

Dans la chambre, l'air s'était brutalement refroidi. La vieille femme poussa un cri rauque et leva ses bras décharnés. Des éclairs de lumière dansaient autour de ses mains. Farodin décocha son poignard. La chamane tomba de son tabouret. Elle porta les mains à sa gorge. Du sang foncé coula entre ses doigts.

Orgrim avait saisi le moment où Farodin s'était trouvé distrait pour brandir une massue.

Farodin tira son épée et son dernier couteau de jet. Du coin de l'œil, il vit des guerriers passer la porte. L'un d'eux prit son élan pour lancer sa hache. Dans un éclair d'argent, le couteau quitta la main de l'elfe et l'atteignit au front.

Mais à présent, Orgrim s'était avancé en brandissant sa massue. L'elfe voulut l'éviter en plongeant, quand le duc changea la direction du coup au dernier moment. Farodin réussit tout juste à lever son épée, mais son arme s'envola sous la puissance du coup. Elle glissa sur le sol vers la porte.

Orgrim émit un rire sonore.

— Nous y voici, elfillon. Sans arme, tu es mort.

Farodin bondit et expédia ses deux pieds sous le menton du géant. Il entendit les dents du duc se casser dans sa mâchoire. Sous la puissance du coup, Orgrim recula en titubant.

L'elfe roula sur le côté. Parmi les gémissements et les cris, un bruit métallique le fit se retourner. Le reste des guerriers se tenait à distance. La chamane s'était relevée. Avec, devant elle, le poignard. Elle posa lentement un pied sur l'arme.

Farodin leva la tête. La blessure au cou de la vieille femme s'était refermée. Ses yeux luisaient d'une lueur fiévreuse.

L'elfe s'empressa de baisser les yeux, mais il était déjà trop tard. Sans le vouloir, il recula d'un pas. Elle avait pris possession de lui.

Les volets des fenêtres s'ouvrirent en claquant. Un air glacial s'engouffra dans la pièce.

— Tu croyais vraiment pouvoir toujours tuer le duc ? Et tu pensais que j'allais tolérer ça jusqu'à la fin des jours ? (Elle secoua la tête.) Je savais que tu reviendrais. Je t'ai attendu pendant des siècles. Ton arrogance va te coûter la vie, elfe. Ta conviction de pouvoir nous vaincre chaque fois. Emerelle, elle-même, n'a pas ta suffisance.

La volonté de la chamane obligea Farodin à lever la tête et à la regarder en face. Il recula encore d'un pas, puis d'un autre encore…

L'elfe tenta désespérément de lutter contre la magie qui lui dictait les mouvements de son corps. Mais il était aussi impuissant qu'un enfant qui se débat pour échapper à la prise d'un adulte. Et il sentait sa présence dans ses pensées. Elle aspirait ses souvenirs !

La chamane le força à grimper sur la corniche d'une fenêtre. Un froid cliquetant lui sauta au visage. Une tempête de neige avait commencé. C'était bien. Non ! Il ne devait pas… Il s'efforça de penser à Noroelle.

La vieille femme troll sourit.

— Les elfes prisonniers se sont enfuis. Ils ont emmené avec eux le fils d'homme. (Elle regarda Farodin attentivement. L'elfe tenta de faire le vide dans sa tête... Il pensa à un vaste champ de neige. Mais, sans aucune peine apparente, la chamane s'emparait de ses souvenirs.) Les fugitifs veulent rejoindre un bateau caché dans la grotte de l'autre côté du fjord.

— Envoyez des troupes à la plage pour les retrouver ! ordonna Orgrim à un garde près de la porte. Et faites aussi armer deux bateaux pour appareiller.

— Tu es en bonne compagnie, duc. (La voix de la vieille couvrit étrangement le hurlement de la tempête.) Il a déjà tué aussi des princes de son peuple. Sur ordre de sa reine. As-tu peur de la mort, bourreau ? demanda-t-elle, curieuse. (Soudain, deux rides verticales creusèrent son front. Ses yeux s'écarquillèrent d'effroi.) Le devianthar...

Farodin sentit sa puissance sur lui se relâcher d'un coup ; il perçut même l'effroi avec lequel elle se retira de ses souvenirs.

L'elfe avait repris possession de son corps. Il posa les mains sur le bord glacé de la fenêtre. S'attendait-elle à le voir bondir en avant, dans son angoisse ? Il était en parfait équilibre. En sécurité. Il inclina la tête comme un courtisan.

— Vous permettez que je garde mes pensées pour moi ?

Sur ces mots, il se projeta en arrière. Contre le duc, il n'aurait rien pu faire d'autre. Mieux valait mourir ainsi qu'être livré aux trolls, privé de volonté.

Farodin chuta dans l'obscurité. Son dos heurta rudement l'un des contreforts de la tour. Il glissa le long du pilier. À moitié assommé, il tenta de contrôler sa chute et de tendre son corps au maximum pour se raccrocher d'un sursaut à une corniche. Mais sa cape qui volait au vent l'enveloppait comme un linceul. Elle le gênait dans ses mouvements. Quelques instants encore, et elle deviendrait pour de bon son suaire.

Soudain, il y eut un choc. Farodin sentit quelque chose lui attraper la gorge comme pour lui arracher la tête. Il se cabra. La chute s'était brutalement terminée. Ses mains et ses pieds tâtonnèrent dans le vide. Pendant quelques secondes, il fut complètement désorienté. Mais ensuite il comprit qu'il était suspendu à quelque chose, impuissant comme un chaton tenu par le cou dans la gueule de sa mère.

Farodin chercha une prise au-dessus de sa tête. Ses doigts trouvèrent une pierre couverte de glace. Une gargouille ! Sa cape s'était accrochée dans la tête en saillie du monstre de pierre. En tremblant, l'elfe se hissa et atteignit la relative sécurité de la corniche d'où dépassait la gargouille. Il défit la fibule de sa cape qui lui avait sauvé la vie. L'étoffe avait écorché son cou. Sa nuque le brûlait. Les muscles froissés, il ne pouvait presque plus bouger la tête. Il comprit tout à coup qu'il avait eu de la chance. En fait, le choc aurait dû lui rompre le cou !

Farodin essaya d'estimer à quelle hauteur de la tour il se trouvait, mais dans la tempête de neige sa visibilité n'était pas très grande. Il n'avait pas dû chuter de bien haut, sinon le choc l'aurait tué net. Ne sachant que faire, il cilla pour retirer la neige de ses yeux. Devant lui, il aperçut vaguement un arc-boutant dans l'obscurité. La corniche sur laquelle il avait trouvé refuge n'était pas un endroit où séjourner longtemps. À partir d'ici, il n'y avait pas moyen d'entrer dans la tour. Pour se mettre en sécurité, il devait grimper. S'il restait ici, les trolls le trouveraient tôt ou tard.

Les rafales de vent s'engouffraient dans la cape qu'il tenait maintenant dans ses mains. Il la laissa s'envoler dans la nuit. Elle ne ferait que le gêner dans son ascension.

Avec précaution, l'elfe se tendit de tout son corps pour atteindre l'arc-boutant. Puis il s'y laissa lentement glisser, pouce après pouce, jusqu'à son point de rencontre avec un large pilier descendant à la verticale.

Dans l'obscurité, il chercha prudemment un appui pour ses pieds. Le pilier était bordé de figures de pierre grimaçantes, couvertes de neige et de glace. L'elfe le descendit avec une extrême lenteur. La pierre rugueuse lui déchira les doigts. Ses mains furent bientôt engourdies par le froid. Sa prise se fit de moins en moins sûre.

Quand il atteignit l'arc-boutant suivant relié au pilier, il s'arrêta un instant. Il se concentra pour créer un coussin d'air chaud sous ses vêtements. La magie mit du temps à lui obéir. Il avait toujours du mal à la mettre en œuvre. Surtout quand il était épuisé. Mais une fois quelque peu réchauffé, il se sentit une envie irrésistible de dormir. Il s'appuya contre la pierre et regarda la tempête faire rage à ses pieds.

À quatre ou cinq pas plus bas, il y avait un vitrail, derrière lequel luisait la faible lumière d'une pierre de béryl. Farodin se demanda comment arriver là-bas. Quelques poutres de pierre dépassaient du mur de la tour. On avait dû autrefois les prévoir pour soutenir des balcons que l'on n'avait cependant pas construits. Elles saillaient du mur sur deux mains de large et plus d'un pas de long. L'une d'elles se situait juste au-dessus du vitrail.

Farodin conçut un plan désespéré. Ces supports se présentaient par groupes de cinq séparés l'un de l'autre par une distance de plus de deux pas. Un peu plus bas, cinq autres sortaient aussi du mur. Ils se trouvaient disposés exactement l'un au-dessus de l'autre. Si la première tentative venait à rater, il restait encore l'espoir de pouvoir se raccrocher… Non, il fallait réussir du premier coup ! Méfiant, Farodin examina les pierres enneigées. Pour pouvoir les atteindre, il devait rejoindre le mur de la tour depuis le pilier de contrefort.

L'elfe grimpa sur l'un des arcs-boutants qui se raccordaient presque à angle droit au mur de la tour. Il rampa prudemment jusqu'au mur. Là, il s'accroupit. À quatre ou cinq pieds sous lui se trouvait l'une des poutres de support. Farodin pesta. Il lui faudrait sauter. Mais la probabilité de trouver une prise sur la pierre glacée n'était pas grande.

Il passa un bon moment à regarder en bas. Il sentait le froid envahir son corps. Dès l'instant où il avait cessé de se concentrer sur la magie de chaleur, elle s'était de nouveau éteinte. Ses doigts devenaient gourds. Il ne pouvait pas se permettre d'attendre plus longtemps !

D'un saut, il atterrit sur la poutre, mais ses semelles y glissèrent. Déséquilibré, il se dégagea à demi par une poussée, tourna sur lui-même et se retrouva, jambes écartées, sur le support placé plus bas. Cet atterrissage brutal lui fit venir les larmes aux yeux.

Le vitrail se trouvait maintenant en oblique en dessous de lui. En gémissant, il ôta sa ceinture et la passa autour de la pierre. Ensuite, il retira sa chemise et noua une manche à la ceinture.

Farodin fit un gros nœud au bout de la deuxième manche en espérant de toutes ses forces que sa chemise soit suffisamment solide. Puis il s'élança. La chemise se tendit d'un coup. Le cuir de la ceinture crissa sur la pierre rugueuse. Malgré le vent perturbant qui soufflait en rafales, l'elfe se balança pour prendre de l'élan. À présent, il se trouvait presque à la hauteur du vitrail. Un dernier élan… puis il lâcha tout.

La fenêtre se brisa bruyamment sous ses bottes. Le verre lui entailla les bras. Il chuta brutalement sur le sol et roula plus loin. Du sang chaud suintait d'une coupure à son front.

Le souffle court, il resta allongé. Il s'en était sorti ! D'abord, il ne put rien faire d'autre que fixer le regard sur le plafond. Il était encore en vie ! Apparemment, dans le rugissement de la tempête, personne n'avait entendu la fenêtre se briser.

Un certain temps passa avant que Farodin prenne conscience du profond vrombissement qui résonnait dans la tour. Le son d'un gong. Le feu !

Des traînées de fumée passèrent sous le plafond. La fumée eut vite fait de s'épaissir. Étourdi, Farodin s'assit. Ses yeux pleuraient.

Il arracha une bande de tissu de son pantalon et la pressa sur sa bouche et son nez. La fumée faciliterait sa fuite, si elle ne le tuait pas.

Le chant d'Elodrin

— Pas question d'attendre plus longtemps ! La mer sera bientôt si haute que nous ne pourrons plus sortir de la grotte. Nous allons rester coincés ici pendant des heures !

Tout frissonnant, Mandred s'était enveloppé les épaules dans une couverture. Le vacarme de la marée montante se répercutait sur les parois de la grotte. Le jarl se sentait très mal. Il était entièrement livré aux elfes. Ils avaient avec lui traversé le fjord à la nage. Landal, un elfe blond et maigre, l'avait attrapé par la barbe et tiré derrière lui. Sa magie avait empêché Mandred de mourir dans l'eau glacée. Cependant, il se sentait plus mort que vif. L'eau lui avait gelé les os. Allongé sur le plancher du bateau, enveloppé dans plusieurs couvertures, il pouvait à peine bouger.

— Sortez le bateau de la grotte, commanda Elodrin en se plaçant à la barre. Nous attendrons dehors, dans le fjord. Là-bas, au moins, nous ne serons pas pris au piège.

Les elfes ramèrent à tour de bras pour lutter contre le fort courant à l'entrée de la grotte. La mer était si haute que l'étrave élancée du bateau heurtait sans cesse le plafond. Il semblait être déjà trop tard pour réussir à sortir, lorsque le petit voilier bondit soudain en avant. Ils étaient enfin libres.

Elodrin les pilota fort adroitement parmi les écueils et les hauts-fonds jusqu'à atteindre finalement le profond chenal au milieu du fjord. Éreintés, les elfes se blottirent le long du bordé pour se reposer de leur combat contre la mer. Elodrin resta à la poupe, scrutant avec inquiétude le brouillard épais.

— Une puissante magie est à l'œuvre, dit-il doucement. Je la sens partout. Nous ferions mieux de partir d'ici au plus vite.

— Il faut attendre Farodin ! insista Mandred.

— Ce ne serait pas sage. (Le vieil elfe montra droit devant, là où Malmort devait se trouver, quelque part dans le brouillard.) Farodin est venu ici pour mourir.

— Non, tu le connais mal. Il a voué toute sa vie à la quête de sa bien-aimée. Il ne mourra pas ici.

Elodrin eut un sourire las.

— Tu connais donc si bien l'âme des elfes, fils d'homme ?

Sale prétentieux, pensa Mandred.

— Si vous l'abandonnez, alors ramenez-moi à la rive. J'irai le chercher !

— Que veux-tu faire ? Te traîner jusqu'à Malmort ?

— En tout cas, je ne laisserai pas tomber un ami.

— Quelle aide apporteras-tu à Farodin si tu meurs aussi ? demanda Elodrin.

— Tu ne comprendras jamais ça, elfe. L'honneur exige que l'on n'abandonne pas ses amis. Quelles que soient les circonstances. Je suis sûr que Farodin ferait la même chose pour moi.

Le vieil elfe hocha la tête.

— Oui, il a beaucoup changé. Je l'ai bien senti. Peut-être… Maintenant, tais-toi, homme. J'ai besoin de repos !

Elodrin lâcha la barre et s'accroupit. Il fredonna doucement une sorte de berceuse. Mandred, épuisé, sentit ses yeux se fermer dans le doux roulis du bateau. Sa tête bascula sur le côté. *Surtout, ne pas s'endormir*, pensa-t-il.

Effrayé, le jarl se réveilla en sursaut. Les elfes avaient repris les rames et le brouillard s'était dissipé.

Ils avaient dû quitter le fjord ! Furieux, Mandred leva les yeux vers Elodrin.

— Misérable lâche ! Tu m'as jeté un sort de sommeil pour pouvoir t'enfuir !

Il chercha à tâtons sa hache. Elle n'était plus là. Chacun de ses mouvements lui causait une douleur fulgurante à la jambe.

Le vieil elfe avait mis son bandeau sur les yeux. Il pencha la tête vers Mandred et sourit.

— Le fait que tu te réveilles maintenant montre bien la force de votre lien d'amitié.

— Tu vas me ramener tout de suite dans le fjord, sale bouffeur de merde…

— Nardinelle ! Landal ! Aidez-le à se relever ! Ses discours perturbent ma magie !

Les elfes appelés rentrèrent leurs rames et vinrent vers lui. Eux aussi, ils portaient de nouveau leur bandeau sur les yeux. Mandred gémit de douleur quand ils le prirent sous les aisselles et le remirent debout.

— Je ne sais pas comment tu as fait, lui siffla Nardinelle à l'oreille, mais ton manque de bon sens a déteint sur Elodrin ! Les chamans des trolls chassent le brouillard du fjord. Nous sommes bien en vue. Et pourtant, nous nous dirigeons vers le port de Malmort !

En s'appuyant sur les elfes, Mandred jeta un regard par-dessus le bastingage. La tempête de neige avait cessé. Le ciel clair était piqueté d'étoiles. À environ un demi-mille, la tour des trolls dominait le fjord.

Partout sur les falaises et sur la plage, on voyait la lumière des torches vaciller. Le pied de la tour était entouré d'une lueur rougeâtre. Une épaisse fumée s'échappait des fenêtres.

La longue jetée du port était encombrée de trolls. À l'évidence, on avait équipé des bateaux en toute hâte.

— Tu le vois ? demanda Elodrin depuis la poupe. Farodin doit être devant nous dans l'eau. Je sens sa présence. Je n'ai pratiquement pas d'effort à fournir pour maintenir la magie de quête.

Mandred scruta la douce houle. On ne pouvait y manquer un nageur remuant l'eau. Mais il ne vit rien.

— Tu es certain qu'il est ici ? demanda-t-il doucement.

Elodrin lui indiqua le côté gauche de l'étrave.

— Là-bas. C'est par là que tu dois regarder !

Mandred plissa les yeux. La lumière des torches se reflétait sur la mer. Soudain, de Malmort, une boule de feu s'éleva dans le ciel. Elle décrivit une large courbe avant de retomber dans l'eau. Le projectile les manqua de beaucoup. Il s'agissait d'une lance portant un pot à feu enflammé sous sa pointe de pierre.

À peine eut-elle disparu dans les eaux sombres que déjà Malmort en crachait deux autres. Des cris rauques se firent entendre dans le port. Mandred vit l'un des grands bateaux noirs larguer les amarres.

Désespéré, le jarl scruta l'eau. Il découvrit enfin quelque chose. Une tache claire. Des cheveux d'or bercés par la houle.

— Là-bas ! À tribord ! Farodin !

Son compagnon ne montra aucune réaction. Il dérivait, le visage tourné vers l'eau.

— Vite ! Une rame !

Mandred toucha Farodin avec la pelle de la rame, mais celui-ci ne chercha pas à s'y agripper.

— Landal, sors-le de là ! ordonna Elodrin.

L'elfe se détacha de Mandred, sauta par-dessus bord et se dirigea en tâtonnant le long de la rame jusqu'à arriver à Farodin. Il le retourna, l'attrapa par les cheveux et regagna le bateau en deux brasses puissantes.

Nardinelle lâcha aussitôt Mandred pour lui venir en aide. Le jarl dut alors se cramponner au plat-bord. Il ne pouvait pas se tenir sur sa jambe cassée. Toutefois, il recouvrait peu à peu ses forces.

Les deux elfes furent hissés à bord. Farodin était inerte. Ses yeux grands ouverts regardaient les étoiles sans les voir. Son torse nu, bleui par le froid, était couvert d'entailles et d'hématomes.

Dans un sifflement, un projectile enflammé alla s'abîmer dans l'eau tout près d'eux. Elodrin ordonna à Mandred de remplacer Landal sur le dernier banc de nage. Ils firent pivoter le petit esquif. Tout le monde se mit aux rames. Un projectile enflammé passa tout près de leurs têtes.

Landal s'occupa des blessures de Farodin. Il tâta le corps de l'elfe et retira des éclats de verre de son dos. Il fit tout cela avec les yeux bandés. Cependant, chacun de ses gestes témoignait d'une grande habileté. Pour finir, il enveloppa Farodin dans une couverture. Soudain, il s'arrêta et leva la tête comme s'il avait perçu le regard de Mandred. Il lui fit un signe apaisant.

— Ne te fais pas de souci. Il se remettra bientôt.

— Mais il flottait avec le visage dans l'eau. Comme une… Comme…

Mandred n'arriva pas à prononcer le mot.

— C'est le froid qui l'a sauvé, expliqua Landal. Tout fonctionne au ralenti dans l'eau froide. Les battements du cœur, le flux du sang. Même la mort. Je ne veux pas te raconter d'histoires, fils d'homme. Il ne va pas bien. Il est mort de fatigue et porte une bonne dizaine de blessures. Mais il s'en remettra.

Le son d'une corne retentit. Inquiet, Mandred regarda en arrière. L'un des puissants bateaux des trolls se dirigeait vers la sortie du port. Des rames sortirent de la coque et remuèrent les eaux sombres. Même à un demi-mille de distance, il était facile de voir que les bateaux des trolls avançaient à plus vive allure que le leur. De sourds coups de tambour résonnèrent sur l'eau. Les rames des trolls en adoptèrent bientôt la cadence.

Mandred et les elfes ramèrent de toute leur énergie. Mais les trolls les rattrapaient inexorablement. Cette course-poursuite était perdue d'avance. Mandred était trempé de sueur. Le moindre mouvement causait à sa jambe une douleur intense. La course durait maintenant depuis plus d'une demi-heure. Malmort n'était plus en vue depuis bien longtemps. De hautes falaises et la paroi d'un glacier encadraient le fjord.

Mandred était assis, dos à la proue. Il pouvait nettement suivre ce qui se passait à bord du bateau des trolls. Des flambeaux éclairaient le gaillard d'avant qui s'élevait comme une tour au-dessus du pont principal. Des dizaines de trolls s'y pressaient. On avait installé des récipients remplis de braises ardentes et monté sur le pont des faisceaux de flèches. Et comme si tout cela ne suffisait pas, un autre bateau les suivait à un quart de mille de distance.

Farodin n'avait toujours pas repris connaissance. À en juger par la rage avec laquelle les trolls les poursuivaient, Mandred pensa que son plan téméraire avait sans nul doute réussi.

Un ordre hurlé résonna sur l'eau. Les archers levèrent leurs armes et, dès l'instant suivant, une pluie de flèches s'abattit dans le sillage des elfes.

— De combien nous manquent-ils ? s'enquit tranquillement Elodrin.

— De dix ou quinze pas.

— À quoi ressemblent les rives, à présent ?

Le flegme de l'elfe rendit Mandred furieux. Elodrin avait dû poser cette question au moins vingt fois. Pourquoi se soucier des rives ?! Ils ne pouvaient pas y accoster. À terre, il leur serait encore plus difficile d'échapper aux trolls. Un nouveau déluge de flèches frappa l'eau derrière eux. Cette fois, l'écart s'était réduit à moins de dix pas.

— La rive ! insista Elodrin.

— Des falaises ! Toujours des falaises ! s'énerva Mandred. Le glacier doit maintenant se trouver à une soixantaine de pas derrière nous.

— Landal, prends la rame, s'il te plaît.

L'elfe relaya Elodrin et celui-ci s'assit à côté de Mandred. Elodrin avait le visage défait. Les heures écoulées lui avaient coûté ses dernières forces. Il retira son bandeau et le posa devant lui sur le plancher. Il garda les yeux fermés.

Des flèches claquèrent dans l'eau. Plusieurs projectiles se fichèrent dans la poupe avec un bruit sourd.

Les prochaines volées allaient transformer le bateau en vaisseau de la mort, se désespéra Mandred.

— Pour un humain, je te trouve remarquable, Mandred, fit Elodrin amicalement. Je me suis fort mal comporté en t'infligeant mon silence pendant notre captivité. Je voudrais m'en excuser.

Mandred se penchait en avant et en arrière, au rythme du coup de rame. Ce vieil elfe était fou. Ils luttaient âprement pour reprendre pouce après pouce sur les trolls et il lui racontait ce genre de sornettes.

— Je t'excuse ! bougonna-t-il, le souffle court.

Elodrin ne semblait plus l'entendre. Il avait levé les mains vers le ciel, comme dans une prière. Sa bouche était grande ouverte, son corps tendu, comme si tout son être hurlait à l'agonie. Cependant, aucun son ne sortait de ses lèvres.

Des flèches atteignirent le bateau. Nardinelle fut arrachée du banc de nage. Un trait empenné de plumes sombres dépassait de sa poitrine. Un autre, planté dans le banc de nage, vibrait juste à côté de Mandred.

Le jarl rama de plus belle, mais les autres rameurs avaient perdu la cadence. Le bateau dévia à tribord. Ce qui les sauva. La nouvelle averse de flèches les rata de peu.

Un claquement énorme retentit comme si un géant avait tapé l'eau du plat de la main. Un bloc de glace, plus grand qu'un chariot de foin, s'était détaché du glacier et avait plongé dans la mer sombre. La petite embarcation fut doucement soulevée par une vague et poussée légèrement en avant.

À bord du bateau des trolls, des ordres furent aboyés. Mandred vit les archers enflammer leurs flèches dans le chaudron de feu.

Telle une pluie d'étoiles filantes, les projectiles embrasés volèrent vers le bateau. Mandred se courba par réflexe. Les flèches tombaient tout autour. Un elfe poussa un grand cri. Elodrin s'effondra. Un trait dépassait de sa bouche grande ouverte. Deux autres étaient fichés dans sa poitrine.

La couverture dans laquelle Farodin était allongé avait pris feu. Mandred la lui arracha et la jeta par-dessus bord. Il vit alors les archers lever une nouvelle fois leurs arcs.

Un bruit que Mandred n'avait encore jamais entendu parvint du glacier. On eût dit le craquement produit par un arbre en train de s'abattre. En plus retentissant.

Un énorme pan du glacier se détacha et se précipita dans le fjord. L'eau fut soulevée dans un tourbillon d'écume. Des blocs de glace dévalèrent sans répit. Le bateau des trolls dansa sur les vagues comme une coquille de noix. Des blocs de glace fracassèrent le bordage comme s'il s'agissait d'un fin parchemin. Une lame de fond descendit le fjord. La poupe de leur bateau se trouva soulevée.

Landal s'arc-bouta de toutes ses forces sur la rame. L'eau s'engouffra par-dessus le bastingage. Dans une écume blanche, la crête de la vague les emporta comme un cheval elfe lancé au grand galop. Mandred retint sa respiration. Mais Luth était à leurs côtés. Ils s'en sortirent indemnes.

Les bateaux des trolls étaient arrêtés par la barrière de glace dans le fjord. Il leur était impossible de continuer la poursuite.

À bord du bateau des elfes, Landal prit le commandement. Il décida de ne pas livrer aux vagues le corps d'Elodrin. On l'enveloppa de couvertures et on le déposa entre les bancs de nage. Nardinelle, blessée, entonna un chant des morts pour lui tandis que les autres elfes redressèrent le petit mât afin de laisser maintenant au vent le soin de faire avancer le bateau. Toutefois, pour quitter le fjord, ils durent encore s'employer à ramer.

Une fois au large, Landal mit le cap au sud-est. Mandred se trouvait en état de prostration. Il ne semblait pas concerné par ce qui se passait autour de lui. Sa jambe le faisait souffrir, le froid aussi. Farodin se trouvait dans un coma profond, à côté du corps d'Elodrin. Il respirait régulièrement, mais toute tentative de le réveiller s'avéra vaine.

Landal affirmait que ce sommeil était salutaire, mais Mandred en doutait. Cet elfe avait quelque chose d'inapprochable. Il paraissait posséder des forces magiques inhabituelles. Il suivait sans peine un Sentier d'Albes sur la mer. Au troisième jour de leur voyage, il trouva une grande Étoile et ouvrit une Porte. Elle ne ressemblait en rien à celles que ses compagnons avaient jusqu'alors créées. Tel un arc-en-ciel miroitant, elle s'élevait haut au-dessus des vagues.

Farodin s'éveilla au passage d'Albemark. Il sursauta, décocha des coups furieux autour de lui et mit un certain temps à comprendre où il se trouvait. Il n'avait nulle envie de raconter ce qui s'était passé à Malmort. Il se dirigea vers la proue et contempla la mer.

À Albemark, il faisait moins froid. Un vent constant gonfla leur voile, et, deux jours après avoir passé la Porte, ils atteignirent Reilimée, la Ville Blanche en bord de mer.

Landal les accueillit dans sa maison, et tous les survivants jurèrent de ne jamais dévoiler à Emerelle le retour de Mandred et Farodin.

Chaque jour passé dans la Ville Blanche voyait grandir l'inquiétude de Farodin. Mais la grave blessure de Mandred les obligea à prolonger leur séjour. Le fils d'homme appréciait cette paix. Nardinelle lui rendait visite tous les jours. Elle s'était remise étonnamment vite de sa blessure. Ses mains guérisseuses réduisaient fort habilement ses fractures et faisaient encore plus. Mandred n'avait jamais rencontré d'elfe telle que Nardinelle. Déjà dans le bateau, elle l'avait réchauffé avec son corps quand il était secoué par le froid, et à Reilimée aussi elle partageait souvent sa couche. Elle ne parlait guère et, jusqu'au jour de son départ, Mandred n'arriva pas à s'expliquer quelle était l'origine des sentiments qu'elle éprouvait pour lui.

Quand il reprit la mer, deux semaines plus tard, pour retourner avec Farodin dans le Monde des Humains, elle le laissa partir sans adieu ni salut. Sans un mot, elle lui mit dans la main un bracelet tressé avec ses longs cheveux noirs. Puis elle se détourna et disparut bientôt dans l'agitation du port.

Cette forme d'amour particulière laissa Mandred troublé. Il se réjouit à l'avance de retrouver son monde, où il parvenait, du moins parfois, à comprendre les femmes.

Dareen

Nuramon avait l'impression qu'une éternité s'était passée depuis qu'il s'était trouvé ici et qu'il avait résolu sa partie de l'énigme. Devant eux, les gemmes luisaient dans la paroi rocheuse : le diamant, le cristal de roche, le rubis et le saphir.

Alwerich réussit à déchiffrer l'écriture au-dessus du cristal de roche et la lut à haute voix :

— « Chante le chant de Dareen, enfant de la nuit ! Chante sa sagesse, avec ta main dans l'obscurité ! Chante les mots que tu as prononcés autrefois, et entrez côte à côte. »

— Que disent tes mots ? demanda Nuramon à son frère d'armes.

— Ils disent : « Par une calme nuit d'automne / Pareille aux albes / Les étoiles dans la grotte / Claires comme jamais / Comme elles naissent. »

— Te souviens-tu de mes paroles ? Nous devons réunir nos vers et les chanter ensuite ensemble. Voici ce que ça donne : « Tu es venu à nous par une calme nuit d'automne / Ta voix est venue pareille aux albes / Tu nous as montré les étoiles dans la grotte / Elles scintillaient claires comme jamais / Nous avons vu comme elles naissent. »

Un sourire apparut sur le visage d'Alwerich.

— De deux chants, fais-en un ! Maintenant, je comprends. (Il posa la main sur le cristal de roche.) Viens, chantons ensemble le chant-clé.

Le chant-clé ! Le nain avait trouvé le mot juste. C'était la clé de la Porte de l'oracle. Nuramon dirigea sa main vers le diamant, échangea encore un bref regard avec Alwerich, puis ils entonnèrent le chant.

À peine leurs mots eurent-ils retenti que le diamant et le cristal de roche s'éclairèrent. La lumière blanche que Nuramon connaissait déjà s'épancha du diamant, tandis qu'une autre d'un gris bleuâtre émana du cristal de roche pour s'écouler vers le rubis au centre. Elles s'y rencontrèrent toutes les deux et se confondirent en une seule, scintillante, qui s'engouffra dans le sillon menant au saphir et se jeta en lui. La gemme bleue s'éclaira et fut animée de pulsations, comme un cœur de lumière battant.

Subitement, les pierres, les sillons et l'écriture disparurent. Effrayé, Alwerich fit un pas en arrière. Nuramon regarda seulement sa main qui touchait maintenant la roche nue. Celle-ci mollit de manière si soudaine qu'il put y introduire les doigts. En enfonçant son bras dans le rocher, il s'aperçut qu'Alwerich revenait près de lui. Le nain, ébahi, regarda le bras de Nuramon et se risqua ensuite à faire disparaître sa propre main dans la roche.

Nuramon se tourna vers Felbion resté à quelque distance.

— Viens avec nous !

Au lieu de s'approcher, le cheval se détourna. Il préférait visiblement attendre dehors. C'était inhabituel chez cet animal curieux.

— Entrons avant que cette étrange Porte se referme ! s'écria le nain.

Ils pénétrèrent dans le rocher côte à côte.

Les albes avaient-ils autrefois voyagé ainsi sur leurs Sentiers, le regard clair, à travers les éléments ?

Nuramon se sentit franchir l'Étoile d'Albes. L'environnement se transforma, la pierre claire vira au brun-rouge. Deux pas plus loin, le visage de l'elfe émergea du rocher. Devant lui s'ouvrait un passage entre deux parois de couleur cannelle. Il se trouvait dans une gorge étroite où la lumière du soleil hésitait à entrer. Le sol était formé de sable ondulé. Il devait s'agir de l'ancien lit d'une rivière, que plus personne n'avait traversé depuis une éternité.

Nuramon scruta les alentours. Alwerich n'était pas à côté de lui. Effrayé, il se retourna. Il vit alors sortir de la roche un visage bêtement grimaçant, et son compagnon apparut.

— Où étais-tu passé ? demanda Nuramon au nain.

— Si c'est la Porte ici, je devais me trouver dans le corps de garde. Et voici ce que j'y ai trouvé. (Alwerich ouvrit sa main. Elle renfermait une petite figurine de dragon en pierre verte.) C'est une amulette de jade, un porte-bonheur, chez les nains.

Nuramon secoua la tête. Son compagnon, qui venait juste auparavant de reculer devant la Porte, s'y déplaçait à présent comme s'il s'y trouvait chez lui.

Alwerich passa sa main sur les parois de la faille.

— C'est la première fois que je vois ce genre de roche. Où sommes-nous ?

Nuramon n'en avait aucune idée précise. L'air était aussi clair que dans les montagnes du Monde des Humains, mais pas aussi pur que celui d'Albemark.

— Je suppose que nous sommes encore dans le Monde des Humains. Mais je ne sais pas… (Nuramon s'interrompit en entendant un bruit au loin. Des cris résonnaient dans le défilé. Comme des cris d'animaux.) Quel que soit cet endroit, j'espère que Dareen s'y trouve encore.

Ils suivirent l'étroit défilé. Nuramon passa devant. Ici, le sable était si fin qu'il y laissait lui-même des traces. Il répugnait à détruire ainsi à chaque pas l'harmonie du sable ondulé. Mais un regard en arrière lui montra que ses empreintes ne ressemblaient en rien à celles, profondes, laissées par les bottes d'Alwerich.

Le sentier grimpait en pente douce. Dans le ciel bleu, un grand oiseau inconnu de Nuramon, mais ressemblant à un faucon, traçait ses cercles. Ils ne se trouvaient certainement pas dans le Monde Brisé. Il y avait bien trop de vie ici. Ils devaient plus certainement être arrivés quelque part dans le Monde des Humains.

Le passage étroit déboucha bientôt sur une petite vallée encaissée. Ils y trouvèrent un lac avec en son centre une pierre d'où l'eau jaillissait. De l'herbe, des fleurs, des arbres et des buissons à fleurs étoilées ornaient ses rives. De l'autre côté, dans la falaise, béait l'entrée d'une grotte. Sans doute celle des étoiles dont parlait le chant-clé !

Nuramon et Alberic s'approchèrent en silence. Ils ne voulaient pas déranger l'oracle. Nuramon observa le lac. Il se demanda d'où venait l'eau et il ne put s'empêcher de penser au lac de Noroelle et à sa magie particulière.

C'était donc ici que vivait Dareen. Nuramon n'avait encore jamais vu un véritable oracle. Il y en avait certes encore quelques-uns à Albemark, mais pratiquement personne ne cherchait plus à les approcher, car ils étaient devenus silencieux. Il se demandait à quoi Dareen pouvait bien ressembler. Peut-être faisait-elle partie de ces peuples qui vivaient encore aujourd'hui à Albemark. Était-elle une elfe, une fée, une nixe, peut-être même une centaure ?

À peine eurent-ils laissé le lac derrière eux qu'une femme apparut à l'entrée de la grotte : une elfe, dans une robe simple, couleur de sable. Ses cheveux noirs ondulaient sur ses épaules. Elle resta là, immobile, en les regardant arriver.

Nuramon et Alwerich s'approchèrent d'un pas hésitant. Et devant elle, Nuramon n'osa pas lui adresser la parole. Il se sentit transpercé par son regard et fasciné par ses yeux noirs.

— Je vois les enfants de la lumière et de l'ombre, main dans la main, prononça-t-elle d'une voix claire. Il y a fort longtemps que vous êtes venus me voir. Je suis Dareen, l'oracle.

Nuramon baissa les yeux vers son compagnon qui fixait les siens sur l'elfe comme sous le coup d'un charme. En se tournant de nouveau vers Dareen, il s'effraya de voir subitement devant lui une naine ressemblant assez à l'elfe qui venait de se trouver là.

— Je me montre aux enfants d'albes de différentes manières. Je vais vous rendre les choses faciles.

D'abord, il ne se passa rien, mais ensuite Nuramon cilla et vit se dresser devant lui une enfant d'albes qui pouvait passer aussi bien pour une petite elfe trapue que pour une naine très mince.

— Quelle est ta véritable forme ? demanda Nuramon.

L'oracle rit doucement.

—Quelle est ta véritable forme, Nuramon? Celle que je vois là, devant moi? ou celle du guerrier que tu as vu récemment? Peut-être est-ce le corps que portait le premier de ton nom. Mais il est possible aussi que ta véritable forme t'attende encore. Quelle forme est donc la tienne?

—Je ne sais pas. Pardonne-moi ma question.

—Ne demande pas pardon! Je suis là pour répondre aux questions. Et si j'y réponds par une autre question, ce n'est que pour t'ouvrir l'esprit. Je possède une forme propre, mais elle vous est étrangère et vous parlerait moins que ce corps. (Elle se tourna vers le nain.) Viens, Alwerich! Descends avec moi dans la grotte des étoiles! (Mais à Nuramon, elle dit:) Attends-nous ici! Tu peux te rafraîchir auprès du lac.

Sur ces mots, elle précéda Alwerich pour entrer dans la grotte.

Nuramon resta en arrière; sa tête lui tournait. Il partit vers le lac et but de son eau. Elle était froide et le fit frissonner. Son impression de vertige disparut.

En regardant la surface de l'eau, il repensa à la source de Noroelle. Il prit la chaîne qu'il portait à son cou et plongea dans l'onde froide le rubis, que sa bien-aimée lui avait fait donner par Obilée. La gemme d'un brun rouge y scintilla comme autrefois toutes les autres pierres du lac de Noroelle.

Nuramon jeta un regard vers l'entrée de la grotte. Que pouvait bien demander Alwerich? Pendant tout le voyage, le nain n'avait pas voulu le lui révéler. En raison, disait-il, d'une promesse qu'il aurait faite à Thorwis.

En revanche, Nuramon s'était montré ouvert et avait parlé de Noroelle. Alwerich pouvait fort bien ressentir ce qu'il éprouvait. Le nain avait plus d'une fois suivi sa femme Solstane dans la mort pour se trouver près d'elle dans sa vie ultérieure. Nuramon eût aimé que ce soit aussi simple pour lui. Alwerich lui avait proposé de l'accompagner pour le reste du chemin. Mais il avait refusé. Son compagnon devait retourner à Aelburin et y mener là-bas avec sa femme la vie qu'il méritait. Nuramon lui avait parlé de la femme de Mandred et du temps perdu, qui pour elle s'était passé en quelques pas. Il ne voulait pas que la vie d'Alwerich prenne la même tournure, même si – à la différence de Mandred – il renaîtrait.

Lorsque Nuramon eut remis la chaîne autour de son cou et qu'il sentit la pierre froide sur sa poitrine, il se demanda quel pouvoir se cachait dans ce rubis. Il était resté si longtemps au fond du lac. Noroelle lui avait raconté que la gemme se nourrissait de la magie du lac. Elle représentait plus qu'un souvenir de sa bien-aimée. Toutefois, Nuramon ne savait comment extraire de la pierre son pouvoir particulier. Le temps n'en était peut-être pas encore venu.

Alwerich sortit de la grotte avec un visage décontenancé. Le nain avait visiblement appris des choses qu'il ne s'était pas attendu à entendre. Il arriva juste à balbutier:

—À toi d'entrer, maintenant.

Ensuite il s'assit sur une pierre au bord du lac et regarda l'eau fixement.

Nuramon ne lui demanda pas ce qu'il avait vu. S'il ne voulait déjà pas lui révéler sa question, il n'allait pas non plus lui livrer la réponse. L'elfe laissa donc son frère d'armes au bord du lac et pénétra à son tour dans la grotte.

D'abord, il arriva dans un petit espace à partir duquel trois tunnels s'enfonçaient plus avant dans la roche. De l'un d'eux émanait une lumière bleue, tandis que les autres couloirs étaient plongés dans une pénombre grise.

Dareen s'engagea dans le passage à la lumière bleue. Nuramon la suivit sans un mot. Ils descendirent tout droit dans une grotte sombre. Ses parois étaient noires comme la nuit. Mais au-dessus de lui, une voûte de ciel étoilé dispensait un peu de lumière. Les étoiles paraissaient si vraies qu'on eût dit que Dareen les avait prises au ciel nocturne. C'était donc ici la grotte des étoiles !

L'oracle se plaça au centre, où une dalle de pierre d'un bleu luisant était insérée dans le sol. Dareen commença aussitôt à parler d'une voix pleine de sensibilité :

— Je vois dans ton esprit deux souhaits. Mais je ne peux en exaucer qu'un. Pour l'autre, je ne peux que t'indiquer le chemin. Le premier est celui de ton souvenir. Tu voudrais ne plus faire qu'un avec tes vies précédentes. L'autre souhait est de libérer ta bien-aimée. Ta mémoire, je peux te l'offrir ici et sur-le-champ, mais je ne pourrai libérer Noroelle. Je t'aiderai simplement un peu sur ton chemin. Quel souhait sera donc ton choix ?

Les mots de Dareen portèrent un coup à Nuramon : une seule question suffirait ici à lui redonner son souvenir. Ici et sur-le-champ, il pourrait se souvenir de toutes ses vies antérieures. Et peut-être cela l'aiderait-il même dans sa quête de Noroelle ! Cependant, il ne voulait pas courir ce risque. Même la plus petite indication sur l'endroit où se trouvait Noroelle lui était plus précieuse que le souvenir de ses vies précédentes.

— Je suis venu dans l'intention de te demander l'endroit où ma bien-aimée se trouve captive. Et j'espère pouvoir repartir avec une réponse. Mon souvenir me reviendra tout seul un jour.

— C'est un choix avisé, Nuramon. À présent, je vois en toi ce qui s'est passé. Et je te dirai des choses qui vont t'aider. Je ne peux tout te révéler, car si tu en sais trop, des choses ne se produiront pas qui doivent se produire. Ce que je peux te montrer, tu le vois là. (Elle désigna la voûte. Nuramon leva les yeux. Un paysage apparut sur fond d'étoiles : un grand lac ou plutôt une baie bordée de forêts. En arrière-plan au loin se profilait une chaîne de montagnes. Au large de la rive, on voyait une île plantée d'un petit bois.) Voici l'endroit que tu cherches. Si tu trouves le chemin qui relie cette île au Monde Brisé, tu arriveras chez ta bien-aimée.

— Je trouverai cet endroit, dussé-je le chercher pendant des siècles, dit Nuramon sans détacher son regard de ce paysage.

L'image s'imprégna dans son esprit. Il ne l'oublierait jamais. Il avait maintenant véritablement son but devant les yeux. Et ce qu'il voyait était très instructif. À l'évidence, la Porte menant à Noroelle se trouvait dans le nord du Monde des Humains ou alors en haute montagne. Dorénavant, il ne fallait plus la chercher ni dans le désert et ses régions limitrophes ni dans le royaume d'Angnos.

Tout à coup, l'image pâlit à ses yeux. L'île, l'eau et la rive disparurent. Nuramon resta le nez en l'air. Il avait gardé tout en mémoire.

— Écoute-moi encore, dit Dareen. Seules deux choses peuvent rompre le charme : le sablier ou une Pierre d'Albes.

Nuramon n'en revenait pas de ce que l'oracle lui apprenait là. Il n'était pas tant préoccupé par le fait que le sablier et par conséquent les grains de sable représentaient vraiment une voie, que par celui d'entendre l'évocation d'une Pierre d'Albes. Il était parti pour trouver un chemin plus facile que celui de Farodin. Et maintenant, il devait constater que son chemin était encore beaucoup plus difficile. Il secoua la tête.

— Mais comment arriverai-je à une Pierre d'Albes ? Je sais seulement que la reine en possède une. Mais elle…

— Elle ne te la donnera pas. Tu dois en chercher une autre si tu ne crois pas à la voie de Farodin. Toutefois, quelle que soit ta décision, tu devrais d'abord retrouver tes compagnons. Cessez là votre querelle. Il n'y a pas de faux chemins. Chacun contribue pour sa part à atteindre le but. Va vers le nord et attends tes amis dans la ville du fils d'homme. Sois patient et attends comme les elfes savent le faire.

— Je le ferai.

— Alors, c'est tout ce que Dareen peut te dire. Au revoir, Nuramon !

Elle se glissa dans l'ombre et disparut.

Nuramon attendit encore pour voir si elle allait réapparaître. Mais il sembla que l'adieu était définitif. Il repensa à ses paroles. Elle lui avait révélé le chemin qu'il cherchait. Elle lui avait montré l'endroit où se trouvait la Porte de la prison de Noroelle. Mais pourquoi était-ce si important de rejoindre Farodin et Mandred ? Il avait souvent pensé à ses deux compagnons et à la querelle stupide qui les avait séparés. Ils lui manquaient. La voix de Dareen l'avait conjuré de se réconcilier avec eux.

Il irait à Firnstayn pour y attendre Farodin et Mandred.

Le livre d'Alwerich

L'adieu au frère d'armes

L'oracle a tout changé. Tu vois les choses avec d'autres yeux, particulièrement ton frère d'armes. Certes, il se comporte comme auparavant, mais le savoir que tu as demandé à Dareen fait aussi apparaître Nuramon sous un autre jour.

Lors du voyage vers le nord, il t'a raconté que Dareen lui avait offert le souvenir, mais qu'il l'avait refusé pour savoir où se trouvait sa bien-aimée. Cette action émeut ton cœur, tu ne peux t'empêcher de penser à Solstane. Tu aurais fait pareil pour elle. Et tu peux enfin comprendre pourquoi Nuramon ne souhaite pas que tu l'accompagnes dans sa quête. Tu as déjà gagné tout ce qui t'est cher. Et cependant, tu te demandes s'il ne serait pas bon de sacrifier une vie pour assister cet elfe.

Vous prenez le chemin du retour en évitant les gens soupçonneux. Ils ne pensent rien de bon des nains, rien d'autre que querelle. Entre-temps, tu t'es habitué à Felbion, mais tu rejettes la proposition d'apprendre à chevaucher. Là, c'est trop demander. Tu aimes ce cheval, mais rester seul en selle sur lui, ce n'est pas à ton goût.

Le jour des adieux est là. Au pied de la montagne, vous allez vous séparer. Tu descends une dernière fois de Felbion. Nuramon plie ses genoux pour te voir dans les yeux, il pose sa main sur ton épaule. Les mots qu'il prononce, tu ne les oublieras plus dans cette vie. Il dit : « Je te remercie, Alwerich. Tu fus un bon compagnon, un vrai frère d'armes. Mais à présent, nous devons aller nos chemins. » Il jette un œil sur les montagnes et continue à parler : « Remercie pour moi Thorwis et Wengalf. Et embrasse Solstane en mon nom. Tu m'as tant parlé d'elle qu'elle m'est devenue familière. » Tu réponds : « Elle regrettera de ne pas te voir revenir avec moi. » Nuramon hoche la tête et dit : « Parle-lui de Noroelle et de ma quête. » Ensuite, l'elfe se lève et dit : « Adieu, mon ami. » Nuramon te tend la paume de sa main et semble tout à coup hésitant comme s'il craignait que tu la refuses. Tu la topes et tu dis : « Nous nous reverrons, mon ami. Peut-être dans cette vie, probablement dans une autre. Il est bien possible que nous nous retrouvions dans la Lumière d'Argent. »

Nuramon sourit et répond : « Nous nous reverrons. Et peut-être nous souviendrons-nous de rencontres précédentes dont nous n'avons pas idée maintenant. »

L'elfe ne sait pas qu'il parle vrai. Il ne m'a pas demandé si nous nous sommes déjà rencontrés dans une vie antérieure. Mais à la manière dont nous nous trouvons là, je sais que ce moment s'est déjà produit. Les amis se retrouvent même après plusieurs vies.

Nuramon monte sur Felbion et te regarde encore une fois avec reconnaissance. Tu ne peux t'empêcher de penser à l'oracle. Si seulement tu l'avais préparé à ce qui l'attend ! Mais Dareen a insisté pour que tu te taises à ce sujet.

L'elfe vient de disparaître, tu te prépares à accomplir le dernier bout de chemin vers Aelburin pour serrer Solstane dans tes bras.

Nouvelle halle des écrits, volume XXI, p. 156.

La ville de Firnstayn

Nuramon embrassait le fjord du regard. C'était l'hiver, comme autrefois quand ils étaient partis pour la Chasse des elfes. C'était ici que tout avait commencé. Là-haut, près du cercle de pierres, Mandred avait lutté contre la mort. Et le devianthar avait lancé son jeu ici.

Il se rappelait combien ce monde lui était apparu déroutant. Mais à présent, sa vue lui était devenue familière. Il savait la distance qui le séparait des montagnes, il pouvait l'estimer avec exactitude. Une seule chose demeurait : ce monde était toujours aussi rude. Le voyage jusqu'ici en avait apporté la preuve. C'était un hiver qui, même pour le Monde des Humains, était particulièrement rigoureux et qui le torturait tout autant que Felbion. Pour un elfe, ce monde était parfois trop rugueux.

Là-bas, en bas, Firnstayn s'étendait au bord du fjord gelé. Le village d'autrefois s'était transformé en une ville. Certes, les humains ne disposaient que d'une courte vie, il était d'autant plus important pour eux de se multiplier. Mais il s'étonnait tout de même de la rapidité avec laquelle un tel peuplement pouvait s'accroître. Il pensait aux mises en garde du chêne-faune. Et s'il était devenu une victime du temps ? En fait, il n'avait franchi que quelques Portes, mais il avait éprouvé un étrange sentiment à Iskandrie.

Avec ses murailles, la ville témoignait que beaucoup d'années s'étaient passées depuis la dernière fois où il s'était trouvé sur la falaise, près du cercle de pierres.

— Alors, c'est bien vrai, dit quelqu'un près de lui. (Nuramon dégaina l'épée de Gaomée et se retourna. Xern se tenait là, au bord du cercle de pierres. Sa puissante ramure de cerf lui faisait comme une couronne. Gêné, Nuramon rengaina son arme.) Tu es vraiment venu.

Ses grands yeux d'ambre scintillaient.

— Oui, mais pas pour rentrer définitivement, répondit Nuramon. Toutefois, ça fait du bien de voir un visage connu.

— Qu'est-ce qui t'amène ici ? demanda Xern.

— Ma quête n'est pas encore terminée. Je pars chez les humains afin d'y rencontrer mes compagnons.

— Il se pourrait bien que tu commettes une faute, Nuramon. La reine n'a pas oublié ce que vous avez fait. Il est vrai qu'elle n'en parle plus. Mais vous auriez dû voir sa colère quand elle a appris que vous étiez partis ! Ceux qui se sont ainsi opposés à sa loi ne sont pas légion.

— C'est elle qui t'a envoyé ici ?

— Non, je suis venu… et c'est aussi parce que Atta Aïkhjarto m'a annoncé ton arrivée. Tu le sais : ses racines portent loin. Aussi loin que les sens d'Emerelle. Elle te verra, si tu restes dans les parages. Même Firnstayn est trop proche de la Porte.

— Alors, je n'y puis rien changer. Je viens ici avec l'oracle de Dareen. Et j'ai confiance en sa parole.

— Dareen ! Voilà un nom des temps enchantés. Elle a autrefois quitté Albemark parce que le Monde des Humains est le royaume du changement.

— Elle avait raison. Cette ville en bas en est la preuve.

Xern s'approcha de Nuramon et ils regardèrent tous les deux vers le bas.

— C'est l'héritage d'Alfadas.

— Il n'est plus en vie ? s'enquit Nuramon avec regret.

Il eût bien aimé revoir le fils de Mandred.

— Non. Il a grandi parmi les enfants d'albes, mais sa vie était celle d'un humain. Il est donc mort quand son heure est venue.

— Combien de temps s'est-il passé depuis que nous avons quitté Albemark ?

Xern s'efforça visiblement de rassembler toutes ces années écoulées en un chiffre. À Albemark, le temps ne jouait pas un rôle aussi considérable que chez les humains ou les nains. Presque tout y était bien en place, on n'y connaissait guère de changements, et la vie y durait longtemps. Que pouvaient bien représenter alors dix ou cent années ? En revanche, un nain eût pu lui apporter aussitôt une réponse.

— Cela fait deux cent cinquante étés que vous êtes partis.

Deux cent cinquante ans ! Autrefois, ce chiffre n'aurait rien représenté pour l'elfe. Et même si rien d'essentiel n'avait changé à sa perception du temps, il comprenait depuis longtemps ce que deux cent cinquante années signifiaient pour un humain. Il ne s'était donc pas trompé. Ils avaient dû encore une fois faire un saut dans le temps.

Xern poursuivit :

— Et pendant des années, une foule de choses se sont produites.

Nuramon pensa alors que la reine avait fait surveiller toutes les Portes.

— Alors, je vois qu'Emerelle a levé son interdiction.

Ce devait être le cas, car Xern n'aurait certainement pas enfreint les ordres de la reine dans l'unique intention de parler avec lui.

— Oui, et de façon surprenante pour nous tous. Dans ce Pays des Fjords, Alfadas a noué un lien entre les elfes et les humains. Nous avons combattu ensemble les trolls.

— Il y a donc eu une nouvelle guerre des Trolls ?

Xern fit un large geste.

— Ici, c'était l'un des champs de bataille. Tout s'est passé si vite, trop vite pour beaucoup de nous. La reine a déclaré que le temps était venu de nous habituer à la nouveauté.

Nuramon avait encore beaucoup de questions, mais une seule lui tenait particulièrement à cœur. Ce saut dans le temps, l'avait-il fait seul ou avec ses compagnons ? S'ils étaient tous les trois devenus victimes des années en entrant dans Iskandrie, Mandred et Farodin devaient connaître le même sort. Cependant, s'il avait accompli ce saut en allant voir l'oracle avec Alwerich, alors Mandred devait être mort depuis longtemps. Et le retour avait été certainement amer pour Alwerich.

— As-tu des nouvelles de Farodin ? ou de Noroelle ?

— Non, ni de l'un ni de l'autre. Sur ce point, rien n'a changé. On ne parle plus que rarement de toi et de tes compagnons. Il existe maintenant d'autres histoires. (Le regard de Xern se perdit au lointain.) Nous avons toute une époque de héros derrière nous. Chez les humains, ceux-ci sont depuis longtemps passés dans la légende, chez nous ils vivent dans le respect ou ont trouvé à renaître. De grands noms ! Zelvades, Ollowain, Jidena, Mijuun ou Obilée !

— Obilée ? A-t-elle pris part à cette guerre ?

— Oui. Elle fait grand honneur à son aïeule.

Nuramon s'imagina Obilée se présenter à la reine en guerrière magicienne sous les regards admiratifs de toute l'assistance. Elle était déjà revenue en jeune femme de la chasse au dévianthar. Entre-temps, elle était certainement devenue celle que Noroelle avait toujours vue en elle. Il avait manqué tant de choses. On parlerait sans doute encore longtemps de cette guerre des Trolls, tout comme on avait souvent évoqué celle à laquelle Farodin avait pris part autrefois.

— Tu aimerais voir Obilée, n'est-ce pas ?

— Apparemment, il est toujours aussi facile de lire sur mon visage, répondit Nuramon dans un sourire.

— Elle doit se trouver à Olvedes. Je pourrais lui faire envoyer un message. Elle n'a pas oublié Noroelle, ni toi non plus certainement.

— Non, cela ne ferait que rouvrir d'anciennes blessures.

Peut-être allait-elle maintenant insister pour l'accompagner dans sa quête. Cette pensée pouvait paraître intéressée, mais Nuramon était rassuré de savoir qu'au moins l'ancienne confidente de Noroelle comptait encore pour quelque chose à Albemark. Sa bien-aimée serait certainement fière de sa protégée.

Xern pencha la tête de côté et haussa les épaules.

—Comme tu veux. Je ne parlerai à personne de cette rencontre, sauf à Atta Aïkhjarto.

—Je te remercie, Xern.

—Je te souhaite de retrouver Noroelle.

Sur ces mots, Xern entra dans le cercle de pierres et disparut dans le léger brouillard.

Nuramon contempla de nouveau la ville en bas. Sur le chemin qui l'avait mené ici, il avait cherché à repérer l'endroit que lui avait montré Dareen. Il avait même fait un détour pour cela. À en juger par les arbres qu'il avait vus, la Porte qu'il cherchait devait se trouver dans le Nord glacial, au bord de la mer, ou près d'un lac de haute montagne. C'était tout ce qu'il pouvait dire.

L'oracle avait raison. Il aurait besoin de l'aide de ses compagnons. Grâce à son savoir et à la magie de Farodin, il pourrait découvrir cet endroit. Mandred et Farodin l'attendaient peut-être en bas, à Firnstayn. Il se pourrait bien que le destin les amène à s'y retrouver.

Nuramon prit Felbion par les rênes et entama la descente. Au pied de la colline, il se mit en selle et chevaucha vers la ville. Tout en repensant à la Chasse des elfes. Pour sa perception du temps, elle ne se trouvait que quelques années en arrière, pourtant il avait l'impression de l'avoir vécue dans une autre vie. La mort d'Aïgilaos, le combat contre le dévianthar et le terrible retour à Albemark… Tout cela paraissait si loin, comme s'il se trouvait de toute éternité en quête de Noroelle.

Lorsque Nuramon se présenta devant la porte de la ville, la sentinelle l'avait déjà repéré depuis un bon moment. Cependant, il trouva la porte ouverte et il put la franchir sans qu'aucun garde lui demande d'où il venait ni ce qui l'amenait ici. Au lieu de cela, on proclama en langue des Fjords qu'un elfe était arrivé. À en croire Xern, les enfants d'albes se trouvaient maintenant plus proches des humains, et pourtant l'arrivée d'un elfe à Firnstayn semblait représenter un événement particulier.

Nuramon, monté sur Felbion, mena son cheval tranquillement entre les alignements de maisons, accompagné par des enfants, des regards depuis les fenêtres et des saluts amicaux. Sans savoir ce que les habitants de Firnstayn voyaient en lui. Ils le considéraient probablement comme un héros des guerres des Trolls. Cela lui déplut, car il n'avait rien fait pour mériter cet honneur. Alors, il descendit de Felbion pour ne pas chevaucher sur ce haut destrier.

Il tenta de s'orienter, mais rien n'était plus comme il l'avait gardé en mémoire. Finalement, il atteignit une place sur laquelle se dressait une maison longue en pierre. Ce devait être la nouvelle demeure du jarl. On y accédait par un large escalier bordé de statues de lions. Les humains se rassemblèrent autour de Nuramon, tout en se tenant respectueusement à distance. Aucun n'osa l'approcher de trop près. Il repensa à son départ de chez les nains. Quel changement cela représentait dans sa vie, d'être ainsi accueilli ou reconduit avec respect partout où il passait !

Un guerrier descendit l'escalier en hésitant : un homme fort, avec une large épée à la ceinture.

— Es-tu venu pour parler au roi ? demanda-t-il.

Nuramon hésita avant de répondre. Autrefois, ils avaient appelé « jarl » leur chef. Étaient-ce là encore les traces d'Alfadas ? Que dirait Mandred s'il venait à apprendre qu'un roi régnait maintenant à Firnstayn ?

— Je suis en quête de Mandred Torgridson, expliqua Nuramon.

Il y eut d'abord des chuchotements, puis un silence de mort. Il avait prononcé un nom qu'ils ne connaissaient sans doute ici que dans les légendes…

Nuramon fut d'autant plus surpris par la réponse du guerrier qui s'était avancé devant lui.

— Mandred est passé ici. Avec un elfe du nom de Farodin. Mais ils sont repartis depuis longtemps.

Soudain, les gens firent place à un fils d'homme, un chef, à en juger par sa splendide armure de plates. Cette armure n'était pas l'œuvre d'un humain, elle provenait des forges d'Albemark. Un cadeau d'Emerelle ? Elle avait peut-être autrefois appartenu à Alfadas. À présent, c'était un homme aux cheveux gris qui la portait. Il s'avança à grands pas vers Nuramon et se planta devant lui. Cet humain était lui aussi un géant et portait une épée à la ceinture, trop effilée en fait pour les gens de ces contrées.

— Je suis Nauldred Briselame, roi du Pays des Fjords, dit-il en hochant la tête.

Une force presque menaçante émanait de lui, de sorte que Nuramon comprit, sans l'ombre d'un doute, que la colère de Nauldred, une fois déclenchée, ne connaissait pas de limites.

— Je te salue, Nauldred, dit Nuramon en s'étonnant que le roi ne porte pas de couronne comme c'était la coutume chez les humains.

Il trouva de toute façon étrange que le Pays des Fjords soit maintenant dirigé à partir d'ici. Était-ce le mérite d'Alfadas si Firnstayn avait été déclaré ville royale ?

— Tu cherches Mandred ? demanda Nauldred.

— C'est cela et j'espère de toi un conseil pour me dire où le trouver, répondit Nuramon d'une voix amicale.

— Ça dépend de qui me le demande, dit le colosse en se croisant les bras sur la poitrine. Il s'agit en fait de mon ancêtre.

Une certaine ressemblance entre Nauldred et Mandred était indéniable. En particulier les yeux. Cependant, cet homme était beaucoup plus vieux. Certes, Nuramon n'était pas encore très expert pour estimer l'âge des humains, mais il attribua plus de cinquante ans à Nauldred, en raison de ses cheveux gris. La plupart de ses rides se trouvaient à demi dissimulées par sa barbe. Celles qu'il avait autour des yeux et sur le front étaient en revanche bien visibles.

— Mon nom est Nuramon et je…

Nauldred ne le laissa pas terminer.

— Ne serais-tu pas le compagnon d'armes de Mandred ? Ne t'appelle-t-on pas aussi Nuredred, le prince elfe ?

Nuramon fut surpris. Apparemment, les humains avaient embelli à leur gré l'histoire autour de Mandred Torgridson.

— Je suis effectivement le compagnon d'armes de Mandred. Mais pour le reste, je crains que vous ayez enjolivé ce que je suis en réalité.

Nauldred secoua la tête.

— La modestie est la vertu des héros.

Nuramon jeta un coup d'œil sur le visage des gens présents. Ils le regardaient comme si les albes eux-mêmes étaient de retour. En laissant errer son regard, il remarqua quelque chose. Sur l'épaule de la statue de lion au pied de l'escalier à gauche, il y avait une inscription.

— Un merveilleux ouvrage, n'est-ce pas ? dit Nauldred.

— Certainement, répondit distraitement Nuramon.

Il ne pouvait détacher son regard des runes elfiques artistiquement entrelacées. Il y était écrit : « Pardonne-moi et attends-nous si tu peux. Farodin. »

— Alfadas a fait placer là ces lions, en mémoire de Mandred dont tous les rois de Firnstayn sont issus. (Le regard de Nauldred s'assombrit.) Quelqu'un a gravé ces signes, il y a de nombreuses années. Il ne venait certainement pas de Firnstayn. Personne ici ne profanerait de la sorte un monument à la gloire de Mandred Torgridson.

Nuramon passa sa main sur l'inscription.

— Je la trouve merveilleuse ! Son tracé est parfait et honore le héros Mandred. On dirait qu'elle est l'œuvre d'un elfe.

Nauldred prit un air surpris.

— Vraiment ?

Nuramon l'en assura encore. En voyant le visage bienveillant du roi, il se blâma de mener ainsi un souverain par le bout du nez. Il était temps de changer de sujet.

— Roi Nauldred, j'aurais une question. Mandred a-t-il dit où il voulait aller ?

Le regard du roi se durcit.

— Ils ont rencontré ici une elfe sur le point de mourir. Elle avait longtemps été retenue prisonnière à Malmort, une forteresse des trolls qui doit se situer loin au nord. Depuis les temps du roi Alfadas, plus personne ne s'est risqué là-bas. Mais Faredred, l'ami elfe de Mandred, était farouchement résolu à s'y rendre et à libérer les autres elfes qui y sont enfermés. Cela fait plus de trois ans qu'ils sont partis et personne n'en a plus de nouvelles.

Nuramon hocha gravement la tête. Deux hommes contre une forteresse pleine de trolls, cela leur convenait bien à tous les deux !

— Si tu le permets, roi, je vais attendre ici, parmi vous, le retour de Mandred et de son ami elfe.

— Tu penses qu'ils vont revenir après si longtemps ?

— Je ne le pense pas, j'en suis sûr, affirma Nuramon avec une telle détermination qu'il en fut lui-même surpris.

Cela ne pouvait être la fin de leur quête commune de Noroelle !

Le visage du roi s'éclaira.

— L'espoir n'est pas perdu de voir revenir Mandred, cria-t-il à la foule qui s'était entre-temps rassemblée sur la place. Le célèbre Nuredred va demeurer quelque temps parmi nous. Quel honneur de l'avoir pour hôte !

— Je suis Nuramon. Nuredred est celui que vous avez fait de moi, dit l'elfe doucement.

— Tu connais l'histoire de notre ancêtre. Tu étais avec lui. Tu t'es trouvé vraiment avec lui dans la grotte autrefois, n'est-ce pas ? Et tu peux raconter la vérité aux scaldes. Afin que tout soit écrit comme cela s'est véritablement passé. Tu peux le faire, non ?

— Je le peux et le ferai volontiers.

Naturellement, il ne leur dirait pas toute la vérité. Il avait promis à Mandred de ne révéler à personne qu'ils s'étaient tenus par la main. Les humains voyaient en Mandred plus que l'homme que connaissait Nuramon. Ils seraient certainement déçus d'apprendre la vérité. Alors, il décida de rapporter tout ce qui s'était passé pour Farodin et pour lui, mais de faire en sorte que le nom de Mandred reste immortel. Les humains de Firnstayn élèveraient encore plus d'un monument à la mémoire du fils de Torgrid.

— Viens, dit Nauldred en lui tapant amicalement sur l'épaule. (Puis il lui fit signe d'avancer.) Là-bas, où se trouvait autrefois la vieille maison de Mandred, il s'en trouve maintenant une qui lui appartient pour toujours. C'est là que tu vas loger. Quelle fête ! Ton compagnon Faredred…

— Pardonne-moi, mais son nom est Farodin ! objecta Nuramon.

— En tout cas, ce garçon savait boire. (Il lui tapa de nouveau dans le dos.) Voyons ce que tu sauras faire.

Les humains ne pouvaient certainement pas lui offrir une plus grande beuverie que celle qu'il avait vécue chez les nains. Cependant il était ouvert aux surprises. Il fallait s'habituer aux hommes d'ici. Qui savait combien de temps Mandred et Farodin resteraient encore partis ? Peut-être quelques lunes, peut-être une année, peut-être plus longtemps. Il attendrait et se préparerait au jour où il pourrait poursuivre la quête avec ses compagnons. Les humains pourraient peut-être l'y aider. Dans le port, il avait remarqué deux bateaux qui ressemblaient vaguement à des embarcations d'elfes. Quelqu'un parmi les marins connaissait peut-être l'île qu'il avait vue chez l'oracle. Il la dessinerait pour la montrer ensuite aux humains.

Les familles de Firnstayn

L'elfe Nuramon

En ces jours où le père Soreïs commença la chronique de Firnstayn, sur ordre de Mandred Torgridson, en la quinzième année du règne de Nauldred, l'elfe Nuramon arriva à Firnstayn. Il dit qu'il attendrait le retour de Mandred.

J'étais alors un enfant. Mais à présent ma vie touche à sa fin. Et je peux dire avec fierté que j'ai vécu une époque où un elfe a séjourné parmi nous. J'étais présent à l'arrivée de Nuramon. J'ai couru à côté de son cheval et je l'ai suivi jusqu'à la place. Et j'étais là aussi quand il est reparti aux côtés de Mandred et de l'elfe Farodin.

Notre ville a tiré profit de la présence de Nuramon et je me plais à penser à ces jours passés. Je le revois gagner le concours des scaldes, au premier printemps suivant son arrivée. Jamais auparavant on n'avait ouï de telles sagas, de tels chants et de tels vers. Avec ses mots mélancoliques évoquant son amour perdu, il s'est gagné la faveur des femmes. Et comme les hommes s'en sont trouvés irrités, la fête a dégénéré en bagarre. L'elfe s'en est sorti indemne. Ô combien de fois Nauldred avait-il essayé d'acquérir du sang d'elfe dans sa lignée royale ! Mais Nuramon était si fidèle à son amour perdu qu'il a repoussé toute femme, même les plus belles. Cependant, l'elfe était plus qu'un scalde. En une année, il s'est exercé à l'art du tir à l'arc et il y a atteint la perfection. Jamais auparavant le regard d'un humain n'avait pu sans doute observer un elfe passer de l'état de novice à la maîtrise d'un art. Il créa des statues et des tableaux d'une grande beauté. Il consacra deux années à ne rien faire d'autre que venir au temple de Luth discourir avec le père Soreïs et plus tard avec moi au sujet du destin. Il paraissait être un homme de l'esprit et de l'art. Ce qui amena aussi plus d'un malheur. Car les jeunes gens le prirent en exemple. Et bientôt beaucoup voulurent délaisser l'épée et la hache pour le luth. D'aucuns dirent même que l'elfe représentait un danger pour les jeunes hommes et donc pour l'avenir de Firnstayn. Quand Nauldred fit venir à lui Nuramon pour lui en faire le reproche, Nuramon déclara qu'il allait instruire une poignée de jeunes gens dans l'art du combat et leur rappeler les vertus de Mandred. Il appela ses guerriers les « Mandrides » : fils de Mandred. Et il leur enseigna le combat à l'épée, le tir à l'arc, mais aussi le combat à la hache. Certes, on ne le voyait guère avec une hache, mais il montra aux jeunes hommes ce qu'il avait vu faire par Mandred.

Comme Mandred et Farodin avaient laissé là leurs chevaux, Nuramon s'occupa d'eux. Il dit que Mandred avait rêvé que sa jument engendrerait une lignée des meilleurs coursiers. Les étalons les plus racés du Nord lui furent amenés tandis que ceux de Nuramon et de Farodin couvrirent les juments les plus prestigieuses. Ainsi naquirent les destriers firnstayniens.

En la dix-neuvième année du règne de Nauldred, Nuramon combattit avec ses hommes aux côtés du roi contre les guerriers de la ville de Therse et tel un berserk il créa la panique parmi les ennemis, afin de pouvoir servir ensuite de conseiller le plus précieux au roi. Chacun de ses guerriers revint vivant du combat.

Nuramon instruisit le jeune Tegrod, le fils de Nauldred. Il ne lui enseigna pas seulement ce qu'il avait appris aux Mandrides, mais il lui montra aussi comment enseigner, lui aussi. Et les capacités de Tegrod parlèrent d'elles-mêmes.

Pour lui témoigner sa gratitude, le vieux Nauldred lui offrit un bateau auquel Nuramon donna le nom inhabituel d'*Étoile d'Albes*. Mais il ne prit jamais la mer avec lui. Il se contenta de l'entretenir et de rester près de lui pour regarder le large. La caractéristique de l'elfe était cette oscillation entre joie et tristesse. Une fois par lune, il restait toute la journée auprès du chêne de Freya en pensant à la femme de Mandred, bien qu'il m'ait avoué, un soir d'hiver, ne l'avoir jamais vue. Et une fois par lune aussi, il grimpait jusqu'au cercle de pierres. On disait qu'il y rencontrait d'autres enfants d'albes. Il m'accompagna un jour dans les montagnes vers la grotte de Luth. Il sacrifia aux Hommes de Fer selon la coutume, et, dans la grotte de nouveau consacrée depuis les temps d'Alfadas, il me raconta ce qui s'était autrefois passé là.

Et puis – un jour – le moment de prendre congé arriva et, même pour Nuramon, ce fut de façon surprenante…

Lurethor Hjemison, volume XII de la Bibliothèque du Temple de Luth à Firnstayn, p. 53-55.

Vieux compagnons

Nuramon se réveilla en sursaut de sa sieste de midi. Des cris retentissaient dans la rue. Il se leva et s'habilla. Il boutonnait sa chemise quand la porte s'ouvrit brusquement. C'était Neltor, le jeune roi de Firnstayn.

— Mon roi ? Comment puis-je te servir aujourd'hui ? (Il avait autrefois instruit le jeune souverain au nom de son père, et le jeune homme le considérait encore comme une sorte de mentor. Il n'avait rien de son père, alors que celui-ci avait beaucoup ressemblé à Mandred. Neltor lui rappelait plutôt Alfadas.) S'agit-il d'une nouvelle querelle ? s'enquit Nuramon.

— Mais non ! Représente-toi ! (Ses yeux brillaient.) Mon ancêtre remonte le fjord en voilier. Comment le rencontrer ?

— Mandred ? Mandred Torgridson ?

— Lui-même !

Nuramon poussa un grand soupir de soulagement.

— Par tous les albes ! (Ses compagnons arrivaient enfin. Bien sûr, il avait trouvé toutes sortes de distractions à Firnstayn, mais il s'était toujours fait du souci pour ses compagnons… et il avait souvent failli succomber à la tentation de continuer seul sa quête de Noroelle.) Un elfe est-il à son côté ?

— Oui !

Nuramon sourit au roi.

— Tu m'as demandé comment recevoir Mandred. En tant que fidèle conseiller, je te dis : Tu portes déjà la bonne armure. (C'était celle d'Alfadas.) Arme-toi de ta meilleure hache, trouve-toi sur l'escalier de la halle royale, près des statues de lions, et tu verras Mandred ouvrir de grands yeux.

— Merci, maître !

— Neltor ! Appelle-moi ton « ami », ou ton « conseiller », mais ne m'appelle plus « maître », s'il te plaît.

Le jeune homme sourit et partit.

À présent, Nuramon n'y tenait plus. Il sortit dans la rue et prit le chemin de la Porte. À quoi ressemblerait Mandred ? Peut-être était-ce un vieil homme maintenant ?

Soudain, Voagad se trouva près de Nuramon. Il était un de ses élèves et écarquillait les yeux.

— Mandred Torgridson ! Ça va être la fête !

— Tu ne penses toujours qu'à boire… Tu fais bien, car Mandred saura l'apprécier. Mais maintenant, cours appeler les Mandrides ! Dis-leur de se rassembler près du temple de Luth. Ils ne doivent en aucun cas venir sur la place avant que je leur fasse signe.

Voagad avait déjà tourné les talons. Nuramon le regarda s'éloigner. Au fil des ans, Mandred était devenu plus que l'ancêtre des rois, il était le père fondateur de Firnstayn. Et Nuramon y avait contribué en grande partie. Il avait fait apparaître Mandred dans une lumière qui dépassait depuis longtemps les limites de Firnstayn et s'était répandue dans le fjord tout entier.

Nuramon n'avait pas raconté toute la vérité aux habitants de Firnstayn. Il avait aussi caché aux hommes des Fjords que le dévianthar était toujours en vie. Ces dernières années, il n'avait cessé de penser à ce démon. Avait-il pris maintenant de nouveaux chemins pour en précipiter d'autres dans le malheur ? Ou bien se tenait-il aux aguets quelque part pour les surprendre encore, lui et ses compagnons ? Il ne savait le dire, mais il s'était souvent demandé pourquoi le destin s'acharnait tant sur eux et si le dévianthar n'y était pas pour quelque chose.

Des cris d'allégresse s'élevèrent. Mandred se trouvait donc déjà en ville ! Les badauds se poussaient dans la rue. Cinquante ans auparavant, ils n'auraient pas été si nombreux. Firnstayn s'agrandissait de plus en plus. Cinquante ans de plus, et Mandred ne pourrait plus avancer d'un pas dans la cohue.

Nuramon s'arrêta et attendit. Quelque part devant lui, ses compagnons devaient se trouver parmi les gens de Firnstayn. D'un seul coup, une haie d'honneur se forma.

Ils étaient là ! Mandred et Farodin. Exactement comme il les avait gardés en mémoire. Il se réjouit de voir que Mandred n'avait pas vieilli. Ses compagnons l'aperçurent. Les gens tout autour suspendirent leur souffle. Ils voulaient visiblement ne rien perdre de la rencontre de l'elfe Nuramon avec son compagnon d'armes Mandred.

— Nuramon, sacré dur à cuire ! s'écria Mandred en se précipitant fougueusement vers lui.

Farodin, quant à lui, ne dit rien, mais son visage exprimait son soulagement.

Mandred serra si fort l'elfe dans ses bras que celui-ci manqua d'étouffer. Pendant toutes ces années passées avec Nauldred, il avait appris à s'accommoder de cette rudesse amicale.

Nuramon regarda le jarl des pieds à la tête.

— Je pensais ne plus jamais vous voir.

Un sourire éclaira le visage de Mandred.

— Nous avons dû botter le cul à quelques trolls !

— Et du coup, nous nous sommes un peu perdus dans le temps, ajouta Farodin en provoquant la mine étonnée des gens alentour.

Mais Nuramon comprit qu'une Étoile d'Albes les avait apparemment rendus victimes du temps.

Tandis que Mandred prenait un bain de foule, Farodin et Nuramon marchèrent devant. Farodin parla des trolls, de la mort de Yilvina et de la libération des autres elfes. Et il raconta qu'ils avaient dû s'enfuir par une Étoile d'Albes mineure.

Ce qu'il apprit de Yilvina toucha de près Nuramon. Elle leur avait été une bonne compagne dans leur quête de Guillaume. Et c'était à elle qu'ils devaient d'avoir pu quitter Albemark. Si elle ne s'était pas laissé assommer, ils ne se seraient peut-être toujours pas lancés dans leur quête de Noroelle.

— Tu as attendu longtemps ? demanda Farodin en l'arrachant à ses pensées.

— Quarante-sept ans, répondit Nuramon.

Le rire de Mandred leur parvint aux oreilles.

— Alors, tu as vécu ici plus longtemps que moi ! Eh bien, es-tu devenu un parfait Firnstaynien à présent ?

Nuramon se retourna.

— Peut-être. Mais il se pourrait tout aussi bien que ce soient les gens de Firnstayn qui soient devenus de vrais elfes.

Mandred rit encore plus fort, et les humains avec lui.

— Comment donc s'appelle le roi ?

— Neltor Tegrodson. Tu as encore connu son grand-père Nauldred.

Mandred se poussa vers Nuramon et demanda à voix basse :

— Il vaut quelque chose ?

— Il gouverne avec sagesse et…

— Je veux dire : est-ce un bon guerrier, un véritable…

— Je vois ce que tu veux dire… Oui, c'est un bon combattant. Un archer prodigieux. (Il vit Mandred grimacer.) Excellent à l'épée longue, mais particulièrement à l'épée courte… (Le visage de Mandred s'assombrit.) Mais il est inégalable au combat à la hache !

Le visage de Mandred changea du tout au tout. Il rayonnait, maintenant.

— Alors, c'est la meilleure arme qui a fini par s'imposer, déclara-t-il fièrement.

— Viens ! Je vais te présenter ton descendant, l'invita Nuramon en lui faisant signe d'avancer. Et plus tard, je te montrerai ta jument et ses descendants.

— Ma jument ? Des descendants ? Tu aurais…

— Tout comme tu es le père fondateur des rois, ta jument est la mère des destriers de la race firnstaynienne.

Mandred en sourit de fierté.

— Nuramon, je te revaudrai ça !

En arrivant sur la grand-place, Mandred et Farodin comprirent combien cette ville s'était transformée. Toutes les rues étaient pavées, les maisons construites en pierre taillée, mais c'était surtout le temple de Luth qui attirait tous les regards. Des hommes de tout le royaume y avaient travaillé pendant trente ans. La place était presque déserte, alors que les habitants se pressaient au coude à coude dans les rues adjacentes et aux fenêtres des maisons. Neltor avait bien fait les choses, pensa Nuramon. Ainsi, Mandred pouvait rencontrer librement le roi et sa suite.

— C'est lui ? demanda Mandred en avisant Neltor.

— Oui. Viens ! Allons le voir.

Ils se présentèrent côte à côte devant le roi.

— Sois le bienvenu, Mandred Torgridson. Je suis Neltor Tegrodson, ton descendant. (Il s'inclina.) Séjourne parmi nous, et sois assuré que tu seras toujours pour nous le jarl Mandred.

Neltor avait du mal à cacher son manque d'assurance face à son célèbre aïeul. Son regard n'arrivait pas à se fixer et ses mains tremblaient légèrement.

Mandred ne sembla pas s'en soucier. Il paraissait ému. Et il parla peu tandis que Neltor trouvait les mots les plus aimables pour lui rendre hommage et souligner son importance.

Lorsque Neltor vint à évoquer les services que Nuramon lui rendait et avait déjà rendus à son père et à son grand-père, l'elfe fit un signe et les Mandrides, postés dans la rue adjacente près du temple de Luth, firent leur apparition.

— Mandred, voici quelques hommes de Firnstayn que je voudrais te présenter. (Nuramon désigna la vingtaine de guerriers. Ils portaient une légère cuirasse et étaient tous armés d'une épée courte et d'une hache. Quelques-uns arboraient en plus un arc et un carquois, d'autres avaient sanglé un bouclier rond dans leur dos.) Voici les hommes que j'ai formés, dit Nuramon. Voici les Mandrides.

Mandred regarda les guerriers avec un grand étonnement.

— Par Norgrimm ! je n'ai encore jamais vu de visages si déterminés ! Je serais prêt à partir n'importe quand avec ces hommes-là.

— Je les ai instruits. (Nuramon était fier d'avoir enseigné à ces guerriers l'art de bien manier la hache au combat. Il s'était souvenu de tout ce que Mandred avait appris à son fils et l'avait encore un peu agrémenté de ce qu'Alwerich lui avait montré.) Au cours des années, ces guerriers ont plus d'une fois fait leurs preuves au combat.

— Avec ces gaillards à nos côtés, nous aurions rapporté le foie du duc des trolls pour le jeter aux chiens, grommela rageusement Mandred.

Nuramon échangea un regard avec Farodin. Celui-ci secoua presque imperceptiblement la tête.

— Mandred, je te convie à partager avec moi la bière et l'hydromel. Me feras-tu l'honneur de venir ? demanda Neltor.

— C'est le genre de proposition que Mandred ne saurait refuser ! Mais ceux-ci, dit-il en montrant les Mandrides, seront aussi de la partie. (Il se tourna vers Nuramon et Farodin.) Et vous, qu'en pensez-vous ?

— Il s'agit là d'une affaire concernant le jarl et ses descendants, répondit Farodin.

Mandred ne répliqua pas et se laissa emmener par sa famille. De tous les côtés, ils paraissaient le noyer sous un déluge de paroles. Les gens au bord de la place et dans les rues adjacentes suivirent le cortège royal.

— Il me semble jouir de tout ça un peu trop, dit Farodin.

— Ça lui mettra un peu de baume au cœur quand nous serons en chemin vers la Porte de Noroelle.

Farodin le regarda, incrédule.

— Tu l'as trouvée ?

— Je l'ai vue.

— À quoi ressemble-t-elle ?

Nuramon n'avait encore jamais vu Farodin si curieux.

— Viens avec moi dans la maison de Mandred !

Farodin le suivit avec nervosité. Il bouillait visiblement d'impatience. Nuramon ne pouvait y trouver à redire. Toutefois, il avait lui-même attendu ici ses deux compagnons pendant une cinquantaine d'années, alors qu'il eût préféré rechercher l'endroit aperçu dans la grotte de Dareen.

En arrivant à la maison de Mandred, Farodin jeta un regard étonné autour de lui. Pendant toutes ces années, Nuramon avait changé beaucoup de choses. Il avait tarabusté à maintes reprises les artisans de Firnstayn. Les armoires, les tables et les chaises devaient correspondre aux exigences elfiques autant qu'à celles de Mandred. Les armes et les coffres ainsi que les boucliers aux murs servaient à rappeler qu'il s'agissait de la maison d'un guerrier. Nuramon était particulièrement fier de la grande hache de combat. Le forgeron avait fait tout cela d'après ses directives, et la hache ressemblait à celle d'Alwerich.

— Ça va plaire à Mandred. Tout est simple et martial. Et ce tableau ici… (Il s'avança vers un portrait représentant Alfadas.) C'est toi qui l'as peint ?

— Oui.

— Tu me surprends.

— Tiens, regarde donc celui-ci ! l'invita Nuramon en se dirigeant vers un tableau caché qui se trouvait sur un chevalet. (Il retira le linge qui protégeait le tableau auquel il avait travaillé une trentaine d'années.

Il représentait le paysage qu'il avait vu dans la grotte de l'oracle. Farodin prit un peu de recul pour mieux apprécier le tableau. Il y promena son regard en s'arrêtant sur l'eau, sur l'île et sur le continent boisé et montagneux.) Lorsque j'ai quitté Iskandrie, j'ai trouvé au bout d'un moment la Porte de l'oracle. (Tandis que son compagnon analysait le tableau dans ses moindres détails, Nuramon parla de l'énigme de la Porte, des enfants des albes noirs et de l'image qu'il avait vue dans la grotte des étoiles.) Dareen m'a dit de vous attendre ici et de me joindre de nouveau à vous. Tu ne peux pas savoir combien de fois j'ai été tenté de partir à la recherche de cet endroit, mais les paroles de Dareen et ton message sur la statue m'ont retenu.

Farodin toucha le tableau.

— Est-ce de la couleur de Yal ?

— Oui. Je l'ai faite moi-même. Les gens d'ici ne connaissent pas bien les couleurs de Yaldemée.

Farodin le regarda, plein de respect.

— C'est un chef-d'œuvre.

— Le temps peut se faire très long. Et tu devrais voir mes premiers essais. Mais ceci est bien ce que j'ai vu. Dareen a encore dit autre chose…

Il se tut en pensant à l'oracle et à son apparition.

— Et quoi donc ?

— Elle a dit qu'il existait deux possibilités de rompre la magie à la Porte de Noroelle… soit à l'aide du sablier soit à l'aide d'une Pierre d'Albes. J'y ai beaucoup réfléchi et je me demande si nous avons réellement besoin du sablier et pas seulement du sable.

— Trouvons d'abord ce paysage. Il me paraît merveilleux. Mais où faut-il le chercher ?

— Sur le chemin qui m'amenait ici, j'ai regardé partout. J'ai demandé à des marins s'ils le connaissaient. Mais sans succès. Je suis si heureux de vous voir ici.

— Ce tableau va nous aider. Avec les grains de sable en plus, nous devrions trouver cette île. (Farodin s'approcha tout près de la toile.) Je me demande si ce que je vois ici est un lac ou s'il ne s'agirait pas plutôt de la mer.

Nuramon avait passé des années à questionner ce paysage côtier sur la toile.

— C'est la mer. Je me suis longuement penché sur les vagues. Ça ne fait pas l'ombre d'un doute. (Il fit glisser son doigt sur le tableau.) Ces montagnes pourraient nous être utiles. Elles sont imposantes, mais pas assez hautes pour avoir leurs sommets enneigés.

— Il pourrait s'agir d'un fjord. Peut-être ne se trouve-t-il pas loin d'ici.

— Non. Nous n'avons pas de montagnes si claires ici. J'ai interrogé chaque marin, chaque promeneur, chaque personne connaissant bien les lieux. Et en venant ici, j'ai cherché à apercevoir ces montagnes. Elles ne se trouvent pas dans le Pays des Fjords.

Farodin recula pour regarder le tableau dans son ensemble.

— Par tous les albes ! Je me suis montré injuste envers toi à Iskandrie. Ce tableau ! J'ai l'impression que tout en moi recherche cet endroit.

— Nous avons tous les deux été injustes l'un envers l'autre. Mais il fallait que nous nous séparions afin de pouvoir tous les deux avancer sur notre chemin… vers Noroelle. J'ai le sentiment que le chêne-faune nous a fait intentionnellement franchir la Porte du désert. Peut-être a-t-il vu quelque chose dans le futur. J'y ai beaucoup réfléchi et il ne s'est pas passé un seul jour sans que je me demande pourquoi la reine ne m'a pas tout simplement fait envoyer chercher.

— N'y avait-il personne d'Albemark ici ?

— Personne ! Mais il m'est arrivé de rencontrer Xern. La reine ne parle pas de nous et ne tolère pas qu'un seul mot nous concernant soit prononcé en sa présence.

Farodin eut un petit rictus au coin des lèvres.

— Ou bien elle est folle de rage et elle n'attend que notre retour pour pouvoir nous juger, ou alors c'est qu'il y a autre chose, finit-il par dire.

— Les Portes sont de nouveau ouvertes et libres d'accès depuis la fin de la guerre des Trolls. Comme si la menace que craignait Emerelle était bannie.

— Elle a dit que quelque chose pouvait résulter de la mort de Guillaume et qu'elle sentait toujours la puissance du déviantharr. Comment cela pourrait-il disparaître si facilement ?

— Le déviantharr ne s'est plus jamais montré. De lui non plus, on ne parle plus. À en croire Xern, du moins… Je me suis souvent demandé ce que ce démon avait en tête, qui il visait et s'il en avait véritablement fini avec nous.

— Ne te casse pas la tête à ce sujet ! Évitons Albemark si possible et oublions le déviantharr pour le moment. Avec ce tableau, tu m'as peut-être indiqué un chemin. En tout cas, j'en ai l'impression.

— Encore autre chose. Chez les nains, j'ai…

La porte s'ouvrit brusquement et Mandred entra en chantant :

— « Alors, le fils de Torgrid s'avança-a-a-a, il portait le foie-a-a-a d'un sanglier ! » Ah ! vous voilà ! Et alors ? Vous l'avez vue ?

— Qui ? s'étonna Farodin.

— Eh bien, *elle*. Cette femme splendide ! La sœur de Neltor !

— Pour moi, toutes les femmes ici se ressemblent, répondit Farodin.

Nuramon sourit.

— Il veut parler de Tharhild.

— Oui ! Quel nom ! Tharhild ! dit le fils d'homme avec un sourire équivoque.

— Qui l'eût cru ? dit Farodin. Voici Mandred Torgridson amoureux.

Le jarl ne parut pas l'avoir entendu.

— Quel est mon degré de parenté avec elle ? demanda-t-il à Nuramon.

— Laisse-moi réfléchir. Tu es le père d'Alfadas, celui-ci est le père de... (Il se tut et réfléchit. Puis il se demanda pourquoi son ami tenait à le savoir. Avec Ragna, il n'avait pas eu ce genre de scrupules. Ou bien craignait-il peut-être que Tharhild soit sa fille ?) Onze générations te séparent de Tharhild. Tu n'as donc pas de souci à te faire. À moins que...

— Que quoi ? s'inquiéta Mandred.

— Te souviens-tu de *Ragna* ?

La peur apparut sur le visage de Mandred.

— Tharhild serait...

Nuramon laissa son ami mariner encore un peu.

— Eh bien, vas-tu me dire enfin ce que Ragna a à voir avec Tharhild ?

— Voilà, elle est la... tante de Tharhild.

Mandred poussa un soupir de soulagement.

— Qu'est-elle devenue ? M'a-t-elle regretté ?

— Mandred Torgridson, le grand séducteur ! Le coureur de jupons de Firnstayn ! Il suffit qu'il partage une fois le lit d'une femme pour qu'elle le pleure à jamais et attende son retour... Non, Mandred. Elle s'est trouvé un bon mari, elle lui a donné des enfants et elle est morte après une vie heureuse. Cependant...

— Cependant quoi ?... Allez, sors-le !

— J'ai écouté les femmes de la cour. Elles se racontent des histoires sur toi, non pas celles de Mandred le Preux, mais celle de Mandred l'Amant, qui revient au pays après des années pour séduire les femmes.

Mandred sourit.

— Comment trouves-tu ta demeure ? demanda Farodin au jarl pour changer de sujet.

Celui-ci jeta un œil autour de lui.

— Par Norgrimm ! C'est... c'est la halle d'un guerrier ! (Il s'approcha de la grande hache de combat au mur.) Ça me plaît !... (Puis il sembla réfléchir.) Mandred, le séducteur ! murmura-t-il. Maintenant, il faut que je parte. Nuramon, mon ami, nous nous retrouverons plus tard. Il faudra que tu me racontes comment les choses se sont passées pour toi...

Mandred partit aussi vite qu'il était arrivé. Dans sa précipitation, il n'avait même pas remarqué le portrait de son fils.

Farodin garda le regard fixé sur la porte qui se refermait derrière le fils d'homme.

— Ça m'a l'air sérieux.

Nuramon soupira.

— Oui. Mais tu peux être sûr qu'il va mal se réveiller demain quand il verra le chêne de sa femme Freya. À sa vue, toutes ses blessures vont se rouvrir. Tu le connais bien.

— Les humains ne sont pas aussi fidèles que nous, Nuramon. Peut-être en a-t-il terminé avec Freya.

— Le chêne est un signe trop puissant. Tant qu'il sera là, il se souviendra de Freya.

— Tu as bien appris à connaître les humains.

— Oui. Quarante-sept ans ! Et j'ai fait beaucoup de choses. Ce monde contraint un elfe à utiliser le temps différemment de son habitude. J'ai vu de jeunes hommes se transformer en vieillards, des filles en mères et en grand-mères. Même si j'ai beaucoup apprécié cette période passée ici, je veux maintenant pouvoir enfin rechercher Noroelle.

— Tu as changé, mon ami.

Nuramon fut touché. Certes, il avait changé, mais Farodin n'était plus le même non plus. Entendre de sa bouche le mot « ami » était un cadeau auquel Nuramon ne se serait jamais attendu, surtout pas après cette méchante querelle à Iskandrie.

— Je suis heureux de te voir ici avec Mandred… mon ami.

La force du sable

Le jeune roi de Firnstayn s'était montré généreux. Il avait fait armer le bateau de Nuramon, l'*Étoile d'Albes*, car dès le début les compagnons avaient fait clairement savoir que le bateau de Farodin était trop petit et trop fragile pour le voyage qui les attendait. Le roi Neltor en était conscient lui aussi, mais il avait insisté pour que les Mandrides, sa garde personnelle, les accompagnent. Et il leur avait donné pour la route un lourd coffre rempli d'argent afin qu'ils puissent s'approvisionner dans les ports.

Farodin avait abordé ce voyage avec de sérieux doutes. Nuramon plaçait de grands espoirs dans le tableau qu'il avait peint et ne voulait pas entendre parler du temps qu'il faudrait pour trouver l'île. Comment voyager vers un endroit dont on ignorait où il se trouvait ? Devant l'équipage, ils avaient caché leur incertitude. Qu'en auraient pensé les hommes ? Même Mandred, qui les connaissait pourtant depuis si longtemps, se montrait inquiet. Il se faisait du souci pour ses Mandrides et craignait de les voir transformés en vieillards avant la fin de leur quête.

Farodin s'était bien gravé en mémoire la représentation de l'île peinte par Nuramon. Il essayait tous les jours de découvrir cet endroit à l'aide de sa magie. Toutefois, ce n'était pas pareil qu'avec les grains de sable : ceux-ci, il les trouvait… ou ne les trouvait pas. En cherchant ce paysage vu sur le tableau, il avait la vague impression qu'il fallait se diriger vers l'est. Mais un sentiment suffisait-il ? À plus forte raison quand ce sentiment était si vague ?

Ils évitèrent les eaux des trolls et suivirent pendant des semaines la côte déchiquetée de Skoltan.

C'était par un matin d'été. Ils avaient installé leur campement sur une plage au pied de blanches falaises crayeuses. Farodin s'était isolé. Comme toujours, il utilisait sa première magie de quête pour trouver un indice correspondant au paysage du tableau. Il cherchait plus qu'une vague impression. Il voulait *savoir* la direction à prendre, pas seulement la *sentir*.

Ensuite, il mit une nouvelle fois la magie en œuvre. En serrant maintenant dans ses mains la fiole d'argent contenant le sable, il se mit à la recherche des grains qui s'étaient échappés du sablier brisé. À quelque distance à l'intérieur du pays, il sentit la présence d'un grain particulier. Il se concentra et laissa ensuite la puissance du sable s'écouler. Comme un aimant attire la limaille de fer, le sable du flacon rapporta un grain isolé.

Farodin tendit la main et sentit bientôt quelque chose l'effleurer. Satisfait, l'elfe ajouta le grain de sable dans la fiole. Ce n'était qu'un tout petit pas. Néanmoins, chacun de ces pas le rapprochait un peu plus de Noroelle.

Il referma soigneusement le flacon d'argent. Puis, pour la troisième fois, il remit en œuvre la magie de quête. Il ferma les yeux en pensant à la mer. Certes, il sentait aussi des grains de sable dans son fond, mais il avait des difficultés à les attirer. Le mouvement permanent de l'eau les retenait. Un simple instant d'inattention suffisait à lui en faire perdre le contact. Le mieux était de s'en approcher le plus possible. De partir avec un bateau et de les attraper dès qu'ils remontaient à la surface.

La mer lui causait du souci. Combien de grains de sable avait-elle pu engloutir ? Des grains qu'il ne trouverait peut-être jamais ! Et combien de grains pourraient manquer dans le sablier quand ils essaieraient de rompre le sortilège de la reine ?

Farodin repoussa ces pensées pour se recentrer entièrement sur sa magie. Il sentit des grains isolés dans la vase de l'océan et... Un frisson le parcourut. Il y avait là quelque chose d'étrange. Le flacon d'argent dans sa main avait bougé. Quelque chose l'attirait. Farodin fut tellement surpris qu'il en perdit le fil et dut renoncer à la magie. Que s'était-il passé ?

Il resta longtemps assis sur la plage, le regard rivé sur le large. Quelle pouvait être l'origine de cet étrange phénomène ? Existait-il quelque part un endroit où se trouvaient réunis plus de grains de sable qu'il en avait rassemblé pendant toutes ces années ? Ne s'agissait-il pas alors simplement du rocher sur lequel Emerelle avait fracassé le sablier ? Ou bien quelqu'un d'autre rassemblait-il aussi les grains de sable ? Quelqu'un qui rencontrait plus de succès que lui ? Y avait-il une possibilité d'exclure ce soupçon ? Peut-être devait-il essayer d'inclure le tableau de Nuramon dans sa magie de quête ? Il ferma de nouveau les yeux et se concentra. Une nouvelle fois, il sentit une force l'attirer vers le nord-est. Encore plus nettement qu'avant. Une image prit forme dans ses pensées. Il vit la pierre sur laquelle Emerelle avait brisé le sablier. Et qu'est-ce que ça prouvait ? Ne pouvait-il pas tout de même exister un autre collectionneur ? Peut-être se trouvait-il à cet endroit en train de les attendre ? Farodin repoussa cette pensée. Cette quête incessante commençait sans doute à lui faire perdre la raison. Il y avait encore une explication beaucoup plus simple. À quel endroit pouvait-il se trouver plus de grains de sable qu'à celui où Emerelle avait cassé le sablier ? Il avait dû découvrir l'endroit où se trouvait le passage vers la prison de Noroelle dans le Monde Brisé. Il décida de ne pas en parler à ses compagnons. Pourquoi les torturer avec ses angoisses éventuellement infondées ? Il descendit vers le camp et les informa qu'il leur faudrait dorénavant cingler vers le nord-est et gagner la haute mer.

Si téméraires que soient les Mandrides, après avoir passé trois semaines sans voir aucune côte, ils se sentirent gagnés par l'inquiétude. Même Mandred, dont le courage ne faisait aucun doute, s'ouvrit un matin à eux de son appréhension : si l'on ne changeait pas bientôt de cap, on pouvait atteindre le bord du monde et chuter dans le vide.

Nuramon, avec sa langue de velours, dissipait vite les tourments des humains. Ils lui faisaient confiance. Il savait si habilement trouver ses mots qu'ils finissaient même par rire avec lui. Cependant, il ne pouvait leur faire oublier que l'eau dans leurs tonneaux était depuis longtemps si fade qu'il fallait se faire violence pour en boire. Les autres provisions touchaient aussi à leur fin. Mais ils arriveraient bientôt à destination. À présent, Farodin devait bien serrer la fiole d'argent dans ses mains pour qu'elle ne lui soit pas arrachée quand il mettait en œuvre la magie.

Au trente-septième jour de leur voyage, ils atteignirent la terre ferme. Il fallut faire escale et ils perdirent deux jours, car plus rien ne retenait les Mandrides à bord de l'*Étoile d'Albes*. Ils cherchèrent de l'eau et partirent à la chasse. Farodin apprécia aussi de pouvoir enfin goûter de nouveau de l'eau de source fraîche. Mais il avait tout de même du mal à garder son calme, alors qu'il se savait si près du but.

Une fois les provisions refaites et les Mandrides reposés, Farodin mit le cap au nord en longeant la côte. On oublia les journées accablantes passées en haute mer. Et les humains retrouvèrent presque l'euphorie qu'ils avaient connue en entamant le voyage au côté de leur célèbre aïeul. Ils paraissaient sentir aussi qu'ils allaient bientôt toucher au but.

Au trente-neuvième jour de leur voyage, la côte s'enfonça vers l'est et ils atteignirent une vaste baie. Un vent frais gonflait leur voile et ils faisaient bonne route quand Nuramon poussa soudain un cri perçant.

— Les montagnes ! Tu les vois ?

Farodin, lui aussi, reconnut le paysage du tableau de Nuramon. Tout semblait concorder : les arbres au bord des rives, la couleur des sommets au loin. Alors que le bateau allait déjà bon train, les Mandrides sautèrent sur les bancs de nage et ramèrent de toutes leurs forces pour le faire avancer encore plus vite.

Farodin et Nuramon se tenaient à la proue, impatients. Une brise fraîche jouait dans les cheveux longs de Farodin. Il avait les larmes aux yeux, sans en éprouver nulle honte.

— Tu sens ça ? demanda Nuramon. (Il lui montra une langue de terre qui s'avançait loin dans la baie.) Il y a là beaucoup de Sentiers d'Albes. Ils convergent tous vers un point qui doit se situer là-bas, derrière la forêt.

Lorsqu'ils contournèrent enfin la presqu'île, Nuramon poussa un cri de joie. Il se mit à danser comme un possédé sur le pont du bateau.

Les Mandrides en rirent et sortirent quelques plaisanteries rugueuses. Ils ne pouvaient pas mesurer ce que cet instant représentait pour les deux elfes, pensa Farodin. Il ne parvenait pas à laisser libre cours à sa joie comme le faisait son camarade, son bonheur était muet, et pourtant il n'était pas moins remué que lui. Devant eux, ils venaient de découvrir la côte rocheuse d'une petite île couverte de forêts. Celle du tableau de Farodin.

Les Mandrides doublèrent sur les avirons. Le bateau, tel un oiseau des glaces, fila sur l'eau avec sa grande voile bleue. Mais ils durent ensuite changer de cap. Des récifs gris agitaient l'eau devant eux. La rive ne se trouvait plus qu'à une centaine de pas. Mais ici, il n'y avait pas de débarcadère. Il leur faudrait contourner la pointe nord de la petite île et chercher un chenal sûr de l'autre côté.

Farodin regarda Nuramon. Son compagnon le comprit sans parler et esquissa un sourire espiègle. Alors, ils sautèrent tous les deux par-dessus bord. L'eau leur arrivait à la poitrine. Moitié nageant, moitié pataugeant, ils se rapprochèrent de la rive tandis que le bateau maintenait le cap au nord pour contourner l'île.

À présent, Farodin sentait nettement, lui aussi, les lignes de force des Sentiers converger vers une Étoile. Ils longèrent l'île au sud en avançant sur l'estran recouvert par la mer et se trouvèrent bientôt au point d'intersection des Sentiers. La marée haute le recouvrait, mais il n'était nul besoin de le voir pour sentir sa force. Tout ce qui se trouvait alentour correspondait au tableau de Nuramon. Aucun doute possible. Ils avaient trouvé l'endroit précis où Emerelle avait banni leur bien-aimée dans le Monde Brisé.

Empreint d'un rare sentiment de bonheur, Farodin prit son compagnon dans ses bras. Leur quête était enfin terminée ! Maintenant, tout irait bien !

Une magie à marée basse

C'était le matin. Nuramon était assis sur la pierre sur laquelle la reine avait autrefois brisé le sablier. Ils avaient trouvé ici beaucoup de grains de sable et Farodin racontait que cette pierre lui était apparue dans une vision qu'il avait eue dans la garde-robe de la reine.

Nuramon ne réalisait toujours pas qu'ils avaient réellement trouvé l'endroit indiqué par l'oracle. C'était à marée basse. La mer s'était retirée au loin en laissant derrière elle un sol ondulé entre l'île et le continent. L'estran rappelait à Nuramon le chemin qu'il avait emprunté pour trouver l'oracle et qu'il avait pris pour le lit asséché d'une rivière.

L'Étoile d'Albes ne se trouvait plus qu'à une vingtaine de pas. La marée basse l'avait découverte. L'endroit était reconnaissable aux coquillages qui s'assemblaient autour de l'Étoile.

C'était presque un miracle d'avoir trouvé une terre si lointaine à l'est. Au-delà de cette île semblait se trouver un continent entier dont les humains du Pays des Fjords, d'Angnos, de Drusna ou de Fargon ne soupçonnaient pas l'existence. Un pays pour ainsi dire vierge.

— Ça y est ! dit Mandred en gratifiant Nuramon d'une grande tape sur l'épaule. Farodin est prêt ! (Le fils d'homme paraissait fatigué. Il avait passé ces derniers jours à ramer pour Farodin dans le petit canot annexe afin de lui permettre de chercher les grains de sable éparpillés dans toute la baie. Nuramon se contenta de hocher la tête.) Cette fois-ci, ça va marcher !

La tentative de Mandred pour l'encourager se révéla infructueuse. Ces derniers jours, Nuramon s'était efforcé à maintes reprises d'ouvrir la Porte de Noroelle. Mais, chaque fois, il avait lamentablement échoué. D'abord il avait essayé à marée haute, mais l'eau paraissait affaiblir sa magie, or pour ouvrir la Porte de Noroelle, il avait besoin de toute sa force.

Nuramon se leva.

L'équipage se rassembla sur la plage. Les hommes ne voulaient pas perdre une miette du spectacle, même si ces derniers jours ils en avaient été pour leurs frais. Farodin ne se trouvait pas avec eux.

Cette île devait avoir une réplique dans le Monde Brisé. Une seule Porte sur l'Étoile d'Albes, et ils seraient auprès de Noroelle ! Nuramon se désespérait d'être si près de leur bien-aimée et de ne pouvoir cependant l'atteindre. Compter sur ses propres forces pour ouvrir une Porte sur l'Étoile était impossible : la barrière de la reine était trop puissante.

— Maintenant, Farodin a trouvé tous les grains de sable qu'il y avait ici, dit Mandred.

La réponse de son compagnon lui fit vite comprendre qu'ils n'en possédaient sans doute pas encore suffisamment et que la magie de la reine était surpuissante.

Farodin finit par arriver. L'air reposé.

— N'oublie pas, Mandred, dit-il d'une voix détendue. Ne nous venez pas en aide, quoi qu'il arrive. Sinon, vous risquez de faire échouer la magie.

— Promis, juré ! répliqua Mandred. (Les autres hommes de Firnstayn approuvèrent. Ensuite, le jarl tapa Nuramon sur l'épaule.) Pense à ton action d'éclat dans la grotte de Luth !

Nuramon et Farodin marchèrent ensemble vers l'Étoile d'Albes. Les coquillages formaient un cercle et suivaient un peu les Sentiers, faisant ainsi penser à un symbole solaire. Au centre du petit cercle, quelques-uns formaient un tas. La mer était apparemment trop faible pour les balayer. L'Étoile les retenait.

Ils se placèrent dans le cercle de coquillages.

— Que se passe-t-il, Nuramon ? demanda finalement Farodin.

— Nous sommes si près d'elle et pourtant…

Farodin l'interrompit.

— Je vais extraire la force du sable. Je sais bien le faire. Et je la ferai couler vers toi. Ainsi nous pourrons déployer toute la puissance que nous possédons.

Certes, Nuramon se sentit rassuré que Farodin se propose ainsi pour l'aider, mais son compagnon ne se doutait pas de la puissance de la barrière de la reine. La comparaison de Mandred avec la grotte de Luth n'était pas aberrante. La veille, en essayant de rompre le sortilège, Nuramon avait enduré de terribles souffrances. Farodin avait lui aussi tenté d'ouvrir une Porte, mais il avait échoué dès le départ. De sorte qu'il n'avait pas pris toute la mesure de la puissance qu'ils voulaient affronter. Ils devaient mettre beaucoup plus de force en œuvre pour atteindre leur but. Le destin semblait s'acharner à les placer sans cesse devant des épreuves insurmontables. Nuramon ne put s'empêcher de penser au combat contre le devianthar. Ils avaient été alors aussi peu armés devant lui que devant ce sort. Mais s'ils parvenaient à se dépasser, ne serait-ce qu'une fois, ce serait peut-être suffisant pour libérer Noroelle.

— Es-tu prêt ? demanda Farodin.

— Non, pas vraiment. Mais je veux voir Noroelle !

Nuramon prit la main de Farodin et la serra bien fort. Puis il ferma les yeux. Il se concentra, et les Sentiers d'Albes lui apparurent peu à peu. Trois d'entre eux passaient parallèlement au sol, un seul sortait de terre, transperçait l'Étoile d'Albes et montait droit vers le ciel. C'était celui-ci qui conduisait à Noroelle. Il était noir et parcouru de veines lumineuses vertes. Nuramon sentait, sans la voir, la barrière de la reine. Elle formait comme une gaine croûteuse qui entourait le Sentier vers Noroelle et le bloquait. Comme un tamis, elle semblait ne laisser passer qu'une partie de la puissance du Sentier. Cette gaine était plus dure que tout ce que Nuramon connaissait. Il décida de l'attaquer directement et de ne pas tenter comme auparavant de s'approcher de la barrière en tâtonnant prudemment.

Il tissa ainsi le charme et se prépara à défoncer la barrière par un coup puissant et à blesser l'Étoile d'Albes. Sa force magique partit vers la barrière comme une épée. Avant qu'elle atteigne ce mur puissant, Nuramon sentit quelque chose s'assembler devant lui. Soudain cette chose saisit son corps et une douleur cuisante le traversa.

Ne sentant plus son corps, il rompit le charme. Puis il se détacha de la barrière, et la douleur disparut instantanément.

Nuramon ouvrit les yeux, lâcha la main de son compagnon et respira profondément.

Farodin le regarda avec compassion.

— Tu ne m'as pris aucune force, constata-t-il.

— Je n'y suis même pas arrivé. Cette barrière est plus forte que la Porte des royaumes des nains.

— Alors, tu vas renoncer ? demanda Farodin. Personne ne te traiterait de lâche.

— Noroelle est de l'autre côté ! Je vais encore essayer.

Il reprit la main de Farodin, ferma les yeux et se concentra de nouveau. Il fallait simplement agir plus vite ! À l'instant où la force de la barrière se rassemblait pour lui infliger la douleur, il lui faudrait déjà avoir transpercé avec sa puissance la gaine croûteuse. Il se repassa en mémoire le charme à opérer. Puis il l'osa de nouveau. Sa force rencontra la barrière, y pénétra cette fois-ci comme l'épée dans le corps d'un adversaire, et pourtant la douleur s'empara de lui avant qu'il parvienne à transpercer le mur magique. Comme s'il s'était lui-même enfoncé une lame dans le corps.

Soudain, Farodin le soutint avec sa puissance magique. Les grains de sable lui procurèrent une grande force et aidèrent Nuramon à supporter la souffrance. Il essaya désespérément d'enfoncer la barrière, mais il progressa trop lentement. Et plus il s'évertua à rompre le sortilège de la reine, plus sa douleur empira.

En l'entendant crier, Nuramon comprit qu'ils partageaient maintenant la même souffrance. Il lui resta ainsi plus de force pour sa magie et il pénétra plus profondément dans la barrière. Cependant, à chacun de ses progrès, la douleur s'intensifia jusqu'à devenir si violente que Farodin n'en finit plus de crier. La souffrance était maintenant partout. Comme autrefois dans la grotte de glace, Nuramon perdit peu à peu la sensibilité de son corps. Mais il poursuivit tout de même sa magie. Le sortilège de protection était pratiquement rompu. Il pourrait bientôt diriger sa force dans le sombre Sentier d'Albes afin d'ouvrir la Porte. Pas à pas, il s'en approchait. Ils seraient bientôt auprès de Noroelle !

Ensuite, la douleur devint incommensurable. Il sentait toujours la main de Farodin, mais son compagnon n'avait plus de force à lui donner. Le flux était tari. Nuramon s'en aperçut de façon fulgurante. Il lutta désespérément contre l'échec. Puis sa puissance s'éteignit aussi et la magie le propulsa en arrière.

L'elfe ouvrit les yeux et lâcha doucement la main de Farodin. Son compagnon fixait sur lui un regard vitreux et respirait difficilement. La fiole contenant les grains de sable lui glissa des doigts. Il n'avait encore jamais vu Farodin aussi vulnérable qu'en cet instant.

— Pardonne-moi ! J'étais à bout de forces ! finit-il par articuler. Ces douleurs ! Est-ce aussi ce que tu as ressenti hier ?

— Oui, répondit Nuramon. La douleur a accompagné chacune de mes tentatives.

— Je ne savais pas... Où as-tu appris à y résister ?

— Dans la grotte de Luth.

Farodin parut étonné.

— Ce n'est pas la douleur qui a fait échouer notre magie, expliqua Nuramon. Notre force ne peut se mesurer à celle de la reine. Je me suis senti comme une fée des prés voulant faire un croche-pied à un centaure. Je suis vidé, anéanti. Et pour toi, c'est pareil, n'est-ce pas ?

Farodin hocha la tête, à bout de souffle.

Nuramon regarda Mandred. Le jarl et les hommes de Firnstayn semblaient préoccupés mais, comme promis, ils n'avaient pas bougé d'un pouce.

— Tout va bien ? leur cria Mandred.

— C'est fini ! grogna Nuramon.

La déception affichée par Mandred lui faisait mal. Le fils d'homme avait toujours cru en ses forces magiques et l'avait toujours tenu pour un grand magicien.

Mandred et les hommes se retirèrent dans la forêt qui couvrait pratiquement toute l'île. Quand ils furent tous partis, Nuramon se tourna vers Farodin :

— Il faut que nous parlions de la suite à donner.

Ils rejoignirent côte à côte le rivage et prirent la direction de la forêt en passant près de la pierre. Ils gardèrent longtemps le silence. Nuramon pensait aux mots du djinn de Valemas : *« Combattre la grande puissance par la grande puissance ! »* Ils n'en étaient pas encore arrivés à pouvoir rompre la barrière.

— Nous allons renoncer pour l'instant et prendre un autre chemin, dit Nuramon.

— Essayons encore demain, protesta Farodin.

— Crois-moi, c'est impossible !

— Nous sommes si près du but ! Nous n'allons pas maintenant…

Nuramon l'interrompit :

— C'est impossible, je te dis ! Combien de fois m'as-tu entendu prononcer ces mots ?

Farodin resta interdit.

— Jamais.

— Alors, crois-moi. Nous ne faisons pas encore le poids face à cette puissance. Il ne nous reste plus qu'un espoir : une Pierre d'Albes !

Farodin leva son flacon.

— Nous avons trouvé ici beaucoup de grains de sable et il me sera maintenant plus facile d'en rassembler encore plus. Alors, nous pourrons encore une fois essayer.

— Je n'arrive pas à croire que tu te cramponnes encore à cette idée, Farodin. La force des grains de sable est trop insignifiante, elle n'est pas liée. Il nous faudrait au moins le sablier !

— Je l'ai recherché, mais je n'en trouve ici aucune trace. Il n'y a rien ici.

— Les grains de sable ont joué leur rôle. Ils nous ont menés ici et pourront peut-être encore nous servir à la fin… Imagine-toi Noroelle dans le Monde Brisé marchant tout comme nous entre les arbres en pensant à nous et peut-être à Obilée. J'aimerais que cette seule pensée me confère les forces nécessaires. Certes, nous pouvons nous dépasser, mais tout a ses limites, et je sens que nous manquons encore beaucoup de puissance.

— Mais comment pourrions-nous obtenir une Pierre d'Albes ? À part la reine, je ne connais aucun enfant d'albes en possédant. Et Emerelle ne nous donnera jamais la sienne. (Il hésita.) Mais on pourrait peut-être la lui voler ?

Nuramon s'adossa à un arbre.

— Ne nous abaissons pas ! Il doit bien en exister d'autres.

— Même si c'est le cas, nous ne pourrons pas les trouver. Personne ne nous en indiquera le chemin. Celui qui en possède une la gardera cachée. Et même à supposer que nous en trouvions une… sauras-tu l'utiliser ?

— Non. Mais il existe un endroit où nous pourrons l'apprendre. Peut-être aussi découvrirons-nous là-bas une piste pour en trouver une.

— Iskandrie ! s'écria Farodin.

Nuramon hocha la tête.

— Oui. Iskandrie.

Ils atteignirent l'autre côté de l'île. Là où ils avaient dressé leur camp.

Mandred s'empressa de venir à leur rencontre.

— Alors ? On fait quoi, maintenant ?

— Nous avons échoué et échouerons encore dans toutes nos tentatives, répondit Farodin. Nous reviendrons ici quand nous serons plus forts.

— Nous allons chercher une Pierre d'Albes et ramasser chaque grain de sable que nous pourrons trouver, expliqua Nuramon. Et puis nous reviendrons ici.

Mandred approuva. Sa déception se fit moins visible.

— C'est pure folie de mener une bataille que l'on ne peut gagner. C'est le vainqueur de la dernière bataille qui finit par gagner la guerre. Et nous n'avons pas encore livré notre dernière bataille. (Il se tourna vers l'équipage.) On lève le camp !

Pendant que les hommes se mettaient au travail, les trois compagnons regagnèrent le bateau. Ce fut Mandred qui rompit le silence :

— Il y a bien des Sentiers d'Albes ici, non ? On pourrait en prendre un pour retourner à Firnstayn ?

— Et courir le risque de faire un autre saut dans le temps ? répliqua Farodin. Nous nous y sommes déjà résignés, mais les hommes d'équipage ? Ils nous maudiront quand, en rentrant chez eux, ils trouveront leurs enfants transformés en vieillards. Ce n'est pas ce que tu veux, n'est-ce pas ?

— Bien sûr que non. Je me posais simplement la question.

— Le chêne-faune nous a dit que nous pourrions un jour nous déplacer entre les Étoiles d'Albes d'un même monde. Mais je pense que nous n'en sommes pas encore là.

Nuramon intervint :

— Tu te trompes, Farodin, nous y sommes. J'ai essayé cette magie dans ma quête de l'oracle, en traversant Angnos. J'ai osé tout simplement le faire et ça a marché. Dans le fond, c'est tout simple. Il suffit de bien connaître le Sentier. J'ai utilisé le charme que le chêne-faune nous a enseigné. Au lieu d'un Sentier qui te mène dans un autre monde, il faut simplement en choisir un qui ne quitte pas ce monde.

— Pourquoi ne me l'as-tu pas dit ? demanda Farodin.

Nuramon ne put s'empêcher de sourire. Il brûlait d'envie de rappeler à son camarade les nombreuses fois où il leur avait lui-même caché son savoir.

— À côté de tout ce qui était déjà arrivé, cela m'a paru sans importance. Mais Mandred a encore une fois posé la bonne question. (Nuramon vit un sourire de fierté se dessiner sur le visage du jarl.) Le voyage que nous avons fait était celui des longs chemins. Celui qui nous attend est d'un tout autre genre. (Il montra le Sentier d'Albes.) Nous sommes très tôt tombés sur ce Sentier.

Si je ne me trompe, il traverse le sud du Pays des Fjords. Il ne nous servira pas pour le retour, parce que nous ne savons pas vers quelle Étoile il mène. Mais il se peut qu'il nous serve quand nous reviendrons ici, car la barrière bloque uniquement le Sentier de Noroelle, mais pas les autres.

— Tu veux dire que nous devrions dorénavant sauter d'Étoile en Étoile ?

— C'est de cette manière que nous pourrons rapidement arriver à Iskandrie en évitant aussi les humains et les longues traversées de contrées désagréables.

En disant cela, il devait penser au désert.

Farodin sourit.

— Tu veux donc voyager à la manière des albes.

— C'est ce que le chêne-faune nous a fait comprendre, répondit Nuramon.

— Qu'en dis-tu, Mandred ? demanda Farodin.

Le jarl afficha un large sourire.

— Tu me demandes si je ne veux cheminer que quelques instants au lieu de plusieurs lunes ? Que veux-tu que je te réponde d'autre que : Oui, bon sang !

Farodin acquiesça.

— Alors, retournons à Firnstayn et marchons ensuite sur les traces des albes…

Il ajouta encore autre chose, mais son évocation des albes résonna dans la tête de Nuramon. Marcher sur les traces des albes ! Lui et ses compagnons, ils suivraient comme des enfants les traces de leurs parents. Et ces Sentiers les mèneraient peut-être vers une Pierre d'Albes ou une autre source de puissance. Cela, joint aux grains de sable de Farodin, finirait peut-être par leur donner la force nécessaire pour rompre le sort de la reine.

Quand la mer fut assez haute, les compagnons se laissèrent porter au-dehors sur leur bateau. Nuramon resta à la poupe, le regard rivé sur l'île derrière laquelle, sur le continent au lointain, les montagnes claires dominaient une vaste forêt. C'était un bel endroit, qui plairait certainement à Noroelle, s'ils parvenaient finalement à la délivrer. Ils ne rentreraient certainement pas avec elle à Albemark. Ils s'en garderaient bien. Peut-être Noroelle partirait-elle avec lui dans la Lumière de la Lune, mais peut-être aussi – comme elle l'avait annoncé au départ de la Chasse des elfes – se déciderait-elle pour l'un d'eux et serait-il alors le seul à l'y accompagner. Mais s'il leur fallait à tous trois chercher une nouvelle patrie en ce monde, ce pays apparemment vierge au-delà de l'île serait un endroit où ils pourraient vivre.

La vue de la forêt et des montagnes blanches donnait de l'espoir à Nuramon. Il s'imaginait fonder une cité nouvelle avec Noroelle, Farodin, Mandred et quelques Firnstayniens. Comme les elfes de Valemas ou encore les nains, ils chercheraient leur bonheur à l'écart d'Albemark.

Cependant, il n'oubliait pas qu'il leur fallait encore, à lui et à ses compagnons, parcourir un long chemin pour toucher au but. Ils trouveraient certainement d'autres grains de sable, et leur puissance magique augmenterait aussi avec le temps et saurait s'exprimer. Toutefois, il serait plus difficile de trouver une Pierre d'Albes ou une autre source de magie. Cette quête pourrait les mener au bout du monde et les exposer à des dangers dont ils n'avaient pas encore idée. Et il se pouvait aussi que le dévianthar les épie quelque part, prêt à refermer sur eux son filet.

Cependant, malgré tout, Nuramon n'était plus en proie au désespoir. Celui-ci s'était envolé depuis son échec à la Porte. Farodin et Mandred lui redonnaient confiance. Après toutes ces années passées à Firnstayn, se trouver de nouveau réuni à ses compagnons le tranquillisait et lui procurait en même temps de la force. Et il était également apaisé maintenant qu'il avait trouvé la Porte de Noroelle. À présent, ils avaient vu le but et savaient où revenir dès qu'ils auraient acquis la puissance nécessaire. Ils la trouveraient quelque part dans ce monde ou dans le Monde Brisé. Puis ils reviendraient et reviendraient encore en cet endroit et mettraient tout en œuvre pour ouvrir cette dernière Porte. La petite île était prometteuse. Et avec le temps, ce lieu d'où leur bateau s'éloignait de plus en plus pourrait leur devenir comme une seconde patrie jusqu'au jour où ils seraient suffisamment puissants pour libérer Noroelle.

La chronique de Firnstayn

Au cinquième jour de la quatrième lune dans la troisième année du roi Neltor, l'*Étoile d'Albes* revint à Firnstayn. Mandred, Nuramon, Farodin et les Mandrides étaient tous en bonne forme. Ce fut un jour de joie, célébré par une grande fête. Tharhild amena son fils à Mandred. Et le jarl le reconnut pour sien. Le roi Neltor offrit même sa couronne à Mandred s'il la désirait. Cependant, le jarl refusa en disant que le royaume avait besoin d'un souverain sédentaire qui s'occupe de tout sur place. Or, son destin à lui était de voyager partout sans trêve ni repos et de ne séjourner par conséquent que rarement à Firnstayn. Quand il prit l'enfant dans ses bras, une tristesse s'empara de lui comme s'il savait qu'il ne le reverrait jamais plus. Et, dès cet instant, il évita l'enfant.

Mandred et ses compagnons séjournèrent là dix jours tout en préparant un autre grand voyage. Mais les Mandrides qui avaient accompagné les trois compagnons parlèrent de ce pays du lointain Orient, de la magie des deux elfes et de la sagesse de Mandred. Au cours de ce voyage, il n'avait pas été question de combat, mais de magie.

Lorsque Mandred, Nuramon et Farodin repartirent, nous supposâmes que le jarl ne reviendrait sans doute pas du temps de notre vie. Les jours suivants, la morosité s'empara de Firnstayn. Mais le roi assura que Mandred répondrait toujours présent en cas de grand péril menaçant la ville. Depuis ce jour, nous attendons le retour du puissant jarl de Firnstayn. D'aucuns le redoutent aussi, car cela signifiera une période de grande détresse.

Écrit par Lurethor Hjemison,
Volume XVII de la Bibliothèque du Temple
de Firnstayn, p. 89.

Pierres d'Albes

Les Elfes – tome 3

Nouveaux chemins

L'entrée à Firnstayn de *L'Étoile d'Albes*, le bateau autrefois offert à Nuramon par le roi Nauldred en signe de gratitude, marqua le début d'un jour de liesse. Farodin fut soulagé de sentir enfin un sol familier sous ses pieds. Certes, il n'avait séjourné que peu de temps dans la ville royale, mais, en voyant la transformation de ce petit village et en sachant que c'était l'unique endroit où ils étaient bienvenus, lui et ses compagnons, il eut comme l'impression d'arriver chez lui.

Naturellement, il ne pouvait ressentir les sentiments que devaient éprouver Mandred et les Mandrides en se voyant de nouveau entourés par les habitants de Firnstayn. Et Nuramon aussi qui, avant leur voyage, avait passé presque cinquante ans en ce lieu, appréciait d'être accueilli par des visages familiers.

Ils semblaient presque avoir oublié qu'ils venaient, quelques semaines auparavant, d'échouer tout près de leur but. Ils avaient trouvé la Porte de Noroelle sans pouvoir l'ouvrir, se heurtant ainsi à la magie de la reine des elfes. Emerelle avait banni Noroelle dans le Monde Brisé et fermé la Porte avec un sortilège dont la puissance résidait dans un sablier. Elle avait ensuite cassé ce dernier et dispersé le sable à tous vents.

Il avait déjà passé tant d'années à rechercher ces grains de sable, pensait tristement Farodin, et il n'en avait toujours pas rassemblé assez pour rompre le sort de la reine. Avec son aide, Nuramon était allé jusqu'au bout de lui-même. Mais, même s'il en concevait de l'amertume, ses efforts avaient été vains.

Pourtant, ils n'avaient pas perdu tout espoir. Chaque nouveau grain de sable magique augmentait leur puissance. Mais, ne voulant pas tout miser dessus, ils avaient pris la décision, devant la Porte de Noroelle, de se rendre de nouveau à Iskandrie. Lors de leur première visite là-bas, Nuramon avait trouvé rapidement la trace de l'oracle Dareen. Ce qui leur avait permis de découvrir finalement le chemin de la Porte de Noroelle. Combien de pistes trouveraient-ils en menant de plus longues recherches dans la bibliothèque d'Iskandrie ? Ils découvriraient peut-être des indices indiquant d'autres sources de puissance, peut-être même ceux qui mèneraient à une Pierre d'Albes. L'oracle Dareen avait expliqué à Nuramon qu'une telle pierre pouvait ouvrir la Porte de Noroelle. Ce qui signifiait sans doute que l'oracle pensait qu'il était possible d'en trouver une et d'apprendre à la maîtriser.

Mais, avant d'avoir tous les moyens en main, ils rencontreraient plus d'un obstacle. Malgré toute sa confiance en la réussite finale de leur entreprise, Nuramon n'en éprouvait pas moins la crainte d'être le jouet d'une puissance supérieure.

Farodin avait suivi les hommes en liesse jusqu'au château royal. Dans la salle du trône bondée, il se tenait à l'écart près d'une fenêtre et regardait le fjord à l'extérieur. Le Dévianthar pouvait encore rôder quelque part dans ce Monde des Humains. Peut-être avait-il atteint son but avec ce qu'il avait infligé à Noroelle. Mais il pouvait tout aussi bien resurgir d'un moment à l'autre et leur ravir la force qu'ils cherchaient à acquérir. Peut-être était-ce même encore pire, pensa Farodin. Était-il possible qu'en s'enfuyant autrefois contre la volonté de la reine, ils n'aient fait, lui et ses compagnons, qu'accomplir la véritable vengeance du Dévianthar ? Farodin se tourmentait en pensant à ce qu'il ferait pour sauver Noroelle et jusqu'où il était prêt à se sacrifier pour elle.

Nul besoin d'être doué de la clairvoyance de la reine pour comprendre qu'il était prêt, ainsi que Nuramon, à mettre tout en œuvre. Mais si Albemark devait payer pour la liberté de leur bien-aimée ?

La voix de Mandred arracha Farodin à ses pensées.

— C'est mon fils ! s'écriait-il.

Farodin se retourna. Là, où l'on venait encore de chanter et de boire copieusement de l'hydromel, le silence s'était désormais établi. Tout le monde prêtait l'oreille à Mandred. Le fils d'homme tenait un nourrisson dans ses bras. En face de lui, Tharhild, la sœur du roi, lui souriait. Mandred venait de reconnaître l'enfant pour sien.

La réjouissance des habitants de Firnstayn rappelait à Farodin à quel point son voyage avait été long et pénible. Il avait duré si longtemps qu'à présent le fils de Mandred était né. Et le trajet du retour avait été plus périlleux qu'ils l'avaient pensé.

Mandred tenait toujours l'enfant dans ses bras quand Neltor se leva. Le roi avait encore quelque chose de juvénile.

— Jarl Mandred, dit-il, notre royaume ne connaît pas de plus grand bonheur que ta présence parmi nous. Tu as maintenant un descendant. Sur un seul mot de toi, je te céderais mon trône.

Nuramon se plaça à côté de Farodin sans toutefois quitter des yeux Mandred et Neltor. La joie qui s'était dessinée sur son visage avait désormais disparu.

— Il est passé voir le chêne de Freya avant, chuchota-t-il.

Farodin s'en étonna, car Mandred avait festoyé sans retenue. Mais, alors qu'il tenait l'enfant dans ses bras et qu'on lui proposait le trône du Pays des Fjords, son visage s'assombrit soudain.

— Non, Neltor. Il faut à ce pays un souverain qui soit toujours présent et sache prêter l'oreille aux joies et aux peines des hommes. Je ne peux être ce roi. Luth m'a doté d'un destin qui me fait voyager sans trêve ni repos. Mon chemin me ramènera toujours ici. Ce ne sera certes pas souvent, mais quand je viendrai, nous fêterons ça ensemble. Pourtant, je ne puis demeurer ici.

Le roi Neltor accepta ce refus. Alors, Mandred regarda le nourrisson comme s'il cherchait quelque chose en lui. Il le trouva sans doute, car une profonde tristesse emplit son regard.

— Il le pressent, glissa Nuramon à l'oreille de Farodin.

— Quoi ?

Nuramon regarda d'abord Farodin.

— Qu'il ne reverra sans doute plus cet enfant. Espérons qu'il se trompe !

Mandred rendit le nourrisson à Tharhild. Il retrouva bientôt son humeur festive, mais, une fois la fête finie, tard dans la nuit, il partit voir le chêne sur la tombe de sa femme Freya.

Farodin eût aimé savoir ce que Mandred lui confia, mais il n'osa pas s'approcher de son ami. En rentrant chez lui, où ses deux compagnons l'attendaient, le fils d'homme parut soucieux. Comme s'il se sentait de nouveau coupable.

Les jours suivants, il ne fut plus question de festoyer. Ils n'avaient pas abandonné l'espoir de parvenir à libérer Noroelle, mais chaque jour passé à Firnstayn ajoutait à son impression que cet endroit n'était plus la véritable patrie de Mandred. Et Nuramon aussi, qui avait même vécu ici plus longtemps que lui, s'y sentait soudain étranger.

Dans les jours précédant son départ, Mandred régla ses affaires et pria le roi de s'occuper de son fils. Neltor se déclara aussitôt prêt à le faire, cet enfant était son neveu. Il parla aussi à Tharhild. Farodin n'apprit jamais ce qu'il lui avait dit. Il supposa toutefois que la culpabilité qu'il ressentait envers Freya et qu'il avait pu, en partie, atténuer avec Alfadas, menaçait de resurgir avec Tharhild et cet enfant.

Nuramon passa beaucoup de temps près du cercle de pierres où se trouvait la Porte d'Albemark. L'Étoile d'Albes qui la marquait leur permettrait d'atteindre aussi les Sentiers reliant entre eux des endroits éloignés à l'intérieur du Monde des Humains. L'un d'eux les conduirait à Iskandrie. Mais avant, Nuramon voulait le sentir parfaitement afin de ne pas devenir une fois de plus victime du temps. Il profita aussi de ces journées pour prendre peu à peu congé.

Farodin s'étonnait de voir que les Firnstayniens appréciaient autant Nuramon. Il s'aperçut que son compagnon éprouvait de la peine à l'idée de partir. À Albemark, il avait toujours été tenu à l'écart et beaucoup l'avaient regardé de haut. Mais ici, les gens le respectaient.

Quels qu'aient été les actes que Nuramon avait accomplis pendant ses cinquante années passées là, ils avaient également rehaussé le prestige de Mandred et fait de Farodin une figure presque légendaire. Manifestement, tout le monde ici le considérait comme un guerrier accompli. Il comprit que Nuramon, pendant toutes ces années, n'avait eu de cesse d'évoquer tout ce qu'il avait appris de lui. Les habitants de Firnstayn en avaient tiré leurs propres conclusions.

Farodin s'accommodait volontiers de passer pour un grand guerrier. Il l'avait assez souvent prouvé. Mais une légende vivante ? Plus il y réfléchissait, plus il en venait à se dire que lui et ses compagnons ne représentaient rien d'autre aux yeux des Firnstayniens.

Il existait tant de légendes au sujet de Mandred évoquant aussi Farodin et Nuramon qu'il n'était pas étonnant qu'on les admire tant. Voilà pourquoi les Firnstayniens avaient du mal à se faire à l'idée de les voir partir. Mais ils le devaient, avant que leurs hôtes s'aperçoivent que Mandred n'était qu'un humain et qu'il n'était aucunement préservé de la vieillesse.

Dix jours plus tard, une fois équipés pour leur voyage sur les Sentiers d'Albes, les compagnons quittèrent Firnstayn. L'adieu fut difficile. Les gens n'osèrent que timidement approcher Mandred, tant il leur semblait inaccessible. Et ils ne se séparèrent de Farodin qu'avec quelques formules de politesse. Il était impossible pour les rudes habitants de la ville au bord du fjord de se sentir proches de ce légendaire héros d'un monde étranger. Il en alla tout autrement pour Nuramon. On l'étreignit, on l'embrassa comme un jouvenceau firnstaynien en partance pour son premier voyage. Farodin se surprit à envier son compagnon qui savait si facilement se gagner le cœur des autres.

Les enfants d'hommes se gardèrent de les suivre jusqu'au cercle de pierres. Ils craignaient sans doute cet endroit. Ainsi, ils y grimpèrent seuls, tous les trois, en menant leurs chevaux par la bride.

Mandred avait l'air accablé. En chemin, il demanda à Nuramon d'une voix lasse :

— Pourquoi leur as-tu caché que je ne resterais pas ?

— Je leur ai dit que ton destin était de courir les chemins, répondit Nuramon. Mais l'espoir de te voir revenir et peut-être rester leur a donné force et courage. Je n'ai pas voulu leur retirer cela.

— Tu as bien fait, constata Farodin qui avait souvent vu les espoirs se muer en désespoir. Ça a porté ses fruits. Ils sauront sans doute le surmonter.

— Cela dit, quel espoir leur reste-t-il, maintenant ? demanda Mandred. Telles que sont les choses, je ne voudrais pas revenir.

Il s'arrêta de marcher et se retourna pour regarder Firnstayn en contrebas.

Nuramon lâcha une des rênes de son cheval et posa la main sur l'épaule de Mandred.

— En ce genre de chose, les hommes sont comme les elfes, Mandred. L'espoir de voir revenir les grands héros demeure et grandit au fil des générations.

— La nuit dernière, j'ai surpris une conversation, dit doucement Farodin. (Comme son compagnon le regardait avec insistance, il poursuivit :) Le prêtre a consolé Neltor en lui disant qu'il lui incombait, à lui seul, de porter la charge royale et qu'il ne pouvait la confier à personne d'autre. Mais il a ajouté que si cette charge devait se révéler trop lourde, tu reviendrais et qu'en cas de grand péril tu viendrais en aide aux habitants de Firnstayn.

Mandred secoua la tête.

— Bien sûr que je le ferais. Mais il me semble que ce prêtre ne connaît pas très bien les gens d'ici.

— C'est vraiment ce que tu penses ? répliqua Farodin. Après tout, il vit depuis plus longtemps que toi à Firnstayn.

— Mais il a raison, intervint Nuramon. Neltor aura toujours l'espoir de voir Mandred les assister en cas de détresse. Pourtant, ils s'inquiéteront de ne pas voir cette dernière arriver.

Farodin ne comprit pas où Nuramon voulait en venir.

— Ils ne vont tout de même pas appeler de leurs vœux le malheur ?

— Non, rétorqua Mandred. Ils le redouteront. Et c'est pourquoi ils craindront mon retour.

— Tu veux dire qu'ils retourneront la déclaration du prêtre ? demanda Farodin. (Il secoua la tête avec un sourire hautain, ces humains le surprendraient toujours.) Vous voulez dire qu'ils redouteront le retour de Mandred dans la crainte de voir la détresse revenir avec lui à Firnstayn ? (Mandred acquiesça. Farodin en perdit son sourire.) Alors, il faudra revenir plus souvent afin de leur retirer cette peur, proposa-t-il au fils d'homme en le voyant regarder d'un air rêveur la ville en contrebas.

— Farodin a raison, dit Nuramon. En empruntant les Sentiers d'Albes, nous nous déplacerons très vite. Nous ne mettrons tout au plus que quelques heures à parcourir les chemins sur lesquels nous aurions autrefois passé des semaines ou des lunes.

Mandred se détourna de Firnstayn et inspira profondément.

— Malgré tout, je ne devrais pas revenir trop vite.

Nuramon approuva en hochant la tête.

— Pourquoi nous faudrait-il des heures ? demanda Farodin. Jusqu'alors, il nous a suffi d'un seul instant pour passer une Porte.

— Nous cheminerons sur des Sentiers d'Albes, des chemins de lumière entourés de néant, expliqua Nuramon. C'est une impression très particulière. On croirait se déplacer dans l'obscurité du Monde Brisé. Et la lumière est pulsée, sur les Sentiers. Comme le sang dans les veines d'un être de lumière. Je me suis trouvé sur ce Sentier, j'ai vu le néant au-delà.

(Le regard de Nuramon se perdit dans le vide.) Et j'ai senti ce que cela signifie vraiment de vivre. Préparez-vous à cette obscurité. Elle peut être aussi angoissante.

— N'aurait-il pas mieux valu ne pas s'encombrer des chevaux ? demanda Farodin. Se laisseront-ils conduire sur le Sentier ?

— J'ai fait un essai avec Felbion et l'un des chevaux firnstayniens. Ils se sont laissé mener. Sans grand plaisir, mais la lumière les attirait. Vous verrez.

Ils poursuivirent leur chemin. Farodin aurait encore aimé poser d'autres questions à Nuramon. Mais il ne voulait pas ennuyer son compagnon et garda pour lui sa curiosité.

Une fois arrivés au cercle de pierres, ils ne s'attardèrent pas. Nuramon mit tout de suite la magie en œuvre. Il la maîtrisait désormais assez bien pour qu'en quelques instants une colonne lumineuse s'élève. L'espace d'un instant, Farodin pensa à Emerelle. Il espérait que la reine tolérerait de les voir atteindre ici les Sentiers d'Albes à partir de l'une de ses Portes.

— Allons-y ! La Porte ne restera ouverte que quelques instants.

Sur ces mots, Nuramon fit aussitôt traverser la colonne de lumière à son cheval. Mandred suivit son compagnon. Farodin se retourna une dernière fois avant de s'engager derrière eux.

La lumière qui l'entourait s'abaissa subitement comme pour se poser à terre. Le cheval de Farodin prit peur et agita la tête, sans toutefois s'écarter du Sentier lumineux sur lequel ils se trouvaient désormais. Nuramon avait raison. Le cheval semblait apprécier la lumière. Seule l'obscurité de part et d'autre du chemin l'angoissait. Tout comme elle inquiétait Nuramon.

Farodin caressa la nuque de son étalon. L'animal était aussi nerveux que lui. Méfiant, l'elfe scruta les ténèbres. Certes, Nuramon lui avait expliqué, ainsi qu'à Mandred, à quoi ils devaient s'attendre, mais il n'aurait pas cru que cela jouerait tant avec ses nerfs.

Dans ce silence inquiétant, il ne pouvait se défaire de l'impression que quelque chose les guettait au-delà. Mais qu'est-ce qui pouvait bien survivre dans le néant ?

Il veilla soigneusement à ne pas quitter l'étroit Sentier de lumière pulsée, qui découpait l'obscurité sans fin. Impossible de dire ce qui les attendait au-delà. Ce chemin était-il comme un pont étroit tendu au-dessus d'un abîme ?

Au bout de quelques pas, ils atteignirent un point où se croisaient quatre Sentiers : une Étoile d'Albes. Nuramon, qui marchait devant, fit un court arrêt. Puis il s'engagea sur une voie de lumière rougeâtre et leur fit signe de le suivre.

Farodin et Mandred échangèrent un regard angoissé. Aucune possibilité ici de s'orienter. Il fallait connaître le lacis des Sentiers lumineux, sous peine d'être perdu sans espoir.

Encore une fois, il ne s'agissait que de quelques pas. Dans le Monde des Humains, cela devait représenter une trentaine de lieues. Six Sentiers se croisaient à l'Étoile suivante. Un septième en émergeait à la verticale. Soudain, Nuramon eut l'air de s'inquiéter.

Farodin sonda les alentours. De fines traînées de brume flottaient dans le noir. N'avait-il pas entendu un bruit ? Comme un grattement de griffes ? Sottise !

Tout à coup, un arc de lumière se tendit devant eux. Nuramon le fit franchir à son cheval. Farodin fit signe à Mandred de passer devant lui. Une fois le jarl disparu, le guerrier elfe quitta lui aussi ces Sentiers inquiétants entre les mondes.

Ils se retrouvèrent sous une large voûte. Le sol était recouvert d'une mosaïque aux couleurs vives. Elle représentait un lever de soleil et sept grues qui s'envolaient dans toutes les directions. Des tableaux, où l'on voyait festoyer des centaures, des faunes, des elfes, des nains et d'autres enfants d'albes, ornaient les murs tout autour. Mais les visages des personnages étaient griffés ou souillés de suie. Un arbre noir était peint sur chaque mur. Des signes magiques de couleur noire maculaient la mosaïque au sol. Des bougies consumées y avaient laissé des taches de cire.

Farodin tâtonna à la recherche de son épée. Il connaissait cette voûte. Elle se trouvait sous la villa de Sem-la, cette elfe camouflée en veuve d'un marchand, qui veillait sur la seule grande Étoile d'Albes menant d'Iskandrie à la bibliothèque des enfants d'albes.

— Que se passe-t-il ? demanda Farodin. Pourquoi ne nous as-tu pas conduits tout de suite dans la bibliothèque ? Nous aurions pu aussi laisser les chevaux dans le quartier des centaures.

Nuramon parut troublé.

— La Porte. Elle s'est transformée. Il y a là une… (Il eut un court moment d'hésitation.)… une barrière.

Farodin en eut le souffle coupé.

— Une barrière ? Allez, je ne te crois pas ! Tu plaisantes !

— Non. Mais cette magie de protection n'est pas comme celle de l'île de Noroelle. Elle est… (Il haussa les épaules, en proie au désarroi.)… différente.

Mandred grogna.

— Ici, pas mal de choses ont changé. (Il montra les signes au sol.) On dirait un méchant sort de sorcière. Qu'est-ce qui a bien pu se passer ?

— Laissons cela, répondit Farodin. Tu peux ouvrir la Porte, Nuramon ?

— Je crois…

Un bruit de cliquetis se fit entendre.

Avant que Farodin puisse le retenir, Mandred avait tiré sa hache et grimpé en trois grandes enjambées la rampe qui menait hors de cet espace voûté.

— Tu parles d'une tête brûlée ! pesta Farodin en se tournant vers Nuramon. Vois pour ouvrir la Porte ! Moi, je vais le ramener.

Farodin s'engagea sur la rampe. Il traversa plusieurs petites caves, puis il entendit tout à coup un cri perçant.

Il trouva Mandred près des caves à provisions. Il avait tiré d'un coin un homme émacié portant une barbe noire. Une lampe à huile à la flamme vacillante se trouvait sur le sol jonché de tessons d'amphores. Et, à côté, une coupelle pleine de lentilles. L'homme gémissait en s'efforçant d'échapper à la poigne de Mandred, mais il ne pouvait rien faire contre la force de cet homme du Nord.

— Un pilleur, annonça Mandred, plein de mépris. Il était en train de voler Sem-la. Je l'ai pris sur le fait, juste au moment où il s'apprêtait à briser une amphore.

— Je vous en prie, ne me tuez pas, supplia l'homme en valéthien, la langue parlée sur les côtes d'Iskandrie jusqu'à Terakis. Mes enfants meurent de faim. Je ne le fais pas pour moi.

— Alors ? Il couine pour demander sa grâce ? demanda Mandred qui ne comprenait manifestement pas un mot.

— Regarde-le ! répliqua Farodin en colère. Regarde ses joues creuses ! Ses jambes filiformes ! Il me parle de ses enfants qui sont en train de mourir de faim.

Mandred se racla doucement la gorge en évitant le regard de l'elfe. Puis il lâcha son prisonnier.

— Que se passe-t-il en ville ? demanda Farodin.

La question surprit l'homme, mais il n'osa pas demander la cause de leur ignorance.

— Les prêtres blancs veulent tuer Balbar. Ça fait plus de trois ans qu'ils assiègent la ville. Ils ont traversé la mer pour tuer notre dieu. Depuis trois lunes que la porte ouest est tombée, ils progressent de quartier en quartier. Mais les gardes du temple repoussent sans arrêt les disciples de Tjured avec le feu sacré de Balbar.

— Tjured ? s'étonna Farodin.

— Un misérable bâtard ! Ses prêtres disent qu'il n'y a qu'un dieu. Ils prétendent aussi que nous avons commercé avec des enfants de démons. Ils sont complètement fous ! Assez fous pour ne pas comprendre qu'ils ne pourront nous vaincre.

— Tu disais pourtant qu'ils avaient déjà conquis des parties de la ville, rétorqua Farodin.

— Des parties, répéta l'homme maigre avec un geste de la main. Personne ne peut conquérir entièrement Iskandrie. Le feu de Balbar a déjà détruit par deux fois leur flotte. Ils meurent par milliers. (Il se mit à sangloter.) Depuis qu'ils tiennent le port, nous ne sommes plus ravitaillés. On ne trouve même plus de rats à manger ici. Si ces maudits chevaliers prêtres voulaient bien se rendre compte une fois pour toutes qu'Iskandrie est imprenable! Balbar est trop fort. Nous lui sacrifions dix fois par jour. Il noiera nos ennemis dans leur propre sang! (Farodin pensa à la petite fille qui avait été autrefois brûlée sur les paumes de l'idole. Dix enfants par jour! Qu'est-ce que c'était que cette ville? Il ne regretterait pas la ruine d'Iskandrie.) Êtes-vous des amis de dame Al-beles? (L'homme jeta un œil vers les amphores.) Je l'ai fait pour mes enfants. Il reste toujours quelques haricots ou quelques lentilles dans les grandes amphores. On n'arrive jamais à les vider complètement. (Il baissa les yeux.) À moins de les casser.

Farodin avait entendu dire que Sem-la s'était autrefois glissée à plusieurs reprises dans la peau d'un autre personnage et qu'elle s'était fait passer pour sa propre nièce pour continuer à exercer son commerce. Sem-la était une elfe et, comme elle ne vieillissait pas, elle était contrainte de se prêter à de telles mascarades à peu près tous les vingt ans. Pour Farodin, cela ne faisait aucun doute : cette Al-beles était la même elfe que celle qu'il avait connue sous le nom de Sem-la.

— Que s'est-il passé dans la cave voûtée? demanda Farodin.

— Quand le quartier s'est trouvé occupé, des moines sont venus ici. Je crois qu'ils sont passés aussi dans cette cave. On a dit qu'ils étaient à la recherche de démons. (L'homme baissa la voix.) Ils cherchent des démons partout. Ils sont fous à lier!

— Partons, Mandred! dit Farodin en langue des Fjords. Nous devons savoir si nous risquons d'être dérangés ou si Nuramon va pouvoir tranquillement opérer sa magie.

— Ce qu'il raconte au sujet de ses enfants m'inquiète, répondit le guerrier, penaud. (Il retira l'un de ses larges bracelets d'argent et l'offrit à l'homme.) Je me suis emporté trop vite.

Farodin ne ressentait aucune pitié envers le pilleur. Aujourd'hui, celui-ci s'occupait de façon désintéressée de ses enfants, mais demain il se sentirait sans doute honoré que les prêtres lui demandent l'une de ses filles afin de la brûler en public.

L'elfe s'empressa de monter l'escalier et entra dans la vaste cour de la villa. Au-dessus de lui, le ciel nocturne était rouge sang. L'air était empli d'une fumée étouffante. Ils traversèrent la salle principale et se hâtèrent vers la terrasse à l'arrière de la maison. La villa était située sur une petite hauteur qui offrait une bonne vue sur la ville.

— Par tous les dieux! s'exclama Mandred. Quel incendie!

Le port entier était en flammes. Même l'eau semblait brûler. Tous les entrepôts alentour s'étaient effondrés, les puissantes grues de bois avaient disparu. Un peu plus loin à l'ouest, des boules de feu d'un blanc incandescent s'abattaient du ciel sur l'un des faubourgs. Farodin observa des cavaliers vêtus de blanc, qui progressaient en colonnes serrées dans les ruelles étroites et tentaient désespérément d'échapper aux projectiles enflammés.

— Il faut brûler la chair devenue putride, dit derrière eux la voix du pilleur. (L'homme maigre les rejoignait sur la terrasse, les yeux brillants de fièvre.) Les gardes du temple brûlent les quartiers perdus. (Il rit.) Iskandrie ne peut être conquise ! Les prêtres blancs crèveront tous ! (Il montra le port en contrebas.) Leur flotte brûle déjà depuis deux jours. Les gardes du temple ont conduit par les canaux le feu de Balbar dans les eaux du port et ils l'ont incendié. Tous ces prêtres brûleront, tout comme leur maudit… (Il s'interrompit au beau milieu de sa phrase et fit un geste vers la rue qui gravissait la colline.) Ils reviennent !

Un groupe de guerriers en robes d'armes blanches escortait plusieurs moines en robes bleu nuit. Ils se dirigeaient droit vers la villa en chantant solennellement.

— Vous vous êtes montrés bons avec moi, dit l'homme, pressé. C'est pourquoi je vous conseille de disparaître au plus vite. Vous avez l'air un peu étranges… Et ceux-là en bas assassinent tous ceux qui leur paraissent étranges.

— Qu'est-ce qu'il raconte, ce type ? demanda Mandred.

— Qu'il ne faudrait pas trop solliciter l'hospitalité de cette ville. Viens, on retourne voir Nuramon.

Le jarl caressa la lame de sa hache.

— Ce ne sont tout de même pas ces quelques hommes en bas qui te font peur, non ?

— Je préfère éviter de me trouver sur le chemin de deux armées commandées par des fous résolus à s'entre-tuer. Nous n'avons rien à voir avec cette guerre. Fichons le camp d'ici !

Le guerrier grommela quelque chose dans sa barbe et quitta la terrasse. Dans la cave voûtée, Nuramon les attendait. Un arc de lumière doré s'élevait au centre de la mosaïque. L'elfe sourit.

— C'était un jeu d'enfant de rompre la barrière. La magie de protection était d'une structure étrange. Comme si elle n'avait pas été créée pour éloigner les enfants d'albes.

Farodin saisit les rênes de son étalon sans faire plus attention aux explications de son compagnon.

Le sourire de Nuramon s'effaça.

— Il y a un problème ?

— Il faut seulement nous dépêcher de partir d'ici.

Farodin traversa résolument la lumière. Il fut aveuglé l'espace d'une seconde. Ensuite, il vit une arbalète tendue.

— Ne tirez pas ! cria une voix éraillée. Ce sont des elfes !

— Liuvar ! s'écria quelqu'un d'autre.

Farodin s'était instinctivement baissé et avait saisi son épée. D'étranges silhouettes entouraient l'Étoile d'Albes : deux Gardiens du Savoir en robe rouge, l'épée nue à la main, quelques gnomes armés d'arbalètes, et un centaure blanc que Farodin identifia comme étant Chiron. Le Galabaal de pierre se trouvait aussi parmi ces étranges gardes.

Nuramon et Mandred passèrent la Porte avec leurs chevaux.

En crissant, le Galabaal fit un pas vers le fils d'homme. Un gnome visa la large poitrine de Mandred avec son arbalète.

— Liuvar ! Paix ! s'écria le centaure. Je les connais tous les trois. L'humain est un vaurien prétentieux, mais ce ne sont pas des ennemis.

— Que se passe-t-il ici ? voulut savoir Nuramon.

— Ce serait plutôt à vous de nous répondre, répliqua Chiron avec condescendance. Que se passe-t-il dans le Monde des Humains ?

Farodin relata rapidement la rencontre avec le pilleur et la ville en flammes. Quand il eut terminé son rapport, les gardes se regardèrent, troublés.

Chiron s'éclaircit doucement la voix.

— Vous avez dû faire un saut dans le temps en passant la Porte. Cela fait maintenant plus d'un siècle qu'Iskandrie n'est plus qu'un champ de ruines. (Il s'arrêta pour leur permettre de se remettre de ce qu'ils venaient d'entendre. Puis il reprit ses explications :) Les moines de Tjured n'ont toujours pas renoncé à rompre la barrière de la bibliothèque. Ils occupent l'Étoile d'Albes et y ont même érigé l'un de leurs temples-tours. Ils empêchent ainsi les enfants d'albes d'arriver chez nous par ce chemin. Vous êtes les premiers hôtes ici depuis des années. (Il s'inclina cérémonieusement.) Je vous souhaite la bienvenue au nom des Gardiens du Savoir.

— Est-ce qu'ils représentent vraiment un danger ? s'enquit Nuramon.

La queue de Chiron s'agita nerveusement.

— Oui, c'est sûr. Ils éprouvent une haine féroce envers tous les enfants d'albes. La question n'est pas de savoir s'ils viendront nous trouver ici dans notre refuge dans le Monde Brisé, mais *quand* ils viendront. Chez nous, personne ne se fait d'illusion à ce propos. Tous nos hôtes et la plupart de nos assistants nous ont quittés. (Il parlait avec amertume. Puis il écarta les bras dans un geste pathétique.) La bibliothèque mourante est à votre disposition. À la tienne aussi, fils d'homme. Soyez les bienvenus !

Salles vides

Nuramon arriva dans la salle où, selon son estimation du temps, le gnome Builax l'avait accueilli plus de cinquante années auparavant. Toutefois, en entrant dans la bibliothèque, ils avaient, en raison de ses connaissances insuffisantes, sauté au moins une centaine d'années, de sorte que sa rencontre avec le gnome remontait à bien plus loin. Pourtant, la salle semblait inchangée. Toutes les étagères et tous les livres s'y trouvaient encore, les pierres de béryl diffusaient leur douce lumière. Seul Builax n'était nulle part visible. Dans le renfoncement entre les murs d'étagères, là où le gnome avait autrefois gardé son épée, Nuramon découvrit des livres, du matériel d'écriture et même un petit couteau. Mais la poussière qui s'y trouvait lui fit comprendre que plus personne n'était venu là depuis longtemps.

Un encrier renversé attira particulièrement son attention. L'encre s'était répandue sur la table et y avait séché. Tout laissait à penser que Builax avait emporté le nécessaire en laissant le reste sur place. Peut-être le gnome avait-il dû s'enfuir ?

Nuramon se dirigea vers la vingt-troisième étagère et grimpa à l'échelle. Il se rappela alors l'impression qu'il avait ressentie la première fois où il s'était trouvé là, sur les traces de Yulivée.

Il prit un livre, puis, en redescendant l'échelle, barreau après barreau, il réfléchit aux dernières péripéties. Cette atteinte à l'Étoile d'Albes l'inquiétait. Les prêtres de Tjured pouvaient-ils aller jusqu'à pénétrer dans la bibliothèque ? Jusqu'à présent, ils ne l'avaient apparemment pas fait, mais leur emprise sur les Étoiles causait aussi des dommages ici, dans le Monde Brisé.

Nuramon balaya encore une fois la salle du regard. Il regrettait de n'y voir ni Builax ni Reilif. Qui montrerait maintenant le chemin aux assoiffés de savoir ? Reilif se trouvait peut-être à un autre endroit du bâtiment. S'il n'y avait plus personne pour donner des renseignements sur les livres et leur contenu, cette gigantesque bibliothèque avait perdu sa raison d'être.

Nuramon quitta la salle en se demandant par où commencer ses recherches sur les Pierres d'Albes. Farodin, en louant son flair, l'avait chargé de chercher des documents, tandis que de son côté il parlerait avec les Gardiens du Savoir.

Nuramon entra dans l'une des pièces et posa le livre de Yulivée sur une table. Des rouleaux d'écriture s'empilaient dans les casiers des étagères. Il en sortit un au hasard et l'ouvrit. À peine eut-il lu les premières lignes qu'il laissa échapper un soupir. Il s'agissait d'une liste des ancêtres des centaures.

Il se dirigea vers une autre étagère et sortit un autre rouleau. Le texte relatait l'acte héroïque d'un humain défendant de toutes ses forces une Porte d'Albemark. Aucun détail n'était donné sur les Portes. Mais Nuramon pensa être sur la bonne piste. Toute civilisation avait ses mythes et sa représentation du début des mondes. Ces histoires lui révéleraient des indices cachés.

Il passa des heures à chercher et ne trouva qu'une seule piste. Dans une chronique, il lut qu'Emerelle avait utilisé sa Pierre d'Albes afin de créer une Porte maritime importante entre le Monde des Humains et Daïlos à Albemark. Il était écrit : « Ô, si les Anciens ne fussent pas partis, nous eussions pu créer nos propres Portes ! » Tout ce qu'il lut confirmait que la reine ne possédait que cette seule et unique Pierre d'Albes.

— Tu ne trouveras jamais rien ainsi, dit une voix familière. Car le temps est compté…

Nuramon se retourna dans un sursaut. Une silhouette en manteau noir se tenait à la porte, le front à moitié caché par la capuche.

— Maître Reilif ! s'écria Nuramon.

— Oui, c'est moi. Et je suis déçu de te voir chercher le savoir à la manière elfique.

Nuramon remit sur l'étagère le rouleau qu'il avait commencé à lire.

— Est-ce si étonnant de voir un elfe agir de la sorte ? Mais tu as raison. Je devrais penser à mes compagnons humains et écourter mes recherches.

— Ce n'est pas ce que je voulais dire. Mais il faut que tu saches que cet endroit est proche de sa fin.

Incrédule, Nuramon dévisagea le Gardien du Savoir. Jusqu'alors, il n'avait pas pensé que le danger était aussi important.

— Les humains vont-ils détruire les Portes sans savoir ce qu'ils font ?

— Il ne m'appartient pas de dire ce que les humains savent et quelle intention les anime. Je peux simplement t'informer qu'il s'en faut de peu que cette bibliothèque soit perdue. Et quel sens cela aurait-il de garder le savoir, si l'on doit rester enfermé avec lui et que plus personne n'arrive jamais ici ?

— Aucun sens, répondit Nuramon à voix basse.

— Pour que tu acquières au moins un peu de la sagesse que cet endroit abrite, je vais t'aider.

Reilif lui adressa un aimable sourire.

— As-tu déjà parlé à Farodin ? demanda Nuramon.

— Non, Gengalos et les autres Gardiens sont avec lui. Je ne voulais parler qu'à toi. (Reilif jeta un coup d'œil sur la table.) À ce que je vois, tu t'es pris le livre de Yulivée.

— Je voulais encore le lire, dit Nuramon, comme pour s'excuser.

— Tu fais bien. Et tu peux le garder.

— Comment ? Je pensais…

— Le savoir de cette bibliothèque va s'effacer, même si les autres ne le voient pas aussi clairement que moi. Toutefois, si cet endroit disparaît, il faut au moins sauver un peu de ses connaissances. D'autre part, ces livres n'ont pas de valeur pour moi et les autres. Je les ai lus, maintenant ils font partie de moi.

— Pourquoi ne quittez-vous pas la bibliothèque et n'en reconstruisez-vous pas une nouvelle quelque part ailleurs ? demanda Nuramon en pensant à Albemark où les Gardiens du Savoir seraient certainement accueillis à bras ouverts.

— Nous avons juré de ne pas quitter ces salles avant d'avoir emmagasiné en nous tout le savoir qui y est rassemblé. Jusqu'ici nous pensions que cela n'arriverait jamais et que cet endroit resterait pour toujours une source jaillissante de sagesse. Mais la source est tarie, plus rien de nouveau ne nous parvient. Et puisqu'il en est ainsi, le jour viendra où nous porterons en nous tous les trésors de ces salles. Alors nous pourrons partir. Mais nous sommes malheureusement trop lents. Seul l'un d'entre nous, que nous avons accueilli en urgence, sait lire plus vite que les autres. Si par conséquent nous devions avoir acquis tout le savoir de cette bibliothèque avant sa fin, nous la quitterions et reviendrions à Albemark.

— Combien de temps cela va-t-il prendre ?

— Cent ans, sans doute… Par tous les albes ! Cent ans ! Un laps de temps dont nous nous serions autrefois moqués, tous les deux. Que représentent donc cent ans ! Pourtant, je crains que les humains arrivent avant et détruisent tout.

Nuramon comprenait les Gardiens du Savoir. Si un serment les liait, ils devaient prendre le risque de voir disparaître tout lien avec le Monde des Humains et de devoir vivre ici emmurés. Cependant, il serait peut-être plus avisé de rompre ce serment afin de sauver au moins une partie de ce savoir inestimable. Emerelle ne les mépriserait certainement pas, s'ils venaient à sa cour.

— Marchons un peu, dit Reilif en se dirigeant vers le couloir.

Nuramon prit le livre de Yulivée sur la table et suivit le Gardien du Savoir.

— Peux-tu m'aider à apprendre quelque chose sur les Pierres d'Albes ?

Reilif rit doucement.

— Tu supposes donc qu'il pourrait exister encore d'autres Pierres que celle d'Emerelle.

— Est-ce le cas ?

Reilif hocha la tête dans sa capuche.

— Mais nul ne sait où elles sont... Et je sais tout aussi peu comment en trouver une.

Nuramon eut l'air déçu. Il avait espéré davantage de Reilif. Était-il possible que, parmi tous les livres qu'il avait lus, aucun ne lui ait appris comment trouver une Pierre d'Albes ?

— Allez, ne baisse pas la tête ! Je ne peux certes te dire où trouver une de ces Pierres. Mais je peux t'expliquer à quoi elles servent. Écoute bien ! Si tu en possèdes une, elle te permettra de passer du bout d'un monde à un autre. Grâce à elle, tu te créeras des Sentiers d'Albes là où il n'y en avait pas. Tu pourras ouvrir des Portes et les fermer. Et même créer des Étoiles d'Albes ou les détruire. Une telle Pierre placée en de mauvaises mains est une malédiction.

— Peut-on aussi abattre toutes les barrières avec ?

— Certainement.

C'était la réponse que Nuramon espérait. Il ne voulait employer cette Pierre pour rien d'autre que pour libérer sa bien-aimée. Ils quittèrent le couloir et montèrent un escalier. Le Gardien du Savoir continua à parler :

— Celui qui veut utiliser une Pierre d'Albes doit posséder la magie. Et plus il voudra obtenir avec elle, plus il aura du mal à maîtriser la force de la Pierre.

— Mais alors, on doit bien sentir une Pierre d'une telle puissance ! Sa force doit rayonner sur tout, ajouta Nuramon.

Il pensait au château de la reine. Là-bas, il n'avait aucunement senti cette Pierre. Emerelle l'avait peut-être nimbée d'un charme afin de dissimuler son aura de puissance.

— Tu te trompes. La force de la Pierre est à peine perceptible. Certes, tu la sentirais si je la tenais ici dans mes mains près de toi, mais tu la considérerais comme de peu d'importance, malgré sa grandeur.

— À quoi ressemble-t-elle ?

Reilif ne répondit pas. Il le conduisit dans une petite pièce près de l'escalier. Là, les pierres de béryl luisaient d'un vert froid. Les murs étaient occupés par des armoires imposantes montant jusqu'au plafond. Le Gardien du Savoir en ouvrit une, puis il en sortit un gros volume qu'il posa lourdement sur le pupitre au centre de la pièce. Les couvertures étaient reliées par deux boucles qu'il défit.

— Dans ce livre se trouve la représentation d'une Pierre d'Albes. Il ne s'agit pas de celle d'Emerelle, et son porteur a depuis longtemps rejoint les albes.

La capuche de son manteau lui tomba sur les yeux. D'un geste rapide, Reilif la rejeta complètement en arrière, et Nuramon fut surpris de découvrir des oreilles d'elfe pointer dans ses cheveux grisonnants. Il ne s'y attendait pas.

Reilif ne parut pas remarquer son étonnement, il ouvrit le livre directement à la bonne page.

L'image de la Pierre emplissait toute la page. Elle était d'un gris foncé et semblait lisse. Cinq sillons blancs la traversaient. Le dessin était plutôt rudimentaire et certainement pas l'œuvre d'un grand maître. Mais il permettait de se faire une impression.

Nuramon montra les rainures représentées.

— Qu'est-ce que c'est que ces lignes ? demanda-t-il.

Reilif fit glisser son doigt sur celle de gauche.

— C'est le Monde des Humains. À côté, il s'agit de celui qui est maintenant brisé et dans lequel nous nous trouvons. Ensuite, il y a la Marche des Albes, et puis l'endroit où ils se sont retirés. (Il tapa du doigt sur la ligne tout à droite.) Et là, c'est ce que nous, les elfes, nous appelons la Lumière de la Lune.

Nuramon s'étonna.

— Je peux à peine y croire.

— Que ne peux-tu croire ?

— Que les mondes que je connais côtoient aussi simplement la demeure des albes et la Lumière de la Lune.

— Cela ne doit pas te troubler, Nuramon. On dit que chaque Pierre d'Albes est unique. Chacune représente une autre compréhension du monde. De celle d'Emerelle, on raconte que les sillons se superposent.

— À qui appartenait cette Pierre ? voulut savoir Nuramon.

— À un dragon du nom de Cheliach. Nous ne savons pas grand-chose de lui, sauf qu'il a rejoint les albes assez tard et que les dragons ont ensuite perdu de leur importance.

Nuramon était satisfait. C'était là le début qu'il avait espéré.

— Je te remercie de m'avoir montré ce dessin.

Reilif referma le livre.

— Tu trouveras ce volume ici, si tu veux le montrer à tes compagnons. Je le laisse sur la table. Mais d'abord, tu devrais aller voir quelqu'un qui te connaît et qui aimerait certainement te revoir.

— Qui donc ? s'étonna Nuramon.

Maître Reilif eut un sourire amusé.

— Je ne dois pas te dire son nom. Je l'ai promis. (Il désigna l'escalier.) Grimpe les marches jusqu'en haut ! Tu le trouveras dans une des salles vides.

Les yeux gris du vieil elfe scintillèrent à la lumière des pierres de béryl.

Nuramon quitta la pièce en hésitant. Dans l'escalier, il respira à fond. Il avait l'impression que le Gardien du Savoir lui avait jeté un charme, tant il avait été fasciné par ses yeux. Quelle pouvait bien être l'histoire de cet elfe ? Il n'osait le lui demander. D'ailleurs, quelque chose d'autre l'occupait pour le moment. Qui pouvait bien l'attendre là-haut ?

En haut de l'escalier, Nuramon suivit un large corridor sur lequel s'ouvraient quelques petites salles. Elles étaient vides ; il n'y avait là ni étagères ni livres. Apparemment, le savoir de la bibliothèque n'était pas encore parvenu jusqu'ici. Et à en juger par les paroles de Reilif, cela ne se produirait jamais. Nuramon fut d'autant plus surpris de trouver, dans un couloir adjacent, des livres empilés à gauche et à droite du mur.

Une voix s'éleva dans le couloir. Nuramon la suivit, regarda par la porte entrebâillée et resta stupéfait : seul, au milieu d'une salle circulaire, le djinn, trônant sur un amas de livres, prenait un volume sur une pile bien rangée à sa gauche, y jetait un coup d'œil et l'expédiait ensuite sans aucune précaution sur un tas à sa droite. Il avait des cheveux blancs et portait des habits tout aussi blancs qui lui donnaient une apparence beaucoup plus respectable qu'à Valemas.

À l'entrée de Nuramon, le djinn leva la tête.

— Ah, c'est toi, Nuramon, dit-il comme s'ils venaient de se quitter la veille. (Il se dépêcha de rassembler quelques livres épars en une pile et lui fit signe de s'y asseoir. Une fois que Nuramon s'y fut installé, le djinn lui demanda :) Mon conseil d'autrefois t'a-t-il fait avancer ?

— Oui, et je t'en remercie. Il m'a été très précieux.

Nuramon raconta qu'il avait alors suivi la piste de Yulivée dans la bibliothèque. Et il lui parla des nains et de Dareen.

— À ce que je vois, tu t'es entiché de Yulivée !

Le djinn montra le livre que Nuramon avait sur les genoux.

— Reilif me l'a laissé. Peut-être devrais-je le porter à Valemas, aux Elfes Libres. Il pourrait certainement apaiser un peu leur haine envers Emerelle.

Le visage du djinn s'assombrit.

— C'est inutile d'y aller. L'oasis est détruite.

— Quoi ? s'écria Nuramon, bouleversé. Comment est-ce arrivé ?

— Les Chevaliers blancs du Nord, sous la bannière de Tjured, ont anéanti les Elfes Libres.

— Comment est-ce possible ? Comment des humains peuvent-ils s'avancer si loin dans le désert et vaincre au combat de tels guerriers ?

— En se servant de magie. Quelques-uns parmi eux ont appris à l'utiliser. Ils se rallient à la bannière de Tjured. Ce sont des meneurs, ils sentent la puissance des Sentiers d'Albes. Ils ont trouvé le cercle de pierres dans le désert et, comme il n'y avait pas de barrière protectrice à cet endroit, ils ont ouvert la Porte avec leur magie. C'est ainsi que le combat a pu avoir lieu. Je me suis enfui et, à mon retour, je n'ai plus trouvé que ruines et cadavres. Les humains n'avaient même pas épargné les quelques enfants.

— C'est inconcevable ! Ces sauvages vont tout détruire ! (Nuramon hésita.) Auraient-ils aussi attaqué Albemark ?

— Ne te fais pas de souci. J'avais dû partir observer les humains pour le compte des Elfes Libres de Valemas. Je les ai vus se rassembler près d'une Étoile menant à Albemark. Les prêtres priaient leur dieu de bénir cet endroit.

Ensuite, ils ont prononcé des mots que je n'ai pas compris. Certainement la formule magique. J'ai remarqué que quelque chose frappait l'Étoile d'Albes ; en même temps, les guerriers ont dégainé leur épée. Mais comme rien ne s'est produit ensuite, ils ont quitté l'endroit. J'ai regardé les traces qu'ils ont laissées. Avec cette magie, ils ne seraient jamais arrivés à Albemark. J'ai trouvé les mêmes traces près du cercle de pierres après la destruction de Valemas. Manifestement, les prêtres ne peuvent ouvrir de Portes que sur le Monde Brisé.

— Comment se fait-il qu'ils aient jusqu'à présent épargné la bibliothèque ?

— Oh, ils doivent sans doute chercher à entrer ici depuis longtemps. Les Gardiens du Savoir disent que les humains sont troublés devant le grand nombre de Sentiers d'Albes qui parcourent Iskandrie. D'autre part, ils éprouveraient des difficultés à dissiper la magie de protection près des Portes. Pourtant, Reilif prétend que les humains mettent peu à peu les barrières à mal. Et qu'ils progressent chaque jour. Le temps nous est donc compté pour recueillir tout le savoir de cet endroit avant de le quitter.

— Es-tu celui qui peut s'approprier aussi vite cette somme de connaissances ?

— Certainement.

— Qu'ont-ils fait pour te persuader ?

Le djinn eut l'air fâché.

— Ces types m'ont roulé. Ils ont réussi à me faire dire mon nom. Et maintenant, je dois les servir. Ces pendards sont trop malins pour moi. Mais bon… Ce qui arrive ici me rappelle la bibliothèque des djinns. Apparemment, le destin du grand Savoir semble être de disparaître. (Le regard du djinn se perdit dans le vide.) Je me demande comment tout cela va finir.

Nuramon secoua la tête.

— Si le destin nous est favorable, à nous les enfants d'albes, les guerriers brûleront tout ce qui se trouve dans ces salles. S'il nous en veut, ils s'empareront du savoir… Pour autant qu'ils puissent apprendre toutes les langues.

— Nous y avons pensé. Au moment où les humains entreront ici, nous mettrons en œuvre une magie qui détruira tout ce qui est gardé en ce lieu. Et nous aussi, nous périrons. La magie est déjà prête. Il ne nous reste plus qu'à prononcer les derniers mots de la formule. Alors, il y aura un gigantesque…

Le djinn s'interrompit en regardant la porte.

Nuramon suivit le regard de l'esprit et ce qu'il vit le surprit profondément. Une petite elfe entrait dans la pièce en portant une pile de livres. Elle pouvait avoir huit ans tout au plus. L'enfant écarquilla les yeux en le voyant et elle fut si effrayée qu'elle laissa tomber les livres.

Le djinn se leva.

— N'aie pas peur, petite elfe. C'est Nuramon, un ami d'Albemark.

La fillette baissa les yeux sur ses livres. D'un bond, ils vinrent de nouveau s'empiler dans ses mains. Nuramon resta sidéré. Pour l'enfant, cette magie semblait n'être qu'un exercice pour délier les doigts. Elle s'approcha et déposa la pile de livres à côté du grand trône d'ouvrages.

— Viens ici saluer notre hôte ! dit le djinn.

Avec un sourire timide, la fillette s'approcha du djinn et le laissa caresser ses cheveux bruns.

— Quel est ton nom ? demanda Nuramon.

— Que veux-tu dire ?

La petite avait presque la même intonation que le djinn.

— Tu n'as pas de nom ?

— Ah ! Ils m'appellent « petite elfe » ou « enfant d'elfe ».

Nuramon en perdit la parole. Le djinn n'avait même pas donné de nom à cette enfant !

— Bien, enfant d'elfe, redescends ces livres, demanda le djinn à la petite.

Elle fit une moue et prit quelques volumes sur la pile des livres lus. Puis, après un autre sourire à Nuramon, elle quitta la pièce.

Dès qu'il n'entendit plus ses pas résonner, Nuramon se tourna vers le djinn.

— Comment as-tu pu ne pas lui donner de nom ?

— Les noms sont cause de problèmes. Je te l'ai déjà dit. Ils ne servent qu'à donner aux autres du pouvoir sur vous.

Nuramon montra la porte.

— Ça ne t'empêche pas de considérer cette petite comme une servante !

— Oh ! Tu ne la connais pas. C'est un vrai poison ! Elle ne m'a obéi que parce que tu étais là. Elle a une tête de bois ; comparé à elle, un troll est presque délicat ! D'autre part, je ne l'ai renvoyée que pour une bonne raison.

— Ah bon ? Laquelle ?

— Elle ne sait rien sur ses origines. Je lui ai raconté une histoire pour la préserver de la vérité.

— Et quelle est cette vérité ? demanda Nuramon avant d'enchaîner aussitôt : allez, je m'en doute. Cette petite vient de Valemas, n'est-ce pas ?

— Oui. Elle est peut-être la seule survivante des Elfes Libres.

Nuramon regarda le djinn avec étonnement.

— Comment est-ce possible ? Je pensais qu'une centaine d'années au moins s'étaient écoulées. Comment se peut-il qu'elle soit encore une enfant ?

Le djinn rit.

— Tout dépend de la puissance des barrières protectrices des Étoiles d'Albes et de la magie que l'on possède. Vous vous êtes certainement tapé la tête contre le mur, sans compenser avec la magie.

Nuramon comprit ce que voulait dire le djinn.

— Alors vous êtes arrivés ici durant le temps que nous avons perdu à traverser la Porte ? C'est-à-dire que les adorateurs de Tjured ont d'abord pris Iskandrie et ensuite…

— Valemas ! Et ils ont certainement encore détruit d'autres endroits. Voilà. La petite m'a été confiée juste avant la bataille de Valemas. Hildachi, sa mère, était une puissante magicienne et une voyante. Elle a dit que nous devions mettre les enfants en sécurité. Mais comme il n'y avait que peu d'enfants et que les guerriers estimaient que le danger était trop minime, je n'ai emmené que cette petite. Hildachi m'a demandé de la conduire à l'abri et de la ramener plus tard.

» Après avoir trouvé Valemas détruite, je suis venu ici avec elle. C'était il y a six ans. La petite ne parlait même pas encore à l'époque. Entre-temps, je lui ai appris quelques langues et aussi à lire et à écrire une multitude d'ouvrages. Et je lui ai enseigné aussi un peu de magie. Ne la sous-estime pas ! Mais comme je suis lié à ce lieu, tant que les Gardiens du Savoir ne veulent pas le quitter, je ne peux la mettre en sécurité. Pourtant, je ne voudrais pas qu'elle soit en danger dans cette bibliothèque, car il se peut que nous n'atteignions pas notre but avant l'arrivée des humains.

Nuramon réfléchit. S'encombrer d'un enfant dans leur périple n'était pas pensable. Mais le djinn avait raison. Ce n'était pas un endroit pour une enfant d'elfe.

— Je vais la prendre avec nous. Même si je dois d'abord le faire comprendre à mes compagnons et que cela va à coup sûr compliquer notre quête.

— J'ai entendu dire que vous recherchiez une Pierre d'Albes.

— Tu pourrais peut-être m'apprendre quelque chose à ce sujet ?

— Oui. Mais tout ce que je peux te faire partager dans ma grande sagesse, je l'ai déjà fait.

— Que veux-tu dire ?

— Ce que je dis, répliqua-t-il avec un sourire. Je ne pourrai rien t'apprendre de nouveau.

Comment le djinn pouvait-il prétendre lui avoir déjà tout révélé sur les Pierres d'Albes ? Il ne lui avait rien dit ! Ni aujourd'hui ni autrefois à Valemas. Il n'avait jamais été question de Pierres d'Albes.

— Réfléchis bien. Pendant ce temps, je vais lire.

Le djinn prit un livre qu'il avait déjà commencé et il eut l'air de le feuilleter lentement. Pourtant, Nuramon remarqua la rapidité avec laquelle les yeux de l'esprit bougeaient. Il ne se contentait pas de feuilleter, il lisait.

Nuramon se demanda ce que le djinn lui avait dit autrefois à Valemas. Il lui avait parlé du Monde Brisé et lui avait expliqué l'impossibilité de voyager dans les ténèbres éternelles. Mais il n'avait jamais été question d'une Pierre. Ou alors si ? *L'opale de feu !* se dit-il à lui-même.

Le djinn mit son livre de côté.

— Ta mémoire est bonne, Nuramon.

— Tu penses à l'opale de feu qui se trouve dans la couronne perdue du maharadja de Berseinischi ? Est-ce une Pierre d'Albes ? (Nuramon se souvenait encore des paroles du djinn. Il lui avait demandé s'il le croirait s'il disait que l'opale était une Pierre d'Albes qui se déplaçait... Après tout ce que Reilif lui avait raconté sur la puissance de ces Pierres, il comprenait maintenant le sens caché des paroles du djinn. Nuramon secoua la tête.) La Pierre d'Albes des djinns ! Ça ne m'étonne pas de vous. Cacher votre Pierre à un endroit si évident qu'on n'irait jamais supposer qu'elle est là !

— Nous, les esprits, nous sommes plutôt rusés... Enfin, pas tant que ça. Car nous ne pouvions pas nous douter que cet idiot d'Elebal emporterait la couronne dans ses expéditions de conquête.

— J'ai encore de la peine à y croire... Tu me dis la vérité, hein ?

Le djinn sourit d'un air malicieux.

— T'ai-je jamais menti ?

— Non, jamais. Tu m'as même dit où commencer ma quête de la couronne. (Le maharadja Elebal avait perdu la bataille décisive à Drusna, et la couronne avec l'opale de feu avait disparu là-bas.) Mais il y a une chose que je ne comprends pas. Pourquoi n'as-tu pas toi-même recherché cette couronne ? Étais-tu peut-être aussi retenu à Valemas par ton nom ?

— Non, pas du tout. Je l'ai cherchée, seulement, je n'ai pas pu la trouver. Ou bien elle est détruite ou alors une magie protectrice l'entoure. Autrefois, je pouvais la sentir partout dans le Monde des Humains.

— Je croyais que l'on ne pouvait pas sentir les Pierres d'Albes à distance.

— C'est vrai aussi, mais nous avons enchanté cette Pierre. Nous les djinns, nous sommes les seuls connaître ce sort ; il nous révèle la présence de l'opale de feu. Mais, comme je te l'ai dit, nous ne recevons plus son signal. Et, de toute façon, on ne pouvait pas le capter au-delà des frontières d'un monde.

Farodin pourrait peut-être apporter son aide. Sa magie de quête serait peut-être capable de détecter la couronne.

— Existe-t-il une représentation de cette couronne ?

— Oui, et dans cette bibliothèque même. Lorsque je me suis trouvé pour la première fois ici, je l'ai fait dessiner. J'étais alors encore à sa recherche et j'espérais apprendre ici quelque chose sur sa cachette. Viens, je vais te la montrer !

Il se leva.

— Mon compagnon, Farodin, possède une magie de quête. Si nous lui montrons une représentation de la couronne et que tu lui racontes ce que tu sais d'elle, il pourrait la découvrir. Mais pouvons-nous aussi utiliser la Pierre à nos fins, si nous la trouvons ?

— Si tu trouves l'opale de feu, les djinns se rangeront devant toi et te baiseront les pieds ! Chacun d'eux te dira son nom et lira chacun de tes souhaits dans tes yeux ! Autrement dit : Oui, Nuramon !

La petite elfe

Dans sa chambre, Nuramon s'était plongé dans le livre que le djinn lui avait donné ; il regardait la couronne du maharadja briller de couleurs vives sur le parchemin. Quel chef-d'œuvre ! Il était à peine croyable qu'un homme soit capable de porter cette énorme chose sur la tête. La couronne faisait presque l'effet d'un bastion en or couvert de gemmes. La grande opale de feu en formait le centre autour duquel toutes les autres pierres s'assemblaient.

Avec cette représentation, il avait trouvé une piste importante et il était impatient de savoir ce que ses compagnons allaient en dire. Tout à coup, il entendit un bruit. On aurait dit un sanglot. Il ferma le livre et se dirigea vers la porte. Il y avait là quelqu'un qui pleurait ! Il ouvrit doucement la porte et sortit. Assise contre le mur, la petite fille pleurait. À côté d'elle il y avait un sac et trois livres.

— Que se passe-t-il ? demanda Nuramon en s'accroupissant devant elle.

— Tu le sais très bien ! répondit l'elfe, les lèvres tremblantes.

Elle détourna le regard et regarda fixement le sol.

Nuramon s'assit à côté d'elle. Il attendit un moment avant de parler.

— Le djinn t'a tout raconté.

La fillette garda le silence.

— Regarde-moi, dit-il doucement.

Elle le dévisagea. Ses yeux bruns semblaient lancer des éclairs.

— Alors, tu sais d'où tu viens.

— Oui… Le djinn m'a appris où j'étais née, qui étaient mes parents et ce qui est arrivé à Valemas.

— Il ne t'en avait jamais rien dit autrefois ?

— Il m'a toujours répété que je venais d'une grande famille et qu'un jour mes frères et sœurs viendraient me chercher pour me ramener à la maison. Je l'ai cru !

—Il n'a pas menti. D'une certaine manière, il a dit la vérité.

La petite elfe essuya ses larmes.

—Je pensais que j'avais une famille… une mère et un père. Je croyais qu'ils m'attendaient quelque part. Et que j'avais des frères et sœurs.

—Naturellement, ça fait mal d'apprendre que les choses ne sont pas comme tu l'imaginais. Mais ce n'est pas une raison pour renoncer à tes rêves. Si tu te languis d'une famille, il se peut que tu en trouves une un jour. (Nuramon pensa à la nuit qui avait précédé le départ de la Chasse des Elfes et à l'oracle qu'Emerelle lui avait donné comme conseil.) Sais-tu ce que la reine m'a dit un jour ?

La fillette secoua la tête.

—Elle m'a dit : « Choisis-toi tes parents ! »

La petite s'étonna.

—C'est ce que t'a dit la puissante Emerelle ?

—Assurément. Et ces paroles pourront peut-être t'aider aussi. Mais d'abord, il faut te choisir un nom.

Un sourire effleura le visage de l'elfe. Elle semblait avoir oublié qu'elle venait de pleurer.

—Un nom ?

—Choisis-le bien !

—Pourquoi ne le fais-tu pas, toi ? Regarde-moi et dis-moi quel nom je suis !

Nuramon secoua la tête en souriant. « Quel nom je suis ! » La petite elfe voyait les choses d'une manière singulière. Il obéit pourtant et dit :

—Eh bien, peut-être es-tu une Obilée…

—Ce nom me plaît, dit la petite.

—Attends ! Quelque chose d'un peu plus tendre encore. D'autre part, je connais déjà une elfe qui porte ce nom. Mais j'en connais un qui lui ressemble. (Nuramon comprit ce qu'il cherchait. Pour cette enfant, il ne pouvait exister qu'un seul nom.) Que dirais-tu de Yulivée ?

La petite détacha ses cheveux ; ils tombèrent en ondulant sur ses épaules.

—C'est un beau nom ! dit-elle d'une voix claire.

—Tu ne l'as encore jamais entendu, n'est-ce pas ?

—Jamais.

—Eh bien, c'est une elfe du nom de Yulivée qui a fait sortir ton peuple d'Albemark et qui a fondé Valemas.

Nuramon conta à la fillette l'histoire de l'ancienne ville de Valemas à Albemark et de la cité oasienne du même nom où il avait rencontré le djinn.

—Mais le djinn a dit que mon clan était celui de Diliskar.

—C'est le grand-père de Yulivée et le fondateur de son clan. Tu lui es donc ainsi apparentée.

—Alors je peux prendre son nom ?

—Mais bien sûr ! Les nouveau-nés portent souvent les noms de ceux qui sont partis dans la Lumière de la Lune.

—Alors, je vais l'accepter.

—C'est un bon choix ! Tu es peut-être la dernière représentante des Elfes Libres de Valemas. Il ne pourrait y avoir de meilleur nom pour toi… Yulivée !

—Yulivée ! répéta plusieurs fois la petite elfe en accentuant différemment les syllabes. (Toute joyeuse, elle se leva d'un bond en criant son nom. Puis elle se planta devant Nuramon et le dévisagea.) Maintenant, je voudrais vivre des aventures et rester à ton côté.

—Mais tu n'y seras sûrement pas autant en sécurité qu'à Albemark. Nous pourrions te conduire jusqu'à la Porte où quelqu'un te mènerait chez la reine.

Yulivée secoua la tête.

—Non, je ne veux pas. Je préfère rester près de toi.

Nuramon fit un signe du menton vers le sac et les livres au pied du mur.

—Est-ce là tout ton équipement ?

—Oui. Des vêtements et du savoir. Je n'ai pas besoin de plus.

—Alors, prends tes affaires et apporte-les dans la chambre ! (Il passa devant. Yulivée fit ce qu'il lui avait dit et posa les livres sur la table. Nuramon s'assit.) Quels livres as-tu pris là ?

—Ils sont à moi !

—Bien sûr, dit Nuramon. Mais si tu me dis de quels livres il s'agit, je t'offrirai celui-ci.

Il posa la main sur les écrits de Yulivée.

—Ce sont des contes. Ils m'ont appris beaucoup de choses sur Albemark. Mes préférés sont ceux d'Emerelle. Elle possède une grande sagesse. J'aimerais tant la voir.

Nuramon ne put s'empêcher de penser à l'attitude d'Emerelle envers eux. Elle ne correspondait pas tout à fait à la reine des elfes de ces contes qu'il avait si souvent aimé entendre dans son enfance.

—Tu peux m'en raconter un ?

Yulivée lui sourit.

—Bien sûr. Tu sais, je ne l'ai encore jamais fait pour personne. Les autres étaient toujours bien trop occupés.

—Eh bien, moi, j'ai tout mon temps, dit Nuramon.

La petite Yulivée commença à raconter le conte d'Emerelle et de ce dragon qui avait défait tant de guerriers. Elle en était arrivée à la honteuse trahison du dragon, quand Farodin et Mandred firent leur entrée. Un sourire éclaira le visage de Mandred, mais Farodin afficha une méfiance désapprobatrice.

La fillette leur jeta un bref coup d'œil et poursuivit son récit :

—Et puis Emerelle est rentrée et elle a offert le trésor au clan de ceux de Teveroï qui avaient perdu beaucoup de guerriers dans le combat livré contre le dragon. Maître Alvias fut heureux de savoir la reine en sécurité. Et c'est ainsi que finit l'histoire.

Nuramon s'aperçut que Yulivée avait raccourci la fin. Il lui caressa les cheveux.

— C'était un très beau conte. Je te remercie. (Il se leva.) Mais à présent je voudrais te présenter quelqu'un. Voici Farodin. C'est le meilleur guerrier à la cour de la reine. (Tandis que Farodin se contenta de relever légèrement le coin des lèvres, Mandred sourit franchement.) Et voici Mandred Torgridson, le jarl de Firnstayn. Un humain. (La petite resta bouche bée devant Mandred comme s'il s'agissait d'une magnifique statue digne d'étonnement.) Et je voudrais vous présenter à vous deux la dernière elfe de Valemas !

Farodin eut l'air horrifié.

— Est-ce que ça veut dire…

— Oui. Valemas n'est plus. (En quelques mots, il raconta ce que le djinn lui avait rapporté.) Et le djinn a amené cette petite ici. Son nom est Yulivée, elle nous accompagnera désormais.

— Sois saluée, Yulivée, fit Farodin du bout des lèvres.

— Elle cheminera un moment avec nous, poursuivit Nuramon. Ensuite, je la conduirai à Albemark.

— Mais, je n'ai pas du tout envie d'aller à Albemark, intervint Yulivée. Je préfère rester avec vous. Et vous ne pourrez pas vous y opposer, dit-elle d'une voix assurée.

Mandred sourit.

— Cette petite a l'air de savoir ce qu'elle veut. Elle me plaît. Gardons-la avec nous !

Farodin secoua la tête.

— Mandred ! C'est trop dangereux pour une enfant. Imagine ce qui arrivera si nous devons livrer combat.

— Je me rendrai invisible, rétorqua Yulivée.

Mandred renversa la tête en arrière et éclata de rire.

— Tu vois ! Elle sait ce qu'elle fait.

Farodin la regarda attentivement.

— Tu peux te rendre invisible ?

— C'est facile comme tout.

Nuramon s'en mêla de nouveau.

— Le djinn lui a enseigné quelques petites choses.

Farodin examina encore la fillette.

— Bon, qu'elle reste avec nous, dit-il finalement. (En souriant, il pointa Nuramon du doigt.) Mais c'est toi qui en seras responsable !

— D'accord. Allez, raconte-moi maintenant ce que les Gardiens du Savoir ont dit.

Farodin acquiesça et commença son rapport. Ils lui avaient indiqué deux livres sur l'art de la magie de quête. Il avait ainsi bon espoir de perfectionner ses connaissances en ce domaine. Ils avaient aussi parlé d'Albemark et lui avaient appris que dans les derniers siècles quelqu'un avait utilisé l'une de ces gemmes magiques pour tisser de nouveaux Sentiers dans le réseau des Albes. Ils en avaient découvert un la première fois qu'ils étaient allés à la bibliothèque. Apparemment, d'autres voyageurs avaient aussi remarqué ces nouveaux Sentiers. Ils avaient quelque chose d'étrange, car on les avait tracés tout à fait récemment dans un réseau de chemins vieux de plusieurs millénaires. En tout cas, leur existence apportait la preuve qu'il existait d'autres Pierres d'Albes que celle d'Emerelle.

Quand Farodin eut terminé, Nuramon entreprit de raconter sa rencontre avec Reilif. Le danger évoqué par le Gardien du Savoir rembrunit ses compagnons. Pour terminer, Nuramon leur fit part de l'indice que lui avait fourni le djinn concernant l'opale de feu disparue.

—Mais comment mettre la main sur cette couronne ? Ce que tu nous en dis ne va guère m'aider à trouver une bonne piste, lui fit remarquer Farodin.

—Regarde ! (Nuramon ouvrit le livre que le djinn lui avait donné.) Voici la couronne du maharadja de Berseinischi.

Farodin regarda l'illustration et hocha la tête d'un air pensif.

—C'est une bonne piste, Nuramon.

La petite Yulivée se hissa sur la pointe des pieds pour jeter un coup d'œil sur le livre.

—Mais quel chemin allons-nous prendre ? Allons-nous suivre le Sentier d'Albes récent pour chercher ce créateur de chemins, ou est-ce l'opale de feu que nous voulons trouver ? demanda-t-elle.

—Tu as bien écouté. C'est justement la question, répondit Nuramon.

—À mon avis, on devrait plutôt chercher l'opale de feu, proposa Mandred. C'est certainement plus facile de trouver une couronne disparue et de se l'approprier que de subtiliser une Pierre d'Albes à quelqu'un.

Farodin referma le livre.

—Mandred a raison. Je suis sûr de pouvoir trouver cette couronne avec ma magie. Nous savons à peu près où elle se situe et à quoi elle ressemble. Cela devrait suffire ! Pouvons-nous garder ce livre ?

—Oui, répondit Nuramon.

—Alors, mettons-nous en quête de cette opale !

Pour la première fois depuis qu'ils avaient quitté l'île de Noroelle, Farodin avait l'air de nouveau plein d'ardeur.

Nuramon était soulagé. Il se rappelait leur dernier départ d'Iskandrie. Ils s'étaient alors séparés en pleine discorde. Cette fois-ci, les choses avaient changé. Ils partiraient ensemble, avec une petite compagne à leurs côtés.

Lettre au grand-prêtre

Rapport sur les agissements à Angnos et dans la mer aegiléenne

Très révéré Père Therdavan, Roi divin sur terre, intronisé par la sagesse de Tjured,

Conformément à Votre souhait, je Vous mande nouvelles des agissements à Angnos et dans la mer aegiléenne. Comme partout où nous nous rendons pour accomplir notre mission, nous rencontrons des difficultés.

La première ici est que ces lieux qui nous sont sacrés sont profanés par des enfants d'albes. Beaucoup d'entre eux combattent jusqu'au sang comme tout être qui lutte pour sa maison et sa ferme. Pourtant, grâce à notre remarquable stratégie et à l'esprit de sacrifice de nos chevaliers, nous n'avons jamais perdu une seule bataille. Seuls quelques rares endroits résistent plus longtemps à nos sièges jusqu'à ce que nous finissions par les enlever et que nous délivrions ce sol, uniquement destiné à notre dieu, des démoniaques enfants d'albes. Que Tjured maudisse les albes !

Le deuxième danger rencontré, ce sont les infidèles, tous ceux qui prient d'autres dieux. Tjured soit loué, l'effrayant culte de Balbar est éradiqué. Votre vision des choses correspondait à la vérité. Dans les catacombes d'Iskandrie, nous avons trouvé le cœur en pierre du culte. Balbar n'était rien d'autre qu'un esprit de pierre, éveillé à la vie par les enfants d'albes.

Le culte d'Arkassa a perdu de son importance quand les gens ont constaté les miracles de Tjured. Votre décision de demander aux Hauts Prêtres de ne plus bloquer les Étoiles d'Albes et de montrer à la place au peuple d'Angnos la puissance de Tjured a balayé le culte d'Arkassa.

Une seule chose me soucie. Certes, pour l'heure on ne peut guère considérer ceci comme un bien grand danger, mais il serait fort possible que cela nous cause bientôt un réel problème. De plusieurs endroits bordant la mer aegiléenne, nouvelle m'a été donnée que des guerriers elfes montés profanaient nos Maisons de Dieu. Hier encore, j'ai reçu message que le temple de Zeilidos avait brûlé. D'autre part, nous avons perdu quelques-uns des bateaux qui devaient effectuer la traversée vers Iskandrie. Les survivants ont parlé d'elfes qui les auraient attaqués. Ce ne sont là encore que des coups d'aiguille, mais il se pourrait bien aussi que cette résistance, minime pour l'instant, finisse par se transformer en rébellion.

Je n'irais pas jusqu'à affirmer que les armées d'Albemark se mettent lentement en marche. Pourtant, je crains que les enfants d'albes vivant dans les lieux sacrés aient appris notre intention de marcher contre eux tôt ou tard. Il n'est pas non plus à exclure que les cavaliers elfes pilleurs soient composés de fugitifs des sanctuaires libérés.

En dernier lieu, je voudrais attirer Votre attention sur une nouvelle apportée par nos espions. Ils ont découvert que les Drusnes se préparaient de nouveau réellement à la guerre. Ils supposent que Vous pourriez bientôt Vous intéresser à eux. Leur tentative de fomenter une rébellion à Angnos a échoué. Certains rapports nous disent bien que des elfes seraient partis d'Angnos à Drusna, mais sans garantie véritable. Vous m'avez demandé mon conseil; voici donc ce que je Vous propose: laissez les Drusnes préparer leur guerre. Renforçons entre-temps les fortifications dans les montagnes d'Angnos. Jusqu'à présent, nous avons toujours été les assaillants et nous n'avons jamais perdu. Mais, à Drusna, le vent a failli tourner. Ce fut une décision de la plus grande sagesse de ne pas se risquer dans les forêts de Drusna, mais de donner à temps l'ordre de battre en retraite. Sinon, il serait arrivé à notre armée ce qu'autrefois saint Romuald a connu. Nous ne pourrons battre les Drusnes qu'en brisant leur force sur notre terrain. Alors, tout sera possible. Laissez-les nous attaquer et soyons les défenseurs. Ils se déchireront les pieds jusqu'au sang sur nos pentes pierreuses. En ce qui concerne les hommes du Nord du Pays des Fjords, je ne vois en eux aucun danger. Ce sont des barbares sans intelligence et ils n'ont pas d'alliés. Quand le temps sera venu, le Pays des Fjords tombera dans nos mains comme un fruit mûr tombe de l'arbre…

Extrait d'une lettre du Prince de l'Ordre
Gilom de Sélescar à Therdavan,
Roi de l'Ordre et grand-prêtre de Tjured

Les forêts de Drusna

En sortant d'Iskandrie, Nuramon et ses compagnons avaient emprunté un Sentier d'Albes pour se rendre à l'ouest d'Angnos et poursuivre par voie de terre le voyage vers Drusna. Ils avaient évité les rencontres et traversé les montagnes à l'écart des villages, des villes et des routes. Finalement, ils s'étaient avancés jusque dans les forêts de Drusna.

La forêt semblait s'étendre à l'infini. Les clairières étaient rares. Cette région pleine de loups rappelait à Nuramon les forêts de Galvelun qu'il avait autrefois traversées. Par bonheur, ils n'avaient encore vu là aucun des dragons bruns qui hantaient Galvelun. Certes, Mandred prétendait qu'il y avait des dragons dans le Monde des Humains, mais Nuramon en doutait, d'autant plus que les histoires du jarl étaient fort sujettes à caution.

Depuis des jours déjà, ils traversaient une forêt qui avait visiblement été autrefois le théâtre d'une grande bataille. Ils y avaient trouvé des casques rouillés et des ferrures de bouclier ainsi que des épées et des lances. Des armures fracassées et des os humains étaient empilés près de certains blocs rocheux erratiques, transformés en macabres lieux sacrificiels.

Comme à son habitude, Farodin menait le groupe. Yulivée était la seule en selle. Elle aimait Felbion, et le cheval semblait aussi l'apprécier. Pour la fillette, ce voyage était une aventure unique. Elle regardait chaque animal et chaque plante avec une curiosité qui surprenait même Nuramon.

— On arrive bientôt ? demanda-t-elle pour au moins la cinquantième fois de la journée.

Mandred sourit. Il se posait probablement la même question. Après tout, Farodin n'avait-il pas dit la veille vers midi qu'ils atteindraient avant le coucher du soleil l'endroit où l'emmenait sa magie ? Mais à présent, un nouveau jour s'était levé et ils étaient entrés dans une forêt humide entre deux grands terrains marécageux.

Farodin ne répondit pas à la question de l'enfant.

Nuramon se tourna vers Yulivée.

— À chacune de tes questions, nous mettrons un jour de plus.

La petite se tut.

— Cet endroit commence à m'inquiéter, grommela Mandred. Des loups ! Passe encore ! On leur tannera bien la peau ! Mais ces saletés de marais ! La vase va finir par nous engloutir !

Farodin poussa un soupir. À l'évidence, il commençait à perdre patience. Il allongea le pas pour distancer un peu les autres.

— Si tu te fais tant de souci, tu devrais remonter sur ta jument, conseilla doucement Nuramon à Mandred. Elle te conduira bien.

Le jarl ne se le fit pas dire deux fois et se mit en selle.

Nuramon rejoignit Farodin. Il voulait lui demander ce qui n'allait pas. Son compagnon ne l'avait encore jamais mené sur une fausse piste. Or, quelque chose semblait le préoccuper depuis plusieurs jours. Peut-être sentait-il un autre grain de sable dans les parages. Ou bien quelque chose troublait la magie de quête avec laquelle il recherchait la couronne.

— Que se passe-t-il, Farodin ? lui demanda Nuramon.

— Je ne m'attendais pas à ces marais. Et puis…

Subitement, il jeta un regard par-dessus son épaule.

— Qu'y a-t-il ? demanda Nuramon

Farodin sembla se calmer et secoua la tête. Puis il se massa le front.

— Là, j'ai vu comme un éclair qui a dérangé ma magie. (Il montra le marais à leur droite.) Là-bas, je vois la trace… comme la piste d'un animal. Mais quelque chose me gêne : elle manque de netteté. Et puis, j'ai toujours l'impression qu'un grain de sable se trouve ici quelque part.

— Peut-être est-il là, au fond d'un marais.

— Non, on dirait que le vent le porte depuis des jours dans la forêt. Je croirais presque que nous sommes poursuivis.

— Je m'en occupe, répliqua Nuramon avant de revenir vers Mandred et Yulivée.

Mandred fit un signe de tête, mais Yulivée ne lui prêta guère d'attention. Elle était occupée à tenir son petit poing sur son œil.

Nuramon eut comme un soupçon. Il s'approcha de Felbion.

— Que tiens-tu là ? demanda-t-il à Yulivée.

La petite baissa le bras, mais garda le poing fermé.

— Rien, répondit-elle.

— Je vois bien que tu as quelque chose dans la main, insista Nuramon.

— Rien qu'un ver luisant.

Nuramon ne put réprimer un sourire.

— Je me doute de ce qu'est ce ver luisant… Farodin ! (La petite elfe fit la moue et eut l'air de réfléchir à ce qu'elle allait faire maintenant que Farodin arrivait.) Ouvre la main ! dit Nuramon à Yulivée.

La fillette lui obéit.

— Rien ! constata Mandred un peu rapidement.

Mais Nuramon vit qu'il s'y trouvait un grain de sable.

— Un tout petit ver luisant, commenta-t-il.

Farodin sembla plus surpris que vexé.

— C'était donc toi ? (Il secoua la tête.) Tu n'aurais pas pris un grain de sable dans ma fiole ?

— Non, non, s'empressa de répondre Yulivée. Je n'ai rien volé.

— Alors, où l'as-tu trouvé ?

— Tu te rappelles la nuit où tu es parti, parce que tu avais senti un grain de sable ? Moi aussi, je suis partie voir. Et je t'ai devancé.

— Elle est très adroite, remarqua Farodin. Elle cherche à nous endormir avec une gentille historiette.

— Je n'ai rien volé, répéta Yulivée. Si tu veux, tu n'as qu'à recompter tes grains de sable.

— Tu veux me faire croire que tu l'as trouvé ? Comment aurais-tu fait ?

Yulivée le gratifia d'un sourire insolent.

— Je sais faire de la magie, tu l'as déjà oublié ?

Nuramon intervint de nouveau.

— Mais qui t'a enseigné la magie de quête ?

— Farodin ! répliqua Yulivée.

— Mais non ! s'énerva Farodin.

Nuramon pencha la tête.

— Dis-nous la vérité, Yulivée !

Mandred tapota la fillette sur l'épaule.

— Moi, je la crois, cette petite magicienne.

Yulivée avait les larmes aux yeux.

— Je suis désolée. Tiens… (Elle tendit le grain de sable à Farodin. Il s'envola dans sa main. Alors, il sortit le petit flacon et l'y laissa tomber. Les larmes coulaient sur les joues de Yulivée.) Je voulais seulement trouver aussi quelque chose. C'est uniquement pour ça que j'ai regardé comment faire cette magie.

— Et tu sais l'opérer ? s'étonna Nuramon.

— Oui, et alors j'ai caché le grain de sable aux yeux de Farodin. Je voulais être la seule à le voir. Je suis tellement désolée !

— Ne pleure plus, Yulivée, dit doucement Farodin. C'est moi qui te demande pardon de t'avoir traitée de voleuse.

— Eh bien, mes amis, vous ne faites pas le poids face à cette petite ! Pour ça, tu as gagné le droit de venir chasser avec moi, fit Mandred en riant.

Yulivée avait déjà retrouvé son sourire.

— C'est vrai ?

— Bien sûr, si Nuramon l'autorise.

— Je peux ? demanda-t-elle. S'il te plaît, laisse-moi y aller !

— Bon, c'est d'accord, mais tu ne quitteras surtout pas Mandred, répondit Nuramon.

Yulivée poussa des cris de joie.

Farodin et Nuramon repartirent en avant en secouant la tête. Une fois hors de portée de voix des deux autres, Farodin déclara :

— Par tous les albes ! Cette gamine est douée. Comment peut-elle imiter si facilement un charme ?

— Yulivée est la fille d'une magicienne qui s'appelait Hildachi. Elle est issue du clan de Diliskar et donc une descendante directe de la première Yulivée. La magie est puissante dans son clan. D'autre part, le djinn l'a instruite. Il m'a bien recommandé de ne pas la sous-estimer.

— Elle ferait une bonne élève pour Noroelle, constata Farodin avec un brin de tristesse. Quand nous aurons la couronne et que nous aurons atteint la Porte de Noroelle, il se pourrait bien qu'elle nous soit d'une grande aide avec ses petites mains.

— As-tu oublié les douleurs ? Je ne voudrais pas que cette enfant subisse de telles souffrances. Une fois que nous aurons la Pierre d'Albes, j'attendrai que Yulivée prenne elle-même la décision de se tenir à nos côtés pour cette magie.

Farodin ne répondit pas, mais il regarda droit devant lui.

— Nous y sommes ! Là devant ! Sans doute à côté du hêtre.

En s'approchant de l'arbre, Nuramon pensa que tout pourrait aller très vite s'ils trouvaient la couronne et que l'opale de feu existait encore. Ils apprendraient à utiliser la Pierre. Ensuite, ils parviendraient peut-être enfin à libérer Noroelle.

Ils atteignirent le hêtre entouré par des herbes pâles au bord d'un marais.

— C'est ici ! constata Farodin en observant l'eau boueuse. Mais quelque chose me gêne.

— Elle est là-dedans ? demanda Mandred en montrant la mare. On va prendre ma corde ! Il ne reste plus qu'à tirer au sort celui qui va se salir.

— Moi ! s'écria Yulivée.

— Pas question ! dit Nuramon.

— De toute façon, c'est sans importance, ce n'est pas ici que vous trouverez l'opale de feu, rétorqua la fillette.

Nuramon sourit.

— Ah bon ? Et comment le sait notre enfant prodige ?

Farodin toucha le bras de Nuramon.

— La petite a raison. La couronne n'est pas ici.

— Comment ? s'étonna Nuramon. Alors, quelle piste avons-nous suivie ?

Farodin se prit la tête dans les mains.

— Quel imbécile je fais !

Mandred s'en mêla.

—Quelqu'un voudrait-il m'expliquer dans quelle merde on s'est fourrés ?

—Il ne m'est pas donné de pouvoir te répondre en termes aussi gracieux que ceux de ta question, commença Farodin. Toutefois, la couronne n'est pas ici ! Ici, il... (Il leva les mains dans un geste de désarroi.) Imagine, tu poses ta hache dans la vase et tu la reprends. Il reste une empreinte. Ici, c'est pareil. La couronne est restée longtemps au fond de cette mare, elle a laissé une empreinte ineffaçable dans l'agencement magique du monde. Cette empreinte est si forte qu'avec ma magie de quête je l'ai prise pour la couronne. (Farodin ferma un court instant les yeux.) Je vois deux pistes magiques qui partent de cet endroit. Celle que nous venons d'emprunter a déjà presque disparu. Mais l'autre est encore fraîche. (Il pointa le menton en avant.) Il va falloir la suivre. Elle nous mènera à la couronne.

—Et pourquoi les djinns n'ont-ils pas trouvé cette couronne depuis longtemps si elle laisse une telle trace ? s'étonna Yulivée.

Farodin sourit.

—Peut-être que les yeux des elfes sont capables de voir certaines choses qui demeurent cachées même aux djinns. Ils auraient dû se faire aider dans leur quête.

Il repartit en avant en faisant signe aux autres de le suivre.

Nuramon se mit en route. Même si Farodin ne faisait pas grand cas de ses propres compétences, il était sûr qu'aucun autre n'aurait pu les conduire jusqu'ici. Il aurait donné beaucoup pour acquérir la science de son compagnon. Il s'était essayé longtemps à cette magie, mais il n'était même pas parvenu à en maîtriser les bases. D'où sa surprise de voir Yulivée en faire un jeu d'enfant.

Farodin s'arrêta tout à coup pour montrer une grosse roche erratique dans une clairière devant eux. Nuramon mit un moment à remarquer ce que cet endroit avait de particulier. Il était si profondément plongé dans ses pensées qu'il ne s'était pas aperçu que la magie de la forêt avait changé. Six Sentiers d'Albes se croisaient dans la clairière. Nuramon commença la magie de Porte pour simplement les observer de plus près. Il se trouva bientôt en totale union avec la magie. Et ce qu'il vit l'horrifia. Tous les Sentiers brillaient d'une lumière claire. Il s'agissait de chemins récemment créés.

—La piste de la couronne s'arrête ici, dit Farodin d'une voix hésitante.

—Non ! s'écria Nuramon en lui cachant l'Étoile d'Albes. (C'était impossible ! Ils avaient été si près de trouver l'opale et voilà qu'elle avait disparu !) Quelqu'un est certainement allé chercher la couronne, l'a apportée ici et a ensuite utilisé la Pierre pour créer une Étoile.

—Ce n'est pas tout, ajouta Farodin, affligé. La couronne, ou plus exactement l'opale de feu, a laissé un motif magique. Une trace que nous avons suivie jusqu'ici. Je ne la retrouve pas dans les Sentiers d'Albes. Ils sont différents.

— Que veux-tu dire ? s'inquiéta Nuramon.

— Ces Sentiers n'ont rien en commun avec l'opale de la couronne. Je peux reconnaître avec quelle Pierre un Sentier a été tracé. Ceux-ci sont différents du motif magique de la couronne, comme l'eau et le feu.

— Tu es donc absolument certain que cette Étoile n'a pas été créée à l'aide de la couronne ? demanda Nuramon.

— Oui, sûr et certain.

— Alors, quelqu'un est venu ici avec une Pierre, a pris la couronne et a de nouveau disparu. (Apparemment, il existait donc quelqu'un qui recueillait les Pierres d'Albes. Quelle puissance pouvait bien se trouver entre ses mains ?) Celui qui possède l'opale de feu et avec elle la bibliothèque des djinns détient le savoir du passé, du présent et de l'avenir. Est-ce cela ? Est-ce pour cela qu'à Fargon les prêtres de Tjured savent opérer la magie ?

Mandred et Yulivée se turent.

Mais Farodin répondit :

— Cela expliquerait leur savoir sur les Étoiles d'Albes. Je pense qu'il ne nous reste plus qu'à suivre un de ces Sentiers.

— Pourrais-je le choisir ? demanda doucement Yulivée.

— Lequel prendrais-tu ? répondit Farodin.

La fillette réfléchit, puis elle désigna le nord.

— Fargon se trouve par là-bas, non ?

Le visage de l'ennemi

Nuramon poussa un cri et disparut dans l'obscurité. Avant que Farodin ait pu sauter en arrière, le chemin s'ouvrit sous ses pieds dans un tourbillon de lumière. Il se sentit tomber. Pris de panique, les chevaux hennirent. Yulivée hurla. Soudain, l'obscurité se retira comme un rideau de théâtre pour ouvrir la vue sur un nouveau décor.

Farodin se retrouva dans un grand espace. Avec ses compagnons autour de lui. Des murmures et des appels y résonnaient. L'elfe leva la tête. Ils étaient à l'intérieur d'une grande tour. Des galeries couraient le long des murs, encombrées d'humains pressés les uns contre les autres.

Un homme bien en chair, en robe blanche flottante, s'avança prudemment vers Farodin. Il tenait en l'air un pendentif avec une boule en or. La sueur lui perlait au front. Le prêtre cligna nerveusement les yeux.

— Arrière, suppôts du démon ! s'écria-t-il d'une voix tremblante. Ceci est la Maison de Tjured ! Vous brûlerez dans son courroux !

Farodin tira sur les rênes de son étalon. Le cheval fit un écart et tenta de mordre le prêtre.

— Tout doux, mon beau, chuchota l'elfe. Tout doux.

Farodin ne comprenait absolument pas ce qui les avait détournés du Sentier d'Albes et transportés ici. Il ne voulait pas faire d'esclandre. Il voulait simplement sortir de là. Il jeta un rapide coup d'œil autour de lui. L'intérieur de l'édifice religieux était blanchi à la chaux. Au-dessus de l'autel, une bannière représentait un arbre mort, noir sur fond blanc. Farodin se rappela avoir déjà vu ces armoiries chez les Chevaliers de l'Ordre qui avaient conquis Iskandrie.

— Comment ce gros lard a-t-il fait pour nous arracher au Sentier d'Albes ? pesta Mandred en langue des Fjords. Est-ce un magicien ? (Il pointa le menton vers le prêtre. Puis il parla dans la langue de Fargon et d'une voix forte afin que tout le monde puisse l'entendre.) Ôte-toi de là, gros tas de graisse, ou je ferai rouler ta tête à tes pieds !

Apeuré, le prêtre recula.

— À l'aide, frères et sœurs ! Supprimons cette engeance démoniaque ! (Il fit un signe sur sa poitrine et se mit à chanter :) *Aucun malheur ne me touchera, je suis l'enfant de Tjured. Aucune peine ne m'affligera…*

Les autres fidèles chantèrent avec lui. Un mouvement se fit dans les galeries. Farodin entendit des pas dévaler des escaliers cachés.

— Sortons d'ici ! cria l'elfe.

Il poussa le prêtre et se rua vers le portail à double battant qui devait être la sortie du temple. Au-dessus de la porte se trouvait une grande icône peinte sur bois. Elle était mal faite, comme la plupart des œuvres des humains. Les yeux étaient trop grands, le nez improbable, et pourtant cette représentation avait un air familier.

Près de Farodin, un couteau fit un son métallique en tombant sur le sol de pierre.

— Tuez-les ! hurla un homme d'une voix éraillée. Ce sont des enfants de démon ! Ils ont autrefois assassiné Guillaume qui était venu nous sauver !

Du haut des galeries, toutes sortes de projectiles s'abattirent sur eux : couvre-chefs, lourdes bourses d'argent, couteaux, chaussures… Un banc rata Yulivée de peu. Farodin leva les bras pour se protéger la tête et courut vers la sortie. Mandred le suivit comme son ombre. De part et d'autre du portail s'ouvraient deux petites portes. Elles devaient donner accès aux escaliers qui menaient aux galeries. Un homme imposant sortit par celle de gauche. Mandred l'étendit d'un coup de poing.

Farodin ouvrit le portail d'un coup de pied. Un large escalier descendait sur une place pavée. Nuramon se précipita à l'extérieur avec Yulivée dans ses bras. Les cloches sonnèrent à toute volée au-dessus d'eux. Mandred, la hache brandie, descendit les marches à reculons. Farodin menait les chevaux à ses côtés. Personne n'osa approcher ce géant aux cheveux roux. Le temple retentissait de cris.

Les compagnons sautèrent en selle. Nuramon désigna la rue la plus large qui partait de la place.

— Par là !

Les chevaux filèrent à bride abattue sur les pavés. Ils longèrent des maisons à colombage ornées de fresques. Il y avait peu de gens dans la rue. Apparemment, toute la ville s'était rassemblée dans le temple. Farodin jeta un coup d'œil derrière lui. Les premiers poursuivants s'étaient risqués sur la place du marché. Les poings levés, ils vociféraient des injures. Devant l'énorme temple de Tjured, ils avaient l'air ridiculement petits. La tour ronde et massive s'élevait derrière eux. Son mur extérieur était également blanchi à la chaux. Son dôme scintillait au soleil comme s'il était recouvert de plaques d'or massif.

— Par ici ! cria Mandred.

Il tira sur les rênes de sa jument en désignant une ruelle adjacente qui menait à une porte de la ville.

— Au pas ! commanda Nuramon. Si nous nous précipitons comme si nous avions des loups aux trousses, ils fermeront la porte.

Farodin peinait à maîtriser son étalon. Nuramon, tenant devant lui Yulivée en selle, se porta en avant. Derrière eux, les braillements excités des fidèles qui s'étaient trouvés dans le temple ne se rapprochaient que lentement. Aucun de ces gens sans arme ne semblait vraiment vouloir les rattraper.

Un homme en robe d'armes blanche se planta devant la porte, jambes écartées.

— Qui êtes-vous ? leur cria-t-il de loin.

Farodin perçut un mouvement derrière les meurtrières. Probablement des arbalétriers. Quelques pas encore et leur petite troupe se trouverait dans un angle mort. Toutefois, les tireurs embusqués pourraient encore leur tirer dans le dos dès qu'ils auraient franchi la porte. Ils ne devaient donc pas employer la force pour passer, même s'il leur aurait été facile de piétiner ce garde isolé. Ils devaient tromper les gardes !

— Là-bas, il y a eu une émeute près du temple ! cria-t-il au garde. Ils ont besoin de tous les guerriers !

— Une émeute ? dit l'homme méfiant. C'est bien la première fois.

— Crois-moi ! Des enfants de démon ont fait irruption dans le temple. Je les ai vus de mes propres yeux. Tu n'entends pas ces cris ? Ils poursuivent les fidèles et les poussent comme du bétail dans les rues !

Le guerrier plissa les yeux et s'apprêtait à lui répondre, quand un groupe d'excités apparut à l'autre bout de la ruelle. Ils s'étaient armés de gourdins et de fourches.

— Ils arrivent, dit Farodin d'un air grave. Je crains qu'ils soient tous possédés !

Le garde attrapa sa hallebarde appuyée contre la porte.

— Alerte ! s'époumona-t-il en faisant de grands signes aux hommes cachés derrière les meurtrières. Une révolte !

— Sauve ton âme ! cria Farodin.

Puis il fit signe à ses compagnons et ils s'engouffrèrent sous la porte à toute vitesse. Personne ne leur décocha de carreau.

Ils foncèrent sur une route poussiéreuse entre des champs de blé dorés. À l'ouest s'élevaient de douces collines où s'étendaient de larges bandes boisées entre de verts pâturages.

Après une demi-lieue, ils quittèrent la route et prirent à travers champs. Un troupeau de moutons s'écarta en bêlant devant les chevaux et le bruit de tonnerre de leurs sabots. Enfin, ils atteignirent une forêt et s'arrêtèrent sous le couvert des fourrés.

Farodin regarda la ville derrière lui. Une petite troupe de cavaliers se trouvait encore sur la route. Elle se sépara au premier croisement, les hommes se dispersèrent.

— Des messagers, grommela Mandred. À cent lieues à la ronde, les Chevaliers de l'Ordre ne vont pas tarder à savoir que des enfants de démon ont surgi dans ce maudit temple. (Il se tourna vers Nuramon.) Au fait, par la hache de Norgrimm, que s'est-il passé exactement ? Comment nous sommes-nous subitement retrouvés dans ce temple ?

L'elfe écarta les bras, dans un geste de désarroi.

— Je n'arrive pas à me l'expliquer. Nous aurions dû pénétrer dans une Étoile d'Albes pour y prendre un autre Sentier. J'ai cru que le sol se dérobait sous mes pieds. Et dans l'Étoile, j'ai senti que tous les Sentiers étaient comme morts.

— Des sentiers morts ? s'étonna Mandred. C'est quoi cette absurdité ?

— La magie est vivante, fils d'homme, intervint Farodin. On sent la pulsation des Sentiers comme s'il s'agissait des veines du monde.

— C'était peut-être cette drôle de maison que les humains ont bâtie ? avança timidement Yulivée. Même peinte en blanc, elle était inquiétante. Il y avait là quelque chose qui me tirait… à l'intérieur de moi… Quelque chose cherchait à prendre ma magie. C'était peut-être cet arbre mort ou l'homme aux grands yeux.

— Oui, l'homme du tableau. (Nuramon se retourna sur sa selle et regarda Farodin.) Tu n'as rien remarqué sur ce tableau ?

— Non, à part peut-être que ce n'était pas une œuvre d'art remarquable.

— J'ai trouvé que cet homme ressemblait à Guillaume, déclara Nuramon avec assurance.

Farodin grimaça. C'était stupide ! Pourquoi quelqu'un garderait-il un portrait de Guillaume dans un temple ?

— Tu as raison, dit Mandred. Maintenant que tu le dis ! Ce type ressemblait vraiment à Guillaume.

— C'est qui, Guillaume ? demanda Yulivée.

Nuramon lui parla du Dévianthar tandis qu'ils s'enfonçaient lentement dans la forêt.

— Ainsi, Guillaume était un homme qui pouvait ravir la magie d'un autre en opérant sa propre magie ? demanda Yulivée, une fois que Nuramon eut terminé.

— Pas un homme, rectifia Farodin. Il était mi-elfe, mi-Dévianthar. Les humains ne possèdent pas…

Il s'interrompit. Non, ce n'était plus vrai ! Il en avait toujours été ainsi jusqu'alors, mais les événements d'Iskandrie avaient prouvé qu'au moins les moines du culte de Tjured savaient pratiquer la magie.

— Sans magie, les Chevaliers maléfiques ne seraient pas arrivés à Valemas, constata tristement Yulivée. Dans le temple, j'ai vraiment senti qu'on voulait me voler ma magie. L'esprit de Guillaume habiterait-il son portrait ?

— Guillaume n'était pas malfaisant, la tranquillisa Nuramon. Il n'y avait là certainement pas d'esprit.

— Mais quelque chose a voulu me prendre ma magie, insista la petite.

— Peut-être est-ce l'endroit lui-même ? rétorqua Mandred. Le temple. Il se trouve précisément sur l'Étoile d'Albes, si je t'ai bien compris, Nuramon.

— C'est peut-être aussi tout simplement un hasard. Les humains érigent volontiers leurs lieux sacrés aux croisements des Sentiers d'Albes.

Farodin sentit un frisson glacé lui parcourir le dos.

— Et s'ils détruisaient volontairement les Étoiles ? En séparant ainsi ce monde d'Albemark. Ils nous haïssent et nous considèrent comme des enfants de démons. Ne serait-il pas logique qu'ils cherchent à fermer toutes les Portes vers Albemark ? Réfléchissez un peu... Ils ont défoncé les Portes du Monde Brisé et y détruisent là-bas les enclaves. Et ils ferment les Portes d'Albemark. Ne voyez-vous pas le plan derrière tout cela ? Ils séparent les mondes les uns des autres. Et ils anéantissent tous ceux qui ne suivent pas Tjured.

Nuramon haussa les sourcils en souriant.

— Tu m'étonnes vraiment, Farodin. Comment se fait-il que ce soit justement toi qui croies les humains capables de tels desseins ? Alors que tu les méprises tant d'habitude. (Mandred s'éclaircit la voix.) Pas tous, bien sûr, rectifia Nuramon. Mais il y a encore autre chose qui plaide contre ta théorie, Farodin. Quelqu'un est en train de tracer de nouveaux Sentiers et de créer de nouvelles Étoiles. Ce qui ne vient pas corroborer tes suppositions.

Cela tombait sous le sens. Farodin souhaitait que Nuramon dise vrai ! Et pourtant, le doute persistait.

— Tu connais cette région ?

Nuramon fit signe que oui.

— Alors, mène-nous jusqu'à la prochaine grande Étoile. Et voyons s'il s'y trouve aussi un temple.

Perdus à jamais ?

Par les vitres brisées du temple en ruines, Farodin contemplait l'orée de la forêt. Dès la veille, il avait compris qu'il avait raison. Sur leur chemin parmi les collines, ils avaient découvert une petite chapelle dressée sur une Étoile d'Albes mineure. Seuls trois Sentiers s'y croisaient, ou plutôt s'y étaient autrefois croisés, car l'endroit avait désormais perdu toute magie.

Mandred donna un coup de pied dans une poutre calcinée qui s'effondra dans un craquement.

— Ça ne date pas d'aujourd'hui. Ça fait au moins six mois que ce temple a été incendié. Bizarre qu'ils ne l'aient pas reconstruit.

— Pourquoi l'auraient-ils fait ? s'énerva Farodin. Après tout, il a rempli sa fonction, non ?

Il regarda Yulivée. Les yeux plissés, la petite grimaçait.

— C'est ici, dit-elle doucement. Exactement comme dans l'autre maison blanche. Quelque chose veut me voler ma magie. Ça me tire. Ça fait mal !

Elle écarquilla les yeux et courut vers le portail.

Mandred la suivit sur un signe. Farodin n'était jamais rassuré de laisser la petite toute seule.

— Je ne sens pas cette attirance, dit Nuramon, sceptique.

— Mais tu la crois ?

Il hocha la tête.

— Elle possède un sens plus affiné que nous pour la magie. Ça ne fait pas l'ombre d'un doute. De même qu'il est absolument certain qu'il n'existe plus ici de Porte menant à Albemark. La magie a déserté cet endroit.

— Et ça ne servait à rien non plus de détruire ce temple, constata Farodin. Une fois que la magie a été retirée d'ici, elle n'y reviendra plus. Est-ce que je me trompe ?

Nuramon leva les mains, en proie au désarroi.

—Comment le savoir ? Je ne comprends rien à ce qui se passe ici. Pourquoi construit-on ces temples ? Et qui est venu détruire celui-ci ? Pourquoi a-t-il été ensuite abandonné et non pas reconstruit ?

—Je peux au moins répondre à ta dernière question, répondit froidement Farodin. Cet endroit se trouve en plein désert. Ici, il n'y a ni ville ni village. On y a simplement construit le temple pour détruire l'Étoile d'Albes. C'est pourquoi il n'est pas nécessaire de le reconstruire. Il a rempli son rôle.

—Certains prêtres recherchent peut-être la solitude, objecta Nuramon. L'endroit est merveilleux.

Il montra le petit lac en bas, par les fenêtres brisées.

—Non ! N'as-tu pas entendu ce qu'a crié ce gros prêtre ? Nous sommes des enfants de démon ! Nous avons tué leur saint Guillaume et privé ainsi l'humanité entière de sa délivrance ! (Farodin rit amèrement.) On ne peut pas mieux détourner la vérité. Mais tu comprends ce que cela signifie pour nous ? Les prêtres ont déjà soumis quelques royaumes. Ils s'avancent jusque dans le Monde Brisé en chassant les elfes et d'autres enfants d'albes. Notre mort à tous fait partie de leur foi. Et s'ils ne parviennent pas eux-mêmes jusqu'à Albemark, ils détruiront toutes les Portes qu'ils trouveront.

—Nous en savons trop peu pour tirer de telles conclusions, objecta Nuramon. Et c'est toi justement qui suis plutôt ton cœur que ta raison ! Qu'est-ce qui t'arrive, Farodin ?

C'était incroyable ! Visiblement, Nuramon ne voulait pas comprendre le sens de tout cela.

—Nous sommes immortels, Nuramon. Nous avons l'habitude de l'éternité de toute chose. Toutefois, le temps nous échappe, subitement. Es-tu donc aveugle pour ne pas voir ce danger ? Ils détruisent les Étoiles d'Albes ! Que se passera-t-il s'ils détruisent celle qui mène à Noroelle ? Ou, pis encore, s'ils s'en servent pour entrer dans le Monde Brisé et qu'ils la tuent !

Nuramon fronça les sourcils. Puis il secoua résolument la tête.

—C'est stupide. Cette Étoile se trouve au bout du monde. Il n'existe pas là-bas de royaume à conquérir. Probablement qu'on n'y trouve pas d'humains non plus. Pourquoi les prêtres de Tjured s'y rendraient-ils ?

—Parce qu'ils veulent détruire toutes les Étoiles ! Ils mènent la guerre contre Albemark, sans même mettre le pied dans notre pays. Dorénavant, nous ne pouvons plus nous permettre d'emprunter une Porte incertaine. Ouvre les yeux, Nuramon ! Regarde autour de toi ce qui se passe dans ce monde ! Il y a une centaine d'années, un prêtre a été assassiné, et maintenant ses successeurs fanatiques dominent la moitié d'un continent. Imagine si nous allions faire encore un saut dans le temps ! La puissance des prêtres s'accroît de plus en plus vite. Peux-tu être vraiment sûr que l'Étoile d'Albes qui nous conduira à Noroelle sera encore là dans cent ans ?

—Tu as peut-être raison, reconnut Nuramon.

Farodin fut profondément soulagé de voir son compagnon rejoindre enfin ses vues.

—Nous devrions repartir. Je suis certain que les Chevaliers de l'Ordre sont toujours à nos trousses. Espionnons-les et allons prendre ensuite la Pierre d'Albes et la couronne des djinns.

Nuramon blêmit.

—La couronne ! Ils vont savoir ce que nous avons en tête ! La bibliothèque des djinns renferme tout le Savoir, même celui du futur !

—C'est possible, répondit Farodin d'un air serein, mais apparemment les prêtres de Tjured sont trop bêtes pour exploiter ce savoir. Nous aurions eu peu de chance de survivre à notre saut dans le temple, s'ils avaient eu connaissance de notre arrivée. Ce ne sont pas alors des fidèles, mais des arbalétriers qui auraient occupé les galeries. Ils n'ont aucune idée de ce que nous allons faire. Et personne de sensé n'irait penser qu'une pitoyable troupe comme la nôtre tenterait de voler leurs plus grands trésors.

—On dirait qu'être à deux pour attaquer un château de trolls ne te suffit pas !

Farodin sourit.

—On peut toujours faire plus.

Un matin à Fargon

L'aurore s'annonçait, les oiseaux donnaient leur aubade. Nuramon et Farodin se tenaient au bord du bosquet où ils avaient dressé leur camp pour la nuit. De là, ils avaient une large vue sur le pays environnant : au nord, une grande forêt s'étendait dans le lointain ; au sud, des collines longeaient la côte jusqu'aux abords de Felgeres.

Mandred ronflait, et Yulivée avait remonté sa couverture sur la tête. Il serait probablement difficile de les réveiller.

— Laissons-les encore dormir un peu tous les deux, dit Farodin. Hier fut un jour difficile. J'ai déjà sellé les chevaux. Nous ne perdrons pas de temps.

Leur fuite devant les Chevaliers de l'Ordre leur avait coûté presque toutes leurs forces. Ils étaient si exténués que Nuramon s'était brièvement assoupi au cours de sa garde. Par bonheur, il ne s'était rien passé et aucun de ses compagnons ne s'en était aperçu.

À Fargon, ils ne trouveraient plus de repos. Depuis qu'ils avaient vu le portrait de Guillaume dans l'église, ils avaient clairement compris pourquoi les humains haïssaient autant les enfants d'albes. Tout avait commencé à Aniscans. C'était leur faute, et Nuramon n'arrivait toujours pas à se faire à l'idée que leurs bonnes intentions aient déclenché cette haine. Ces histoires mensongères leur étaient déjà en leur temps parvenues aux oreilles, mais jamais Nuramon n'aurait cru possible que cela puisse avoir de telles conséquences. La reine avait eu raison : leur échec à Aniscans avait semé ce mal.

— Qu'allons-nous faire maintenant, Farodin ? s'inquiéta Nuramon. Nous ne pouvons plus nous déplacer ici comme avant. Avec cette hostilité ambiante et tous ces guerriers !

— On s'en arrangera bien, répliqua froidement Farodin en regardant le soleil se lever.

— Tu sais que peu de chose me paraît impossible. Mais après tout ce que nous avons vu hier, je commence à hésiter.

— Tu penses à ces contrôles ?

— Oui.

Depuis une cache, ils avaient observé des Chevaliers de l'Ordre arrêter des voyageurs pour examiner leurs oreilles. Ils avaient emmené un homme qui les avait un peu trop pointues, alors qu'elles n'avaient, même de loin, aucune ressemblance avec celles des elfes. Qu'était donc devenue cette foi à laquelle Guillaume avait autrefois souscrit ? Les prêtres de Tjured ne guérissaient plus les hommes… ils les tourmentaient.

— Tu te fais du souci pour Yulivée, constata doucement Farodin.

— Pour elle et pour nous aussi. Ces nouveaux Sentiers me font peur. Ce ne peut être un hasard s'ils relient les grandes villes de Fargon.

— Tu as raison. Apparemment, un humain est en possession d'une Pierre d'Albes et de la couronne des djinns. Toutefois, aussi effrayantes que les choses nous paraissent ici, ce sera certainement plus facile de ravir la Pierre à un homme qu'à un enfant d'albes. J'ai bonne confiance de la découvrir.

— Mais n'es-tu pas étonné de ne pas trouver trace de la couronne ?

Farodin sourit avec assurance.

— Je parierais qu'elle se trouve dans la capitale.

Nuramon secoua la tête.

— Algaunis est une forteresse. Tu l'as vu toi-même.

— Quel autre choix avons-nous ? D'après toi, que devons-nous faire ?

— Nous pourrions nous chercher des alliés. Te souviens-tu des récits sur ces guerriers elfes qui ont combattu à Angnos et dans les îles aegiléennes contre les adorateurs de Tjured ?

— En réalité, il ne peut s'agir que d'humains. Et comment nous aideraient-ils ici ?

Nuramon laissa son regard errer sur le paysage de collines.

— Ici aussi, il doit bien y avoir des ennemis des adorateurs de Tjured. Personne ne peut subir éternellement cette oppression. Et la vie des hommes est courte.

— Mais les humains sont faibles.

— Tu te trompes, rétorqua Nuramon. J'ai vécu à Firnstayn et je les ai vus en quête de liberté. Ils se révolteront toujours.

— Peut-être est-ce ainsi en certains endroits comme Firnstayn. Mais ici, ils en sont bien loin. Souviens-toi d'Iskandrie et de ce Balbar. Les habitants lui ont sacrifié leurs enfants. Ces fous ! (Nuramon repensa avec un haut-le-cœur à leur premier séjour à Iskandrie.) Et pense aussi à Aniscans ! Qu'ont fait les hommes alors pour aider Guillaume contre les guerriers ? Pour finir, ils nous ont même dénoncés comme étant ses meurtriers.

— Tu as sans doute raison. Pourtant, si on pouvait allumer une petite étincelle en eux, alors…

Il s'interrompit en entendant comme un grondement de tonnerre lointain.

— Qu'est-ce que c'est ? chuchota son compagnon en regardant les collines par-delà la prairie.

Des Chevaliers de l'Ordre, vêtus de blanc, passèrent à toute allure sur une crête au loin et disparurent de nouveau de leur champ de vision. Ils venaient dans leur direction.

Farodin n'hésita pas plus longtemps.

— Allez ! Réveille les autres !

Une seconde plus tard, Nuramon secoua Mandred. Le jarl se réveilla en sursaut, la main sur sa hache.

— Des cavaliers ! Il faut partir ! expliqua Nuramon.

Le fils d'homme sauta sur ses pieds et se hâta absurdement de fourrer les restes du dîner dans ses sacoches de selle.

Nuramon tapota Yulivée et fut pris d'effroi. Ses doigts touchèrent quelque chose de trop dur pour être le dos de la petite elfe. Il rabattit la couverture… Il n'y avait là que les livres de Yulivée et son sac.

— Regarde, Nuramon ! s'écria Farodin.

Nuramon se releva d'un bond et courut au côté de son compagnon, tandis que Mandred hissait les lourdes sacoches sur sa jument.

Yulivée descendait en courant la pente vers la prairie. Deux vallons la séparaient encore des cavaliers. Nuramon vit nettement la lumière du matin scintiller sur leurs lances. Il se tourna vers Farodin.

— Filez d'ici ! Attendez-nous à l'orée du bois !

Puis il sauta en selle et partit au galop.

Yulivée courait vite, mais elle était encore à bonne distance du bosquet. Les cavaliers se trouvaient quelque part entre les collines. Il pouvait juste espérer les prendre de vitesse. Il ne se pardonnerait jamais s'il arrivait malheur à la fillette.

La petite elfe était remarquablement rapide. Pourtant, quand les cavaliers dévalèrent la dernière pente, Nuramon comprit que son temps était compté.

— Plus vite, Felbion ! cria-t-il.

Près de la moitié des Chevaliers de l'Ordre pointaient maintenant leurs lances d'un air menaçant. Les autres brandissaient leurs épées. Comme ceux qu'ils avaient vus la veille, ces guerriers portaient de longs hauberts et des robes d'armes blanches par-dessus. L'arbre noir de Tjured, le chêne sous lequel Guillaume avait été brûlé, ornait leurs boucliers. Il ne fallait pas que cet emblème marque aussi la fin de Yulivée.

Felbion galopait de son mieux. Il serait auprès de Yulivée avant les cavaliers. Elle se comportait vaillamment et courait sans regarder en arrière. Et puis, il arriva ce qui devait arriver ! Yulivée tomba…

Nuramon sentit Felbion accélérer spontanément l'allure.

Les pointes de lance des cavaliers s'abaissèrent un peu plus.

Relève-toi, pensa désespérément Nuramon. Comme si elle avait entendu ses paroles, la petite bondit sur ses pieds. Pourtant, elle commit l'erreur de se retourner tout en continuant à courir. Et elle trébucha.

Mais Nuramon fut aussitôt près d'elle et lui tendit la main. Yulivée sauta en attrapant son bras. Il la hissa devant lui sur la selle. En jetant un regard vers ses ennemis, il comprit que Felbion n'aurait plus le temps de faire demi-tour. Les lances des guerriers se pointèrent vers lui, les porteurs d'épées tenaient leurs lames au clair.

Il fallait au moins essayer. Il voulut forcer Felbion à volter, mais celui-ci partit droit devant et fonça sur les guerriers. Sur le moment, Nuramon ne comprit pas ce qui arrivait. Yulivée hurla de peur en s'accrochant à la crinière du cheval.

Nuramon eut juste le temps de dégainer l'épée de Gaomée. Felbion hennit et les chevaux des ennemis s'écartèrent. Alors, la première lance jaillit sur le côté. Nuramon se pencha en protégeant en même temps le corps de Yulivée. La pointe de la lance siffla à son oreille, mais la hampe le heurta durement à la tempe. Un coup d'épée parvint de la droite. Il put parer la lame juste à temps. Puis il laissa les cavaliers derrière lui.

En remettant son épée au fourreau, il découvrit la lame d'une épée brisée, plantée dans le pommeau de la selle.

— Yulivée ! cria-t-il, effrayé.

La petite ne répondit pas. Nuramon se pencha en avant. Le visage caché dans ses mains, la fillette tremblait.

Nuramon la secoua par les épaules.

Elle leva les yeux vers lui.

— Nous sommes encore en vie ? demanda-t-elle, les yeux écarquillés.

— Ça va ?

— Moi, oui, mais toi, tu as une grosse bosse ! (Nuramon soupira de soulagement et tâta sa tempe. La hampe de la lance l'avait apparemment légèrement blessé.) Tu veux que je te la guérisse ?

Nuramon ne lui demanda pas où elle avait appris à le faire. Il connaissait la réponse.

— Tu feras ça plus tard.

En jetant un coup d'œil par-dessus son épaule, il s'aperçut que les cavaliers avaient fait demi-tour et s'étaient lancés à leurs trousses.

Nuramon poussa Felbion vers la colline. Sa monture gravit aisément la pente. Avant qu'ils redescendent par l'autre versant, Nuramon regarda en arrière et constata que les guerriers humains avaient cédé un peu de terrain. Dès qu'il eut atteint le vallon, il dirigea Felbion vers l'ouest et chevaucha dans l'ombre de la longue enfilade de collines. Il regarda plusieurs fois en arrière en guettant l'apparition des guerriers.

Voilà, ils arrivaient ! Aussitôt, Nuramon poussa de nouveau Felbion vers le sommet afin de regagner la prairie. Il vit les cavaliers l'observer et longer la crête de la colline pour lui couper le chemin. Mais, une fois encore, Felbion fut plus rapide. Il avait déjà laissé derrière lui la colline et filait vers le bosquet où ils avaient dressé leur camp pour la nuit.

Les hommes perdirent beaucoup de temps dans la descente. Leurs chevaux étaient épuisés d'avoir fait la chasse à Yulivée et ils ne se déplaçaient pas en montagne aussi facilement que Felbion. En atteignant la prairie, Nuramon les avait semés d'une bonne centaine de pas.

Yulivée s'étira et constata, après avoir jeté un regard en arrière :

— Nous avons réussi !

Nuramon la remit correctement en selle.

— Ne te réjouis pas trop tôt ! l'avertit-il.

Certes, les hommes ne rattraperaient jamais Felbion, mais comment savoir quels dangers les attendaient encore ?

Ils passèrent devant le bosquet et se dirigèrent vers la grande forêt.

— Là ! dit Yulivée ; le doigt pointé en avant.

À l'orée de la forêt, Farodin et Mandred, montés sur leurs coursiers, les regardaient arriver. Ils avaient attendu ! Cela ne ressemblait pas du tout à Farodin !

Ils se mirent tous les deux lentement en mouvement et disparurent dans la forêt, laissant Nuramon et Yulivée les rejoindre.

— Vous êtes blessés ? cria Mandred.

— Non ! répondit Yulivée aussitôt.

— Beau travail, Nuramon ! apprécia Farodin.

Nuramon s'étonna. Il n'était pas habitué aux compliments de son compagnon.

Ils parcoururent la forêt en silence. Leurs chevaux ne laissaient guère de traces visibles pour les humains, mais ils traversèrent pourtant une rivière et se risquèrent même dans quelques marécages. Les chevaux savaient trouver les fonds plus stables et les menèrent sans encombre de l'autre côté de la forêt.

Là, ils firent une halte à l'abri des arbres.

Dès que Nuramon eut fait descendre Yulivée de cheval, la petite voulut aussitôt courir explorer les alentours.

Nuramon la prit par la main pour la retenir.

— Halte ! Pas si vite ! Nous n'en avons pas encore fini tous les deux.

Yulivée s'arrêta et afficha une expression contrite.

— Je suis désolée.

L'elfe s'accroupit devant elle et la regarda dans les yeux.

— Tu dis toujours ça, Yulivée. Et puis, tu fais pourtant ce que tu ne devrais pas faire. Combien de fois t'ai-je répété que tu ne devais pas quitter le camp la nuit ? Et, de plus, tu m'as fait croire que tu étais couchée là-bas et que tu dormais.

— Je vais réparer ça, dit Yulivée en posant sa main sur son front écorché.

Elle fit une petite moue et retira sa main.

En tâtant son front, Nuramon sentit que sa peau était lisse et que la bosse avait disparu. Il sourit.

— Merci, Yulivée. Mais, je t'en prie, reste au camp, cette nuit !

Farodin s'en mêla.

— Comment as-tu pu filer sans te faire remarquer ? voulut-il savoir.

Nuramon se sentit découvert. Il s'était assoupi dans la nuit, la petite avait dû en profiter.

Yulivée répondit :

— Nuramon n'a rien à se reprocher. Je me suis rendue invisible et, quand il s'est trouvé au bord du camp, je me suis éclipsée.

C'était une bonne excuse, mais le regard conspirateur que Yulivée adressa à Nuramon la rendit inefficace.

Farodin se tut ; il avait compris, son regard le montrait mieux que des mots.

— Mais pourquoi as-tu pris un tel risque ? insista Nuramon.

— Vous vous demandiez ce que les gens de Fargon avaient l'intention de faire, non ? Moi, j'ai pensé que vous seriez contents si je le découvrais. Alors, je me suis rendue invisible. Avec toute la magie que j'ai dû mettre en œuvre pour ça, je me suis vite fatiguée. Mais j'ai vu à travers les murs et j'ai entendu des choses que l'on racontait en secret. J'ai lu dans les pensées et bien d'autres choses encore. Mais je suis encore petite et je n'ai pas tant de force, dit-elle finalement avec un grand sérieux.

Elle ne se doutait manifestement pas de la grande puissance qu'elle possédait réellement. Pour elle, sa magie n'était qu'un jeu d'enfant.

— Tu as vraiment agi sottement, Yulivée, dit Farodin.

— Mais qu'est-ce que ça peut faire ? Je suis toujours en vie !

Mandred éclata de rire, mais Farodin le fit taire.

— Alors, ça vous intéresse, oui ou non, de savoir ce que j'ai appris ?

— S'il te plaît, raconte-nous, lui demanda Nuramon.

Yulivée s'assit sur un arbre renversé et elle attendit de voir ses trois compagnons réunis autour d'elle. Ensuite, elle leur fit le récit de ses aventures.

— La lune était claire quand j'ai gravi doucement les collines et que je suis descendue vers Felgeres. Comme j'étais invisible, les gardes m'ont laissé passer et je me suis fiée à mon flair. En arrivant au port, j'ai vu au moins une centaine de bateaux qui attendaient devant la ville.

— Par tous les albes ! Ils se préparent à mettre toute la mer aegiléenne sous leur domination, dit Farodin. Les bateaux de Reilimée ne pourront plus pratiquer de commerce.

— Merci d'avoir découvert cela, Yulivée, dit Nuramon.

— Mais ce n'est pas tout ! J'ai aussi écouté quelques-uns de leurs chefs. Des capitaines, des Chevaliers de l'Ordre, et même le Prince de l'Ordre de Felgeres. Les bateaux ne doivent pas contrôler les îles aegiléennes, mais partir vers le nord. Ils veulent atteindre le Pays des Fjords avant les tempêtes d'automne. Puis rejoindre en chemin une autre flotte.

Mandred se leva d'un bond.

— Quoi ?

— Ils ont reçu l'ordre de briser la résistance dans le nord, expliqua Yulivée. Ils n'en étaient d'ailleurs pas si enthousiasmés. Mais ils ont dit aussi que c'était le désir du grand-prêtre. Les hommes ont déclaré qu'il voulait apprendre l'humilité aux amis des elfes.

— Il faut aller les prévenir ! s'écria Mandred. (Il se dirigea vers son cheval, mais revint aussitôt.) Il va falloir de nouveau se risquer à sauter d'une Étoile d'Albes à l'autre.

— Pas question ! s'écria Farodin. Nous devons d'abord trouver la Pierre d'Albes et la couronne des djinns. C'est probablement ce qui les retiendra d'attaquer.

— « Probablement » ne me suffit pas, répliqua le guerrier d'une voix forte. Il s'agit de Firnstayn, bon sang ! Ils veulent la brûler comme Iskandrie ! Je ne vais pas me contenter de les regarder gentiment faire !

Nuramon échangea un regard avec Farodin.

— Mandred a raison. Il faut arrêter là notre quête de la Pierre. Pense à la Porte de la falaise. Elle mène tout près de notre pays. Les prêtres de Tjured ne doivent pas la détruire ! Ou pis encore… Pense aux amis que nous avons toujours là-bas ! Nous leur devons de prévenir la reine. Pourrais-tu te présenter devant Noroelle en lui disant que c'est à cause d'elle que tu n'as rien fait, dans la seule intention de gagner quelques lunes pour notre quête ?

— Ils n'ont encore jamais réussi à ouvrir une Porte vers Albemark, s'obstina Farodin. Ils ne savent que les détruire. Mais tu as raison sur un point : il s'agit d'une question d'amitié. (Farodin se tourna vers Mandred.) Pardonne-moi. (Il tendit la main au jarl.) Tu es notre ami fidèle depuis si longtemps. Désormais, il est temps pour nous de te prouver notre fidélité. Firnstayn peut compter sur nos épées ! Nous ferons tout pour protéger les tiens.

Mandred prit la main qu'il lui tendait.

— Vous m'apportez deux épées qui valent bien plus qu'une centaine de haches. Je suis fier de vous savoir à mes côtés.

Farodin posa sa main sur l'épaule du fils d'homme.

— Mais nous ne pouvons pas emprunter les Sentiers d'Albes de Fargon. Ils ne sont pas sûrs. (Il se tourna vers Yulivée.) Tu disais que les Chevaliers de l'Ordre appareilleraient avant le début des tempêtes automnales ?

La fillette acquiesça.

— Alors, nous allons quitter Fargon par voie de terre. Une fois que nous aurons laissé ce royaume derrière nous, nous pourrons nous risquer à voyager sur les Sentiers.

— Farodin a raison, approuva Nuramon.

Mandred hocha la tête et garda ensuite les yeux rivés sur le sol.

— Par Luth ! Je n'aurais jamais pensé que ce que nous avons fait à Aniscans irait jusqu'à représenter un danger pour Firnstayn. (Il regarda

Yulivée en souriant.) Je te remercie, petite elfe ! Tu es une vraie compagne ! Et maintenant, partons !

Farodin suivit Mandred vers les chevaux.

Nuramon prit Yulivée dans ses bras et la porta vers Felbion.

— Tu t'es bien débrouillée, lui dit-il. (Il hissa ensuite la petite magicienne sur le cheval. Elle sourit de satisfaction.) Mais… ajouta-t-il.

— Mais ? reprit la fillette.

— Ne me fais plus jamais aussi peur !

— Tu m'aimes bien, hein ?

— Oui, tu es comme une sœur pour moi.

L'étonnement se lut sur le visage de la petite.

— Vraiment ? fit-elle.

Nuramon se mit en selle. Yulivée tourna la tête et le regarda. Elle attendait une confirmation.

— Oui, Yulivée.

— Ainsi, tu m'as choisie comme parente. Comme la reine te l'avait dit ?

Nuramon approuva.

— Exactement. Quoi qu'il arrive, je me battrai contre mille guerriers pour te mettre en sécurité.

Les yeux de Yulivée s'emplirent de larmes. Nuramon ressentit ce qui se passait en elle. Mais il avait dit la vérité. Il la considérait comme une petite sœur, pas comme une fille. Elle était trop puissante pour cela. Nuramon ne savait dire ce que le destin leur réservait, à lui et à ses compagnons. Mais il voulait à tout prix mettre cette petite à l'abri d'une bataille. Le temps était venu de la conduire à Albemark où elle serait en sécurité. Obilée s'en occuperait peut-être, si elle n'avait pas déjà rejoint la Lumière de la Lune.

Le temps des héros

— Une centaine de bateaux vont arriver ! cria le roi d'une voix forte. (Un silence de mort se fit dans la grande halle.) Et une autre flotte les rejoindra, tant ils redoutent les hommes des Fjords.

Mandred vit de nombreux guerriers et des princes afficher un mauvais sourire. Son descendant, Liodred, savait trouver le ton juste pour enflammer les cœurs. Il était fier de lui. De haute taille et musclé, tout en lui évoquait le guerrier. Ses cheveux roux bouclés tombaient sur ses épaules et ses yeux bleus brillaient comme le ciel par un après-midi d'été. Mandred trouvait simplement déplaisante sa barbe taillée court.

Liodred avait vite réagi après leur arrivée. Ils avaient atteint Firnstayn en fin d'après-midi et, le soir même, il avait rassemblé les princes des alentours et les Mandrides dans sa halle royale. Plus de trois cents guerriers siégeaient aux longues tables, et beaucoup parmi eux avaient levé des yeux pleins de respect vers la table royale où deux elfes guerriers, une petite fille et le légendaire ancêtre Mandred Torgridson avaient pris place aux côtés du roi.

— Vous tous, vous les connaissez depuis longtemps, ces prêtres de Tjured aux langues de serpent. Vous savez comment ils offensent nos dieux et répandent des mensonges dans notre peuple. Mais, je vous demande, devons-nous les craindre pour autant ?

— Non !

Le même cri s'éleva de centaines de gorges.

— Ainsi, ils ont déployé plus de cent bateaux et des milliers de guerriers pour attaquer Firnstayn par surprise, car jusqu'à aujourd'hui personne encore ne nous a déclaré la guerre ! (Liodred se pencha en avant et désigna un guerrier aux cheveux blancs, avec une peau de loup sur les épaules.) Est-ce la peur que je lis dans tes yeux, Skarbern ? (Le vieil homme s'empourpra et faillit se lever d'un bond, quand Liodred poursuivit :) Je partage tes craintes, Skarbern. Je crains que nos Mandrides au sang chaud les envoient au fond du fjord sans même nous laisser, à nous, les vieux, le temps de tirer la hache de nos ceintures. (Des rires assourdissants retentirent. Mandred sentit son cœur vibrer. Les paroles du roi avaient aussi éveillé en lui l'envie de combattre.)

» Hommes de Firnstayn, mes amis. Je vous connais pour la plupart depuis l'enfance. Je connais la hardiesse de vos cœurs, votre fierté et vos têtes de mule. Nulle part ailleurs que dans les pays des Fjords on ne trouve d'hommes tels que vous ! Des ivrognes, des fornicateurs, et des camarades comme on ne pourrait s'en imaginer de meilleurs quand il s'agit d'en découdre. Des hommes comme vous, il ne peut y en avoir que dans un pays libre.

» Croyez-vous que les Chevaliers de l'Ordre viennent ici pour notre or ? Ils en ont tellement qu'ils en décorent les toits de leurs temples ! Croyez-vous qu'ils viennent pour piller, incendier et s'en prendre à vos femmes ? (Liodred fit une courte pause et balaya la vaste halle du regard.) Non, mes amis. Les Chevaliers de l'Ordre ceignent de grandes épées, mais ils n'ont rien entre les jambes. Comment expliquer autrement que chacun d'eux ait renoncé aux femmes ? (Mandred pouffa dans sa corne à hydromel en aspergeant Farodin, assis à son côté. L'elfe garda tout son flegme. Mandred se dit qu'il devrait peut-être lui expliquer encore une fois cette blague.)

» Sachez, mes amis, que ce ne sont pas là les raisons qui les amènent ici. Ils nous attaquent parce que nous possédons quelque chose d'infiniment plus précieux : la liberté ! Ils sont les représentants d'un peuple de prêtres et de valets qui ne tolère plus aucune liberté. Si je vous appelle ainsi au combat, sachez ce qui vous attend. C'est plus qu'une bataille sur mer. Si les Chevaliers de l'Ordre devaient s'en sortir vainqueurs, nous subirions le même sort que les hommes d'Angnos ou de Gornamdur.

» Ils tueront tous ceux qui ne voudront être ni prêtre ni valet. Ils brûleront les Hommes de Fer, les bois sacrés et nos temples. Ils mettront le feu à tout ce qui pourrait rappeler nos fiers ancêtres et leur façon de vivre.

Liodred fit une nouvelle pause afin que tous méditent ses paroles. Il leva sa corne et renversa un peu de son contenu pour honorer les dieux. Ensuite, il la porta à ses lèvres et but à longues gorgées. Un grand nombre d'hommes, en bas dans la halle, se levèrent et l'imitèrent. Mandred s'était aussi levé et il posa un bras sur les épaules de son vaillant descendant.

» C'est facile de faire de grands discours dans une halle, entre amis, poursuivit finalement Liodred. Je sais que les prêtres de Tjured ne mènent la guerre que lorsqu'ils sont certains de la gagner. Dans leur poitrine, on ne trouve pas le cœur de lion d'un guerrier, mais un vulgaire esprit mesquin. Ils font leurs comptes et n'attaquent que lorsqu'ils sont sûrs de pouvoir aligner cinq Chevaliers de l'Ordre contre un guerrier ennemi. Le fjord sera rouge de sang dans cet affrontement. Et beaucoup de notre sang aura été versé. (Il se tourna vers Mandred.)

» Ici, à mes côtés, se trouve le jarl Mandred Torgridson. Mon ancêtre vivant ! Le fondateur de la lignée royale de Firnstayn. Vous tous connaissez les récits de ses exploits. Ils disent qu'il reviendra chaque fois que son peuple connaîtra une grande détresse. C'est lui qui m'a aujourd'hui appris la nouvelle de cette attaque sournoise qui nous attend. (Des murmures parcoururent la halle royale, et Mandred se sentit mal à l'aise sous les regards qui se braquèrent sur lui. Beaucoup voyaient en lui non seulement le héros, mais aussi le messager d'un malheur à venir.) Mon aïeul a renoncé à sa femme et à son fils pour sauver Firnstayn. Son courage vit depuis des siècles dans les sagas de nos scaldes. Maintenant, c'est à vous de prouver que vous n'êtes pas moins courageux que notre ancêtre. Êtes-vous prêts à vous battre ?

Les derniers hommes restés assis se levèrent aussi d'un bond.

— Nous combattrons ! crièrent-ils d'une seule voix. Nous combattrons !

Liodred écarta les bras. Le calme se rétablit peu à peu.

— Les prêtres de Tjured enrôlent de force les hommes de tous les peuples qu'ils ont soumis. Chez nous ne combattent que des hommes libres. Mais, nous aussi, nous avons de puissants alliés. Il existe un pacte des temps anciens. Une alliance qui va maintenant faire de nouveau ses preuves, à l'heure du danger. Des siècles sont passés depuis que la reine des elfes a appelé à l'aide les guerriers de Firnstayn. Nous allons maintenant prier les elfes de nous prêter assistance. Vous en voyez ici deux qui sont légendaires. Des guerriers elfes, vaillants, nobles et maniant l'épée comme aucun humain. Ils m'ont promis de traverser dès cette nuit le cercle de pierres de la falaise et de partir à Albemark. Dès l'aube, tout Albemark retentira de l'appel des cornes qui rassembleront les guerriers à la cour de la reine.

Mandred déglutit. Ce qu'il venait d'entendre était fabuleux... Dans la halle en contrebas, des cris d'allégresse s'élevèrent de nouveau, mais il n'était même pas sûr qu'Emerelle recevrait ses compagnons. Et quand bien même elle serait prête à leur venir en aide... combien de temps faudrait-il pour rassembler une flotte elfique et l'amener dans le Pays des Fjords ?

Retour à Albemark

Le château de la reine rayonnait dans la nuit comme toutes les maisons sur les hauteurs. Il ne leur restait plus qu'à traverser la prairie pour y arriver. Nuramon chevauchait à côté de Farodin et se taisait, tout comme Yulivée, assise devant lui sur la selle.

Ils avaient traversé la Porte d'Atta Aïkhjarto et y avaient rencontré Xern. Quand ils lui avaient fait part de leur intention, il leur avait indiqué une Étoile d'Albes plus proche du château. Ils avaient alors sauté de la Porte vers cette Étoile, ce qui leur avait permis de contourner le Shalyn Falah.

Leur chemin ne les avait pas fait passer près du chêne-faune ni du lac de Noroelle. Peut-être était-ce mieux ainsi… ils étaient trop pressés pour accorder à cet endroit l'attention requise.

— Éclat de fées ! dit Yulivée doucement. (Elle faisait manifestement allusion à toutes ces petites lumières qui brillaient dans le château et le rendaient visible de loin.) Vite, Felbion ! Plus vite !

À la surprise de Nuramon, Felbion hâta le pas. Voilà que son cheval obéissait à Yulivée ! D'ici peu, il ne lui resterait plus qu'à céder les rênes à sa petite sœur adoptive !

En se rapprochant du château, Nuramon se demandait si ce n'était pas une erreur de se présenter devant Emerelle en tant que messagers de Liodred. Bien sûr, ils étaient des elfes, mais la reine n'avait certainement pas oublié qu'ils s'étaient autrefois opposés à elle.

Ils grimpèrent vers la porte et la trouvèrent ouverte. Aucune sentinelle ne montait la garde. La cour était déserte. Sans ces lumières, Nuramon aurait cru que le château était abandonné.

Ils ne se donnèrent pas la peine de conduire les chevaux à l'écurie. Ils s'arrêtèrent près de l'escalier d'accès au palais et mirent pied à terre en laissant là leurs montures.

Nuramon prit Yulivée par la main.

— Bon, tu connais les contes… Pas d'impertinence dans les salles de la reine. Penses-y !

— Je sais, je sais. Allons-y ! dit Yulivée.

Ils entrèrent côte à côte dans les galeries lumineuses du château. Yulivée regarda autour d'elle en ouvrant de grands yeux. Les statues l'impressionnaient particulièrement. Nuramon devait presque la tirer derrière lui pour avancer, tant la petite magicienne était fascinée par la splendeur de l'endroit. Dans l'antichambre de la salle du trône, ils rencontrèrent pour la première fois des gardes : deux guerriers elfes portant des lances les attendaient devant la porte close.

— Qui êtes-vous ? demanda le plus fort des deux.

— Nous sommes les messagers du roi de Firnstayn, répondit Farodin. Le temps est venu pour les elfes de rembourser leur dette envers Alfadas.

Les deux hommes échangèrent des regards hésitants.

— Qui aurait pensé cela ? demanda quelqu'un près d'eux. (Ils se retournèrent et, par une porte latérale, Alvias fit son entrée. Le maître avait changé. Une cicatrice lui barrait le front. Sans doute avait-il été blessé par une arme magique.) Qui aurait pu penser que ceux dont les noms n'ont plus retenti dans ces halles depuis des siècles viendraient en messagers ?

— Maître Alvias ! s'écria Farodin, surpris. Quel plaisir de voir un visage connu !

Le conseiller de la reine s'approcha d'eux et les dévisagea.

— J'aimerais pouvoir dire que je suis heureux de vous voir. L'arrivée de messagers signifie la guerre, et *votre* arrivée pourrait susciter la colère de la reine.

Nuramon repensa à la dernière fois où il s'était trouvé dans ces halles. Emerelle l'avait alors envoyé rechercher Guillaume et le destin avait pris son cours regrettable.

— La reine nous recevra-t-elle ? demanda-t-il.

— Elle fera certainement venir à elle les messagers de Firnstayn, mais il est possible qu'elle renvoie les deux elfes qui ont autrefois attiré sa colère. (Il les observa encore une fois des pieds à la tête.) Attendez ici ! Je vais vous annoncer.

Alvias ouvrit la porte juste un peu plus. Nuramon ne put certes jeter un regard à l'intérieur, mais il entendit que beaucoup d'enfants d'albes se trouvaient rassemblés là. Le maître entra et referma la porte derrière lui.

— Que se passe-t-il, Nuramon ? s'inquiéta Farodin. On dirait que tu as vu un esprit.

— Je n'éprouve qu'une terrible angoisse. La colère de la reine ! Je préférerais ne pas la connaître.

Farodin sourit froidement.

— Oui, mais il n'y a plus de retour possible.

Yulivée tira Nuramon par le bras.

— Vous avez quelque chose à vous reprocher, tous les deux ?

— Oui, répondit Nuramon en hochant la tête. (Jusqu'alors, il n'avait pas donné trop de détails à la petite concernant leur quête de Noroelle et il avait omis de dire que cette Emerelle adorée de Yulivée leur avait joué un mauvais tour.) Nous avons pris la fuite sans son consentement. Comme tu le fais aussi, la nuit.

— Elle vous pardonnera certainement. Elle est très généreuse, déclara Yulivée.

La reine les fit attendre longtemps. Yulivée fit preuve d'une grande nervosité et passa son temps à s'approcher des gardes et à leur poser des questions auxquelles les deux hommes ne répondirent que froidement et de mauvais gré. Elle les interrogea sur leurs armures et leurs armes et voulut aussi savoir comment on devenait garde royal. Nuramon ne prêta que distraitement l'oreille à cette discussion et fit nerveusement les cent pas.

Farodin restait tranquille et ne le quittait pas du regard.

— As-tu perdu ta patience à Firnstayn ? finit-il par demander. Ou bien voudrais-tu copier Mandred ?

Nuramon s'arrêta.

— Si tu savais comme j'ai peur pour nous et pour notre quête !

Plus la reine les faisait attendre, plus le danger lui semblait grand. Il était fort possible qu'Emerelle soit en train de réfléchir à la sentence qu'elle prononcerait contre eux.

Un bruit retentit dans la salle du trône. Yulivée s'empressa de rejoindre Nuramon et prit sa main. Puis la porte s'ouvrit et il put apercevoir Emerelle parmi les elfes rassemblés. Elle était assise sur son trône, immobile.

— La reine va vous recevoir, déclara maître Alvias en passant devant eux.

Les compagnons le suivirent. Nuramon s'étonna de voir la salle aussi pleine que lors du départ de la Chasse des Elfes. De toutes parts, les enfants d'albes paraissaient surpris. Nuramon reconnut quelques visages, mais la plupart lui étaient étrangers. Tout à coup, quelqu'un chuchota :

— Farodin et Nuramon !

Les deux noms passèrent de lèvres en lèvres dans la salle. Loin devant, des discussions s'animèrent. La reine leva la main et le calme fut aussitôt rétabli.

— Bienvenue, Nuramon, chuchota quelqu'un à sa gauche.

C'était un jeune elfe, un guerrier en cuirasse d'étoffe blanche. Nuramon ne le connaissait pas, mais à côté de lui il vit Elemon, son oncle, et d'autres personnes de son clan. La plupart d'entre eux, excepté son oncle, donnaient l'impression d'être emplis de joie et même de fierté.

— Je te salue, cousin, dit à voix basse une jeune elfe qu'il n'avait encore jamais vue, mais qui ressemblait à sa tante Ulema.

Nuramon leur fit à tous des gestes amicaux tout en continuant à se diriger vers le trône.

Quelques membres du clan de Farodin étaient aussi venus. Ils saluèrent leur parent avec réserve tout en affichant cependant une expression de profond respect.

Ils se trouvèrent finalement assez près du trône pour pouvoir lire sur le visage de la reine. Nuramon y vit de la froideur.

Autour du trône, il aperçut beaucoup de visages connus. Il y avait là Ollowain, Dijelon, Pelveric et aussi Obilée. Nuramon fut heureux d'apercevoir la confidente de Noroelle. Elle avait l'air plus digne que jamais et ne parvenait pas à dissimuler sa joie. Ses cheveux blonds étaient tressés en nattes épaisses qui lui tombaient sur les épaules. Elle portait un harnois rouge brun, orné de runes... visiblement la cuirasse d'une guerrière magicienne.

Nuramon et Farodin inclinèrent la tête devant la reine. La petite Yulivée esquissa une révérence. Emerelle leur adressa la parole :

— Le jour est donc venu ! Le jour où les enfants d'Alfadas réclament notre aide en retour. Le jour du retour de Farodin et de Nuramon ! Qu'est-il arrivé pour que vous osiez vous présenter devant moi ?

Elle regarda Farodin. Ce fut donc lui qui répondit.

— C'est par amitié pour Mandred, le père d'Alfadas, que nous sommes ici. Firnstayn est en grand danger. Les adorateurs de Tjured ont soumis peuple après peuple et ils se préparent maintenant à attaquer Firnstayn. La flotte des Prêtres de l'Ordre va bientôt appareiller. (Des voix s'élevèrent dans la salle, mais Farodin ne se départit pas de son calme. Il poursuivit :) C'est au nom de Liodred, de la lignée d'Alfadas Mandredson, que nous venons demander l'aide des enfants d'albes.

— La reine d'Albemark tiendra sa promesse et prendra toutes dispositions utiles, déclara Emerelle.

Farodin s'inclina.

— Nous te remercions au nom de Liodred.

— Ainsi votre service est rendu. Votre maître sera content de vous. Mais à présent, donnons congé aux messagers et écoutons Farodin et Nuramon, dont les noms n'ont pas résonné depuis longtemps dans ces halles, mais sont devenus au dehors, dans les forêts, depuis longtemps légendaires. Farodin et Nuramon ! Les elfes qui se sont opposés à la reine pour se mettre en quête de leur bien-aimée ! Vous ne pouvez mesurer l'ampleur de ma colère d'alors, quand vous avez contrevenu à mon ordre. Vous faites preuve d'un grand courage pour oser vous présenter devant moi après tout ceci. Vous venez tout en sachant que cela pourrait signifier la fin de votre quête. Toi, Farodin, tu portes même sur toi le sable que j'ai autrefois répandu dans le Monde des Humains. Et toi, Nuramon, tu as osé rester toute une vie d'homme à Firnstayn, directement sous mon nez.

Nuramon s'apprêtait à répondre, mais Farodin lui décocha un regard en coin qui le fit taire.

— Tu voulais dire quelque chose, Nuramon ? demanda la reine d'une voix aimable, teintée d'ironie.

— Je ne voulais pas t'irriter, bredouilla-t-il. Lorsque j'étais à Firnstayn, je savais que tu aurais pu venir me chercher chaque jour, mais tu ne l'as pas fait. Tu avais certainement tes raisons.

La reine pencha la tête.

— Ne crois pas que j'aie changé d'avis au sujet de Noroelle. Toutefois, je vois que je ne peux vous retenir. Votre amour est trop grand. Vous pouvez essayer de la sauver, mais sachez alors que vous le ferez sans ma faveur. Du temps a passé depuis que vous avez désobéi à mon ordre. Et, plus d'une fois, je vous ai vus à partir d'ici. Certaines choses dont j'ai été témoin m'ont plu, d'autres moins. Toi, Nuramon, tu étais chez les félons. En principe, la reine devrait condamner celui qui cherche refuge chez les traîtres. Pourtant, personne n'ira te mépriser d'être allé chez les enfants des albes noirs.

Des murmures se firent entendre dans la salle. L'assistance se demandait certainement quel secret entourait les enfants des albes noirs. Et ils auraient à coup sûr donné beaucoup pour apprendre ce que Nuramon avait vécu chez eux. La reine jeta un regard dans la salle et, sans un seul geste pour intimer le calme, elle poursuivit :

— Et la même chose vaut pour ton temps à Firnstayn. Personne n'est autant attaché que toi à Firnstayn. Et c'est pourquoi je vais t'engager. Tu partiras sur mon bateau à la bataille.

— Je te remercie, Emerelle, répondit Nuramon sans savoir s'il s'agissait là d'une punition ou d'un honneur.

— Et maintenant à toi, Farodin ! Tu as conduit Mandred à se faire passer pour mon émissaire auprès des trolls. En temps de paix, tu leur as causé des ravages… pour finalement faire ce qui était juste. Il m'était douloureux de savoir le sort qu'ils avaient réservé à Yilvina et aux autres. Nos enveloppes charnelles sont éphémères, mais nos âmes continuent à vivre. Il faut que tu comprennes une chose, Farodin : nous avons besoin des trolls dans notre combat contre nos ennemis. Et nous devons les persuader de nos bonnes intentions. (La reine afficha une expression amicale en totale contradiction avec les paroles qu'elle prononçait.) Que dirait Orgrim, le duc des trolls, si tu menais la bataille sur son bateau ?

Farodin déglutit presque imperceptiblement.

— Il s'en trouverait certainement honoré, fut tout ce qu'il trouva à répondre.

Nuramon ne parvenait pas à comprendre que la reine veuille réellement livrer Farodin en otage aux trolls. Certes, plus de deux siècles s'étaient écoulés depuis les agissements de Farodin, mais les trolls étaient connus pour avoir la mémoire longue. Ils le tueraient à coup sûr, prétendument par mégarde. La reine voulait-elle le séparer de Farodin et même envoyer son compagnon à la mort afin de mettre un terme à leur quête de Noroelle ? Il se devait de faire quelque chose ! Il lâcha alors la main de Yulivée et fit un pas en avant. Farodin essaya discrètement de le retenir. Mais le pas était fait et la reine le remarqua avec surprise.

— Oui, Nuramon, tu as quelque chose à me dire ?

— Les trolls abattront Farodin. Mais tout autre elfe s'en sortira certainement avec la vie sauve. C'est pourquoi je te supplie de m'envoyer à eux et de garder Farodin à tes côtés.

Farodin s'avança près de Nuramon.

— Je t'en prie, Emerelle, ne l'écoute pas. Je me plierai à ta volonté.

Yulivée rejoignit les deux compagnons et prit dans la sienne la main de Nuramon.

— Je suis impressionnée de voir votre générosité réciproque, déclara la reine. Mais je ne changerai rien à ma décision. Farodin, je te donnerai en otage à Orgrim… C'est la seule façon de nous gagner l'alliance des trolls. Il ne s'agit pas de vengeance de ma part, mais d'une preuve de ma confiance. Je te l'ai accordée au moment de la Chasse des Elfes. Souviens-toi des paroles que j'ai prononcées alors. Je voudrais non seulement que tu serves d'otage, mais aussi de modèle pour tous les elfes. Tu es chargé de protéger la vie du duc, comme tu devais protéger aussi celle de Mandred lors de la Chasse. Le feras-tu ?

Farodin marqua un long temps d'hésitation. Puis ses lèvres ébauchèrent un léger sourire

— Je le ferai, ma reine.

Il s'était passé quelque chose entre Farodin et Emerelle, pensa Nuramon. Personne dans la salle ne semblait le remarquer. Ils croyaient tous assister à une réconciliation qui leur avait d'abord fait l'effet d'être une punition. Mais qu'avait voulu dire la reine en affirmant que Farodin devait protéger Mandred ? La reine s'exprimait comme si son compagnon avait échoué et qu'elle lui donnait désormais la possibilité de se racheter. Après toutes ces années passées ensemble, beaucoup de choses chez Farodin lui restaient encore cachées.

Le visage de la reine s'éclaira d'un sourire.

— J'aurais encore une question à poser. (Elle regarda Yulivée.) Qui est cette petite fille qui se cramponne à ta main, Nuramon ?

— C'est la magicienne Yulivée, la fille de Hildachi du clan de Diliskar. Elle est peut-être la dernière représentante des Elfes Libres de Valemas.

Les murmures dans la salle firent comprendre à Nuramon que Valemas et le clan de Diliskar n'étaient pas oubliés.

— Yulivée ! Quel nom ! s'exclama la reine en dévisageant la fillette comme s'il s'agissait d'une albe. Approche-toi, Yulivée !

Sans lâcher la main de Nuramon, l'enfant leva des yeux hésitants vers lui.

— Allez ! C'est Emerelle dont tu as tant entendu parler.

Yulivée détacha lentement sa main et s'avança prudemment vers la reine. La salle retenait son souffle. On n'entendait plus que le bruissement de l'eau sur les murs. Emerelle examina longtemps Yulivée comme si aucun détail ne devait lui échapper. Ensuite elle dit :

— Yulivée, j'ai longtemps attendu le retour du clan de Diliskar et des autres clans de Valemas. Ceci confère encore une plus grande importance à ce jour, car un grand avenir t'est promis. Comment as-tu rencontré Nuramon et Farodin ?

D'une petite voix, Yulivée relata le jour où elle avait vu Nuramon pour la première fois. Elle répéta en détail toute leur conversation.

— Et puis, il m'a raconté que tu lui avais dit de se choisir lui-même ses parents. Alors, j'ai su que je n'étais plus seule.

— Ce fut fort sage de la part de Nuramon de te rapporter cela. Ainsi, vous vous êtes mutuellement choisis pour parents ?

— Oui, il est maintenant mon frère.

Nuramon en vit bien quelques-uns dans la salle qui affichaient un sourire méprisant en écoutant les mots de la petite magicienne, mais il n'en fut pas dérangé pour autant. Il était fier de Yulivée et de la franchise avec laquelle elle s'adressait à la reine.

— Viens à côté de moi près du trône. Afin de t'habituer à ta place.

Yulivée fit ce que la reine lui avait demandé. On pouvait lire sur son visage combien elle était impressionnée par les regards de toute l'assistance. Lorsque la reine la prit par la main, la petite s'étonna. Elle devait se sentir comme dans un conte.

La reine s'adressa à Nuramon.

— Tu as bien fait de prendre soin de cette enfant. Elle est plus puissante que tu le crois. Puisque vous vous êtes choisis pour parents, je voudrais te demander si je peux l'instruire dans l'art de la magie ?

— Qui refuserait cette proposition ? Mais ce n'est pas à moi d'approuver ou de refuser. C'est à Yulivée de décider elle-même. Je serais heureux que tu te charges de son enseignement, car je n'ai que peu de chose à lui apprendre.

— Eh bien, Yulivée ? Voudrais-tu être mon élève ?

— Oui, Emerelle… Mais je voudrais aussi rester près de Nuramon.

— Je vais te laisser le temps d'y réfléchir. Le choix n'est pas facile. Mais, quelle que soit ta décision, tu ne me décevras pas. (Emerelle se leva.) Et maintenant, enfants d'albes, préparez-vous à combattre ! Alvias !

Le maître s'avança. La reine lui chuchota quelque chose à l'oreille, puis elle prit Yulivée par la main et quitta la salle par une porte latérale. Les guerriers qui entouraient son trône la suivirent ; seule Obilée resta derrière et regarda Farodin et Nuramon comme s'ils formaient un tableau lui rappelant les jours anciens.

Farodin entama une discussion avec les siens, et Nuramon vit aussi son clan accourir vers lui pour l'assaillir de questions. Il ne connaissait pas la plupart de ses parents. Seul le visage d'Elemon, qui après toutes ces années exprimait encore de la défiance, lui était familier. La cousine qui lui adressa la parole en premier s'appelait Diama. Elle lui demanda ce qui s'était passé chez les enfants d'albes noirs. Nuramon lui donna une réponse évasive tout en cherchant à croiser le regard d'Obilée. Celle-ci ne bougea pas d'un pouce, mais elle semblait trouver plaisir à voir Nuramon entouré par les siens.

En voyant Elemon s'avancer vers lui, Nuramon pensa que les réjouissances étaient terminées. Son oncle n'avait jamais encore trouvé un seul mot aimable pour lui. Les autres elfes attendirent en silence ce que le vieil elfe allait dire.

— Nuramon, nous descendons tous du clan de Weldaron, commença-t-il. Et tu sais que, comme tous ceux de mon âge, je t'ai toujours méprisé. Du temps où tu étais ici sans avoir le droit de quitter Albemark, nous avons engendré des enfants. Et, après ton départ, ils sont nés en étant assurés de ne pas porter ton âme. Ces enfants et leurs descendants ont jeté sur toi un regard différent. Ils ont entendu l'histoire de Nuramon, le guerrier épris de sa dame, l'éternel voyageur en quête. Lors des guerres des trolls, ils ont appris que tu avais autrefois été un compagnon d'Alfadas. (Il s'arrêta et regarda Nuramon comme s'il s'attendait à une réaction de sa part. Puis il continua :) Je ne te demande pas de nous pardonner, à nous, les Anciens. Beaucoup d'entre nous n'ont pas changé d'opinion, mais ces elfes ici t'honorent comme un grand héros de leur clan. Ne leur fais pas sentir ton mépris envers nous.

Nuramon n'avait pas aimé Elemon, toutefois ces paroles témoignaient d'une prévenance à laquelle il ne se serait jamais, au grand jamais, attendu. En regardant les visages des jeunes elfes autour de lui, il s'aperçut que son oncle avait raison.

— Si la reine n'a pas l'intention de me garder auprès d'elle, je partirai au combat avec mon clan. Je te remercie, Elemon.

— Et moi, j'espère que tu me pardonnes, dit Elemon, les yeux brillants.

— Oui, je te pardonne, au nom de Weldaron !

Nuramon se rappela toutes ces années où il avait dû supporter les moqueries de son clan. S'il n'avait vu devant lui Elemon proche des larmes, il aurait pensé que ses parents voulaient le reprendre en leur sein par opportunisme. Mais les paroles de son oncle étaient sincères. Nuramon en était tout aussi assuré que des intentions des jeunes elfes dont certains portaient comme lui une épée courte et semblaient impatients de marcher dans ses pas. Sa cousine Diama en faisait partie. Elle portait même une armure semblable à celle de Gaomée, mais faite de plaques de métal et non pas en cuir de dragon. À cet instant, Nuramon comprit tout le temps qui s'était écoulé depuis son départ. Par deux fois, il avait été victime du temps. Et, chaque fois, plus de deux cents années s'étaient écoulées. Pendant ce temps, les railleries du clan s'étaient muées en reconnaissance, voire en admiration.

Alvias s'approcha avec Farodin. Le maître hocha poliment la tête.

— Nuramon, la reine désire vous voir tous les deux dans ses appartements privés. Suis-moi, s'il te plaît.

— Merci d'être venus, dit Nuramon, d'une voix mal assurée, en quittant son clan.

Il lui faudrait encore du temps pour s'habituer à ce changement.

Dès qu'ils eurent quitté le cercle de leurs parents respectifs, Farodin chuchota :

— On dirait que ton clan a sérieusement mûri… Apparemment, ils voient plus en toi qu'un elfe ayant repris corps.

Il prononça ces paroles comme s'il se réjouissait avec lui, à sa manière.

Nuramon s'apprêtait à répondre quand ils passèrent près d'Obilée et s'arrêtèrent.

Alvias avait l'air nerveux.

— Je vais vous précéder pour annoncer votre arrivée à la reine.

Aucun d'eux ne lui répondit. Nuramon repensait à la dernière fois où il avait vu la confidente de Noroelle. C'était à la première Porte qu'il avait ouverte avec sa magie. Elle lui avait fait un signe depuis la colline. À l'époque, elle ressemblait plus à une magicienne qu'à une guerrière, mais elle portait désormais une casaque en cuir mou de gelgerok sur laquelle on avait fixé, sur le torse, les manches et les jambes, des plaques de bois dur. Les runes peintes sur le bois lui prêtaient certainement assistance pendant les combats. Au cou, elle portait une chaîne où elle avait enfilé, comme Nuramon, la pierre de Noroelle : un diamant.

Nuramon rompit enfin le silence.

— Xern m'a raconté que tu avais fait preuve d'héroïsme dans les guerres des trolls.

— Oui, répondit Obilée comme si elle le regrettait. (Elle regarda Nuramon dans les yeux.) J'aurais voulu vous accompagner. (Sa voix était aussi mélancolique que ses paroles. Elle eut un sourire amer.) Ne vous laissez pas abuser par mes humeurs. Je me réjouis de vous voir. (Sur ces mots, elle prit Farodin dans ses bras et l'embrassa sur la joue.) J'aimerais pouvoir faire quelque chose pour vous. (Elle serra Nuramon dans ses bras, mais sans l'embrasser.) Je suis si contente pour toi. Noroelle avait raison. Ton clan a reconnu ton être véritable. (Puis, sans lui laisser le temps de répondre, elle dit :) Venez ! Ne faisons pas attendre plus longtemps la reine ! Elle veut certainement savoir ce que vous avez vécu. Moi aussi, je suis impatiente de l'apprendre.

Ils suivirent Obilée dans la pièce voisine. Nuramon eut de la peine à se détacher de son regard qui contenait tant de douleur et de nostalgie.

En entrant dans la pièce, il n'en crut pas ses yeux. La petite Yulivée se trouvait près de la reine, entourée de guerriers, en train de raconter leur traversée de Fargon.

— Et alors que je croyais déjà avoir perdu ma vie, Nuramon arriva et me hissa sur sa selle. Mais écoutez ce qui arriva ensuite ! Eh, bien, dis-moi, qu'aurais-tu fait, toi, en pareille situation ?

Elle s'adressait à Ollowain.

— J'aurais fait demi-tour le plus vite possible pour te mettre en sécurité, répondit le guerrier. Puis je serais retourné m'occuper des humains.

Yulivée lui dédia un sourire insolent.

— Une sage réponse. Toutefois, Nuramon ne fit ni l'un ni l'autre. Cela aurait signifié notre mort. Il ne fit pas volter son cheval, car nos adversaires étaient trop près. (Elle lui fit part de ce détail sur le tard, mais le guerrier du Shalyn Falah s'en amusa.) Non, il fonça au beau milieu d'eux, esquiva les coups de taille et d'estoc et… (La petite magicienne aperçut alors Nuramon et s'arrêta. Puis elle reprit son récit en l'accélérant.) Et il sauva la petite Yulivée des mains des méchants hommes. Et si la petite Yulivée fait bien attention à elle, elle vivra encore demain.

Les guerriers partirent d'un rire franc et la reine elle-même ébaucha un sourire.

— Approchez ! dit-elle. (Et quand Farodin et Nuramon se trouvèrent devant elle, elle déclara :) Soyez encore remerciés tous les deux d'avoir protégé Yulivée. (Elle saisit la main de la petite.) Vous ne savez pas toute l'aide que vous m'avez apportée ainsi, à moi et à tout Albemark.

Un mur d'enceinte en bois

Une brise fraîche jouait dans les fines tresses de Mandred. Avec Liodred et un garde des Mandrides, il se trouvait sur la falaise ouest qui surplombait l'entrée du fjord. L'endroit offrait une vue panoramique sur la mer. C'était une belle matinée de fin d'été. Le vent poussait de petits nuages blancs devant lui. Les rayons du soleil se brisaient en scintillant sur l'eau, et les contours des bateaux se profilaient nettement contre le ciel. Il devait y en avoir plus de deux cents. Leurs voiles arboraient toutes l'emblème du chêne brûlé.

— Dans une demi-heure, les premiers auront atteint l'entrée du fjord, constata tranquillement Liodred.

Mandred jeta un coup d'œil en bas sur la petite flottille qui s'opposerait à l'assaut des Chevaliers de l'Ordre: moins de soixante embarcations! Quinze d'entre elles étaient tout juste assez grandes pour embarquer une vingtaine d'hommes. On avait passé des chaînes par les trous de rame des trente longues barques les plus puissantes afin de les rendre solidaires. Elles formaient ainsi un barrage qui bloquait le chenal profond au centre du fjord. C'était là que la bataille ferait rage et que le combat contre les prêtres serait décisif. À quelque distance derrière cette barrière se trouvaient les bateaux plus petits. Ils devaient apporter leur renfort au cas où la ligne de combat formée par les barques enchaînées menacerait de céder.

Soucieux, Mandred observait les larges espaces laissés vides de chaque côté de cette muraille flottante.

— Es-tu absolument certain qu'ils ne passeront pas par là, Liodred?

— Sûr et certain, ancêtre. La flotte de nos ennemis est principalement constituée de cogues à fort tirant d'eau. Pour tout dire, je voudrais les amener à nous attaquer par les flancs. Des récifs sournois s'y trouvent cachés. À marée haute, un capitaine adroit peut bien arriver à faire passer ce genre de bateau entre les récifs, mais, dès que l'eau se retire, sa manœuvre est vouée à l'échec. Avec un peu de chance, ils perdront au moins une dizaine de vaisseaux.

» Dès que leur flotte se sera déployée en éventail dans le fjord, nous lancerons des brûlots sur eux. (Le roi montra en bas plusieurs petits bateaux de pêche chargés de fascines.) Si le vent se maintient, ils subiront de sérieux dommages. (Liodred désigna d'un large geste les falaises des deux côtés du fjord.) Les Anciens qui ne peuvent plus combattre et les garçons encore trop jeunes pour le faire se tiendront là-haut. Nous leur faisons apporter en ce moment dix charretées de flèches. Si jamais nos ennemis s'approchent trop près de la côte, ils noieront leurs bateaux sous un déluge de traits. (Liodred parlait si fort que tous autour de lui pouvaient l'entendre.)

» Dans le fond, ces prêtres nous font une fleur en voulant attaquer Firnstayn. Ici, dans le fjord, c'est nous qui dictons les conditions d'une bataille navale. Leur supériorité numérique ne leur sert à rien dans ce passage étroit. Dès qu'ils aborderont le barrage de bateaux, le combat se fera au corps à corps. (Le roi fit signe à Mandred de le suivre vers les chevaux. En sautant en selle, il dit en baissant la voix :) J'espère que les elfes arriveront à temps. L'ennemi est cinq ou six fois plus puissant que nous.

— S'ils trouvent le moyen de venir, ils le feront, assura Mandred.

Pourtant, il savait trop bien combien d'impondérables pouvaient retarder leur arrivée. Emerelle accepterait-elle même de recevoir ses deux compagnons ? Et combien de temps faudrait-il pour armer une flotte et la faire passer par une Étoile d'Albes ?

Ils firent descendre à leurs chevaux le sentier de la falaise. À mi-chemin, ils rencontrèrent de vieux guerriers qui portaient sur le dos des hottes d'osier chargées de faisceaux de flèches. Liodred tira sur les rênes de sa monture et fit signe de venir à un homme avec un bandeau sur l'œil.

— Oh là, Gombart, qu'est-ce qui t'amène à quitter ainsi ta jolie femme ?

— J'ai entendu dire que tu aurais invité tous les vieux os à tirer quelques Chevaliers aujourd'hui. (Il gratifia le roi d'un sourire édenté et tapota le bandeau noir sur son œil gauche.) D'ailleurs, il paraît qu'ils se tiendront si serrés sur leurs ponts que même moi je ne pourrai les rater. Je me suis laissé dire aussi que chaque ennemi abattu me vaudra une corne d'hydromel dans ta halle d'or.

Liodred éclata d'un rire sonore.

— Eh bien, j'ose espérer que ce n'est pas mon échanson qui aura colporté cette nouvelle. Mais je vous prends tous au mot. Une corne d'hydromel pour chaque Chevalier de l'Ordre tué ! (Son visage s'éclaira d'un large sourire.) Mais n'essayez pas de me rouler, bande d'escrocs ! Je serai en bas sur *L'Étoile d'Albes* et je compterai, moi aussi !

Les hommes rirent et lancèrent d'autres plaisanteries. Le roi leur fit un dernier signe, puis il poussa de nouveau sa monture dans la descente.

— Parfois, je pense qu'il vaut mieux pour un homme mourir jeune et en pleine possession de ses forces, déclara-t-il dès qu'ils furent hors de portée de voix.

— Non, le contredit Mandred. Le plus grand cadeau est de voir grandir ses enfants. Crois-moi, je sais de quoi je parle.

Il pensa amèrement qu'il avait trop peu connu Alfadas.

Sur le reste du chemin, jusqu'à la baie où les attendait un bateau à rames, chacun resta perdu dans ses pensées. *Où sont donc passés les elfes ?* se demandait Mandred. Allaient-ils abandonner Firnstayn ?

Valgerd, la femme de Liodred, les attendait sur la plage. Elle portait une robe de la couleur des fleurs d'été, retenue par deux fibules d'or aux épaules. Dans ses bras, elle tenait un enfant qui n'avait pas encore cinq lunes : Aslak, le fils de Liodred.

Le roi se dirigea vers eux et embrassa tendrement le petit sur le front. Ensuite, il défit de sa ceinture un couteau à gaine incrustée d'or et le tendit à Valgerd. La grande femme blonde hocha la tête.

Liodred lui caressa tendrement les cheveux, puis il partit vers le bateau où l'attendait déjà Mandred. Le jarl se sentit mal à l'aise. Le roi craignait-il de mourir ? Était-ce là le cadeau d'adieu d'un père à un fils qu'il ne reverrait peut-être plus jamais ? Liodred était si lié avec tous les gens d'ici. Il était si aimé ! *Rien ne lui arrivera*, se jura Mandred.

Ils grimpèrent tous les deux dans l'embarcation. Les rameurs saluèrent le roi qui ébouriffa en passant les cheveux du plus jeune. Ils débordèrent et filèrent à grands coups de rames vers le bateau étendard.

— Un héritage ? demanda Mandred.

Liodred fut arraché en sursaut à ses pensées.

— Quoi ?

— Le couteau.

— Oui… un héritage, en quelque sorte.

— Mais encore ? insista Mandred.

Liodred baissa la voix.

— Je sais comment ils sont, ces prêtres. C'est… S'ils sont vainqueurs, Valgerd tentera de s'enfuir. Mais si…

— Elle doit tuer ton fils ?

— Et se tuer aussi, confirma le souverain. Il vaudrait mieux. (Il regarda les eaux sombres de la mer.) Les elfes viendront-ils ? s'enquit-il doucement.

— Évidemment, le rassura Mandred, sans toutefois pouvoir le regarder dans les yeux.

À bord de *L'Étoile d'Albes*, Liodred parut transformé. Il plaisanta avec les hommes et donna des instructions à ceux qui devaient se placer en première ligne. *L'Étoile d'Albes* n'avait plus grand-chose à voir avec le bateau qui avait autrefois emporté Mandred et les elfes vers l'île de Noroelle. Il était beaucoup plus grand et pouvait accueillir une centaine de rameurs.

Sur les trente bateaux longs de la ligne de barrage, les mâts avaient été abaissés afin de ne pas gêner le combat à venir. On avait aussi rentré les rames et on les avait placées à l'abri. À la poupe de la barque, on avait fixé une perche ; l'ancienne bannière de *L'Étoile d'Albes* y flottait au vent : une étoile bleue sur fond d'argent.

Deux guerriers aidèrent Liodred à revêtir son harnois. L'armure d'elfe d'Alfadas magnifiquement ouvragée était sans pareille. Tous les autres guerriers portaient des cottes de mailles et des casques ronds avec un long nasal.

Mandred se fit aussi aider pour enfiler un haubert qui lui arrivait aux genoux. Au moment où il s'apprêtait à placer son casque, le roi vint à côté de lui.

— Cela fait longtemps que je voulais te demander s'il est vrai que chacune de tes tresses représente un guerrier que tu as tué au combat. C'est ce que racontent nos scaldes.

— C'est vrai, répondit le jarl sans autre commentaire.

— Tu es un homme dangereux.

— Ce sont de tels hommes qu'il te faut aujourd'hui.

Des cornes retentirent des falaises. Le premier vaisseau des Chevaliers de l'Ordre mettait le cap sur le fjord. C'était un puissant trois-mâts à proue relevée. En l'espace de quelques instants, quatre autres navires apparurent dans le fjord.

Le cœur serré, Mandred observa leurs hauts châteaux avant. Les assaillants les domineraient de plusieurs pieds. Les hunes lui parurent énormes. Chacune supportait cinq arbalétriers. De là-haut, ils disposaient d'un bon point de vue sur leurs cibles.

Une volée de traits s'envola de la falaise ouest. Elle manqua de plus de cinquante pas les bateaux au milieu du chenal.

Liodred tendit à Mandred un grand bouclier rond.

— Tu vas en avoir besoin, ancêtre !

Le jarl passa son bras gauche dans les larges sangles de cuir et il les serra fort afin de bien fixer le bouclier à son avant-bras.

— Bienvenue aux prêtres blancs ! rugit Liodred en levant son bouclier devant sa poitrine pour frapper du plat de sa hache son ombon central.

Tout au long de la ligne de front, les guerriers l'imitèrent. Leur fracas assourdissant se répercuta sur les parois rocheuses du fjord. En entendant le cliquetis d'armes et les cris des guerriers, Mandred sentit son sang bouillonner. Qu'ils arrivent, les prêtres de Tjured ! Les hommes du Pays des Fjords allaient leur donner une bonne leçon !

De plus en plus de navires manœuvrèrent à l'entrée du fjord. Largement déployés, ils se trouvaient encore à une distance de quatre cents pas. Mandred pouvait voir scintiller les casques des Chevaliers de l'Ordre derrière les pavois des châteaux avant.

— Sois-nous favorable, Norgrimm ! cria Liodred de toutes ses forces. Fasse que notre rempart de bois soit assez puissant pour briser sur lui l'ardeur de nos adversaires !

Des fanfares retentirent sur les cogues ennemies. Leur ligne de front opéra un mouvement.

— Levez les boucliers ! hurla Mandred.

Une grêle de flèches s'abattit sur les bateaux longs.

Les grands boucliers ronds formèrent vite un toit protecteur. Les traits crépitèrent sur le bois. Quelques hommes s'affalèrent en criant, mais la ligne de combat formée par les longues barques ne céda pas.

Les volées se succédèrent sans répit. Tapis sous les boucliers, il leur était impossible d'observer l'approche des vaisseaux ennemis. Mandred eut comme l'impression d'une éternité. Une sueur chaude lui coulait dans la nuque.

La pointe d'une flèche transperça son bouclier, ratant de peu son bras. Le sable qu'ils avaient répandu sur le plancher de leurs bateaux longs se teinta à certains endroits de rouge sang : certains traits franchissaient le mur de rondaches.

Soudain, le barrage de bateaux trembla. Quelques hommes furent fauchés, des brèches énormes s'ouvrirent dans le rempart de boucliers. Les cogues les avaient brutalement abordés. Les bateaux des hommes du Nord et des Chevaliers de l'Ordre se trouvaient maintenant coque contre coque, comme des cerfs furieux qui dans leur duel se sont emmêlés leurs bois.

— Debout ! hurla Liodred. Les archers, dix pas en arrière ! Descendez-moi ces arbalétriers de leurs nids-de-pie !

Pour échapper au déluge de flèches, les archers aux armes légères s'étaient mis à l'abri sous le toit de boucliers. À présent, ils s'en libérèrent pour harceler à leur tour l'adversaire.

Une lance passa tout près de Mandred et se ficha en vibrant dans les planches du pont souillées de sang. Maintenant que le rang de boucliers s'était ouvert, le jarl put enfin apercevoir l'ennemi. De larges planches, armées de pointes de fer sur leur tranche avant, fonçaient droit sur eux. Les pointes se plantèrent dans le pont comme des crocs.

La barrière de bateaux longs subissait partout les mêmes dommages. Mandred vit apparaître au-dessus de lui des guerriers en robes d'armes blanches, cachés derrière de longs boucliers en forme de goutte d'eau. Chacun de ces écus portaient le symbole du chêne brûlé.

— Pour Tjured ! rugirent mille voix.

Puis les Chevaliers de l'Ordre se ruèrent sur les ponts d'abordage.

Écu contre écu, dans un déchaînement de fureur, ils se heurtèrent à la ligne de combat des défenseurs. La hache de Mandred fendit l'air comme l'éclair. Elle transperça le bouclier et le casque du premier assaillant. Le jarl arracha l'arme d'une secousse et assena un coup de revers sur l'écu du Chevalier suivant. L'acier elfique traversa en grinçant le nasal d'un autre adversaire.

Près de lui, Liodred se battait comme un lion. Bientôt, le plancher fut jonché de morts et de mourants.

Un coup d'épée fendit en deux le bouclier de Mandred. D'un sursaut, il arracha à son agresseur l'arme restée fichée dans son écu. Sa hache frappa le Chevalier sur son flanc découvert et l'atteignit au thorax.

D'un bond, Mandred sauta sur un pont d'abordage. Il jeta son bouclier brisé. Puis il brandit sa hache à deux mains. Comme un berserk, il se fraya pas à pas un passage vers le château avant ennemi. Trois Mandrides le suivaient de près avec leurs boucliers en tentant de le protéger des flèches.

Lorsqu'il fut arrivé au bout du pont d'abordage, les Chevaliers se dressèrent devant lui sur le château avant, en ordre si serré qu'ils eurent du mal à lever leurs écus pour se mettre à l'abri. Pris d'une rage aveugle, Mandred cogna sur eux de toute son énergie. Des épées et des lances volèrent en éclats sous l'acier elfique. Il bondit ensuite au beau milieu des ennemis, glissa la pointe de sa hache sous le bord du casque d'un Chevalier de haute taille et le fendit de la mâchoire au crâne. Dans sa chute, le colosse entraîna deux autres combattants avec lui. La panique se répandit sur le château avant. En poussant force cris, les Chevaliers tentèrent de se mettre à l'abri. Quelques-uns sautèrent même par-dessus bord, même si cela signifiait à coup sûr la mort, en raison du poids de leurs hauberts.

Quelques instants plus tard, les hommes du Nord occupaient tout le château avant. Haletant, Mandred leva les yeux sur le pont principal. Les Chevaliers survivants avaient reculé. Les yeux agrandis par la peur, ils le regardaient fixement. D'autres vaisseaux se poussaient par l'arrière dans le groupe de bateaux encastrés les uns dans les autres. Ils apportaient des troupes fraîches.

—Il faut retourner, résonna une voix rauque près de lui. (Liodred était parvenu à se frayer également un passage sur la cogue ennemie. Le roi désignait l'est.) Ils ont réussi à passer les récifs. La marée basse tarde à arriver ! Jusqu'ici, ils n'ont perdu là-bas qu'un seul bateau.

Depuis le château avant, Mandred pouvait aisément suivre les opérations. La ligne de combat des hommes du Nord avait résisté. Mais la mort y avait lourdement sévi.

De part et d'autre de la barrière de bateaux longs, quelques cogues avaient réussi à se glisser entre les récifs. Percuté par un brûlot, l'un des vaisseaux des prêtres avait pris feu. Une colonne de fumée noire s'en élevait vers le clair ciel d'été. Trois autres petits bateaux incendiaires étaient à leur tour passés à l'attaque en bravant la mort ; les Chevaliers s'employaient à les écarter avec des gaffes, tandis que leurs arbalétriers tiraient depuis les hunes sur les équipages.

Deux cogues s'étaient engagées dans des combats d'abordage contre les bateaux longs restés à l'arrière en réserve. Mais sept autres bateaux ennemis manœuvraient déjà pour attaquer la barrière par l'arrière.

—Retour aux longues barques ! rugit Liodred à pleins poumons. Il faut doubler notre ligne !

Le cœur lourd, Mandred quitta le pont d'abordage. Derrière eux, retentirent les quolibets des Chevaliers de l'Ordre. Le jarl pensa à la dague incrustée d'or que Liodred avait donnée à sa femme.

— Fais venir les elfes, Luth ! murmura-t-il, désespéré. Envoie-nous nos alliés et jamais plus je ne toucherai à une corne d'hydromel.

Sur le bateau de la reine

Nuramon se tenait au pavois tribord de *L'Éclat d'Elfe*, le bateau étendard de la reine. D'ici, il pouvait voir les bateaux de Firnstayn, enchaînés l'un à l'autre, barrer comme un mur le passage sûr du fjord. Au-delà se gonflaient les voiles puissantes de la flotte ennemie, chacune arborant l'arbre noir, le symbole de Tjured. À peine la moitié de leurs bateaux avaient abordé ceux de Firnstayn et engagé le combat. Dans l'étroitesse du fjord, les Chevaliers de l'Ordre ne pouvaient mettre à profit leur supériorité. Liodred et Mandred avaient contraint leurs adversaires à un combat rapproché sanglant, et Nuramon ne parvenait pas à savoir s'ils s'en tiraient bien ou non. Il pouvait seulement percevoir du mouvement sur les bateaux et comprendre qu'il s'agissait d'une grande mêlée sans possibilité d'esquive.

Une partie des embarcations adverses tentait de contourner le verrou des hommes des Fjords et de se trouver un chenal dans le récif, entre les bateaux longs et les falaises. Un de leurs vaisseaux gisait déjà sur les rochers, la coque éventrée. L'équipage semblait être passé par-dessus bord. Pourtant, le sort de ce bateau ne dissuadait pas l'ennemi. Leurs navires tentaient toujours de se frayer un passage parmi les écueils pour encercler les hommes des Fjords ou attaquer les bateaux de la reine des elfes.

Nuramon espérait qu'il ne soit rien arrivé à Mandred et à Liodred. Les batailles obéissaient à d'autres lois que les duels. Un hasard pouvait décider de la vie ou de la mort. Si seulement *L'Éclat d'Elfe* pouvait avancer plus vite ! Il regarda les avirons qui disparaissaient en contrebas dans le bordage. Il devait bien y en avoir une quarantaine. Il avait vu environ deux cents rameurs partir sous le pont. Là, sur leurs bancs de nage, ils donnaient certainement de leur mieux, pourtant l'énorme bateau de la reine ne progressait que lentement. Les petites galères de Reilimée les avaient devancés de beaucoup ; elles atteindraient bientôt les hommes des Fjords. Nuramon avait entendu dire que la magicienne de la mer, dont personne ne connaissait le nom, avait armé les bateaux. Derrière suivaient les trirèmes d'Alvemer. Nuramon s'étonnait de voir la rapidité avec laquelle les flottes d'Albemark avaient pu prendre la mer. Dix jours avaient suffi pour armer tous les bateaux et les rassembler.

La Porte par laquelle ils étaient passés s'était de nouveau refermée depuis longtemps. Jamais il n'oublierait le merveilleux jeu de couleurs produit par la magie de la reine au-dessus de la mer d'Albemark. La Porte avait été si large que toute la flotte s'y était engagée de front au petit matin.

Toutes sortes de bruits sur Emerelle circulaient parmi les guerriers. Ainsi, certains pensaient que si la galère de la reine naviguait sans bateaux escorte, c'était parce qu'elle voulait attirer les ennemis vers elle. En regardant autour de lui, Nuramon pouvait bien prêter foi à cette rumeur. *L'Éclat d'Elfe* ressemblait à un champ de bataille flottant. Dans la coque, les rameurs se tenaient à leurs avirons, tandis que les guerriers étaient rassemblés sur le pont. Sur les cent vingt pieds de long compris entre la poupe et la proue, il devait bien se trouver plus de trois cents elfes prêts au combat. La reine avait même renoncé aux responsables des voiles afin de pouvoir accueillir plus de guerriers à bord. On s'était dit que les voiles ne seraient pas utilisées dans cette bataille et on avait donc abaissé les mâts des galères.

Le bateau mettrait le cap sur le flanc gauche des hommes des Fjords pour leur apporter un soutien. Obilée avait expliqué la stratégie à Nuramon : avec les guerriers des autres galères, ils fileraient vers les bateaux longs des hommes des Fjords pour soulager leur ligne de combat. Ceux-ci devraient ensuite se retirer sur les galères, se reposer et repartir plus tard à l'assaut.

Nuramon sentit quelqu'un lui tapoter l'épaule. Il se retourna et vit maître Alvias.

— La reine voudrait te voir, dit celui-ci.

Nuramon prit son arc et suivit dans la cohue le conseiller d'Emerelle. Alvias avait une allure guerrière inhabituelle, avec son armure de cuir et son épée au flanc. On disait qu'il avait déjà combattu au côté de la reine lors de la première guerre des trolls.

Alvias l'amena devant le château arrière où Emerelle et Yulivée étaient entourées de gardes. La reine donnait ses directives aux chefs de guerre. Elle portait la robe grise d'une magicienne comme dans cette nuit précédant la Chasse des Elfes, où elle lui avait donné son conseil.

Nuramon vit aussi Obilée qui semblait attendre les derniers ordres avant la bataille. Elle portait la même armure que dans la salle du trône.

La petite Yulivée salua Nuramon d'un geste enjoué. Comme Emerelle, elle portait aussi une robe grise. Nuramon continuait à regretter que la reine ait voulu la recueillir. Il se faisait du souci pour la fillette. Aussi puissante que soit Yulivée, cet endroit n'était vraiment pas fait pour un enfant.

Après avoir parlé à Obilée, la reine fit signe à Nuramon d'approcher. Elle le salua avec bienveillance, puis elle dit :

— Je vois que tu te fais du souci pour Yulivée. Mais, crois-moi, il n'existe pas d'endroit où elle soit plus en sécurité qu'auprès de moi.

Il approuva d'un bref signe de tête. La reine avait raison. Et pourtant, il aurait préféré savoir Yulivée au château d'Albemark.

—Nuramon, j'aimerais te voir suivre Obilée. (La reine montra la guerrière.) Elle prendra le commandement sur le château avant, dès que Dijelon et Pelveric auront rejoint les hommes des Fjords.

—Oui, reine.

—Alors, va!

Yulivée s'éloigna d'Emerelle et courut vers Nuramon.

—Tu reviendras, n'est-ce pas? s'inquiéta-t-elle.

Nuramon plia les genoux.

—Est-ce de l'inquiétude que je lis sur ton visage?

Elle évita son regard et hocha la tête.

—N'aie pas peur. Reste auprès de la reine. Tu l'as entendue parler. (Il l'embrassa sur le front.) Et maintenant, va!

Sans un mot, Yulivée rejoignit Emerelle. Puis elle leva son carquois en souriant. Il contenait les flèches que Nuramon avait trouvées avec l'arc, chez les nains. Il avait d'abord voulu les prendre avec lui au combat. Mais la reine lui avait conseillé d'utiliser à la place de simples flèches et de se réserver celles-ci pour des combats particuliers.

—Allons-y, Nuramon! dit Obilée en lui posant la main sur l'épaule.

Nuramon regarda une dernière fois Yulivée, puis il se dirigea avec Obilée vers la proue. La guerrière avait un air sombre.

—Quelque chose ne va pas, Obilée? demanda-t-il.

—C'est seulement..., commença-t-elle. (Elle s'interrompit aussitôt comme si elle n'osait pas aller plus loin... Mais ensuite, elle le regarda droit dans les yeux et elle dit:) Je ne devrais pas te commander, Nuramon.

—Tu n'es plus la jeune fille d'autrefois, répondit-il. Tu es une grande guerrière, bien plus importante que je le serai jamais. Tu as déjà fait tes preuves dans plus d'une bataille. Je t'admire. (Les lèvres d'Obilée tremblèrent.) Ne sois pas triste à cause de moi ou de Noroelle. La mort n'est pas la fin. Rien ne pourra m'empêcher de trouver Noroelle dans cette vie ou dans la suivante. Et que crois-tu qu'elle dira en te revoyant? Elle sera aussi fière de toi que moi.

Obilée, en souriant, lui rappela le jeune être joyeux d'antan.

—Merci, Nuramon.

L'elfe ne craignait pas de mourir. La mort ne signifierait pas la fin de sa quête, mais elle le retiendrait un moment. La nuit précédente, il avait raconté son voyage à son clan et les avait priés de conserver ce savoir au cas où il mourrait. Il avait ainsi commencé à écrire son livre d'âmes à la manière de ses amis nains. Il aurait dû le commencer bien plus tôt, mais il n'avait jamais senti la mort aussi nettement qu'avant cette bataille.

Ils rejoignirent les guerriers d'Obilée, les seuls d'Alvemer sur ce bateau. On les reconnaissait aux armes de leurs robes: une nixe d'argent sur fond bleu. Environ cinquante hommes et femmes se trouvaient là, armés pour la moitié avec des épées longues, les autres portant aussi un arc. Pendant qu'Obilée adressait quelques mots à ses guerriers, Nuramon tenta de voir ce qui se passait en avant. Mais les combattants se tenaient si serrés que la vue était bouchée de tous les côtés.

Quand allait-on enfin commencer ? Là-bas, quelque part devant lui, Mandred rencontrait des difficultés, et cette galère qui n'avançait pas ! Son seul espoir était que les bateaux de Reilimée soient déjà arrivés auprès des hommes des Fjords.

Nuramon pensait à Farodin. À l'idée qu'il était l'otage du roi des trolls, il sentait son cœur se serrer. Mais il savait que Farodin l'aurait rassuré en lui disant de ne pas s'inquiéter pour lui.

Une guerrière se fraya un passage dans la foule.

— Es-tu Nuramon ? demanda-t-elle.

Il la regarda avec étonnement.

— Oui.

— Je m'appelle Nomja.

C'était le nom de la jeune elfe qui l'avait accompagné dans sa quête de Guillaume.

— Tu es… ?

Elle hocha la tête.

— Oui, ta compagne d'Aniscans. J'ai repris corps.

Elle n'avait aucune ressemblance avec la guerrière d'autrefois. Petite, les cheveux noirs coupés courts, elle avait l'air beaucoup plus mûre que la jeune guerrière qu'il avait connue alors. Toutefois, ses yeux exprimaient la même joie qu'autrefois. La mort de Nomja lors de leur évasion d'Aniscans les avait tous grandement touchés et particulièrement Mandred.

Nuramon la prit dans ses bras, comme une amie qu'il n'aurait pas vue depuis longtemps.

— Je suis heureux de te voir ici.

En s'écartant d'elle, il remarqua que la guerrière était fort surprise de son étreinte.

Nuramon avisa l'arc qu'elle tenait.

— Tu es une archère ?

— Oui.

— Autrefois, tu étais déjà excellente.

Elle sourit sans répondre. Nuramon lui semblait certainement étrange. Elle ne pouvait évidemment pas se souvenir de sa vie antérieure.

Soudain, Nuramon entendit des cris. Ils provenaient de l'avant.

— Tenez-vous prêts ! cria Obilée.

Nuramon tendit le cou, mais la vue n'était toujours pas dégagée. En revanche, il entendit nettement les bruits de bataille : cliquetis d'acier et cris des blessés.

À bâbord retentirent des appels de guerriers. « Plus vite ! » entendit-il. Nuramon poussa deux guerriers et se faufila vers le pavois. Ce qu'il y vit le frappa comme la foudre. Un puissant trois-mâts se dirigeait sur eux. Sa grand-voile arborait l'arbre noir de Tjured. Les ennemis avaient dû réussir à passer le récif et ils tentaient maintenant de couper la route au navire de la reine.

Des cris s'élevèrent au milieu du bateau, des carreaux d'arbalète sifflèrent par-dessus leurs têtes : le combat était désormais engagé.

Soudain, une secousse parcourut la galère royale. Un second choc faillit faire perdre l'équilibre à Nuramon. Le trois-mâts ennemi avait heurté leur navire de plein fouet ! Ensuite, ce fut le chaos. De tous côtés, des cris de guerre retentirent.

Les guerriers qui entouraient Nuramon s'agitèrent. Nomja aussi semblait gagnée par la nervosité. Seule Obilée n'affichait aucune peur.

— Archers, à tribord ! ordonna-t-elle.

Nuramon obtempéra sans l'ombre d'une hésitation. Il se rua vers l'autre bord du château où la formation se déploya le long du bastingage.

Un peu en avant, il avisa alors l'enfilade des bateaux longs des hommes des Fjords. Quelques bateaux ennemis, mais aussi les galères de Reilimée qui les avaient abordés et avaient déjà engagé le combat. Les cogues de Fargon se trouvaient en formation serrée. Elles étaient solidement amarrées l'une à l'autre, et les Chevaliers de l'Ordre arrivant en renfort devaient passer sur plusieurs bateaux pour rejoindre le combat. Le champ de bataille s'agrandissait en permanence ; *L'Éclat d'Elfe*, qui amenait Nuramon, en ferait bientôt aussi partie. Parmi les hommes de Firnstayn, il essaya d'apercevoir Mandred, mais son compagnon était perdu dans la mêlée des combats.

Obilée les dirigea vers une ouverture dans le pavois. On y avait accroché une échelle de bois qui aboutissait juste au-dessus de la première embarcation des hommes de Firnstayn.

— Guerriers, suivez-moi à l'avant ! cria Obilée. Vous, les archers, restez en position ! Et ne tirez que des flèches sûres !

D'autres archers arrivèrent de l'arrière pour combler la brèche et se positionner le long du pavois. Les autres formèrent un second rang, prêts à remplacer l'archer qui viendrait à manquer en première ligne.

Comme ceux près de lui, Nuramon tira une flèche de son carquois, l'encocha et se chercha une cible sûre. Là ! Sur une échelle de coupée, un Chevalier de l'Ordre descendait vers le bateau long juste devant eux. Nuramon allait débander quand il s'aperçut que Nomja venait juste de décocher et d'atteindre sa cible.

Les combattants se déplaçaient trop vite et de façon trop imprévisible pour Nuramon. Finalement, il découvrit à quelque distance un groupe de guerriers ennemis qui se préparaient visiblement à une attaque groupée. Ils devaient se trouver à une centaine de pas, mais, comme ils étaient très nombreux et qu'ils n'étaient pas encore pressés par des adversaires, Nuramon les prit pour cible. Sans même attendre l'arrivée de sa première flèche, il en tira aussitôt une autre de son carquois.

L'un des guerriers, atteint au ventre, s'affala, ce qui obligea son compagnon à se mettre à couvert derrière le pavois. D'autres traits les forcèrent à reculer pour se mettre hors de portée.

À la recherche d'une nouvelle cible, Nuramon aperçut une bannière avec une étoile bleue sur fond d'argent. C'était celle de *L'Étoile d'Albes*, le bateau que le roi Nauldred lui avait autrefois offert ! Il ne ressemblait plus à celui sur lequel il avait alors vogué vers l'est avec Mandred et Farodin. La nouvelle *Étoile d'Albes* était beaucoup plus grande, mais on avait apparemment conservé la bannière, peut-être en mémoire de la gloire passée.

Tout à coup, Nuramon aperçut Mandred. Le jarl se tenait au bord de *L'Étoile d'Albes*, où il avait suffisamment d'espace pour brandir sa hache. Lui et ses hommes se trouvaient en mauvaise posture. Leurs adversaires leur étaient largement supérieurs en nombre. De surcroît, un bateau ennemi isolé venait juste de se frayer le passage parmi les galères des elfes et attaquait le bateau long à la gauche de *L'Étoile d'Albes*. Les Chevaliers de l'Ordre sautaient furieusement du bord, et leur assaut menaçait de forcer la ligne de combat des hommes des Fjords pressés de tous côtés. Ils semaient le trouble entre Mandred et les elfes.

Nuramon mit en joue le navire de l'Ordre. Il visa la courte planche qui le reliait au bateau voisin. Un guerrier de Tjured essayait de passer sur *L'Étoile d'Albes*. Nuramon décocha une flèche. Le trait décrivit une large courbe avant d'atteindre l'homme en plein corps.

L'elfe n'en fut pas satisfait : il avait visé à la tête ! Si ça continuait, il allait finir par atteindre un ami à la place d'un ennemi !

Il encocha encore. Alors se produisit ce qu'il craignait : de l'arrière, un guerrier se glissait vers Mandred, tandis que celui-ci s'occupait de deux adversaires devant lui ! Nuramon mit en joue rapidement. Il devait absolument s'assurer d'atteindre cet homme. Une erreur de visée pouvait signifier la fin pour Mandred. En voyant le guerrier adverse lever son épée, Nuramon oublia toute précaution et libéra précipitamment la corde. Il retint son souffle en regardant le projectile décrire une large courbe vers la cible.

Le trait atteignit l'homme à la poitrine.

Mandred se retourna d'un bond et, d'un coup de hache, il expédia par-dessus bord le guerrier qui s'effondrait déjà. Puis il regarda autour de lui avec étonnement et fit signe à quelques guerriers de le rejoindre. Parmi eux, Nuramon reconnut Liodred dans l'armure d'Alfadas. Mandred pointa son doigt vers le haut en direction de Nuramon, mais il ne semblait pas l'avoir reconnu. Il montra ensuite les Chevaliers de l'Ordre qui les séparaient des guerriers elfes. Les hommes des Fjords sur *L'Étoile d'Albes* se rassemblèrent autour de Mandred et de Liodred. Ils voulaient passer, mais pour cela il leur faudrait combattre entre deux rangées d'ennemis.

— Je vois Mandred et le roi Liodred ! cria Nuramon aux archers près de lui. Ils sont encerclés et veulent passer en force pour nous rejoindre !

Obilée vint se placer près de Nuramon et observa *L'Étoile d'Albes*. Puis elle cria :

— Tous ceux à la gauche de Nuramon tireront leur première flèche sur les guerriers devant Liodred, tous ceux à sa droite, sur ses poursuivants ! Et le reste des flèches uniquement sur les poursuivants. Pas un ne doit réussir à passer !

Sur ces mots, elle quitta le pavois et laissa les archers à l'œuvre.

Ils attendirent que Mandred donne l'ordre de l'offensive. Voilà ! Le jarl avait levé sa hache et les guerriers autour de lui sautèrent sur le quatrième bateau en poussant de grands cris.

Nuramon et ses compagnons de combat décochèrent leurs flèches. Elles s'abattirent sur l'ennemi en crépitant comme de la grêle. Ceux qui n'étaient pas touchés ne savaient pas ce qui leur arrivait et rentraient la tête.

Mandred et quelques-uns des hommes de Firnstayn marquèrent un temps d'hésitation, puis ils se ruèrent en avant. La deuxième volée n'atteignit plus que les poursuivants et les arrêta un moment. Déjà, les porteurs de boucliers se précipitaient en avant. Pourtant, ce temps précieux pouvait suffire à assurer le passage à Mandred. Les Chevaliers de l'Ordre, qui avaient attaqué les hommes des Fjords par le revers, étaient maintenant quasiment encerclés. Quand ils comprirent que la situation était perdue, ils se retirèrent sur leur deux-mâts. Mandred et les elfes de Pelveric se rejoignirent. Nuramon vit Pelveric le désigner.

Mandred leva sa hache en criant :

— Nuramon !

Ensuite, suivi par les Mandrides, il vint à sa rencontre en fendant les rangs des guerriers elfes.

Nuramon soupira de soulagement en regardant le champ de bataille. Il eut l'impression que le plan de la reine avait bien fonctionné. Tout le long du barrage de bateaux longs, des guerriers elfes remplacèrent les hommes des Fjords épuisés. La ligne de front formée par les embarcations pouvait ainsi de nouveau résister à l'ennemi. Certes, les défenseurs se trouvaient encore en infériorité, car les Chevaliers de l'Ordre possédaient énormément de bateaux et de guerriers, mais, à l'arrivée des trolls, les choses évolueraient.

Puissante magie

— Amenez la grand-voile !

Farodin avait les doigts agrippés au pavois. Incroyable ! Les bateaux des trolls avançaient déjà à une allure d'escargot, et voici que de surcroît ils amenaient la voile ! L'elfe se tenait sur le gigantesque château de poupe du *Broyeur*, le bateau étendard du duc Orgrim. La flotte rassemblée par le roi des trolls Boldor comprenait vingt bateaux. Chacun de ces lourds voiliers faisait penser à un château flottant, et les plus grands d'entre eux avaient plus de trois cents guerriers à bord. Une fois déployés dans la bataille, ces renforts seraient décisifs.

À côté du barreur, le duc Orgrim écoutait les conseils de Skanga, sa chamane. *C'est à s'arracher les cheveux*, pensa Farodin. Ils arriveraient en retard, de toute façon. À l'horizon, il apercevait les voiles de la flotte ennemie : fine ligne blanche devant les rochers gris de la côte. Quelques colonnes de fumée donnaient à penser que la bataille avait déjà commencé. L'attaque des trolls déciderait de l'issue du combat. Et que faisaient ces perfides mangeurs d'elfes ? Ils arrisaient les voiles !

— Tu m'as l'air crispé, émissaire.

Orgrim et la chamane s'étaient approchés de lui. Le prince troll, armé pour le combat, portait une cuirasse de cuir sombre, et une peau d'ours entourait ses épaules. Il s'appuyait sur un marteau de guerre à tête de granit.

— Je dois être simplet, mais je ne parviens pas à comprendre votre stratégie, répondit Farodin, soucieux de ne pas montrer trop clairement ce qu'il pensait de ses alliés.

La chamane le regarda d'un air sinistre. Farodin sentit la puissance de sa magie.

— Il croit que nous attendons tranquillement de voir les Chevaliers de l'Ordre écraser les hommes des Fjords et les elfes. Il doute que nous voulions vraiment venir en aide à nos anciens ennemis, dit la vieille femme.

— Farodin fait bien de garder ses pensées pour lui. S'il offensait mon peuple en les exprimant ouvertement, je me verrais obligé de le mettre dans un sac de pierres et de le faire jeter par-dessus bord.

Le prince troll le dévisagea. Farodin aurait aimé connaître aussi les pensées de son vieil ennemi. Il avait revu Orgrim à la cour du roi Boldor. Le roi l'avait reçu avec tous les honneurs en tant qu'émissaire de la reine Emerelle et, à sa grande surprise, Boldor avait accédé à sa demande d'aide, après avoir concerté dans la nuit avec ses conseillers.

Orgrim avait ensuite expressément émis le souhait que l'émissaire soit accueilli à bord de son bateau. Dès l'instant où il avait évolué parmi les trolls de Malmort, Farodin avait perçu leur hostilité. Il s'était persuadé qu'il ne survivrait pas à la première nuit à bord du *Broyeur*. Or, le duc faisait preuve de prévenance et cherchait souvent à converser avec lui. Il renonça même complètement à lui faire servir de la viande.

— Quand passerons-nous à l'attaque ? s'impatienta Farodin.

Le bateau était armé pour le combat. Sur le pont principal et le château avant, des trolls se pressaient avec d'énormes boucliers. Des pierres, visiblement destinées à servir d'armes de jet, se trouvaient prêtes le long du pavois. Les plus petites avaient déjà la taille d'une tête d'enfant. Mais les plus grosses étaient de massifs blocs de pierre. Farodin se demandait comment même un troll pouvait soulever de telles charges.

— Tu ne la sens pas ? demanda Skanga.

Chacun de ses mouvements faisait bruire les plumes, les os et les pierres cousus sur sa grossière robe de cuir ou pendant de son cou en cordons innombrables.

— Qu'est-ce que je ne sens pas ?

— La puissance de la magie, elfillon, la puissance de la magie, ricana la chamane. L'amplitude des marées a changé. Le reflux se refuse à venir. Mesures-tu la puissance que cela suppose de pouvoir changer le cours des marées ? C'est une magie vraiment redoutable.

— Arrisez la grand-voile, ordonna Orgrim. Jetez l'ancre !

Farodin sentit son estomac se nouer. C'était impossible !

— Aurais-tu l'amabilité de me dire ce que tout cela signifie, Orgrim ?

Le duc lui montra le bateau du roi. On y hissait un grand drapeau rouge au mât principal.

— Boldor appelle tous les princes et tous les chamans à son conseil de guerre. Il va également requérir ta présence. (Orgrim se détourna brièvement et fit signe à quelques guerriers.) Appareillez la chaloupe !

— Tu ne parles pas sérieusement ! s'emporta Farodin.

— Elfe, je sais ce que les gens de ta race pensent de mon peuple. Mais nous ne sommes en aucun cas les abrutis violents et rentre-dedans pour qui vous nous prenez. Nous planifions nos batailles. Et il en sera de même encore cette fois-ci. Nous n'avions pas prévu la présence d'un magicien parmi les humains et qui plus est d'un magicien d'une telle puissance. Nous allons devoir adapter nos plans à ce nouveau développement.

— Il craint de nous voir passer chez les prêtres blancs, dit la chamane.

Farodin aurait aimé tordre le cou à cette vieille bonne femme.

Orgrim poussa une sorte de grognement. Puis il ploya les genoux pour se mettre à la hauteur de Farodin et le regarder dans les yeux.

— Je sais que tu préférerais me voir mort, moi et tous les autres trolls. Ta confiance en nous ne va pas plus loin que le jet de tes crachats. J'ose espérer pourtant que, dans la désolation de tes pensées vengeresses, il te reste encore une étincelle d'intelligence. Les prêtres de Tjured veulent anéantir tous les enfants d'albes. Qu'il s'agisse de centaures, d'elfes, de fées des fleurs… ou de trolls. Nous combattons avec vous, parce que nous nous savons plus forts aux côtés des hommes des Fjords et des elfes. Et parce que nous savons que, d'ici peu, les prêtres blancs attaqueront aussi Malmort et tous nos autres châteaux. Tu es un survivant des guerres des trolls, Farodin. Tu sais que nous n'attendons pas de voir arriver la guerre chez nous. Nous la portons dans le pays de nos ennemis. Voilà pourquoi nous sommes ici !

— Et qu'est-ce qui vous empêche de vous croiser les bras en regardant vos ennemis s'entre-tuer, pour donner ensuite le coup de grâce aux survivants ?

Orgrim se releva brusquement.

— C'est la façon de penser d'un elfe, pas celle d'un troll ! Attention, Farodin, prends garde à ne pas dépasser les bornes !

Devant la reine

Mandred retira son casque et passa la main dans ses cheveux trempés de sueur. Nuramon les conduisait, lui et Liodred, vers la poupe de la galère. Le jarl était fier d'avoir des amis comme Nuramon. L'elfe lui avait sauvé la vie. Et une guerrière portant l'âme d'une ancienne compagne l'y avait aidé. Nuramon l'avait présentée comme étant Nomja… *Nomja* ! Pour la première fois, il voyait ce que signifiait renaître. Il avait vu mourir Nomja et il apercevait maintenant son âme dans une autre enveloppe. À la proue du bateau, protégée par un porteur de bouclier, elle faisait ce qu'elle avait déjà su faire pour le mieux dans sa vie antérieure : tirer à l'arc !

Les guerriers elfes assiégeaient une grande cogue dont la proue dominait le bastingage au centre de *L'Éclat d'Elfes*. Les elfes auraient bientôt investi le bateau.

Sans faire attention aux opérations, Nuramon continua à les mener vers le château arrière devant lequel la reine les attendait.

— Mandred ! s'écria Yulivée en courant vers lui. (Le jarl fut stupéfait de voir la petite magicienne ici. Mais Emerelle savait certainement ce qu'elle faisait. Mandred prit la fillette dans ses bras. La petite lui fit un gros baiser sur la joue.) Je suis contente de te voir ici, dit-elle ensuite en jouant avec ses tresses.

Nuramon se tourna vers la reine.

— Voici Liodred de Firnstayn, et tu te souviens certainement de Mandred.

— Bien sûr, dit Emerelle. Mais d'abord, raconte-moi. Où en est la bataille ?

— En ce moment, nous gagnons du terrain, répondit Nuramon.

— L'ennemi bénéficie d'une supériorité écrasante, intervint Mandred. Nous n'avons pas réussi à protéger nos flancs. Il va tenter de nous encercler. Avec combien de bateaux et de guerriers es-tu venue, Majesté ?

Le jarl reposa Yulivée par terre.

— Mandred Aïkhjarto, comme toujours, tu n'as que faire de l'étiquette de la cour ! constata la reine avec un sourire amusé. Mon cœur se réjouit de te voir. Et je suis heureuse aussi de faire ta connaissance, Liodred, roi de Firnstayn. Nous sommes venus avec tous les bateaux et tous les guerriers que les elfes d'Albemark ont pu rassembler. Nous assurerons vos flancs, et mes combattants relaieront vos vaillants guerriers épuisés par leur combat sur les bateaux qui forment le barrage. Retire tes hommes, Liodred, et laisse-les puiser des forces neuves. Nous, les enfants d'albes, nous sommes ici afin de rembourser notre ancienne dette avec notre sang.

Liodred s'inclina.

— Nous nous arrêterons aussi peu que possible et reprendrons vite la bataille. Le roi doit être près de ses guerriers, sinon ils perdent leur…

Il fut interrompu par des hurlements d'effroi. Au centre du bateau, des elfes s'effondraient, comme touchés par des flèches invisibles. Quelques-uns se tordaient dans leur agonie et poussaient des cris perçants. Mais la plupart gisaient là, inertes.

Mandred jeta un coup d'œil vers la cogue ennemie et n'en crut pas ses yeux. Là-bas, il avait vu les elfes gagner encore du terrain, mais désormais seuls les ennemis se trouvaient le long du pavois. Sur le trois-mâts, plus un seul combat nulle part !

Soudain, trois gardes s'affalèrent directement aux pieds de la reine comme si une forte rafale de vent les avait happés pour leur arracher la vie du corps.

Effrayés, ils se replièrent tous à tribord.

— Par tous les dieux, c'est quoi, ça ? s'écria Liodred. (L'effroi se lisait sur son visage.) Qu'est-ce que c'est que cette façon sournoise de tuer ?

Nuramon entraîna Yulivée à sa suite. Seule la reine semblait comme fascinée. Elle s'arrêta, regarda le bateau ennemi et chuchota :

— Donc, tout de même…

Mandred suivit son regard. Sur le château arrière de la grande cogue, un homme portant des vêtements bleu nuit flottant au vent levait les mains au ciel. Il ressemblait aux moines qu'ils avaient vus à Iskandrie parmi les Chevaliers de l'Ordre.

— Emerelle ! cria Nuramon.

Maître Alvias bondit devant elle et la poussa en arrière. Quelque chose parut l'empoigner. Il tituba, porta la main à sa poitrine et s'écroula aux pieds de la reine.

— Alvias ? dit Emerelle, incrédule, puis elle s'agenouilla auprès de son vieil intendant.

Alvias prit sa main dans un râle. Il cherchait désespérément à lui dire quelque chose.

— Pardonne-moi cette rudesse, ma reine ! souffla-t-il d'une voix tremblante. C'est mon destin de te…

Ses yeux se voilèrent, il cessa de respirer.

Le visage de la reine exprima d'abord la stupéfaction, mais il s'éclaira ensuite d'un sourire.

Mandred fut choqué de la voir sourire en un tel moment. Emerelle ne connaissait donc aucune compassion ? Même pas pour son conseiller le plus intime ? Le vieil intendant de la cour avait donné sa vie pour elle... et elle souriait !

Tout à coup, une douce lumière nimba la reine. Elle émanait du corps d'Alvias, s'écoulait autour de lui et l'enveloppait comme une étoffe de soie scintillante. Puis la silhouette d'Alvias commença à se diluer dans cet éclat d'argent. La reine des elfes tenait toujours sa main. Mais, tandis que ses doigts fins restaient bien visibles, ceux du vieil homme devinrent translucides. L'armure et l'épée de l'intendant s'effacèrent aussi. Bientôt, Alvias ne fit plus qu'un avec la lumière argentée qui l'entourait. Puis le halo se perdit comme de la fumée dispersée par le vent. Il ne resta plus qu'un parfum fleuri que Mandred sembla reconnaître. Il l'avait déjà perçu un jour à Firnstayn dans la chambre où était morte l'elfe Shalawyn.

C'était sans doute la Lumière de la Lune qui avait nimbé ainsi Alvias d'une lumière scintillante. Nuramon et Farodin en avaient si souvent parlé, et pourtant toutes leurs paroles n'avaient pu décrire exactement à Mandred ce qu'elle était vraiment. Le jarl avait le sentiment d'être devenu le témoin d'une chose divine, d'un miracle.

Les autres, tout aussi remués, en avaient pour un temps oublié la bataille. Bouche bée, Yulivée regardait l'endroit où Alvias avait disparu.

La reine se fit aider par Nuramon pour se relever.

— Il m'a sauvée, dit-elle. C'était là son destin.

— Qu'est-ce qui l'a tué ? chuchota Yulivée à Nuramon.

Elle semblait ressentir une telle peur qu'elle en avait perdu la voix.

— Je ne sais pas, répondit l'elfe.

Mandred regarda l'homme en habit de moine bleu nuit. La mort d'Alvias et son départ dans la Lumière de la Lune n'avaient duré que quelques instants. Le prêtre de Tjured semblait exténué. Penché au pavois, il s'y cramponnait des deux mains. Des Chevaliers de l'Ordre accoururent pour lui offrir la protection de leurs boucliers.

Maudit prêtre, pensa Mandred. Ces bâtards n'avaient plus rien à voir avec le guérisseur Guillaume qu'ils appelaient un saint. On ne pouvait se trouver plus éloigné des idéaux de Guillaume que... Le jarl repensa à l'incident d'Aniscans. Par Luth ! Ce ne pouvait être vrai ! Il fit le signe de l'œil protecteur.

— Tu te souviens d'Aniscans, Nuramon ? demanda-t-il d'une voix étouffée. De ce qui s'est passé à notre arrivée sur la place du marché ?

— Par tous les albes ! (Les yeux écarquillés par l'effroi, l'elfe regardait la cogue à haut bordage.) Ils vont tous nous tuer sans même avoir besoin de leur épée !

Un pont d'abordage heurta dans un grand craquement le bateau étendard des elfes. Toute une unité de Chevaliers de l'Ordre se formait déjà, prête à l'assaut. Le prêtre et ses gardes quittèrent le château arrière et se joignirent à leurs guerriers.

Nuramon se tourna vers Emerelle.

— Reine, partons d'ici ! Sinon, tout est perdu.

Liodred pointa un doigt vers la droite.

— Le rempart de boucliers est en place sur notre barrage de longs bateaux, souveraine. Nous pourrons atteindre une autre de nos galères en le traversant.

Les quelques elfes survivants à bord se ruèrent vers le pont d'abordage afin de repousser de leur mieux les Chevaliers de l'Ordre.

— Mandrides, à moi ! cria Liodred en faisant signe aux guerriers sur la longue barque voisine. Le roi demande votre sang !

— Ma reine ? demanda Nuramon.

Emerelle se contenta de hocher la tête. Pensive, elle prit Yulivée par la main et regarda la fillette sans la voir. Mandred aperçut une larme perler sur sa joue, comme si elle pleurait la fin de tout.

Jeux d'osselets

Les osselets sautèrent sur la grande table encombrée de cartes, dressée au milieu du *Marteau d'Albes*, le vaisseau étendard du roi des trolls. Les pouces passés dans son baudrier, Farodin s'efforçait de garder contenance. Pour parler poliment, il trouvait « surprenante » cette façon qu'avaient les trolls de mener la guerre. Il regardait du coin de l'œil les nuages de fumée qui s'élevaient par-delà les falaises. Où pouvait bien en être la bataille, à présent ?

La vieille chamane observa longuement les osselets sur la table.

— L'ombre de la mort plane sur Emerelle, dit-elle d'une voix sans timbre. Je vois un humain chercher à l'atteindre par sa puissance. Un homme isolé qui a déjà tué plus d'une centaine d'elfes.

Tous les regards se braquèrent sur Farodin.

— C'est... c'est impossible, fit-il. Aucun humain ne peut rivaliser avec un elfe au combat. Tu dois te tromper.

— Dis-tu cela parce que ce qui ne doit pas être ne peut l'être ? demanda Boldor. (Le roi des trolls mesurait presque huit pieds de haut. Son corps nu était couturé de larges cicatrices. Ses longues oreilles pointues étaient fendues et difformes. Ses yeux clairs ressortaient de son front renflé et dévisageaient Farodin d'un air critique.) Lance encore une fois les osselets, Skanga !

La chamane s'exécuta en jetant un regard mauvais à Nuramon. Les osselets jaunis claquèrent sur la table. Skanga se croisa les bras sur la poitrine.

— C'est comme je l'ai dit : l'ombre de la mort plane sur Emerelle. Je sens nettement la puissance maléfique de l'humain. C'est sa magie qui le rend si foudroyant. Elle agit tout à fait différemment des nôtres. Il aspire la force du monde et du cœur des elfes. C'est ce qui les fait mourir. Quel que soit le charme qu'il opère, il ne faut pas se trouver près de lui.

— Cette magie tuerait-elle aussi les trolls ? demanda le duc Orgrim.

— Elle tue n'importe quel enfant d'albes !

— Et peut-on s'en protéger par une formule pour la contrer ? insista le duc.

— Non. Cette magie est différente. Rien ne peut en protéger. Toutefois, elle ne peut blesser les humains.

Farodin se rappela les événements d'Aniscans. Existait-il un autre homme tel que Guillaume ? Un humain pouvait-il devenir aussi puissant qu'un bâtard d'elfe et de Devianthar ?

— Que nous conseilles-tu de faire, Skanga ? demanda gravement le roi des trolls.

— Se risquer à proximité de ce magicien signifierait cracher au visage de la mort. Pour l'instant, il est affaibli. Mais je sens sa force revenir à chaque seconde.

Le roi se frotta le front de son poing.

— Donnez-moi un bateau, dit Farodin d'un ton décidé. Je combattrai aux côtés de mon peuple.

Boldor ne tint pas compte de sa demande.

— Que se passera-t-il si nous nous engageons dans cette bataille ?

La chamane lança de nouveau les osselets. Cette fois-ci, elle contempla longuement leur motif troublant.

— Si nous combattons, du sang royal coulera, dit-elle finalement.

Le roi se passa l'index sur sa lippe.

— Emerelle et le roi du Pays des Fjords font aussi partie des combattants, n'est-ce pas ?

— Ils se trouvent tous les deux face à ce terrible magicien.

Boldor leva le poing au-dessus de la table à cartes.

— Merde de kobold ! rugit-il. Nous n'allons pas rester ici à regarder Emerelle et ce roi humain être les seuls à récolter la gloire. Amenez les voiles et installez les rameurs ! Nous allons nous lancer dans la bataille. (Il montra les colonnes de fumée derrière les récifs.) Arrosez d'eau le pont. Je ne veux voir brûler aucun de mes bateaux.

— Comment allons-nous attaquer ? demanda Orgrim.

— À la manière des trolls ! En envoyant par le fond tous les bateaux en travers de notre route.

Les osselets claquèrent une nouvelle fois.

— Je vois un danger sur le flanc ouest. Quelque chose… (La chamane tria quelques osselets.) Quelque chose se cache là-bas.

Le roi leva les yeux et désigna les panaches de fumée.

— Pour voir ce danger, je n'ai pas besoin de ton aide, Skanga. C'est là-bas que brûlent la plupart des bateaux. Nous prendrons nos précautions et ferons attention aux étincelles volantes.

Emerelle en danger

Ils menaient un combat désespéré. Seuls Mandred, le roi Liodred et les Mandrides préservaient les elfes de se faire encercler par les ennemis. Les hommes de Firnstayn tentaient de se frayer un passage sur le pont pour permettre à la reine de se sauver sur les bateaux longs en passant par le château avant. Un petit groupe de Chevaliers de l'Ordre avait réussi à passer et occupait la plate-forme de combat à la proue, mais les Mandrides étaient parvenus à les couper du reste de leurs troupes. Obilée, avec une poignée de guerriers elfes, bataillait afin de reconquérir le bastion dominant la proue. Pendant ce temps, les Mandrides se battaient désespérément pour empêcher une deuxième percée ennemie et repousser les Chevaliers de l'Ordre vers leur vaisseau.

Emerelle était entourée par ses gardes. Appuyée au pavois, perdue dans ses pensées, elle serrait Yulivée contre elle.

Le nombre des blessés augmentait ; d'ici peu la supériorité des adversaires aurait enfoncé leurs rangs.

Nuramon avait beau ne pas quitter la cogue des yeux, il ne parvenait pas à voir le prêtre. Il craignait que celui-ci, caché par son escorte, progresse lentement. Il se trouvait maintenant si près de la reine qu'un seul sort jeté par lui pourrait la détruire, elle et sa garde.

Un guerrier avait contourné Mandred et s'approchait. Vite, Nuramon mit en joue et décocha un trait. L'ennemi tomba à terre, mais deux autres le remplacèrent. Nuramon comprit que les Mandrides ne seraient plus longtemps capables de repousser les adversaires vers leur cogue, mais qu'ils faisaient maintenant de leur mieux pour en laisser passer le moins possible. Le combat autour du château avant de la galère royale en était lui aussi toujours au même point. Des Chevaliers de l'Ordre s'y trouvaient encore et barraient le passage vers les bateaux longs.

Nuramon tirait sans interruption. En voyant un guerrier esquiver un de ses traits et s'élancer avec son épée, il comprit qu'il n'aurait plus le temps d'encocher une nouvelle flèche. Il leva son arc pour en frapper l'homme, mais un garde de la reine lui vint en aide en brandissant sa lance. Le guerrier adverse termina sa course en s'y empalant. L'adorateur de Tjured arracha la lance de la main du garde, puis il chancela en arrière et s'écroula sans vie sur le plancher.

Tout à coup, les archers d'Alvemer furent là pour les soutenir. Nomja vint se placer auprès de Nuramon.

— Qu'est-ce qui s'est passé ici ? demanda-t-elle.

Nuramon eût préféré se taire. Il ne comprenait pas lui-même le sens de tout cela. Il n'arrêtait pas de penser aux paroles de Mandred. Le jarl lui avait demandé s'il se souvenait d'Aniscans. Naturellement, Nuramon n'avait pas oublié comment Gelvuun avait trouvé la mort par la magie de Guillaume.

— C'est un prêtre de Tjured ! fut sa seule réponse à Nomja.

Nuramon chercha des yeux Yulivée. Elle s'agrippait au bras d'Emerelle. Le cliquetis des armes et les cris des blessés la faisaient sans cesse sursauter. Elle cachait son visage dans la robe de la reine.

Obilée n'était pas loin, elle soutenait avec ses gens le combat des Mandrides.

— Ne vous avancez pas trop, cria-t-elle.

Elle maniait son épée avec une grande force, de petits éclairs bleus tremblaient le long de sa lame. L'adversaire touché par son arme tressautait en criant comme si la magie de l'éclair était plus terrible que l'acier pénétrant son corps. Des elfes non armés se trouvaient derrière elle et ses guerriers – des rameurs !

Mandred et Liodred se replièrent avec les hommes de Firnstayn. Obilée fit de même avec ses guerriers. Les archers d'Alvemer virent ainsi se dégager leur ligne de tir. Ils décochèrent une telle pluie de flèches que peu d'adversaires osèrent s'avancer. Ceux qui s'y risquèrent furent abattus par les Mandrides de part et d'autre des archers. La plupart des Chevaliers de l'Ordre reculèrent presque jusqu'au pavois où ils formèrent un rempart de boucliers.

Nuramon eut bientôt décoché toutes ses flèches. Il laissa un lancier prendre sa place dans le rang et se tourna vers la reine.

— Emerelle ! (Elle le regarda sans un mot.) Nous y arriverons, dit-il, tout en sachant combien la situation était grave pour eux tous et pour Albemark.

En jetant un regard dans l'eau, par-dessus la lisse, il vit des dizaines d'elfes y nager. S'agissait-il des rameurs ? Ou même de guerriers qui auraient osé prendre la fuite ?

Les gardes devant Emerelle ouvrirent les rangs lorsque Obilée, accompagnée par Mandred et Liodred, s'adressa à la reine.

— Nous allons te conduire auprès d'Ollowain. Il combat tout près d'ici sur une longue barque. Un dernier assaut et nous aurons reconquis notre château avant. Alors, le chemin sera libre. (Emerelle avait du mal à respirer. Elle se taisait.) Ma reine ? s'inquiéta Obilée.

—Je suis entre tes mains, Obilée, finit par répondre la reine, perdue dans ses pensées.

Nuramon balaya du regard le champ de bataille des hommes des Fjords. D'autres vaisseaux ennemis étaient arrivés. Entre la galère de la reine et le bateau d'Ollowain, on se battait âprement.

—Nous n'y arriverons pas à temps, s'écria Nuramon. (Il désigna la cogue.) Le prêtre se trouve là-bas, quelque part. Pendant que nous sommes ici, il reprend des forces pour jeter son nouveau sort. Nous ne pouvons plus attendre la libération du château avant ! La fatalité va nous prendre de court d'un moment à l'autre !

—Peut-être qu'on devrait nager aussi ? proposa Yulivée.

Emerelle caressa la tête de la petite.

—Non, la reine ne s'enfuira pas à la nage. Je passerai par les bateaux ! (Elle semblait enfin avoir retrouvé ses esprits.) Obilée ! Je voudrais que tu nous ouvres la voie par ta magie.

La guerrière acquiesça.

—Oui, dit-elle d'une voix douce. Mais ça ne suffira pas. Même si je te sauve, le prêtre peut faire pencher la bataille en sa faveur.

Mandred intervint.

—Alors, nous, les humains, nous devons le tuer. Moi et mes Mandrides nous allons nous frayer un passage vers lui !

Nuramon secoua la tête.

—Mandred, c'est beaucoup trop dangereux !

—Si vous, les elfes, vous mourez ou vous vous enfuyez, nous sommes perdus. Ce ramassis de prêtres détruira Firnstayn ! Laisse-moi faire ce qui doit être fait ! Souhaite-moi plutôt bonne chance !

Nuramon échangea un regard avec Obilée et la reine. Elles hochèrent la tête toutes les deux.

—Mandred ! dit-il. Je ne connais personne plus vaillant que toi, ni parmi les humains ni parmi les enfants d'albes.

Mandred prit Nuramon dans ses bras, puis il s'adressa à Liodred.

—Soyons l'épée qui fendra leurs rangs et noyons-les sous les coups pour les renvoyer sur leur vaisseau !

Le jarl jeta un dernier regard en arrière, et Nuramon craignit de le voir pour la dernière fois.

Les hommes de Firnstayn se mêlèrent aux archers. Mandred échangea quelques mots avec Nomja.

—Pour Firnstayn ! cria-t-il ensuite.

Les guerriers foncèrent en avant, couverts sur leurs flancs par des volées de flèches. Dans un cliquetis d'armes, avec des hurlements sauvages, ils percutèrent contre les boucliers des Chevaliers.

— Allons-y ! déclara Obilée.

Nuramon jeta un œil sur l'écoutille du pont inférieur, puis il regarda de nouveau le château arrière. Il se tourna vers Yulivée.

— As-tu mes flèches ?

Les mains tremblantes, la fillette lui tendit le carquois.

Il le prit en la remerciant. Puis il en sortit les flèches des nains et les mit dans le carquois qu'il portait.

— Obilée ! Emerelle ! J'ai un plan ! cria-t-il en leur montrant l'écoutille du pont des rameurs.

Pierres et trolls

Sous le pont du *Broyeur*, les coups de tambour résonnaient sourdement. Les rameurs plongeaient les pelles en cadence et les ressortaient dans une gerbe d'écume. Farodin s'étonnait de voir les trolls ramer ensemble avec une telle discipline et de constater la vitesse avec laquelle le lourd bateau avançait.

Moins de trois cents pas les séparaient encore d'une grande cogue qui se dirigeait vers eux. Seuls quelques bateaux de la flotte des prêtres avaient réussi à virer et à mettre le cap sur ce nouvel ennemi venant de surgir dans leur dos. La majorité de leurs autres vaisseaux se pressaient dans le fjord étroit pour soutenir le combat contre le barrage flottant des hommes de Firnstayn. Il leur était impossible de se retirer prestement pour se diriger vers les trolls.

Farodin resserra sous le menton les sangles de son casque et vérifia que sa ceinture d'armes était bien en place. Il laissa encore le lourd bouclier contre le pavois. Il le prendrait dès le début du combat.

Le duc Orgrim s'appuyait négligemment sur son grand marteau de guerre.

— Nous ne combattrons qu'une fois dans la mêlée, dit-il tranquillement. Ce ne sont pas ceux-là devant qui vont nous arrêter.

Farodin observa le trois-mâts ennemi faisant route vers eux. Ce vaisseau était plus petit que la galéasse des trolls. Le temps d'un instant, l'elfe ressentit du respect pour les Chevaliers de l'Ordre qui attaquaient sans peur un ennemi bien plus puissant qu'eux. La grand-voile arborant l'emblème du chêne brûlé masquait la vue sur le château arrière. Farodin se demanda de quelle manière les hommes pouvaient bien se préparer à ce combat inégal. La cogue mettait le cap droit sur eux comme si elle voulait percuter leur bateau.

— Ils vont se dérouter au dernier moment et tenter de briser nos rames par bâbord ou tribord.

— Je sais, répondit flegmatiquement Orgrim. (Il fit signe à un de ses chefs au milieu du bateau.) Préparez les brise-ponts !

Un mouvement se fit parmi les trolls le long du pavois.

Moins de cent pas séparaient maintenant les deux bateaux. Farodin s'agrippa à la lisse du château arrière et se prépara à la collision. Il ne doutait pas de voir les trolls remporter l'assaut. Mais ils perdraient du temps. Du temps qu'ils n'auraient plus pour assister Emerelle et les hommes des Fjords dans leur lutte désespérée.

Depuis le château avant de la cogue, les arbalétriers ouvrirent le tir. Un troll s'écroula, touché au front par un carreau. Un autre grogna en retirant un trait de son épaule sanglante. Sans même lever leurs boucliers pour se protéger, les trolls continuèrent à mépriser stoïquement la mort.

Subitement, la cogue vira vers tribord.

— Levez les rames à tribord !

Le cri poussé par Orgrim retentit comme un coup de fanfare. Le tambour se tut aussitôt. Les pelles sortirent de l'eau. Elles restèrent un moment à l'horizontale. La cogue ne se trouvait plus qu'à quelques pas.

Les longs avirons furent alors rentrés à la hâte par les étroits trous de nage. Les premiers volèrent en éclats au moment où la cogue doubla le bateau des trolls à deux pas de distance. Cependant, la majorité des rames furent mises à l'abri.

— Les brise-ponts ! hurla Orgrim.

Plus d'une dizaine de trolls se glissèrent en se courbant le long du pavois de tribord. Ils se mirent par deux pour soulever les lourds blocs rocheux que Farodin avait aperçus précédemment. Tels des meuniers dans le Monde des Humains prenant leur élan pour lancer un sac de farine sur une charrette, les trolls balancèrent gaiement d'avant en arrière les blocs de pierre et les expédièrent ensuite d'un large geste sur la cogue.

Le bateau des hommes se trouvait beaucoup plus bas. Farodin vit que les Chevaliers au centre du bateau avaient levé leurs boucliers au-dessus de leurs têtes. Enchevêtrées les unes dans les autres, leurs armes formaient une forêt d'arbres morts. Elles ne les protégeaient pas des blocs rocheux. Ceux-ci s'abattirent presque à la verticale sur les écus, écrasèrent les hommes et défoncèrent le plancher du pont. Dans un vacarme de bois fracassé, les blocs disparurent dans la coque du navire.

Un carreau d'arbalète vint se ficher dans le pavois juste à côté de Farodin. L'elfe leva les yeux. Les nids-de-pie de la cogue étaient occupés par des arbalétriers. D'autres carreaux crépitèrent sur le château de poupe. Un trait atteignit à la jambe le troll qui tenait la barre. Il jura. Toutefois, personne ne fit mine de se mettre à couvert. Farodin savait qu'il fallait avoir beaucoup de chance pour pouvoir abattre un troll d'un seul carreau. Mais, en ce qui le concernait, il n'en allait pas de même.

Son bouclier toujours posé contre le pavois près de lui, l'elfe jeta un regard vers le duc. Celui-ci se tenait là, tranquille, appuyé sur son marteau de combat. Non, pensa alors Farodin, il n'accorderait pas ce triomphe à ces bâtards ! Ils s'attendaient certainement tous à le voir se blottir lâchement derrière son bouclier, tandis que les trolls essuieraient stoïquement les tirs. Il se contenta donc de se pousser un peu de côté pour offrir moins de surface de cible aux arbalétriers.

— Nous avons longuement mis au point cette tactique d'attaque avec les blocs de pierre, expliqua Orgrim d'un ton aussi détendu que s'il se trouvait à la table de banquet de son château de Malmort. J'aurais bien aimé voir ce que ce genre d'attaque donnait contre les elfes. Vos bateaux sont de construction légère et n'ont que peu de ponts, pour ce que j'en sais. Les pierres les auraient certainement sectionnés jusqu'à la quille.

— Je suppose plutôt que nous ne vous aurions pas laissé vous approcher de nous à la distance d'un jet de pierre, répliqua froidement Farodin.

Il se réjouit cependant en secret que ce genre de bataille navale contre les trolls n'ait pas eu lieu.

— Tu ne veux pas te protéger ? demanda le duc en montrant l'écu de Farodin adossé au pavois. Il me déplairait de devoir annoncer ta mort au roi Boldor. (Le troll avait une large entaille qui saignait sur son crâne nu.) Ou crois-tu avoir le crâne aussi dur que le mien ?

— Je crois qu'aucun homme ne tirera sur un elfe entouré de trolls offrant une cible plus facile.

Orgrim éclata de rire.

— Pour un elfe, tu as du cran. Dommage que mon ancêtre ait tué ta femme et que tu lui aies juré une vengeance éternelle. Je ne te tuerai qu'à contrecœur, une fois la bataille passée et notre paix terminée.

— Comment peux-tu être si sûr de survivre à cette bataille ?

Le troll fit un large sourire.

— Fort peu de chose est capable de tuer un troll. C'est notre avantage sur ton peuple.

Farodin s'apprêtait à décocher une réponse cynique, quand un nouveau tir groupé de brise-ponts s'abattit sur la cogue. Le vacarme et les cris des blessés furent indescriptibles. Le long de la coque, les dalots crachèrent des rigoles de sang sombre.

Le mât principal se pencha. Un bloc de pierre l'avait traversé juste au-dessus du pont, et il n'était plus retenu que par les haubans.

Le bateau des prêtres avait presque doublé la galéasse. À présent, les trolls ramassèrent les plus petits blocs le long du pavois. Tels des enfants jetant des cailloux dans un lac, ils les projetèrent sur la cohue humaine. Farodin vit le pilote de la cogue se faire toucher à la poitrine et catapulter contre l'arrière du château de poupe. Écœuré, l'elfe se détourna pour ne pas assister plus longtemps au massacre.

Dix pas

Mandred avait bataillé ferme pour grimper sur le pont d'abordage. Avec les Mandrides, il avait progressé jusqu'au château avant de la cogue. Telle une tour, celui-ci surplombait la proue du vaisseau ennemi. Seuls deux escaliers permettaient d'y accéder depuis le pont principal. La position était facile à tenir. Cependant, les ennemis avaient formé un rempart de boucliers et déjà repoussé deux de leurs attaques.

Furieux, Mandred se rua en avant une troisième fois. Sa hache frappa des boucliers et transperça des cottes de mailles. Les Mandrides se tenaient à distance respectueuse en le voyant brandir son arme. Pourtant, quelle que soit la force avec laquelle il fonçait en avant, les rangs ennemis se refermaient aussitôt. Des épées jaillissaient par les brèches ou par-dessus le bord des écus. Elles surgissaient avec la rapidité de vipères. Les Chevaliers de l'Ordre, expérimentés dans cet art de combattre, ne cédaient pas un pouce de terrain. Un coup d'épée atteignit Mandred au-dessus de la hanche. Du sang chaud ruissela sur sa jambe. Protégé par les boucliers des Mandrides, il se replia sur le château avant.

Accablé, il regarda par-dessus la balustrade. Une petite galère s'avançait entre le bateau étendard de la reine et la grande cogue. Elle s'était à l'évidence empressée d'accourir pour renforcer la troupe d'Emerelle. Plus personne n'était en vie à bord. Les guerriers et les rameurs gisaient tous sur le pont, victimes de ce maudit prêtre de Tjured !

C'était désespérant. La bataille autour des bateaux longs enchaînés semblait tout aussi mal engagée. Les hommes des Fjords et les elfes y avaient presque jeté leurs dernières réserves. En revanche, les renforts des Chevaliers de l'Ordre paraissaient inépuisables. Quel que soit le nombre de guerriers perdus, les brèches dans leurs rangs se refermaient aussitôt.

Liodred se porta au côté de Mandred.

— Tu es blessé ?

—Juste une égratignure! grogna le jarl. (Il mentait à son descendant. La plaie le brûlait comme s'il avait été atteint par un pique-feu chauffé à rouge et non par une épée.) Les adversaires sont trop nombreux! Il faut se contenter de tenir le château avant.

Il jeta un regard derrière lui vers un jeune Mandride épuisé qui se penchait par-dessus la lisse pour suivre des yeux ce qui se passait sur les longues barques, par-delà le navire de la reine.

—Vont-ils nous apporter du renfort? demanda Mandred.

—Non! Ils sont pris dans de durs combats. Les Chevaliers les attaquent sur tout leur front!

—Merde!

Mandred jeta un œil vers le pont principal de la cogue. Les rangs ennemis s'étaient reformés et passaient de nouveau à l'attaque. Bravant la mort, ils prenaient d'assaut les deux escaliers menant au château avant. Un Chevalier de l'Ordre, un géant, les menait sur le côté gauche. Il envoya à terre le Mandride qui lui barrait le chemin. Sa lame fendit la gorge du jeune guerrier. À coups de bouclier, il se dégagea le passage et posa le pied sur le château avant. Aussitôt, d'autres Chevaliers se précipitèrent derrière lui.

Mandred se jeta en avant. Il détestait cette façon de combattre. Coincé dans la mêlée, il n'avait pas la place pour manier sa hache. Il faudrait la lever bien haut pour utiliser toute sa force. Mais il ne le ferait pas. Car alors sa poitrine et son ventre seraient à découvert, et il constaterait douloureusement l'adresse avec laquelle les Chevaliers de l'Ordre maniaient leurs épées courtes. Il se contenta d'attaquer âprement avec la courte pointe de sa hache. Il l'enfonça dans le bouclier du guerrier devant lui. Le Chevalier poussa un cri. Mandred avait atteint sa cible: le bras fixé par des sangles de cuir derrière le bois. Le Chevalier de l'Ordre laissa tomber son écu. Un court instant, mais suffisamment long pour lui assener un autre coup. La pointe pénétra en crissant dans la fente des yeux du casque plein.

Profitant de la brèche, il attaqua l'homme à gauche, qui n'était à présent plus protégé par le bouclier de son camarade. Le guerrier leva son épée pour parer le coup, mais il ne put s'opposer à la puissance de l'assaut, et la hache de Mandred s'enfonça dans sa poitrine.

Le jarl avait presque atteint le pavois. Sur le pont principal, il aperçut le prêtre parmi les guerriers. Il se trouvait à environ dix pas de distance; sa robe bleu nuit bougeait au vent.

—En avant! hurla le prêtre dans la langue de Fargon. Continuons! Sinon la reine des démons va s'enfuir!

Les Chevaliers se ruèrent sur les deux escaliers. Le géant se trouvait toujours au pied de la montée. Deux Mandrides morts à ses pieds.

Mandred baissa de nouveau son regard vers le pont principal. Impossible de passer près de ce maudit prêtre! Dix pas! Dix pas encore, et ce serait gagné ! Mais, pour cela, il lui faudrait grimper sur le pavois et de là sauter en bas parmi les ennemis.

Le jarl se courba pour esquiver un lourd coup d'épée et, en se glissant sous le bouclier de son adversaire, il lui expédia un grand coup de hache dans le genou. L'homme s'effondra en hurlant, puis il essaya d'enfoncer son épée dans l'aine de Mandred. Celui-ci décocha un tel coup de pied dans son écu que le bord ferré alla percuter le casque du Chevalier. Sa tête partit brutalement en arrière. Mandred lui enfonça la pointe de sa hache dans la gorge.

Aussitôt, le jarl leva de nouveau les yeux. Sauter par-dessus le pavois signifierait sa mort. Mais il pouvait peut-être acheter avec sa vie la fuite de la reine et sauver ainsi Albemark et le Pays des Fjords.

Le prêtre avait levé les bras. Il recommençait à opérer sa magie ! Mandred jeta un coup d'œil derrière lui. La dernière fois, il l'avait vu au moins dix pas plus en arrière. Emerelle se trouvait maintenant dans le cercle funeste !

Du coin de l'œil, il perçut un mouvement. Le Chevalier géant s'était frayé un passage vers lui. Mandred recula. L'épée du Chevalier entailla son haubert. Le coup porté en profondeur avait atteint son tibia. Un coup de bouclier le projeta en arrière. Des mains l'agrippèrent et le tirèrent sous la protection des boucliers des Mandrides. À présent, il ne pouvait plus atteindre le pavois. Il aurait dû sauter !

À deux doigts de la mort

Sous le pont de la galère, Nuramon courait avec Nomja vers la poupe. La vision de tous ces rameurs morts sur le côté tribord l'horrifiait. Ils gisaient tous là, elfes hommes ou femmes, quelques-uns tombés en avant par-dessus leurs rames, d'autres en arrière derrière le banc de nage. Aucun ne portait de blessure, et leurs visages n'exprimaient pas la moindre peur. Ils n'avaient sans doute ressenti aucune souffrance et n'avaient même pas vu arriver leur fin.

Ce qui remuait Nuramon était la question de savoir si ces morts renaîtraient. Par l'exemple de Nomja, il savait que les elfes qui mouraient dans le Monde des Humains pouvaient renaître à Albemark. Et les nains montraient de façon exemplaire que les enfants d'albes pouvaient même connaître une nouvelle vie dans le Monde des Humains. Toutefois, la magie des prêtres pouvait empêcher leur renaissance. Il n'y avait pas songé en dévoilant son plan à Emerelle et à Obilée. S'il n'y avait pas de renaissance possible, un seul souffle de cette magie de mort pourrait mettre un terme à sa quête. Mais ensuite, il pensa à maître Alvias. N'avait-il pas rejoint devant ses yeux la Lumière de la Lune ? N'était-ce pas la preuve que les prêtres ne pouvaient détruire l'âme ? Restait juste à savoir qui allait engendrer des enfants ou les mettre au monde, si tout était perdu…

Ils atteignirent l'écoutille de la proue et grimpèrent prudemment la large échelle. Nuramon sortit légèrement la tête de l'écoutille pour voir la situation sur le château avant de la galère. À sa grande surprise, il n'y avait plus personne. Les elfes avaient dû vaincre les Chevaliers de l'Ordre ! Obilée et la reine se trouvaient certainement déjà en sécurité sur les bateaux longs. Il sortit de l'écoutille et se tint courbé. Par-dessus la lisse, il vit que les hommes des Fjords occupaient toujours le château avant de la cogue, empêchant ainsi les Chevaliers de poursuivre la reine en fuite.

Dès que Nomja se fut extraite de l'écoutille, ils se glissèrent ensemble vers le pavois en se penchant et en relevant juste un peu la tête afin de pouvoir observer le combat entre les Chevaliers de l'Ordre et les Mandrides.

Les hommes des Fjords étaient en mauvaise posture. Ils avaient certes réussi à s'avancer jusqu'au bateau ennemi, mais leur chemin s'arrêtait là.

Là-bas, il y avait Mandred ! Il combattait en première ligne. Il fallait toujours que ce soit lui qui prenne le plus de risques ! Ses hommes avaient bien cinquante Chevaliers en face d'eux. La défaite des Mandrides n'était plus qu'une question de temps.

— Regarde ! chuchota Nomja, le prêtre est là-bas, entouré de gardes avec des casques à visière !

Nuramon vit l'homme. Il ne se trouvait qu'à quelques pas de distance de Mandred, près du pavois du pont principal, et cependant le jarl ne pouvait l'atteindre. Les porteurs de boucliers ne le laisseraient pas passer. Leurs épées courtes, dans un combat resserré, représentaient un avantage face aux grandes haches et aux longues lames des Mandrides.

Nuramon inspira à fond et remonta du regard le pavois jusqu'à la proue. De nombreux elfes gisaient là, tués par la magie du prêtre. Lui et Nomja, ils se trouvaient maintenant dans le cercle mortel. Nuramon tendit à Nomja quatre flèches des nains.

— Tiens, prends-les !

La guerrière ouvrit de grands yeux en voyant les pointes scintiller.

— Merci, Nuramon, dit-elle doucement en n'en prenant cependant que deux.

Elle avait raison. Elles lui suffiraient. Si le prêtre était encore en vie après deux flèches, ils étaient assurés de mourir.

Nuramon encocha un trait et attendit que Nomja fasse de même. Il prit une grande inspiration.

— Maintenant ! chuchota-t-il, et ils se levèrent.

Nuramon visa le prêtre en robe bleu foncé, puis il libéra la corde et décocha la flèche. Le tir de Nomja suivit juste un instant après.

Le trait de Nuramon atteignit un garde du corps à l'épaule juste au moment où il croisait par hasard la trajectoire. Nomja manqua le prêtre d'un cheveu. Vite, ils encochèrent de nouvelles flèches. Les guerriers levèrent leurs boucliers autour du prêtre et tentèrent de le mettre à couvert. Il fallait se hâter, sinon le prêtre de Tjured userait de sa magie.

Nomja décocha la première, mais son trait fut dévié par un ombon. La flèche de Nuramon atterrit en plein milieu d'un bouclier et le transperça. Le guerrier derrière poussa un cri, s'affala en avant et dégagea la vue sur le prêtre. Celui-ci se tenait légèrement courbé, les mains levées. Il opérait sa magie. Plus qu'un tir ! *Un seul tir !* Dès que la brèche ouverte par le guerrier tombé se serait refermée, plus rien ne serait possible.

Dans une folle précipitation, Nuramon encocha de nouveau. Nomja tira aussi une flèche de son carquois. Nuramon visa et libéra la corde. Le trait frôla la tête du prêtre. Les Chevaliers de l'Ordre se rapprochèrent de lui pour refermer la brèche. L'un d'eux dirigea son bras tendu vers eux en criant quelque chose.

Là ! La flèche de Nomja ! Tout dépendait d'un seul instant. Il ne restait plus qu'une toute petite fente dans le rempart de boucliers… Nuramon pensait déjà voir la flèche se ficher dans l'un des écus. C'est alors que se produisit quelque chose d'incroyable : le trait s'engouffra dans la fente. Nuramon vit le prêtre lever les bras au ciel, puis s'écrouler parmi les Chevaliers.

Percée

La panique s'empara soudain des Chevaliers de l'Ordre. Sans que Mandred comprenne pourquoi, ils quittèrent le château arrière pour se replier sur le pont principal. Même le Chevalier géant, qui venait juste encore de lui donner du fil à retordre, cessa ses attaques pour couvrir la retraite de ses compagnons.

— Mandrides ! En avant ! rugit Mandred en envoyant un grand coup de pied dans le bouclier du géant.

Celui-ci chancela sur l'escalier raide et souillé de sang, puis il dégringola les marches en entraînant quelques guerriers dans sa chute. Mandred sauta derrière lui et atterrit sur le bouclier de son adversaire. La percée était réussie !

Le jarl posa la pointe de sa hache sur la gorge du Chevalier de l'Ordre. L'effroi se lisait dans les yeux de l'homme.

Tout autour, le combat touchait presque à sa fin. Pratiquement plus personne n'opposait de résistance. La plupart se cachaient derrière leurs boucliers.

— Je ne te demande pas ma grâce, poussa le géant dans un râle.

— Et je ne t'en accorde aucune !

La hache de Mandred s'abattit sur l'homme. Cependant, il le frappa du plat de la lame pour simplement l'assommer. Ce Chevalier s'était bien battu. Le pourfendre eût été sans honneur.

Une nouvelle fois, les Chevaliers en retraite tentèrent de dresser un mur de boucliers. Mandred se rua résolument en avant. Il fallait les empêcher de reformer une ligne de combat. Il écarta des écus, repoussa des guerriers en les menaçant de sa hache et s'efforça d'arriver le plus vite possible pour désorganiser le front en formation. Liodred et les Mandrides s'occuperaient du reste.

Quand il se trouva près des gardes du prêtre magicien, leur seule vue ranima sa colère. Comme un ours en furie, il se jeta sur eux, esquiva leurs épées et assena à l'un d'entre eux un coup de hache entre les côtes.

Dans sa rage, il ne sentit presque pas sa lame transpercer la nuquière. Les anneaux de fer ayant paré la violence du coup, l'homme s'en tira avec une blessure superficielle. Le jarl enfonça la pointe de sa hache dans l'aine d'un autre attaquant, retira son arme et para un coup de revers visant sa gorge. Impitoyablement, l'acier d'elfe chantait son chant de mort. Les gardes du prêtre combattirent jusqu'au dernier homme.

Quand Mandred, éreinté, laissa finalement retomber sa hache, il constata avec surprise que les autres Chevaliers avaient entre-temps déposé les armes.

Le souffle court, le jarl regarda autour de lui. Enfin, il avisa l'unique et seul ennemi ! Le prêtre magicien gisait parmi les morts. Mandred s'approcha de lui. Il s'étonna de voir la jeunesse de ce prêtre en robe bleue. Une flèche avait mis fin à sa vie.

Liodred rejoignit Mandred.

— Ils abandonnent ! déclara-t-il d'une voix lasse. Les combats ont aussi cessé sur les ponts inférieurs.

Mandred entendit bien ce que le roi disait, mais il n'avait d'yeux que pour le prêtre. D'une secousse, il arracha la flèche de son corps. Il avait déjà vu ces plumes argentées. Et, quand il essuya de son pouce le sang de la pointe et qu'il vit le fer scintillant, il comprit à qui appartenait ce trait. En jetant un regard autour de lui, Mandred aperçut Nuramon et Nomja à la proue de la galère elfique. Ils lui firent des signes.

Le jarl secoua la tête et sourit à Liodred.

— Ce maudit elfe m'a encore une fois sauvé le cul. Et sa débile de famille qui pense qu'il ne vaut rien !

Déluge de feu

Seule une centaine de pas séparaient maintenant le *Broyeur* des longues barques des hommes des Fjords. Huit navires suivaient la galéasse du duc. Les autres se dirigeaient avec le vaisseau étendard du roi vers l'aile ouest du barrage de bateaux, où les Chevaliers de l'Ordre avaient entre-temps la situation en main. Il fallait les arrêter, si on ne voulait pas les voir enfoncer par le flanc toute la ligne défensive des guerriers des Fjords.

La fumée qu'ils avaient aperçue de loin de ce côté-ci du fjord s'était dispersée. Farodin avisa les épaves de trois bateaux brûlés dérivant en bordure de côte. Les brasiers étaient éteints.

L'elfe trouva étrange que le roi se soit justement choisi cette partie du champ de bataille, contre laquelle Skanga l'avait expressément mis en garde.

— C'est le privilège du roi de combattre là où l'on peut remporter la plus grande gloire, dit la chamane sans qu'on lui ait posé de question. (Farodin se retourna, furieux.) Non, je ne cesserai pas de lire dans tes pensées. (Ses yeux lançaient des éclairs.) Je ne le ferai pas tant que ton désir de le voir mort ne sera pas satisfait.

Le duc les ignora tous les deux. Il fit signe aux guerriers au milieu du bateau.

— Apportez d'autres brise-ponts !

Farodin se pencha de côté par-dessus le bastingage pour voir ce qui amenait Orgrim à donner cet ordre. Trois petites cogues s'étaient détachées du groupe des bateaux des Chevaliers de l'Ordre et faisaient route vers eux avec l'énergie du désespoir. *Ils sont fous*, pensa l'elfe. *Désespérément fous !*

En fait, ils pouvaient tout aussi bien se trancher eux-mêmes la gorge tout de suite. Ces Chevaliers et ces marins avaient tout de même dû voir le sort réservé aux bateaux attaqués par la flotte des trolls. Et pourtant, ils se lançaient dans cet assaut insensé !

De nouvelles pierres furent hissées sur le pont par une écoutille de chargement et empilées le long du bordage. Farodin entendit les trolls échanger des plaisanteries et faire des paris pour savoir qui réussirait à démolir le mât principal.

Quelques cadavres de marins se trouvaient à côté des pierres. Les trolls les avaient repêchés après le court affrontement avec le trois-mâts. Farodin devinait déjà pourquoi on avait monté cette *chair* à bord. Les mœurs de ses alliés lui soulevaient le cœur.

— Dans mon peuple, il faut avoir mangé le cœur d'un ennemi mort pour être reconnu comme guerrier, expliqua la chamane d'une voix éraillée. Beaucoup de jeunes trolls vont être accueillis cette nuit par leurs princes dans le cercle des guerriers. Nous honorons nos ennemis ainsi. Un troll n'aurait jamais l'idée de manger la chair d'un lâche.

— Je refuse d'entendre ça !

Les mains de Nuramon se cramponnèrent un peu plus à la lisse. Il se pencha davantage en avant pour mieux voir la cogue qui se dirigeait vers le *Broyeur.*

— Pour toi, il n'existe qu'un seul chemin de vie, pas vrai, elfe ? Tout ce qui en dévie, ne serait-ce que d'un pouce, est faux.

Farodin se ferma aux paroles de la vieille chamane. Rien ne pouvait justifier les mœurs abominables des trolls.

À bord de la petite cogue, la panique semblait s'être installée. Des marins fendaient à coups de hache des tonneaux amarrés sur le pont. Un liquide huileux se répandait sur le plancher et s'écoulait des dalots en filets scintillants.

Les deux bateaux ne se trouvaient plus qu'à quelques pas de distance.

— Levez les rames ! s'écria Orgrim.

Aussitôt, le tambour se tut sous le pont.

L'embarcation des Chevaliers de l'Ordre disparut dans l'angle mort devant la coque de la galéasse. Farodin put apercevoir quelques marins se sauver en se jetant à l'eau. Puis, il y eut un énorme choc. Sous la violence de la collision, l'elfe fut projeté durement contre le pavois.

Depuis les châteaux arrière des navires des prêtres, enchevêtrés plus en avant, de sombres panaches de fumée s'élevèrent vers le ciel. Des flèches incendiaires !

Dans un grand craquement, la cogue sans pilote heurta par le travers la galéasse des trolls. Un peu plus loin, les flèches incendiaires s'abîmèrent dans la mer. Les prêtres avaient visé trop court.

— Apportez des barils d'eau sur le pont ! hurla le duc.

Farodin s'étonna de cette attaque absurde : les bateaux des trolls se trouvaient pratiquement hors de portée des archers. Il vit maintenant des centaines de bandes sombres se détacher sur le bleu du ciel. La plupart des flèches ratèrent encore leur cible.

L'elfe observa le bateau déserté. Il laissait derrière lui une large bande scintillante. Des traces d'huile commencèrent à lécher le bordé de la galéasse. Quelques trolls, armés de gaffes, s'efforcèrent de repousser la petite embarcation.

Farodin essayait de comprendre quel plan pouvait se cacher derrière cette attaque. Tout ceci n'avait aucun sens... Deux autres bateaux de la flotte étaient aussi entrés en collision avec de petites cogues. Toutefois, d'après ses observations, ils n'avaient subi aucun dommage.

Une averse de flèches s'abattit devant eux dans la mer. Les projectiles s'éteignirent dans un sifflement. Cependant, l'un d'eux laissa derrière lui une petite flamme qui dériva sur l'eau.

Du feu qui brûlait sur l'eau ! Farodin repensa à la flotte des prêtres de l'Ordre dans le port d'Iskandrie. Il en avait gardé en mémoire des images d'épouvante. Même si dans le Monde des Humains la conquête de la ville portuaire remontait à plusieurs générations, pour lui, seules quelques lunes s'étaient passées depuis.

L'elfe se retourna brusquement. Cette fois, les choses étaient claires. Les hommes voulaient mettre le feu le plus loin possible de leur propre flotte. Si les cogues avaient effectué leurs manœuvres de collision à la limite de portée des archers, cela faisait partie de leur plan. Mais pourquoi un fanatique n'avait-il pas allumé lui-même les bateaux avec une torche ? Avait-on redouté de les voir s'enflammer trop tôt ?

—Éloignons-nous de ce bateau ! cria Farodin en se précipitant vers le pilote. (Il montra en même temps les traces luisantes qui dérivaient partout sur l'eau.) Il ne faut surtout pas atterrir là-dedans ! Ressortez les rames ! Il faut refaire route, sans perdre de temps.

—Qu'est-ce qui t'arrive, elfe ? s'étonna le duc. Tu penses toujours qu'on ne s'engage pas assez vite dans le combat ?

—Il n'y aura pas de combat si nous n'agissons pas rapidement !

Orgrim plissa le front. La blessure de son crâne se rouvrit. Une goutte de sang coula le long de son large nez.

—Nous sortirons les rames dès que nous aurons passé cette cogue. Nous ne pouvons pas nous permettre de perdre encore des avirons, décida le duc avant de se détourner.

—Par tous les albes, Orgrim ! Ils ont volé le feu de Balbar ! L'arme miraculeuse qui, pendant des siècles, a assuré aux flottes d'Iskandrie la domination de la mer aegiléenne. Nous sommes sûrs de mourir si nous restons dans les parages de ces taches d'huile à la dérive. Rien ne peut éteindre ces flammes une fois qu'elles sont allumées !

—Je ne vais pas..., commença le duc.

Il s'interrompit en voyant à tribord une flamme jaillir de la mer. Au même instant, l'une des deux cogues qui avaient attaqué plus à l'ouest prit feu. Des flammes léchèrent le haut bordage de *L'Arracheur d'Os*. Tout autour du bateau, la mer était en feu. Alors que l'incendie n'était situé qu'à une trentaine de longueurs de mât de bateau, Farodin sentit son souffle ardent sur ses joues. Des silhouettes en flammes sautèrent par-dessus bord. Des cris perçants retentirent dans l'eau qui ne pouvait les sauver du feu.

À tribord, il y eut un coup sourd. Le mât de la cogue qui les avait heurtés se prit dans les constructions du château arrière du *Broyeur.* Les coques se frottèrent en grinçant et la puissante galéasse qui faisait toujours route entraîna avec elle le bateau plus petit.

—Charpentier, cria Orgrim. Sur le château arrière ! Coupez les vergues ! Sortez les rames ! (Sous le pont, le tambour retentit de nouveau.) En arrière ! Dénagez !

Orgrim saisit son marteau de guerre et courut vers le bastingage pour frapper sur les vergues et les gréements qui s'étaient emmêlés là-bas.

Farodin avait surmonté sa première frayeur ; il vola maintenant au côté du duc et donna de furieux coups d'épée sur les cordages du gréement. Orgrim se noua un gros cordage autour de la taille et se laissa descendre le long du bordage pour s'approcher au mieux des vergues de la cogue. La voile arrisée maintenait encore le bois éclaté. La toile et les cordages s'étaient enroulés sur un montant du château arrière du *Broyeur.*

Orgrim jeta son lourd marteau de guerre sur le pont et tenta de déchirer les gréements à mains nues. Le visage trempé de sueur, il leva les yeux vers Farodin.

—Alors, souhaites-tu pour la première fois ne pas me voir mourir ?

L'elfe remit son épée au fourreau et grimpa sur le bastingage.

—Je voudrais que tu t'arrêtes de dire des sornettes et que tu fasses ton travail.

Il sauta d'un grand bond sur la cogue et s'acharna sur les vergues. Ses mains empoignèrent les cordages. Il leva une jambe et s'assura une position. Puis il tira un coutelas et découpa la toile de voile avec une détermination muette.

Soudain, Orgrim glissa de côté, se balança au hauban et heurta durement le bastingage du *Broyeur.* Des cris de joie retentirent sur le château arrière. La galéasse s'était libérée. Farodin se trouvait encore assis sur la moitié intacte de la barre de vergue. À chaque seconde, l'écart se creusait avec le bateau des trolls.

Orgrim se poussa du bastingage et se balança en direction de la cogue. Mais le cordage était trop court.

—Allez, saute, maudit elfe ! lui cria le troll en lui tendant la main.

De nouveaux panaches de fumée sombre s'élevèrent au-dessus du groupe de bateaux enchevêtrés. Cette fois-ci, tous les archers paraissaient avoir pris comme cible le *Broyeur.*

La révélation

Lorsque la reine remonta à bord de sa galère avec Obilée et une cinquantaine de guerriers, Nuramon n'avait pu s'occuper que sommairement de Mandred et des blessures de Liodred. La nouvelle garde royale assura le bateau, tandis que les compagnons de combat s'assemblèrent à l'arrière autour de la reine. Yulivée et une autre jeune elfe allèrent chercher dans sa cabine la coupe d'eau d'Emerelle.

Obilée chuchota à Nuramon que la reine était revenue malgré son conseil, avant même que l'annonce de la mort du prêtre se soit propagée. Nuramon ne s'étonna pas qu'elle ait appris la nouvelle plus rapidement que tous les autres. Son regard portait loin, même sans le miroir d'eau.

Mandred et Liodred jetèrent un œil curieux sur l'eau qui se trouvait dans la coupe. Une image floue paraissait y flotter. Yulivée dut se hisser sur la pointe des pieds pour y voir quelque chose. Obilée connaissait sans doute déjà la puissance du miroir. Tranquille, elle semblait davantage s'intéresser à l'assistance qu'à ce qui prenait forme dans l'eau. En revanche, Nomja ouvrait de grands yeux. C'était certainement la première fois qu'elle avait l'honneur de jeter un regard dans le miroir de la reine. Il en allait de même pour Nuramon.

À travers l'eau, la reine pouvait voir chaque endroit du champ de bataille. De ce côté-ci du barrage de bateaux longs, les combats s'étaient calmés. Le miroir montra rapidement Pelveric agenouillé auprès du corps de Dijelon. Nuramon ne gardait pas de bons souvenirs de ce guerrier. C'était lui que la reine avait envoyé arracher Guillaume des bras de Noroelle et le tuer. La mort de Dijelon ne le touchait guère.

Emerelle plongea le bout des doigts dans l'eau. L'image se troubla et se transforma en une autre. C'était Ollowain ! Au centre de la barrière de bateaux, il luttait avec acharnement pour l'accès à une cogue ennemie. Les hommes des Fjords s'étaient de nouveau jetés en nombre dans la bataille et se trouvaient à ses côtés. C'était bien qu'ils prennent part au combat, car beaucoup de visages d'elfes affichaient la peur. Ce qui s'était produit sur *L'Éclat d'Elfes* s'était encore répété. Certes, la reine avait fait répandre la nouvelle qu'elle était toujours en vie et que le prêtre était mort, mais on pouvait craindre la présence d'autres prêtres parmi les ennemis.

Sous les doigts tâtonnants de la reine, l'image du miroir s'effaça pour faire place à une nouvelle scène. C'était un grand bateau en flammes. Des trolls sautaient par-dessus bord et tentaient de se sauver, mais le feu prenait partout sur l'eau. Cette vision était si atroce que la reine écarta Yulivée pour lui éviter de voir ces horreurs.

En relevant la tête, Nuramon aperçut deux colonnes de fumée à l'horizon. Il se sentit mal. De quelle arme s'agissait-il ? Les prêtres de Tjured étaient-ils en train de brûler toute la flotte des trolls ? Une troisième colonne de fumée noircit le ciel. *Pourvu que Farodin ne soit pas sur l'un de ces bateaux !* pensa-t-il. Dans cet enfer, le courage et l'adresse seraient vains face à la mort.

L'image du miroir s'effaça, et une nouvelle scène apparut. À présent, on voyait le bateau étendard du roi des trolls. On le reconnaissait à sa bannière : deux marteaux de guerre blancs se croisant sur fond noir. Le navire se dirigeait tout droit sur un trois-mâts de la flotte adverse.

— Ils ne résisteront pas à l'assaut des trolls, assura Emerelle.

Nuramon regarda les flammes à l'horizon. Et dire qu'il avait cru la victoire si proche !

La reine continua ainsi à remuer l'eau, et un nouvel endroit se montra chaque fois. La bataille était loin d'être gagnée. Certes, les trolls avaient renversé la situation et coupé la retraite aux ennemis, mais un seul de ces prêtres de Tjured suffirait à donner une nouvelle tournure aux combats.

— Voyons qui peut bien être le chef de nos ennemis, dit la reine en regardant vers l'ouest. De quel bateau peut-il s'agir ?

Une véritable forêt de mâts se pressait dans le fjord. Sur la plupart des bateaux des prêtres, on avait amené les voiles : elles ne faisaient que déranger dans un affrontement où il ne s'agissait plus de prendre le vent à l'adversaire.

Mandred signala l'un des rares vaisseaux portant encore ses voiles.

— Là ! Le trois-mâts !

La reine agita l'eau, et une nouvelle image se forma. Elle montrait le pont d'un bateau. Un prêtre s'y trouvait.

Effrayée, la reine retira sa main.

— Possède-t-il la même puissance ? s'inquiéta Obilée.

— Non, une bien plus grande… (Sa voix mourut dans un chuchotement.) Par tous les albes ! Ainsi, te voici revenu !

— Qui est-ce ? demanda Obilée.

Mandred intervint avant Emerelle.

— Je connais ces yeux bleus !

Nuramon parut les reconnaître aussi. L'homme était grand et fort, il avait de longs cheveux blonds et portait une robe bleu nuit comme en portaient déjà les prêtres de Tjured du temps de Guillaume.

— C'est le Dévianthar, dit la reine dans un souffle.

— Par Luth ! pesta Mandred en serrant plus fort sa hache.

La haine apparut sur le visage d'Obilée, et Nomja ne put cacher sa peur. Yulivée était apparemment la seule à se demander ce que signifiaient les paroles de la reine. Elle les regarda tous avec étonnement.

À cet instant, Nuramon comprit pourquoi la foi en Tjured s'était à ce point transformée pendant tous ces siècles. Comment une religion prêchant l'amour et dont les prêtres étaient des guérisseurs avait pu devenir une croyance au nom de laquelle les Chevaliers de l'Ordre avaient soumis royaume après royaume et poursuivi tout élément étranger d'une folle haine. Maintenant, cette Église avait montré son vrai visage !

Brusquement, un homme apparut au côté du Dévianthar : un prêtre avec un masque d'or montrant un visage connu.

— Là ! cria Mandred.

Obilée sursauta.

— Non… C'est le visage de Noroelle !

— Guillaume ! fit Nuramon à voix basse.

— C'est donc là notre adversaire ! dit Emerelle. À présent, tout s'explique ! Les guerriers d'Aniscans, les mensonges sur la mort de Guillaume, le pouvoir des prêtres. Tout ceci est inscrit dans les yeux bleus du Dévianthar, comme la ruine des albes. (La reine se pencha brusquement en avant comme si elle voulait observer quelque chose de plus près.) Regardez ! Dans sa main ! Une Pierre d'Albes ! Par l'éclat des albes ! Il prépare un grand coup.

Nuramon riva son regard sur la gemme. Ce n'était pas l'opale de feu de la couronne des djinns, mais une pierre dorée translucide parcourue par cinq veines : un chrysobéryl de la grosseur d'un poing.

Maintenant, tout prenait sens. Le Dévianthar était à la tête des prêtres de Tjured. Nuramon pensa à tous les nouveaux Sentiers d'Albes qui parcouraient Fargon et se rencontraient à Algaunis, la capitale du royaume. Pour se venger de l'anéantissement des Dévianthars, le démon manipulait les hommes contre les enfants d'albes. Et les hommes de Fargon et de tous les autres royaumes asservis croyaient certainement servir ainsi leur dieu Tjured.

La reine rejeta son manteau en arrière et détacha une bourse de sa ceinture. Elle en sortit une pierre grise.

Nuramon trembla d'un respect craintif. Il voyait pour la première fois la Pierre d'Albes de la reine, cet objet magique dont la puissance pouvait exaucer son vœu le plus intime. Reilif avait eu raison. Sur la pierre d'Emerelle, les sillons se chevauchaient. La gemme était rugueuse et habitée par une braise rouge. Nuramon ne pouvait en sentir la puissance. La magie de la reine la dominait, et les sens de Nuramon ne suffisaient pas à distinguer la force de la reine de celle de la pierre.

Emerelle se tourna vers Yulivée.

— Maintenant, fais bien attention à ce que je vais faire, mon enfant ! Regarde et apprends !

Le vieil ennemi

Une main puissante saisit Farodin en manquant lui broyer le bras. Au retour du cordage, le duc heurta le bordé. L'air sortit de ses poumons en sifflant. Il tenait maintenant Farodin bien serré comme une mère son enfant.

— Vous allez bientôt me tirer de là, espèces d'abrutis ? enragea Orgrim.

Farodin vit sous lui les pelles remuer l'eau. La galéasse partit en arrière et chaque coup de rame les éloigna un peu plus des taches d'huile à la dérive.

Soudain retentit comme le feulement d'un dragon. Une lumière éblouissante aveugla l'elfe. Il leva le bras pour protéger son visage de la chaleur qui cherchait à l'atteindre. Orgrim poussa un gémissement.

Des mains rugueuses saisirent l'elfe. Toujours aveuglé, il sentit qu'on l'allongeait sur le pont.

— Plus vite ! grogna Orgrim. Doublez sur les avirons ! Et jetez de l'eau sur le pont !

Farodin cligna les yeux. Son visage brûlait de douleur. Hébété, il se releva et regarda l'eau. Des flèches incendiaires avaient atteint la troisième cogue et allumé le feu de Balbar. Les flammes étaient si claires qu'on ne pouvait les regarder. Tel un dragon, la chaleur lui soufflait au visage. Il se détourna.

Orgrim était assis, adossé au pavois. La vieille chamane se pencha sur lui et tâta son visage. Ses lèvres étaient fendues et les brûlures avaient formé des cloques sur son front. Le duc sourit en découvrant ses énormes dents.

— J'aimerais qu'un elfe puisse renaître en troll. Un guerrier possédant ton âme serait la fierté de mon peuple.

Farodin ne répondit pas. Orgrim pouvait bien penser ce qu'il voulait. Le fait que le duc lui ait sauvé la vie ne changeait rien au passé. L'âme du meurtrier d'Aileen s'était incarnée en Orgrim. Quoi qu'il puisse arriver, il ne verrait jamais en ce troll rien d'autre que le guerrier qui lui avait arraché sa bien-aimée.

Les blessures disparurent sous les mains guérisseuses de Skanga. Le duc s'étira et se leva ensuite pour observer le champ de bataille. Cinq bateaux de trolls avaient rejoint le grand enchevêtrement de cogues. Des centaines de guerriers se précipitaient sur les ponts des bateaux de l'Ordre, prêts à combattre pour se frayer le passage jusqu'aux bateaux longs des hommes des Fjords.

Skanga s'avança vers Farodin. Elle tendit vers son visage ses doigts maigres. Farodin recula légèrement.

—Tu n'as pas bel air, constata-t-elle d'une voix rauque. Plus très joli, ce visage. (La chamane cligna les yeux.) Je n'offre toujours mon aide qu'une seule fois.

Farodin approuva et elle passa ses doigts sur son visage. Ils lui apportèrent comme un souffle frais. La douleur disparut. Il sentit sa peau se tendre.

Subitement, la vieille femme se prit la poitrine. Elle tremblait de tout son corps.

—Il est ici, dit-elle dans un souffle. Il utilise…

Elle porta les mains à son visage en poussant un cri perçant.

Farodin lui aussi sentit une douleur fulgurante derrière son front. Sa peau fut parcourue de picotements. Effrayé, l'elfe leva les yeux. À un demi-mille environ, le bateau étendard du roi des trolls se dirigeait vers une grande cogue à trois mâts. Mais, entre les bateaux, il vit apparaître un nuage noir de plus en plus gros. Il faisait déjà presque la moitié du bateau royal.

Un brouillard noir surgissait de l'ombre et étendait de longs tentacules sur la mer.

—Que vois-tu ? demanda Skanga.

L'elfe lui décrivit la scène. Devant le nuage, l'eau fut remuée comme par un fort courant. Le vaisseau de Boldor s'efforça d'éviter cette apparition inquiétante. Il se mit de travers, mais le courant l'entraîna dans l'obscurité. Une couronne de lumière entoura l'un des tentacules du brouillard. L'obscurité ne s'étendit pas, mais elle ne recula pas non plus.

—Donne-moi tes yeux ! s'érailla la chamane. Personne ne peut mieux voir au loin que les elfes.

Des doigts osseux enserrèrent la nuque de Farodin. L'elfe se cabra. Ses forces l'abandonnèrent. Ses membres se firent lourds et ne lui répondirent plus. Ses yeux… Tout se troubla à sa vue ! Au loin, il ne parvenait plus qu'à voir encore une ombre au-dessus de l'eau.

Il voulut se révolter, se libérer, mais il n'eut pas la force de transformer ses pensées en actes. Désespéré, il porta un regard sur lui. Il put voir très nettement ses doigts, les fines lignes de sa peau. Mais, quand il releva la tête, le pilote ne lui apparut déjà plus que comme une ombre floue, alors qu'il ne se trouvait qu'à quelques pas de lui.

—Le corrupteur est ici, fit la chamane entre ses dents. (Sa main noueuse fourragea dans les amulettes pendant à son cou.) Le Dévianthar.

Il a ouvert une Porte dans le néant, dans le vide sombre entre les éclats du Monde Brisé. Emerelle cherche à l'arrêter. Toutefois, sa puissance ne suffit pas. Il… Quelle force!… Il possède une Pierre d'Albes.

Skanga sortit un long morceau de jade et écarta en les lissant les plumes de corbeau qui l'avaient dissimulé. Farodin y aperçut cinq lignes en étoile. Cette vieille chouette possédait-elle une Pierre d'Albes? Était-elle la gardienne du grand trésor de son peuple?

La gemme brûlait de l'intérieur. D'une voix s'enflant et se désenflant, Skanga entonna un chant ne comportant que des syllabes isolées.

Des cris d'effroi retentirent sur le pont principal. Farodin cilla en vain. Il ne pouvait plus rien voir sur la mer!

—Que se passe-t-il, là-bas? s'écria-t-il, désespéré. Dis-le-moi, je ne vois plus rien!

—Le bateau de Boldor a disparu dans l'obscurité, répondit le duc à voix basse. Maintenant, c'est une petite cogue qui vient d'y être entraînée elle aussi. Comme si l'eau se jetait dans un précipice.

Farodin ne put s'empêcher de penser à la traversée du néant qu'il avait faite avec ses compagnons sur les Sentiers d'Albes lumineux. Il se souvenait de sa peur d'alors et de leur question angoissée au sujet de l'âme: était-elle définitivement perdue si on mourait là-bas?

La mélopée de la chamane vira en un criaillement strident. Ses mains relâchèrent légèrement le cou de Farodin, mais celui-ci n'avait plus la volonté ni la force nécessaire pour lutter contre Skanga.

—Encore une galéasse qui vient de disparaître, l'informa Orgrim. Même ici, à bord, je sens l'attraction de ce courant sous-marin. Le brouillard commence à se dissiper. La lumière combat la nuit. Des éclairs sillonnent les ténèbres. Ils arrachent des lambeaux d'obscurité. Elle se liquéfie…

Le souffle court, la chamane relâcha maintenant complètement sa prise. D'un coup, Nuramon recouvra la vue. Au-dessus de l'eau, le nuage noir avait disparu.

—La Porte est fermée.

Les rides s'étaient creusées sur le visage de Skanga. Elle s'appuya lourdement au bastingage.

Des cris d'allégresse retentirent sur les bateaux longs. Les trolls avaient réussi à forcer le passage et à rejoindre les hommes et les elfes.

—Victoire! s'enthousiasma Orgrim en tendant son marteau de guerre vers le ciel. Victoire!

Quelques cogues se dégagèrent du groupe de bateaux enchevêtrés. Les Chevaliers de l'Ordre tentaient désespérément d'échapper aux trolls surpuissants.

Au pied des falaises, à l'ouest, toute une escadre de navires ennemis virait en direction de la sortie du fjord. Parmi les fugitifs, Farodin aperçut le vaisseau étendard. Cependant, les trolls de la formation du roi étaient déjà dans les parages. En envoyant voler leurs pierres meurtrières, ils détruisaient tous les bateaux dont ils s'approchaient.

— Je sens sa peur, dit Skanga de sa voix rauque. La reine a commencé à opérer une magie susceptible de le tuer. Cette même magie qui a permis aux albes de gagner le combat contre les Dévianthars. Il cherche à créer une nouvelle Étoile.

Des flèches incendiaires furent tirées depuis l'escadre de cogues en déroute. Un mur de feu monta des eaux et embrasa quelques embarcations.

Farodin fut bouleversé de constater qu'à présent les hommes ne semblaient pas s'émouvoir de laisser leurs camarades livrés aux flammes. Les galéasses des trolls reculèrent, ce qui n'empêcha cependant pas deux d'entre elles de prendre feu. Une brise poussa sur la mer une fumée âcre. Elle portait une odeur d'huile, de chair grillée et de quelque chose d'autre que l'elfe ressentit étrange et familier à la fois.

— Tu sens ça ? fit Skanga. Du soufre ! L'odeur de ce fourbe !

Farodin se rappela avoir déjà perçu un jour cette odeur. Autrefois, dans la grotte de glace. Mais elle avait été alors moins prononcée.

Le duc troll abreuva d'injures les ennemis en fuite et gratifia le Déviantbar de qualificatifs que Farodin n'avait encore jamais entendus.

— Sois heureux de ne jamais te trouver face à lui, Orgrim, avertit Skanga. C'est le maître de la tromperie. Je le sens en ce moment en train d'ouvrir la Porte pour battre en retraite. Nous avons vaincu. Toutefois, qui sait s'il ne se trouvait pas là dans la seule intention de nous amener à le poursuivre et de nous conduire ainsi à notre perte ?

Farodin désigna d'un large geste la flotte énorme tout autour.

— Il irait sacrifier tout ceci pour nous obliger à le poursuivre ! Non, c'est absurde ! Il est venu dans l'intention de détruire Firnstayn et de conquérir le Nord. Il ne s'attendait pas à notre alliance et… (L'elfe eut un instant d'hésitation.) Ce sont les trolls qui nous ont finalement apporté la victoire. Pardonnez-moi d'avoir douté de vous.

La vieille n'écouta pas ses excuses.

— Si tu crois pouvoir comprendre les méandres d'un Déviantbar, c'est que tu t'es déjà pris dans ses filets. Des navires et quelques milliers de vies humaines ne représentent rien pour lui ! Pour l'instant, nous avons vaincu, mais le combat ne fait que commencer.

La chronique de Firnstayn

... Et ainsi furent sauvés notre ville et le royaume. Les hommes, les elfes et les trolls vainquirent la flotte des prêtres de Tjured et mirent en fuite leur chef démoniaque. La nuit qui suivit la victoire restera toujours en mémoire. Firnstayn était entièrement éclairée, partout brûlaient des feux de joie, et les hommes dansaient avec les elfes. Les trolls fêtèrent la victoire sur leurs bateaux ; leurs grognements parvinrent dans un tonnerre jusqu'à Firnstayn. Cette nuit-là cependant, nombreux furent aussi ceux qui pleurèrent les disparus. Ils prièrent pour les morts, fiers qu'ils aient eu aussi part à la grande victoire.

Même la reine des elfes Emerelle vint dans notre ville, jamais on n'avait vu tel charme chez une femme. Elle parcourut gracieusement les rues de Firnstayn en adressant la parole à beaucoup de gens. Le modeste rédacteur de ces lignes eut lui-même le plaisir de l'entendre s'adresser à lui. Elle dit : « Tu es la mémoire de ce royaume ? Alors, note bien : le destin du Pays des Fjords sera pour toujours lié à celui d'Albemark. » Et c'est ainsi consigné ici.

Quand vint le matin, Mandred et le roi Liodred étaient partis. Les elfes dirent qu'ils s'étaient mis en route pour tuer l'un des chefs ennemis. Alors, la crainte nous saisit tous de perdre notre roi, si le pire arrivait, car son fils était encore loin d'être en âge de lui succéder sur le trône. Cependant, nous étions également fiers de lui. Maintenant, un autre Firnstaynien se trouve donc en voyage aux côtés des elfes. Puisse Luth leur filer à tous un bon fil !

Rédigé par Tjelrik Aswidson,
vol. 67 de la Bibliothèque du Temple de Firnstayn, p. 45.

À l'écart de la fête de la victoire

Il faisait nuit ; Nuramon marchait sur la plage au côté d'Obilée. Des feux de camp, des lanternes et des pierres de béryl brûlaient partout dans le fjord. Firnstayn, les bateaux, et même les forêts en étaient éclairés. Les hommes festoyaient avec les elfes, seuls les trolls étaient restés entre eux et n'avaient pas quitté leurs navires. Mais on entendait leurs tambours, et une odeur de viande grillée flottait vers la rive.

Ils avaient remporté une grande victoire. Certains la célébraient avec entrain, d'autres avaient perdu des parents et des amis et en portaient le deuil. Les corps des hommes avaient été exposés dans le temple de Luth et les halles attenantes. Les elfes morts étaient déjà incinérés. Les bûchers effondrés rougeoyaient encore de l'autre côté de la ville.

— Veux-tu vraiment prendre ce risque ? demanda Obilée.

— Oui, fit Nuramon. C'est le Dévianthar qui a conduit Noroelle au malheur. Il représente un grand danger pour les hommes d'ici comme pour Albemark. D'autre part, il possède une Pierre d'Albes.

— Mais pense au danger que tu cours !

— Ne risquerais-tu pas tout pour Noroelle ?

— Certes ! Mais un Dévianthar ! Comment pensez-vous le vaincre ?

— Nous trouverons bien un moyen. En tout cas, il s'attend sûrement à tout, sauf à nous.

— Peut-être devrais-je vous accompagner ? Le roi Liodred s'est aussi joint à vous.

— Liodred agit par goût de l'aventure et par admiration pour Mandred. Un roi qui part avec son ancêtre sur la trace de ses voyages légendaires ! Non, Obilée. Ce n'est pas ta destinée. Ta place est auprès de la reine. N'emprunte pas notre triste chemin. Peut-être atteindras-tu par ta fidélité ce que nous voulons obtenir par désobéissance. La reine délivrera peut-être un jour Noroelle pour toi.

— Bien, Nuramon, je vais donc rester. (Elle sourit.) Et je dirai à Yulivée de vous attendre avec moi. Tu vas beaucoup lui manquer.

Certes, Nuramon savait que les facultés d'Obilée leur auraient été précieuses au cours de leur quête, toutefois il trouvait insupportable l'éventualité de voir mourir en même temps tous ceux qui gardaient fidélité à Noroelle. Peut-être était-il égoïste d'écarter Obilée de son chemin, mais le simple fait de savoir cette grande guerrière au côté de la reine lui donnerait des forces.

Ils s'approchèrent du feu où ils s'étaient trouvés précédemment assis avec Farodin et Mandred. Nomja, Yulivée et Emerelle s'y étaient installées avec leurs gardes. Nuramon fut surpris de constater qu'Ollowain les avait aussi rejoints. Aujourd'hui, il n'avait vu le guerrier elfe que de loin. Il avait fait honneur à sa réputation et combattu comme un dragon.

Yulivée accourut vers Nuramon. Il s'accroupit et serra l'enfant dans ses bras.

— Je veux venir avec toi, dit-elle.

— Ce n'est pas possible. La reine a besoin de toi ici, répondit-il.

— Elle se débrouillera bien sans moi.

— Non, Yulivée. Elle serait certainement très déçue.

— Je pensais que nous étions comme frère et sœur ?

— Ma maison est vide depuis trop longtemps, et Felbion va sûrement se sentir seul. Il faut bien que quelqu'un s'occupe de lui et aussi des chevaux de Mandred et de Farodin. J'aimerais savoir la maison et les chevaux en de bonnes mains. Tu sais bien, je t'ai déjà parlé d'Alaen Aïkhwaitan. Il est seul.

— Mais moi, je suis seule ici.

Obilée caressa la tête de la fillette.

— Non, je serai là pour te tenir compagnie. Et n'oublie pas Emerelle.

La petite magicienne prit un air inquiet et regarda Nuramon avec de grands yeux.

— Et si tu ne revenais pas ? Que vais-je devenir si tu meurs ?

— Eh bien, tu verras un jour naître un petit frère du nom de Nuramon. Il faudra alors t'en occuper.

Yulivée sourit et embrassa Nuramon sur le front.

— Alors, je vais rester... comme ça, j'apprendrai encore quelque magie d'Obilée et de la reine. (Elle se tourna vers la guerrière.) Nous pourrions vivre de grandes aventures ! Yulivée et Obilée ! Ça sonne bien. Nous pourrions être amies. Je n'ai encore jamais eu de meilleure amie. J'ai lu que ce genre d'amitié existait et j'ai toujours désiré en faire l'expérience.

Obilée serra la petite sur son cœur. Elle lui chuchota quelque chose à l'oreille. Yulivée hocha la tête. Puis elles partirent ensemble vers les autres.

Farodin avait l'air décidé. Mandred tenait Nomja par les épaules. Il venait visiblement de lui faire ses adieux. Liodred se leva de sa place auprès du feu et se passa sa ceinture d'armes autour de la taille.

La reine leur avait fait l'honneur à tous de les guérir. Elle n'avait dû certainement ressentir aucune douleur en le faisant. À présent, debout sur le rivage, elle regardait les bateaux là-bas, dans le fjord. Apparemment perdue dans ses pensées. Le vent s'engouffrait dans sa robe grise et ébouriffait ses cheveux.

— Tu es prêt, Nuramon ? demanda Mandred en venant vers lui. Tu as tes armes ?

— Oui.

Il prit son arc et son carquois avec les flèches des nains qui lui restaient. Puis il retira le tissu protégeant son épée longue avec son fourreau et le baudrier : les armes qu'il avait reçues des nains. Dans sa vie antérieure, il avait combattu un dragon avec elles. Peut-être pourraient-elles aussi se montrer efficaces contre le Dévianthar.

La reine se retourna et s'avança vers le feu.

— Enfants d'albes, le temps est venu. Le Dévianthar m'attend, moi, la chamane Skanga ou tout autre porteur d'une Pierre d'Albes. Tous ses sens sont dirigés vers nous. Si j'allais à sa rencontre, il me remarquerait trop tôt. Allez-y, vous le surprendrez peut-être. Maintenant, tout est prêt. Quelques volontaires de ma garde vous accompagneront afin d'éloigner de vous les Chevaliers de l'Ordre. Mais contre le Dévianthar, vous serez seuls.

— Où pouvons-nous le trouver ? demanda Farodin. Devons-nous suivre le Sentier par lequel il a fui ?

— Non, c'est un piège. Ce Sentier s'interrompt brusquement. Vous vous retrouveriez en pleine montagne et passeriez aussitôt de vie à trépas. J'ai regardé dans le miroir d'eau les différents chemins qui vous sont ouverts. Quel que soit votre choix, l'ombre de la mort plane sur vous. J'ai aussi étudié le réseau des nouveaux Sentiers d'Albes, ici, dans le Monde des Humains. Vous devez arriver dans un monastère au cœur des montagnes autour d'Aniscans. Je vous ouvrirai un chemin pour vous y rendre. Toutefois, le temps vous est compté. Vous arriverez à une Étoile d'Albes où vous devrez aussitôt ouvrir une Porte vers le Monde Brisé. C'est là-bas que vous trouverez le Dévianthar.

— Mais pourrons-nous le vaincre avec nos armes ? s'inquiéta Liodred.

— Présentez-les au feu ! répondit la reine.

Farodin présenta aux flammes son épée longue et sa dague, Liodred fit de même avec sa hache. Lorsque Mandred et Nuramon levèrent leurs armes, la reine dit :

— Nuramon, Mandred ! Pas vous !

Nuramon s'arrêta dans son geste. Il savait que sa vieille épée longue était magique, il s'en était déjà rendu compte chez les nains. Il y avait aussi de la magie sur son arc et ses flèches. Il se demanda si l'arme de Gaomée en portait aussi.

Nuramon échangea un regard avec Mandred. Le jarl prit un visage étonné et regarda Ollowain. Le guerrier souriait. Il avait certainement toujours su que la hache de Mandred était tissée de magie. Nuramon n'en avait jamais rien senti. Apparemment, la magie était bien cachée, ce qui pouvait se révéler un avantage dans le combat contre le Dévianthar.

La reine fit signe à Obilée de s'approcher.

— À toi de poser un charme sur les armes. Ta magie lui est étrangère.

La guerrière s'approcha du feu et dégaina son épée. Cette arme impressionnait encore Nuramon. La lame était ornée de runes, et les branches de garde paraissaient former un signe magique entrelacé. Obilée porta son épée au feu à côté des armes de Farodin et de Liodred. Il y eut un léger sifflement, les flammes brillèrent d'une lumière plus vive, puis elles virèrent au bleu clair et léchèrent avidement les lames. Obilée garda le regard concentré sur son arme. Un craquement se fit entendre ; des fils lumineux se tendirent de sa lame vers celles des deux guerriers. Les runes sur son épée commencèrent à rougir. La garde qui entourait sa main s'éclaira elle aussi. La force de la lame s'engouffra par les fils de lumière, gonflés en cordes, dans les épées des deux compagnons. La puissance était si grande que Nuramon la sentit comme une bourrasque de vent. Finalement, Obilée retira son épée et la remit encore rouge au fourreau. La magicienne s'écarta et fit place à la reine.

Les armes de Farodin et de Liodred pâlirent, les flammes bleues du feu retrouvèrent peu à peu leur rougeur.

— Prenez vos armes ! ordonna Emerelle.

Les deux guerriers levèrent lentement leurs lames et les examinèrent comme si on venait juste de les leur offrir. Nuramon avait ressenti une telle force pendant toute cette opération qu'il s'étonna de constater que leurs armes ne semblaient pas en avoir gardé de trace. C'était là le secret d'une bonne magie d'armes. Ainsi, l'adversaire s'apercevait trop tard de la puissance inhérente à la lame.

— À présent, vous possédez tous des armes dotées de magie, déclara la reine. Vous les porterez en mon nom, mais aussi au nom de tous les hommes du Pays des Fjords. Et c'est aussi pour vous que vous les manierez. Avancez-vous ! (Mandred, Liodred, Farodin et Nuramon obéirent à son ordre, et la reine poursuivit :) Vous allez affronter un ennemi digne d'un albe. Vous n'aurez qu'une seule occasion de le vaincre.

— Mais pouvons-nous réussir ? voulut savoir Nuramon.

— Oui, Nuramon. Vous avez tous vos raisons de prendre part à ce combat. Et vous serez forts face à l'ennemi, car seule une arme magique est capable de le tuer définitivement. (Emerelle s'avança. Elle embrassa Liodred sur le front.)

» Ne crains pas pour le destin de ton royaume ! Avant que mon peuple retourne à Albemark, je vais, avec ta permission, prendre ton fils en tutelle. Ainsi, personne n'osera disputer le trône à ton sang pendant ton absence de Firnstayn. (Elle s'avança vers Mandred et l'embrassa aussi.)

» Mandred Aïkhjarto ! Pense à l'homme-sanglier et à ce qu'il t'a pris. Le jour de la vengeance est arrivé. (Elle s'approcha de Farodin et de Nuramon et les dévisagea tous les deux. Puis elle les embrassa sur le front et dit :) Pensez à Noroelle ! Rien ne vous procurera plus de force !

Alors, les autres s'avancèrent vers eux et leur firent leurs adieux. Ollowain, comme à son habitude, leur témoigna la même froideur distante. Nomja caressa les joues de Nuramon et lui chuchota :

— J'ai l'impression de te connaître depuis une éternité.

Il pensa aussitôt aux nains et à leur culte du souvenir. Peut-être aurait-il dû en parler à Nomja. Mais il était maintenant trop tard pour cela. Obilée l'embrassa sur le front, comme l'avait fait la reine. Elle ne dit pas un mot, mais la tristesse et la douleur se lisaient sur son visage. Elle craindrait pour lui, c'était certain. Toutefois, elle serait une précieuse confidente pour la reine. Et si ses camarades et lui venaient à échouer, elle accomplirait peut-être au côté d'Emerelle ce qui leur avait été refusé.

Pour finir, Nuramon prit Yulivée dans ses bras.

— Fais ce qu'a dit la reine. Pense à Noroelle quand tu te trouveras face au Dévianthar, dit-elle. (Il la reposa par terre et la contempla longuement.) Va, mon frère ! reprit-elle avec une gravité qu'il ne lui connaissait pas.

Savait-elle quelque chose ? La reine s'était-elle confiée à elle ? Ou bien la petite magicienne avait-elle, de son propre chef, osé regarder dans le miroir d'eau de la reine ?

— Tenez-vous prêts ! déclara Emerelle.

Les douze volontaires rejoignirent maintenant Nuramon et ses compagnons. Ils étaient armés de hallebardes et d'épées et avaient revêtu des armures inhabituellement lourdes pour des guerriers elfes. Chacun d'eux portait un heaume serti d'or et un harnois massif. Aucun doute possible : personne ne pourrait mieux les protéger que les gardes de la reine. Seule une grande supériorité numérique serait en mesure de terrasser ces guerriers.

Emerelle sortit sa Pierre d'Albes d'une modeste bourse en cuir pendue à sa ceinture. Les yeux de Farodin brillèrent en la voyant. Nuramon aussi fut de nouveau touché à sa vue.

La reine ferma les yeux et prononça des mots inaudibles. Nuramon sentit une magie puissante l'entourer. Des Sentiers d'Albes se dessinèrent soudain, faisant apparaître la magie de la reine comme un simple jeu d'enfant.

À présent, cinq Sentiers se croisaient près d'Emerelle, et une lumière blanche jaillit de l'Étoile d'Albes. C'était la Porte qu'ils allaient franchir.

— Gardes, assurez le Sentier ! cria la reine. Vite ! C'est une question de secondes !

Les volontaires s'ébranlèrent et disparurent dans la lumière.

Nuramon échangea de brefs regards avec Mandred, Farodin et Liodred. Il lut sur leurs visages leur détermination. Ses compagnons étaient prêts à prendre le dernier grand risque. Lui aussi. S'ils parvenaient à vaincre le Dévianthar, tout pouvait être gagné.

—Allez, maintenant ! dit la reine.

Aux côtés de ses compagnons, Nuramon entra dans la lumière. Il jeta encore un regard en arrière et vit Yulivée, Obilée et Nomja disparaître peu à peu. Mais la reine se tourna et dit d'une voix s'affaiblissant :

—Nous sommes à l'aube d'une ère nouvelle.

Trophées

— Assurez toutes les issues ! ordonna Farodin aux gardes.

Ils étaient arrivés dans une salle en pierre grise, faiblement éclairée par quelques bougies. Deux voûtes en berceau se croisaient au-dessus de leurs têtes. Un léger parfum d'encens emplissait l'air. Quelque part au loin s'élevait un chant solennel. Ils se trouvaient sur une étoile d'or entourée de quatre dalles d'argent.

Mandred jeta un regard inquiet à Liodred. Le roi était pâle comme un mort. Leurs quelques pas sur le Sentier d'Albes à travers le néant l'avaient profondément épouvanté. Mandred lui donna un coup de coude amical.

— Ça va ?

Liodred ravala sa salive et s'efforça de se donner une contenance.

Il ne sait pas bien mentir, pensa Mandred, *mais il est courageux !* La veille au soir encore, il avait tenté de le dissuader de les accompagner dans le combat contre le Dévianthar. Mais le roi n'avait rien voulu entendre.

— Tu veux prendre le commandement des gardes ? proposa alors Mandred doucement. Je serais rassuré de savoir que tu couvres notre retraite.

Le roi se força à sourire.

— Ancêtre, je ne crois pas que les elfes seraient particulièrement heureux de recevoir les ordres d'un homme qui ne leur arrive pas à la cheville. Ne cherche pas à me détourner de mon chemin.

Mandred pensa au petit garçon de Liodred, puis à Alfadas. Un père qui venait juste de faire la connaissance de son fils adulte… Il ne fallait pas qu'une telle chose se reproduise ! Le roi avait mérité un destin plus clément.

— Tu devrais peut-être…

— Non, certainement pas, l'interrompit le roi. As-tu hésité, toi, à partir en chasse cette nuit d'hiver où tu as appris qu'un monstre hantait les forêts de Firnstayn ? N'as-tu pas eu alors le sentiment, en tant que jarl, qu'il était de ton devoir de protéger ton village ? Aurais-tu laissé à un autre le soin d'accomplir cette tâche ?

— Je n'étais qu'un jarl, toi, tu es le roi. Ton peuple a besoin de toi !

— Que l'on soit roi ou jarl, les devoirs sont les mêmes. Tu as protégé ton village, moi j'ai un royaume à protéger. Si le Déviantar vient à survivre, il attaquera de nouveau. Je suis ici pour mettre les hommes, les femmes et les enfants du Pays des Fjords à l'abri du malheur. Je ne peux me dérober à cette mission. Tes descendants ont toujours combattu en première ligne, Mandred. Je ne serai pas le premier à rompre avec cette tradition.

Une Porte de lumière dorée s'ouvrit. Mandred renonça à persuader le roi. D'ailleurs, il dut s'avouer en secret qu'il n'aurait probablement pas agi autrement à sa place. Il resterait à son côté lors du combat et le protégerait de son mieux.

Ensemble, ils passèrent la Porte et se retrouvèrent sous… une voûte d'arêtes en pierre grise. Ahuri, Mandred jeta un regard autour de lui. Ils n'avaient pas changé d'endroit ! Des bougies brûlaient dans de grands chandeliers de fer. Des ombres vacillantes dansaient sur les murs, et ils se tenaient au centre d'une étoile d'or entourée de quatre dalles d'argent.

— La magie a échoué ? demanda Mandred, sidéré.

Nuramon parut troublé.

— Non, ce n'est pas possible. J'ai bien senti le vide que nous avons traversé en allant vers le Monde Brisé.

— Nos gardes ont disparu, constata calmement Farodin.

Sa main reposait sur son épée. Méfiant, il scruta les ombres.

— Je vous ai entendu donner à cette créature le nom de « Trompeur », dit Liodred. (Sa voix était voilée et chacun de ses gestes trahissait son effort pour cacher sa peur.) Serait-ce ici une ruse cherchant à troubler ses ennemis ?

— Ça lui correspondrait bien, marmonna Mandred. Sale bâtard ! (Il caressa la lame de sa hache.) J'espère qu'il est ici et que nous allons lui régler définitivement son compte.

La Porte s'estompa, puis disparut. Farodin leur fit signe de le suivre. Ils enfilèrent un couloir flanqué de niches profondes. Elles présentaient des étendards, des armes magnifiques et des boucliers richement décorés. Mandred aperçut une statue ressemblant à celle du Galabaal d'Iskandrie, mais dans une pierre plus sombre. On l'avait entourée de chaînes fixées au mur par des anneaux de fer. Le jarl tâta ces lourdes chaînes en espérant que le Galabaal ait défoncé le crâne de nombreux Chevaliers de l'Ordre.

— Ne touche pas ! fit Farodin entre ses dents en le tirant en arrière. Il porte encore de la magie en lui.

L'une des chaînes cliqueta. Dans le silence ambiant, ce bruit résonna démesurément.

— Qu'est-ce que c'est ? chuchota Liodred.

Mandred expliqua au roi ce qu'il en était du gardien de pierre, mais il fut interrompu par un cri. Il vit Nuramon tomber à genoux devant un renfoncement, comme atteint par une flèche.

— C'est elle ! s'écria-t-il, ravi. Elle est ici !

La hache levée, Mandred se hâta de le rejoindre, en se demandant ce qui pouvait bien se trouver caché dans cette niche.

Therdavan, l'Élu

Farodin aurait pu gifler Nuramon. S'il y avait des gardes ici, ils n'avaient pas manqué d'être alarmés par ce cri de joie inconsidéré.

Il se détourna, irrité. Quelques semaines plus tôt, il aurait risqué sa vie pour ces trésors. Mais, à présent, il ne leur accorda qu'un bref regard. Il scruta avec méfiance le couloir. La flamme vacillante des bougies faisait danser des ombres sur les murs. Le Dévianthar pouvait se trouver tapi dans l'une de ces nombreuses niches devant eux. Peut-être se trouvait-il aux aguets derrière la haute porte de bronze au bout du couloir. Ou derrière eux !

Farodin sentit une sueur froide lui couler dans le dos. Il risqua un coup d'œil à ce renfoncement devant lequel Nuramon était agenouillé. La couronne qui s'y trouvait était le joyau le plus merveilleux qu'il ait jamais vu. Elle lui évoquait une forteresse en or aux fenêtres et encorbellements constitués de grosses pierres précieuses. La porte en était une opale de feu de la grosseur d'un poing.

— C'est la couronne des djinns ? demanda Mandred, ébahi. Avec cette quincaillerie, on pourrait acheter toute une principauté dans le Pays du Nord.

Nuramon s'était relevé et s'était approché de la couronne. Ses doigts caressèrent l'opale de feu.

— Recule ! fit Farodin. Ça sent le piège !

Nuramon se retourna.

— La Pierre d'Albes est sans valeur. Maintenant, je sais pourquoi le djinn n'a pas pu la trouver. L'opale de feu est fendue. Elle a perdu tout son pouvoir. En tout cas, une chose est sûre : le Dévianthar n'a jamais réussi à pénétrer dans la bibliothèque des djinns. Il ne connaît donc pas les secrets du futur.

Un grand rire fit sursauter Farodin. L'air se chargea d'une odeur de soufre. La main à l'épée, l'elfe se retourna. La haute porte de bronze s'était ouverte sans bruit. Un homme portant la robe bleu nuit des prêtres de

Tjured se tenait dans l'embrasure. D'un âge moyen, il avait un visage ouvert et aimable. Ses longs cheveux blonds lui tombaient sur les épaules. Ses yeux bleus brillaient comme le ciel par un matin d'été.

— Nul besoin pour moi d'une bibliothèque de djinns pour connaître votre avenir. En fait, je devrais me trouver vexé. Je m'attendais à voir ici Emerelle ou au moins Skanga. D'un autre côté, un cercle se referme avec cette nouvelle rencontre, et cela confère à notre histoire l'harmonie d'une légende épique. (Il montra Liodred.) Je proposerais de tenir ce petit homme-là hors de tout ça. Ainsi, il restera quelqu'un pour retourner conter votre sort. Il n'était pas présent dans la grotte de glace. Je trouve qu'il trouble l'arrangement de cette rencontre.

Farodin coiffa ses cheveux en arrière et les noua par une fine lanière de cuir afin de se dégager le front. *Ne tiens pas compte de ses paroles*, s'exhorta-t-il en pensée. *Avant de laisser parler les lames, on peut conquérir les cœurs. Sinon, le duel sera décidé avant même de tirer nos épées.*

— C'est qui, ce gros vantard ? demanda brutalement Liodred. (Ses joues s'étaient empourprées de colère.) J'ai bien envie de lui clouer le bec.

Mandred tira le roi en arrière et lui chuchota quelque chose à l'oreille.

— Oh, excusez ! fit le Dévianthar en esquissant une révérence. Parmi les humains, je suis Therdavan Scallapius, l'Élu. Le premier des prêtres de Tjured. En revanche, les elfes me redoutent en tant que dernier de mon peuple. Je suis un Dévianthar, Liodred. Ils m'appellent aussi « le Trompeur » et me prêtent sans doute encore une centaine d'autres noms calomnieux.

» Tu vois, ceci n'est pas ton combat. Alors, retire-toi, homme, et vis ! (Farodin s'étira et décontracta ses épaules. Liodred parut troublé. Il avait posé sa main sur la hache à sa ceinture.) Je comprends ton trouble. On t'a parlé de moi et tu t'attendais à voir un monstre : une créature mi-homme, mi-sanglier. Ne t'ont-ils pas dit que je prends la forme qui me plaît ? (Il se tut un court instant comme s'il attendait une réponse.) Ils te l'ont donc caché, poursuivit-il. Comme c'est gênant ! (Il désigna Nuramon.)

» Un jour, j'ai ressemblé tellement à celui-ci que même son amante m'a confondu avec lui et m'a fait joyeusement partager sa couche. (Il sourit.) L'histoire devient piquante si l'on songe qu'elle n'avait pas accordé cette faveur au vrai Nuramon. Il lui manque sans doute quelque chose qu'elle a trouvé en moi. Je ne peux m'expliquer autrement que cette femme se soit aussi volontiers offerte à moi. Elle fut la première d'une longue série à me donner un bâtard qui me serve.

Nuramon dégaina son épée longue.

— Ça suffit !

— Vas-tu risquer ta vie pour un amant cornu, Liodred ? railla le Dévianthar. Sa vanité blessée vaut-elle vraiment que tu lui sacrifies ton sang ?

— On te nomme « le Trompeur »..., commença le roi.

Le Dévianthar éclata de rire, des ridules entourèrent ses yeux.

— Regarde-les ! Tu crois que ces deux elfes auraient l'air aussi crispés, si mon histoire n'était pas vraie ?

— La vérité, c'est aussi que tu voulais semer la mort et la ruine dans mon peuple et c'est pourquoi tu vas mourir.

D'un geste souple, le Dévianthar laissa glisser la robe de prêtre de ses épaules. Il portait en dessous un pantalon bleu foncé ajusté et un baudrier d'armes serti d'argent. Sa large robe avait caché deux épées courtes. Il avait le torse nu. Ses muscles luisaient à la lumière des bougies. Il tira ses deux épées, croisa les lames devant sa poitrine et s'inclina brièvement.

— Tu viens de décider de ne plus jamais revoir ton fils, roi.

— Assez parlé ! rugit Mandred en se ruant sur lui comme un taureau furieux.

Le Dévianthar l'esquiva d'un pas dansant. L'une des épées partit en avant et glissa sur la cotte de mailles de Mandred.

— Encerclez-le ! cria Farodin à ses compagnons.

Le Trompeur avait beau être adroit, aucun combattant ne pouvait avoir les yeux partout.

Farodin tira son épée et sa dague de parade. Il porta un assaut en même temps que Nuramon. Leurs lames tournoyèrent à la vitesse de l'éclair. Le Dévianthar bloqua les coups et se baissa pour esquiver la hache de Liodred. Une lumière bleue entoura les lames enchantées. De sa dague, Farodin perça la défense du faux prêtre, tout en bloquant l'un de ses fers avec son épée. Il entailla le muscle juste au-dessus du cœur du Dévianthar. La blessure n'était pas profonde. Elle saigna étonnamment peu.

Farodin fit un bond en arrière et échappa de peu à une riposte. Le Dévianthar ne chercha pas à le rejoindre, mais se fendit vers Liodred. Il simula un coup sur la tête, changea au dernier moment sa direction et passa sa lame sous la hache du roi. Son épée racla le plastron de l'armure qui avait autrefois appartenu à Alfadas.

— Bel ouvrage, loua le Dévianthar dans un bond en arrière pour se mettre hors de portée de la hache. Ma lame aurait transpercé de l'acier humain.

Comme en se jouant, il bloqua un coup de hache que Mandred s'apprêtait à lui assener dans le dos. Son autre épée fit tomber l'arme de Liodred.

— Crève, démon ! Je..., rugit de colère le souverain du Pays des Fjords.

La lame du Dévianthar lui coupa la parole. Elle atteignit le roi en pleine bouche. D'un sursaut, le Trompeur prolongea le coup.

— Non ! cria Mandred en se ruant en avant avec l'énergie du désespoir.

Il se précipita sur le Dévianthar. Une lame entailla son front en y laissant une plaie béante, mais la violence de l'attaque déséquilibra le faux prêtre. Ils roulèrent tous les deux au sol. Aussitôt, Nuramon fut au-dessus d'eux. Il détourna un coup visant à la gorge de Mandred.

Le prêtre se roula de côté et se remit sur ses pieds avec l'agilité d'un chat. Il regarda Liodred d'un air moqueur. Le roi gisait à terre. Du sang foncé s'écoulait de sa bouche.

— À quoi sert la meilleure armure, si on ne porte pas son casque ?

Mandred s'était lui aussi rétabli et il se jeta de nouveau en avant. En brandissant sa hache comme une faucille, il força le Déviantthar à reculer. Farodin accourut à son aide. Et Nuramon reprit aussi l'assaut. À présent, le Déviantthar était sur la défensive. Farodin découvrit une faille dans sa défense. Il se baissa très bas, se fendit et enfonça son épée sous l'aisselle du faux prêtre. La lame ripa sur l'omoplate et ressortit par le dos. D'un coup sec, il retira son arme.

Un tremblement parcourut le Déviantthar. Il ne poussa aucun cri de douleur. Malgré la blessure mortelle, il para un coup de Mandred, esquiva sa hache et frappa du pommeau de son épée le front du jarl. Celui-ci s'écroula d'un coup.

Nuramon tenta une attaque basse visant à l'aine du faux prêtre. Son épée fut bloquée. D'un moulinet du poignet, le Déviantthar envoya voler l'arme de l'elfe. Dans une volte rapide, il déchira la cuirasse de Nuramon tout près de sa gorge.

Le bras droit du Déviantthar pendait, inutile. Mais il n'avait pas laissé tomber son autre épée. Farodin s'étonna de voir sa blessure à l'aisselle saigner à peine.

— Vous croyez vraiment que je ne m'étais pas préparé ? ironisa le Déviantthar. Je m'attendais à voir Emerelle et ses meilleurs guerriers. (Il fit une moue désappointée.) Eh bien, si elle ne vient pas à moi, c'est donc moi qui irai bientôt lui rendre visite à Albemark avec mes Chevaliers de l'Ordre. (De son épée, il décrivit une rune en l'air en poussant un son rauque. Puis il montra la voûte avec l'Étoile d'Albes.) Quelle que soit l'issue du combat, vous vous êtes déjà pris dans mon maléfice, imbéciles ! (Le Déviantthar leva la main droite et se la passa d'un geste ostentatoire sur le front. Farodin vit alors nettement que la blessure à son aisselle s'était refermée. Il devait s'agir là de la puissance de cette maudite Pierre d'Albes ! En gémissant, Mandred tâta son front.) Eh bien, petit homme, se moqua le Déviantthar. Pour toi, j'ai imaginé quelque chose de particulier. Je vais te couper le foie pour te le faire manger ensuite. Tu seras étonné de voir ma magie te garder très longtemps en vie sans pour autant apaiser tes douleurs !

En l'entendant, Farodin passa de nouveau à l'assaut. Un véritable déluge de coups s'abattit sur le Trompeur. Pas à pas, l'elfe le poussa vers le portail de bronze. Nuramon passa lui aussi à l'attaque. Sa lame toucha le bras du Déviantthar en lui causant une profonde blessure. Encore une fois, le faux prêtre ne poussa aucun cri de douleur.

D'un coup de revers, Farodin lui fit une longue estafilade au ventre. Au même instant, un coup perça la défense de l'elfe. Il retira vite sa tête, mais il s'en sortit tout de même avec une entaille à la joue.

Nuramon, lui aussi, perdait du sang par toutes sortes de blessures légères. On eût dit que le faux prêtre jouait avec eux et cherchait à faire durer le combat pour les bafouer. Les petites entailles et les contusions les affaiblissaient.

Un coup d'épée déchira définitivement la cuirasse de Nuramon. Du sang foncé trempa la tunique qu'il portait dessous et mouilla le rubis pendu à une fine chaîne à son cou. La pierre émit un rouge ardent.

Le Dévianthar poussa un cri de surprise en reculant. Du sang s'écoulait de son œil gauche. Il fonça sur Nuramon en faisant tournoyer ses épées. Farodin s'interposa d'un bond et essaya de dévier le démon, mais celui-ci combattait maintenant avec la fureur d'un berserk. Un coup de pied du faux prêtre fit chanceler l'elfe. Les deux épées du Dévianthar s'abattirent. Farodin put bloquer le coup de sa main droite. Mais, de sa main gauche, le Dévianthar atteignit Nuramon à la tête. Propulsé dans un renfoncement du mur, l'elfe heurta brutalement la pierre et ne se releva pas.

— Et maintenant, à toi, Farodin, feula le Dévianthar.

Il n'était plus d'humeur à se moquer. Un sombre trou béait là où s'était autrefois trouvé un œil. La chair écorchée était brûlée comme si on l'avait torturé au fer rouge. Il se jeta sur l'elfe avec une rage folle. Ses coups étaient devenus moins précis, pourtant la sauvagerie de l'attaque poussa Farodin sur la défensive. Il recula, se baissa, pivota pour se tirer d'affaire et ne parvint que difficilement à riposter. Le Dévianthar le fit reculer par la porte de bronze dans une salle occupée par un grand trône de pierre. Des statues de dieux, liés comme le Galabaal par de lourdes chaînes, longeaient les murs. Des torches et un grand bassin de charbons ardents éclairaient la pièce.

Farodin sentit ses forces l'abandonner. *Pensez à Noroelle! Rien ne pourra vous donner plus de force!* C'étaient les mots d'adieu prononcés par la reine. Farodin para un coup avec sa dague et se baissa pour éviter un revers. Si seulement il pouvait arriver à mettre la main sur l'émeraude de Noroelle! Il portait cette gemme depuis de si nombreuses années dans la bourse de cuir à sa ceinture. Il en avait nettement senti la magie sans jamais comprendre à quoi elle pouvait servir. Noroelle devait avoir pressenti qu'ils rencontreraient une nouvelle fois le Dévianthar. Elle ne leur avait pas donné ces pierres uniquement en souvenir, mais aussi pour les protéger.

L'acier frappa l'acier dans un bruit de cliquetis. Chaque parade affaiblissait un peu plus Farodin. Par une dérobade de côté, il réussit à se libérer du combat. Mais le Dévianthar le poursuivit. Le démon semblait se douter de l'existence d'une autre pierre. Il n'acceptait pas de cesser le combat une seule seconde. Impitoyablement, il chassa l'elfe devant lui. Farodin n'avait plus le temps d'attraper sa ceinture et de détacher sa bourse. Il fallait qu'il reprenne l'initiative de l'attaque, sinon sa défaite était inéluctable!

Un coup violent fit s'envoler le poignard de sa main. Un coup d'estoc suivit aussitôt par la brèche qu'offrait maintenant sa défense. Il se jeta de côté, ce qui n'empêcha pas l'acier du Déviantthar de transpercer son haubert et son gambison. Du sang sombre suinta par les anneaux de son armure. Déséquilibré, il chuta en esquivant un deuxième coup.

Le faux prêtre le rata de si peu que Farodin sentit le vent de la lame sur sa joue blessée. L'elfe se jeta en avant. Sa dague atteignit le démon au genou.

En s'affaissant, le Déviantthar réussit encore à porter un coup approximatif sur la tête de Farodin. L'elfe se baissa et roula sur le côté, tandis que son adversaire retirait le couteau de son genou.

Vite, Farodin chercha de la main la bourse à sa ceinture. Ses doigts tâtèrent le nœud, mais il ne parvint pas à défaire le lacet de cuir maculé de sang.

Dans un grondement furieux, le démon jeta le couteau.

— Tu vas mourir à petit feu, dit-il.

Farodin vit la fine blessure laissée par le couteau se refermer sur le genou du Déviantthar. Prudemment, le Trompeur tâta sa jambe blessée, puis il sourit d'un air satisfait.

L'elfe renonça à vouloir dénouer le lacet ; il coupa la bourse avec son épée. L'anneau d'Aileen fit un bruit métallique en tombant sur le sol. Farodin referma ses doigts sur l'émeraude. La lumière des torches se réfracta sur les facettes en scintillant. Une douce lumière éclaira l'intérieur de la gemme.

Le Déviantthar expédia l'une de ses épées vers Farodin, mais la lame manqua l'elfe d'une longueur de bras. Du sang sombre coulait maintenant de l'œil restant du prêtre.

La lumière de l'émeraude devint de plus en plus claire.

— Sens-tu la force de Noroelle ? demanda Farodin. C'est là ton salaire pour cette nuit d'amour volée.

Le Déviantthar se tordit de douleur. Il avait porté les mains à son visage.

— Elle a aimé la semence de cette nuit-là, elfe, articula-t-il douloureusement. Et moi aussi, j'ai aimé Guillaume, comme j'aime tous mes enfants. Beaucoup d'entre eux sont si merveilleusement doués pour voyager sur les Sentiers de la magie. Comme par exemple le père Marcus, qui aurait presque tué Emerelle.

Farodin se leva. Une pierre luisant d'or était posée sur le large accoudoir du trône. Était-ce cela ? La clé de Noroelle ? La Pierre d'Albes avec laquelle le Déviantthar avait tracé tous les nouveaux Sentiers ? Le faux prêtre retira les mains de son visage. Ses deux yeux n'étaient plus que des trous béants. Il se pencha et tâtonna à la recherche de son épée tombée devant lui sur le sol. Quand il la trouva, il la ramassa rapidement et désigna ensuite de sa lame l'endroit où Farodin venait de se trouver assis.

— Tu crois avoir vaincu, elfillon ? (En vacillant, le Déviantthar se remit sur ses pieds. Sans bruit, Farodin s'approcha du trône et prit la Pierre d'Albes. C'était un chrysobéryl doré et translucide, parcouru par cinq veines d'un brun clair. Maintenant, tout irait bien ! Avec la puissance de la Pierre, ils pourraient libérer Noroelle. Le faux prêtre avança à tâtons vers le trône. Farodin fit prudemment un pas en arrière.) Tu cherchais aussi à t'attirer la faveur de cette elfe que j'ai enfourchée, n'est-ce pas ? Ça ne t'a rien fait de savoir qu'elle s'était donnée à moi aussi facilement alors que je m'étais présenté sous la forme de Nuramon ? (Le Dévianthar tâta de sa main l'accoudoir du trône. Il s'arrêta court. Puis il fit de nouveau glisser ses doigts sur l'accoudoir.)

» Tu te déplaces fort silencieusement, Farodin... Au fait, avais-je déjà évoqué les cris que cette femme elfe a poussés quand elle s'est trouvée sous moi ? Je crois qu'elle avait tout simplement attendu qu'on la prenne enfin vraiment.

Le Dévianthar avait reculé de quelques pas du trône. Il tenait son épée légèrement d'angle, prêt à la parade, même s'il ne voyait plus venir d'attaque.

Pitoyable, pensa Farodin. Il tourna doucement autour de lui. Ensuite, il l'attrapa par les cheveux et lui tira la tête en arrière. De sang-froid, il donna un coup sur le poignet de la main qui tenait l'épée et sectionna les tendons et les os. Dans un bruit métallique, l'arme du démon tomba sur le sol. Ses doigts tressaillirent un peu, puis sa main ne bougea plus.

Farodin pointa son épée sur la gorge du Dévianthar.

Te souviens-tu encore de ce qui s'est passé quand je suis mort dans la grotte de glace, elfe ? résonna alors la voix du démon dans la tête de l'elfe. *Je vais peut-être trouver encore plaisant de rendre visite à votre bien-aimée, si tu me prends mon corps.* La main valide du Trompeur effleura la jambe de Farodin. L'elfe recula d'un sursaut. Il sentit quelque chose de froid le saisir à l'intérieur de lui. *Quelle belle île !* chuchota la voix. *Veux-tu vraiment m'envoyer là-bas ? Veux-tu que je lui apparaisse maintenant sous ta forme ?*

Une lumière bleue entoura l'épée de Farodin.

— Tu fais erreur, fourbe. Personne ne peut la rejoindre. Même pas toi.

L'acier s'enfonça profondément dans la chair. D'un coup sec, l'elfe lui trancha les os de la nuque et brandit ensuite la tête en la prenant par ses longs cheveux blonds. Avec une rage froide, il contempla les yeux brûlés. Puis il posa la tête sur le bassin de charbons ardents. Soudain, l'épée commença à irradier une lumière claire. Y avait-il là une ombre auprès du corps du faux prêtre ?

Farodin bondit en avant. À présent, il ne voyait plus rien. S'était-il agi d'une simple illusion d'optique ? Une illusion créée par la lumière vacillante des torches ? L'elfe se retourna en faisant tournoyer sa lame. Comme pris de folie, il bondit en tous sens en fouettant l'air de son épée. À chaque seconde, sa peur grandissait. Les derniers mots du Dévianthar avaient-ils été autre chose qu'une menace désespérée ?

Subitement, l'épée perdit de sa lumière. De fines veines noires se dessinèrent dans l'acier. Un froid glacial pénétra la gaine de cuir de la poignée et chercha à gagner les doigts de Farodin. Effrayé, l'elfe laissa tomber son arme. L'acier était devenu noir comme du jais. En atterrissant sur le sol de pierre, l'épée se brisa en mille morceaux.

La vengeance du Dévianthar

Nuramon sentait tous ses os lui faire mal. Il n'éprouvait curieusement aucune satisfaction devant le cadavre du Dévianthar.

C'était fini. L'ennemi était mort, les plaies plus ou moins guéries. Ne restait plus qu'à quitter cet endroit terrible.

Épuisé, il retourna avec ses compagnons dans la salle où se trouvait l'Étoile d'Albes. Mandred et Farodin portaient le corps de Liodred ; la tristesse se lisait sur le visage du jarl. Doucement, ils déposèrent le cadavre du roi à côté de l'étoile d'or.

— Nous n'aurions pas dû t'emmener avec nous, dit Mandred en caressant tendrement le visage de Liodred, puis il lui ferma les yeux.

Farodin se montrait soucieux. Nuramon partageait ce sentiment. Son compagnon lui avait rapporté les derniers mots du Dévianthar. Noroelle était-elle en danger ? Ou cette menace n'avait-elle été qu'une dernière tentative désespérée pour les intimider ? Non, ils l'avaient vaincu ! Aucun doute possible. La Pierre d'Albes dans la main de Farodin était la preuve de leur triomphe. Mais ils ne pourraient le savourer qu'à leur retour dans le Monde des Humains, quand ils auraient quitté ce cloître. Au pire, il leur faudrait combattre pour se frayer le passage, et ils devraient alors faire comprendre à Mandred qu'il ne pouvait pas emporter le corps de Liodred.

Nuramon se plaça sur la dalle d'or. Il ouvrirait la Porte et se tiendrait prêt à en ouvrir une autre qui les ferait sortir du monastère de Tjured et les conduirait aussitôt à Firnstayn. Il se concentra sur la magie. Autour de lui, les Sentiers d'Albes apparurent. Mais quelque chose le dérangeait. Les Sentiers s'étaient transformés, ils paraissaient être entourés de flammes. Il tenta d'opérer la magie, mais, dès le départ, il ressentit une douleur dans son esprit, comme si des mains brûlantes saisissaient sa tête pour fondre leurs doigts dans son crâne.

À bout de forces, il rompit le sort et tomba à genoux. Quand il put de nouveau voir clair, il ouvrit les yeux sur les visages horrifiés de ses compagnons.

— Que s'est-il passé ? demanda Mandred.

— Non, surtout pas ça ! s'écria Farodin. (Son regard parut errer dans le vide, mais Nuramon savait ce que son compagnon voyait. À lui non plus, les flammes autour des Sentiers d'Albes ne pouvaient rester cachées.) C'est la vengeance du Dévianthar !

Ils étaient enfermés. Tout comme la barrière de la reine bloquait le chemin vers Noroelle, la barrière du Dévianthar les empêchait de quitter le Monde Brisé. Le regard de Nuramon tomba sur la Pierre d'Albes dans les mains de Farodin. C'était leur seul espoir. Cependant, ils ne savaient rien de cette pierre et devaient d'abord apprendre à utiliser sa puissance. Il leur faudrait peut-être des années pour en déchiffrer les secrets. Et ils ne disposaient pas de ce temps, car ici il n'y avait ni eau ni nourriture. Ils mourraient de soif avant d'avoir commencé à sonder la pierre.

— Là ! cria Mandred soudainement en montrant l'une des grandes dalles d'argent autour de l'Étoile d'Albes.

Le jarl s'accroupit devant elle.

Nuramon et Farodin regardèrent par-dessus son épaule. À la surface de la dalle, une image apparut, presque semblable à celle que l'on voyait dans le miroir d'eau de la reine. Elle montrait le fjord de Firnstayn. En laissant le cercle de pierres à l'ouest, leur regard pouvait embrasser la ville en contrebas. C'était déjà le matin, et les feux de victoire semblaient être éteints. Le bras du fjord s'étirait vers le sud. Les galères des elfes et les forteresses flottantes des trolls avaient disparu. Le long de la rive, on pouvait encore voir les tas de cendre gris des bûchers. Aucun doute : la plaque d'argent montrait Firnstayn après la bataille navale.

Tout à coup, quelque chose bougea. Les vagues ! Elles s'agitaient comme sous un vent violent. Mais quelque chose ne cadrait pas dans cette image… Par vent fort, ces vagues étaient beaucoup trop petites. Des nuages apparurent et passèrent rapidement dans le ciel bleu. Lorsque le soleil se montra et se déplaça vite, il fut évident que ce n'était pas le vent qui poussait les nuages et les vagues. Le soleil rejoignit hâtivement l'horizon et la nuit arriva avec ses étoiles pour céder la place, quelques secondes plus tard, à un nouveau jour.

Le temps défilait devant leurs yeux. Nuramon pensait à la grotte de Luth. Devant le mur de glace qui leur avait barré l'entrée, ils avaient autrefois observé ce même spectacle. Et ils étaient alors sortis trente ans plus tard de la grotte.

Mandred exprima ce que Nuramon pensait.

— Par Luth ! Ce maudit Dévianthar nous a tendu le même piège qu'autrefois !

Le jarl secoua la tête d'un air malheureux en gardant le regard rivé sur sa ville.

— Seulement, cette fois-ci, personne ne viendra nous délivrer, dit Farodin à voix basse. Nous sommes vraiment des idiots !

— Peut-être la reine nous viendra-t-elle en aide ? objecta Nuramon.

— Te souviens-tu de ce qu'elle a dit ? demanda Farodin. Que le Dévianthar s'attendait à la voir, elle, ou la chamane troll.

Nuramon se souvint. Mais la reine avait aussi parlé d'autres personnes puissantes. Toutefois, ceci n'avait aucun sens à présent.

— Tu penses que nous sommes tombés dans le piège prévu pour la reine ?

— Oui. Et elle n'ira certainement pas se risquer dans ce monastère où la magie d'un prêtre qui a du sang de démon dans les veines pourrait lui coûter la vie.

Nuramon hocha la tête. Farodin avait raison. Ils étaient livrés à eux-mêmes.

— Alors, il faut essayer de venir à bout de la puissance du Dévianthar. Nous n'avons pas d'autre choix. Notre seul espoir, c'est d'apprendre d'une manière ou d'une autre à utiliser la Pierre d'Albes.

— Comment est-ce possible ? s'écria Mandred.

Nuramon observa la dalle d'argent. À présent, on ne pouvait plus distinguer le jour de la nuit. Ne restait plus que la trouble lumière de la pénombre. La neige et l'herbe alternaient en montrant la fuite des années. Cependant, c'était tout autre chose qui remuait Mandred. Il montra le cercle de pierres. Là, on pouvait voir une Porte, mais non pas celle entourée de brouillard, qu'ils connaissaient bien. Ici, rien ne la voilait, ils avaient une vue directe sur Albemark, ils pouvaient laisser leur regard descendre la colline et voir la tour en ruine. Même les ramures du chêne d'Atta Aïkhjarto étaient reconnaissables.

— Pourquoi la Porte est-elle ouverte ?

Nuramon était horrifié. Si le temps défilait aussi vite sous leurs yeux, ne restait plus visible que ce qui était durable, c'est-à-dire les montagnes, la ville, la surface floue de l'eau, le cercle de pierres et la vue sur Albemark. Si un elfe ou un homme passait devant leurs yeux, ils ne le remarqueraient même pas, à moins qu'il demeure immobile toute une saison. La Porte d'Albemark restait ouverte tandis qu'ils voyaient les saisons alterner de plus en plus vite. La ville grandissait aussi. Le port s'étendait de plus en plus. Au fil des ans, les maisons poussaient comme des champignons et dépassaient les murs, puis une deuxième muraille s'élevait avec de hautes tours.

Alors se produisit quelque chose à quoi ils ne se seraient jamais, au grand jamais, attendus. La Porte d'Albemark s'élargit, telle une fracture traversant le monde. Elle s'ouvrit jusqu'au fjord, enjamba l'eau jusqu'à la plage où Emerelle leur avait créé la Porte du monastère. Que se passait-il ? Était-ce la fin d'Albemark et ne pouvaient-ils en être que les spectateurs ? Nuramon sentit la rage monter en lui.

— Ce ne peut être vrai ! s'exclama Farodin. Ce doit être une tromperie ! Une illusion du Dévianthar ! Ce n'est pas la réalité !

Nuramon secoua la tête. Il n'y croyait pas.

— Donne-moi la Pierre d'Albes, Farodin !

Il n'eut pas la patience d'attendre que celui-ci réagisse et la prit lui-même.

Farodin lui jeta un regard fâché, mais il remarqua alors le visage décidé de Nuramon.

— Tu vas y arriver, dit-il.

Mandred, totalement absent, n'avait d'yeux que pour l'image au sol.

Nuramon retourna se placer sur la dalle d'or et se prépara à la magie. Quoi qu'il puisse arriver, il n'abandonnerait pas avant d'avoir brisé la barrière.

Dès qu'il commença la magie, les flammes s'élevèrent autour des Sentiers d'Albes et vinrent le lécher. Des langues de feu pénétrèrent son crâne. Cependant, il ne lâcha pas, mais s'efforça d'y résister. Il s'aperçut vite que sa magie était nettement inférieure à celle du Dévianthar. Avec l'énergie du désespoir, il essaya de trouver le moyen d'utiliser à son compte la magie de la Pierre d'Albes. Il s'imagina être empli de sa force, mais rien ne se passa. Il pressa ses mains sur elle comme s'il pouvait en extraire la puissance. Il tenta même de prononcer un charme de guérison. En vain ! Certes, il en sentait bien la force magique, mais la Pierre se dérobait à son pouvoir, tandis que la chaleur des flammes devenait insupportable. La seule chose qu'elle pouvait lui offrir était le froid. Ses mains étaient à l'abri de la chaleur brûlante.

C'était cela ! Il ne s'agissait pas de rassembler ses forces pour traverser le feu, mais de supporter les flammes. La froideur de la Pierre d'Albes contre la chaleur du feu ! Il caressa doucement la surface du chrysobéryl en s'imprégnant du froid qui l'habitait. Il sentit alors une onde de fraîcheur monter dans ses bras et se répandre lentement dans son corps, comme le sang dans les veines. La Pierre était une source. Il pensa à la source de Noroelle sous les deux tilleuls et aux gemmes magiques qui s'y trouvaient. Certes, les flammes le léchaient encore, mais il les voyait reculer en sursautant au moindre contact. À présent, il ne lui restait plus qu'à diriger la force de la Pierre pour briser la barrière, et c'en serait fini. Mais, en l'avançant plus près du feu, il se brûla le dos des mains, alors que ses paumes paraissaient glacées.

— Dépêche-toi ! cria Mandred d'une voix retentissante. Tu entends ? Allez, grouille-toi ! Sinon, c'est fichu !

Il faillit interrompre le charme pour voir ce qui amenait le jarl à prononcer ces mots. Mais il se retint et serra les dents.

Ses mains étaient prises entre braise et gel. Il ne devait pas s'arrêter. Alors, il rapprocha la Pierre d'Albes de l'Étoile.

— Bien ! cria Mandred. Ça ralentit ! Bien !

En entendant ces mots, Nuramon comprit qu'il ne combattait pas seulement une barrière, mais aussi la magie qui créait l'image de Firnstayn. Les flammes qui entouraient le Sentier menant à la dalle d'argent brûlaient plus clairement que celles des autres Sentiers.

Nuramon se mit à trembler en tenant la Pierre directement au-dessus des flammes. Il perdait son pouvoir sur la magie.

— Par tous les Albes ! entendit-il crier Farodin. Vite ! Nuramon ! Vite !

Nuramon sentit l'air se rafraîchir de plus en plus. Il eut l'impression que ses mains se gelaient et que le gel pénétrait ses veines. La Pierre n'était plus une source de froid, mais une mer où Nuramon courait le risque de se noyer. La puissance de la Pierre menaçait de le submerger.

— Il faut y arriver, Nuramon ! cria Farodin. C'est maintenant ou jamais !

Comme piqué par un millier d'aiguilles, il poussa un cri de douleur. Puis il perdit l'équilibre et sentit juste encore quelque chose de brûlant le saisir et l'emporter.

Ruines

Une bruine froide caressait le visage de Mandred. Pris de vertige, il s'appuya contre le mur délabré. Là où aurait dû se trouver la belle voûte d'arêtes, il n'y avait plus que le ciel gris. Le cloître par lequel ils étaient entrés dans le Monde Brisé était en ruines. Les doigts de Mandred s'enfoncèrent dans la jointure d'un mur. Le mortier brun clair s'effritait au moindre contact. Ce monastère était abandonné depuis longtemps, quoi qu'en dise Farodin.

Le jarl jeta un œil vers Nuramon. Son camarade était accroupi devant la niche du mur où le corps de Liodred était exposé. L'elfe avait changé. En une seconde, il avait pris des cheveux blancs. Comme s'il avait vieilli de plusieurs années. Ses traits avaient durci. Toutefois, cette transformation n'était pas le pire : Nuramon oscillait sur la plante des pieds en fredonnant doucement. Le regard vide, il contemplait un tas de décombres près du mur opposé. Dans ses mains, il serrait toujours la Pierre d'Albes dorée. Par deux fois, à la demande de Farodin, Mandred avait essayé d'aller la lui reprendre. Mais Nuramon la tenait si bien qu'il aurait dû lui briser les doigts pour cela. Depuis qu'il avait opéré sa magie, il n'avait plus tous ses esprits. Parfois, il ne semblait pas les reconnaître. Mandred se demandait si l'elfe n'était pas possédé.

Un arc de lumière dorée apparut parmi les ruines. Farodin sourit, épuisé.

— Ils n'ont pas détruit les Portes ici. Ce n'est pas comme dans les temples-tours !

Mandred réprima un nouvel accès de nausée. Une douleur sourde lui martelait le front. Il ne pouvait s'empêcher de penser aux images qu'il avait vues dans le miroir d'argent.

— Est-elle sûre, cette Porte, au moins ? demanda-t-il, méfiant. Pas question de faire un saut dans le temps. Tu sais…

D'un geste brusque, Farodin lui coupa la parole.

— On ne peut jamais être sûr de rien. Oublie ce que tu as vu dans le miroir. C'était l'Illusionniste ! Il voulait semer la crainte dans ton cœur et il y a apparemment réussi.

— Tout avait l'air si vrai, objecta Mandred.

Farodin ne répondit rien. Il partit vers Nuramon, lui parla doucement et l'aida ensuite à se relever.

— On rentre chez nous ? demanda l'elfe d'une voix tremblante.

La pluie avait collé en mèches les cheveux longs de Farodin. Il les écarta de son visage et offrit un appui à Nuramon.

Mandred avait envie de hurler de rage. Qu'était-il arrivé à son ami ? Que lui avait fait la magie ? Il repensa encore aux images du miroir. En espérant que Farodin avait raison et que tout cela n'était qu'une illusion.

— Dépêche-toi, cria l'elfe.

Mandred prit le roi mort dans ses bras et lui posa la tête contre son épaule, comme s'il portait un enfant endormi. Sous le poids, il fléchit les genoux. *Juste quelques pas*, se dit-il pour s'encourager. En trébuchant, il se dirigea vers la Porte. Il regarda une dernière fois ce qui l'entourait, sans comprendre. Que s'était-il passé ici ? Pourquoi ce cloître était-il détruit ? N'aurait-ce pas dû être le monastère le plus important des prêtres de Tjured ?

Farodin et Nuramon disparurent dans la lumière dorée. Mandred se hâta de leur emboîter le pas. La traversée du vide n'avait pas changé. Ils suivirent un Sentier doré dans un silence complet, sa respiration sifflante étant le seul bruit produit. Une arête métallique de l'armure de Liodred lui sciait douloureusement l'épaule. Il en aurait presque trébuché. Le jarl gardait les yeux rivés sur le Sentier lumineux. *Ne pas s'en écarter !*

La transition fut soudaine. Un vent glacial passa dans les fines tresses de Mandred. Sidéré, le jarl constata les transformations. L'image du miroir d'argent n'était donc pas une illusion.

— Baisse-toi ! fit Farodin entre ses dents en tirant sur le manteau du jarl.

Éreinté, Mandred se laissa tomber.

Par tous les dieux ! Qu'était-il arrivé ici ? Où était son pays ? Ils se trouvaient en plein hiver, accroupis dans une congère, près de la rive du fjord. Une épaisse carapace de glace recouvrait l'eau.

Devant eux s'étendait Firnstayn. La ville s'était grandement développée, tout comme ils l'avaient vu dans le refuge du Dévianthar. Des murailles de pierre sombre s'étiraient jusqu'à l'Étoile d'Albes qu'Emerelle avait autrefois créée à deux lieues de la ville. De larges brèches éventraient les murs.

Mais plus monstrueux était le changement qu'ils voyaient juste devant eux. Quelque chose s'élevait de l'Étoile d'Albes qu'ils venaient de franchir. Mandred ne trouvait pas les mots pour l'exprimer. Simplement, cela n'aurait pas dû être ! En travers du fjord et jusqu'au cercle de pierres de la falaise, il y avait… un changement. Cela lui rappelait quelque chose qu'il avait vu dans la bibliothèque d'Iskandrie. Il s'était trouvé un jour dans une salle aux murs ornés d'une fresque merveilleuse. Toutefois, l'un des murs était abîmé, le crépi s'était fendillé et effrité à plusieurs endroits. De sorte que l'on pouvait apercevoir, sous la première, une autre peinture de couleur vive, aussi belle que la plus récente. Mandred n'avait pas réussi à comprendre pourquoi on l'avait cachée sous une couche de crépi.

Il en était de même ici. Quelque chose s'était fendu ou déchiré. Et, derrière le fjord que Mandred connaissait depuis son enfance, une autre chose apparaissait. Entre les deux images superposées, l'air miroitait et paraissait s'écouler comme il le faisait parfois les jours d'été particulièrement chauds. L'image offerte de l'autre côté de la déchirure était trouble. Cependant, Mandred la reconnut au premier coup d'œil. C'était le paysage dans lequel il s'était réveillé après avoir fui l'homme-sanglier. Il voyait les prairies en fleurs d'Albemark au printemps. Là-bas, sur l'autre rive du fjord, il pensa reconnaître la tour de guet maintenant en ruines. Et, non loin de là, les puissantes branches d'Atta Aïkhjarto se tendaient vers le ciel. Pourtant, quelque chose le troubla chez le vieux chêne. Contrairement aux arbres un peu plus loin, il ne portait pas de feuilles ! Mandred plissa les yeux pour mieux voir. L'énorme chêne se détachait sur le ciel clair. À côté de lui, il y avait quelque chose de petit et de blanc qu'il n'arrivait pas à reconnaître. L'air qui se liquéfiait déformait tout. Finalement, il se tourna vers Farodin, tout aussi remué que lui, tandis que Nuramon, assis dans la neige, regardait droit devant lui.

— Qu'arrive-t-il à Atta Aïkhjarto ? demanda le jarl. Pourquoi ne porte-t-il pas de verdure ?

— Les arbres morts n'ont pas de feuilles.

Cette réponse frappa Mandred au cœur. Ce ne pouvait être vrai ! Qu'est-ce qui pouvait tuer un arbre porteur d'une âme ? Il avait de la magie et était si incroyablement vieux.

— Tu te trompes !

— J'aimerais bien, répondit Farodin, affligé. Ils ont dû allumer un feu autour de lui. Ils ont peut-être même utilisé le feu de Balbar d'Iskandrie. Le tronc d'Aïkhjarto est carbonisé. Toutes ses petites branches sont calcinées. Ils l'ont sans doute fait symboliquement dans leur guerre contre Albemark. L'un de leurs étendards est planté à côté. Tu le connais. Il arbore le chêne brûlé.

— Mais comment a-t-il pu ?…

— Comment un arbre pourrait-il s'enfuir ? l'interrompit Farodin, énervé. (Ensuite, il ajouta d'un ton plus conciliant :) Et même si Atta Aïkhjarto avait eu des jambes, son vieux cœur de chêne n'aurait jamais fui devant un ennemi.

Mandred ne dit plus rien. Il pensa au serment qu'il avait autrefois prêté à Aïkhjarto lorsqu'il s'était réveillé à Albemark. Il avait juré que sa hache se trouverait toujours entre le chêne et ses ennemis. Sa peine ne fut que plus grande de constater qu'il n'avait pas pu aider son ami.

Il détourna son regard et contempla Firnstayn. Sur la plupart des tours flottaient les bannières de l'Église de Tjured. Des quartiers entiers de la ville avaient brûlé. Le long des débarcadères, des bateaux étaient à moitié engloutis dans la glace. Dans le fjord aussi, des mâts émergeaient à certains endroits de l'épaisse carapace glacée. Combien de personnes avaient pu vivre dans cette ville ? Et où étaient-elles à présent ? Les Chevaliers de l'Ordre les avaient-ils toutes tuées ? Mandred repensa à cette nuit dans Iskandrie assiégée. Firnstayn avait-elle vécu une pareille boucherie ?

— Baisse-toi plus ! fit Farodin entre ses dents.

Un groupe de trois cavaliers venus du sud traversait la glace. Ils formaient l'avant-garde d'un long convoi de traîneaux tirés par des chevaux. Les cavaliers s'avançaient vers la ville. Une corne d'alarme retentit de l'une des tours.

Les trois cavaliers passèrent au trot à une vingtaine de pas de la rive. Mandred trouva leurs armures étranges. Elles étaient teintées en noir et constituées de plaques de métal comme le harnois de Liodred. D'épais gants de cuir leur protégeaient les mains du froid. Les cavaliers portaient des bottes jusqu'aux genoux et de longues capes blanches avec le symbole de l'arbre noir. Des casques à longs garde-joues et crête longitudinale couronnaient leurs têtes. Une large ceinture d'armes barrait la cuirasse de poitrine de leurs armures. Une épée inhabituellement effilée y pendait. Deux curieux sacs en cuir étaient fixés sur la selle devant eux. Ils semblaient contenir de courtes massues.

Des nuages blancs sortaient des naseaux des chevaux. Ils paraissaient épuisés, et les cavaliers avaient le visage rougi par le froid. Mandred se demanda combien de temps ils avaient pu passer, lui et ses compagnons, dans les halles du Dévianthar. Ces cavaliers... Ils avaient une tout autre apparence que les Chevaliers de l'Ordre qu'ils avaient affrontés lors de la bataille navale. Ils ne portaient pas non plus de boucliers.

Il jeta un regard sur Firnstayn détruite. Combien de siècles avait-il fallu à la ville pour se développer à ce point ? Il ne trouva pas de réponse.

L'un des trois cavaliers déboîta du groupe et se dirigea droit sur la déchirure. Mandred retint son souffle. Le cheval et son cavalier passèrent ainsi simplement de l'autre côté. Ils disparurent l'espace de deux ou trois secondes. Puis, le cavalier réapparut dans la vaste prairie verte, passa la tour de garde en ruines et prit la direction de la forêt.

Les deux autres grimpèrent peu de temps après une rampe vers une jetée du port et disparurent dans les ruelles de la ville.

Mandred se retourna et jeta un regard en arrière. Les traîneaux s'étaient bien rapprochés. Des cavaliers, équipés comme les trois hommes de l'avant-garde, protégeaient les flancs de la colonne. Les traîneaux étaient surchargés de ravitaillement. Leur poste d'observation sur le rivage étant trop bas pour offrir une bonne vue d'ensemble, Mandred ne pouvait pas estimer le nombre de traîneaux arrivant. Mais il y en avait certainement une bonne centaine. Il regarda de nouveau la ville. En ce sombre après-midi d'hiver, seules quelques lumières isolées éclairaient les fenêtres. Ceux qui se construisaient de telles maisons ne devaient pas connaître la misère. Beaucoup plus de lampes auraient dû brûler ici. Ces seuls points de lumière étaient-ils ceux des prêtres, des officiers et des soldats ennemis occupant les maisons épargnées par les incendies ?

— Il faut partir d'ici, chuchota Farodin en montrant le tronc éclaté d'un pin qui dépassait de la neige un peu plus loin sur le rivage.

Les dernières tempêtes automnales avaient sans doute déraciné cet arbre et l'avaient apporté jusqu'ici. Ils rampèrent prudemment jusqu'à lui. Mandred était trop faible pour tirer avec lui le cadavre de Liodred. Le cœur lourd, il dut se résoudre à l'abandonner. Pourtant, la distance à faire n'était pas très longue.

— Tu sens ça ? demanda Farodin quand ils s'accroupirent derrière l'arbre.

Mandred renifla une odeur de neige, de feu et de soupe au chou. Bref, rien de particulier. Il jeta un coup d'œil en bas, sur la glace, en se demandant ce que les traîneaux pouvaient transporter. Que ne donnerait-il pas à présent pour des œufs et quelques tranches de lard grillé ! Là en bas, ils avaient certainement de l'hydromel dans leurs tonneaux. Mandred soupira doucement. Une corne à boire pleine d'hydromel… Il pensa au serment qu'il avait prêté à Luth pendant la bataille navale. Le jarl eut un sourire amusé. Ce serment, il ne le romprait pas et pourtant il boirait !

— Ça sent le soufre, dit finalement Farodin en voyant qu'il n'obtenait pas de réponse. C'était l'odeur qui entourait le Dévianthar. Maintenant, le monde entier a son odeur.

— Mais tu nous as pourtant raconté comment tu l'avais terrassé. Ton épée s'est brisée. (Mandred montra le fourreau de cuir vide à la ceinture de l'elfe.) Elle a tué le Dévianthar, non ?

— Espérons-le.

— J'ai froid, fit doucement Nuramon. (Il avait les lèvres bleues et tremblait.) Pourquoi n'allons-nous pas dans cette prairie ? C'est le printemps, là-bas.

— Sur la glace, nous serons à découvert. (Farodin lui parlait comme à un enfant.) Les hommes là-bas nous veulent du mal. Et ils ont trouvé un chemin vers Albemark. Nous en prendrons un autre pour arriver chez nous. Nous utiliserons l'Étoile d'Albes que nous avons franchie pour arriver ici. Elle s'est transformée. Il y a là-bas un autre Sentier, récemment créé. Il a le même motif magique que les autres. Emerelle a dû le tracer avec sa Pierre d'Albes. Je crois qu'elle nous a attendus. Elle savait que nous viendrions ici. Ce chemin est un signe pour nous. Il nous mènera en sécurité !

L'obscurité se fit sur le fjord. Venus de l'ouest, des nuages d'orage passèrent au-dessus des montagnes. En revanche, le ciel d'Albemark rayonnait toujours d'un azur clair.

Du port s'élevèrent des chants de flûte et des roulements de tambour. Tandis que les traîneaux grimpaient la rampe des débarcadères, une colonne de soldats en marche apparut entre les bateaux. Ils portaient tous des cuirasses de poitrine et de hauts casques. Leurs pantalons et les manches de leurs vestes étaient étrangement bouffants. Plus remarquables encore étaient leurs armes. Leurs lances devaient bien faire six pas de long.

Les guerriers marchaient en colonne fermée. Huit flûtistes ouvraient la marche, suivis par huit tambours. Des officiers montés accompagnaient l'unité. Ils se dirigeaient droit sur la fracture entre les mondes.

Mandred compta dans sa tête les rangs de guerriers. Il y avait bien un millier d'hommes en route vers Albemark. Des chariots à hautes roues et une file d'animaux de bât les suivaient.

— Ils sont devenus fous, déclara Mandred tandis que la colonne en marche tournait dans le chemin près de la tour en ruines. Ils se veulent du mal ou quoi ? Ces longues lances ne vont pas être faciles à manier au combat.

— Si tu le dis, murmura Farodin en se tapissant un peu plus derrière le tronc d'arbre.

Un vent frais soufflait sur le fjord, et la neige arriva avec les nuages de l'ouest. Ils restèrent blottis dans leur cache en attendant la nuit.

Complètement frigorifiés, ils retournèrent vers l'Étoile d'Albes sur la plage. Liodred avait disparu sous un fin linceul de neige. Mandred s'agenouilla près du roi mort. Au moins, il lui avait été épargné de voir Firnstayn pillée, incendiée et occupée par l'ennemi.

Le jarl regarda Farodin. Pourvu qu'ils ne fassent pas un nouveau saut dans le temps ! Maudites Portes ! Tout était bouleversé ! Une armée qui envahissait Albemark ! Abominable ! Jusqu'où avaient-ils bien pu pénétrer ? Qui sortirait victorieux de ce combat ?

Un arc de lumière rouge et or s'éleva de la neige.

— Vite ! cria Farodin en poussant devant lui Nuramon par la Porte.

Une corne d'alarme retentit devant le mur d'enceinte de la ville. Mandred saisit le corps du roi par la ceinture et le tira dans la neige. *C'est sous le tertre au pied du chêne que Liodred aurait dû trouver son dernier repos*, pensa-t-il amèrement. Depuis des siècles, les morts de la famille royale y étaient enterrés. Liodred se serait ainsi retrouvé, au moins dans la tombe, auprès de sa femme et de son fils.

Mandred plongea dans la lumière. Cette fois-ci, il n'eut qu'un pas à faire et un parfum d'herbe fraîche le salua à Albemark. Des ombres se déplaçaient en bordure de forêt. L'air était empli de fragrances fleuries et de gazouillis d'oiseaux.

Un jeune elfe apparut sous un pin. Il portait lui aussi à la hanche l'une de ces étranges épées effilées que Mandred avait déjà remarquées sur les cavaliers du fjord. Le jarl jeta un regard en arrière. Derrière eux, la Porte s'était refermée. Il venait juste de faire nuit et maintenant le jour était clair ! Mandred jura en silence. Voilà, c'était encore arrivé ! Ils venaient, une fois de plus, de faire un bond dans le temps.

— Qui pénètre dans le pays d'Albemark ? cria l'elfe à leur adresse.

— Farodin, Nuramon et Mandred Aïkhjarto. Nos noms sont bien connus à la cour de la reine, et c'est aussi le lieu où nous voulons aller, annonça Farodin avec assurance.

Le grand rassemblement

Ils marchèrent dans l'herbe et s'approchèrent du campement installé devant la motte castrale de la reine. Quelques centaines de tentes étaient dressées là, chacune ayant près d'elle une bannière de soie flottant au vent du matin. Des cavaliers et des guerriers à pied se rassemblaient non loin de là et de nombreux enfants d'albes vaquaient à leurs occupations, entre les tentes.

Ce que Nuramon voyait ici le troublait, comme tout ce qu'il avait vu en chemin. Ses compagnons se montraient fort patients avec lui. Et cependant, leurs mots lui paraissaient si loin…

La magie opérée dans la demeure du Dévianthar avait laissé sur lui des traces visibles. Il avait contemplé son reflet dans un étang : une mèche de ses cheveux avait blanchi et il paraissait plus vieux. Toutefois, ceci n'était qu'un prix minime pour leur liberté.

Ils atteignirent bientôt les abords du camp. Nuramon se sentait étranger ici, comme s'il n'était pas un guerrier et n'avait jamais pris part à une bataille. Pourtant, il avait connu la bataille navale, les nombreux combats aux côtés des hommes de Firnstayn et ces autres affrontements qui remontaient à beaucoup plus loin… Ou alors tout cela n'était-il qu'un rêve ?

L'elfe jeta un regard autour de lui en espérant reconnaître un guerrier. La plupart lui étaient inconnus. Certes, il lui semblait avoir déjà vu certains visages, mais ils lui rappelaient plus des visions de rêves que des enfants d'albes vivants.

En passant près de centaures, Nuramon eut l'impression d'avoir déjà sauvé la vie d'un des leurs. Ou bien l'avait-il tenté, mais en vain ? Il ne le savait pas exactement. Les centaures témoignèrent du respect à Mandred et inclinèrent la tête devant lui.

Plus ils avançaient dans le camp et plus les regards des guerriers se faisaient insistants. On les contemplait, les elfes et lui, comme des albes en chair et en os. On chuchotait leurs noms, on les appelait même. Et, avec leurs noms, la stupéfaction gagnait le visage des guerriers.

Nuramon ne se sentait pas à sa place. Il n'avait encore repéré aucun visage connu ici. Ou bien ne s'en souvenait-il pas ? La magie dans la demeure du Dévianthar lui avait peut-être ravi une partie de sa mémoire ? Ou alors, ils avaient été si longtemps partis que beaucoup d'elfes qu'il connaissait avaient depuis longtemps rejoint la Lumière de la Lune ?

Les guerriers faisaient cercle autour d'eux et leur parlaient, mais Nuramon ne les écoutait pas. Il ne savait pas si ce qui les entourait était un rêve ou la réalité. Mais son esprit finit par s'éclaircir, et il se rappela soudain sa quête de Noroelle. Penser à sa bien-aimée l'aida à remettre un peu d'ordre dans sa mémoire.

En avisant une ramure de cerf au-dessus des têtes des guerriers, il montra plus d'attention à son environnement. Le porteur de bois devait être quelqu'un de sa connaissance. Lorsque celui-ci fendit la foule et s'avança, Nuramon comprit qu'il ne s'était pas trompé.

—Xern ! s'écria Mandred.

—Oui, Mandred Aïkhjarto ! Tu as devant toi maître Xern, qui a toujours cru à ton retour.

Nuramon retrouva ses souvenirs. Maître Xern ! Ainsi, il avait pris la succession de l'intendant Alvias ! Sa ramure faisait l'effet d'une couronne et lui conférait la dignité d'un familier de la reine.

Farodin semblait tout autant réjoui que Mandred de revoir Xern.

—Ainsi, te voici devenu le conseiller de la reine !

—Bien sûr, et vous ne serez pas surpris d'apprendre qu'elle vous attend. C'est la raison pour laquelle elle a requis la réunion du conseil de guerre. Suivez-moi !

Les paroles de Xern troublèrent Nuramon. Puis il se rappela le miroir d'eau de la reine. Elle y avait certainement vu leur arrivée.

Ils suivirent Xern parmi les rangs de guerriers. Nuramon essaya d'éviter les regards curieux. Ils le mettaient mal à l'aise. Que pouvaient-ils voir en lui et en ses compagnons ? Quelles histoires se racontait-on sur eux ? Il ne pouvait supporter autant d'attention et en venait presque à souhaiter retrouver les temps anciens où ils le méprisaient tous. Leurs regards actuels étaient porteurs de grandes attentes. Et il ne pouvait pas les remplir… du moins, pas maintenant.

Ils arrivèrent à la tente jaune safran de la reine, gardée par deux gardes à l'entrée. Dans l'herbe devant, des blocs de pierre blanche traçaient un large cercle. C'était certainement l'endroit où le conseil de guerre se rassemblait. Derrière chaque pierre, une bannière d'Albemark flottait en haut d'une perche. La bannière des elfes se trouvait juste à l'entrée de la tente royale : un destrier d'or sur fond vert. À côté, l'étendard d'Alvemer – nixe d'argent sur fond azur – s'agitait au vent.

Xern les conduisit au centre du cercle. Les autres guerriers qui les avaient accompagnés avec curiosité n'osèrent y pénétrer.

— Je vais aller chercher la reine, annonça Xern avant de disparaître dans la tente.

Nuramon observa les armoiries. Il les connaissait toutes, même si, pour certaines, il ne savait pas exactement où il les avait vues. Dans l'oasis, il avait remarqué la bannière bleu clair de Valemas, et, lors de la bataille navale, il avait vu l'étendard noir des trolls avec les marteaux de guerre blancs croisés.

Il s'aperçut qu'il n'y avait pas de bannière à côté de la pierre qui se trouvait en face de celle de la reine.

Les premiers chefs de guerre gagnèrent leur place. Le plus remarquable était le roi des trolls, accompagné par une vieille femme. Il s'assit en imposant à sa compagne de rester debout derrière lui. D'un air souverain, il dévisagea les elfes autour de lui qui, alors même qu'il était assis, lui arrivaient à peine aux épaules.

— C'est Orgrim, chuchota Farodin d'une voix pleine de mépris.

Mandred serra les poings et ne quitta pas le troll des yeux.

— Je ne lui ai pas encore réglé son compte, dit-il doucement.

— Cela ne se produira sans doute jamais, dit Farodin en regardant froidement le roi des trolls.

Nuramon regarda la pierre derrière laquelle aucune bannière ne se trouvait. Alors qu'autour d'eux les chefs prenaient place, celle-ci restait vide. Il examina tous ceux qui étaient venus et découvrit finalement un visage connu. Juste à gauche de la reine se trouvait une guerrière elfe, près de la bannière de Valemas. Elle portait une armure d'étoffe claire et un ample manteau couleur de sable. Son œil gauche était caché par un bandeau sombre. Pourtant, Nuramon la reconnut aussitôt. C'était Giliath, la guerrière qui avait autrefois provoqué Farodin en duel et que son compagnon n'avait pu vaincre qu'en recourant à une ruse.

Elle vint vers eux.

— Farodin ! dit-elle. Il y a bien longtemps que nous ne nous sommes vus.

— Giliath. Je pensais que tous les Elfes Libres de Valemas étaient…

— Morts ? Non. Nous sommes une poignée à avoir survécu et à avoir rendu la vie difficile aux adorateurs de Tjured.

— Et vous êtes revenus ici ? La reine s'est-elle au moins excusée pour le tort qu'elle vous a causé ?

Elle sourit sans répondre et se tourna vers Nuramon.

— Nous devons à une grande magicienne d'avoir retrouvé le chemin d'Albemark et d'habiter de nouveau dans notre ancienne ville. Et ce merci te revient, Nuramon. En l'enfant d'Hildachi, tu as reconnu quelque chose de particulier et tu lui as offert le nom de Yulivée. Une Yulivée nous avait fait sortir d'Albemark et une Yulivée nous y a ramenés. (Elle prit la main de Nuramon et il sentit alors ses doigts trembler.) Elle nous a tout raconté.

— Yulivée est-elle ici ? demanda Nuramon.

Giliath n'eut pas le temps de répondre, car Xern ressortit au même instant de la tente et annonça :

— La reine d'Albemark !

Giliath pressa encore une fois la main de Nuramon, puis elle salua Farodin d'un signe de tête et partit se replacer sous la bannière de Valemas.

Les gardes postés devant la tente royale remontèrent les pans de toile à l'entrée, et Emerelle sortit. Nuramon ne l'oublierait jamais. Tout s'estompa, sauf la reine. Elle était belle comme elle l'avait toujours été. Il avait tellement souhaité autrefois qu'elle puisse le voir comme un amant ! Quand l'avait-il désiré ? Il ne pouvait le dire. Il savait seulement que ce sentiment n'existait plus. Ses pensées le troublèrent.

Nuramon s'étonna en voyant s'avancer Obilée. La meilleure guerrière de la reine n'avait pas changé. Elle portait la même armure que le jour de la bataille navale. Elle lui parut presque avoir sauté les siècles avec lui et ses compagnons. Cependant, contrairement à autrefois, son visage exprimait la joie. Elle le regarda avec un grand sourire, lui, et non pas Farodin ou Mandred.

Finalement, une elfe en robe grise de magicienne sortit aussi de la tente. Était-ce Yulivée ? Cette femme lui rappelait difficilement l'enfant qu'il lui semblait avoir juste quittée quelques jours auparavant. Ses cheveux brun foncé ondulaient sur ses épaules et deux longues nattes épaisses lui tombaient jusqu'aux coudes. Elle rejoignit la reine et la suivit vers son siège de pierre. Finalement, Nuramon la reconnut à son sourire espiègle. Elle avait beau avoir beaucoup changé, son sourire était resté.

La reine prit place sur sa pierre, entre Obilée et Yulivée. Nuramon ne s'étonna pas de voir Yulivée se placer sous la bannière de Valemas.

Emerelle les dévisagea longuement, lui et ses deux compagnons. L'agitation gagna les guerriers qui les entouraient. D'un simple geste de la main, elle rétablit aussitôt le silence.

— Bienvenue, mes braves chevaliers ! Jamais Albemark ne fut si heureuse de vous voir ! (La reine affichait le visage d'une souveraine bienveillante.) Je n'ai jamais douté de voir ce jour arriver. Ainsi, vous avez terrassé le Déviantharr.

Farodin hocha la tête d'un air grave.

— Nous l'avons tué et nous lui avons pris sa Pierre d'Albes. (Il sortit la gemme dorée.) Si elle peut t'aider dans ton combat contre l'ennemi, nous te la confions. Cependant, tu sais à quoi elle nous servirait.

La reine évita leurs regards.

— Je n'ai pas oublié que vous voulez libérer Noroelle. Et c'est à vous seuls de décider de la façon dont nous allons utiliser cette Pierre. Personne ne vous retirera ce choix. Depuis la bataille navale, la guerre règne entre nous et les prêtres de Tjured. Leur puissance a grandi et ils ont occupé le pays de l'autre côté du Shalyn Falah. Ils ont même pénétré dans le Pays du Milieu.

— Ils ont traversé le Shalyn Falah ? s'indigna Mandred.

Emerelle ne répondit pas ; elle cherchait quelqu'un des yeux. Finalement, Ollowain traversa les rangs et s'avança.

— Non, Mandred ! (Le gardien du Shalyn Falah n'avait plus l'allure martiale d'autrefois. Il sortait probablement d'une bataille récente. Il se dirigea vers la reine. Celle-ci lui signifia de poursuivre.) Aucun ennemi n'a franchi le Shalyn Falah. Ils sont passés par un autre endroit.

— Par le chemin qu'Aïgilaos a pris autrefois ? demanda le jarl.

Ollowain baissa les yeux.

— Cela s'est passé il y a bien longtemps. Mais tu as raison.

La reine parla :

— À l'approche de votre arrivée, j'ai donné ordre de bouter l'ennemi hors de notre pays. (Nuramon se rappela le paysage. Le Shalyn Falah enjambait une profonde gorge. Il fallait chevaucher des heures pour le contourner. Cela offrait aux défenseurs suffisamment de temps pour se mettre en position. Emerelle poursuivit :) Je l'ai fait pour nous permettre de gagner cette guerre à notre manière. Si vous vous décidez, tous les trois, à me confier votre Pierre d'Albes, nous pourrons reprendre la succession de nos aïeux. Nous ferons ce que les albes ont fait autrefois… Albemark sera pour toujours séparée de l'Autre Monde ! (Le silence se fit. Nuramon vit les guerriers se regarder avec stupéfaction. La reine ne proposait rien moins que d'égaler les albes ! Elle se leva à présent.) Nous avons repoussé les ennemis dans la région située entre le Shalyn Falah et la Porte d'Atta Aïkhjarto. Cependant, ils sont déjà en train de rassembler des renforts pour contre-attaquer. Avec une armée puissante, ils vont tenter une nouvelle percée dans le Pays du Milieu. C'est pourquoi nous devons exécuter notre plan au plus vite.

— De quel plan s'agit-il au juste ? voulut savoir Farodin. Comment nous défaire de l'Autre Monde ?

— En défendant le Pays du Milieu, nos guerriers nous font gagner du temps. Sans être inquiétés par les prêtres de Tjured, les puissants d'Albemark vont prononcer deux charmes avec les Pierres d'Albes. Le premier séparera à jamais d'Albemark tout le pays situé de l'autre côté du Shalyn Falah. Le second coupera tous les Sentiers entre Albemark et l'Autre Monde. Ensuite, nous serons libérés de Tjured et de ses serviteurs. (Elle regarda Mandred.) Les hommes des Fjords reprendront courage et saisiront l'épée en voyant revenir leur ancêtre en roi pour acquérir avec eux, par les armes, une place éternelle à Albemark. (Mandred parut réjoui, mais plus encore troublé. Il était visiblement conscient de la portée de cet honneur. Les humains n'avaient encore jamais trouvé une place assurée à Albemark, et voici que la reine leur offrait maintenant ce cadeau. Emerelle se tourna vers Farodin.) Toutefois, tout cela ne sera possible que si vous nous cédez votre Pierre d'Albes.

— Est-ce à dire que nous devons abandonner Noroelle ? demanda Farodin.

— Non, vous avez le choix. Vous pouvez prendre la Pierre, aller trouver Noroelle et la délivrer. Ou bien l'utiliser pour sauver Albemark. Cependant, je vous préviens. La captivité est parfois meilleure que la certitude de savoir perdu tout ce qui était autrefois.

Nuramon n'arrivait pas à comprendre ce que la reine leur proposait là. Une décision à prendre entre Noroelle et Albemark ! Avaient-ils vraiment le choix ? Ils étaient entourés de guerriers. À tout instant, la reine pouvait s'emparer de la Pierre. Non, ils n'avaient pas le choix. Ils ne pouvaient rien faire d'autre que la lui donner. Nuramon échangea un regard avec Farodin. Il lut le désespoir sur son visage.

Nuramon hocha la tête, et son compagnon dit :

— Nous te laisserons la Pierre, sinon la liberté serait plus cruelle à Noroelle que la captivité. Mais n'existe-t-il aucun moyen de la sauver encore avant ?

La reine dit d'une voix exprimant son regret :

— Non, mon jugement d'autrefois garde sa raison d'être.

Farodin baissa la tête. Il semblait avoir perdu tout espoir.

Nuramon fut déçu. Le cadeau qu'ils apportaient à Albemark n'aurait pu être plus grand, et pourtant la reine ne pouvait annuler son jugement.

— Nous n'avons qu'une demande, dit Nuramon en remarquant la faiblesse de sa voix. Ouvre-nous un Sentier dans l'Autre Monde, avant que les mondes se séparent. Nous trouverons un autre moyen de libérer Noroelle.

— Si vous partez, il n'y aura plus de retour, l'avertit Emerelle.

— Tu sais jusqu'où nous serions prêts à aller pour elle, répliqua Farodin.

La reine les dévisagea longuement.

— Jamais sans doute, il n'y eut tel amour, dit-elle ensuite. Bien. Les Pierres d'Albes vont devoir reposer une nuit entière dans la Grande Forêt, près de l'aiguille rocheuse. Au matin, nous commencerons à tisser les deux charmes. Il nous faudra des heures pour achever notre œuvre. Mais une seule seconde suffira ensuite pour que s'opère la séparation du pays de l'autre côté du Shalyn Falah. Nous pourrons ainsi faire pencher la bataille en notre faveur. La coupure avec l'Autre Monde ne suivra qu'un jour après. Pendant ce temps, les Pierres d'Albes accompliront leur œuvre toutes seules. Je vous ouvrirai une Porte qui vous conduira vers l'Autre Monde, juste à la Porte de votre bien-aimée.

— Nous te remercions, reine, dit Farodin en inclinant la tête.

Ensuite, il s'avança vers elle et lui remit en mains la Pierre.

Emerelle leva la gemme dorée en l'air et la présenta aux guerriers.

— Voici la Pierre d'Albes du Sage Rajeemil qui partit autrefois dans l'Autre Monde pour en percer les secrets. Il trouva là-bas la Lumière de la Lune, mais la pierre tomba dans les mains du Dévianthar. À présent, cette Pierre est remise aux mains de Valemas.

Elle confia la Pierre à Yulivée.

La magicienne prit le chrysobéryl sans le regarder. Elle dit à la reine :

— Emerelle ! Tu connais mon avis. Je ne crois pas en notre réussite. Tu possèdes une Pierre. (D'un large geste, elle désigna la chamane derrière Orgrim.) Skanga en possède une, et, à présent, j'en tiens une aussi dans les mains. Nous pourrons avec elles nous couper du pays situé de l'autre côté du pont, mais jamais nous ne réussirons avec trois Pierres à séparer Albemark du Monde des Humains. Il nous en faudrait au moins encore une autre... et il nous faudrait aussi quelqu'un qui sache la maîtriser.

— Tu as raison, fit Emerelle avec un sourire. Toutefois, quand la place ici sera occupée, ajouta-t-elle en indiquant la pierre libre en face d'elle, nous disposerons d'une autre Pierre d'Albes. La question est juste de savoir si nous pourrons amener son porteur à s'y asseoir.

— Reine, le temps presse, dit Obilée en se levant.

Emerelle secoua la tête.

— Non, car les Sages savent quand le moment est venu. Il ne s'agit plus que de nous rencontrer.

Soudain, une corne d'alarme retentit, accompagnée de cris.

— Une armée ennemie dans notre dos ! se répéta-t-on partout dans le camp.

Tandis que l'agitation grandissait, Nuramon regarda la reine dans les yeux. Elle répondit tranquillement à son regard. Aucun doute : quels que soient les arrivants, ils ne la surprenaient pas. Emerelle leva la main.

— Laissez-moi passer et dégagez-moi la vue sur les collines ! ordonna-t-elle.

Les guerriers s'écartèrent. Nuramon et ses deux compagnons firent aussi de la place à la reine. Une gigantesque armée grise affluait par les collines et les prés en direction du château. Des bannières flottaient au-dessus des guerriers : rouges, elles arboraient un dragon d'argent.

— Les enfants des albes noirs ! murmura Nuramon.

Ses mots se répandirent comme une traînée de poudre parmi les guerriers et causèrent un pur effroi.

— Nos vieux ennemis sont de retour ! entendit-il quelqu'un crier. La nuit s'est alliée à l'ennemi ! dit un autre.

Mais Mandred et Farodin conservèrent leur calme, car Nuramon leur avait parlé des enfants des albes noirs.

Obilée secoua la tête. Elle connaissait visiblement le secret des nains.

— Comment ont-ils pu s'approcher ainsi sans se faire remarquer ? s'étonna-t-elle.

La reine ne lui répondit pas.

— Nuramon, dit-elle plutôt. Voici un cheval. Tu vas partir à leur rencontre et les recevoir au nom d'Albemark.

Xern amena un étalon. C'était Felbion. Son fidèle étalon avait attendu pendant toutes ces années ! Et voici qu'il hennissait de joie.

—Y a-t-il un message à apporter en ton nom ? demanda Nuramon en ayant visiblement de la peine à détourner les yeux de Felbion.

—Amène-moi le roi ici ! À toi de voir comment y réussir.

—Il faudrait lui adjoindre une garde, proposa Ollowain.

—Il n'en aura pas besoin, affirma Yulivée en regardant Nuramon fièrement.

Quand ils faisaient route ensemble, il lui avait raconté son séjour chez les enfants des albes noirs et lui avait décrit en détail les demeures des nains.

Nuramon monta en selle.

—Allez, Felbion, chuchota-t-il à l'oreille du cheval. Voyons voir si tu as désappris pendant tout ce temps.

Le destrier partit au trot, et Nuramon sentit sa force sauvage. Cependant, dès qu'il eut laissé derrière lui le campement, il se sentit envahi par un sentiment d'humilité. Il partait seul à la rencontre d'une puissante armée ! Il allait certainement se trouver devant plus de dix mille guerriers. Ils marchaient en formation comme ils avaient l'habitude de le faire pour combattre les dragons. De toutes parts, des boucliers les protégeaient. Au centre de l'armée, il y avait des lanciers ; leurs armes dépassaient des rangs, tels des arbres. Là-bas devait se trouver le roi, son ami Wengalf, avec lequel il avait autrefois connu tant d'aventures. Jamais il n'oublierait le combat contre le dragon Balon, toute la douleur qu'il avait éprouvée, et l'instant… de sa mort.

D'un seul coup, Nuramon comprit ce qui le troublait tant… ce qui lui était arrivé. La magie dans la demeure du Dévianthar n'avait rien effacé, mais lui avait ouvert la porte de ses souvenirs. C'était cela ! Mais tout était en si grand désordre. Il lui semblait que le combat contre le dragon avait eu lieu en chemin vers l'oracle Dareen. Bien que ce soit impossible, il avait l'impression d'avoir passé plusieurs centaines d'années dans la vallée des nains avant de se mettre en route vers l'oracle avec Alwerich. Tout ceci n'avait aucun sens, rien n'allait ensemble.

La digue qui avait retenu la connaissance du passé s'était rompue, et maintenant tous les souvenirs de sa vie antérieure déferlaient et recouvraient ceux qu'il avait rassemblés dans cette vie-ci.

Comment les choses s'étaient-elles passées autrefois ? Quand était-il parti avec les nains ? En se posant cette question, Nuramon se souvint du jour où il avait rencontré Alwerich pour la première fois. C'était alors un jeune nain qui s'était cassé la jambe en chutant dans un ravin des Iolides. Nuramon l'avait découvert et sauvé. Depuis, ils s'étaient liés d'amitié et avaient vécu beaucoup de choses ensemble. Alwerich l'avait conduit chez les nains, et il y avait rencontré le roi Wengalf. C'était il y avait bien longtemps, bien avant même qu'il ait quitté Albemark avec les nains.

Nuramon se rappela un regard vers Alaen Aïkhwitan depuis les sommets des Iolides, des combats livrés contre des Bêtes dans les cavernes de l'ancienne Aelburin, les forges gigantesques dans les claires demeures des nains, des expéditions de chasse dans les vallées et beaucoup d'autres choses encore. Les souvenirs l'assaillaient dans un chaud et froid de sentiments sans lui laisser le temps de les ordonner. Tout à coup, Felbion ralentit l'allure. L'armée des nains s'était arrêtée. Un petit groupe, entouré de gardes et de porteurs d'étendards, se détacha du milieu du premier rang et se porta à sa rencontre.

Nuramon mit pied à terre et, précédant son cheval, il se dirigea vers les nains. Il reconnut Wengalf, Alwerich et Thorwis, même s'ils avaient vieilli.

Le roi Wengalf avait une allure magnifique. Il portait une cotte de mailles en or et un casque d'or où des runes serpentaient en formant une couronne. Alwerich avait revêtu une armure en fer brillante et épaulé une hache dont Nuramon se souvenait encore très bien. Thorwis offrait une tout autre image : sa robe noire était brodée de fils gris formant des signes d'écriture. Ses cheveux blancs et sa longue barbe contrastaient fortement avec la couleur de sa robe. Les trois nains ressemblaient à des personnages de grandes épopées héroïques et les gardes aussi étaient équipés pour le mieux. Aucun doute possible : les nains s'étaient longuement préparés pour ce jour.

Sur un signe du roi, les gardes s'arrêtèrent. Seuls Alwerich et Thorwis s'approchèrent avec lui.

— Nuramon ! Te revoir à la fin de ce siècle émeut mon vieux cœur de nain, déclara Wengalf.

— Moi aussi, je suis heureux de vous revoir tous, répondit Nuramon.

— Et alors ? Tu as retrouvé la mémoire ?

— Je me souviens de notre combat contre le dragon.

Wengalf hocha fièrement la tête.

— Emerelle a bien fait de t'envoyer à nous.

— Tu es bienvenu chez nous, mon ami, dit Nuramon.

— Bienvenu ? (Il jeta un regard de côté.) Eh bien, à en croire l'armée qui s'assemble là-bas, il ne m'apparaît pas que nous soyons si bienvenus que cela.

Nuramon regarda par-dessus son épaule. Et, de fait, devant le campement, la cavalerie avait pris position.

— Ne t'en fais pas. C'est simplement qu'ils craignent les enfants des albes noirs. Rares sont ceux qui connaissent votre véritable histoire.

— Apparemment, ils croient que nous aurions peur des chevaux, intervint Thorwis. Ils vont s'étonner de voir comme les temps ont changé !

Nuramon se rappela sa dernière visite chez les nains. Alwerich et ses compagnons avaient déjà témoigné un certain respect devant Felbion.

— Ils ne sont pas là-bas pour vous attaquer, Wengalf.

— S'ils désirent notre assistance, ils devraient nous faciliter le passage vers l'ennemi.

Thorwis intervint.

— C'est l'oracle Dareen qui nous conduit ici. C'est ici que doit se livrer la dernière bataille de ce siècle et aucun nain ne devra rester en arrière dans l'Autre Monde ou le Monde Brisé.

— Nous ne sommes pas venus pour nous soumettre à la reine, ajouta Wengalf.

— Je ne sais rien de cette histoire de siècle, répondit Nuramon d'une voix amicale. Je sais seulement que notre seul espoir est de nous allier. La reine a rassemblé autour d'elle les porteurs des Pierres d'Albes. Elle souhaite votre ralliement.

Wengalf échangea un long regard avec Thorwis. Puis il dit :

— Nuramon, nous sommes amis. Alors, laisse-moi te demander quelque chose : pouvons-nous faire confiance à la reine ?

C'était une question difficile.

— Je ne peux vous répondre. Mais je peux vous dire que mes compagnons et moi, nous possédions une Pierre d'Albes. Elle nous aurait permis de libérer ma bien-aimée. Et pourtant, nous l'avons cédée à Emerelle.

Wengalf fit signe à Thorwis de s'écarter avec lui.

— Excuse-nous ! dit-il en laissant Nuramon avec Alwerich.

L'elfe aurait bien voulu savoir ce qu'ils allaient se dire, mais il se tourna vers Alwerich.

— Alors, comment ça s'est passé pour toi, mon ami ? demanda-t-il. As-tu aussi retrouvé tes souvenirs ?

Le nain sourit.

— Oui. Et j'ai trouvé bien plus que tout ce que j'avais pu apprendre dans mes livres. Maintenant que tu as aussi récupéré ta mémoire, je voudrais te remercier pour toutes les fois où tu m'as sauvé la vie.

Nuramon s'accroupit et posa sa main sur l'épaule d'Alwerich.

— Pardonne-moi, je suis encore en plein désordre. Toutefois, je revois clairement ce jour où je t'ai trouvé dans le ravin. Je t'ai guéri. Et je me souviens de Solstane et de son bonheur de te voir sain et sauf. Où est-elle ?

— Elle est restée là-bas avec les autres à attendre notre retour… d'une manière ou d'une autre.

— Elle préférerait certainement te revoir vivant.

— Tu nous connais. La mort signifie pour nous encore moins que pour les elfes. Particulièrement quand on a obtenu la grande mémoire.

Wengalf et Thorwis revinrent.

— Si tes compagnons et toi vous vous êtes montrés aussi altruistes pour sacrifier la Pierre d'Albes à une grande cause, déclara le roi, nous, les nains, nous ne pouvons pas rester en retrait. L'échec ne doit pas venir de notre fait. Conduis-nous à Emerelle ! Sois-nous un bon ami et un fidèle serviteur de ta reine !

— Alors, suivez-moi ! dit Nuramon.

Il se retourna pour chuchoter à Felbion : « Pars devant ! » et aussitôt le cheval s'en alla.

Wengalf donna l'ordre d'attendre à l'armée ainsi qu'à la garde royale. Le chef de la garde se récria, mais Wengalf demeura ferme.

— Pas de garde ! Seuls Thorwis et Alwerich doivent m'accompagner. Trois nains, conduits par un elfe ! (Il fit signe de venir à Alwerich.) Prends la bannière ! (L'un des guerriers du roi tendit son étendard à Alwerich.) Il faut leur montrer à qui ils ont affaire, déclara Wengalf.

Côte à côte, ils se mirent en route. Nuramon fut de nouveau envahi par un étrange sentiment. Cette fois-ci, il marchait vers la cavalerie des elfes. Et, bien qu'il n'ait aucune attaque à redouter, il trouvait tout de même impressionnant de se diriger vers une telle puissance. Ses compagnons ne semblaient ressentir aucune peur. Comme s'ils se promenaient, Wengalf lui demanda :

— Alors, que t'est-il arrivé depuis, mon ami ?

Nuramon lui résuma ce qui s'était passé depuis qu'il avait quitté Alwerich. Il parla de ses années à Firnstayn, de sa quête de la Pierre d'Albes, d'Iskandrie et de Yulivée et pour finir de la bataille navale et du combat contre le Dévianthar.

— Par tous les albes ! s'écria Wengalf. Quelles aventures ! J'y aurais bien participé ! (Il donna une petite tape sur le bras de Nuramon.) Mais, dans la bataille à venir, nous aurons suffisamment l'occasion de combattre côte à côte.

— En espérant que ça ne finisse pas comme lors du combat contre le dragon !

Déjà, ils s'approchaient des cavaliers ; Nuramon put voir le respect craintif qu'ils témoignaient aux nains. Un respect qui se mua en nervosité lorsqu'ils s'arrêtèrent à quelques pas des chevaux.

Nuramon déclara d'une voix forte :

— Voici Wengalf, roi des nains, qui a fondé son nouveau royaume Aelburin dans l'Autre Monde pour revenir aujourd'hui à l'ancien Aelburin. À son côté se trouve Alwerich, qui a terrassé le dragon des cavernes ! Et voici Thorwis, le premier enfant des albes noirs !

Nuramon s'étonna de ses propres mots. C'était vrai. Alwerich avait autrefois abattu le dragon des cavernes. Et c'était vrai aussi que Thorwis était le doyen des nains et venait d'un temps où la plupart des nains allaient encore dans la Lumière de la Lune.

Les rangs de cavaliers s'écartèrent et ouvrirent le chemin vers les guerriers du camp, qui formèrent à leur tour une large haie d'honneur jusqu'à la tente de la reine. Résolument, Nuramon fit passer les nains devant lui en se réjouissant des regards admiratifs dont ses amis étaient l'objet.

Finalement, ils s'arrêtèrent à une dizaine de pas de la reine. Nuramon s'avança et s'inclina.

— Ma reine, je t'amène un hôte et peut-être un allié.

— Je te remercie, dit Emerelle d'une voix douce.

Nuramon fit place aux nains.

Wengalf s'avança, suivi par ses deux compagnons.

La reine leva les yeux sur la bannière qu'Alwerich portait au bout d'une perche.

— Wengalf d'Aelburin ! Il y a bien longtemps que nous ne nous sommes vus.

— Et nous ne nous sommes pas quittés en bons termes, dit le nain sans témoigner le moindre signe de respect à la reine.

Il voulait montrer à tous qu'il était roi et donc sur un pied d'égalité avec Emerelle.

La reine, assise sur sa pierre, se trouvait presque à la hauteur des yeux de Wengalf.

— Alors, il nous faudra trouver les mots justes pour nous réconcilier.

— Un seul chemin nous y amènera.

— Je sais, et je ne peux que te répéter ce que j'ai déjà dit au roi Orgrim. Une nouvelle Albemark va naître, une fois ce dernier danger banni. Et, dans cette Albemark, il y aura suffisamment de place pour des rois des trolls, des reines des elfes et aussi pour le roi des nains.

— Si c'est là l'avenir, tu peux nous compter parmi tes alliés. (Wengalf regarda Thorwis et le mage vint à son côté.) Nous te soutiendrons dans ta magie.

Thorwis sortit une pierre des plis de sa robe : un cristal de roche veiné de cinq lignes noires. La Pierre d'Albes des nains !

— Nous te remercions d'avoir respecté ton serment, dit le mage.

— Je n'ai révélé à personne que vous déteniez une Pierre d'Albes. Même si je dois avouer y avoir fait allusion quand j'ai su que vous alliez venir.

— Quel est ton plan, Emerelle ? demanda alors Wengalf.

La reine répéta ce qu'elle avait déjà dit : une magie devait séparer le pays de l'autre côté du Shalyn Falah et une autre couper complètement Albemark du Monde des Humains. Thorwis et Wengalf écoutèrent attentivement les paroles de la reine.

— Il en sera fait ainsi ! s'écria Wengalf. Mon armée prendra position sur le flanc droit, entre le bout de la gorge et la forêt, si le pays n'a pas changé.

— Il est encore tel que tu l'as gardé en mémoire. Cependant les humains arrivent en masse. Toutefois, vous ne combattrez pas seuls. (La reine jeta un regard par-dessus les nains.) Mandred ! appela-t-elle ensuite.

Le jarl s'avança. Les nains le dévisagèrent avec curiosité. Nuramon leur avait parlé de lui.

— Nous aurons besoin des Mandrides dans ce combat. Il faut aller voir les tiens et les amener à participer dès demain à la bataille.

Mandred hocha la tête avec gravité.

— Je le ferai, Emerelle !

— Farodin ! dit la reine. (Le compagnon de Nuramon s'avança et s'inclina.) Tu défendras le Shalyn Falah aux côtés d'Ollowain et de Giliath. Ma garde sera sous tes ordres. (Elle regarda Orgrim.) Et vous aurez le soutien des trolls, car ils se sont eux-mêmes un jour attaqué au pont. Si les défenseurs et les anciens assaillants sont réunis, le Shalyn Falah tiendra bon.

— Je te remercie, reine, fit Farodin d'une voix blanche.

Emerelle dirigea son regard vers Nuramon.

— Maintenant, à toi. Je voudrais que tu conduises les elfes qui combattront aux côtés des nains.

— Que je les conduise ? s'étonna Nuramon.

— Tu disposeras des combattants à l'épée et des cavaliers d'Alvemer ainsi que des archers de Valemas et des guerriers de ton clan.

— Je te remercie, Emerelle, s'entendit dire Nuramon.

Cependant, il ne se voyait pas en chef d'armée. Farodin était fait pour ça, tout comme Obilée, Ollowain et Giliath. Ce n'était certainement pas à lui d'endosser une telle responsabilité.

La reine se retourna vers Wengalf.

— Je t'en prie, Wengalf... roi d'Aelburin. Prends la place qui te revient dans cette assemblée. Ainsi se referme le cercle du destin et nous voici prêts pour la grande tourmente de cette fin de siècle.

Le silence se fit tandis que le roi des nains se dirigeait avec Thorwis et Alwerich vers la pierre qui se trouvait en face de la reine. Arrivé là, il s'arrêta et jeta un regard à la ronde. Sur un signe de lui, Alwerich planta de toutes ses forces l'étendard au moment où le roi s'assit.

Des cris d'allégresse, comme Nuramon en avait rarement entendu chez les enfants d'albes, s'élevèrent dans le camp. Les elfes exultaient, les centaures hennissaient, les trolls beuglaient et Mandred... Mandred beuglait aussi.

L'ancêtre vivant

Le corps de Liodred reposait sur un lit de parade dans un chariot tendu de tissu blanc. Cinquante centaures formaient l'escorte funèbre du roi de Firnstayn, mort au combat. Mandred se sentait bien à côté de ces hommes-chevaux aux manières bourrues. Les nouvelles de son peuple l'avaient pourtant empli d'une grande tristesse. Rares étaient ceux à avoir volontairement abjuré les anciens dieux pour adopter la foi en Tjured. Les Chevaliers de l'Ordre avaient alors massacré des villages entiers. Emerelle avait promis de donner refuge à Albemark à tous les habitants du Pays des Fjords. Des cavaliers elfes et des trolls étaient partis escorter les fugitifs, cependant ceux-ci, en traversant les montagnes, étaient morts par milliers dans les tempêtes de neige et les avalanches. Les survivants avaient été conduits dans la vallée de Lamiyal, à environ vingt lieues du château d'Emerelle. La reine et Ollowain avaient averti Mandred. Le moral des humains était brisé. Ils étaient à bout de forces et toutes les souffrances endurées les avaient marqués. On ne s'attendait pas à en voir plus de deux cents prendre part à la bataille à venir.

En atteignant le sommet dominant la vallée, le jarl eut le cœur serré. Un nombre incalculable de réfugiés avaient installé leur campement ici. Il y avait peu de tentes. Ils devaient tous dormir par terre, à la belle étoile. Une chape de fumée noire, provenant de centaines de feux de camp, recouvrait les prairies.

Les hommes gardèrent les yeux rivés sur Mandred en le voyant descendre la pente. Ils ne le reconnaissaient pas. D'où l'auraient-ils d'ailleurs connu ? Dans le camp des elfes personne n'avait pu ou voulu lui dire combien de siècles ils avaient perdu à cause du piège que leur avait tendu le Dévianthar. D'ailleurs, c'était égal. La seule chose qui comptait, c'était de riposter à l'attaque dès le lendemain. Toutefois, en observant ce groupe de désespérés, Mandred ne savait pas si les hommes qu'il voyait là devaient encore participer aux combats. Il était surtout bouleversé à la vue des enfants.

Les joues creuses et les yeux enfoncés, épuisés par la fuite, ils se tenaient au bord du chemin en regardant les centaures et le somptueux chariot blanc arriver. Certains riaient et faisaient même des signes de la main, alors qu'ils pouvaient à peine se tenir sur leurs jambes. Fallait-il que les prêtres de Tjured soient des monstres pour pousser ainsi des enfants à la mort !

Au centre du camp de réfugiés se trouvait une tente en lin vert délavé. Un guerrier – un colosse – se trouvait à l'entrée. Appuyé sur une grande hache, il portait une armure noircie. L'air revêche, il dévisagea froidement Mandred de ses yeux bleus.

—Ainsi, les elfes t'ont envoyé nous jouer le coup de l'ancêtre.

Le jarl sauta de selle en réprimant l'envie de lui enfoncer son poing dans la gorge.

—Où trouverai-je le roi ? Je lui apporte son armure.

—Tes amis t'ont mal renseigné. Le roi gît mort dans le Col de l'Aigle. Il y a résisté avec une centaine d'hommes contre l'armée des prêtres de l'Ordre afin de permettre à nos femmes et à nos enfants de gagner quelques heures dans leur fuite.

Mandred en oublia sa colère envers ce colosse.

—Qui commande ici à sa place ?

—La reine Gishild.

—Puis-je la voir ? C'est la reine Emerelle qui m'envoie. Je… J'arrive juste à l'instant de Firnstayn. J'ai tout vu.

Le garde se caressa la moustache en fronçant les sourcils.

—Ça fait des jours que plus personne ne peut traverser les lignes des Chevaliers de l'Ordre. Comment t'y es-tu pris ?

—L'un de mes compagnons a ouvert un Sentier d'Albes.

Une ride verticale barra le front du guerrier. Il jeta un regard vers le chariot blanc.

—Que vient faire ce chariot ici ?

—Le corps du roi Liodred y repose. Il est mort à mon côté.

Le garde ouvrit de grands yeux effarés. Puis il mit genou en terre.

—Pardonne-moi, ancêtre ! Je… Personne ne croyait plus que l'ancienne prophétie se réaliserait. Nous avons tant…

Mandred prit le guerrier par les bras et le releva.

—Je n'aime pas voir des hommes à genoux devant moi. Tu avais raison de te montrer méfiant. Je suis fier qu'il y ait encore des hommes comme toi au Pays des Fjords. Quel est ton nom ?

—Beorn Torbaldson, ancêtre.

—Je me réjouirais de te savoir demain à mon côté pour combattre, Beorn. (Mandred remarqua que le guerrier serrait les lèvres comme pour réprimer une douleur subite.) Là-bas, dans le Col de l'Aigle, le roi t'a renvoyé, n'est-ce pas ? (Un muscle de la joue du garde tressauta légèrement.) Je ne sais quel genre d'homme était mon descendant, Beorn. Je peux seulement te dire ce que j'aurais fait à sa place. J'aurais choisi mon guerrier le plus vaillant et le plus fidèle pour mettre ma femme en sécurité. Et si jamais il devait m'arriver d'entendre quelqu'un te traiter de lâche pour ne pas reposer à côté de ton roi au Col de l'Aigle et servir de charogne aux corbeaux, je le rosserai jusqu'à lui faire passer l'envie de le prétendre. Chevauche demain à ma gauche. Dis-toi bien que je déteste porter un bouclier. Sois mon bouclier !

Les yeux du guerrier brillèrent.

—Aucun bouclier ne te protégera mieux que moi.

—Je sais, dit Mandred en souriant. Puis-je voir la reine, maintenant ?

Beorn disparut dans la tente et aussitôt Mandred entendit une femme l'appeler d'une voix claire.

—Entre, Mandred Torgridson, ancêtre de mon clan.

Les parois de la tente tamisaient la lumière du soleil en un demi-jour vert. La tente était modestement aménagée. Il s'y trouvait une couche étroite, une petite table, deux coffres à habits avec ferrures et, comme seul luxe, un fauteuil joliment sculpté avec un haut repose-pieds. Gishild était une jeune femme. Mandred lui donna tout au plus dans les vingt-cinq ans. Elle avait un visage fin, mais d'une pâleur inhabituelle. Ses cheveux blonds tirant sur le roux tombaient librement sur ses épaules. Elle portait un pourpoint lacé vert foncé et une tunique blanche par-dessous. Assise dans le fauteuil, les pieds sur le repose-pieds, elle s'était enveloppé les jambes dans une fine couverture. Sur la table à côté d'elle, elle avait une dague à portée de main.

La reine ne fit pas mine de vouloir se lever en voyant entrer Mandred. Elle renvoya Beorn d'un geste rapide.

—Ainsi, te voici tout de même, ancêtre, dit-elle d'une voix amère. Nous avons tellement espéré ta venue quand ils ont ouvert la première brèche dans les murs de Firnstayn. Ou cette nuit-là où mon époux mena une attaque, en pleine tempête de neige, contre le campement des Chevaliers de l'Ordre afin de permettre aux survivants de la ville de s'enfuir dans les montagnes. Même dans le Col de l'Aigle, j'ai encore prié Luth qu'il te fasse enfin venir. À présent, il est trop tard, ancêtre. Ton peuple n'a plus de pays à défendre. Nous sommes des réfugiés, des mendiants à l'étranger, dépendants des aumônes d'Emerelle. Et, à ce qu'il semble, les elfes eux-mêmes ne parviennent plus à briser la puissance des prêtres. Le chêne brûlé étend son ombre jusque sur le Pays du Milieu.

Mandred prit une grande inspiration. Que pouvait-il lui dire ? Combien il avait été atroce de se trouver dans le repaire du Dévianthar tout en étant contraint d'assister à la guerre désespérée menée par son peuple ?

—Je ne peux revenir sur ce qui s'est passé. Et il n'y aura pas non plus pour nous de retour possible au pays. Cependant, Emerelle m'a promis de nous accorder notre propre royaume à Albemark. Il nous faudra seulement combattre encore une fois pour repousser à jamais les prêtres de Tjured. Emerelle fermera les Portes d'Albemark, et jamais plus un prêtre ne pourra venir torturer et assassiner un homme des Fjords pour la simple raison qu'il est resté fidèle aux anciens dieux.

La reine le regarda d'un air las.

—J'ai trop souvent ouï parler de la dernière des guerres, ancêtre. (Elle montra l'entrée de la tente.) Tu vois ce qu'il est advenu de ton peuple. Les hommes ont perdu tout espoir. Toutes ces défaites ont anéanti leur fierté.

—Nous allons leur redonner courage ! Cet après-midi, j'enterrerai Liodred. Et je leur parlerai ensuite. Tiens-toi à mon côté, je t'en prie. Je suis certain qu'ils te vénèrent encore, Gishild.

—Jamais plus je ne serai au côté de quiconque ! (La reine rejeta la couverture et Mandred vit alors deux moignons rouges, badigeonnés de poix noire. On l'avait amputée des pieds juste au-dessus des chevilles.) Épargne-moi ta pitié. Ceci n'est rien ! Dans le Col de l'Aigle, mon petit garçon est mort de froid dans mes bras. Je n'ai pu suffisamment le réchauffer… (Elle s'arrêta.) Deux pieds gelés ne représentent rien en comparaison de cette douleur. Je… Je ne veux plus regarder de tombe ouverte, ancêtre. Je suis moi-même une tombe. Et, par là même, un miroir de ton peuple.

Décontenancé, il garda les yeux rivés sur les jambes mutilées.

—Tu aurais pu demander l'aide des elfes. Leur magie est puissante. Ils auraient…

—Aurais-je dû faire quitter à l'un de leurs guérisseurs le chevet d'un enfant malade ? Nous avons apporté à Albemark plus de misère que leur magie en pourra effacer.

Mandred se sentit impuissant. Que pouvait-il encore dire à cette femme aigrie ? Elle devait ressentir les mots d'espoir comme un pur mépris. Que n'était-il venu plus tôt ! Il s'inclina.

—Avec ta permission, je vais me retirer et préparer l'inhumation du roi Liodred.

—Attends encore, ancêtre ! (Elle lui fit signe de s'approcher.) Agenouille-toi à côté de moi. (Surpris, il obéit. Gishild baissa sa voix dans un chuchotement :) J'ai entendu la façon dont tu t'es adressé à Beorn. Depuis ce jour fatal dans le Col de l'Aigle, c'était un homme brisé. Tu lui as redonné courage. Prends l'armure d'Alfadas et porte-la quand tu parleras à ton peuple devant la tombe de Liodred. Peut-être pourras-tu encore dans les cendres du deuil faire naître une étincelle d'espoir. Cette force-là ne m'est plus donnée, Mandred Torgridson. Cependant, je sais que même maintenant certains attendent encore le retour de l'ancêtre vivant. Parle-leur. Tu as raison… Après tous ces siècles d'amitié, il ne faut pas que la bannière de Firnstayn ne flotte plus aux côtés des elfes. Préserve notre peuple de cette honte.

Deux épées et des souvenirs

Nuramon occupait la chambre de Gaomée. La reine la lui avait une dernière fois mise à sa disposition. Et il avait été grandement surpris de trouver au mur un portrait de lui. Certes, tout guerrier ayant passé ici la nuit précédant la Chasse des Elfes s'était vu dédier une scène dans la frise courant autour des murs, mais Nuramon ne s'attendait pas à y découvrir son propre visage. Il s'étonnait surtout de la manière dont on l'avait représenté : il se tenait là, ses deux épées en mains, menaçant une ombre autour d'une gemme dorée : celle du Dévianthar avec sa Pierre d'Albes. Cette peinture avait été faite un certain temps après la bataille navale ou alors le regard de la reine avait porté loin dans le futur.

Nuramon examina les traits de son visage dessiné là. C'étaient ceux d'un elfe vaillant affrontant calmement le danger. Un bon chef, assurément. Mais ferait-il demain honneur à cette représentation ? Le jour présent ne semblait pas vraiment l'annoncer. Il avait été épuisant, particulièrement en raison de sa mémoire encore confuse.

Il s'était déchargé de beaucoup de responsabilités sur Nomja. Pourtant, il n'avait pas encore vu l'archère et n'avait correspondu avec elle que par l'intermédiaire de messagers. Elle se trouvait dans le campement de l'armée, sur le flanc droit, à cinq bonnes heures du château d'Emerelle. Avec Wengalf, elle avait discuté des positions que devaient occuper les guerriers, et Nuramon lui avait tout laissé en mains.

Au lieu de commander, il était resté assis ici à réfléchir. Son clan était venu le voir pour l'équiper. Sur sa demande, ils lui avaient laissé une armure de plates sur le modèle de celle de Gaomée. Il n'avait pas tardé à les renvoyer, sans doute aussi parce qu'il n'en avait reconnu aucun d'autrefois. Le vieil Elemon s'en était allé dans la Lumière de la Lune, et même les plus jeunes, comme Diama, étaient partis depuis longtemps. Parmi leurs descendants, Nuramon était devenu légendaire. Quelle allait être leur déception demain quand le grand Nuramon, qui avait vaincu un Dévianthar avec ses camarades, partirait au combat comme un elfe tout à fait ordinaire, au même rang que les autres!

Il ne put s'empêcher de sourire. Autrefois, quand il s'était trouvé pour la première fois dans cette chambre, l'aversion de son clan l'avait tourmenté. Et voici que maintenant, il trouvait désagréable de les voir lui témoigner du respect et de la reconnaissance? Ce ne pouvait être vrai! Sa mémoire lui disait qu'il avait déjà rencontré une certaine estime. En particulier, chez les nains. Mais cela s'était passé dans une autre vie…

Ses souvenirs se mettaient progressivement en place, et d'ici peu il pourrait rassembler les petites pierres de la mosaïque. Pour le moment, il y avait trop de choses à comprendre. Il se rappelait ainsi avoir autrefois aimé une elfe du nom d'Ulema. Un enfant était né de cet amour qu'ils avaient appelé Weldaron. C'était le nom du fondateur de son clan. Était-il, lui, Nuramon, le père de Weldaron? Il ne pouvait y croire.

Il était aussi troublé par les sentiments qu'il avait autrefois éprouvés pour Emerelle, mais auxquels celle-ci n'avait jamais pu répondre. Certes, beaucoup d'elfes en la voyant rêvaient en secret de son amour. Aucune femme n'était l'objet de tant de poèmes d'amour et de chansons courtoises que la reine des elfes…

Un bruit de pas devant la porte fit remonter en lui le souvenir de la nuit précédant le départ de la Chasse des Elfes. Nuramon se tourna, il devinait qui venait le voir. Et lorsque la porte s'ouvrit et qu'il aperçut Emerelle, il comprit qu'il ne s'était pas trompé. La reine lui rendait visite comme cette nuit-là où tout avait commencé pour lui. Comme autrefois, elle portait sa robe grise de magicienne, et ses cheveux blonds ondulaient doucement sur ses épaules. En la regardant dans ses yeux vert clair, il retrouva aussi l'éclat de cette nuit depuis longtemps passée.

Elle ferma la porte derrière elle et lui sourit comme s'attendant à un mouvement de sa part.

— Emerelle, dit-il en la regardant longuement. Ta venue ici n'est pas due au hasard, n'est-ce pas?

— Non. Rien de ce que nous disons ou faisons n'est dû au hasard. C'est ici que le cercle se referme, Nuramon, père de Weldaron et fils de Valimée et de Deramon.

À l'instant où la reine énonça les noms de ses premiers parents, leur souvenir lui revint en mémoire. Son père avait été un guerrier, sa mère une magicienne. Ils étaient partis tôt dans la Lumière de la Lune, mais ils l'avaient aimé comme seuls les premiers enfants d'albes avaient aimé leurs fils et leurs filles.

— Je suis aussi vieux que cela? s'étonna-t-il.

La reine acquiesça de la tête.

— Je te savais depuis longtemps promis à un destin important. Tu fus l'un de mes compagnons de combat. Nous nous sommes connus à Ischemon, en combattant les dragons du soleil. À l'époque, il n'y avait pas de reine. J'étais encore en quête de ma destinée et nous sommes allés voir ensemble l'oracle Telmareen. Ce qu'elle nous a dit, tu le sais. (Nuramon se souvint de tout ce dont parlait la reine. Ses paroles ressemblaient à des incantations magiques. Vers après vers, elles remettaient de l'ordre en sa mémoire et lui faisaient retrouver tous les sentiments d'autrefois. Il vit soudain devant lui la silhouette lumineuse de l'oracle, et sa voix, après tant d'années, résonna encore à son oreille : *« Choisis-toi ta famille ! Ne te soucie pas de ta réputation ! Tout ce que tu es, est en toi. »* La reine s'avança maintenant vers lui, son regard se promena dans ses yeux.) Il n'existait alors que peu de règles. Nous devions nous les créer nous-mêmes et c'est pourquoi, dans toutes tes vies, tu as toujours eu du mal à suivre les règles des autres. Te souviens-tu de ce que je t'ai dit avant que tu rendes ton dernier soupir ?

Il avait alors été blessé par la lumière brûlante d'un dragon du soleil. À présent, il se rappela les mots d'Emerelle et les prononça :

—« Auprès de l'oracle, je t'ai vu, toi et la puissante enfant. » Yulivée ! Tu avais déjà vu Yulivée, à l'époque ?

—Oui. Je savais depuis que tu me l'amènerais un jour. Toutefois, je ne savais pas quand. Je me suis donc armée de patience. J'ai dû attendre si longtemps et dire et faire des choses qui ne venaient pas du cœur. Mais, dans la nuit précédant la Chasse des Elfes, je n'ai dit que la vérité. Cependant, j'ai dû te cacher certaines choses, à la manière des oracles. Je vais maintenant te les révéler, si tu ne les connais déjà. (Elle prit sa main et le conduisit vers le banc de pierre. Là, elle le fit s'asseoir à côté d'elle.)

» Je ne puis ressentir tes sentiments présents, car je n'ai jamais connu la mort. Mes souvenirs sont ceux d'une unique longue vie. Pourtant, je sais combien il est difficile de se retrouver quand on a vécu autant d'expériences. Il te faudra grandir pour le comprendre. Et c'est là l'un de tes points forts. (Elle lâcha sa main et désigna au plafond le portrait de Gaomée.)

» Cette nuit-là, je t'avais donné intentionnellement la chambre de la grande Gaomée. Je te savais au seuil d'un long voyage. Le moment était venu de te donner son épée. Mais je ne t'ai pas révélé le secret de cette lame. (Emerelle se leva, se dirigea vers le lit de Nuramon et y prit ses deux épées. Puis elle revint à son côté et dégaina l'épée courte de Gaomée.) Les nains t'ont certainement appris quelque chose au sujet de cette arme.

—Ils m'ont dit qu'un nain du nom de Teludem l'avait forgée pour un elfe. (Pris d'un soupçon, Nuramon demanda :) Cette arme fut-elle autrefois un cadeau pour moi ?

—Non, c'est à *moi* que les nains l'offrirent. Ils m'ont informée qu'ils allaient partir dans l'Autre Monde pour se chercher un royaume où Wengalf puisse demeurer roi. Il s'agissait d'un temps où je ne pouvais tolérer personne à côté de moi, afin que puisse arriver ce qui va maintenant se produire. Nous nous sommes séparés fâchés. Mais Wengalf n'est pas sot. Il m'a offert cette arme en me disant de la lui faire envoyer quand je me montrerais prête à le respecter comme roi.

—Jamais les nains ne m'ont parlé d'une telle chose, déclara Nuramon.

—J'ai donné cette arme à Gaomée, parce qu'elle venait d'une lignée prédestinée à se rapprocher des nains.

La reine parut alors attendre une réaction de sa part.

Soudain, Nuramon comprit ce qu'elle voulait lui dire.

—Gaomée appartient à mon clan ?

—Elle n'appartient pas seulement à ton clan. Elle fut aussi ta fille.

Cette nouvelle frappa Nuramon comme la foudre.

—Je ne me souviens pas d'elle !

—Tu étais déjà mort depuis longtemps quand Dyomée l'a mise au monde.

—Dyomée ! fit Nuramon à mi-voix.

Il s'était agi d'un amour malheureux. Il avait connu la haine du père de Dyomée et la mort lors d'un duel avec un rival.

—Dyomée a été rejetée par sa famille. J'ai alors décidé de la recueillir. Elle a mis son enfant au monde, lui a donné le nom de Gaomée et s'en est allée dans la Lumière de la Lune. Je me suis occupée du nouveau-né. Et quand je l'ai appelée pour la Chasse des Elfes, j'ai senti qu'il était juste de confier l'épée courte à Gaomée. Je lui ai tout raconté sur son père, et elle a admiré tes exploits à Ischemon. Voici comment elle a pu vaincre le dragon Duanoc.

—Mais pourtant, j'ai repris corps. Pourquoi n'est-elle pas venue à moi ?

—Elle n'a pas osé. Elle craignait que tu la rejettes. Mais avant de trouver son amour et de rejoindre la Lumière de la Lune, elle m'a confié l'épée en me disant de la garder pour toi et de te la donner quand le temps en serait venu. C'est ce que j'ai fait. (Elle posa l'arme sur le banc.) Tu as apporté l'épée chez les nains, et ils ont alors compris comment ce siècle finirait. Dareen leur a appris à quel moment retourner dans leurs anciennes demeures. (À présent, Emerelle dégaina l'épée longue, l'ancienne arme de Nuramon.) Thorwis et Wengalf se sont comportés en sages. Ils t'ont donné ton ancienne épée, et, quand je l'ai vue sur toi, j'ai compris que tu avais séjourné chez les nains. Ainsi, tu es devenu le messager du destin. Avec cette épée, tu m'as annoncé la venue des nains. Et tu m'as rappelé d'où venait cette arme.

—Tu le sais ? s'étonna Nuramon.

—Ne t'en souviens-tu pas ? (Nuramon réfléchit. L'épée l'avait accompagné dans plus d'une vie. Ses compagnons d'armes l'avaient rapportée à son clan où elle l'avait attendu. Mais d'où provenait-elle ?) Ne te mets pas martel en tête, fit Emerelle en remettant l'épée au fourreau. C'est un cadeau que je t'ai fait. J'ai autrefois offert une épée à chacun de mes compagnons d'armes.

(Nuramon s'énerva de ne pouvoir se le rappeler. La reine lui posa une main sur l'épaule.) Tu vas retrouver tes souvenirs. Il te faudra du temps pour te remettre tout en mémoire. C'est un voyage très particulier. Tout à fait différent de ceux que tu as vécus jusqu'alors. Fais comme les nains. Accueille en ta mémoire mes paroles jusqu'à te souvenir toi-même.

Nuramon garda les yeux rivés sur l'arme qui se trouvait à côté de la reine.

—Alors, la magie de cette épée est la tienne.

Emerelle rit.

—J'étais alors tout à fait différente, tout comme Yulivée était aussi une autre. Le Dévianthar lui-même n'aura pas reconnu la magie de cette épée.

Nuramon baissa les yeux. Ces révélations de la reine lui ouvraient des milliers de portes, et il ne savait laquelle franchir en premier. Emerelle avait raison : il s'agissait d'un voyage. Il lui faisait traverser des contrées oubliées.

—Et maintenant ? dit-il. Que va-t-il se passer ? Je me sens perdu comme si je m'étais égaré dans mon long cheminement.

—Mes mots devraient te servir de repère, répondit-elle. Ils devraient te montrer que tu es plus que ce que tu crois être et que tu peux être bien plus que tu l'as jamais rêvé.

La reine parlait comme si aucun danger ne le menaçait, comme s'il n'allait plus rencontrer d'obstacle en chemin.

—Vais-je mourir demain ? voulut-il savoir.

Emerelle parut surprise et leva les sourcils.

—Nuramon, tu sais que je ne te le dirais pas, quand bien même je le saurais. Moi aussi, je suis incapable de prédire l'issue d'une bataille. Le destin se montre trop aléatoire ici. Trop d'épées, trop de flèches et trop de mouvements me rendent impossible d'en prévoir la fin. Je ne suis même pas en mesure de savoir si nous allons sauver Albemark. Je sais seulement ce qui devrait être. Et ceci, je dois le taire, sous peine que cela n'arrive pas. Je sais ce qui te tracasse. Tu redoutes que vous puissiez trouver tous les deux la mort, toi et Farodin.

—Oui. Noroelle serait alors perdue, et je naîtrais à une nouvelle vie au cours de laquelle je me souviendrais amèrement du destin de ma bien-aimée sans jamais rien pouvoir faire pour elle. Pourquoi ne peux-tu revenir sur ta sentence ? Pourquoi le sortilège qui séparera Albemark de l'Autre Monde doit-il être prononcé juste après le premier ?

—Parce que j'ai vu ma mort, si nous nous contentons seulement de nous couper du pays de l'autre côté du Shalyn Falah. (Le regard d'Emerelle se perdit dans le vide.) Une flèche m'atteint, et le sort ne peut plus être prononcé. Et les prêtres de Tjured ouvriront d'autres Portes vers Albemark, si nous ne séparons pas notre monde du leur. (Elle cligna les yeux et regarda de nouveau Nuramon.) Noroelle doit rester là où elle est, afin que je puisse vivre. Cependant, ne crois pas que j'agisse par pur égoïsme. Seule Albemark m'importe. La reine aussi connaît la compassion et souffre de devoir dire et faire certaines choses qui contredisent les élans de son cœur. (Emerelle lui posa la main sur l'épaule.) Et mon cœur me dit qu'il doit y avoir un espoir pour Noroelle. C'est pourquoi je vais te faire une promesse. (Ses yeux brillaient.) Si Farodin et toi veniez à mourir, je céderais mon trône à Yulivée et je tournerais le dos à Albemark.

Nuramon se serait attendu à tout sauf à cela.

— Tu ferais cela ? s'étonna-t-il.

La reine hocha la tête.

— Oui, car autant je fus soumise au destin pendant tous ces siècles, autant il me serait insupportable de vivre dans une ère florissante et de vous voir, toi et Farodin, avoir retrouvé naissance. Je serais aussi incapable de supporter plus longtemps le chagrin d'Obilée. Ce serait une faute qui m'empêcherait de vivre. Tu vois, il reste un espoir pour Noroelle, si nous gagnons le combat de demain.

Nuramon saisit la main de la reine et la baisa.

— Je te remercie, Emerelle. Ceci me retire toute appréhension du combat. (Il jeta un regard sur les deux épées.) Je voudrais te donner l'épée de Gaomée, car tu as raison : ici, se referme le cercle.

— Non. Pas pour l'épée. Tu dois garder cette arme. Elle a rempli sa mission pour Albemark, mais elle est pour toi un signe te montrant le chemin. Tu n'en as pas encore atteint le terme. (Elle l'embrassa sur le front en signe d'adieu et se leva.) Survis à la bataille et trouve Noroelle ! Ensuite, soulagé, tu pourras céder ton épée.

Sur ces mots, la reine quitta la pièce.

Le poignard de la reine

Les bruits du campement montaient jusqu'à la tour. Les marteaux des forgerons résonnaient. Les chevaux hennissaient. Des chants s'élevaient autour de quelques feux de camp. Chacun cherchait de son mieux à oublier sa peur. La journée du lendemain déciderait du sort d'Albemark.

Appuyé au parapet du balcon, Farodin repensait à ce jour fatidique qui avait amené cette situation. Si Guillaume était mort silencieusement, par exemple étouffé par un oreiller, dans sa petite maison près du temple-tour d'Aniscans, tout ceci ne serait peut-être pas arrivé ? Aurait-il pu le faire ? La présence de l'ennemi aux portes du Pays du Milieu était-elle la conséquence de sa faiblesse ? Ou bien tout ceci avait-il commencé avec la mort de Galvuun ?

Il inspira profondément. L'air froid de la nuit était vicié. Chargé d'une odeur trop bien connue. D'une puanteur de soufre. Était-ce le fruit de son imagination ? Commençait-il à perdre la raison ? Et si, dans son combat le plus important, il n'avait finalement pas vaincu ? Le Dévianthar était-il tapi là en secret, continuant à tisser ses fils, comme autrefois quand ils l'avaient cru mort dans la grotte de glace ?

Il s'efforça de chasser ces pensées désespérées en reportant toute son attention sur le camp des guerriers. Des tentes se dressaient à perte de vue, et des feux brûlaient jusque sur les collines les plus lointaines. Jamais tous les peuples d'Albemark ne s'étaient ainsi ligués. Cela aussi avait été provoqué par la mort de Guillaume. Les vieilles querelles étaient enterrées… Farodin pensa à Orgrim. Alors que l'âme du roi des trolls Boldor n'avait toujours pas trouvé renaissance, une centaine d'années après la bataille navale, Skanga avait proclamé le duc Orgrim souverain de son peuple. Les trolls, qui avaient apporté tant de malheurs sur le peuple des elfes, se trouveraient demain à Welruun, près du Shalyn Falah, pour combattre à leurs côtés. À l'endroit même où ils s'étaient livrés une lutte sans merci, des siècles auparavant !

Là où Aileen avait trouvé la mort ! Tout était bouleversé en ce monde. Et tout semblait possible. S'il survivait à ce lendemain, ils retrouveraient Noroelle. Farodin passa sa main sur la petite bourse en cuir où il gardait l'anneau d'Aileen et l'émeraude de Noroelle. Il sentit sa gorge se nouer. Le terme de leur quête était si proche ! Toutefois, il se demandait à quel point ces siècles de solitude avaient sans doute changé Noroelle. Qu'était-il resté de l'elfe qu'il avait autrefois tant aimée ?

Un bruit le fit se retourner. La porte des appartements de la reine s'ouvrit, et Emerelle apparut sur le balcon, vêtue d'une longue robe blanche. Farodin ne l'avait encore jamais vue la porter : simple, dépourvue d'ornement, elle avait un col montant, la taille cintrée et les manches largement ouvertes.

— Je suis heureuse de pouvoir encore te rencontrer ici, dit-elle d'une voix chaleureuse. Nous y avons si souvent devisé ensemble de la mort.

Elle le rejoignit à la balustrade de pierre et contempla la plaine en contrebas.

— Beaucoup de temps s'est passé depuis notre dernière entrevue ici. Je ne doutais pas alors que tout ce que tu ordonnais soit pour le mieux d'Albemark, dit Farodin pensivement.

Les éclats de rire des centaures retentirent dans le camp.

— Et qu'en penses-tu maintenant ?

— Je suis heureux de ne pas avoir tué Guillaume. Cet homme était bon. S'il avait vécu plus longtemps… Peut-être que tout ceci ne serait pas arrivé. (Il recula d'un pas et regarda la reine. Elle paraissait si jeune. Si belle et innocente.) Que puis-je bien avoir en moi pour que tu m'aies choisi comme ton exécuteur, parmi tous les enfants d'albes ?

— Si un seul coup de poignard peut empêcher des centaines d'autres morts, le fait de le porter est-il condamnable ?

— Non, assura Farodin.

— Voilà pourquoi j'ai fait de toi mon bras armé. Il fut un temps où un seul coup de poignard eût empêché le départ des nains ou celui des elfes de Valemas. Je craignais la dispersion à tous vents de nos peuples, je redoutais plus encore de les voir s'engager dans de longues querelles sanglantes. Albemark risquait l'anéantissement. Nos meurtres l'en ont préservée. Si nous nous en sortons victorieux demain, Albemark sera plus forte qu'elle l'a jamais été, et cette victoire marquera le début d'une nouvelle ère. Quelle importance cela a-t-il de sacrifier un corps quand on sait que l'âme renaît ? Ce qui meurt n'est rien d'autre que de la chair. Quant à l'âme, il lui est accordé un nouveau départ sur des sentiers peut-être moins sombres.

— N'as-tu jamais douté du bien-fondé de tes actes ?

Emerelle se retourna et s'adossa à la balustrade.

— Quelle est la mesure du Bien et du Mal, Farodin ? Je t'ai donné ordre, à toi et à Nuramon, de tuer Guillaume. Au lieu de cela, vous avez tous les deux tenté de le sauver. Et cependant, quelqu'un l'a tué. Le destin avait depuis longtemps fixé le jour de sa mort. Et, bien que vous n'ayez pas commis ce crime, on l'attribua tout de même aux elfes. Je me suis toujours efforcée d'agir dans l'intérêt de tous les enfants d'albes. Peut-être cela t'aidera-t-il de savoir que je n'ai jamais décidé d'une mort le cœur léger.

Farodin ne fut pas satisfait par cette réponse de la reine. Autrefois, il lui avait été plus facile d'accepter ses paroles sans chercher plus loin.

Ils restèrent longtemps en silence, côte à côte, à écouter les bruits du campement.

— Sens-tu cette odeur de soufre ? demanda-t-il enfin.

Elle fit oui de la tête.

— Il faut avoir des sens bien aiguisés pour percevoir cette odeur, même ici. Elle vient de l'autre côté du Shalyn Falah.

Farodin soupira. Lors du dernier conseil de guerre, ils avaient rapporté leur combat contre le Dévianthar. Emerelle s'était tue. Était-ce parce qu'elle ne voulait pas révéler la vérité devant tous les chefs d'armée ?

— Il nous a donc de nouveau trompés, constata Farodin, désespéré. Comme autrefois, dans la grotte de glace, alors que nous le pensions vaincu. Est-ce lui qui commande les armées des Chevaliers de l'Ordre et qui a créé cette déchirure entre les mondes ?

La reine écarta négligemment une mèche de cheveux de son visage. Puis elle leva les yeux et chercha son regard.

— Le Dévianthar est à tout jamais disparu. Vous l'avez tué à la manière des albes. Jadis, nos ancêtres les ont enfermés, par sortilège, dans leurs armes magiques. Ils ont ensuite brûlé ces armes. Il ne reviendra plus… Et pourtant, d'une certaine manière, il est immortel. Sa semence dans l'Autre Monde a porté ses fruits. Ce sont des prêtres, avec son sang dans leurs veines, qui ont créé cette déchirure lors du deuxième siège de Firnstayn.

» C'est arrivé par mégarde. Ils voulaient, par un rituel, condamner en même temps l'Étoile d'Albes de la falaise et celle du rivage. Mais, au lieu de séparer nos mondes, ils ont abattu les frontières. Au cours des siècles, le sang du Dévianthar s'est dilué. Aujourd'hui, il n'existe plus de prêtres capables de faire mourir les enfants d'albes par leur magie. Il n'y a plus eu depuis d'événements tel que celui qui a failli me faire perdre la vie, lors de la bataille navale.

» À vrai dire, nos ennemis n'ont plus besoin de recourir à la magie. Ils gagnent par la seule force de leurs armes. Peu leur importe le nombre de leurs pertes dans les batailles menées contre nous ; ils peuvent remplacer chacun de leurs morts, tandis que les peuples des enfants d'albes deviennent de plus en plus exsangues. C'est pourquoi il nous faudra vaincre demain ! Nous devons protéger d'eux notre monde encore un seul jour !

L'idée effleura Farodin qu'elle l'avait peut-être trompé pour ne pas lui retirer son envie de combattre. Elle avait l'air si innocente. Si pure.

Mais était-il finalement important en ce moment qu'elle lui mente ou non ? La bataille décidant du sort d'Albemark devait être livrée, et il la croyait au moins sur un point : elle ferait tout pour sauver les peuples des enfants d'albes.

Farodin s'inclina brièvement.

— Dès cette nuit, je partirai au Shalyn Falah.

La reine s'approcha de lui et lui posa un doux baiser sur la joue.

— Fais attention à toi, mon ami. Il existe une Emerelle, que nous sommes tous les deux seuls à connaître. Tu as gardé son secret pendant tous ces siècles. Sois-en remercié.

Farodin fut surpris.

— Je pensais qu'Ollowain avait pris ma place.

La reine le regarda avec insistance.

— Non. Il est peut-être le meilleur bretteur d'Albemark. Mais il lui manque le talent nécessaire pour être le poignard de la reine. Il a échoué à Aniscans. Ensuite, ce fut uniquement toi qui as de nouveau accompli ma volonté. Tu fus mon émissaire auprès des trolls ; tu leur aurais fait payer de leur sang leur trahison éventuelle lors de la bataille navale. Et, pour finir, ce fut ta lame qui abattit le Dévianthar, l'ennemi le plus puissant qu'Albemark ait jamais connu.

Sur les traces d'une nuit passée

Nuramon déambulait dans le verger de la reine. Comme auparavant dans sa chambre, il ne pouvait s'empêcher de penser à la nuit qui avait précédé le départ de la Chasse des Elfes. Les arbres lui avaient alors chuchoté, mais ils se taisaient à présent. Nuramon tâta les branches du sapin-fée sans en sentir la chaleur qui l'avait toujours habité. Déçu, il retira sa main.

Que s'était-il passé ici ? Les âmes des arbres avaient-elles rejoint la Lumière de la Lune ? La magie inhérente à ce lieu paraissait encore agir, car tous les arbres portaient en même temps leurs fruits. Cependant, le temps qui s'était écoulé semblait avoir apporté toutes sortes de changements.

Nuramon passa près du tilleul auprès duquel il avait vu Noroelle pour la première fois et il arriva aux deux mûriers qui lui avaient alors offert leurs fruits. Quelle que soit l'issue de la bataille à venir, Noroelle ne reverrait jamais cela. Désormais, elle ne trouverait plus son lac, le chêne du faune et sa demeure que dans ses souvenirs.

Nuramon atteignit le tilleul et l'olivier au bord du jardin. Ici, il avait parlé à Noroelle en se faisant passer pour l'esprit de l'arbre, et elle s'était prêtée à ce jeu. Cette nuit-là, il n'eût jamais cru que le destin les mènerait sur des chemins aussi difficiles. En levant les yeux, il vit deux visages le regarder.

— Eh bien, tu nous écoutes ? demanda Yulivée en souriant.

Obilée posa sa main sur l'épaule de la magicienne.

— Laisse-le !

— Viens donc avec nous, reprit Yulivée.

Sans répondre, Nuramon gravit l'escalier étroit vers la terrasse. Les deux elfes lui offraient un tableau enchanteur. Yulivée portait des vêtements gris en drap fin. Ses cheveux bruns étaient tressés de rubans blancs. Obilée avait revêtu une robe bleue en étoffe fluide et elle avait relevé ses cheveux. Personne n'eût pensé se trouver en face d'une guerrière.

— Yulivée et Obilée ! s'exclama Nuramon. Vous voici devenues meilleures amies ?

— Depuis la nuit où tu es parti, confirma Yulivée. (Il les rejoignit. Yulivée le regarda dans les yeux.) C'est drôle de ne plus devoir lever les yeux vers toi. Autrefois, tu étais un géant pour moi. Et je ne représentais sans doute pour toi qu'une sotte petite fille.

— Non, tu étais une petite magicienne d'une grande puissance… et une charmante enquiquineuse.

Obilée sourit.

— Elle l'est restée encore un bon moment après ton départ.

— Je voudrais m'en excuser, fit Yulivée.

Nuramon secoua la tête.

— Non, ne le fais pas… ma… sœur.

— Je n'ai pas oublié, mon… frère, dit Yulivée. Et j'ai fait ce que tu m'as demandé. J'ai soigné Felbion et je vis dans ta maison. Tu la reconnaîtras encore, même si Alaen Aïkhwitan est parti.

— Il n'est plus là ? demanda Nuramon en pensant aussi au sapin-fée.

— Il n'y a plus un seul arbre animé au Pays du Milieu, répondit Obilée.

Yulivée sortit un gland d'une petite bourse.

— Ceci appartient à Alaen Aïkhwitan. En cas de victoire demain, les âmes des arbres renaîtront. Seulement, je me demande encore où planter ce gland.

— Qu'est-il arrivé à Alaen Aïkhwitan ?

— Xern le replantera. (La magicienne désigna le verger en contrebas.) La plupart des âmes des arbres ont rejoint la Lumière de la Lune. Seuls quelques-uns parmi les grands ont lié leurs âmes : Alaen Aïkhwitan, Atta Aïkhjarto, le sapin-fée, le chêne-faune et quelques autres encore. Ils seront les ancêtres de nouveaux arbres animés. Emerelle a dit vouloir planter le sapin-fée près des fées des prairies.

Nuramon pensa au lac de Noroelle qui se terminait à la prairie des fées. Tout changerait, deviendrait nouveau. Mais ce lac conserverait certainement sa place dans l'agencement de la nouvelle Albemark.

— Tu vas vraiment partir ? demanda Yulivée en l'arrachant à ses pensées.

— Je dois le faire, répondit-il.

Yulivée perdit son sourire.

— Je donnerais cher pour rencontrer la femme qui a droit à un tel sacrifice de ta part. Obilée m'a parlé d'elle.

— Es-tu déçue ?

Yulivée secoua la tête.

— Non. Tu seras toujours mon frère. Jamais je ne voudrais que tu renonces à l'amour de Noroelle pour moi. Je suis si heureuse que vous ayez vaincu le Dévianthar et de pouvoir te revoir encore une fois. J'avais tellement peur pour toi. (Elle lui tomba dans les bras.) À présent, mon bonheur est grand.

— Seras-tu très malheureuse de me voir quitter Albemark ? demanda-t-il doucement.

La magicienne leva la tête de son épaule et le regarda avec de grands yeux. Il lui caressa la joue. Un sourire éclaira aussitôt ce visage qui lui rappela celui de l'enfant qu'il avait pris sous son aile à Iskandrie.

— Non, répondit-elle. Nous avons eu notre temps ensemble. Notre voyage d'Iskandrie jusqu'ici a été la plus belle aventure que j'aie jamais vécue. (Elle l'embrassa sur le front.) Sois fort, demain ! (Elle se libéra doucement de son étreinte.) Maintenant, je dois retourner dans la Grande Forêt, dit-elle, puis elle partit.

Nuramon la suivit du regard. Il avait manqué tant de choses ! La petite fille à son côté était soudainement devenue une puissante jeune magicienne. La victoire sur le Déviantha avait coûté un grand prix.

Obilée vint près de lui.

— Tu lui as beaucoup manqué.

— Pour moi, tout ceci est difficile à comprendre... Il en fut de même avec toi autrefois. Tu étais une toute jeune fille quand nous sommes partis pour la Chasse des Elfes. C'est en femme que tu nous as attendus ici et que tu nous as rapporté les paroles de Noroelle... Et c'est ici que, pour la première fois, j'ai touché Noroelle.

— Elle me l'a raconté, cette nuit-là, dit Obilée tristement. Elle m'a tant parlé de toi et de Farodin.

— Ne sois pas si triste. La reine ne t'a-t-elle pas dit que l'espoir demeure si nous remportons la victoire demain ?

— L'espoir pour qui, Nuramon ?

— Pour Noroelle, naturellement.

Obilée hocha la tête.

— La reine m'a tout dit. Et je le sais depuis des années. Elle m'a raconté jusqu'où elle irait pour que cet espoir ne se tarisse jamais.

— Pourquoi es-tu si triste alors ?

— Ne le sais-tu pas, Nuramon ? Ne l'as-tu jamais remarqué ?

Sur le moment, Nuramon ne comprit pas, mais la mine torturée, les yeux brillants et les lèvres tremblantes d'Obilée lui firent comprendre ce qui la bouleversait. Elle l'aimait ! Gêné, il évita son regard.

— Pauvre sot que je suis ! dit-il doucement. Pardonne-moi !

— De quoi ? Tu traverses les siècles à grands pas. Pour toi, je suis encore la toute jeune fille que Noroelle présenta à la reine.

— Non. Lors de la bataille navale, j'ai compris que tu étais une femme. Mais depuis quand... ?

Il hésita à terminer sa question.

— Mon sentiment pour toi est né d'une inclination déjà ressentie lorsque Noroelle me parlait de toi et de Farodin. Tu étais mon préféré. Et plus votre absence fut longue, plus mon affection a grandi. Te souviens-tu de votre départ quand je t'ai fait des signes du haut de la colline ?

— Oui.

— Je t'aimais déjà alors. (Elle se mordit les lèvres, semblant attendre en secret une réaction de Nuramon, puis elle poursuivit :) Par Emerelle, je savais que tu accomplirais de grandes choses avec tes compagnons. Je n'avais pas le droit de vous dévier de votre chemin. Finalement, moi aussi je veux que vous sauviez Noroelle. Et je suis rassurée d'apprendre qu'il y encore de l'espoir pour elle, quelle que soit l'issue du combat de demain.

» Mais je sais aussi qu'un tel espoir n'existe pas pour moi. Même ta mort et ta renaissance ne pourraient m'en donner. Car Emerelle m'a dit que tu te souvenais maintenant de tes vies passées. Quel est donc ce destin qui me prend d'abord Noroelle et rend ensuite notre amour impossible ? Dois-je donc toujours être celle qui se tient en dehors ? J'ai parfois l'impression d'être moi-même captive. Mais il n'y a personne pour me délivrer.

Elle se mit à pleurer et Nuramon en éprouva de la peine. Obilée lui parut alors si fragile, si différente de la forte guerrière qu'il avait connue lors de la bataille navale.

Doucement, il la prit dans ses bras. Il lui caressa les cheveux et le dos et chuchota à son oreille :

— Obilée ! Si nous vainquons demain, ce sera le début d'un âge d'or pour Albemark. Et je sais que tu trouveras alors ton bonheur, ta destinée. Mais je ne suis pas ta destinée. Cela ne tient pas à toi, mais à mon amour pour Noroelle. Tu es ravissante, et si je ne savais rien de Noroelle, je succomberais à ton charme, à tes cheveux d'or, à tes yeux aussi verts que la mer d'Alvemer et à tes mignonnes lèvres. Il serait simple de dire que tu es pour moi une sœur ou une amie. Mais ce serait mentir. Car je ressens plus que cela pour toi… Cependant, j'éprouve encore davantage pour Noroelle.

Elle se détacha de lui.

— C'est tout ce que je voulais entendre, Nuramon. Je sais que je n'ai aucune chance à côté de Noroelle. Je sais que mon amour est sans espoir. Mais la certitude d'être plus qu'une amie est un cadeau que je n'osais me souhaiter. C'est comme un instant qui n'appartient qu'à moi.

Nuramon saisit les mains d'Obilée.

— Oui, cet instant est le tien.

Il lui caressa la joue et la reprit dans ses bras. Puis il l'embrassa sur les lèvres. Il la sentit s'abandonner. Elle ne s'était certainement jamais encore donnée à aucun homme. Quand il détacha ses lèvres des siennes, Obilée resta si près de son visage qu'il sentit sa douce haleine. Un geste d'elle, un mot troublant, et il ne pourrait résister à la tentation…

Elle sourit, puis se mordilla les lèvres.

— Je te remercie, Nuramon, dit-elle doucement.

Et finalement, elle s'écarta de lui.

Au commencement de la bataille

Nuramon, monté sur Felbion, chevauchait au-devant de son armée. Wengalf, le roi des nains, avait scindé en deux ses puissantes forces et placé au milieu les combattants à l'épée d'Alvemer. Ensemble, ils formaient l'armée principale. Les archers de Nomja se tenaient prêts sur les flancs, tandis qu'un peu plus à l'écart les cavaliers se rassemblaient. Il lui revenait de décider de l'endroit d'où il ferait intervenir la cavalerie.

Il rejoignit le petit cercle des chefs se réunissant devant les catapultes des nains. Leurs visages donnaient à penser que les nouvelles n'étaient pas bonnes.

— Contente de te voir ici, dit Nomja. Les éclaireurs nous ont rapporté que l'armée principale marche sur nous. Plus de cinquante mille guerriers ! (Elle désigna au loin les hauteurs par lesquelles l'ennemi arriverait. Nuramon avait de la peine à imaginer combien d'hommes cela représentait. Leur propre armée ne comprenait même pas dix mille guerriers.) C'est la plus grande force de combat qu'ils aient jamais mise en place. Et, de plus, notre pays fertile les nourrit.

Nuramon avait entendu dire que les humains dans le pays de l'autre côté du Shalyn Falah avaient abattu des forêts entières afin de construire des quartiers pour leur garnison. Les zones de coupes claires avaient été transformées en champs offrant aux envahisseurs tout ce qui était nécessaire à leur survie.

— Pour cinquante mille hommes, l'espace compris entre le défilé et la forêt est bien trop resserré, et ils ne voudront pas combattre dans les bois, déclara-t-il.

— Les guerriers de Yaldemée s'occupent d'assurer la forêt, remarqua Lumnuon, un elfe de son clan, qui lui avait rendu visite dans sa chambre, la veille au soir.

Nuramon regarda la plaine et hocha la tête. Pour les Chevaliers de l'Ordre, c'était le meilleur passage possible. Il se tourna vers Nomja.

—Tu m'as raconté qu'en terrain dégagé ils lancent toujours leur cavalerie en premier. Comment les avez-vous contrés ?

—Avec nos arcs et nos flèches. Ils n'ont guère le moyen d'y riposter. Mais ils sont audacieux et ne se laissent pas si facilement repousser. S'ils arrivent aujourd'hui avec une telle supériorité numérique, les archers ne pourront pas nous sauver.

Nuramon se tourna vers le roi des nains.

—Wengalf, je suppose que vous avez l'intention de vous former en cuirasse de dragon pour affronter l'ennemi... (Chaque fois qu'une troupe se protégeait en plaçant les boucliers sur les côtés et à l'horizontale au-dessus des têtes, les nains appelaient cette formation la « cuirasse de dragon ».) Avez-vous encore les épieux que vous avez autrefois utilisés contre les dragons ?

—Bien sûr que oui. Que devons-nous faire ?

—Retenez les cavaliers comme vous avez autrefois retenu Balon.

Wengalf sourit.

Nuramon s'adressa maintenant à Nomja.

—Tes archers vont décimer les rangs des cavaliers, Wengalf pourra se charger du reste ensuite.

—Et nous, gens d'Alvemer, que ferons-nous au centre ? demanda une elfe du nom de Daryll.

Elle représentait Obilée et n'avait accepté qu'à contrecœur la nomination de Nuramon comme chef de guerre.

—Les nains vont vous donner des pertuisanes, expliqua Nuramon. Faites en sorte que les cavaliers ennemis les voient bien. Ils vous éviteront et préféreront s'en prendre aux nains. Ils verront leurs épieux quand ce sera trop tard. (Nuramon se retourna vers Nomja.) Vous attaquerez les cavaliers sur les ailes. Aucun ne doit réussir à passer.

—Et nous, que ferons-nous ? intervint à son tour Mandred.

—Tu attendras, caché avec tes cavaliers de Firnstayn dans le large repli de terrain sur l'aile droite. Dès que l'ennemi se sera suffisamment rapproché, tu l'attaqueras par le flanc. Moi, de l'autre côté, je conduirai les cavaliers d'Alvemer afin de procéder de même.

Nomja approuva d'un signe de la tête.

—Mes archers montés t'accompagneront.

Lumnuon prit la parole.

—Nous, les elfes du clan de Weldaron, protégerons notre parent.

Nuramon tapa sur l'épaule du jeune elfe.

—Nomja nous sera d'un grand renfort.

Wengalf se tourna vers Nuramon.

—Ce plan est excellent. Dès le départ du combat, j'avancerai au pas avec mes guerriers. La formation en cuirasse de dragon abritera nos alliés et embrochera l'ennemi par l'avant. Allons-y ! Que le destin te soit favorable, Nuramon !

Le roi se dirigea avec ses hommes vers son armée. Alwerich resta seul avec Nuramon.

— Mon ami ! Ne t'expose pas trop ! lui recommanda-t-il. Pense à ce que tu pourrais perdre ! Tiens, voici quelque chose qui revient à un vrai chef de guerre.

Il tendit à Nuramon un objet en cuir, fermé aux deux bouts par du verre.

— Qu'est-ce que c'est ? s'étonna Nuramon.

— Une longue-vue, répondit Alwerich. Tu dois la tenir sur ton œil, l'informa le nain en lui montrant le côté du plus petit verre.

Nuramon fit comme le lui avait dit le nain et il fut surpris : par ce tube, il pouvait voir tout près de lui des choses fort éloignées ! Il distinguait nettement la bannière des nains avec son dragon. En reposant l'instrument, Nuramon cligna les yeux.

— Pourquoi nous, les elfes, n'avons pu imaginer pareille chose ?

— Parce que vous avez du mal à admettre que vos sens ont aussi des limites, répliqua Alwerich dans un sourire. Fais attention à toi !

— Grand merci, Alwerich. Et prends garde à toi aussi !

Alwerich suivit son roi. Son visage exprimait le souci qu'il se faisait pour son ami.

— Fais voir ça ! demanda Mandred, et Nuramon lui passa la longue-vue.

Tandis que le jarl s'occupait ainsi, Nuramon dépêcha Lumnuon vers son clan. Ils devaient se rassembler sur le flanc gauche.

Il ne restait plus à ses côtés que Mandred et Nomja.

— Ce fut un bon conseil de guerre. Tes doutes sont infondés. Tu es un bon chef. Avant ton arrivée, la plupart avaient peur.

— Les nains n'éprouvaient certainement aucune peur et les hommes de Firnstayn ne connaissent pas ce mot.

— Crois-moi, ils connaissent aussi la peur, dit amèrement Mandred. Mais nous combattrons. Mes hommes savent que, si nous perdons aujourd'hui, il n'y aura plus d'endroit où s'enfuir. Ils vaincront ou mourront. Ton plan est bon, Nuramon, et ton discours intrépide a certainement impressionné les autres chefs d'armée.

— Tu veux plutôt parler de mon ignorance.

Mandred sourit, mais Nomja secoua la tête.

— Quoi qu'il en soit, les chefs rapporteront ta confiance à leurs guerriers.

— Crois-tu que nous pouvons gagner cette bataille ? demanda-t-il à mi-voix.

Nomja jeta un œil vers les nains.

— Wengalf me paraît très confiant. Et j'ai le sentiment qu'il cache encore quelques surprises dans sa *cuirasse de dragon.*

Mandred tendit la longue-vue à Nuramon.

— C'est vraiment une merveille, ce truc-là ! Tu pourrais peut-être demander à tes amis nains s'ils n'en auraient pas un autre pour moi ? Avec ça, ça doit être facile de dépister le gibier.

Nuramon éclata de rire.

— Une fois la bataille réglée, je poserai la question à Wengalf.

— Bien, mon ami.

Mandred prit la main de Nuramon pour un salut guerrier.

Nuramon saisit son avant-bras. Le jarl avait une prise ferme.

— Mandred, je sais que vous, les gens de Firnstayn, vous avez le crâne dur. Mais ne prends pas trop de risques ! Il s'agit simplement de les retenir assez longtemps. Ensuite, la victoire nous est assurée.

— Je ne ferai pas de sottise. Fais plutôt attention à toi ! Depuis le combat contre le Dévianthar, je te dois une vie et, sur l'aile droite, je serai trop loin pour te venir en aide.

Nuramon eut un sourire amusé.

— Si ton Luth nous veut du bien, nous nous retrouverons au milieu des ennemis. Là, tu pourras me sauver la peau.

— Qu'il en soit ainsi ! dit Mandred.

Ensuite, il se mit en selle et piqua des deux.

Nuramon suivit son ami du regard. Le jarl n'avait que cette seule vie. Du moins, on disait que les hommes ne renaissaient pas. Nuramon craignait pour lui et redoutait sa mort comme la sienne propre. Il ne savait pas si Mandred les accompagnerait dans l'Autre Monde. Mais il ne serait pas surpris de voir le jarl accepter la proposition de la reine et rester ici, à Albemark, avec les siens.

— Viens, Nuramon ! dit Nomja. Nous devrions rejoindre nos gens.

Ils partirent ensemble vers leurs chevaux. Nuramon s'apprêtait à monter sur Felbion quand il avisa son arc pendu à la selle. Il avait observé auparavant les archers préparer leurs arcs. Les guerriers elfes y avaient tendu de nouvelles cordes, comme si la corde représentait la vie, et l'arc, l'âme éternelle. Avant chaque bataille, ils avaient pour habitude de répéter ce rituel et de tendre une nouvelle corde comme une nouvelle vie se tend autour de l'âme. Toutefois, c'était différent pour Nuramon. Sa vie et son âme ne faisaient qu'un maintenant. Car il se souvenait de tout ce qui s'était passé. Son arc et sa corde étaient comme un signe lui ayant indiqué le chemin. Mais ils avaient déjà joué leur rôle. Nuramon réfléchit un instant, puis il se décida. Il détacha l'arc de la selle et s'avança vers Nomja. L'elfe avait déjà pris place sur son destrier.

— Tiens, Nomja, voici quelque chose que je voudrais t'offrir.

— Quoi ? (La guerrière le regarda avec étonnement.) Pourquoi ?

— Pour ton acte héroïque pendant la bataille navale… et d'autre part, cet arc devrait être porté par la meilleure archère.

Elle prit l'arme en hésitant.

— Ce serait folie de refuser ce cadeau. Je te remercie.

Nuramon se mit en selle et chevaucha à son côté en direction du flanc gauche. Les cavaliers de son clan les attendaient. Chacun d'eux était armé d'une épée courte et d'une épée longue. Les cavaliers d'Alvemer avaient pris position à leur droite. Ils portaient de courtes lances et étaient en plus armés d'épées longues. Nomja se plaça à gauche à côté de Nuramon et se maintint ainsi en bordure de sa cavalerie. Nuramon remarqua que les cavaliers de Nomja regardaient avec étonnement son nouvel arc. Ils avaient des arcs courts, plus faciles à manier à cheval, et des épées pour les combats rapprochés.

L'attente semblait interminable. De temps en temps, des messagers arrivaient vers Nuramon et lui rapportaient que le combat ne s'était toujours pas non plus engagé au Shalyn Falah ni aux autres endroits. Puis, enfin, il fut dit que l'ennemi allait bientôt arriver par les hauteurs. Nuramon sentit son cœur battre. Avait-il peur ? Craignait-il de voir la masse des ennemis les écraser et faire lamentablement échouer son petit plan ?

Alors, il vit des bannières blanches s'élever derrière les collines. Il n'eut pas besoin de regarder dans la longue-vue d'Alwerich pour savoir que la tache sombre au centre de l'étendard était l'arbre noir de Tjured.

Les premiers ennemis furent en vue. Déployés sur toute la longueur des collines, ils affluaient lentement vers la vallée, ligne après ligne.

Nuramon prit la longue-vue et y risqua un œil. D'abord, il ne vit que de l'argent et de l'or, mais il reconnut ensuite les guerriers. On disait que la plupart des adversaires venaient de la sauvage Drusna. Leurs armures métalliques leur faisaient des épaules larges. Leurs casques d'argent brillaient au soleil. Mais leurs visages étaient dorés, car ils portaient des masques. Nuramon, de frayeur, en eut le souffle coupé. Ces masques montraient le visage de Guillaume, qui lui rappelait tant Noroelle. En portant la longue-vue vers la droite et vers la gauche, Nuramon rencontra partout le visage de sa bien-aimée.

De plus en plus de guerriers descendaient les pentes. La première ligne avait déjà atteint le pied de la colline. Des cavaliers se détachèrent du flanc gauche et se placèrent devant les piétons ennemis. Ils avaient, eux aussi, le visage caché par un masque en or. Nuramon était comme hébété. Tous ceux qu'il allait rencontrer, cavaliers ou fantassins, porteraient le visage de Noroelle. À présent, il voyait cette force de combat se former devant la colline et marcher sur eux. Quelle armée ! Sa cavalerie eût été à elle seule un adversaire de taille.

Les ennemis avançaient lentement, et Nuramon remarqua les elfes autour de lui devenir nerveux. Nomja se pencha vers lui.

— Nous n'avons jamais affronté une telle armée.

— Nous avons un avantage décisif, répondit doucement Nuramon. Pour nous, c'est la bataille ultime. Nous sacrifierons tout, s'il le faut. Mais, pour eux, ce n'est qu'un combat parmi beaucoup d'autres. Ils pensent que, s'ils ne gagnent pas aujourd'hui, d'autres occasions se présenteront encore. Ils vont être étonnés. Et ne sous-estime surtout pas les nains !

Nomja hocha la tête en silence.

Entre-temps, les ennemis s'étaient approchés à environ huit cents pas et s'étaient arrêtés. L'espace compris entre le défilé et la forêt n'était plus qu'une mer de guerriers. Dans quelques instants la marée déferlerait.

Déjà, les cavaliers adverses se remirent en mouvement. Ils avancèrent d'abord au petit trot, puis ils accélérèrent progressivement leur allure et finirent par s'approcher au grand galop, en front déployé. Ils formaient plus d'une dizaine de lignes et tenaient leurs lances levées. La terre tremblait sous les sabots de leurs chevaux.

— Tenez-vous prêts ! cria Nomja aux guerriers. (Ses archers et ses cavaliers encochèrent leurs flèches.) Nous tirerons sur ton ordre, dit-elle à Nuramon en levant la main.

Aussitôt les archers mirent en joue.

Les cavaliers se trouvaient encore à environ deux cents pas de distance, quand Nuramon sentit Nomja s'inquiéter et le regarder du coin de l'œil.

— Tirez ! cria Nuramon.

Nomja abaissa la main, des centaines d'arcs cliquetèrent et décochèrent des flèches sifflantes. Une grêle mortelle s'abattit sur la cavalerie ennemie.

Nuramon ne parvenait pas à voir la situation du côté de Mandred, mais ici le flanc ennemi pliait devant eux. Les chevaux et les cavaliers chus à terre se faisaient piétiner ou abattre par d'autres flèches. Les survivants tentaient d'échapper de leur mieux aux archers et se pressaient vers le centre, car les nains ne leur décochaient aucun projectile. Certains préféraient regagner leurs arrières, étirant ainsi la formation de leur cavalerie.

Nomja avait mis en joue avec l'ancien arc de Nuramon et tirait ses flèches. Les archers harcelaient les cavaliers en leur décochant sans cesse de nouveaux traits. Cependant, le flux des ennemis déferlait encore avec tant de puissance que Nuramon craignait pour les nains.

Un regard porté derrière la cavalerie adverse montra à Nuramon que les guerriers à pied suivaient à quelque distance. Il dégaina son épée longue et la brandit.

— Suivez-moi, enfants d'albes ! Pour Albemark !

Puis, il fonça au galop et ses gens le suivirent.

D'ici peu, la cavalerie se heurterait aux nains. Nuramon attendait de voir les gens de Wengalf passer à l'action. Il avait l'impression qu'il n'y avait pas là d'armée, mais une gigantesque carcasse de boucliers, imaginée par un fin stratège pour simuler à l'ennemi la présence de guerriers. À cinquante pas des nains, les Chevaliers de l'Ordre abaissèrent leurs lourdes lances. À vingt pas, ils galopaient encore si vite qu'on eût dit qu'ils renverseraient tout sur leur passage. À dix pas, ce fut le choc ! En un éclair, les pertuisanes jaillirent entre les boucliers des nains ; ils tournèrent leur lame de biais pour en bien présenter les orillons et firent face à l'ennemi en se redressant brusquement. Leurs adversaires foncèrent en ligne, droit sur les épieux. Nuramon en vit certains réussir à maîtriser leur cheval, mais les cavaliers suivants les poussèrent sur les lances. Plusieurs chevaux sautèrent le mur hérissé de pointes et disparurent dans les rangs des nains. Mais la cavalerie dans son entier fut arrêtée comme si elle s'était heurtée au mur d'une forteresse. Les ennemis s'enchevêtrèrent et se poussèrent toujours plus en avant, sans le vouloir.

Sans leur laisser le temps de se ressaisir, Nuramon arriva avec ses hommes. Il brandit son épée. Mais, au moment où il s'apprêtait à l'abattre sur le premier ennemi, celui-ci releva la tête, et Nuramon vit le visage de sa bien-aimée. Il voulut épargner l'adversaire, mais le Chevalier l'attaqua. Nuramon eut l'impression de voir Noroelle manier l'épée contre lui pour le punir de son échec. La lame ripa sur sa spalière. Puis le cavalier fut entraîné plus loin.

Leur offensive fut peu à peu arrêtée, et ils se retrouvèrent en pleine mêlée. Nuramon était incapable de porter un seul coup. Autour de lui, on tuait et on agonisait déjà depuis un bon moment. Les elfes de son clan le prirent en leur milieu et le protégèrent de tous côtés alors qu'il n'arrivait plus à détacher son regard des visages ennemis.

Ensuite, Lumnuon, touché à la jambe par un coup d'épée, poussa un hurlement. Hébété, Nuramon regarda le visage masqué de son adversaire. À l'instant où celui-ci levait son épée pour en porter un coup sur la tête de Lumnuon, Nuramon fut pris de rage. Il le frappa de son épée longue. La lame transperça son plastron. Lorsque l'elfe lui arracha son épée du corps, l'ennemi s'effondra sur sa selle.

Soudain, Nuramon fut désarçonné. Il chuta lourdement à terre. Au-dessus de lui, il vit un porteur de masque prendre son élan pour le frapper.

L'elfe roula de côté et bondit sur ses pieds. Il para deux coups, puis esquissa une attaque à la tête de son adversaire, tira de sa main gauche l'épée de Gaomée et enfonça la lame dans la gorge de l'homme. En jetant un rapide regard autour de lui, il s'aperçut que son clan l'entourait. Il se retourna alors vers le guerrier de Tjured. Celui-ci gisait sur le dos et cherchait à respirer, dans un gargouillis.

Nuramon se pencha sur lui et lui retira son masque. Il vit alors le visage sanglant d'un jeune homme le regarder avec mépris. Puis celui-ci cracha du sang, et son visage se figea en une expression de haine.

Près du Shalyn Falah

De son gantelet, Ollowain donna une tape cliquetante sur l'épaule de Farodin.

— Voilà. C'était la dernière boucle.

Farodin se redressa quelque peu gauchement. L'armure était plus légère qu'il l'aurait cru, pourtant sa mobilité en serait considérablement diminuée.

Ollowain parcourut les rangs des elfes en armure. Ils étaient une vingtaine et portaient tous des cuirasses magnifiquement ouvragées, dont les plaques arrondies déviaient tous les coups de lance.

— N'oubliez pas de baisser la tête dès que nous attaquerons, leur enjoignit-il. C'est à l'endroit des yeux que nous sommes le plus vulnérables. Les hommes le savent. Alors, baissez la tête !

— Ont-ils une cavalerie ? s'enquit un elfe à la gauche de Farodin.

À travers la visière fermée, sa voix avait un timbre métallique.

— Je vais être franc, répondit Ollowain. Depuis hier midi, aucun de nos éclaireurs n'est revenu. Nous les combattons depuis trop longtemps. Ils connaissent nos ruses guerrières par cœur. (De son bras tendu, il désigna le ciel. Trois oiseaux de proie y traçaient leurs cercles, les ailes largement déployées.) Ils ont dressé des faucons à chasser les fées des prés. Nos éclaireuses savaient le danger. Elles sont tout de même parties en essaim. Prenez en exemple la témérité de nos petites sœurs !

Farodin n'en crut pas ses oreilles. Il fallait qu'Albemark soit tombée bien bas pour envoyer même les fées des prés à la guerre !

— Veillez tous à garder au moins deux pas de distance entre vous, conseilla Ollowain. Nous n'allons tout de même pas nous fracasser mutuellement le crâne.

Orgrim descendit la pente vers eux.

— Ils arrivent ! rugit-il. Vous êtes prêts ?

Ollowain brandit son énorme épée à deux mains.

— Prêt, cria-t-il en se retournant encore une fois vers les elfes en harnois. Oubliez tout ce que vous avez entendu au sujet de combats d'honneur. Nos ennemis ne font pas de quartier. Ils ne feront pas de prisonniers. Tuez-en le plus possible ! Et gardez-vous des hallebardiers !

Farodin saisit la puissante épée à deux mains appuyée devant lui contre le rocher, et il abaissa la visière de son casque. Il ne voulait pas être reconnu par le roi des trolls. Il ne pourrait échanger aucun mot avec le meurtrier réincarné d'Aileen à l'endroit précis où sa bien-aimée était morte !

La petite troupe elfique grimpa la dernière partie du chemin de la falaise et longea ensuite les restes calcinés des tours de guet en bois. Les enfants d'albes venaient de reprendre deux jours auparavant cette position au bord de la falaise. Ils l'avaient payée par des flots de sang.

La troupe de défenseurs qu'ils pouvaient encore aligner pour tenir le passage escarpé et sinueux du Shalyn Falah était ridiculement petite. Sept cents trolls, armés de boucliers et de massues énormes, quatre cents elfes archers et environ trois cents gnomes portant des arbalètes. La forteresse de l'autre côté du pont n'était occupée que par des blessés et des kobolds trop petits pour affronter des humains dans une bataille. C'étaient là leurs dernières ressources !

— Les humains vont être sacrément surpris de nous voir les attaquer, dit Ollowain, de bonne humeur. (Il avait rejoint Farodin à l'arrière et marchait maintenant près de lui.) Je m'étonne moi-même de vouloir assaillir un millier d'hommes avec une vingtaine de fous. Se pourrait-il que tu m'aies glissé cette nuit quelque chose dans le vin pour réussir à m'enthousiasmer pour ton idée ? (Ollowain releva sa visière et lui fit un grand sourire.) J'ai d'abord attribué ça au vin, Farodin. Mais ensuite je me suis dit : celui qui est suffisamment fou pour attaquer un château de trolls avec un seul homme à son côté ne peut que s'enthousiasmer pour le plan de bataille d'aujourd'hui.

Dans les rangs des trolls, une brèche s'ouvrit pour les elfes en armure. Devant les trolls aussi, les archers avaient pris position. L'accès au chemin escarpé était sécurisé par des pieux pointus plantés en un large demi-cercle et enfoncés de biais dans le sol. L'obstacle offrait une bonne protection contre la cavalerie. Il ne résisterait cependant pas à un assaut des fantassins.

Derrière cette fragile ligne défensive se trouvait une pente traversée par de larges bandes de roches grises. L'ancienne forêt avait entièrement disparu, remplacée par une herbe pâle. Le cercle de pierres de Welruun ne se trouvait qu'à quelques centaines de pas. Farodin ravala sa salive. L'espace d'un instant, il revit le visage livide d'Aileen et le sang sombre qui coulait de ses lèvres.

— Baissez-vous ! ordonna Ollowain.

Farodin obéit. À genoux, ils étaient moins visibles pour les assaillants. Et il leur fallait à tout prix réussir à les surprendre !

À un peu plus d'une demi-lieue, les Chevaliers de l'Ordre grimpaient la pente. Leurs longues piques formaient comme une forêt dense au-dessus de leurs têtes. Des roulements de tambour et des sons de flûte les accompagnaient : une mélodie étonnamment joyeuse sans aucun accent guerrier. Les piquiers grimpaient la pente au pas. Ils portaient de hauts casques et des cuirasses de plates brillantes, tout comme ces soldats qu'ils avaient vus sur la glace devant Firnstayn.

— Déployez-vous ! cria Ollowain.

Les guerriers en armures lisses se mirent alors en ligne derrière les archers en veillant à bien s'écarter les uns des autres.

Farodin avait la bouche sèche. Médusé, il observait les hommes en train de s'avancer. Telle la marée montante, leurs lignes de combat s'ouvraient devant les blocs rocheux de la pente pour se refermer ensuite. Ils étaient des milliers ! Leur simple masse suffirait à pousser les défenseurs du haut de la falaise.

Des ordres secs retentirent du côté des piquiers. Les cinq premiers rangs de piques s'abaissèrent. Les archers des elfes entreprirent leur besogne mortelle. L'air s'emplit du sifflement de leurs flèches et du claquement sec des arbalètes des gnomes. Des dizaines de soldats de l'Ordre placés en première ligne s'écroulèrent. Ils furent aussitôt remplacés par des guerriers venus de l'arrière.

Déjà, les ennemis n'étaient plus qu'à une centaine de pas. Farodin put constater que les carreaux d'arbalète découpaient des trous sanglants dans les plastrons des assaillants.

Plus que quatre-vingts pas. La cadence des tambours ralentit. Les flûtes se turent. Toute la ligne de front accéléra le pas.

— À l'attaque ! hurla Ollowain.

L'elfe blond abaissa la visière de son heaume. Farodin brandit son épée à deux mains au-dessus de sa tête et se pencha en avant comme un taureau prêt à l'attaque. C'était de la folie furieuse ! Ils avaient devant eux des milliers de guerriers et ils passaient à l'attaque avec leur vingtaine d'hommes !

Quarante pas encore !

Farodin se mit à courir. Les piques de la première ligne dépassaient à six pas devant. Derrière, s'échelonnaient encore quatre rangées de pointes d'acier. L'elfe vit l'agitation gagner les rangs. Les piques se focalisèrent sur certains points : là où les assaillants rencontreraient leurs lignes.

La collision fut beaucoup moins brutale que l'avait prévu Farodin. L'acier s'affronta à l'acier. Les pointes des piques ripèrent sur son armure. L'elfe garda la tête baissée. Il y eut un nouveau choc. La deuxième rangée de piques s'effondra. Des cris stridents retentirent. Farodin fit décrire des cercles à sa lourde épée. Les hampes en bois de frêne se brisèrent dans de grands craquements.

Farodin sentit quelque chose le toucher au gorgerin et riper de côté. Il osa alors redresser la tête et aperçut les visages horrifiés des hommes devant lui. Encore trois pas pour être près d'eux. Une pointe glissa sur le côté de son casque. Le monde lui apparaissait minuscule : les étroites fentes pour les yeux ne lui laissaient voir que ce qui se trouvait juste devant lui. Quelques soldats de l'Ordre avaient laissé tomber leurs piques et tentaient de dégainer leurs dagues et leurs épées courtes. Un homme avec un chapeau au bord relevé brandissait un étrange bâton. Soudain, il y eut une détonation et de la fumée blanche s'échappa du bâton creux. L'arme lourde de Farodin tranchait chair et os à travers les armures. La lame de son épée à deux mains mesurait un pas et demi, et rien ne pouvait résister à l'acier elfique. Pour terrifiante que se montre une unité de piquiers en marche, elle était vulnérable dès qu'on avait passé leurs pointes. Les officiers dans les lignes arrière veillaient sévèrement à ce qu'aucun des hommes ne laisse tomber sa pique. Mais on avait besoin de ses deux mains pour tenir cette arme lourde et encombrante. Celui qui la laissait tomber et tirait une épée courte dans la formation serrée au coude à coude manquait d'espace pour armer son bras. Les coups portés glissaient vainement sur le harnois de Farodin. Comme un moissonneur dans le blé, l'elfe maniait son épée à deux mains dans les rangs serrés des piquiers adverses. Du sang l'éclaboussa, pénétra par l'une des fentes du heaume et ruissela chaudement sur sa joue. Il était pris au milieu de cris désespérés, de métal déchiré et du bruit sourd des os se brisant.

Devant lui, Farodin vit maintenant étinceler les lames de hallebardes. Avec leur longue pointe triangulaire, leur large fer plat et leur croc à l'arrière, ces armes étaient prévues pour faire trembler des adversaires lourdement équipés. Leur pointe pouvait transpercer les meilleures armures quand elle les rencontrait sous le bon angle. Leur fer était suffisamment lourd pour fendre en deux les casques ou les spalières, et le crochet servait à attraper les pieds des ennemis pour les faire tomber et leur enfoncer ensuite la pointe à travers la visière.

Son épée trancha la tête d'un homme devant lui. Farodin ne visait en fait personne. Il faisait simplement tournoyer son arme et, dans cette mêlée confuse, il était difficile d'échapper à son cercle fatal.

Quelqu'un s'agrippa à sa jambe en essayant de le faire chuter. L'elfe jeta un bref regard vers le bas sans cesser son attaque. Un soldat de l'Ordre blessé se cramponnait à sa jambe gauche. Farodin lui écrasa le visage avec son soleret. Il sentit les dents du guerrier se briser. L'homme lâcha prise et roula sur le côté.

Quelque chose de scintillant s'abattit sur Farodin. Il eut juste le temps d'esquiver le fer d'une hallebarde. Un groupe de hallebardiers s'était frayé un passage vers lui à travers la formation des piquiers. La moitié des guerriers tenaient leurs armes baissées et cherchaient avec leurs pointes et leurs crochets à atteindre ses jambes.

Farodin baissa la tête. Quelque chose l'avait touché à l'épaule. Le bras gauche comme endormi par la douleur, l'elfe bondit en avant. Sa lourde épée fracassa un casque et s'enfonça profondément dans la poitrine du guerrier suivant.

Il sentit alors un crochet lui attraper le talon gauche. Il tenta de lever son pied, mais plusieurs coups d'estoc frappèrent au même instant son plastron. Les lames ripèrent, mais il perdit l'équilibre.

Il chuta en arrière. L'épée lui fut arrachée des mains. Il essaya de s'esquiver par une roulade de côté, mais un pied se posa sur son armure de poitrine et le plaqua au sol.

Au-dessus de Farodin, l'ombre d'un faucon glissa dans le ciel bleu turquoise d'Albemark. Puis une pointe triangulaire scintilla à la lumière du soleil et s'abattit.

Agitation sans répit

La bataille ne laissait pas un moment de repos à Nuramon. Dans cette mêlée, il avait perdu de vue Felbion. Après s'être fait désarçonner trois fois, il se sentait plus en sécurité à terre. Deux blessures au bras et une à l'épaule le tourmentaient. Lever son bras droit le faisait souffrir et il sentait du sang chaud couler sur sa peau.

Son plan n'avait pas bien fonctionné. La cavalerie les avait empêtrés dans un long combat et ils n'avaient pas pu venir à bout de la supériorité numérique de leurs adversaires. Nuramon entendait bien les cris rauques des hommes touchés par les flèches, mais sans savoir d'où ils parvenaient exactement. Dans le feu de la bataille, il avait perdu l'orientation et tous ses sens étaient uniquement mobilisés pour sa survie.

Loin au-dessus de lui, il vit voler des pierres. Cela ne pouvait signifier qu'une chose : les fantassins s'étaient suffisamment rapprochés pour se trouver maintenant à portée des catapultes des nains.

Il jeta un regard autour de lui. Ses parents et les gens d'Alvemer combattaient vaillamment en prouvant une fois de plus qu'un guerrier elfe valait au moins deux humains.

Nuramon se sentit pris de vertige, puis la douleur l'envahit. Il chancela, tenta de se reprendre, mais il sentit ses sens l'abandonner. Soudain, quelqu'un le recueillit dans ses bras et il aperçut les contours flous d'un visage. S'il s'agissait du masque de Guillaume, c'en serait fini de lui !

— Nuramon ! cria quelqu'un en le faisant sursauter. (Il plissa les yeux et reconnut Lumnuon.) Guerriers du clan de Weldaron ! À moi ! cria l'elfe. Tiens bon ! Nous allons te couvrir…

Nuramon n'entendit plus la suite, préoccupé qu'il était par la crainte de mourir. Il pensa alors à la seule solution qui lui restait : son charme de guérison. Il le prononça pour lui-même. Aussitôt, son bras blessé fut pris à tel point de crampes que Nuramon eut l'impression qu'on l'écorchait. Puis la douleur envahit tout son corps. L'elfe serra les dents à s'en faire mal à la mâchoire.

Tout à coup, il sentit quelque chose de froid le toucher au visage et il sursauta. Au-dessus de lui, il vit Lumnuon. Les guerriers de son clan l'avaient entouré d'un cercle protecteur. Lumnuon tâta son bras.

— Tu t'es guéri toi-même ? demanda-t-il.

Nuramon hocha difficilement la tête. Il chercha à reprendre haleine en laissant Lumnuon l'aider à se relever. Soudain, l'un de ses guerriers, touché par l'ennemi, s'écroula près de lui. Nuramon, pris de rage, parvint à se débarrasser de la paralysie qui l'avait saisi après avoir rencontré mille fois le visage de Guillaume. Il attrapa ses épées et bondit dans la brèche juste au moment où un Chevalier de l'Ordre abaissait sa lame. À la vitesse de l'éclair, il croisa ses armes au-dessus de sa tête et bloqua le fer de l'adversaire. D'un coup de pied, il l'expédia par terre, le rattrapa et lui enfonça son épée dans le flanc. Après avoir fait chuter deux autres guerriers de l'Ordre, il brandit son épée longue en hurlant à ses gens :

— Pour Weldaron !

En criant le nom du fondateur de leur clan, ceux-ci boutèrent l'ennemi de tous côtés, se liguèrent avec d'autres compagnons et se battirent pour se frayer un passage vers les nains.

Les enfants des albes noirs n'avaient toujours pas ouvert leur carapace de dragon. Ils progressaient lentement vers l'avant. Les amoncellements de cadavres et les dépouilles des chevaux disparaissaient sous leurs boucliers, comme si leurs troupes étaient des bêtes se repaissant de la chair des cadavres.

Brusquement une immense clameur leur parvint aux oreilles. L'armée principale ennemie devait être arrivée.

— À moi ! cria Nuramon. Rassemblez-vous ici !

Ses compagnons d'armes se replièrent légèrement et se regroupèrent autour de lui. Il fit signe aux quelques cavaliers de se placer à sa gauche et prit tous les autres à sa droite.

Ils arrivaient ! D'innombrables guerriers de l'Ordre s'engouffraient dans les brèches laissées par les combattants. Ils les submergeaient comme les eaux inondent le pays.

Nuramon ressentit la même impression que le jour précédent quand il s'était porté au-devant de l'armée des nains et de la cavalerie des elfes. Mais, à présent, la peur se mêlait à ses sentiments. Il vit alors deux carapaces de dragon se séparer lentement, comme si elles voulaient leur signifier d'entrer en leur sein. Nuramon fit signe à ses gens et ils se placèrent tous sous la protection des nains.

Les piétons leur tomberaient dessus sans merci. Les ennemis s'étaient rapprochés à près de cinquante pas. Pour les hommes de Firnstayn, c'était trop tard : ils n'avaient plus le temps de rejoindre la ligne de front.

Nuramon brandit son épée longue en criant : « Pour Albemark ! » Ses parents et les elfes d'Alvemer joignirent leurs cris aux siens. Leurs adversaires n'étaient plus qu'à une vingtaine de pas lorsque Nuramon abaissa son arme en criant : « À l'attaque ! » Mais son cri de guerre fut noyé dans les hurlements qui s'élevèrent autour de lui.

Les carapaces de dragon s'ouvrirent ! Les porteurs de boucliers du premier rang se ruèrent en avant en dégainant leurs épées courtes. Ils furent suivis par les porteurs de pertuisanes et par d'autres guerriers qui, pour foncer en avant, abaissèrent sur leurs poitrines les boucliers qu'ils portaient au-dessus de leurs têtes. C'était comme une métamorphose. La gigantesque bête de combat disparaissait en crachant d'innombrables guerriers nains.

L'offensive des gens de Wengalf impressionna l'ennemi. Les guerriers des premières lignes ralentirent le pas, leurs hurlements métalliques cessèrent. Quand les premiers d'entre eux s'arrêtèrent, les deux armées s'affrontèrent, et Nuramon s'enfonça dans les rangs des ennemis. Pour le moment, il ne redoutait plus la mort.

Bosses et tabac à chiquer

Un bouclier de la taille d'une porte assombrit le ciel et bloqua le fer de la hallebarde.

— Taillez-moi ces gaillards en pièces ! rugit une voix connue. (Une main ferme empoigna Farodin et l'aida à se relever.) On dirait que tu es encore entier ! (Orgrim sourit de toutes ses dents.) Ça, c'est pour m'avoir sauvé dans le fjord, moi et mon bateau.

L'elfe cligna les yeux, ahuri.

— Comment… comment m'as-tu reconnu ?

— Ollowain m'a fait plaisir. Il a marqué ton casque d'une petite croix blanche. Comme ça, j'ai pu rester derrière toi quand tu t'es frayé une brèche dans la formation des piquiers.

Une douleur sourde lançait l'épaule de Farodin. Une plaque de son harnois s'était enfoncée et lui écrasait les chairs. Il pouvait à peine lever le bras droit.

— Tu pourrais me rendre tout de suite un autre service, Orgrim. Défais la boucle de ma spalière gauche et retire-la-moi.

Le roi porta ses grosses mains devant son visage.

— Comment veux-tu que mes doigts puissent défaire les mignonnes sangles d'une armure d'elfe !

Farodin s'étira en jurant. Il n'arriverait pas à se débarrasser tout seul de son armure. Il chercha autour de lui. Les morts gisaient par dizaines.

— Tu crois que tu peux marcher seul ?

— En tout cas, je n'ai pas besoin d'un troll pour me porter, répondit l'elfe, agacé.

Ses douleurs à l'épaule le faisaient de plus en plus souffrir.

L'attaque des trolls avait fait reculer les piquiers. Les larges dos de ces géants empêchaient Farodin de suivre le déroulement des combats. Les hurlements d'enfer retentissaient toujours.

— Où en est la bataille ?

Orgrim cracha.

— M'est avis qu'il y a une flopée d'hommes qui ne pourront plus se vanter chez eux de leurs exploits. Nous les avons fait reculer. (Il fit signe à un troll, et quelques instants après un cor retentit longuement.) Ils rassemblent des cavaliers au pied de la colline. Nous devrions nous retirer avant leur contre-attaque.

Sans plus se soucier de Farodin, le roi partit d'un pas lourd couvrir la retraite de ses troupes.

Sur la vingtaine d'elfes ayant mené l'assaut, seuls six revinrent se retrancher derrière les archers. Ollowain faisait partie des survivants. Son armure entaillée était rouge de sang. L'elfe avait retiré son casque. Ses longs cheveux blonds étaient collés en mèches.

— Quelle victoire ! fit-il en montrant le bas de la pente. (À plusieurs endroits, on ne pouvait plus voir l'herbe, tant il y avait de morts. Une fois les trolls engouffrés dans les brèches ouvertes par les elfes dans les rangs de piquiers, le combat avait tourné au massacre. Ollowain retira à Farodin sa spalière cabossée. Il dégagea le gambeson matelassé et tâta l'épaule.) Rien de cassé. Tu as eu de la chance. Comment va ton bras ?

Farodin le bougea dans tous les sens. Maintenant que plus rien n'appuyait sur l'hématome, la douleur avait diminué.

— Pour aller défier les hommes, ça ira bien.

Ollowain désigna l'une des tours brûlées en haut du raidillon.

— Là-bas, tu trouveras un armurier des gnomes. Il va redonner forme à ta spalière et tu pourras la remettre. Essaie de faire au plus vite. Les Chevaliers de l'Ordre ont malheureusement la mémoire courte en ce qui concerne leurs défaites. Ils vont de nouveau passer à l'attaque.

Sur ces mots, le garde du Shalyn Falah tourna les talons. Farodin le regarda partir. Ollowain plaisanta avec quelques archers et cria quelque chose à un troll qui fit sourire le géant. Le chef des elfes montrait une confiance tranquille comme s'il eût été hors de doute qu'ils gardent leurs positions jusqu'au soir. Pourtant, l'heure de midi n'était pas encore arrivée.

Farodin trouva le maître armurier sans problème. Ce gnome était un vieux bavard avec une barbe blanche pleine de taches de chiques de tabac. Il prit tout son temps pour débosseler l'armure. Il parla de toutes sortes de choses, sauf de la guerre. Visiblement, ce vieux se réfugiait dans son travail en essayant désespérément de préserver un peu de vie quotidienne. Pour finir, il cracha sur l'épaulière et la polit avec sa manche. En bouclant les sangles de l'armure, il regarda l'elfe d'un air soucieux avec ses yeux bruns voilés.

— On tiendra le pont ?

Farodin ne voulut pas lui mentir.

— Je ne sais pas, dit-il.

Il jeta un œil vers le bas de la colline. Les hommes avaient reformé une nouvelle ligne d'attaque.

— Hmm, fut tout ce que le vieux trouva à dire. (Il se pencha ensuite et sortit une arbalète de dessous son établi.) Mon peuple a toujours été fidèle à la reine. (L'armurier ne parvenait pas à dissimuler sa peur. Ses yeux cillaient nerveusement et il n'arrêtait pas de caresser le fût de l'arme.) Les hommes ont quelque chose de bien. Ils arrivent toujours en si grand nombre que même un vieil armurier comme moi, à moitié aveugle, ne peut les rater.

— Puis-je t'accompagner sur la ligne de combat ? demanda sérieusement Farodin.

Le gnome leva des yeux surpris.

— Mais tu es un héros, un elfe célèbre ! Que viendrais-tu faire avec moi ?

— On ne m'a attribué aucune place sur la ligne de front. Je n'ai encore jamais combattu au côté d'un héros gnome. Si tu en es d'accord, ce serait un honneur pour moi de prendre place à ta gauche. Quel est ton nom ?

— Gorax. (Le vieux nain sortit une barre de tabac à chiquer de derrière sa ceinture.) Un elfe qui demande à un gnome le droit de combattre à son côté ! Nous vivons une drôle d'époque. Puis-je te proposer un peu de ça ? Ça donne des idées claires.

Il tendit le tabac à Farodin.

L'elfe prit la barre et y donna un coup de dents. Le tabac lui brûla la langue, la salive lui vint à la bouche. Il eût aimé recracher ce morceau au plus vite. Mais il le poussa de la langue dans le creux de sa joue et redonna la barre à Gorax.

— Des idées claires, c'est bien ce qu'il nous faut.

Au pied de la colline, les roulements de tambour et les sons de flûte reprirent. Les soldats de l'Ordre s'étaient remis en marche.

Mort et renaissance

Nuramon ne pouvait détacher ses yeux du corps du jeune guerrier. Lumnuon avait mieux combattu que lui, et maintenant il gisait devant lui en le considérant de son regard vide. Nuramon ne l'avait même pas vu mourir. Il avait de nombreuses blessures aux bras et aux jambes et le visage tout écorché. Mais il était mort de sa blessure au cou. On lui avait tranché la gorge.

À cette vue, Nuramon fut saisi de rage. Il scruta les alentours et aperçut un adversaire. Celui-ci s'acharnait férocement sur un elfe qui ne parvenait à parer ses coups qu'au prix de grands efforts. Nuramon s'approcha du guerrier par-derrière et lui planta son épée longue dans le dos. Puis il lui arracha son masque et le jeta par terre. L'elfe le remercia d'être venu à sa rescousse. Mais, sans laisser à Nuramon le temps de réagir, un Chevalier de l'Ordre l'attaqua par la droite. Nuramon brandit l'épée de Gaomée et para le coup. Sa lame transperça la poitrine de l'ennemi. L'adversaire resta figé dans son geste, puis ses bras se relâchèrent et Nuramon le fit glisser de la lame.

De plus en plus de guerriers affluaient vers lui. Chaque ennemi qu'il envoyait à terre attirait l'attention sur lui. Ou bien étaient-ce les gens de son clan, combattant près de lui, qui s'affaiblissaient ?

— Derrière toi ! cria une voix d'elfe sur le côté.

Nuramon jeta un regard par-dessus l'épaule et aperçut du coin de l'œil un guerrier armer son bras. Avant même de chercher à l'esquiver, il sut que l'arme ennemie le toucherait. En se retournant, il s'apprêtait déjà à ressentir la douleur. Mais le coup rata. Son épée toucha le casque de l'adversaire et le transperça. Nuramon comprit alors pourquoi le coup porté par son ennemi ne l'avait pas blessé. Devant lui, il vit un guerrier nain en armure étincelante se tordre avant de s'effondrer. Nuramon connaissait ce harnois. Il retourna le gnome sur le dos et vit le visage d'Alwerich. Son ami esquissa un sourire torturé.

— Alwerich ! cria une voix familière. (Wengalf arrivait avec ses guerriers.) Formez un rempart de boucliers !

Les nains obéirent à l'ordre de leur roi.

Alwerich était blême. L'épée l'avait atteint au ventre. Du sang s'écoulait de sa blessure fraîche.

— Il n'est pas encore l'heure pour toi de mourir, dit le guerrier nain d'une voix faible. Tu dois trouver Noroelle. Moi, je renaîtrai.

Nuramon secoua la tête, désemparé.

— Pourquoi n'as-tu pas pensé à Solstane ?

— Elle comprendra. Prends ce cadeau de moi et n'oublie en aucun cas ton… ton vieil…

Sa tête tomba sur sa poitrine, on l'eût dit endormi d'épuisement. Il avait cessé de respirer, son cœur avait cessé de battre. Alwerich était mort.

Nuramon embrassa le nain sur le front.

— Je ne t'oublierai jamais, mon vieil ami.

C'était un adieu douloureux, même si le nain était sûr de renaître. La mort avait d'abord frappé Lumnuon, et maintenant Alwerich.

Nuramon se demanda s'il devait le guérir comme il l'avait fait autrefois pour Farodin dans la grotte.

Mais Wengalf lui posa la main sur l'épaule.

— Laisse-le ! Il renaîtra en héros et se souviendra avec fierté de ce jour. À présent, il s'agit de mettre la victoire de notre côté. Nous nous battons bien. Nous réussirons peut-être à les arrêter vraiment.

Soudain, un guerrier nain se poussa entre les porteurs de boucliers.

— Mon roi ! Nos guerriers ont neutralisé les tireurs ennemis. Leurs étranges bâtons à feu sont éteints pour toujours. Devons-nous lancer une offensive ? Nous apprenons aussi de notre flanc droit que Mandred va tenter une percée au cœur de l'armée adverse, avec une poignée d'hommes.

Nuramon s'effraya. Il ne voulait pas aussi perdre Mandred ! Pour le roi des hommes des Fjords, il n'y avait pas de renaissance.

Le roi se tourna vers le messager.

— Donne l'ordre d'attaquer le flanc par ce côté. Mais une fois arrivés au milieu du champ, nos gens devront se replier et attirer les ennemis plus loin. Ainsi, Mandred rencontrera moins de guerriers sur son chemin.

Nuramon regarda le roi dans les yeux.

— Merci, Wengalf !

— Viens ! Prends tes épées ! Mettons un terme à cette bataille ! Je suis las de tuer.

Nuramon acquiesça. Il quitta à contrecœur le corps d'Alwerich et ramassa ses armes. Lui aussi, il voulait que cette bataille finisse. Il se tourna vers les quelques elfes restants.

— Rassemblez-vous ! Pour la dernière attaque !

Derrière les lignes

Mandred regardait ses tresses rousses qui se trouvaient à présent dans l'herbe autour de lui.

— Je vous garderai en mémoire, mes morts, murmura-t-il en se passant la main sur ses joues glabres et son crâne rasé.

Beorn remit son couteau à la ceinture où pendait aussi un cor de signal en bronze, puis il fit un signe de tête satisfait.

— Comme ça, tu vas pouvoir traverser en te faisant passer pour un de leurs chefs, ancêtre. Mais laisse-moi parler, si on nous arrête.

À la cour des parents de Beorn, quelques guerriers de l'Ordre captifs avaient travaillé comme valets. Grâce à eux, le garde du corps avait ainsi pu apprendre la langue de Fargon. Il connaissait l'agencement des armées de l'Ordre et même les signaux de leurs cors et de leurs tambours.

Mandred enfila son casque de cavalier avec ses longs pare-joues et ajusta correctement la large bande rouge dont il avait ceint sa taille. Le cœur lourd, il avait déposé l'armure d'Alfadas, mais ils n'auraient pas pu tromper l'ennemi avec elle.

Il promena son regard sur le groupe des audacieux Mandrides qui s'étaient portés volontaires. Ils avaient splendidement repoussé l'attaque de la cavalerie des Chevaliers de l'Ordre, mais ils ne pourraient rien faire face à la supériorité numérique des fantassins ennemis.

— Je suppose que vos amis vous auront impérativement recommandé de ne pas me suivre ! déclara d'une voix forte Mandred à ses hommes. S'ils l'ont fait, ce sont de bons amis ! Ils ont raison ! Dans une heure, celui qui m'accompagne sera un héros ou il aura trouvé sa place dans la halle d'or des dieux. Et si vous restez en vie, on dira dans votre dos, pour le reste de vos jours, que vous avez été complètement fous.

Les hommes sourirent, et quelques centaures éclatèrent de rire. Les hommes-chevaux de Daïlos lui avaient accordé leur aide. Ils étaient presque une centaine à attendre son ordre d'intervention. Rempli de fierté,

Mandred inspecta ses volontaires. Ils avaient tous revêtu les armures des cavaliers abattus et s'étaient rasé la barbe pour leur ressembler. Mandred eût aimé pouvoir faire un discours aussi poignant que celui de Liodred autrefois, dans la halle royale. La veille, quand il avait parlé devant la tombe du roi, il en avait répété les meilleurs passages qu'il avait gardés en mémoire. Et les mots de Liodred avaient de nouveau galvanisé l'ardeur au combat des hommes des Fjords. Le jarl contempla les rangs des hommes qui voulaient l'accompagner dans cette chevauchée suicidaire. La plupart d'entre eux étaient terriblement jeunes.

— Appanasios ? (Il se tourna vers le chef des centaures, un farouche gaillard à la chevelure noire, portant en écharpe un baudrier de cuir d'où pendaient six courts bâtons à feu. Il s'était en outre sanglé dans le dos un carquois rempli de flèches et une épée longue.) Toi, tu vas nous poursuivre avec ta bande de voleurs et faire un remue-ménage du tonnerre. Criez, tirez, faites comme si nous étions vraiment des cavaliers cuirassés en totale déroute ! (Mandred leva sa main droite. Elle se trouvait dans un gantelet joliment ouvragé. Il la serra en poing en faisant crisser les jointures de fer.) Mais si tes bandits de grand chemin touchent un seul de mes hommes, Appanasios, je reviendrai et je t'enfoncerai ça dans ton gros cul de bourrin.

— Si tu reviens vraiment, tu pourras me l'enfoncer où tu voudras, et je chanterai en même temps ton héroïsme. (Le centaure sourit, mais son regard était empli de tristesse.) Je suis fier de t'avoir rencontré, Mandred Aïkhjarto.

— On verra bien si tu en seras toujours aussi fier quand je te ferai boire ce soir pour fêter la victoire et que tu rouleras sous la table avec ta bande de canailles.

— Un homme qui saoulerait un centaure ! Jamais tu ne verras ça ! (Appanasios rit de bon cœur.) Même toi, tu n'y arriveras pas, ancêtre de Firnstayn.

— J'ai même saoulé un chêne, un jour ! rétorqua Mandred en se mettant en selle. (L'épée à sa hanche cliqueta. C'était l'une de ces nouvelles épées effilées à la mode pour les cavaliers. Deux sacoches en cuir pendaient devant sa selle. Le jarl se tourna vers le centaure et lui montra son baudrier.) Au fait, comment on utilise ces trucs-là ?

Appanasios tira l'une des armes et s'amusa à la faire tournoyer.

— Ceci, vénérable ancêtre, ce sont des pistolets à rouet, des armes prises à l'ennemi. Tu tires ici sous le crochet, et elles font partir un coup. Le mieux, c'est de les tenir légèrement de biais. Elles sont chargées d'une petite bille de plomb.

— De plomb ? fit Mandred, incrédule.

— Détrompe-toi. À faible portée, ces billes peuvent transpercer n'importe quelle armure.

Le centaure remit l'arme au baudrier de l'homme du Nord.

Mandred caressa le manche de sa hache pendant au pommeau de la selle. Il ferait confiance aux armes traditionnelles.

Il jeta un bref regard sur sa petite troupe cavalière. En plus de leurs épées et de leurs pistolets, ses compagnons étaient armés de lances. Cinq d'entre eux portaient des bannières déployées. Pour Mandred, leurs armoiries étaient nouvelles, mais les Chevaliers de l'Ordre devaient bien les connaître, car les hommes du Nord les avaient arborées au cours de nombreux siècles de guerre contre leurs ennemis.

Le jarl leva la main.

— En avant !

Les sabots des chevaux frappèrent sourdement le sol remué, quand les troupes montées s'ébranlèrent. Le repli de terrain d'où ils avaient lancé leur première offensive leur avait une nouvelle fois permis de se dissimuler aux regards des ennemis. À présent, ils firent remonter le talus à leurs chevaux. Avec, derrière eux, les cris de guerre stridents des centaures.

À leur gauche, la bataille était déjà bien engagée. La plupart des guerriers adverses avaient été repoussés, mais les gens de pied livraient un dur combat aux elfes et aux nains.

Une flèche manqua de peu Mandred. Il se coucha sur l'encolure de sa jument. Au grand galop, ils se dirigèrent tout droit sur le flanc droit ennemi. Là, de son épée, un officier signala à Mandred une brèche entre deux troupes armées de bâtons à feu. La petite troupe cavalière passa les lignes adverses, tandis que les centaures se replièrent en jurant et décochèrent une salve de flèches sur les piétons ennemis.

Mandred tira sur les rênes. Beorn, toujours à son côté, leva le bras droit et se retourna sur sa selle.

— Halte !

Il prononça ce mot comme s'il le chantait, d'un timbre étrangement monocorde, en le traînant en longueur.

Inquiet, Mandred jeta un regard autour de lui. Parmi les Chevaliers de l'Ordre, personne ne semblait trouver bizarre le comportement de Beorn. Un messager à cheval longea à toute allure la ligne de front et disparut derrière un petit bout de forêt. Était-il en route vers le Shalyn Falah ? Qu'en était-il de Farodin ?

— En rang par deux ! commanda Beorn, et les cavaliers se disposèrent en colonne.

Mandred désigna une colline à une trentaine de pas derrière le centre de la ligne de front. Des oriflammes portant le signe du chêne brûlé y avaient été plantées en terre. Un groupe d'officiers observaient le déroulement des opérations. Quelques messagers montés et une petite troupe de hallebardiers se tenaient à l'écart. Le grand bataillon de porteurs d'épées, jusque-là gardé en réserve, venait sans doute de recevoir son ordre de marche. Au milieu de la bataille, les nains reculèrent. Mandred en sentit presque son cœur s'arrêter.

Peut-être était-il trop tard pour son subterfuge. La ligne de front semblait céder. Cependant, les nains ne faisaient que reculer, ils ne prenaient pas la fuite ! Sur le flanc gauche, les elfes tenaient bon. Tout cela entrait-il dans le plan des nains afin d'attirer dans la bataille les dernières réserves de l'ennemi ? Ainsi, il y aurait au moins une petite chance de survivre à son plan de bataille ?

— En avant, marche ! commanda Beorn. (La troupe cavalière s'ébranla. Le garde sourit.) Je n'aurais jamais pensé pouvoir aussi facilement franchir leurs lignes.

Mandred répondit à son sourire.

— C'était la partie la plus facile. Le plus dur sera de se tirer d'ici vivant.

— Cela faisait-il vraiment partie de notre plan ? demanda Beorn à voix basse pour ne pas se faire entendre des cavaliers derrière eux.

Mandred ne répondit pas. Que pouvait-il dire ? Ils savaient bien, l'un comme l'autre, que leur survie était hautement improbable.

Ils longèrent une rangée de véhicules de tous genres. Plus loin, les troupes montées vaincues se rassemblaient à l'abri d'une petite forêt.

Au bout d'un moment, le groupe de Mandred quitta le chemin bourbeux et fit un grand détour vers la colline des chefs de guerre. Sur l'autre versant, hors de vue des soldats, on avait dressé une table de banquet. Plusieurs cuisiniers s'activaient autour de grands feux. Deux cochons de lait et toutes sortes de volailles rôtissaient là sur des piques en fer. Mandred sentit l'eau lui venir à la bouche.

— Très prévenant de leur part de nous préparer ainsi notre festin de victoire !

Beorn garda son air grave. Il signala un officier au casque empanaché de blanc, qui descendait la colline dans leur direction.

— S'il te plaît, laisse-moi lui parler, ancêtre.

Il fit signe aux cavaliers, et les hommes quittèrent la colonne pour s'aligner au pied de la colline.

— Qu'est-ce que vous faites ici ? rugit l'officier en colère en désignant la forêt. Toutes les troupes montées ont reçu l'ordre de se rassembler là-bas. Si nos fantassins réussissent à percer les lignes adverses, vous aurez la possibilité d'expier la honte de votre attaque ratée.

— J'ai un message urgent pour le grand-maître Tarquinon, répliqua calmement Beorn.

— Alors dis-le-moi !

— Sauf votre respect, je pense que le grand-maître préférerait le recevoir de première main. Avec mes cavaliers, nous sommes passés dans le dos des ennemis. Nous avons découvert des trolls, une énorme force de combat, cachée dans un repli de terrain et prête à se ruer sur le flanc de nos troupes lors de notre avancée.

Le jeune officier le regarda avec effroi.

— On nous a pourtant dit que nous avions mis en pièces l'armée des trolls, exception faite d'un petit contingent ! Suis-moi !

Il fit pivoter son cheval et le poussa dans la côte.

Le grand-maître et son état-major se trouvaient debout à une lourde table de chêne. Une carte du champ de bataille y était déroulée. De petits cubes de bois paraissaient marquer la position des troupes.

Mandred et Beorn mirent pied à terre et se dirigèrent vers les officiers rassemblés. Un grand homme maigre se tourna vers eux. Son plastron brillait comme de l'argent poli. Un manteau blanc couvrait ses épaules. L'arrogance du pouvoir se lisait sur ses traits austères. Il avait de longs cheveux blancs qui lui tombaient sur les épaules.

— Je n'estime pas grand bien des officiers qui s'enfuient à la tête de leur troupe, capitaine…

— Balbion, Éminence. Capitaine Balbion.

Le grand-maître fronça les sourcils.

— Je n'ai encore jamais entendu ce nom.

— On m'a promu il y a seulement quatre jours, après les combats près du pont blanc, Éminence.

Mandred détestait les prétentieux bouffis d'orgueil du genre de ce Tarquinon. Beorn devait enfin passer aux choses sérieuses et ne pas perdre son temps à bavasser ainsi.

Comme s'il avait entendu ses pensées, le grand-maître se tourna à demi vers lui et le regarda.

— Que porte donc là votre adjudant ? Le règlement concernant l'armement des cavaliers armurés ne prévoit pas de hache. Il l'aura sans doute arrachée à l'un de ces barbares. Quel est son nom ?

— *Il* s'appelle Mandred Torgridson, répondit tranquillement Mandred en marchant vers le grand-maître. *Il* est le commandant des hommes des Fjords, le jarl de Firnstayn. Et *il* est ici pour traiter avec toi et te demander de laisser reposer les armes aujourd'hui.

Un sourire s'esquissa sur les lèvres minces du grand-maître. Les autres chefs regardèrent Mandred avec ébahissement. Quelques-uns portèrent la main à leur épée. Tarquinon baissa la tête.

— Je m'incline devant une telle témérité, jarl. (Il saisit un pistolet sur la table.) Mais, en même temps, je méprise une stupidité aussi colossale.

Beorn bondit en avant et lui frappa le bras. Une fumée blanche, à l'odeur irritante, s'échappa de l'arme. Un coup atteignit Mandred à la hanche. Mais il ne ressentit aucune douleur. Le jarl jeta un bref regard sur son propre corps. La plaque de son plastron ne paraissait pas avoir subi de dommage. Autour de lui, les officiers dégainèrent leurs épées.

Mandred bondit en avant. Sa hache décrivit un large demi-cercle. De fines gouttes de sang éclaboussèrent la carte. Puis la tête du grand-maître tomba lourdement sur la table en dispersant tous les petits cubes de bois.

Beorn para un coup d'épée qui visait la tête de Mandred. Dos à dos, les deux hommes du Nord firent face aux attaques des officiers. Mandred brisa la lame effilée d'une épée et enfonça le dard de sa hache dans le harnois d'un assaillant. Un coup glissa dans un bruit métallique sur la spalière du jarl. Il se tourna à demi et fracassa les jambes d'un attaquant.

Soudain crépitèrent des coups de pistolet. Une fumée blanche passa sur la colline et enveloppa les combattants. Une odeur de soufre emplit l'air comme si le Dévianthar se trouvait de nouveau parmi eux.

La hache de Mandred s'enfonça profondément dans l'épaule du jeune officier qui leur avait fait gravir la colline. L'homme le regarda avec de grands yeux. Puis il s'affaissa.

Dans le nuage de poudre, des cavaliers surgirent. Ils abattirent les derniers officiers de l'état-major avec leurs épées longues. Mandred vit que l'on arrachait les étendards portant l'emblème du chêne noir. Beorn avait pris le cor à sa ceinture et soufflait dedans de toutes ses forces. Les bannières déployées des hommes de Firnstayn flottaient au-dessus des cavaliers. Elles arboraient un chêne vert sur fond blanc. L'arbre vivant avait vaincu l'arbre mort. Toute l'armée des Soldats de l'Ordre verrait la fumée de la poudre sur la colline de leurs chefs de guerre et les bannières de l'ennemi ! De plus, Beorn sonnait le signal de la retraite.

Déjà, une unité quittait la ligne de front et reculait tout en combattant.

Du flanc de la colline, des cliquetis d'armes se firent entendre.

— Les hallebardiers sont passés à l'attaque ! cria un jeune homme de Firnstayn.

Mandred sauta sur un cheval sans cavalier.

— Repoussez-les ! commanda-t-il.

La colline ne devait pas retomber dans les mains ennemies. Sinon, tout eût été en vain.

Mandred fit pivoter l'étalon noir et fonça sur les ennemis. Il prit les rênes entre ses dents et tira de son étui de selle l'un des deux pistolets. La formation des hallebardiers apparut en avant. Ils avaient déjà mis à mal plusieurs cavaliers. Mandred fit tourner l'arme dans sa main et l'expédia dans la formation ennemie. L'un des hallebardiers poussa un cri d'effroi. Jamais Mandred ne ferait feu avec une arme qui crachait dans le monde le souffle du Dévianthar. Mais ces pistolets étaient bons comme armes de jet.

Il tira le second et arma son bras. Derrière lui, il entendait toujours le signal de la retraite. D'autres cavaliers vinrent le rejoindre et se mirent en ligne. Ils dégainèrent leurs pistolets de selle. Comme sur un ordre muet, les Mandrides firent feu en même temps. Une fumée blanche les entoura. Quelques hallebardiers s'écroulèrent. La panique gagna les rangs des attaquants.

— Lames au clair ! hurla Mandred dans le vacarme. (Les épées effilées raclèrent les fourreaux métalliques.) À l'attaque ! (Le jarl donna des éperons, jeta le pistolet et brandit sa hache.) Pour Firnstayn !

Feu et soufre

Sur la colline, des langues de feu jaillirent du mur de fumée blanche en-dessous d'eux. Quelque chose frappa le plastron de Mandred. L'elfe ramassa le projectile sur le sol : une bille de métal, gris foncé et aplatie.

—À cette distance, ils ne peuvent plus transpercer d'armure, dit Giliath. (Elle leva son arc et décocha une flèche dans le mur de fumée. L'elfe et ses cavaliers étaient arrivés une heure auparavant pour renforcer les rangs clairsemés des défenseurs. Elle s'était accroupie avec Farodin derrière le grand bouclier d'un troll mort, qu'elle avait coincé entre deux poteaux d'une palissade. Elle tira une nouvelle flèche de son carquois, banda la corde d'un mouvement fluide et décocha.) Je ne comprends pas ces soldats de l'Ordre. Ces armes à feu sont totalement insensées. Le temps que leurs tireurs les rechargent, j'ai déjà fait partir cinq flèches. Et dès leur deuxième salve, la fumée leur brouille tellement la vue qu'ils ne savent même plus sur quoi ils tirent. Leurs armes font un bruit épouvantable et répandent une odeur détestable. Et quand leur poudre est mouillée, ils sont complètement désarmés. Je ne comprends vraiment pas ce qu'ils peuvent trouver à ces engins stupides !

Farodin regarda le vieux gnome gisant à ses pieds. Une bouillie sanglante s'était écoulée de son orbite gauche. Les balles crachées par les bâtons à feu pouvaient complètement abîmer celui qui ne possédait pas d'armure.

Les défenseurs du Shalyn Falah avaient repoussé deux attaques, mais le prix à payer avait été terrible. Plus de la moitié des guerriers y avaient laissé leur vie.

Les trolls se trouvaient maintenant en première ligne avec les archers. Avec leurs puissants boucliers, ils tentaient de couvrir les elfes de leur mieux.

—Quand nous en aurons terminé ici, j'aimerais te défier à un combat avec des épées d'entraînement, Farodin. En tout cas, j'apprécierais que tu veuilles bien me faire l'amabilité de ne pas porter ton anneau.

L'elfe, médusé, regarda la guerrière.

— Tu m'en veux toujours ?

— La façon dont tu as mis fin à notre duel était d'une fourberie tout à fait contraire à l'usage des elfes.

— Je ne pouvais pas alors me permettre d'être blessé, répondit-il brièvement dans l'espoir de mettre un terme à cette discussion.

D'après lui, ce n'était ni l'endroit ni le moment de discourir des vertus guerrières.

— J'aimerais te donner l'occasion de réparer ton estime auprès de moi.

Ce ne pouvait être vrai, pensa Farodin. Ils se trouvaient sous le feu des projectiles ennemis, et Giliath voulait le provoquer en duel !

— Tu as perdu un œil. Ça m'avantagerait trop !

— Depuis notre dernier combat, j'ai souvent eu l'occasion de m'exercer. Je suis persuadée que j'étais déjà plus forte que toi, la dernière fois. Ce serait vraiment intéressant de constater si tu t'es amélioré, toi aussi.

Farodin leva les yeux au ciel. Il souhaitait presque voir arriver le nouvel assaut pour ne plus entendre ces fadaises. Les soldats de l'Ordre firent de nouveau parler la poudre. L'elfe se tapit derrière le grand bouclier.

— Que dirais-tu de se rencontrer demain, au lever du jour, dans le pré devant le château ? demanda Giliath.

Farodin soupira.

— Tu pars donc du principe que nous serons encore en vie, demain ?

— Pour moi, c'est sûr, fit l'elfe avec une surprenante assurance. Et je veillerai bien sur toi afin que tu demeures encore parmi les vivants, toi aussi. Le bruit court que tu veux rejoindre définitivement le Monde des Humains, demain. Je me réjouirais beaucoup de pouvoir régler nos affaires avant.

— Pourquoi accordes-tu tant d'importance à ce duel ?

L'elfe parut surprise.

— Il y va de mon honneur. Tu es ma seule défaite.

Farodin la regarda d'un air sceptique. Le sombre bandeau sur son œil perdu lui donnait un air audacieux. *Certaines victoires ont un prix trop élevé*, pensa-t-il.

Hors d'haleine, un gnome portant une grande hotte d'osier sur le dos vint s'accroupir à l'abri de leur bouclier protecteur. Il tira deux faisceaux de flèches de sa hotte et les posa par terre devant Giliath.

— Nous manquons de guerriers, mais pas de munitions, expliqua-t-il d'une voix chevrotante. Je dois vous dire, de la part d'Ollowain, qu'il reste encore plus de cent flèches par archer. Il espère vous voir les décocher sur les ennemis en bas.

Le gnome sursauta en entendant le tonnerre d'une nouvelle salve dirigée vers le haut. Sans plus rien dire, il fila approvisionner l'archer suivant.

Giliath déchira le lien de cuir de l'un des faisceaux de flèches et remplit son carquois.

— Les survivants de Valemas vous sont très reconnaissants, à toi et à tes compagnons, d'avoir sauvé Yulivée, dit-elle abruptement. Yulivée est totalement entichée de ce Nuramon. Elle s'est même révoltée pour lui contre les ordres de la reine.

— De quoi parles-tu ?

Giliath leva les yeux et sourit froidement.

— Je pensais bien qu'elle ne vous avait rien raconté. Elle était très abattue de ne pas avoir réussi à vous délivrer.

Farodin commença à perdre patience.

— Qu'as-tu à me dire ?

Giliath se redressa et le regarda droit dans les yeux.

— À partir de Firnstayn, elle m'a conduite, moi et mes guerriers, par un Sentier d'Albes, dans un couvent fortifié près d'Aniscans. Là, elle voulait passer par une deuxième Étoile d'Albes pour vous chercher. Mais la Porte était bloquée par un maléfice. Nous n'avons pas pu l'ouvrir et nous avons été découverts. Lors du combat qui s'ensuivit, nous avons brûlé le couvent jusqu'aux murs de fondation. Yulivée était contre. Mais ces prêtres de Tjured ne comprennent qu'une seule langue ! Je pense qu'il est bon que vous le sachiez, toi et tes compagnons. Je ne crois pas qu'elle parlerait de cela d'elle-même. Elle se sent en dette envers vous.

Une bille de plomb arracha des éclats de bois au bouclier du troll. Giliath brandit son arc et visa de nouveau le mur de fumée épaisse.

Des roulements de tambour et des sons de flûte retentirent. Une ligne d'hommes portant des bâtons à feu émergea des vapeurs de poudre et grimpa la pente. Suivie par une deuxième, puis par une troisième vague. Giliath poussa un juron et décocha.

Farodin tira les deux épées courtes qu'il avait prises sur un elfe mort. L'épée à deux mains était trop peu maniable au sein de leurs propres lignes défensives.

En bas, les Chevaliers de l'Ordre, armés d'épées et de boucliers ronds, commençaient à suivre les archers. Des porteurs de torches se trouvaient entre eux ; ils avaient tous de petites boîtes devant leur ventre.

Les bâtons à feu crachèrent leurs balles dans un grand fracas. Un coup déséquilibra Farodin. Son plastron s'était profondément bosselé sous l'impact.

Les tireurs de la première ligne s'arrêtèrent pour recharger leurs armes à feu. Ils avançaient en formation ouverte afin de ne pas gêner les autres soldats de l'Ordre dans leur marche en avant.

Des déluges de flèches s'abattirent sur les assaillants. Giliath tirait sans relâche, tout en poussant les plus abominables jurons. Farodin admirait le courage des humains. Ils devaient être conscients de tout le sang qu'il leur faudrait verser, et, cependant, ils avançaient toujours.

Lorsque le rang suivant de porteurs de bâtons à feu s'arrêta, Farodin s'accroupit, inquiet, derrière l'épais bouclier en bois. Des langues de feu se tendirent vers lui et des balles de plomb crépitèrent sur le bois. Farodin vit un troll, touché par plusieurs projectiles, tituber avant de s'écrouler.

Les elfes ripostèrent aux tirs avec l'énergie du désespoir. Salve sur salve, ils répondirent à leurs assaillants. Cependant, rien ne semblait plus pouvoir arrêter ceux-ci dans leur avancée.

Quand ils se trouvèrent à moins de quarante pas, les porteurs de bâtons à feu de la troisième ligne plantèrent leurs fourquins en terre. Ils posèrent dessus leurs lourdes armes et attisèrent le bout rouge de leurs mèches.

— Jette-toi par terre ! cria Giliath.

Elle poussa son arc de côté et s'allongea à plat ventre sur le sol.

Farodin fit de même. La salve crépita ; il entendit le bois du bouclier éclater. Des cris perçants jaillirent tout autour.

L'elfe roula sur le côté et se redressa difficilement. En avisant les trous dans l'épais bouclier du troll, il commença à comprendre pourquoi les humains tenaient tant à ces nouvelles armes. Il vit les guerriers courir entre les tireurs avec leurs boîtes en bois nouées à la taille. Chacun d'eux tenait maintenant à la main droite un petit flacon d'argile en forme de boule. Ils allumaient des bouts d'étoffe au-dessus ; une épaisse fumée s'en dégageait, puis ils expédiaient ces étranges projectiles sur les défenseurs.

Un flacon se fracassa bruyamment sur le bouclier du troll. Une flamme vive s'éleva. Farodin recula devant la chaleur soudaine. Le feu avait pris tout le long de la ligne défensive. Farodin vit un archer touché se transformer en torche vivante. L'elfe se jeta au sol et roula sur lui-même en hurlant, mais rien ne parvint à éteindre les flammes.

— Le feu de Balbar, chuchota Farodin. La malédiction d'Iskandrie.

— Retour à la deuxième ligne ! hurla la voix d'Ollowain dans cet enfer. Allez, et attrapez-moi quelques-uns de ces flacons.

Farodin et Giliath coururent en direction de la tour en ruines au pied du raidillon.

— Attraper ces flacons ? Tu n'aurais pas perdu la raison, elfe ? Écartez-vous de ces engins ! cria Orgrim.

— Il nous les faut pour mettre le feu au pont ! cria Ollowain en retour.

Les défenseurs avaient perdu la volonté de combattre. Les derniers survivants se poussaient en groupes compacts sur le chemin de la falaise.

Les premiers hommes avaient déjà atteint les retranchements. Combattants à l'épée et tireurs d'armes à feu se poussaient entre les pieux. Les guerriers porteurs de torches et de coffrets en bois les accompagnaient.

Les projectiles incendiaires s'abattaient maintenant sur les fuyards serrés au coude à coude. Orgrim tenta une contre-attaque avec une petite troupe de trolls afin de retenir les hommes un peu plus longtemps. Giliath décocha flèche sur flèche tout en se retirant avec Farodin.

L'elfe avait remis ses deux épées au fourreau et il se hâta vers Ollowain.

—Il nous faut ce maudit feu pour bloquer le pont. Il faut les retenir plus longtemps ! (Soudain, l'elfe bondit en avant. Il leva sa main et attrapa au vol l'un de ces maudits flacons d'argile. Il arracha l'étoffe en train de brûler et posa prudemment le flacon par terre.) Eh bien, c'est donc possible ! (Farodin avait le souffle court.) Je vais aller me chercher une de ces boîtes.

En serrant les dents, il se précipita à la suite d'Orgrim.

À l'endroit où les trolls passaient à l'attaque, les soldats de l'Ordre reculaient. Avec l'énergie du désespoir, Farodin plongea dans la masse des ennemis. Il virevolta dans une danse mortelle, bloqua des lames et profita des brèches pour assener des coups dans la défense adverse. D'un coup de revers, il trancha la gorge d'un tireur de bâton à feu qui n'arriva pas à lever assez vite son arme lourde pour parer l'attaque. La pointe de sa lame déjoua la parade d'un combattant à l'épée et s'enfonça dans sa gorge. Farodin s'accroupit, libéra sa lame et bloqua le fer d'un autre guerrier. D'un coup d'épaule, il le déséquilibra et le poursuivit ensuite sans merci.

Se baisser, bloquer, faire mouche ! Le sang lui éclaboussait le visage. Une arme à feu détona si près de lui qu'il perçut la morsure de la flamme. La balle le rata, mais il sentit le goût de soufre dans sa bouche. Il ne pouvait s'agir là que des enfants du Déviantthar ! Farodin éventra le tireur ; l'homme s'effondra en hurlant.

—Arrière ! cria Orgrim. Ils nous coupent des autres.

Du coin de l'œil, Farodin vit un tireur mettre en joue le roi des trolls. L'homme se trouvait trop loin pour pouvoir être rejoint à temps. L'elfe projeta une de ses épées. La lame s'enfonça presque jusqu'à la poignée dans le dos du tireur.

Farodin se pencha pour ramasser l'arme d'un mort.

—Arrière, maudit berserk ! Tu ne les vaincras pas à toi seul !

Le roi des trolls s'était vite porté à son côté.

Un flacon contenant une matière visqueuse s'écrasa sur le bouclier d'Orgrim. Des flammes léchèrent aussitôt le bois. Des éclaboussures de ce produit de Balbar atteignirent aussi le harnois de Farodin. Cependant, les taches sombres ne prirent pas feu.

À proximité immédiate, l'elfe avisa deux guerriers en train de s'agenouiller avec leurs maudites caisses en bois.

—Nous allons leur prendre ça ! cria-t-il à Orgrim. Nous nous replierons après !

Le roi des trolls poussa un juron qui aurait même fait rougir Mandred, mais Farodin n'en eut cure. Trois combattants à l'épée se ruèrent sur lui. Il para un coup et fit glisser la lame de l'agresseur le long de la sienne. Puis, il fit un demi-tour, changea sa prise et planta son épée dans le dos du guerrier, tout en bloquant de son autre épée un coup au-dessus de sa tête. La massue d'Orgrim écrasa le crâne du combattant suivant.

En fauchant l'air de ses deux épées, Farodin s'avança maintenant vers le soldat de l'Ordre encore en vie. D'une main, il bloqua la lame de l'homme et, de l'autre, il lui planta sa seconde épée dans le ventre. Puis, dans un grand saut, il atterrit près des porteurs de boules de feu. Il les abattit tous les deux sans pitié.

Leurs cassettes de bois comprenaient huit cases. Chacune d'elles était garnie de paille tressée afin de pouvoir transporter les flacons de céramique à l'abri des chocs. La première en contenait encore cinq, l'autre quatre. Ce serait suffisant!

Orgrim prit l'une des boîtes.

—Retour au pont! Ils submergent toutes nos positions. Il n'y a qu'au Shalyn Falah que nous pourrons peut-être encore les arrêter.

Farodin acquiesça en silence, tout en prenant l'autre coffret. Ollowain avait rassemblé autour de lui quelques trolls et quelques archers. Il tentait de les couvrir.

D'énormes nuages de fumée épaisse envahissaient maintenant le champ de bataille. On entendait partout le crépitement des bâtons à feu. La ligne de front des elfes était complètement anéantie.

Farodin trancha la main d'un officier qui le visait avec un pistolet. Puis, d'un coup de revers, il atteignit l'homme au visage, juste au-dessus du gorgerin. Sous la violence du choc, les dents du Chevalier de l'Ordre volèrent en éclats.

Près de lui, un assaillant s'écroula, touché par une flèche. Farodin leva vite les yeux et aperçut Giliath à côté d'Ollowain. Il ne put s'empêcher de sourire. L'elfe se faisait sans doute du souci au sujet de leur rendez-vous pour le duel.

En chuintant, une flamme s'éleva tout près d'eux. Farodin fit un saut de côté. L'espace d'un instant, il perdit de vue ses compagnons. Puis il vit Ollowain. Le chevalier elfe bondit en avant pour saisir au vol l'un de ces maudits pots contenant le feu de Balbar. Triomphant, il brandit son butin, quand une balle lui fracassa la main. Une huile sombre gicla et s'enflamma au contact des bouts d'étoffe brûlants dépassant du flacon. Les flammes léchèrent la tête d'Ollowain et son armure. L'espace d'une seconde, l'elfe ne bougea pas. Puis, de sa main valide, il dégaina son épée et courut en hurlant à la rencontre d'une ligne de porteurs de bâtons à feu.

Haletant, Farodin suivit la scène. Les soldats de l'Ordre étaient pris dans une fumée blanche. Cependant, aucun de leurs tirs ne put arrêter le garde du Shalyn Falah. Entouré de flammes, il disparut dans le mur de fumée.

—Un guerrier comme lui, on n'en voit qu'un par millénaire, dit Orgrim en prenant Farodin par les épaules. Partons sans attendre l'arrivée d'autres tireurs!

Près des tours calcinées, Giliath les attendait avec quelques archers afin de les couvrir. Ils avaient atteint le point culminant de la falaise.

Farodin regarda le sentier sinueux qui menait au pont. Même là-bas, le feu avait pris partout. Tout au plus trois cents défenseurs étaient encore en vie. La plupart d'entre eux, blessés. Noirs de suie et épuisés par les combats, ils battaient en retraite vers la forteresse de l'autre côté de la gorge.

Farodin se retourna. Une bourrasque de vent dispersa la fumée sur le vaste versant. Les soldats de l'Ordre affluaient par milliers. À la hauteur du cercle de pierres, l'elfe vit des hommes avec de longues échelles de siège. Ils avaient perdu la bataille !

La fin de la bataille

Au côté de Wengalf, Nuramon fonçait en avant. Les Chevaliers de l'Ordre avaient perdu courage depuis qu'ils avaient vu flotter les bannières de Firnstayn au-dessus de la colline de leurs chefs de guerre. Complètement désemparés, ils étaient toujours plus nombreux à les laisser passer. Puis Nuramon aperçut Mandred. Il avait d'abord failli ne pas le reconnaître. Il portait l'armure des ennemis et avait rasé sa barbe. Entouré de compagnons, qui avaient revêtu les armures prises à leurs adversaires, il montait un étalon noir en tenant par les cheveux la tête coupée d'un homme. Le sang en dégoulinait.

— Regardez le visage de votre chef ! criait-il.

Les nains avançaient impitoyablement en formant un large rempart de boucliers autour de Mandred et de ses guerriers. Alors, la dernière résistance fut brisée et les ennemis s'enfuirent dans le plus grand désordre.

— Mandred ! cria Nuramon.

— Mon ami ! Vois ce jour !

Nuramon jeta un regard méfiant autour de lui. Un tireur pouvait encore mettre un terme au triomphe de Mandred. Mais les ennemis ne faisaient plus mine de vouloir se défendre. Quelques-uns leur lancèrent des malédictions et jurèrent de revenir d'ici quelques jours avec des forces neuves. Personne ne s'en inquiéta.

— C'est ça, revenez ! rugit Mandred dans leur dos. Comme ça, on vous bottera le cul encore une fois !

Nuramon lui tendit la main. Sur son haut destrier, son ami avait une allure royale. De sa main sanglante, il lui tapa dans la main. Nuramon chercha à voir si son compagnon était blessé. Il n'aurait su dire si le sang qui collait au jarl était le sien ou celui des ennemis. L'armure de Mandred paraissait intacte. Il avait une longue estafilade à la joue gauche. Cependant, le roi des hommes des Fjords semblait ne ressentir aucune douleur, son visage rayonnait.

— Tu es blessé, Mandred ? voulut s'assurer Nuramon.

— Non, juste quelques égratignures, répondit le jarl.

Les nains laissèrent passer un groupe d'elfes dans l'enceinte de boucliers. Parmi eux se trouvaient Nomja et Daryll, la meneuse des gens d'Alvemer qui avaient maîtrisé l'assaut de la cavalerie adverse au centre de la ligne de combat. Elle tenait Felbion par la bride.

Nuramon fut soulagé. Mandred et Nomja étaient en vie, et son cheval aussi avait survécu à la bataille !

Daryll lui tendit les rênes de Felbion.

— Voici ton cheval ! Il m'a sauvé la vie !

Elle lui expliqua comment Felbion avait piétiné trois ennemis qui lui eussent sinon porté le coup de grâce.

Nuramon passa sa main dans la crinière de sa fidèle monture.

— Tu es un vrai héros !

Felbion, visiblement ennuyé, détourna la tête.

Nuramon jeta un regard à la ronde.

— Je voudrais tous vous remercier. (Il se tourna vers Nomja.) Tes archers sont les meilleurs d'Albemark. (À Daryll, il dit :) Pour nous, les elfes, tu fus un roc parmi les déferlantes. (Puis il mit genou en terre devant Wengalf.) C'est à toi que nous devons tout. Sans toi, ce jour était perdu.

Wengalf eut un geste contrarié.

— Non, non. Tout l'honneur revient à Mandred !

Nuramon leva les yeux vers Mandred et lui sourit.

— Aujourd'hui, mon puissant roi, tu t'es rendu immortel. Les enfants d'albes vanteront à jamais ton nom.

— Ce n'est pas encore fini ! Qui sait ce qui se passe au Shalyn Falah ! Viens ! Allons-y !

Le jarl jeta la tête du chef ennemi à l'un de ses Mandrides. Le sang gicla tout autour.

Un homme en armure d'officier arriva, tenant en bride la jument de Mandred. Celui-ci mit pied à terre et salua sa monture. Mais il n'eut pas la force de se mettre en selle. L'homme se hâta de l'aider.

Nuramon jeta un regard autour de lui. Les guerriers étaient à bout de forces. Aujourd'hui, aucun d'eux ne pourrait plus marcher vers le Shalyn Falah. Et il ne serait pas raisonnable de retirer d'ici les troupes tant que l'ennemi n'était pas complètement anéanti.

— Eh bien, Mandred, je crois que nous allons devoir partir seuls. Les guerriers vont tenir la position ici.

— Bon. Farodin aura certainement besoin de notre aide. Quand ils entendront là-bas que nous avons non seulement retenu l'ennemi, mais que nous l'avons aussi mis en déroute, ils vont se sentir des ailes.

Nuramon sourit.

— Bien, Mandred ! Prie ton Luth ! Il nous a vraiment aidés aujourd'hui.

Il grimpa sur Felbion et jeta derrière lui un regard vers les prêtres de Tjured en fuite. Ils auraient encore certainement constitué une remarquable force de combat, mais sans leur chef ils n'étaient plus qu'une troupe désorganisée.

En se mettant en route vers le Shalyn Falah, à côté de Mandred, Nuramon se sentit oppressé. Certes, le pont n'avait pas encore été pris, et Farodin avait plus d'expérience qu'eux deux réunis. Cependant…

À leur passage sur le champ de bataille, ils furent acclamés par une multitude de guerriers. Nuramon vit ses parents lui faire signe et s'enthousiasmer en prononçant son nom. Les Mandrides brandirent leurs haches et leurs épées en criant :

— Longue vie à Mandred, jarl de Firnstayn !

Après avoir laissé le champ de bataille derrière eux, Mandred dit :

— Allez, encore un coup de main à Farodin, et puis, après ça, deux jolies donzelles pour la nuit !

— Deux ? fit Nuramon.

— Tu aurais vu ça hier ! D'abord, je leur ai montré…

— S'il te plaît, Mandred ! Épargne-moi le récit de tes aventures amoureuses ! Ta façon de les raconter ne sied guère à des oreilles d'elfes.

— Tu es jaloux, voilà tout, tu es jaloux que je fasse ça avec deux filles en même temps…

Nuramon rit.

— Arrête, Mandred ! Je t'en prie ! Ce n'est pas la peine de me décrire en détail ce que je suis capable de m'imaginer et qui me gâte toute pensée délicate.

Mandred éclata de rire.

— Qu'est-ce que tu en sais, toi, de la poésie d'une nuit à trois ?

— Allons, on ferait mieux d'avancer, proposa Nuramon.

Ces escarmouches verbales lui avaient manqué. Il souhaitait que Mandred puisse les accompagner, lui et Farodin. Mais ce serait certainement difficile d'arracher Mandred au lit de ses deux amantes.

Ils traversèrent les prairies au galop. Ils mettraient sans doute des heures pour arriver au Shalyn Falah. Ils avaient déjà presque parcouru la moitié du chemin, quand Mandred se laissa légèrement distancer. En entendant sa jument hennir nerveusement, Nuramon se retourna. Son ami s'était affalé sur la selle !

Felbion partit au grand galop vers la jument hennissante et s'arrêta près d'elle. Les mains tremblantes, Nuramon toucha son compagnon et tenta de le redresser.

— Mandred ! s'écria-t-il.

Le jarl se redressa dans un sursaut et jeta un regard mal assuré autour de lui. Il vacilla puis tomba de cheval.

Nuramon sauta à terre et le retourna doucement sur le dos.

Mandred, les mains pressées sur son ventre, le regarda avec des yeux agrandis par la peur.

— Ça ne doit pas être une simple égratignure, chuchota-t-il en retirant sa main de son ventre.

Le plastron de l'armure était intact. Mais lorsque Nuramon entreprit de défaire sa large ceinture, ses mains rougirent de sang. Effrayé, il dégagea la ceinture et découvrit un trou rond dans l'armure. Les mains tremblantes, l'elfe défit les boucles du plastron. La tunique de lin rembourrée était aussi trempée de sang. De sa dague, Nuramon déchira l'étoffe résistante. La plaie au ventre de Mandred était pleine de lambeaux d'étoffe. Elle avait sans doute été causée par la balle d'une de ces inquiétantes armes à feu. Nuramon tâta prudemment le dos de Mandred. La balle était restée dans le corps.

— Tu ne ressens aucune douleur ? demanda Nuramon.

— Non, dit Mandred, surpris. Simplement, je… j'ai la tête qui me tourne.

Mandred avait perdu beaucoup de sang ; il allait mourir si on ne tentait rien. Nuramon posa alors sa main sur la blessure et commença sa magie de guérison. Il attendit la douleur, et celle-ci arriva, mais avec moins d'intensité que prévu. Il remarqua cependant que la plaie se refermait entre ses doigts, mais que sa magie ne parvenait pas à l'intérieur du corps de Mandred. Il prit peur. La douleur disparut, mais Mandred n'était pas guéri. Le fait d'avoir refermé la plaie ne suffirait pas. À présent, le sang se rassemblait dans le corps de Mandred sans pouvoir s'épancher. La mort surviendrait un peu plus lentement, c'était tout ce qu'il avait réussi à faire. Nuramon rassembla ses forces une nouvelle fois. Ce fut encore un échec.

Que se passe-t-il ? se demanda-t-il.

Quelque chose troublait sa magie… quelque chose à l'intérieur de Mandred. Ce ne pouvait être que la balle. Était-ce là le dernier mauvais cadeau du Dévianthar à ses partisans ? On ne pouvait peut-être pas guérir ces blessures.

— Je crois que c'est la fin, Nuramon, souffla Mandred. Et quelle fin pour un homme !

— Non, Mandred !

— Tu as toujours été pour moi…

Ses yeux se fermèrent, il poussa un grand soupir d'épuisement.

Nuramon secoua la tête. La vie de Mandred ne pouvait finir ainsi ! Il tâta le pouls de son ami ; il battait encore. Mais le jarl ne respirait plus que faiblement. À grand-peine, Nuramon le hissa sur Felbion et se mit ensuite en selle derrière lui. Puis il chevaucha en direction du campement situé devant le château de la reine. Il se trouvait plus près que le Shalyn Falah.

Il s'en voulait. C'était sa faute, si Mandred allait mourir. Pendant la bataille, il avait égoïstement guéri ses propres blessures en utilisant certainement trop de force pour le faire. Cette force lui manquait maintenant au moment de sauver un ami. Il ne se pardonnerait jamais que Mandred meure à cause de son incapacité.

Tandis qu'il filait au galop, une lumière éclatante monta dans le ciel et s'y répandit comme un éclair à multiples branches. Était-ce le début de la magie qu'ils avaient attendue ? Nuramon eût aimé acquérir juste un peu de cette puissance pour guérir Mandred. Au moment du triomphe, le destin les frappait de toute sa violence, lui et ses compagnons. Il ne pouvait qu'espérer qu'il n'en aille pas de même pour Farodin près du Shalyn Falah.

La dernière opération

Ils avaient dû se replier au milieu du pont. Les flammes du feu de Balbar s'éteignaient lentement. Sur le chemin de la falaise, des centaines de soldats de l'Ordre se tenaient prêts pour le dernier assaut. Dès que le feu serait éteint, ils lanceraient leur ultime attaque.

Aux côtés de Farodin ne restaient plus qu'Orgrim et Giliath. Tous les autres combattants de leur troupe décimée s'étaient repliés au pied du mur de la forteresse de l'autre côté du pont.

Farodin jeta un regard désespéré au ciel. La nuit tomberait d'ici deux heures. Ils ne pourraient pas tenir le pont aussi longtemps. Une brise lui mouilla d'embruns le visage. Le fracas des chutes d'eau avait quelque chose d'apaisant. Elles descendaient des rochers comme des veines blanches. L'eau qui en jaillissait mouillait le pont en le rendant lisse comme un miroir. Le Shalyn Falah ne faisait pas plus de deux pas de large et n'avait pas de parapet. En ce jour, Farodin était reconnaissant aux maîtres d'œuvre depuis longtemps oubliés d'avoir construit cet étrange pont. Seuls trois hommes pouvaient y marcher de front. Et, pour l'emprunter, il valait mieux ne pas être sujet au vertige, sous peine de ne pouvoir résister à l'appel de l'abîme.

—Ne dit-on pas qu'on ne doit pas verser de sang sur le Shalyn Falah ? demanda Orgrim.

Le troll dut s'époumoner pour couvrir le vacarme de la cascade.

Farodin regarda les taches rose pâle que l'eau giclante faisait lentement disparaître.

—La nuit dernière, j'ai posé la même question à Ollowain. Il m'a dit que la pierre du pont était si glissante, qu'on ne pouvait plus le traverser quand le sang l'inondait. Mais j'ai entendu aussi une prophétie disant que le jour où la pierre blanche du Shalyn Falah sera souillée de sang, des ténèbres éternelles s'abattront sur le pont.

—Je crois que je préfère plutôt la première histoire, murmura le prince troll.

Du sang coulait de son bandage au bras, mais il brandissait cependant un lourd bouclier pris à un mourant.

À l'entrée du pont, les flammes ne s'élevaient même plus à un pas de haut. Sur le raidillon, un mouvement se produisit dans les troupes.

Une détonation claqua. À quelques pas devant eux, une bille de plomb frappa la pierre blanche.

— Ces idiots n'arrivent pas à comprendre que nous nous trouvons hors de portée de leurs armes ! grommela Giliath.

Elle compta à voix basse les flèches de son carquois.

Farodin savait pertinemment qu'elle en trouverait treize ! C'était déjà au moins la dixième fois qu'elle comptait les projectiles qui lui restaient.

À l'autre bout du pont, un officier jeta un lourd manteau gris sur les flammes pour étouffer le feu. Des soldats, armés de bâtons à feu, s'avancèrent.

Giliath leva son arc... Puis elle éclata de rire. Les soldats de l'Ordre s'étaient arrêtés. Ils faisaient de grands signes en tentant de faire reculer les guerriers derrière eux.

— Leurs mèches et la poudre ont pris l'eau. Leurs armes à feu sont inutilisables.

Dans le désordre qui s'ensuivit à l'autre bout du pont, un guerrier perdit l'équilibre et chuta dans le vide avec un cri perçant. Les porteurs de bâtons à feu finirent par se retirer et cédèrent la place aux combattants à l'épée.

Farodin fit tournoyer ses deux lames pour décontracter ses muscles de bras raidis. Une nouvelle fois, il tâta prudemment du pied le sol glissant. La pierre était lisse. Un faux pas, un geste inconsidéré, et il chuterait dans le vide comme le soldat auparavant.

Un rayon de lumière éclatante déchira le bleu du ciel et le zébra ensuite en une multitude d'éclairs. Sans nul coup de tonnerre. Farodin sentit tous les poils de son corps se dresser. Les éclairs pâlissants laissèrent de fines lignes noires comme si le ciel allait se briser.

La nervosité gagna les soldats de l'Ordre. Certains d'entre eux tombèrent à genoux et commencèrent à prier à voix haute. Une voix claire s'éleva au-dessus des autres. Elle louait la supériorité de Tjured, le guérisseur de tous les maux. D'autres voix l'imitèrent. Et, pour finir, elles furent des centaines à chanter les louanges du dieu.

Un brouillard noir suinta par les fissures du firmament.

Farodin recula de quelques pas : la magie de la reine était à l'œuvre. À quelque dix pas devant eux, l'une des fissures rejoignit le pont. Le brouillard noir tomba alors du ciel en cascades tourbillonnantes. Aussi loin que son regard portait, Farodin vit partout des fissures déchirer le firmament.

Le brouillard lui masqua la vue sur la rive escarpée d'en face. Le chant cessa brusquement. Un mur de ténèbres ondoyantes se dressa au milieu de la gorge. Le pont blanc formait maintenant un grand arc dont le bout se perdait dans le vide.

— C'est donc acccompli, fit Orgrim respectueusement.

Farodin remit son épée au fourreau. La guerre était finie. Mais il ne se sentait pas pour autant vainqueur.

Le pêcheur à la mouche

Mandred écoutait le chant des rossignols. Ils se trouvaient au-dessus de lui, dans les frondaisons des deux tilleuls. Une légère brise faisait bruire les feuilles. À côté de lui, il entendait le murmure d'une source. Nuramon avait raison. C'était bien ici l'endroit le plus enchanteur d'Albemark.

Son ami avait allumé un feu de camp et l'avait enveloppé dans les couvertures de chevaux. Pourtant, il était glacé jusqu'à la moelle des os, comme autrefois quand il avait gravi la falaise pour avertir Firnstayn de la présence de l'homme-sanglier. Les choses auraient-elles été différentes, s'il avait réussi à allumer le feu de signal ?

Nuramon avait envoyé un messager au Shalyn Falah et un autre chez la reine. Mandred avait vu le ciel s'obscurcir. Le premier sortilège avait donc réussi. Son peuple était sauvé. Albemark continuerait d'exister. Les hommes des Fjords s'y chercheraient une côte rude et tempêtueuse, un endroit qui ressemble un peu à leur pays perdu. Il avait passé presque toute la nuit précédant la bataille dans la tente de la reine Gishild. Il avait parlé avec elle et essayé de lui communiquer son rêve d'un autre Firnstayn. Il croyait à sa force. Elle serait une bonne souveraine pour son peuple.

Mandred tourna légèrement la tête de côté et observa son ami. Nuramon était en train de remettre une bûche au feu. Des étincelles vives s'élevèrent dans le noir du ciel. Les flammes accentuèrent les ombres sur le visage de Nuramon. Mandred sourit. Son compagnon avait réellement cru qu'il avait passé la nuit dernière avec deux jolies donzelles des Fjords.

Nuramon leva la tête. Ses yeux brillèrent quand il remarqua son sourire.

— À quoi penses-tu ?

— Aux deux femmes de l'autre nuit.

L'elfe soupira.

— Je crois que je ne vous comprendrai jamais, vous les humains.

Mandred eut presque mal au cœur d'avoir fait cette plaisanterie. Un moment, il fut tenté de dire la vérité à son ami.

—Je regrette de ne pouvoir vous accompagner dans votre dernier voyage. (Le jarl sentit un goût métallique dans sa bouche. Il n'en avait plus pour longtemps. Il ne ressentait aucune douleur. Ses jambes étaient comme mortes, il ne pouvait plus les bouger. Et le bouts de ses doigts le picotaient.) Ne dis à personne que c'est une toute petite bille de plomb qui m'a tué. Ce n'est pas une mort pour un héros de la vieille école…

—Ce n'est pas le moment de mourir ! se révolta Nuramon. J'ai dépêché un messager à la reine. Elle te guérira. Nous voyagerons ensemble. Comme nous l'avons… (Il s'arrêta.) Comme nous l'avons presque toujours fait.

—Ne sois pas trop sévère avec Farodin. C'est une sacrée tête de mule, c'est vrai… Mais c'est aussi un ami qui pourrait attaquer un château de trolls à lui seul pour te… (Mandred soupira. Parler le fatiguait.) Où est ma hache ? (Nuramon partit vers les chevaux et revint avec l'arme. À la lumière des flammes, la lame brilla d'un éclat doré.) Donne-la à Beorn.

Mandred ferma les yeux et s'enfonça dans les ténèbres. Un cavalier se dirigeait vers lui. Il entendit le bruit des sabots du cheval, mais dans l'obscurité il ne put rien distinguer. Il ne voyait plus rien. Il leva la main. Elle n'était même pas là. Le sol trembla sous le pas du cheval. Le cavalier devait être maintenant tout près, et il ne pouvait toujours pas le voir. Effrayé, le jarl ouvrit les yeux. Farodin était à genoux à son côté. L'elfe semblait nerveux.

Farodin prit sa main.

—Je craignais que tu sois parti, mon frère d'armes. Tiens bon ! La reine va arriver. (L'elfe blond avait les larmes aux yeux. Jamais encore, il n'avait vu Farodin pleurer.) Ta nouvelle coupe de cheveux te va bien, guerrier. Tu as l'air plus redoutable avec ton crâne chauve.

Mandred sourit faiblement. Il eût aimé leur donner quelque chose à tous les deux. En souvenir. Mais, à part sa hache, il ne possédait aucune chose de valeur.

—Je suis heureux d'avoir fait route avec vous, murmura-t-il. Vous avez enrichi ma vie.

De nouveau, une obscurité insondable l'entoura. Mandred pensa aux halles d'or des dieux. Avait-il mérité une place aux côtés des héros ? Là-bas, il rencontrerait Alfadas… ce serait bien de pêcher à la mouche avec lui. Il n'avait jamais pu l'apprendre à ce garçon. Y avait-il un pays au-delà de la demeure des dieux ? Un pays comme celui des Fjords, avec des montagnes escarpées et des fjords poissonneux ?

Il fallait qu'il parle à Luth ! Son serment de ne plus toucher à une seule corne d'hydromel ne pouvait valoir aussi dans la halle des héros !

Soudain, le froid disparut. Il se trouvait debout dans une eau claire qui lui arrivait aux genoux. Des saumons argentés remontaient le courant en glissant lentement sur le fond pierreux.

— Es-tu enfin venu, vieil homme ?

Mandred leva les yeux. Alfadas se trouvait sur la rive, sous un chêne. D'un geste souple du poignet, il laissait filer la soie de sa canne.

Pas mal, pour un débutant, pensa Mandred. *Pas mal du tout.*

La sainte écriture de Tjured

Livre 98
De la fin d'Albemark

Une nuit, le sage guerrier Erilgar rêva des mots de Tjured. Et ceux-ci lui ordonnèrent de mener une grande attaque. Ainsi, il leva de puissantes armées et leur fit affronter l'ennemi. Or, voyez! Elles se trouvaient là maintenant, les armées démoniaques d'Albemark, et les fidèles de Tjured étaient en nombre inférieur. Cependant, la foi étant profondément ancrée en eux, ils luttèrent vaillamment. Mais, depuis toujours, les enfants d'Albemark sont perfides. Ils opérèrent leur magie et firent pleuvoir des pierres du ciel. Ils ensorcelèrent les chevaux des fidèles afin qu'ils s'effraient devant l'ennemi. Et ils firent ressusciter leurs morts afin de ne plus jamais être vaincus. Néanmoins les fidèles restèrent forts, sous la conduite d'Erilgar.

Or, il advint qu'Erilgar se trouva en fâcheuse situation. La face de Tjured lui apparut alors, et le commandant des armées put lire sur les lèvres divines ce qui devait être fait. Ensuite, il prononça une prière, fit venir à lui ses messagers et ordonna la retraite. Nombreux furent ceux qui s'y opposèrent. Cependant, Erilgar dit: « Tjured ne m'a-t-il pas conféré le pouvoir? Ne m'a-t-il pas, dans son agencement, placé au-dessus de vous? » Pourtant, ils furent nombreux à se croire plus proches de Tjured que d'Erilgar. Ainsi advint ce qui devait advenir.

Les fidèles s'étaient retirés, les infidèles étaient restés à combattre les enfants d'albes et les renégats du Pays des Fjords. Et ainsi, il se produisit que ce même jour Tjured descendit en personne du ciel et étendit les ténèbres éternelles sur les enfants d'albes. Leur pays disparut dans des brumes épaisses. Seul demeura le sol que les fidèles avaient sous leurs pieds. Et jamais plus ne fut revu un enfant d'albe, car, dans les ténèbres éternelles, les albes les attendaient, les vieux démons. Et ils torturent encore leurs enfants aujourd'hui.

D'après l'édition de Schoffenburg v. 45, fol. 123 r.

La dernière Porte

C'était le matin. Des hommes du Pays des Fjords et des enfants d'albes, rassemblés à l'orée de la forêt, les regardaient dans la clairière. Farodin et Nuramon se tenaient devant la tombe ouverte de leur ami, entourés par les dignitaires des enfants d'albes : Emerelle, Wengalf, Thorwis, Yulivée et Obilée. Nomja et Giliath étaient aussi présentes. Même Orgrim et Skanga n'avaient pas manqué de rendre les derniers honneurs au roi humain. Les gens de Firnstayn étaient représentés par Beorn et la jeune reine au teint pâle que l'on avait dû porter en chaise au bord de la tombe.

Farodin et Nuramon regardaient la fosse étroite où reposait le corps de leur ami. Il portait l'armure d'Alfadas, et l'on avait placé à côté de lui, à même la terre sombre, ses tresses coupées. Selon la coutume des hommes des Fjords, des offrandes avaient été déposées dans la tombe. Les gens de Firnstayn lui avaient donné du pain, de la viande séchée et un pichet d'hydromel avec un couvercle en bois. Ils disaient que Mandred en aurait besoin pour le très long chemin qu'il devrait accomplir jusqu'à la demeure des dieux. Les centaures lui avaient offert le meilleur vin de Daïlos. Des nains, il avait reçu une longue-vue, et des trolls, une pierre de béryl rouge. Mais Emerelle lui avait offert une couronne d'or et d'argent. Il la portait sur le front, et elle lui conférait un éclat qu'aucun souverain humain n'avait certainement jamais eu. Autour de son cou, il portait deux chaînes avec des amulettes d'amitié elfiques : les cadeaux de Farodin et Nuramon. Il y était écrit, en runes elfiques : *Liuvar Alveredar* : *Paix pour l'Ami.* Un saphir était serti dans celle de Nuramon, et, dans celle de Farodin, un diamant. Les kobolds avaient réalisé ces pièces en une seule nuit.

Xern s'approcha et fit un léger signe à quatre gardes de la reine. Au bout de leurs lances, ils descendirent au fond de la fosse un drap blanc en soie de fée et ils en recouvrirent le corps du défunt roi. Ensuite, deux autres gardes vinrent les rejoindre, armés de pelles pour refermer la tombe. Une terre sombre tomba sur le drap de soie claire ; à chaque pelletée, le blanc de la soie de fée disparut un peu plus jusqu'à ce que le drap soit entièrement enseveli sous la terre. La pierre de béryl des trolls s'éclaira – ultime lumière à percer sous la terre. Mais elle fut, elle aussi, bientôt recouverte.

Pour Farodin, Mandred était maintenant définitivement parti. Dans sa vie, une seule autre perte lui avait causé plus de douleur. Tous les enfants d'albes tombés la veille au combat renaîtraient, comme après chaque grande guerre. Un temps d'amour redonnerait de nouveaux corps à toutes leurs âmes. Mais Mandred et les autres humains avaient sacrifié leur unique vie pour gagner la bataille. C'était bien là Mandred ! Pour un ami, il serait même allé jusque dans l'antre des trolls !

Une larme coula sur la joue de Farodin quand il pensa à toutes les aventures vécues avec Mandred : la Chasse des Elfes, la quête de Guillaume, l'abominable traversée du désert, la libération des elfes de la forteresse des trolls, et finalement la dernière bataille pour la survie d'Albemark. Lui, le jarl d'un village insignifiant, il était devenu l'ancêtre légendaire de la famille royale du Pays des Fjords et il avait montré à son peuple le chemin d'Albemark. Pour les habitants du Pays des Fjords, Mandred était ce que Yulivée représentait pour les elfes de Valemas, Wengalf pour les nains et Emerelle pour les enfants d'albes. Il était toujours revenu à Firnstayn tandis que les siècles défilaient. Il avait vécu la vie d'un enfant d'albes et il était mort en héros. Certes, Farodin pleurait, mais il devait pourtant s'avouer que Mandred avait connu une vie pleine et réussie.

Nuramon ne pouvait admettre la mort de Mandred. Tant qu'il avait vu le corps de son ami, il avait bien compris que son compagnon était mort. Mais, à présent, il aurait voulu se précipiter dans la fosse à moitié comblée par la terre pour en ressortir son ami. Il n'arrivait pas à s'imaginer pouvoir aller dans l'Autre Monde sans lui. Il avait été un bon compagnon et son meilleur ami. Il se refusait également à croire que, pour les humains, tout finissait avec la mort. Ils vivaient dans l'incertitude, et c'était sans doute cela qui rendait leur vie si précieuse. Personne ne savait ce qu'il advenait de leur âme après la mort. Ainsi, chacun devait donner le meilleur de lui-même. Et Mandred avait accompli bien plus que tout autre humain. Même parmi les enfants d'albes, rares étaient ceux à pouvoir se targuer d'une telle vie.

Dans les presque cinquante années que Nuramon avait passées à Firnstayn, il s'était rendu compte de la vénération que ses habitants témoignaient à Mandred. Ils voyaient en lui aussi bien l'ancêtre que le guerrier du pays n'hésitant pas à entonner une gaillarde chanson à boire avec ses descendants. Nuramon repensait aux histoires qu'il avait alors entendu raconter par les femmes à la cour de Firnstayn. Mandred, le séducteur ! Cela le fit sourire. Il se rappelait encore cette nuit où il avait vu Mandred pour la première fois. Il avait entendu dire que ce fils d'homme étranger portait des regards lubriques sur les femmes de la cour d'Emerelle. Nuramon s'était alors méfié de lui, dans sa crainte de le voir regarder ainsi Noroelle. Mais à peine avait-il aperçu ce rude homme du Nord et l'avait-il entendu parler qu'il n'avait pu s'empêcher de le trouver sympathique. Tout en repensant à cela, Nuramon observait la terre combler lentement la tombe de son ami.

Quand les gardes de la reine eurent fini leur travail, ils se reculèrent. Xern s'approcha de la tombe et ouvrit sa main. Il s'y trouvait un gland, et Nuramon repensa aux mots de Yulivée dans la nuit précédant la dernière bataille.

L'intendant de la cour prononça ces mots :

— Ceci est le gland d'Atta Aïkhjarto. Même dans la nouvelle Albemark, il sera le plus ancien de tous les chênes animés, tout comme Mandred fut le plus ancien humain d'Albemark. (Xern s'agenouilla devant la tombe, et sa puissante ramure de cerf s'inclina. Il creusa de ses mains un petit trou où il déposa le gland. Puis il remplit le trou de terre. Après s'être relevé, il dit solennellement :) Ici, l'âme de l'ancêtre des chênes va se lier au corps du grand fils d'homme. Dans sa grande sagesse, Atta Aïkhjarto avait offert à Mandred une partie de sa puissance. Et il savait que pour son âme, ici, sur le corps de Mandred, une nouvelle vie commencerait. Les racines d'Atta Aïkhjarto vont enserrer le corps de Mandred et absorber en elles les restes du fils d'homme. Un nouvel être va naître. Et cette clairière sera sienne. Dès lors, cette Étoile d'Albes ici sera celle de Mandred Aïkhjarto.

Xern se recula de la tombe et regarda Farodin et Nuramon avec confiance.

Emerelle s'approcha alors, elle prit la main de la jeune reine Gishild et dit :

— Mandred a vécu comme un enfant d'albe, il est mort comme l'un de nos héros. Dorénavant, grâce à lui, nous considérerons tout humain comme un enfant d'albes. Même les plus sages parmi nous ne connaissent pas votre mystère. Nous ne savons pas d'où vous venez ni où vous allez. Mon cœur se réjouirait toutefois, si ce que vous appelez les « halles d'or des dieux » n'étaient rien d'autre que la Lumière de la Lune. Et s'il s'agit bien de la vérité, l'âme de Mandred nous y attendra tous un jour, même s'il a dû laisser ici son corps.

Nuramon sentit de nouveau les larmes lui venir. La pensée de revoir Mandred dans la Lumière de la Lune l'émouvait. Il y croyait fermement. Une âme ne pouvait disparaître ainsi. Si presque tous les enfants d'albes partaient en entier dans la Lumière de la Lune, avec tout ce qu'ils portaient sur eux, on disait des arbres animés qu'ils laissaient leurs corps pour la rejoindre. Nuramon croyait qu'il en irait de même pour Mandred.

Farodin regarda l'endroit où Xern avait enterré le gland. Avec Nuramon, ils s'étaient souvent demandés comment la magie d'Atta Aïkhjarto avait pu transformer Mandred. Maintenant, au bout du chemin, ils en avaient la réponse. Depuis le jour de son arrivée à Albemark, Mandred était lié à Atta Aïkhjarto. Son corps s'unirait maintenant à son âme.

La reine posa ses mains sur les épaules de Farodin et de Nuramon.

— Mes fidèles amis, il est temps de prendre congé. La magie suit son cours, les Sentiers vers l'Autre Monde s'effacent progressivement. Il vous reste juste le temps de faire à tous vos adieux. Venez !

Emerelle les prit par la main et leur fit traverser le groupe entourant la tombe pour les conduire vers les chevaux au centre de la clairière.

Dans la nuit, Farodin et Nuramon avaient parlé de Felbion et du cheval brun et ils avaient décidé de les laisser là. Ces deux montures leur avaient été fidèles, elles avaient mérité de rester à Albemark. Ils avaient donc emballé leurs affaires dans de grands sacs de lin qu'ils pouvaient facilement porter sur l'épaule. À présent, ils en firent part aux chevaux. À leur grande surprise, ceux-ci ne se rebellèrent pas, mais ils tournèrent la tête vers Yulivée.

— Avec toi, ils seront bien, assura Nuramon à la magicienne en s'avançant vers elle, tandis que Farodin partit voir ses parents. (Elle était vêtue de rouge comme c'était la coutume à Valemas lors d'un deuil. Ses robes fluides étaient faites du drap le plus fin.) À présent, il nous faut prendre congé. Tu fus une bonne petite sœur pour moi, même si nous n'avons vécu qu'une courte période ensemble. Tout ce qui m'appartenait est à toi. Tu es mon unique héritière, ma sœur.

— Je saurai m'en montrer digne, répondit Yulivée avec son sourire espiègle. Et j'écrirai une légende, *La Légende de l'elfe Nuramon.* Elle sera très flatteuse. Ce sera un long récit depuis ta naissance jusqu'à cet instant même. Je la produirai ensuite à la cour. Ainsi, tes exploits et ceux de tes compagnons seront célébrés à jamais.

— Tu savais déjà bien raconter les histoires quand tu étais petite, remarqua Nuramon.

Elle rit.

— Je ressemble tout à fait à mon frère.

Nuramon se rappela le jour de leur première rencontre.

— Je me demande ce que sont devenus le djinn et les Gardiens du Savoir.

— Les humains ont détruit la bibliothèque. (Nuramon baissa la tête. Yulivée lui mit la main sous le menton pour la lui relever.) T'ai-je raconté l'histoire de la courageuse Yulivée qui partit à Albemark trouver les âmes des djinns et les Gardiens du Savoir ? L'ai-je fait ? Non ? (Elle sourit.) Je les ai trouvés et je les ai conduits à Valemas. Là-bas, nous avons érigé une bibliothèque. L'ancien savoir n'est pas perdu. Un jour, ils se souviendront de leur vie antérieure.

Nuramon la serra dans ses bras.

— Tu es unique, Yulivée. Adieu !

Elle l'embrassa sur le front.

— Salue Noroelle pour moi. (Elle leva l'index en une menace ironique.) Et garde les Chevaliers de l'Ordre à distance !

— Je le ferai, promit Nuramon.

Nomja s'approcha. Elle portait des habits bleu clair en drap épais comme tous les gens d'Alvemer en ce jour de deuil. Elle tenait son vieil arc en mains.

— Tu devrais le reprendre. Il te rendra de bons services.

Nuramon secoua la tête.

— Non, il peut te servir de signe. Mais seulement si tu le veux. J'ai atteint le souvenir de mes vies précédentes. Et tu le peux aussi. Tu te souviendras alors de notre temps passé dans le Monde des Humains. La mort qui t'a fauchée là-bas pâlira et t'apparaîtra sans doute héroïque.

— Et l'arc en serait une preuve ?

— Ne le bande jamais. L'arc et la corde ne font qu'un, comme l'âme et la vie.

Nomja hocha lentement la tête.

— Je comprends… Le chemin du souvenir est long. Mais je l'emprunterai, Nuramon.

— Adieu, Nomja ! (Il la prit dans ses bras.) Tu fus une bonne compagne de combat et une amie.

— Nuramon ! cria une voix connue, et Wengalf accourut avec Thorwis.

Le roi portait une armure d'or à plates ; le magicien nain avait revêtu sa robe noire.

Nuramon s'accroupit et posa sa main sur l'épaule de son vieil ami.

— Merci pour tout, Wengalf.

Les yeux du roi étincelèrent.

— Je raconterai ce jour à Alwerich quand il aura repris naissance. Il aurait certainement aimé se trouver là.

— Dis-lui que je n'oublierai jamais son dernier acte héroïque. Et dis à Solstane que je regrette.

— Je le ferai.

— Connais-tu maintenant le secret de tes épées ? demanda Thorwis.

— Oui. Emerelle m'a tout raconté. Et ma mémoire s'organise peu à peu. Ce que je suis aujourd'hui, c'est à vous, les nains, que je le dois. Vivez bien dans vos anciennes demeures et ne m'oubliez pas.

Alors que Nuramon faisait maintenant ses adieux à son clan, Farodin croisa Giliath. La guerrière lui sourit.

Ils s'étaient rencontrés au petit matin devant le château d'Emerelle, et Giliath avait gagné le duel. Elle lui avait donné un coup d'épée au visage. Ainsi le combat s'était achevé.

— À Valemas, il est de coutume de satisfaire à la prière d'un ami avant de le quitter, dit-elle.

— Et alors ? fit-il en lui renvoyant son sourire. Tu désires encore te battre en duel ?

Elle secoua la tête.

— Non. Cette querelle est définitivement enterrée… Si l'un de mes enfants devait être un fils, puis-je lui donner ton nom ?

— Combien d'enfants penses-tu donc avoir ?

— Une longue guerre vient de se terminer, Farodin. La mort est derrière nous. Le temps de vivre a commencé. De nombreuses âmes veulent renaître.

Son rire parvint aux oreilles de Nuramon. Il se retourna et son regard tomba sur Obilée qui se tenait à l'écart, comme si elle voulait observer à distance ce qui se passait. Elle aussi, elle portait les habits bleus des gens d'Alvemer. Il alla vers elle.

— Ne désires-tu te séparer de moi que de loin ? demanda-t-il.

— C'est seulement…, commença-t-elle doucement. Je regrette ce que je t'ai dit l'autre nuit. J'aurais dû me taire. Je n'aurais pas dû accepter le moment que tu m'as offert.

— Ne dis pas cela, Obilée. Ce moment t'appartenait et il ne comporte rien de mal. (Il lui saisit la main.) Garde-le en mémoire comme quelque chose de beau. Farodin et moi, nous allons partir maintenant. Un jour, nous serons assez forts pour libérer Noroelle. Ne te mets pas en peine pour nous, mais souviens-toi toujours que, dans l'Autre Monde, nous serons à l'écart de tout mal et que nous penserons à toi et aux autres. Nous t'imaginerons rencontrer un elfe excellent et t'éprendre de lui. Et nous nous demanderons combien d'enfants tu auras et s'ils marcheront sur les traces de leur mère. Un jour viendra où nous nous reverrons dans la Lumière de la Lune. Et tu nous raconteras alors tout sur toi.

Il l'embrassa tendrement.

— Merci, dit-elle dans un souffle.

Nuramon partit alors avec Farodin retrouver la reine et les autres près de l'Étoile d'Albes. Une roche plate et ronde se trouvait dans le sol. Les Sentiers s'y rejoignaient.

En ce jour, Emerelle portait une robe verte à broderies rouges. Elle les reçut tous les deux avec ces mots :

— Mes fidèles guerriers, je vois que vous avez fait vos adieux. Voici votre Porte, la dernière vers l'Autre Monde. (Sur la dalle rocheuse à côté de la reine, un fil de lumière apparut et s'étira d'un bout du rocher à l'autre.) Vous deux, vous serez les derniers à passer d'Albemark dans l'Autre Monde. Adieu, mes fidèles !

Elle se hissa sur la pointe des pieds et les embrassa sur le front.

— Adieu aussi à toi, Emerelle, dit Farodin. Tu fus une bonne reine pour nous. Nous ne regrettons pas d'avoir sacrifié notre Pierre d'Albes pour tout cela. (Il montra les cimes des arbres.) Quitter Albemark en sachant qu'elle sera toujours verte me rassure.

Nuramon mit un genou en terre devant Emerelle ; il prit sa main et la baisa comme c'était autrefois la coutume à la cour.

— Je remercie ma reine d'avoir toujours fait ce que le destin demandait. (Il se releva.) Mais je voudrais remercier l'ancienne compagne de combat pour le temps passé à Ischemon.

Farodin s'étonna des mots prononcés par son compagnon. Certes, la reine s'était autrefois trouvée à Ischemon, mais cela remontait à si loin que seuls les contes en faisaient encore mention.

Nuramon ne se laissa pas déconcerter. Il continua à parler.

— Sois remerciée pour le chemin sur lequel tu m'as conduit et qui quitte maintenant Albemark. Adieu, Emerelle !

Les deux compagnons se dirigeaient déjà vers la Porte, quand la reine s'adressa encore à eux.

— Attendez encore un instant ! Je ne peux vous laisser partir… Pas sans vous donner ceci en réparation.

Des plis de sa robe, elle sortit quelque chose qui figea les deux elfes : un sablier presque entièrement rempli de sable !

Un murmure parcourut la forêt. Nuramon remarqua que seuls Yulivée et Xern ne semblaient pas surpris.

— Cest *le* sablier ? voulut savoir Nuramon.

— Oui, c'est celui avec lequel j'ai banni Noroelle. Je l'ai brisé sur la pierre. J'ai rapporté beaucoup de sable et les éclats de verre. J'ai caché tout ceci dans les profondeurs de mon château, là où vous ne pouviez le trouver. Je savais qu'un jour viendrait où je vous le donnerais. Toutefois, jusqu'à aujourd'hui, j'ai dû vous montrer de la froideur afin que puisse avoir lieu tout ce qui est arrivé. (Elle se tourna vers Farodin.) Donne-moi le sable de ta fiole d'argent. (Il sortit le petit flacon et vida le sable dans le sablier. La reine reboucha le sablier et dit :) Il en manque encore beaucoup. Mais vous n'aurez pas besoin du reste pour ouvrir la Porte. Ceci suffira à briser la barrière magique. Vous deux et Noroelle, vous serez les derniers enfants d'albes dans l'Autre Monde. Cherchez-vous le sentier de votre destin. Mais montrez-vous prudents, car, si vous mourez, vous ne renaîtrez pas chez nous. Cependant, la Lumière de la Lune vous restera accessible depuis l'Autre Monde. Visez à l'atteindre ! Cherchez votre destinée !

La reine tendit le sablier à Farodin.

Celui-ci le prit dans ses mains tremblantes. Il échangea un regard avec Nuramon qui était demeuré comme pétrifié.

— Nous te remercions, Emerelle ! fut tout ce que Farodin put dire.

Il jeta un dernier regard à Giliath et aussi à Orgrim dont il ne chercherait plus à se venger maintenant. Ils lui sourirent, et le roi des trolls leur fit même des signes de ses bras énormes.

— Allez ! Les Sentiers vers l'Autre Monde sont presque effacés. Il faut partir maintenant ou vous devrez rester ici pour toujours.

Nuramon posa sa main sur l'épaule de Farodin.

— Viens !

Son compagnon le regarda et hocha la tête en souriant. Puis ils entrèrent côte à côte dans la lumière. Nuramon s'était promis de ne pas se retourner, mais, quand il fut entouré de lumière, il ne put s'empêcher de jeter un coup d'œil par-dessus son épaule. Ils étaient tous là et leur souriaient : Emerelle et Yulivée, Obilée, Nomja, ses parents et Wengalf. Près de la tombe de Mandred, Xern le regardait dignement partir. Nuramon voulait conserver à jamais tous ces visages en mémoire. Lentement, la clairière s'effaça derrière lui, et avec elle disparurent tous ceux qu'il portait en son cœur. Ne resta plus que le blanc de la Porte qu'il franchit. Ses yeux ne reverraient jamais plus Albemark.

La Lumière de la Lune

Ils attendaient la marée basse. Assis tous les deux, Farodin, le dos contre un arbre, et Nuramon sur la pierre ayant servi autrefois à briser le sablier, ils passaient chacun en revue les années passées.

Farodin pensait à la dernière fois où il avait vu Noroelle. Elle s'était montrée si anxieuse et avait craint qu'il puisse leur arriver quelque chose. Qui aurait cru alors que c'était elle qui subirait un coup du sort ?

Nuramon jetait un regard sur les tout débuts de son existence qui avait connu tant de vies. Il se souvenait d'avoir combattu au côté de la reine, d'être le père de Gaomée, et d'avoir eu pour amis Alwerich et Wengalf. Mais rien ne signifiait pour lui autant que cette vie-ci. Aussi brillants que puissent paraître maints événements passés, rien ne pouvait le toucher autant que ces dernières années.

Farodin passa sa main sur le sablier à côté de lui.

—Nous avons cheminé pendant si peu d'années, pourtant j'ai l'impression qu'elles ont duré une éternité, dit-il doucement.

Nuramon sourit.

—Je vous ai attendus, toi et Mandred, pendant cinquante ans. Pour moi, ce temps m'a paru beaucoup plus long que tu le penses.

—Mandred ! fit Farodin en laissant son regard errer dans le vide. Je me demande si la supposition de la reine est exacte.

—Je crois que l'âme de Mandred est partie dans la Lumière de la Lune comme celle d'un arbre. Il me manque… lui, et sa langue bien pendue. (Nuramon se souviendrait toujours de l'entraînement au maniement de la hache, que Mandred infligeait à son fils Alfadas, ou de la façon dont il avait pris d'assaut la cave à vin à Iskandrie. Il soupira et riva son regard sur l'eau.) J'ai peur. Qu'allons-nous trouver là-bas ?

—Je ne sais pas, répondit Farodin. J'espère simplement que Noroelle n'a pas trop souffert, mais que son être magique a réussi au contraire à faire prospérer cet endroit au-delà de la Porte.

Il s'était souvent représenté la manière dont Noroelle vivait dans son petit fragment de Monde Brisé. Elle ne les attendait certainement pas, mais elle s'était accommodée de sa situation.

Nuramon regardait les coquillages en pensant à la dernière fois où ils s'étaient trouvés là-bas ensemble. Ils avaient alors lamentablement échoué face à la puissance de la barrière. Mais, à présent, rien ne les retiendrait plus.

— C'est la marée basse ! dit Farodin en se levant.

Nuramon hocha la tête et se leva aussi.

Ils marchèrent sur le sable ondulé en direction des coquillages et demeurèrent longtemps là-bas. À présent qu'ils se trouvaient là, ils n'étaient pas pressés de faire agir le charme. Plus d'un millier d'années s'étaient écoulées pour Noroelle. Quelle importance avait alors ce petit temps de repos !

Finalement, les deux elfes échangèrent un regard et se mirent à l'œuvre. Farodin posa le sablier dans le cercle de coquillages. Puis il demanda :

— Toi ou moi ?

En réponse, Nuramon tendit sa main.

Farodin acquiesça : ils ouvriraient la Porte ensemble.

Ils fermèrent les yeux, et chacun vit à sa manière l'Étoile d'Albes. Le Sentier d'Albemark était pour toujours effacé. En tissant le charme magique, ils sentirent que la barrière d'Emerelle avait disparu. Ils avaient si souvent ouvert des Portes qu'ils n'eurent aucun mal à ouvrir celle-ci. Cependant, c'était différent. Pendant toutes ces années passées, ils n'avaient pensé qu'à cette Porte. Enfin, plus rien ne les séparait de leur bien-aimée.

En ouvrant les yeux, ils virent devant eux la Porte de lumière. Et, de nouveau, ils se montrèrent hésitants.

Nuramon secoua la tête.

— Un chemin si difficile… et juste un seul pas pour atteindre le but ?

Farodin pensait de même.

— Entrons côte à côte… mon ami.

— Oui… mon ami.

Ensemble, ils franchirent la Porte en ayant l'impression de chuter. Mais ensuite, ils sentirent sous leurs pieds le sable ondulé de la mer. Cependant, ce n'était pas dans l'eau, mais dans le brouillard qu'ils se trouvaient jusqu'aux chevilles. Avec, devant eux, une île verte entourée d'une mer de brume qui se fondait loin dans la nuit. Dans cette île, il y avait une forêt aux arbres couverts de mousse. De légers gazouillis d'oiseaux parvenaient jusque sur l'estran. Une lumière verdâtre surplombait la forêt et semblait flotter comme un voile fin sous les cimes des arbres.

Farodin et Nuramon s'approchèrent lentement de l'île. Leurs pas s'enfonçaient dans le sol mouillé.

Nuramon prit une grande inspiration.

— Ce parfum !

Farodin le comprit aussitôt. C'était le même que celui près de la source de Noroelle.

— Elle est ici ! dit-il.

À peine eurent-ils posé le pied sur le sable de la plage, qu'ils entendirent un chant d'une mélancolie langoureuse. La voix de Noroelle ! Combien de fois s'étaient-ils trouvés assis dans l'herbe, sous les étoiles, à écouter chanter leur bien-aimée !

Ils savaient Noroelle toute proche, mais ils ne se précipitèrent pas pour autant. Ils s'avancèrent prudemment, pas à pas, en scrutant les alentours. Ils avaient certes entendu des oiseaux, mais ils n'en voyaient aucun. De fins filaments de brouillard émergeant de la lumière verte donnaient à la forêt un air mystérieux. Ici, les arbres se trouvaient si serrés que leurs racines n'avaient pas assez de place. Elles ressortaient de la terre, toutes noueuses.

Ils s'approchèrent lentement de l'endroit d'où provenait le chant. Parvenus enfin au bord d'une petite clairière, ils restèrent figés. Devant eux, Noroelle était assise sur une pierre blanche. Elle leur tournait le dos et semblait contempler le petit étang à ses pieds. Ses longs cheveux noirs recouvraient ses épaules.

Farodin fut fasciné. À ses oreilles, le chant s'était transformé. Certes, sa voix était toujours la même, mais elle chantait cet air comme Aileen aimait à le faire quand elle se croyait seule : elle chantait quelques vers, puis ne fredonnait plus que la mélodie.

Enfin, ils étaient arrivés. Ce seul instant les dédommageait de tous leurs efforts et de toutes leurs peines. Farodin se sentit déchargé du poids de toute une vie.

Ce fut Nuramon qui osa adresser la parole à Noroelle. Il dit :

— *Douce enfant d'albes, ô vois !*

Noroelle sursauta. Une voix qu'elle n'avait pas évoquée par magie ? Elle prêta l'oreille, mais n'entendit plus rien. Mais ensuite, elle sentit une présence. Elle se leva. Et, lorsqu'elle se retourna, elle n'en crut pas ses yeux.

— Par tous les albes ! Est-ce une illusion ? Un charme né de ma nostalgie ? Ô douce nostalgie ! Quel cadeau !

Farodin et Nuramon furent comme frappés par la foudre en revoyant son visage. Elle n'avait pas changé. Elle avait toujours la même apparence que ce jour où ils avaient dû la quitter pour partir chasser l'homme-sanglier. Elle portait une robe blanche et un collier d'herbe tressée dans lequel se trouvait une aigue-marine.

— Détrompe-toi, Noroelle, dit Farodin d'une voix douce. C'est bien nous !

— Nous sommes venus te délivrer, ajouta Nuramon.

Incrédule, Noroelle secoua la tête. Ce n'était pas possible ! La reine lui avait fait comprendre autrefois que tout espoir était vain. Et voici que ses bien-aimés avaient tout de même trouvé le chemin vers elle ?

Craintive, elle s'approcha d'eux, puis elle s'arrêta et les regarda longuement avant de tendre vers eux des mains tremblantes. Elle leur caressa le visage en retenant son souffle. Elle n'arrêtait pas de regarder ses mains, ne pouvant croire qu'elles touchaient vraiment les visages de ses bien-aimés. Elle caressa les quelques mèches blanches dans les cheveux de Nuramon. Il avait changé. Mais Farodin était toujours le même.

— Qu'avez-vous enduré pour arriver jusqu'ici ? (Elle se détacha de ses bien-aimés et recula d'un pas.) Quelles terreurs avez-vous laissées derrière vous pour me sauver ?

Nuramon et Farodin saisirent ses mains, mais sans oser lui répondre. Ils se contentèrent de la regarder en se sentant malheureux de la voir pleurer.

— Pardonnez-moi, dit l'elfe. Vous êtes venus jusqu'ici et voici que je pleure comme s'il s'agissait d'un malheur. (Elle esquissa difficilement un sourire.) Mais comprenez que jamais, au grand jamais, je…

Nuramon lui posa doucement un doigt sur les lèvres.

— Nous te comprenons, Noroelle.

Elle embrassa la main de Nuramon et ensuite celle de Farodin. Puis elle sourit franchement.

— Sortez-moi d'ici et menez-moi dans l'Autre Monde, mes bien-aimés ! Mettez un terme à tout ceci !

Farodin et Nuramon prirent Noroelle entre eux et traversèrent lentement la forêt.

Soudain, Nuramon s'arrêta.

— Que t'arrive-t-il ? s'inquiéta Farodin.

Nuramon regarda Noroelle dans les yeux.

— Notre quête est achevée. (Il dégaina lentement l'épée de Gaomée.) Je porte cette lame depuis la nuit précédant le départ de la Chasse des Elfes. Elle m'a accompagné pendant notre long voyage. Mais, à présent, c'est un autre chemin qui commence.

Il planta son arme dans le sol. Puis il reprit place aux côtés de Noroelle et de Farodin, et ils se dirigèrent ensemble vers l'Étoile d'Albes.

Noroelle les regarda alternativement. Il s'était écoulé tant de temps et pourtant, il lui semblait qu'ils venaient juste encore de se trouver assis tous les trois au bord de son lac, à l'ombre des tilleuls.

Nuramon n'arrivait pas à croire à son bonheur. Pouvoir de nouveau toucher sa bien-aimée après toutes ces années, entendre sa voix, contempler son visage et respirer son parfum ! Même s'il avait cru fermement pouvoir se trouver un jour ici et vivre exactement ce moment, il eut soudain l'impression que tout ceci ne pouvait être qu'un rêve.

Farodin pensait combien lui et Noroelle avaient vécu différemment le temps. Pour lui, seules quelques années s'étaient passées – des siècles pour Noroelle. Il n'eût pas été étonné de la voir transformée. Cependant, à sa grande surprise, il avait le sentiment qu'elle ressemblait toujours à celle qu'il avait laissée autrefois pour la Chasse des Elfes.

Ils quittèrent l'île, traversèrent la mer de brouillard et atteignirent l'Étoile d'Albes. Nuramon et Farodin se préparaient à ouvrir la Porte quand Noroelle les arrêta.

— Laissez-moi prononcer ce charme.

Elle se souvenait de la dernière fois où elle l'avait fait. Elle s'était alors enfuie avec son fils dans le Monde des Humains.

Farodin et Nuramon reculèrent et regardèrent leur bien-aimée. Le chêne-faune leur avait beaucoup parlé de l'habileté magique de Noroelle.

Elle leva la tête. Il n'y avait pas de soleil ici. Elle ne pouvait compter que sur elle-même. Ainsi, elle ferma les yeux, vit les Sentiers d'Albes et laissa sa propre force magique s'écouler dans leur flux. Elle sentit la magie s'étendre aux Sentiers tout autour. Ensuite, elle ouvrit les yeux et sourit.

Farodin et Nuramon s'étonnèrent de voir tout se transformer autour d'eux. Il fit plus clair, le brouillard disparut et le sol se déforma légèrement. Au loin, les forêts et les montagnes émergèrent de l'obscurité, et l'île nimbée de lumière verte se transforma en l'île du Monde des Humains. Le ciel se teinta de bleu sombre. La nuit se fit et les étoiles se levèrent. Nuramon et Farodin se trouvaient là, stupéfaits. La magie de leur bien-aimée était d'une telle puissance !

Noroelle prit une grande bouffée d'air.

— C'est merveilleux. (Elle vit le sablier dans le cercle de coquillages, le ramassa et se dirigea vers l'île. Elle s'arrêta devant la pierre et jeta un regard en arrière sur l'Étoile d'Albes.) C'est ici que la reine se tenait lorsqu'elle a ouvert la Porte et qu'elle m'a bannie. Elle brisa le sablier sur la pierre. Le verre se cassa et le sable se dispersa. Maintenant, ce cercle se referme aussi. (Elle désigna la forêt.) Là-bas, dans cette petite clairière, Emerelle m'a dit que tout espoir était vain. Elle a ajouté que je perdrais tout et même la Lumière de la Lune. Elle l'a dit très gentiment comme si ce n'était pas elle qui prononçait cette sentence. Allons là-bas !

Elle partit en tête. Ses bien-aimés ramassèrent les sacs qui se trouvaient en bordure de forêt et la suivirent.

Ils atteignirent la clairière de l'autre côté de l'île. Longtemps auparavant, Farodin et Nuramon y avaient dressé un camp avec leurs compagnons. Rien ne le rappelait.

— Asseyons-nous ici, proposa Noroelle. (Elle prit ses deux bien-aimés par la main, et ensemble ils s'assirent dans l'herbe haute.) Racontez-moi tout ce que vous avez vécu. Tout, sans rien oublier. J'aimerais le savoir.

Nuramon sortit de son sac deux pierres de béryl que Wengalf lui avait offertes la nuit précédente. Il les posa dans l'herbe, chercha du regard l'approbation de Farodin, puis il commença par ces mots :

— Quand nous avons franchi la Porte d'Atta Aïkhjarto et que nous sommes arrivés dans l'Autre Monde, je me suis aperçu que ces contrées différaient totalement des nôtres. L'air était trouble et, à première vue, les choses paraissaient ne pas aller ensemble. Nous avons repéré la trace de l'homme-sanglier puis, la nuit venant, nous avons dressé notre camp dans la forêt. Et c'est là qu'a commencé la fatalité…

En écoutant parler Nuramon, Farodin fut pris sous le charme. Son compagnon avait une voix de conteur incomparable. Il l'en envia un peu. Nuramon alla même jusqu'à décrire en détail les événements et les atrocités de cette nuit-là. Farodin put lire sur le visage de Noroelle combien ce récit la touchait. Le souffle court, elle serrait l'aigue-marine à son collier. Elle trembla en entendant Nuramon raconter comment il avait guéri Farodin avec ses mains. Farodin sentit lui aussi son cœur battre. Jamais encore, il n'avait entendu son compagnon relater ainsi cette histoire. Quand il raconta leur retour à Albemark et l'accueil d'Obilée sur la terrasse, Nuramon demanda à Farodin comment il avait vécu ce moment. À partir de là, ils prirent la parole tour à tour.

Noroelle était suspendue à chaque mot prononcé par ses bien-aimés. Ils se relayaient si harmonieusement qu'on eût dit que, pendant tous les siècles passés, ils avaient appris par cœur, jour après jour, une grande épopée. Lorsqu'ils firent le récit des souffrances endurées, les larmes lui vinrent aux yeux. Mais quand ils évoquèrent les frasques de Mandred, elle ne put s'empêcher de rire, même si elles étaient plutôt rugueuses et amenaient ses bien-aimés à se servir de mots qui l'auraient autrefois choquée. Ils racontèrent ainsi jusqu'au milieu de la nuit.

Nuramon termina en disant :

— La reine nous a dit que nous serions, tous les trois, les derniers enfants d'albes dans l'Autre Monde. Ensuite, nous avons franchi la Porte. Le Sentier d'Albemark s'est effacé et notre quête a pris fin à notre entrée dans le Monde Brisé. Voici l'histoire de Noroelle la magicienne, de Farodin le grand preux, de Nuramon la vieille âme, et de Mandred Torgridson le fils d'homme.

Ils restèrent longtemps silencieux en se regardant.

Noroelle eût aimé voir s'éterniser ce moment. Elle se remémora encore une fois tous les événements décrits par ses bien-aimés.

— Je voudrais pouvoir remercier Mandred ! Je ne l'ai vu que trop brièvement, mais vos paroles l'ont fait devenir mon compagnon. Peut-être la Lumière de la Lune est-elle réellement ouverte aux humains ? Quant à vous deux, vous avez agi au-delà de toute espérance. Je vous ai donné les gemmes pour vous protéger du Dévianthar. Mais jamais je ne me serais attendue que vous veniez me chercher et me délivrer. (Elle écarta une mèche de cheveux de son visage.) Je me réjouis pour vous, car vous serez pour toujours des héros à Albemark. J'en suis heureuse particulièrement pour toi, Nuramon. Tu as retrouvé tes souvenirs et maintenant tu sais ce que j'ai toujours pressenti : tu es plus que tu parais. Pendant toutes ces années passées dans mon petit monde, j'ai appris à regarder en moi. Et moi aussi, je suis plus que ce que je parais. Car je porte également en moi l'âme d'une elfe morte.

Nuramon ne s'attendait pas à cela.

— Toi aussi, tu te souviens de tes vies précédentes ?

— Oui. Autrefois, je m'appelais Aileen. Comme tant d'autres, j'ai trouvé la mort lors des guerres menées contre les trolls, près du Shalyn Falah. Dolgrim, le duc des trolls, m'a tuée autrefois. (Farodin évita son regard. Sa bien-aimée se rappelait sa vie antérieure ! Elle devait donc se souvenir aussi de lui. Noroelle lui caressa la joue.) Pourquoi ne me l'as-tu pas dit ? Pourquoi ne m'as-tu pas révélé que je porte en moi l'âme d'Aileen ?

— Je ne voulais pas qu'une ancienne obligation te pousse à m'aimer.

— Alors, tu t'es tu à juste titre… Je t'avais autrefois juré un amour éternel. Cependant, j'étais alors Aileen. En tant que Noroelle, je vous ai fait à tous deux de nouvelles promesses. Je vous ai dit que je prendrais ma décision à votre retour de la Chasse des Elfes. Et j'en suis restée là, parce que je pensais ne plus jamais vous revoir. J'aurais aimé pouvoir vous choisir tous les deux. Maintenant que nous sommes les derniers enfants d'albes en ce monde, ce serait certainement le choix le plus avisé. Mais je sais à présent auquel de vous deux mon cœur appartient et ce qui va arriver si je m'en ouvre à lui.

Farodin sentit la nervosité le gagner. Ils s'étaient si longtemps fait du souci pour Noroelle que sa décision était devenue sans importance pour un moment. Mais, à présent, ils revenaient au point où ils s'étaient trouvés au départ de la Chasse des Elfes. Et il n'y avait plus aucun secret entre eux. Il allait maintenant savoir si sa quête d'Aileen, puis celle de Noroelle, bref, si toute sa vie allait porter des fruits.

Nuramon était encore surpris d'avoir appris que Farodin avait connu Noroelle sous les traits d'Aileen. Il repensa à cette dispute à Iskandrie, quand il avait lourdement reproché à son compagnon de ne pas s'être ouvert pendant si longtemps à Noroelle. Il comprenait à présent ce qui l'en avait retenu.

— Je vois combien mes mots vous remuent, dit Noroelle. Tous les deux, vous auriez mérité d'être comblés d'amour. Qui serait jamais allé aussi loin que vous ? Quelle dame d'honneur a jamais reçu pareil service ? Cependant, je ne puis aimer par gratitude. (Elle saisit la main de Farodin.) Tu es l'homme que j'ai aimé autrefois, quand j'étais Aileen. Tu représentais alors tout pour moi. Mais il y a déjà bien longtemps que je suis Noroelle. Et Noroelle est bien plus que ce que fut autrefois Aileen. Vois en moi une elfe qui s'est transformée tout au long des siècles et n'est donc pas restée la même. Toi aussi, tu as changé depuis que nous nous sommes quittés pour la Chasse des Elfes. Tu ne caches plus tes sentiments. (Elle prit maintenant Nuramon par la main.)

» Et toi, tu as grandi, comme je l'ai toujours souhaité. Comme moi, tu es à présent bien plus qu'auparavant. Je peux comprendre ce que tu as ressenti en retrouvant tes souvenirs… Voici maintenant la question qui se pose : Farodin et moi étions-nous destinés pour toujours l'un à l'autre ? Ou bien notre amour ne devait-il durer qu'un temps ? Aileen était-elle la bien-aimée de Farodin, et Noroelle est-elle celle de Nuramon ? Je connais la réponse. Après toutes ces années passées, vous devez l'entendre. (Elle embrassa la clairière du regard.)

» C'est ici que la reine m'a révélé que l'un de vous deux est ma destinée. Elle m'a dit : « Quel que soit celui que tu aurais choisi, tu serais allé avec lui dans la Lumière de la Lune. Mais cela ne pourra plus jamais arriver. » Je ne sais si la reine savait déjà comment tout finirait. Mais à présent, vous êtes là, et ce qui me semblait interdit peut de nouveau se produire. J'ai donc arrêté mon choix difficile. C'est toi… (Elle regarda Farodin et celui-ci ne sut pas si c'était de bon augure pour lui. *C'est toi !* Était-il l'heureux élu ou celui qu'elle rejetait ? Son cœur battit la chamade.) Nous étions destinés l'un à l'autre, dès le premier jour, ajouta-t-elle. Nous rejoindrons, main dans la main, la Lumière de la Lune.

Farodin se sentit soulagé d'un grand poids. C'était le moment qu'il avait attendu toute sa vie. Les larmes lui vinrent aux yeux. Il regarda Nuramon et vit le regard vide de son compagnon.

Les mots de Noroelle résonnaient dans les pensées de Nuramon. Elle entrerait avec Farodin dans la Lumière de la Lune ? Et il resterait seul ici, séparé pour toujours d'Albemark ? Il serait prisonnier dans un monde immense. Ses sentiments le submergèrent. De désespoir et d'angoisse, ses yeux s'emplirent de larmes.

Noroelle vint à lui et lui posa la main sur l'épaule.

— Je suis désolée, Nuramon, dit-elle doucement. (Il eut de la peine à relever la tête. Mais, quand il la regarda dans ses yeux bleus, tous les souvenirs des jours passés avec elle, au bord de son lac, lui revinrent en mémoire. Il avait vécu vingt années avec son inclination pour elle et il l'avait sauvée avec Farodin. Noroelle lui essuya ses larmes.) Je ne suis pas ta destinée, Nuramon. Je ne suis pas ton chemin vers la Lumière de la Lune. Je t'aime, comme j'aime Farodin. Mais tu n'es pas ma destinée. Et grande est ma douleur de savoir que tu as fait tout ce chemin pour te retrouver seul à la fin.

» Tu m'as parlé d'Obilée. Je te remercie pour le moment que tu lui as offert et les doux mots que tu as trouvés pour elle. C'est pour moi comme un coup de poignard dans le cœur de savoir à quel point elle t'aime et à quel point tu lui manques. Maintenant, des mondes vous séparent qui ne se retrouveront plus jamais. Et tout cela, par ma faute ! Jamais je ne pourrai le réparer.

Nuramon passa sa main dans les cheveux de Noroelle.

— Tu l'as déjà fait. Le seul fait de pouvoir te revoir m'a dédommagé de tout ce que j'ai enduré.

— Tu dois prendre le sentier qui t'est destiné à toi seul. Regarde en toi ! Tu verras que c'est ton destin de voyager à travers les siècles. Nous ne sommes pas les trois derniers enfants d'albes en ce monde, c'est toi qui seras le dernier. (Elle l'embrassa et lui caressa les joues. Puis elle prononça dans un souffle :) Je t'aime. Ne l'oublie jamais, Nuramon ! (Elle se détacha de lui et se tourna vers Farodin.)

» Tu m'as attendue si longtemps. Maintenant, je suis réveillée et je me souviens de tout ce qui fut autrefois. (Elle leva les yeux.) Vois ! La fin est proche ! La lune est claire ! Je la sens nous appeler, Farodin. Il est temps de prendre congé. Viens !

Elle lui prit les mains et le fit se lever.

Nuramon se leva également. À présent, il savait ce qu'avait ressenti Obilée. Lui aussi, il lui avait dit qu'elle n'était pas sa destinée. Et elle l'avait laissé partir. Son tour était venu.

Farodin s'avança vers Nuramon. Il se sentait coupable. Sa vie était arrivée à destination, mais la douleur l'étreignait de voir son son ami si triste et de le savoir si seul.

— J'aurais aimé que tout ceci ne prenne pas fin ici ni maintenant. J'aurais souhaité avoir encore un siècle pour que nous puissions tous les trois explorer ce pays là-bas.

— Regarde Noroelle, répondit Nuramon. Et dis-moi ensuite que tu désires autre chose que ce qui vous attend.

— Tu as raison. Cependant, tu me manqueras.

Nuramon lui tendit la main pour un salut guerrier. Farodin saisit son avant-bras.

— Adieu, Nuramon ! Pense toujours à ce qui nous a unis.

— Je ne l'oublierai jamais, répondit-il.

— Nous nous reverrons un jour dans la Lumière de la Lune. Noroelle et moi, nous t'attendrons. Et j'espère que Mandred s'y trouve déjà.

Nuramon eut un sourire amusé.

— Si c'est le cas, dis-lui que les gens de Firnstayn sont devenus des enfants d'albes, grâce à ses actes.

Ils se prirent dans les bras.

Noroelle s'approcha et elle étreignit aussi Nuramon.

— Un voyage s'achève ici, un autre commence. Pour nous trois ! Adieu, Nuramon !

Noroelle et Farodin s'embrassèrent. Nuramon remarqua alors quelque chose changer. Il recula et regarda son ami et sa bien-aimée. Ils se serraient dans leurs bras et s'embrassaient. En les voyant ainsi, il comprit que Noroelle avait raison. Farodin était le bon choix. Il lui sembla presque se réveiller d'un long rêve doux.

Un parfum de fleurs passa sur la clairière. Nuramon vit une lumière argentée se répandre et envelopper Farodin et Noroelle. Ils lui sourirent, et il eut soudain l'impression d'avoir devant lui des silhouettes de lumière, des êtres supérieurs, pareils aux albes. Ensuite, ils disparurent avec tout ce qu'ils portaient sur eux. Ils s'effacèrent simplement de ce monde, tout comme Albemark s'était effacée à ses yeux. Il ne resta plus que lui.

Il était seul, maintenant. Pourtant, il n'arrivait pas à pleurer. Noroelle lui avait retiré toute peine. Savoir qu'elle avait trouvé sa destination le rassurait. Et qu'elle se soit décidée pour Farodin le torturait bien moins qu'avant.

Nuramon leva les yeux vers la pleine lune. Était-ce vraiment la Lumière de la Lune ? Les morts vivaient-ils vraiment là-haut ?

Il resta là jusqu'au matin à suivre ce disque du regard.

Je n'oublierai jamais la Lumière de la Lune, se dit-il à lui-même.

Quand le jour arriva, il prit ses affaires et partit s'asseoir sur la pierre sur laquelle Noroelle avait brisé le sablier. Pendant le récit de la nuit, la marée haute était arrivée et avait balayé les éclats de verre et les grains de sable. Les eaux refluaient déjà.

Il repensa aux mots de Noroelle : *« Un voyage s'achève, un autre commence. »* Oui, quelque chose de nouveau commençait pour lui. Il était le dernier : le dernier elfe en ce monde, le dernier enfant d'albes. Là-bas, de l'autre côté de l'eau, il y avait un pays étranger à explorer. L'odeur de soufre ne l'avait pas encore atteint. Et la foi en Tjured n'y pénétrerait peut-être jamais. Il y avait là-bas de nouveaux chemins, de nouvelles expériences et de nouveaux souvenirs à découvrir. L'infinitude s'étendait devant lui, mais il garderait toujours en souvenir Noroelle et Farodin, Obilée et Yulivée, Mandred et Alwerich, Emerelle et tous les autres. Et jamais il n'oublierait Albemark.

Quand la mer se retira, il marcha sur le sol ondulé en direction du continent. Il regarda le paysage comme s'il ne l'avait encore jamais vu. Ce monde ne cesserait jamais de le fasciner.

AUBIN IMPRIMEUR

Achevé d'imprimer en novembre 2013
N° d'impression 1309.0357
Dépôt légal, décembre 2013
Imprimé en France
35294714-1